A - G

范用存牍

汪家明　编

生活·讀書·新知 三联书店 出版博物馆·史料

图书在版编目（CIP）数据

范用存牍／汪家明编．—北京：生活 · 读书 · 新知三联书店，2020.9 （2021.2 重印）
ISBN 978－7－108－06896－5

Ⅰ．①范…　Ⅱ．①汪…　Ⅲ．①书信集－中国－现代②书信集－中国－当代　Ⅳ．①I266.5

中国版本图书馆 CIP 数据核字（2020）第 131575 号

艾芜

范用同志：

您来看我们，真是高兴！我们忘不了，日寇侵略我们的祖国，逃到柳州，在困难时候，您给我们的帮助。那天下午，没空陪您同进草堂，感到很是歉然。十多年没有见面了，真想多谈些时候。有机会到北京，一定来看您。

近又收到您寄来的《论语新探》和《论黑格尔的逻辑学》，使我先睹为快，至为感谢！

沙汀、林辰、适夷、许觉民诸位同志，请代他们问候，知道他们身体健康，极为高兴。

问候您的爱人丁仙宝同志。祝您

身体健康！

王蕾嘉附笔问候您和丁仙宝同志

艾芜

1976年3月31日于成都

范用同志：

信早收到。没有回信，只是因为我的病。《随想录》能够出合订本，合订本能够印得这样漂亮，我得感谢您和秀玉同志。说真话，我拿到这部书已经很满意了。真是第一流的纸张第一流的装帧！是你们用辉煌的灯火把我这部多灾多难的小书引进"文明"书市的。

《译文集》付印时我也想写篇《新记》，请告诉我最迟的交稿期。不过三四月内恐怕写不出来。

别的话下次再谈，祝

好！

巴金

三月九日

20×15=300 杭州市作家协会

巴金

毕朔望

卞之琳

中国社会科学院外国文学研究所

范用同志：

梁宗岱夫人姓名是"甘少苏"，通讯地址："广州外国语学院"，恐怕需加"梁宅"，因为学院不一定熟悉她自己的名字。

借我看的那本诗画册，我稍稍翻了一下。我当时作者送我的一本诗集《雷声与蝉鸣》（1979）。我1980年秋去访美，曾去洛杉矶南加州大学（与代表团同去），在原是台湾去的诗人翱翱（张错）家里住了两晚夜，第二天在张家晚餐会上遇见罗青（是搭李黎从圣地亚哥开车来看我的便车来的，当晚赶回去）。诗还不难懂，只是不及罗青的不同凡响，这本画册里的铜版画也不能比罗青的作画令我较为欣赏，书倒印得也比台湾差一点。我仍当再看看，一定保存完好奉还你。

那个日本得诺贝尔奖而自杀的作家，我一时又想不起名字了（你看我的记忆力出了多大的毛病）。他那些散文诗式的短小说，我读到过一些很喜欢的，你收集到的译文，以后我到了，请借给我看看。我倒想建议你们出版社把这些译文（内地刊物上也有些，只是我不记得在哪里了）收集整理，或请文洁若同志校一下或直接自译，编一本书出版。我看一定有销路。

此致敬礼。

卞之琳 六月…

人民文学

范用同志：

你寄来些"春雨"卡，对我太有用了，我用它代了贺年卡片，寄给许多朋友，在此志谢并致

新春

冰心

一九九〇年元旦

冰心

中国国际图书贸易总公司
（中国国际书店）
字第　号　　第　页

范用：

你给蓝博洲的信，我读后深知你谈定的新建设与新创造发去了。我附了一信，提出我向总店汇报总店关于处境：在二二八后，政治形势越趋恶化，因而总店决定结束，按汇报中并未谈及到黄荣灿。听说过黄荣灿较多，但不记得所谈的了：蓝博洲前几年来北京，和我谈过，他对黄荣灿怀疑的，蓝博洲要我回忆解这情况，他怀疑过黄，和我讲过一些细节，现在也都忘了。

曹健飞

地址：北京车公庄西路21号　电　话：841.4284　国内电报挂号：7139
电传号：22496CIBTCCN　国际电报挂号：CIBTC BEIJING
22496 CIBTCCI

曹健飞

此信如在24日前已到，盼通一电话——338631——转240房间

北京北纬饭店

范用同志：

此次访美，路过香港，蒙三联分店招待，至为感激！行前以有些书刊携带不便，托请分店代为邮寄给你代收，这麻烦你了！

我已于前晚抵京，现住北纬饭店240房间。本日即拟返宁，因南大寒假已即，需赶回去跟我指导的研究生见见面，恐不及趋来看望你了。歉甚！

上述书刊寄到后，盼请转寄"南京大庆路141-2号"我收。如邮寄不便，请示知，当请人前来走取携交也！

匆匆不恭，即致

敬礼

陈白尘 一月十九日

王蒙过沪时说明，向我约稿，已为之写了一本小书

陈白尘

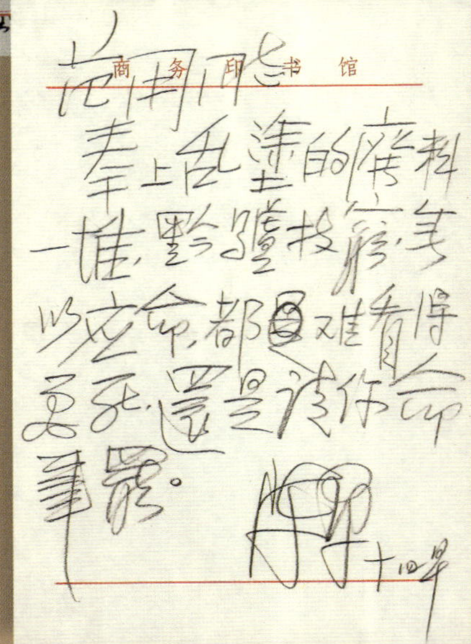
商务印书馆

范用同志：

奉上乱涂的废料一堆，黔驴技穷，无以应命，都是难看得要死，还是请你命笔罢。

陈原 十四日

陈原

武漢市文学藝術界聯合會

范用先生：

您好！

您可能不知道收到您的信和书我是怎样地高兴。

已经有许多年没写信——没写这种拥有个人真情实感的信了。您的书一收到，翻了一翻就放不下手，一口气读完了，真好。还有W.S.LANDOR的几句诗，只读过了一遍就再也忘不了了。您的书读得人心里头宁静极了，干净极了，美丽极了。谢谢您！

其实对于您，我是早就知道名字的。

我的书，写得一般，印刷得太糟糕，您别浪费时间了。送书给您只是表示一种敬意。另外，我的散文集刚刚交给出版社，到时候再送您。不过也好不到哪里去。在现今这种追名逐利，吹吹拍拍，趋炎附势的形势下，有谁能为作家求真的心灵之作出书？当然，您这本书除外。

祝

好！

池莉 1994.4.6.

池莉

楚图南

范用同志：

承嘱，因陈其即将离京，来不及书写，特检旧时两纸奉上，请你斟酌，看是否可用？匆匆问

近好！

楚图南。

8月18日。

"书法字典"已收到，书款若干请告知，当即送上。又及。

潘先生、沈先生、董女士等，均请代候。他们都是和中国大地相结合而又具民族风貌的正直的人。您更是学习的榜样。

再一次谢谢您。谢谢。

晚戴天上 8/3

← TO OPEN SLIT HERE

香港九龙柯士甸道

35号十楼 戴

IF THIS AEROGRAMME CONTAINS ANY ENCLOSURE OR BEARS ANY ATTACHMENT IT MUST BEAR POSTAGE AT THE RATE FOR AIR MAIL LETTERS

若本航空郵簡載有任何物品或附有任何附件，必須補足航空信件所需之郵資。

SECOND FOLD HERE

BY AIR MAIL
AEROGRAMME

北京朝内大街

166号人民出版社

范用先生大启

戴天

戴望舒

敬容女士：

大札早收到，因为没有你的地址，故未即奉覆，昨天又收到你的信，纔知道你的通讯处，这里赶快回答你。

你的朋友打算译Les misérables，如果我可以有帮忙的地方一定出力，我们读拉丁文是很久很久的，已经有二十年没有碰过了，而当时读拉丁文其实并不多，怕还是西班牙文多一点。现在这样好吗：请他将不识的字抄出来，注明页数（他大概是用的Nelson本子吧，我只有这个版本），我知道的就解释了寄还他，这样可以免得奔走，只须随便一来一往寄信就是了。你以为如何？

我病还没有好，可是不得不上课，每上二小时课，回来就得睡半天。

中国新诗什么时候要稿请示知，一定有稿子给你。你们的《文学集》什么时候可以出来？不要忘记送我一部。即请

撰安

望舒

四月廿四日

鹤镛：

送还《听雨丛谈》。还有其他几本书，也都读完，过几天送来。

高著《丛谈》，笔调很好，确是这些性质的副刊上一把手。其中《袁氏九客歌考》等，还有些材料，为他书所少见。《异传虹》一文也写得好。若比徐一士，决不能相提并论。《丛谈》中并有些往事，但大部分则系他亲身见闻，不是从他书录来。如《广和[illegible]楼谈往》，《半截[illegible]《摭忆》。《四家[illegible]墨》等文，都是照书摘录。其中所说尹润生氏，原在文物出版社，不知退休没有；张子高教授是清华大学副校长，这些人的生平他都不大知道。《徐凌霄》一文中说他一口京话，据见过徐彬彬的人说，一口山东话。不过，此书读来仍极有趣，写得流畅，是一个主要原因。至于瞿序，全是捧场，太为无聊。

[illegible]大他数，借过广东数[illegible]文学[illegible]受同时人称道。黄秋岳在《摭忆》中常常提起他。在北大印发的[illegible]讲义》也很早见，我还未能找到。至于黄秋岳，抗战中通敌，大约是出卖[illegible]般的情报，被枪毙了。他还是汪精卫的秘书呢。

文葆 上

戴文葆

中国作家协会

范用同志：

我的字写得不好，请莫见笑。

你原来的纸笺，我把年份写错了，只得换纸另写，还要请你原谅。

匆此敬颂

冬安！

谢谢你和苗子同志给我带来的眼药。

丁玲 1985.1.14

丁玲

范用先生：恭祝新年如意，健康快乐。敬谢先生画竹，竹以斤斤甚精。我平素收藏明清竹刻，尝与世襄先生相伴也。近日又发上嘉山旧白石若干，此等石下为云天及王福厂所刻，闲章以款，但亦胜香石，明清两朝文阮雅甚迷人。工作忙，似此无词刻而已。最近有写文章否？念念。

董桥拜年 一月七日

董桥

范用兄

很久没有给您写信了，上次在京見面匆匆，未曾细談。

我現為香港三联書店，将原来的《三联通訊》加以改革，办成一本為香港读者為对象的读書月刊。現在初步定名為《读者良友》，是三联对外的宣传刊物。过去《三联通訊》，是免费贈送的，改版必要卖钱，不过十分便宜，只收回两元，香港一份报紙也要一元，这工本费两元实际是半卖半送。我担任此刊物之主编，一塊工作的有两位編輯：黄東涛和刘芸。

第一期将於六月一日出版，以後每月月初出版，每期相当於原《三联通訊》的两倍厚度，共一百二十八页，大三十二開，其中三十页是書目，介紹國内本版港版之新書，其餘九十八页則是像过去《開卷》那样，其中三分之一介紹三联的書籍及活动，三分之二是其它，包括書评、書摘、書籍艺术，作家访问，作品评论研究。希望尽量办得活泼一些。

过去小董还有一篇孫犁的訪问記，因開卷停刊，尚未发表，我准备在《读者良友》中刊用，但有两点，请小董回我一信告知：

(1) 作家訪问的作者是谁？用什么筆名？

(2) 访问的日期，虽然内容没有时间性，是否要注明年份。

作家访问将会继续刊出，当然仍要拜託小董出力。

目前我们正在作筹备工作，密锣紧鼓，希望您提意見该怎样办好它。

親切

握手

杜漸

一九八四年四月十日

肖滋兄还想出一套《读者良友丛書》，是给一些作者出读書有关的文集，已约了三本稿：黄俊东一本、翁灵文一本、东瑞一本。

杜渐

范用兄：为"读书"撰记念文正在写，待写毕呈秀玉同志。现接广州中山大学图书馆馆长饶鸿竞同志来信，他处有三〇时代文学丛书全部，三联如欲翻印，可备公函去洽，如有便人去穗，面洽亦可。

我马马虎虎，每天书写桌几，勿念可也。专此，即颂

春节愉快

耀群暨女儿附笔问候

端木蕻良

一九八〇、一月廿六日

端木蕻良

范用兄：

猪奶像画出，请看还有点像不？

给杭州的画收到了吧？

31日将去石家庄，1月5日回来。

敬祝

近安

方成

91.12.28.

方成

西南师范学院

范用同志：

你好！违你很久。多年不见，念念。李致同志说你关心我的近况，谢谢你的关心。前寄赠'拾穗集'一册，想已收到。收到'傅雷家书'和'干校六记'，想必是你寄的。这两书这里不易买到，太好了，很谢你。我为李广田文学评论选写了一篇序，先请你看看，请听你的意见。如你认为合适，也可以交给'读书'杂志试试能否利用。给你添麻烦，谢谢。你们（书店）[illegible]出的书刊都具特色，很受读者喜爱。匆此，候中望赐回复。 祝你

秋安！

方敬

八月廿六日

方敬

文化部文学艺术研究院

冯其庸

群言杂志社

范用兄：

久未通音讯，念念。上月我两次给你电话，都无人听，想来是出去了。给你们请道，想来不会给我白之走一个，请你的人也得有幸而有书笔伴我，当可有此余食。

昨接宋淇寄来去年我们三人在广东酒家的照片一帧，嘱转来，特寄奉上。他们来信提到我给他寄哪去去的消息，不知是否会看了向总编发出的通知，我是开了名单给他们的。他说我是在此出名文士，再见我的文章，其实我是不得不然。否则是以清廉时日，我不知我等不太有时将如何，大概也该寿终正寝了。

匆颂

时安

请告我邮编号码

亦代上

7/4

冯亦代

范公：

您好！謝謝您的信。賴明兄信已轉寄。

蔣勳事忙大概返台時並沒有進港，上周懷民来此间演艺学院評考新生我们才收到您的《我愛穆源》，却沒有信，但已非常欣喜，正在拜讀。

我仍在「中華中心」工作，主要用力於推廣崑曲，去冬今春均曾帶团到江南观剧，返應甚佳。去南京那次蔣、林亦同行；四月在杭州喜遇秀玉姐，還商量了配合明年崑山崑剧大

……已出版崑剧画册及筹办研討會的事。我们……剧時，香港无線電視「新聞透視」節目……的「浙崑」，負責的記者李志華是黃继持、小思的学生，以前也在秀玉姐下面工作過，这次是因為讀了我在《信報》关于崑剧现狀的文章而動了採訪念头的。「新闻透視」收視率達百分之八十，節目播出後已頗引起文化界的关注。

古兆申

苏州饭店

SOOCHOW HOTEL

范用同志：

你好！

我二十四日到达苏州，参加江苏省出版局和江苏省人民出版社召开的 [illegible]

[illegible]

[illegible]

敬礼！

戈宝权

1979年11月28日

中國蘇州

戈宝权

编辑说明

1．本书所收范用先生存的1800余封书信，时间跨度从20世纪30年代到2009年，大多写于1978年以后。全书按通信人拼音首字母排序，书后附通信人简介。

2．每一通信人之信件，若多封，则按通信的时间顺序排列。其中，多信未标明时间的，则按照涉及的书、事、人给予分辨，厘定次序。

3．有个别信件残缺，以括号加楷体的形式给予标注；有一些写给别人的信，以及与信相关的附件如报纸、文件等资料，酌予保留；信中如涉及一些背景、指代或相关问题，必要处添加编注。

4．书信均为手书，笔迹各异，无法辨认之处颇多，除勉力分辨、延请个别通信人及相关人士和专家帮助之外，少量不确定处亦采取括号加楷体的形式给予标注。

5．书信之文体，行文随性，病句、错字、数字用法混乱时而有之，除明显错别字给予订正外，其他不影响读者理解之处，均保留原貌，一仍其旧。

6．除涉及个人隐私之外，其他内容悉数保留。

7. 尚有一些通信人（或家属）未能联系到，请见谅。如有任何疑问欢迎垂告，以寄奉样书，殷致谢意。

今年是范用先生去世 10 周年，出版本书，作为对他的追念。

生活·讀書·新知 三联书店

2020 年 8 月

目　录

艾 芜

范用同志：

您来看我们，真是高兴！我们忘不了，日寇侵略我们的祖国，逃到柳州，在困难时候，您给我们的帮助。那天下午，没空陪您同游草堂，感到很是歉然。十多年没有见面了，真想多谈些时候。有机会到北京，一定来看您。

近又收到您寄来的《论语新探》和《论黑格尔的逻辑学》，使我先睹为快，至为感谢！

洛峰、林辰、适夷、许觉民诸位同志，谢谢他们的问候，知道他们身体健康，极为高兴。

问候您的爱人丁仙宝同志。祝您

身体健康！

王蕾嘉附笔问候您和丁仙宝同志

艾芜

1976年3月31日于成都

范用同志：

你好！惊悉北京强烈地震，你和你的一家人，都平安无恙吗？一些熟人都好吗？得便，请告知，以释悬念！敬祝

健康！

艾芜

1976年7月30日成都

范用同志：

你好！承你托陈翰伯同志带来的食品，业已收到，至为感谢！四川去年今年连续旱灾，要靠外省调粮接济。在成都没什么东西可以买来送你，很是抱歉！现在“四人帮”粉碎了，省委可以不再受干扰，能够大力抓农业和工业了，四川大有希望。此致敬礼！问候丁仙宝同志

蕾嘉问候你们好

艾芜

1976年12月18日成都

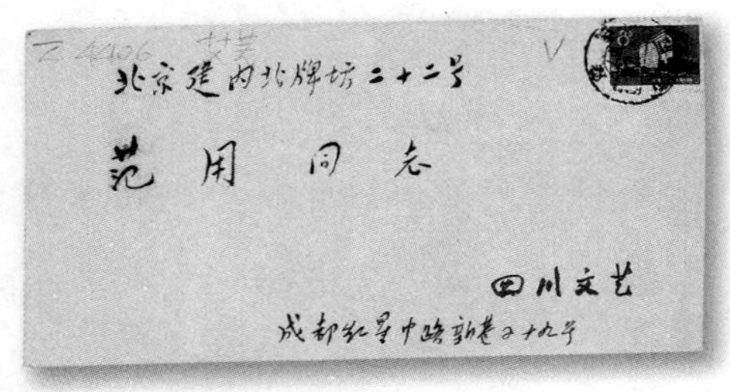

巴　金

范用同志：

际坰来信说您要把《随想录》剪报贴好寄给我。现在我已编好《随想录》第一集，共三十篇，每篇加了小标题，前有总序，后附后记。希望您早日将剪贴的剪报寄下，以便改正文中少数印错的地方。

余后谈。祝

好！

巴金

八月十七日

范用同志：

信稿都收到，谢谢。《随想录》第一集已编好，今天已把序、目录、后记和二十六篇正文（修改稿）另封寄上，请查收。您要照片，我挑了两张寄上，我同萧珊合照的相片一时找不到，就寄了她一张单人相。第一集还差四篇文章，等到发表，我把修改稿陆续寄给您。我另外还要寄全份修改稿给际坰，他答应替我看一次校样，我希望错字越少越好。

《创作回忆录》是为港《文汇报》写的连载，本来打算给人民文学出版社，但也未讲定，因为估计要明年暑假才能结束。三联要出也可以，不过《谈创作》十篇已收入我今年编的选集

（上、下两册），刚看了校样，不好再收进《回忆录》。《回忆录》发表了四篇，正在写第五篇。

海洋文艺社有人跟我通信，文章一时写不了，我看，等明年再说吧。

《随想录》希望能早出。我不要稿酬，照规矩办事，送我若干册样书就行了。

祝好！

巴金

八月廿六日

范用同志：

今天收到《随想》27、28两篇，现在校订好了寄还，请查收。上次寄上的一至廿六改样稿想已收到无误。

祝好

巴金

四日

范用同志：

信早收到。没有回信，只是因为我的病。《随想录》能够出合订本，合订本能够印得这样漂亮，我得感谢您和秀玉同志。说真话，我拿到这部书已经很满意了。真是第一流的纸张，第一流的装帧！是你们用辉煌的灯火把我这部多灾多难的小著引进“文明”书市的。

译文集付印时我也想写篇“新记”，请告诉我最迟的交稿期。

不过三、四月内恐怕写不出来。

别的话下次再谈，祝好！

巴金

三月九日

范用同志：

从成都回来，收到您寄的书（《雪泥集》），谢谢。倘使方便，望再寄十册给我。

秀玉同志来信说四日去港，想已到达。听说《随想录》合订本已印出，我请您寄给我精、平装各二十册。

写字仍感吃力，不写了。

祝好！

巴金

十一月五日

范用同志：

小序写成，不满意，但也不想重写了。上次秀玉同志来上海，她说小序写好可以寄给您，现在寄上，请您看看是否可用。

祝好！

巴金

五月五日

静如*：

九月廿三日来信读悉。托江宁同志带沪的书简抄本也送来了。注释我全部读过，改了些你记错的事情和时间，我看可以用了，不知你是否同意，总之，由你决定吧。前言用不着寄给我看了，那是你写的嘛。

你来信提到曾敏之兄要在《文汇报》上发表。书简及注释，你说可以选一些发表，我同意。不过怎样选，还是请你决定吧。你说稿酬属于我，我说至少注释一部分的稿酬是属于你的。但你我都不是“向钱看”的，我看就这样办吧，稿费全部捐赠给现代文学馆，用我们两个人的名义也行。

文学馆将是我一生最后一个工作，绝不是为我自己，我想的是我们国家“五四”以来的新文学事业，我要为它献出我最后的一分光和热。文学馆虽然已经成立，正式开馆，但也只是成立而已，前面还有不少困难，需要大家的支持，也希望你和老赵多多帮忙。现在先向你提一个要求：书简出版后，将书信手迹全部捐赠文学馆，我想你一定同意。

四川出版社搜集我的书信准备出集子，派人来找我，我身体不好，无法接谈，只是托济生代我回答，说是可以。后来我打电话给济生，加了句：我还活着就征求寄出去的信件，这样做不大好。但已经晚了。我看用不着管这种事情！人写信，如果想到要在自己生前发表，那就只会贩卖一些“大路货”，连牢骚也不敢发了，有什么意思！

写字困难，字越写越小，就是证据。祝

好！

问候老赵！

巴金

八五年九月廿八日

*　此为巴金写给杨苡的信。老赵为赵瑞蕻。——编注

毕朔望

范用同志：

好久不联系了，你好！

我目下在海南岛最南端的崖县的鹿回头，是来当路易·艾黎的“顾问”的，这次是帮助他选译一本英译《李白诗选》，准备在李白千余首中选译二百五十首，现已基本定稿，俟我们三月初返京即脱手。照老规矩，当然想送请外文出版社出版，不过此社（我与之有十余年虎口之痛）目前情况欠佳，至少效率极差，且艾黎尚有三四种书在他们手中（游记三种，《白居易诗选》一种），算算命，恐怕要三四年才能翻身，而艾公已八十二三，快到姜子牙的寿数了，因之他与我都有点等不及之感。又艾本人私意此选（李白）与外国人历来的选法、译法不同，有其独到之处（也许他是自己过誉了一些），希望早觇其成。不过，中国又是“外文”一家独霸了的；因之不无悻悻。我替他想了一个办法：有没有可能在香港出版？他过去似乎是只信北京一家的，现在心里活动了一些，因此授权我向你提一提，看有无此种可能；只要出，快出，其他种种他一般是不拘的。我现在且将艾黎为《诗选》所写的“译序”送上一阅（因忙，未及译出为歉），请足下为他考虑一下，可否向有关方面一说，至于以后的事，如看全稿（三月初可交），需人写序否（《白居易诗选》是由茅盾写的长序，见刚出的上海《收获》刊，现在也可以请一位相当的头面人物为之），其他条件（如译文斟酌等），均可续商。总之，先试叩足下这第一道关，等于求售的书贾携来"头本"请阅之状；我是他的"跑街"。

我们在这儿还要住八九天，然后经穗返京。如你能在五六天内有个大致办法，回我一电（电报）的话，则幸甚。如不能，则三月十日左右我到京后再与你联系。

正事说完了，还想问一句：《新华文摘》（登"外事"）版问世了没有？甚念。中国如此缺乏综合的期刊（应有二三份周刊，文艺，综合性的）实为文化界之大辱。有时又想：何事不可原谅？然而，那二十、三十年不是如此不害羞地打发过去的么？还要怎么样呢？因为远在"天涯海角"（有苏东坡的石刻为证）所以说的也气大一些；明达如君，当一笑谅之也。

问好！（另附一函公私合营状的信，供你作公文批阅之用，如果需要的话）

毕朔望

2.15

范用同志：

关于前写《先生文字百年心》一组诗，不审联系后北京有地发表否（《战地》副刊或《光明日报》）？如不拟用，盼告，以便另找他处。又《寥寥集》何日公开发行，此或为发表组诗合适之机会。盼复。问安！

朔望

九月十三日

范用同志：

《语文学习》一册并退。

附奉涛君为《李白诗选》所为画一束，我建议除下前首樽酒行一幅，余合用；太白像亦佳，因艾老远在北戴河，似乎不必与他看了，即此送港可也。

我近又在海边助艾老译了《杜甫诗选》（英文）计二百八十首（为五十年代内地初版之一倍），不知港方有意一看否？如可以，拟即送上带去，此间原亦可出，然而时间会挺长的，而我总希望快一点也。杜集已请周扬同志为序，如成则更具吸引力。此事盼即示我，因为下周将去烟台约五六天，而月底将有美国之行（二月余）也。又此行过港，有何事要办者否？何时当趋得晤教，匆此问好！

朔望

一月二日

范用同志：

前承赠马恩论翻译诸书至感。《先生文字百年心》一组诗不知命运如何了。我意此诗于《光明日报》甚合，不妨劝他们用；如不果，似可一试《人民日报》之《战地》增刊（即期刊），我并已向袁鹰同志提出请其注意。沈诗与此组诗竟引不起有些文坛人士的兴趣，也是一种可惊的现象。此辈往往既无心思，又无眼力，惜哉！此事便中乞示及一二。我十月十二日可能出差二十天，去前想各事摒拙一下。如此诗集不用，拟交地方。

费神了！匆此，问候。

朔望

十.五

范用同志：

尊嘱需用艾黎五十年代初著英文《京剧》，经询外文局有关部门竟有目无书，遍寻不获，唯艾黎本人处，尚有一册，渠甚珍视，因此需派专人持函去他处面洽复制条件（主要是限定时日以期要速交还），此事请于日内径电路易·艾黎之秘书姚明玉同志（五五－三〇六二）联系。艾和他的秘书本月十一日以后即出差，因此需快办。

匆上敬致撰安！

毕朔望

十月五日

范用同志：

饭店座谈后想到数点：以前写《寥寥》组诗现正合时，盼询《人民日报》并《诗刊》可用否？（我看还是由足下问为好）又，《人民日报》近拟用我所写河南好诗一组，也较长，不知嫌长否？我考虑事属沈老，如《光明日报》用也挺合适，因特附上一份，不审可否由您一试？当然，无论谁家用，与我都一般。问安！

朔望

二十日

来信仍寄外文出版局

范用兄：

久不见殊念。

附上“哀启”，我之近状何知。但精神尚好，仍在做事。苑书义所著《李鸿章传》遍询不得，购索为难。拟恳在尊处代买一本，交范又，约一个时间交我，至感矣。（附十元）

我近与南京译林社约好参与其修订1919年版汉译《圣经》（新旧约全）之工作，且就金陵神学院（丁光训为首）之便，下月又要去南京，过一个江南的秋天。现在觉得还是那儿好。奉还“大成”一束，稽延乞恕。一切谢谢。

朔望

8.13

范用兄：

哀家寄语

朔望率儿孙顿首，有不得不哀启者：

余妻陶朔玉毕世劬劳，长年久病，近以淋巴—胃腹癌变扩散，一九九一年七月十九日午后四时半痛于北京天坛医院去世，享寿七三。家人忍泪夙夕侍奉奔走祷祝数十日，终归幻灭，伤乎天哉！

朔玉之去，如潮歇，如日落，不作一语而神色安详，若无悲状。此时淫雨方收，暮霭渐合，市声寂然，祈殿在望，行人各自回家，却不知我们一家从此没有了妈妈——生者何堪，只有茫然咀嚼着人生的苦味。

先此六七月之交，朔玉继足痛而胃病大作，饮食不能，起坐维艰，遂投院求治，乃竟辗转栗碌不得安顿确诊者旬日，人且堪堪衰竭矣，却不作戚容，只说愿吃药不怕苦，稍缓时犹与小辈叮嘱家常，对访者致谢，无困顿自弃状。侧听有张罗争取较好医疗条件者则戒勿特殊，勿强人所难；左右闻之鼻酸。此时道路传告，知者渐多，亲朋友好无不尽其所能，力谋抢救，不舍昼夜，令我感愧。两位老姐妹从数百里外夜车赶到，参与守护，使病榻旁二十个日日夜夜未断一人。

朔玉既逝，后事由北京外交学院主办，出力最大，诚挚及时，无微不至，具见组织关心，故人情切。朔玉半世纪在海内外并肩共事的同仁闻讯来吊者三十余人，其中四十年代在印缅侨居期的老友，白发唏嘘，最是难能。朔玉原在虎坊桥作协宿楼自任公益行走事务，与家家和洽，此时未发丧而挽联已送到舍下，是请名家撰写的："助人为乐，德重邻里；与人为善，情满梓桑。"我接待了同楼四位老太太，都流着泪对我说："陶大姐是多好的人啊……"也有从关外送来的补剂，福建老家赶寄来的燕皮等等食物，殊不知她平素也不用这些珍品。但这回我们多么希望她能知道这情况啊！

外交学院（朔玉三十多年来的服务单位）和熟习她的人对她的品德、作风、教学、办事、为人都有很高的评价，可谓盖棺论定。显然，她为人以质胜，时至今日，这是最难求的了，然其于文事悟性亦强，参与译书十余种，笔力敏健，晚岁尤勤于看书，耽于思索；近曾见所录二则时人语："廓然大公，物来顺应""凡是我的担子，我都愿承受"；又于闲时偶作方城戏，可窥其思路之开拓与挥洒。她又深以中国优秀文化传统的前途为虑，举京戏为例（这是她所熟习喜爱的）。她最后一次的社会活动是结伴远征东城看电影《开天辟地》，说要看看怎么写陈独秀；其时距逝世不足一月。似此寻常小事，使我低回久之。

朔玉逝世后六日，一九九一年七月二十五日上午，在京郊八宝山革命公墓举行了葬礼，火化前有穆肃凄婉的告别仪式，同事、亲朋、家属约一百五十人在鲜花哀乐中环列鞠躬，作天人之永别。事散，骨灰拟即安置公墓石室，也留了一些待春秋佳日设法分头撒向她生前流连过的山山水水：福州的闽江（故里），哈尔滨的松花江（童年），北京的京密运河（中学和晚年），南京的莫愁湖（一九三六年在此入大学），牯岭的如琴湖，湘西、武汉，以及重庆的小温泉（一九四〇年夏卒业于溪畔的中央政治大学）；也许还应该加上仰光的伊洛瓦底江，加尔各答的胡格里河，日内瓦的莱蒙湖……然则渺乎远哉，我辈无能为力矣！

语云：人总是要死的，……有重于……，有轻于……芸芸生者对朔玉生平的推许是够重的。倘她有知，自会珍惜这份心意，尽管其中不无溢美之辞她必谢却；而对我们这个布衣百姓人家，则是永远怀念的基点，含有深刻的启发教育意义。

今天在朔玉的灵前，有孩子们献的四束鲜丽的美人蕉，白缎带上写着他们想说的话：

"您是我们生活中的慈母，事业上的楷模——妈妈永垂不朽！"

"妈妈，您永远活在我们心中！"

"安息吧，妈妈！您付出太多了，太累了。"

"平凡伟大，鞠躬尽瘁，永志不忘。"

我在她足下放了一只小花圈，附了几行字：

"朔玉千秋——

朔玉行矣，幽幽未与人言，却无戚容，若欲留宁静与人间。遂忆年前飞行中得句'天际浮云千代雪，人间遗念万重山'，以为高华绝尘，正是诀别语；今乃成谶，思之怆然。但她是不忧不惧极少哭的，只是要人们好好活着。她的纯真而执着的人道主义乃是我辈难以企及的境界。

——朔望 献"

迟到的哀启，又近于随记，原是想本着朔玉始终如一的"毋哗不扰"的作风来作的；匆促为之，神萎笔涩，乞恕潦草不恭之罪。

毕朔望

一九九一年七月三十日

范用同志：

你好！

兹有一事相恳，盼指点帮助为感。

七十年代中期我（时在外文局工作）曾应国际关系研究所（姚仲明、赖亚力主持）之邀，与陈翰老、浦三、程镇球诸君以"齐沛合"（配合也）为名译了一些有关西方与国际外交政治的书（由人民出版社出版），如《基辛格》（马尔文著）、《苦寒的拂晓》等三四种。其中《基辛格》一种颇受欢迎，因对译文有不少褒词，但也有指出其间疏漏之处的（如王宗炎1981年在《外国语》上一文所指）。由于其书在译界有较大影响，但又有应该订正润饰力求其全之处，不知有无订正再版之可能？因此我想请你向人民出版社打听一下，对此书，此议有何看法，有无可能。我之所以热心者，因为此书译时虽为集体之力（层次和用力甚多），但最后的文字是我定稿的，似乎也有此责任来料理过问一下。如有初步意见，我当再与原来的一些人联系一下，并提出具体建议。

希望你能将此函给有关同志一阅为幸。麻烦乞谅。匆候

撰安

朔望

十二月二十日

又：我已去作协报到，但桌子安在哪里还未定，近期有信请寄上址。定后再告办公处。

范用同志：

日前一函谅达。顷《诗刊》告我（严辰病，由康志强同志——文开爱人——管）为《寥寥集》所写《先生文字百年心》，他们一时不拟用（理由：没有机会如纪念之类），问是否要等《光明》，我

因不知您是如何与他们说的，固未表示什么，嘱他们仍与你一说。此书（《寥寥集》）不知何时上市？上市后如《光明》用是恰当的，我想。其序如需要可改得简单些，白话些，您如与《光明》熟，可一试，但不必为此过于费事，发否不关重要。问安！

朔望

廿九日

范用同志：

关于艾译《李白诗选》在港出版事：

一、随附赵朴老所为序，约两千字。建议（一）发出前复制若干份，惧其遗失也；（二）因时间不及，请港方译为英文，该地的英文水平亦较好于此间。

二、作者介绍

三、近著录

附上备用。二者均艾老自己所写。

均似简。（此外，“介绍”末段末句，带译者口吻，如不合，可删可“改”）。

四、照片——再附上若干备选，另有木刻一幅（艾老像，有背景）不日可奉上。

我十四日—廿四日在北戴河，地址为“北戴河秦皇岛市委招待所路易·艾黎转我收”。艾老需住到八月底。又及

卞之琳

范用同志：

梁宗岱夫人姓名是“甘少苏”，通讯地址是广州外国语学院，恐怕需加“梁宅”，因为学院不一定熟悉她自己的名字。

借我看的那本诗画册，我稍稍翻了一下。我有诗作者送我的一本诗集《雷声与蝉鸣》(1979)。我1980年秋冬之际访美，曾至洛杉矶南加州大学（亦代未同去），在原是台湾去的诗人翱翱（张错）家里住了两夜，第二天在张家晚餐会上遇见过他（是搭李黎从圣地亚哥开来看我的便车来的，当晚赶回去）。诗还不难懂，只是不及罗青的不同凡响，这本画册里的铜版画也不能比罗青所作画令我较易于欣赏。香港印书似也比台湾差一点。我得空当再看看，一定保存完好归还你。

那个日本得诺贝尔奖后自杀的作家，我一时又想不起名字了（你看我的记忆力出了多大的毛病）。他那些散文诗式的短小说，我读到过一些很喜欢的，你收集到的译文，得空找到了，请借给我看看。我倒想建议你们出版社把这些译文（内地刊物上也有些，只是我不记得在哪里了）收集整理，或请文洁若同志校一下或直接自译，编一本书出版。我看一定有销路。

匆此祝好

卞之琳

六月二十日

范用同志：

《人与诗：忆旧说新》已经编就，先把目录送你过目（书名本来可以叫《诗人与诗：忆旧说新》，相当于英文 *Poets and Poetry: Reminiscences and Commentaries*，因为我不喜"诗人"这个名字——首先是人，才是诗人——所以改称《人与诗》，是指人物与诗，相当于英文的 *People and Poetry*——也是两个双声P）。第一辑主要是回忆五位已早在人古的师友，也有评论；第二辑是两篇诗评；第三辑主要是讨论（五八、五九年间的争论文字——不管自己的和别人的，历史证明，并无意义，说我右吧，实际上还"左"了。删剩引起争论的《几点看法》和我冷静摆事实讲道理的最后一篇，一字不改，添上漏写的两个字也加了方括弧）。断续绵亘三十四年的这些文字，合在一起，可以显出我一贯而有发展的看法，特别是对于新式艺术问题、形式问题、格律问题的主张。全书约共得十万字，排印起来也许还超过一点。以写作先后为序，个别地方，因题材关系，略有颠倒。

现在首先请三联同志做几件事：

1. 复制七篇文章（书刊复制后请保存还我）。

2. 找《读书》去年刊载我《译诗艺术的成年》那一期（八二年三月号吧？）复制这篇短文（我手头再也找不到这期《读书》）。

3.《读胡乔木〈诗六首〉随想》，附记（是评介乔木同志《〈随想〉读后》的）和乔木同志千把万字的《〈随想〉读后》（在我个人的集子里只能作"附录"了），如已交给《新华文摘》，如用请复制一份，如不用正好把原交件还我编书。

4.《〈李广田诗选〉序》似曾刊《诗刊》一九八一年，请代查期数。《李广田散文选》我一时不知放在哪里了，找不出来，请代文后注明的写作年月日。

书前题记，千把字，还待修改。

前交《忆〈水星〉》一文，有无不妥处，请坦率告知，以便酌改。

天热，我怕出门，会客也以上午九时至十一时为宜，希望三联年轻同志也尽可能在此时间内取稿送件。

天热，你即便不出去避暑，也得注意身体。

附送《美国诗选》《紫罗兰姑娘》各一本。

之琳

七月十八日

范用同志：

一月二十六日晚胡靖同志送来《水星》第二期和《人与诗》校样，因他说这几天有事正要找姜德明同志，就托他把刊物全份九期带还他，并照你的意思看了看校样各文标题和文末注明出处，现把需改正的一部分校样连同略有更动的目录，一起送上。(《何其芳晚年译诗》《读胡乔木〈诗六首〉随想》附记全部校改过，请特别注意。)

我得作以下四点说明，请你和编辑同志注意：

(一)《冯文炳选集》序（较长）请补入，应《文学报》约谈新诗及其他一文，不要。

(二)《李广田散文选》序原编在《李广田诗选》序前，不要像校样那样颠倒了（原按写作先后，内容也衔接）。

(三)《读胡乔木〈诗六首〉随想》，保存附记，删了有关胡文《读后》语，只提请教过，只提赞成他的诗律主张和我的一点保留意见。

（四）正文中年份用阿拉伯数字，月、日用汉字，不仅本书可以统一，我的其他著译也如此（文末注明年月日期一律简用阿拉伯字）。

全书现共为二十篇。附录三篇。只是全书编排打乱了，带来了许多麻烦，延误了出版日期，非常抱歉！

匆祝春节好！

之琳

一月二十九日下午

范用同志：

今天上午我还忘记告诉你一点，就是《人与诗：忆旧说新》集里收有《读胡乔木〈诗六首〉随想》，原附有乔木同志《〈随想〉读后》一文，现在《诗探索》该期至今未出，我想起应首先征求乔木同志的同意，请通过乔办黎虹同志问一问（已于一．十九函黎虹同志），如觉得不便，集中就不收，我的“附记”也就抽掉，只保留1982年所写，1983年经乔木同志与我共同校过清样的本来面目。

又《废名选集》序（还有那篇千字文）希望能插入，这样我截至1983年所写这类文章就全了。明年一月一日起就再不写这类文章，又要突击莎士比亚四大悲剧的最后一剧的翻译了。序稿只此一份，文集、《废名选集》《新文学史料》都要用（要二份），请尽可能及早复印几份为感。

刻安。

之琳

二十二日下午

范用同志：

承帮忙从《文艺战线》上复制了五页，收到，谢谢。刚才胡靖同志走了以后，我才发现这五页都是从第五期复制下来，有两页我本不想要的，而第三期两页（即《晋东南麦色青青》第一篇《垣曲风光》）却漏掉了。现在只好再麻烦你请出版社同志为我补复制这两页，行吗？这些文章都已完成了历史任务，现在实在读不下去，为了凑一本小书，勉强选留了三篇。《文艺战线》第四期一直没有找到，其中《麦色青青》还有几篇，已经不记得写的什么，但是我相信也一样没有什么可读性，所以也不想去找来看一看了。一再麻烦你，很对不住。

祝好。

之琳

四月十四日下午

范用同志：

近来想必还是忙，身体康复了吧？

《维多利亚女王传》译书我已校改了一遍，发现不仅不易看出的错排不少，自己也有疏漏不妥处，现正将原附参考书目全名重新译出，正开始写重印前言。我想参考一下故梁遇春大约在一九三二年出版的《新月》上发表的《论斯特雷切》一文，不知是否已收入人民文学出版社前不久出版的《梁遇春散文集》，请编辑部查一查，送来借给我看一看。

《人与诗：忆旧说新》正式出书已有时日，迄今仍未见稿费，请代为查询，为感。

祝好。

卞之琳

五月十五日

又：我除了开会、体检等，平时不大出门，最近家里没有别人，编辑部如有同志来，最好在下午三点与五点之间。

范用同志：

承转来《现代中国诗选》一部，谢谢。请便中向香港赠书友人代致谢意。

书，我还来不及细读，仅就我接到后翻翻目录等一看，我认为编选者在搜集工作上显然下了很大的功夫。

事实错误，我也发现了一点：我被选入的十九首诗中，《足迹》一首不是我写的，不知从何误会而来。另外，《芦叶船》诗集，事实上没有出过，只是郑振铎先生要编一套丛书，在北平《文学季刊》上登过广告，其中有这本书，后来他把这套书交上海商务印书馆出版，我觉得这本小集子太单薄，就加上何其芳、李广田的各若干首诗，编成《汉园集》。还有《诗选》中“罗莫辰”就是“罗大刚”，并非两人，罗自从我们单位创办以来一直是我的同事。

我的自选诗集（我不想叫《诗选》），内容大体已定，基本上就是1958年左右人民文学出版社曾计划出版的我在解放前的诗作，略为放宽，再加选解放后我写的十来首。书分五辑，第一辑收1930年至1932年我在大学时代所写、所发表的一二十首诗；第二辑收1933年秋至1935年秋的；第三辑收1937年春的；第四辑收1938年秋至1939年秋的十八首；第五辑是1950年冬至1958年春的十来首，约共七十多首。另外，我想附旧体诗五首，都是1976年年初写的：学习毛主席《重上井冈山》五律一首和《悼周总理》七律四首，还想附英文自译诗若干首，选自编入Robert Payne的*Contemporary Chinese Poetry*中的几首和自己发表在美国*Life & Letters*杂志上的一首。书名暂定为《雕虫纪历1930—1958》。只是一篇序言要好好考虑和构思一番。目前我在本单位要顾问的工作千头万绪，要完成的计划迫在眉睫，心烦意乱，一时顾不到这方面。预计年底总可以交稿。我愿意先听听您和香港方面的意见。

敬礼!

卞之琳

十月五日夜

又《诗选》印刷、装帧固然精致，但是直排我看起来已经非常不习惯（除非在线装古书的场合），香港能否出横排书？（《何达诗选》是横排的，看起来倒舒服。）

范用同志：

近来一定很忙，身体好吧？

香港《开卷》，我看了，关于我的那篇访问录，没有政治错误，只是和我所说的事实和看法，出入处不少。我想不便一一订正，而用通信方式，补充谈谈，顺便也就达到订正效果，您以为如何？现将我给他们的信，长达五千字，连同复写一份，交给你们审阅，如认为妥当，就请转寄一份给他们为感。

关于我准备送香港印行的《雕虫纪历1930—1958》基本选定，序文也写了草稿，长达七八千字，最迟十二月底以前，一定可以交给你们审阅。

敬礼！

卞之琳

十一月三十日

范用同志：

拙稿承你看了，马上转寄香港，热情感人！

序文我同意先给《海洋文艺》发表，我只是希望发表了，能把那一期刊物寄一本给我看看，想来那是没有问题的。

诗集名叫《雕虫纪历 1930—1958》，不是过分谦虚，从大局看来，却是恰切，又是我挖空心思想出来的，也正合我写诗本色。现在也一时想不出别的书名，除非就叫《卞某诗集 1930—1958》，不叫诗选。但是难保我以后还会写诗，写起来风格也可能不一样。我想暂时就这样叫吧，除非出版社为了销路，另有考虑，那就再说。

附回古兆申信，还麻烦转寄给他。

敬礼！

卞之琳

一月十日

审稿同志和责任编辑同志请注意：

1. 本人著译里，正文中年份统一用阿拉伯数字（如“1983年”），月、日用汉字（正文括弧内注年月日有时也全用阿拉伯数字）；文末注写作日期，全用阿拉伯数字。

2. 本人著译里，不分“的”“地”（吕叔湘先生也曾公开发表过不分的意见），所引他人文字如分“的”“地”，则就照分。

3．本人倾向于用32开本，因小长本如不用穿脊锁钉不易翻开，但随出版社方便，并不坚持。

4．审稿、编辑如有意见，可问本人商改；封面设计，决定前也让本人看看。

5．“卷头小识”排在“目录”前，不列入“目录”。

卞之琳

范用同志：

《雕虫纪历1930—1958》，承在年初迅寄香港安排出版，现在不知怎样了，很想知道。上月中旬，诗歌创作座谈会上乔木同志讲话后，人民文学出版社把你交给他们的那份诗稿也很快审阅，说和香港方面同时出版也不妨，现已发稿。编辑组同志看得仔细，发现稿子上有些明显的笔误，已为我改正，我自己也发现了一处写漏了几个字。

1．原稿里封面上“1930—1958”误写成“1931—1958”（其他明显的笔误，我没有核对）。

2．原稿后半篇讲完格律问题后的结句“我对于白话新体诗的看法就是如此”，应为“我对于白话新体诗格律问题的看法就是如此”，漏了“格律问题”四字。

同时，因人民文学出版社编辑组一度提出的要求，使我想起也应提请香港方面在出版（如果能出版）这本书的时候注意，千万不要在书上（书内或封面上）印我的任何照片和手迹（这也不是我的自谦，各国活人自己编印的著作，向无附印著者照片和手迹之例，已故著者或古典作家的书，活人出的游记之类、精装书的包皮上作广告用等等，是另外一回事）。至于封面设计，我喜欢素淡，这就算是我的癖好吧。

另外，在《悼周总理》七律四首中第一首第六行“关键年开响薄天”可否加这条脚注？——“周总理在四届人大会上宣布四个现代化宏图时，说1976年是‘关键’的一年，举国上下一时曾大为振奋。”

祝好。

卞之琳

二月十三日

再此，本月二十四、二十五日我将去上海开会约十来天，附讯。

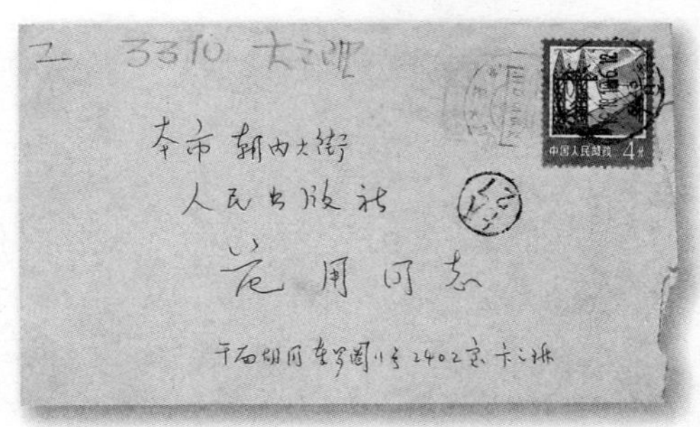

冰　心

范用同志：

您的信和曾卓同志的文章都拜读了（信封上没有邮政编码），曾卓是个诗人，我不记得我见过没有？

那个“寿而康”的贺年片，我已用过，大家都喜欢，不知您处还有没有？该付款若干，当即寄上。阳光到底出来了，我窗台上君子兰开得正好，我心很欢畅。

祝好

冰心

一九九〇年二月廿四

范用同志：

您之寄来些“寿而康”，对我太有用了，我用它代了贺年卡片，寄给许多朋友，专此感谢，并颂

年寿

冰心

一九九一年元旦

卜维勤

范用同志：

您好！

我于十一月初调到中央工艺美术学院任教。现已上课一周了。教装饰绘画课程。至十二月底结束。您对艺术幼苗的关怀，使我们全家非常感动，我前几天到《人民中国》《人民画报》等单位，有许多同志认识您，有一个朋友说起您："我们现在的领导干部要都像您那样对工作认真、迅速、大公无私该多好哇！"他表达了我们的心情。

近晤柯岩、贺敬之，他们让我向您致意！顺祝

冬安！

维勤 敬告

十一月廿六日

范用同志：

近好！

我于三月十四日与张仃同行到桂林写生，现在转到贵州。我们将去少数民族地区写生，大约四月中旬去重庆，在五一前后返京。

在离京前，忙于琐事，未及告别，请谅！您对卜镝的成长热诚的关怀，使我们全家深受感动。我们一定把他培养成新中国优秀的好孩子。

在离京前，曾到外文出版社，看了卜镝画集的样片，效果还

好，他们不愿借香港版子，伦正积极地配合此展，提前印出，在六月份可以出书。

三月初，曾接到杜文灿同志寄来的邀请信，邀我们父子去港参加展示活动一周。在信中提到："留港期间住宿等一切活动费用均由我店负责。"我想是不包括路费的吧？我不太明确。信我交工艺美院办理，工艺美院外事组，建议三联书店再给学院补公函，以便上报办理。

待接到分店来信再续告。

贵州美协决定，明年六一举办卜镝画展，并邀请我们来贵州免费旅行写生两个月。我想让孩子开阔眼界、画些新的内容。届时送上一阅。顺祝

身体健康！

维勤

一九八一年三月廿七日于贵州—安顺的列车上

范用先生：

您近日好！

前几天，气候突变。患恙不便面晤，特致信问候。卜镝大画册《春天的消息》深圳印的样书寄到人美一本，效果很好，是深圳旭日印刷厂印刷的，现全部印完，正补加英文部分，然后加一个硬盒子。过一段寄来时即送您一本。《卜镝线画》作品拍照一完，我把一些具体设计排版工作，进行有个雏形再请您过目，以减您麻烦，《童年卜镝》在进行中，我们全家祝

身体健康！

维勤、丽岩、卜镝、卜桦 敬上

十一月二日

范用同志：

您好！

经与杜文灿、黄伟良二位三次商洽，拟在今年暑假七月在服务中心举办卜镝画展，时间两周，并设想让我带卜镝到展览会场与观众见面，同时让卜镝表演，此事待与领导商量后定下。

在现存的画中，选出220张画，加上黄茅同志先期选用的一共250幅作品，杜先生称，服务中心场地只能展出120幅左右，届时待经选择展出。

作品暂存我手上，杜委托我让荣宝斋代为托裱后寄广州办事处转港。

出版物问题，杜考虑还是让我与外文再次联系，能否借版子，在港印刷为好。否则印刷费用较大。近期我已与外文联系一次，此书目前正在印刷中，已印出三张样子，大约在五月以后完工。版子问题并未作复。

其他具体展出事宜待通过书信联系商定。一切均很顺利进行。

此事，完全是您积极推荐而最后办成，您出于宣传新中国，出于对孩子萌芽的关心，我们一定不辜负您的关心，我们努力让他谦逊为人、努力学习成才。余面谈。顺祝

冬安！

维勤 上

元月23日晚

又及：因近日正值放假前夕，紧张地安排下学期课程，未能亲自去面谈，请谅！

曹　雷

范用同志：

叶孝慎同志将您的信带给了我，因电影厂工作的不规律，他竟找了我半个月才找到。他把情况简单地跟我谈了一下，让我和您联系。

我想知道的是：丛书内容、范围有怎样的要求？是否有年代的限制？字数要求多少？日期大约在什么时候？

父亲生前长期生活在海外。他写了上千万字的文章、著作，多数在海外出版。据不完全统计有五十多种书，但我这里只有一小部分。三十年代他的文章，除《文笔散策》《国学概论》等几本书外，大量的是登在报刊上的，这只能从藏书楼、鲁迅纪念馆等保存的旧刊物上搜集，如《自由谈》《太白》《涛声》《语丝》《芒种》等。四十年代的在《采访外记》等书里有一些；以后就是他去海外后写的东西了。其中有访问记如《北行小语》、《北行二语》、《北行三语》、《人事新语》（记述他回国参观的情况）等。还有戏剧评论、思想杂谈、文学概论、游记、评传等几个方面的内容。不知您那儿是否有更多一些的材料。

推荐编辑人选的事，能否容我和母亲（她现在文史馆工作）

再商量、考虑。待我们较具体地了解了你们的要求后再作决定，可好？

此致

敬礼！

曹雷

3.20

范用同志：

寄来的《涛声》《芒种》复印本都已收到，谢谢您的热心，帮我们解决了这难题，现在原件确可以封存起来了。

您信里提到的关于百名教授的那本书。我爱人又将原稿看了一下，感到一些资料虽很宝贵，但当时是作为新闻稿来写的，新闻成分太强，现在看来，就有些过时了。他不再想出版这个集子了，很麻烦您。

叔叔曹艺曾将《秦淮感旧录》改写后，寄给石西民，石西民同志有信给他，谈到广东、上海的出版社都因书中涉及国共和谈的背景，而不敢贸然接受。您上次说起的估计也就是叔叔改写后的这一稿。

春节快来了，我们大忙了一阵，除了翻译片，各电影厂和电视台的影片也送来配音。前不久，我为捷克片《非凡的艾玛》配了音，也许您已经看过？片子不错，值得一看。

祝

春节好！

曹雷

元.31

范用同志：

最近遇见章念驰同志，他说他所在的历史研究所所长汤志钧同志同意他将校订《国学十二讲》作为规划之内的工作，这样，他就能较快地进行了。

安徽省文学艺术研究所在合肥办了一个刊物叫《艺谭》，今年第三期上，刊载了一篇题为《我所知道的曹聚仁先生》的文章，不知您可曾看到？文章从我母亲给《新文学史料》的信谈起，认为我母亲是把曹聚仁说成“一贯进步”了（实际上，那封信里并没这么说），很不服气，说了一些事，来证明曹并非一贯进步。而这些事，多半捕风捉影、道听途说，甚至将曹没干过的事也栽在他头上。言下之意，“反动文人”的帽子给曹戴上是合适的。

我们曾去信给《艺谭》编辑部，指出这篇文章中的许多不实之处，并说明，文章中所提的一些问题，在《我与我的世界》后记中都早已讲清楚，这么胡搅蛮缠的真没意思。谁知，11月8日上海的《报刊文摘》上又摘登了这篇文章，并重点摘述了曹与蒋经国的关系，还说曹如何与蒋“暗送秋波”。这么一来，影响就比较大了。不少人反映这对统战工作很是不利。上海文史馆的领导对此也很重视，去人与《报刊文摘》的编辑谈了，提出要设法消除影响。鉴于我父亲多年来所做的工作，目前不能公开，很难在报上正面来谈他的一些事，只能从其他方面写些东西，来介绍他这个人。《文摘》的编辑表示，如果有报刊登载这样的文章，他们愿意摘登，以挽回舆论。但《新文学史料》上曾登刊过的《我与我的世界》后记，或《晋阳学刊》上的曹传等，因时间太早，不太合适，而最近我们忙于整理父亲遗稿，又没再写什么。

现在，我们面临的问题是能有关于曹的文章较快地在报刊上发出（不一定与冯的文章针锋相对，谈《我与我的世界》这本书，或介绍曹的其他情况都行），否则，《报刊文摘》就难以摘登。稿子问题不大，或我们写，或其他同志写；就不知您能否帮我们联系什么刊物、报纸登载这稿子，哪怕是内部刊物也行。希望能尽快登出。

拜托之事，不知有无可能？望在百忙中能复我一简信，也望能谈谈您对此事看法，帮我们拿拿主意。

烦扰了，望见谅！顺致

编安！

信任您的 曹雷

11.30

我配音的《蒲田进行曲》，被停映了。一月份将上映意、法合拍的《国家利益》，我配女主角。此片值得一看！

范用同志：

收到贺年的“老牛”，谢谢。这老牛就像您在出版园地中耕耘一辈子，听说还有两三年您也快退休了，但愿这两三年能过得慢一些。愿“春长在”。

从去年（1984年）9月份以来，也就是我从北京回沪后，配音工作突然加倍地忙了起来。厂里新班子上台，乔榛当了厂长，想了一些办法，使生产搞活。这样，除了译制片外，国产影片和电视片来我们这儿配音的就多了，业余时间录音可以拿酬金，于是晚上和星期天也利用起来了。我自知身体不好，晚上工作尽量不干，为了几张花花绿绿的票子也不值得。只想积累力量配几部好片子。可仍有许多四面八方来的事，把时间分割得支离破碎。我很想学习您的那种高效率的工作方法，却总感到难以做到。

最近我配了一部好戏，美国影片《创奇者》，是讲海伦·凯勒的故事。演员好，戏也好，我为海伦的老师安妮·沙莉文配音，影片中她是主角。什么时候公演，您一定去看一看。海伦·凯勒和她的老师是我极为崇拜的人物，三年前我曾在上海电台为听众播讲过海伦·凯勒的故事。

我忽然想起，您是喜欢音乐的，您听过我编写和参加演播的音乐故事《柴可夫斯基》吗？如果没有，我一定复制一盒托人带给您，相信您会喜欢。我还写过舒伯特的故事、约翰·施特劳斯的故事，都是用广播剧形式在电台播出。如果您感兴趣，我可以翻录给您一批我演播的节目：有音乐故事、散文、小说、电影录音剪辑，还有为小朋友讲的故事，可给您的小孙女们听。

妈妈让我代问您好，并让我问一下：在美国去世的吴国桢生前曾写了一部中国上古史（周朝以前），用英文写的。吴的妻舅现在上海文史馆，他有意将这部书在国内翻译出版，但估计读者面不会广，一般出版社不会肯出，不知三联可考虑否？弟弟景行日内去将书（英文版）取来，想先看一下。

华韬同志送了我一本《傅聪谈音乐》，好书。

寄来的合影照早收到了，似未给您回信，忙糊涂了。

祝

新春好！

曹雷

元.二

范用伯伯：

前一阵收到您的信，最近又收到您寄来的书，真是太好了！

听说您已经退休了，我不知该说些什么。我总觉得，让有多年经验的老同志在他还能工作时离开工作岗位，这是件十分可惜的事，像您这样精通出版业，热爱出版业的“老板”，真是不多的；三联能这样有自己的风格、特色、质量，跟您这位“老板”不无关联吧？我这些话煞像吹捧，但确是出于真心。真希望还能看到您的成果。我想这是会有的吧？

从去年以来，我开始担任译制片的导演工作，除了掌握录音现场之外，导演还必须跟翻译一起，根据影片中演员的口型，将剧本编成适于演员配音的本子。这是一道很费力但也很有趣的工作，既需要理解力，也需要文字功底，很像编辑工作。我参加导演了英国电视连续剧《我们共同的朋友》（狄更斯原著），日本电视连续剧《三口之家》，影片《超人》、《霹雳舞》（美）、《婉丽》（泰）、《一个哑巴的故事》（新西兰）、《三个老兵》（捷），等等。今年也为一些好片子配了音。日本影片《姊妹坡》若在北京上映，请您一定去看一次。片子好，在配音上也是我今年的“得意之作”。另外还配了几部有相当质量的电视剧：美国的《葛洛莉亚》、英国的《尼古拉斯·尼克贝》（狄更斯原著）、《傲慢与偏见》等。可惜中央台本位得厉害，不肯播上海台译制的电视片，所以您看不到，包括很有趣味的《三口之家》，您也看不到。

尽管干得很欢的样子，但也有不少苦处。自己身体本来不好，年岁也往五十奔了，时间、精力有限，总想干一些值得干的工作，搞的影片尽可能好一些，成活率高一些，生命力长一些，有一点保留的价值。可是来的片子由不得选择，任务也带有硬分派性质，常常不得不为些毫无意义的东西（尤其是蹩脚国产片）去耗费生命，这实在是很痛苦的事。而且把我写东西、整理遗稿的时间都占用光了，这一年来，我几乎没写下什么，连信也写得很少。

妈妈自去年手术以后，总是比较虚弱，还在吃药。今年她为香港的一个出版社整理了一本《檐下絮语》杂文选篇，都是我父亲在港期间写的一些短文，文史地理，什么都有。整理稿子，在她也是一种心理安慰，总觉得在做一些事，生活也就有一种踏实感。但她受到的种种干扰也颇多，无端地让她受气，心情并不十分好。

寄上两盘有我参加配音和创作的录音带：一是电影录音剪辑《非凡的艾玛》，一是我写的音乐广播剧《柴可夫斯基》，希望您喜欢听。

不知您在忙些什么？身体还好吗？还唱歌给小孙孙听吗？但愿像您年初寄来的贺年片上写的：万事吉！

曹雷

11.4

又及

《中国学术思想史随笔》稿费昨已收到。妈妈一直在说章念驰同志那里不知该如何酬谢？

《中国学术思想史随笔》出版不知有何发应？章念驰同志写了一文在《史林》上介绍，随信寄上一册。但此刊物仅在上海发行，可能不会有多少人看到。不知还能请哪位“知音”作些介绍否？

《蒋畈六十年》里因涉及一些书中人至今未重新作结论（有些在解放初期就在乡间做了处理，人已不在，也不会翻出来重新研究），故目前此书恐怕不宜重版。我们也吃不准。

范用同志：

谢谢您寄来的书，我一直很喜欢茨威格的小说和报告文学，可从不知道他有这样一本精彩的《异端的权利》，读了很为兴奋，但也引起思索……

我躲在这个译制小天地里，多少有点像螺蛳壳，钻进去可以不大问"天下事"，因为这个银幕中的天地还是很广阔的，尽管只是个"影子"。很消极吧？但又能怎么样呢？乘自己还有些精力，多译些好片子给老百姓看看，也就是尽了我的力了。

去年年底，我导演了美国片《斯巴达克斯》的译配，据说是六月份公映，希望您无论如何去看一下。上个月我又为法国的《最后一班地铁》配了音，相信您也一定会很喜欢这部影片。现在我手头又接了苏联的《战争与和平》的导演工作，这是苏联六十年代拍的四部电影，现在翻成录像，将在中央电视台播出。目前我还刚开始搞本子，这是颇为艰巨的工作，尤其是这部经典著作，相当吃力，但也很有味。也只有工作的时候是心情最愉快的时候，所以也就不觉得是负担了。

就是看书的时候太少，积了许多觉得该看又未看的书，总盼着有段完整的时间能看看书，但从现在的工作节奏看，这也只是奢望，也许只能等退休以后？

弟弟景行是研究世界经济的，有可能去香港工作，如真是这样的话，他整理一些父亲的著作，条件会好一点。这也只能再说了。

《中国学术思想史随笔》确实引起不少人重视，书店同志说他们事先都没估计到。很多情况反馈到章念驰同志那里较多，因他周围多为学术界人士。我这环境的人却是不大做学问的。也许您想象不到，眼下要译制《战争与和平》了，可演员组竟然没有多少人看过这部书呢，奈何！

妈妈要我谢谢您，说《读书》收到了。也请代为向罗承勋伯伯问候。我本在上月有机会去北京，打算去看望您和罗伯伯，后来又改变了，没去成，请他来上海时一定告诉我。祝
万事如意！

曹雷
4.11

范老：

您的信寄到妈妈处，妈妈在电话里念给我听了。

《靡非斯特》在上海是放在艺术影院放映的（《看得见风景的房间》也如此），可能是考虑到普通影院的观众难以接受，上座率不会高。艺术影院确有一批层次较高的观众，故会客满。我不知北京有没有专门放映文艺片的影院，故不知会在何时何影院上映。此片根据托马斯·曼的儿子，克劳斯·曼的同名小说改编。此小说1936年就问世了，但在德国打了几十年官司，至1984年才允许出版（原先只在国外出版）。这事在出版史上颇有名。我国有译本。电影是1984年出品的，获当年最佳奥斯卡外语片奖。前两年作为联德电影周片目，来中国放映过，去年才正式进口。大约不是获奥斯卡主奖，又是德国片，价钱没那么高吧，我们才进得起。我曾在今年《文汇月刊》四月号的“中外银幕”栏中写过一篇介绍此片的稿。可惜他们只给我寄了一本，再买也没有买到，不能寄一份给您。也许您有这刊物？

今年我译导的片子中只有《早安，巴比伦》还可一看，是意大利著名的塔维安尼两兄弟编导的。但我估计将来也只会在文艺

影院放映，也不知何时公映。

附上两张照片。您跟那位大嫂的照神态很好，只是我没注意，让您顶着个提包，怪累的；而另一张呢，我头上却压着盏灯。

很怀念在您那儿吃的牛肉锅贴，何时还会有机会呢？

最近还在为《鹰冠庄园》配音，今年又来三十六集，明年还要继续。再过一个来月吧，您可以在北京台的电视节目中又听到我的声音。

若北京电视台播放《你还记得爱吗？》，请勿错过，是一部好片子，我配的。

祝

一切顺心！

曹雷

11.13

范老：

没机会去北京，也没有带椒盐月饼给您过中秋。但常记挂您，不知您和罗老身体还都健吗？

今年译制的好片不多，唯一一部日、德合拍，改编森鸥外的《舞姬》的片子《柏林之恋》，大概又属于没有上座率而发行不出拷贝的。我的工作也很悲哀。但总算还有工作可做。

问候夫人！

祝

一切如意！

曹雷

90.12.16

范老：

谢谢您的贺卡。每年盼您的贺卡，竟已成了习惯，因为您的卡总是最有个性最有内涵的。过去，妈妈也总要把您的卡压在写字台玻璃板下，整整放一年。

我忙到年根底下，竟连写信寄卡的时间都没有，今天是元旦，总算坐下来写了几封信，才能向您贺个新年，愿您“硬硬朗朗”地在新的一年再做一些自己喜欢的事。我自己也别无多求，既不想赚更多的钱（我现在已经挺能挣钱，常能“开口招财”“不求自来”），也不在乎什么级别职位。躲在“阴暗的角落”——录音棚里，译制一些自己喜欢的片子，也丰富一下大家的生活，让大家多少开阔些眼界，提高些修养，余下时间写些稿，整理整理父亲的文字，很可以了。愁的是一天天过得太快，事情来不及做，总是堆积起来，常常搞得很累很紧张，这似乎是要改善的，但往往到时候就身不由己了。连书也看得少了。

不想多发牢骚，愿新的一年能做点事出来。

祝

如愿！

曹雷

92年元旦

范老：

非常抱歉很久没给您写信。春节以后忙于搬家，从江边码头搬回我母亲的房子。过去，我们是个大家庭，四代同堂。后来，实在挤不下了，我先生的单位给了我们两间房，在浦西的最南端。现在外祖母和母亲都去世了，弟弟一家又迁居香港，这里一套大房子倒空出来了。可是每次回来，总感到人去楼空，物是人非，心里很不是滋味。所以大半年了，我一直迟迟不想回来住。可房子久不住人，地板、水管都朽坏了，没人管理也不行，只得下决心把这里整理起来，一家人“打回老家”来。搬家实在是件要人命的事，这里的弟弟的东西，还要搬到那边去存着。来回折腾，光书就不下一吨半。至今一个月了，还没理出个头绪来。信件积了一大堆都没回。夏公的文章刊出后，连罗老处我都还未及去信，真是很不应该的事。

《蒋畈六十年》中有相当一部分，后来是又写入《我与我的世界》中去了。这本书目前不急用，以后有便托人再带给我好了。

夏公写序的那本《论杜诗及其它》已排出最后一校的校样，估计今年能见书了。就不知那本《曹聚仁杂文集》，印得怎么样了。去年年中，胡靖同志曾来信说可以开印，但以后就没再有消息，不知会不会又有什么不顺的事。

搬回来以后，我自己的工作安排（仅是我私下的安排）也想来个战略转移，想多动动笔。开口饭当然不能不吃，只是“糊口”而已（当前吃开口饭糊口较容易），更多的时间、精力想转到整理、写稿（谈不上写作）方面来，既要写有关父亲的，也写自己的。这只是个想法，不知行不行得通，译制配音事多，也不知放不放得了，试试看吧。这些年，我东一块，西一篇也写了些文字，多是应人约稿，没有个头绪。有一次与赵鑫珊先生通电话，谈起写文章，我说很多赵先生写下的感受，我也有，就是写不下来，也写不真切。他笑说：“上帝给了你一张嘴，若再给你一支笔，不是太厚爱你了吗？”这是打趣。我当然也不敢奢望上帝的厚爱，却也丢不开这支笔，只是写的时候常常很不自信，在我周围这不怎么有文化的文化圈子里逞逞能罢了。

有一件事，不知怎么才好：夏公处，我要不要感谢一下？如何表示好？1964年我去京开会，曾与夏公有一面之缘，也仅此一次；这些年，妈妈曾几次想写信给他，又怕他太忙，不敢打扰。本来我也想写信致意，贸贸然又不知怎么写才好。您看怎样？

这两年实在没有进口什么好影片，工作也就没什么劲，去年译了一部意大利人拍的美国片《BIX》（译后改名为《爵士之王》），反映二十年代的美国文化，还值得一看，但上座率绝对不会高。电视剧《浮华世家》，名气很响，也没太大意思。倒是我自己有一些弟弟带来的美国影片录像，是些名片。您若想看，我设法转录给您，如《紫色》《致命的诱惑》《月色撩人》《自由万岁》《金钱本色》，等等，不知您看过没有？

下次再写。

祝

春安！

曹雷

3.27

范老：

好久没给您写信，一切都好吧？念念。

我给胡靖先生去了一信，打听那本《杂文集》的出版情况，今年是我父亲逝世二十年，若能在年内见书，也算是一个纪念。也请您帮我问一问可好？

最近我被借至中福会儿童艺术剧院，参加一出话剧的排演，扮演宋庆龄。明年是宋的百年纪念，可能有些较大规模的纪念活动，这戏也为了明年的活动做准备。多年不这么演戏了，半个月排练下来，相当吃力，"国母"也不是这么好当的。两次化装造型，居然还相当像。七月一日正式演出，算是预演一周。

七月下旬我去香港探亲，大约去一个月左右，您有什么事吗？

身体可好？下半年有南行计划吗？

祝

万事如意！

曹雷

6.26

范老：

收到那本“小不点”，就像一颗珍珠那样宝贝，原想收到书就给你写信，又想看完后给你写信，看完后又想给《文汇读书周报》或者《联合时报》（我那位先生调到《联合时报》去了，是一份上海政协的报纸）写点什么，结果手头的几部片子一忙，什么也没写成，还是赶紧给您写信吧！

在我这被商店、摊贩、喧闹的车辆，叫卖、迪斯科、卡拉OK包围的房子里，在周围人一开口十有七八谈股票的环境中，竟有一片穆源，有这一方净土，真是可贵的。看这书，像是作了一次心灵的沐浴，多少洗去了沾上的俗气，所以，真要谢谢您，谢谢！

前年去绍兴和五泄，在乡下人那里买了一把竹子做的，涂了黄颜色的，有个把手，一摇会叭叭响的机关枪，我说这是范老板喜欢的，留着吧，不料搬家（搬回南京路妈妈家）时，弄坏了，也不知放哪里了。不久前上海开全国民间工艺展，会场上有竹叶芦叶编的蚱蜢、青蛙。好家伙，都要好几元甚至十多元一只，成了赚外汇的稀罕物儿了，我也望而却步了。现在要找到一些自然朴素的东西，不知有多难。难怪要想念穆源了。

有夏公写序的那本《论杜诗及其它》终于见到样书了。样书仅一本，我只能留在手头，待正式印出来了，当会给您、给夏公，还要给罗先生寄去。去年我去香港，见到了送给您那瓶名贵酒的先生，他现在与我弟弟成同事了呢！

只是那本《曹聚仁杂文集》似无问世之日了，至今杳无音讯。我倒可惜了编辑当年收集整理那一番心血。稿子当不会遗失的吧？

我今日将去天津参加两场演出，但没有机会去北京。我已经很长时间没去北京了，怕都要不认识了。

祝

夏安！

曹雷

6.18

范老：

久未通信，日前在上海三联买了一本《我与兰登书屋》，爱不释手，与我家那位两人抢着看。一面看，一面就想起您来，觉得您完全能写出跟它一样有价值的回忆录来，也会很有趣。也许您是在写吧？想到这里，就忍不住要写信告诉您。

夏天（八九月），我到香港去了一趟，住在我弟弟家，很巧，我弟弟跟罗公子是邻居（同一新村），我去他家拜访了几回，还与蜜蜜熟识了起来，谈起一些老友，还知道了您家那瓶“人头马”的来历。不知老罗先生近况如何？十二月该是有个变化了，不知会如何安排？念念。

最近我收到北京常君实老先生的来信，说他正在为北岳文艺出版社主编一套“中国现代文学丛书”，想把我父亲的《文坛五十年》收进去，并说中国文联出版公司考虑要出一套杂文丛书，希望我帮助整理我父亲的杂文五十万——百万字。常老先生是过去人民出版社的老编辑，想必跟您很熟。我对他不大了解也没见过面。他信中说得很实在，但我又怕花了很多精力去编选，结果又会拖上多年，不了了之。不知您能否侧面帮我打听一下，并对我介绍一下常先生的情况。另外，如果三联那本《曹聚仁杂文集》（胡靖同志花了很多心血编的）没有出的可能，可不可以抽出来交常先生那里去出呢？出版方面的规矩我不大懂，也请您帮我拿拿主意。

《中国抗战画史》和另一本舒宗侨先生编著的《第二次世界大战画史》被台湾一出版商盗版，而且那人（名杨德钧）无耻之极，将著者名字改成他自己，加印上他的照片，请陈立夫给他重写书名，让邱创焕给他题字，编后记说他花了四十多年心血著成这两部书云云，其他一字不改全部翻印原书，最近舒老和我正在跟他打官司，弄不好把陈立夫、邱创焕统统打进去。也是一桩生出来的事。

见到罗老，请代问好。

您身体还好吗？希望能看到您的《我的 ×× 书屋》。

祝

冬安！

曹雷

11.25

范老：

一个偶然的机会，匆匆来到北京，给您打了许多电话，都找不到您，怕是电话号已改或是您搬家了，没能联系上，十分遗憾。《曹聚仁杂文集》一事，一个月前接三联来信，说原订数只有560本，不能开印，希望和我商量个办法，我因这个月正忙，还未来得及回信，却在《文汇读书周报》上看到书已出版，十分意外，也是来时匆忙，连与我联系的编辑姓名都没记着带出来，也没时间去出版社找他们了，还是回去再写信吧！我想，书得以出版，与您大力促进有很大关系，真是非常非常感谢。电话不通，我也不敢冒昧去看望您，明晚我就要回上海了，若您电话、地址有变，望拨冗来信告诉我，下次有机会来京，定去拜访。

我是来北影厂为电影《红粉》配音的。这部由苏童小说改编的电影，讲的是解放初期江南城市妓女改造的故事，美国回来的王姬演女主角，影片中人物都说上海话，她却不会说，结果是让我来为她配方言。这在我倒也是头一遭。这几天从早到晚在录音，今天下午刚完，哪儿也没时间去。北京我已经好几年没来了，变化很大，却没时间去逛逛，也是很遗憾的事。

您身体好吗？我忽然想，会不会你们老两口去哪里避暑了？

祝

夏安！

曹雷

94.7.17 晚

于北京蓟门饭店

范老：

今收到“迁帖”，方知您已搬家。七月中我曾去北京，呆了一周，天天往您老家打电话，一直没人接，疑是您偕夫人出门避暑去了，也想到或许您已搬家。又在京给老地址发了一信，不知有没有转到您手里。

搬到丰台区，该算是郊区了吧？记得“文革”中，国庆节北京不让进人，我去探亲（当时爱人在中央台工作），只能先到天津，再买去蓟县的车票，到丰台下车，从那里转回北京，走了许多路。现在也许交通方便多了。您的那些书，一定够您搬的了。还有那么多宽裕的地方来摆吗？

《曹聚仁杂文集》已在《读书周报》上看到预告出版的消息，但至今未见到书，我已去信三联的苑兴华同志，若消息确实，也了了多年的一桩心事。您能否给《文汇报》写一点出版这部书的艰辛情况呢？

我仍在不断接片，电影不景气，来的好片子也不多，工作起来，也就不那么有劲。厂里只发给60%的薪水，其余部分有片子工作就作为酬金，没片子来就不发。我们只好四处“找野食”。好在“野食”反比正食多，日子也就还可以。

弟弟景行在港办《亚洲周刊》也搞得不错。上月他到北京，也曾给您去电话，那时您已迁新居，也没联系上。我会将您新地址给他，以后他去京的机会不少，也许还会拜访您。

上海连日酷热，弄得人整日价昏昏然，据说台风将至，盼能带来些许凉意。我家又临高架公路施工地段，时常断电断水，闹市中心，真是住不得也！

问师母好！

致

夏安！

曹雷

7.24

《蒋畈六十年》请代为保存，我只此一本矣！

范老：

昨收到来信。今天我已给苑兴华同志去了一信，提出我的意见，愿以稿酬折成书，由我们自己销售，以此提高印数。我想，此书虽不是畅销书，但应是“长销书”，没有太多时间限制的。五百六十本征订数估计是前几年的行情。现在对作者的种种“研究”“传记”都出了，作者本人的书反而销不出，岂非怪事？我很想就此给报纸写篇东西，也给这本书的出版造些舆论，您看可好？

中国广播电视出版社与我已订了合同，出版《曹聚仁文集》约七十万字，合同中说是年底出书。从他们选的篇目来看，远不及《曹聚仁杂文集》内容丰富，编辑下的功夫也大不如胡靖同志他们当年。大多是从已出版的文字中选取的。如果《曹聚仁杂文集》不在这本文集之前面世，怕又要吃亏了。

台湾盗版《中国抗战画史》一事，并未打官司，也谈不上胜诉，只是由朋友关系找到律师，在台对那盗版又盗名的家伙施加了些压力，那家伙害怕了，跑来上海要求私下解决，算是调解，赔些钱。这人是个文痞，七十多岁了，满口胡言乱语。我还从未见过如此厚颜无耻之人。居然见面第一句话就说：“我杨某人为人信奉第一条就是诚实。”气得我简直不知怎么来对付这样的无耻。他把舒老和我父亲的名字全抹去，在书上印上杨 ×× 的“作者”大名，还在“编后记”里说他花了四十多年心血，编出这本书。把原编著者“前言”也改成他写的，还印上他的照片。拉了陈立夫给他重写书名，改成《中国抗日战争大画史》。居然还说他信奉“诚实”！在上海时，答应除了赔款，还在台湾报纸上登报道歉，结果，只在《联合报》上发了邮票大一块启事，说是与舒、曹发生了“文字上的误会”云云。反正能赖则赖。按当地法律，他应赔偿八万美元，也给他赖掉四分之三。律师（双方）出来调解的费用，他也赖掉了，只得我们出。谈到后来，他就说：“我没钱，你总不能逼我卖房子吧！”一副无赖嘴脸。我算是开眼界了，见到了这种人！他印的书作为证据，我这儿有一本，也没向他再要。这书只有一条可取：印得要比中国书店的清楚得多，纸张也好，开价一百二十美元一本，我猜他已经赚了不少钱了。我弟弟说，父亲的书，台湾盗印得不少，只是鞭长莫及，没法一本本去抓，也没精力去缠。

致

夏安！

曹雷

7.29

范老：

惊悉夏公去世，心中难受了许久。想起他在为《论杜诗及其它》作的序中谈到，他与我父亲同年，同与世纪同龄。在他九十多高龄之时，还这样热心，为我父亲说了公道话。不久前还为家乡浦江设的“曹聚仁陈列室”题了字，这大概是他最后的墨宝之一了。真想在夏公灵前表示一下对他的感谢，但我也知道，会有无数的花圈，无数的唁电，轮不到我。也不知道用什么形式表达心中的哀痛。您若去参加悼念夏公的活动，请代我向夏公家属致意，拜托！

我 15 日将随谢晋—恒通明星学校的同学去北京作结业汇报演出（我是学校的语言课老师），因乘火车去，16 日抵京。若日程排得过来，我定去看望您。您的腿伤痊愈了吗？

上次录去的像带，还可看看吗？

祝

新春安好！

曹雷

95.2.8

范老：

很高兴，北京一行能去您家拜访，看看您，看看您的新居，您那儿可谓“风水宝地”，又有阳光，又有绿荫，还有河，有水，现代城市中哪儿去觅这样的“宝”。不像我这上海的房子，虽地处市中心，面积也大，建筑也好，但右临高架公路，左面弄堂被摊贩小店所占，楼下百货商场，对面批租造高楼，我们被包围在当中，废气、尘埃、油烟、噪声，终日不得安宁，仅有的一点阳光却被左邻右舍的高楼遮得像从缝隙中透过来一样。贴墙相邻的是商场的办公室，前日一装修，竟把我卧室墙壁凿一大窟窿，真是哭笑不得。看来，此处终非居家之地，早晚要逃去的。

去拜望了您，还能拿到《曹聚仁杂文集》一书，又一大收获，我也正打算从头再细读一遍。您愿不愿意在《文汇报》上写一篇书评或观感，或介绍一下这本书的艰难的出版情况呢？其实，是应该作为“后记”请您写一篇的，没附到书中，是一大遗憾，就请您在报上补一下吧，可以吗？

陈道明在上海拍《上海人在东京》，所以在北京找不到他了。不过，上海有线台从明天起要重播《一地鸡毛》，我已为您买好录像带，打算全部录下，托人给您带去，我用LP录（慢录），您的机器可以放的吧？《孽债》可能也会再播放，届时我再帮您录下，不过那有 20 集，录起来可能费事一些。最近我日夜加班，正在将《孽债》配成普通话，打算送北京供中央台播出，您可以看到，但比起沪语版的，味道就要差多了。

祝

春安！

曹雷

95.3.10

范老：

带上两盒《一地鸡毛》，一盒新带中是 1—8 集（慢录），遗憾的是录 9、10 两集时，我因匆忙，用了一盒旧带，还是坏的，录是录下来了，也可以看，却没有录到全剧的尾巴，真是十分可惜，也很抱歉（带盒虽缺损，仍可看）。

另三盒：《紫色》《坠入爱河》和《自由万岁》都是名片。是我的保留带，看毕请托沈同志带回。我有时上课要用。

听人说您有来沪的打算，不知是否确实？腿伤痊愈否？

我最近被借去演话剧《孔繁森》，多年不上舞台，已不大适应每天的排练和演出生活了。

祝

保重！

曹雷

6.16

范老：

《大公报》上看到您的大作《猜猜看》，还看到那两幅漫画十分有趣。两位画家定是您知己好友，太了解您了。

听说《一地鸡毛》的后两集您的机器上放不出，可能是带子坏了的缘故。我真是太粗心了。好在景行弟那里还录了一套，月中他回来时会将带子带回，那时，我便再托人将后两集给您送去。若感兴趣的话，还可以再借些好片子给您看。

译制厂主要是体制已不适合当前市场经济，早晚要被淘汰；而且老厂长陈叙一去世后，艺术上没有人抓，演员们各唱各调，少数人飞扬跋扈，厂里人心涣散，译制质量下降。加上与中影公司闹矛盾，以致让人“断了粮”。以后总要从体制改革上来解决。

我被母校（上海戏剧学院）借去排演话剧《孔繁森》，演出后反响尚好，上座率也为近年话剧演出之少见，当然有很多单位是将看这戏当作政治学习或上党课而组织的，但戏本身也还感人。要演到什么时候，现在还看不到头。也不知有没有机会到北京去演。我已多年不上舞台（1992年演过宋庆龄，纪念性质，演了没几场），这次试了试，还有一定驾驭能力，以后也许还会演些戏也未可知。退休之年竟重返舞台，也是自己都没想到的事。

我父亲的那本《上海春秋》（也是我和妈妈整理的）已在排印中，另有一本他忆别人的集子，也正打算出版，在编辑中。待出来后定寄给您。

致

夏安！

曹雷

95.7.10

范老：

过新年、旧年都没有向您拜年，实在因为忙得有点晕乎。别人现在双休，我反而连单休都没有，直至小年夜才刹车。接到您的信多日，但那份您要的“书”，直到弟弟回沪过年才带给我，现复印一份奉上，也许您已经看到了（他还带来了港报上登您摔跤文章的剪报）。

《文汇报》的刘绪源同志写了您“真可爱”一文，里面还提到我对您的描绘，可见印象之深。不过有一点搞错了，那次不是您约了我，恰恰是我去看您，打乱了您安排好的一些约见，您约了跟人谈一本书的封面、装帧等等，还记得吗？

人民日报社的姜德明先生约我编一本我父亲谈书的集子（不与《书林新话》重复），我正在着手整理，苦于他的手稿别人不认得字，得我一篇篇重抄过，颇费工夫。

您的腿已复原了吗？念念。

祝

健康、快乐！

曹雷

96.3.3

范老：

原本想给您打电话，告诉您《孽债》在北京播映的事，后来同事说北京人都爱看北京电视台的节目，您肯定看到了。果然收到您来信，说已经看了。

这次北京电视台播的沪语版《孽债》是北京向上海买的，而我正忙着的普通话版是为中央电视台制的，中央台是向全国播出，所以为了保证大多数地方观众的收视率，必须配成普通话。

但是这部戏配成普通话将大为逊色，那些很有生活气息的语言，就没有了。这是地域文化中的特点，是别处的语言无法替代的。北京的那些“侃”戏，包括《茶馆》其实也是一种方言戏，只不过沾了与普通话接近的光，大家都听得懂。上海话吃亏在与京语系不是一个语系，所以不易普及。

四月下旬有位教育出版社的编辑要去北京，我将托他带上《一地鸡毛》的带子。遗憾的是最后两集我匆忙中错用了一盒坏带子，结果第十集的尾巴一小段没有录上，使全剧缺了个结尾。以后再找机会补吧。

三联的苑兴华同志来电话说，照原合同将稿费折成书寄来太麻烦，还是给我寄稿费，今天稿费已收到。书却还没来，不知何时在上海的书店才会上市。《中国学术思想史随笔》在上海一个书店一百本只五天就售完了。

《蓝风筝》我没看过，只看过张艺谋的《活着》。我还想看姜文导的《阳光灿烂的日子》，也看不到。

《红粉》在上海放映沪语版。对此片争议颇大，但都说我配的沪语旁白很好听。其实我还为王姬配沪语，却没人听出来。

祝

春安！多保重！

曹雷

3.27

范老：

寄上我先生李德铭（笔名林霏开）的纪念封一枚，集邮本是“白相相”的游戏，倒给他“搞大了”。一哂！

我于9月去港探亲，主要借机去港图书馆收集整理一些父亲当年散见报刊的文字，收获颇大。最近为上海电视台主持一台纪念长征的晚会，被“召”回沪，现晚会任务完成，拟月底二度赴港。上回去时，与罗先生一直未见着（他十分忙），约了好几次，结果我又回来了，这次去定会见面。

有几本书将在年底年初陆续面世：山西北岳的《我与我的世界》（增补版）、北京出版社的《书话》、上海东方出版中心的《文坛五十年》及《鲁迅评传》，香港三联的《曹聚仁卷》（丛书之一）。不知为何，《中国学术思想史随笔》一直未在香港有售，香港中文大学文学系的教授曾想把此书列入教材，却一直买不到。

有什么事可来信上海，李德铭会转给我。

身体可好？腿伤完全痊愈了吗？念念。

祝

秋安！

曹雷

96.10.26

范老：

久未通音讯。常在报上看到别人写您或您写别人的文字，只不知近来身体可好？腿脚还灵便吗？能出去走动走动了吗？

日前曾寄上一本最近出版的《文坛五十年》，这是我父亲五十年代在香港出版的书，原分正、续编。这回首次在大陆再版，把二编合一。书中的观点自是他一家之言，有不少文坛的史料，还是很宝贵的。我不知您收到没有？可有时间看？如果看了，有一点感想的话，能否在《文汇读书周报》或《新民晚报》读书版上写一些短文作个介绍？像这样的书，如果不作介绍，淹没在茫茫书海之中，似不易引起人们注意。我自己写文章，也觉得没分量，因为我毕竟不是“文坛”中人，也没太多研究。

接下来要出的《鲁迅评传》（东方出版中心）和《曹聚仁书话》（北京出版社），也请您关心一下，拿到书后我会寄给您。后者是我在父亲留下的未成书的手稿中选编的，比《书林新话》内容更多，与过去出版过的书的内容也不重复。

我还时不时地上舞台演演戏，今年“七一”前后，就在上海演了杜宣写的大戏《沧海还珠》，在这出戏里，老演员张瑞芳、秦怡、乔奇、江俊、白穆等等都上台了，十分热闹。有时还上电视演些节目，有好几档节目被中央台选去播出过，要碰巧，您可能会在屏幕上见到。

上星期见到王任叔（巴人）的儿子王克平，他说巴人有一本杂文集，在三联搁置了十年了，还没见书呢，真是遗憾。

祝

暑安！

曹雷

97.8.4

范老：

接来信，得知师母仙逝，十分吃惊。上次同去饭店，后来又打得饭菜回来的情景，还历历在目，不想竟成永诀。也很挂念您现在的生活，儿子是否来同住？饮食起居可有人照应？觉得孤单寂寞时还是多出去走走，不要独自闷在家里为好。

我这一年也还是东一搭西一搭地忙着，手头还在校着一部崔美明那里的《天一阁人物谭》，也是父亲的旧稿辑成的。年底估计可以出来。山西出的《我与我的世界》增补本已见书，据说在南京的全国书市上销得不错，第一批就订购掉 1500 套（分上、下册，共 70 万字）。但至今只寄给我一套，我已去信买 30 套，待书寄到，我会送上。自己的事呢，为日本译配了电影《铁道员》（应日本东映公司之邀，为他们配中文版，此片很不错，但我们还未进口，看不到）。又为美国迪士尼公司译配了《恐龙》，最近应杨澜公司的“阳光卫视”主持一套人物传记节目，很有意思，有部分节目在北京台有线频道播出，您可能看得到。我弟弟曹景行在香港凤凰卫视主持的《时事开讲》节目您看得到吗？没想到七转八弯地我们姐弟俩都成了“电视人”了。

今年上半年，我和我那口子一起去欧洲兜了一圈。二十多天，跑了十个国家（自费旅游，比公费出国有意思），虽说是“跑马看花”，但仍开了不少的眼界，比在书里看，电影、电视里看别有一番感受。去年我去俄罗斯、乌克兰（为拍《钢铁是怎样炼成的》），回来写了几篇小东西，可能您没看过，寄上一篇，给您解解闷吧。

12 月份，我要搬到新家住，在苏州河边，房子虽不大，但看出去景色很好。老家给儿子结婚，电话、地址等搬后再告诉您。写到南京路也无妨。

务望节哀！

曹雷

2000.10.18

范老：

出去旅游回来，看到您的信和您的珍贵的收藏品，真是非常高兴，谢谢。

信中所说《中国图书商报》7 月 5 日那版我没有看到。不知他们会不会给我寄来，如果您不保留这份报纸的话，能否寄给我？

听说今年北京又是酷热。气温高达四十度。两年前我曾在北京遭遇高温，现在想起都有些可怕。您家中若有空调，不出外走动，也许好过一些。上海倒很少有这样的热天了。

6 月下旬，我和我先生会同上海一些朋友作了一次俄罗斯、乌克兰之游。两年前我因拍《钢铁是怎样炼成的》曾去过一次，这次是纯旅游，连行程是 19 天，莫斯科、圣彼得堡、乌克兰的基辅、雅尔塔、塞瓦斯托波尔，还去了巴赫切萨拉依，看了泪泉。走访了契诃夫的故居。收获颇大。过去怎么也想不到今生还能有自费周游世界的可能，所以退休以后，趁腿脚还灵便，还能挣点钱，赶快出去走走，看看那些过去只是在电影里、书本里看到的世界。我没有其他的奢望，既不会大吃大喝，也不穿名牌不买汽车，孩子自立了，老人过世了，房子也有了，唯一的生活享受就是旅游了，我先生与我有同好，结伴出游，不亦乐乎。

寄上一张我在圣彼得堡的彼得夏宫金喷泉旁拍的照片，这个喷泉有七十多座镀金雕塑，组成的喷泉群，蔚为壮观，从我站的地方可以一直看到波罗的海的芬兰湾。可惜这张照片里看不到多少金塑像。

师母不在了，您一个人生活谁来照应呢？儿子常来吗？还是住在一起了？

我已搬新居（南京西路的房子给结了婚的儿子住了，就是您在北京见到的那个孩子李征）。

祝

夏安！

曹雷

2001.7.19

范老：

您说，看书很开心；可是对我来说，收到您的信，看到那信封、信纸和那字体，都是件开心的事。妈妈当年就收着您的来信和贺年片，我也都收着，直到现在。

还有件开心的事，就是在书店里买到了您编的《莎士比亚画册》。画好，印刷装帧得也好。我在俄罗斯的博物馆里看到一批展品（占了一个展厅）都是莎士比亚戏剧插图，但是印成画册的只有其中一部分，我就没买那本画册，回来后又一直很遗憾，现在买到这一本，您可以想象我有多高兴。

近两年我和李德铭出去跑了一些地方，今年还去了埃及。冒着沙漠的炎热，去进修了一堂人类文明史的课，十分值得。现在个人出境旅游越来越开放了，我们总算在生命的“尾”年搭着了开放的“头”，也算一幸事。我现在的房子，阳台上可以看到蜿蜒流过的苏州河，视野很开阔，每天的傍晚，夕阳景色都有不同，晚上万家灯火，像是舞台布景，煞是好看。很遗憾您不再来南方走走，若能来上海，一定来坐坐。我这小区现在还有个画家的工作室，有十位上海的画家签了约，会经常有画展之类。

半年前，我胆结石诱发胆囊炎，在医院前后住了五十来天，最后将胆摘除了事，现在太平了，只是吃东西还得小心，消化不是很好。瘦了十来斤，倒是好事。

您居然不常去医院，听了很高兴，祝您无病无灾，长命百岁！

曹雷

2002.8.17

曹辛之

范用同志：

昨天装帧设计座谈会开得很好。出版界和美术界的领导和前辈们的讲话，给了我们装帧设计工作者以极大的鼓舞。装帧设计工作引起了美术家和出版家的重视，我想在党的关怀和国家出版局的领导下，书籍装帧质量的提高，在短时期内便会大见成效。

子野同志的讲话中，对我做了过誉的介绍，使我深感惭愧。我在党的长期教育下工作多年，没有做出应有的成绩，实在是辜负了党对我的期望和培养。听了子野同志的讲话，更使我感到不安，也提醒了我作为出版队伍中的一个老兵的责任感。我虽年过花甲，健康情况又不佳，能够工作的时间不会太多了，但在我没有离开世界之前，我一定要坚持在出版岗位，努力学习，认真工作，搞好传帮带，为提高书籍装帧质量贡献自己的全部力量，你见到子野同志时，务请代为致意。

韬奋先生钢笔画像的制版打样一张，附上，请检收，这大概是抗战胜利后我在上海生活书店工作时所画，可能曾作为韬奋著作的作者像页，原稿早已丢失。这张画在技法上不成熟，但形象和神态似较逼真。

征集李公朴先生事迹，关于 1939—1940 年抗战建国教学团在晋察冀边区的情况，当时教学团的团员除我之外，在北京的还有苗培时（煤炭部）、章容（工人日报）和鹿野（中央广播电台）。如需要，可找他们联系。我还保存着一张三十九年前抗战建国教学团前往晋察冀边区临别延安时拍的照片，照片上有公朴先生和教学团全体成员，还有送行的同志，其中有续范亭将军。倘若需要，我当奉上。

最近翻阅旧稿，重读了我三十年前悼念公朴先生殉难二周年所写的诗篇，公朴先生的音容笑貌宛然可见，此诗当时在上海《中国新诗》发表时，在读者中曾有点影响，今日读来，似还没失去它感人的力量。你是公朴先生的老战友，特抄录一份附上求正。如果你能把这诗带给洛峰同志（我已好久未见到他了，很想念）看看，听听他的意见，我是很盼望的。

在四十年代，我用"杭约赫"这个笔名发表过为数不少的诗篇，并出版了《噩梦录》《火烧的城》《复活的土地》等诗集；我和臧克家、王辛笛等编辑的诗刊《诗创造》和《中国新诗》，在当时的诗坛也曾起过作用。从这次香港出版的《现代中国诗选》和《中国新诗选》的内容看，我这些东西在那里至今还有影响。我在香港没有熟人，更没有一人知道我就是当年写新诗的"杭约赫"（便是内地，也只有极少数的几个老朋友还记得我曾经写过诗。当然还有一些过去并不认识的爱好新诗的朋友，如《人民日报》的姜德明至今还珍爱着我当年出版的那些诗集和诗刊）。今天，看到香港的出版物中选录了我的旧作，并给予我一定的评价："杭约赫是一员猛将。他继承了三十年代诗人所建立的优良传统，紧紧掌握了时代的脉搏。他写短诗，也写长诗，写得多，而且写得好。他的语言是四十年代出现的诗人中最凝练的一个。……杭约赫可称得上是四十年代的重要诗人之一。"这种看法只是代表该书编者们的意见，是否恰当，只有待后人去评说了。但它勾起了我对往事的回忆，不免心潮起伏，感慨颇多。我拜托你代为向香港方面设法弄这两部诗选，也只是为了留个"以免忘却”的纪念，多少从中可以得到一点温暖。请抽空给蓝真同志（1949 年我在香港时与他一起工作，分开后未见过面）写封信，求他就近想想办法，或许有点希望吧。诸多费神，谢谢。

专此布达，即请

暑安

弟 辛之 上

七月八日夜深

此三十年前旧作，录呈范用同志教正

一九七八年七月曹辛之于北京

跨出门去的

——写在李公朴先生殉难的第二周年

杭约赫

第一章

当你的名字，第一次被人们熟悉，
灾祸便和你，结成了亲密的弟兄。
一天，你悲慷的歌声沸腾了世界，
这个垂危的古国，在战争里得救。

人们从图片文字上，描绘你一络胡须，
比年青人更年青，年青人举你当旗帜。
八年的岁月，检最危险地带寻觅安全，
执着如诗人，你鼓舞起战士们的爱情。

此三十年前舊作，錄呈
花周同志教正
一九七八年七月曹辛之于北京

跨出門去的

——寫在李公樸先生殉難的第二周年

杭約赫

第一章

當你的名字，第一次被人們熟悉，
災禍便和你，結成了親密的伴兒。
一天，你悲壯的歌聲沸騰了世界
這個垂危的古國，在戰爭裏浮救。

人們從圖片文字上，描繪你一絲胡鬚，
比年青人更年青，年青人譽你當孩兒。
八年的歲月，給最危險地帶尋覓安全，
執着如詩人，你鼓舞起戰士們的愛情。

偉大的理想，完成一個熱烈開始，
戰爭接着戰爭，假借的野心重新
猖獗。糾正歷史越軌你押上生命：

人民美術出版社
20×25=500

伟大的理想，完成一个热烈开始；
战争接着战争，假借的野心重新
猖獗。纠正历史越轨你押上生命：
“跨出了门，就不打算再跨进门来！”

谋杀与谎言，稳定不了这跛足的统治，
二十四回月圆里，遭遇多少惊心奇迹。
你的身体变成灰，滋养了茁壮的苗芽，
看他们带着你丰盛的生命，开花结实。

第二章

在马槽的旁边，在庙廊的下面，
在沉重的炮声和走不完的山沟里，
我们听解放的号音来集合，
到刚开垦的土地上学习播种。

看这一片清新的绿色，曾融合了
我们多少生命，它也把生命的
技能传授给我们。充满
信心。回到这块不毛之地，
纵然魔鬼像屋瓦一样多。
你一直跑在我们前面，
跨过金色的诱惑、无数次
牢狱和死亡，一生的忧患
便是个好榜样。记着你的
名字，我们将永远伴着

勇敢。在燃烧的荆棘里，
通过白热的火候，你安顿进
一只小小的瓦罐。过去你肩负了
这片土地的命运，现在这片
土地要来偿付你的理想。

你曾经譬如自己是座桥，
一群群的年青人经过你走向
耶路撒冷；现在，你横下了
身体，更像一座桥，迎来
人的觉识，和一个丰收的世界。

第三章

有时星球要殒灭，成熟的
果实会跌落，多少不测的
灾害，在我们每一秒钟里
我们每一寸空间里埋伏。

有人想回避它，失足坠入
死亡的泥坑；有人勇敢地
踏过，完成了人的荣耀和
历史的庄严。人间与冥世

仿佛相通。许多熟稔的
朋友。跨出门去便没有
回来。你，来不及用语言

告别，我们竟要把相逢
拟订在世界的外边，让
悲悼化作催生的春风。
（一九四八年八月上海《中国新诗》第三期刊出）

范用同志：

那天您返京，我没有去送行，很抱歉。

图片集*在信之同志和锡荣同志的主持下，根据原来的展览图片逐页进行讨论，已经拟订了编辑初步方案，估计要六十余页，收图片约九十余幅。我已将现有照片检查了一遍，分出门类。多数照片只有底版，须要冲洗，待拍照的图书资料有十余张，烦请人绘制的图画（如周总理与韬奋、韬奋在苏北等）有六七张。锡荣同志已于四号返常。图片集的准备工作，信之同志已做了具体布置：容海同志根据初步方案撰写每幅图版的说明文字，克昌同志联系绘图和冲洗照片等工作，严、罗二同志去找寻有关图书资料。目前，设计工作暂时还无法进行。纪念馆的楼梯这几天要修理和油漆，我的住处，出入成了问题。我和信之同志商量，趁这段空档，想回宜兴去看看，他已同意，准备明日动身，大约一星期后回来。估计那时一部分照片已经冲洗好，说明文字的初稿也已写出，设计工作便可着手进行了。如工作顺利，争取在一个月里能把初稿完成，我回京时能把设计稿带上，请有关同志审查。

三号，我们到上海革命公墓瞻仰韬奋烈士墓和李公朴烈士墓，照了相。由于墓碑上的韬奋像很模糊，照片还将重新拍过。

关于方行同志建议编印“韬奋著作封面集”事，我已初步看了一遍纪念馆的藏书，感到有些问题：一、书籍有的相当破旧，封面较脏；二、有的书籍重新改善，封面是新装的；三、有的书封面设计较简单，缺少物色；四、韬奋主编的几种杂志大都已订成合订本，而合订本的封面却只是一般的精装式样；五、解放后出版的书（如《韬奋文集》）虽都完整如新，但封面上多已盖了藏书印章，书脊上贴了藏书编号……如果决定编印，我初步的设想是：一、有些封面太残破的可以照原样重新画过。二、封面上有些妨碍画面的藏书者印章尽可能用颜色盖掉，贴在书脊上的藏书编号设法去掉。三、期刊尽量找单另本。此事当在编辑设计图片集时再作进一步考虑。

这次印的《经历》，文字上有几处排错的。图片韬奋“在法院看守所中写作和阅读”的年月错了，应是“一九三七年四月”；第404页“邹韬奋遗嘱”上，三个子女的名字都排错了，核对遗嘱原件照片，应为“长子嘉骅”“次子嘉骝”“幼女嘉骊”。再版时须给予改正才好。

《寥寥集》重版时，封面字和图望能重新制版。封面字已抽空写好，今附奉。关于封面图（兰花），我已写信给我爱人，嘱她把《芥子园画传》给您送去。但不知《芥子园》中这张图可曾给修描过了，如已描过，只好请您另外再找一本，好在此书北京容易找到。初版本封面纸较薄，又不能加勒口，重版本希望能换较厚一些的封面纸。

剪报《书话》已向辛笛兄借来，今附上。文中有“辛笛曾在本港的金城银行当经理”句，辛笛说这是误传。昨夜与辛笛访询巴金先生，三十多年不见，他已满头白发，但精神很好，记忆力也未减退，他正继续在译赫尔岑，** 第一卷年内发稿（全书共五卷，他说这部巨著，怕是他此生最后完成的译稿了），他还准备从事新的创作。

钱君匋处，我还未去，因方平刚由京返沪，工作忙，待我由宜兴回来后偕方平去看他。约他写《装帧史话》，预料是不会有问题的。

你给信之同志的信，我们都看到了，请邹师母写回忆录事，信之同志已在与敏之同志联系中。

我在沪的生活，深得信之同志和诸老友的热情照料，过得很好，健康情况似较前为好，请释念。

匆此，即祝

安好

弟 辛之 上
十一月六日

杜渐编的《开卷》第一期如已寄出，请寄我一册，谢谢。

* 指《韬奋画传》。——编注

** 指赫尔岑《往事与随想》。——编注

曹予庭

范用兄：

您好。请接受我迟到的贺年。衷心祝愿您健康长寿，诸事如意，全家欢乐。

您在去年寄我的信，谈起《抗币风云录》中的张汉卿同志情况等及大著均收到，只因信寄至学林而我只在每月5日领薪时才去，收到晚了，尤其是我在13日因病住院直至1月13日才出院，足足住了一个月，所以回信也迟了。请多多原谅。张的女儿海凤曾和我同事过。她也没谈起父亲的事，而《抗币风云录》的作者也许是听别人说或当年确是用这个卿（清）。现在都只能算了。倒是我应该送老宋一本让他也了解下。谢谢你的提醒。更谢谢你的赠书，童年学生时代见真情，我是十分神往的。

我是1963年胃手术的切口处疤痕感染，发烧、出脓，疼痛欲裂，赴医院求治，嘱立即手术的。由于血压高，低压120，又做了全麻，现手术处因创口较宽，超过5公分，未能缝针（因无皮可拉过来）所以只能让其自然长肉长皮，至今犹需换药，尚未全部愈合。三十多年旧创，却因感染重吃一刀，真非所料，现凡事尽管久远，尚应认真对待，不能马虎。

上海已进入三九严寒，北京更冷，至望多多保重，请时加联系，多予赐教。

冬安

又，不久前，黄裳在《文汇报》批评张中行的史学观点及谷荪在《新民晚报》批评张爱玲被炒红而不顾与汉奸胡兰成结婚了，我认为都很好。时下有股歪风，对旧事旧人不顾历史不顾大节，确应评论一番，你认为如何？

弟 曹予庭

1.14

范用同志：

您好。很久未和您通讯了，际此岁暮并新的一年将临之时，衷心祝愿您健康长寿，诸事顺心，全家幸福欢乐！

我还是老样子，退下来后，由于有高血压所以也没能多做些工作。只是难得写些短文，最近上海出版的《编辑学刊》又归学林出版，则帮忙看些稿子。学林这些年来也出了一些有品位的书，如《文汇报》的“笔会文丛”，及“海派文化长廊”等，不知您能看得到否，现在出版界的情况我由于退下来后很闭塞，行情不灵，如贾植芳、钱谷融为学林主编的“海派文化长廊”丛号收了穆时英的书外，竟也收了周天籁的《亭子间嫂嫂》，这本周著是上海四十年代敌伪沦陷时在小型报上连载的，解放初我在出版局工作时，曾按出版总署中宣部批示，以其描写小市民的风花雪月，内有黄色淫秽等，且粉饰敌伪统治而予停售的。现在却重新问世。还有卜少夫文集也出版，卜不是以无名氏笔名写了反共小说《野兽·野兽·野兽》和《北极风情画》等吗？解放初也一样予以查禁。但现在这些书也由安徽出了。我不解内情，不知您这位出版界见多识广的老前辈是否能予教之。当然过去有些左，但反共及黄色总是不变的，说实话现在在商品大潮冲击下，不少社会现象都使我们变得连小学生都不如。

上周参加了纪念罗竹风同志的座谈会，夏征农、胡立教、陈沂及出版界、新闻界、学教界的专家学者也参加了，大家对罗老的耿直和爱憎分明以及学问都交口赞誉，上海辞书出版社出版了《纪念罗竹风文集》，收有各界人士的组合文章，我也写了一篇缅怀他在出版工作中抓质量的文章，在会上《文汇报》的马达谈了《杂家》发表时的内情。不知您有这本书了否？我可以设法给您要一本。

您还去三联否？几年来蒙寄赠《读书》，您退后沈昌文也仍寄我，今年开始没有收到了，大概停止赠阅了，因没给他们写稿，许是感到无回报了，可惜，我也因此失去了解读书界的情况。

明年六月，印刷博物馆据说要召开第四届国际印刷史（研讨会），第一届时我曾参加，我想去信询问一下，争取写一篇论文也能参加。如果参加了当赴京顺道拜会吾兄，一聚为快。

上海也已入冬，天色阴暗。但还未下雪，今年为暖冬。但上海这种阴雨的灰蒙蒙雨绵绵冷兮兮的天气，家又无暖气（取暖器不顶用）确使人更感寒意。我想您的新居很舒服吧，但望多多保重，延年益寿！

恭祝

冬安并祝新年如意

弟 曹予庭

12.22

常君实

范用同志：

因搬家，今天才找到通讯本查到您的住址，年前未能寄贺卡，今天是元旦，是拜年之日，祝您虎年身健笔健，万事如意。

我原住的西单楼房，因房地产商看上我们那块宝地，要建商业大厦，要我们暂时搬到南三环洋桥的南面西马场来，这里也属于丰台区，三四年后再迁回西单，在辟才胡同东口内，他们为我们建一栋新楼。这里是三室一厅一单元，较西单宽敞点，但不通邮，信件、报刊要到居委会去取。这里有14路汽车经过，可到六部口、府右街。

现在，我在编“三家村”邓拓、吴晗、廖沫沙三人的全集，每人各五卷，共15卷，1000多万字，花城出版。我编的《唐弢文集》10卷，去年得国家图书奖提名奖。

《丰子恺漫画全集》10卷，丰先生两个女儿编，我推荐给京华出版社，明年出版，明年11月9日是丰先生一百岁诞辰。

祝

新年愉快！

我老伴问您好！

常君实

1998.1.1 上午

车　辐

用兄范公：

大概是年老人部分通病，与老年以下之人生活习惯不同，我同您差不多，我是熬夜搞惯了的，半夜是我的天下，我一人一屋，不受干扰，但也不干扰别人，我住二楼，不敢走得楼下“弄得我们睡不着”。

丁聪兄为您画像，因我未蒙面，您的尊容无从想象，我想丁聪兄之作是八九不离十。有等年轻学画的说丁兄之画太板滞，闻之，即反驳：“你们要学基功，没有坚实基功，要向什么现代派，实质上是掩盖自己没有什么，画不像的，艺术来不得半点虚假啊！”我写一篇怀念老友萧军之文，《四川日报》配萧老的像，叫我人也受罪！还说什么“看不懂就好！”，真是自我欣赏至露阴狂了！

很欣赏你写的“只要活得自在，不坑人”，好一个“不坑人”！坑了人，坑了大批的人，也算终于过来了，我来京见老友多引前人两句：“白首相逢争战后，青春已过乱离中”，又爱引吾川画家周北溪先生句：“算来人共梅花老，屡历冰霜未改容”，如斯而矣。

弟之身体尚可，唯半年来上下楼吃力了（腰腿出了毛病），记得金波兄告我：人老从脚起，鄙人年七十又七，快拉大幕了，因此，抓紧漫游，写点东西换钱，蒲伯英（川名人，已死去多年）有句：“饥饱凭毫翰”，与“著书都为稻粱谋”近之。虽然“屡历冰霜”，却任之听之，吾川东坡先生，深得此中三昧，我后学也，别的未学到，把人的尊严，脚踩之下要死狗，我也学得那套，坡公讲：“谁道人生无再少？门前流水尚能西。”你看乐观得多么彻底啊！

我有个大女车玲在京，我每年都要来看几个仅存不多的老友，我珍惜这个，前人诗：“常恨此生知己少，何堪老来哭人多。”到那时哭鼻子也没用了。我很喜欢苗子写的那篇“遗嘱”，我劝老兄找来读了。去年偕大女去看了梅志，我怕来迟看不到了，我同她合影，且题了四句：“胡风仁兄梅志嫂，世存真理知多少？白骨枯成文豪在，原子弹也炸不了。”干的亲痛仇快的事太多了！损失不起啊！

丁聪老友七十五大寿，我已命小女去电话祝贺，今年来京要拉他到小女处一饮，我自己做两样川味，要请您来一醉，也许有一两个酒瓶子送您。

嘱写《人物杂志》张知辛，容我交了一批文债（中有巴波兄勒令必写之抗战中成都的《自由画报》一文）后，当写来求教！我好玩，说得好听一点是好游，常延误写作。好游看看祖国壮丽河山，比看某些人脸孔好看，但有时也不快意，前人为我们写了“四面湖山归眼底，万家忧乐到心头”，不写泄气话了，专此即颂撰安！长寿！

车辐　上

一九九一年一月廿一日晨二时

范用仁兄足下：

示得。为夏公拜寿有照片否？如有乞赐寄！席上居然谈到不才是个“可爱的老人”，惶愧！惶愧！前辈尚在，我算什么？有时我真想念张达乡兄，他是一个铁打的不倒翁，乞告他最近的地址！求速！（说他搬到西直门，但不明究竟？）

近闻白尘兄入医院了，不知道什么病？他已八十又三，令人不安！我今年四月去看他时，异于过去就是他话少了，脸上也少表情，有几分老年痴呆吧？他再写恐难了！从书架上取出几本他的著作，只有保存于永远了。——我看白尘气度大而心胸开阔，十年浩劫中，他的学生在成都公开说白尘“是我的叛徒老师”，且要人揭发，大有就抓了“现行反革命”不可之势。白尘呢，他是知道的，可在几年前全国文联访川，白尘要我及刘盛亚夫人同去这位学生家一会。魏德芳大嫂不去，其实我又何尝想去。解放后他第一次回川，说服魏德芳去了，吃了刘同志一台如鲠在喉的午饭，主要是看到白尘。白尘学生多矣，独有这位刘同志表现最充分。

您说老人“心情不佳”，前年我去看他（他臃肿了，少运动，只下午“动员”他，才在园中走几步。金玲嫂身体柔弱，老病号），说到话剧停滞情况，他勃然发怒地说：“给他们弄糟了！”停一顿又说：“目前只有练兵，要求质量。”也只有这一途吧？“已到穷途犹结客，风尘相赠值千金。”关于他抗战时在后方斗争，组织活动等，有功在碑，谁也磨灭不了的，应有人整理出来！读来信，情致殷殷，十分感人，我如到京，定来见您。本来在本月来京的，双膝有点不大灵了，过去不知老（不是不服老），今年“初见成效”，友人约去深圳，那边温暖，待来年春暖花开时再来见老友们。我与宗英书信往返，她还送我《赵丹书画集》，也要来面见，去年到上海她家，她去新疆去了。

郑隐飞在解放初会海中常见面，我是扬琴业余爱好者（四川扬琴名家李德才外号“德娃子”，白尘给我一个外号“车娃子”，前年去南京，他还这样喊过我。“顽童”老矣，犹“娃子”，石头城上病白尘！耿心啊！），同他谈了不少有关声腔方面的问题，

且做了笔记。几次搬家后浩劫中抄去。他已被人遗忘了，真是："常恨此生知己少，何堪老来哭人多！" 专此即颂
长寿健康！

车辐 上

一九九一年十一月十二日晨三时

范用先生：

夏公寿庆之照二张收到，十分感谢！张达兄十天前来蓉面见了，我主要关心他的生意，生怕又为坏人陷害，今又得大示，说他"生意兴隆"可以放心了。他是一个铁铮铮的汉子，友人诗："壮怀似铁污还洁，猛志如钢屈又伸"，一生坎坷，一生奋斗，来舍特为之合影，不日放印出当寄上。

照片上看您的照像我好像在哪儿看过？花了一些时候，终于在我相册中找到了您：一九八三年全国文联来川访问的存照中，在薛涛井、都江堰中。

看来要白尘先生自己写不大可能了，只有寄希望于天济，我也去信催促。

贵友张白玉法书很有味道，笔趣近朱光潜，也有些像谢无量的孩儿体法书，是文人气质极强之妙品。荆公有两句我很喜欢："曾与蒿藜同雨露，终随松柏到冰霜。"您那几句解诗是很得体，祖光书赠我诗中有句："不屈为至贵，最富是清贫。"确能涤人胸怀、砺人心志。再谢您赠我珍照。专此即颂
时安，长寿！

车辐 上

一九九一年十二月十一日晨三时

夏公好大岁数？乞速告！

范公仁兄：

示得。又寄您与谢添之照，收到否？乞告！

久闻您藏书刊成套，当然珍贵！也要一股子劲头！翻拍《时代漫画》不在忙上，唯复印尚未收到，收到即复。

拜读了《办杂志起家》把我的回忆拉回来不少，当初《生活》《东方杂志》《世界知识》《拓荒者》《奔流》等确给我不少教育。抗战中的《理论与实践》《天下文章》也都按期购存，今天一本也没有了，解放后几次搬家，包括人为的祸害，损失太大！但也不止我一人，痛定思痛，怎能忘记得了？《时代漫画》《现代》《良友》，当初我是存全了的。

您是命中注定不编杂志活不下去的人，但愿能如来示所云办一个高水平又有可读性的杂志，功德无量！

痢疾我儿时也得过，那时不懂药物，误了时间，人吃亏了。今天有王牌药，想您接此信时，已康复了。祸从口入，可不慎补？

丁、沈江南之游，正是小阳天气，“不作苍茫去，真成浪荡游”，于老年人健康大有好处。此次成都全国图书展中，我得荷兰高罗佩写的《中国古代房内考》，以今代科学眼光读之，仍然兴味很浓，也知道一些我第一次知道的事，知识性、趣味性极强，作者汉学颇渊博。

我九月自京归来，还了文债，一身刚轻，又去乐山出席郭老百年诞辰及学术研讨会，十一月将去攀枝花几天，吃特级厨师弄菜也。今年不出川，明春夏再动，写写、走走、吃吃、看看，劳逸结合。倘来京，定来府拜谒，看看您的藏书。

附送照片两张，我希您也赐赠，您两次来照，都很有保存价值，算得上珍贵文物。

专此即颂

时安！

车辐

一九九二年十月二十九日黎明前

范公：

来京聚扰，十分感谢！满架藏书，风流正极，富甲天下矣！祖光诗："最富是清贫"可为脚注。

照片奉上，共五张，韩金英处已寄去。

我回川后赶还文债，正欲暂休之时，接广西电影制片厂女及婿信，约去过冬，顺便到越南边境去蹓一转。此点与孟浪老先生行相反方向，为南来北往客也。《读书》中少错字，在今天实在难得！专此即颂

健康长寿！阖府快乐！

孟浪、徐公乞代候！

车辐 上

一九九二年十二月十四日黎明前

黎明关灯入睡，人起我卧拉倒，未放一夜虚度，自我感觉良好，看看行年八十，少不努力伤老！尚有写读兴味，此生不了自了，不死也是幸事，半杯花雕自犒，偶逢佳处题诗，天涯何处芳草。

一九九三年二月十二日晨爬格《读书》至天明前得句。

车辐

范用兄：

接得大示，您要一本流沙河《庄子新解》，听说沙河近结婚（他住文联宿舍另一条街），不好去扰人“春宵一刻值千金”之时。于是我向新华书店之总店、分店，旧书肆、书店，以及成都市中心有名的龙池书店也去过了，不但没有，新华书店竟无一人知道过有此书，“天生空子以养豪杰”（四川袍话），铁饭碗以养蠢夫，是为可怨？——正在没抓拿时，今午于街头逢流沙河，向他说如上。

他说：“书已卖完再版了，迟日去找人买书，送你一本。”寄也由他多寄您想。——我松了大劲，将为之告。

为办“范差”逛了书店，我也买了几本可看之书：美国安布罗斯·比尔斯的《魔鬼辞典》与霍尔巴赫的《袖珍神学》有异曲同工之妙，另一本英纳拉纳拉扬·达斯的《中国的反右运动》，大开眼界，反右我未戴上帽子，创造社老将段可情老人说：我们都没有举右手，又参加了文化会，算是幸事了。我回答他老人家：“一段可至，你走遍世界，还不知道什么是幸与不幸？那是反右的席桌被他们写满了，你我坐不下去了。要不然，要吃双份。”

张达为东坡菜、东坡宴评介会来成都会见了，因为“评委”，吃了一百多样东坡菜，“吃人嘴软”，只有说好。张达为剑桥挂我为“国际名人”了，说待我来京，要为我请桌客，我首先想到您、韩金英、张西洛、张君秋、刘开老、沈峻、丁聪夫妇、祖光夫妇。——我现搬入新居，拖泥带水事脱不了身，如顺利，或可于月下旬来京。

为您搞到一瓶黄永玉设计，地方特点很够的“湘泉”酒，如飞来，就不带，如乘车，当为你酒橱添一朵花，因您只看而不饮也。

读书人报
DUSHU REN BAO

暑盛，不多写了。专此即颂

健康长寿！

车辐

一九九三年六月八日

外送照片三张，中您与卑人合影，可送韩金英一张。“新娘”送我一张兰花，是我向她出题求来的，很够朋友了。

范公足下：

昨于街头又见流沙河，他说书已给您寄来，放心了。他新婚，问他为啥不请我，他结结巴巴地说什么客也没有请！春宵一刻值千金，请人知甚？

大作《我爱穆源》使我这老顽童，心灵迫青，也使我进一步认识您的天真品纯，“三联书店范老”老而不若，必定长寿！

戏词里有：“木樨宫朝朝有喜”，喜从何来？前日得老友白杨送《白杨传》，即读了有关入川来蓉三宗，作者倪 ×× 写作水平低下，（左）法又居其上。我想要出书，人来找她，亦无如之何：您是行家，但您是“老把式”，倪某是“解放牌”，天上地下之分类。她用好玉版宣为我八十蠢长写了“旷达者长寿”，字浑厚，有点颜真公味，当是我新居壁上光也。

“木樨宫朝朝有喜”，昨日得方成兄寄来《高价营养》图文并茂的好书，一读就放不下了，昨宵花我个大半夜，吃《高价营养》，虽熬亦不“伤阴”，却有增阳之效。天下好书多矣！而书之作者又是朋友熟人，就更其难得！读书想到人，在文字笔法技巧外得更多的东西。如白杨抗日战争中来蓉，我与谢添正游泳中尚虹游泳池，谢添见白杨来，上岸去与她接谈，一面叫我上岸，给我介绍“一个朋友”。我则泳而上岸，由谢介绍，谢突作紧张状，指我游泳裤边露出一点点儿“红烧蚝结”，我马上作一个入水式，十分优美地跳下水去了。白杨当然看见。此事极为平常，而谢老老而亟不尊，到处传开了。我亦无心露头角，不识君家看未喜？遍遇谢添添一句，从此天下不太平！

方成兄十年前来蓉，他要我引他见周企何，去见了，后又约去山西东原上农家吃腊肉、鱼、山西特产之“青菜脑壳”。此菜嫩而极鲜，我曾带给受苦的新凤霞大嫂子，她赞不绝口。此菜，重庆下山东的“羊角菜”，可能是同属，也只有成都一带的才好。巴金亦喜此菜。——我们在竹林深处农家醉后（我尚留有照片），然后骑“洋马马”自行车走了不少小桥流水入柏油大道在黄昏后进城。读友人书，联想很多，感到友情重要！您将来冬天来蓉，请您吃够，我下厨。

张达上月来蓉，出席省烹专标为他举行之“东坡菜宴评估审定会”，我亦应邀为评委，两天内品尝了一万余样东坡菜。张达开完会飞京，我则如坐九品，还要为文。“吃人嘴软”，做得、受得，但也有不乐，别人吃后嘴一抹就走了，而我却“脱不倒爪爪”。张达还等我来京，还要约几个朋友大吃一台，座上不能无范大人、韩金英以及必然是丁聪夫妇，这回方成可脱不了手。何时来定不了，搬进新居，伤透脑筋，时日或在八九月？天快亮？就此搁笔。

祝

健康长寿！

车辐 上

一九九三年六月十九日

成都话：“九品大蜡”能出吗？与“红烧蚝结”异曲同工。

范公大人：

黄永玉赠送您的湘泉酒，我就留下了，喜其包装别样也。来示说西草曲园，那儿的“脱袍鳝鱼”与“大蒸笼肉”也是湖南名菜，下黄酒犹好。

郑隐飞事放在心头，定为大人跑路，唯日来迁入新居，累人事“只为书多累之人”（郁达夫句），搬了一个礼拜，雇了八个人，外加子侄辈，使我想到您的四库全书，好在您不搬家了。

刘开老抗战中同丽娜夫人、米娜来川，他住成都，我都时与过从，那时我年轻，尊敬长者，况又是中华文艺界抗敌协会成都分会会友，南方局领导的。今天彼辈似乎不提南方局了，不敢明目张胆，但总有他们的心眼。加之浩劫时不是有人说“华蓥山没有一个好人”，影响所及，我们这些白丁也一概放进冰柜冻起了。流沙河说：今天我们穷，他们首先富起来了。至于彼辈吃回扣，我外财是干净地，彻底地不择手段，从前“革命”假象也彻底现了原形。曹公病了，几年前，他在陈若曦住的北京饭店就气得应拄手杖，痛斥有人为开大门，祖光有句“不屈为至贵，最富是清贫”，算球（恕用蜀语）。九月来京会，一醉东坡厅。有看不完的书，乞赠几本。专此即颂

健康长寿！

车辐 上

一九九三年七月十九日

这次来定要将方成、凤霞请到，方公送我一本合作之书，上乘幽默也。韩记者也送了我一本。此人不简单。来示附人写您之文，能过瘾。藏书破万卷了，大人味道长。

范公用兄大鉴：

归家再读大作《我爱穆源》，清心味甜，“大人能不失其赤子之心”，多么善良的人。我也有些回味，——每当我教过的学生们办同学年会，唱校歌时，从前天真活泼的一群学生，变成了今天的灰白头发了，我在这样情况下，却悄悄地逃走了，内心泪下矣！童年、中年、老年，情感在回忆中荡漾，我受不了，溜之大吉。

大作中有本书要向您要，如有盼赐寄成都！王若水《为人道主义辩护》。先前我在《上海滩》读过有关王的记载，而今“伊人不见”，倒想读他的书来，未见过，求之若渴，望“范老板”高抬贵手！

二十二日东坡餐厅之会，一大快事，能与八十八岁絜青老人一会，在秋天阳光下，如听万壑松风，畅快无比。专此即颂

时安

车辐　上

一九九三年九月二十三日

赠罗承勋合影乞转！

范公大人大量：

既读《沙老师》，又读到田家英，一气读完。家英在成都旁三峡市当学生时，就在成都写文章了，大约在30年代抗日战争起后。我还存有他的同学送他北上的纪念照，一时找不到，清出后再寄您。——邪恶害忠良，历史上屡见不鲜，家英死得太早了！你一提，我心里就不大好受的！

宗英与冯亦代结婚，天人所望，自然皆归，我赤诚地祝他们幸福。意气相投，两个旧朋友，团圆永聚，一对新夫妻。——

我至今还未去信祝贺，我打算明年来京，恭请他夫妇去东坡餐厅吃一台，当然首先有吾兄作陪，凌子风、韩兰芳夫妇也要请来。

您若见着冯、黄，乞代为问好，祝福！

吾女本明来接去南宁过冬，正欲要走，又接白杨、谢添、秦怡、张瑞芳于元旦应电台请来蓉，不能走了。我每次去沪，白杨都赏饭，这次要好好招待他们。

有朝一日，黄宗英、冯亦代能来蓉，当候酌恭请。

新年一切如意！健康！

车辐 上

一九九三年十二月二十八日

范公：

寄来与苗子之照，您略瘦，伤好之先兆也，苗公老了一点，老而俏。我在十年前交有朝鲜八尺纸给他，求其法书。十年过去，我忘得一点儿影子也没有了，岂料最近先后得他二信：一是他将这早已遗忘的纸，写了辛稼轩一阕《浣溪沙》送我，使我喜出望外，要添我一岁！当珍藏了！已请摄影家拍照，将来配文发表后再寄上。二是他与郁风老友的书画展，印刷精美，难得好书法的展，这展览请柬本身就是一值得永远保存的纪念品也。

读了大作《只有一年》，我也在读小学与您有类似情况，小学读后知她为一有钱人娶去做小，专为那有钱人生娃子去了。我一直想念她，有同学填一阕词儿给我：“记取不？依依他人妇，十金珠唤不转，相思更比神仙路，劝君从此住。”

我只在电影中看了苗公与郁风及一位大人物，为他们高兴。张达几天前来蓉，十六日飞京，正赶上十七日他们的展览闭幕，我写有信托张达兄带到闭幕会场。与张达约好，我五月来京，即同去苏州为北京东坡餐厅苏州分店开幕典礼。完了打算去南京看金玲大嫂及其家人，返沪看巴老诸友人，然后回京来看您及您的邻居吕恩。

我们这儿有位九十四岁老作家萧萸，几年前才落实，才搬文联宿舍。大年初一，给他拜年的外面来人，有好几批，都是群众，而那些高官厚禄的特殊材料，却冷冷清清，这很能说明问题，人心向背！

抗战中在重庆认识的翻译家张友松兄，受尽欺压，随婿迁蓉，我去看过他，不久前他抑郁而逝，终年九十，好在死前几个月去看他，同他老兄在病床前留有一影，说来太令人寒心了，“常恨此生知己少，何堪老来哭人多”！我是唯物论者，只能“言不由衷”地喊一声天！

五月在京城中见！祝

早日康复！阖府幸福！

车辐

一九九五年二月十七日

二十日友人约去广州一行，十天半月而回。便道去深圳。

范公用大人：

已向流沙河说明，《流沙河随笔》将由他送您。中之《可怕的曾国藩》写得厉害！不能不读。

二十三日将去贵阳参加曲艺理论三省（川、滇、黔）研究会，这类会在耍、在吃，也在开会。云贵高原长天不热，况食指动，去四五日而返，想看看黄果树大瀑布。

前期《读书》有说及诺贝尔奖金之文中提到瑞典人马悦然。解放前夕我在峨眉报国寺果玲和尚处见过他，一个年轻人，居然向果玲和尚学《易》。专此

时安！

全家吉祥！

车辐

一九九五年七月十八日

范公大人：

这两月真热闹，群贤毕至，老友会聚，人生一大快事也！绩伟兄同狄莎来，游四川中居然上金顶看到了极为难得的佛光。祖光同吴霜来，惜只有一天，也陪游、陪吃。吕恩及其弟、弟媳来，当年抗战中的战友们、艺术家等都会聚了。一送走老友，又为新友挟持到广州来看95国际艺术书展览，先看老友吴心月，还送我一幅梅花大画！“算来人共梅花老，屡历冰霜未改容”。7日回成都。寄上照片使您看后快活。

全家吉庆！幸福！长寿！

车辐

一九九五年十二月七日广州

我于一九九六年九月八日下午突发脑溢血住进医院。经及时抢救病情已稳定。

左腿左臂活动受限。目前经配合针灸按摩，左腿左臂已能抬举。医生说已进入康复阶段。目前可坐轮椅乘电梯下楼晒太阳。争取元旦出院，在家疗养。

我在病中想念你们。

祝平安健康！

车辐

一九九六年十月二十八

孙女梅梅代笔

范公大人足下：

“几件往事”在养病中读了，尤喜叶浅老说的：“受过凌辱而被迫出亡的人最懂得祖国的可爱（记不准确了），爱国之心也最迫切。”您对傅聪之逃才有您的认识，您的良心与正义，与之出版。“只有那些口口声声教训别人如何爱国，而自己却横着心凌辱天下善良灵魂的人，才是真正的恶人！”他们早有打算，已将子女送往外国取绿卡去了，目前那些打手们——我做个梦，梦见维持会的当事人又来叫他的子民们去维持会领良民证。“一阔脸就变，所砍头渐多”！常做怪梦。

“病退如抽丝”形容慢也，因脑血栓而改左偏瘫，重新由人扶持练步学走了十个月了，已能拄杖徐行于屋里，不能上街、出走，关在家里养，好在不热，我厚于今年还未开电扇，不觉已过。辞去一些社会活动哪还有什么《收获》可看。只有求您老兄周济了！有时一月两月才出街一次，大有城郭俱变了，仿若隔世？故人老友死的不少，患同一病的故去者有：吴作人、董寿平、白杨、黄胄等，伤哉！所幸华君武大师赐了《选集》，使我大笑阿Q问孔乙己为什么没有绍兴籍？彦涵送了他的大册画、凌公子风送了缪斯，够我看的，老友送来灵丹妙药，还有您——下跪了！求救人于精神饥渴中，不写了，不走了，也不熬夜了，易疲乏，易忘，半条命，还能挣扎多久？海婴送《许广平》一书，还看了“雪夜”读的那些书，可参考，一分为二，就此搁笔，金玲嫂寄来白尘大集，陈虹为子女？敬祝您

健康长寿！

车辐

一九九七年四月十一日百病昼启信

《收获》希复制见赐。

范用吾兄：

回您信想已收到？您介绍有趣之文于《收获》，我足不出户（偏瘫之故）哪去找《收获》啊！这类大部头刊物，我多年不看了，除有方便时找到又由友人介绍就看改的篇章。今天收到您寄来的复制品，我把两篇一气读完了。你的童年，也似我的童年，您死了舅父，我三岁而孤，死了父亲，你我抛在社会，受社会大学（高尔基语）教育，走的路完全相同，我读礼拜六派、鸳鸯蝴蝶派。（我对魏绍昌老人很尊敬，他为鸳鸯蝴蝶派做了史的工作，那时为“左”派掩盖，口口声声马列，宗派得可怕！）我后来也不理鸳鸯，走上造神的盲从之路，但他们那个派，反映了当时客观存在，保留住批判也好，不能弃之若敝履，最近我寄您我在《羊城晚报》一小篇《人的自尊不可少》，表明老年半条命的临死态度。（写至此，脑内安的发动机开动了，不敢再写了，从读您寄来《最初的梦》与《浪漫的余响》之后很感动，又提笔写了这一些，忽然头脑响了，马上停下来。怕病反复！这是下午五时，到夜深十二时响未停，只好暂时关闭一切了。）

新文化的传播，韬奋对于我们影响很大，《生活》《世界知

识》以及《社会科学》等书，引导我们上进，人在东西，殊途同归，那时候不归杨则归墨，一心心追求一个梦，国难日深，梦愈切，遥望北斗，别无二致，作驯服工具，寤寐以求，直到抗战胜利，建国成立，人民的欢欣，都与你的历程合拍，后来连一接二的运动，白昼见鬼，专整自己人，我等仍向一个梦去求仙，后来幻灭了，"曾与蒿藜同雨露，终随松柏到冰霜"。走大致相同的路，正义与良心，我到今天还是相信社会绝大多数是好人，不然我们怎么活得下来？你恋旧，现在的中华路，老家还在，外婆、爸爸妈妈不在了，物是人非，赤子之心接你读过的穆源，而培养了良心、做人，随您的年龄放大了，成熟了，大众所敬爱的人——老范，范老，范用，认得您，是一个榜样，良知良能。您的爱好，我都有，不谋而合，咱们都是那家的种，物以类聚，然乎？人们喜欢范用，是社会对您的回报，韩金英写您那篇，不仅传神，给社会，奉献了您的一切。您寄的剪报，复制、送书，我都另存一档保存下来，乃至我又复制，让它开花结果（耳又鸣了，马上停笔）。

"人之相知，贵相知心。"不多写了，病好了来京尚来方庄看您一家，那时再说下一会。今天九月七日，明天就是患脑溢血一周年了，也算活下来了，我希您有作品多寄我。我现在未可乐观，在家续养病，看书报困难，《读书》按期收到。求之若渴，看了孙女等着看，传给下一代，代代相传，做有学问的人，不糊涂，不迷信，清醒一些，清楚一些，明智一些，沙河、吴茂华夫妇去北戴河，马上要来京，要去丁聪之处，我告他们来看您，您与沈峻嫂联系相会日期。最好在东坡，要告诉钟君、方成、君武等，他们夫妇黄昏恋很好，难得来京，一切拜托了。祝健康长寿！

听说丁聪兄又要动小手术，说不得取什么小零件，八十岁了！

辐

一九九七年九月七日下午吃力写完

范用仁兄长寿！

算来人共梅花老，屡历冰霜未改容。

北溪句　车辐

一九九七．近中秋

陈白尘

范用同志：

承赠《新华月报》二册，收到。谢谢！二月号五月出版，以后如何追赶？但第一期你何时出版，仍未见广告，不知尚能补到否？

我于四月初去京参加田老追悼会筹备工作，继又在京闭门改稿，前三日才因校中电催返宁，在京时几乎无片刻闲，所以未能去见你和亦代同志，希谅！

今年南大要我招研究生，近来为此奇忙，且值校庆，上半年是无暇写作了，《读书》出版后或能引起兴趣，也说不定，只是不必打在账上。

匆匆即致

敬礼

陈白尘 上

五月十五日

范用同志：

首先正名：足下数次称“师”，是于史无据的，能以同志相称，于愿足矣！而今而后，其改诸？

要为田汉同志写传记，是个光荣任务，不应推辞，但我与他相处最深的，也仅二七年秋至二八年夏一年间，其余时间虽亦时时相见（但也每隔数年），从未一起工作过。要写这样一部像样的书，是非有两三年时间来搜罗资料不可的。我如今有限的精力与生命是不足以当此了。南大教师中仅陈瘦竹对田老作品有过研究，但他对田老的经历与为人，怕也说不清。青年教师中倒很想推动一二人来研究田汉，又怕远水难救近火。而且，他们怕也只能搞搞作品研究，也难于写出三联所希望的那样传记来。

承赐《读书》（或者是亦代所赠？）二、三期至感！这杂志是办得好的，二期较三期更好。请转告亦代兄：将来总要投桃报李的，但目前文债已多如牛毛，无法偿付。债多不愁，但对《读书》之债总还是愁的。第一期未见，不知能补到否？

"实话"演出已看过否？愿闻所感！

匆匆，即颂

编安

陈白尘 上

六月廿五日

范用兄：

承赐影印件，至感！奇文共欣赏，读之大快！作者该是上海局中人，人物刻画才能如此真切也！另一份杂志是否为李怡所编？港刊文章与美国华文的《中报》所载一文，均与《六记》* 并论，日本《每日新闻》一短评亦同，而且均对臧公大不敬，恐非偶然也。

"小人"之称，绝无误解之处，弟日内与友人书中亦以此为代号，也算"英雄所见"了。闻文联各协大会又纷纷推迟，想是

改写报告并等新三中全会消息了！衮衮“左”公亦云苦矣！即颂近好

白尘

十月十八日

* 指《干校六记》。——编注

范用同志：

手书及杨绛同志所作《干校六记》均拜读。杨著确如乔木同志评语是“哀而不伤”的，特别是记“小趋”一章，读之爱不忍释！干校生活可记极多，怀念金镜一文是挤出来的，但我语中多刺，有失敦厚，难与她相比也。不过他日有闲，我倒也想写它若干篇，缀成一册的。

阿Q几处演出，我也只看了两京的，北不如南。全国朋友来信均作如此观。日昨《文艺报》林涵表同志一文对北京舞台上那位女士提出批评，正是我不便公开说的话。南京的阿Q扮演者张辉，是田汉老的女婿，出身浙江农村，虽然略胖，还是可爱的，因为他憨厚有农民气。

你所提旧事，我已忘了。但《救亡情报》或为《救亡日报》之误欤？可是《救亡日报》出版之日，我已去四川了。我实在说不清。

《读书》是我爱读的，但你那篇大作偏偏未见到。其时我在北京参加剧协的会，回来时刊物已为青年人窃去矣！好文章总是有人责难的，因为说谎的人还多，而又自居正确，好文章怕要更要少下去了！呜呼！

希望年内能去京见到你。

敬礼

陈白尘

十一月十七日

范用同志：

得手书快慰之至！七三年初我也才从咸宁干校归来，而且在某次会上曾见到你，但你不会在群众中看见我的。自然，我当时还不敢和人打招呼。

《新华月报》文摘版打算转载拙作，不胜荣幸之至！但不知兄在祖光处所见属舞台剧还是电影剧本？（二者都曾寄他）因此不知文摘版究竟是要前者，还是后者？舞台剧定稿本于一个月前即寄凤子，准备在复刊号《剧本》月刊发表；而《收获》所发则为电影本。依我之见，如蒙转载，是以舞台本为宜，而电影本则是改编，且未最后定稿也。《月报》之意如何？

如决定转载舞台本，希即与凤子同志联系，请她给你一份清样，最好。万一他们尚未发排，只要凤子同意（主要是出版先后问题），我可以将油印修正本邮上（因修正本已寄她，需再改一本），我同时去信凤子告以此事。

但手示地址写误，幸遇老邮务员幸未误投或遗失，北京至南京的航空信不起作用，同样是隔一日到，万一事急，电报告我为佳。

至于电影本，《收获》已给我清样一份，但暂时不拟寄你了。

候复！匆致

敬礼

陈白尘 上

二十日晚

弟久不写毛笔字，“大风歌”三字以请书法家代书为宜。附上签名备用。又及

范用兄：

承蒙转寄的书刊等等二包已与大札前后收到，谨向你致谢！

所询《五十年集》确已出版，但市面上买不到，自是平常事，不足为怪。本来就想寄呈一册的，但出版社已答应我另印一本精装本。我想等到新书到手再寄赠给你，请稍候，春节过后即可付邮的。只要他们不失约。

《云梦断忆》稿已交香港三联书店，不知他们是否决定付印？你说想在内地出版，是否已与他们联系？我到港之次日，约稿人潘耀明即去新加坡（？）开会去了。

今秋九月可能去美（聂华苓之邀），近来较忙，匆匆不尽，即致

敬礼

陈白尘 上

五月十六日

范用兄：

《断忆》稿校正一遍，改了几处错误。特别是把孟轲的话当作孔老二的了。另外删了几句。

《忆金镜》也是写的湖中生活，是可以收进去的。但思考一下，插在中间也并不妥。附于篇末如何？这在出版说明中提一笔即可。

嘱寄照片等等，回宁后即办，请放心！

手头还存拙作《剧作选》一册，谨以奉赠，请正！笔则领谢了！

文稿修改处是否请代告港店编辑部？如已付印，也就算了！匆此 即致

敬礼

陈白尘

六月十六日

范用兄：

信悉，谢谢！《明报》文章的着眼点是因我要去香港而作的介绍，《云梦》并未出版。但我前不久曾去信给萧滋同志，他说当时的联系人彦火（潘耀明）已去美国深造，《云梦》年内可以出版云。他自已即日将去欧洲。故所以他未能复你的信了。

我已定十一月二日去香港，香港话剧团演出《阿Q正传》，邀请我去。原来是十月半去的，现在才办好手续。到港后当去三联看看，萧届时已可返港了。在港不出十天半月，就回来的。北京版的《云梦》想可按期出版，不致有意外吧？匆匆 即颂

大安

陈白尘

十月廿七日

顷又接二十四日信及报，谢谢！又及

范用同志：

久未通讯，至念！补祝春节好！

最近收到香港分店出的《云梦断忆》，想起总店的此书是否已经付印？深以为念！此书“忆探亲”一章中有个事实上的错误，如果尚未付印，拟请代为改正。即此章第十二节里有一句“县里成立了一个语文师资训练班”，可改为“丹阳县的师范学校

此时适逢招生”，当然，如已付印，也就作罢了。（又此句之前“三个年头”，应为“四个年头”。此句之后“甄审”应为“政审”之误，如改，请一并改正。）

匆匆不恭，即颂

春祺

陈白尘
二月八日

范用兄：

前接三月五日函，知你为洗脱“污染”而疲于奔“会”，其苦可知！现又春回大地，日子该好过一些吧？

《云梦》一书，港店已早出版，而样书无多，内地朋友该赠送的与索取的至多实在招架不住了！内地版迟迟未出，是否另有苦衷？务请如实示知！弟亦达人，决不致使兄为难也！前云版已浇好，只待上机器了。总不致只排不印吧？故弟不能不深滋怀疑也！万一三联为难，是否由弟另寻门路呢？乞实告为感！香港版兄处想已见及，我也只好免于寄赠了！乞谅之！

专此 即颂

编安

陈白尘 上
四月三日

近来血压颇高，而杂务至多，迄不得闲，迟迟未复，并乞宥谅！又及

范用兄：

手书拜悉。《断忆》二百本都已先后收到，谢谢！

《李集》序要改，自然可以。但文艺界不许松绑，是要绑紧了？岂不怪哉！《读书》如此胆怯，其他可知！中国到底还要不要文艺？难道要重演万马齐喑的局面吗？

序文改了一下，未必为某些领导所欢迎，奈何？老兄看着办吧。

香港分店拟请白杰明译《云梦断忆》出英文版，兄在京曾见此人否（澳大利亚籍）？他原说要来南京见我，久无消息，不知何故？如相识，请代为了解一下：他是否还来？

匆匆 即致

文安

陈白尘 上

九月十五日

附还改稿一页，请查收。

亦代同志：

手示早拜读，以二月初庭等来京，接着为接待美国威斯康星大学（与南大对口挂钩者）代表团，一直忙到今天中午方去。所以迟复，乞谅！

对我的祝贺，暂时奉璧，留待以后重写，因为我的问题虽由中央批交省委纠正，但“一办”的材料至今尚未转下，无从办理，所以并未全部解决。这可是哑子吃黄连，难为外人道也！

《读书生活》出版，大好事。但要我写的文章，实难奉命，《大风歌》两种本子虽都发表，但我早作这样决定：决不如某些大作家自吹自擂。即使有人对它骂山门，也准备以沉默对之，除非有人作人身攻击，概不还手。即使还手，多半嗤之以鼻，未必有大文章也。但杂志出版后如尚赐阅，则如有所感，一定为你写点补白之类，以报厚爱。但估计形势，非到四月后也抽不出时间来，近来奇忙，一篇三个月前约稿，仅四千字，足足写了七天时间才交卷。坐不下来是一，坐下来先得写信是二。近日每天平均收信七八封，且附作品者甚多，案头的稿纸如小丘，积信更多，哪有写作时间？谅之了了！

范用兄来信也收到，便中会致意，不另裁复了，并告他刘川是在南京，但最近人去四川未归。

最后，倒是我应该向你道贺！五七年问题一般都是快的。我大概要等到“臭老大”之后才解决哩！

匆匆 即致

敬礼

陈白尘

二月十五日

范用同志：

此次访美，路过香港，蒙三联分店招待，至为感激！行前以有些书刊携带不便，托请分店代为邮寄给你代收。这麻烦你了！

我已于前晚抵京，现住北纬饭店240房间，不日即拟返宁，因南大寒假在即，要赶回去跟新招的研究生见见面。恐不及亲来看望你了，歉甚！

上述书刊寄到后，盼请转寄“南京大庆路141-2号”签收。如邮寄不便，请函示，当请人前来走取携宁也！

匆匆不恭，即致

敬礼

陈白尘 上

一月十九日

在美遇潘耀明，向我约稿，已为之写了一本小书交港店了。又及

此信如在 24 日前见到，盼通一电话。又及

范用兄：

来示拜悉。《读书》磨难之多，出乎意料，但望它长命百岁！《李集》序是否仍有违碍处？不妨明示。

白杰明来过两次信，但未给我复信地址。他原说九月间要来南京的，看来似黄了。如见及，请告他：我在等候着。

《寂寞的童年》原是游戏之作，适《雨花》要改进，坚索发表，遂共写十五篇，约六万字，似可成一小册子了。发表之前，《雨花》编者曾说将来可交文联出版公司江苏分公司出版，我未置可否。现作协分会内部又有小风波，更未谈起了。此稿现已发至第十二篇（九月号，刚出），十月号可全文刊完。从已刊的部分看，你客观地说，有出版的价值吗？

《云梦断忆》发表后，很多人促我写“后记”中所谈的《听梯楼随笔》。但这些材料多牵连着活人，未敢进行整理，才改而写《童年》的。我有个秘密计划：如果《童年》可读，则拟续写《少年行》，写初中读书到 1928 年离开学校止。再后写青年、中年以及老年时代，亦即三年流浪、三年狱中生活、上海亭子间、抗战前后、解放后十七年等等生活，以后接上《断忆》《听梯楼》共七八册，形成系列的生活回忆（但我避免叫“回忆录”这一名称）性的散文，算作我对人世的告别。（话剧，我是没精力写了！）但这秘密，从未告诉别人，因为是否写得成，是否能出版（如写“十七年”等）均不可知也。现在从远处写起，是避难就易之策。希望有些人先我而死也！

《童年》到九月号《雨花》发表的十二篇为止，你再看一看，如认为可以一读，则可由三联出版，但望能在半年内出书，别无所求（十三至十五篇，写我街头流浪等生活）。

日来病腰，不宜久坐。匆匆即颂

编安

陈白尘 上

九月二十三日

香港报纸上已有五篇评介此稿文章，而内地则不见一字，可悲也去！又及

范用同志：

听白杰明说，你将在十一月去香港参加书展，未知确否？

现将《寂寞的童年》全稿挂号寄上。最后三节是校样，因为《雨花》十一月号才能刊出，所以提前寄上，以争取早日付排。

《云梦》发行情况如何？不致赔本吗？

“小人”现尚活跃，则“小人”扶植之“小小人”大概还会被保存的吧？

祝你

出行胜利！

陈白尘

十月三十日

范用兄：

十一月函拜悉。对不起的很，你写信之日，我尚在北京。十二日晨才飞返南京的。在京曾打电话到府，却无人接，后来一

忙，就又忘了，况且先住北展后面上园饭店，后来迁居天坛体育宾馆，均太远了。

在京为开剧协常理会，是剧代会的预备会，放了炮，将大会报告轰垮了，于是另行起草的事要我牵头。此所以前后耽了十二天也。好在三月下旬政协会召开，大概还住“空招”，当就近拜见也！

一氓老赐字，愧不敢当，务恳先代为致谢！容再当面泥首也！

《寂寞的童年》发排，至慰。年内可出版否？封面设计希望朴素大方些，《云梦断忆》封面虽出自方家老友，颇为不佳，可惜！《光明日报》一文是南大同仁所写。两年来第一篇也，如非作协大会，怕还不敢登。美国西部的《中报》及日本《每日新闻》及香港早就有评论了！（又，密闻：台湾某刊物已转载《忆眸子》《忆“甲骨文”》二章，兄知之乎？）

再一小事：去年十二月《读书》所刊短文，颇生影响。但稿费至今未见赐下。何故？《小井胡同》我十日晚看了，戏票已售出一个月了，呜呼！不久前尚遭挞伐者，但愈打愈香，此文坛可悲之处也！匆匆 即致

敬礼

白尘

一九八五年一月十五日

范用同志：

前上一函谅适，由美寄吴强一稿，日前已经收到了，是一场虚惊！请向香港复印原稿事可以作罢了，特此函告，并致歉意！

今日寄给姜德明一稿《忆丁易》是为《丁易杂文》写的代

序。怕他不便用，故附了一句，说不用时请转交给你。果转来，烦交《读书》是幸。亦代久未通信，不知其近况也！

匆匆不恭，即颂

春祺

陈白尘 上

二月十九日

范用兄：

四日手书收到。《五十年集》印刷甚糟，所寄之精装本且不如平装，连扉页都漏掉了！寄出后方发觉，殊憾之！这家出版社先是死乞白赖地要出我一本书，其实是因我人在江苏，出于面子而已。今后不再照顾别人面子了。

《丁易杂文》序，写得没有什么感情，也算了吧。前月为《崔德志剧选》写了序，压在此处，未让别处发表，姑寄上一阅，看是否能用？这文章更是挖空心思写的，也没内容。返国以来，文思枯竭，我非江郎，也感才尽了！呜呼！

前天为全国政协的文史资料逼着写了篇《田老轶事三则》，倒有些材料，但与《读书》无甚关系，也不好一稿两投，不寄给你了。

另稿挂号寄上。

四川决定去的，但不知是否半路里有什么大会。而且将自费携老伴同去，不知能邀请否也？

匆匆 即致

敬礼

陈白尘

四月九日

范用吾兄：

久不见，又少问候，至念！闻香港书展八月举行，想你定将前往。因此趁你出去前问问两件小事：《云梦断忆》闻已脱销，是否有重版计划？我意如果重版，希望小丁兄重画个封面。如无此意，则作罢论。《寂寞的童年》闻已发排，何日可以出版？可预卜否？手头已在写《少年行》，但前者迟迟不出，实在也提不起劲头来。我感到寂寞！匆匆不恭，便中乞示二三行，专致

敬礼

陈白尘

七月五日

范用同志：

承你热情关心，寄来《抖擞》文章的复印稿，谨表示感谢！这刊物他们是寄我的，但我不知如何报答他们。既是你的朋友，请代致谢意。

陈丽音是伦敦大学研究生，在专门研究我的作品，上月已来南京见面，谈了一下午，惭愧得很！

《阿Q正传》"实话"*已在京公演，望指正。江苏演出的电视录像也将在二十二日或二十三日中央台映出。我下周也许去北京看戏，届时当抽暇以图一晤。

匆匆 即致

敬礼

陈白尘

九月八日

* 指实验话剧团。——编注

范用兄：

遵嘱写了封面几个，竖、横、简、繁听择。反正就是这种爬爬虫，如能请名家题签更好。

简介附上，如长，请删。照片返宁后补寄，复印稿早交小丁，想已转上。

明日会毕，即滚蛋矣！不及面谈，怅怅！匆匆

敬礼

陈白尘

二十一日夜

小丁老：

廿八日手示数悉。

为找那张旧照片，老夫妻俩共花了六小时时间，竟不知所终！仅有半身照三张可供参考：其一，手拄竹竿者，是它上半截；其二，可见其短裤及瘦腿；其三，船上的，可见其足下所着。至于背影，则第一张可以参考。但身旁缺一小河及群鸭耳，如此云云，可以想象出去吗？（另附底片有小河供阅）

你在《读书》上所绘的“萧何月下追韩信”已拜读，极佳！上月我化名为《新民晚报》写杂文，有篇《人才难得论》中已把这写进去了，是不约而同了。

照片原有六张，仅存其三（共四幅），幸用后还我，切切！

此致 国庆敬礼

峻嫂不另

白尘

九月三十日

娘子同拜上

范用兄：

手示及附件均收到，稽复为歉！

丁兄之图较前为优，只可惜这“鸭司令”的队伍太少了些，只能是个班长。但怕也来不及改了，就这样吧。只望书能早出。我十二日到京参加田老会，住体委招待所（工体馆附近）到后盼通话。能看到样书更佳！

《读书》支持不易，每想为文，又怕“污染”别人。前为《蒋牧良选集》写篇文章，蒋的女儿拿去，希望刊诸《日报》，我叫她《日报》如退，可转请你一阅。匆匆。

敬礼

陈白尘

十二月十日

范用兄：

新年好！

前两月曾上一信，未见赐复，至念！

我那本小书，虽一度见于书目，但未闻下文，岂仍在排字房中打盹？盼告真情！《云梦》一书，是否再版，亦希见示，如有可能，亦望改换下封面；如果同时能加印若干精装本，当由我购下。因明春可能有东渡希望。拟以之赠友也！便中乞购数行。

即祝

新年工作顺利！

陈白尘 拜上

十二月三十一日

范用同志：

久未通信，念念。八月下旬由东北返来曾在北京逗留三日，以连朝阴雨，未敢惊动你。

回南京后，接白杰明信，说他给香港译的《云梦断忆》原稿已寄港三联书店三个月了，没有回信，我除了复信外，也给三联萧滋同志去了一信了解情况，至今也未获只字。此前我给港店去过二信也是不复，不知何故？或者萧公去了北京？故恳你便中代为一询。白，到底是外宾，又是要他译的，置之不理总不好。

前看书目，《寂寞的童年》已上广告，想不日可出版了？请告发行部门，出版时望为代购二百本寄下。

又，《寂寞的童年》赠书亦望同时并寄。

最近，朋友、读者纷纷反映，买不到《云梦断忆》，不知此书是否有再版之意？（据文艺报的内刊《文艺情况》报道，此书尚为青年学生、教师所欢迎云）我先后由港及京自购逾三百本，均已赠讫，颇难应付也。

京中除五中全会外，有何振奋人心消息？

下旬拟去重庆参加雾季艺术节活动。你这老重庆近年曾返去过没有？

匆匆问安，并致

敬礼

陈白尘 拜手

十月三日

范用兄：

示悉。三联计划的丛书是有特色的。回忆性文字不应只当文献看，也不应作传记看，应重视可读性。夏公之作曾听他道及，未料已经完稿，三十万字，可谓神速！大概是对三十年代旧案抛出第一手材料吧？可得而略闻乎？

你来信颇多可喜消息，但文坛朋友来书，对未来之文代会颇多悲观语。匆匆 即颂

编安

陈白尘

十一月十一日

《童年》以后，写了一点，但未续下去，因为尚无可发表之处也。又及

范用兄：

我病晕眩，已两度住院，至今尚未查出个所以然来，但你两次来信都稽复了。

《寂寞的童年》样书很朴素大方，虽然装订错了，外行人并不注意，不改装也可以的。此书印数较《云梦》少多了，不仅由于定价暴涨之故吧？这使我对以后的几本东西的写作泼了冷水！夏公的《懒寻旧梦录》，连印数也没有了，难道是太少了之故？

《童年》改装好，请即寄二百本给我为盼！

匆匆即颂

春祺

陈白尘

二月三日于病院

不管平装精装，封面设计是吸引人的，有朴素的美！又及

范用兄：

昨收到《寂寞的童年》六册，大概是样书？但前请订购二百册，未知最近能赐寄否？

弟去冬患晕眩住院，查无结果。一月下旬又住省人民医院，已二十天，头晕症未查出所以然来，倒在心脏主动脉上查出个血瘤来，断为良性。国内医生不敢开刀，我更不愿受此一刀之苦。年近八十，已算上寿。再活十年，于愿足矣！想找个老中医服药，维持晚年生命足矣！但现在仍住院中。

兄已离休，当可以写点东西了，不知有何打算？

今年政协会大概不能出席了，四月间原有日本之行，也打算辞谢了。

匆匆即颂

近安

弟 白尘

八六年二月十二日

范用同志：

白鸿同志把《丁易杂文》稿本及序都寄给你，是对的。但她没给我回信，我也忘了告诉她：这篇短序（写得很草率）我已寄给《人民日报》的姜德明同志。他在春节前为《散文丛刊》的稿来信（五月出版），我便在寄序文给白鸿的同时寄给姜德明一份抄稿，而他来信说已编进《丛刊》第一集了。因此，此稿请勿再交《读书》发表，以免重复。（本来，我是打算以此文交《读书》的，如果姜不来信约稿的话。）

为《读书》当另图以报，请原谅！

刘川春节中见过。但我极少出门了。

匆致

敬礼

陈白尘 上

三月九日

范用兄：

手书拜悉。《童年》的平装与精装本都收到了，请放心。（可惜我因病不去日本了。）

兹数日曾寄上《童年》平装本一册求正，是请周健强同志转的，想已转到。

前遵嘱以《断忆》签名本寄上，并附《南大学报》上拙文单页一份，请正。《人民日报》的摘录只摘最后一节，反“左”的部分不见了，这也是各取所需。

你离休后仍按日到社办公吗？以后通讯寄何处为佳？

《童年》以后确写了《少年行》，已分期在东北的《人间》上连载，但自觉写得吃力，没有什么文采了。不知你能看到否？

胡书记说，不提什么“化”，令人安慰，但近年不“禁”之“禁”甚多，将来是否也会有不“化”之“化”呢？我担心！

京中尚有什么好消息？

夏公的《懒寻旧梦录》是本佳作，但告诉你一个笑话：此书在南京的新华书店买不到，只有一家外文书店有售。这书店就在我的近邻，据店员说，销路不错。

我因病头晕症住医院已近三个月了，全身检查又查出腹部主动脉上有个血瘤，现在服中药，不打算开刀了。

匆匆不尽，即颂

春安

陈白尘

四月十日

稿酬尚未收到。

范用兄：

我于昨日出医院回家。病情无变化，仍在服药中，请释念！

承赠房龙所著《宽容》，谢谢！病中懒于写信，请谅！

《童年》以后果为你猜中，是写了《少年行》，记读私塾、初中、野鸡大学生活，但病中所作很平庸，现已在哈尔滨出版的《人间》上连载。最近江苏成立文艺出版社，向我索此稿，我想此作水平既差，就不让它到三联去出丑了。今年下半年想把《听梯楼笔记》重写出来，作为《云梦》的续篇，那倒是希望仍由三联出版的。

你既离休，当可有时间写作了吧？我想你定有很多东西好写的。

京中空气似有“宽容”迹象，是可喜事，但愿不再刮风！据说《新星》仍有人大不满，怪哉！阿Q至今未死乎？

你是否每日还去出版社？我忘了你所住地址了。匆匆 即颂

万福

陈白尘

五月十七日

范用同志：

在京时托小丁转上诸件及返宁后所上一函，谅均达。亦代兄过宁曾一晤，知兄在京，何久未见信耶？念念！

兹有数事相烦，盼复数行：

一、《云梦断忆》是否付印？何时出版？

二、请告三联：此书我拟预订二百本。书款即在稿费内扣还。

三、香港方面迄无信息，则此书之港版是否仍出？请代为一询。

今日南京已39℃，挥汗如雨，匆匆不恭！即颂

编安

陈白尘 上

八月六日

范用兄：

好久未通信，知道你已不具体管书店的事了，报载三联书店在书市上颇受好评，为你们高兴！

前一阵，周健强和我通信，我曾问他问题，至今月余，未见回音，甚以为异，不知是否出差了？现在只好麻烦阁下了。

《寂寞的童年》完成后，我又写了两篇东西，一是《少年行》（六万字），写读书（从中学到南国艺术学院）生活，一是记“文革”后期见闻的《听梯楼笔记》（七万字）。前者不及《寂寞的童年》趣味，后者因是笔记，自不如《云梦断忆》生动了。前者已由东北一大型刊物《人间》发表将完，后者亦将交刊物发表。这两本书三联书店能否接受出版，我没把握，特向您如实介绍，盼赐复！

又，《云梦断忆》似已售完，是否有再版的打算？我手头一本也没有了，而索此书者不绝也。（此书除港店英译本外，日本现拟翻译出版。）

我从去冬患晕眩症，曾住医院半年，至今仍未见基本好转，但每日仍可写千把字，以代治疗，因写作时可忘了头晕也。故今年连政协的会都未参加了。

匆匆即致

敬礼

陈白尘

九月廿五日

范用兄：

十.廿一手书敬悉，至感欣慰！我从去冬患晕眩症及腹主动脉瘤等症以来，身体日衰，记忆力大为衰退。你寄来的《少年行》复印件就在我案头，但不知为什么以为是《人间》寄来的，所以才有上函的探询，请你原谅！但事实上也确有所感：病中写的《少年行》续稿，确少光彩，所以怕影响三联的声誉。因此，连原先的计划写一连串小册子的，自己都发生动摇了。你的热情来信，使我感到宽慰而且振奋起来了，得感谢你！

《少年行》还有一章未刊出，后刊完，当全文寄呈（是寄编辑部抑寄尊府？）核本。

三联的声誉日隆，《人民日报》海外版上的介绍我都读了。你们在出版事业危机中走出自己的路子，是令人振奋的！王若水的《为人道主义辩护》及房龙的《宽容》在书市上大为畅销，大出我的所料，这不仅说明读者层的变化，也证明了新华书店的发行制度的破产！（附带感谢一声，这两本书都寄给我了，特别感谢！因为我自己是买不到的。）附带告诉你一则笑话：夏衍同志的《懒寻旧梦录》，是本好书。但南京书店里很少或根本未见到。可在我住处巷口一家外文书店里却发现有几本在架上，但购外文书的读者无人问津！这是怎么搞的呢？

《云梦断忆》一时未再版我是理解的。请勿在意。只是如可能重版时，将封面与《寂寞的童年》等等同一版式即好。附来日本来信，即此书日文译者写的，她也慨叹国内版无觅处也。

你退居二线，对三联是个损失。据我记忆，你也刚满六十不久，正精力充沛之时，也"一刀切"下来，是不智的。一个人学习到二十五岁，退休养老又二十来年，中间工作时间仅三十来年。从国家说，浪费太多了！反之，有许多早该退的至今还尸位素餐，令人愤愤！

新写的一篇东西，只能算是笔记，其中几乎没有自己。它是否列入我的自传之列，待将来发表后再说吧。这本《听梯楼笔记》已交《钟山》了，不知能编入明年一期否？

匆匆不恭，即颂

秋安

陈白尘 上

十月二十五日

范用兄：

新年将到，敬祝新禧！

《人间》已将《少年行》最后一章（第五章）刊完，因作了一次校订，删去万字左右。兹将全稿（第一至五章）（另挂号寄）

寄呈，敬请斧正！（一至四章是你寄来的影印件，五章则是排印稿，如需一律，则烦请影印。）

这次写作未能一气呵成。第三章起更是在医院中断续写出的，极少光彩，希望大力删削才好。万一感觉不便出版，也希望不必客气地指出。

一九五六年我撰写的《宋景诗历史调查记》，是你我合作的第一本书。此书出版后无声无臭，感觉对不起你，但出于意料的是：日本东京外国语大学的历史讲师佐藤公彦都将之译成日文，不日出版了。昨日此公路过南京来看我，谈及此事，不胜感慨也！并阅。

专此 即颂

冬安

陈白尘 上

十二月二十二日

范用兄：

我于十日由京飞返南京了，行前未能走辞万憾！

得《人间》编辑部信，说他们知道我已将《少年行》交三联出版后，已打消出版计划了。请三联放心。

我因故离开原住所，暂住招待所中，今后如有赐示请寄“南京汉口路南京大学中文系”即可。

草此匆匆 即颂

春祺

陈白尘

四月十六日

范用兄：

手书拜悉。《少年行》后半部分，在医院病榻之侧写的，颇为干枯。蒙交三联安排出版，既感且歉也！近日在续写第三部（拟名《漂泊者》，未确定）进展极慢，如发表也在下半年了（可能还给《雨花》，也未定）。去年秋写成《听梯楼笔记》约六七万字，已定于《钟山》今年二、三期发表。此作传记“文革”后期见闻，未及个人生活，比《云梦断忆》更客观了，我以为是不能作为自传的部分的，出版后希赐阅并示意见。

自传在《漂泊者》之后，该写抗战前后了，以上海解放为止。但解放后十七年生活颇难下笔，是否写，也想听听你的意见。以近日气候论，似乎又不太“宽容”了。

《童年》再版，出乎意外。但如果可能，希望将第125页8行《哭祖庙》改为《连营寨》，此为杨宪益兄指出的错误。如困难就罢。

《云梦断忆》如果库中有书，能寄我十册吗？我手边一本也没了！

听说三联的书好销。颇为高兴！但南京出过笑话：《懒寻旧梦录》此间新华书店未见销售，唯一销售此书的是一家外文书店。大概以夏公为外国人也。这家外文书店是我的近邻，消息可靠（原有五册，现在仅存二册了，可见还是有知音的）。

书影事当遵嘱准备，谢谢！

专此预祝

新春佳节！

陈白尘 上

一月十二日

范用同志：

上月收到三联寄来《云梦断忆》样书及购书的一部分（七十册，尚待寄一百五十册）。望穿秋水，终于出版了。至慰！想来还是你发了脾气的结果！谢谢！

也在上月，曾托我的学生李龙云转上一篇小文，请转《读书》发表，未知已蒙批阅否？他的《戏剧集》在北方出版，托我作序，故以此序求《读书》先发也。

我在郊外住了两月，明日即拟返城了。下月是否赴京，尚难说，但十一月恐怕要来的。亦代兄闻去沪，未知归来否？念念！

《云梦》预定书，尚望早日补寄为盼！专此 即致

敬礼

陈白尘 上

九月一日

范用兄：

获赐寄巴老的《随想录》合订本，喜出望外！作家获得出版家的爱护和支援，可算一大乐事！兄可谓作家的知己！

我从年初因家庭纠纷暂迁招待所居住，现已十个半月。而省委允给的房屋尚杳无消息，起码要在招待所过冬了。贱恙如故，头晕症未见好转，记忆力更大为减退，进入老境了！

去年在医院中整理旧稿《听梯楼笔记》已交《钟山》排印出上篇，遇到一月的风暴，深恐祸及刊物，自动要求抽出。今年又写出《少年行》的续篇《漂泊年年》，约六七万字，仍交《钟山》，定在明春一、二期刊出。但病中所写，勉强成篇，毫无文采了！发表后希望赐阅。开年后，拟再写一组《剧坛生涯》，便告结束。十七年间的事难言矣！不再写了。

《少年行》曾见预告，但未见出版，不知是否为印数所限？便中望明示，不必客气。我是颇有自知之明的。闻明年有纸张提价之说，确否？

再次感谢你的赠书！

冬令已至，诸望珍摄！即颂

冬安

陈白尘 拜上

十二月七日

范用兄：

谢谢你的贺年卡，谨在此补祝新年吉祥，并预贺春节万福！

去年十二月初曾接赐寄之巴老《随想录》，当即复一函致谢，并询问《少年行》出版事，信寄北牌坊胡同22号，迄未蒙示复，岂尊居迁移耶？盼赐我数行！

我因故迁居招待所已近一年了。复示请寄“南京大学中文系”收，较妥。

专此 即致

敬礼

陈白尘

一月十四日

唯恐遗失。此信故寄书店。

范用兄：

年前收到赐寄的贺年卡，至为感谢！此前曾上一函（十二月中）寄北牌坊胡同则未见复，深以为异，因又去信寄（一月十四日）三联书店。亦无复音，未卜何故。

《少年行》已见预告，至今未见出书，深以为念。盼抽暇复我数行为祷！

弟病情未见好转，头昏日甚。迁居事尚无眉目，心境更为不佳，无善可陈也。

专此 即颂

春节万福

弟 陈白尘 上

二月十三日

范用兄：

手示拜悉，很是不安！我曾估计到你的处境不会太佳，但没料到已达“不受欢迎”的程度。我几次去信催问，使你为难了！三联之有今日，吾兄之功居多，人过河，即拆桥，大概是今日风气，你我只好退避三舍了！

《少年行》根据《寂寞的童年》情况，印数想不会多。只怕书店为难，所以颇为担心，故一再询问。现既已付印，自然放心了。此书责任编辑是谁？我想出书时多购一百本。与赠书一并寄下，不知可能代达否？

《漂泊年年》即将由《钟山》发完了，三联方面不知尚有意续出否？请毫不客气地告我，好作其他准备。《童年》以后一本不如一本，我自己明白。本来我已动手写第四本，即抗战前后十三年的，已写了六节，自己看看太平淡，放下了。待病体稍痊后，再考虑重写了。

近顷心脏病发作了两次，健康远不如前了，但心脏病专家说，保养得好倒也无妨云。

草此匆匆，即颂

春祺

陈白尘　拜手

四月二十六日

范用兄：

承赐《少年行》样书一册，至感！

书店已于六月九日将稿费寄下，其中已扣除购书费一百一十二元（计一百册），但时隔近月，所购书尚未见寄下，不卜何故。今日已去信书店询问，便中尚乞代为一询为感！

《少年行》续编《漂泊年年》已发表完毕，不知三联仍有意印行否？此事未便直接询问，以兄曾有前议，故敢奉问，乞明示为感！

弟已于上月初迁居，以后赐示请径寄此处是幸！

兄已离休，本不应以琐事相烦，但三联编务不知由谁负责也！千祈鉴谅是幸！

弟近来健康远不如前，腿脚已感不便，不知何日始能进京奉访也！草此匆匆　即颂

暑安

陈白尘　拜上

七月四日

范用同志：

谢谢你提前给我寄来《少年行》的样书！当时弟正忙于搬家，迄未函告，乞谅！八月初又收到书店寄来大批的书，请勿念。

《少年行》之后，接着又写了《漂泊年年》，已在《钟山》连载完毕。不知兄曾见及否？按理此书的出版，应先尽三联为是，但我不知向何人联系，为此盼请老兄代为询问一声，以明究竟，如何之处。尚乞明以告我，不胜感激之至！弟已迁居。

赐示乞寄此处。专此奉恳，即颂

暑安

陈白尘 上

八月二十日

已寄平装六册、精装五十册，再寄十四册，一百五十册。（范用注）

范用兄：

去年十二月八日手书及许公*回忆录，直到前天才由杨苡同志交下，计时两月矣！捧读之下，至为铭感！我那本回忆录你还耿耿于怀，大可不必的。我自己从两年前生病，即已心灰意冷，搁下笔来了。自问非名人，没有人等着看它，何必自作多情？再说卧病以来头脑终日昏沉，除少数朋友通信外，几不执笔矣！写信也只能每日一封，多写则头脑发昏不已。盖两年来耳聋眼花，腿硬如木，垂垂老矣！每日除翻翻报纸外，连每晚的《新闻联播》也懒得看，因为耳聋，不知所云也。

令外孙女的作文，其妙无比。她每一句话都是真实的。“你说他怪也不怪？”我说你也真怪，退休了，该享清福了，偏要找事做，何苦来呢？新的出版社也未见得能扭转乾坤的。

但我内心里还是感激你的，而我只能恳请你原谅了。

你的地址大概未变，只是邮政编码不清，我是估计着填写的，不知可对？

我在 1986 年春即离开原来住处了，在招待所里呆了近两年。

春节将临了，祝福你全家快乐，特别问候你的小外孙女！

谢谢你的赠书！

陈白尘 上

金玲 一同

九一年二月十一日

* 指许涤新。——编注

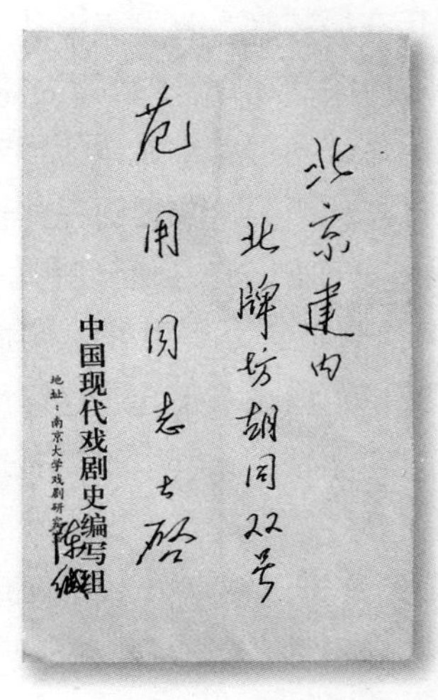

陈超英

范老：

您好！

来信收到。您的《怀念旧友田家英》*一文，我刊已登在第12期的“书林忆旧”栏目。

您的稿子采用后，我即托花城出版社的海帆小姐转告您，不知您见到信否？如未见到信，海帆讲肯定是在她们社搞丢了，因为她发信时，社里正在搞装修，收发室极乱。

范老，您是我们出版界的前辈，德高望重，虽然没有见过您，但在心里很敬重您，我们非常希望能得到您的支持。祈盼您能继续赐稿，并通过您的影响帮我们约一些稿子。

我们《书报刊》是面向全国公开发行的刊物，明年将增加到64码，我们大家都想把它办得更好，但我们也清楚，在当今通俗刊物走俏的情况下，像《书报刊》这样严肃的文化刊物很难“打响”，然而我们又不愿媚俗。所以我们还是想以刊物的质量取胜。怎样才能把刊物办好？也望您不吝赐教。

《书报刊》以前给您寄过两期，不知收到没有？今后我将每期给您奉上。

此致

敬礼！

陈超英 敬上

1993.12.1

* 应为《怀念书友田家英》。——编注

陈　凡

范用兄：

许久许久不通信了。月前曹健飞兄来此，我问他你的近况如何，他说很好。不过也想退休，俾可有时间去写点回忆录云。但我想，现在处处需人，事事需人，像你这样的人才，谁肯放走？恐怕你即有此想，也不可能成为事实也。

年前你交给我的张伯驹老先生的三本《联语》，《艺林》双周刊曾陆续刊登了一些。因原稿很潦草，且有许多是前人的著作里曾经有过的，有相当一部分封建意识较浓，又不可用。故决定告一段落，不再去从中搜考了。尚有最后一笔稿费，用港币折合成人民币五十八元，一两日内即汇交给你，烦你收转张伯驹的家人。那三本《联语》，也决定挂号邮寄给你，请你交还给他们。（以前也曾汇过稿费，想亦已收到？）

经常收到《新华文摘》及《读书》月刊，且都比书店到得快，想必是你对我的优惠，北向叩首，多谢多谢！

《联语》收到后，便中乞寄数字，俾可释念。匆匆即祝
编安

弟　陈凡　拜上

八月十九日

范用兄：

许久没有给你寄信了，不知你这个忙人，忙得如何？

记得以前曾写过信给你，请你不要再给我寄书了，因为居处愈来愈小，所以如此。但是现在又要重新向你提出一个要求，即请你为我找一套《文史资料选辑》。该书自一九七六年复刊后，你曾将第五十六、五十七、五十八期寄给过我，故我现在所欲得此，是第五十九期起到现在为止的各期。以后则每期乞寄一册。其所以急切需要，是因为目前，我们正在加强副刊工作，俾可与敌人争夺宣传阵地。故你的支持，不啻后方对前沿阵地的支持也。

《选辑》勿直接寄港，请寄“广东省深圳市〇一九号信箱”交我收，如用挂号寄出，更为妥稳。

今年秋冬间，我有可能来京一行，若能如愿，又可快谈也。匆匆即祝

春安！

弟 陈凡 拜上

二月十九日

无论能办到与否，均望复我一信。凡再拜。

范用兄：

久不通候，敬颂万事顺心，适如鄙颂！

我以前曾交款托你买书，后因搬家后地方狭小，请你不要再为我花精神了。现因报馆要改革版面，又必须向四方去觅书了！（三月十五日起，副刊《大公园》内容已有改进，且开始刊载我的《劳生碎梦录》，不知已蒙青眼否？）近见《读书》三月号广告中（二〇页）有《出版史料》集刊出版，乞扫数代购一册寄下，叩请叩请！

又近两三年出了些什么政坛人物的回忆录否？因我已购有几

种，怕重复，故请就所知书目，及出版处、书款多少等，开一条书单子给我，俾便参考选购。你这个家伙好像一向懒于寄信，但这一次务望拨冗见复，叩首再叩首。

祝好！

弟 陈凡 拜上

三月廿日

又，一三三页提到的陈达的著作，如已出书，也望购寄一册。

范用兄：

上月曾上一函，至今未见有一句之复！你这个家伙太过惜墨如金，应该打屁股！现有一请求，即急需一套四卷本的新版《徐霞客游记》（旧版的已有），曾托上海古籍出版社的朋友去求购，答云“已无货”，只好商诸你这个大藏书家了。你能代购到固佳，如已缺课，而你自己又有此书，也请先寄来一用，用后再璧还可也，望赐助。我月底来京，到时与兄等吃点什么，则须看时令有何可吃者了。所惠《新华文摘》及《读书》均收到。但很对不起，最近我在本报副刊《大公园》审第一篇所谓回忆录时，便与去年六月《读书》上捧徐铸成那位作者公开宣战，你如有兴趣，无妨找来一看，并谨向诸公声明，我的矛头只向着此公，与诸君实无涉也。一笑。

弟 陈凡

三月卅一日

陈国容

范用同志：

一年容易又见圣诞，新年将临，祝你万事如意，好运连连。

收到大札，了解了一下《世纪》的情况，原来主编是上海文史馆馆长，就地取材的缘故吧，所以文史资料颇多。柯灵本说他给你老回信，所以我就没写，可是他还文债还到今天尚未还完。我曾给你打长途，打到陌生人家里去了。今天给你寄贺卡，一定要给你写回信，真是迟复，要求原谅了。

我们一月份可能赴台，因为在申办中，尚未有结果，但论文催得紧，正在赶。能成行，去看看海峡那一边也很有意思。

我觉得你给沙老师的信，真是文情并茂，十分感动。你文字之简练，情操之高洁，我都很欣赏。曾有一想法，想请《教育报》转载，这是给做教师和做学生的都是最好的一种“教育”，惜尚未找到熟人，现在为师为生之道真是不知如何说法了。希望你多写，写成一本新的中国人的《爱的教育》，我盼望着。

柯灵给刘海粟的百岁画册写了篇序，他寄给沈昌文想在《读书》发表，原因是这位大师一生坎坷，剥夺了他多少年的绘画权利，后来河清海晏，平了反，他的八上黄山、九上黄山的豪情，颇为动人，但颇不见容于北京有些大画家，所以柯灵想此文在京发表，能为对老人的较深了解做点工作。这是个人意愿，客观上的反应如何，只好等发表后再听了。后沈昌文来电话，说文章明年一月号发，他已离开三联，由董秀玉主持三联一切工作了。董秀玉和我们已无任何联系。

我感冒咳嗽将三周，未愈。上海阴湿，难受极了，我看将来有点钱要去买个空调，冬天放暖气。人真是老了，年轻时最怕热，绝不畏寒，现在是一受冷就发烧感冒。你身体好吗？早餐仍极丰富又多品种吗？念念。谨祝
圣诞快乐，年年佳运！

国容

12.14

范用同志：

读完《我爱穆源》，我深深地爱上了《我爱穆源》。梦中的真，真中的梦，对一个终身耽在教育岗位上的人来说，这是一份多么珍贵的礼物，受到深层次的鼓励，感到温暖，要是有来世，我愿再次选择学校工作作为我终身的职业。

内涵好，文字也好极了，谢谢你，范用同志！

信原该早复了，但香港之行定在 5 月 26 日，行前老柯身体不适，我就忙了点，一心想将书读完，到港时写回信，可是在那里更忙，只好回来写，迟复了，请原谅。

在港见到罗孚同志，他是会议嘉宾，临走又见了面，他每天写五六个专栏，还有其他。他说回港后请他吃饭的人多，迄今还未结束。三联只见了梅子，其他同志柯灵说都不认识了。

柯灵昨天开始，恢复正常秩序，又去他的办公室了。

上海阴湿，北京似乎热得不正常，望保重。谨祝
暑安！

柯灵附候

国容

6 月 18 日

范用同志：

信和书都收到，非常感谢。你给我的孤寂带来温馨。我仍住院，医生认为我的心功能大有问题，肺感染严重，就不让出院，出了院的话，孑然一身，医生也不放心。现在医院，医生护士都善待我，手还是震颤，消磨时日的是看书。看了《我爱穆源》，对一个做了一生教育工作的我来说，真是感慨万千。前一阵刚好因看了《夏丏尊传》就找了《爱的教育》来重读。你的书似更贴近现实，是又一本《爱的教育》，更何况，就像陈乐民、邵燕祥同志说的，和我小学时的生活何相似乃尔，我是 1921 年生的，1929 年至 1933 年在读上中实小，读了你的书，当年生活，历历在目，现在的教师及学生都该读读《我爱穆源》，可以敬师爱校，又能爱国，我很敬重杨公崖校长对教育的真情，也敬重你，对学校、对教育的一片赤子之心。

我暂时不会出院，天天翻翻柯灵的文集，作为人天相隔的桥梁，也好似我在聆听他在天上对我说话。我今年 82 岁了，想起他 82 岁还写大块文章，心里为他高兴也难受。

我托人送你的《柯灵画传》，不知收到否？

请勿称我先生，称我国容就好。

还喝酒吗？还吃花式品种繁多的早餐吗？还健步吗？念念。

祝

健康长寿！

国容 上

7月9日

范用同志：

有一天，我正在看《我爱穆源》，夏丏尊先生之文孙夏弘宁同志来看我，我告诉他，这是您写的又一本《爱的教育》，希望他寄一本他著的《夏丏尊传》给您，想必书已收到。我住在医院，每天吊针，十分乏味。除了看书，不能活动，手又颤抖，写字极不便，真是苦，长期住院也不是办法，治疗到一定程度，我也想回去。按柯灵的遗言，跟我大妹妹一起住，她有个儿子，可以照应我。眼前是不可能离开医院的。

我现在老而弥糊涂，我将四本《柯灵画传》交给谁了，怎么也想不起，现在再寄上一本，给您留念。该书已卖光，买不着了，书商不准备再版，我不拿书店稿酬，他们送了点书给我。您是非常好的出版家，不是出版商，《柯灵文集》六卷本出版，柯灵写了一辈子的一套文集，约二百六十八万字，柯灵遗嘱里写的是稿费给我养老，可是出版社因书市不景气，只给了我一万五千几百元钱。真是没有话可说，给您说说，算是解解闷气。

您的食谱真好，十分合理，回去后模仿，就是那碗粥就不可能这么营养丰富的，您跟柯灵都只是上了小学，我非常敬重努力奋斗、自学成才的同志，不是一番勤奋与坚持是不可能成功的。我们读了大学，又怎么样呢？我是一事无成。

我已两年不出门，社会上的事情都不大知道，现在有时看看《收获》杂志。作为了解社会的一个小窗口，许多事都看不懂了。《收获》上，邵燕祥同志的文章我总是看完。

希望您会喜欢这本画传。敬祝

健康长寿！

陈国容

02.8.19

陈翰新

范用同志：

您的唁电已收到，十分感谢，秦似同志在京住院期间，也承蒙您到医院探视。您的珍贵友情我们将永志不忘。

现在有几件事请求您给予帮助：

1．许多唁函、唁电都提到盼望秦似同志的著作能早日问世，这也是我们亲属的最大愿望。我们想将他在十一届三中全会以后写的杂文交给三联书店出版，因为他的第一本杂文集是三联出的。他的散文大约也有数万字，如果三联能一块儿出，最好。希望您能代为联系。此事如您能出面张罗，我们最放心。

2．秦似同志的诗集《抱今集》曾决定由北京出版社出版，负责编辑是严秀同志。我们曾听秦似同志说，严秀同志在京告诉他，此诗集已寄回给他最后删定，然后即拟排版。但至今我们尚未收到这部诗稿，不知是怎么回事。上月曾发函向严秀同志询问，至今亦未见回音。这是我父亲的遗稿，如丢失了，就会使他的心血白费。所以盼望您能代我们查一查，最好找到严秀同志本人问问，要不，问有关编辑组可能也可以了解到有关情况。

3．秦似同志的挚友和学生们拟筹出《秦似纪念文集》，拟于秦似二周年忌日时出版，希望您能为他写点悼念文章。

秦似同志一生奋斗、一生坎坷，事业未竟而过早弃世，令人痛惜不已。我们活着的人只有尽量使他的遗志得以实现，以减少损失，寄托哀悼之情。

盼能早日见到您的复信。

敬颂

编安！

陈翰新

王小莘

1968.8.17

陈辉扬

范公：

您好。

您托我找的《秋之颂》和《雅舍小品续集》都于前天寄出，请查收。

上次在京麻烦您多次，真不好意思，那份书稿于抵港次日即转交董秀玉先生，勿念。

《石头记》暂存您那里，若是明年初有空，当再度赴京，也顺便探您老人家。

回来后，写了一篇谈张爱玲生平的文章，现随函奉上一份，请您指正。

又张兆和先生访问的文章，已由董先生转交给我，我会转给黄继持先生，勿念。

您老身体好吗？想来一切顺利吧，梁先生还有两本《雅舍谈吃》和《梁实秋札记》，不知您有没有兴趣看一看，若有需要，我当寄奉，便中请来函赐告。匆匆。并颂

大安

晚 陈辉扬 上

十月六日

范用先生：

您好，大札及《石头记》俱已收到，非常感谢。我已托董秀玉先生把港币八百元（约合三百六十元人民币）转给您，请查收。为了买书之事，给您和董先生多添麻烦，实在过意不去。

有关《余韵》一书，主要是把张女士在四十年代一些未结集的散文及五十年代初写的《小艾》收在一起，我已于今午为您寄去了一本，月内想必收到。以后，您要什么书，尽管告诉我，我一定去找，不必客气。董桥的《辩证法的黄昏》一直没有出版，待出书后我尽快寄给您，好吗?

《文化焦点》自第四期起（三月三十一日出版）改为双周刊，包装也改为大十六开的杂志钉装，您老人家有什么意见，请告诉我们，古兄也很想知道。以后我们会按期寄给您，请多批评、指正。

上次在京匆匆一聚，没有多聆教益，希望下次赴京再到府上拜访您。

匆匆。并颂

大安

晚 辉扬 敬上

三月五日

范公：

您好。

前阵子见到怀民兄，他谈到您的身体，颇以为忧，后来在港见到董先生，她说您已见好转，方才稍稍放心。

上次托董先生送您的《电通》杂志想已收到，去年曾草一短文记此杂志，原收于我的电影文集中，现先于香港《星岛日报》发表，现寄奉一份剪报，以为纪念。

我希望四月或五月能上京一行，若成行必拜访您，希望您千万珍重，小心保养身体为要。匆匆。祝

福

晚 辉扬 敬上

三月廿三日

陈明章

范用同志：您好。

常想来看您，又恐打扰您，以此一拖再拖，直到今天已经是十二日了，向您和您的夫人丁仙宝同志拜一个晚年吧！

前一段时期，我常这样想，好像在出版界同行之间没有像以前在桂林时那样的热情，几乎每月有一次聚餐（经常是在老正兴），彼此在街上遇见也是很热情的，有书出版了，大家都各拿二十、三十、五十等等，如销路好，以后还可以继续再进。当时的印数也不多，一般三千、五千，没有多久就可以再版了。当然这或许是一种虚销现象，销出去的书不一定就到了读者手中，不过书商嘛，虚销、实销相差无几，大不了不再版。三句不离本行，话未免拉长了。这是回忆过去，我想也许是人之常情。

之后，我总觉得，解放后，好像同行之间没有那样的紧密联系了，一方面也许因“只此一家，并无分号”之缘故。彼此之间的感情已由“私人”关系转变而为同志关系，而这种同志关系，本来也是应该亲密无间的，可惜被“左”的（或者称为特定的）影响的干扰而冲淡。这是我的感觉，恐怕事实也是如此。

现在，我又有一种感受，觉得老同志之间的情谊还是没有泯灭。前日遇见黄宝珣大姐，她还认识我，还谈得不少（她已七十八岁）。又如赵筠，他在人美，遇见我时总是那样热情。而在我的事件中，您和仙宝同志，又是那样的热情支持和给予大力帮助，又是我所始料不及的，也使我十分感激的。由于您的帮助，王益同志也给予了支持，他曾在我给他的信中，批了同情我的语句，希望能够落实政策。

去夏阅上海《文汇报》读书副刊见有一篇叙述阁下重视书籍装帧的文章，阁下爱好美术设计我是知道的，过去好像还有一本多年积聚的美术画册。我认为这本画集也是可以装版出版的，给封面设计者作参考，是一本好资料。

您和李公朴先生熟稔，我过去不知道，自从读了您在《政协报》写的这篇重庆较场口事件回忆文章，我才知道。

李先生是我校长（上海量才补习学校），当时我在该校补习英文，该校社会活动很多，我参加如诗歌座谈会等，我当时参加上海市职业界救国会是李校长和章容两人介绍的，章容当时是量才学生会主席，解放后任工人日报社总编辑。我于上海陷落前返故乡宁波，也参加了当地抗敌后援会的演剧队、政工队等等，当然其领导是反动派。这好像我以后曾参加国防书店（五个月）、重庆青年书店（一年），这是洪俊涛介绍的，洪与青年书店上层领导洪瑞钊是同乡，洪俊涛不愿去，就介绍我去了。我虽然进过这些书店，但没有组织关系。

以上拉杂陈述，既没有考虑层次更没有加以文饰，其目的是想增加您对我的了解罢了。总之，我的一生总的说来是进步的。我在桂林自己出过两本书，《挣扎》《搏斗》（短篇小说、散文、杂感集）。顾名思义，在旧社会挣扎、搏斗难道会是“春风得意”的人物吗？可是想不到在新社会还要继续“挣扎”、继续“搏斗”，真是已矣哉！

目前，我的生活尚能过去。家庭负担没有了，但我老是不肯就此死去，很想再办一个出版社，这又是事实所不许可的。

存在我心中的话是很多的。我想应该就此打住，祝

全家安好、幸福。

陈明章

正月十二日拜

陈汝言

范用同志：

日前，由南京市政协转告，《北京晚报》拟在马克思逝去一百周年纪念中刊载1947年《资本论》在《中央日报》上刊登广告而引起一场风波的文章。现在稿已写好，约三千多字，今日航空挂号寄去，并附去当时《中央日报》及《救国日报》照片各一张。

《北京晚报》编辑沙青同志在长途电话中透露了我写这篇文章是您向该报推荐的。我在这篇文章中提到您的一些段落："……在刊登这则广告的过程中，必须尽可能减少环节，务使阻力越少越好，这是实现这个计划的重要步骤。接着，由范用同志草拟了广告的内容并根据《中央日报》版面格式设计了一张高约十英寸、宽约二英寸半面积的版样，决定在上海排版制型……"

我的这段叙述是根据当时的史实，拙文今已寄去，有不妥之处请劳驾去指正。

前些天得到留字，敬悉一切，赵家璧同志说，中国出版工作者协会可以吸收个人会员，他要我寄张简历给他，您在这方面也请赐予促进。

气管炎肺气肿，闻德国出品的碧桃仙有特效，十多元人民币一瓶，香港有售，我是不妨试的，先此函奉

敬祝

健安！

弟 陈汝言

3.6

范用同志：

谨先祝您身体健康！

上月接奉大函及《出版界识途老马》[*]一文。拜读以后，深深感到：您的为人，确如记者韩金英所描述的那样，但远远不能包括您在半个世纪革命出版工作风云变幻漫长的历程中，所表现的机智勇敢和无畏的气魄。

来信说，十月间准备赴浙江海盐参加张元济先生的学术讨论会。会后，将沿途游皖，最后由南京趋（驱）车返京。我热烈欢迎您们的到来。希望在来宁之前，事先告知抵宁的日期、车次，以便我去江苏出版总社及时联系，派车前来迎接，并安排住处。趁此机会，我们好好聊聊以慰阔别之情。

敬祝

一路平安！

汝言

87.10.3

* 应为《一匹识途的老马》。——编注

我现在正在写有关抗战时期重庆出版界的某些回忆录，其中涉及新出版业联谊会的活动情况，但年代久远，有些具体事情已记不清了，现在想请您指教：

1．当时的发起人哪几位？黄洛峰同志是否是主要发起者？

2．当时我也是其中的成员，重庆的新出版业是否都参加？

3．新出版业联谊会的具体地址在哪里？

4．这个联谊会，当时参加了哪些重大的政治活动？社会活动？如：在重庆下半城西南实业大厦举行的第一届政协委员招待会，庆祝政治协商会（议）的成功大会（即较场口事件）……等等的组织工作。

5．还有我想不起来的……

以上几点，请信中指示。

汝言 及

10.31

陈尚藩

范用同志：

也许你已想不起我这个人了。我是一九四八年经戴文葆介绍为办地下秘密油印刊物和你见过面，你曾为这个刊物写过蜡纸。虽然往事如烟，也许你还能记起一二。当时我也见过你夫人，请代致意。

我早已从温崇实同志知道你的近况。文葆改正后通信时我也想到你。一则不敢贸然高攀，二则没有什么借口，所以没有给你写信。如今有事探询，也就不揣冒昧了。

最近《新闻业务》第四期介绍不久前来华讲学的美国进步记者阿伦森。碰巧我为了复习英文，作为练笔在今年初译完了他的《美国报刊和冷战》一书（共三十万字），他的另一本书《新闻传播机构的决定时刻》正在着手试译。我译这两本书本来只为了练笔，不想出版，但看了《新闻业务》的介绍，知道我们对他很重视，特地邀他来讲学，对他的著作似也应该予以适当的重视。最近我从新闻研究所的同志那里得知，他们图书馆里虽然有他的著作五六种，似乎很少有人看过，更没有人译过。事实上，阿伦森一贯对华友好，立场一贯进步，在我译的《冷战》一书中，提供了这方面不少动人的事实。这两本书虽然偏重写新闻界的问题，但也提供了不少有价值的史料；虽然不如名人的回忆录那样吸引人，但提供了不少值得重视的问题。总之，还是有一定价值的，还是值得推荐的。所以冒昧写信给你，虽然你们似乎不出译著，能否请你向其他出版机构询问一下。据说，商务方面译书出得较多，方面也较广，不知他们是否有兴趣？听说你是专门负责三联业务的，香港三联方面是否会有兴趣？如果有眉目，当将该书的提要寄上。

冒昧之至，请原谅。

别的就不多谈了。如果毫无希望，鉴于你的忙，不回信也可以。

祝

健康！

陈尚藩

9.9

范用同志：

接读来示，套一句滥调，确是“心情久久不能平静”。你和我并非“深交”，就凭地下时一线因缘，你竟如此热诚相待，使我感激莫可名状。问题不在于你愿为拙译出力，而在于你的诚恳待人。尤其是三十年来，新知旧雨，颇多对我冷遇，骤得温暖，自觉感慨系之了。

先讲几句关于拙译的事：原作者阿伦森的情况，《新闻战线》第四期末有篇方原的文章作了简单介绍。我已译成初稿的，是他的《美国报刊和冷战》（*The Press and the Cold War*），约三十万字。另一本正在动手的是《新闻传播机构的决定时刻》（*The Deadline for the Media*）。前些时，我曾冒昧给素不相识的方原同志（新闻研究所）去了封信，告诉他我译了阿伦森的书。他回信说，《人民日报》的一位记者访问了阿伦森（他现已回国），要写一篇通讯，想知道一下他的著作的大概内容。新闻所所长谭立同志要方原为这位记者写一个内容提要。方原虽然答应了，但因他没有看过他的著作，觉得骑虎难下，刚好收到我的信，就顺水推舟把这差使交给我了。我已在上星期把两书的逐章内容简介寄去，同时寄去《冷战》一书的“代序”（实际是阿伦森从事新闻工作的小传）和《决定时刻》一书的“序”（这“序”介绍了全书的主要内容）。我附信请他们把译稿用过后退回给我，因为我没有留底。如今你既然大力相助，我就写信给方原，要他把这一套译稿等直接转给你，供你做决定时参考。这里附一份《冷战》一书的内容简介。侵越战争中的新闻报道问题，是本书的重点之一，占五章篇幅，作者立场是完全支持越南一方的。在目前的中越关系下，有些话可能说过了头。只能等初稿改定后再斟酌。至于《决定时刻》一书的简介，我没有留底，待方原同志直接寄给你。我现在有这样的想法，《决定时刻》一书写作在后，主要写尼克松上台以后至一九七二年时美国的动乱以及对新闻界的影响和作用，涉及尼克松、阿格纽对新闻界发动的迫害运动，五角大楼文件发表引起的风波，美国报界的初步觉醒，新闻界内部的自我检查和反抗，反战运动、黑人运动、妇女运动对报界的影响，新闻和电视的竞争以及地下报纸的兴起，等等。较诸《冷战》一书，现实意义更强些。因此我倒有意先把这本书赶译出来，把《冷战》一书推迟（因为初稿较粗糙，改译整理也需要两三个月时间）。请你们先研究一下，我这里待命行动。

关于译稿，就先写这些。其他另外奉告。

此致

敬礼！

陈尚藩

79.9.16

文葆[*]：

很久没有写信给你，但对你的情况还知道一些，一是吴强的言传，二是你给中法的信。你到过南京镇江，再跨一步就可重游了。可惜你舍不得迈这一步，失望的不止我一个人。

听吴强说起，你不仅风采不减当年，而且比当年更健谈开朗，给他印象极深。历经魔劫，居然如此，我也就更体会到你说的“活着就是胜利”的深意了。联想到我自己，三十年来，几乎一直过着类似“煨灶猫”的生活，这一年来，颇有豁然开朗之感，精神面貌颇有些变化。问题虽未解决，难免耿耿，但总的心情颇佳。只是近来因为家事不宁诸多烦恼，但比较起来，只是末节而已。

前信跟你谈起译书问题，近来有些新发展。我在报社图书馆废书堆里找到了七〇年前后出的同一个作者的两本关于美国新闻界的书，为了熟悉一下荒废三十年的英语，把其中一本译着玩玩，几个月之内，居然草草率率译完了，总共三十万字，译过之后丢在一旁。上月底忽然知道这位作者阿伦森年初在新闻研究所讲学，颇受重视云云，我也怦然心动，给新闻研究所的一位不相识的同志去了封信，倒不是希望出版，只是想把它“奉献”出去，让他们作参考资料，目的当然还是为“私”，可以为以后的关系开条路。同时，我估计这种冷门书，国内不会有人译，那么也可以让作者知道居然有人译了他的书，免得他感到中国新闻界对他一片“冰”心。这位不相识的方原同志倒很热心，立即复信，鼓励我找门路出版，因为作者是个进步记者（这从他作品我也知道了），可能有人会要出他的书；但他无能为力。同时又说因为《人民日报》有位大记者访问了阿伦森，要写通讯，希望了解一下他的作品的内容，可惜找不到看过他的书的人。新闻所所长谭立要他写些内容提要，供大记者参考。他虽然答应了，却无法实现，因为简单浏览一下，也得一两个月。刚好我送货上门，就把美差给了我，借此可以为我介绍一下。我反正花不了多少力气，就把两本书的提要都写了，还把两书的序言译稿寄了去。

但是这一下也提醒了我似乎也可以托人帮帮忙，想起了你的朋友范用，我早知他是人民出版社的副社长，我自惭形秽不敢写信给他。这次私心膨胀，给他写了封信，到底是老同志，心地纯厚，立即回了信，说是竭力设法，人民、新华、三联甚至香港，都可以一试。我多年遭人白眼，骤得温暖，感激可知。如今我已把内容提要寄给了他，已在京的译的序已去信请他们速转。不过，到底是荒疏三十年，而且原来就是三脚猫，回头看看那三十万字，实在羞于见人，改一改也要花很多时间，不如先译另外一本，速度反而会快些。虽然事情还未成功，有些鼓励，只要自己能够争气——快些、译得过得去些，总还有些希望。所以也给（你）送张喜报预报一番。

有机会碰到范用，还要请你转致深切谢意。当年就凭你的介绍，工作上有过一线关系，我和他也只见过一面，他就能如此相助，而且还说没有忘记过去那一段工作。当年你们大家出力而又冒了险，今天我倒是得了好处。

对你也有些不情之请。如果碰巧遇到范用，请你相机从旁敦促早些作出初步决定，因为现在的难处是时间不够，白天为公，晚上赶私活，进度太慢。有了初步决定，我想可以在这里争取弄到一部分白天的时间，速度就可以提高了。这事也只是相机而已，不必专门为此找他。也许你和他也不常见，那也就算了。

周奇最近碰到否？本来我也要写信给他，请代致意。

中法那里，先是他来找过我，谈了些当时情景，我也劝他去找过吴强，没有见到面。最近我和吴强一起去找了他，也算是旧情复炽了。

你的情况如何？有暇盼告。还有机会来上海否？如果范用那里真能成功，说不定我还有条件作游京的幻想。但愿如此。

别的再说，祝

好！

尚凡

79.9.23

* 此为陈尚藩写给戴文葆的信。——编注

范用同志：

很久没有给你写信了。上次谈的译稿事，空闹了一场，请原谅。原因是虽然两书都已译出初稿，细看内容，实在不合当前需要，反正，为了练习，弃之也不可惜，以后再说。徒劳关注，特致谢忱。

文汇拟出《周报》，我参加编读书一版及第二版。寄上试刊一份，请指教。

《周报》读者拟以一般青年及基层群众为对象，故侧重趣味性与知识性，逐步培养青年人阅读的兴趣，所谓寓教育于生活和趣味中。

读书版将多介绍新书，希望能取得你们的支持。人民及三联应该是介绍的重点，你忙，当然无暇及此，请你指定一两位同志和我联系，我再向他们提出具体要求。

文葆常有信，《生活》试刊也已见到，不知下文如何？

《文汇周报》正式出版期未定，可能在春节之后。

专此 即颂

春祺！

陈尚凡

1.27

范用同志：

信及拙译提要收到，谢谢。此二书本无太大意义，不出早在意中。你如此关心，我真是感激无尽。

我于去年初调出资料组筹备《文汇周报》，周报未办成，又调至要闻部参加专刊《世界之窗》的编辑工作。这一年虽较多接触国外报刊，但始终未译出任何长篇的东西，很想到退休之后找一二本好书译一下，“以娱晚景”。这一年倒为湖南人民的“走向世界丛书”校点了两本书，有一本还在手边。前些时见文葆在《读书》上介绍该丛书，倍觉亲切。

文葆久不通信，知道他已到人民，便中乞代致意。

有机会来上海，请先示知。

此颂

春祺！

我的复查问题已解决，一九五八年所作“不以反革命论处”的结论已撤销。常春社也被承认是地下党外围。只是我的党籍问题未得解决。又及

陈尚藩

2.15

范用兄：

得赠书，非常高兴。来不及看完，拜读几篇，深感穆源何

幸，得大手笔为她树碑立传，既轰动当前，又垂诸久远。恕我少见多怪，一所普通小学校，得有如此高规格的“政治”的或“文化”的待遇，怕是为数极少的。

粗读之下，觉得你不仅写了自己的童年，写了母校，更重要的是写了一个时代，写了一代人的起步。我叨长仅三岁，自然也恍惚见到自己的影子，如演戏、如童子军，等等。你为童子军帐目，解放后少见，也深获吾心。培养智仁勇，教人日行一善，何罪之有？你有打扫修理厕所的绝活，拜十年之赐，我至今打“瓶口结”在家称王，是童子军的遗教。

不过你一跤跌在青云里，早在三七年就陷入重重红色包围之中，我就远没有这样的福分了。当然这也不是幸与不幸的问题，倒用得上那个分析方法，决定我得兜上好大一个圈子。

还有一点感想，人道是“人走茶凉”，在你却是无权更招人爱。也许是我孤陋寡闻，当你头上有衔之时，很少看到有人写你。而近几年好像突然冒出了一个范用似的，且有铺天盖地之势。光在《文汇》上，不算《读书周报》的，一次是写与叶老同游，一次是你自制贺卡，仅这里附录就有五篇，都活脱写出了一个可爱的小老头的前前后后、方方面面。设若非当年阴功积德，哪有今日人间传颂。只看《傅雷家书》的出版足矣。我倒不是肉麻当有趣，存心捧你，只是想起了一些所谓心理不平衡的人。

顺便提一下，70 页上写数学考试，提到“Pasi”一事，这活我也干过，而且如出一辙，也是阵上失风。不过“Pasi”一词不知是印误还是什么，我们那时是叫“Pass”，常称“打 Pass”，取英语“Pass”传递之义，和传夹带之谓。打扑克也叫“打 Pass”，则是另一回事了。

前年在京缘悭一面。本与文葆说好待你暇时拜候，不意舍弟突然发病，忽忽提前归来，致失交臂，抱憾终身。好在如前面所说，这几年常读到你，似在左右，对你了解更多了，一乐也。

敬颂

随心所欲乐天年

陈尚藩

93.9.3

范用兄：

谢谢你的祝愿，我这里也祝你新春愉快，健康长寿，阖家安康！你的贺卡闻名已久，有幸分到一枚，弥足珍贵，谢谢了。

关于当年地下刊物的事，你提示的几点有些出入，先“订正”一下：刊名不是《北方》《方向》，而是《火种》《星火》等，不离个“火”字；书刊不是两期，而是十几期，不过你亲手刻写的是两期或三期；不是五马路皮箱店楼上，而是六马路（北海路）一牛皮店楼上。至于你说的“用钟灵油印机印刷”不知是否和别人的事搞混了。因为我们用的是我们自己从旧货店买来的一架日本货手摇油印机。“着义勇（应是“义务”）警察制服散发”好像也不是我们的事。

如果你不觉得厌烦，我就多说几句：

我1945年至1947年在《文汇报》编“星期谈座”，1946年被上海证券交易所的一位副总拉去在交易所“调查研究处”兼职，《文汇》被封后就专在交易所工作了，为你转邮件是有的，主要是《群众》《华商报》和新华社电讯稿等，其中有的可能是吉少甫联系寄来的。我和李中法（你也许知道他，是文葆的复旦同学，同是复旦的“民青联”UDY的负责人，是李小峰的侄儿）是吉少甫（时名“嘉福”）1936—1937年时省立上海中学同住一房间的同学，他去港后和我常通信。

我是迟至1948年6月才入党的，47年以前还只是自封的“进步”分子，《文汇》停刊后和一位朋友闲谈中萌发了收听延安广播出地下油印刊物的想法，我知道李中法有包括文葆在内的一批进步朋友，就和中法联系，并和文葆等五六位朋友一起讨论，决定办。我和另一位朋友出钱买了一架美军剩余物资的短波无线电和那架油印机，由李中法出纸（当时他是北新书局的“副总”），我负责收听、记录、油印，文葆负责约人写军事分析及短评之类的稿件，他说可以找到“老把式”刻钢板。工作流程是这样：我每天晚上在家里收听邯郸新华电台广播，作记录，整理后隔几天送文葆家，由他编，隔一阵就把刻好的蜡纸交给我，我再找一两位朋友一起印（六马路是其中之一处，地点不固定），印好后交给文葆的另一位朋友蒋祖培（解放前去解放区，解放初曾任张家口市文化局局长）负责分发，他和地下学联有关系，大部分是交学联的。一般是两个星期出一次。时间是1947年底或1948年初开始。我清楚记得第一期或第二期登的是《目前的形势和我们的任务》，还有茅祖本（也是文葆的同学，解放后主编《科学画报》，“文革”中冤死）也为刊物写稿。就在这个刊物的基础上萌发了建立一个团结职业青年的组织的想法，这就是通过文葆的另一位同学孙秀纯（已故）的关系成为基督教青年会的一个“团契”的常春社（48年4月）。我也在这时开始和蒋祖培介绍来的新朋友“接触”，竟然最后由他介绍参加了地下党。这以后，《火种》改名为固定的《简报》，由另外几位朋友负责收听、编、印，并一度以林同济主办的海光图书馆为出版据点。《简报》出版后小部分仍交学联散发，大部分由我交我所在的地下党小组。大约在48年八九月间党小组通知我，因当时已有其他地下刊物，《简报》停止出版。直到“文革”之后我才知道，我所参加的地下党是南方局的科技青年党团支部（名称可能记错），这个组织于48年底才并归地下市委。这时党同意了我的策反闸北区伪区长（是李、吉和我的省上中同学）的建议，调我归沪此区委领导，具体领导我的就是80年代任全国政协秘书长的周绍静。常春社不再由我负责联系而由经我介绍入党的一位同志负责，到48年2月间也奉命停止活动了。

需要说明的是：我是有眼不识泰山，既不知我已“身陷”党的外围组织UDY的包围之中，也不知道文葆是资深革命者，更不知道为我们刻蜡纸的是你这位老革命（不过看到你的“作品”后我已有所感觉了），因之我往往“自我中心”地以为有些事是我“起意”的，而不知是“早在山人（UDY）意中”；我和文葆、中法的一批朋友（每次六七人）开过十多次会，在我以为是专为讨论出版或组织而开的，实际上却是UDY的会。这说明油印刊物和常春社是UDY的活动之一，我只是碰巧踩了进去——所谓“轧”上一只脚。不过，常春社成立之后，除了UDY的关系之外，我所在的党小组、支部是通过我对常春社起了联系作用的。——总之，在你回忆到这件事时，主要关系是文葆他们，我只是“轧”了一只脚。请你再向文葆作进一步了解。

还有一个“不过”，不过也许中法他们——除了文葆之外的那几位老复旦（只我一个不是复旦的），也是身在福中不知福，不知道自己已经在党的领导之下，因而就在48年3月至4月间，我、中法和蒋祖培还密谋策划到浙江乐清、玉环一带找寻党的领导。因为听说那里有三五支队在活动，我和蒋真的去了一次，结果当然一场空。

末了，要说一下，我有幸识荆是在48年的2月或3月中，是你为我们刻了两期或三期之后，文葆说你另有他务不能再干了，同时告诉我你名叫范用（我只以为是假名），约我于某月某日某时到河南北路某号（正对老靶子路，今武进路）二楼和你见面。我如约前往，这时室内已搬空，只剩几只空书架，你和夫人在。我多少意识到这是属于“相面”之类的活动，只是没有相中。解放后当我知道范用不仅是真名，而且还真是个人物时，我真是颇为感动更颇感荣幸的。

至于我在37年抗战前夕在集中军训时参加复兴社，以后又曾为三青团出过力，到41年停止，42年底头脑才有所清醒，直至进《文汇报》才小彻小悟起来。这笔账可能曾向你“交代”过，这里提一笔。写得太啰唆了，请谅，即颂

年禧！

陈尚藩

1.4

陈松龄

范用先生：

近况可好？

日前王蒙先生来港，与他谈及漓江出版社出版的《古典文学名著评点系列》之事。他负责的是《红楼梦》，我们有兴趣出版港版，已与王蒙先生取得协议。王先生并提议我们最好用漓江出版社所采用的版本，而这个版本又经冯统一先生校勘过的。他说范用先生跟冯先生很熟，可通过范先生作介绍。

我们想了解的是：冯先生做这个工作与漓江出版社有否签过合约？如果我们采用他所处理过的版本，一次性应付冯先生多少费用（港版初版大概二千至三千册）？

听说漓江社出版的系列，还有汪曾祺评点的《水浒传》，一位姓李的评点《三国演义》，今人评点古典文学，但不知水准如何？有些什么新意，很想听听范先生的高见。

拜读过您的大作《我爱穆源》，很趣致可爱。

天地的出版事业，过去和现在都得到您的关照，十分谢谢。

顺颂

大安

晚 陈松龄 敬上

93.5.11

范用先生：

8 月 24 日大函敬悉。

千家驹先生新作有《逝者如斯夫》，稍后，寄一本给您。

汪曾祺评点的《水浒》，李国文的《三国》，我们都有兴趣出版。漓江出版社一行人曾于三月访港，我曾向他们提出要出版这三部书的港版，但至今未有答复，后来王蒙先生跟我说，他跟漓江只签有内地版的合约，相信其他两部情况都是如此。

范先生愿意帮忙，我们十分高兴，在这里先表谢意。我们向三书的评点者所列条件都是一样：

① 版税 3%。因为书的主体不是评点者所有，所以版税是 3%（听说漓江是 2%），我们可以先付版税港币一万元。这样的版税，王蒙先生已同意，但希望对外不要说出去。

② 签一份合约，说明中文繁体字的版权为天地所有（包括港台地区）。台版有收益的话，70% 为作者所有，30% 归天地。

《水浒》《三国》不像《红楼梦》那样涉及版本问题，因此只需向评点的人签约便可。

冯统一先生我会直接与他联络。

谢谢您的帮忙。

祝

好

晚 陈松龄 敬上

93.6.3

范用先生：

在北京匆匆一晤，转瞬间又过了一个月。回到香港，与朋友谈起先生，都说久违了，很希望能与先生见见面，一叙友情。

天地近年来能够出版一些好的文学作品，很多有赖于先生的推荐和介绍。为了表示一点谢意，我公司拟邀请先生来港一游，来港一切费用由我们负责，未知能否赏脸。

来港的方式有两种：

①“香港游”，个人跟随旅行团来港，前三天跟大队参观旅游，后四天由我们作安排，这种方式只有一个好处，就是较快批准，不需通过新华社。

② 由我们公司向您所属单位发出邀请，所需时间会久一点。

如先生接受邀请，请订出一个来港日期，以便办理有关手续。

祝

好

晚 陈松龄 敬上

11.12

陈学昭

范用同志，您好！

费淑芬同志从北京回来，第二天一早就来看我，带来您的口信，多谢您的关怀！这么多年了，蒙您还记得我！关于《延安访问记》，我身边早已没有了，大约在前两年托上海的熟人在上海图书馆内部找到一本，借来请人抄了全书，现在我保存着。1979年我平反后，有段时间江苏人民出版社想要重新付印，后来看到里面我批评官僚主义尖锐，就不敢出了。我想也的确还是不重印的好，是不适合形势的。我在广东的《随笔》17期中写到这本东西，《李富春同志指导我写作》。

从1957年起，我离开了文艺界，一直做体力劳动，后来又是十年浩劫，真是无从说起。目前又老又病，每天尽可能还在写几句，也不知能否发表。不能，就留着自己看。

匆匆恕草，敬祝

撰安！

陈学昭

1981年8月14日

范用同志：

收到8月6日的航信，附来《在黄洛峰同志追悼会上的悼词》，很感谢您，也很激动！

我竟记不起去年曾给您写信，谈什么事，是否为《延安访问记》？我曾到处探听过1938年在重庆生活书店工作的李济安同志，后来他到延安，改名李文。一直没探听到。

黄洛峰同志为我这本《访问记》被国民党搜查无数次，终于被发现了纸版，全部拿走，他被抓去关起来，由我托李济安同志，他去设法邀了好几家店铺保出来的。《访问记》的原稿我还藏有一份，后来设法送到香港出版的。1977年初秋我应北京鲁迅博物馆鲁研室一再邀约，曾去北京，住在我年轻时的女友陈宣昭姊家。她有个孙女和黄洛峰同志的女儿（我记不清了）熟，有次来玩告诉我的。黄洛峰同志受尽打击和冤屈，都清楚地告诉我，陈宣昭姊家住的地方离民族学院不远，但我几次想写信给他，也曾想去看望他，最后还是没有写信，也没有去，因为考虑到我自己的问题没有解决，不愿牵累他；况且从北京回杭，还得汇报。拙作文学回忆录上集《天涯归客》，在浙江出版，印错的字少，现已在再版；下集《浮沉杂忆》在广东出版，错字实在多，真是憾事。

关于《延安访问记》，在前年江苏人民出版社曾要出单行本，后来又不出版了，他们看了前面的几段，就决定不出版，我的猜想是我批中国传统的官僚主义很尖锐，他们不敢出版的。文集这本东西，每篇稿都送给李富春同志（当时中共中央组织部副部长）看过，我是怕写的情况不够真实才送他看的，访问及参观的人和单位，都是他介绍的。这本东西在写作时还受到周总理的鼓励。今年6月下旬，有一法国任社会科学院中国历史研究所的女副研究员，为了写博士论文，到我国来找关于20年代的中国妇女运动资料，曾来杭州看我。（她把她的法文姓Nivaid译成中国姓名“倪娃尔”，学过三四年中文，中文写得很好，中国历史书读了很多。是个专心于学问的女子。）她告我在香港有我的《延安访问记》复印本在出售，我有点半信半疑，香港有关方面并没告诉我。但又感到倪娃尔给我的印象是我年轻时在巴黎见到的居里夫人样的法国女学者。有些年轻读者常有信希望读到这本东西，我在今年编的散文第二集中选进了两节。如果有机会再版，给年轻人看看，是否有点帮助？！不过，历史是发展的，在当时写的这一切都是真实的，现在变了，比方曾写到康生和王明，再版时应当删去。我现在手边只有从上海图书馆抄到的一部全书稿，原书已不存。

收到您惠赠的《傅雷家书》《干校六记》，非常感谢！印刷得很好。拙作《工作着是美丽的》第三集已校过初校，虽在上海排印，但浙江出书是比较慢的。至于散文第二集要9月初才能发稿，因浙江7、8两个月须印教科书。出版后，当寄奉请指正！

现在过去在重庆认识的同志不多了。黄洛峰同志的家属还有谁？您如见到，请代我问候！

匆匆恕草，敬祝

健康！

陈学昭

1982年8月10日下午

陈　原

范用同志并《起点》编刊小组：

看到《起点》第一期，很高兴。看来这确实是将出版社特别是编辑部认真地改造成为党的思想工作机关的起点。以编辑部为中心，全社办一个推动人们开动脑筋的刊物，这个想法是很好的。文章有的太长，可以再短些，问题有时可以提得小些。每期都要有点人家读了还想再读，或读了还得深入地想一想的东西。要办好这个刊物，关键是发动群众，要大家来写。还可提倡争辩，每期文章有个别的错误，不要紧，下期来批评，或写短文来指示。总之，要真正成为推动大家用脑子的工具。有些东西可以很短。例如陆部长在群英会上的报告，有哪几点是新的提法？林枫同志的报告有哪一项是新的提法？等等。这样，使一切干部都能养成很高度的政治敏感性——而这一点，对于新闻出版干部是特别需要的。

这一期有些提法是值得研究的。例如"双革"一篇，关于特点，四化是最重要的特点之一，引起思想革命也是最重要的特点之一，都没有论述。这不要紧，人们看了，思索了，查了文件，再思索一番，印象就会更深刻，也可以写更深刻的文章了。

又如"卢卡契"一篇，第一句有毛病，首先还须指出他在政治上是什么人，然后才是什么家。这也不要紧，让大家来议论。写的人不怕出丑，评的人不带恶意，这样互相帮助，整个水平就可以提高了。

我同意"不得外传"，但应当办好它。我完全相信，你们有足够的信心、力量把它办好。

敬礼！

陈原

六月七日

范用同志：

奉上乱涂的废料一堆，黔驴技穷，无以应命，都难看得要死，还是请你命笔罢。

陈原

十四早

范用同志：

奉上“书简”两篇（连图），请你抽空一阅。如认为空洞无物，请即退我；如阁下评定可以及格才可转请三位主编审定。两篇之外别无他物了，哈哈。

陈原 拜上

范用同志：

顷读完巴老的《随想录》，百感交集；谢谢你，把这部书印成像一本书应当有的样子。《随想录》散篇、散本都已读过，此次重读，仍然十分激动。你能不时编印一些已逝和未逝的智者的书，可佩可敬，我们出版界，可能就缺少这样的出版者。或者你还在着手编其他智者的集子，但愿它们陆续成为现实。祝贺你，同时感谢你。

陈原

八八年一月四日

范用同志：

信并复印文收到，高兴极了。你写的文章一口气读完，太好了，比我（或我们）这些毕生“舞文弄墨”的好多了。好就好在平凡和真挚。望多写一些——发表后千万寄我复印本——也许可以让读书界呼吸一点新鲜空气。《为了读书……》一篇胜似长篇大论，不写出来太可惜了。

陈原

九二年十月二十八日

范大人总裁：

来杭两日，宣读了教育部、出版局的文件，于是就无事了，但是飞机票一周前已售完，简直是有“家”归不得，只好干等。

写好柴氏集的重版题记，这书也看到几乎近尾声，可是音乐社恳求由他们出，我想，这是个小出版社，就应当让给它，何况这本书也不是传记。为了补偿三联的空白，我想把下稿给你大老板抵债：

裴辽士传　罗曼·罗兰著　柏园*译注（用裴辽士本人的回忆录作注）

此稿已藏三十五载，失而复得，行文饶有风趣。可乎？

此外，我想荣幸地通知总裁，鄙人拟将过去的散失而复得的短文转为《书林漫步》（补篇），不知老板足下是否开恩接受？

以上是客居杭州，枯坐无事想起的三件事，匆匆祝好！

我已代约罗竹风为《生活》撰文。又及

原

十一月十九晚

* 柏园即陈原，本书由三联书店出版后名为《柏辽兹——十九世纪的音乐“鬼才”》。——编注

陈子善

范先生惠鉴：

久疏问候，时在念中。常在报刊上读到介绍先生的妙文，甚慰。

拙编《郁达夫和书》承先生灵机一动，改题为《卖文买书》，令人叫绝，谨此深深致谢！希望此书能早日问世。

现有一事求助：我和复旦大学陈思和兄合作编辑一套"中国现代文化名人传记"丛书*，由台湾业强出版社出版，此事大陆已有过报道。丛书中有一本《沈从文传》，由上海大学吴立昌副教授撰写，已完稿。按照编选体例，《沈从文传》应由一位文坛前辈（与沈老有过交往的）作序，我们经郑重考虑，拟请我们尊敬的汪曾祺先生执笔。我日前已给汪先生去信，请他在百忙中拨冗作序，字数一千至二千字即可，如他想多写一些，当然更为欢迎，不受限制。但因为我与汪先生以前没有接触，担心他事太忙婉言谢绝，因此想到先生与汪先生熟稔，因此恳请先生便中与汪先生联系一下，为我们美言几句，促成此事，您看行吗？拜托，感激不尽！

草草不恭，谨请

大安！

晚 陈子善 上

1992.4.28

* 即"中国文化名人传记"丛书。——编注

范用先生惠鉴：

大札奉悉。对《闲话周作人》封面设计的意见极是，已转告浙江文艺社。但即使再版，恐也无法修改了，因这是一套丛书中的一种，都是这种格式也。

《叶灵凤别集》是陆灏兄要我编的，我也有兴趣，就干了。叶夫人托您转交罗孚先生的剪报估计都选入《读书随笔》了。我这次编的叶氏生前所出单行本书名为别集每一卷的书名，再补充一些我结累的叶氏佚文，形成一种新的本子，希望能为读者所欢迎。（只收散文，不收小说，散文中谈花木虫鱼的佚文也不收，以谈读书的为主，与《读书随笔》有同有异，异大于同。）

很遗憾，师大图书馆未藏《作家书简》原版，幸好有一种香港翻印本，因篇幅不小，先复印一份“目录”寄呈，如需读哪位作家的信，请示知，当即复印。

另有一事求助：我正为自己写的书话编一本小册子，有二篇发表于香港《读者良友》月刊的短文拟收入，但手头已找不到原刊，承陆灏兄见告，您藏有全套《读者良友》，不知能否拨冗检出托人复印寄我？具体篇目、期数如下：

1. 周作人为《骆驼祥子》日译本作序

   陈子善　1985.4《读者良友》2 卷 4 期

2. 冯雪峰编《郁达夫选集》

   陈子善　1986.6《读者良友》4 卷 6 期

如此麻烦，实在不好意思，谨此深谢！

匆祝

冬安！

晚 陈子善

1996.12.10

范用先生：

大札奉悉。

书话集子近年出了一些，手头有的目录复印寄上，供参考。还有一种，《书林百叶》（尤廉选编，海峡文艺社出版），手头没有，如果找到，再复印目录寄上。

上海教育社的王为松是华东师大中文系毕业的，算是我的学生，事业心很强，很希望为您出本散文集！如何编法当然可从长计议。恳盼您能惠之，支持一下出版界新人的工作，您看行吗？

余言再叙，匆请

夏安！

后学 陈子善 上

1998.8.6

池　莉

范用先生：

您好！

您可能不知道收到您的信及书*我是怎样地高兴。

已经有许多年没写信——没写这种拥有个人真情实感的信了。您的书一收到，翻了一翻便放不下手，一口气读完了，真好。还有 W.S.Landor 的几句诗，只过目了一遍就再也忘不了。您的书读得人心里头宁静极了，干净极了，美丽极了。谢谢您！

其实对于您，我是早就知道名字的。

我的书，写得一般，印刷得太糟糕，您别浪费时间了，送书给您只是表示一种敬意。另外，我的散文集刚刚交给出版社，到时候再送您，不过也好不到哪里去。在现今这种追名逐利、吹吹拍拍、趋炎附势的形势下，有谁能为作家求真的心灵之作出书？当然，您这本书除外。

祝

好！

池莉

1994.4.6

* 范用《我爱穆源》。——编注

褚钰泉

范用同志：

您好！

最近我们版面上发了一篇介绍《红楼梦人物论》的文章，因时间匆促，未能来得及征询您的意见，请多多原谅。

《读书与出版》专页已出了八期，编得很不尽如人意，我把能找到的报纸，理了一套，一并寄上，盼能多给我们批评指教。贵社编的，以及您认为有哪些值得推荐的书，盼能经常提示，如您能挥笔为我们写些短文，则更为欢迎！搞这样一个专页，我们还很缺少经验，请能经常给我们帮助。

致

礼

褚钰泉

8.5

范老：

您好！

在沪匆匆一面，未能听您细谈，但总算能见了面，也感到十分高兴。

第二天就收到了目录与《理论风云》一书。这份目录很吸引人，我想其中不少书将来一定会受读者欢迎的。我摘录了一些即将出版的，打算刊在下期周报上，也可向读者做些宣传。不知妥否？

《理论风云》一书是非常吸引人的。我几天里就读完了，尽管有些文章过去也读过，如今，经过了特殊的编排，使人能从较为开阔的背景下，重新领略一场场论战的经过，是会引起很多感慨和思索的。可惜的是，知道这本书的人还不多（上海尚未出售，不少书店根本不知道有此书），我想，可否将原来《社科新书目》中刊登的一则介绍，在我们报上登一下，也可起到使读者知道有此书的作用。如您认为可以，请示。

最近重版的《情爱论》已到上海，购者十分踊跃，可谓盛况空前，明天出版的周报，将发一则消息。

有什么书需宣传、推荐，请即来信。

致

礼

钰泉 上

11.10

又：《漫画世界》已于日前寄出。

范老：

您好！

收到来信，非常高兴。平日经常惦念您，多次想提笔给您写信，可是，忙忙碌碌之中，也就拖搁了。自从《周报》创办以来，我便失去了“自由”，日复一日都埋身在稿件之中。《周报》编辑部人员颇少，仅四五个人，我也不想增加人，免得把精力都置身于人事纠纷之中。这样人虽辛苦些，但精神上还是愉快的，尚能按照自己的意图来办报。可惜的是，这些年连出差都是无法去，北京也多年未来了。好些年没有见到您了。

早就听到您已退位，也听到种种关于三联与您的传闻，心里总觉得不可置信。您对三联与出版界所做的贡献，是人所共知的，即如像我这样远在上海的人，也听到过不少。尽管我至今还不清楚您离开三联时究竟发生过什么，但总为世态炎凉而不安。自从您离开后，也无人经常给我寄样书，据说是他们以为仍是由您给我在寄。有时他们偶尔也寄些，大抵是隔了好长时间，有些好书，我也早已买了。尽管如此，我对三联还是很有感情的。每当我翻起书架上您过去送我的那些书，总能使我想起很多。

如今您比过去空闲了，能不能抽空为我们《周报》写些短文？只要谈书，只要短些（我们的篇幅实在太小了），什么都可以。最好能辟一个不定期的专栏。目前《周报》还很不如人意，也希望经常能听到您的意见和建议。有空能否常给我写些条子。

信中提及的《阿尔巴特街的儿女》的续集，接信后我立即去书摊，想为您买一本，不料早已售完。现将手头的那本寄上，您不必再为此去寻觅了。此书留在我手边也无用。

不多写了。

祝

好！

钰泉 敬上

6月6日

又：今天我收到一篇稿件，谈巴老《随想录》的特装本。本周即打算用在版面上。巴老是我最敬佩的，此书的合订本他曾送我。我也很想收藏这一特装本，可惜上海书店都没有此书。不知北京能否搞到此书？

戴　天

范先生：

谢谢您的盛情。没有您的帮忙，北京之行，大概会一无是处，虽然而今也所知不多，只是心里装满了和北京一样深远的情谊。

沈先生的信，已转寄。萧滋、潘耀明二先生的信，也托人呈交。请释念。

离京前，您命找的“观客镜”已找到，买了二套，将与软底鞋一对，交蓝真先生托便人呈上。软底鞋是“约略”近之，日后物色到“雷同”的，再托人带上。

“观客镜”的安装法如下：①先在门上凿一小洞，以恰可放入镜筒为度；②拧开前后镜再分别从（后镜）后插入，由前拧紧（前镜）即可。

北京是别具风情，才一离开，又自想念不已。当争取尽快再来，到时一定携来上佳各款乳酪，在樽前听您的教诲。

冯先生、沈先生、董女士等，均请代候。你们都是和中国大地相结合而又具民族新貌的正直的人。您更当是学习的榜样。

再一次谢谢您。谢谢。

晚　戴天　上

八月三日

范先生：

因为要看牙医，未能亲迎大驾，至歉。

已与李文健兄约好，三十号（星期五）晚六时卅分，在摆花街腾皇阁“野宴”，请您光临。

今天晚上，如您有空，当携“芝士”数款，淡酒一壶，专诚听候教益。晚九时至十时间，当致电以待定夺。

星期五晚上，除刘以鬯、钟玲（胡金铨太太）外，全为熟人，饭后可作长谈。

余不一一，谨祝

旅安

晚 戴天 上

十一月二十七日

沈昌文先生、董秀玉女士、傅敏先生，星期五晚亦请光临。又及

范先生：

去了外地一转，回来得见赠书、大札，至为感激，特此致谢。

欢迎您及小董到香港来。到时一定亲手下厨，弄些小菜，备些美酒，聆听教益。

其实来香港，应当尽尝广府菜，不过味道清淡，北人恐不习惯。最近得试全国冠军菜，平平无奇，颇属“浪得虚名”。口之于味，可见不一定有同好焉。但港地有一家法国菜，晚常光顾，则从不失望；其地芝士种类繁多，香而不腻，隽永之味，不宜失诸交臂！

得台湾“禁书”一本，兹特寄上。艾青先生必然更感兴趣。其实台湾乡土文学，虽成潮流，却罕有登峰之作；近阅杨青矗未发表长篇《暴流》，也有不过如此之感。晚因事忙，性又疏懒，创作只能偶一为之；但此心未息，有生之年，如能成《江

河记》《五岳咏》，以及长篇小说《一九九七震荡》，或可无憾。宋人诗："每事恐遗千古恨，此身甘与众人违"，生当此世，夫复何言！

胡言乱语，敬请原谅。谨此，敬颂

编安

晚 戴天 上

五月二十四日

《诺奖》因代理变动，我们那套"不知所踪"，当追查！又及

范先生：

您好。

《诺贝尔文学奖全集》未齐部分，沈登恩答应替我追查、补足，收到后自当转交萧滋先生，勿念。

《读书》眼界开阔，编印认真，每一上手，常读至夜阑人静，获益不浅。这都是您、沈先生、董小姐等之功。

近阅《人民日报》，得悉中国人民体育出版社与人合作，出版了《中国古代体育文物图集》，想请您代购一本，所需费用，自当奉还。

台湾高雄所出《文学界》，曾寄上二期，未知有无收到？此志虽地域性较浓，亦台湾文学之另一貌也。

余不一一，即颂

编安

晚 戴天 上

沈先生、董小姐请代候。

范先生：

《诺贝尔文学奖全集》这桩“下落不明”的“无头公案”，终于“水落石出”。

一九八三年一月第五箱，一九八三年九月第六箱（最后一批），均由三联发行部陈先生领去。

此事由此地“田园书屋”黄先生查核单据证实。请向三联萧滋先生反映。

《中国古代体育文物图集》（人民体育出版社）的日本文版，不知能否购得？该价若干？寄款代买不知方便否？

最近以现代技巧，写故国文化的一些拙作（发表于《联合报》《明报月刊》），不知您有什么意见？《诗刊》第六期转载的《长江四帖》，连错字都不曾改正。

余不一一，敬祝

编安

晚 戴天

六月二十九日

沈先生、董女士请代候。

明年德国（西德）有一中国会议，想以《读书》第一年（九期）为题谈“中国大陆知识界的醒觉”，不知可否提供背景资料？

范先生：

您好。白杰明说您铁定十一月底来港主持“傅雷译作展”，友朋莫不欣喜，准备盛大欢迎。只不过三联方面，节日安排如何，能否分配时间，让我们略尽“地主”之谊？

“无事不登三宝殿”。有一些事，想请您帮忙。山西太原市出版的《地名知识》，对中国历史名城，介绍颇详，而这方面的资料，我们需求甚殷，想自第一期起补购。香港三联，来书无多，只能找到三数本，令人彷徨无策。您和《地名知识》如有联系，可否代为补购全套或影印全套？费用方面，我们自当如数寄奉。

这是我们业务上的小秘密：准备出版中国历史各城，自文史角度、地理人物轶闻的趣味观点，配合有关图片，编写十六开、四百页一册。内地专家甚多（比如《地名知识》作者群），如有人愿意供稿（包括文字、图片），我们也无任欢迎。您见多识广，有关此一题材的书籍、专家，又可否介绍一二？采取知识、趣味并重方式，推广中华文化，是我们的一个新方向。

另外还有一本计划之书：中国历史题案，则以近年考古发掘所得、可解及不可解，而史无定论的事件、人物、器皿等争议为主题，或可称为以反笔写正史，为野史作别解。这类书籍，我们这些“喝洋水的”，实在无能为力，亦非得仰仗内地、台湾及香港的专家不可。这一方面的人才，您心目中有哪几个？可否请您介绍？有关的资料，我们更加渴求，也请您指点门路。

萧铜自北京归，告知一切，不胜欣喜。最近的城市经济改革方案，立根现实，目光远大，但愿顺利推行，为苍生造福。

多所骚扰，还请鉴谅。

敬祝

秋安

晚 戴天 上

十月二十九日

到北京图书馆找资料不知有无困难？又及

范先生：

诸事麻烦，殊深抱歉！

《中国体育图录》* 已自东京、北京购得两本，其价甚贵，而内容不算充实，虽印刷尚佳，此类书在日本制作无大道理也。

施叔青北游，托其带上《联合文学》九、十期两本。痖弦日前来港，谈及四川开会以《联合文学》为“样本”，甚喜，此两本即为其所送。以后当请其多寄一份至港，转奉先生。

香港挂号信以身份证名字交收，戴天之名，不能收信，因而“退回”。信如寄《读者文摘》远东公司，则由收发部统办，无此麻烦。《读书文摘》均能收妥，请释念。

嘱办之事，略按数语于书名后，请先生及沈先生明裁。

余不一一，敬候

编安

晚 戴天

八月二十日

沈先生、董女士，均此。

* 《中国古代体育文物图集》。——编注

范先生：

您好！

《读书》杂志立场鲜明、态度开放，越来越好。“胸怀祖国，放眼世界”，舍《读书》杂志其谁耶？

但《读书》杂志对海外华人、台湾、香港的内容似嫌少；有之，如 ××× 那样，也不算公允。唯望《读书》杂志，以处理外国作品态度，在这方面略增篇章。

三月号《读书》有何新《诸神的起源》出版预告，“见猎心喜”，想请您抢先赐赠一本。如等海外发行，不知何年何月。

六月德国开会，原想就《读书》所做工作发言，因另有公事，未能参加，作罢。不然，与小白约好，自北京出发，乘火车前往，乐何如之！人生难得有如意事，信然。

余不一一，匆此，敬候

撰安

晚 戴天 上

四月十五日

沈先生、董女士，均此。

范先生：

您好。

很久没去北京了，常常想到您的好客、诚挚，小董的善良、正直，以及《读书》杂志纯朴、勤奋的朋友们。

您每个月赐寄《读书》《新华文摘》，也非常感谢。

以祺兄每次回来，都眉飞色舞，叫人想念北京，尤其是北京的一些可爱的人。但工作改变，难以抽空，唯有黯然！

有一位老同学、老朋友朱亮琮，任美国电话电报公司亚太区经理，常去北京洽谈合作，苦于旅途孤寂，让我介绍朋友。亮琮台大毕业，留学美国，经常往来台北、南韩、日本、香港、北京，为人正直，因此特请他去拜候您。

因为旧的房子满了约，搬了个更贵、更嘈的地方；虽则“隐于市”，却做不成“圣贤”，十足是个“市井中人”了！您和小董赐寄贺年卡，辗转收到，来不及敬复，请恕罪。

余不一一，敬颂

编安

晚 戴天 上

三月二十二日

前年，您提到缺《读者文摘》某一期，回来后一时忘了。请赐告，即寄奉。

《读者文摘》中、英文版，不知贵社有无订阅？如无，以后每月可叫人寄上一份。您和小董，如想私人收阅，亦能分别寄上一份。前寄台湾《文季》《文学界》（均属所谓“乡土文学”），不知曾否收妥？

北京轻工业出版社（？）出版《中国烹饪史话》一书，香港来书甚少，瞬即售罄，不知能否找到一本？

麻烦之处，请恕罪。

戴望舒

敬容女士[*]：

大札早收到，因为没有你的地址，故未即奉复，昨天又收到你的信，才知道你的通讯处，这里赶快回答你。

你的朋友打算译*Les misérables*，如果我可以有帮忙的地方，一定效力。我的拉丁文是马马虎虎的，已经有二十年没有理过了，而书中拉丁文其实并不多，怕还是西班牙字多一点。现在这样好吗：请他将不识的字抄出来，注明页数（他大概是用的nelson本子吧，我只有这个版本），我知道的就解释了寄还他，这样可以免得奔走，只须陆续一来一往写信就是了。你以为如何？

我病还没有好，可是不得不上课，每上二小时课，回来就得睡半天。

中国新诗什么时候集稿请示知，一定有稿子给你。你的《交响集》什么时候可以出来？不要忘记送我一部。即请

撰安

望舒

四月二十四日

* 此为戴望舒写给陈敬容的信。——编注

戴文葆

鹤镛：

《埃及民族独立斗争简史》奉上。

这部书写得不错，能从阿拉伯文诸书辑取材料，讲清楚许多事情，实在可算是添了一本书。

我只在个别地方提些意见，主要就其所写的事；它未谈到的，除非有必要，一般不提。

下限断自七月革命，这个处理甚好。

这些条子顺手写成，未能考虑措辞，自然不能都给作者看。

葆

卅一夜

图片大多与民族独立斗争无关，只是一般景物，意义不大。作者能否从埃及书中找些切题的呢？

只是为了照顾到要说说纳赛尔，个别地方还不免要说到五六年左右。

鹤镛：

送还《听雨楼丛谈》。还有其他好几本书，也都读完，过几天送来。

高著《丛谈》，笔调很好，确是这些性质的副刊上一把手。其中《〈丧门九客歌〉考》等，还有些材料，为他书所少见。《毕倚虹》一文也如此。若比徐一士，决不能相提并论。《丛谈》中虽有些往事，但大部分则并非亲身见闻，多是从他书录来。如《广和居诗话》几乎全部引自王揖唐《今传是楼诗话》；《半亩园》则录自黄秋岳（濬）《花随人圣庵摭忆》。《四家并墨》等文，都是照书摘录。其中所说尹润生氏，原在文物出版社，不知退休没有；张子高教授是清华大学副校长，这些人的生平他都不大知道。《徐凌霄》一篇中说他一口京话，据见过徐彬彬的人说，一口的山东话。不过，此书读来仍极有趣，写得流畅是一个主要原因。至于瞿序，全属捧场，甚为无聊。

前次谈起的黄节，字晦闻，曾在北大任教，做过广东教育厅长，约死于一九三五年间。他的旧诗、文学颇受同时人称道，黄秋岳在《摭忆》中常常提起他。在北大印发的《顾炎武诗讲义》也很有名，我还未能找到。至于黄秋岳，抗战中通敌，大约是出卖轰炸出云舰的情报，被枪毙了。他还是汪精卫的秘书呢。

文葆

十五晚

邓珂云

范用同志：

接来信，知贴稿收到，就放心了。关于编集杂文集，有什么事要我们做的，请来信告知。

《国学十二讲》，有人说，那是对海外学生及教师写的，如在内地出版，最好要改写一下。不知你看下来怎样想？

你在沪时提起的《秦淮感旧录》，已由曹艺改写过，把不健康部分都删了。这就是石西民同志托孔罗荪同志寄到《花城》去的稿子。现听石西民同志写信给曹艺说：《花城》不敢贸然接受出此书，因涉及和谈等政治问题云云。

有一事，要说明一下：曹聚仁墓不在雨花台，而是在"雨花台附近"。当年他在澳门逝世，我只想在港澳找一块较永久的墓地，葬了就是了，在72年那个时期，不敢有其他的奢想。后得中央指示："叶落归根么！"才毫不费事地将骨灰带了回来。初寄存在上海龙华火葬场，三年为一期。期将满，组织上说，可延续三年。我们看看他的左邻右舍都由亲人各自设法安葬了，心里很不安（那时也看不到形势的发展），就在南京雨花台附近找到一片墓地，安葬了。地属当地公社，因有雨花台"三烈士墓"在，故也算在雨花台地区。你听到的传说，怕就是这样来的。那里公社少人管理，春秋时，荆棘杂草丛生、枯枝黄叶遍地，也不是理想的地方。

《极乐世界》不是曹雷配音的。她配了一部很好的电影《非凡的艾玛》，春节与观众见面。最近在配陕西电视台拍的《杨贵妃》（京剧名演员李元华饰），她说要配出个“洋贵妃”来了。因为她的本行当是为外国片配音也。

拉杂写来，耽误了你的宝贵时间。

祝你

编安！

邓珂云

元月22日

范用同志：

你写给雷女的两封信都已收到。日前已将《笔端》复印稿挂号寄奉，想已收到。这就是你去年复印给我们的。家藏一册，已为聚仁拆用过，不全。只好将复印的寄上。

《国学十二讲》需要有人通读一遍，不知已请到人吗？上海有一位章念驰（章太炎孙，在社会科学院历史研究室），秉承其祖，对国学有深渊的研究，本是很适合的人，可惜他太忙，最近在筹备开台湾展览会。

你为编选曹集，花了不少时间和精力。我们很是感谢。雷女本要给你写信，只因近日极忙，几件事集中在一起。她在赶配英格丽·褒曼的一部旧片，很吃重，只好改日再写。

还有一事相烦：福州友人赵家欣，出了一本几万字的《风雨故人情》（福建人民出版社），回忆了十位已故文艺新闻界老人，有史料价值。他想增选几篇，出一增订本，在海外出版。我与海外出版界甚少联系，不知三联有可能出版吗？如要看书，我即可寄上。有困难的话，请直言告我，不必客气的。现先将他的信及一篇评介文章寄你一阅。（赵现任福建省文联委员、作协理事、民盟常委等职。）

专此敬祝编安！

邓珂云

3 月 14 日

范用同志：

收到来信，真是及时，因为你信到达的上一天，章念驰君正好来访过。他告诉我们他注解《国学十二讲》的过程。这两三个月，他是用白天上班的时间（上海社科院历史研究所）全心投入注释工作的，现已到最后阶段。他争取春节前完成，并利用春节假期，写出一篇整理此书的心得。这样就可交卷了。

他发现我们保存的剪报和港版书有出入，即剪报有的，港版书却无。他准备补入书中，使内容更充实。他说劳祖德同志所做的工作，除个别处外，仍可采用。原书上有各种笔迹的批话，也参考用入。

范用同志：

我正在给你写信，章君正好来。他发现剪报中有十七篇文章是原书所无的，内容很好。原书多谈史的方面，这十七篇则偏重于谈文，是全书的最后部分。他以为有价值收入书中，既可充实内容，使此书臻于完整；编成后，其质量亦将大大超过港版，这也是他对出版者应负的责任。

可是这事又引出了一个大问题，即十七篇中有残缺不全处，又无第二份材料可核对。他说最好能托香港朋友找到《晶报》1970 年 7 月底到 8 月、9 月，直到全文（估计到 10 月初也结束了）结束的文章（篇名《听涛室随笔》），复印来。这事不知你们有办法吗？（要注明月、日，以便编排。）

现在看来，港版可能是作者故世后，书店编印的，而不像是聚仁自编的。否则似不会将这些重要部分舍去不用的。

章君很看重此书的出版，他是全力以赴的（写了二万多字的心得）。他说，你能决定出版此书，是有眼光的，为国学做了件大好事等。他要下功夫阅读剪报上的十七篇，这样付排的时间就要延迟了。

不知你对此事有何意见，望告知。

好了，花费你不少时间，很抱歉。

专此敬祝春节愉快！

邓珂云

元月23日

雷女很忙，春节前要赶许多事，不能给你写信。谢谢你对她的关心。她在配英若诚导演的外国戏剧《家》，她配瑞珏，很紧张。

范用同志：

五月底，章念驰同志如约将《国》书校好寄给你。那些天，他的工作真紧张。最后他将校注好的书给我们看了。我当然不能胜任，而是让小儿景行细看了一遍，也提出了一些可供商量之处，他也采纳了。不知你看后以为如何？

我们所挂心的是只有一本校注好的书，怎样付印呢？拿什么来校清样呢？难道说再复印一本吗？那些密密麻麻的小字，真不好对付。想来你们是会有办法的吧？

目前接胡靖同志信，知《书林新话》已付排，慰甚！关于编一“红楼梦”文集事，不过一时的想法；聚仁非谈红专家，不过是一些读红的心得。此事留待以后再说了！

专此即颂编安！

邓珂云

6月13日

范用同志：

我自美回来后，曾提笔给你写过信。可是给杂事打扰了，未写就一搁至今，歉然！

雷女去京，带来了朋友们的信息，十分欣慰！知道你亲自为《书林新话》设计封面，且喜且谢！三联为聚仁出的版本书，都得到读者的喜爱，这是你和胡靖同志辛劳的成果，衷心铭感。

今托胡靖同志转奉《随笔》* 一册。邮政挂号手续麻烦，就和他要的《文思》包在一起寄了。《文思》是我外出时期，上海书店翻印的，送书有限。我回来后，曾向书店购买。他们从郊区仓库中找了几本来，又为小儿带去香港送人。他日如有，当再寄奉。

《随笔》既无存书，不知有再版的可能吗？

聚仁的《鲁迅评传》已在台湾正式出版（天元出版社），但我还未见到书。我说“正式”，就是在这之前，曾有几家盗版的。

专此敬祝夏安！

邓珂云

6月9日

* 指《中国学术思想史随笔》。——编注

范用同志：

你好！信、印影件、贺年片陆续收到了，十分谢谢！雷女和我虽同住一屋，但忙得人面不见；越到岁尾年初，越是她忙的时候。信就由我来写了。

《随笔》问世，很受到读者的注意。这是由于你的促成，配以罗孚君写的那篇长文所引起的吧！我看到上海《文汇报》和《中国文化报》上各有一篇译介文章。《文摘报》有了摘文。听说香港《文汇报》全文转载了罗文。其他就不知还有些什么了。

我听到不少人说“买不到书”。上海新华书店只订了二百本，早就卖完了。因之，我也相应地忙起来，给朋友们寄书写信。

有位在杭州的朋友看了罗文，来信说：“时至今日，文化界人士对曹不够了解的人还不少。”我想不了解还不要紧，最怕是瞎说一通了。今由罗老总（过去香港朋友都这样称呼他）来写文介绍，是最合适的了。

文中有两处稍有出入：①《蒋经国论》于1948年首次在内地出版，1950年在香港再版。② 1972年聚仁病重，6月间组织上安排我前去护理。我在他身旁一个月零三天。病危时，又安排雷女和弟景行同去澳门，遗恨的是抵澳时已在他逝世后的第三天。参加了丧礼。（聚仁于七月廿三日上午离世，姊弟于同日晨自上海动身。）

我们确在等待着罗老的来临。以后什么时候来，望事前告知。请代我们问候他！向他致谢！祝他身体健康！

元旦已过，春节将属，在此祝你新春健安、万事如意！

问木兰同志好！向丁聪同志致谢！

邓珂云

元月13日

范用同志：

你好！

最近我收到一封马来西亚历史学家刘子政（聚仁朋友）来信，内附来复印件一份，是马来西亚吉隆坡《星洲日报》转载罗文全文，登在该报副刊《文化》上，每星期六刊出，分四次刊完。可见罗文的影响。刘君托我购买86年12月的《读书》，要收集原文。我这里除胡靖同志寄我数本外，在上海还买了一些。可是现在竟一本也不剩了（我自己也没有了）。不知北京店里还买得到否？烦请你老设法找几本寄我。他还问起三联出的书，是否香港三联都买得到？他看见香港三联出的《读者良友》上有曹著《书林新话》的预告，要我寄给他。（《随笔》我已寄去。）

另有一事，我想向你请教。记得你曾说起乐于帮我们出版曹的著作。我想起了他的《蒋百里评传》。近年不少人提起蒋百里。陶菊隐（上海文史馆副馆长）的《蒋百里传》已于85年重版（中华书局），上海华东师大历史研究所将出《蒋百里年谱》，近上海复旦大学历史系也在搞蒋的材料（曾来我家借阅台湾出的《蒋百里全集》）。聚仁的评传其分量和陶著差不多（170多页），但二书内容各异，陶偏重蒋的一生生活和经历，曹著则着重蒋的军事思想方面，是“评传”。我想听听你的想法：有无再版的价值？

雷女本有出差去京的机会，想去看望你和罗老。现在作罢了（节约）。

专此敬祝春安！并问罗老好！

珂云

3月2日

范用同志：

收到一本《读书》，见字迹，就知是你寄的。谢谢了！内有一篇写曹聚仁的文章，不知作者是何人，会不会是你呢？望便中告我。此期《读书》，是否是最后一期了？

久未通信，不知你近况可好？想到你，自然就会想到罗君，不知仍在北京否？去年他的儿子出了事，他没受影响吧？

1947 年曹聚仁和舒宗侨（复旦教授）合著出版了一部《中国抗战画史》。抗战 40 周年时，由北京书店单方印影出版。我们到今年 4 月才知道。经两个月的交涉，最近总算解决了。对方承认是侵权行为，书面道歉，并补付了稿费（较低，理由是书店穷）。此书在香港几次经人盗版，曹打不起官司，奈何他们不得。还是我们社会主义好，给解决了。

我将于 7 月中旬，偕孙女去香港，和儿子儿媳，团聚一个月，8 月中回来。有什么事要我代办吗？请来信。离家期间，由曹雷来此看家。专此即祝夏日安好！

珂云

6 月 30 日

我儿景行任港《亚洲周刊》编辑。

范用先生：

你好！

年前收到你惠寄的别致的贺卡，十分喜爱，我将它挂在一串贺卡的正中，以示它的独特风格。早在收到此卡之前，雷女就在电话中朗诵令外孙女的文章给我听了！这是你祖孙的杰作，还有丁聪同志的设计吧，我想。

我去年自港回来，身体一直不好。十一月起，患上气管炎，

（初得此疾）咳嗽至今未愈，天天吃药，三日两头跑医院，独来独去，弄得精疲力尽。（雷女忙，照顾不了我。）台湾三毛有言“活得很累”，我竟有此同感。得你互勉的话：“愿我们都快快活活过日子，永远乐观”，我是该振作起精神来的。谢谢你的赠言。

《中国抗战画史》出了很久，我们（和舒老）才知道，去年几经交涉，才承认是侵权，付了稿费，送了十本书来。上海一度在新华书店出售，早就卖光，以后就不见再有。我手头尚有一二本，待身体稍好，再去邮局寄奉。

罗老情绪怎样？身体可好？很记挂他的。

专此即祝春安！

珂云

3月12日

邓云乡

用公学长著席：

自数年前在京城咸亨酒店蒙赏食之后，匆匆数年未再联络，日前《文汇读书周报》陆灏兄来电，云学长见《大公报》刊登拙著《水流云在杂稿》之书评后，注意及此，深荷厚爱。已给陆灏兄寄书五本，分赠学长、董总、沈总、赵丽雅、吴彬各位指教。此书所收均八十年代前期所发之长文，大多刊于中华书局《学林漫录》，亦有未发表者，八年前已交稿，去年始出版，而南北各书店均买不到。香港三联书店，去年七八月间，即已在出售，上海凤鸣书店进货二百五十本，即陆灏所经营者，《大公报》一宣传，内地看《大公报》者，多为宣传、文化部门之高级领导同志，或者能注意到，有访求此书者，生意稍好。然其出版社，据知去年两度罚款，欠债稿费有几百万元，此书稿费迄今分文未拿到，社方对作者不理不睬，无可为何。如今作者之狼狈为难，公可以想见矣。两本旧著：《鲁迅与北京风土》《红楼识小录》，绝版多年，尚在谋求再版机会，公能为之介绍乎？至盼至感。匆匆不尽所怀，敬颂

台安

后学 邓云乡

四月五日

范用学长：

几首歪诗，荷蒙垂注，赐寄贺片，且是起潜先生所写。快何如之！后学去年六月，去了一趟新加坡，七月回沪后，再未外出，除赶写“巴蜀”一书稿外，即为分房、装修房、搬家事忙乱，现迁到新居已月余，其地在上海东北隅，离同济、复旦不算太远。文兰何日来沪，有兴请赏光。秀玉同志在香港大展宏图，想来外面生意比内地好做些。但内地出版物在海外销路总是较差，以在新加坡所见，华文书籍市场越来越小，亦无可如何。弟之书在新却能买到。归来时本想在香港看看，但因随团走，不能单独行动，只能直飞北京。秀玉同志新办刊物，来函约稿，已写了一篇，俟近日书稿完成后，当再写几篇。拉杂布陈，用代面叙，专此顺祝

新年康乐

邓云乡

元月五日

丁景唐

范用兄：

上海奇热，得惠寄叶著三书，如送凉风，同享乐在书中的愉悦，谢谢吾兄的美意。

我近年来身体不好，有好几年未上京了。北京诸友均在念中，请向觉民、子明、文葆诸位问候。闻觉民兄又搬了家，希以他的新址相告。

月来，我眼病（“红眼睛”）异常，不能看书报为苦。翻翻叶著三书，已睁不开眼，奈何！在目前出书大难之际，三联在诸公主持下，出了许多好书，作为读者和同行是十分感谢你们的。

犹忆吾兄“文革”之前，割爱相赠，馈我以桂林（抗战时）出版的瞿秋白译高尔基《海燕》，至今记忆尚新，惜该书在“文革”中与瞿秋白烈士同遭劫难（同时遭劫的，还有不少好书），思想起来，好不气愤！

我自离休后，不到社里去了。虽然，同志们好意，让我挂了一个名誉，实际上我确实不去社了（我亦很少参加社会活动），因精力不济，颇想就自己爱好，“以书为乐”，领受一番“乐在其中”的兴趣。未悉吾兄每周或每月去社耶？顺祝

暑安！

弟 景唐

1988年7月24日

范用兄：

从角落里找到几张朵云轩旧笺纸，看看旧匣题签为——“庚子孟春”，我弄不清“庚子”何年，查万年历，为1900年和1960年，但1960年记得并无有此古色古香的旧纸匣，岂为1900年乎？待向朵云轩一查究竟。

我另用一般宣纸为洁泯兄也写一纸，乃为：“江南何所有，聊寄一纸春”，是从古诗中改了二字的。顺祝

全家新春大吉！

弟 景唐

1989年1月4日

范用兄：

《咬文嚼字》是送你的。只要你看得高兴，多找它错处，就好了。第10期可登我的提错一例。

你竟寄了订费，实在不好意思。

我难得到社里去，上次去了，碰到林爱莲女士，她告诉了我。我又向该刊主持者郝铭鉴谈了，他也是跟我一样意见（如上）。

在京时，很想同你与许觉民兄三人合影，却无机会凑在一起。后来老许来我儿子处（北京和平里）看我，一起上云南馆子，用了“过桥面”（比不上上海多矣！），但主要在借地方谈天说地。我返沪后，尚未与他写信。请你代我打一电话给他，问好。

我在夏公故居拍照留念，下次送你一张。（夏公是我多年的老上司，按过去习惯，我从未同他合照。他走了，我上故居，与沈宁姐弟在夏公遗像前拍照留念。）

附去二文，不知送你过否？

上次光临“贵府”，兄以一对相勉。我托王伯祥（已故）的

公子王湜华（六十多岁，已退休。他是中国楹联学会秘书长）正式成联，曰：等身著作等身闲，满堂子孙满堂欢。当然，这是大大过奖（过誉）了！！！

祝老兄全家大吉！

丁景唐

1995年10月18日

董　桥

范用先生：

俊东兄要我在拙作《另外一种心情》上签名寄给您，想不到今天又收到您惠赠的李桦藏书票二枚，喜出望外，赶紧写这封信向您致谢。

半生碌碌，乱写文章，居然得您错爱，实在至感而恧。您给俊东兄的信上提到我那篇《旅行丛话》，很教我鼓舞。我正准备多写这类文章，可惜工作好像总是做不完，书也看不完，静心写作的时间往往就可遇不可求了，笔下产量总是多不起来。但是，想到远近前辈对我备加鼓励，日后一定多学多写，并希望您经常抽空指教。敬祝

文祉

弟　董桥　拜

八一年六月八日

范用先生：

谢谢七月二十八日的来信。谢谢六枚书票，其中两枚转给俊东兄了。请您得便代向李桦先生致意致谢。也谢谢您送我《琉璃厂史话》和《印章概述》。这两本书我都读过，尤其喜爱前者。吴世昌、吴恩裕二先生著作两种也当视为珍本珍藏之。谢谢他们。

要您费神寄送那么些可贵的礼物，实在至感而恧。这里有两枚葡萄牙书票，送给您作纪念。希望您喜欢。我手头关于西方书

票的资料还很多，自己多年收藏研究的心得，也还可以写不少文章，可惜这种玩意儿在海外中国人圈子里都成“聊备一格”的知识，实在不想“自作多情”，一笑。西方这类专书售价都很贵，可是机会一来绝不错过，目前的“存货”相信已经够做专题研究。

近来苦热，只想读书不想写作，文债如山，不知如何是好。北京热起来一定相当难受，您也多保重。即请

文安

弟 董桥 拜

八一年八月五日晨

范用先生：

十月二十一日的信收到！谢谢。

《榆下说书》原来是您请黄先生签名送我的，真太谢谢您了。我不日当签名送一本拙作给黄先生。还要您代转，真不好意思。谢谢。

这本《胡子》* 书我也不甚满意，不少段落是仓促走笔，结果都成败笔。可见文章不可写得太快、太多。心中想写的文章虽然不少，心情毕竟难得清静；偶有短文，也迟迟不敢发表。人到中年，心事如酒，写文章谈何容易。

好久没接来信，时在惦念中；这回突然读到您的字，不亦快哉！希望今后保持联络。

匆此，即祝

文安

弟 董桥 拜上

八二年十月二十七

* 董桥《在马克思的胡须丛中和胡须之外》。——编注

范用先生：

敬祝新年如意健康快乐。启功先生画竹之贺年片甚精。我年来收藏明清竹刻，受世襄先生影响也，近日又爱上寿山旧白芙蓉石章，此笺左下“碧云天”乃王福厂所刻，闲章则无款，但品颇秀丽，明清两朝文玩确甚迷人，工作紧张，以此为调剂而已。最近有写文章否？念念。

晚 董桥 拜年

一月七日

范用先生道席：

罗先生转下大札，云情均悉。先生对拙作如此偏爱，实在至感且恧。《双城杂笔》是早年非常幼稚之作品，数十年来不敢翻读，私下决定任其绝版，不再翻印，从此告别心智稚嫩期。辜负先生雅意，尚乞体恤是感。月前王世襄、朱家溍二公来港，言谈甚欢，还提到先生；彼此神交已久，将来有缘再上北京，自当抠衣拜访。近年公余极力收藏文物字画，明清文房四宝及文人古玩都有一些，并准备写一批散文，配以彩图，集成一书，出版后即寄上一册乞正。近得溥心畬画册页，承启功先生赐题跋文，不亦快哉！敬祝

著蒋新祺

晚 董桥 顿首

九五年一月二十日

藏书票一枚附此奉上

范用先生：

谢谢来信。

《双城杂笔》一书寒舍可能还可找到一本，容日内翻箱一觅，

以便邮寄。近日得知浙江文艺出版社及四川人民出版社都拟出版董桥散文，后者请陈子善兄主编，实在既感且恧。公事甚忙，以无暇写作为苦，闲来只搜藏文玩书画自娱，年来醉心溥心畬之作品，竟得启功先生题跋，快慰生平。日前又得张廷济铭殷云楼端溪太璞砚，亦甚得意，堕落至此，说来可笑。

顺颂

年禧

晚 董桥 顿首

二月十一日

藏书票上所云“愿此书亦如倦鸟归巢”之句甚清雅切题，谢谢。我所藏西方美女藏书票甚多，将来或可出一专书，一笑。

范用先生：

示拜悉。谢谢，谢谢。与浙江及四川分别在谈出书事，其他地方暂时不便做，请稍候一段日子为妙。董桥藏书上次签名送上一张，想必遗失了，附此再签一张，乞查收。西洋藏书票我年来专收一家之仕女票，有上百款，外间不易见到，将来或可自资出一小书。匆匆顺颂

近安

晚 董桥 顿首

三月十八日

范用先生：

耀明兄示我尊函，知道您存拙作多本，非常谢谢。所列清单似少了一本《跟中国的梦赛跑》，书当寄上二本。三联出拙书两

本，都是您玉成的，甚感。

遥祝年福

弟 董桥 顿首

一月卅一日

范用先生：

古兆申交下来信，又要我签了三联出的那本书。《跟中国的梦赛跑》是空邮寄去三联转你，会不会寄丢了？再收不到请通知我，我会设法托人带去。

《明报》社评有社评委员会几个人执笔，我负责审阅、润饰、发稿。你讲的那两篇，我也觉得很切中时弊。

很希望到北京去玩玩，看来只有在秋天才有可能。肃复，顺颂文安

弟 董桥 顿首

四月十日

董竹君

范老：

贺卡收到谢甚！这张卡是我收到的最有趣的一张。

关于回忆录出版事，这几年来皆因琐事，过年又是病痛，改拖到今天成了难产，内心也颇着急。原定去冬九、十月付印，奈从九月起就一直病痛，现在尚未恢复精力。回忆录已抄就十分之九了。尚有些尾声工作搞完便可交卷，今春期间必须付印。届时，我请你们茶点面谈交印。特此！附上小鸡一只，想您的孙女一定喜欢它。

顺祝

新春愉快，健康长寿！

董竹君老人

93年元月20

董秀玉、苑兴华同志统此问好并祝他们新春康乐

范老：

您好！

我是董竹君的孙女，因为奶奶又病了半年，现在病好多了，就是没有精力，所以嘱我代笔给您写这封信。

有关回忆录之事，原约在四月份交卷并以茶点面谈一切，但由于奶奶这场病耽误了。

回忆录已脱稿，就剩抄写结尾的工作和整理照片等。就等奶

奶精力恢复了，再努力一把，就行了。

由于您老和编辑苑兴华同志的关心，特此奉告，非常感谢。

我奶奶很喜欢您那聪明的外孙女，希望有机会看见她。

敬祝

健康长寿！

董竹君

小蓉代笔

尊敬的范用老：

你好！

光阴荏苒，转瞬已几年不见。在你的年卡里得知你老身体很好，生活上有聪明的外孙女陪伴，真为你高兴！祝福！祝福！

承你关心我的回忆录，感甚。因事久年老抽空点滴写下，总算草成。春节前三联书店寄来出版合同，因我缺少这方面的经验，特征求了几位同志的意见，他们给我提了些建议，现特综合奉告如下：

一、我的回忆录共约四十多万字，我没有写作过长篇的经验，现将目录、自序先行送上一阅，一俟抄完再将全文送上过目（你是第一读者，相信你不会给第二人看的，一笑），听听你的意见、建议。

二、我是作为任务才执笔的，不是为了稿费，寄来的出版合同中写明每千字30元稿酬……（原信缺页）

记者纷纷上门，因未写成都婉言谢绝了。现在全书既已完成，可从中选些片段送报刊发表，可争取些读者。

五、我今年九十五岁，健康情况不算太好，希望能早日见到回忆录的面世，故盼依据你老的诺言六个月出版。

六、稿费未商妥之前，其他暂不考虑。

七、我之所以选择三联书店是因为该出版社是有革命历史的，同时我过去为党工作时也有关系的。

另外，你老已在三联书店离休，此事对你如有为难之处就直言，不必顾虑。打扰你了，容后面谢！

苑兴华同志前统此不另，并问好他。

春节后反复感冒几次，迟复务希见谅。

董竹君

94年3月6日

杜　渐

范用先生：

你送来的两批书都由蓝先生转给我了，十分感谢，我在八月到北京时，再向你面谢。

近日因筹备在香港办一份有关书籍的杂志，内容介绍古今中外的书籍，相信你会感兴趣的。准备在十月创刊。现在密锣紧鼓，够紧张的啦。

有道：来而不往非礼也。我没有什么好书还赠，只好将近年出版的几本小书呈上一阅，请多多指教。希望能时常通信，多给我帮助。

亲切握手

杜渐

一九七八年七月

范用同志：

收到您的来信，知道您已安排小董同志为《开卷》采访周而复同志，十分感激。我准备在《开卷》第一期刊出卞之琳同志的访问，因印刷的关系，需在九月十日发稿，九月廿二日最后看蓝样签印，才能在十月八日出版，所以本应将卞之琳同志的访问记录寄回请他过目的，也因此来不及了，只好先发排，但由于听录音记录，其中卞老谈到改阿瑟·韦莱的中诗英译《标有梅》中有一个字，我和小古听了好久也猜不出是什么，只好将卞老改的诗抄上，请你给他看看，补上那一个字，寄回给我，争取能在二十二日前收到，在蓝样上最后改准。这篇访问有一万字，我除照卞老的意见把不想公开的话全部删去外，其余只删不增，相信是符合卞老的原意的。由于赶不及将原稿寄卞老先过目，请代向卞老道歉。第二篇是访问姚雪垠同志的记录，当整理出来先寄回让姚老先过目。小董代访问，也请将记录交被访问的作家看过，这样做好一些。卞老这篇我只好加上一句“未经卞之琳先生过目，如有错误由记录者负责”了。

关于伍法兄的两本书，我以为内地能出版是很好的，伍法兄即高朗，生前是我挚友，但我同他结交是七十年代的事，对他一生我了解得不深，他与罗孚兄的交情是几十年的了，故我不敢为他的书写段文字，已向罗孚兄及费彝民社长谈及，他们都说由罗兄执笔最合适，罗兄已答应了，我会代你催他交卷。

至于小弟在《风光》上发表的《马可·波罗的旅程》，你说想在内地出版，我觉得很难为情，因为此稿写得实在糟透了，是《风光》编辑催出来的，我自己认为很不理想，很多地方也写得极之草率，在杂志上发表还勉强对付过去，如果出书，我宁愿重头再写过，好不好给我以时日，让我把资料重新整理，认真写一次？目前因为《开卷》刚刚开办，正是万事开头难，相信过上三四个月，走上正轨，就可以抽出时间来认认真真写。图片是没有问题的，我当尽量把最好的图片精选出来，送上给您。

有一份关于一些百科全书的资料，请您代转交给陈翰伯同志，供他研究，看是否有助编百科全书。其中有两套我以为有用，即名人和科学名人的百科词典，科技那套资料也是最新的，可以有点用处，其他则用处不会太大。

香港大光出版社出过一套《世界文学选译》，是弟为他们编的，也是我代选稿和组稿的，我寄上一套，请代转给陈冰夷同志，供他参考。

您要的拙作《当代世界文谈》我已向出版社取书，同伍法兄的书一并寄上。

现有一事相烦，弟在日本买到一本书，名叫《财界》，英文名：*Would You Care to Comment on That, Sir? ——A Look at 50 of Japan's Top Businessmen,* by Gary M. Cooper。

这本书是日本经济新闻社出版的英文书，介绍日本五十个最重要的财界人物，颇有参考价值，是一个美国记者采访的报道文集。不知道内地是否已有内部读物译出呢？请代一查，以免闹双胞胎，我们在这儿白费力气去翻译。如内地有译本，可否赠弟一册？

我同小古商量，希望能在明春再来京一行，如成行，就带一小型录音机回来。不过最好你先为我们了解清楚如何过海关，打税不成问题，就怕不让进口，有证明才行。

因为《开卷》过两天就要发排，香港的纸张突然因日元升值和商人炒卖，结果涨了不止百分之五十，打破了我的预算，很伤脑筋，但箭在弦上不得不发，我们还是干啦！等十月八日出了书立即寄上给您。

还有《外国文艺》请代要一本作参考。

亲切握手！

弟 杜渐

九月八日

范用同志：

可否请茅盾先生为《开卷》写几个字，或写首诗，给我们一张照片？

文健

1978 年

范用同志：

刘以鬯先生交来一书一信，是给姚雪垠同志的，现寄上，请代转。寄来的《译书消息》和《译讯》很有用，特别是萧乾同志谈审书那篇，对我来说，极有参考价值。

《(第)二次世界大战史》这本书我十分感兴趣，如果可以，将来给我一套。讨书我是不客气的。天地图书公司翻印了内地内部发行的《第三帝国兴亡》，定价六十元。如果将来《二次大战史》出版，可否也让《开卷》沾点光，让我们在香港印一版？配上图片（这些图片我倒有的是），那《开卷》的经济也可快点翻身。

刘以鬯先生的人倒是很诚恳的，待人老实，他希望同姚老通信，最好是由他们自己通信，我只作第一次邮差，给他续上线，以后由姚老自己处理了。

握手

文健

一九七八年十月廿九日

范用兄：

《开卷》总算出版了，拖延了一个月，同印刷厂吵架了一个月，形如大搏斗，吸取经验教训，下期起不在左派的印刷厂印，少受那些人的气。香港“帮派风气”仍相当厉害，我这个“小娘养的”自然不受欢迎了。相反的是外边的反应倒比“左派”好，很多人都支持，这种咄咄怪事，真是说出来也没人相信。出一本月刊，其中甘苦，只有个中人自知，不过苦是苦，儿子是生下来了，是好是丑总是自己儿子，可以说是“敝帚自珍”罢。

由于人手少，校对了几遍，还免不了有差错，如 p.7“中国戏剧”排错为“中国剧剧”，又 p.139 最后一句“一九七一年”误为“一九六一年”，差了十年，真是要命。第二期全部改用植字，校对的工夫更加繁重，每天八小时工作根本搞不完，只好带回家去加班。我已瘦了好多，老蓝说我“憔悴”了，其实“憔悴”倒不是因工作忙，而是同印刷厂搏斗的结果。不过，我准备长期作战，不理有些人搞小动作，生气是不必的，想开后心情就舒坦了，不再“憔悴”了。

第二期《开卷》已全部植好了字，现在正策划第三期。第二期的作家访问，我们研究后，访问了一个在香港的作家徐訏，他是右边的，台湾给他出了“全集”，我亲自去采访，跟他交了朋友，他倒乐于支持。第二期的内容，除了徐訏谈读书与写作外，还有刘以鬯的《秋海棠剧本是谁编的》，黄俊东的《旧书店》，侣伦还是谈《三十三年落花梦》，写宫崎笔下的孙中山。另外还有的目录是：美国的藏书狂热、《十日谈》是色情小说？《十日谈》历代插图欣赏，《莎冈笔下迪萨尔眼中的碧姬·芭铎》（其中有一幅艺术性的裸照）、《托尔斯泰的读书书目》《衰落中的大英百科全书》《卷土重来的生活杂志》，书摘有小山内宏的《宇宙战争》，还有《国际恐怖组织纵横谈》和《暹罗连体兄弟》，“文讯”仍保持十二页。

第三期作家访问是姚雪垠，刘以鬯专门写了一篇谈他们过去交情的文章。刘以鬯先生想写一信给姚，他说写好托我寄上，我会寄你，请你转他，刘希望能同姚通信。

艾青的访问，小古很有兴趣，可惜自己没法参与访问，他想提一些问题，请小董代问。艾青的访问如刊出，会受欢迎的。

本来访问想中英对照，因人手不够，请人翻译又赶不及，所以决定等出单行本时才中英对照。如有十篇左右，即可出单行本。

仕芬姐问我寄多少给你，我先托她寄五百本，另外十本托蓝公寄上，分赠卞老、姚老、林默涵兄、曹辛之兄……当然包括你同小董在内。请你代征求意见，特别是陈翰伯兄及陈原兄的意见，以便今后改进工作。

听蓝公说你明年过了年来港，到时我们畅谈，我请你到我的“小窝”去吃一顿家常饭，如何？谈一个痛快的！

亲切握手

杜渐

一九七八年十月廿九日

范用同志：

寄来艾青、周而复访问稿，都已收到，内容很精彩，谢谢，并请代向小董同志致意，她的文字很好，我们看后立即将艾青那篇先发了，准备在第四期刊出。姚老的访问也照他修改过的植好了字，在第三期刊出。我已将一个录音机和十盒胶带，托仕芬大姐转上，据仕芬大姐说要旧的，故我就把上次买了到北京的那个托她转上，其实只用过一次，回来一直空放着。希望这录音机能合你们用。

《开卷》第一期出版后，在香港的反应很特别，据发行的人说，报摊的销数不好，而在书店却销得较好。这是意料中事，香港市民只看娱乐性刊物，而《开卷》的对象是读书之人，所以在书店销得较好，另外友人帮忙弄了几百本进印尼，希望能打开这个市场。印尼和菲律宾对中文书禁得很严，能进得一本就进一本，寄希望于将来能逐步闯过关去。香港大学有一位教授打电话给刘以鬯，说他自己一下买了五本，一本寄给台湾一个写诗的，四本寄给在美国的朋友，这位教授认为香港出现这样一本杂志，感到惊奇。我估计《开卷》的销路不会很好，不过，如果坚持下去，相信能逐步提高销数站住脚跟的。创业艰难，特别是在香港办这样的刊物。

《人民文学》等刊物我都收到，但来信都说没收到《开卷》，我已于十月底交了给黄仕芬大姐，由她寄上，因为她怕《开卷》同其他杂志不同，海关不准直寄，故只有托她寄上了。希望能早日送到你们手中。

第二期《开卷》已在印刷中，法国文化协会供的稿有一本介绍法国女学员碧姬·巴铎的影集，四张彩页中有一张的艺术裸照，我们照用了。因廖公曾说每期一张艺术裸照无妨，我们大着胆子用了，相信香港某些道学先生（如陈凡兄）会拖刀追杀我了。一笑。

第三期的稿已齐七八，着重的文章有《超级油轮》，介绍大油轮发展后出现的各种问题，包括污染、失事、管理、港口、爆炸……等，都是新问题，我国航运及石油运输方面，会有参考价值的。姚老的稿是第三期的重头文章，刘以鬯兄写了一篇文章谈姚老的。小古写了一篇介绍台湾新作家的文章。另外增设了新书介绍和读者来信栏目。

我也有苦恼，因为编《开卷》，虽然请了两个编辑，一个是法国刚回来的留学生，是学哲学的，他介绍外国思潮方面能帮上一手，另一个是会日文，但他们刚学编辑工作，还未上手，故我忙得透不过气来。近日看书反而少了，本想写点研究性质的文章，也没有办法，还得去找广告，以便经济上不会亏损，事事务务，苦矣！希望等他们上了手，我可以透过气来，也好赶快给你把《马可·波罗》改写一遍。

暂时先写到这儿，以后再谈，不知何日你会来港？

亲切握手！

杜渐

一九七八年十一月廿二日

罗孚兄已答应星期一交卷（伍法的序），他也忙不过来，因为严庆澍兄脑血管栓塞，半身不遂，住院，现已开始学行。

范用同志：

刘以鬯先生交来一份影印稿，托我转交姚雪垠先生，是姚先生的旧作《长夜》影印稿。另有他作的书一本，请代转给姚先生。听说姚著准备重印，但国内已难找到。

听说你们办一本叫《读书人》杂志，十分羡慕。相信你们人力物力雄厚，一定会办得很好。出版后，我们就成了“姐妹刊”了。预祝成功！

这个月由于有春节，两期都在一月份出，工作忙得喘不过气来。等有空再写信给你。

周而复*稿已发，艾青稿亦已发，手头已经没有什么东西了，可否请小董同志代访一下丁玲、巴金或其他作家？告诉小董同志，艾青的稿我仍用旧的，但按新的补充进去，因为已经植好了字，只能小改，不便大改了。请代向艾青同志道歉。

潘际坰兄十二日到北京，我托他带了几句话给你。

亲切握手，等你来香港！！！

杜渐

1979.1.4

* 应为姚雪垠。——编注。

范用同志：

昨天交仕芬大姐送上刘以鬯先生代姚雪垠同志影印的小说《长夜》一本，和刘写的一本小册子。相信会比我这信更快到达您的手。刘先生自己把小册子的封底剪去一块，那是上面介绍他曾经在反动的《香港时报》工作过，怕内地的人不了解，引起麻烦，他的胆小，顾虑颇多，这是可以理解的。姚老指定要他交我代寄，但我同蓝公商量，因是影印稿，怕寄不方便，故交仕芬大姐送上。

《开卷》已出三期，第四期（二月号）亦已付印，因为春节印刷厂放假，故要提前编出。从现在到春节，可以稍为喘一喘气。搞一份这样的刊物，的确十分吃力，我比去年八月旅行时瘦了不少，掉了几斤肉了，在香港搞这样的刊物，编辑工作还好做，但经济的情况就十分头疼。我本来只是个拿笔杆的，根本不会管钱，要我做生意，我是一定失败的，我不是个经营经济的人才，很怕做不好，拉东补西，还得厚着脸皮去拉广告，简直是“高等叫化子”。为了《开卷》，也只好放下知识分子的臭架子，顾不得那么清高了。头一年是最困难的一年，如何挨过头一年是个关键。我最近身体不大好，也许是太操心了，结果心跳加速到每分钟 120 次，胃口也差，食少思繁，命不久矣。朋友都劝我“天跌下来当被盖”，谈何容易？在香港一切都很现实，不操心怎么行呢？每天工作规定是八小时，但操心却是十六个小时，除了睡觉吃饭，心都放在经营上。比较起来，在内地工作安稳得多，所以心里实在羡慕你们。我明白，我这岗位是一定得坚持下去的，拼了命也要搞好。

《开卷》出了三期，作了个小结，决定增加两个项目，一个是“每月新书”的书目，将内地、香港、台湾每月的新书，都列出书目，作为购书指南，以便加强同书店、出版社和读者的联系，建立群众基础。另一个是每期搞一个专辑，以三分之一到一半的篇幅，专门组织有关的稿件，力求有参考价值，同时如“日本文化特辑”“法国文化特辑”“美国文化特辑”……可加强同各国文化协会的联系，也可以以某一作家作特辑，如第四期搞了个“达·芬奇特辑”，不只介绍达·芬奇生平、美学思想、工程设计……的成就，还介绍用电子计算机使达·芬奇返老还童，计算出他年轻时是什么一个模样。我们准备搞一辑“苏联文化动向特辑”，专收集目前苏联文化动态的资料，目前已组织了以下的稿件：

1.《时事纪事》（苏联地下杂志）的十周年（1968—1978）

2. 苏联的地下诗歌

3. 苏联最大的书店——“书籍之家”

4. 苏联主要出版社的近况（出版计划）

5. 控制全苏出版业的国家委员会、版权协会及莫斯科国际书展

6. 苏联电影动向

7. 涅克拉索夫（即《在斯大林的战壕中》1947 斯大林奖金作家，现在巴黎）谈苏联作家情况

8. 苏联地下的哲学流派

9．马雅可夫斯基为什么要自杀？

10．苏联出版界的反犹活动

11．偷运手稿出苏联

12．苏联小说《卡蒂雅的婚礼》，描写农村姑娘不安心在农村，嫁入城市

像这样的选题，是否有参考价值呢？请指示，还需些什么方面的内容？你们希望看到些什么？请来信告我，我们会在港尽力搜集资料来搞。如你们有苏联文化动向这方面的稿件，也望供应一些。

姚访问在第三期刊出，艾青访问在第四期，但我手头只有一份周而复访问了，可否请小董同志访问一下丁玲、王蒙……或别的作家？访问记在《开卷》刊出后，海外知识界很感兴趣。为长远计，访问最好重点放在写作艺术方面，尽量少一些谈政治，这是战略观点，像艾青那篇，写得很好。请小董同志加一把劲。多多拜托。

关于伍法（高朗）的“后记”，已请罗老总写好，一并寄上。听仕芬大姐说，《七十年代》似乎不想内地出，我很不以为然，一个好友已故，他的作品能推广，多些读者看，有什么不好？《七十年代》这样未免小器了。罗老总听了也很不以为然。

至于弟所写的《马可·波罗的旅程》，内地如要出，我没有意见，不过，我以为那稿子并不好，本来是计划写十二段的，后来因《风光》的老总认为元代是“异族入侵”，我跟他吵了一架，所以到第八期就杀断了。如需要出，我希望改写过。

我倒有个意见，何不把我写那些书籍介绍的文字结一集子出版呢？我倒宁愿你根据我为报刊所写的书介，加以挑选，出一册子，因为可供内地读者参考，知道一点外国文学的动态。可以把

《当代世界文谈》和《亚非拉文学新潮》这两本书中的文章重新挑选，加上在《海洋文艺》上写的一些，出一本册子，未知你意见如何？这些都是我近年读书的笔记，自知水平有限，谈不上评论，只是作一些资料性的介绍罢了。如有兴趣，我可将散稿集中一起寄上，任你挑选，辑成一书，可以名之为《夜读札记》。请示。

这些稿子，都是我从一九七三年重新拿笔后写的东西，水平自问很低，不过在港也引起读者兴趣，故此才不断地写，也可以说是我到香港后所读的书，作为向祖国的一点交代，以证明我在港这几年生活的实况汇报。其实我写的这类介绍外国文章的东西，还有好几篇，剪报已被出版社遗失，所以只能就手头存有的奉上，请不要客气，严加挑选取舍。你挑选后，就由你做主，任你处置。我对它们比对《马可·波罗》更有兴趣，《马可·波罗》是“揾食稿”，这些短文倒是一点心血所在，你也许可以理解吧。我把写稿分作两类，一类是自己有兴趣，用心血写的；一类是为糊口而写的，《马可·波罗》是后一类，而读书札记是前者。要是问我，我以为札记可代表我个人的这几年的工作，而《马可·波罗》只不过是为《风光》填版面的“行货”而已。如果内地要出本我写的东西，最好是出札记，相信对被“四人帮”隔绝了同外国文化接触的读者，会有点儿启发的。

潘际坰先生最近到京，一定见到你，如有什么可供我们《开卷》用的稿子，可托他交我。

匆匆，就此搁笔。十分希望春节后你能来港，给我多些具体的指导，我也有很多话想向你倾吐。

亲切握手

杜渐

1979.1.6

范用同志：

几天前写了一信给你，尚未寄出，现再补写几句。

印尼原可进一百本，但今日接通知，第三期起不准入口，可能是用了姚老作封面的原故，印尼禁止一切中文书入口，第一、二期的封面是“外国货”，过了关，第三期就禁了。不过香港的读者却欢迎第三期的封面，希望我们每期都有作家照片。

为此，我希望你能为我们请中国摄影的朋友每期都拍一张彩色幻灯片的作家照片，结合访问一起刊出，彩色幻灯片制版比负片要好得多，不知行不行得通，费用当然由我社付还他们。海外读者对作家的彩色照片是十分欢迎的。

仕芬大姐说你会在三月来港，我等急了，为什么二月不来呢？

辛笛兄托人捎了一个宜兴茶壶给我，他写的稿子很好，我仍在第六期刊登，高伯雨先生（港作家）写了一篇关于他的文章，将同期刊出。

握手

文健

1979.1.13

范用同志：

接到来信，十分高兴，辛笛同志的稿子，我们只对最后一段改了几句，将在第六期（三月号）刊出。我已去信辛笛同志，一是请他原谅我改了他几句稿子，二是恳请他多给我们刊物写稿，最好每期一篇，像《夜读书记》那样的文章。

你要的创刊号，我今天已寄出。如需要，我可以多寄几本给你，也算是托你分赠“知音”吧。

第四期已印好，也先寄上，投君之所好也。第五期是同日本领事馆挂钩，日本文化协会（我是会员）协助搞一期“日本文化特辑”，其中我们选登（监印！）了《外国文艺》第一期川端康成的小说《水月》。这期主要是介绍日本出版的情况。有《近代日本文学思潮》《川端康成的新感觉主义》《日本的书刊发行网》《日本出版的新问题》《日本主要出版社动态》《近年日本最畅销的几本书》《日本文化古都京都》《日本的怪谈》（怪谈近似中国的聊斋）。组织这批稿子，相当吃力，不过总算化险为夷，渡过了难关。

第六期计划是“苏联文化动向特辑”，特辑的稿子已经十之八九植好了字，内容有《马雅可夫斯基为什么要自杀？》《涅克拉索夫（《斯大林的战壕中》*的作者，1947年斯大林奖获得者，现在法国）谈苏联作家的写作生涯》《控制全苏出版业的国家委员会》《偷运手稿出苏联》《苏联最大的书店》《苏联出版界的反犹活动》《时事纪事（地下刊物）十周年》《一个苏联画家的遭遇》《苏联的地下诗歌》《苏联的地下哲学派别》等，还有一篇关于电影动态的稿子，还没到手，另外有一篇小说《卡蒂雅的婚礼》（描写苏联姑娘嫁进城市不肯留在农村的风气）。

这两期我们搞特辑，是一种尝试，除了特辑之外，其他的栏目照常。另外还增设了一个“新书巡礼”，刊登香港、台湾、内地的新书书目，便于读者购书作参考，从第五期开始。

我很希望你能为我收集一些对《开卷》的意见，不要光是赞，要弹才行，指出我们存在的问题，给予批评，多提些意见。你不要客气，是自己人，就要讲老实不客气的话，你认为应该怎样办才合适，提些建议吧！

艾青的访问在第四期刊出，周而复的访问在第五期，潘耀明曾访问过端木蕻良，答应给我们搞一篇，我手头上还有曹辛之同志的一卷录音，还未整理，所以访问稿已不多了，希望小董同志为我们多搞几篇，最好是巴金、曹禺、丁玲，另外年轻一辈的作家如茹志鹃、邵燕祥。还有，梁斌、杜鹏程、曲波也希望能访问。香港的读者对费孝通十分感兴趣，虽然他不是文艺作家，但如从经济社会这方面进行访问，在香港学术界会引起重视，不知可行否？望多组几篇稿件。

托仕芬大姐送上的录音机及录音带（一打）收到没有？望告。

接周雷同志的信，听说你们筹办一份《读书人》杂志，望出版后寄一本来，让我们能先睹为快。

我每期都托仕芬大姐把一批《开卷》送上，我怕寄上是否能收到，巴金先生来信（给潘际坰先生）补要《开卷》，我试按地址寄他，不知能否收到？

《开卷》每期进口三百，怕不能满足需要吧？如果海关邮局对《开卷》放行，内地的人会叫在港亲友购买寄回内地，那么我们的销数也可以增加，经济上的困难也会有补助，不知此法可行否？

握手！

杜渐

1979.1.20

* 应为《在斯大林格勒的战壕里》。——编注

范用同志：

今天经仕芬大姐转来书和信，十分高兴。首先告诉你的，是你所关心的问题：《开卷》的销路。目前出了四期，大约的情况是每期销三千多本，其中星马六百、印尼一百，这销数是不理想

的，前半年打的是场消耗战，压了资金，弄得相当狼狈。不过从第五期起，有办法在资金上周转过来。主要是依靠一些支持性的广告收入，可以维持一年。由于我不是一个经理人才，只是一个编辑，本身又没有经营的本事，前半年为了钱，弄得焦头烂额，疲于奔命，蓝公的资金运用设想，与我看法不同，我认为是小农经济的办法，但我只是一个编辑，无权过问的。幸好目前稍有好转。至于销数，同发行工作有关，正在打通一些关节，希望以后能提高一些。你提出加两百本入内地，我看没有问题，我今同蓝公商量解决。尽快照办。

春节前，寄上第一期《开卷》数册，未知收到没有？我曾寄了几本给巴金、辛笛、伍德铎，都不知是否收到。刚巧春节我们的一个编辑黄兄到上海探视，见了巴金和辛笛兄，他带了十套去，各赠了一套给他们。辛笛兄送了一个宜兴茶壶给我，托黄兄带回来。辛笛兄的文章已收到，很好。至于他要的诗选，我会同小古办理的。

小董的访问，我们认为很生动，希望不要断稿！来信所说访问的各位作家，都是十分恰当的人选。《开卷》的作家访问，很受海外学术界的重视，目前已有两间美国的大学的图书馆来函订阅，他们都希望能看到作家访问。所以，请小董努力干！

周而复同志要的“金陵春梦”和“抗日战争演义”，我尽快寄上。你想要的皇冠书目，我已代去函索取，一到手就寄上。

内地出的《读书人》，希望出版后寄一本给我，先睹为快。《开卷》最初也想起“读书人”这名字，当时有几个名字，是“读书人”“今日图书”“读书月刊”“图书世界”，后来是小古建议叫“开卷”，就这样定为“开卷”。其实“读书人”这名字很好嘛。香港因赌徒多，避“输”这字，所以才打消了用有“书”字的刊名。内地大可不必有这种避忌。

寄上一封写好压着没寄的“迟发的信”，你收到后就会明白，这儿不多啰唆了。

希望你能早日来香港。好多话是信中讲不清的，见面谈个痛快。

何达兄告诉我，北京外国语学院编了一套《现代中国作家传记词典》，不知是否可以把版权让与《开卷》出版？如果是中文的，不知是否发行出口？如果是外文的，可否让我们出中文的？

就写到这儿，下次再谈。

握手

杜渐

二.六

范用兄：

日前寄上一稿《谈谈中国科学小说创作的一些问题》，想已收到吧？《开卷》已发排，于五月号刊出，如《读书》可以刊登，作转载《开卷》文章可也，这样可文责自负。

《开卷》近日的销数有点儿进步，多了几百本，经济上仍是相当困难的。我仍想继续换（办）下去，因它在读者中已开始建立起一定威信，弃之可惜。

今天收到《世界文学》，打开一看，拙译竟排在第一篇，感到诚惶诚恐。请代向陈冰夷兄表示感谢，这对我是很大的鼓励，我将更努力去工作，以表谢意，行动好过讲话，对吗？

听说内地出版了《苏联文学》，可否与《开卷》交换，请代打听一下，我急欲一阅这刊物。

苗子、郁风两位长辈，我们见过几次面，并曾邀至我家，看看我可怜得很的“藏书”，苗子兄答应再为我写一篇华君武，但插图仍未收到。苗子兄及叶浅予兄的稿费已交苗子兄。

我想打听一下，胡风的问题近况如何，因有友人送来耿庸及何满子的稿子，我对此两君不了解，可否将他们状况告我，免闹笑话？

《书海夜航》广告是见到了，何时出版？

握手

杜渐

四月廿六日

我像浑身力气使不出来，感到很苦恼，香港是个商业社会，样样都讲钱，生活的压力很重，很想多干些事，但很难办。心情复杂，写不清楚的。

小古办的刊物，至今还未出笼，搞文艺在香港是相当难的。很同情他，但爱莫能助。

谢谢寄来内地版的KGB，印得不错，很高兴，很满意。请代谢谢群众出版社的朋友。

握手

问候小董。

杜渐

1979.6.10

范用同志：

仕芬转来的书和信，都已收到，近日因工作既忙，不如意事八九，心情很不安，故拖拖拉拉，直到今天才写信给你，请原谅。

《开卷》出了七期，由于我不擅经营，亏损了七万元，差不多出一期亏损一万，只有引咎辞职。不过，蓝公等领导认为不能算事业失败，要继续办下去，只是我不是生意人，实在不敢再经管。现请了一位善于经管的人（王永枫）作《开卷》之经理人，我只负责编务工作，对于钱，以后我不用负担。王兄很会做生意，他设计一年内不亏本，看来是可行的。

《开卷》从下一期起，作第二卷第一期（即总第八期）从头开始，准备减低定价（原来五元，改为三元），出大十六开本，四十八页，篇幅是减少了些，但内容仍可观的。改大十六开从商业上看有利，因大三十二开放在书报摊，被黄色刊物（都是大三十二开）所湮没，改大开本则似一本杂志。估计从减低定价及改大开本，可以使销数有所增加。

内容方面也力求通俗一些，除保留受欢迎的“作家访问”“书籍艺术”“工具书介绍”“世界刊物志”外，增加“每月十书”，每月为读者推介十本值得注意的书，包括台湾、香港、内地的好书（包括新书及旧书）；“新书目录”是供读者选购的书目；“世界文讯”要增加中国内地的文化出版动态。每期增加一个热门的话题，适合香港读者的口味，新一期准备搞一个“三毛”，包括台湾女作家三毛和张乐平的三毛，有张君默的《我所认识的三毛》、潘际坰的《张乐平是怎样画三毛流浪记的》和《评三毛的五本书》，三毛在香港青年读者中很流行，评介她五本书，会是热门话题。

“作家访问”是在海外最受欢迎的栏目，但海外的读者十分迫切有丁玲、萧军一类的作家访问，比较新鲜些和尖端些。所以，仍然请求你们为《开卷》作多些访问，我们准备出书，作为“开卷丛书”之一，相信会受读者欢迎。故此，请求小董同志加把劲，多给我们供些稿。

巴金、茹志鹃的照片已在冲放，不日交仕芬转上，其他几位的黑白片也在拍摄，搞好一齐转上还给各位作家。

我上次托仕芬大姐转上谢培邦君作的封面，此封面画得太板，不好，还是请曹辛之先生设计一个书香味道浓点的好。今寄上马国权兄为《书海夜航》题的字，供选择。

我们还计划在《开卷》稍为站稳后，再出一本叫《明日世界》的科幻小说和科学珍闻的月刊，三十二开本，三十二页，卖两元，搏销数，希望能适应青年少年读者口味，作为《开卷》的副业。内地的科幻小说作者可否介绍一些给我们，给我们组些这方面的短篇小说稿，五千至一万字。听说内地要搞一本科幻杂志，是否真的？希望能寄本看看。

广东的《花城》约稿，我为他们写了一篇介绍美国作家卡坡特（Capote）的文字和译了一篇他的小说，听说在第二期刊出。

在香港，《明报》的销路较大，对象是知识分子，影响力较大。我朋友张君默前段时间受聘入《明报》编“明知”版，约我写一个专栏“书窗”，我只答应每周写三篇至四篇，是随笔性的介绍书的小文，不知你有没有看到？

最近我写东西很少了，事务性的工作缠身，所以很多计划都只有搁起来。很想有机会多写些自己感兴趣的东西，不过在香港出版事业也不易为，大家都一阵风赚钱，对有价值的书反而因销路问题不敢出。我有两本小说都没办法出版，一本是凡尔纳的科学幻想小说《史托雷兹的秘密》（译名为“隐身人魔”），另一本是揭发苏联特务间谍在日本的活动的小说《樱都谍影》，出版社都不愿出版，一压就压了半年了。看来，将来只有在《开卷》站住后，自己出版了。

就写到这儿吧。亲切

握手

杜渐

1979.6.26

范用同志：

前天刚寄上一信，今日接来信及小董的稿件，高兴极了，立即回信。

周而复、巴金、茹志鹃……等的照片，正在翻拍和放大，等弄好就交仕芬姐交上。我会着急办理。另外，上次冲洗的名画幻灯片，也已冲好，将一并交仕芬姐交上，我不敢邮寄，怕寄失。

关于《开卷》的情况，前一封信已经谈到，这儿不重复了。目前，我又投入工作，希望这次能吸取经验，不再亏本。信心倒是有的，不过做起来，有时遇到的困难，并非能预料，但相信可以办下去，逐步提高。我已不再“浪漫主义”（或如有些朋友说的是“理想主义者”），要现实主义一些了。在香港，是搞不得亏本生意的，得把杂志当“商品”来办，这当然同我的理想相去甚远，但要长期战斗，也只好将就一些。

我托人带几盒 Rodou 的幻灯菲林给你，收到后，请复信。

菲律宾民间史诗的插图，作画者是 BEM Altan Tara。我再影印原书的给你，希望清楚些。阿尔坦塔拉是菲著名画家。

《一千零一夜》的几张插图，我手头没有《广角镜》，只能根据记忆来说明：

① 题头的插图是《辛巴达航海历险记》的海上老人骑在辛巴达头上，可放在《说鲲鹏》中作插图。

② 彩色图片是日译本的插图，集英社出版，大宅壮一译本，绘画者是牧野邦夫。美女趁巨人睡觉引诱王弟。

③ 文内插图黑白，是宰相女儿讲述故事给国王和妹妹听。

④ 彩色插图中之棕色插图，是理察·褒顿原版本之插图，也是美女引诱王弟。绘画者不知何许人也。

⑤ 彩页下边是《一千零一夜》之邮票。

⑥ 武士搏斗之插图为牧野邦夫所画。

*　　　*　　　*

皇后大道书店之图片，为一英文书的插图，该书已还作者，他一时找不见，我现从印刷厂要底片寄上。

丁玲的访问，宜优先，次序可以如下：

①丁玲，②钱锺书，③费孝通……⑤周立波，⑥冰心。

小董的访问做得很好，请代我谢谢她。但有一个不情之请，可否加快速度？

我并没有收到别人访萧军的稿，可能不是给我的吧？如收到当不用，但没有此事。

小潘（耀明）写了一篇端木蕻良的访问，我已看过，觉得没有问题，小潘同端木通信，是征求过端木同意的。

*　　　*　　　*

很想念你们，我很需要有人听我讲心里话，只有回到内地，才讲得痛快，在这儿总是受环境所制，讲话也不痛快。

暂此搁笔

握手！

杜渐

79.6.26

范用同志：

《书海夜航》的封面设计，上次寄上的一张，越想越觉不好，呆板而不知所谓，又不大方，建议不要用。不用是没关系的，设计者是我好友，不会介意。

还是请辛之兄设计一个，我信得过他！！！

*　　　*　　　*

听说内地搞了本外国作家的辞典（见《读书》第二期），是否可以给我们在这儿出版？

*　　　*　　　*

请代向陈冰夷同志表示谢意，那本材料很有参考价值。

我为广州的《花城》写了一稿，译了一篇小说，听说已发排了，是介绍美国作家卡坡特和他的小说《一壶银子》。

*　　　*　　　*

我给萧乾同志去了一信，他大概不知道杜渐是我的笔名，写了两封信来，一封给我，一封给杜渐，好玩极了！我对他的翻译是十分佩服的。

*　　　*　　　*

上次寄上一本南洋作家写的资料，收到没有？望告。

握手

文健

79.6.26

范用同志：

来信提及菲律宾民间史诗，现将几幅插图影印寄上，任选用。

第八期已发排，目前工作又紧张起来了，希望新的《开卷》

能使你看了满意。我们是按商业办法来办了，前一个时期亏了本，现在要好好经营，希望能维持下去。

如果《开卷》能稳定，我们还准备多办一份科学普及的杂志，赚点钱，出一些书。

握手

文健

一九七九.七.十

范用同志：

我们打算办多一本刊物，《明日世界》，内容大致有下列：

1. 科学幻想小说（短篇小说，不搞长编（篇）连载）

2. 最新科技知识（新闻、动态、消息）

3. 未来科技发展的设想（关于未来医学、交通、电脑……各门科技发展的展望）

4. 科学家的传记故事

5. 科幻电影介绍（介绍外国科幻电影，有图有文）

6. 益智游戏（动脑筋的猜谜）

7. 科学幻想小说史话

8. 理想与现实（两张图片，一张是理想，一张是成为事实的现实，如过去想登月和已实现登月……）

这些内容，行得通吗？可否介绍一些内地的科幻小说作者给我们？请提意见。

握手

杜渐

7.20

范用同志：

前曾有一信，将图片说明列出，不知何故你未收到，估计是寄失了，顷接来信，立即复信。

1.《一千零一夜》之题头画，是选自英国版，未见画插图画家署名，内容则是《辛巴达航海历险记》中的山中老人*故事，可插在《说鲲鹏》一文，作说明爪哇树猿的插图。

2. 菲律宾民间史诗《拉姆·安格》的插图，是由菲律宾著名画家比姆·阿尔坦塔拉（BEM Altan Tara）作的木刻，现寄上该几幅插图，因原插图并无说明，故只作是谁画的说明可也。

3. 我再三考虑，认为寄上的封面设计，一不能表达出书的内容，二又古板，实为使我失望的设计，既不大方，又无书卷味，故恳请曹辛之同志设计一个封面，千万勿用寄上的那一幅。

4. 题书名的是马国权兄，他是我的挚友，二十多年交情了，他原在中山大学任教，工书法，近已到港，在《大公报》副刊工作，担任《艺林》及《读书与出版》的编辑。

5.《开卷》第二卷第一期（总第八期）改大十六开，已经编好，已发印刷厂，当在八月五日出版，我将会立即寄上。接信后，已寄了四本第七期给你，请查收。周而复同志的照片，正在翻拍，过几天挂号寄上。另外，还有一些已冲好的彩片，也将付上。

6. 托我姐夫（袁兵，现在中宣部工作）从穗到京，带了四卷120彩色幻灯片（柯达牌），请他送到三联给你，收到后望告。

7. 很急切盼望小董同志能采访到丁玲等人的访问记，我们准备今年内出第一本访问记，相信海外读者会欢迎的。

8. 有两事相托，一是《外国文艺》，我只收到过第一、二，其他已出三本，则望见赐。不知我们可否同他们交换？二是《读书》已到港，但第一期已缺，可否多寄一本第一期给我？我的一本传出后已不知下落。

9. 第一期《读书》有董乐山同志的通讯，说有一流行小说，名《荆棘岛》，想是误排了。这本书是《刺鸟》（*Thorn Bird*），作者是澳洲女小说家，“刺鸟”是源出于澳洲一民族的民间传说：有一种鸟，生下来不鸣不啼，到处飞翔，直到它找到了一种有刺的树，选中了一根长刺，用来刺穿自己心脏，临死时唱出最美的歌。“刺鸟”已有台湾中译，我以为译成“刺鸟”是对的，译“荆棘鸟”似不合，因荆棘虽是有刺，但可作整棵植物解，未能表达出民间传说用长刺刺心胸的刺的含义。而译作“荆棘岛”，可能是排字时把“鸟”字误为“岛”字。一字之差，意思不同了。

10. 三毛的书，你看过几本？一共出了五本，四本是《三毛流浪记》，一本是《雨季不再来》（旧作合集）。新一期《开卷》介绍三毛这个女作家，目前她的书在香港销得很广，而三毛作词的一首《橄榄树》歌曲，已连续三周登上歌曲“龙虎榜”，满街都在播唱，十分流行呢。

近日忙于编辑工作，反而很少写东西，我曾给萧乾先生相约，合译一本苏联讽刺小说，他说忙于写回忆录，未能答应，我打算今年内译出初稿，他答应为我审阅。我已心满意足，在港苦无良师，实在盼望能有名师指导。

我最近订了一套凡尔纳的科学幻想小说，五六十本一套，对于科幻作品，我一直很有兴趣，可惜香港的出版社没有兴趣，译出来也没有人出版。我们《开卷》社准备多办一份《明日世界》的科幻与未来科技发展的益智杂志，到时也自己出版科幻小说。内地的作者有什么科幻新作，可否介绍给我们？

就写到这儿吧。

亲切握手

杜渐

一九七九年七月廿日

* 应为海上老人。——编注

范用同志：

来信收到了，《开卷》十六开本想已收到了吧？希望阅后提出宝贵意见，以便改进。在港的友人中，赞成改开本的，各占半数，古仔是反对派，杨奇兄也是反对派，甚至田蔚大姐也不赞成。但考虑到对象与销数（经济）问题，最后还是改了。目前存在的问题是篇幅随价格一起减少，由二张半纸减至一张半纸，五元减为三元。篇幅减少就有了“单薄感”，内容也减少了。不过发行一周后，有了反应，发行公司要求我们再版，过去南洋（星马）只肯要两百至三百，现在要一千，香港的销数也较过去增加，也许是内容较过去通俗些，读者较易接受吧？香港这地方的读者没有内地水平高，过去较深，都认为是“曲高和寡”，现在稍为通俗点，就看得下去。我们所以考虑还是改的原因，就是想让较多读者接受，像古仔那样高水平的读者毕竟是少数的，而广大的读者要看的，似乎还是像“三毛”一类的书，所以只有走“媚俗”的路以求生存了。改版后，分类的小广告增加，广告收入一万多元，印刷费只要五千，皮费五千，销书收入造宣传，那就可以平衡。过去，单是印刷已经一万二千，每期耗去一万至二万，广告收入不到七千，所以就亏本了，定价五元贵了点，一般读者不肯买，现在读者多些，价格也大众化些，考虑了很久，还是改了。在这商业社会，搞文化实在是困难，内地的困难和这儿的困难不同，这儿一切都讲钱，书的价值不是看质，而是销不销得、赚不赚得，这样不少好东西就被活活卡死了，真是令人气短。过去，一切都讲政治，赔多少钱都不怕，赔多少年也不怕，如《海洋》《风光》，每年净赔六万，连皮费就十多二十万，公家是无所谓的，现在一切讲赚钱，管你宣传不宣传，有没有意义，只要销得就好，又走到另一个极端去了。我总觉得不大对劲，但又说不出个道理，内心相当窘惑和苦恼。

《明日世界》月刊已开始筹划、组稿，希望能早点上马，只要《开卷》在三期后上正轨，《明日》就要冲出来了。目前我爱人离开了《广角镜》，到《开卷》来，我可以把《开卷》交她去搞，我组稿后交她编发。我则筹划《明日》，做好准备。

小古的《八方》已近出版，三百页的刊物，内容充实，但在香港我怕太深，内地会感兴趣，但在港我怕会蹈《开卷》之覆辙了。他是准备玩一期看，行了再玩，不行就收档，我可没有他那么走运，是过河卒子，只得向前的。我相信，小古那本如果作丛刊或书，长期卖，印三千，卖一年两年，是可以销得出去的，如果是月刊或季刊，就要亏光了。

前几天回广州，到广东人民出版社，与《花城》等编辑开了两天座谈会，相当愉快。曾访萧欣、欧阳山两位老前辈，只是时间太匆忙，没办法作访问，欧阳老说十月份“文代”也不知开不开得成，大概是指对“十七年”和“三年”的争论没有结果吧？依弟看法，何必一定立即统一，百花齐放，尽量民主些，各抒己见，不更好吗？反正，我是个“和稀泥派”，有些问题，留到以后再作结论算了。历史往往是要隔远一些看才清楚的。不知你意见怎样？请示。

《明报》的《书窗》，我每周只写两篇，不肯多写，让其他人写，免得包办。张君默兄主持“明知”，故我答应为他写，实在是吃力不讨好的事。文章也是粗制滥造的应景文章，无什么价值，不过占《明报》一角，也是一种战略上的需要，可以在他报上写点自己要讲的话。

讲到这《书窗》，前一阵小潘出了本《枫桦集》，要求我在《书窗》为他吹捧，我很不客气批评了这本书，他生气，在《澳门日报》写了一篇文章回答。批评与反批评，这本来常事，不足为怪，可是这位小弟兄却“记仇”，写信给我一个朋友骂我，那就不好了，不过，他年轻，我不怪他，说起来香港的文艺青年有这么个毛病，只要人捧，不能批评，这怎么能进步呢？对于他我还是要拉一把的。到底我比他大十多岁，又经过“文革”，所以我有义务要拉拉他，免得他（被）宠坏了。

我最近写东西较少，因为编务和写作有矛盾，只好暂时把写作搁一搁，先把业务搞好。来日方长，慢慢来嘛。关于《樱都谍影》二书，我过几天整理一下，再寄上，不必急。

吴祖光先生的文章及丁聪先生的画已收到，准备在十月号（第二卷第三期）刊出，周而复等先生之照片，已翻拍并冲洗，将在本周内交仕芬大姐转你。另外，这儿盛传今年诺贝尔文学奖可能会给中国作家，有说是给巴金，有说给茅盾，巴金的访问稿压着不发，就是想在十二月发，但茅盾先生的访问，却没有，如果能够的话，可否组织一篇？反正此二老，我们都希望能刊登。

下一期话题是黑人拳王阿里，封面是他，三联出版他的自传，另外还有两篇短文，一是阿里写诗，一是阿里拒绝苏联删改其自传。访问是萧军。这两个是重点，其他是搭配。

上一期文章中访问端木蕻良，是小潘（耀明）搞的，文后有附录一则，杨奇看了很有意见，说端木和萧红之间感情不好，在当时他也在香港工作，知之甚详，小潘是有意美化端木，是不对的。而且感情好不好同创作多少，是不成正比的。这批评很对，我审稿时未发觉，所以我要负责。其实夫妻之间的糊涂账，是不足为外人道的，小潘未免画蛇添足。

小董实在辛苦，又要帮你编《读书》，又要为《开卷》搞访问，我真不知如何谢她才好了。请代向她问好致谢。

外国作家小传，香港已有售，我自然不印了。

现在我考虑的是如何弄几本畅销的书，你有什么好东西，字典一类的工具书，是不出口的，让我们印，可以把经济稳定下来，以后就可以用以书养书之策，出些较有价值但不畅销的书。

刘以鬯先生答应为《开卷》编几本国内外名家作品，现在还未谈具体，这主意不错，但要具体才能奉告。

就写到这儿吧，下次再谈。

握手

文健

1979.8.14

范用同志：

考虑到很有可能诺贝尔奖今年十二月发表时，会发给茅盾先生，但我手头一点东西都没有，很怕到时抓瞎，请你设法帮忙。

如方便，可否访问一下茅盾先生？我知道他身体不很好，又忙于写回忆录，如不便访问（短些也好），可否请茅盾先生把几次到香港的回忆录先给《开卷》发表？或请茅盾先生赐赠一张近照（黑白也好），题几个字给《开卷》，总之，希望能有他的东西。

如果能办到，那《开卷》就大大提高威信，读者会有信心了。

拜托！

文健

一九七九年八月十五日

范用同志：

来信收到，即复。

首先"报喜"，《开卷》改版后，销了一周，竟要再版，这是意料之外，完全想不到的。也许是三毛迷捧场吧？也许是售价三元大众化些吧？总之，销路不错，如果能这样下去，就可以长期办了。因为广告收入封死了蚀本门，赚的放到宣传上，不会亏损，就可以长期办下去了。现在改了一间印刷厂，一个礼拜就印好。周期更短，而付印刷费有四十五天期，发行也不像过去那样留难，过去三个月才付账，现在是一个月，经济上也就周转灵活了。

十六开的问题，目前还在有争论，但实践证明，杂志十六开上算。三十二开报摊不当是杂志，书店又不当是书，两头不讨好。从商业性来看，十六开是对的，从收藏人来看，喜欢三十二开。但目前，《开卷》给人以单薄感，所以准备经济稳住，即增加一个广告，就加八张纸，变成六十四页，有点厚度，放多两篇文章，内容也充实些。目前普及是做到了，但文章不够深度，读者会觉得没东西看的。《读书》内容很结实，这是我们要向《读书》取经的。香港目前只有《开卷》一本读书的月刊了，《天地丛刊》已暂停，所以我们必得坚持下去，争一口气的。

纸的问题，香港报纸纸和书纸的差价不大，因为印数不大，所以用书纸同用报纸差不了多少钱。在内地不同，道林纸和报纸价格相差大，加上印数大，就很成问题了。所以香港大多数杂志都用书纸，只有几份搞政治的用报纸印。

目前，我订了一套计划，蓝公和新华社的杨奇、田蔚大姐都看过，表示赞同了，只差付诸实行了。首先是《开卷》改版，已经实行，第二部分是办《明日世界》（科普月刊），已在组稿。第三部分是等头二步有成效后，出版两组丛书，一为“开卷丛书”，刘以鬯先生大力支持，认为每年出六本（两月一本），组织国内外名家稿子（只要此名家没有“党气”的，不管是共产党的党气或国民党的党气），以学术质量为主，不搞政治（正面政治），这套丛书可以树立出版社的威信，可利用自己的刊物推行，估计不可能赚钱，但不至于会亏损太大。另一套是“明日世界文库”，内容就杂得多，包括科学普及、知识性、科幻小说（短篇和长些的中篇），这些要搞些实用性知识性的，搞成畅销，赚些钱来养“开卷丛书”。此文库册子在几万字内一本，价钱低些，薄利多销，对象是青少年学生，满足其求知欲，价钱不高，他们会欢迎。若这计划能实行，三年内《开卷》可以站稳脚跟了。

前一个礼拜，广东人民出版社邀请了六个香港的作者（我亦奉陪末座），到广州开了三天座谈会，畅所欲言，我给《花城》放了很多炮，包括反对连载长篇，我认为从经济和宣传二方面来看都是不上算的，不过内地出版社花公家钱相当大方，不会做生意，经济算盘是不打的，这很划不来。

信写到一半，又搁了几天，接着写下去。周而复、艾青、茹志鹃的旧照已交仕芬姐转上，未知收到没有？丁聪的图我将在这周内奉还，先制了版，本来是十月号刊出的，提前几天发稿，以便早点还你。

由于编《明日世界》，知道内地有好几本科普的月刊，想同他们交流，请将他们的刊名与地址给我，一出书即寄给他们。

附上《明日世界》栏目的设想，请提意见，并代组稿。

亲切握手

杜渐

一九七九.九.一

收到的封面《书海夜航》是不理想的，请勿用，最好请曹辛之兄设计一个好些。

丁玲等人的访问请尽速寄上，要断稿了！

范用同志：

来信收到，今天托仕芬大姐送上一批书，收到后望告。有：三毛的《稻草人手记》《温柔的夜》、大仲马的《黑色郁金香》、台湾文艺的《光复前台湾文学全集》八卷，共十一册。

丁聪的图正在影版，一影好就交仕芬大姐送还。

萧乾同志过港时，曾一起吃了一餐晚饭，相见甚欢，小古亦同他见了面。来信说寄上他的一篇访问，至今仍未收到，甚急，如可能请用航空挂号寄我。因《明报》派人坐飞机去访问他，我想争取在十一月刊出他的访问，争一口气。

仕芬姐说已经批准《开卷》在内地发行，而且给外汇，真是出乎意外的高兴。我希望能把《开卷》办得既能合香港读者口味，又能供给内地参考，准备从下期起，增加页数八页，增加报道香港、台湾、星马文坛情况的文章，相信会有点用。世界文讯因内地出版《世界图书》月刊，就没什么大的用途了。

这两期（改版后）销数的走势颇佳，已达五千份，比过去增加了一倍，相信还会增加。香港这个地方，人们只看通俗点的东西，过去办得过高，不合口味，现在比较接近一些。

《明日世界》之计划前信已附上，请代组稿。我给杭州刘杭同志去了一信，他们那儿的《工农兵画报》不出口，其中有科幻连环画，我希望能转载，他们答应了，还把画稿寄来，真是使人感动，这使我只好拼老命也要把杂志办好了，否则无以谢内地诸兄的支持了。

胶卷已收到，正在冲洗，但丁、费的稿还未收到，望能早日记得寄来，十一月如刊登萧乾、茅盾，十二月巴金，一月丁玲，费就在二月上。费是社会学家不是文学家，但在国外声望很高，大英百科全书只上他一个中国社会学家呢。

近日工作很紧张，因密锣紧鼓筹《明日世界》、《开卷》的工作，具体编辑由我老婆自己抓了，我只负责组稿和审稿，编排出版都交她。看来《明》还得请多一个小青年帮手才行，否则我自己忙得喘不过气来了。

《科学文艺》看了，觉得还不够放，正如你说的，既不够科学也不够幻想，不过，有这么一份，已是很大进步，封面就太呆了，不敢夸口，我们的《明》会大胆得多。

好吧，下次再谈。

等你们的访问稿！

握手

杜渐

一九七九年九月十五日

范用同志：

由于最近工作很忙，办事拖拉，迟到今日才回信给你，请谅。

《书海夜航》一书的封面，已请谢培邦兄绘制，是否合用，请你决定，我感到似乎太呆板，特别那几本书，很不好看。姑且送上，由你鉴别，不用也无妨的。最好请曹辛之先生设计，要大方就好。

《书海夜航》的插图与书影，全部拍了两寸的底片，一并寄上，每片已注明书的出处，请代配入文中。其中《一千零一夜》的插图，有彩色的分色片，也一并寄上。

《开卷》出了七期，目前暂停两个月，再筹划一番，准备继续在八月出第八期，不过改为大十六开横排，以便增加销数。因大三十二开的杂志，香港的报摊把它放在一块，大多是色情的画册，《开卷》被这类黄色画册湮没掉。改成大十六开，就像《书谱》一样，可以摆得显眼些。另外，读者、作者都提意见，可以办得更轻松一些，更实用一些，故此把趣味性和知识性强调一下，设法把它办得更合适香港读者的口味。

目前我们还在研究如何改版的问题，如果你来香港，那该多好，可以帮我出很多点子了。

托仕芬姐寄上两书，一本是马来亚的作家送我的，关于中国作家在南洋的资料，我有两本，转赠一本给你。另一本书是英文，是送给萧乾先生的，烦代转给他。那是一本苏联最新的讽刺小说，顶有意思的，我希望萧乾先生有兴趣把他译成中文，如他没空，我就动手，译好请他指正。因为他译《好兵帅克》译得太好了，引起我对讽刺文学的兴趣。我送这书给他，是“阳谋”。

谈完了此君的事后，谈我们的事吧。

① 我手头上已没有作家访问的稿子了，巴金的十二月号发。目前已经库存空虚，希望小董同志尽快把手头有的整理出来，否则可要断粮了。望发萧乾、丁玲、费孝通稿。茅盾稿也未收到。

② 接通知《开卷》获准在内地征订，由中图进口（香港是新民主出版社）办理，我们讨论过，方针不变，以香港和海外读者为对象，不会因能进口就改变这方针，否则香港就站不住脚。我们加强的是增加有关香港和海外文化出版的述评，以便让内地读者有参考，你以为这样做对不对？

③ 萧乾同志答应我在美国给我写稿，但未接到稿子。他说回国时（十一月中）过港再同我谈一次。上信你说小董已有萧乾的访问，但至今未收到，能否赶紧寄我？以便下月发稿？我没有一张萧的照片或画像呢。望空邮！

④ 听说上海出版《书林》，很希望能一读。又多一个兄弟了！我这“小弟弟”一定跟着干的。

⑤ 辛笛先生来信说已收到了《新诗选》，我已告知小古了。

握手

杜渐

一九七九年九月廿九日

托仕芬姐送上一批书，收到后望告。

范用同志：

我要向你告急了，《开卷》手头已无访问稿，可否请小董开一晚夜车，将丁玲的访问稿用航空尽快寄给我，以便在十一月那期上。先向小董致谢。

萧乾先生答应在十一月中经港（只有四十八小时）跟我见一

次面，我会同小古访问他。不用担心。

前几天寄了一封关于刘文勇的信给你，想已收到了吧？这人真麻烦，我又附上一封信（较详细）给你，以便了解情况，知会各好友。

握手

杜渐

10.4

范用同志：

今天收到来信，甚喜，即复。

我托仕芬姐寄上的书，已有一个多月，不知为什么还收不到？那些书有《光复前台湾文学全集》1—8卷，台湾出的李牧华译的大仲马《黑色郁金香》一册，三毛的作品《温柔的夜》等两册，收到望告。

吴祖光先生和丁聪先生的稿费，我不知该怎样发才好，我想征求一下你的意见，这样处理好不好，如发稿费，又不多，不好意思，我们想①每人寄五册《开卷》给他们，同时②每人买一本内地难得买到的书给他们，如丁聪先生我们想送一本外国的画册，吴祖光先生则不知什么书才合他的心意，请来信指示。如此办法不恰当，我们照发稿费给他们，可以交给《大公报》潘际坰先生转，潘先生处似有他们的户头，可代为收存，以便购物，先征求你们的意见，然后实行可也。

《升官图》人物舞台设计，我们正在找，找到立即寄上。

黄苗子先生能为我们写一篇叶浅予先生的文章，十分欢迎，我手头有一幅过去在《大众》画报1933年11月号上发表的叶先生的照片和漫画人物王先生与小陈，可以一并刊出，最好能像丁聪先生那组画一样，读者会欢迎的。

现寄上白先勇的《纽约客》及陈若曦的两册作品，收到后请复信。

费孝通先生访问，我会发稿费，如何处理，汇回来还是把外汇留在港（交三联或交大公潘先生），也请示。

我将每期寄五至七本到“任明”处，你收到处理吧。

过去每期我交二十四本给仕芬大姐，由她分发内地的，看来还不及自己寄快。

握手

杜渐

十一月十二日

范用同志：

来信由仕芬姐转到，知你到长沙开会，因此信还是寄到北京给你。我在十二月中旬，曾上广州，采访欧阳山同志，搞一份访问。另外，广东人民出版社给我出版一本《达·芬奇寓言》，从一百一十则中，选译了八十则，已译好交了稿，他们准备请画家廖冰兄画寓言的插图，希望能生动些。

《开卷》进入八十年代，第六期（也就是八〇年的第一期）内容有唐人（严庆澍）的访问和他写的《我是怎样写〈金陵春梦〉的》，有弟写的一篇《美国画家博里斯·巴列霍插图艺术》，还有一篇《评红楼梦诗词英译》，是一位搞翻译的朋友写的，评杨宪益夫妇新译的《红楼梦》的诗词，有弹有赞，还比较中肯。香港中华书局办一个《中外字典辞书展览》，我们配合也发了一组小文章，介绍中外字典辞书。弟借了好多套罕见的辞书给他们展出，其中有《科学幻想小说百科全书》《间谍、谍报百科全书》

《世界人物志》《东方文学大辞典》等十多套，也算聊备一格。

你说来香港，说了一年了，去年说春节来，现在要过第二个春节了，真是望穿秋水，还不见你来。真希望你来，我们可以聊一个通宵，谈得痛痛快快的。

香港的经济情况不很妙，物价今年加了一倍，过去三毛一份报纸，现在要五毛，公共汽车也要加价，传出的消息是从三毛加至五毛，五毛加至一元，生活的压力很重，房租也飞涨，这样下去，中下层的老百姓就困难了。

《开卷》改版后，经济上已能拉平，稍为有点儿收入，但要发展，则谈何容易，我认为只有牙关咬紧熬下去，坚持到底就是胜利。香港一般办杂志的规律是一年赔钱、二年拉平、三年才讲发展，看来《开卷》还是符合这规律的，只是由于我最初半年经营不善，才致赔本，但如一开始就会经营，情况可能更好些。在香港搞文化工作，就同过去在白区一样，再加上香港商业畸形的发展，人人忙于谋生赚钱，看书的人却不多，不如内地，也不如过去解放前人们求进步的迫切，政治空气不同，所以办《开卷》这样的杂志是吃力不讨好的，大概全香港也只有像我这样的傻子，肯自己贴钱来搞这种事，不过我却不会后悔，真是“死不改悔”啦！我一不求发达，生活也容易满足，清贫也知足常乐；二不求名利，做这样的编辑，为人做嫁衣，亦一乐也。讲到人的享受，那是没有满足的，有鱼吃还想吃熊掌，但要简单化，也很容易，做到日求三餐，夜求一宿，也心满意足了。我唯一的嗜好就是书，有书看，那就满足了。所以人人都笑我是个笨蛋，劝我去做生意，但我不是生意人那料子，还是安心过清贫生活，反而心安理得，没有牵挂。

讲了一大堆废话，还是谈谈正经事吧。

萧乾兄已回来，在港呆到一月一日才回京，我准备同小潘去访问他。他上次过港赴美时，曾答应回来时，给我三小时的访问时间，上次小古访问过他，写了一篇印象记，后来不知怎么搞的，竟给了一份台湾办的（相当反动的！）《中国人》杂志发表，加上了编者按，小古急坏了，跟我说："怎么办？萧乾看了那编者按一定生我的气了。"那按语很岂有此理的。不过，小古到底跟我们不同，也难怪他，他是完全没有社会经验的留学生，不知道社会的险恶的。不过这事应该给他一点教育，相信他会慢慢懂得怎样处事的。

《开卷》八〇年的计划，基本上是按"既定方针"办下去，但有一些栏目有增减，其中准备加一个"有弹有赞"栏，专门针对港台、内地及国外的出版、书籍、书业，进行批评和赞许，有点儿刺的，有针对性地组织人写些五百字的小品，读者会欢迎。这一园地是开放的，欢迎各方来稿。另外准备加强外国作家介绍，文字短小些，以图片为主，目前正着手收集资料。希望这栏目也能办得像"作家访问"一样受欢迎。

"作家访问"一栏，目前手头上有巴金、费孝通、欧阳山这三份稿子，加上访萧乾，则是四份。

我个人一九八〇年除了要做好《开卷》的编辑工作外，准备做四件事，不知能否做得到，先告诉你，希望不会是开空头支票。

① 写一本科学幻想小说，是讲几个年轻小伙子参加太空工作的惊险故事。材料是有了，但有些细节还要研究，准备下半年动笔。

② 译一本科学幻想短篇小说，已动手译了三篇，译三十篇小小说。译这类东西不会很吃力，还可以轻松一下脑子。

③ 编写一本《科学幻想小说史话》，陈琪兄说为我出版，要图文并茂的，约十万字左右，相信一个月写一个题目，一年内完成。

④ 本来萧乾兄是译《好兵帅克》的大译家，我送他一本苏联小说《大兵楚恩金奇遇记》，也是帅克一样的讽刺小说，希望他能译，但他却要我译，答应给我校改，我只好硬着头皮干，作为向老师请教，希望学到点东西，这书明年用一年慢慢译出来。

上次你来信说，可为我出《书海夜航》二集，我准备把近年写的东西收齐，寄上给你，请你定夺。

现在，我再过两个月就四十六岁了，年纪不轻了，走上中年嘛，精力大不如前，所以，我得努力工作，希望能在还有精力时多做些事，否则，老得不能动时，后悔也晚了。

还有一件事，上次信谈到丁聪兄的稿费，应如何发，是否他想要些外汇买东西，如是，我们可以发港币给他，如果是发人民币，似乎不合适吧？我本想买本名贵的画册给他，但不知他需要什么东西？如果要买什么通知我，我给他想办法。

小董每次给《开卷》大力支持，搞访问稿，按理也应发稿费才对，也请你研究如何发法。起码，象征性也要发的。

我在广州是有一批稿费，发人民币是没有问题的，不过似乎内地的朋友都希望有些外汇买点东西，如果是这样，我尽力去办。请回信时记得答复我，以便处理。

我希望在八〇年有机会到北京一行，秋季还是夏季，反正不在冬天，太冷了！我希望见见你，有一笔“生意”（也可以说是大生意）必须同你谈才行的，那就是书如何向国际市场进军，我有一个大计划，但要详谈才谈得清。

好吧，就写到这儿，已经写了几页纸了，跟你谈总是谈个没完没了的。

握手

杜渐

1979.12.27

范用同志：

收到寄来的《爱伦堡回忆录》（1—4）及《译选》（9），谢谢。前几天我到广州，见到秦牧同志，抓了他一个上午，作了录音访问，也到广东人民出版社去做客，同《花城》结为姐妹刊物。

《开卷》已出第七期（新版），刊出萧乾同志的访问，这次萧乾同志过港，相见甚欢，我觉得他平易近人，很有学问，我是拜他为师的。虽然他比我年纪大好多，可以说是忘年交吧。

三句不离本行，上一封信谈到的访问，至今还未见寄来，十分着急。我担心会不会是出了什么麻烦？希望不会。如无意外，望尽快寄来。

另外，我们研究过，由于内地的朋友需要外汇，我们决定发稿费照发港币，这里面有一点麻烦，就是得专门开户口（头）给他们。好不好交给潘际坰先生统一办理，我把稿费交给他，由他存进户口（头）去？像丁聪先生的稿费，我交潘兄存进他的户头。小董我们也要象征性地发稿费，每稿两百五十元港币，也先代存起来，她要买什么，我们代办，好吗？

《开卷》三月份上的访问是巴金，四月份上的访问是秦牧，五月份上的访问是费孝通，六月份上的访问是黄庆云（这期是儿童文学特辑）。上半年只有如此安排，如刘的访问到手，秦牧就调后，还是希望刘的访问上，请设法请小董整理出来吧。

叶浅予同志的画，可否早点给我？我找到一张他年轻时的照片和他画的一幅王先生与小陈，可一并刊出。

我希望要郑文光、童恩正、叶永烈三位同志的地址，可否告我？

匆匆握手

杜渐

80.1.31

又：寄上黄俊东新著一册，收到望告。

范用兄，

仕芬姐转来访问稿和叶浅予的稿子与画，我将尽快安排刊登在《开卷》上。三月那期登了巴金的访问记，是配合三联在港出版他的《随想录》，四月那期是费孝通。我手头还有欧阳山和秦牧的访问。

最近香港物价又上涨了很多，纸张涨了百分之三十，这使我们办杂志和出版书籍遇到很大挫折，成本又加重了，但书价却没有办法提高，提高了就没人买了，在香港这商业社会，看书的人都不是有钱的，而且书在生活中比不上穿和吃重要，他们选择自然要价钱又低、又能解决实际问题的了。另外，外边的杂志，都是有大机构作后台，不怕亏本的，从别的地方赚钱而拿部分放在杂志上去亏，但左派却相反，什么都是“向钱看”，连文化宣传也要赚钱，这哪里行得通？在竞争这么激烈的社会中，完全是小手工业者的办法，结果总是处于被动，钱赚不到，资本也会“阴干”掉。我们《开卷》目前只是很辛苦地维持下去，要发展是谈不到了。

《开卷》出版了这么久，你一次也没给我们批评和意见，老大哥，这不对啊！应该指出我们的毛病，使我们能得以改进。我希望能拼着命坚持下去，可是能否如愿？这要等经济上能站稳，才敢说这种话了。有人对我说，《七十年代》目前也存在经济上的危机，蓝真兄说今年不出书，看准情况再说。看着内地一片大好形势，杂志像雨后春笋，真是羡慕之极。《读书》办得很好，我每期都看。

本来打算搞一本科幻和科普的刊物，因得不到支持，计划已搁浅了，我对这方面仍然兴致甚高，有力气没处使，这种苦闷相信你会理解的。

前些日子，《光明日报》的金涛兄写了一信来，建议《开卷》和内地的海洋出版社合作，搞一份科幻丛刊，专登科幻小说，我颇有兴趣，只是怎样合作法，似还没有先例，不知你能提供一个合作的方案吗？内地同港台出版社合作的情况是怎样的？望能告。

匆匆，就此搁笔。

握手

杜渐

八〇年二月廿九日

另，再寄上白先勇一本《归》一本《早期作品》，收到望告。

范用同志：

黄苗子、郁风两位前辈已拜候过了，并约定他们下周末到《开卷》，还到我家去，他们说要翻我的书架，其实我的书架并没什么值得一看的好书。郁风要找她在一九四〇年间在香港办过的一份刊物《耕耘》第二期，也已托人到大学书库为她影印了一份。苗子先生要我告诉你，他忘了带要买的越剧盒带的目录，请你赶快抄一份寄来给他，以便能及时购买回京。请速寄给他，信可寄给我转他，也可寄黄茅兄转他。

《开卷》过几天出第九期了，这期除了苗子先生的关于叶浅予先生的文章外，还有杨苡记巴金先生的《坚强的人》，是原文全文一字不改地发表的，这文章会受读者欢迎的。费孝通先生的访问也在这期发表。其他则是本港文章，有一篇是港大的稿子，《臧克家的矛盾》，对老诗人作了批评，由于作者态度还是严肃认真、言之有物，我还是发表了，不过克家同志看了会不高兴的。

我和陈琪两人合伙，办了一间新的出版社，专门出版科学幻想小说、科学趣味读物和展望未来科学和社会的书，计划第一年出二十四本书，我们俩都利用业余干这活儿，主要是希望能在出版方面闯一条新路。这出版社的成立，是我向陈琪谈起想办一份《明日世界》，引起他的兴趣，他考虑后感到办月刊容易亏本，于是建议将月刊改为出书，所以暂定出的是“明日世界文库”，“文库”中分三套丛书，一套是科幻小说丛书，一套是科学知识趣味性的丛书，还有一套是展望未来的，希望真的能搞点有意义的东西，以后出一本寄一本给你。

我同郑文光同志通信，大家可说是意见相同，志同道合，后来一了解，原来三十年前还有过一段书的因缘。一九五〇年他在香港办《新少年》，我是义务的推销员，每月出版一定负责为这刊物推销五十本。虽然三十年来未谋面，却原来是老相识了，我还为那杂志画过画、写过稿呢。有一期封面还是用了小弟的画。不过现在只有一个模糊的印象了。到底是十几岁时候的事情了。郑文光兄把内地关于科幻小说的争论文章剪报寄了一份给我，我写了一篇论文，谈中国科学小说创作的几个问题，初稿已写好，现在正在修改，改好后先寄郑文光兄修改，如还可以，希望能给

《读书》刊出。为什么想给《读书》？因为我觉得《读书》办得好，思想解放些，我就是要提出一些内地科幻创作上混淆不清的问题，希望能探讨一下，如果能引起争论，自然更好，可以把科幻小说创作推动一下。

告诉你一个好消息，昨天到医院检查的报告书回来了，我治疗了一年，现在身体已完全正常了，胆固醇也不高了。那么，我就更有信心多干一些工作。

《书海夜航》什么时候出版？三联的预告，甚至港币定价都已刊登了，但却见不到书样，相信有曹辛之兄的封面设计，一定会使小弟的书生光的。

《苏联秘密警察》听三联说，北京群众出版社已正式公开发行，我没有意见，多让读者看到自己的书，那是件赏心乐事。先声明，我不是追版税，你了解我，我不是那么个爱财的人，只是群众出版社公开发行，应该按礼节上，给我送几本样书，作个纪念。甚至连《红燕子与黑乌鸦》我也建议他们内部印行，让内地的读者了解一下苏联间谍的丑恶面目。我不收一分钱的稿费，写书的人就是希望更多人能看到自己劳动的成果，这点想法，相信你会了解的。

暂写到此。

握手

杜渐

三月廿九日

范用兄，

好久没写信给你们了，回港后一直在瞎忙，周游、孙绳武两同志来港，见过几次面，绳武同志很谈得来，有共同语言，可惜时间太短，匆匆他又归去。请代我问候两位同志。

今日寄上《开卷》，共十五册，分三包，由你处理，我已问三联为什么不按原定名单将二十五册寄你，他们已自作主张分派给出版局、图书公司，甚至香港新华社的几个不读书光躲在高楼里指手画脚的人，真没办法，以后我每期寄上十五册，你看着分派吧。

另外寄上三本画册，是给丁聪兄的，一本是纪伯伦（黎巴嫩诗人）的画集，一本是美国画家肯特的插图集，一本是杜里（多雷）的但丁《神曲》。烦代送给丁聪兄。

上次在北京口轻轻就答应了你，给《读书》写有关香港的通讯，回来和仕芬、蓝公一谈，都说暂时不要写，因目前香港的出版正闹不景，报道出去，会影响香港文化界的一些不满，只好暂时搁一搁。但插图一文，我是放在心上，尽快给你写的。最近陈残云、秦牧、黄庆云、紫风四位作家到港访问，讨论了一个香港文学的出路问题，他们是乐观派，但小古为首的一群香港诗人作家，则持悲观派论调，有所争论，但没有结论，也不可能有结论。我只参加了一晚讲明不公开见报的座谈，内容仍是这问题，依然相持不下。所以没办法写这报道给你们。

姜德明同志约我给《战地》写“书海夜航”专栏，三千字为限，一月一篇，我已履行了诺言。稿子已寄给他了。

冯亦代、卞之琳两位先生过港时，曾一起吃了一顿饭，他们时间很紧，答应回来时再在港畅谈。

近日我深感时间不够用，而香港文化人是非甚多，我打算“闭门推出窗前月”，躲进小楼里多读些书，多写点东西，不再理外间的明枪与暗箭，还是作些研究好些。

《海洋文艺》结束了，十分可惜，这也说明了香港文学的危机，可惜的是目前什么都讲赚钱，根本没有人热心支持文化事业，这是很可哀的事。目前香港文艺刊物已成真空状态，《当代文艺》《海洋文艺》相继结束停刊，已没有了一份文学的刊物了，记得我在《开卷》前七期时写过一篇《美国的小杂志》，其实是有所指的，美国的财界多支持出有分量但销数不多的小杂志，而这种小杂志却是领导思潮的，可惜香港太"现实主义"了，只讲钱进，不愿掏腰包，结果对于不哗众取宠的小杂志，不是支持而是打击，哀哉。

我和秀玉同志讲好，访一些中青作家，这次寄来的稿十一月上旬才收到，十一月自然没办法刊出，十二月已发了徐速访问，只好放下来，仕芬姐说如果内地刊出，《开卷》就不要刊，我想只有退稿了。请秀玉同志转告该文作者，请他原谅。

《开卷》明年办不办下去，现在等蓝公作最后决定，将在下星期内见分晓。停了可惜，办却要赔钱。我对当主编这虚衔并无多大兴趣，建议蓝公全盘研究香港的刊物，重新组织人力，合理调配，再作一战，未知结论怎样，反正这意见已同杨奇和蓝公谈过，由他们决定了。

小董不另，代问候各友。

握手

杜渐

80.11.12

范用兄：

今天接获中国外国文学学会的来信，邀请弟参加今年在成都举行之年会，为期十天。今有两事相托，又有两事相告。

① 日前寄上三本画册，有《杜里·神曲插图》《纪伯伦画册》

《肯特插图集》，烦转交丁聪兄。希望对他有点参考作用。

② 据秀玉同志来信说，群众出版社给《苏联秘密警察》两千多元稿费，可否托这次到成都开会的朋友给我带去？因我没有人民币，上次的稿费都交给了姐姐代理，她出差去了，我怕找不到她。估计北京的熟朋友定有很多会去开会的，如陈冰夷兄、傅惟慈兄或李文俊兄，大概会去的，可否托他们带给我，以便不时之需也。

③《开卷》决定办到年底，明年停刊了，我向杨奇兄给蓝真兄建议的，统筹一下，重新布署，打算办一份文艺性的刊物，因《海洋文艺》停刊，《当代文艺》也停刊，香港文艺几成真空，故准备筹办一份新的，《开卷》部分内容拼进去。你意如何？

④ 寄上的《郁达夫与王映霞》收到没有？收到望告。

⑤ 姜德明兄约弟为《战地》写一栏"书海夜航"，我当全力以赴，已交了两稿，一为《世界最古老的史诗》，介绍比荷马史诗早一千五百年的巴比伦《吉斯加密斯》史诗；一为《苏联的好兵帅克》，介绍苏联一本讽刺小说《伊凡·楚恩金的奇遇》。** 计划写一篇文章介绍老舍的《猫城记》，此书在日本已引起重视，认为是老舍的科幻小说。以后每月寄一篇。

⑥ 我已准备了一辑插图，等开完了会，就动笔给你写一篇介绍。估计要一月中才能寄上。请不要见怪。

握手

弟 杜渐

80.11.18

* 即多雷。——编注

** 即前信所说《大兵楚恩金奇遇记》。——编注

范用兄：

《开卷》最后一期已出版了，是第二十四期，登了停刊启事，这事告一段落。

蓝真兄病倒了，心脏有点问题，正在检查，他太忙了，应酬特多，吃的都是酒楼的菜，对心脏是有害的，我劝他把酒戒掉，现在不能不戒，但他说等好了再喝，不行啊！你也劝他戒酒吧！我是戒掉了，不敢喝，因为我的心脏也不行。留得青山在，还有好多工作要干呢！

新的刊物，正在筹备之中，由仕芬、杨奇二位同我共商，我提出了一个建议方案，把《海洋文艺》和《当代文艺》的作者团结起来，这对统战也有好处的。目前正在商量如何办。反正要把真空填起来。《开卷》的一些内容仍准备移进新刊物中去，如作家访问、书话、书籍艺术。

姜德明兄约我给《战地》写“书海夜航”，我已给他寄了两篇稿子，以后每月写一篇，希望能写好。真有点儿战战兢兢的，这稿子写起来，不容易的。

成都会议上，弟放了炮，想绳武、冰夷两兄会向你谈及吧？我事先没有准备，临时上阵的，不过，我讲的是真心话，心还是诚恳的。如果事先通知我，有备而来，相信会讲得好些，至少好听些。我知道有人是对我的发言有不同意见的，这很正常，可以争论的。不过，回来一想，我思想上有了一个新的想法，决定明年不再惹是生非了，我已四十六岁，再过两三个月，是四十七岁，应该成熟些，所以决定明年起，不写杂文章，专心写些、译些东西，闭门推出窗前月，专心写些能见人的东西。我明年首先想把《科幻小说史话》写出来，把其他一些杂七杂八的稿都推掉。这样就不会惹是生非，好专心写东西了。

又过年了，时间过得真快，这一年没多大进步，实在惭愧，希望来年好好努力，能多做点事吧。

问候戈宝权兄、丁聪兄、亦代兄、之琳兄、辛之兄。

问候小董，请她有空给我来信。问候绳武兄。亲切

握手

弟 杜渐

十二月二十日

范用同志：

很久没有给你写信了，《开卷》停刊至今已三个半月了，心情依然十分惆怅。本来，蓝公要我停掉《开卷》，办一份文艺刊物，填补香港文艺的空白，可是筹划了三个半月，结果是决定不办。

我现有两件事想向你请教。

一、李黎到香港时对我说，海外作者在内地出书，因内地没有外汇，所以发人民币，但国务院一九八〇年有第十八号（？）文件规定，这些稿费的人民币在内地可由出版社写证明，作外汇在内地使用。不知是否这样，如果是，可否补一份证明给我，等我回来可以用这些稿费呢？

二、我的大哥李文雄是在美国的大学当教授，他是抗战时就考到奖学金到英美去的，在美国教水利工程，现在他已有付印第四本学术著作，是在美国大学三、四年级流水力学问题的教学专著。他希望有人能把它翻译成中文在国内出版发行，作为他对中华民族的一点贡献，也是他生平的一大愿望，明年他会回国。他在水利方面是专家，目前在美国一间大学当系主任。他来信问我是否可为他在内地找出版社出版，但我同内地科技或水利工程方面的出版社的人不认识，所以向你请教，可否介绍有关人士，我

好答复我大哥。我想，他是一片热心，希望祖国搞好四化，将多年教学研究的心得，贡献给国家，我相信他是不要求稿费的，只希望这些知识对国家有用。你可否为他想想办法呢？望早点答复我。

常君实兄有信来，谈到过去“大系”的稿费问题，我将此事向仕芬姐报告过，她不想受理，我真不知如何答复君实兄，我是个小人物，没有办法出面，但三联又这么耍官腔，我感到十分为难。

总之，生活够复杂的了，比电子计算机还要复杂。

我给姜德明兄写“书海夜航”，已发表了两期，请批评指正。

望回信，来信寄我家地址。

握手

弟 杜渐

四月十四晚

范用兄：

我曾给你去过两封信，因没有回音，所以不曾再写信给你。前些日子，听说你有一些麻烦，大概是有人想批《读书》，我读到过一段批示，知道你心情一定不会愉快。我这半年，自《开卷》停刊之后，失业了几个月，后来几经波折，三联请我当“特约编辑”，编一套《中国画丛》，条件是保持自由身，不用在三联编辑部坐班，不管经济、人事、行政，其实是留下这棋子，以便以后再用的策略。《中国画丛》我提了方案和选题计划，据说三联经济周转不灵，暂时仍搁置起来，未付诸实行，我只好耐心等待。因为是自由身，允许我给外边写东西，我最近编写了一本《中越战争》画册，文字只有三万，完全是客观报道与述评。全书两百页，分中英两版，由外边的出版社出版。另外把一九七八年在《风光》发表的《马可·波罗的旅程》，增加了一章，改为《马可·波罗在中国》，编成一百二十页的画册，也是中英两版。这两书是我朋友办的出版社出版，参加法兰克福书展，书还未出，已收到外国的订单了。《中越战争》反应出乎意外的强烈，原因可能是以客观立场来写，不是代表官方，西方人愿意看。不过我担心内地特别是军队会有些人不高兴的。我自问是站在一个中国人的立场来编写，只是客观些来讲，少不了又会令某些讳疾忌医的人生气了。出版后当寄上一本，请批评指正。此书我同杨奇提过，他曾表示支持我干的。

我和陈琪合作的明天出版社，已出了六本书，今年还要加码，想编一些知识性的小画册，去年一年总结，本以为亏本，结果没亏，还有九千元的利润。反正小本经营，从小办起，成本就轻些。在香港搞文化，真是惨淡经营啊。

小古要到法国留学两年，快去了，我在准备给他饯行，《八方》在他走后，将会怎样，不敢想下去了。大概会更“自由化”，交给外边的人搞吧。我可不看好这事。

你把《开卷》我那篇关于科幻的文章在《新华月报》上发表后，我收到不少搞科幻的作者来信。

我很想念你，因为你是个正派的人，是个真诚的人，我本希望能有机会到北京见见你，只好等萧滋同意组稿时才来了。

去年十二月我在成都放了一炮，大概孙绳武兄已向你谈及吧？其实我是不准备发言的，陈冰夷兄到我房间每晚都谈到深夜，叫我把给他谈的到会上讲讲，在他的鼓励下，我才斗胆发言的。我讲的已是留了余地了，如果香港别的朋友来讲，我怕有人会晕倒啦！徐迟先生对我很好，在发表我的发言时，为我删去了一些话，以免有些人挑剔，我很感谢他的好意。孙绳武兄在总结时的发言，也讲得很有分寸。我是感激他的。

就写这几句吧。以后再谈。你的情况我这千里耳多少有所闻的。老范，不要灰心，前进的路是不会平坦的，还会有行雷闪电，急骤风云，我们应该互相勉励，坚持下去，坚持就是胜利，我相信中国是有希望的，切不要灰心失望，别谈退休的事！战斗，战士的一生应是战斗到最后一口气！共勉。

弟 杜渐

81.9.18

范用兄：

很久没给你写信了，自从《开卷》停刊后，我养晦以待用，两年来极少给人写信，但是我是不会忘掉你的。昨晚张曼仪宴请卞之琳和朱虹，我得陪末席，见卞老精神抖擞，心中十分高兴，大家谈起你，我因此给你写这封信。说到头，我有一事要请你帮忙。

最近，我曾于十一月底到英国一行，通过一些关系，同英国一家有六十五年历史专出字典、工具书的出版社 Harrap 公司进行商谈，结果很好，该公司的董事长写了一封许诺信给我，答应包销我办的一家出版社出的英文书籍，发行英语世界，包括英、美、加、澳、纽及非洲一些地区，看来事有可为。我在欧行之前，曾向杨奇兄请示，他表示全力支持，并指示我办一间“独立”的“中立”的有限公司，专门出版英文图书，并教我同外国人谈判时注意之原则。我遵照这些话，认真进行了谈判，取得了许诺信。据新华社驻伦敦的欧洲经理汪家桦同志说，Harrap 的董事长是个英国贵族，轻易不肯对人作许诺，一旦答应了，一定会实行诺言，叫我放心去做，不会上当的。

我回港后，立即组织公司，和三个好友合股，登记注册了一间图书出版有限公司，我爸爸答应担任名誉的董事长，现在开始筹备开展工作了。我们准备在明年首先同新华社合作，出版《中国年鉴》（*China Year Book*）和《中国法律汇编》，目前正在谈判签约。杨奇兄的意见是逐本签约，不要一揽子签，以保持这出版社独立，可以回内地另外同其他出版单位合作，所以，我把新华社的约稿（谈）妥后，将会到北京来找你，到时希望你帮忙，为我组织稿件。

香港出版的外文书这些年来，仍未有办法打开国际市场，所以杨奇兄认为如我们能打开另一条渠道，将有利于进行工作，利用香港的特殊环境，作国内外沟通的一道桥梁。我目前的情况比过去稳定，两个儿子到外国去了，大儿子在加拿大读医科，小儿子在美国哈佛读电脑，学费已为他们筹足，我住的房子也供完了，目前我还精力充沛，趁自己还有力量，就为国家办点事，我希望能宣传中国的文化传统，让外国人认识中国，所以才把自己毕生的积蓄全部投进去，希望能达此目的。我是个写作的人，不是个商人，我办这公司并非是为了赚钱，我估计还会有不少困难，不过我相信得到各方面的帮助，事业一定会办得成的。难得的是，我父亲也支持我，认为是一件值得干、有意义的工作。所以，我才鼓起勇气去干。

我希望能出一套介绍中国的画册丛书，像“时代生活丛书”那样，每本一个题目，如中国的塔，将中国各种各样的塔印出来，文字占篇幅的四分之一，图片占四分之三，有关塔的历史、建筑的特色，介绍出来，既使一般读者能接受，又有一定学术价值，其他如桥、如竹、如庙宇、如宫殿、如陵墓，反正有关中国之历史、文化、风物，都成专题，一本本出下去，组成一套几十本的丛书。两年前，我曾提出这方案给蓝真兄，他很赞成，可是交给萧滋兄，以后就石沉大海了，杨奇兄说这次你可以实现这个理想了。我想，作为一个中国的文化工作者，有义务和责任宣传中国，我的理想就是编好这套丛书，那么到死时也不会懊悔了。我到北京时，再详细跟你研究吧。

谈一些其他的事，小古到法国留学一年，现已回来，仍然未婚，他已从不结婚主义，发展到不同居主义，实在拿他一点办法也没有。徐有梅已到美国读书去了，罗通仍留在香港商务。我们几个仍属知己，常有来往。

《读书》目前仍是我最欣赏的内地刊物，有性格，不易办，我知道你们人手也不多，秀玉同志是个很能干的编辑，朋友们谈起来都称赞她。你为《读书》这刊物出的力，我是深知的，你是主心骨，要支撑下去。我不希望再听你退休的话，望你珍重。

我一把工作安排好，就到北京，到时会打电报给你，把班机告你知。

就写到这儿吧，好多话说也说不完，见面再谈吧。祝

健康

弟 杜渐

一九八二年十二月十六晚

有一信请代转唐弢兄。

范用兄：

两星期前曾有一信给你，未知收到否？未见答复，深以为念。我自英国回港后，已组织了一间出版社，名为“龙珠图书出版有限公司”（Dragon-Pearl Publication Ltd.）。股东四人，我爸爸任主席，我担任第一届董事长，执行董事会的决议。这出版社

专门出版有关中国的英文书，一九八三年的书已同新华社合作，出版《中国年鉴1983》《中国法律汇编》（十册）和《中国名人录》。我相信一九八三年能出好这几本书，工作量已很满了。我将于一九八三年一月十一日由广州飞到北京，到时找你，我希望组一九八四年的稿子，准备在北京逗留一个星期，然后由北京返回香港。上一信已提及，我准备搞一套英文的介绍中国的画丛，像"时代生活丛书"那样的。希望你能大力协助。

亲切握手

弟 杜渐

82.12.28

范用兄：

我将于一月十一日由广州乘飞机到京，同行有一编辑（房俊宜先生），如无意外，定能成行。我将在广州订好机票后，打电报给你，希望你能为我订住的地方。由于我并非有钱人，所以能省则省，不太讲究，你为我做主订住的地点吧，房先生也是自己人，也不讲究的，即使住招待所床位也可以。只要出入方便即可。希望你能接一接我飞机，如你没空，请小董同志帮一下忙，因由机场进城，我人生路不熟。我对这次到北京，抱很大希望，因为能打通了国际市场的出路，我可以为国家尽一点力了。我妻子认为我不应放弃文学，我也不打算放弃，不过，有机会办成一件事，是要牺牲一些个人的东西的，你以为对否？

北京见面再详谈。

亲切握手

弟 杜渐

82.12.29

范用兄，

很久没有给您写信了，上次在京见面匆匆，未曾细谈。

我现为香港三联书店，将原来的《三联通讯》加以改革，办成一本以香港读者为对象的读书月刊。现在初步定名为《读者良友》，是三联对外的宣传刊物。过去《三联通讯》是免费赠送的，改版后要卖钱，不过十分便宜，只收回两元，香港一份报纸也要一元，这工本费两元实际是半卖半送。我担任此刊物之主编，一块工作的有两位编辑：黄东涛和刘芸。

第一期将于六月一日出版，以后每月月初出版，每期相当于原《三联通讯》的两倍厚度，共一百二十八页，大三十二开，其中三十页是书目，介绍内地本版港版之新书，其余九十八页则是像过去《开卷》那样，其中三分之一介绍三联的书籍及活动，三分之二是其他，包括书评、书摘、书籍艺术、作家访问、作品评论研究，希望尽量办得活泼一些。

过去小董还有一篇孙犁的访问记，因《开卷》停刊，尚未发表，我准备在《读者良友》中刊用，但有两点，请小董回我一信告知：

（1）作家访问的作者是谁？用什么笔名？

（2）访问的日期，虽然内容没有时间性，是否要注明年份？

“作家访问”将会继续刊出，当然仍要拜托小董出力。

目前我们正在作筹备工作，密锣紧鼓，希望您提意见该怎样办好它。

亲切握手

杜渐

一九八四年四月十日

萧滋兄还想出一套《读者良友》丛书，是给一些作者出读书有关的文集，已约了三本稿：黄俊东一本、翁灵文一本、东瑞一本。

范用兄，

你和秀玉同志在十一月底来港，相信不会有什么问题，我们昨天开了一个会，研究《傅雷家书》和《墨迹展览》的宣传和筹划工作，大体上已安排妥当，《读者良友》在十一月初出版的第五期，选登了一些过去没印过的新增补的《傅雷家书》，以配合十一月底的展出。老萧提出要搞一些活动，我出了个点子，请你给三联的编辑和业务人员讲一次话，谈谈搞好书店出版编辑的经验。老萧要我给你写封信，使你有个准备。我的想法是这次“讲座”是个开头，以后作为业务学习的一种不定期的活动，分别请一些老行专来讲讲经验之谈。我深感三联要出好书，首先要提高编辑和业务人员爱业敬业乐业之心，进而提高业务水平，没有一批中坚分子来搞业务，是很难把工作搞好的。香港三联要在香港站牢，要成为香港人的书店，必须以香港读者为对象，团结香港的作者，形成自己的队伍，才能起桥梁作用。故此，我虽只编刊物，但抓抓这业务学习，是义不容辞的，我以为这才是根本，故此请你千万不要推却，为我们讲一次“课”，谈过去三联的传统，谈三联艰苦奋斗的历史，以唤起大家爱店之心；谈谈你组织作者队伍的经验、编务的经验，总之，你想谈什么就谈什么，是内部的，不公开发表，这就可以随便一些了吧？

戴天说你来了要跟你喝酒；俊东、董桥说要请你吃饭。我呢，我想跟你谈心。

秀玉同志写的《诚心诚意同作者交朋友》，我们决定在十二月那期转载。老萧推荐的。文章写得很好，对我很有帮助。

就写这么几句。

亲切握手

弟 杜渐

一九八四年十月十九日

老范，

收到你的贺年卡，谢谢，我会照你的话做，一九八五年努力工作，拼命工作，把《读者良友》尽力编好，还要努力写作，绝不放下笔，用笔来战斗。

老萧要我在一九八五年和志和编好《香港文学》丛书，志和编年选，我编长篇，两人合编个人选集。《读者良友》文库也要上马，计有十多本，翁灵文、黄俊东、梅子、东瑞、董鼎山、杨启樵、许定铭、黄继持、古苍梧、梁羽生、何紫各一本，还有一本《电脑与读书》、一本《法律书入门》，再加一本唐弢兄的《寄语》，如果小董不反对，我想把她在《开卷》的"作家访问"也编一本，这样就有十五本，够干一整年的了。

周良沛托我影印一本我的藏书，戴望舒译的奥维德的《爱经》，我寄任明邮箱，你收下通知他来取吧。

我已将叶灵凤的两批东西寄上，第一批是你在时看过留下的，我已影印了有用的，是插图书，第二批只是些剪报稿《百日谈》，我没有影印，那是法国的《风流绮谈一百篇》，你们出版的话，我就不影印留存了。

在港时你说叶有一批关于性风俗的书准备送回内地，请你给一信给叶中敏，请他把书交我，我负责寄上，也让我翻阅一下，请在信中叫她同我联系，我会负责办好此事。

小董和昌文兄回京小病一场，在港时太累了，你们每晚熬到两点，真难为你们。请代问候。

亲切握手

弟　杜渐

一九八五年一月三日

范用兄：

九月廿八日来信收到，谢谢你帮忙，吴其敏老先生的旧作，如蒙陈子善兄寻觅，相信会找得到的。

上一个月，林真（李国柱）兄托我寄一套《胡适年谱》给陈子善兄，分两包，寄任明收，请你代转给他。拜托！

郁风的稿已交给张志和多年，我接信后曾查问，据说至今仍放在柜中未处理，老萧对此作了批示（他事先也不知此事）：“转潘耀明处理，此稿已来港多年，为何尚未出版，希望函复。”潘去法兰克福尚未回港，他也是不知情的，等他回来处理吧。我不便越权。

潘已升任副总编辑，我和他谈过，答应支持他搞好工作，望他好好干。三联的编辑力量是未如理想的，如何提高，是件大事，我当尽力助他一臂之力。他年轻，应该放手让他干。

好吧，就写几句。

亲切握手

弟　杜渐

七月十六日

沈、董两位不另，请代问候。

又：请代问候罗兄。

范用兄：

谢谢您送机，我九点十分起飞，约十二点到了香港启德机场，从舱口往下望，看着跑道就在下边滑行，突然之间，飞机往上一翘，一飞冲天，钻进密云中去了。跟着宣布香港机场不合降落标准，飞回广州，在广州机场坐等了三个小时，才又冒着倾盆大雨起飞，到达香港已近五点，回到家刚巧是下班时间（六点正）。这是一次又昂贵又费时的飞行，总算是有惊无险。我估计香港大雾，驾驶员没有信心降落，有些班机飞到台湾高雄去了，这几天香港大雾笼罩，下着毛毛雨呢！

回到家中，老婆见面，第一句扫兴的话是："我怕你累，把到泰国旅行的票退掉了，该表扬我吧？"我有什么话可说？辛辛苦苦赶回来，原以为可以去度假，她却这般"体贴"，能责怪她？于是只好认命了。第二句扫兴的话是："侣伦先生去世了！"这可真是给我当头一棒，太突然了。他是冠心病，去得很突然，小思、黄继持还在星期六为他开《穷巷》的研讨会，他本定参加的，结果传来的却是他突然去世的消息，小思感到很内疚，总觉得自己有责任。我和侣伦本来约定北京回来一起喝咖啡谈天的，想不到再也见不到他了，真遗憾极了！今天我写了一篇《忆侣伦》的短文，要赶在他出殡之前发表。

我和侣伦是忘年之交，为他出《穷巷》我是尽了力气，在三联出一本书很难啊，要争要吵，花了足足两年多时间才把它出出来。能在他生前把这书出版，也算是幸运了。他是个爱书人，只爱书不爱钱，生活很清苦，写作态度极为严肃，在香港这名利场上，从不争名利，默默耕耘，实在是令我敬佩。

这次在北京，见闻不少，结识了不少学者，最使我倾倒的是钱锺书先生和杨绛先生两位，他们真是做学问的人！

老范，我希望你不要再“假肝”，要爱护自己身体，少生气，颐养天年，做些自己想做的事，不要再生气了！你这是老人孩子气，何必去跟后辈计较？管他的！保重自己要紧！

我已“安全”地把蜂皇精放在小董的办公桌上！也“安全”地把您给小丘的茶叶送交给她，她要我立即写信向您道谢！

我不会喝酒，只会抽烟，泡一壶香茶，躲在家中看书，真一乐也，再次谢谢！

问候司机老许同志！

代向老罗问好！

握手

文健

1988.3.31

范公：

无事不登三宝殿，今有一事相求，明知会增加您的麻烦，但因为实在没有办法，才来麻烦您。

吴其敏先生您是认识的，我们三联准备在《香港文学》丛书中出一本他的文集，但他解放前写的小说，他自己原来保存的一份底本，被一个女明星弄失掉，使他十分恼恨，只是悔之晚矣，到现在只有托人找寻这些资料。

我估计，因他这些作品是三四十年代在上海发表和出版，内地或许在图书馆中还有保存的，如能寻获，请代影印一份给我们，以便使吴老的文集完整，也了却他老人家的心愿。多多拜托，当容面谢。

《香港文学》丛书终于上马，已发了第一本稿子，是温健骝文集，跟着的一本是侣伦的《穷巷》，侣伦十分认真，重新修改，此小说在五十年代曾起过作用，现在重新出版，当有一定价值。至于健骝早逝，故为他收集作品，主要是诗与散文，出一本集子，有纪念意义，古仔和继持两位帮了很大的忙，编出这集子。

《叶灵凤文集》编得如何了？罗兄可好？请代致候。又我曾寄上叶译的《百日谈》，可收到？内地出不出？如不出可否给我们出？

范用同志，

你好，你的甲肝好了没有？很惦念！记得在我离开北京时在机场对你说的话吗？收敛一点火药脾气，那才合养生之道。我也同样感到这世上有很多不公正的事，我同样也有苦恼，过去我的脾气很坏，但现在已收敛得多了，小董可以证明，在她来港后，我没有发过一次脾气。当然我不会做逆来顺受的人，不过处理事情已经懂得策略一些了。我也许持中庸态度，但决不是世故，而是对反对我的意见多加考虑，能够包容就包容，这也许会比较容易同别人相处。不过对于一些原则，我仍是坚持的，特别是写文章（如在《大公园》写的“书痴书话”），得保持自己的见解，决不让步。我相信有些人不喜欢我的文章，认为有骨头，希望把我砍掉，但在未砍下来之前，有一天我仍坚持写一天，我这处境，相信罗斯福会理解，他是过来人。

我们那份新的刊物，本来想在十月出创刊号，现在拖到明年一月才出版，筹备工作一直在进行；计划书和预算写了好多次，终算总署通过，现等待新华社点头了。我是个说干就干的人，谁料到要经过那么多层次，这真要培养意志，耐心等待，在这种官僚的环境下工作，也只有以这种速度来运作，有什么办法？急也没有用的。

我在三月底回港后，五月底曾到美国和加拿大去了一次，利用大假，一方面探亲（探两个儿子和我的大哥），一方面组稿。我曾在美国东岸跑了几个城市，参观了些太空科技的展览馆和文物的博物馆，然后在多伦多呆了一个礼拜，我的大儿子已入了加籍，在多伦多做医生，在我离开多伦多前一天，接到徐有梅的电话，原来她刚移民到多伦多，我们一起玩了一天，去看了她新买的房子，一直谈到晚上十一点，我才送她回家。她是一个人移民到加拿大，她的丈夫（印度人）还留在香港。在异乡逢故知，那种心情真有说不出的滋味，一谈起来就没完没了，难舍难分了。她是个好人，有才干，可惜我们没能为古仔做成媒，她一到加拿大就有外国出版社请她当编辑了。

离开多伦多后，我在波士顿呆了九天，参加小儿子的毕业礼，这是他第二次毕业，硕士了，还要再读三年，拿博士学位。我在哈佛这几天，每天逛书店，收获颇多，可惜只能呆九天，如果能让我住上半年，我会每天泡在图书馆里，那儿的藏书可丰富了。离开哈佛，到赫福市去探望了我的大哥，住了一晚，第二天就到纽约去，在纽约呆了一个礼拜，王瑜介绍我认识了好多人，我还到董鼎山家去坐了一下午，谈得很开心。

一回到香港，又是紧张的工作了，最近一连好多人到香港，陈映真、黄秋云、柯灵、萧乾、方励之，总之要花时间“应酬”一番。最高兴的是黄秋云一下飞机就跑到我家，两个人谈天说地，晚上我煮面条请他吃（最简单的招待），到晚上十点多才送他到他姐姐家去。他是一个好人！我为他把发言稿译出来给刘以鬯在《香港文学》发表，是谈翻译工作的。

第二天，小董从北京回来了，我刚到机场去接朱维铮，一块到小董住处，又是谈到十一点多才回家。

小董工作很忙，什么会都要参加，变成了个大忙人，要找她谈，可难了，要她挤时间出来呢！她在这儿碰到阻力不少，工作不易做，我当尽力协助她，不会给她麻烦。这次她到京，托她带给你的T恤合不合身，我买了一件，她见我穿，说好看，托我买给你，我就买了送给你，不贵，每件才四十多元，是公司开张的大赠送，所以比往常便宜了一半价值。

我看到你送给黄俊东一套毛边的《读书笔记》，口水都流出来了，可否送一套毛边的给我？我喜欢收藏毛边的书！

就写到这儿，问候罗斯福！

亲切握手

杜渐

1988.9.8

范公，你好！

有十多年没见面了，上一次见面是一九八八年和董秀玉到北京出差时，到过府上，那还是你尚未搬新居的事，你还因不让你到机场来接我机，在发脾气呢。一转眼就是十多年，真是感慨良多。

蓝公来电话，说及你夫人过身，所以我给你挂了个电话，表示慰问。你说要坚强地活下去，这就对啦！我相信你，你会活得很有意义的。

我在一九九二年离开香港，移居加拿大，卖掉了香港的房子，在多伦多附近的米西索加市，买了一间独立屋，有一千七百平方尺，两层楼，楼下是客厅、饭厅、厨房和家庭起居室（FAMILY ROOM），楼上是三间睡房、两间浴室，还有一个九百尺的地库，我用作藏书室和画室，只有我夫妇两人居住，够地方活动的了。我妻子爱种花，前院和后院由她经营，种上不少名种的玫瑰，她还种了不少草药，还有桃树和榄树。老蓝到加拿大时，曾到过我们这儿，他的女儿就住在我家附近，他来探望女儿时，就常到我家相聚，十分快乐。

我为什么移民，原因不必讲了，心照！我大儿子在多伦多做医生，是他申请家庭团聚，让我们来加的。我的小儿子在哈佛大学得博士学位后，现在美国匹兹堡的卡尼基—美伦大学当教授，他研究的是人的视觉如何将信息传到大脑。其研究成果是用来制造机械人甚至用来制造人工智能的机器。他们那一代比我能干多，学问也比我强多了。难得的是他们都关心政治，大儿子还当了全加拿大平权会的主席，为华人及小数族裔争取平等权益，得了加拿大政府发的勋章呢。

我们夫妇退休后，在加拿大过的则是平凡生活。瑞霓每天上学去读英文，现在已能用英文写作散文了。我则到学校去学油画，学了三年，已以全优成绩通过考试，取得文凭（我写了一篇文章，讲述学画经过的，现影印附上，以博一笑）。

来加之后，我因香港的报纸上的"阵地"，一个个被"腰斩"，连梁羽生也遭同等命运，故到加后，有点儿心灰意冷，也就不再给香港写稿子了。这些年，我倒写了十四本科幻小说，其中十本已由北京科普出版社出版，还有那几本，他们不敢出，大概某些内容太过敏感吧？

你问我近日写些什么，要我寄些给你看。说来惭愧，我实在没有什么文章。这两年，我译了一本"传记小说"《莪默传》，是美国一个历史学家写的小说，我又花了很多时间去研究莪默的鲁拜集，写成了一篇论文《莪默·伽亚模和他的鲁拜集》，并译了他的诗一百多首。我之所以花时间干这事，纯然是出于兴趣，香港是不会有人肯出版这种纯文学的书的。现将这些稿子的电脑打字稿（我学会了电脑打中文字）寄上给你看看，就当给老师交作文卷子吧。我相信在内地也不易有出版社肯出版的，请你帮个忙，问问董秀玉，可否出版吧。

我每天上午画油画，下午看书，晚上就看电视新闻，或写点东西，总之一日到晚无事忙，日子却过得容易，一转眼两鬓已霜白，现在我已六十七岁，享受老人福利了，哈哈。

欢迎你到加拿大来，我家有的是房间，食住没问题，就此搁笔，祝你

身体健康

杜渐 敬上

二〇〇〇年十一月三日

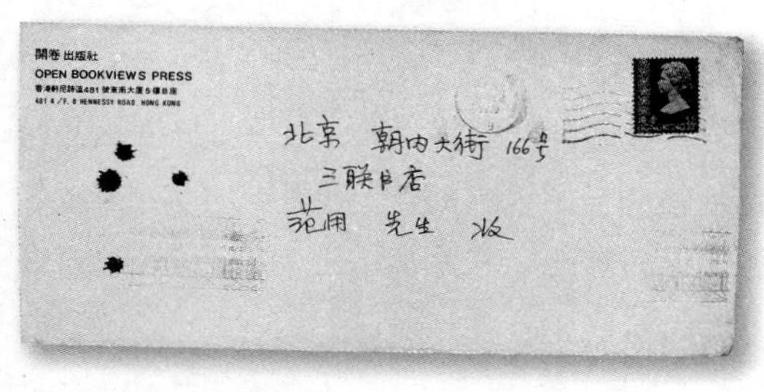

杜运燮

范用同志：

来示今天到《环球》编辑部时才看到，立即去找小崔（过去一直这样叫他），不巧他今天休息，他同组的同志答应过一两天代为转交给我。我因已退休，一般只是一星期去新华社一次，看内部文件、阅读新出的外国及港台报刊、取药等。

承惠借珍本书，非常感谢，感谢你承认我作为你的爱书同好，虽然我们交往还不多；也感谢你对我的信任，因为我觉得，愿把这样一本与自己有那么深的感情联系，今日又极难得的书借给我，是对我的很大信任。我会很好保护它，当尽早璧还。

我还觉得，短柬也是一篇很有味的小品文，寥寥二三百字，就写出了一位高尚爱书者的精神风貌。

前次在辛之家中听你偶然谈到想买《穆旦诗选》，我这里还有一些（因我是编选者），下次当邮寄上一册，请指正。

专此，谨祝

冬安

杜运燮

12.7

范用兄：

谢谢寄赠贺年片，一张十分雅致，我十分喜欢的贺年片！

也想回赠一张，可是你的贺年片使我产生了自卑感。自知不能馈你“等值”的礼物，在当前北京城，也无法买到“等值”的贺年片。你每年的贺年片，总是我们收到的四十几张贺年片中最有特色、最有新意的一张。我总是带着得意的口吻向客人说：你看我的收藏品中这一张怎么样？反应也总是令我愉快的，客人总是很高兴地仔细欣赏。感谢兄赠我这种愉快。

聊可自慰的是，虽然不能回赠你“等值”的贺年片，尚幸还能回赠“等值”的对新年和春节的真诚祝贺！

因此我只能写此一封寒酸的贺年信，祝贺你在新的一年中身笔两健，“岁老根弥壮”，并祝全家安康幸福！

运燮

1992.1.9

端木蕻良

范用兄：

兹受徐孝穆同志之托，将他亲自刻制的一柄扇骨赠于徐伯昕同志。徐孝穆是柳亚子的外甥，刻竹为当今名家，上海郑逸梅先生尤为引誉，他是民进上海代表，这次参加会议而来，现寓国务院第一招待所。会期中都住在这里，因悉伯昕同志住院，未便打扰，敢请代致并请问徐老近好，祝他早日痊愈！

祝

好！

端木蕻良

一九八三年十一月十一日

范用兄：

为《读书》撰纪念文正在写，待写完呈秀玉同志。现接广州中山大学图书馆馆长饶鸿竞同志来信，他处有《时代文学》全部，三联如欲翻印，可备公函函洽，如有便人去穗，面洽也可。

我马马虎虎每天尚可写点儿，勿念可也，专此即颂

春节鸿喜。耀群携女儿附笔问候。

端木蕻良

一九八四年一月廿四日

范用兄：

你把令孙女的作文印成年卡寄我，已收到，我和耀群看了，都很高兴。无疑是个小天才，长大会了不起的。蛰存兄已经复他，谢你关心。“我因收到《通讯》写了一篇篇为‘大系’预订事，‘为好书说几句好话’。已寄天津《今晚报》，天津有几个大学。已发出。”我兄有“四快”真是难得。我现在写文章还算快，走路已经不大行了，不只是慢。但我还不服老，还在练。我们虽不能见面，但已得到你的鼓励，天好时，如能来“京”一游，亦大好事。我在春节过后，还要输液，中日友好医院特效药“通络息风”手续已办妥，医生到家中来。是一种普通治疗，要做两个疗程，一个多月，请放心，没事。所以先和老朋友打个招呼，也请转告“沪上诸友”为感。祝羊年大吉祥！耀群附笔问候！

端木蕻良

前几天接您可爱的贺年片，我们看了都很喜欢。八岁的外孙女条理这么清楚，确实难得，字也写得特好！祝贺你们有这样的宝贝！

今天接来信交端木回信，以便使你放心，结果他将你和范泉混在一起了，原想让他重写，但想到寄给你看看，也可一乐也。凡是我用笔作了引号的，都是对范泉说的。一笑！

耀群

范用兄：

久未音问，想近况佳胜，为慰。我因香港三联与花城出版我的文集，可是我找不到《新都花絮》初版本，因他们要求要附有封面照片，希望你能提供线索。北京图书馆已查过，没有，所以才麻烦你了，如无线索可寻，也请回信告我为感！专此，即请近安！

端木蕻良

八月六日

范用同志：

贺年片收到。谢谢！

入冬以来端木因感冒咳嗽不止，发展成肺部感染，诊断为非典型性肺炎，急救入院，现已康复。但体弱还要住院调养，以致一月十日的香港之行（一切手续齐备，机票已定好，港报消息都发了）又不得不推辞，对中华文化促进中心的数次邀请，深觉过意不去。但健康不允许也无法。我们准备春节前出院，回家过年。但愿一九九〇年能带来健康。让我们将《曹雪芹》下卷写完！

新年、春节来到，祝阖府

事事如意！健康快乐！

端木蕻良、钟耀群 贺

一九八九年十二月廿九日于中日友好医院

范　泉

范用先生：

您好！

郑晓方同志转给我您亲笔书写的贺卡，谢谢。我细看此卡，由黄永玉作画并题签，而且一题再题，十分有趣。不知永玉兄现在是否定居香港？我们阔别已整整半个世纪了。

与先生神交已久，苦无一面之缘。今后如有莅沪机遇，尚恳枉驾寒寓餐叙，谨邀。恭贺

新年如意！

范泉

95.1.8

范用先生：

您好！

谢谢您惠赠尊著《我爱穆源》和您装帧的《北京乎》上下册。

先生多才多艺，不仅文才横溢，而且深稔装帧艺术。特别是语言明爽而有谐趣，留给我的印象特深。

春节时接奉贺卡后，曾写信给您，不知是否收到。

专此函谢，敬颂笔健！

范泉

96.9.3

范用先生：

很久没有通信，您好！

由于您的介绍，认识了顾军和她的男友，并为她编的《星星岛》写稿。现在顾军告诉我，您已同意把《星星岛》专栏“逝去的童年”里发表的文章，交给上海书店出版社编辑郑晓方分册出版，因此我介绍她和郑认识。因为要出书，已发表的十多篇，数量不够，她要我介绍一些作家、艺术家和科学家。我想到您曾热忱地写信介绍过，因此我拟了一封介绍信，由您和我署名，共同出面介绍，这样效果较好。等她打印出来后，多寄几份给您，或由您再介绍一批作者，连同地址寄给她，由她发信。等积累五十篇后，就可以出版第一集。先出书，然后再在《星星岛》里一篇篇发表。

附上我拟的征稿信草稿，请正。在您同意后印发。

专此敬颂

笔健

范泉

97.12.3

范用先生：

12 月 11 日手示并附来大作《最初的梦》，已拜读多日。因为赶写一篇有时间性的文章，迟复为歉。

《最初的梦》写得很淳朴、实在，读来有亲切感。您对少年儿童时的回忆，给少年儿童读了，也会觉得有趣。只是有些词义，比如“抽象艺术”“仁丹广告”，好像不是出于您当时（少年）的思维，而是今天的思维。今天四五十岁的中年人，恐怕还没有看到30年代日本侵略者到处张贴的仁丹广告，因而也不可能领会“仁丹广告”这个比喻的贴切和生动。

不知您是否注意楼适夷先生在晚年时期用儿童的视角和口吻写的散文，写得实在太好了。可惜现在他已不能写字，连说话也困难了。

您叫顾军同志拜我为师，我怎么敢当！现在青年人优点很多，正可以作为像我这样的老朽的老师。我应该向她学习。她为人豪爽，作风活泼，干劲很足。她的男朋友是上海人民出版社编辑，他俩在工作上有共同的语言，很合适。

我草拟的一份征稿信，又多次修改。我让顾军同志电脑打印后，连同目录寄给您，请您再次审改后寄发。

我给顾军介绍了三十六位征稿对象。九十四岁施蛰存老先生的稿件，我专程去看望组稿，稿已取得，寄给顾军。

恭祝

新年笔健，万事如意！

范泉　顿首

98年元旦

范用先生：

由晓方转来的信已收到多日。

顾军小友在电话里告诉我，说您最近非常忙，所以我没有马上给您写信。今天农历年初一，想来您可能忙得松一点，就写这封信跟您聊聊。

前几天从九龙来访友的沈培金（何长福）先生来看我。他先到北京，再到上海，谈到在北京看到您，他说您是“天下第一大好人”，我听后十分感动。

我代顾军同志写的、以我俩出面的征稿信寄发后，小顾来信说，不到十天，已收到贾植芳、徐中玉、丁景唐等五篇来稿，她很高兴。您如有时间，请开列一批作家地址给她，让她发信。

读到了《送董竹君远行》，情真意切，也对您有更进一步的了解。

您说魏绍昌告诉您我在编海派文艺作品，这是不确实的。可能他听错了人。我现在正编自己写的文学回忆录（回忆郭老、茅公、叶圣陶、王统照等等），本来我想还要写骆宾基、朱生豪（莎翁全集译者）等好友，因为黑龙江人民出版社限期3月底交稿，也只得把一批已经写的，审改一下交卷。这套“文坛回忆录丛书”是上海社科院文学研究所的同志编的。第一辑五本，每本约二十至三十万字。他们约请了柯灵、周楞伽（已病逝），我给他们介绍了臧克家和施蛰存（他俩都已同意）。

您对儿童文学作品很有感情，也很愿意自己写一些。我希望您写。我在今后也准备写一些。过去我写过一些童话，是刃锋、陈烟桥作插画的。还写过一本台湾高山族的传说《神灯》，由黄永玉作插图。（您知道黄永玉的通信处吗？）我想把《神灯》改写，再创作。去年8月，长春的时代文艺出版社出版了我在40年代编译的一套“世界少年文学名著故事丛书”，共十本，我请出版社寄给顾军小友一套，她看了《木偶奇遇记》后，来信告诉我说：她感动得哭了。

郑超麟老患肝癌（他自己还不知道），晓方说她已电话告诉您。过几天我会去看望他（因老伴病重，保姆请假过春节，二月中旬才回来，我在家买菜做饭，走不开）。过去每年春节，我总是和他一起呷酒吃饭，他的饭量也很好。目前中国的革命老人，要数他的年纪最大了吧。

敬祝新年体笔两健！

范泉

98.1.28（年初一）

范用先生：

元月22日手示和新年贺卡已拜收，谢谢。三帧照片十分珍贵，印得也清晰。每年春节，接到您的贺卡，总是别出心裁，令人看了回味无穷，发人深思。我倒希望能每月有个春节，喜看您寄来不同凡响的贺卡，等积累多了以后，还可以编印一部图文并茂的《范用贺卡趣录》。

我在手术后，由于老伴吴峤注意我适度增加营养，康复尚称顺利，又可以每天复复信，涂写一些什么。我手术后的第一篇文章《朱生豪追思》，上月投寄《文汇读书周报》，据说可在本月5日出版的一期扩大版上发表。约一万字许。朱是我1939—1941年时的同事。他是一位奇才。他翻译的莎士比亚戏剧，在梁实秋、孙大雨等名家之上，被冯雪峰同志赏识，由人民文学出版社出版了他的《莎士比亚全集》。他对古典文学和现代文学的研究都比较深入，在上海沦为“孤岛”时期，撰写了三十余万字的新闻随笔，冒着被枪杀或绑架的危险，与敌伪英勇搏斗。可惜他在日寇投降前去世。我的这篇文章，主要是介绍他写的这些新闻随笔的思想风貌和艺术特色，希望有哪家有远见的出版社，能够出版他这些暂名为《在敌后第一线搏击》的新闻文学作品集。请先生拨冗找这份《周报》看一下，估量一下能否介绍给北京三联书店出书。如认为可以，请介绍。如认为有困难，也就算了。

专此候示，并贺

新年阖府康泰！

范泉

99.2.1

范笑我

范用先生：

您好！

来信刚刚收到，很激动。我有一个读者前不久帮忙复印了四套《简讯》，我将其中的一套送给您。下午去图书馆览阅室装订，却挂号寄去。估计这封信比挂号去的《简讯》先到。

我手头有一本您的大作《我爱穆源》，已经读过，我很喜欢这本书，它不仅仅是小孩子的书，也是大人的书，是中国的《爱的教育》。

谢谢您的来信，除了谢谢，我讲不出太多的话。我是一个木讷的人。此

礼

范笑我 上

1.28

范用先生：

您好！

今天收到您的来信。署 2 月 7 日，这是春节，我看了之后很感动，同时也想您春节期间大概过得还算自在。

谢谢您对我及秀州书局的鼓励，谢谢！寄去的东西不必再寄回来了。因为这不算印刷品，邮费太贵了。我那次去寄，因为邮局熟悉了，我包好再去，骗了他们一次。

您寄出的《我爱穆源》和博尔赫斯作品还没有收到，藏书票也没收到。我很感谢您，其实不必考虑到我们的经费，毕竟我们是一家经营单位，去年营业额55万元，我们有盈余。我们馆长很支持，他的意思是不赚钱也不要紧，所以我没有压力。略有盈余的话，我们资助本地作者出书。已资助了《朱生豪书信集》《嘉禾春秋》(两本)，即将出《烟雨楼史话》。所以正如您在信中所说："这样才有味道，才有劲头。"

寄去我们刚刚打印的新的一期《简讯》和书票。这是我的近况。

此颂春节好！

范笑我

97.2.14

范用先生：

您好！

在近日的《新民晚报》上读到您纪念叶浅予先生的文章。我忽然想起快清明了。在嘉兴，清明时节雨纷纷。

寄去我们新的《简讯》及嘉兴的雨声。

即颂

春祺

范笑我

3.19

范用先生：

您好！

寄来的三本书和十枚书票2月24日收到，我想反正我马上要出《简讯》了，所以没有及时去信告诉您。很抱歉。

您签名的《我爱穆源》，真好！我非常喜欢。同时也谢谢您对我的鼓励。有一个读者，一年前曾告诉我，嘉兴人民公园的假山上刻有吴昌硕的“独秀”两个字。我们当时去找，结果公园重新布局，假山都移位乱堆，没找到。看了您的题词，我想起了这事。我曾经想用“独秀”来做一枚书票。

寄去我们新的一期《简讯》，这是我的近况。我隐约记录了邓小平去世后新闻界中的虚假报道。我信奉真诚。在《我爱穆源》中找到了我要的真诚。

嘉兴开始柳绿了。此

礼

范笑我

范用先生：

您好！

来信昨天收到。谢谢您对秀州书局的关怀。您所列的书目，只剩下没几种了，遵嘱把价钱告诉您：

《煎药小品》，10元，苏州王稼句著。他喜欢周作人作品，文章有点像周的风格，只是不够深。

《闲闲书》，湖州费在山自费出。书集装帧不错。文章以“三亲”（亲身经历等）为主。这书他让赠阅，我本来想先寄去。我想还是先跟您去信。

《丰子恺乡土漫画》，12元，缘缘堂出。为了纪念明年丰子恺一百岁诞生而出，收一百幅作品。丰氏后代及桐乡人士就画写点短文，有些文字有价值，大部分是画蛇添足，因为丰氏漫画只可意会很难言传。

《郁达夫风雨说》，2.60元。

李日华《味水轩日记》，30.00 元。以书画往还为主，文字当然好。嘉兴地方史料不多。

又见《新民晚报》上有您写的更正，文字极短，幽默，亦精美小品也！

专此即颂

春祺

范笑我

4.21

范用先生：

您好！

来函刚刚收到。

《闲闲书》与《郁达夫风雨说》我已于 5 月 18 日挂号寄去。

今遵示寄去《煎药小品》《田园小说》*《清诗的春夏》三种。《灼人的秘密》因售断多时，已记不起出版社了，好像是云南。我不久前出差也只觅得《清诗的春夏》。我们这里除了三联版的《昨日的世界》外，还有两种新疆出的茨威格作品：《永不安宁的心》（14.80 元）和《斯·茨威格女性小说集》（14.80 元）。

谢谢您的来信。我旁边有 5 月 16 日《新民晚报》上剪下来的李辉文章《怀旧》。

专此即颂

撰安！

范笑我

5.24

《闲闲书》三种书寄往您处。又及

* 指废名小说。——编注

范先生：

您好！

退回来的《闲闲书》收到，汇来的三十元钱之后也收到。苏州杂志社王稼句来信，他的《煎药小品》是送给您的。所以，您汇来的钱中还有余款。先存我处，您看如何？

近日去北京一趟，匆匆又匆匆。我原本真想去看看您。仅两天工夫，接收了沈钧儒后代捐的遗物，就回嘉兴。我们开汽车去的，警车和银行运钞车从北京回嘉兴，日夜兼程，二十八个小时。

读《沈钧儒年谱》，见您与他也有接触。

专此即颂

夏祺

范笑我

6.22

范用先生：

您好！

来信刚刚收到，读您的信是一种享受！文字及字里行间的气息包括信笺都教人如何不爱煞。我有时想，将来有机会出书，这信可以制版。

三联的书，我一般都从叶芳那里进，主要是方便。其一，我们进得少，三联本部怕不喜欢；其二，书可以拿在手里挑选。去杭州，叶芳给我们七五折，我则可把更多的精力腾出来出书票和书讯上。上周陈白尘的《对人世的告别》已进了20本。我读了陈虹写的“序”和“后记”，陈虹的文笔大家气度，雍容得很。此书《寂寞的童年》我前番已有单行本，这次温故也不乏知新。

谢谢您使此书得以出版，读者由衷地谢谢您。

李杭育的“江南旧事”，是钱江电视台的一档栏目，颇温馨。《钱江晚报》刊过，此次去了香港，但愿能早日见书。

1994 年我去过北京三联，在何非手上进过书。三联的书很叫板，只是现在定价让读者肉痛。《读书》杂志越来越走尖端了，连葛剑雄诸先生都在嘀咕看不懂，不知道是喜是忧。

遵嘱寄去《不堪回首》。另外送您一本《丰子恺乡土漫画》，这是见了您的信笺所想到的。上一回《汪穰卿笔记》与《烟雨楼》杂志，先卷起来包扎，邮局小姐说这样要算信札。所以又拆开来。皱了。

即颂

大安！

范笑我 顿首

7.17

请孙晓林、叶芳同志一阅转送三联领导同志：*

在浙江嘉兴秀州书局编印的《简讯》，看到读者的一条意见：

“北京三联出的书越来越斩了，行间距空越来越大，恨起来不买。”“从李恩绩的《爱俪园梦影录》开始，我对三联的书产生好感。自从钱穆书中的纪年被擅改后，我对三联陡生恶感。”“三联出的《陈寅恪集》也斩客，复印一本比买一本便宜得多了，只有三联。”

《爱俪园梦影录》是本好书。爱俪园即哈同花园。其手稿几乎跟鲁迅一样。此稿是柯灵先生交来的。出版以后柯老谈：“作者及其家人都没有了，原稿即由你收存吧。”现在我也快没有了。柯灵先生也不在了。

《杂文报》有一篇文章，题为《工资增长了二十多倍》:“说中央电视台又在新闻联播节目中，用最权威的数字告诉广大观众：人均工资已比过去提高二十多倍，现在工作二十天，就可以挣来过去一年才能挣到的钱。”“衡量生活水平提高与否，决不能光看工资增长的幅度，还需考虑物价的因素，实事求是地说，这些年来，物价是上涨了不少，但物质生活领域的商品，涨幅还是大大低于工资增长的速度。而且，有些商品，不但没涨，反倒降了，比如手表，我刚参加工作时，用两个月的工资才能买一块上海表，现在用我一个月的工资可以买那样的手表二十块。不过涉及精神生活领域的商品，那价格的涨幅却大大超过了工资的涨幅。”以下作者列举精神领域的物价：电影可能已经超过二百倍，当年电影票价是一角，现在一般都在二十元、三十元或更多一点。话剧、音乐会票价高昂，上涨了几百倍，似乎已经不是咱百姓的去处。颐和园、故宫门票都在三十多元—六十元。书的价格也是较着劲地涨，过去一元钱左右的书，已经涨到二三十元，变成了奢侈品。至于学费，更是涨得邪乎。

我过去经常买书，现在每月工资连津贴一千几百元，除了订报订杂志（二十多种不能不订），买书的钱只好压缩又压缩。感谢三联，还经常送我书和期刊（人民出版社也送，但他们出的书我感兴趣的或有可读性的不多，不像三联的书，我有一种亲切感）。

钱锺书的书，我买的本子很便宜：中华版《谈艺录》精装本定价 3.25 元。《柳如是别传》上海古籍版三册定价 4.35 元。《寒柳堂集》上海古籍版定价 0.93 元。《金明馆丛稿》初、二编二册定价 2.50 元。三联新出版的陈集，大字，很悦目，但拿在手上看，还是原先买的大三十二开平装本方便轻便。

我常常想起小时候买的一折八扣本，定价一元，一折八扣，只卖八分钱。我看了不少本。商务印书馆的“万有文库本”“国学基本丛书”定价也都十分低廉，原因是新五号字排印，行密。那时商务的书换成三联的排法，大概一页要变成两页。

由一条读者意见，引起我一些想法，写出来供你们参考。

嘉兴秀州书局真好，不仅卖书，还跟读者交谈做朋友，还把读者意见记下来打印寄给一些朋友，我特地去访问过，只一间门面，店堂进深很浅。只有一个职员，卖书、收钱、记账都是她。其敬业精神可佩可敬。《简讯》连记、书、编书、印、寄发都是经理范笑我一人干的，一位中年人。

范用

二〇〇一年八月六日

* 这封信是范用看了《秀州书局简讯》上读者关于三联书店新书的意见，写给三联编辑的。——编注

方 成

范用同志：

那天已遵嘱转告姜德明趋（驱）车去渝园。

继瑛回来时，想请您吃饭，两次打电话得知您生病，很不巧。她又回去了。

有件事商量：那十本外国漫画[*]，是8月18日您取走的，我几次问小邵，都说尚未付印。现离1月18日近，亦即将近5个月，画稿仍躺在编辑部。希望在2月18日前，也就是半年时间，能编排好送工厂。我怕的是夜长梦多，好容易努力近两年才把书编齐，如再耽误，未免耗时过久，容易出意外。我今年还想编十本，这工作对漫画事业十分急需，盼能早日出版。如编辑人力不足，可否加一位协助？

祝

新年好

方成

1.11

看这信笺设计的图案多么二百五？

居然能出品，一大稀奇！

* 方成主编的《外国漫画家丛刊》，三联书店出版。——编注

范用同志：

来深圳半个月了。一到这里，就安了家。在市的西头，叫上埗区华强路下埗庙。继瑛（现名苏泓）的南达公司在华强路的北部，家是在南部，相隔不算远，如有自行车，不用六七分钟可到。继瑛去了北京，后天回来。我一人在家，生活自理，菜市场不远，蔬菜品种多，也便宜，买一毛钱菜我吃三顿，肉贵些，也有限。买肉是指到哪里切到哪里，价格不同，净瘦的，三元多一斤（记得是 3.20 元），肥瘦的二元多一点，肥的，一元多一点，随便挑。带骨瘦肉二元一斤。刚才买了半斤鸭翅膀加鸭掌，1.20 元，和半斤肉蒸在一起，很好吃，能吃好几顿。米贵一点，也和北京自由市场的价钱差不多。看来自己做饭是不很贵的。可别在饭馆吃，前几天有人请吃海鲜，700 元一桌，每位近 70 元。我没在外面找饭吃，普通馆子小吃每人有 5 元也差不多了。可工资高，特别是做生意的，汽车司机工资相当于部长了。我们开始请女工做家务，小姑娘，每月 20 元，管吃管住，比北京便宜，是从外县来的。我大概要三月才能回京，现在每天在写讲课的讲稿，一点闲不住。这里很安静，无人打电话催稿。您如来，还可在我家下榻，家比北京的大，房间一样，厅特大。

那十本书进行如何？今年我还想继续编它十本，再来这么一套。已经有了几本的资料，都是国内少见的名画家作品。我又托人在英国买书了。在美国有人在为我选购。白杰明已来信，我复了信，也希望他能代买些。奥斯陆大学那位教授（可能是教授）一直在给我帮忙，我一些书是他送我的。我见到杨奇，一谈才知道你们是老朋友。他和我还有点沾亲呢。他已回香港休养伤足了。

祝

好

方成

2.10

范用同志：

那天您来未曾会到，甚憾，不知您有何妙术，急风暴雨化为和风细雨，风雨一过，日子也平安些了。这几天正全力放在这十本书上，已经将复印稿分别找人加工，最后还得我动动手。尚有几本画稿在邵宏志同志处，电话联系不上，只好拜托老兄转告了：盼早送来或寄来，送到报社是没问题的，我想把情况告诉宏志同志，免她受委屈。我将此事和报社几位同志谈起，原来他们“家里的”也有同病。足见我国社会情况，使当家的不得不多长心眼。当然不是人人如此，陈今言就没这病，几十年来从未为此动过脑筋，这也是我缺乏这方面知识的一个重要原因。我争取在六月份把一切弄齐备，好腾出手来准备下一步的工作。明年还想出五本呢。

敬礼

方成

5.12

范用同志：

我现在正在武汉。从八月下旬出来，一个多月了。先到贵阳和廖冰兄举行联合画展并讲学。过后我一人去昆明玩了几天，顺便也应邀讲讲，还开了画展。九月五日去南昌，也是讲学，并游庐山。九月十五日到武汉，在武汉大学为新闻系开漫画课，还在武昌举行为期一周的画展。上课已上了两堂，今天下午接着讲，预计讲两周，大约十月十日前后返北京。

听邵宏志同志说，那十本外国漫画集在九月送付印，我到各处都做了宣传，漫画界的同志得知都非常高兴，急于早买到。那开本是好的，未知印数定多少？精装本印多少？印出来后还得做加印的准备。我那本《幽默·讽刺·漫画》许多大城市都很难买到，多早已售空，我都告诉人们到三联书店去邮购。我们的发行工作实在成问题，还有不少人要买我在上海出的漫画集，早已卖光，我到王府井新华书店都买不到，其他城市可想而知。三联出的这本在北京同样买不到，王府井那书店有时就没摆出来，也许是售空了。我在沈阳出版那本《笑的艺术》却是到处可买到的，我想是沾了书名的光。新华书店业务干部的水平，仅止于懂得"笑"，而不大懂"幽默"的。以后出书，还得考虑到书名问题。有个电影名叫《蓝天剑》，就是找这个窍门的。片子的内容并非剑侠故事，蓝天剑原是人名，一下把只懂"笑"和"侠"的观众骗过了。以后出漫画书，不管什么内容，都可含糊地定名为"她的匕首"·"娇娜的投枪""带血的刺""笑不笑由你"……这也是一门艺术，恭喜发财之术也。

明年我还打算再编十本画集，已经找了不少资料。还想准备出我一本杂文集——杂者，此处义为乱七八糟凑的。为新闻系编的漫画讲义，武汉大学出版社要出，回家好好整理一下。明年春二三月，将去海南大学讲课。四月中昆明约去举行和丁聪、冰兄一同的联合画展，七月应香港三联之邀去那里开画展。安徽师大还邀我去讲，时间未定。看形势，明年非离休不可了，免得请假麻烦。

这里天气很好，除在南昌之外，其他地方没受热。

祝

好

方成

9.27

范用同志：

新年好！

开过文代会，被曲协的同志拖上成都，为参看谐剧表演，写评论，看过后不得不日夜开工，一篇给《成都晚报》，一篇给《人民日报》，从成都到深圳已是十二月初，然后又被邀去柳州，还是漫画评奖的事，在柳州三江桂林共呆了一个多星期，还回了一趟中山家乡左步村参加侨联活动，现在总算安定下来了，继续写我的《漫画艺术》。已写成的那部《滑稽与幽默》，人民日报出版社征的印数只有一千，无法出版。看来我们的出版界是每况愈下了。最近在大街书摊上买一本美国人写的译出的书，也是讲幽默的，今年出版，印数十七万五千册。不久，又看到同样的书另译者译的，记得是四川出版，印数十万册。这本书的学术价值并不高，不知道人家的发行是怎么搞的，比我这本多百倍，真令人哭笑不得！外国漫画丛刊出版的三种，一出来就一售而空，我遇到的漫画家基本上都没见到，不知以后几本几时出版，印数是否能增加。真可怜，我们的出版！

但我的《漫画艺术》坚持写下去，没人要我也写，我觉得这是责任问题，不能放手不干的。总会有一天改革见效吧？回想几年前，我出书几万册都没让我操心，使我不时有忆甜思苦之感。在武汉大学出版社还有我的一本《报刊漫画》，五六年了，泥牛入海至今，写信去问也无回信，无可奈何！

苏泓已离南达公司，转到建材部所属的一家企业当常任副总经理去了，重新拼搏，已掉了几公斤肉，总经理是外商。她忙得喘不过气来。相形之下，许多人安闲而领高薪更显突出。深圳到底是中国地，有现在我国待改革的特色。但深圳越来越兴旺，和物价一般不断高升。舞厅多，舞票从二十元到五十元一张的，还招来不少顾客，都是中国人，青年多，阔得很。机关干部工资并不高，而存钱比我们容易些。气候有时凉，有时热，昨天和今天，不穿毛衣出门的人不少，我见有人只穿衬衣。我怕冷，室内温度比室外低，要穿毛衣的，晚上有时须披上棉衣。

祝

新春大吉

方成

89.1.9

方 行

范用同志：

承你由方学武同志带我的复信及赠我的《阿英文集》，均已收到，谢谢美意，并请谅我迟答为奉。

《韬奋图集》及影印《患难余生记》，诸承大力，甚望能早日出版，至于出版韬奋著译目录诸事，不知尊意以为如何？希有以示我为盼。

近得你社第二编辑室关于出版《李大钊文集》的来信，此事我极赞成，对辑入各文，千万不要删节，删节而又不加节引号，这是选集的一大缺点，各方对此意见很大，是有道理的。

我搜集的大钊同志著译目录于“文化大革命”前编就后发表在上海《学术月刊》上（笔名文操，计二次各连载多期），此后又发现多篇，如单行本《〈支那分割之命运〉驳议》（各条驳议可选一下，不一定全用），北大讲义《社会主义与社会运动》，文章《团体的训练与革新的事业》《社会主义下之实业》《国体与青年》一书的跋，书信有四十余封，均已影印，因“文革”运动到来而未及装订（现尚未寻得），还有手写唐诗墨迹三幅。至于知目而尚未发现的原书有《蒙古与蒙古人》《国耻纪念录》，及发表在《民牖报》等上面的文章（我曾撰文发表在一九六一年的《人民日报》上）。

现存国家档案馆的全部李大钊著译抄稿，大部分录自上海图书馆馆藏的报刊，有几种国内已无存的期刊是从日本拍来的照片，如有需要，可向该馆复印。

以上种种，请转告你社第二编辑室。

另外，大钊同志尚有在北大、女高师等的讲义，《西洋论理学史》《社会学》《女权运动史》《社会立法》《社会主义的将来》《印度问题》《图书馆学》《现代政治》（据说即《现代政治学讲座》，是与陈启修合作的）等，趁此编辑文集之际，广泛进行征集（首先在有关各校探访一下），力求较为完备。

我日内将去南昌开全国善本书目编辑会议，有机会和全国各图书馆的负责人见面，如有什么事要我做的话，请来信（可请江西省图书馆转上海小组）。该会约于廿日结束。顺告。

手此即颂

著安

方行

十二月九日

方　敬

范用同志：

读来信，犹如听你亲切谈心，颇为欣慰。桂林往事历历在目。在那里与你相识，你曾设法为我借来两卷英译本托翁著作，使我得以译出他的两个中篇小说，至今忆及还是很感谢你的。虽多年未见，你的行踪事迹，仍时有所闻，闻之甚喜。其芳去世后不久，卢寄萍曾将你致他的信转给我看过，你珍视其芳的遗著，深情动人。因你的关心，我曾尽可能过问此事，还勉力为四川人民出版社出版他的选集作序，并承你把它转载在《新华月报》。现在其芳文集已开始由人民文学出版社出书，那就更好了。我还想将来写一些关于他的回忆。《美的研究与欣赏》上我的短文只算是试笔，寄去请你看看。多年来做行政工作，杂事太多，难于招架，遑论写作。近几年略有改变，恐只有等离休后才能多写一点，为期应在不远。你拟明年来渝，欢迎欢迎。巴山蜀水，既是旧地重游，更是新城新访，重庆变化不少，你一定很高兴。最近之琳寄来他在三联出版的《雕虫纪历》（增订本），印得很漂亮。希望你们出更多的好书。匆谈，再见。

你好！

方敬

十二月六日于成都（现在此开会）

范用同志：

久未写信，念念。想你很好，仍然很忙吧。

《其芳回忆》我试写过几次，总没有写好，不如意，主要是记忆力衰退，能回想起的不多，思路不灵。只好慢慢来，争取至少挤出几篇也好。

我打算把我发表过的谈诗、谈文、谈文学翻译的文章编一个集子，估计约十来万字。我喜欢三联书的风格，不知三联可否接受出版，请你替我考虑一下，谢谢！盼复。

你好！

方敬

五月十二日

范用同志：

承赐工作社出版的《还乡记》，当善为保存，以作纪念，谢谢你的美意。《其芳回忆》现在我心中慢慢抽丝，希望不负你意能写出来。送你两本书，请指教。你仍很忙吧。日后去京定去看你。匆谈。

你好！

方敬

八月十二日

范用同志：

你好！知你很忙。多年不见，念念。李致同志说你关心我的诗，谢谢你的美意。前寄赠《拾穗集》一册，望赐教。收到《傅雷家书》和《干校六记》，想准是你寄的，这两书这里不易买到，太好了，多谢你。我为《李广田文学评论选》写了一篇序，先请你看看，愿听你的高见。如你认为合适，也可以交给《读书》杂志试试能否刊用。给你添麻烦，谢谢。你们书店出的书刊别具特色，得读者喜爱。匆写，便中望赐回信。

祝你

秋安！

方敬

八月廿六日

范用同志：

信早收到了。迟复为歉。已给两家去信，回信都表示愿意。我看最好书店同志亲自同他们谈谈，好在都在一地，还是方便的。其芳夫人牟菊明（决鸣为现名）住东单。广田唯一的女儿李岫在北京师范大学中文系。以后如有何事要我做，当尽力。你仍很忙吧。我在学校已退居二线，从行政工作解脱了出来。扫除了闲杂事务，想来总可以多写一点。匆复。

你好！

方敬

十二月十三日

范用同志：

喜接来函。

多谢赠书。这本小型书，精美玲珑，别饶风趣，颇为欣赏。平生能得一好书足矣。

四四年在贵阳贵州大学教书，我是从它的所在地花溪去看你的。花溪是贵阳的风景名胜区，在市的远郊，大约数十里吧。

我的选集中旧作新作都有一点（当然最近几年的不可能有），量少质低，自惭不已，望多多赐教，为幸。

保重保重。祝你

长寿！

方敬

六月二十日

方　平

范用同志：

七月来京，多承《读书》热情招待，衷心感谢！

《十日谈》选本新近出版，趁重排机会，译文作了全面修改，所以略胜于二十年前的全译本。卷首插图少了几幅，但最后一幅是新添的，这就算是它的版本价值。

此书虽说公开，但未敢拿到书店柜台上来卖，恐引起轧碎玻璃等麻烦，仍组织供应。《十日谈》全译本，出版社争取明年再版，但还得上海出版局最后点头才行。

您是大收藏家，府上丰富的收藏给我的印象深极了。选本一册，烦辛之兄代为奉上，表示我的敬仰，并请多加教正。

祝

秋祺！

方平

1981 年国庆节

范用同志：

癸酉新春，鸡年驾临（我属鸡），收到您的印有漫画的贺年卡，别具风格，更觉喜气洋溢，感谢您的美意！前几天在《文汇报》上拜读大作《书缘》，文笔清淡而情意深长，自然流露，十分感人。同时在报纸上又一次看到“画老朽为神奇”的八幅生动的漫画，备感亲切。漫画家方成把您的爱书如命的性格夸张地表现出来了，紧紧捧似两本巨书不放，似乎在发出警告：谁也别想来碰我的宝贝！多么风趣！真如您所说的："漫画使人开心一刻，可以延年益寿。"

第一排漫画像的中间一幅和保留在我记忆中的范用同志的富于表情的形象最为肖似。其余的亦都各有漫画特色，给那一天副刊的版面增添不少生气。

1991年我原有夏季赴京，去中国社科院外研所查阅研究资料的打算，并准备烦辛之兄陪同，趋府拜访，那时将当面奉上年初出版的拙译《李尔王》请正（因此当时未曾寄奉）。可惜想得虽美，时光却不饶人，其实我已到了一动不如一静的年龄，虽然殷切怀念北京的师友，却终于鼓不起出远门的勇气而未能成行。今年可望有新书出版，届时自当寄奉请正。

我访美半年，观光好些城市，观感很多，对于美国的图书馆印象尤深。去年四月下旬回国，最恋恋不舍的也就是他们的图书馆。可惜困于计划中的著译，无暇他顾，因此杂文一字未写。去年钱君匋先生从艺七十周年，我写了一篇短文，聊表贺意，《读书》说是将发表在第二期，请予指正。

很希望经常有机会拜读到大文。

敬祝

撰安！

方平

1993.2.10

范用同志：

您好！首先祝贺您（也很羡慕您）有那么一位聪明可爱的小外孙女。她为大作题词"我爱穆源"这几个字在稚气中自有法度，也挺有笔力，一笔是一笔，显示出胸有成竹的自信心。前年在《文汇报》上读到《我的外公》，感到一股天真清新的气息，这次重读，还是很喜欢。许双有您这样一位不平凡的外公（虽然她把你当一个平常人来写），也是她的幸福，相信她不仅喜欢您收藏的大大小小的酒瓶，而且在潜移默化下，一定还爱上您收藏的大大小小的书，爱上了文学，爱上了写作，将来会写出许多好文章来——总不能让所有的有才华的好孩子将来都进财贸学校啊。

承蒙赐赠大作，难得看到这样一本设计雅致、格调高雅的好书，眼前为之一亮，您写文章，就像在亲切地谈心，感情自然流露，没有一点"做"文章的味儿，"语不惊人死不休"，诗人入了魔，不妨这么说；如果写文章也怀着这样的抱负，不仅写的人受累，读的人也太受累了。

我藏有《傅雷家书》（第一版，增订本都有）、《为人道主义辩护》，都是我非常喜爱的书，对两位作者也都非常欣佩，读了大作"附录"，才知道这都是您辛苦经营，凭着胆识、凭着对文化事业的热爱，在您手里出版的，真要感谢您，同时也向您这位前辈出版家表示钦佩！

我有两本书，一著一译，都已排好校好，按理应该今年出版，但是当今这个文化滑坡的年头，谁也说不准，如果幸而得见天日，自当奉上请正。

祝

撰安！

方平

1993.6.20

范用兄：

您好！收到您自制的清新高雅的笺卡，题上两行诗意的新年贺词，眼前为之一亮！在新的一年即将来到之际，预祝您文心永远晴朗如天心，亲切的、有风格的文章不断地从您的笔下流出。

今年我写成一部文学传记：《爱情战胜死亡——白朗宁夫人的故事》，她的爱情事迹是真人真事，却甚至比虚构的小说更感人。我有感于封面五花八门，内容乌七八糟的劣书充斥市场，写这传记有一愿望，希望以高品位的、有可读性的文艺作品把一部分青年读者吸引过来，《白朗宁夫人十四行情诗集》将同时重印。最近已发稿，可望于明年由"上海译文"出版。"上译"有些封面搞得太热闹，港台气息重了些。我仍用辛之兄为《情诗集》设计的格调清雅的封面，同时也用作传记封面（色调换一下）。待问世后，自当奉上请正。

永玉兄托人捎来他最近出版的限定本签名大型画册，最后部分介绍他的八座雕塑。可能这是他第一次尝试，却出手非凡，寓意深刻，激情澎湃，形象生动，一位艺术家无所畏惧地把他的胸怀、他的信念，袒露人前。我心弦为之震动，钦佩之余，写了一篇较长的读后感寄出，还只是谈了两个雕塑作品，不知他收到没有。将来香港回归后，我看永玉兄有定居翡冷翠之意。

辛之夫妇于上月底去美探亲前有信给我。他们的冬冬和小女都住在旧金山附近的同一小城市。小女知道我怕冷，要我去阳光灿烂的加州过冬，也好和老友经常会面。遗憾的是目前正忙于翻译莎士比亚的戏剧（计划出一套莎剧诗体译本），一时走不开。

遥祝

身体健康，新春快乐！

方平

1993.12.25

范用兄：

新年伊始，承蒙赐赠佳词一阕，清新恬淡，沁入肺腑；省却许多烦心事，都有赖旷达的人生观，这才是人生的大智大慧，这就是人生的修炼：吾善养浩然之气。

永玉名家高手，为兄作画题辞，既有画家笔墨挥洒之间的灵气，又有画中人潇洒自如的仙气，愉悦欣怡，洋溢弥漫，充塞天地。古人有所谓《行乐图》，当于今人的画像中品味之，方觉其“乐”陶陶，韵味有如醇醪也。

云无心而出岫，从容自在，这样的人生境界，我十分仰慕，只是目前不得不每天伏在书桌前做一名苦工，为有生之年把《新莎士比亚全集》诗体译本搞出来而奋斗，此亦命该如此。我想，虽苦而不怨，在日后的回忆中，亦许竟乐在其中，亦未可知。这算是俗人的一种聊以自慰的人生哲学吧。

蒙见爱，赐赠词与画，无以为报，奉上照片一帧，是我从稿费所得捐赠的莎士比亚胸像一座（立于上海戏剧学院校园内）。

永玉兄曾于去年岁末来沪与诸友一晤，想已知悉。昨日又接得他自香港来信，定于本月初带大批颜料画纸去故乡凤凰县“工作”三个月，为预定今年12月在港举办个人画展作准备。他才华过人，想必又将是一个大丰收也。

岁已逢春，鼠年将临，遥祝
春节快乐，万事如意！

方平

1996.2.6

范用先生：

久未通信问候，想必近好，甚念。

自从接下《新莎士比亚全集》，负担沉重，困难很大，越到最后关头越紧张，只觉得不是人支配时间，而是时间在支配人。屡承赐教，未能早日奉复，实深惭愧。前些时候曾寄奉拙译《爱情十四行诗集》，拙著《女诗人传记》，敬请指教，不悉是否到达。

“河北教育”王社长是位有气魄而又热爱书籍的出版家，很重视这套新全集，作为重点书，准备采用进口纸，深圳印刷，出版规格力求向港台看齐。争取明年出书；我作为主编，更觉责任重大，目前还在最后努力中。

去年我赴美参加世界莎士比亚大会，顺便在女儿家住了三个月（译莎任务一起带去），和两个小外孙玩得很高兴，回国后写了《Vivi 的故事》一文，在上海的儿童刊物《为了孩子》上发表，但限于两个版面，编辑部作了较多压缩。

十分钦佩您是童心犹存的老作家，笔下又不时流露少年心态，兹随贺岁卡奉上该文请正。我又写了《大师者，不失其赤子之心》，谈永玉兄画册《诗意》，在《出版广角》近期发表，您如有兴趣一读，自当另函寄奉请正。

遥祝

新年快乐，身体健康、笔下青春常在！

方平

1997.12.28晚

方学武

小范：

7 月 1 日函悉，你在 3 月 31 日《文汇报》上的文章，我已看过。关于文中提到一位军人的事，在回忆录中第 33 页写了此事，又在 66 页中重写此事，可稍一阅。

当时 1949 年 1 月—5 月党组织关系是：

周天行——许觉民党小组长，董顺华、方学武；

周天行——另外领导我——方学武，我联系：范用、孙结人、吴复之三位；要我通知欧阳章去解放区，要我对被捕家属发救济金。

当时，那位军人由你关系联系，我即报告周天行，之后由别人与他直接联系了。解放后，周天行告诉我，对解放起了作用，所提资料有价值。

我已 87 了，前两月，在“非典”时，强迫在家休息，目前已进入炎夏——36 度，自愿强迫在家看电视、画报，也不想外出。离休支部会议都请假了。所幸身体尚可。芙英亦健好，愿老天爷见怜——希望还活三四年，争取活到迪公一样，满足矣！

7.4 温度 38.2 度，热得很了。

方学武

2003.7.5

费滨海

范用先生：

您好！

首先感谢您的热情接待并赠我《我爱穆源》。自制贺卡及信笺，我十分喜欢！对于您的名字我并不陌生，也知道您的道德文章和渊博学识及为人，只可惜当初未能拜访您，因为90年代初我拜访曹辛之先生时他曾一再提起您，而且知道您还是他的近邻。好在这次蒙沈建中的引荐，终于拜访了先生。

《我爱穆源》读了真是感人，那晚和第二天在去天津的火车上我读完了这本书，而且读得十分认真，列出附后的更正意见仅供参考，也多少表示一下我读得还算认真吧！您一生爱书爱收藏爱酒，我也爱书爱收藏，不太偏爱酒，可也喜欢。我有书近万册，当然与您相比不可算多，内中比较多的还是您主持三联书店编辑的不少好书，常令我爱不释手。从80年代初，我曾热衷于收集名人手迹，经过不懈努力，也收集了近千份，近年来则收集到了康有为、罗振玉、沈从文、丰子恺、蔡元培等人的书法作品和许多人的书信。每当夜深人静之时，读着这些书信，恍然若梦，如和这些哲人在倾心交谈，在求教。一时间，时光倒退了几十年，让人生出多少留恋！

过去听友人和从报上得知您每年都自制贺卡，并且知道相当精美，如今一见果真如此。今寄上我从1994年开始制作的贺卡一套，供一笑。今年另外寄上。同时送上两套我设计的纪念信封。照片还未拍完，待冲出后另寄。写成小文一篇，还请指正。拟在《新民晚报》上刊出。未记下您墙上的画作题词，还望告之，请包涵。您家中的酒瓶让我印象至深，我期盼和沈建中兄能同赴京城与您好好喝几杯，也期待欢迎您能再来上海聚聚，让我尽尽地主之谊。

滨海 上

2000.12.1 于沪谷庵

费锦昌

范用先生：

倪海曙先生主编的《语文现代化》丛刊，自1980年创刊以来共出了9辑（第9辑正在排印中）。编辑部决定第10辑为悼念倪海曙先生专辑。他们想请您写一篇悼念文章。如蒙应允，编辑部希望在5月底6月初能收到您的文章（出版社要求6月中旬发排）。

叶籁士同志很关心这件事情。这封信是他吩咐我写的。

文章可直接寄陈光磊同志，也可交我转寄。

顺颂

康安

费锦昌

1988.5.14

倪先生遗著的出版问题，叶籁士同志正在考虑。有了成形的想法再奉告。

费淑芬

范用同志：

收到来信和《最初的梦》，很高兴，谢谢！

上次寄来的《我爱穆源》也早已收到，拜读之后还曾写了一篇小小的读后感。因写得不好，发表时又删去些文字，显得很单薄。怕您见笑，故没有及时寄奉，请原谅。现在随信附上。另外的一篇《历史的记录》，是写陈学昭同志的《延安访问记》的，我记得有次见面时您曾提到过，当时我因没有读到过这本书，只能瞠目以对。现在已将它收入文集，对这本书的来龙去脉，也许您比较了解，如有兴趣，希望能写篇文章，这里的报刊定感兴趣而欢迎。

《丰子恺文集》寄出不久后，即已收到穆源回信，并附来该校的校史资料，甚感他们作风认真。

读了您的文章，深感您是一位天生的出版家，而且至今热情不减，十分敬佩。

专此敬祝

新年快乐！

费淑芬

1997.12.24

费在山

范用先生尊前：

久仰大名，无缘识荆。

（贵）同宗笑我，创办《简讯》。

作家文人，莫不欢钦。

忽然来电，告我尊址。

嘱寄拙著，自当遵命。

习作幼稚，尽皆饾饤。

奉读方家，敬请指正。

以文会友，以书结亲。

笑我笑我，嗜书印书。

我笑笑我，痴书卖书。

爱屋及乌，作媒书人。

缘在斯书，醉亦斯书。

费在山 拜伏

1997.5.23

范用先生道席：

大著遥颁，欣喜若狂。童心不泯。尤得我心。拙著三册，谅已抵纪室，极愿聆听教诲。近日为要提前出刊《诗声》，杂事缠身，不多浮言，望日后多多赐教开导。专此奉读。

道安

晚 崇堂 叩

1997.6.28

范老尊前：

拜读华翰，您的担心不是毫无根据的。当代中国人几乎连中国字都快不认识、不会写了，何况书法艺术，岂知此乃国之精华！中华五千年文明史，停留在口头上是没有用的，历史的传承也要有行动，有东西。妄谈一句，五千年光辉只剩下可怜的几点了，被糟蹋得惊人。

您老的硬笔书法颇具功力，与文字打了一辈子交道，功深厚实，毫无老态，您老又精美术，不愧为老一代楷模。

今天同时收到您的同行——叶至善长兄的信，他至晚年（今年 80 岁）才悟出一条父亲当年不让孩子临字帖、习字的道理，后悔莫及。（叶圣老不赞成小学生习毛笔字，说只要写得清楚些就是。）

这就害苦了孩子们！

我认为写好中国字是本能的，应该的，不要连字都不认识，甚至写错写别字！中国人连自己祖国文字都写不好还能算中国人么！？至于书法艺术是另一码事。

来信简洁明了、落款整齐、字有功力，配上角上的丰画，珠联璧合，美不胜收。

我酷爱丰画，自小学开始，当时买一套开明初版的《子恺漫画全集》好像不到一担米钿，而今出版的那套，真是天文数，要上千元，学生怎样买得起乎？这不是出版单位诚心让丰老（作者）与读者割离开吗？我不知道这家出版单位是怎么想的？韬奋精神何在？

健康状况允许，有精神时，欢迎您老常来信，“瞎谈谈”“闲谈谈”，精神总该有所寄托。一页二页、一行二行也行。这种画笺，我真喜欢。

韩美林的小猫真迷人，逗人喜爱。

谢谢……

有空来信，几个字也行。敬请

台安

晚 费在山 叩

2000.5.18

附书签一张，“借花献佛”，朋友送我的，拣了一张。

“书签”比“藏书票”有用！

丰一吟

顾军同志：*

上次我给范用先生的信（此信寄到《文汇报》，但未写我名，所以丢失，幸内未有画——顾补），不论收到与否，画是一定要给的。

只是我手头只有一张现成的《小松植平原》。若要临摹《人散后》，还得些时日（要画的人实在太多了，已欠下数百张）。但我想范先生着急，不如先寄这一张。范先生致力于儿童文学，也许这一张更合适呢！

画寄上，烦你转交。谢谢！

范先生是丰迷，欢迎他随时与我通信。近年丰迷越来越多，不减当年，甚至有过之无不及。

刚才一个法国女子来电话，说她刚去过缘缘堂（丰子恺故居），明天要来访我，她是研究丰子恺的。前日有一韩国女子，也是研究丰子恺的，都会讲中文，真不容易！

草草写此，请谅。祝

好！

丰一吟

97.4.22

画未题上款，因为想范先生不满意，可转送他人。

* 此为丰一吟写给《文汇报》编辑顾军的信。——编注

范用先生：

看来我们的初识，由于我糊涂的关系，还颇有些周折呢！

自从收到您的大作，看了扉页上密密麻麻的字后，我很感动，马上提笔给您写回信。

您的信中没有写自己的地址。顾军给我的信，偏偏被我这糊涂人疏忽了，没有及时看。单凭“感谢您为星星岛画插图”一句，我就错误地断定您是“星星岛”的人，也就是《文汇报》的人。可是，糊涂人总是办糊涂事。我想了解《文汇报》的具体地址、邮政编码，却去查了《解放日报》（我家只订《解》）。于是，信寄到了《解放日报》编辑部。

当顾军打电话来要我回忆“信究竟往哪儿寄”时，我竟咬定是寄往《文汇报》，还添了一句：“好像写了‘星星岛’的。”她放心了，以为只要写明“星星岛”，一定会收到。

今天下午，我忽然收到一位老年男子声音的电话：“我找丰一吟，我是范 Yong。”（因为讲上海话，四声不是很突出，只是这个声音。）我顿时兴奋起来：“您在哪儿？在北京？”（我已从顾军处得知您原来在北京。）对方说：“我在上海。你有一封信，寄《解放日报》编辑部范用同志，我叫范涌，他们认为可能是我的。我拆开一看，不对头。信内有你的名片。我就打电话给你了。”啊，原来如此！我真糊涂。幸亏这位范涌先生愿意打一通电话给我，才使真相大白！

我糊涂如此，只得在此向您道歉。

至于那封信，我叫他不必寄回了。名片我另给您一张。

拜读《我爱穆源》，写得很亲切，好像面对面在听您讲故事。文中引用的歌曲，也是我小时候唱的。童年时的回忆，往往令人心醉神往。您外孙女写您，很有意思。我看到嘉兴的秀州书局也在卖这本书，谢谢您送了我一本好书。

您要的《人散后》，看来只得迟些日子再画了。目前要我画的人太多，反正我已送了您一张，那一张就迟些吧。敬颂

大安！

丰一吟

97.5.2

范用先生：

自从我写了上一信以后，一直盘算着如何抽空给您画《人散后》的画。我虽然已先用另一画寄您（我完全赞成您转送穆源），但心中总惦记着那《人散后》。因为《人散后》这画，一般人都不会要的。现今的人，要的是“发”，谁要“散”呢！真正能欣赏这画的意境的人不多了。您能欣赏，我就一定要满足您的要求，而且要“拔号”，早一些给您画。今天总算完成了。寄上，请指正。

您要画册，不妨向我父亲的故居缘缘堂函购。

不写收信人名字也可以。不过，这位才毛伯做事很负责，有问必答。他会告诉您有多少种画册，价格多少，以及函购加多少邮费、包装费。只要您汇款去（先勿汇，等他告知价格后再汇），他就会给您寄来。

好，今天就写这些。谢谢您这位知音者。祝

撰安！

丰一吟

97.5.28

范用先生：

自从我写了上一信以后，一直盘算着如何抽空给您画《人散后》那画。我虽然已先用另一画寄您（我想会赞成您转送给），但心中总惦记着那《人散后》。因为《人散后》这画，一般人都不会要的。现今的人，要的是"发"，谁要"散"呢！真正能欣赏这画的意境的人不多了。您能欣赏，我就一定要满足您的要求，所以要"抢着"早一些给您画。今天总算完成了。寄上，请指正。

您要画册，不如向我父亲的故居缘缘堂函购。地址：

314512 浙江省桐乡市石门镇

缘缘堂

沈才毛先生

不写收信人名字也可以。不过，这位才毛伯做事很负责，有问必答。他会告诉您有多少种画册，价格多少，以及要加多少邮费、包装费。只要您汇款去（先别汇，等他告知价格后再汇），他就会给您寄来。

草草杯盘供语笑 昏昏灯火话平生

好，今天就写这些。谢谢您这位知音者。祝

撰安！

丰一吟 97.5.28

范用先生：

来信收到。

《小松》一画是父亲原作，我仿画。我自己也会创作一点，但苦于没有时间。要画的人实在太多，都只满足于临摹。去年要画的，至今尚未还清（您是“拔号”，一笑），于是我就没有时间创作了。

您建议画集印普及本，其实印全集时，一豪华一普及，也较合适。但至今尚未谈妥“婆家”，不知何日才能出嫁，也不知嫁与何处。我们不去管它，反正努力工作，力求早日编好。

石家庄河北教育出版社已来初步联系，开了条件。我们也谈了自己的想法。但尚无回音。

您对我父亲的作品如此入迷，真是难得！

石门镇缘缘堂小卖部的同志叫沈才毛，不是毛才。您要买书可给他写信。

好，今天还有别的事，就写这些。祝

好！

丰一吟

97.6.15

范用先生：

先生的两封信先后到达我手中（漕溪北路我们正好有人去，取了回来，后来才收到斜土路的）。您办事真认真，谢谢您寄来画片（前后二张）和制贺片的说明。

《丰子恺漫画全集》黑白部分还可以，但是印糊了。彩色部分印得极差，颜色太深了！其实，如通过我买（直接寄购买者），可享七折，即182元。但我不知您要，而且我认为此书印得不好，我不大肯推荐给友人买。

“后记”本来是有的。此书说来话长，原本是为纪念我父亲诞辰一百周年（1998 年 11 月）而出，结果，因为责编硬要把我们原已编好的次序打乱重编（本来按一本本出书年代的次序编，他非要按儿童、社会……编），以致耽误了时日，至 2000 年 2 月才出，而且彩色印得也极差。不仅印得差，装订一页页会脱落。开本很大（比杂志还大），16 本，售价 2500 元。

后来，京华出版社社长易人，新来的社长建议重出小版本的。结果就出成这模样。彩色画仍印不好（甚至更加差了）。那篇“后记”，可能是第二次出版时删去的。我们收到书后，一翻，彩色又印成这个样子，再也不愿多去翻它了。因（新社长）是新华书店的，所以销售较易，而且定价的确便宜了，就算只看看黑白的吧！

至于出版单行本，我们如要出，也不拟再让京华出，他们两次都出得不理想！

先生长我六岁（我生于 1929），但我大姐（合编全集者，丰陈宝）又长先生三岁，至今尚在编书，身体精神都不错。

《爱的教育》由父亲自己题字的版本，我从未见过。不知是否可烦先生请家中人找一处彩色复印的店，把封面印一下寄我？将来再另外出书时可以增加内容。

《二十四桥仍在》，应是父亲《扬州梦》一文的插图，多半已收入全集。

说来也巧，今天我正要写信给您，昨天收到《日记报》，内有您的大作《文艺日记》。拜读后，又知您的日记本中十一月份的插页是我父亲的画《欲穷千里目，更上一层楼》。此画父亲画过，但可能画面不尽相同。不知您是否还保存着？ 1937 年以前，料想是黑白的，可否复印一份给我？

您看，我要这要那，太麻烦您了。如果难办，请勿勉强！

您在《日记报》上写的语录，也是我父亲的。可见您对我父亲的作品是真心地喜欢。《儿女》中的某一段，我也很喜欢。讲到一切感情都是以“友谊”为基础的。有时，是手足，是亲子，反而相处不好；是朋友，反而胜似亲人。可见，友谊胜过一切。让我把这一段抄在下面，以结束我的信吧：

“……世人以膝下有儿女为幸福，希望儿女永续其自我，我实在不解他们的心理。我以为世间人与人的关系，最自然最合理的莫如朋友。君臣、父子、兄弟、夫妇之情，在十分自然合理的时候都不外乎是一种广义的友谊。所以朋友之情，实在是一切人情的基础。”

祝

健康！

丰一吟 上

2001.8.8

范用先生：

收到来信并抄件，喜出望外。

这篇文章竟是佚文。而且经您工整抄写，竟成了一件艺术品。我要保留你的抄稿，将该文另外打字备用，多谢多谢！

二十元还给我，已收到。真不好意思，要给您添麻烦了！

入秋后，毕竟风凉了一些。今年立秋是傍晚，所以秋老虎也不会太厉害。这对我们这些写写弄弄的人带来了方便。祝

撰安！

丰一吟

2001.8.16

冯其庸

范用同志：

您好。

您的信我到这次回来后才看到，谢谢您的鼓励，我的几本书都是受到您的关怀和帮助的，尤其是这本书*，是您直接支持下才得以克服重重困难得到出版的。我对您的尊敬和感谢之情，也决不是挂一笔足以表达的。还是在“文革”中期，李新同志和于川同志就多次向我介绍您的情况，告诉我您是值得我们尊敬的一位好朋友，那时我们都在受批判，由于这个原因，所以我一直对您怀着尊敬的心情，每次听说又要“批”您了，就会引起我心情的激荡和愤慨。现在幸亏这个时代已过去了，但有时风浪似还不时袭来，这本书如能出内地版当然最为理想了，如要出，还可以增补和抽换若干幅图片，但要看三联他们有什么想法了，如能遇见萧滋同志或三联其他负责同志，请代道我的谢意。

匆此即止，敬问

近好！

其庸 上

六月十日

* 冯其庸《曹雪芹家世·〈红楼梦〉文物图录》，香港三联书店出版。——编注

范用同志：

您好。来信收到了，知道您很忙，所以没有去看您，身体近来好否？关于三联书店愿意合作编红学索引的事，我的意见，可以与红楼梦研究所合作，因红学会新成立，没有工作人员，全是兼职，红楼梦研究所有这方面的工作，并且已做了一部分，如果由研究所与三联合作，则这件事可以落实，不至于落空。不知尊意如何？又三联如有意组织关于红学方面的稿子，我可协助，目前香港、台湾，日本等地，都在酝酿开第二次国际红会。出版方面，早为之计似很必要，以上情况，供参考。如有事请只管交办，当为尽力，顺问

近好！

其庸 上

九月九日

萧滋兄：前说拟编刊红学书目，冯其庸兄表示可与红楼梦研究所合作，未悉此项打算有无变更？*

范用

十一.四

* 此为范用在九月九日信上所作的批注。——编注

冯亦代

范用同志：

冯统一同志来，还书已收到，谢谢。你给我看的那些杂志，我也已请他带给你了。

你提议用“著卷”很好，未收到你信时，我也想了一个名字用叶帅的诗句“攻书不畏难”中的“攻书”二字，我想用“著卷”或其他名字，都可能使刊物的内容更“杂”一些，这样的出版物一定会受读者欢迎的。但即使不改名，我们如能在内容编排方面多下些功夫，也还是一样的，对否？

前两天我好容易借到一本《战地》增刊，用彩印机印，也可以。不过颜色有时发死，这是美中不足。我已久离出版界，情况不明了。我不知道现在的大三十二开用纸，是否有卷筒的？如有可能彩色的效果，能比报纸好一些。另外封面是否可用最近试制的涂料压纹纸，如果这种纸颜色种类多，我们就可以交替试用，而且能新人眼目。

如果用大三十二开印，我不知道从发稿到出版要花多少时间？封面彩色或插页彩色从发稿到印好，要多少时间？我在外文出版社出版部工作的时候，往往连头带尾要三个月，有时甚至要到上海去印，不知今年来有什么改进？

我不知道局里党组是否已讨论过我们的设想？如果还没有，是否可以请翰伯同志注意到编委中可以容纳科普的人，最好是做具体工作的人，这样便于我们将来的约稿。另外如果我们要赶在明年一月份开始，是否我们可以先将第一期的内容，大致拟出个规划来，以便一声令下，立即动手。

我们的设想中，我又想到应该写进邀请特约撰稿人和顾问，前者便于约稿，后者便于请教（如丁聪），以稿费支付酬报，但顾问是否要另送些酬报，因为有时他动了脑筋，但不一定动手。请考虑。

我原想趋前面谈，一方怕占你的时间，一方则因我的假牙坏了，正在修补，这几天是无“齿”之徒，说话饶费力，听话的人更吃力，所以写了这封信给你，祝

好

亦代 上

11.30 上午

范用同志：

久未通音讯，念之。上月我两次给你电话，都无人听，想来是出去了。你作何消遣，想来不会像我白天连一个谈话的人也没有，幸而有书笔伴我，尚可消此永昼。

前接家璧寄来去年我们三人在广东酒家的照片一帧。嘱转奉，特寄奉上。他似未收到我给他安娜去世的消息，不知总工会老干部局怎样发的通知，我是开了名单给他们的。他说我老有所为，各处看见我的文章，其实我是不得不为，否则无以消磨时日，我不知我写不动时又将如何？大概也该寿终正寝了。

匆颂

时安

请告我邮编号码。

亦代 上

7.4

凤　子

范用同志：

照片已做好编目与说明，另纸附上。

补进文章四篇。

1. 难忘的回忆

2. 怀念敬爱的周总理

3. 杂忆东京之旅

4.《日出》及其他

除了第一篇请直接转香港三联责任编辑外，其余三篇请代复制。因2、3两文是戏剧出版社要付排的《台上·台下》集子中抽出来用的，第四篇是借邻居的，故复制后，请仍掷还！

有三幅天安门（1977年清明节前）纪念总理的照片，请你参谋一下，能用一张吗？插在纪念总理的一文中，无论用否，千祈掷还！

敬礼！

凤子

7.2 早

范用同志：

前上星期六吧，你处一位同志来我家取去照片和几篇仍要复制的文章，我希望在京复制后再寄香港，因有的刊物是借的，如《文艺研究》。那位同志我忘了请教姓名，他答应可以办到，不知此事北京哪位同志负责，我好同他直接联系，以免经常麻烦你。

我于十四日去青岛，月底返京，怕有事要找我，特告。

我还想补进一篇文章，即《政协报》即将发表的《重庆赞》，是在重庆写的那篇文章上加工重写的，不知来得及寄港否，此报是周报，一虹同志告我发表在第二期，尚未见到。

香港三联如决定出我这本书，书名需否另拟？到时，可否让我看到清样后再付印？

补进的几篇名插进在哪儿，我似乎忘了写注，兹特补一份。

专此

敬礼！

凤子

7.10

拟补进文集的几篇文章的目次

杂忆东京之旅
《日出》及其他——东京通讯 } 补进《给无名的舵手》后

怀念敬爱的周总理
重庆赞 } 排在《我是当兵的》前

难忘的回忆——敬悼茅盾同志　　排在《雨中千叶》后

甘　琦

范老：

您好。

除《庐山会议实录》外，又选了两本书一并寄奉。《我从战场上归来》是刘苏里给他的大学同学唐师曾做的，虽半是人情书，我还是下了近一个月的工夫改写、编辑，如能蒙您读阅并给我提出意见，我会十分感谢！我们边做书店，边粗涉出版，所苦者缺乏师承。曾动议做一种出版业的短期培训，类似哈佛或斯坦福的出版高级研讨班，请您这样的出版家或资深编辑来讲座，以解年轻一代求师之渴，苦于万圣杂务繁重，且难关初渡，迄未实现，但并未放弃，希望届时能得到您的支持。

《中国古典小说导论》是给您消闲的，希望您喜欢。附寄《北青报》"青年书架"书目一份，如果您需要什么书，请勿客气，电话或写信告诉我。您主持出版过那么多的好书，使我们受惠无穷，能为您做一些小事，是我们的荣幸。

我借的书会让它给归巢的。万圣还没有藏书票，寄去一张书友卡，作为纪念。

祝您开心！

甘琦　敬

95.9

范老：

您好！

总计划着亲去送还，以免麻烦贾宝兰中转，反而一拖又拖，到如今，拖得连“抱歉”都无颜启齿了。

《因书结缘》不仅收到，而且在两个不同的关于读书趣事的集子里也看到了。倒不知他们是否付了您稿酬。我们的店员都传看了。这样的历史巧合（或是佳话）令他们（像我当初一样）十分惊叹！不知未来回忆起来，万圣的历史上会不会有一点这样的故事。祝

读书愉快！

甘琦 敬上

1995.10.23 夜

高马得

范用先生：

你好。

《人民日报》海外版上，有篇介绍拙画文章，配了一张《牡丹亭》画，上款为范用同志。这名字很熟，我却想不出是什么时候画的了，今收到由胡丹娃同志转来卡片，才恍然大悟：是在方成兄府上画的。将近十年，确实不易想得起来。用卡片形式印画，这办法很好，现在出画册成本太高，如用此法，选十种印出赠人也很好。

拙作《画戏话戏》近日出版，今寄上一册乞正（另邮）。

我住在南京玄武湖附近，有机会来南京，盼来舍间叙叙。祝健康、如意！

马得 拜启

四月十日

高　莽

范用同志：

来函敬悉。

知道您时时关心我的写作，深表感谢。其实，去年我写了不止一两篇有关俄罗斯文学现状的拙文，分发在不同的杂志上。现在进行研究工作，困难重重，资料极有限，而且有限的资料又常常把持在个人手中。今年，据说订阅的外刊数量种类又大大减少。唉！在我国办任何一件事都不易啊！

《世界文学》编辑部人员进行了较大的改组，我虽然名为“编委”，但几乎没有参加过什么会议，挂个名而已。关于纪念选本，我跟编辑部同志说了，他们是否能按我的要求满足您收藏一本的希望，我确实没有把握。

祝您和全家

春节快乐，身体健康！

高莽

2.9

范用同志：

1 月 19 日来函，今天才看到。我已离休，多日未到班上去，不知那里有您写给我的信。

关于爱伦堡的《人，岁月，生活》——人民文学出版社基本上已出齐。前两年，苏联报刊上又发表了爱氏生前未能发表的片

范用同志：

1月19日来函，今天才看到。我已离休，多日未到班上去，不知那里有没有写给我的信。

关于爱伦堡的《人、岁月、生活》——人民文学出版社基本上已出齐。前两年，苏联报刊上又发表了爱氏生前未发表的片断。究竟还有多少在苏联未见报的，我难说了。

我记得中国出版时，略有删节。《世界文学》曾准备发表一些后期苏联补发的片断，但最后未发。

回信迟了，请见谅。

祝您和全家

春节快乐！

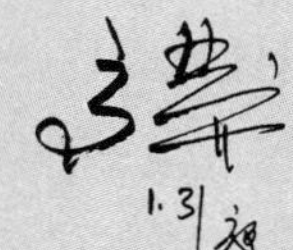

1.31 夜

段。究竟还有多少在苏联未见报的，就难说了。

我记得我国出版时，略有删节。《世界文学》曾准备发表一些后期苏联补发的片段，但最后未发。

回信迟了，望见谅。

祝您和全家

春节快乐！

高莽

1.31 夜

高 崧

范用同志：

接奉贺年片，非常感谢，也非常不安！请恕礼数不周，原该我先向你致贺才是。

十月下旬自海盐参加菊老纪念会回来，我原说来看望你，并汇报会议情况，后乘陈江同志主动提出他去看你，论文稿也由他面致给你，我就偷懒了，也极感抱歉。

菊老哲嗣树年先生、宋原放同志和山东大学古籍整理研究所王绍曾教授几位竭力主张成立张元济思想研究会，以为常州研究的固定组织。我将此建议带回馆内讨论，陈原同志认为不必拘泥形式，搭个学会，光是会长、理事之类，要论资排辈，实事没有干，先费一番张罗，以不成立为好。但上述诸公情意殷殷，区区之意，很难获得他们谅解，会后留下这段公案，没有了结，颇觉为难。今后对菊老研究，如何开展，如何活动，仍请多加关注和指导。

谨贺新禧！并致

敬礼！

高崧 鞠躬

一九八八年一月九日

戈宝权

大用兄：

承你上次借给我两本有关罗曼·罗兰的材料，这两本东西颇帮助了我不少，我在《群众》上的那篇长文，差不多就全是靠了它才写成的，现特送给你一本，以示感激。你这次送来的一封信，我已抄了一份，可惜这封信见到太迟了，不然又可大写文章。罗曼·罗兰的纪念虽已过去，但我的雄心尚未死，还想抽时间写些论罗兰的东西，当然这全看材料而定。我现在正托苏联的朋友弄罗氏的俄文全集，如能弄到这部集子，那我就有办法了。支伐格的那本评传，现正被一个朋友借去。等取回时一定先借给你。外附上资料两本，其中有一张罗氏晚年的锌版像也是送给你的。这两本材料我希望你能好好地珍藏着。也许我什么时候还要向你借。

日内进城时当再来看你。

匆此祝好！

弟 宝权

二十四日

大用兄：

来此匆匆一月，每天都是忙着，一直到今天早晨才能抽空写这封信给你，疏忽之处，尚望多谅。我在此应该首先感谢你的，就是承你剪寄奥斯特洛夫斯基一文，而尤其感激的，就是你能将我的一部分原稿及资料检出并托舍妹带来，这包东西颇救了我不小的命：我已“翻版”了二篇，此外，再译了二篇，否则那真是巧妇难为无米之炊了（当然我也不是巧妇）。你托郑兄带来的条子已经见到，还有你的嘱托当一一照办。现可告诉你的，《苏联文艺》已有了一个全套，日前出到第十八期，你期期都有（市面上已买不到创刊号及第十二期）。此刊物系道林纸印的，分量甚重，无法邮寄，只能留在房里。将来一并交给你。《时代》也期期为你留。此刊物已出到第六年，过去的无法补到，但从今天（年）一月份起的都齐。《文联》已要来三期交金兄寄来。此地出的新书虽多，绝大多数是翻版的，即使有新出的，也甚少好书。但有一书可以告诉你的，就是傅雷译的《裴多汶传》（罗曼·罗兰著），不久即可出版，我当买一本送给你。讲到此间的旧书店，一般地讲起来，比米亭子是高明得多。但好书也不易购到，尤其是抗战以前出的各种文艺书籍，更难购置。我有几个朋友本来藏书甚多，但在敌人占领期间，为防肇祸起见，多已付之一炬或当柴火烧了。在今天，大家回忆起来，还觉得是件憾事。现在此间的旧书店，到处都充满了德文书及日文书，好的英文书也不多，但我多少还买了一些。西书店我是常逛的，可惜书价太贵（一个美金按两千算），有些想买的书无法买得起，只能“望书兴叹”而已。不知你何日来沪，那时我可当你的向导，因为我跑书店已跑得相当熟了。

我留在你那里的书，不知曾否装包？还有留在乡下的书，他们在我走后曾否送给你？万盼能用报纸或油纸包好，再用蒲包或篾包装，外用麻绳捆扎，一切费用我将来可还给你，或先托人送给你，书最好装包得好一些，以免将来运的时候遭损坏。还有乡下的书，部分是在林兄处，都已包扎好，并写好你的名字，一部分是在马书勤兄处，都是些文艺杂志，如他们在我走后还没有将书送给你，望即去信催，或劳你有空时跑一趟，因我怕他们马虎，就会将许多好书遗失掉。

此外我还要麻烦你几件事，就是我急需几种书，不知可否请你从书包中检出，托人带来（带法在信末再写）。现我按需要的先后，一一写在此地。

一、一本二十三开本的俄文历史杂志，封面是黄色的，杂志题名记得是红色或黑色的，封面非常朴素，除刊物名及出版年代（一九三？或一九四〇，已不详）就什么都没有，形式如次：①

二、一本二十三开本的卢拉却儿斯基文艺论文集，外面是灰蓝色的，脊梁是用黄色硬纸装上去的，封面形式如次：②

三、两本英文的：*Anthology of Russian Literature*，相当厚，顶上涂金，书边未切，封面是红色的，封面上没有字，脊梁形式如次：③

四、爱伦堡的三本俄文文集，本子是小型的，封面是淡黄色已褪色，三本封面的字都一样，只是年代不同，里封面都有他的题字，封面形式如次：④

在这本杂志的前几页上有幅恩格斯的钢笔画像，此后的文字，全是纪念恩公的，是本恩公专著

①

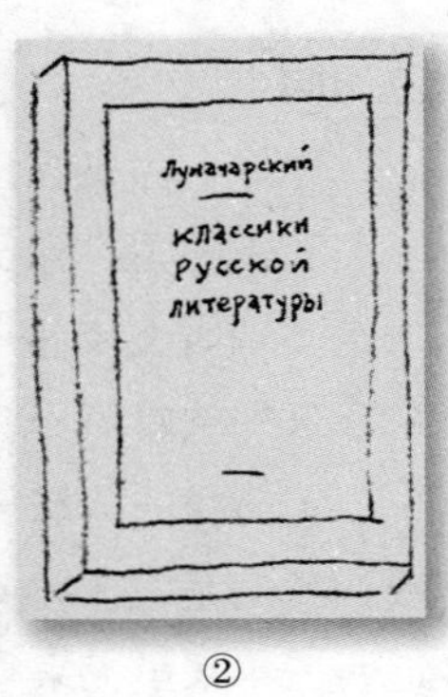

②

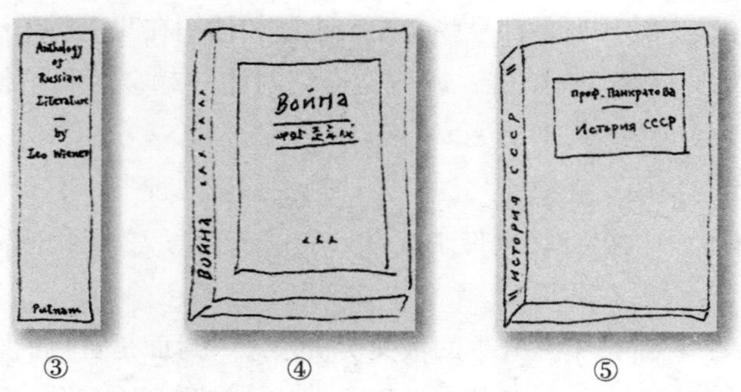

③ ④ ⑤

五、三本俄文的苏联史：第一本是灰色封面，二三两卷都是黄色封面，第三卷最好，封面及脊梁如次：⑤

六、此外我记得在你家存的罗曼·罗兰的文集中，有一篇周行译的《雨果论》。我现准备重译此文，拟借来参考一下，望寄给舍妹即可。

以上“劳神”之处，容日后面谢。匆此祝好！

弟 荃

二月二十一日

黄先生及小丁均请代为问好。

范用同志：

你好！“飞雪迎春到”。我们这里的“立春”前后就一连下了四五天的雪，除夕夜又开始下雪。旧雪未化，新雪又增，真可说是“瑞雪兆丰年”，当此新春佳节写信给你，特先向你并向你全家人祝贺春节！

年前我的妹妹从咸宁来信，说你请她向我问好，真是非常感激！我们是三十多年的老友，前几年我们还常在南小街上碰见，近两三年来虽无来往，但大家还是互相关切，足见老友的情谊之深！春节前夕陈国昭同志路过明港时，才知道你已调回北京。你是我们同辈老友中最早调回去的一个人，而且能早日走上工作岗位为革命事业做出自己的贡献，既令人羡慕，也值得为此向你表示庆贺！

我到了干校也快两年。通过三大革命运动，通过不断的学习，阶级斗争和政治斗争的觉悟不断有所提高，自觉地改造自己的世界观的决心也尤为增强。两年来，我参加过大田作业，养过猪，做过建房的灰沙工，而经常做的，是全连的交通员，因为我虽年老，但还能健步如飞，每天来往于集、镇的邮局，为全连取信取报，办理各种邮电事务。过去学习主席的光辉著作《为人民服务》，字面上全懂，但做起来就有距离。自从当了交通员之后，无论风吹雨打、天寒地冻，首先要“完全”“彻底”地保证做好工作，把信件送到每个人的手上，因此全连称我为“最受欢迎的人”，当然，这对我是个巨大的鼓舞和鞭策。我现在还兼任学习马列著作领导小组副组长的职务，此外也参加一些专家组的工作。我们现在下面劳动不多，因为这也是个学习的好机会。最近传闻，我们可能不久会回北京，那时当来看你，闲话阔别之情！

自从中央召开了出版工作会议后，这方面的工作稍有起色。我想你这次调回去，可能仍在原工作岗位。“文化大革命”以来，长久看不到（当然也买不到）新书和旧书，更不用说外国出版的书刊了。大家都感到，这种状况不仅不能跟上当前的一片大好形势，同时也和我们这个伟大的国家极不相称。正因为这样，郭老的《李白与杜甫》刚一出版，大家争相传阅。至于谁要有一本中外古典文学名著，无论是古典的章回小说，还是一本《艳阳天》，辗转借阅，最后变得破旧不堪而矣！我也很想买些旧书，但购买无门，对于像我这样爱书成癖的人，也就只有望洋兴叹而矣。我想，这一切都是过渡时期的现象，今后还会有很大的改变的。

目前能买的和阅读的主要是马列的书，我在去年“七一”前（也正是出版工作会议的期间），曾就毛主席关于今后要突出马列，要宣传马列的指示，写了一个关于编译和出版马列著作的意见寄给中央。中央没有答复，我想也不一定有答复，但我作为一个党员，对革命的事业提供自己的意见，还是应该做的。关于我写信给中央的事，不足为外人道，但我可以把一些看法告诉你，对你可能有些用处。还有，近来人民出版社先后印出了《恩格斯论马克思》《列宁论马克思和恩格斯》《斯大林论列宁》，春节前又出了克鲁普斯卡娅的《列宁回忆录》等书，我在意（见）中都建议过，我想，并不是因为我提了意见才会出这些书，这些书本来是应该早出的，而且对于学习马列，也能有参考价值。

我首先对编译和出版马列提了一些看法。我觉得目前从出版六本书起，又出了不少书，为了帮助广大读者学习马列，只把马列的名著，再加上俄文版的注释，就印出来出版，我觉得还不够，首先我觉得译文还应该经过细致的校订，目前译文主要根据马、恩和列宁、斯大林四卷本的译文，有些译文是否确当，还可斟酌，如《国家与革命》中把“氏族”译为“克兰”，又无注释，就值得考虑。因“克兰”的外文“clan”，就是“氏族”。其次，我觉得译本前可加一“出版说明”（或提要），对这本书的写作经过、内容和重大意义，作一说明。第三，为了便于学习，应删掉一些版本考据的注释，多加一些有关历史事件、历史人物、希腊罗马神话传说，《圣经》和文学作品出典的脚注，因为目前我们根本没有一部完美的辞书可查到这些东西。

我还建议，为了带动大家学习马列，应编印一些辅导材料，可选目前编得较好的，加以订正和改编，然后作为内部书籍出版。此外还可编译较好的马恩列斯的传记和回忆录，编辑马恩列斯的生平和著作年谱，还可编辑学习马列著作的手册。如有可能，最好能编一本“马恩列斯语录”。

另外，我还建议，尽早把《马恩全集》出齐，校订再版《列宁全集》和《斯大林全集》，因为这都是些基本建设的工作。

你回到出版社后，可能工作上会有所推进，今后出版动向如何，“文化大革命”前出的书籍，是否开始供应，中国书店能否买到内部旧书，北京图书馆借书是否放宽限制，有暇盼能示知一二。

匆此，祝好！

戈宝权

1972年2月17日

范用同志：

你好！

我从去年起开始研究鲁迅与内山完造的关系，先后读了内山完造著的自传年谱《花甲录》和小泽正元写的《内山完造传》。回想到二十年代末和三十年代初时，常从沪西梵皇渡步行到北四川路底的内山书店，用几毛钱买几本廉价版的《改造文库》之类的书，当时多次看见过内山老板，也见到过正在书店里的鲁迅先生。从他的传记中知道他的生平事迹和他同鲁迅先生的友谊。真是至为感人！

前在你处见到上海人民出版社翻译的小泽正元的《内山完造

传》。这本书译得较好，也很有参考价值。特别是对了解鲁迅与内山完造的友谊很有帮助，我想，这本书如能作为内部发行的书籍印出（哪怕少印一些），那就好了。

书中第23页提到的“钱塘江”，应为“富春江”之误。查阅地图，杭州的下一段称为钱塘江，以上为富春江，后面提到的富阳，就在富春江边。至于桐庐、七里泷一带称为桐江，建德（严州）、兰溪一带称为衢江，金华附近称为金华江。是否能统称为钱塘江或富春江，最好请教一下研究和熟悉地理的人，并加上一个注。

还有，第14页第一行提到的“俄国的祖霍勃尔教徒”，是根据日文拼音译出的。这个名词在俄文是“Духоборы”，意译即为“神的战士”，如音译应为“杜霍鲍尔”。这是俄国十八世纪后半叶出现的一个基督教的教派，否认俄国正统的东正教的仪式和教义，因此受到东正教教会和沙皇当局的迫害。俄国大作家托尔斯泰曾协助这些教徒移居到美国和加拿大去。关于这一条也可加注。

又知道吉少甫同志在1976年1月初曾去浦东查访内山完造夫妇之墓，真有心人也，我和他多年未见过面，犹忆重庆和上海之情，如去信时，请代为问候。上海人民出版社去年出了周建老的一本书，此书北京始终未曾见到，以后代索一本为感。

此致

敬礼！

戈宝权

1977年1月23日

范用同志：

星期六参加了《读书》编委会之后，回到家就细看了三联纪念文集和《新华月报》的文摘版。一边翻看着文集，一边又回想起不少往事。《新华月报》文摘版编得很好，我们不可能遍览全国报刊，现手此一册，就可能读得各种文章。谨祝该刊的出版，并预祝在今后的各期中编得好上加好！

我现定二十二日飞上海，大概在三月初旬回来。关于编译内山完造和绿川英子的书，我写了信给吕元明和张企程，请你看后发出。张企程就住在百万庄，也可考虑派人持信去拜访他一下。

此致

敬礼！

戈宝权

1979年2月19日

范用同志：

你好！

最近因参加文代会，无空来看你。在冯雪峰和周立波两同志的追悼会上虽然见到你，也不能多谈。听说你们不久要召开出版工作会议，我想只有过些时候再来看你了。

你还记得你托我代要徐州师范学院编印的《中国现代作家传略》一、二两卷，现第三册也已出版。该书的编者邵理全同志这次利用文代会开会的机会到北京来组稿。现介绍他来拜访你。他有些有关出版此书的问题要向你请教，望能接见为感！

此致
敬礼!

戈宝权
1979年11月19日

范用同志:

你好!

我二十四日到达苏州，参加江苏省出版局和江苏省人民出版社召开的作家、翻译家座谈会，并游览了苏州各名园和东山等地。今天离此去无锡和宜兴，约在十二月初到上海。

你托我查询的章太炎夫人汤国梨之事，我到苏州后就向市文化局和市文联的同志打听，才知道汤国梨现已九十六岁，人已衰退，神志不清，每天卧床不起，因此无法去看她，更谈不上请写有关章太炎的回忆了。

我在这里见到阿英的女儿钱璎，她现任市文化局副局长；还见到市委潘书记，并同他谈王敬先的事。

匆此，并顺祝
敬礼!

戈宝权
1979年11月28日

范用兄嫂:

首先向你们两人和你们全家人祝贺节日好!

范又今晚是否在你们家？我请她明晨去报馆时，把我写的忆绿川英子文的校样带给陈清泉同志；如不在，即请将校样带回，明晨再派人送去。

两年前向你们借用的《鲁迅先生纪念集》三本，对我的研究工作很有帮助。现上海书店已将此书复印出来，刚得到一册，特将你们珍藏的送还，并顺此函致谢意！

托范用兄影印的东西，影印好后，请打电话给我的爱人梁培兰去取即可。

此致

敬礼！

戈宝权

1980年5月2日

范用同志：

你好！

送来的《傅译传记五种》已经收到，谢谢！这本书无论在印刷和装帧方面都非常讲究！你可否再送三四本给我，我好送给罗曼·罗兰夫人，罗曼·罗兰之友会，米歇尔·露阿夫人等，对她们表示谢意！

新发现的一封傅雷写给罗曼·罗兰的信，我本向罗曼·罗兰夫人要过，但尚未寄来。你可否将这封信连同中译影印一份给我。

你社朱志焱同志和陶章同志上星期方来过，对编辑《史沫特莱在中国》一书事交换了意见，想朱同志已向你做了汇报。现请你告诉朱同志，请他专跑一趟革命博物馆，看他们是否收藏有史沫特莱写的《中国在反击》（*China Fights Back*）。这本书是日记体，写她到山西参加八路军的情况。我手边只有日译，北京的北京和科学院两大图书馆都没有这本书，如革命博物馆有此书，望借出影印一份；否则我就写信到美国去，请教金鉴代为影印。

《史沫特莱在中国》的选目，现正考虑草拟中。昨晚到中央戏剧学院剧场去看《培尔·金特》的结业演出，恰好同丁玲同志坐在一起。我当即同她谈起此事，并说要把她写的回忆史沫特莱的文字《她更是一个文学作家——怀念史沫特莱同志》，作为代序印在卷首，她当即表示完全同意；只是文章中有两处事实上的小误，她同意由我改正。至于请康克清同志题写书名，望即进行。

不久前到葛一虹家去，我已催他赶快把《高尔基》（传记小说）的序文写好，容过几天再催。

还有编中外人士回忆史沫特莱的文字，我想将杨杏佛为《大地的女儿》写的序加进去，你处有此书最早的版本。又香港版的斯诺的《大河彼岸》，也望借我一阅，其中专有回忆史沫特莱的部分，我也想摘出来，归在斯诺忆史沫特莱的文字中。

外送上《外国文学动态研究》三本，请查收。

此致

敬礼！

戈宝权

1984年5月2日

又《读书》第四期，也请代要两本为感！

范用同志：

向你和小丁同志问好！

我不久前才从江西南昌和庐山回来。最近用了几天的工夫，冒着高温和酷暑，将《高尔基传》重校完毕。这次重校，因参阅俄文原本，发现英译本中也有错误，足见译事之难！一虹同志写了一篇重印后记，我又写了一篇重校后记，现一并送上，请审阅。又明年是高尔基逝世五十周年，如今年发排，可争取在明年六月以前出版。又书前能否加四面有关高尔基的照片，如可，请告知，我即可挑选出送上，供制版用。

外送上刚出版的《裴多菲小说散文选》一书，请指正。

外送还罗曼·罗兰著作两本，鲁迅的书三本。其他还有些书容陆续奉还。

此致

敬礼!

戈宝权

1985年8月3日

范用同志：

你好！并请代向小丁同志问好!

日前在新华月报举行的茶话会上，匆匆一见，因要赶着去参加冯雪峰的纪念会，未能多谈。

秦人路同志拜访，听说你们正在编印叶灵凤的书话，特将收藏的有关藏书票等书送还。又我过去写过一篇忆叶灵凤的文章，其中也谈到他的藏书，我已将报纸交给秦人路同志。请他代为影印；如你需要，可向他要一份。

又我近年来向你借用过一些书，现也检出一并送还，请查收为感!

最近漓江出版社出版了一本我译的《十二个》，现奉上一本，请指正。

敬礼!

戈宝权

1986年3月14日晨

范用同志：

你好！

《典故》* 中的插图，现再送五本书给你，供照相之用：

1．宙斯像。

2．阿波罗像（带无花果树叶的）。请看一看和已制版的那张是否相同。

3．封面上用的瓶画《普罗米修斯和阿特拉斯》，现有两种：一是铜版的，一是锌版的。请看一看，我们采用的是哪一种。

4．里封面上用的瓶画《柏尔修斯割下美杜莎的头》。这本书是昨天到北图去借回来的。

（如插图方面有问题，可请搞美术的同志来找我。）

连同上周送给你的两本书，一共七本书，请先照相。《奥德赛刺瞎独眼巨人》的那幅瓶画，尚未找到原书，寻找到后再送给你。

上海寄来的那份《巴列维传》的译稿，望便中退给我。我已和北京人民出版社联系过，他们要译稿一阅。

又日文《人民中国》第 1 期，也请便中带来，因有人借阅。

匆此，并顺致

敬礼！

戈宝权

3 月 7 日晨

* 指《〈马克思恩格斯选集〉中的希腊罗马神话典故》一书。——编注

范用兄：

你好！

九月初在北京时，能见到你和小丁同志，很是高兴！承你到出版社书库为我找叶灵凤的三本文集，万分感激！

现托便人带上两本我译的《十二个》，一本送给你，一本请转交肖辉同志，感谢她为我们照相。

我最近应李文之请，为纪念生活书店成立六十周年，写了一篇回忆文章，已寄去。现应你之请，又写了一篇《回忆黄洛峰同志二三事》，供出纪念文集之用。这篇文章现请你们看一下，有无事实上的错误，又我年老忆差，手也不灵，因此字写得小而又不清楚，请原谅，必要时，请人再抄一遍，免得手民看不懂。

匆此，并请

近安！

戈宝权

1991年10月13日

戈　扬

范用同志：

我非常感谢小野同志，正当我学习四中全会决议的时候，他告诉我他本人和别的同志对我的看法，使我在这次学习中能更深入地检查，把自己的思想提高一步。我本想找你谈谈，后来感到在谈之前还是先写信给你比较好，这样，不致使你感到突然，同时谈起来也可以更自然些，话也可以多说些。

在人民出版社工作的时期中，我对你确是有些意见，但这些意见并不是直接和你接触后有的，多半是来自下面的同志，主要的是《新观察》做具体工作的同志。这就是我这次检查的一个方面，不从党的原则解决问题，听到了别人对党员的意见，不立即把这个意见告诉同志，深入地了解情况，向群众进行解释，相反的把别人的意见也无原则地接受过来，慢慢地造成自己的印象，使自己和同志间形成隔阂，也使党员和非党员之间造成更深的隔阂。过去我是没有认识的，这次学习以后才开始认识了。

也由于这个原因，"三反"期间我对你和华应申同志的看法确是片面的和武断的。使应申同志和你在精神上受了些委屈，这在另一方面也是我的个人英雄主义所驱使，而且使这个情况加倍发展。整党以后，慢慢地冷静下来，对于这一方面虽然认识到了，但没有勇气去向你们承认。到今天为止，我和应申同志的关系虽然好转了，但和你的关系似乎还很别扭，这个责任主要的应该是由我承担。我们奋斗的目标是一个，在一条战线上战斗的人们，不应不团结，必须团结得更紧，我诚恳地向你表示这种愿望。而且我还要告诉你，除了那一段很短的时间以外，无论以前或以后，我一直认为你和应申同志都是好同志。即使在那段时间内，我也没有全部否定你们的优点。希望你不要因为我的偏见和不好的作风，而影响了你对人们的看法和热情。无论如何，不要这样。如果这样，也是不对的。

另外，需要解释一下的，在民主检查时，《新观察》有些人对你的意见，我都不完全知道的，因为那次会我没有参加，会上也对我提了意见。据说你把他们的意见和我对你的态度联系起来了，在这点上，我要告诉你，你是多疑了。我决不会做这样的事，叫非党同志向一个党员提意见，如果一般号召那自然可以，但那时候，我也没有作一般号召。

恳切希望你把你对我的意见告诉我，以便我改进，让我们团结起来。致

敬礼

问候仙宝同志

戈扬

范用：

万里迢迢，谢谢你寄来的好书。

这本书[*]，罗孚是去年交转我的。他住在西部，原要来东部时带给我的，结果未来东部，书便在他的箱子里睡了一年，非常可惜。不过终于寄给了我们，还是要感谢他的。

首先看到你的题字，非常别致，而且除你之外，北京是很少有人知道我的这个名字的。至于马义，他看到时，也是感慨

万千。结果，这本珍贵的往事记载，便成为我们抢手的珍品。

我在纽约，也写了一部童年的故事，其中不少是写镇江的。你所写的那些歌的片段，我都会唱，如果有机会重聚，我要拉开嗓门唱给你听的。

这几年，在报刊上常常看到你这位出版家的名字，洪林和浩成在这里，我们也有时谈到你。马义说，这是一个预兆，说不定你有机会来玩一玩。我的女儿，我等了 5 年，都绝望了，以为这一辈会见不到了，可谁知不久前她突然出现在我的面前。我俩泪流满面的情景，谁见了都很感动。

我如今超然物外，整天忙自己的事，马义亦如此。愿你好好活着，我相信总有见面的时候。对我来说你们两位还是小青年哩！马义叫我代笔专候！

佩华** 上

1995.2.1

* 指范用《我爱穆源》。——编注

** 戈扬本名树佩华，笔名洛文。——编注

老弟万福金安：

自从女儿来了以后，我就更加忙了，好长时间没有复信，真正是糊涂了。还得先说女儿，她前天生下一个女孩，七磅多重，已经超过预产期十天，如不剖腹根本生不下来。是第一胎，已经40 岁了呀！我总算过了一大关，给你写信是自己对自己祝贺。

其次，我得托你的福和认识我的人说几句话。我离开北京已是六年多，老实说，我恐怕已经不认识北京，不但外形变了，骨子里也变了。你们还好，一直没有离开，我可大不相同，看到几

封孩子写的信，那词儿用得天花乱坠，我便大为感慨，这个世界，对我已是不存在了。

我非常担心你的腿，常常对人说起，不知现在是否全好，念念。

今天看《新华文摘》，偏偏是去年年底的如今才收到，有一本上面，四位熟人已经走了，如不读这个，我还不知道哩！

你寄来的文章《只有一年》，很好。我倒有一句忠告，人家曾经忠告过我，我没有注意，那就是趁能写的时候赶快写，千万不要等待。像我这样已经来不及了，我哪里想到，这样快，像滑坡一样，不只是一年不如一年，是一月不如一月。

之方怎样了？如今年来过冬，请千万不要忘了替我问他好。还要请你告诉丁大人，我动手写《新观察》四十年，一开头就有小丁。可是不幸的是，手边只有一点不全的《新观察》，无法写。因为要写就写真实的。郑仲云说他那里有，可是远水救不了近火，只得徒唤奈何。

王宗尧老师及师母还活着，我真高兴，请他们两位珍惜，等着见面。我想能见面的。世界上就是有许多奇迹哩！

呆公夫妇很不错，身体很好，他最近去加拿大了，回来以后，恐怕还得去女儿那里度暑假。希望你们两位活得生气勃勃，老姐向你们敬礼！

你的马同乡问候你。

1995.5.27

范用老弟：

我这样称呼你合适吧！

我现在写字不好，因为右眼有毛病，但可以打电脑，我每天在电脑上写文章，大约三四小时。

你让于浩成寄我的《最初的梦》收到了，我读了两遍，很好。记得在重庆读书生活出版社的楼上，那时你十八岁，读书很多，颇有作为。后来你成为出版家，可惜经你的手出版的书，在《梦》里未见。

我有时感到自己老了，但你还年轻，但如看到反面的老人，我们都还年轻。

在我面前，你能说不是一位小弟弟吗？就是马义，也还是一位小弟弟，你们都能够写不少东西的。

你的腿好了没有，仙宝妹妹好吧？

老马向你问好！

老树 佩华

1998.3.14

范用、仙宝：

接到你的贺卡，如获至宝，仔细观摩，感慨系之。

我记得在重庆读书生活出版社时，你才 18 岁，尚未和仙宝结婚。一位年轻有为的青年，一肚子的马列主义，自惭不如，只是督促仙宝结交这样一位朋友。你记得我和王兰芬正计划去新四军哩！

最近又看到你在通县黄永玉家的照片，年已老（当然比我小得多。我今年 83 岁，大概你比我小八九岁吧），拄拐棍。如今又看到你人生最初的照片，对照起来，真是好极，妙极！

不管怎么说我们是同一辈人，当初的那种追求，至今认为理所当然。只是后来经过大浪的冲激，有点昏昏，这十年回想起来如梦而已，不知你的感念如何？

郁风常通讯，你的近照也是她寄来的。

仙宝还是一口常州音吧？非常想念你们。

戈扬

1999.3.12

葛孟曾

范老：

您好！

6月20日我寻访到宗白华先生之子宗涛老师，请他在吴孟明老师寄我的“后记”复印件上盖章。为和启功先生相称，他选了一小章盖上。原件已挂函孙晓林同志，复印件寄上一份。因印泥红色复印效果不佳。6月11日看王世襄老先生，见他身体尚好，甚慰。王老说他不便作序，早先印象深，跋中写几句，暂不用看原稿。

晚读上上周《作家文摘》，对长辈感佩之余，自己也觉惭愧。想我虽将退休，一定在数学教育和科学普及上尽我一星点力量。去年我应约为《青少年》写了篇杨振宁先生简介，改正几处错排后复印件连同小照一张附上。我这薄积薄发的短文不当之处颇多。请您指正。

匆此　即颂

阖家安好！

晚 葛孟曾 敬上

1997.6.24

葛一虹

范用同志：

现将两书奉还，请查收。关于这篇文章我原安排在年内写出，恳你能在十一月中旬时再借我一用。解放后出版了一二十部现代文学史，关于这个问题的评价，是与当时事实不符的。我觉得我有责任澄清问题，只是最近杂事太多，一直没有动手。久借不还，而且还要借，请原谅。

《读书》编得很好，我也曾想过一些题目想撰文投寄给它，例如一九三五年左联地下刊物《文学新辑》，以群同志搞出版工作的问题等。以后再说吧。

关于莎士比亚图集，准备由戏剧出版社来印一版。但不知明年是否有机会。现时印刷方面的事情，我不太熟悉的了，还当向你请教。

匆匆不尽，即致

敬礼

葛一虹

九月十八日

胡风的《论民族形式问题》一书，暂以我所有的送上，你那本不在手边。又及

范用同志：

多时未见，时在念中。值此新的一年来临，祝你健康，诸事

如意。

去年十一月底曾挂号寄回《民族形式讨论集》一书，谅已收到。久借未还，甚感抱歉，乞原谅是幸。我现需人民文学出版社版《易卜生戏剧集》一书，不知你处有的收藏否？可否惠借一用？或代求之。

三联也算副牌，命运如何？它出过许多好书，令人不得不关心。宝权同志前曾交去《高尔基》一稿，系他与茅公和我等四人合译的，下落如何了？我曾为其写过一篇重印说明文字，当时并未留底。现我正在整理旧作，需用它，恳请你费神查问一下，并将它请书店方面复制一份寄我。所需费用自当照付。谢谢，谢谢。

我亦已离休，健康尚佳，平时还有些社会活动，不常得闲，甚愿安下心来写些回忆短篇，以作消遣。《中国话剧通史》则已于一九八八年完成，可望于第一季度问世，得书后以寄奉，请你指教。迁往宣武区后，与东城诸友来往比较少了，一般用电话相联系而已。我看到你藏书满屋，坐卧书城，足娱晚年，而辛勤耕耘的杂志亦颇有成绩的，你或可稍稍自慰的了吧？

临书匆匆，即问时安。

葛一虹

一九九〇年元月十二日

范用同志：

我收到同乡同学秦瘦鸥同志寄来的《早期的美籍中国作家——德龄》一文，我自己提不出什么意见，他嘱我转投《读书》，现奉上，不知合用否？请审阅，处理。

我想把莎翁图集印装得漂亮些，就印它千把本，八开或六开本的。另外搞一种普及的，除了这四十多幅钢刻以外，将另一本书上复制几十幅类似的东西一并印出。现正计划中，尊见如何？

关于整个出版方面的情况，我很不熟悉了。对于目前某些倾向，我是不无疑虑的，很想找你聊聊。有所请教。

匆匆即致

时安

葛一虹

十一月二日

公　刘

范用先生：

春节已过，拜个晚年罢。

元月 21 日信已读，知道你曾和京华诸宿彦聚首，大唱语录歌，闭目想象，不禁哈哈一乐，可惜，我无缘恭逢其盛。

《访法谈话录》出版中，最近还有编辑在找我商量。难啊，我实在不愿割弃某些“犯忌”的篇章，看来怕只好借你所示的金言“总有一天会出版的”，聊以自慰了。

香港三联书店的原负责人蓝真先生，说起来还是我的“学生”（函授学校），但我一向不愿搞“关系”，迄未联络过。如今听说已换人，也不知是哪一位了？你是否熟悉呢？我有一本精选诗集，国内已根本不可能找到“买主”，为了纪念自己学诗五十年，很想寻得一根“试管”，生下这个“胎儿”。不知阁下可有办法助我一臂之力？请考虑考虑，赐我回音。

此祝

大安

公刘

2.19（初五）

如能见到罗孚兄，乞代致意，没给他写信，抱歉。

范用大兄：

新年清吉！

小女携回之“范式”贺卡收到，谢谢！

听她传话，说你有意将访德、访美文字推荐给三联出书，情意可感。但有一点困难，不知如何处理，乞详示。免得白忙一场。来日无多，我不能不尽可能避免无效劳动也。

设法向人讨得《清明》一册，遵嘱奉上，供暇时翻翻。

专此

公刘

1992.1.2

范用兄：

拜年，祝您健康长寿，新年顺遂。

不知何故，1992年我去函罗孚兄致意，未复，1993年又致新年祝贺，仍未复，1994年，按照你的意见，封皮上写的是夫人的大名，迄今仍未复。如此者已三矣。人云，事不过三，今后我当不再攀附，也许人家有了自由身，即忘却患难友，也未可知。

拙作《公刘随笔——活的纪念碑》已出版，待自购本邮到，即奉上求正，请留名邮件可也。

三联刊印《爱乐》杂志，令人雀跃，唯此间民风淡薄，复兼闭塞，竟始终见不到她的芳姿，徒唤奈何！想订也订不到。有关该刊情况，我兄可否见示一二？主编朱伟，是否即原《人民文学》编辑？通讯地址为何？到底是京版还是港版？月刊还是季刊？价款若干？已误多期可否补齐？等等，费心了解一下。

北京有雪，这里干冷，真不如有雪也。

专此　顺颂

俪安

公刘

1995.1.9

范用兄：

去年 12 月 26 日凌晨 4 时，我突发脑梗塞和颅腔积水等危症，伴以呕吐不止（直至见了胆汁、鲜血），经医院抢救脱险后，第三天才转入正常治疗；今年 4 月份，除左耳失聪已成定局外，病情大有缓解。正拟月底出院，却忽觉自右肩背至左脚踝斜向一线剧痛难忍，旋即再度陷入无法行走亦无法坐立的困境，做 CT 后，方查明，系腰椎椎间盘脱出（请注意，不是突出）形成“局部真空”所致，真是祸不单行。而根据我的年龄、体质及病史，医生会诊结论为，不能开刀，不能牵引，甚至不能推拿，只能服药镇痛，同时静卧板床长期休息，于是告别了病房的钢丝床，由人架着爬楼回家，这已经是 5 月 24 号的事了。从此，便又开始了残疾人的生活，小心翼翼，足不出户，迄今两月有余矣。差堪告慰的是，最近，已可抛却拐杖，斗室之内挪步缓行了；复原固无指望，然假以时日，坚持锻炼，或许还能更好一点吧。

半年多来，辱承朋辈垂询，至为感荷（女儿刘粹曾代复若干）；其间，还杂有大量约稿函，未能回信加以解释，都是应该敬致歉疚的。无奈眼下实在精力不济，难以一一亲笔致意，只得采用这种欠礼貌的方式，通过文字处理机“写”上几句话，作为总的答复，尚乞海涵是幸！

细想此番大病，之所以能绝处逢生，端赖：一、机关同事的及时帮助和医护人员的全力疗救；二、女儿仅凭一把躺椅，整整陪住了150天，昼夜呵护，里外奔走，复须兼顾工作，可谓心力交瘁；三、旧雨新知们的祝福和报刊文友们的厚爱，也是鼓舞斗志的重要精神力量，为此，谨再次向您说一声：谢谢！

最后，尚需说明的一点是，如蒙复示，恐怕得等上一段时间才能收到回答。至于文稿，就更要请求宽限了，反正“人还在，心不死”，迟早总会交卷的，勿虑。遥颂

暑安

嫂夫人统此不另

公刘

1996年7月末

范用伯伯：

我父亲走了，我相依为命的老父亲！

父亲生前多次嘱我，事发不要多惊扰大家。事后由我分别函告他的同道友好。所以寄上这一纸由我和单位一道拟定的消息通稿，以遵父嘱，以寄哀思。

我的哀伤和痛苦无法用语言来表达，搁笔了。

公刘的女儿 刘粹

03.1.18

附：诗人公刘逝世

中国作家协会名誉委员、诗人、作家公刘同志因病医治无效，于2003年1月7日14时40分在合肥逝世，享年76岁。

根据公刘同志遗愿，“唯愿平平常常地来，安安静静地去”，

丧事从简，至亲好友相送即可，不另印发讣告、生平之类，不开追悼会，不举行遗体告别仪式，恳辞各方的花圈、花篮。

安徽省文学艺术界联合会

2003年1月8日

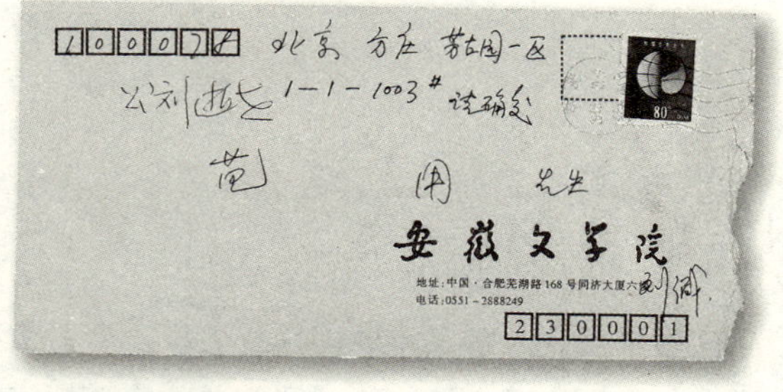

公刘女儿致范用信封

龚明德

范用先生：

《老版本》二十五元书款妥收。本来是送给您的。您是亲自操持出了大量好书的出版界前辈，我弄出的书能让您看上，已是大幸。《老版本》印得很艰难。原想在我退休前至少出个一百来本，以补充“妄为者兼无知者”们的割断历史之空缺，却被卡……为出有点价值的书，就得不拿奖金，有时还得赔上工薪！时风世风如此，估计也非个人之力所能扭转也。《凌叔华文存》上下卷前年已印出，是凌氏全集，由于当时我手头闲钱太少，只买下五十套，请印刷厂“刀下留情”，做成毛边本，今已成了爱书人的喜物。这回清理办公室，竟找出了一套毛边，被十堰市毛边书局傅天斌要了去，说是“仅供陈列”。

从傅天斌处，见到您制作的一些藏书票，不知您手中还有“复本”不？如有，我讨各一份。香港三联印的不干胶藏书票，那儿的友人送了兔年一套，真好，也颇想凑齐一套，估计只会是美梦了。祝好！

2000.7.30 成都

龚之方

范用兄：

大札来了多时，迟复为歉！

不是别的，实在是心里发愁，俗话所说的“没得劲”，把许多应做的事都搁在一边。自己也弄不明白：一天的时间是怎么消磨的？浑浑噩噩，也就这样让光阴溜光了！

实在对不起你！

我寄上两本《苏州杂志》(第四期)，一本是给徐淦的。我怕麻烦，把两本塞在一个封袋里寄发了。

我本定重阳节前来京，现在据说寿公坚决不同意，同时老人家身体也不好，无法勉强他，因此我也不打算赶辰光了。大概我会来京过冬的，同去年一样。

你们那里：你、淦兄和浅予这个“三只角”，我很有兴趣，我出来一次“一鸡三吃”，实在划得来。我回苏州后，一直很想念这个“三只角”。

本来等候你和淦兄来苏州的。我一次去“元大昌”买了十瓶“加饭”。当然，酒不会浪费的，我很快就把它报销了。

你先后寄来二十元“杂志费”，这笔钱我来日给两位带点

“糖豆板”“醺青豆”“粽子糖”来。杂志费不要再寄，杂志是我送给两位的。

弟 龚之方

89.9.26 苏州

如遇浅予老，告诉他，我重阳节不来北京了。又及

范用兄：

时间已到了五月，溽暑来得比往年早。我回到苏州后，天气还是很冷，在家里穿着丝棉袄，不多时前才脱下，可是一转眼间，火辣辣的暑天来临了。我今年在感觉上好像没有春天，和煦明朗的春天在春寒料峭中给驱走了！

浅老的书出不成；吴冠中去了法国，丁聪又被女朋友邀去白相香港。原定在杭州签名售书的盛举估计是搞不成了。杭州的叶姑娘想必很失望，我也因失去一个再次搭“天堂号”夜船去杭的机会而感到怅惘。那次的“一瓶酒、一夜天”的情景难忘，总得找个“因头”再来一次吧！

你们（淦兄来信，他说秋天要来）的南下计划有何新讯息？老罗说要来也久候未至。今年南方的夏天说来吓人！报载气象台消息：35 度以上的大热天，持续的日子要比往年多一倍，估计市上空调机的生意将大盛，但买不起也只好白瞪眼了！

但是，秋天总是要来的！苏州的秋天还是很讨人欢喜的。淦兄的计划实现，你们能一同来吗？

很想念觉民兄，不知他这个“老苏州”也有游兴否？

请代向老罗致意，问明他和夫人的意向，我在此恭候。

《大成》杂志在我这里；你嘱我写几个字的那张宣纸也在，

容后即写。

我回到苏州后，弄口的“三路车”因城门口修路而不通，我怕多走路，在家枯坐的时候多，哪知“枯坐”成了我的病因，精神大大不振，有人说我患了“水土不服症”。现在，弄口的公交车通了，我买了一张月票，三日两头去听一场书，当然，我这个“水土不服症”也就此霍然而愈了！

孟浪在哪里？此间包括他的内侄都无消息，令人悬念！孟浪的妹妹住在徐淦的楼上，请徐淦兄再打听一下，有消息望告。

不多写了，望望各位！

夫人均此！祝

双福！

弟 龚之方

92.5.8 苏州

范用兄：

两信皆先后收悉。迟复为歉！

我在连续十几天破纪录的高温中身体甚不好，我无奈采取静坐办法，求其“心静”，自然凉也！朋友来舍见状，说我是“休克疗法”。在这期内，我什么脑子也不动，信堆着也不复，饭少吃，光饮水，因是体力极弱。日前天气转凉，多吃了一些，却又因晚间贪凉，大闹肚子，逾四日才愈。真是折腾得可以。

你寄我的东西如“大旱之望云霓”，喜不自胜！希望兄今后还能陆续赠寄。

溽暑给我带来的烦恼，比前年（也是大热）更甚！我估计我的年龄和体力状况很难承受！我儿子叹着气对我说：“看来只有装空调的一条路了！”

也有人劝我说：每年在北京“避寒”，何勿再增加“避暑”一个项目？这样，每年的春、秋两季在苏州住，夏、冬两季在北京住。这样，就要两次往返，乘四趟火车。据孟浪同其友人丁杰来告，火车将自九月份起增加票价达百分之二十（现在证明此传说不确），当时毛估估一算，我一年的搭火车支出要八百元，这不是太大了？一时未敢定下来。

摆在我面前的是个“为日无多”的严酷的事实。我一直认为：越是为日无多，越是要把“无多”的日子安排得舒适、充实和饶有兴味。所以，明年的预防溽暑的问题必须在春天的几个月里有个决断。

孟浪来过府上，现下他的下落，没有人知道。本来听人说，他弟弟十二日要返美国去，他弟弟希望同他一起从北京乘飞机到上海，现下“十二日”已过了一些天了，没有见他来苏州，大概仍在北京吧！

柯灵兄来信，要我在他主编“文史探索”（丛书）中写一本书，指定为“小报史”，我可能要同柯灵兄当面谈这件事。

这封信是在苏州写的，却把它带在上海投递了。我明天（二十四日）去沪，会见香港来的韦女士，住在静安宾馆，二三日后返苏州去。九月一日又要去沪一趟，是应旅居美国的张文涓（现回来烧香拜佛）之邀，张信上说，她要我陪她去看望柯灵，恰好我有事要找柯灵，一得两便。我在参加于伶的创作纪念会上见到柯灵兄，那天他已对我提了写书的事，因匆忙未及细谈，后来他就来信了。以上提到的两位女士都是三十年代旧识，柯灵也很相熟。

我病泻，实际上并没有痊愈，现又不得不疲于奔命了！

问浅老身体状况好，甚慰。望望觉民兄、徐淦夫妇和尊夫人，祝大家安康。

双福！

弟 龚之方

92.8.23 苏州

候问姜德明兄，并谢谢他，他的文章我心领了，便中望转言。又及

范用兄：

信悉。

小丁的信，沈峻写了我六年前的地址，半月后由老邻居辗转送来，这时他们夫妇已到了杭州了。

我知道小丁、沈峻住在上海柯灵兄家，我去了一信，不知他们收到否？

我在一次发烧以后，四肢乏力，走路摇摇晃晃，手写字歪歪斜斜。医生说这不是血管爆裂之类的小中风，但也是脑部某神经萎缩引起的，正在服一种新药，现在已经好多了！

我已让人购二十八号火车票，如票买到，我二十九号即在北京新源街了，良晤在即，向各位朋友问好！

手没有全部复原，字迹潦草请谅。

此请

双安！

弟 龚之方 拜上

92.11.24 苏州

范用兄：

好久没有给您写信，实在抱歉！您给我小孙子寄了那么些书籍，他母亲叫他亲笔写封信给您，至今他还没写成。他是小学五年级的学生了，还写不成一封信，也真遗憾。

苏州的四月，笋上市，候你和老许来；五月蚕豆上市（我家每天四五斤，十多天未断），你们仍没来。下去是六月，那是“蚊子”上市了！其实，我接淦兄信，知姚钧患病，已取消南下之议，想知你们必受到影响，未必会来了！再罗兄情况不清楚，他是否能来也与你们大有关联。

孟浪带来你书，给小孙子抢去看了，我还没细读。孟浪此人甚有劲，他八日到苏州，九日即去上海；回苏州后，十八日又去杭州了。我至今只见到他两次。

我自腿部患疾后，情绪很不稳定。我也是个好动的人，在家里闲不住，现在竟然是接连十天八天不出门，观前街离家不远，也懒得去，别说逛这逛那了。

浅予老来信，他今年提早于五月中离桐庐回北京，他说是健康原因，颇令人关念。不知你已见到浅予老吗？见到他时，望代我问候。

今年十一月下旬等北京暖气开放，我仍要按旧例来北京“孵水汀”。你搬家不知搬在哪里？我到北京后经常要到府上去，未知交通方便否？

我在苏州马路的书摊上，买到《十年动乱》一书（国际文化出版公司 1988 年版），还有点看头；可惜只有第一册，你的书库中不知有“第二册”“第三册”否？拟借来一看。

见到淦兄嫂时，此信可交他们（还有觉民兄）一看。姚钧虚惊一场，为她们全家庆幸。老夫妇金婚旅行，大概要改在明年了吧！

问丁氏夫人好！

弟 龚之方

93.5.22 苏州

范用兄：

信悉，前此你寄我的月刊亦已收阅，在月刊中重又读到罗孚兄十方谈，解渴至慰。至于艾蓓的小说，我有不忍卒读之感，只读了她的小说故事梗概，其十七章小说尚未展读也。

魏绍昌兄所写海派文章，都曾以复印件寄我。《戏台下的宴叙》是几年前的旧材料，我与魏兄宴叙，已几年未曾碰到这个机会了。

苏州今年起出版晚报，四开彩色小报，常务副总编辑凡晓旺，系钱瓔的大儿子，很能干。钱为阿英同志的长女，我与钱家有三代人的关系。凡晓旺出此重任，即使是单纯为捧场计，亦不得不写些稿子凑凑热闹吧！正月至今，共五个月，我为他们的副刊《怡园》写稿达二十一篇，每月平均四篇，也算是热闹一番了。

我与《上海滩》杂志，素来有些关系，大约从今年九月份起又要有拙作在该杂志与观众见面，且在准备一个小连载，凑凑热闹，正在商讨中，未知何日能实现也。

我的近况大致如此。承兄等关注，感激之至。

丁老师均此，祝

近佳！

弟 龚之方

94.5.28 苏州

迄未见到孟浪兄，听说他在南京。又及

方庄在何地段？靠近何处？暇望示知。又及

范用兄：

祝贺你乔迁之喜！你耗了那么大力气，应该休养休养了！我急盼去京之日到来！和你们再叙叙！

近日心情甚不好，不是为了自己的事，而是朋友们“走路”的太多，一个连一个，一阵心酸又一阵心酸！南京有陈白尘，上海有黄佐临和朱雪琴（弹词家，琴调的创始人），北京有王玉蓉，听说北京翁偶虹也已疾危，不省人事……皆是旧识，除朱雪琴外，都是八十几岁，和我年龄差不多。对我来说，是多么触目惊心啊！

我的牙齿，上面剩五只，下面剩一只，仅此六枚宝贝，倒也不怎么影响“贪嘴”，最近又掉了一大门牙，非同小可，有失观瞻，也真有点衰老之态了！

我替《上海滩》写稿，去年以前很正常，去年一年未写只字。今年九月将有一稿刊登，编辑部建议每月有一篇小稿，正在探讨，因是连载，为郑重计，尚未定夺，初拟于今年十一月份起刊，现恐要挪后在明年一月起实现了？

我拟的题目为“上海老话”，每期一则或二三则，皆短小，求其可读性与趣味性多一些。现编辑部建议我参考已故徐铸老以前所每月一篇的那种人物琐记，这对我很有启发，故这专栏还得再研究一番。

我为苏州新出的晚报写了二十多篇小稿，近亦暂告中断了。

如此而已！我并没写很多的稿，当遵嘱努力以赴！

“上海老话”栏目与《新民晚报》冲突，我初步拟改为“上海旧话”，尚未提出，一切待编辑部决定。

若此计划实现，希望你、徐淦和“老上海”许觉民兄，随时给我提供素材，没有足够的原料，这锅菜是炒不下去的。

孟浪没有信来，只知道他已到了南京，不日回苏州。现在见你信："孟浪来过电话，暂不返苏州。"愕然！会当写信问候他，不知他病是确已痊愈否？

徐淦兄来信托我向上海滩杂志社查问一件事，我当天即去信该社副总编辑，不知有回音否？

望望徐淦、觉民二位。

丁老师均此，祝

双安！

龚之方

94.6.25 苏州

徐淦、姚钧伉俪，范用、觉民、孟浪诸兄钧鉴：

我们是"天堂号"同伴，前岁的桐庐一行，留下印象美好；不意这二年中，除了觉民兄外，五人均成了病号。范用兄跳墙一幕以后，又似乎曾因搬书伤了筋骨；现又被自行车撞倒于路上，骨折而住进医院已月余。姚钧肩际之病不轻，徐淦亦患心病去津休养数月。我与孟浪本是"健步者"，如今亦分别为腿病所苦。我懒，情绪又不好，终日居家不出，成了半死人了。

我本来有个写小稿的计划，现在因思想集中不起来，"泡汤"了！

《苏州杂志》第四期两册仍寄到你那里（明后寄出），因为我收到的范兄迁移通知，他的一张明信片，苏州邮局的一个浓墨图章恰好盖在新迁地址和电话号码上，我用放大镜看也看不出数目字来，因此，还是寄到你那里较为妥当。有了范兄的明确地址，以后就分别寄发了。

孟浪来到苏州逾月，还没有见过面，通过两次电话，电话里听他说话声音，中气还是很足。他去了上海，又至宁波，现在又第二次去上海，还要去南京，和我差不多的时候回北京来。

孟浪所以不来我处，因为我屋前修大马路，公交车不通，要乘三轮，他不愿花这钱。现在（二十八日）马路修好通车了，他答应从上海回来到我处来。我在等他，我惦念他。

不到两个月，我们要见面了！当面再聊吧！

祝

各位病号早日康复、长寿！

弟 龚之方

94.9.25 于苏州

范用兄：

来信和附件（《忆胡考》）收到。迟复为歉，乞谅。

近一年间，友人的死讯太多，令人凄然！我去岁遭家变，心态一直难以平衡。我现在居于我大女儿家，虽然大女儿服伺我极周到，但终因她也已是老年人（今年 60 岁），每天要管四代人的饭（她的儿子、媳妇、外孙女一家在搭伙），一天忙到晚，有时我真也有点心疼，不安！

去年我来京，只住了两个多月，去上海住朋友家二十天后回苏州，时为三月五日，天气还较冷，远远没有在北京时舒服。

这次在京，没有遇到过觉民兄，感到万分遗憾！若不是孟浪兄迟迟不来北京和徐淦兄去天津过年，可能我们会相聚几次的。我行动不便，出门总要人陪同，懒于串门走动，这也是一个原因。总之这个情况不妥，憾甚。

听说孟浪兄已来京。

建议我和孟浪兄合住在三门巷，雇一保姆，如此晚年生活会活泼些。此事早听人说了，还没有机会当面与孟浪合计过。可是，这不是一件容易实现的事，至少有三个大难点：1. 那里没有电话，这是现代急需工具，尤其对老年人生活更有必要；2. 煤气和一些炊具设备也是一项工程；3. 为两个耄耋老人同雇一个保姆，是件大难事；目前是小保姆的天下，她们接受不了……总之，要合计的事还多啦！

《苏州杂志》已搜齐，日内就照寄。不另给老许写信了，有机会此信交他一看。

丁老师均此。

弟 龚之方

95.3.29 苏州

《镇江日报》一文，亦拜读。又及

范用兄：

大札收悉。

老太的文章也看到了。她“佩华”的原名我也不知道，只有像你这样少年旧友才说得清。

我自上海回苏州后，生活有些新节奏：上午看报（我家订报：《解放日报》《苏州日报》《新民晚报》《姑苏晚报》，加上《参考消息》和《报刊文摘》。够“闹猛”了，要仔细看够半天的时间。我北京的女儿又将北京市上的几份热门报，常有寄至。所以“上午看报”，已成定局）。我视力日差，上午的光线好些，对我来说，上午较适宜于看报。

下午有个新节目是“散步”：我家门前新开的马路（“干将路”），甚宽，人行道也较往常加一倍多，在人行道散步比较安全，前一些时由我大女儿陪着行走，现在已有多天单独上街了，大约散步半小时，有时还多一点。一个时期下来，觉得腿力比前强了些（也许是心理作用），而且成了瘾，到时候就想拄着拐杖出门了。

练呀练的，想练到能毫无困难地上下公交车，就自由了。

叶老本来厌食，我在京时曾为他担心，可一下时嗜肉到这个程度；四种肉，即使每种肉吃一块也够惊人了。看来，肉可以吃，却绝不宜多吃，尤其是对老人来说。我嗜肉依然如故，恐怕也得改一改。

我正在写《往事有忆》，改变了一下形式，把四十年旧社会所见，二十年“运动”亲受和一些我记得起的人物轶事，三者搅在一起，每节只写五百来字，空话少到无可再少，说的是实人实事，重趣味性。未知这形式行否？倘有所成，当首先向你请教。

觉民兄、徐淦兄均此。候问丁老师。

孟浪尚未见其来。

弟 龚之方

95.5.1 苏州

我寄的《苏州杂志》，尚缺去年第六期未寄，因一时补不到，现在我女婿的单位里让给我一本，改日即寄上。徐淦兄的一本另行设法。又及

范用兄：

久未通函，念念。

《苏州杂志》自三期起直接由杂志社寄发，不知已收到否？淦兄处亦如此，便中请代询。

你多次寄我《读书》杂志，犹如天上掉下的精神食粮，百读不厌，甚为高兴！《读书》取材与编排未变，清新而不媚俗，诚

是可贵！

我足疾依然如此，不常出外。访友聊天（吹牛）是生平快事，不意到晚年竟天夺我念，无可奈何！身体的其他方面，看来并无毛病，吃、睡、拉三者基本正常。尤其是肉食之嗜，仍无稍减，只是稍稍节制而已。

这一年中，老友“走”了不少，有空虚落寞之感。今冬本拟不来北京。忽然，唐瑜老兄天外飞来，且要在国内住一年之久，要去广州，要去上海，访友寻梦。估计冬天在北京居住为宜，他也会选择在北京过冬。果真如此，我则仍然来北京“避寒”，省得在苏州挨冻也。

唐瑜是我最老的朋友之一，我们在上海相识时都不满二十岁，且都是穷小子，有一段有趣的经历。

徐淦夫妇秋后要南来，有此事否？这是孟浪告诉我的。

孟浪患足，他好像比我厉害，下楼梯时更困难。

亦代、宗英在苏州签名卖书，报上有预告，到时我和孟浪去看他们，惜他们当天要回去，午饭由出版社和书店宴请，我不便“加进”，只得早退回家了。

老许、徐淦常晤否？我们五人的桐庐之行，在船上的一宵，犹历历在目，但也许这是最后一次了！丁老师均此，祝
双福！

龚之方
95.7.11 苏州

范用兄：

你十九日的信收到，迟复了！

你历次寄我的《读书》，是否需要我北来时带上还给你，便

中乞示。

戈老太的信，有复印件望寄我。

唐瑜给我的信上说，他要伴送夏公去钱塘江，你信上说是叶浅予，可能两人他都要伴送。他说这次回来要住一年。

我大概每星期日冒暑去孟浪的三门巷一次，已见到他四五次了。他走路比我还要慢，走扶梯时“下去”比“上来”困难。他的足背有些肿，是我大女儿发现的。后来我问了他本人，他说“是的”。我建议他看一次“专家门诊”。他懒，实际上也乏人敦促和陪他去看病。

你是“硬伤”，是无妄之灾，至今还离不开拐杖，真是太冤了！

我本来想今年不来北京了，现在动摇了，还是来一次吧！

我给大女儿去信，她没答复我。现下，她在香港休假，有四十天假期，我抄了个罗孚兄的地址，嘱咐去拜访罗孚伯伯。我大女儿现在是中新社的编辑，理应认识一下这位老前辈。罗兄和金尧如是我的老领导，我几年在香港《文汇报》工作，是在他们的领导之下。

我给觉民兄去了一信，向他索取他在《光明日报》写的一文的复印件。我是在《新民晚报》叶君健一文中得到线索的。

徐淦寄来他编的台湾作家的短篇小说集和他跟贺友直合作的包公连环画。徐淦真是老当益壮，令人羡慕。

我的写回忆录的设想，一再摇摆不定，迄未下笔。现在我决定撷取四方面的材料，掺杂着写：①四十年在旧社会；②四十多年在新社会；③“文革”的遭遇（从反右开始）；④一些“特种人物”的轶事。我的目标是在香港报纸的副刊上刊登，每篇五六百字，字数篇篇固定，便于在副刊上有一个固定地位，每篇小文力求少说空话，文中有人物、有事实，且注意轻松些，趣味多一点。这样的小文就能在港报副刊上站稳脚，争取刊上一年半载。

天稍转凉即动笔。今冬来京，带上一些给你看看，是否行？将来和罗孚兄通个气，由他帮忙找个小地盘。

老朋友都劝我写回忆录，才定下这个设想。目前还未动笔，不知会有什么未卜之事没有？但愿一切顺利。

今天是星期日，又要去三门巷看孟浪。他装电话，已付了钱，多天了，至今还听不到铃响！

忒也的噜嗦了，下次再谈吧！

丁老师均此。问

双福！并祝您早日抛开拐杖！

龚之方

95.7.30 苏州

范用兄：

日前我向觉民兄要他所写的《老人访老》的文章，他已把复印件寄我，我看后转寄与孟浪兄。孟浪在健步时就喜欢常找老人们拍照，此事只得让给年轻人去干了。

孟浪的三门巷，我大约逢星期日去一次，那天可能遇到别的朋友。他实在也寂寞得很，整天守着电视机打瞌睡（并不认真在看），一天响到晚，如此而已。

吃饭还是用只小电炉，凑合着对付一日三餐。他有两个知己朋友，一是唱评弹的王鹰，每星期中午总送去一二个炒菜，让他改善一下；另一个朋友是楼上女的，时常在菜场替他带些什么回来，一切弄干净了给他。有此两位非亲非眷的，倒成了他最亲近的人。

《读书》是出版社寄发的吗？希望能照寄。

便中将戈老太的信，复印给我。

“陆文夫办茶馆”，不是听到了这个消息有一年多了吗？如今真的开张了，是新建的房间，按照陆文夫的设想，有三层楼。

兹将刊登茶馆的“剪报”寄上。此张剪报，你看后请寄许觉民兄，并请许看后再寄与徐淦兄。他们也是关心“陆文夫茶馆”的人。

天太热，人太老，十分没趣。

此间寡闻，希望支援。

丁仙宝老师均此。

双安

弟 龚之方

95.8.16 苏州

淦兄*：

我向你们汇报：我去过“晏芝沙龙”了，是邢晏芝集资开的。这位大名熠熠的评弹演员终于也“下海”了。屋虽不大，装潢还精致。

那是开幕的一天，顾客全部挡在门外，来宾都是她邀来的客人，大约有百来个人，一部分是从上海邀请来的：秦绿枝也在其内，昆剧团有张静娴；评弹演员有杨振言、余红仙、吴君玉、薛惠君……都是大名家，苏州以金声伯为首，也有一批人（如薛君亚）。其实以上这些人，现在都不唱评弹，而都是上海和苏州两地京剧票房的成员（所以舒适也来），“玩票”的是京剧。从下午二时开始，一直唱到五时开饭。这种场面听说上海常有，我孤陋寡闻，近年中还是第一次见到，感觉新鲜。这些评弹的京剧票友也都有几手，如薛惠君唱“程派”，简直是专业水平，李世济亲授的。

我不是票友，因与邢晏芝老板认识，也被邀请在内了。

这个“开幕式”开得热闹，也开得别致！

“晏芝沙龙”在十全街上，与陆文夫办的“茶饭店”只几个门面之隔。我还没去过茶饭店，详情不知。据负责规划的领导官员说，这条十全街，将是苏州未来的文化街，要继续开辟。

你和范用、觉民都是关心苏州的玩意儿的，特写此小报道，有机会你将此信转与两位一阅。

孟浪九月二日去上海，不日又要到北京，都是为纪念田汉的事。你何时动身到桂林，事先与孟浪联系一下，不然，到时就碰不上头了。姚钧夫人均此。祝双福！

弟 龚之方

95.8.31

* 此为龚之方写给徐淦的信。——编注

范用兄：

回到苏州将两个月，还没有给你信，原因有好多个：

你借我看的老太的信和文章，我带回苏州了。苏州有位钱瓔同志，是阿英的女儿，在苏州做过几任当地的官（宣传部长和文化部长），现在当然已因年龄而离任。她在苏北新四军时与老太相熟，她常问起关于老太的近况，我这次带来的信稿顺便交给她看了，因此耽误了一些日子。

我回苏州后，除了偶尔写信外，还不曾写过稿（可谓“一字不出”）。看来写稿对我已没兴趣了，并不是因可写的材料缺乏。好像材料还有的是，但总是提不起笔，这大概和心绪有关。我的“心绪”的造因，由性格和兴趣引起。我是个好动的人，喜欢串门访友。记得不多几年之前，我每次来京，与孟浪搭档，各买一张月票，每天的任务是串门，搭乘公共汽车多至五六次，连着走访许多老友，不到晚上“末班车”不回家。这些都是眼前的事情，几年之隔，现在想来都像是神话了。

为了张爱玲的热潮，各方面逼迫我写了三篇稿，以后就此像“搁笔”那样按兵不动，这和心绪有关。

朋友待我甚厚！苗子、郁风有事到苏州，特地费劲（司机不谙路）找上寒舍来看望我。旦华（夏公的儿子）来苏有事，也特地光临寒舍。吕恩从常熟（老家）来苏州，虽未晤面，却打来了五六个电话。朋友的盛情实在感人。

唯一令人挂心的是曹孟浪至今还没回到苏州，据说他在北京向公家要房子，是否打算久住？不知道。他对我说，他的资料室要正式“挂牌”，似乎许多事还在“创业”之中。他比我只小一岁，也八十四岁了，还有那么大的壮志？令人倾服。

总之，我现在的心理状态不好，能有一天可以恢复到“勤于笔耕”，把一些旧社会老古董写出来，这才能算恢复正常了。

谢蔚明老兄对我期望甚深，来信频频，真要谢谢他的美意。

接沈峻信，知小丁已在四川开过展览会，今年十月一日又要在北京举行，沈峻希望我到时来轧轧闹猛，如果我真能参与其盛，那要看我的“福气”如何了。小丁与唐瑜是我少年时朋友，唐瑜六月一日要回去了！丁老师均此。此致

双福双安！

弟 龚之方

96.6.2 苏州

老太的信与文章奉还，请检收。又及

我懒，此信便中让觉民兄、徐淦兄一看，我不另写了！又及

范用兄：

吴宓一书已收读，有很多史料，鲜有人知，我在读着。

承苗子、郁风和沈旦华屈驾来敝舍看我，我实在过意不去。听说苗子和郁风有移居方庄一说，未知能成否？方庄周围能有五六个好邻居（包括丁聪和杨宪益）相处，不出方庄就是个小天地了，何等壮观！惜为难矣！

我曾接获徐淦、姚钧夫妇在旅途中的合影，我看了又看，除掉不胜羡慕之外，感触甚多，他们这一对真是无可挑剔，称得上白头偕老！近来常晤否？徐淦也是个不甘寂寞之人！望望他们和许觉民，我们的“共同语言”实在太多了！希望以后还有此机会！

没有忘记你府上的“白兰地”！谨此附告。

丁仙宝家嫂均此不另。祝双福！

弟 龚之方 拜上

1997.6.8 于苏州

范用我兄：

接八月九日大函，高兴非凡！

十一日，是永玉新置大厦请客之日。隔两天，你与丁聪夫妇必欣然参加。永玉曾在苏州一天，我当面同他细语，“我亦去北京”，这是我冲口而出，明知对我来说困难太多，但心愿如此，竟开出“空头支票”，悔亦莫及了。

我想写一篇小文《与黄永玉“混”了这么一天》，虽然有不少心里话要说，但恐写不好。

我陆续为《文汇报·星期》特刊“生活”专栏写文章，是得到谢蔚明大兄的鼓励，才有勇气开了个头。不料“特刊”的编辑先生非但不厌弃我的小文，反多赞词，还给了我“稿酬从优”的待遇，不禁大喜，老怀为慰！

起因是我通常孤寂无聊，终日打瞌睡以消磨时光，有朋友说这是老年痴呆症的前兆，可怕得很。患了痴呆症，自己因无觉性，倒无所谓，别人却苦透了。服伺痴呆症的人，是世界上最苦最苦的人，为别人着急，生不得这个病。朋友又建议：反正你有可写的东西，写写小文章吧！我接受这个建议，于是以“重砌炉灶”为总题，一小篇一小篇地写，在为上海《文汇》“特刊”写的大约有七八篇了，再有给别的报章写，估计有二十篇以上了。

“重砌炉灶”的产生，它的“缘起”如此。

我在此信写到第二张之时，电话铃响了，原来是沈峻的长途，承她关心，特向我关照注意一件事，顺便在电话里听听我的声音。她现在是我的“远控医生”，所以她自称“沈医生”，有时我也叫她沈医生。她听人说，有人形容永玉的大房子，可与“座山雕”相比，形容其气势之大也。

你们的贵乡镇江等地之行，沈峻告诉过我了，我真羡慕你们的福气！如果我也在北京，如果我不是现在双腿疲软，大概你也会邀请及我。我现在的情况是去不了了，因是也无甚懊丧。不过在小丁也叫馋的镇江肴肉，倒有点使我馋涎欲滴，只能以后在府上“后补”了！

吴宓的书好好保存着，我儿子如来南方或者我真的移居北京了，我亲自带上还您。

我们给朋友们写长信，是本人在感情上有所抒发，把闷在心里的话说出来，前后给张凤珠等三位《新观察》旧同事写了三封长信，声言不要回信。我担忧的是我写长信，啰里啰嗦，没有味道，徒然使收信的人浪费很多时间。幸好张凤珠等，特别是吴文霞的爱人（是我上海的旧友）看了这三封长信，表示极感兴趣，那位老朋友把长信读了又读，他说比看小说还要有兴趣。昨天沈峻来长途电话，欢迎我多写长信，在我是有所抒发，在她和小丁读信后，增长许多可以发笑的材料，嘱我多写，他们等着收信。

其实我真能坚持给朋友们写长信，作用恐怕与避免发老年痴呆症有关。虽说长信是乱涂而已，但究竟想写什么，毕竟还是要通点脑子的。

给你长信，现在还不多。此信就算同时给觉民、徐淦写的吧，有机会转他们一看。我很想念他们，想念我们以前有过的几次宴叙和家府上的半盅白兰地。在许多方面，我似在患相思病。

丁老师均此，祝

双安！

弟 龚之方

97.8.17 于苏州

古兆申

老范同志：

蓝公转来的信大概一个月前就收到了。蓝公说您目前忙碌异常，除了办公以外，每天晚上都工作到凌晨两三点。和您这种精神比较起来，我实在惭愧得无地自容了。我自己有一种解释：目前工作得不起劲（至少是不够劲），或许是思想上还有许多东西还未弄通吧。现在看来，也还不过是一种借口。现在我想：爱国，应该是没有问题的吧？无论国家目前的道路怎样走，无论党中央所提出的政策可能还有诸如此类的争论性，或诸如此类在海外的人难以理解的地方，或者这二十多年的历史反映出社会主义国家的创立所碰着的诸多困难，爱国应该是没有问题的。无论如何都应该为国家做一点事。但是在香港，生活压力很大，引诱多，像我们这种还没有改造好的小资产阶级知识分子，是常常会出问题的。因此我希望常常得到您的教益，我心中的种种疑问，也会很坦白的向您提出。当然，这应该以不耽误您的工作为原则。上周又托蓝公给您寄一些刊物，其中《号外》《夏潮》《罗盘》《名流》是上一回还没有寄过的。最近本港又出版了《文化新潮》（第2期也出了），因为忘了带给蓝公，下次再寄吧。《文美》停办以后，社址也不租用了，旧杂志都当废纸出卖，匆忙之间，我自己也忘了留下完整的一套。其他的同人倒是有留下的，又不好意思叫他们拿出来。不过我希望能设法弄几本送给你。因为是业余办的刊物，大家下班后，才匆匆忙忙赶出来的，水平非常不稳定，唯一值得纪念的，是我们这一班朋友，曾经在一起努力过。《文艺季刊》（我们计划中的那一份）还在讨论的阶段，能否办成，要看能联络到多少作者。我自己觉得：如果不能把作者面拉广一点，还是小圈子活动，是没有什么作用的。办不办，这个月底将会有个决定。我们目前的想法，是以登创作为主，最好能直接约得台湾及内地作者的稿件。台湾方面困难较大，因为当局对本港的刊物的政治背景相当敏感。内地的可能性又如何呢？海外和本港的稿是比较有把握的。我们希望把杂志搞成一个内地、台港文艺创作的交汇点。在政治环境方面，香港有条件，就是人事上不知是否行得通。我们也想了一个退而求其次的方法：转载内地和台湾的佳作。效果当然相差很远了。

收到了陈冰夷同志寄来的《世界文学》1978 年 1 号，正在翻阅。感觉新的东西还是不够多、不够快，而旧俄时期的东西还是太重（例如有三篇托尔斯泰的东西）。瑞士弗·杜仑马特的中篇很精彩，但他既是“第二次世界大战以来最伟大的德语作家”，为什么对他的介绍却只有短短两页呢？我觉得杂志除了登作品之外，多一些研究论文配合也是必要的。但无论如何，《世界文学》一如过往，是我最喜欢看的杂志之一，获益良多。有一本英文的《双城记》是给小董的，请代转，谢谢。

小古

一九七八年十一月二十八日

老范同志：

去夏旅途中谈及的文艺季刊现在终于有点眉目了。蓝公已找到人投资，试办一年，出版四期，看看成绩如何再从详计议。杂志的编辑委员会已经组成，有戴天、郑臻、金炳兴、林年同、梁农刚、黄继持和我。他们任职本港的文化机构、电视台、大学，在本港的文化界中都颇有名气。其中戴天跟郑臻，则与台湾文艺界的朋友相熟。我们要办的，是一份全面开放的杂志，将刊登各种不同风格、不同思想内容的作品，同时也刊登各种不同观点的评论、介绍的文章。但所有作品必须具有认可的水平，所有评论、介绍的文章必须言之有据，言之成理。杂志将有二分之一以上的篇幅刊登作品，除接受直接投稿外，并选登若干篇在内地、台湾或香港、海外发表过的佳作，加以评价。其余篇幅，将刊登翻译、评论和介绍文章，内容包括作家作品评介、文艺动向、文艺思潮、文艺创作问题的探讨、访问等等，并有美术、摄影和电影资料的画页。第一年四期评论和介绍部分的计划已粗略定了。第一期：结构主义专辑；第二期关于现实主义和现代主义问题的争论（将介绍匈牙利文艺理论家卢卡契和德国著名戏剧家布莱希特对于这个问题的重要文章，并介绍1956—1957年国内对这个问题的讨论）；第三期：外国学者论中国现代文学专辑；第四期：艺术社会学专辑。

理论稿组织不太困难，难的是创作稿，香港杂志很多，有分量的作家则很少；要向台湾方面的作家约稿，又怕在政治上会影响他们，但是我们还是要试试，一些不太受当局注意的作家，可能会投稿的。内地方面，我们是否可以直接约稿呢？若可以，就得请您大力支持，帮我们向老作家像艾青、丁玲、周而复、秦牧、钱锺书他们拉一些稿。我们也希望有机会访问他们。对我们的杂志，您有什么意见呢？请来信见告。

罗志雄君转来卞老的信已经收到。卞老有没有另寄给我，我不知道，因为一直没有收到，可能是邮误了。现又托蓝公给您寄一些书籍刊物，其中《中国人》是一本新出的杂志，主编逯耀东过去在台湾曾编《文艺复兴》杂志，据说和国民党关系颇深，此人现在香港教书。另一本评论徐悲鸿的书，两位作者，其中一位蒋勋是《雄狮美术》的主编，另一位谢理法现居纽约，是个版画家。二人的文章都有颇进步的观点。

敬祝

新春愉快！

晚 兆申 敬上

一九七九年二月十四日

老范同志：

很久不给您写信了。因为想着您一定很忙，不想打扰您。《八方》第二辑想您已经收到了，是否可以听听您跟其他在京的朋友们、前辈们的意见呢？第三辑在发排、校对中。这一辑有袁可嘉、曹辛之他们九位《九叶集》诗人的专辑。还有一个讨论现实主义和现代主义问题的专辑，蛮热闹的，出版后即给您寄上，请您指教。

我们很想约像白桦、王蒙这些中年一辈作家的创作稿，您是否可以代为联络一下呢？

海外中国女作家聂华苓女士和她的先生美国诗人保罗·安格尔先生，四月间经港回国参观访问，现在不知行踪如何？您有没有跟他们见面呢？我翻了一些安格尔的近作，寄给广东的《花城》，半年没有下文，现在已交给此间的《新晚报》《星海文艺周刊》发表了。我把两份剪报另外用空邮寄了给您；一份如有机会请转给仍在内地的聂华苓女士，另一份是给您的，请指教。

《读书》一直都收到，也一直在读，是一本难得的精彩的杂志。我尤其喜欢那些评论当前问题的文章。这里我谨表示一个读者的敬意，请向编者转达一下（如果有机会的话）。

信不觉又写得很长了，劳您的神了！

敬祝

编安！

晚 兆申 敬上

五月二十日

范公：

在北京承您跟小董他们热情招待，非常感谢！

我初步跟这里法国领事馆文化部接触了一下，谈及请他们提供翻译法国当代名著的书本及资料的事，他们说：按照行政的规章，这件事应该由他们北京大使馆的文化部来处理的，若由他们来办，也要得到北京法国大使馆的批准。您看这件事要不要继续进行呢？

关于西方当代名著选译的书目，我稍迟跟林年同、黄继持和郑树森商量过后，才给您寄上。回家在书架上找到七十年代初期的《文季月刊》，和创刊时期的《现代文学》三本，一起寄上，供您参考。

您事情忙，不多写劳您的神了。敬颂

编安！

请代问候小董！

小古

八月十日

老范同志：

上次你来香港访问，我因为仍未放暑假而您又来去匆匆，实在没有好好陪您四周逛逛，其实就在我教书的地方西贡附近，有很多风景优美、沙滑水清的沙滩，只可惜没有时间带您去畅游了。下次若再来，希望能多留一点时间，不但要多看一下香港风景，也可多见一些朋友。

由文健兄那里转来的《南艺学报》两本和《外国文学》一本，均已收到，谢谢。都是内容丰富、水准颇高的刊物，正在展读。

《八方》第三辑因为有一些稿件临时调动，拖迟了出版（陈映真有一个中篇小说，讲台湾的工人运动的，我们觉得值得在第三辑发表，所以便临时抽版赶排出来），现在已制版上机了，本月下旬应可面世。

李国威、癌石都久不写诗了，淮远也是，他们的诗也未收成集（在香港要出诗集是很困难的，严肃的小说集、散文集也不容易），只散见一些青年刊物，有些亦已停刊，有空到图书馆去找，或许影印得到。

《铜莲》已排印，出来之后一定给您寄一本。卞老我已另去信问候，他大概正在忙于准备出国吧？

小古

九月九日

老范同志：

介绍林年同先生跟您见面。其实去年您在香港访问的时候已经跟他碰过头了，只是当时人很多，可能已没有什么印象了。

年同兄是一位电影史、电影理论史和现代西方美术史的研究者，曾在意大利研习多年，博士论文就是写的意大利新现实主义电影的新评价。他对中国电影的研究也很有心得，曾两度担任香港国际电影节有关中国电影部分的策划人，也撰写过好几篇关于中国电影的论文（其中一篇曾在《八方》第二辑发表），现在正从事中国传统美学与中国电影美学的研究，新的论文，将在出版中的《八方》第四辑发表。年同兄也是《八方》的主要编辑之一。第三辑中有关现代主义的论文及译文文献就是他组织的。他这次是第一次回国访问，很希望能拜访文艺界、电影界的老前辈，向他们请教。他尤其希望能见到朱光潜先生、宗白华先生这两位美学大师，希望您能引见引见。

我大概在九月左右前往巴黎研习法语及翻译一年。现在还在等领事馆进一步的通知，徐友梅说您嘱我为《读书》写一些通讯，我当然十分乐意，就不晓得水平能否达到你们的要求。像董鼎山写的纽约通讯，每一篇都很有分量，是我非常爱读的，我自问还没有董先生的功力，但我愿意试一试。

年同兄的事，劳烦您了，这里谨致谢意！

敬祝

编安！

小古 敬上

七月十日

老范同志：

先后来信都已收到，因为要托黄仕芬大姐查一查那本蒋勋、谢理法写的《徐悲鸿》有没有寄上，回信迟了，非常抱歉。现在已经查得该书是寄漏了，现已补寄。至于《中国人》，则查不出来。另外，您要买的琼瑶小说，我自己寄出了两种，一是用平邮寄“任明收”的。其中一本叫《菟丝花》，一本叫《几度夕阳红》，是琼瑶早期成名的作品。这位女士的感伤小说，曾经迷倒了不少港台的少女读者，有很多都拍成了电影（上述两部已拍成电影了），她自己也赚了不少钱。她主编的《皇冠》杂志，是一份流行的文艺刊物，销路相当不错。这位专门塑造“纯情”的少女形象的作家，似乎也非常懂得生意之道呢。不过随着社会经济的发展，这一辈的青年人，似乎已不大喜爱她那套带点封建性和殖民地色彩的感伤情操了。在高度发展的资本主义社会中，人们的感情似乎都慢慢地给冻结了，都比较冷和硬，琼瑶那种婆婆妈妈的文艺腔，现在不像在六十年代时那么吃得开了。《中国人》第十、十二两期，对魏京生事件都发表了不少文章，也许可以代表某些亲台人士的看法。您若有兴趣，可以寄上。

卞老的稿子已收到，谢谢！他老人家误会以为您已托李黎带下来。我初去信说没有收到，现已另信给他说收到了。

李黎回国访问，真谢谢您妥善的安排！录音带我们先听了，精彩之至，像巴老、艾青先生、丁玲先生这些老作家，实在是我们最好的榜样，他们那股精神和斗志，真令人敬佩。尤其是巴老，说在八十以前要写八本书。真叫我们这些小辈惭愧啊！

关于李黎出书的事，和您要我转告的话，都已转告了。

小古 敬上

十二月八日

《新华半月刊》和《读书》经常收到，谢谢！

范公：

谢谢您的信。

您喜欢看《卡门》录像和西西的书，我和辉扬都非常高兴。西西的书是辉扬给您带的。还有一半我和辉扬编、王树村著的《戏出年画》（像通书一样厚大，共上、下两卷）也收到了吗？也是托戴晴转交的，您信里没提，不知收到了否？这是我们为《汉声》编的第一部书，其中“细部欣赏”还是辉扬撰文的，希望您多指教。

我本来要给您买《茶花女》的，走了几家店都没有录像带，所以就买了《卡门》，男女主角都是有名的男高音和女中音，录像拍得也不错。《茶花女》的录像带陈辉扬曾送还给戴晴，请她为您录一盘先过过瘾，下次来如买到录像带再给您捎来。录像带愈来愈普及，花不了多少钱，但我始终觉得西洋歌剧比不上中国的戏曲好看。音乐是不错的，表演就差远了，剧本的深度就更谈不上了。《卡门》已算是较突出的了，但跟我们戏曲中最精彩的剧目相比，还是相差几百里。我认为昆剧折子戏是世界戏剧的高峰，如果由最好的演员来演出，那是无可匹敌的。八九年冬全国六大昆剧团来港，使香港观众大开眼界，在低调的宣传下仍有八九成的上座率，而从德国重金礼聘来的歌剧，则只有四五成而已。在香港这样崇洋的社会，这并不是民族情绪使然。

我目前除了工作，就迷戏曲，尤迷昆剧，也许您要笑我姓“古”了。

再来北京时一定来看您，给您带书、带录影带来。最近没有见到小董，因为大家都经常出差，像捉迷藏一样，听说她年终要调回北京了，到时您也可以多一位可以谈话的人了。

戴天的信已转交，勿念。

小古

一九九一年六月五

范公：

您好！谢谢您的信。耀明兄信已转寄。

蒋勋事忙大概返台时并没有进港，上周怀民来此间演艺学院评考新生，我们才收到您的《我爱穆源》，却没有信，但已非常欣喜，正在拜读。

我仍在“中华中心”工作，主要用力于推广昆曲，去冬今春均曾带团到江南观剧，反应甚佳。去南京那次，蒋、林亦同行；四月在杭州喜遇秀玉姐，还商量了配合明年昆山昆剧大汇演，“三联”出版昆剧画册及筹办研讨会的事。我们在杭州观剧时，香港无线电视“新闻透视”节目也来采访“浙昆”，负责的记者李志华是黄继持、小思的学生，以前也在秀玉姐下面工作过，这次是因为读了我在《信报》关于昆剧现状的文章而动了采访念头的。“新闻透视”收视率达百分之八十，节目播出后已颇引起文化界的关注。

年来写的多是评论和宣传昆剧的文章，间或发表一两篇散文，但去年却为《联合文学》翻了著名法国女作家莒哈丝*近期力作《中国北方来的情人》，因版权问题不能公开发行，样书到后我会寄奉一册请您指教。

《素叶》37期手边没有，问编者拿到后再连38—40期一起寄上。陈辉扬问候您，他说您的书很好看。罗孚先生回港后颇活跃，经常见报。问候师母及秀玉姐。

晚 兆申 拜

一九九三年六月十六

* 现译杜拉斯。——编注

顾家熙

范用同志：

　　您好！

　　承惠寄的《马克思主义史的研究》等内部资料七种，均收到，甚为感谢，一定好好阅读。

　　听说《新华月报》已由你们来办，并分别出“文献版”和“文摘版”，甚感高兴。

　　在新时期，报刊不断复刊、创刊，文化繁荣兴旺的今天，出版“文摘版”很有必要，办文摘我国是有传统的。先有复旦《文摘》，继之又有开明的《月报》，在孤岛时期的上海阿英还办过《文献》，等等。“文摘版”看来要出版得及时。关于这，我有一些设想，希供参考。

　　报纸上的好文章姑且不谈。我看要出得及时，不必等杂志期刊学报等出版了、寄到了，再去阅读选择。可先向各定期的、不定期的刊物普遍发个通知，要求他们自己把每期的精彩文章、骨干文章，每期推荐两三篇来。各刊定稿即将付印样多打一两份来，再选用或压缩或全文照登。因现在各刊物从付印到出版都有个十来天甚至更长的过程，“文摘版”选用出来后各刊也正好出版，或尚未出，这样对各刊正好起了个推荐和广告的效果，对各刊的推广反而起了良好的作用。《历史研究》的好文章，重点作品《人民日报》往往先刊登了，这对《历史研究》的销路不但不会减少，反而买的人更多了。如“文摘版”选用了，各刊认为是入选了，是一种肯定，那么各种刊物就会更乐于向它以更快的方式寄来付印样。我想“文摘版”是会办成一个权威刊物的。

另外，“文摘版”也可以建议有关的刊物组织某作者写某种文章，然后再将该文转载，帮助各刊出主意、想办法，共同搞好他们的刊物。美国的《读者文摘》有时就是这样搞的。

“文摘版”也可以或者应该有“本刊特约稿”，也可以自己组织座谈等自己独有的稿件，以配合更及时的需要，而补缺门。

“文摘版”不但用中国刊物报纸上的东西，另外也可博览外国报刊（可委托看这些外刊外报的单位如新华社及研究外事的单位），每期搞上一些“特译稿”。这样就打开了世界之窗，引进一些新鲜事物，以增长知识并为我们借览。这种“本刊特译稿”一定会受到读者欢迎。

我想“文摘版”的选稿工作是很重要的。不要等一般读者看了说好，再去转载，不要等一般读者争着去传来传去看了再去转载。要早发现，而最早发现的就是原刊的编者。在原刊物编辑部有争议的文章，最好决定发表了就转载出来，有争议的文章更有读者。

其实未出版的书的个别篇章，“文摘版”也可先刊登……现在想到的就写到这里。

我对“文摘版”很有兴趣，很愿出些力。

最近中国大百科全书领导决定调我来京参加工作，正在办手续，不久可能回来，届时一定来拜访您。他们正在筹办，没有住房，不知您可帮助代为觅一榻之地暂时借住否？麻烦您。余再谈。匆匆，此致

敬礼

顾家熙

1978.10.19

顾　军

范用先生：

您好！

我是《文汇报》顾军，陆灏自京归，带来了您如此热情的信，真叫我喜出望外。首先要谢谢您的好意。本该早日回信给您，但我想着要给您寄上9月7日出版的新一期《星星岛》，所以等了一阵子。现寄上第一期和最近一期共二份：《文汇特刊》、《星星岛》，请多指教。但愿彩色的版面给您带来愉快。（报纸装在另一信封里寄上。）

但惭愧的是，虽然在校学过报纸编辑、版面设计，但这彩色少儿版好看主要归功于我有一位好美编，从少年儿童出版社请的，专门进行画插图、画版样等总体设计，让丑媳妇打扮得漂漂亮亮地去见公婆。

我一向非常喜欢孩子，虽然自己尚未成家，没有养育小孩的体验，但我十分钟爱这片星空下的小岛，也愿它成为一方纯净的天地。真高兴您愿意为这片小岛画上一二枚彩色闪亮的珠贝，点缀几颗钻石般的星星。

我已经想好，这个专栏该叫“逝去的童年”，您觉得如何？我又得寸进尺地认为：除了您自己，可否再发动一批您的老朋友，如丁聪先生等等，他们和您一样——“屋顶的白雪并不表明炉内没有生火”，头顶上的白发也并不表示胸膛里没有一颗燃烧着的、温暖的心。心不老的长辈们皆可为之写稿，我也想将这一栏目创办成名牌产品。

渴望能得到您的大力支持。

文章可以是自叙，也可以是对儿孙辈的写信形式，总之不拘一格，所需要的就是真情、童趣。

我想首篇就可以是您写给小朋友信中的一段，加上丁聪所配的画——因为是彩色版，我们通过计算机会给此画描上一种颜色，不知丁先生可有异议。如不出意外，该在下期，也就是10月5日登出。到时，我会与您联系，寄上报纸。

我给您复印了好几份文章，这样以后寄就无需寄原件之“孤本”了。这次，丁先生的画先不忙寄还给您，因为下期登报要用。不过，我会负责一定将原件寄还的。

欢迎您为《星星岛》撰文，但愿我来北京时能有机会上门拜望您！

祝天天快乐！

小友 顾军

96.9.9 文汇

P.S. 顺便寄上一些邮票，请勿介意。

范用先生：

您好！

手书奉悉，陆灏处信亦已转交。今天又收到您托他转的信，真兴奋！

我真的十分感动，您为孩子们，为《星星岛》所做的工作。我已从自京返沪的上海教育出版社王为松处闻讯：您一直关注《星星岛》并为它撰稿。

您的老朋友名单罗列了这么一大串名人，真是丰富。如果他们都能发动起来为《星星岛》撰稿，真是孩子们和我这个初出茅庐的小编者最大的福分了！这一期《星星岛》出来后，我会寄上20多份给您，请您分发。我想，他们愿意如何写“逝去的童年”就如何写，可以是书信体——写给孙辈或其他小朋友，也可以是散文。简单地说就是：短小而有情。七八百字即可，当然长点短点也都可。可以是童年生活有趣的回忆，也可以是影响一生的童年听到的一句话、读过的一本书、碰到的一个人，或者一件事、一封信、一段戏、一首歌，甚至一个眼神。配画，如果在北京有人愿意画（当然，希望是彩色的画，这可能有点难度）最好，如果不行，我在上海找人画。——找小孩画也很好，可以别出心裁。

这件事让您费心了，但做成了也是一件大好事，甚至能集成一本有意义的书，您说是吗？

顺便说一句：我的老家也在江苏，外婆是扬州人，奶奶家在泰县，不知离镇江算不算远。我长大之后，也十分喜欢看三联版的各类书，因为它们是那样高雅和亲切。这一点要深深感谢您，出了那么多好书！

祝健康平安！中秋月圆！

顾军

96.9.23

范用先生：

您好！

承蒙您的热心帮助，《星星岛》“逝去的童年”业已刊出，我已给你寄出34份报纸（2筒各15份，以挂号形式寄出，另4份以平信寄出）。请您广为寄阅给您的朋友，但愿他们能为这个小小的栏目写稿。现在定下来，字数并不要求过多，短则四五百字，长可 1000 字。只要真情即可。

能否请他们完稿后直接寄给我，以免您再添邮寄之麻烦？所以我考虑寄上一叠名片，请同时交予这些先生、女士。您说得对，有的先生、女士年事已高，可从他们的作品集中摘出一段关于童年生活的回忆，这是省事之法，请您在方便时为我提供有关书名等线索，便于我在上海查书。

同时寄还的是丁聪先生的漫画。多谢您！

下期《星星岛》是 11 月 2 日出版，如不出意外，我拟刊用吴冠中先生的文章，不知您能否联系告他此事？请他为该文配一幅小图画，要求彩色、有童趣。如果实在不行，我再请本地美编画。当然，这总不如原汁原味文配画来得好。多谢！

祝快乐健康！

顾军

96.10.7

范先生：

您好！

您和吴冠中先生签名的信我在今晨同时收到。多谢！特别是那张质朴意真的“示意图”，我当永远收藏——这是一位长者对一个尚嫌稚嫩的小字辈无微不至关心的明证。让我深感这份情，努力写好稿，编好版面。珍惜这次良机，为将来出一本小小的可爱的书作准备。

谢谢您的鼓励，我当继续努力，希望能早日来京拜访您和那一群老朋友。祝您天天快乐！

顾军 即日

范用先生：

您好！

抱歉，11.1—11.5 我赴江西婺源出差，回来又有两整天在郊县采访，所以《星星岛》直到今日才得闲寄出，让您久等了！

吴冠中先生处我已寄上样报和信，谢谢他对我们“逝去的童年”专栏的支持。我将吴先生的文章拿到上海一家比较好的小学——北京东路小学，请三四个小朋友替我配图，当然，还手持着您的“示意图”，也许我对“旧社会”的解释过于苦大仇深了一些，天真的孩子仰脸问：“老师，我可不可以在衣服上加几块补丁？”更要命的是其中的两个孩子都说，他们从没看见过万花筒——现如今，这些廉价玩具连地摊上也找不到了。孩子的心目中只有奥特曼、变形金刚和机器人，可我小时，那几片鲜丽的碎玻璃纸屑，曾带给我多少美好的想象啊！从几幅作品中选用了这幅蓝底色的作品，觉得与吴先生的文章尚可并在一体，那个孩子睁一只眼闭一只眼的可爱模样，真让许多人欣然而笑。不过我最在乎的还是吴先生和您的看法。请来信详告。这次印刷质量似乎也有问题，色彩不够鲜艳。

这样，我手头“逝去的童年”一篇文章也没有了，烦请您尽快将您收录的文章惠寄给我。如有配画，最好，如无，我再请孩子们配。另外，请您和您的老朋友们原谅的是：因为《星星岛》文章较多，这栏目的稿费无法开太高，我想如在基本字数内（400—800 字），每篇 100 元，丁聪先生的画我想办法请老总特批，另外，对您这位令人尊敬、帮了我大忙的“蝌蚪”编辑 *，我也只能象征性地给您一笔“蝌蚪”一般大小的组稿费 20 元 / 期，这是我这个小编辑的斗胆安排，请您谅解。

您所托的 10.29《相约在书店》，我要来了四份，一并寄上。

以后这方面的报纸什么的全交给我就行了。您放心吧。还有，在《读书周报》上见您写的简媜的文章，因我手头仅一份报纸，也寄上供您留念。简媜我也很佩服，以前读过她两本薄薄的散文，她年纪这么轻能干成这样的大事，真美啊！甚至连她的同道张错，我也曾非常喜欢他的诗作《茶的联想》，以后很希望能得缘见到大雁版的各类书。虽然出版业这些年浮沉不定，但我想，对于一个真正崇尚人文精神的文化人而言，理应大有可为，为我们的“嗷嗷待哺”的读者提供各类高层次的精神食粮。希望我们大陆也能有这样的出版者、年轻出版家。

这次寄上30张《星星岛》样报，也烦请您一一寄出，再次感谢您对《星星岛》的支持和鼎力帮助！我将我这里所有的来信一一归档，留作将来编书用，请放心。

告诉您一个好消息，因为在谈一个儿童摄影赛广告，如谈成了，《星星岛》可能改为每月两期。虽然我要更加忙碌一些，但我还是非常快活——我庆幸我有这样一个好的机遇，来写一些文章，耕耘着一块清纯可爱的田地——但愿我能耕耘更多孩子的心田！

祝天天快乐！

顾军

96.11.8

* 范用童年特别想编一份刊物，名叫《蝌蚪》。——编注

范用先生：

您好！

手书奉悉，还有吴祖光夫妇寄达的三篇稿子。吴先生说：

“范用老人实在可敬可爱，不但为你选稿，而且为你抄稿。”我还注意到，吴冠中、吴祖光先生寄来的每封信，信封都是您开的。真可谓“无微不至”！我不想再用自己的拙笔言谢了——大恩不言谢。我一个小小的编者何德何能呢？我只是替《星星岛》的读者们高兴与骄傲。希望我能有机会来京，到府上看您，好好跟您聊聊。组稿费您不愿收，我也不勉强，我想买四只新式万花筒，送给上次同顾竹屹一起画画的四个小朋友留念。

本期拟用新凤霞女士的一篇稿件，同时我再找孩子为吴祖光先生的文章配画去。

祝安好!

顾军

96.11.21

P.S. 您说的《土地报》的那位同仁，我还没有收到他的信。

范用先生:

您好!

迄今为止，我已收到吴祖光夫妇与萧乾、牛汉二位先生的稿件，叶至善先生的稿件还未收到。真欢迎萧乾先生再写新鲜的稿件，老人家的童心让我很是感动。因为我想起了一句古老的英国谚语:

“屋顶的白雪并不表示炉内没有生火。”满头的白发亦不代表胸膛内没有热焰。这话说您，说像您这般热心肠的老头老太都是不为过的。

牛汉先生还写来一封信，作一番自我介绍，只可惜我眼力不济，将他繁写的“老頭儿”看成“老顽童”，一下子就喜欢上这个老人的幽默劲儿。后来他又说，他体力比您好，但是童心和活力不如您，早几年您还在朋友聚会上大唱革命歌曲，当然是年轻时爱唱的歌。我看了觉得很可亲。想给牛先生回封信。

下期正好是新年，我拟用萧乾先生的《第一首新歌》——因为除旧布新。您别担心版面的事，头儿跟我讲了几次，他希望我能一月出两次《星星岛》，又怕我、美编吃不消。还在筹备中。我也希望能多些，让《星星岛》成点气候！

问您安好！

顾军

96.12.3

P.S. 邮资涨了价，我拿组稿费给您买了一些邮票，请别介意。

范用先生：

您好！

陆灏兄转来您的信，真是太让您费心了！还抄了这么一长串著名文化人的名单，还要去约杨绛先生之稿。我一直惶惑不安——不知自己和《星星岛》究竟如何修来这么好的福分，与您结识，并且通过您这位大出版家与这么多我学生时代便心仪的名流们沟通，真是太好啦。

您说过，孩子的事您一向愿意干，这才是我的答案吧。陈乐民先生曾在《文汇特刊》上写过《赤子范用》一文，现在我才明白了这四个字的分量和意义。

最近我在捧读赵丽雅女士的《脂麻通鉴》，又从张中行先生《月旦集》还有董桥的一本书中得知这位才女，很想得缘与她认识，因为她“独自旅行”中的云南丽江、江西婺源等地都是我今年刚去过并且深深陶醉的。我知道她是《读书》的编辑，不知范先生可否引见？

您如要我在上海办点什么事，例如寄报、买书之类跑腿事，请尽管吩咐，否则我于心不安，不知如何才能答谢您万分之一二。说到底，都是从《我爱穆源》这本书引出的，我真高兴。

遥祝

天天快乐！

顾军

96.12.5

范用先生：

您好！

今天又收到了叶至善先生、丁聪先生的文章，真是有趣。叶至善先生特认真，给我寄来了一大叠稿。信中他说："范用兄的热心使我感动，并引起了我的兴趣。于是除了《喂蚕》，又从旧稿中摘录了三篇，供您选择，用不用都可以。还打算接着写三四十篇，您如果需要，可以陆续寄上。"

我觉得，我碰上的净是些特热情、特认真的好老人，这让我非常得意。叶先生那里的三四篇稿可以在几个月间内陆续登出，但如果《星星岛》开一个叶至善先生专栏，还得看看再说。——我有个想法：希望像《我爱穆源》一样，叶至善先生能出一本这样的书，包含他满怀激情写出的几十篇文章，再配上他孙辈的小文小画等。如果他愿意，不嫌弃我这个初出茅庐的小编辑，我愿意为他编这本书——虽然我从未编过书。

这件事马上可以与您面议的，包括"逝去的童年"之稿。我打算这周六（12.14）乘火车到北京，大概呆上三四天，希望到时能去府上登门拜访，当面向您请教！我会带上新出的报纸。

到了北京，我会马上与您联系！祝

天天快乐、岁岁平安！对了，还有每天晚上做个好梦！（这是看了最近晚报《午夜惊魂》的想法。）

顾军

96.12.9

范用先生：

您好！

寄上北京之行的合影，请查收。

丁聪之书《我画你写》并不着急，如能买到是最大的好事。我要买的两本，一本请写我名，一本请写我的朋友周君之名。我还想请您也在这两本书上题写留念，因为您也是这本好书的创作者之一。不知这封信飞来，是不是赶上告诉您。多谢！您寄来书后我会即致书款。

我在上海一切皆好，只是很忙。最近又收到了黄宗江先生的稿与珍贵的照片，我用毕这张绝版照片业已寄还给老先生。今天又收到叶至善先生的信，让我颇为震撼的是：他寄来的两篇是修改稿，让我与原稿一一对照，便可看出差别。还写了一封很谦和平淡的信，老先生真是给我这个小编辑上了一次课。我读后非常感动：因为他认认真真又抄改了两篇稿子，全是些细微之处的小改动。可见他的乃父之风。

今天是 1996 年最末一天了，衷心祝福您和全家

快乐平安，万事如意

顾军

96.12.31 上海文汇

范用先生：

您好！新年好！今天是元旦后的一天，祝您1997年健康平安、身体硬朗。

寄上您要的新凤霞《吃什么都香》。这一次萧乾先生的文章四分之一即出，到时会寄两份给您。配画请的是一位中心小学一年级学生，我对这幅画还很得意，他画的是一个稚气的孩子在草地上看见了一朵“自由花”，还写道：“那该多好！”很有趣。不知您看后、萧乾先生看后有何感想。我也会给萧乾先生寄几份报纸留念的。

接着想登的是韩羽、牛汉二先生的文章，再接着应该是叶至善先生的等等。您有什么建议，尽管告诉我，我可以安排得更合理些。

您托刘绪源先生（您又写成“陈”绪源了）转来的信稿，收悉甚喜。汪曾祺先生是我一向喜欢的一位作家，也是我们苏北人，他是高邮的，按邮政编码看，还应是我的故乡泰县的邻居。最近我到故乡为父亲扫墓，觉得家乡变化真大，盖了大瓦房甚至楼房，好高兴。汪先生的小说、散文皆好，最喜欢他的《大淖记事》《陈小手》等名篇，还有许多谈吃的文章，大学时代肚子里没有油水时，常到图书馆翻汪先生的谈吃文章（还有梁实秋、周作人等）解馋。至今想来，还是非常美妙的回忆、美妙的滋味。代我问汪先生好！上次见到港版《我爱穆源》有汪先生、王世襄先生和您一起掌勺的照片——京城名厨也，颇为眼热，什么时候您这书有富余，我先预订一本。

祝天天快乐，天天唱歌，天天陶醉，但不是天天醉！

顾军

97.1.3

1.18《星星岛》刊登韩羽先生之文与画，到时会寄报纸。萧乾先生亦有一信寄我鼓励我。

才闻水之曲，又获丁聪集。感君千里意，默默不得语。笑纳五十文，余款当邮资。

顾军

1997.1.16

范用先生：

您好！

收到您好几样新年礼物，让我怀疑，莫非您就是那个扛着大袜子、长着白胡子的圣诞老人？

我相信有圣诞老人这回事，相信这世间有奇迹、有魔法，也有永恒。这也许就是童心不泯的意思吧！

先收到陆灏兄便转的精美礼物《水之歌》，仰慕那份奇迹般的家庭杂志《水》，不知何日能再赴京华您的府上，见到这份珍贵的《水》。以后您有这类雅文，别忘了寄予小友分享哦！

后又收到丁聪先生题签的《我画你写》两本，我和我的男朋友周君都觉得欣喜异常。对了，他也是出版界中人，当然是您的仰慕者。我给他看了摄自您家书房的照片，他笑称：这么多书！他父母亲亦爱藏书，以家中12个书架为自豪，但跟您家相比，小巫见大巫了。

随即我汇去了书款，不知您收到否。请千万别介意，我总比您挣得多。如果多余了一些钱，权作邮资，希望能经常收到您的信。

萧乾先生日前亦有信来，将我编的《星星岛》尤其是《好一朵自由花》的编排夸了一番，我真高兴。老先生说目前忙于编文选，故而不再有可能为《星星岛》写稿了。我想，老先生真是诚心诚意。我将他的信连同您的那么多来信都珍藏着，希望留一份资料，将来编书时能用。

您有什么事托我办，请尽管吩咐。下期是牛汉先生的《鲤鱼打挺》，再下期是叶至善先生的《父亲的书房》，已请丰子恺之女丰一吟女士画了一幅很好的漫画。说它很好，因为很有“丰派”的意味。祝

天天快乐！

顾军

97.1.21

P.S. 您孙女何日来沪，欢迎她有空找我玩。

范先生：

您好！

新春快乐！

收到您的信，印在这么雅致的信笺上，真让我爱不释手。昨天，我还在与我那位搞出版的男友讨论，三联书店的书无论从内容到装帧、开本、封面等设计皆有特别精到高雅之处，与老总的 taste 绝对有关——我立马举出您寄来的种种漂亮信笺、贺岁卡的例子，证明他的论点。

真高兴，我喜欢您的朋友设计的女孩子用的信笺，证明我还未“老”。我刚刚度过 27 岁的生日，能收到您的信也算一份特别的礼物。

我这儿陆续收到过黄宗江先生（他的字虽草，但我很得意能字字读懂）、丁聪先生、于光远先生和杨绛先生的稿件。本期用的是叶至善先生的《父亲的书房》，到时会再给您寄上两份报纸。

《我画你写》我手头有一本，请别再给我寄了！那些微不足道的零头钱留着供您写信用。“赚得太大”根本不存在这事。不过，我特别想要一本港版《我爱穆源》，几时有余，请记得我向您要过——也算是有来有去的公平事吧。

接受您的建议，“北京作家”的提法从本期起不再出现，改为：

北京　叶至善　编辑　78 岁写

上海　丰一吟　译审　68 岁画

不知妥否？您对《星星岛》或我的文章有任何意见，请提，我将不断改进。

文章我复印了一份，寄给您。能为您做一点微小的事情我挺高兴。有什么事需要我办请尽管吩咐！祝

把酒唱歌，天天快乐！问全家新春快乐！

小友 顾军

97.2.13

范用先生：

您好！

新出炉的《星星岛》蛋糕又送上来了，欢迎品尝，请多提意见。已给丰子恺先生的女儿丰一吟去信、寄报，谢谢她为叶至善先生的文章配了如此雅致的画。我自我感觉挺不错。唯一的缺点是竖排字不方便孩子阅读——好像过于雅了一点。

叶先生处我亦寄了两份报。祝

天天快乐，心想事成！

顾军

97.2.17

范用先生：

您好！

我终于有时间整理出一份名单（偷懒从您曾开给我的一份约稿名单中摘）：

陈　原　丁　午　吴祖强　贺友直　廖冰兄　丁景唐

流沙河　曾　卓　郁　风　黄苗子　黄永玉　汪曾祺

绿　原　王　蒙　严文井　邵燕祥　冯亦代　袁　鹰

华君武　方　成　周有光

这些著名的如雷贯耳的名字，我至今未收到他们的来稿。很遗憾。

其中黄宗英我在上海见到，也是由吾兄陆灏引荐，向她约了稿。不过她可能较忙，身体也未完全康复。

不过，您先别急，我这儿还有几篇可用到四月，有黄宗江、丁聪、叶至善（数篇）、杨绛、吴祖光、新凤霞、于光远等的作品。最近一期打算用的是吴祖光先生的《偷钱》，配了一张很可爱的孩子的画。祝您

身体健康，心想事成！

顾军

97.2.20

范先生：

您好！春天好！

这几天，心情一如春天般温暖，上海的天特别蓝，阳光也很亮丽。这时，又收到您寄自遥远的礼物，寄来了切近的友情和温暖。回想起叶至善先生对您至真的评价：做事向来仔细、认真——我只是提起这本港版《我爱穆源》，可您竟用两层硬纸塞好寄来了。还有扉页的题字，让我很感动，我正是这样想的，所以办《星星岛》不管有多困难，也把它当乐事来做，热爱生命、诗歌、花朵和孩子，还有音乐和书籍，我便是世上最富有的人。

我特别喜欢书后您的照片和那首英文小诗的译文，真高兴我有这样的礼物，看到后面的“港币定价”才知我才是“赚”了呢，我寄来的钱根本不够。我将珍藏着这本小书。

本期《星星岛》因为邓公之逝，改出黑白版。可惜了，《偷钱》可爱的配画，但这期破例得到了头头的表扬，据说内容挺好。

下期仍是黑白版，我拟用黄宗江先生之文，因为配的照也是黑白的。

您有何事要我做，尽可以吩咐。祝

天天快乐！在这样一个春天里。

顾军

97.3.3

汪曾祺先生的稿子我还未收到。方成先生的稿子您组得很认真，谢谢！丁午先生未寄来稿子。

范用先生：

您好！

收到您的来信，又让我着实感动与激动了一番——您的剪贴如此精心！开的名单如此多！我立马复印了又撒了一次网。您说得对，我还得开拓自己的领域，多交各方面的名家朋友，主动出击向他们约稿。除16人之外的，当然不能以您的名义。我还应经常联系，催请稿件。

本期《星星岛》稿挤，又不想委屈黄宗江先生的大作，故放在下期登出，连同那幅有特色的丁聪先生画的侧面像。接下来拟用丁聪、杨绛等人的文章，春天时，最好能将叶至善先生另一篇《养蚕》用出，那才应时应景呢。

丰一吟的画的确很好，是我去信约的。但她很谦虚，说不能再画了，画不出来了。

上海近日连绵阴雨，人有不适之感。好像还是北京的天爽气，该冷时冷，该热时热。我赶着将下一期《星星岛》做出来——因为3月20日正好轮到我义务献血，得休息一周再上班。

问您老伴及可爱的孙女、外孙女好！祝

天天年轻，天天快乐！

小友 顾军

97.3.14

范用先生：

您好！

我是顾军。3.20刚去献了200cc血，也算是对社会的一点小贡献。休息了足足两个星期才来上班——今天，4.4，我又一次回到心爱的办公室，非常兴奋。

尤其第一天上班就收到了您从北京挂号寄来的书，王蒙先生的《双飞翼》，上面还有他的亲笔签名，唤我为“小友”，实在是不敢当！我还不认识他呢——只是，14、15岁时就读过他的《青春万岁》，至今仍背得出那首“所有的日子都来吧”，以后又陆续读过诸如《坚硬的稀粥》这样的文字，当然还有他夫人方蕤写的《我嫁给了王蒙》。仍是兴奋，认识您算是一段奇缘：因为您本身就是一部收藏丰富的大书，未曾想还能通过您，导引我与那么多大名鼎鼎的大作家、大艺术家相识，有缘读他们每一个人经历不同的大书，也许只因为书的扉页皆镌刻着“我热爱生活！”这样的诤言吧。

赶紧给您寄去上期刊有黄宗江先生的文章的《星星岛》，另外，我在家休息时理了一趟书报，所以也有一份微不足道的小礼物要送您——那是我找出来的有您撰写文章的报纸，我均已拜读过。又觉寄给您可能会用处更大，让您更加高兴。

还有一件令人兴奋的事，上海撒出去的网已“捕获”一条“大鱼”，那是李济生先生寄来了《巴金与画（和我）》。他好认真啊，说：“寄来的复印件与信都收到，因生病卧床快一个月没出门，除了去医院看病。现在基本上算好了。范用同志是我的老朋友，没有话说得支持。”——看，您的面子真大。我想其他的老朋友也一定会陆续寄稿来的，他们都是大忙人，我有耐心等。必要时也会催请。

最近和男友一起逛了好几家书店，没有工作拖累，人是极悠闲地翻闲书，这是献血的好处了。中意两册三联出的《梭罗文集》，一看书价 32 元，心想，两册 32 元，很公道，正欲买下，未曾想是一册 32 元，两册 64 元，贵得令人咋舌，放弃了购买之念。看来为了买好书，还是得多勤奋工作，多勤奋写作——多赚钱，这样才不会有与心仪的“情人”痛失交臂的遗憾！

春天，各色花朵竞相开放。我桌上的银杏小盆景也绽放嫩芽。发觉我不再对花、对叶有任何偏爱。只要它们长叶、开花，代表的就是一种生命的奇迹，我就高兴得了不得，欣赏它们每一个，欣欣向荣，孕育着生机。想及一句优美的英文歌词：

Cherish the life we live，cherish the love we have.

于是，一路抚过冬青柔嫩的芽，一路看过绝美的玉兰花、孤傲的迎春花和可爱的兔子花，同时想着宁静的西湖，一株桃一株柳，美极了。可杭州人双休日还乘火车到上海买大包小包的衣服、货品，我呢，这个酷爱西湖的人却只能在家中一遍遍怀想：张岱的西湖、我的西湖。

江南雨季，令人想念北方的大风和大太阳，天蓝得恨不能亲一口的那种。但上海时下有嫩笋烧的"腌笃鲜"，好美！

见到晚报上登出您的"更正启事"，佩服您承认错误的勇气！

祝天天快乐！

小友 顾军

97.4.4 上午

P.S. 书款我想给您寄去，这样我才能心安理得地享用美味好书。窃心里还想多给您寄些书款，这样才能让您老心里常挂着我，给我这个馋嘴的猫续寄美味的"鱼"儿（三联版或人文版的好书）——开个玩笑。我又怕这成为您的一大负担，这可是我大大的不是了。我该怎么办？

范用先生：

您好！

春天是弦上的箭，上海已热得气温高达 20 多度。马路上都是穿裙子的人。

今天又收到范泉先生寄来的稿件，还说今年 9 月有一套写给小朋友的书出版。他还热心地说："您约写的这批文稿，如能编集，我也可以介绍出版。”

很感谢他的热心，到底是您的朋友，与您一样。

寄过一张汇款单——书款50元，区区小款，请勿上心。若有多，来京时请喝咖啡便是。

祝有闲有乐！

顾军

97.4.14

本期登出的是叶至善先生的文章，下期是丁聪先生的。

范用先生：

您好！

您所托索画一事，不敢怠慢，立马给丰一吟女士写信。她收到后非常重视，虽然眼下她很忙，又欠下了数百张的画债，但她说：画是一定要给您的。她手头只有一张现成的《小松植平原》，（若要临摹《人散后》）还得等些时日。但她唯恐您等急，不如先将手头唯一的一张寄您（附上一封复印的信）。

丰一吟欢迎您随时与她通信——您看，她的信纸很别致，左下有丰子恺的画——我舍不得将原信寄您，所以才寄上复印信。

另外，《星星岛》由于版面调整，最近通知我又将改为每月一期，且本周暂停一期，所以我就不给您寄报纸了。最近又收到魏绍昌先生的稿件，呼应的人越来越多了。值得高兴。发愁的是，这样发稿又漫长了！

祝天天快乐！

顾军

97.4.25

范用先生：

今日忽然提笔，是因为昨晚从报章上惊悉汪曾祺先生逝世之消息，十分震惊。

我一直在等待汪先生为“逝去的童年”写的稿件，充满自信。在我的心目中，我对汪先生的印象是：平淡、热爱生活的老人，爱吃菜爱做菜，爱唱戏，还能活很久——我还希望下次来京，能得缘由您引荐，见见汪先生，告诉他，我多么喜欢他写的作品，从小说到谈吃的散文，而且，我为他深感骄傲，就像为您一样，因为我们都是“苏北人”。

没想到“逝去的童年”未等到，汪先生自己先“猝然逝去”了。一大遗憾。

不过，反过来想，又觉得上帝十分眷顾他。因为他猝然地离去——虽给后逝者带来深深的哀婉和遗憾，但对先生自己，却是好事——快快乐乐、快快活活地活一辈子，而后在某一天突然地离去，没有痛苦，十分干脆（至少我从报纸得到的是这样一个印象）。而且，逝前，还将《沙家浜》等纠缠不清的事一并了断，从从容容，平平淡淡，实在是令人敬佩。

不知您对这位好朋友兼同乡的远逝，有怎样的悲痛和哀悼。谨劝您节哀。只可惜，京城三位美厨兼美食家少了一位了，真可惜！

《星星岛》因广告栏目的加入，最近又宣布退为每月一期，6.7 的一期想登李济生先生写的《巴金与画和我》。又是退为月刊，一大憾事。还要请各位先生耐心等待！

顾军

97.5.20

对了，最近还有一个笑话，要告诉您：

我最近收到北京署名“丁聪”的大信封，但地址不对，以为丁聪先生搬了家。打开一瞧，是北京一个名叫“丁聪”的十岁满族孩子，画了一张“喜庆回归”图，真是可爱。可惜时间一过，没法用了。

于光远《难忘的一课》。不抄不知道，一抄吓一跳，有9篇，今年反正是不愁了。

您提议请中年作家写，我举双手赞成。但请告诉他们要有耐心，因为周期长。

这些文章也许真的不及《机器猫》好看，但只要沉得住气看，肯定比《机器猫》有收益。我想，这些童年故事，也是一种桥梁，因为它可供孩子看、孩子的家长看，甚至这些作者的同龄人看。您说是吗？我做过一项测试，让孩子排序，在一块《星星岛》上从喜欢看的到不喜欢看的，报出栏目名称。“逝去的童年”排在中部。

原来您和丁聪先生都是镇江人。

梭罗的书我早已收到，真不好意思，让您这么费心。我以前读过一点，前一阵又问陆灏兄借了删节本（英文原版）在看。我很欣赏他的朴素而深刻的生活方式。在这样一个纷纭的充满诱惑的社会，这种清醒和真诚都是最可贵的。谢谢您为我抄的怀特的话。

但最近，我男友借我一本《读书》，说上面有批评梭罗的文章。我一翻，的确有。主要批评的是梭罗的为人，仿佛跟培根一样，有虚伪为文的嫌疑。不知确否。

今夕，人散后，月凉如水，请珍重加衣！

晚辈 顾军

97.6.25

上海进入梅雨季节，整天雨下个不停。不过，雨中的梧桐，更加青翠了。

范用先生：

您好！

我刚从湘西出差回来，正愁没人去北京，男友周君一下跳将出来说："吾明赴京。"我大喜，立即将一瓶湘中好酒塞于他的行李中，嘱他来看您。——因为这瓶酒名叫"酒鬼"。送您虽有不敬之处，但酒仙理应收下这份薄礼，再说这酒有个漂亮古雅的酒瓶，我想您一定会喜欢的。请慢酌慢饮，在这酷暑时节也请您当心身体。小周是出版社编辑，您有何书托他买，都可以，沪版书他能打折买。

收到您的两包信，包括《我爱穆源》的书。我一定遵嘱照办，请放心。您赠我欣赏的素笺是多漂亮啊，我真是太喜欢了。多谢！

这次《星星岛》上有杨绛先生的文章，请上海画家韩伍配的画，文图相宜，只是画版样的美编将它处理得太低了些，真是抱歉！我过几天寄给您看看。（也会给杨先生寄。）

这次我随上海"吃苦夏令营"的中小学生70人一行赴湘，从长沙至芙蓉镇—凤凰县—怀化。途经的凤凰县是沈从文先生和他的表侄黄永玉先生的故乡，我们参观了沈墓，发觉那墓很特别：是一块天然的漂亮石头，上面有张充和女士撰的铭文，我特别喜欢，文曰：

不折不从，亦慈亦让

星斗其文，赤子其人

其中嵌了“从文”“让人”四字。旁边还有夫人张兆和写的充满深情与痛悔的后记，看着真让人感动欲泪，我想，应该珍惜所拥有的一切，特别当亲人在世时，应多理解她，多爱他，否则会遗憾终生。

我知道黄永玉是您的朋友，他亦为沈墓题了一句话。他每年都要回故乡，也不管在何处，都讲一口流利的湘西土话。在当地我们看到他新造的寓所就在沅江边的古镇上，房子造得好气派，门口的灯有欧式风格，上书“私人寓所，谢绝参观”。还听说他与一扎染民间艺人刘大炮是好朋友，可惜这次没有买到刘大炮的扎染作品。还有当地一家“大使餐馆”，据说乃黄永玉所题。某日，他带一大使去那儿就餐，觉小菜味道不错，遂主动题名，“大使餐馆”由此得名并火爆一时，可惜时间紧张未能前去品尝。

我带了一本沈从文的散文去，一路读着它们，望着沅水，听涛山，望着手拉船，吊脚楼和石板路，又住在名叫“边城”的宾馆，仿佛一下子拉近了我和这位默默一生的老先生的距离。至于黄永玉先生，我一向喜欢一句话：

“紧紧地，紧紧地拥抱生活不放。”

似乎就与他有关，看他《斗室的散步》，味道好极了，就像一瓶香气四溢的好酒。

湘西漂亮极了，我们在张家界之猛洞河还作了一次漂流，有惊无险，感觉好极了！能出去走走真好！

希望我还能有机会上北京，与您一道把酒谈天，最好再吃您烧的特色菜！

祝夏日心静！

小友 顾军

97.8.11

范用先生：

您好！

本来想给您打电话的，收到您的信后，想着还是给您写一封信吧（陆灏兄之信已代转）。

周君匆匆来去，他回来告诉我许许多多。让我感到非常开心，本来，让他去您府上讨扰，一是为了酒鬼酒（听说与黄永玉先生大有渊源，酒瓶就是他设计的），二也是让他虚心求教，看看一位出版大家的风范。他真的没有白来。

回来后，他给我复印了您的《最初的梦》和李辉《浪漫的余响》，在边上空白处，还不断地加注："多好的时代"、"我的理想"、"值得我学习的"。他说他看后十分感动，也颇有心得。我读后也觉得对您更多了一份了解与崇敬，《我要奔向大海》这首诗写得多活泼、多有气派，我真喜欢，下次《星星岛》有空地，一定偷来一用，栏目就叫作"名人处女作"，您看如何？

周君说下周一"东方之子"将放有关您的节目，我一定要好好看看；他说北京新开了一家好大好气派的书店——三联韬奋书店，他匆匆走马观花了一遍，他说您每周去一次，每次花 20 元钱，不多不少，我听了很有趣；他说他以后到北京，还要拜访您，不知您可欢迎。当然，下次来，我让他带书来，不带酒了。当然，最好我们俩能一同出差，一道来拜访京城里的范老板。至于烤鸭店招待一说，那是您太客气了。他得到的营养比烤鸭店能给的多得多。做了六年编辑后，他现在开始悟出一些什么，有了自由自在、游刃有余的良好感觉，我希望这回拜访您之后，他能更上一层楼。

酒鬼酒是人家送的，价钱我也不详，大约在 200—300 元之间。我在湘西喝过，感觉浓烈，听说后劲足，没敢多喝，仅三四小杯吧。

王元化先生我不认识，但报社有许多人与王先生相熟，或者，秋后我可以请陆灏介绍，打电话问问他。

范泉先生自从给《星星岛》写了文章之后，与我成了朋友。我给他寄上《星星岛》，他给我寄《书窗》，还有他翻译的新出的“世界少年文学名著故事丛书”，十本名著加 200 余幅欧洲古典钢笔插画，到时我想作个介绍。

您又托周君带了丰子恺画信笺给我，其实我已有了，您曾寄给我过。遂送他。他嘿嘿偷笑。最近他与人合编的《香港大博览》正在加紧赶制，以后可送您。上册已出。

下期《星星岛》拟登方成先生的作品，加上他自配的画。对了，您觉得给杨绛先生配的画好，让我信心大增，我想，《星星岛》“逝去的童年”以后配画有三种：

一、请作者自己配画。如方成、丁聪、韩羽等。

二、请画家配画。如韩伍、丁聪等。

三、请孩子们配画。

依据文章内容作定夺，您以为如何？

对了，听说李辉是复旦毕业，我很喜欢他写的文坛旧事新事，《沧桑看云》《丁玲与沈从文》都不错，他夫人应红间或也在报上撰文。她好像应该是宁波人。以后我去北京，很希望能见见这对夫妇。

最近，《新民晚报》中学生栏目有位老师写文，推荐了您写的《我爱穆源》，说适合孩子看，也适合家长读。可惜我找不到这张报纸。

祝凉爽心安！

小友 顾军

97.8.22

问你的孙女、外孙女好。欢迎她们来上海玩。

注：寄此信的同时，我寄了一些裁好的彩报《星星岛》给您，包括最早与最新的，供您约稿时用（挂号寄，大约慢些）。

（此信不全）本次《星星岛》因国庆顺延一期，到10月11日发表，“逝去的童年”将登叶至善先生的文章。

对了，我还要请丰一吟先生给我们写一篇。

正值换季，请珍重加衣。

祝天天快乐！

小友 顾军

97.9.29

P.S. 寄上几张王辛笛、王西彦先生的照片，给您看看老朋友的模样。图中王西彦夫妇正认真地为随笔题字，事先打草稿。

范用先生：

您好！

十月国庆放假，我随同学去扬州玩，如此先去您的故乡镇江。只是顺道，未能登金、焦二山，只是渡江时想起穆源校歌中的几句，仍觉豪情万丈。

“京口一瓜洲一水间”十分确切，更难忘的还有肴肉、香醋和老百姓一口亲切的乡音。

黄永玉来沪的事，我问过陆灏，他亦不晓。我又找了本报另一位老先生谢蔚明，他与黄先生更熟，但他也听了我说之后才知此事，所以不知能否见先生一面。要看自己的造化了。

王元化先生的稿我见了，觉是一篇好散文，但不知《星星岛》能不能用。陆灏告诉我：不能让王先生改，你胆子这么大，居然想让王先生改文章？！他要不高兴的。

范用先生：

您好！

您自家的信封、信纸就像您家的菜一样有味道。

您太客气了。为我做了那么多的事，让我这个年轻人跑跑腿没事，而且认识的大作家很有意思，相见甚欢，我向他们学到了许多的做人之道，以后有这样的好差使别忘了先通知我。

记者应是“两广总督”（广博知识、广交朋友），这点您真该多教教我。很希望能再北上拜望您。

希望早点收到黄永玉先生的大作，最好请他“自说自画”。

这次又登了叶至善先生的文章，他老人家真认真，我也想不辜负他的一片心意。

还有一位可敬的老人是范泉先生，他要送我一套他编的“世界少年文学名著故事丛书”，还问我：“逝去的童年”可要编书，他拟介绍他的助手和我见面，可由我来编成图书，大字彩排，分册出版。问我可同意否？我想，“逝去的童年”是在您这位热心的出版家亲自操劳、关心下诞生的，一定要先问问您是否同意，或者您还有更好的想法。我们一开始就想先登出后再出书的，书是一定要出的。但怎么个出法？彩页有多少？如何让小朋友和大朋友都欢喜？我是门外“女”，一定要征求您的意见。

最近您又忙些什么？天气渐凉，当心身体！

祝一切好！

顾军

97.10.16

范用先生：

您好！入冬北京已下雪了，请多保暖！

关于“逝去的童年”，我去见了范泉先生，上门拜访，他很热心。又去见了他的助手郑晓方，您和她全家熟的，对吗？现决定了一个方案，50篇出一分册，包括插图。（详见一封复印的信，是范泉先生拟的，以您和他的名义一起约稿。）请您提提意见。他也会给您寄一封信。

范泉先生介绍了34位他认识的文化老人，以您两位的名义发约稿信。包括丁景唐、马烽、巴金、王西彦、叶君健、叶永烈、刘金、罗洪、张庚、何满子、张光年、陈残云、周振甫、周而复、金克木、季羡林、柯灵、施蛰存、胡道静、欧阳文彬、赵清阁、徐中玉、钱谷融、钱仲联、贾植芳、徐开垒、钱君匋、唐振常、袁鹰、黄裳、谢冰心、碧野、臧克家、胡绳。

想听听您的意见，如您有不认识的先生，请告我或范泉先生。黄裳先生的文章我去信催请过了。

寄上新一期的《星星岛》，请赐教。我何德何能，得到这么多大家的支持和热心帮助，首先要感谢您。同时寄来一份目录给您。

近日去杭州游玩，在虎跑李叔同纪念馆买到了丰子恺漫画小卡片，很便宜，才几元钱。寄上供您欣赏。

祝天天快乐！

顾军

97.12.8

范用先生：

您好！

好久没有您的音讯了，我上次寄的信您收到了吗？

范泉先生告诉我，您给他去了信，表示同意一起约稿。我想，您能否将共同约稿的作者名单中（上次我抄给您的是范泉先生拟的）未纳入的一部分作者名单告诉我，由我负责复印约稿信，给他们寄去。这样可以让您省却一些奔波，也好让我心安。

信笔写来，正是冬天。北京可冷？希望能有缘再来北京，去您家抱一壶咖啡，品一份温暖。祝您全家

新年快乐，万事如意！

小友 顾军

97.12.22

范先生：

您好！

我是顾军，又是很久没有您的音讯了，也没有给您写信。

您好吗？最近又见到哪些老友？又在动笔写些什么稿子？您的故事很多，交往的各位朋友也多，应该可以继续笔耕，撰写您及他们的回忆文章。

前一阵疏于联系，主要是心存愧疚——我还欠您一笔文债，当然也欠逝去的范泉先生。最近与晓方探讨过，我们再怎么忙也要下定决心去做。不过困难尚有许多，我也想，这本书出来可能尚需一定时间。您要有耐心等。

前几日，去参加了上海书店出版社纪念范泉先生逝世一周年的纪念会，见到了贾植芳先生，他与范泉先生同龄，很精神，我们一起回忆了范泉先生曲折多难的一生，他的善良诚恳为人，他的坚忍与勤奋，闻之我感动不已。今天的我们正缺少这种精神。我真遗憾，关于范泉先生，在他生前我了解得那么少，关心得很不够，直到那天我才知道他年轻时翻译过《鲁迅传》（一日本人

写的），当时许广平、夏丏尊先生都曾指正译书中的失误；他编的《文艺春秋》云集了当时年轻有为的文人，日后各有建树，如果能够早点了解，能与老人多沟通就好了。现虽然能读到他写的书，但感觉还是不一样。您说是吗？

抽空我还会给您写信的。寄上我们的杂志（《新世纪》第一期和最新一期），聊供一哂！上次给您寄的《历史研究》收到否？您喜欢这类书吗？

顾军

范用先生：

您好！我是顾军。

春天来了，上海的花园里粉粉白白，群芳争妍，令人有惜春之怀，可是忙于工作失去了最可宝贵的时间。莫负春光，可我们辜负了多少春！

日前，看到《文汇报》有一文曰《范用先生的书房》，令我马上忆及赴京来您家做客的情形。没有到过您的书房等于没来过北京啊！语虽夸张，但也表达了一种强烈的情感。我颇为得意地想：我可算是到过北京了。遗憾的是我没有到过您原先的家，只想象着书香花影，丁香、水仙与朋友同在，再加几缕咖啡的浓香，也是极醇的味道，可是吾生也晚，未能享受栗华先生享受的，不过看他的文章同样也是享受。

文章谈到丁阿姨，我也相当有同感。虽然跟您和阿姨相见的时间不多，但我却是非常深地映在脑海中，阿姨的温和厚道可亲令人难忘，应该说您是有福的，“执子之手，与子偕老”，世间有多少人能够享受这样平静宁和的婚姻生活？阿姨也是有福的，上帝让她在毫无意识毫无痛苦的过程中离去，也许是对她，一个一生忙碌、一生善良的人最好的礼物——这是我的见解。我想阿姨是放心的——因为您能够健康长寿，多做些事，因为您还有书、友及小辈的陪伴。

抱歉也许这封信惹您伤心了！下次再聊吧！

顾军

2001.3.27

P.S. 我家的君子兰花开了，养了它六年，这是第一次，我有多高兴呢！

范先生：

您好！

久未联系，我是顾军，您一向可好？

因为欠一份心债，使我心中如压大石。今年准备重振旗鼓，托陆灏又代为发了一批约稿信，可至今尚无回音；那边出版社，我与晓方也是想方设法，我曾设想出一小本彩图小书，如山东画报出版社他们搞的《儿时旧梦》（好像是这个名字）* 和张光宇先生的烟画。若是经济上不可行，我愿自费出个万元以助出版。可上海书店社领导明确表态：不可能。遂出书计划仍是遥遥无期，不少以前约稿写稿的老者会否把我当骗子，借两位大名鼎鼎的范先生名义行骗，亦未可知。只知向丁景唐先生已经解释了一回，是郑晓方向他解释的。

因此，我几次欲写信给您，却因为书的事不敢写信，怕惹您的惦记。

此番休假，我和先生去了一回新疆、敦煌，自费旅游性质，感觉中国真大真美，可敦煌乃中国学术伤心史也。回到办公室，就看到《文汇读书周报》副主编褚钰泉给我的短笺和两份《读书周报》，展读报纸，原来是您怀念范泉的文章，里头几番提到了我的名字。我的泪又一次浮上来了，我很惭愧，至今尚未完成两位范先生的心愿。不过，我会努力的，尽人力，听天命。

新疆歌曲是我此行难忘的纪念之一，王洛宾的歌尤其令人心醉。我给您也给自己买了两份王洛宾的纪念歌集，它没有壮美的风景，可是那美妙的曲谱和美妙的歌词，给人无限的遐想，“半个月亮爬上来”“在银色的月光下”，光看歌名就令人陶醉。

那么喜欢歌唱的您，翻开歌片一展歌喉吧！祝

秋祺！

小友 顾军

2001.9.6

* 李杭育著《江南旧事》。——编注

范先生：

久未给您写信，但一直关注着您的消息，看您写的文章。看到你读写依旧，精神不错，心中甚慰。

前一阵收到您寄来的书，因为工作颇忙一直想动笔一直没法静下心来，另外是书的债至今没有能力还，所以汗颜不止。今日有空涂两句。

看到范笑我之书终于出版，名曰《笑我贩书》，我马上买了一本。想那个冬天您亲自去嘉兴看秀州书局，并通过书局《简讯》告诉我阿姨去世的消息。现在，您一个人的白天生活还好吗？真希望有机会到您家看您。

我参加了文新女记者合唱团，4 月曾赴菲律宾演出，回来后我感动不已，写了几篇文章和诗，现与您同享。包括一首美国老

人的诗。祝

夏安！

顾军

7.11 午

范先生：

您今年过 80 岁了没？我心中的您一直歌唱着，所以也不觉老。我从这首平凡人写的诗中得到了许许多多的教益。所以，每次到公园，都不放弃乘坐旋转木马的机会，虽然我已 32 岁。

顾军

我会采更多的雏菊花朵

纳丁·斯待尔，时年八十七岁，美国肯塔基州路易斯维尔

顾军译

如果我能够从头活过
我会试着犯更多的错
我会放松一点
我会更加灵活
我会比这一趟过得更加傻呵呵
很少有什么事能让我当真
我会疯狂一点
我会少讲究些卫生
我会冒更多的险
我会更经常地出门旅行
我会爬更多的山
游更多的河

看更多的日落
我会多吃冰激淋，少吃豆子
我会惹更多麻烦
可是不在想象中担忧困惑
你看，我小心翼翼地稳健地理智地活着
一个又一个小时，一天又一天
噢，我有过难忘的时刻
如果我能够重来一次
我会要更多这样的时刻
事实上，我不需要别的什么
仅仅是时刻，一个接着一个
而不是每天都操心着往后的漫长日子
我曾经不论到哪里去都不忘记带上
温度计，热水壶，漱口杯，雨衣和降落伞
如果我能够重来一次，我会到处走走
什么都试试，并且轻装上路
如果我能够从头活过
我会延长打赤脚的时光
从尽早的春天到尽晚的秋日叶落
我会更经常地逃学
我不会考那么高的分数，除非是一不小心
我会多骑些旋转木马
我会采更多的雏菊花朵

顾　伦

范用同志：

欣读手书，十分感谢您的鼓励。

评弹方面的出书，“文革”前我们偏重于中短篇，曾出版过八集《评弹丛刊》，其中除二集收有中篇外，余为短篇或折子书，香港《大成月刊》发表的选回，也可能从那里翻印的。大成的主编沈苇窗，解放前在上海办过小报，与评弹界较熟悉，杨振雄与他有交往，香港又有一评弹票房，他要弄评弹本子是不困难的。我只略知其人，与他并无来往。

出版长篇评弹，我社在“文革”前已着手组稿，因受十年动乱影响而中止，去年才出版了第一部《西厢记》，今年将出版长篇苏州评话《三国》，系张玉书传本，分册出版，已发稿四种，全书估计五百万字，约分二十册，五年内出齐；《珍珠塔》《杨乃武》也已组稿。这些作品，思想和艺术方面的成就自有高低之分，作为俗文学的研究资料是有价值的。只是限于编辑及印制力量，还不可能大量出版。我们尽力而为，盼予多多指导。

郑镍同志嘱笔向您问好。

此复

敬礼

顾伦

一九八四．三．十四

郭瑞生

范用学兄如晤：

你好。

因等合影照片故而至今方给你回信，希你原谅。

读了你的《我爱穆源》以及又和你回母（校）相聚了半天，真是如同你书面上冰心所题的“童年，是梦中的真……”童年在母校的回忆久久已在我心中想念。

大概民国二五年六年级的毕业班是我四年级的同班，可能没有和你同班，五十一位同学的名字有百分之八十都在能回忆中，特别赵承隋、田向耘二位，以后在大港相会很久。他俩均已不在了。章壮庆在镇江我们会见好多次，陈宏为是谏壁梁山人，以后未见过，特别是吴善琴两姐妹，我的印象最深，你说吴善琴在天津并有通信，张凤珠在美亦通信，我们这些同学均已老矣，幸存不多了，请将她们地址给我，很想通通信。

沙老师、黄校长对我的印象颇深的。我在五年级时即随穆源俞焕光校长在敏成小学读了，毕业后考取京江中学，鬼子来了第二年，京江中学迁沪，在法租界海格路再上了初中毕业，以后我即回家乡大港镇，随父郭济仁学中医（祖传）（六世）。解放后组织参加联合诊所，58 年组织大港公社医院，在中医的基础上又去江滨医院进修手术外科，81 年在大港人民医院退休。

上面谈了虽然我们没有同过班但总是母校的同学，还是有真情的，有亲情感的。

给你寄了同在母校照的相片及我最近在上海人民公园照片一张以作留念。我是去上海过七一庆香港回归节日的。

还有件事：在回母校时我曾带着扇面想请你和丁聪画家为我作书画以留念，故当时匆匆未及能作，兹特邮寄上扇面两页，请你并请你转请丁聪画家为我作书画留念，心甚盼望，务请勿却。此致

夏安

弟校友 郭瑞生

97.7.17

画家前请代问候。

范用学兄如晤：

接 7 日来函，并收到你知（挚）友流沙河先生为我书写的大作扇面，我颇为心感，多谢多谢。

前天我特绕镇江，询问多处，想会谈老同学章壮庆畅谈畅谈，颇为遗憾的章兄已故年余矣，扫兴而归，感慨不已。

寄来吴善琴、张凤珠两同学的地址，我当即日去信联系，以叙童年的回忆。以后会向你汇报情况的。

我们这些同学均已年老，所存不多，真是人生如梦，但是我还是想得到我们之间常常通信或能会面，享受童年的回忆一种纯真乐趣。

我计划明年北京之行能去拜望你。美国是去不了的，天津的吴善琴我想有可能会到的。

谨此函复，敬颂

冬安

郭瑞生

97.11.25

通信人简介

A

艾芜（1904～1992）原名汤道耕，四川人。作家。

B

巴金（1904～2005）原名李尧棠，四川成都人。作家、翻译家、社会活动家。曾主持上海文化生活出版社编务，主编《文化生活丛刊》，曾任平明出版社总编辑、《收获》杂志主编、全国政协副主席、中国作协主席。

毕朔望（1918～1999）江苏扬州人。作家、诗人、翻译家。

卞之琳（1910～2000）江苏人。诗人、文学评论家、翻译家。曾任北京大学教授。

冰心（1900～1999）原名谢婉莹，福建长乐人。作家、诗人、翻译家、社会活动家。

卜维勤（1933～1995）辽宁铁岭人，中央工艺美术学院教授。

C

曹雷（1940～　）配音演员。曹聚仁之女。

曹辛之（1917～1995）原名曹新民，江苏宜兴人。诗人、书籍设计家。曾任人民美术出版社设计组组长、中国装帧艺术研究会会长。

曹予庭 资深出版人。

常君实（1920～2016）曾任人民出版社三联编辑室编辑、“中国现代作家作品研究资料丛书”编委，副编审。

车辐（1914～2013）四川成都人。记者、编辑、作家、美食家。

陈白尘（1908～1994）原名陈增鸿，江苏淮阴人。小说家、剧作家、大学教授。

陈超英 广东出版集团编辑。

陈凡（1915～1997）广东三水人。香港作家、编辑。

陈国容（1921～2007） 柯灵夫人。

陈翰新 广西文联主席秦似的夫人。

陈辉扬 香港散文作家。

陈明章 曾在中国版本图书馆工作。

陈汝言（1909～1993）江苏太仓人。正风出版社创始人，帮助出版《资本论》。

陈尚藩（1921～1997）本名陈尚凡，《文汇报》编辑。

陈松龄 出版人，曾任香港天地图书公司董事长。

陈学昭（1906~1991）原名陈淑英，浙江海宁人。作家、翻译家、报刊编辑、大学教授。

陈原（1918~2004）广东新会人。语言学家、编辑出版家、世界语专家。曾任三联书店编辑室主任、人民出版社副总编辑、文化部出版局副局长、商务印书馆总经理、中国语言文字工作委员会主任、《读书》杂志主编。

陈子善（1948~　）上海人。教授、博士生导师，现当代文学研究者。

池莉（1957~　）湖北仙桃人。作家。

褚钰泉（1945~2016）曾任《文汇读书周报》主编。

D

戴天（1938~　）原名戴成义，祖籍广东大埔。香港诗人、编辑。

戴望舒（1905~1950）中国现代派象征主义诗人、翻译家。

戴文葆（1922~2008）江苏阜宁人。著名编辑家、出版家、作家。

邓珂云 曹聚仁夫人。

邓云乡（1924~1999）山西灵丘人。作家、教授，《红楼梦》研究专家。

丁景唐（1920~2017）文史学者、出版家。曾任《小说月报》《文坛月报》编辑，《文艺学习》主编。

董桥（1942~　）祖籍福建泉州，印尼华侨。作家、藏书家。曾任《明报月刊》总编辑。

董竹君（1900~1997）生于上海，经历坎坷，创立了上海第一家可以接待国宾的锦江饭店。其自传《我的一个世纪》在三联书店出版。

杜渐（1934~　）原名李文健，广东新会人。作家、编辑。历任香港《大公报》《新晚报》编辑，香港《开卷》《读者良友》《科学与科幻》杂志主编，香港三联书店特约编辑。

杜运燮（1918~2002）笔名吴进、吴达翰，福建古田人，出生于马来西亚霹雳州，毕业于西南联合大学。诗人、爱国归侨，“九叶派”诗人之一。

端木蕻良（1912~1996）原名曹汉文，辽宁昌图人，满族。作家。

F

范泉（1916~2002）原名徐炜，上海人。作家、编辑。曾任《文艺春秋》主编、上海书店总编辑。

范笑我（1962~　）本名范晓华，生于浙江嘉兴。学者、作家，注重乡邦文献的收集整理，曾主持嘉兴图书馆秀州书局。

方成（1918~2018）原名孙顺潮，祖籍广东中山，生于北京。漫画家、杂文家。

方行（1915~2000）江苏常州人。学者、编辑。曾任全国古籍善本书目编委会副主任。

方敬（1914~1996）生于重庆万州。诗人、散文家、文学翻译家、教授。

方平（1921~2008）原名陆吉平，上海人。作家、翻译家。曾任上海译文出版社外国文学编辑部主任。

方学武 沈钧儒秘书、生活书店老员工、出版家。曾任上海译文出版社副社长。

费滨海 作家，专栏作者。

费锦昌 教育部语言文字应用研究所研究员、中国语文现代化学会常务理事，语言学家。

费淑芬 作家、浙江文艺出版社编辑。

费在山（1933～2003）浙江湖州人，生于上海。杂文家、书法家、集邮家。

丰一吟（1929～ ）画家、翻译家。其父丰子恺。

冯其庸（1924～ ）名迟，字其庸，江苏无锡人。作家、红学家。曾任中国艺术研究院副院长、中国红学会会长、《红楼梦学刊》主编。

冯亦代（1913～2005）翻译家、学者、作家，《读书》杂志副主编。

凤子（1912～1996）原名封季壬，广西容县人。作家、编辑家、表演艺术家。曾任《剧本》月刊主编。

G

甘琦 出版人，香港中文大学出版社社长。曾在北京联合创办万圣书园。

高马得（1917～2007）江苏南京人，漫画家。

高莽（1926～2017）生于哈尔滨。翻译家、作家、画家。

高崧 商务印书馆原副总编辑。

戈宝权（1913～2000）江苏东台人。外国文学研究家、翻译家，苏俄文学专家，是新中国成立后派往国外的第一位外交官。

戈扬（1916～2009）原名树佩华，江苏海安人。曾任《新观察》主编。

葛孟曾 葛康俞之子，中学教师。

葛一虹（1912～2005）戏剧理论家、翻译家、戏剧史家、出版家，新中国戏剧事业的开拓者和奠基人之一，编著《莎士比亚画册》。

公刘（1927～2003）原名刘仁勇，又名刘耿直，江西南昌人。当代诗人、作家。

龚明德 藏书家、出版人、作家。

龚之方（1911～2000）影坛前辈、报界耆宿、电影推手。

古兆申（1945～）号苍梧，广东茂名人。编辑。曾任台湾《汉声》杂志主编、香港《明报月刊》主编。

顾家熙（1919～1994）老报人，中国大百科全书出版社编审。

顾军《文汇报》编辑。

顾伦 上海文艺出版社编审。

郭瑞生 范用在穆源学校的学弟，医生。

H - L

范用存牍

汪家明　编

生活·讀書·新知 三联书店　出版博物馆·史料

图书在版编目（CIP）数据

范用存牍／汪家明编．—北京：生活 · 读书 · 新知三联书店，2020.9 （2021.2 重印）
ISBN 978－7－108－06896－5

Ⅰ．①范…　Ⅱ．①汪…　Ⅲ．①书信集－中国－现代②书信集－中国－当代　Ⅳ．①I266.5

中国版本图书馆 CIP 数据核字（2020）第 131575 号

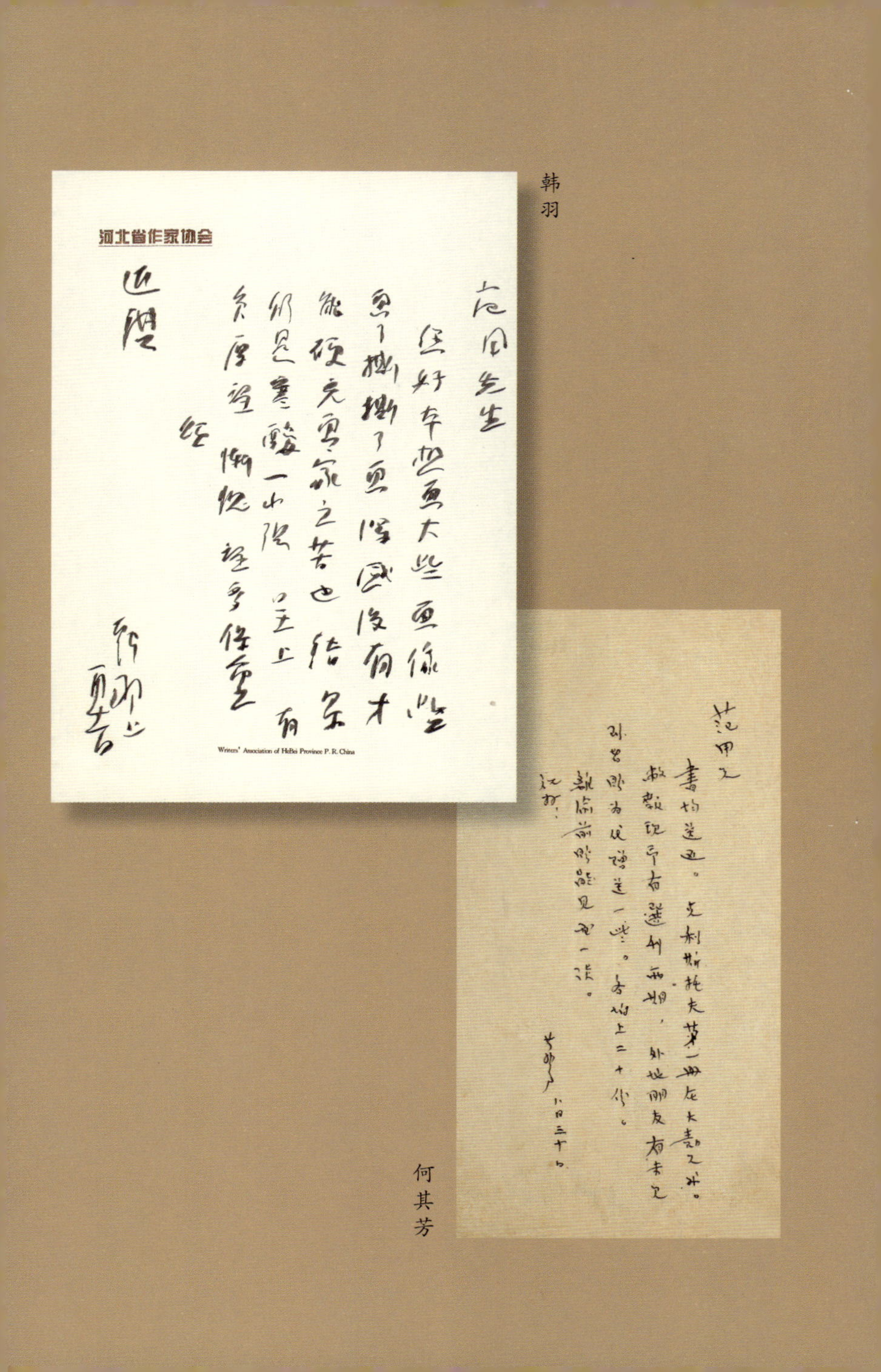

韩羽

河北省作家协会

Writers' Association of HeBei Province P. R. China

何其芳

范用先生：在《文汇报》上读到《八位人画家的贺柬》，同一天又在《团结报》上读到张中行先生的《关于贺年片》，我再读先生赐我的"幸好没有""并没亦有心诲我"，否则罪该万死都不足以谢罪。说真话，收到先生的贺卡后，不知如何回答。徐淦老哥知我的底细，我除了在本专业上稍有知识外，实在缺少学问。今天读了文章，早若再不给先生写信，不仅无礼，也实缺乏教养了。先生说到八九年当有拙作奉赠，我记不得了。说明我这个人是"出门不认货"的脚色。前几天收到杭州三联叶芳经理的信，我在她一幅东西被揉用了，还请吃了几口。徐淦老哥处节后没有去过信，打过电话接线的回答：没有总机了。耳朵发热，估计老哥老嫂在骂我了。就此搁住，敬请

大安

晚 贺友直 拜上 三・十二

贺友直

珠江电影制片厂

范用同志：

许秉铎同志来京公干之便，托他给你带川[illegible]景的酒壹瓶，听说你们估计这酒你可能没有喝过，这可是古色古香，别有风味，对促进防老健身均有益，女同志并可以饮，[illegible]同志家不妨一试。顺颂

俪安！

洪道

82.12.7

洪道

中国社会科学院

胡绳

黄洛峰

黄裳

范用兄：大札收到。日来为将去画展筹备中，几乎魂梦颠倒如遇狐狸精，元神耗尽。兄所云上海某报刊登弟小札事件，毫无下落，不知是否公安界抑或文艺界、邮务界爱好者所珍藏？若可补救，望交孙华兄转弟一定三数日内见，不可再寄厚望于其它也。

罗孚阁之抵港，不为新闻传媒围观，盛况如母狗发情，公狗奋发进攻中，以不凑近为妙，来日有诗，毋必着急。

写陆志庠兄一文，如需要，可向孙华兄。

祝好！

弟 永玉 有首

黄永玉

范用兄：

寄上开印的一种，请收。

我爱看书的，也寻得少量港版书，闻佳所藏甚丰，愧羡不已。若有寄来，一开眼界。

读过黄先生某些书，感在是很费纸啊，反不如多印点手册。香港文学的报纸少见，如《新绿集》《雨集》《红豆集》所择合集六七，叶圣陶之作，事实整理出版好像未能集，为有不少。

祝

好

德明

六月廿四

姜德明

中国社会科学院文学研究所

范用兄：

惠函暨赠书都已收到，非常感谢。由于最近事冗，未及早覆，乞谅。

我写的那篇后记，其实浅陋之处甚多，承您许可，实感汗颜。今后唯当自勉，以酬厚意也。

那篇后记写时倒是有一种痛快感，这并不是因为其中有甚么高明的见解，而是觉得它是从心里自然流露出来的，也许这一点尚能博您一阅吧？

《论稿》中的各篇（特别是薛宝钗论），这次增订时都作了一些修改和补充，可惜时间匆促，未能作好，还望得到您的指教。临书匆匆，不尽所怀，容俟再当面聆教。专此即请

近安

蒋和森谨上 三月廿五日深夜

蒋和森

文物出版社

范用同志：您好！

前几天听同志们讲起，《新华月报》归人民出版社编辑后，您有个想法：增加一些"文摘"性的内容，但这问题也有不同看法。

我也算是《新华月报》的忠实读者之一。从开国创刊号起，再到文化大革命后复刊起，保存着一份全套的，现在也继续订阅着。

但从复刊后，确实总感有这么个缺陷：只收新华社和《人民日报》的文章，其它报刊的都不收（光明日报偶然有一点）。过去，每期《新华月报》到，都很高兴，要看很久，因为有些其它报刊上的重要文章，平时漏读了，这时就可集中看一下；现在，每期上的文章都是读过的，所以收到后几乎不再看，只是存起来就是了。"读者"变成了"收藏者"了。更重要的是：从保存资料来看，有些重要的文章、有影响的文章，《人民日报》未必转载，自己也不可能订了那么多报刊，以后要查就十分不便。《新华月报》本来要起了一些资料选的作用，现在这作用就有很大的缺陷。自然，要收其它报刊的文章，不能太多太滥，还只能以重要的、有影响的为限。

这些，您一定都考虑到了，没有什么新的意见。写封信只是作为一个读者，表示支持您的主张罢了。

祝好

金冲及

3.17

金冲及

上海市电影局

范用同志：

奉书欣慰。沈君之事，微有所闻，而不知底细，看到你给他的信，愤慨之情，溢于楮墨，佩叹不已。人情薄如纸，恩将仇报的事，我亲身遇到的就不少，除了一笑置之，别无良策。足下待人诚笃，友所周知，公道自在人心，恕然处之可也。

《万象》只见过头两期，不好翻版了。创办进行如何，我一无所知，也实在无暇及此。

近出《天意於越草》，已请人民日报出版社张亚平同志寄奉，已收到否？

匆此奉复，并请珍摄，即颂

夏安

柯灵　国容

8.11.

柯灵　陈国容

范用兄：

《鲁迅与北京风土》，我也买了一册，读了谢老的序后，就放下了。谢老学有专长，文不成体，应打红杠、吃栗子之处不止一二。卞之琳说王统照太注意文字，我大概也沾有此失。你托子明带来此书，已促使我重新把卷，当在近日内读完它。因之想起包天笑的《钏影楼回忆录》与《续录》，不知你也收得否。我看了前集如是，写苏州风土极是动人。你如无此书而有意翻翻的话，当托子明兄带上。解放初我从旧书摊上常得之前两本书，一曰文载道的《风土小记》，一曰纪果庵的《两都集》，如今大概不易寻求了。文作平平，纪作则极有意致，可惜旧家扫地以尽，不胜慨然。

原书仍带回，盛意极感！

祖德 20/7

劳祖德（谷林）

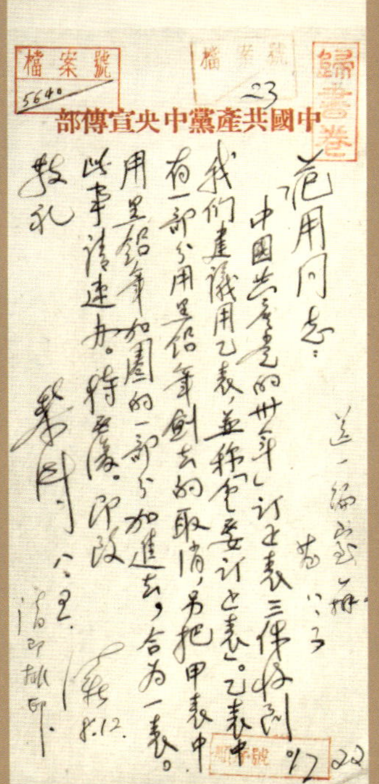

檔案號 5640

檔案號 23

歸卷

中國共產黨中央宣傳部

范用同志：

"中国共产党的卅年"计三表三件收到。我们建议用乙表，并称它为"计三表"。乙表中有一部分用黑铅笔划去的取消，另把甲表中用黑铅笔加圈的一部分加进去，合为一表。此事请速办。特此奉达。即致

敬礼

黎澍 八.十二.

送一编室六册

请即排印。

8.12.

黎澍

李公朴

李济生

周兄：

大札早悉，也同告巴兄及小林。百本特装本《随想录》请直寄武康路一二三号巴兄家，他们自会派车前往提取。这是阁下之杰作，得到财主仔细欣赏，令人高兴。专复，即颂

春祺

弟 济生 三.十九

李黎

航空 PAR AVION

中国旅游出版社

范用先生：

三峡之行极佳，风景美，心情也愉快。到底是自己的山自己的水，欣赏之余另有一番感动。这便是我"回归"的"归"了。

临别匆匆，未向冯亦代先生和李玉如道别，请代我向他们致歉及致意。祝新年好

李黎 1980年最后一天，于武汉

北京市
朝内大街166号
范用先生收

晨雾白帆
A Sailing-Boat in Morning Mist

新华通讯社

用公兄台：

常想去拜望。要还书，《续爱的教育》；还文稿，《论尹宽》。懒得动，拖延至今，且歉且愧！附件请阅。

读到介绍你的文章，甚喜。似乎只一篇，写得很有趣。你确是位很有风趣的人。

见到一些争论东西方文化的文章，要是有谁收集双方的文章出一本书，该多好。写来如何？但是先要有出版社敢出。握手！

李普 中秋节，26。

李普

范用同志

我那兩本《水滸葉子》和《西湖十景》見到香港已有廣告，但夾在許多書名之中，殊不醒目。能否提請香港宣傳一下？如果《讀書》能寫點小介紹以引人注意，及之尤所大願。謹白，順致

著祺

李一氓 二月八日

李一氓

收获

范用同志：

承蒙寄来《读书》月报，非常感谢，也非常需要。只是信封上写"上海文学编辑部"（应摘），因此就寄到资料室了，所幸资料室魏绍昌同志细心，拣出给我，望以后信封上写我姓名。

听说您去香港一趟，有什么文学动态？我九月份打算请创作假，除写两篇评国内当家创作的以外，打算写两三篇评海外作家的，您借我的一些资料，已阅用后当全部寄奉。

专此

敬礼！

问黄民同志好！

李子云上
9.25.

致陈原同志一信，因不知他确切地址，烦转，谢谢！另外，《收获》若再转载一些海外文学的中、长篇，您能推荐一些吗？如有好的望转告，麻烦您了，谢谢！又及

李子云

中国美术家协会广东分会

史的文艺现象影响之下，我们当年从事此些的同志也就产生了历史的自卑感。我和此间一些同行认为这些情况可以从这批史料的分析研究中得到扭转。

现在，我们组织了三几个同道进行这项工作，并把其中一些较有价值的材料复印（好在广东美协已引进了一部复印机）但是我们大部很忙，不能抽出一段完整的时间去抄，只好借用的时间要长一些。黄苗子再三关照我把它们留下来，他准备抽空来广州住几天，专门看这批资料。总之，我们对此非常重视，一定会好好保管（连同夹在里面的剪条），决不会借给"荆州"。于此，再三对您这位中国出色的有心人致以谢意。希您经常过穗，望能抽空约谈。我下月初赴日本访问，过京时定当趋候。

敬礼

廖冰兄 九月廿日

住址：广州宝源路58号二楼，美协电话31204

廖冰兄

范用
倪子明 同志：

拙作《廖沫沙杂文集》由贵社出版。发排时间已经甚久，迄今还没有出版。目前我正编另一文集，急需与《杂文集》内容查对。我多次托人同贵社联系，请打稿样二份给我。七月十六日得贵社回答：《廖沫沙杂文集》已打成纸型，即将上机器印刷，但印刷完毕又装订成册，恐已到明年了。是不是在装订以前，将印出的样本先寄我二份备用？

能不能这样书……份给我样本（散页……请你们用电话……电话是75.4580. 北……安定门东大街十二号楼七门二层。

麻烦你们，特致

敬礼！

廖沫沙 1984.7.23日

廖沫沙

刘白羽

范用同志：

非常感谢你，为我弄到史沫特莱的"伟大的道路"。

我读了这部书，我认为是写得很好的，应该出版，对于写这方面著作及研究这方面问题，都有重要参考价值。

若可能，出书时说明一下，完全按照作者原样出版，有些我觉得违了史实，不要一一地改掉。

致礼！

刘白羽

八月廿七日

人民文学出版社

北京朝内大街166号　电报挂号2192

范用同志：

我已给潘际坰同志寄去《鲁迅二次见陈赓》的稿，因写给上海，已近十月，而他们的丛刊还不出来，就让香港先发表吧！又抄了一篇关于胡风的现成稿子，现在寄给你，想征求你的意见，这样内容是否适合在港发表，如认为可，就烦劳你转去，不然则请退回。(现有人写稿给胡风翻案，我们送请了中宣部，没发。)

还有一事，此次与傅聪谈话，提到他父亲给他的信，对他在政治上艺术上作了恳切的教诲，使他在远走之后，立下总有一天回归祖国的决心。这些信数量不少，经过整理编选，如能在港出版，亦有意义，三联不宜，可否介绍一商业书店印行。现在傅敏下月去英，决定去整理这些信，我要他将来复印一份寄来看看，你看在港出版行吗？

敬礼

楼适夷 10/15

楼适夷

罗孚

范兄：

李黎转来"贺年"文章，"[illegible]的梦"，早已在《收获》上和李辉的文章一起拜读过了。因为年未拜，可以不说"拜读"。文章很有意思，读了才知道出版家之可以为出版家，由来久矣！從這"[illegible]"開始，应该继续下去，写从来，写更多，一直写到退而不休，这样，一部回忆录不就写成了。我自己没有什么可以回忆的，不想写回忆录，也写不出什么回忆录，但就期待朋友们写，也期待于你。希望在这一点上，你的虎年能过出虎劲！

我来美半年多了，已经安定下来，住在硅谷，虽有一些新知旧雨，不感寂寞。新认识的一位姚大姐，是叶圣陶老先生的儿媳，住在我们不远的胡石如老先生家，最近要回北京一趟，有这机会，就托她带上花旗参两盒，一盒是你的，一盒请你转给八十多岁的小丁，聊表一点心意。姚大姐据说是和你认识的，因此才请托她帮这个忙。

在这信上，向你和丁大姐拜一个"晚年"，实际上也未拜年，但不说"拜年"，又说什么好呢。只有"拜年"了。也就是祝

春禧！

承勋 98.2.4.

中国作家协会北京分会用笺

范用同志：

来信敬悉。

只是我仅写出了《初访神坛（第一段）》，约[illegible]在"散文世界"上[illegible]共约三万字，《再访》与《三访》，还未写，[illegible]

骆宾基

年　月　日

范用同志，

近好！来信及附诗均收读，迟复为歉。

实在无暇与陌生作者联系，还是请以你的名义复信为好。

关于诗，有以下几条意见，供复信时参考：

1）作者追求民歌风味，写得都还不错。

2）《爸爸真香甜》多层次地写对"爸爸"的怀念，在民歌中比较新鲜。

3）希望作者多读别人的诗，不要只限于一种抒情方式。

4）如有新作，请直接寄《诗刊》编辑部。（绿原作为《诗刊》编委，只是挂名，不参加该刊编务。）

匆匆，祝安！

绿原

19920501

(电开12)J719

绿原

目　录

韩侍桁

范用同志：

前年到京叨教，为拙译《主潮》出版事，多蒙指引绍介，甚感甚感。但当时国内政治形势正临“批邓”前夕，顾虑很多，不敢贸然提出，遂未致函孙绳武同志，徒劳先生斡旋，至以为歉。

迩来万恶的“四人帮”已被打倒，谅可旧话重提，不知先生以为然否？顷刻已修书致绳武同志，尚祈见面时顺便代为询问。

上海因系“四人帮”根据地，出版界又为其严密控制的重点，流毒之深非一朝一夕可能肃清者，揭发批判阶段当为时较长，估计在今年内译书工作恐难步入正常。顷闻北京人民及商务等出版社 77 年度译书选题计划已经订出，切望先生代为留意，给我争取一个英、日语翻译选题，除科技或经济之类外，凡属一般文化、历史或政治传记等著作，均愿努力从事。

弟自“文化大革命”以来，每月仅领取老编译所津贴 80 元，72 年参加出版社编译室工作，仍为编外人员，待遇未变，生活逐渐困窘。而个人负担则有增无减，还要替在边区的孽子抚养儿女，倘能有些稿费收入，略得滋润，则感激莫名矣。不情之请，有劳清神，乞谅察是幸。

老友陈原尚在京否？见面时亦请代为致意。此致

敬礼！

弟 侍桁 上

77.3.21

韩　羽

范用同志您好：

恭贺年禧，年前奉上一挂历想已收见？

遵命寄上拙作画题六十幅（都是成稿）请审查。仰仗鼎力望能促成在港出版画册事（记得您曾提到以三联书店名义结合展览出版画册）。屡蒙提携，感戴莫名，翘盼回音

谨颂

近祺

韩羽　上

二月十九日

附上《文汇月刊》祈教正。

范用同志：

感谢您热情招待与帮助。现把写给蓝真同志的信附上，不知这样写是否妥当？如不妥我再重写。如《申报月刊》寄来后请您用挂号寄给我（因为我怕在邮寄途中丢失），万分感谢您。

今天中午匆匆赶回了保定，因为我听到了让我去日本的消息，我回来在等待通知。九月初可能还去北京，届时再去看望您。

谨祝

夏安

韩羽　上

八月廿三日

范用同志：

靠您鼎力相助，使我获得拙作红楼插画*，真不知应该怎样来感谢才好。这心情有如一度失去了孩子的母亲再见到了孩子一样。感谢您，再次感谢您。因匆忙准备明早去石家庄，先奉上草草数字，俟去京时再面谢。

谨祝

近祺

韩羽 上

十一月廿日

* 指《画话红楼》。——编注

范用同志：

数年未见，时在念中。近来可好？前遇沈培，才得知您的地址，下次去京时，去府上看您。

承蒙关怀提携，在《海上文坛》介绍拙作，谨致衷心谢意。据包立民兄信中说，尚需画的照片，今选了数幅寄上，请审阅教正。

此信试投，不知地址确否。如收到信后，盼赐一回信以证明收到了。

石市酷热，北京如何，盼善珍摄。谨颂

暑祺

韩羽 上

八月十四日

又：盼望将来能寄赐一本《海上文坛》。

范用同志：

叶先生画展开幕之后二日，我即回了石家庄，又翻拍了几幅画，敝帚自珍，我自感比前次寄的几幅更满意些，想把这几幅再补充上给《海上文坛》，今寄上请审阅教正。

您如认为尚可，麻烦您寄给《海上文坛》吧。谢谢。包立民同志是否从四川回来了？文章事拜托您费心了。匆此谨颂

康健

韩羽 上

九月十五日

范公谨祝新年好：

大札拜读，再次感谢您的提携关怀。因我未曾和《海上文坛》联系过，所以没有收到过彼方来信，只在最近收到了一本第六期《海上文坛》。

去年和方成兄合作过动画脚本与造型，由北京一家公司试拍。因方成去美国，我也一直未去过北京，具体拍摄情形，毫无所知。您信中说“看到一条消息”，大概是他们已经拍得差不多了吧。

明年春暖时，去北京看您去。请多保重，匆此谨颂

冬祺

韩羽 上

十二月十六日

范用先生：

不知现下出院了没有，甚挂念。五月间我曾陪同河北教育出版社的同志去了一趟北京，往府上打了两次电话，未通。听立民

兄说您正在搬迁。怕给您添乱未敢相扰，九月间河北教育出版社开新闻发布会，您为被邀贵宾，闻之甚喜，这下正可一起畅谈了。我还带了一瓶酒去。开会那天，突然听说您腰部受伤（您的贺词是丁聪先生代为宣读的），听后甚是牵挂。与廖公冰兄还有其他人相约一起去丰台区看望，打电话家中无人。听丁公说您住医院了，却又不知是哪家医院。虽返石，时时仍在挂念中。翘首北向，祝祷早日痊愈。

谨祝

安好

韩羽 上

九月廿五日

范用先生：

您好。本想画大些、画像些，画了撕撕了画，深感没有才能，硬充画家之苦也。结果仍是寒酸一小张。呈上。有负厚望，惭愧。望多保重。

颂

近祺

韩羽 上

一月十一日

何其芳

范用兄：

书均送还。克利斯朵夫第一册在大勣兄处。

敝报现印有选刊两期*，外地朋友有未见到者盼为代赠送一些。各附上二十份。

离渝前盼能见面一谈。

祝好

其芳

八月三十日

* 《新华月报》编印的关于中国局势的选刊，非卖品。——编注

河　清

范用同志：

大札和《译文》二册，都收到，谢谢。看到您保存得崭新的二册《译文》，很有感受。鲁迅先生的工作，真是深得人心。这杂志的内容、编排，特别是插图，现在看看，还是清新、可爱的。

您希望我写三十年代文艺界的回忆录，那时以鲁迅先生为主帅，战斗的确是很出色的，应该写下来，当努力完成之。

祝好！

河清

6月18日

范用同志：

今天挂号寄上《杭州文艺》，77年十期，78年五期、七期一份，是有关鲁迅《译文》的，系嘱寄的。另一份从三期到七期，请转送蓝真、董士芬两同志，以后几期，续送，将烦兄转寄。

拙文《鲁迅先生与生活书店》，已寄适夷兄，请他审阅修正后交兄。其中有些说法，对海外如此说，是否妥当，请兄和蓝真等同志考虑改正。有关事实方面，能请伯昕同志过目一下最好。

此次匆匆晤面，未及细谈，为憾。

集鲁迅先生为生活写的文章，很有意义。（生活停刊《译文》当然是失着。这在群众中有影响，出此书可补救。）我还代拟呈一个书名。其实是鲁迅先生自拟的《带着镣铐的进军》。如三联有意出此书，我可为其写引言之类，说明这些文章写作背景。

香港方面的出版物，请蓝真同志赐寄，试试看。（寄杭州省文化局，转交，寄杭州，杭州文艺社转交更好。）

又我很想要一部周作人的回忆录（书名叫什么，我不知道）。曹聚仁的《鲁迅评传》，听说还有一部年谱（鲁迅），不知能弄到否？

我那鲁迅书信说明全稿，定十月底完成。杭州文艺社内新出一单行本。适夷兄为其取名《亲切的教导》或《随鲁迅工作的时候》。明年开始写35—36年，真的随鲁迅先生工作时的回忆录。

伯昕同志一信，烦便中转致，为感。

请代问候蓝真、董士芬等同志。

致

夏祺

河清

8月9日

范用同志：

承寄赠三联书店史料、沈老诗集及三张彩色照片，非常感谢。我不大照相，但这次彩色的，照得很好，很欢喜。

八月份《杭州文艺》寄上二份，不知够用否？此稿将于十月草成，再修改印单行本，请不吝赐教，以便改正。

伯昕同志有信给我，我们已三十多年不见了，下次上京时必去拜访他。《杭州文艺》十二月号上，将涉及《译文》停刊事，但不涉及有关人事，从大处着眼也。

上次相逢，匆匆未及细谈，明年文代会上京时，必趋前看访，聚谈为快。

专此　即颂

日祺

弟　河清

9月15日

贺友直

范用先生：

惠赐《我爱穆源》，一口气读完，边读边过电影，引出我上小学时的不少画面。我佩服您的记忆力和用心，还记得那么多的人和事，我就记不起几个同学，更记不得一个老师，这说明幼时缺乏待人用心的教养。我现在仍然存在这方面的毛病。我从小许双的文章里得知您爱喝慢酒，若有机会，您、我、徐淦老哥仨马拉松一番如何？

这封信算是收条，还要想一还礼之物，何时奉送，到想出来再看。祝

康乐

贺友直

五月十九日

范夫子：

不知夫子会来上海，失去了一次对饮畅谈的机会，也失去了一次老伴露一手的机会，真后悔不该早早离沪来宁波。我每年清明必来乡下祭扫先父母墓，我在北仑老家置了一套房，是祖基老屋拆迁赔我几万、贴几万买的。上海的住房，我自嘲是一室四厅。何谓四厅，即人来坐下即算客厅，摆上碗筷算是餐厅，搁上夹板作画成为画室，拉上帏布夹成卧室。有时，遇洗手间有人，WC还需在室内解决。如此地逼仄不便，故现时常

住此地。此地是开发新区，宁波市的建设重点，生活很方便，就是有病就诊不便，有医院但水平甚低。我心血管都不好，高血压、糖尿病、痛风，每天服药。视力不济，这碗饭已经吃到见底了。去年冬至后三天，突发脑梗，幸医治及时，也不梗在要害部位，住院两周，无后遗症。出院前，问大夫可喝酒否，大夫说“可以，控制量”。开始时，尚能听话，日久，水位就渐涨了。不过总的量比以往少了，病发之前，一瓶古越龙山，中午、晚饭两顿解决，现在能维持三顿。这到底算是进步还是退步？祝愿

老夫子康乐

贺友直 举杯

七月廿七日

范老夫子：

收到《老北京市井风情画》，真高兴，真感谢。盛锡珊先生的作品，记得很早就在北京出版的一本刊物上见过，当时就觉得很好，很佩服。我佩服画里刻画的细节那么具体，佩服画里透出的气息那么逼真。我在《漫画世界》里画过的旧上海的行业，该交代清楚的因不甚了解只得含糊，尤其是画里表现不出旧时代的气氛。我有时看电视，总批评表现历史的场景人物不像，而自己却也犯这种毛病。其实，真肯下功夫，是可以做得好一点的。

接下来说说我的近况。去年十二月廿四日，突然感到不适，送医院急诊，脑部做 CT 检查，说是梗阻，之后，时常发作，就时常送急诊。说是脑血管堵塞，眼、舌、耳、手、行走、表情、说话都正常，但难过时却说不清楚到底是怎样的一种感觉。它说

来就来，先由一股感觉诱发，之后升到面部，心跳加速，有时还使血压增高，这样就送医院，但往往是一到医院却又渐渐归于平静。后经高水平的大夫诊断：排除脑部重要血管梗阻，排除中风，排除心脏病，出现的症状，属于神经系统的毛病。但大夫告诫：今后只可饮少量的啤、红酒，所以夫子来信说在晚报上见到我的画，即刻饮酒以示高兴，读来真令在下羡煞。不过，老伴政策放宽，每餐允许饮 10cc 骗骗酒虫。

向夫子叩头拜年，并祝安康。

友直

二.廿九

范老夫子：

先叩头请罪，元旦春节没有给您寄贺卡拜年，再一个是您寄来贺卡后没有及时回敬，真是失礼失礼，该打该打。

先生信里说到与徐淦老哥到“孔乙己”喝酒，大脑皮层就影现出“二老对饮图”，同时又想起朝内大街的“咸亨”，尽管打酒的一口绍兴腔，却丝毫没有以往感受到的情调。先生说的海瓜子，这类滩涂海味，硬是要到我的家乡镇海去吃。不过，从镇海口到大榭岛（据说被中信公司买去）建起炼油厂、发电厂、码头，滩涂逐渐消失，海瓜子、宁蚶、蛏子、水虾、青蟹、跳鱼、梅鱼、、（家乡人称狗舌头）……由于污染和滥捕，大黄鱼不见了，小黄鱼像海蜒了，正宗乌贼难觅了，咸蟹、鲞鱼变味了，不说了，满脑袋的今不如昔。

先生要《我画自己》的书，记得曾给先生寄过，一是为苏童的文配画，一是画自己，若先生找不到了，来信告知，当即奉上。因为存书不多，又不再版，所以，不得不小气，望先生勿笑勿责怪。奉一小画，博先生笑笑。

问安好

贺友直 顿首

六月八日

范用先生：

在《文汇报》上读到《诗人画家的贺柬》，同一天，又在《团结报》上读到张中行先生的《关于贺年片》，我再读先生赐我的，幸好没有“并望亦有以诲我”，否则罪该万死都不足以谢罪。说真话，收到先生的贺卡后，不知如何回答。徐淦老哥知我的底细，我除了在本专业上稍有知识外，实在缺少学问。今天读了文章，若再不给先生写信，不仅无礼，也属缺乏教养了。先生说到八九年曾有拙作奉赠，我记不得了，说明我这个人是“出门不认货”的角色。前几天收到杭州三联叶芳经理的信，我画的一幅东西被采用了，还夸奖了几句。徐淦老哥处节后没有去过信，打过电话，接线的回答：没有总机了。耳朵发热，估计老哥老嫂在骂我了。就此煞住，敬请

大安

晚 贺友直 拜上

三.十二

洪　桥

范用先生：

贺年片收到了，十分高兴。我想把许双小朋友的文章发表出来，刊在《小学生语文学习》上，你看如何？我的一个学生在编辑此刊，我想请他划出两个版面，登载此文、你的头像，及有关材料。请你写二三百字的简历给我，再请她的父母写一点这位小朋友的成长材料，好吗？

我喜欢小孩子。我是陶行知的信奉者，小孩不小。因此我常到附近一家小学去走走，常常和小朋友作简短谈话。今天中午我又去了，我将许双的文章一读，满堂欢笑。这是五年级的小学生，我要求他们都写一篇《我的……》，他们都答应了。以后如有好的作品，当寄来给你。祝

健康！

洪桥

1.5

范用先生：

贺年片收到，十分感谢。

先生有三好，一好出版好书，二好自制贺年片，三好收集酒瓶，可称文苑雅事。

王荆公诗文及其为人，我也是很爱的。他与南京的关系特别亲密，其晚年生活常回荡在我心中，给我以很大的鼓舞。他的

“明月何时照我还”一句，我还妄解为“还朝廷”之意。这首诗是第一次罢相后过瓜洲时所作，当无可疑。

《孤相》一诗，诚如先生所说，是太好了。张白山先生写此诗赠先生，我也认为是颇恰当的。

因妻重病，一命如丝，迟复为歉。敬请

新年康乐！

洪桥 拜上

92年元月3日

范先生：

贺年文收到，甚谢！大作文采斐然，最可贵的是闪烁着一颗童心。童年的事，你都记得那样清楚，也令我惊奇。

先生是镇江人，奉上拙文两篇，请教为谢。诗文都是1988年冬写的。下厂前，我一切茫然。旅行10天，途经镇江、江阴、泰兴、泰州等市，参观9家工厂。每家厂只呆一天，上午听汇报，下午参观。当时各人自记笔记，未事先分工。后来分工撰文，由二位先生先挑，剩下的归我。我作文甚苦，两篇小文整整花了我两周时间。当年我年68，华田60，祝德顺45。回来，他们都病了，一患肺炎，一患重感冒，我独安然无恙，亦奇矣哉！

我的这种新闻体文章，都写得很干瘪。只因你老是镇江人，才从旧书中翻出来，让你看看镇江的新面貌舒畅一下吧。人对祖国的爱，首先表现对亲人和故乡的爱，但是像你这样热爱童年和故乡，实属罕见。

华田是江苏作家、诗人，祝德顺也是大才，他们两人都是我邀约的。我们的文章都是急就篇，编著也未改动一字，所以很粗糙。

1942年初，我被学校开除，想前往桂林找生活书店，途经所里（现名吉首）被朋友劝住，至今未及游览桂林，是一憾事。

祝先生健康长寿，全家欢乐！

洪桥

1.18

20日去巢湖，3月初回宁。

范老：

尊作《我爱穆源》，我已收到第八篇，我也最喜欢这一篇。这是歌的感染力吧！你的记忆力很好，一点一滴都写得很清楚，只因限于篇幅，如能放开手更细腻地写出，该多好！在这个基础上，是不难加工写成一本别有风味的回忆录的。现在假大空的回忆文章太多了，像先生这样求真是很少的。

我在《文汇报》上读到先生的游记散文，很高兴。先生不断惠寄大作给我，这在我是感到太荣幸了。

近日去牡丹江度夏，九月回来。请暂勿来信。祝康健！

洪桥

7.3

《雨天的祝福》赠许双小朋友。

范老：

今日从北京回来，见到你的信，很高兴，在京候车五天，很想与你通个话，惜未能如愿。

尊作能很快出版，这太好了。你在序言中提到我的信，使我感到很荣幸。我是一个很普通的语文教师，也许是一种职业病，我总是很喜欢青年人和小孩子。我的青年朋友很不少。

祝先生健康！

洪桥

9.8

现将原稿奉还，我添了几个字。

范用先生：

大函已悉。袁伯康与我同案，尚未晤面，我不过给他写点小稿罢了。看来，他，人极诚实，颇可信赖。

先生的少作十分感人，《姐姐》这一篇可入现代散文佳作选。先生少有奇才，壮怀大志，一生尽瘁出版事业，造成颇大影响，令人钦佩。敬祝健康！

洪桥

10.12

范先生：

蒙再次惠赠大著，十分感谢。《穆源》一书，新增不少文章，内容更充实了。《江上日记》《姐姐》等篇尤显先生少年时代之才华，读之如饮芳醇，令人沉醉。先生如果不是全力奉献给出版事业，而能稍稍致力于文，一定早已是一个散文名家。文章写得像你这样，可以说是妙手天成了。

我是一个学无所成、才又没有的人，一封随便写的信，得蒙青睐，引入序言之中，这太荣幸了。唯我自知浅陋，话又说得有点偏颇，甚觉汗颜。

先生的文章，我常能读到。我也是受韬奋文章的哺育成长起来的。得到韬奋先生逝世的消息时，我曾哭着写了一篇四千字的文章，在学校壁报上发表了。他是助我成长的第一位导师。

祝阖府新年健康快乐！

附奉拙文两篇，敬请先生指正！

洪桥　拜上

元月16日

范用先生：

来函敬悉，书亦收到，谢谢！

书印得很精美，图文并茂，令人喜爱。在中国，像您这样一帆风顺地在一个岗位上工作了五十年的人是罕见的，您是一个胜利者，是一个留下了业绩和影响的人。您遇到了一批好人，命运殊佳，但这也由于您自己努力的结果。您的为人、您的品德、您的不辞辛苦和学而不厌的精神是很感人的。

一本小书反映了一个人的少年时代的精神风貌，也照见了一个时代和社会的倒影，我十分高兴看到这本书的出版，也乐于向江苏出版界推荐。等待着吧，他们不久会有回音的。（连同您的书和信，我已交给他们。）

您把我随便写的几句话也引录在前言中，我感到十分惭愧。承蒙不弃，我十分感激。

祝康健！

洪桥　拜上

四月六日

我不会写诗，胡诌而已。附奉一首，请指正。

范先生：

尊函诵悉，大著并已拜读。出版社不在成贤街，《镇江文物古迹》一书，问了两家书店，都不知道。托一家小书店去买，至今也未能买到。请再等待一些时候吧。

先生的文章写得很细腻，许多往事你都能记得清楚，实属惊人。“用”变为“同”，再转为饭桶，有趣极了。我看先生确是一只大饭桶、好饭桶，找饭给大家吃。先生一生制造了许多精神食粮，不正是这样吗？

拙作甚少，无足观，不要看了吧。即颂春安

洪桥

4.9

范用先生：

久未聆教，殊念。现奉上读者信一封，可博一乐否？

我本来只想请一位小朋友看看许双的作文，不料你老的一本书竟在某中学一个初中班里炸开了。你的书最大特色是有爱，小孩们是多么需要温暖啊！这是你的成功，谨致贺赞。

朱老师夫妇都是我的朋友，他们都是很出色的教师，一个教语文，一个教美术。

祝

康乐！

洪桥

5.17

我的通讯处未变。

范用先生：

迭蒙惠书，并以大作为赠，十分感激。《红楼》资料已转《文教资料》编辑部，李泽平先生将会与您联系。

尊作致母校小同学书，是地方教育史上的珍贵资料，也是先生的有趣传记。先生往事历历在目，足见情深意挚，至佩至佩！已送请《文教资料》过目，未能采择，当再寄他处，请待之。

祝健康！

洪桥

5.25

洪　遒

范用同志：

好久没有给你去信，也没有收到你的信。你的身体怎么样了？甚为想念。需不需买些什么进口的药？只要时间不急，需要的话，我可设法替你代办。

最近出了什么新的好书？《孙子兵法》《孙膑兵法》出了什么书没有？望代注意。关于联合国大会的文件，有没有续出？祝好！

洪遒

74.6.9

范用同志：

老曹昨天走了。托他带去两张尼龙纱（头）巾，是蔚芳送给仙宝同志和你们的孩子用的。广州没有别的可送。这倒是广州出的，想办法从交易会的关系买来的。北京多风沙，也许对女同志有点用处。

《金陵春梦》已由香港带进了。但据说寄来几部是转手人的关系，搞乱了，说是只有一套是我的，而这一套寄给别人了，我没有到手。已由转手人去要了，要回来以后，如果书上没有写我的名字，可以先把这一部寄你。了你回复你的朋友的宿愿。

续《藏书》，如有办法，仍请代买。

1975 年的挂历（月历），对外宣传用的，你如有办法寄一两份给我。

你要我代向香港朋友设法的浮义庭（？）的什么“谱”，恰巧蓝真在这里（向国际书店的领导×××同志“述职”），我就托了他，把你信中那段话剪下给他了。他说可以买到。

《脂砚斋红楼梦辑评》另行挂号寄奉。以后此书新版问世，务请购寄一册。

那本日本电影剧本《故乡》，有办法买到否？

问过陈东同志，李妮小姑娘的父母都是共产党党员，但他不知她的父母干什么的。据说，她写的字，都要经过她的书法老师（商承周老先生）同意，才能送人，如商老先生不满意，就另行写过，现在已给老曹写好一张，但商老先生不在家，就拿不出来。

洪道

74.10.27

范用同志：

昨天给你去了一封信。今天收到你三张半纸的长信，很高兴。真的有相当一段时间，没有收到你的信。胃口好起来，很要紧，对增强你体力，起重要作用，坚持下来，会对恢复你脑神经的健康有帮助。我想，在你家的庭院里养点花草树木，轻松一下脑筋，散散心，会有好处。如有便人，当再替带点有香味的树木去。

你寄来两本评红著作，我误以为我托你买的，你看，我的记性也有问题，已经把一本寄给别人了。今接来信才知是你的朋友托你转给陈凡的，这就有点麻烦了。冯君的信连另一本书，候有便人即转去，容我顺便向陈凡作一声明。

《外国文学情况》另邮寄还你。《故乡》《旁观者的女儿》都已买到。《教育革命通讯》已寄香港罗承勋去了，就因为有这篇《论拿破仑》，好让他转载。最近《北大学报》（或《北师大学报》，记不准了），也有一篇论《拿破仑》。我猜过，这样写，一定有来历的。

刘禹锡的诗文，等新的校注本，再寄我好了。

《外国文学情况》如有新出的，可寄来看看，阅后即退回你。

祝健！

洪道

75.4.8

范用同志：

上两个星期，蓝真同志等一批人来这里学习文件，曾到我家里叙会一次。听说老曹不久要来。这里老唐据说病情不轻，本来他每个星期日都要偷偷回家一次，最近医生不让他回家了。

我想买两部书：1.《史纲评要》，李贽著，上、中、下册。2.《阿维马事件》，（美）内德·卡尔默著。请代设法。

好久以前，你说要送几本书（关于鲁迅）给张向天的，是不是因为京广线不通车了，没有寄出。最近倒是有人去那边。

近来眼睛好些没有？念念。

祝好！

洪道

75.8.31

"甲、乙、丙、丁"已用航空挂号寄回，想已收到。又，那首律诗，能否帮我解一解。

范用同志：

今天收到《勃列日涅夫——克里姆林宫的明争暗斗》。上个月从合肥回来，看到你寄来的《基辛格》下卷，麻烦你了。

我现在有个苦恼的事情，动过手术的这条腿，在动手术的关节处，骨质增生，就像老曹的毛病一样，不过，来势比他轻一点。虽然如此，刚发的那两天，很不好受，上楼、下楼，上床、下床，都不方便。酸痛异常，有一天，在办公楼上，走不下楼梯。上月廿三日从合肥回来，过了几天，才发生的。这几天，吃了消炎痛，轻了一点。但是不像在合肥之前的样子。对骨质增生，医生没有什么办法。

去年七月在京时，曾留下一点钱，请你替我购书，现在差不多过了一年多，想来说不定早就用光了。所以，明天由邮局寄人民币二十元去，作替我购书用。不要像上次那样给我报细账，那样太麻烦你了。

据说，要开故事片创作会议，这次，我可能来不了。

洪道

75.10.12

《水浒》的三个版本，如有印出，请各购一部，尤其是一百二十回本。

范用同志：

最近你的身体怎样？除了收到两次《外国文艺通讯》（已寄回你了）以外，未见你有过信来。甚为挂念。如果你的眼睛有病，那么，让你的孩子用你的名字简单告诉我，你是忙，还是病，就可以了。

寄去一张照片，是前两个月拍的。蔚芳，你和仙宝同志好久没见到她了，她现在就是这个样子，老太太了。

洪遒

1975.11.15

范用同志：

许久没有给你去信了，也有许久没有收到你的信了。常在念中。你寄来的《大刀记》等书（一包）及挂历（内有一本文学材料），先后收到。由于这几天沉浸在悼念敬爱的周总理的悲痛中，不可能执笔。总理离开我们，这是不可弥补的巨大损失。只有认真学习总理的大公无私，不知疲倦地为人民服务，待人接物光明磊落的革命精神和伟大胸怀，他的为实现共产主义而斗争一生的革命意志，忠于党忠于人民、忠于主席的革命路线的崇高品质，遵循他生前的教导，“学到老，做到老，改造到老”的话做去，用实际行动来纪念总理。让我们互相勉励，在本职岗位把工作搞上去。特别是总理在患病期间，几年还在坚持忘我地劳动，这点，深为感动。

上个月陈凡过来两次，两次都来约我。第二次才见到他。看来他神经不很正常。来此两小时，只有他说话。关于他的情况，老曹已告诉了你吧。

另外，由邮局寄去两件东西，一是文学材料，寄还给你。如果还有，再寄点来看看。一是五本有关郁达夫的书。记得许久以前，我说过，我有这样几本书，如果你欢喜，可以给你。可是从那以后，不知这几本书塞在哪里，没有找到。最近整理旧书，找出来了，就寄来给你，请查收。

前次你给我寄来的一本《和平的反革命》，只是上册，如果下册已出，请勿忘给我再买。

有两三个月，这里没有收到购内部书的单子，不知出了些什么新书？文摘（《外国文艺》）到了总？期，以后还出了没有？有什么小说译出来？

你近来身体怎样？需要买什么中药不要？我可以托人到河南去弄。祝健！

洪道

1976.1.20

范用同志：

收到《战争风云》《人民文学》，勿念。

《战争风云》此书，这里买不到，前给老曹信中，顺便写了一句，托他代购。你接此信，望便中打个电话，请他不用买了。

老唐仍在住院，来过一信，要我找李妮小朋友写字的，其中谈到他的病情，我把这段话剪寄给老曹了。我猜老唐怀疑自己有癌。

陈翰伯、陈原同志来此开会，商议出版《辞源》事，来厂参观一次，非常难得见到他们，翰老是初见。他们都说你的身体比较好。很高兴。祝
你全家春节愉快。

洪道

1976.1.28

范用同志：

老曹用电话转来你碰杯的声音。是啊！最近的事，人心大快，该浮一大白。我用周总理生前最爱喝的茅台酒和你干杯！

（套一句旧诗：家祭毋忘告胡公。）

庆父不死，鲁难未已。以华国锋同志为首的党中央，继承毛主席的遗志，坚持毛主席的革命路线，在生死存亡的关头，采取了断然措施，扫除了害人虫，挽救了党。伟大的、光荣的、正确的中国共产党万岁！

任何阶级敌人要想搞垮我们的党是不容易的。我们的党是大有希望的。

关于无产阶级专政的理论，关于无产阶级专政下继续革命的理论，特别是马克思主义的文艺理论，十年来被一小撮假马克思主义者们为了达到其阴谋目的肆意歪曲，流毒甚广。尤其是批邓以来，对主席的科学论断，由他们来"解析"；运动的进行，不是根据中央文件，而是根据梁效之流的文章来指导，是很不正常的。他们打着"红旗"反红旗，披马列、毛泽东思想外衣，塞进私货，害人不浅，这个清理工作必须要做。什么是"红"的，什么是红的，要开展革命大批判，分清是非，明辨真伪，肃清流毒，十分必要。如有此类材料盼能寄我。文艺的，很需要。

《鲁迅书信集》，精装本，能否为我买一部。《联合国文件集》，还在继续出否？陈凡可能明后天来广州。祝好。

洪道

76.10.26

范用同志：

书收到。水果也由陈发同志带到。谢谢。可惜路上耽搁时间，柿子都变成酒味。这是广东吃不到的，只能望而兴叹也。

据说耿飚同志在宣传口有个讲话，我们可（信件不全）

范用同志：

10月27日，或28日

昨函谅达。所传耿飚同志在宣传口的讲话，此间尚未作正式传达，已在一定范围内，领导上吹了吹风，语焉不详。你听到此讲话的传达否？如有详细记录，能否寄我一阅？阅后即寄回你。

匆此不另。

洪道

76.11.5

范用同志：

蓝真同志昨来我处，留下一本书目，嘱转寄给你。他今天返港。何日再来，不得而知。

好久未通信了。王匡同志调京后，即传来你到了出版局的消息，为之兴奋不已。暇时务希来信。祝好！

洪道

77.8.21

范用同志：

国庆节前，金尧如同志离开广州，托人送来你托转的书一包、茶叶一罐，甚为感谢。正好国庆放假，利用三天假期，把这几本书翻完。以后如再有这类刊物，望经常赐寄，看完后就以挂号寄回，勿候。

蓝真同志的孩子蓝列勤到了北京，想必已去看了你们。这孩子表现不错，入了党，而且当地组织要培养当骨干。

香港的陈凡忽然给我寄来一本他自己设计的《出峡诗画册》，八开本，有文字、诗、绘画，画的是三峡，实际上是用墨色画的

“出峡记”。颇为别致。我想到你是个藏书家，于是，去信要他寄你，不知下文如何？他来信说，此书是他“余年余事，虽幼稚，或可邀老友一粲”。不过，我实在想不到他会出一本画册。他在文中自称“大胆匪类”，倒有点像。

蓝真同志前次过穗返港，听他说你精神很好，很健康，为之兴奋，高兴。匆匆祝好。仙宝同志均此不另。

蔚芳附笔问好

洪遒

77.10.2

范用同志：

今天收到你寄来的《周总理诗选》《革命诗抄》* 新本各一册，谢谢。

你近来身体可好？时在念中。希望你多注意保重。

春节后，秦牧同志在《南方日报》发一文，描写他在北京过春节，其中说到在一位出版社工作同志的家里过节，好像是你家里，我猜对了吧？

匆匆，祝好！

洪遒

78.4.10

* 即《革命烈士诗抄》。——编注

范用同志：

七月廿四日来示拜悉。

你想出演剧队这本书，我和我们几个演剧队的同志早有此想，而且也活动了一下。演剧队被万恶的“四人帮”打成“国民党的别动队”，矛头是对着敬爱的周总理的。在粉碎“四人帮”后，这个案子翻过来了，各地报章、杂志都发表了不少有关演剧队的文章，从各个队的亲身经历，缅怀敬爱的周总理的领导演剧队的功绩。也有领导同志如夏公、乃超同志的文章。一共有十来廿篇。最早是由我和此地杨奇同志联系的，他因为纸张问题，并提出这本书最好由国家出版社出，当时有人在北京和人民文学出版社联系过，也可能是由于纸张关系，说是今年不可能出。现在上海文艺出版社已决定出版，约在八月间可以发稿。这本书名我们定名为《周总理与抗敌演剧队》。现在遗憾的是郭老未能为这本书写篇短文。现已决定把郭老在一封信上的批示全文载入书中。胡愈之同志已答应为这本书写篇序言，乃超同志那篇文章，未经发表，据说很有意思，也将收入本书。另外，还有几位演剧队出来的画家，如周令钊、冯法祀等也为本书画些插画。不过，此书能否赶在年前出版，尚是未知数。我曾经想找你帮忙的，北京有同志说，他们有人出面交涉，我就没有给你去信了。现在你提议的，当是另一本书，是否再需要组稿，请考虑。需要的话，我可以分头约一约。

八月一日，你来广州，可给我来个电话。或者我去看你，只要你有时间。

广州是热，不过，据说比北京、上海都要凉快些。《罗丹论艺术》是想看的。候收到后再奉告。

仙宝同志好。

祝好！

洪道

78.7.27

范用同志：

前天给你寄去一本《聂耳纪念集》，并附奉一函，想已收阅。此书实系天虚负责编集印成的，内有他的文章。

关于出版抗敌演剧队史的事情，最近接到京中一位同志来信，大意如下：我写去的信（关于三联书店拟出版有关演剧历史书的信），已由这位同志转给在京的各队有关同志转阅，最近这些同志又交换了一下意见，一致认为这个设想很好，也应该出版这样一本书，郭老在《洪波曲》中早就提出过，最好由各队队长（或队副）来执笔写出各队队史；但又一致认为出这样的书，短期内肯定难于实现，一是需要有个收集资料的时间，二是队长或队副都不可能有较宽裕的时间来执笔，三是各队写出后都需要找几个各队队员来讨论定稿，也需要时间，因此现在很难说什么时候能完成这项工作，因而也就不能具体答复三联书店热心的同志了。据说，你最近正在找吴荻舟联系此事，不知是否确实有其事。但据这位同志来信上说，即使你和吴荻舟见着了，也难于很快地满足你的要求，因为真的动手做起来，具体困难是很多的。在交换意见时，还有同志表示，在港出版此书也需要斟酌。

这封信给我的印象：出这样一本书，是肯定的，没有人反对，但是具体做起来，困难很多，连个定稿的时间，都计算不出来，似乎对这件事并不积极，并不热心。不知何故？说短期内难以实现，三点理由是对的，那么，时间放长一些吧，花点时间去做，不至于困难到做不成吧。如果写队史不那么容易，我倒是建议用“抗敌演剧队队史资料”做书名，也许事情好办一些。但似乎问题还不在于用什么做书名。另外，我记得你说过给吕复去过信，我也给他去了两封信，至今一封未复，不知他有信给你没有？如果也没有给你去信，恐怕有什么值得深思的问题要考虑了。也许是我神经过敏，会不会又有什么精神枷锁在框着我们的同志。

你看看有没有必要会见吴荻舟？你认识丁波吧？你要找吴通过丁波也可以。此事肯定丁波会知道的，我有信同时写给吴和丁的。究竟有什么具体困难，丁波会了解的。

关于此事，如再有什么情况，当会给你去信。

祝好！

洪道

78.8.26

范用同志：

前函谅悉。关于出书的问题，昨接丁波同志来信，摘录于下："关于范用要求写演剧队史一事，我以为是件大事，应该抓。前天，几位老战友（桑楚、舒模、季华、彭厚荣等）在荻舟家叙会，大家商定分头写。我队上海同志写1938—1940年，北京同志写1941—1949年，另外写些回忆录。估计初次会谈不一定有结果，还得继续推动。阁下很关心此事，当然会不断推促。"此信是9月6日写的，"前天叙会"当是在9月三四日间，看来是比起前信给你所谈的情况又进了一步。丁波打算最近要来广州一次，筹办分公司和印刷厂，顺便要来和我详谈。上面谈的几个老战友，可以向你介绍一下：桑楚——现上影第一把手，原五队队长，舒模——现在全国音协，原四队队副；季华——现待安排工作，先在八队，后在五队；彭厚荣——现在新影负责人，原二队队副；荻舟——现待安排工作，原七队队长。只要这几位同志动员起来，事情就开展起步了。我上次到长沙，找到原八队队长刘斐章，他已答应写，决心很大，表示如果找不到《中国话剧运动五十年史料集》里那篇东西，要他重新写一篇，也心甘情愿。吕复那里，我再去催一催。假如能有机会到上海出差，把吕复和其他九队的老同志邀聚一次，也可以搞出一二篇文章来的。不过，出书的时间确是着急不得。不可能短期马上集稿。

三联书店的《关于按劳分配问题》一书，此间内部发行，因到书太少，只供应公家，不售私人。你能否帮我找一本。还有，如果《十月》文艺丛书第一本已出版，也望给我寄一本。此地不知何年何月才能出售。

关于三联的资料、文字，还有新打印出来的吗？

祝好！

问丁仙宝同志好

洪道

78.9.10

范用同志：

昨奉一函，谅可收到。顷接吕复同志来信，摘录于下："你从广州与长沙先后来信，均悉。接到范用同志信时，当时作复，并已告诉上海的桑楚，北京的吴荻舟、丁波、郭亮、舒模和赵寻等同志。正缺一刘斐章，得你当面转达，这太好了。范用同志要我做点组织联系工作，我已同意了。目前腾不出手来，打算在九月间，抽时间与各队同志商讨，订出稿件内容与完成计划。这事既要抓紧时间，又要有一定质量，带有总结性的各队队史文章，按郭老要求是需要认真对待的。范用同志如此热心，我们就更义不容辞了。未悉他已从穗返京否？我可能在国庆前去一趟北京，届时还可以当面就教，请放心。”

我看，此事大致可以推动得起来，就是需要有点时间。

余不一一。祝好！

洪道

78.9.14

范用同志：

连奉数函，想都收阅。顷接北京程季华同志来信，谈及出版演剧队史的事，特剪接给你，请阅。丁波同志尚未来穗，候见到，当抓紧和他谈谈。再告。

《按劳分配》、《十月》文艺丛刊，如能惠寄，甚为感激。

祝好！

洪道

78.9.15

范用同志：

凤子探亲假结束，昨日返京，给你带去一点香蕉，尝尝新鲜。

又有一段时间未给你去信，歉甚。日前仿子、少甫、蓝真三公来此参加广交会，趁此机会，邀他们来家小聚，畅谈别情，极为难得。

吴荻舟同志昨日离此赴长沙，他这次由京南下，经过沪杭各地，和住在各地的演剧队老同志做了广泛接触，对于编好演剧队队史这部书，将有好处。据说计划中分三册，《队史》《史料》《演出节目》，设想很好。吕复暂时还不能调京，此事最好托老吴，因他目前尚无工作岗位，比较有点时间。如果要在明年出书，则文章题目要落实到人，限期交卷才行。老吴何日到京，盼能和他联系一下。

我有个建议："实践是检验真理唯一标准"的讨论，是一场十分重要的大辩论，有关这次讨论的文章及各省、市军政负责同志的讲话，都应汇集起来，编书出版，以为如何？

祝好！

洪遒

78.11.21

范用同志：

昨接蓝真同志由港来信，说你将启程去港视察业务，但至今未见行动，他还在期待你去的正式通知。

顷接香港《海洋文艺》编者吴其敏来信，提到戴望舒的夫人杨静前去访他，谈为戴望舒出版遗集问题，说内地缺纸，本拟出版遗作多本，现在要暂时搁置，问他能不能在港出版。吴意如果问题不复杂，戴的遗作在港出个集子，是办得到的。问我对内地出版戴的遗作此事是否了解，想听听我的意见。我想，此事你肯定最了解，所以，来信问你，你看，怎样回答他才好，望示知。

最近有什么好书出版，望透点消息来。

祝好！

洪遒

79.3.26

范用同志：

《歌德谈话录》一本，日前寄到，谢谢。

此次广交会，老曹、蓝真同志先后来此，我们又做一次聚会，可惜你未来，殊为憾事耳。我相信，香港之行，终是会实现的。

王仿子同志如果遇到，便中请代问问，我托他选购巴尔扎克著作的译本等书，有无可能？

祝好！

洪遒

79.4.30

范用兄：

久未问候，遥祝康乐。无事不登三宝殿，有几本书想买买不到，拟托你帮助。计：1. 毛主席1936年同斯诺的谈话*（吴黎平译），2.《台湾小说选》，3.《台湾散文选》，三种，书款候奉。拜托，拜托。

今年是否有机会南来？近来有好些全国性的会议在此间举行，很想你也能来此热闹一番，也可顺便畅叙别情。匆匆祝好！

洪遒

80.1.27

* 即《毛泽东一九三六年同斯诺的谈话》。——编注

范用兄：

亦代同志已见到，可是我并没有帮他做什么，我见到他时，他该办的事已办了。

带来的红茶菌母，已收到。谢谢。我们已经如法泡制过一次，开始服用，其味与在你家喝的一样，看来是做对了。不过，在水面上有一层类似海蜇皮的薄衣，是不是菌母生长出来的，我们已放进烧过的红茶里养起来，看它会不会长大。如果这种情况是正常的话，我们打算长期服用，看效果如何。

《新华月报》文摘版，此间很难订到，假如可能，请你按期寄我。看明年能否订到。

匆祝好！

洪道

80.6.11

红茶菌母说明书候抄录后寄奉不误。又及

范用同志：

你寄来的《干校六记》，收到了，谢谢。好久没有收到你的信，所以，收到此书，分外快慰。老曹今年来过广州几次，没见你来，殊为失望。由于行动不便，我不太想出差了。你不来广州，很难有谋面的机会。不知你的身体情况如何？十分想念。

三联书店出的这四本书，我已邮购预订了。当时只出了一本《题跋》*，余书未出。后来寄了一本《六记》来，可是信封上把珠江电影制片厂的地址：广州，河南，赤岗，写成河南赤岗，幸好是挂号寄出的，这本书还是寄到了。你如有空，得便请向人民出版社邮购部门，将我的地址更正一下，还有《傅雷家书》《榆下说书》不要再错寄到河南去。

另外，我想请你给我买一本《现代西方哲学》，人民出版社版，刘放桐等编著。如果书已售完，那就算了。麻烦你。

新年将届，祝你在新的一年里，身心愉快，工作顺利，全家纳福。

洪道

81.12.21

* 即《一氓题跋》。——编注

范用同志：

《傅雷家书》一册，已于前几天收到，请勿念。谢谢。

年来，我很少给你去信，疏于问候，但常在念着你。最近老曹到过广州，向他问起你，知道了一些。我很赞成你去帮助胡愈老写回忆录，这是一件实实在在的事情，很有意思。你去，也是非常合适的。去了之后，《新华文摘》还管不管呢？我认为，《新华文摘》，编得还是出色的。

我申请离休，已有一年了，去年十月省委常委批准，让我退居二线，留厂当顾问，送中央审批，尚未批下来。别的，乏善可陈。

祝好！

洪道

82.2.7

听说蓝真同志要来京参加商务建馆纪念会，想必你们见到了，我和他也很久不见了。

范用同志：

此次在京和贤伉俪匆匆一面，十分难得，非常高兴。可惜我们很快要回来了，未能多谈，实是美中不足。希望日内能有机会再聚。兹乘我厂王立胜同志因公去京之便，托他带上洋酒、土酒各一瓶，希哂纳。这两瓶酒存我处都有三四年了，因我家没有人会饮，所以保存下来。现在送你尝尝，不知你可中意？

匆致

俪安！

洪道

82.6.26

范用同志：

兹乘张良同志来京公干之便，托他给你带去张仲景药酒一瓶祈哂纳。估计这酒你可能没有尝过，这可是古色古香，别有风味，对健身防老颇为有益，女同志亦可以饮，仙宝同志亦不妨一试。匆祝

俪安！

洪道

82.12.7

范用同志：

张良同志回来了，带来了你送我的两本书，谢谢。他说，你想要一本《少年犯》的电影剧本。兹随函寄上，请阅。这个剧本，还要修改；主要是人物和情节简单了一点，不够动人，其思想内涵还不够深广，希望能改得好。这是我个人的看法。很希望你来关心一下这个剧本，看后，如果有什么意见，请告我。我当转告作者。他们打算年底前搞出一稿，我估计，时间太匆促，不一定能提高多少，你如果有兴趣，下一稿改出来，再给你寄去。过去曾经想过，把战犯改造成为新人，是个国际性的重要题材，如果影片拍好了，会震动国内外的观众。去年，抚顺话剧团有个话剧叫《战犯》，在电视上播送过，我看了就想抓，可是，我厂具体部门的负责同志，心不在此，未加理会。这个话剧还是有基础的。今年日本文部省修改教科书的问题出来后，电视上又播送这个话剧，他们才去抓，迟了一步，给八一厂抢先了；八一也只是今年才动这个脑筋的。如何改造好少年犯的问题，也是世界性的，这个问题，我看，目前只有我们党、我们中国才能解决好。但是影片将来一定要动人，要能

发人深思才好。张良同志夫妇到几处少管所体验生活，很受感动，当然，他们写这个剧本时，自己也感动不已。可是，我总觉得艺术的魅力还不够。不知你看了后，是否同感？我想，将来这部片子问世，一定要使国内外的观众，通过他们在艺术上的感受认识到中国社会主义的优越性。

问你要一本巴金的《真话集》。

明年的挂历，有没有好的？如有古画、近代画，寄我一二。

匆匆

祝好！

洪遒

82.12.12

范用同志：

想必你已由四川远游回到北京了。

昨天收到你寄来一包书，谢谢。书款已如数另邮寄奉，乞查收。

再麻烦你一下：这次买到《文学理论学习参考资料》的上册，最近看报，好像此书的下册也出版了。所以，还想请你的助手帮我在北京的书店里找找。此书是春风文艺出版社出的。上、下两册买齐了，会舒服一些。只有上册，没有下册，总觉得有欠缺。

据说陈凡已到了北京了。你见到没有？金尧如已内调北京，听说否？（此信后缺）

范用同志：

久未通信，时在念中。你和丁仙宝同志身体可好？

近读香港《大公报》三月三十日《大公园》副刊，有陈凡的回忆录《大公报在香港复刊的时候》，其中有一段文字涉及《读书》杂志，你不妨注意一下。

唐泽霖兄病情有减无事。他去年已经离休，调整工资时提了一级（十一级），但除享受此工资待遇外，其他凡是对离休老干部的优待，一点都没有得到。主要是没有人去关心他，没有按政策给他妥善安置。人走茶凉，令人心寒。

有空时，盼写几个字来，以慰渴念。

祝好！

洪道

83.4.3

范用同志：

无事不登三宝殿，今天给你写信，也还是想托你买几本书。

一、《散宜生诗》，人民文学出版社，内有胡乔木的序。

二、《康生评传》，红旗杂志社出版。我坦白奉告，此书老曹寄来一本，我已有了。只是我有位好朋友，原任我厂党委书记，我们合作友谊很深，后调省委宣传部副部长，兼省广播局局长、党组书记。那天他看见了，也很想要一本。我去信给老曹，回答说，红旗杂志社的朋友回答他，卖完了，讲得很死。老曹不信他此语，可也无办法了。因此，我想求你能否为我买一本。

三、《文学理论学习参考资料》（下册），春风文艺出版社出版。前次托你买上册时，没有想到下册已快同时出版，否则当时上、下册一齐买来，就少了再去跑一次书店，而且还不知道下册现在还好不好买，现在只得请你费心了。

四、《彭湃文集》，人民出版社。此书出版已久，不知现在还可能有存书否？我厂卢珏同志要拍影片《彭湃》，我想找一本给他参考。

暂时写到这里。再谈。你近况如何？念念。

洪道

83.6.26

范用同志：

你好！有一件事想问问你，有没有可能。瞿白音同志在香港那几年（1947—1949），写了三个独幕话剧：《香港小姐》《2+2=5》《南下列车》，当时都在港九演出过，全国解放后，白音同志曾将这三个剧本辑成一个集子《南下列车》，在上海杂志公司出版过。白音不幸逝世后，他的夫人田念萱于1980年春与戏剧出版社联系过，当时得到的答复：可以考虑重新出版。于是田大姐将旧本作了一些校订之后，寄交葛一虹同志。此事已三年有余，至今毫无音息。我看，很可能戏剧出版社乐意出些《三侠五义》之类和连环画，正儿八经的戏剧创作及论著，兴趣不大，有以致之。自然，作为未亡人的田大姐对白音兄的感情，在她心里是经不起这种“拖”和“压”的战术的，她希望能为白音留下一点东西，不仅为了纪念白音，而且也为话剧运动留下一点历史的足迹。她十分着急，因此，她最近去信给人民文学出版社的屠岸同志，问问能不能可以移交人民文学出版社出版。她将此事告我。我考虑此书按照人民文学出版社的方针，可能并不一定能入选，因此，我给你写这封信，请你考虑有没有可能在三联书店出版。我不认识屠岸同志，你是不是可以和屠岸同志商量一下，如何处理才好。如果你们这里出版有把握，田大姐自然会向戏剧出版社把白音《南下列车》的旧本取回来的。再者，假如人文或三联都无可能，你能不能介绍哪个地方出版社给以出版呢？

白音同志生前致力于对喜剧的尝试和探索，这三个话（剧）本，都是讽刺喜剧，而且是对当时当地的现实生活的反映。重版此书，不是毫无意义的。

春风文艺出版社的那本《文学理论学习参考资料》下辑已经收到了，勿念。

告诉你一个比较可靠的消息：在北京举行张大千书画展览会上，叶君健同志发现有个观者很像羊朱君，据说越看越像，后来和此人谈了几句，果然是他。此讯是否可靠？你有机会问过叶君健同志便知，我是听来的。

老唐已动了手术，装心搏器，还未拆线，目前情况良好。听小军回来说，再过一年，你要离休了。是吗？

祝好！

洪道

83.7.22

范用同志：

许久没有和你写信了，时在念中。

记得你替我买的《文学理论学习参考资料》（下册）和《论艺术典型》两书的书款尚未寄奉，现特另邮寄上，请查收。

泽霖兄已经出院了，你可知道？大约是在上三个星期，他女儿小军电话给我，说她父亲当天出院。说话时，正好老唐回到家里，就在电话里和我讲了几句话，说他手术情况良好。现在回家来住了。

我和蔚芳近来身体尚可。你和老丁同志身体好吗？念念。

匆祝

双安！

洪道

83.9.23

范用同志：

从桂林来信，收到多日。我不记得有没有给你写回信。实在有些糊里糊涂。

杨进同志寄来一包书，只有一本书是买到的，除了几本你们出版、是你送的以外，可能书单上开列的另外几本，不容易买到了。

许以祺先生并没有来过。我以为你这番介绍，他会来的。大概他很忙吧。要怎样才能见到他呢？我年来很少和文艺界朋友交往，但要介绍他认识几位画家做朋友，也还可以。白天鹅离我这里，还不算近的。

今年是西南剧演四十周年，广西方面据说要举行盛大的纪念会，此事已和中国剧协挂了号，不知将来会邀请哪些人马？有人来问我：届时去不去？我十分矛盾。旧地重游，想去；行动不便，要人家照顾，增加他们的麻烦，也想不去。现在听你说，去了印象不佳，也就兴趣索然了。

中国青年出版社新出一本《中国史学入门——顾颉刚讲史录》，请你麻烦杨进同志给我买一本寄我，书款后奉。

祝你们伉俪

双好！

洪道

83.12.17

范用同志：

收到你送来的新鲜水果，感谢之至。这是广州吃不到的。见物思人，倍增思念之情，本想早日复你，不想拖到国庆节之后了。乞谅。

兹乘萧慧琴同志来京公干之便，托她带上贵州名酒：茅台、黔春各一瓶，希笑纳。萧同志是剧本老编辑。

我行动越来越不如从前，希望你何时来穗，畅叙别情。

祝好！

仙宝同志均此不另。

洪道

85.10.14

范用同志：

前几天曾托萧慧琴同志带去贵州名酒茅台、黔春各一瓶，想已收到。

今天看到《人民日报》上有一篇介绍《关于建国以来党的若干历史问题的决议注释本》（修订）一书的文章，很想找这本书来看看，但是我们这里买书难的问题没有解决，只得写信到北京来找你帮助了。此书系人民出版社出版。替我买的时候，一定要买修订过的。

你如见到肖（萧）慧琴，对我的情况大概可以了解到了，兹不累述。

祝好！

洪道

85.10.21

范用同志：

托人带来的北京水蜜桃已经收到了，而且吃得很开心，送桃的人我未见到，他可能送到黄克夫那里，我儿子到黄府上去取回的。这次送来的桃子质量很高不多见也。

今年《小说选刊》第六期有河南农民作家乔典运写的短篇《乡醉》，希望你能看看，我认为这是一篇好小说，真实接触到当前农村基层干部的面貌，写得很深刻。中国共产党的农村基层干部，如果都是这样心中没有人民的利益，确是非抓紧农村整党不可。我向你推荐，希望《新华文摘》能转载此篇。如何？

我托史复兄交你的一组照片收到没有？甚念。

祝好！

洪道

86.8.10

范用同志：

好久没有给你写信了。我去年 11 月 15 日出院回家休养以来，身体情况一般，尚称良好。唯下肢不良于行较前更甚，恐怕是脑血栓的后遗症的关系。去年一年几乎有十个月住在医院里，与外界已不通消息。社会活动也减少低于零矣。

上个月老曹来过广州，曾来探我，从他处知你近况尚好，殊以为慰。

寄上老聂的文章剪报一份请阅。

我以为这是一篇有独特思考的好文章。我想作者生前对古典文学作品如《三国》《红楼梦》《西游记》《水浒》等都有过研究，很可能对这些著作都有专文叙述，如果能将这些文章收辑成书，似是可与《散宜生诗》并美的一组《散宜生文》。不知三联有此兴趣否？念念。

其次，我自1933年参加中国诗歌会学习写诗以来，一直对自己写的诗缺乏自信，不敢选辑成集。不料想去年以来，先是中山大学中文系的现代文学研究室为了收集有关《中国诗坛》的资料，出了一本《〈中国诗坛〉诗选》，由于我和《中国诗坛》有过联系，因此这本诗选里也收了我的旧作，其后重庆出版社出版一部《中国四十年代诗选》，其中又选了我的两首短诗，今年一二·九纪念，在北京出版了一本《一二·九诗选》，没想到其中也选了我当年写的一首诗(《多行》)，这许多诗篇，有的都从我的记忆中遗忘了，现在重新出现了，不免使我恢复了年轻时代的诗歌生活，但是为什么1986年忽然出现了（复活了）我的这些旧作我实在不能理解。不过我的这些旧作，突然之间都复活人间，也堪告慰。我倒有意将这些旧作辑成一本诗选，书名《献歌》，聊以作为对自己的纪念。不知你有没有办法给我找个出版的地方？现在，我也不知道诗歌有没有销路？如果能够出书，将来我或许写一篇前言或代序之类的东西，说明一些情况，你看此事有否可能？望能告知。如无可能，也就算了。

另外潘光旦译的霭理士那本《性心理学》有无出版？如果出版，请寄我一册。

唐泽霖兄由于年初一来拜年的家人很多，年初二就言语不顺，下午进了医院，我获悉后，即去电话他家中问候，据张洪茹说，老唐已过危险期，医生嘱他安睡，不要多讲话。特告。

祝你新春愉快。身强力健！

洪道

87.2.2

范用同志：

刘任涛兄的长公子刘南生，攻油画，去年在广西桂林举行了他个人的油画展，影响颇佳，许多内行的外宾都认为像他这样风格的油画，现在在外面也很少有了，都加以重视。因此我检寄了几张照片给你，希望你能考虑在《新华文摘》的“美术作品”专栏上选用。如果你不满足，可由任涛兄另再选寄合乎你要求的画片给你。一个月以前，任涛兄曾将这些画片寄你，但原信原封不动地退回来了，这才由我再寄给你。我一个月前也有信你，未见有复，误以为你迁居了。我还特地去信给老曹，问他你可是搬了家没有。泽霖兄，年初二进了医院，前不久接洪茹嫂的电话，说他情况不妙，胃出血、肾肺发炎，目前已控制住了，请勿念。

匆匆祝好！

洪道

87.3.26

范用同志：

昨上一函，并附奉刘南生油画作品照片数帧，想已收到。

刘任涛兄来，携来香港黄蒙田编印的 54 期（？）（最近才出的一期）《美术家》（双月刊）杂志，内中刊有刘南生的油画作品数帧，我想请你连同我昨函寄奉的几幅照片一起考虑，选刊用在《新华文摘》上，予以介绍，如何？

祝好！

洪道

87.3.30

范用同志：

一直没有收到你的信，想起应当给你写封信，正好，你从成都来信了。当然是很高兴的。四川之行，感受一定很深的吧。遇见我们的老朋友方敬同志没有？他现在西南师范学院当领导，四川出版文艺书籍，他也出了力。《抗战文艺通讯》这份刊物，他也参与其事的。你们到了重庆不会不见到他的。

我前次要书，未见寄来。可能书不易找到。除了上次要的那些书外，请你再给买这两种：1.《论文学》，高尔基，孟昌、曹葆华译；2.《论文学》（续集），高尔基，冰夷、满涛等译，这两本，都是人民文学出版社的书！文化艺术出版社的《马克思恩格斯论文艺和美学》（上、下册）不用买了。我只要人民文学出版社的。

范用同志：

前几天小石打电话来告诉我你的嘱托，这几天找了一下，洪遒的文章本来不多，加上也没有好好地保存，现只得二件，第一件：《祭献策》，这是洪遒在桂林时写的，曾发表在熊佛西主编的一份大型的文艺杂志上，但这杂志的名称已想不起来了。第二件"台前幕后"剪报一小张，是发表在香港《华商报》上的，发表的日期也想不起来了。"何为贵"是洪遒的笔名，记得他用"何为贵"的小文章倒是有好几篇的，但也没有了。（他在桂林是1941年起至湘桂大撤退。在香港是1946年下半年至1950年。）洪遒说他这篇《祭献策》发表后，王西彦同志曾亲自到洪遒在青年会的宿舍里和他谈了一次话，好像王对这文章很感兴趣，勉励洪再写下去。洪又说在桂林发表的文章中有一篇名《念慈记》，是他最喜欢的，曾在韩北屏主编的副刊《漓江》上发表，但也已找不到了。他在香港发表小文章时曾用过“何为贵”“吴弗”“王由”等笔名。我家今年有二大喜事上门，一是儿子陆洪参加《心香》影片拍摄，搞乐音（三人组合）得了一个金鸡奖，三人都有，二是洪遒的革命工龄得到了改正，从 1934 年起，特告，又前天已寄了一张贺年片给你们了，但我再写通信处时又匆匆地填上北京建国门外，丢三落四的。由于有一个号码可以对着玩，就把这“建国门”再寄给你了，希望不要惊奇。

匆此 愿

合家康乐 健康长寿

陆蔚芳*

92.12.25

* 洪遒夫人。——编注

范用同志：

发信后又在家中搜了一下，真是皇天不负有心人，竟又给我查到了几篇，而这几篇中的一篇，正是洪遒说他比较喜欢的一篇《念慈记》，现将几篇附上，并说明一下：

（一）《念慈记》发表在 1943 年桂林《广西日报》由韩北屏主编的副刊《漓江》上。当时抗战已多年，他离家也已多年，思家、念母，看见了演剧队有几位队员有母亲同行，她们毫无怨言地与儿女们同甘共苦，关心在队的所有的儿女们在百忙中无闲顾及的如袜子破了、裤子破了等等，为之缝缝补补。在第二页三项中间的一项中“——廿八个管教一个——启中”，廿八个是指当时的演剧队的编制是廿八人（队长刘斐章）。

（二）《断虹录》为怀念演剧八队一位队员被国民党迫害致死

的李虹同志所写。忘了发表处。

（三）洗尘帖。

又上次寄的《祭献策》是在《当代文艺》第二期上发表的。

匆此

康乐

全家好

陆蔚芳

92.12.29日

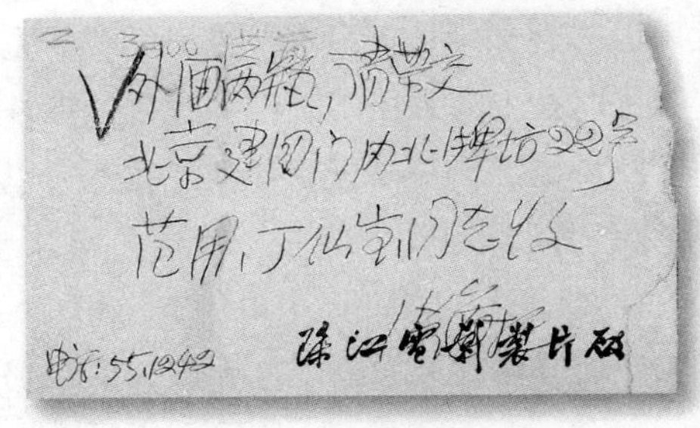

外国画报社，请带交

北京建国门内北牌坊22号

范用、丁仙宝同志收

电话：551242

珠江电影制片厂

胡道静

范用同志：

您好！

袁冰同志南归，带来了您们编集柳亚老文集和选集的讯息，这是一件好事，是大家切盼的愿望。您们希望我在这一工作中尽点力，感谢您们的关怀。在我来说，也是义不容辞，因为柳老在日，提携培育，恩谊深切。用他自己对待我的抚爱之话来说是“两代交情”。目前之事，虽则我水平不够，能力薄弱，亦当竭其所能，勉图为报。只是自遭“四人帮”十载迫害以来，心力衰竭，至今经常困厥，而多年从事祖国科技史学习研究工作，国内国外关系繁复，平时在上海人民出版社编审工作以外，科研任务也很繁重。由于此种情况，对委托重任，不克专力以赴，乃事势所迫，衷心歉疚，而乏术周顾。倘在您社全面安排与指导之下，命我分担部分水平能及之工作，谨当黾勉，欣然学习。九月间，中科院自然科学史研究所在京召开学术会议，届时到京，当趋谒面承指挥。

交来选集样本两册，应做些什么工作，袁冰同志并未明白交代，暂时无从措手。又近时在会期之前，有许多事要做，而自然科学史会以后，十月间又须参加宋史研究会成立大会，目前要写论文稿，所以没有时间多作考虑，想一并到京时面聆指示。

诸乞　赐谅

此致

敬礼

胡道静

1980. 8.1 夜

范用同志：

八月廿九示敬悉。详叙种切，至为感谢！自然科学史学术会议准备在人大闭幕以后在京召开，地点闻在总参招待所，日期尚未确定。我到京后，谨当奉谒。

十月六日至十二日，宋史研究会在上海成立，我写去论文一篇，亦是仓猝之作，谨呈打印本一份，乞赐教以匡缺失。上海《中华文史论丛》筹备出版（英国）李约瑟博士80寿辰纪念论文集，以编事相委，也因与李老交谊深厚、《论丛》诸同志关系密切之故，义不容辞。然诸事栗六，精力不济，良以为苦。附呈论文集发出之征文信及征文名单，或备参考、了解之佐。

《读书》毕竟办得新颖，是一个读者喜阅的好刊物。目前各种刊物销数多跌，书店和邮局为谋加速周转资金，订数抓得紧（这对于书籍出版尤成问题，书店不愿有备货，对于出版家和读者都非常不利）。我社《书林》销路也大跌，只有《青年一代》能保持盛况。至于文化出版社之《文化与生活》畅销，那是另外一种情况。

敬礼

胡道静

1980.9. 2

范用同志：

在京迭承赐访并陪同看望无非同志，非常感谢！但我一直在惦念不安着的一件事，就是那天您赴民族文化宫约，不知是否误了您的时间？

回沪后就病了，几乎有一星期消磨在病榻上。积压的事情又很多，直到前天（二号星期日）才去看望了郑逸梅老世伯以及蒯斯曛同志，他们都高兴地答允了分看柳老选集的初选稿。斯曛同志也是多病，译文社的具体工作又摆脱不了，他原来满以为担任了市出版局顾问就不再抓译文社的具体工作了，但最近又发表他兼译文社总编辑（原总编调去抓《英汉大词典》工作），所以还是忙得不可开交。然而柳老的事，他终归感情深切，义不容辞，就爽快地承担了。

这一走访，就能向您和无非姐“交差”了，故写此汇报。

范用同志：

许久没有通讯，一直很想念您。近时您们出版的《一氓题跋》等书，从内容到开本、装帧形式，都非常精彩。从中看到您和同志们在组稿、设计工作里贯注的心血。

柳无非同志来信说，您向她提起，去年我们在她家商议《柳集》工作时，将《选集》的清样交给我带到上海托蒯斯曛同志及郑逸梅老先生校阅，后来我一直没把这份清样寄还给您。这是记忆错了。当时是把清样交给历博的万钢同志去找原文核对，我只是负责回沪后去征求蒯、郑是否同意担任审定取舍工作之事。校样并没有交给我带来上海，因为当时尚不知蒯、郑是否愿意承担此项工作，而原文核对又须在北京进行。所以，校样后来没有还到您处，那么一定还是在万钢同志处。请您速即同万钢同志联系一下，并把结果告知无非同志为感。

同时也请便条示知结果为感。

敬礼

胡道静

1981.10.30

范用吾兄：

向您恭祝龙年新春曼福！

三联的贺年卡典雅精致极了，谢谢惠赐，可我到今天才回贺，十分抱歉。

小文只是抒点感想，得蒙采刊，极是感谢。宋路霞君的《上海近代藏书纪事诗》有数则发表于上海的《图书馆杂志》87年第6期，复印一份，让您看看。全书将由华东师范大学出版社付刊，待出版后，她会寄请教正。

秀玉同志去港工作，您们很会使用人才，她亦定展所长。去函时乞代我附笔问候她。谢谢！

敬礼！

弟 胡道静

1988.2.16

胡　绳

范用同志：

前蒙赠子恺画笺，并嘱为写字，久未能应命。今年一月十一日是我八十岁生日，戏偷孔老夫子语作自寿诗一则，春节书之以交差。

此祝

时祺

胡绳　顿首

右八十自寿铭　录奉范用同志一粲：

吾五十有五而志于学。三十而立，四十而惑，惑而不解，垂三十载。七十八十，粗知天命；廿一世纪，略窥门庭，九十无望，呜呼尚飨。

铭中“略窥门庭”，略字拟改为“试”字，盖尚试图窥视二十一世纪也。

胡绳

戊寅春节

胡序文

范用同志：

报刊上多次见到您的大作，您仍在为出版事业辛勤耕耘，实感钦佩。

您寄来的《胡愈之文集》编辑意见和说明，我前几天刚刚拿到。原因是我已离休多年，三年前又搬进了干休所，原来工作的舰院老同志也都退了下来，再去那里能聊上几句话的人也不多了，干休所离舰院虽不远，我也极少去办公室走一走，这样您寄来的信在舰院压了四个月。好在有关《文集》的事，已有胡德华来电话和我谈了，我也同意他们提出的一些意见，没有什么再要说的了。

我过着离休养老的日子，时间是有的，身体状况也不错。《文集》后期还有什么事需要做的，如搞校对、跑跑腿等我都可以干，只要您分配任务，我一定努力做好，也随时可以去北京。《文集》得以出版，全靠您和王仿子等老同志的努力，我作为愈老的家属晚辈，理应多出一点力。

此颂

大安

胡序文

于12月6日

胡愈之

范用同志：

为《新华月报》再发表毛主席题词，要我写一文。现已写成送上请审定。其中提到韦明，我只记得当时他在国务院，现在似在北京市委。此姓名如有误，请查明改正。

关于斯诺一书*序文及其他，有一些问题，想当面一谈。不知书已付印否？

我是前天晚上回京的。身体很好，勿以为念。

敬礼！

胡愈之

一日午后

* 指《红星照耀中国》。——编注

我的检讨

《新华月报》创刊于一九四九年十一月十五日。这是全国新华书店成立总店以后出版的第一个刊物，也是中华人民共和国建国以后创刊的具有历史文献性的唯一刊物。我是这个刊物编委会的负责人之一。

当《新华月报》创刊号正在筹备的时候，中国人民政治协商会议第一届全体会议正在中南海怀仁堂举行会议，在毛泽东主席亲自主持和领导之下，起草和通过关于建立中华人民共和国的一系列宣言、纲领、方针、政策以及中央人民政府组织等文件。九月二十九日那一天，会议通过《中国人民政治协商会议共同纲领》之后，宣布休会十五分钟。毛主席的席位在第一排中间，我坐在毛主席后面，相隔七八排。休会的时候，我看见毛主席仍然坐着，没有离开席位。我趁这个机会，走到毛主席席位旁，向主席报告创办《新华月报》这件事，并请示主席能否亲笔为创刊号题词。毛主席点点头，向我说："你先给我打一个稿子。"我回到自己的席会（位）上想：打一个什么稿子才好呢？我翻阅放在前面的《共同纲领》，其中第四十二条是："提倡爱祖国、爱人民、爱劳动、爱科学、爱护公共财物为中华人民共和国全体国民的公德。"这就是后来著名的所谓"五爱"，是以毛主席为首的党中央所提出，列入当时的临时宪章《共同纲领》而由会议通过的。

我以为这段话是比较适宜的。当时会场上已经打铃，准备继续开会。我赶忙把这段话用另一张纸摘录下来，怕继续开会以后会扰乱会场秩序，抄录后甚至没有再细看一遍，就把底稿送到毛主席的席位上。后来我望见毛主席提起笔来就在写了。写完后转过身向我打个招呼，我就前去取到了毛主席的亲笔题词。那时我又高兴，又兴奋，立刻到会场外面去打了电话，要《新华月报》编委会马上来会场取去，赶紧制版。

我在当时竟没有想到我的底稿在抄录时犯了错误，把"爱科学"三个字漏掉了，"公共财物"写成"公共财产"。一直到创刊号付印发行以后，我没有发现我的错误。过了一个多月，我在国务院的一次会议上，韦明同志提醒了我，我才明白写错了字，把"五爱"变成"四爱"。但是创刊号早已大量印发，无法加以更正。后来在出版总署的"三反"运动中，我检讨了我在出版工作中的错误和缺点，其中提到了这件事。但是我的检讨是不深刻的，并且没有向《新华月报》的广泛读者公开过。

一九七〇年十月一日晚间，我上天安门城楼参加国庆晚会。毛主席上城楼来了，他按常例向站立在两旁的同志们一一握手。这也是我生平最后一次同毛主席见面和握手。毛主席同我亲切地握了手后就说："你还在搞出版工作吗？"我立时想起二十一年前犯的错误，一时竟瞠目不知所答。

党容许犯错误，但必须改正错误。所以我趁《新华月报》创刊三十周年重新刊登毛主席题词的机会，向广大读者检讨我当时所犯的错误。

我犯的错误是严重的。不能用时间匆促或一时笔误来为自己辩解。我的错误：第一，违反了毛主席"认真作好出版工作"的重要指示。第二，把毛主席党中央提出而为政协会议通过的这一段重要纲领任意删改。这和林彪"四人帮"之流随意割裂歪曲毛主席著作不是一样吗？第三，"爱科学"漏写了，这也不是偶然笔误。当我们开始建国的时候，毛主席党中央早就提出发展科学技术是重建强盛祖国的必要条件，所以列为"五爱"之一，而在我头脑中竟没有体会到。在今天，我国进入伟大的历史转变时期，要向社会主义现代化迈进。现在连一个少先队员都懂得爱科学，相形之下，我的错误是更加严重了。

我的这一检讨是为了对自己进行鞭挞，表示要有决心改正错误。同时我也希望这一检讨对今后出版工作的同志们，能起反面教育的作用，这对工作是有好处的。

胡愈之

一九七九年九月

惠卿同志*：

此书我已有一本。前此并未要求再送来，想是听错了。现仍退还。请代问候范用同志，要他好好疗养。顺致

敬礼

胡愈之

十二月八日

* 此为胡愈之写给张惠卿的信。——编注

徐盈同志*：

那天在政协礼堂见了面后，第二天就因高烧进了医院。现在烧退，不日可出院，勿以为念。

廿二日信收读了。N.Wales 的书，我无法找得。我现在正在校订斯诺《西行漫记》1971 年的最后修正本。其中有些事实可能可与 N.Wales 的书核对一下。我不知道卢广绵同志现住在哪里。最近我也无法去拜访他。他手中所有那本书，能否给人民出版社范用同志，他们那里有专人翻译成中文（不一定出版），省得卢广绵同志麻烦，烦为转请。电话告知地址，范用同志可叫人去取书。译出后即送还。

子冈同志病况兹九和我都很关怀，希望她暂时安心保养。祝你们健康。

胡愈之

廿五日

* 此为胡愈之写给徐盈的信。——编注

华君武

范用同志：

《读书》最近由董鼎山先生介绍漫画，我们甚感兴趣。《讽刺与幽默》想和董先生取得联系，请他也为我们写点、介绍点，可否请你将他在美国的地址见示，如你能帮助介绍，尤为欢迎，因我不认识他。

复示请寄美协即可。

握手

君武叩头

八一年三月三日

范用同志：

因天津来电话，嘱明日（四日）早去天津开会，所以不好去那位先生处喝酒了，请谅。最近《读书》翟宾同志论讽刺和幽默一文过于肯定。讽刺和幽默各有特征，但也不像煤球和雪花那样分明。

幽默之产生尤为武断，是由文化水平和安定环境决定，如此没有文化的农民怎么说呢？我就看到富有幽默感的老农。

毛主席是有幽默感的，少奇同志似少些，是否少奇同志文化水平低呢？安定环境的说法尤为奇特。这类文章当然不违反什么，可以各说各的。

什么叫幽默画，亦即叶浅予文中的所谓“无意义”漫画（洋文称 Nonsense），我比较同意叶的解释，目前的有的“幽默画”，实际是很浅的。因你爱漫画，故唠叨一番。

握手

华君武

范用同志：

祝贺春节。元旦书鸿万事亨通，作画一幅，绝无“深刻的寓意”，更无“教化后人”之想，只是对尊敬的漫画爱好者和支持者表示一点敬意而已。我的素描功夫不好，原以为可以画，岂知画了半天，仍不能传神于万一。匆匆

即祝

健康

华君武

一九八五年二月二十日

范用同志：

书到甚感，粗翻一下，未能领略橄榄球一段之妙处。黄裳又惠我香港三联出版的《珠还集》。

送上新出笼的八三年漫画一本，请留念。八四年仅得六十幅，今年半年已画了七十多幅，两年再能出一本厚一点的集子。

蒙夸《崇祯麻绳》，自当感奋努力。近寄数画给上海《解放》《文汇》《新民》，还有点意思，刊出后请一阅。

我搞了几十年协会，现已古稀，精力也不行了，虽仍蝉联，已作“淡出”（电影蒙太奇手法）之准备。

每年能画几幅有趣点的漫画就很开心了。可惜居住太远，否则可经常小酌。夏日“加饭”加冰块，妙不可言。匆匆即颂
夏安

华君武

八五.七.十二

范用同志：

画不署名为好，题了名字有喧宾夺主的味道，故未题。如何？

遵嘱画老虎念书，画了几幅供选择，如嫌不好，再画，如果用图章两色成本高，可去图章。如果我也可用，请给我一些。图如尚可，以略缩小一些好。即祝
冬安

华君武

八五年十一月十二日

乙丑牛下，丙寅虎上，虎又下。丁卯兔乃上，今年老龙值班，再过几天又要离休，此自然规律，故上不必骄傲，下无须悲怆。

范用老兄一笑。

君武

八八年冬

范用同志：

这幅画是前年一月画的，题目是《不愉快的离别》，送到

丙
寅

19
86

《羊城晚报》，其实我真是画新老干部交替中的一些心态，后即改题，以免误会，你是喜欢漫画的收藏家，写上这段掌故，比画更有趣些。

冬安

华君武

一九八八年十一月二十一日

范用同志：

已出院半月多，怕麻烦人，不声不响，在家服药，休息恢复，接手示，甚高兴，特寄病时构思，回家作的顺口溜，你是中国收藏漫画之大亨，因有漫画一幅寄奉留念。请勿发表，只是报答来信的友情。

心肌小梗塞，住院满两月，卧床三十天，如度三十年。
减重十三斤，衣带都已宽，医生称道好，减少心压力。
别人称我健，我也忘衰年，生病是警告，黄牌亮警惕。
此病忌激动，也要防急躁，不去管是非，漫画如何搞？
绍兴老酒醇，XO也很好，饭前威士忌，难道永别了？
病中纪事连顺口溜也不顺了，可叹。

华君武

一九九三年十月二日

三里河

范用老兄和夫人：

恭贺新禧，赈济人祸灾民，寄上狗年封一枚，请不再声张，

这次尊宅漫水，都是前年在《文汇报》发表？年封的报应。安

华君武

一九九三年十二月廿九日

范用同志：

“周林频谱”一纸日前寄去，现再寄剪报两纸，这些报你不一定有。今年最后一封信。

祝

新年背疼、煤（霉）气一扫而光。

华君武

九三年十二月三十一日

范用同志：

特种封一套及小型章（张）一寄奉，权作贺年卡。

问夫人好。

新年快乐

华君武

九四年十二月二十六日

另今年河北教育出版社出了一套漫画书系，有华君武卷，书重，你有便人来可取走送你的一本，来前先电话告我。

范用同志：

今天打了电话，蒙慨允为《讽刺与幽默》赐稿，十分谢谢。

我们平时对画稿还有些办法，但对文稿，尤其是组织短小的

杂文、小品文的作者却毫无办法，一张小报如果期期都是漫画，间或有些讽刺诗和幽默对话，也还是单调的。因此请你开个名单（全国范围的），我们将专门登门拜访，或专函邀请。名单请同时开列作者的工作机关。

《读书》和《新华月报》文摘版均甚精彩，几乎每次读85%以上的文章。外间舆论亦佳。

我为《读书》作画，如有不好的，务请你们能退我重画，或告我毛病，现在有的编辑见了盛名之下的作家，可能有意见也不好意思提，如此则于公于私都无好处，因此请你便中告董秀玉同志。

何日有暇，盼来舍间小饮，际垧走后已失去联络站了。

亦代同志已很久未见面了，不知现在"长"成什么样子了，盼问候他和安娜。

盼复。

握手

华君武

九月五日

《讽刺与幽默》月初集稿，大作盼能在九月底前赐下，这个刊物群众还是十分欢迎，现销五十余万份，目前还是受制于邮局。

范用同志：

邮奉小书两本，请你指教。还有一本《补丁集》，系上海学林出版社出的，惜已送完，家里只剩孤本了。

腿不练走路自会退化。我去年摔断了股骨头，现在虽可行走，但走不快了，奈何！

君武

二〇〇一．八．三

范用同志：

今日上午寄奉《漫画漫话》《华君武漫画十二生肖》两书。今年河北（教育）出版社将出我的漫画文字共七集，因为书价，多送就有困难了，《十二生肖》就送一百多本，请谅。

华君武

二〇〇二年四月十三日

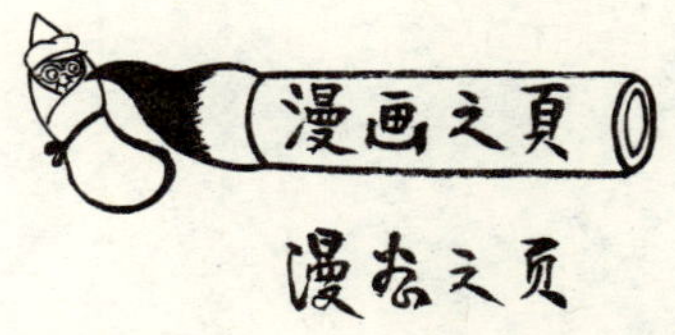

华应申

华应申同志遗嘱

效法杨老（杨东蓴），
改革丧事套套。
什么“向遗体告别”——
千万别搞。
死了赶紧烧掉，
骨灰不留做肥料，
也不要去八宝山追悼。
本单位开个小型座谈，
工作检讨生活检讨，
缺点错误也不饶，
不是光说好。

荒　芜

范用同志：

顷得亦代信，知老兄对拙作打油诗奖饰有加，感愧之至。

据我所知，夏老（承焘）曾刻印过词集和诗集，弟何人耶，竟敢如此大胆妄为，恐系传闻有误耳。

上月初搬家。每星期除二、五到所学习外，弟一般均在家。得便，盼光降一叙，当以黄山毛峰待客。我们是老朋友了，多年以来，同居一城，竟乏促膝一晤之会，思之可笑！

上月去合肥参加一个会，游览了名胜，写了几首打油诗，附呈求正。顺颂

撰祺

弟　荒芜

一九七八.十一.三十

范用兄指正：

南游杂咏

登采石太白楼

我来正是重阳节，霜叶流丹胜仲春。黄鹤几时回汉水？㈠澄江如练忆宣城。㈡山川楼阁千杯少，诗赋文章百代新。未至夜郎头应白，赦书幸已过襄、荆。㈢（真、庚通用）

㈠用黄鹤楼题诗事。

㈡李白有句云："解道澄江净如练，令人长忆谢玄晖。"又

云："登舟望秋月，空忆谢将军。"所以王渔洋说他："一生低首谢宣城。"

㊂李白坐永王璘事，流放夜郎，半道赦还。

大风雪后，登黄山天都峰

我来已过重阳节，直上天都第一峰。处处路通琉璃界，时时身在水晶宫。荆、关妙笔全无色，王、谢名篇未见工。长揖孟嘉同一笑，啸歌齐唱大王风。㊀

㊀孟嘉为桓温参军，重阳日宴龙山，风吹帽落。

观黄山青鸾峰腰冰川擦痕

四纪冰川岩上浮，㊀沧桑阅尽万千秋。诗家爱读神仙传，吾辈长怀垅亩忧。念载三灾惊浩劫，㊁九空十室悯黔娄。㊂武皇《本纪》分明在，㊃铁笔何人勒石头。

㊀据李四光同志的考证。

㊁三灾指浮夸风、吃大锅饭和"四人帮"。

㊂曾希圣同志治皖，过大于功，不能辞其咎。

㊃见《史记》。

观黄山石笋矼

频年梦想黄山路，白首来登石笋矼。胜处常从险处得，园花不似野花香。青云红树迎朝雨，松籁泉声送夕阳。我与诸峰签后约，愿将此地作家乡。

观黄山莲花峰

驼峰飞渡亦寻常，皑皑群山簇下方。㊀谁道神奇云雾海，㊁

不如汹涌大西洋？莲花峰险高头马。㊂金字塔荒小石岗。㊃寰宇半生空浪迹，始知方丈在家乡。㊄

㊀三十余年前，飞渡喜马拉雅山之驼峰，下视但见雪山白茫茫一片，景色单调。

㊁黄山云海，千变万化，蔚为大观。

㊂莲花峰顶似马头。

㊃埃及金字塔不过一小石堆耳。

㊄方丈为海上三神山之一。

荒芜

1978.11.30

范用同志：

昨晚幸会。

您说要转载我的那篇小文，不知转载在什么刊物上面？盼示。

这些年来，所谓“研究鲁迅”简直流入魔道，有乱捧取宠之心，无实事求是之意。浪费纸张，造成灾害。流传海外，使有识之士认为中国无人。有感于此，写了一点感想。有些编辑同志，看见了瞿秋白的名字，像见了毒蛇一样，心惊胆战，非要改掉不可。我则以为大可不必。奉上求教，并请卓裁。如不合用，仍盼退回。

顺颂

著祺

荒芜

1979.1.5

范用同志：

我的字是账房先生体，从来不敢示人。节前《上海文学》的一位朋友忽发奇想，一定要我写字，不便方命，涂了几条。现奉上一幅，聊作节礼，当不笑我狂妄也。

即颂

节禧

荒芜

一九七九.二.二

黄俊东

范用兄：

上次因为事忙，寄杂志寄漏了二册，也没有给您写信，真不好意思啊！

今天收到来信，李桦先生藏书票两枚，已转董桥先生，他当然十分高兴，他大概会写信给您。老实说，我也希望得到李先生的藏书票，请为我收集一些吧！登在月刊中的藏书票，外国的是董桥兄供给，日本的是我供给，目前我多数收集日本票，真的藏书票大抵有数十枚了，印刷品则十分多，将来您要印一本这方面的书，当可供给一些资料和藏书票。

今天我又寄了两本四月号月刊，谅不成问题吧。内容关于书票文章，可撕下来送李桦先生，另一本您留用吧！这一期差不多卖完了，如您仍需要，当早些告知，说不定慢些找不到书了。

《聂绀弩杂文集》虽未收到，在此先拜谢了。这里有一张做版头的，在月刊没有用到，也给您一看吧。

天气热了，北京也一样吧！保重！顺颂

近安！

俊东

六月八日

范用兄：

虽然很少给你写信，但不时总想起了你，去年年尾收到你的信和贺咭，想写信又因事务繁忙而延误，总之一万个对不起。你退休已三年，其实你的生命力那么强，哪里退得了休，为《读书》及《人物》甚至三联书店组稿是最好不过。年来每月按期拜收惠寄的《读书》，至为感谢。匆复，并颂

大安

黄俊东

八九年一月二十三日

所要李涵的地址，随信附上，李君原名柯沂，原在广东文史馆，已退休，他对广东的人物颇有研究，张竞生已有一部书稿，迄未出版，十分可惜。近日又在研究张九龄，看来他的资料丰富，约他为《人物》撰稿，实在是理想人选，兄不妨去信联系。又及

黄苗子先生近日乘来深圳之便，来港数天，但他朋友多，只能电话相谈，尚无机会晤面叙首，闻已返北京。

黄洛峰

大明*吾弟：

九月廿八日信收到了。真是欣慰不已！

诚如你所说，总怕收不到信，就没有给你信。因为很久没有给你信了，一想起来，总是难过不已。而今千言万语，从何说起呢！

春天曾发一电，因为你常走动，正不晓得已否得接？文兄*去陕，已得知，因为各种原因，辰夫*、崇基*他们也一直没有通信。所以辰夫的情形怎样，也就不大知道了。

（贵阳）家林*一直还在病着*，汉清*的一个小弟弟*最近又病了*，窦府*真是多灾多难。但是窦大哥精神还好*，虽然事情不大如意，此病彼病，他还是很精神地挣扎下去，这是我们大家都引以为慰的。

（桂林）良才*少卿*合开了一店，生意还好，下月良才就要出来办货。老万*带着他的小用宝*，要回家，不久可以到此。阳章*同文彬*在文彬家乡（重庆）开了一个文具店，最近因为生意不好，公司要集中钱，做进口生意。他们那个店收歇了，阳章不久就到少卿那里去。汉清的事业做得较好些，但是因为近来他弟弟病，使得他也弄得苦起来。郑权*到缅甸做生意去了，他们公司，以后打主意多做点南洋方面的生意，因为那边好做，钱又值钱。这些，就是一些老朋友的消息，我想你是很喜欢听到的，所以不嫌啰嗦地说了一串了。

我们的渝店，今年又遭炸，三楼塌掉，修补修补，又用掉几千，生意还可以，只是货物少，最近打主意恢复学习、杂志，以后生意或可好些。锡棣*帮同一个重庆吴（毅潮）兄在做，吴虽做生意不久，但年龄比锡棣大，经验多，也还可以做下去。上海造过的货，他们重新仿制翻造，一个月多少出点货色，也还有些买主来照顾。

留耕的家用，因为生意不好，社里暂时仍只能照以前的拨付。他哥哥曾经找过廛*兄，但廛无法，答应以后想办法。如便，望转告留耕。

你要的东西，此间不收寄，已函沪店寄你。但是否能收到，也还是问题呢！？

好久不通信，等于隔了几十年一样；以后，我想多给你信。专此祝你

安好！

远昭*

卅年十一月十二日

* 大明：刘大明，原名赵子诚。文兄：李文。辰夫：柳湜。崇基：艾思奇。家林：孙家林。“病着”：被国民党逮捕、关押。汉清：张汉清，又名张汉卿。小弟弟：倪子明。“又病了”：也被捕。寞府：读书出版社。寞大哥精神还好：总社和领导人还好。良才：陆量才，又名陆家瑞。少卿：刘耀新。老万：万国钧。小用宝：范用、丁仙宝。阳章：欧阳章。文彬：岳文彬，又名岳世华。郑权：郑树惠。锡棣：汪晓光。廛：刘廛。远昭：黄洛峰的又一化名。——编注

宝妹*：

一直想提笔给你信，始终为了事情杂乱搁着，阿朗*的痧子*好了没有？你的身体又怎样呢？我希望你在半年内，能把身体保养得胖胖的而且是真正地强壮起来。

在苏处的两个箱子，前些时雨秋*去京找她不到，没有取来；最近又托志弟*去取，还没有信，不晓得已取到否？

此间工作太难找，振球*的事，还一直不可能为她就业，殊愧！应该寄给你一点钱用了，汇交什么地方好？匆此祝健。

洛峰

卅五.七.四

* 宝妹：丁仙宝，范用之妻。阿朗：范里，范用之子。痧子：麻疹的俗称。雨秋：黄雨秋。志弟：成志。振球：许振球，又名练沙，丁仙宝的同学。——编注

渌妹*：

八日复信得接。交苏姐一万，她已还我，箱子托志弟去取，一直不见来信，真急人！本来伤在家休养休养是好的。日前听振球说你反比在渝为瘦，真替你担心，过一久，如无什么，再函你来沪。邮汇上五万元，望吃好点，速为阿朗医好病。匆此祝好。

洛峰

卅五.七.十五

* 渌妹：丁仙宝别名丁渌。——编注

渌妹：

我回来已十多天，正患肠炎，好了又泻，精神疲惫不堪，成天躺在床上。什么事也没有做。

成志昨来此游玩，箱子一在他处，一在苏处，他没有带来。没有问题，可勿念。

到了阴历九十月，事情总得会有点头路了。如若那时不需你返店，自可暂到令兄处。否则，还是不去。最好是在九十月，又看情形决定，再请他设法。如若他非此时预为安插不行，那你就答他鹤镛即来，等面商后再进行。（此信未完）

用弟如晤：

得信知吉抵京，甚慰！

存志麟*兄处之两箱行李，望一并向两兄提出带沪。前此所以缓带者，乃因无人代为带沪也。又前托麟兄*附运之瓷碗一箱，床、桌等已到京否？瓷器等如已到，亦盼带来。匆此即颂

旅祺

洛峰

卅五.九.廿五

健飞*早已返沪，我病已痊。

* 志麟、麟兄：邵荃麟。健飞：曹健飞。——编注

达庸*兄：

前日发一信，请买书。想已达？

现在，我自己要几本字帖：《书法大观》

为日本一个书店出版，册数甚多，不知在河南路能收到全套

否？此书前曾于骆处得一册，较国内各种印本都好。如能搜到，最好。

《智永禅师千字文》

似以有正书局版为好，可参照比较。

《于右任草书千字文》

《米南宫*临十七帖》

商务、有正似均有，宜参照比较再购。

总之，以上均买最好之版本，宁可价昂而得善本。

世界史铜版，网太细，最好与前途商量，全部改制八十网者。

弟 洛峰

五.五

* 达庸：范用。米南宫：米芾。——编注

勋、镛兄：

前天晚上，遇着一个朋友，他说现在上海房子，一楼一宅也顶到一亿以上；我仔细想想，十月份生活指数涨了四成以上，实际物价恐怕已涨了六七成，如此十一月的一亿，至多只抵得九月底的五千了。因之舍间那点房子，无论如何要值到一亿五以上才对，当即发了一个电一封信给廷兄，想来他已收到了。望从旁帮他点忙，多与前途意商或另托姚老板找宦先生洽谈一下，因闻其亦要找房子也。

字典、各种存书，统盼尽量代为捡寄，手头无东西，要看要查，都很不方便。现在港物价甚高，要买点箱子装装货模也买不起，以后凡有便人，请一只两只地把所存大皮箱带几只来（衣服行李都可放箱内），大热水瓶也很需要。

王君作资论译文，是否已交洵兄，望速查问，如未，请即寄此；如已交，问其是否可用，速复告，因森记已收一份，正拟与之洽商如何处理也。廿六日曾寄洵一信，彼收否？并盼代询。

晓光已为买字典否？各种哲学科学等字典均甚需要，如能烦笙翁代买最好，不然，请为选购寄下，因拟找人写点东西，自己也想搞搞文墨。

房子并非我要翻悔，实在是喊价低，希望能多收回点更好。等着人上门做生意，已属门可罗雀，我现在办法是到学校等处设摊，一月弄一二次，多少可以卖得点，高寒已到，便中可告笙翁。专此颂好

洛峰

卅六．十一．八

勋、用兄，黄先生*要的书及东西请捡出或购办。

* 黄先生：黄炎培。——编注

晓光*和庸两兄：

八日寄一函，想得达？字典已收，很新很好（字太少不够用），但我要买者乃石川林四郎编的《最新简明英和辞典》（コンサイス），望为另买，如石川编《最新简明和英辞典》也有，也可代买一本。此类书，河南路旧书店容或有，只要不破损肮脏即行，如三民与旧书店差不多贵，则宁可在三民买。此外哲学辞典、社会科学大辞典等，如笙兄有多余的，即向他借用，不然，可找他问问，一一代买，总之，年代要近的，因为常常增订之故（最好

为昭和十九年、廿年版）。吴译《帝国论》设法代买一本，另外我的一些工具书、必需书都希一一代为捡寄（照相等类书不要寄）。

渌兄大衣已托便人带笙兄处，可向他拿，我来已买定，交涉另做，店铺不肯，只换得这件尺码小点的，但他穿，也还是太大了，如能分出，最好分掉另做。《大公报》如能退订最好，不然，能改转他店否？图书馆应买杂志书籍，希仍按期买寄，但要衔接上。渝寄来工具书亦多，便中找出寄此。匆匆颂近祺。

树彙*、勋兄不另

弟洛峰

十一.十三

* 晓光：朱晓光。树彙：郑树惠。——编注

笙鹤兄：

书信都收到了。我所指工具书，意即方便时将一斋书所有工具书都寄此。因为要韩兄弄点东西，以后审看都需工具书。至于韩事，已请方朋详告，想已悉。此间未告人，兴森都不知。

洵兄代看之货样，迄无下文，望即找他踏踏实实地商量一下。如果渝制太差，则重造亦可。总之，那种货色，目前到处可销，白搁着反不合算。又成珪的货色，老不交出，真伤脑筋，亦望即催力逼。因为味记也在搞同样货色，已和他谈过，他说你既未搞出，我当然就做，头疼不头疼。凡事不能在人前，又反落人后，因为味记咄咄逼人，处处都会抢生意，更非快不可。银森友人王君的货既拙又劣，当然不造，但味记已造，等同他商量转让看看，不过，看来他既到手，是不会放出的。

小哥哥做事太拖沓了。他帮我们做的事究竟结果如何？不是

只拖着一小点尾巴吗？赶快逼他弄清，了清一段冤孽账。不然，又是从前那样有头无尾，才苦人呀。

韩者明年可造，届时即须庸来跑工厂，现时他当然暂可另就他事，到那时至盼能来，万一事不就，此时再赋闲也无关系。此地开销太大，闲不起，所以要他缓来也。

一斋要的书，还可照买，买后即随时凑包寄此，岩波哲典请寄来。三大册辞典可不寄了。

弟 初

卅六．十一．廿七

义笙*、鹤洵两兄：

廿三日来函得收。

世界书既嫌其嫩，当得再加火候才好。前此我之所以屡次烦效兄*校阅，即对周君译事，不敢放心之故。此稿数量太大，切不能潦草从事。非如小书，毁版之无所谓。我意即请效兄往托夏康，如彼不熟，则请陈介亦可。夏留法多年，适当此任。校阅费用，应在将来所支版税内担负若干，即我方此时付出校阅费，希望周所抽版税能减让二三成，如何，希酌定后即与周洽。

总之，非搞好不能匆遽付排，宁可压迟而东西好。

唯经*断续成篇，文气能否一气呵成？希多留意。并希雨兄暂搁其他文事，专一仔细校阅一过。因如森记出者，不在我下，我出即难望销售矣。

哲史*预付原则为书出前最多付三分之一，非如吴所言若干若干。此公一向麻烦，因之，亦须耐得住性子与其磨咕。付款事，多洽；稿力催。成一卷，即付排。开式最好用廿六，前函已详，不赘。

圣母院*以看过货色再决为宜，陈*亦如周，始事译事，非仔细斟酌不可。如译得可以，收下亦可。望即找小哥哥要全稿交效兄或夏翁一阅，作决。

剩值*前得其信，早已竣事，仅在抄复稿，当函其径寄沪。因大书将来非改排不可，开式亦宜另寻蹊径，不必斤斤于廿三开。

近代史既王君译笔尚可，即由其完成亦好。望即具体洽定分期完成之时限，此书颇大，合译似易彼此不协，何如由其一手完成。稿酬若干，可仿近例谈定，每收每付。

和平*我始终认为宜由原文直译，重译之病甚多，诚然毛德本可补删阙之处，但此仅一优点，而非全部优点，望由申再为商决。如董*有意另弄英文名著，似以不弄此为好。如其大家认为重译能如直译，则与其商定亦可。望雨效兄多多研究。

十九史拖得太长，此与校阅费似不无关系，望对症解决。以愈早杀青愈好。

近因经营生意各事，又将心绪东拉西扯，弄得不能静心学习，更无从提笔为文。韩货我认四册，迄未动手，殊苦殊苦。

鹤兄住屋，如需赁时，即由店赁，将来仍归店可也。

若干书报，此间买太贵，凡图书馆应备之书、志，盼即随买随寄，此事已数函，迄未见办到，甚盼即办。

专此祝颂

时祺

弟 洛峰

卅六.十二.廿九

* 义笙：骆义笙。效兄：郑效洵。（据郑效洵回忆他当年在读生做校对）唯经：指《唯物论与经验批判论》。哲史：指《哲学

史》。圣母院：指《巴黎圣母院》。陈：即陈敬荣，译者。剩值：《剩余价值学说史》。和平：《战争与和平》。董：董秋斯——编注

鹤兄：

前来信，已于廿九日详复，信由明兄转，当早得达？廿五日来函已悉。文艺论尚未读，原稿是否全在沪？望即捡寄，以便对型挖改*。期能早印，如寄申一副，魏已为寄到，即由沪细校何页何行何错寄港改挖亦可。

效兄要数书，已告雨兄*代办。

悲世*校阅事，夏、穆均可，可酌办，校费按沪地一般编费处理。习惯上编校费通常为稿费五分之一。即每千字如为五万，每千字校费即合一万，但此书大，字多，似可能稍低。可照稿费十分之一数酌办。

德意志如系从德文译出，当然好，可以收。如由日文重译，亦可斟酌，希与易效商定。

海洋已谈过，他们打官腔。他未排，我快出，即可截止他。因是益急盼速对型。

此复颂

好

弟 洛峰

卅七.一.二

* 挖改：传统印刷工艺是先用铅字排版，校对后打成纸型，然后翻制铜版或铅版印刷。如遇需要修改的地方，就把原纸型相应部分挖掉再补上正确的文字。雨兄：倪雨辰。悲世：《悲惨世界》。——编注

镛兄：

杂志已失落一卷或二卷（详附单），为了能收到，以后改挂寄。

经验论第二次校样已收。由它，我发觉每行廿二字，比《在人间》高了两个字，以后印出来，恐怕不会好看。而今，若干当已付型，改也来不及了，所应注意者，此后切勿为省一二字地位，而使整本难看。以故价值论非速照我函缩行缩字（每行）不可。

书迄未见寄来，望速寄。又以后每发若干次，应来一清单，庶几弄清何者为图书馆买，何者为发货。如《工商手册》一本，即至今不明应属何者。据记忆，前曾函嘱买，但又未见说明。

《外交史》还好，只嫌译者中文虚字不够用，稍嫌生涩。此稿决暂不出。前已函告。望请其完成《近代新厂史》，然后再移译本书。

附缺期刊一单

弟 洛峰

卅七．三．二

义廷、鹤庸两兄：

因为得到一本文艺问题原书，我以四天的工夫，从头到尾又校了一遍。结果，可挖补的又找出六十个左右之多。应补的勘误又多了廿多条。前者多半是似是而非的字，如晴、睛；未、末；搅、揽等等非细心不辨的字。自然，也有一个标题错了两个字，没有为你发现。后者，也只就非勘出不可的着眼，他如无关紧要的标点之类，都只好就任纸版了。

如不经这两道洗刷，此书错讹将在一百五十以上，真可怕

（恐怕还有未发现的）。因而我要万分的要求，在所有校对工作中，应该用最审慎的心情，最细密的注意力去处理。切勿再让我们的出版物，成为错讹百出，予我们的盛誉以极大的损害。

务本型，打得不好，甚至较渝打还差。我早已说过，以后不能交务本搞（由排中国近代史得出的结论），不晓得为什么又找了他。此后，万勿为省几个钱排工，找这些劣质工厂。我正担心经验论、价值论、殖史是否已给了他家？望告。

文艺决分印两种，沪销数前已函询，光*已答发在途矣。明西*带便条已收到，并及。

弟 洛峰

三.十三

* 光：朱晓光。明西：张明西。——编注

达庸兄：

《脱缰的马》，港永华公司改编拍电影、改名《乡愁》，即开拍。存书如少，可印二千。

郁君已写来，很难看，既找她，不用又不好。可试制看看，如不好，可另弄美术字。《文艺问题》，本日印封面，还有几天才能出。

匆此即颂

好

洛峰

卅七.四.廿

达庸兄：

今晚想起来楚先生*曾有一本诗集交我们出，版税也预支过了。其后一时暂停，迁延至今，望即找出速排。若已难觅，可请其另就北门*前刊本，再为增改付梓。

经验论*莫版闻已问世，该版印刷精美，定价低廉，必打垮我本，望速催陈先生迅毕其事，趁莫版未到，生版未出，捞回本钱，一稿三译，竞争殊苦，非求赶先不可。尤以莫版照原文译出，当必甚好。此事，务找洵兄或笙翁速与陈洽催。

文艺问题，今日装出二三，已寄出一册。勘误因我未校，及有错者，只好下次又另排。

大哲*发出后，始得沪信已刊，致又重复。各事望详复。

匆颂

筹祺

弟洛峰

卅七.四.廿四

* 楚先生：楚图南。北门：北门书屋。经验论：列宁《唯物论与经验批判论》。大哲：《大众哲学》。——编注

达庸兄：

先后各函，均已得接，并复如后：

① 先后寄来之书，已得收。其中商务版各书类多不全，有上、中，而无下，或有上而无下，望设法补全。近代史资料所收甚少，可随遇随买随寄，此类东西，能多跑跑旧书店，当可发现不少。

② 经史，德意志俟看后又为决定是否洽出。前者仅收到上、中（？）下有否？

③《外交政策史》已由昆寄到。

④ 民史已修改，原则是正文一律语体化，尽量扫清旧版之文言化，分量或多或少，未谈及。简洁只能是文字技术，不能涉及材料，三卷资料仍成问题，四卷倒可先行着手，以是凡四卷应用资料，抗战以来各项成册专著，望多多搜集，作者因养病而来，可闭户，写半年。

⑤ 世界史翦序*尚未写就，详略问题。

⑥ 李稿非细细一本一本看过不可，而事又忙，常常贻误，月底以前可寄出四册。

⑦ 新文学早交叶修订，当再催。

⑧《书法大观》那样贵，不买了。其他几本《千字文》，希能找到。

⑨ 藏书票我认为图案太简单，色调亦然。《星岛艺苑》有一张欧美藏书票选辑，已剪带上，可参照另制一种。另当设法找叶灵凤多找点样子来看看。

⑩ 中厂图谱仍存原处，不必寄来。

⑪ 先后来型，均已得收。

⑫ 附上存型单一纸，专此颂

好

初 卅七．六．六

* 翦序：指翦伯赞所作序言。——编注

碧兄：

先后来信均已得接，《世界史》亦已收，前函还易公之款，你误会了我的意思了，我意并非只先还那些，而是分批拨还，随时能余若干，即随时拨还若干。你还少了，他又退回，其后你多了又不去还，又交给树兄，现既已交了，已属无法，此后如再有余款，望即随时买成美花布，俟积成整数，又还易翁。如何，可与雨哥商量商量。镛弟跋涉还家，拖着小孩，殊为不便，望劝他仍将小孩寄托岳家。单独他夫妻俩去，虽然辛苦，也不必考虑到小孩在路上受苦受累了。一斋图书，可随时代他买，因为他爱书，许多东西如漏买，将来就补不上了。许多时下流行报章，从前寄的可以不寄，但仍须照样照份买备，交给筌姊暂存。平弟用度，自然代他负担，至于旅费，既进公司，即由公司负责。我托惠哥转托人卖的相机，既是八十难卖，少到七十也可以，万一再不行，最少少到六十，少过六十就不卖了，请转告他一声。良生处只好你多催多商量。此间隔得这么远，实在一无办法。看情形，他是有意拖延，因之，我们千万不能让他拖延。只得更紧逼他才成。

匆此即颂

好

弟 复手泐

卅七年十一月一日

拜赓事，交际应酬起来，需用若干都可支付。

松存章处毯子一条他需，用望向其取返，有便带下为托。又及

达庸兄：

先后各函均已得接。

梅老先生遇事看得太乐观了一点，此时何时，怎能把家藏古董，交与别人作为投资，或由人担保租用。今日情形，一天三个变，恐怕他那爿店也是岌岌乎了。此事望婉告梅老先生，暂时搁

搁再说，如果前途又来洽商，只说尚未得复罢了。

瑞林那笔钱，能先还即还，虽然数少，先还掉一点，就心安一节。微妹在杭既苦，她需之接济，望斟酌办理，担半米在今日实在吃不消，自然不能不改变改变办法，只聊表寸心了。

晖弟做事还如此糊涂，真是想不到。但如此时与其决绝，又万万不可。望即由兄径函婉劝；我暂不出面，因如一讲，他受不了，反倒让仲哥难于办理。

良生处务要紧催紧逼，否则让他老牛拖车，如何是好。催时得又软又硬，专软受他欺，专硬也不行。望深研此中三昧，妥为应付。

家母五日弃养，患痢疾而不救，可见乏医无药之苦。中医遇此类病，每每以什么汤什么汤送人性命。越想越难过！老父在家孤孤单单，益令人如坐针毡，焦忧不已。不能奔丧，已复电请即安葬。

匆复即颂

俪祺

弟 洛峰

卅七．十一．十

康兄家可不送钱去，因其阿舅要托他买东西，可以划转也。江小姐所言意见，自然言之成理。好在此时还可缓一下，以后再谈吧。

镛兄：

先后来函及货样等均已得接，若干事早由廷兄办复，不赘。你外祖母精神既不好，万望抽暇前去看看，年老者相处日子无多，应随时抽短暇去照顾照顾。一切后事，亦应早作布置，免得临时仓皇。

日后公司业务，当然仍以沪为主，一动不如一静，用宝到建勋处之议，又得改变。仙妹工作，是否已结束或将迁他处，如属后者为照顾方便，似不宜随公司远行，望留意处理。

所要穗报，又已续寄，想已得收。匆此不一，即颂

俪祺

弟 洛峰

卅七.十二.十

味冰、荃林、寿康三兄：

弟行后一路平安，七日达海岸线，因接驳迟滞、转折，十二日始登陆，十四到安，得闻芷、文*等齐集沈，乃改变行程，在安了解分店情况，参观纸厂（看过三厂），十八日来此。十九日发上一电，想已先此早达？泽霖*已否如期动身，晓鲁*得同行否？此间迄无消息，曾电济问起枷*，亦未得复。既到此间，决彻底了解情况，加强整顿，然后进关，如时间可能，哈、连亦撤一行，离此时期，至迟约在二月十日左右。

各事分告如后：

一、东北店务——A. 已设店安、沈、长、哈、齐、佳、连*。其中除沈、哈、连三店外，均为本地同事主持。B. 各店营业、尚未总结，概估均贴本，原因书价不能高，成本则日重，初版约在七成以上成本，再版亦达五成几。C. 人事纠纷，据实看所得并不如传闻严重，且非本位观念所致，乃因看法、步骤等等所由生。D. 造货以沈、连分造为适宜，三个月后连店造货可停，哈造即停，全以沈为主，因纸、印、运均以此间为最优也。E. 资金得当道帮

助，尚不拮据。屏返交其带五条（司马秤），另由连设法在下月带二十五条（俟带出时电告）。F. 东北派出店之津济*两店，货物供应均甚畅，吾辖决照港决，改归华北，津店已写介函找友渔等为助，货前日运出，店面已否觅妥尚不得知。G. 潍坊店暂维持，烟*店我来后决停筹备，已去电。H. 各货存底甚丰，三月内供应无问题。

二、华北店务——A. 石店十二月廿五可开幕，霞初*去晋，倪、文两人*到陇*海，欧、毕、冯*到平郊，俱入平*（前日下，想已进去），余人留石*。B. 易安*夫妇隔于平津，情况不明。王平、秦等均已吉抵。C. 季良谌行来此要货，后日可发两百包（每包四十公斤左右），前日发津一百六十包。平津石三店货源已勉可维持。D. 季良后日命其返去。E. 此间各店共有一八二人（如连厂内工友计，共达二五六人），已去津八人，今后尚可派出十余人，华北人手不成问题。

三、店务整理——A. 廿二日起召开区处会议，彻底总结，预计十天可毕，主要放在思想清算。全部记录，俟会毕整理好再带上。余由屏面告。B. 沈吃厂已不可能，正由芷、文与有关洽商合理运用，已有眉目，每日为我排百万、印二百令，大致不成问题，如再运用适当，则连店生产量亦可解决。C. 鉴于连店币值（等于外汇）交通封锁，海上运输无定时等等条件，原决连为造货中心之议，决作罢。总方针布置沈造沈发。D. 人事大体如港决，仍以芷主持三四个月再说，其他除吴*照原议休息外，暂作局部调动（限在东北）。会毕再告。E. 坚决企业化，求自给自足，分店尚须调整，宜歇者暂歇。此时情况不全明，尚不能作最后决定。F. 与东北书店等之矛盾解除及合理分工问题，须俟到华北后，再作全盘打算，此时不触及。G. 出版编辑方面，亦照港决方针，先固总店，再谈分区，一时仍宜暂拖。H. 区业务训练班，决下月开始，先抽调十一十二人，每日四小时，期限两月，办三期，练卅余人，然后总结三期经验，作华北总店大规模训练之借镜。

四、型货交流——A. 标本、本型、租型、参考用书刊等均已准备齐全，一切详另单。B. 本型、租型在港沪印时，可能复制者，望复一副，期便分区印刷。C. 先后两批型，均已照收妥。后此有型仍希时运，以能径运津为最好，否则来此亦可。

五、经济——此间决最迟在二月底前调港卅条，此后即不再调，华北如唐能调回十条，则四十之数，已足港沪周转。如沪借成功，望即电知，以便停调、转为买纸，加强造货。

六、人事——原预定进入之人员，如携眷不便，眷暂留港，迅速设法送来，能径至华北最好，湾转亦可，目前沈去津七日可达。不久即可正常。愈之在华北，迄未来此，始恍然开明及丁之事之所由来，前在港所得沈电，乃恒老所发，相晤始知、渠等均盼味兄能早来，盼迅作准备。俟弟到平，立即求浩公发电，期荃味兄能早动身。

七、其他——A. 港沪必须参考之报刊书籍，务盼各多备二份（务要两份），遇便即径运平津。B. 弟身体一般尚好，只又伤风十余日未愈，不无为虑耳。C. 因忙开会，各方接触甚少，到时曾去电请示，可否多延了解情况，如复电须即行时，哈连之行决作罢。D. 仲扬、惠之*处有消息否？念念。E. 洁人*暂留此工作。

匆匆即颂

近好

弟 初 顿首

卅八.一.二十五

* 芷：沈静芷。文：文之冈。泽霖：唐泽霖。晓鲁：黄克鲁。起枷：宁起枷。安：安东，现丹东市。沈：沈阳。长：长春。哈：哈尔滨。齐：齐齐哈尔。佳：佳木斯。连：大连。津：天津。济：济南。烟：烟台。霞初：曾霞初。“倪文”指倪子明和邵公文。陇：甘肃。“欧、毕、冯”指欧建新、毕青、冯舒之。平：北平。石：石家庄。易安：李易安。吴：吴毅潮。仲扬、惠之：马仲扬、刘惠之。洁人：孙洁之。——编注

范用同志：

昨日你来，外出未值，为憾！

日前得姜震来信询问欧阳章同志通信处。姜说他四六年由中原突围时，与新知一个姓赵的女同志到汉口，由欧接待；赵与他曾一起在安应县宣誓入党，目前要找赵为他证明，而他既不知赵在何处，又忘其名，只好找欧打听。

我不知阳章同志通信处，望即函告，以便复姜。

遇暇希仍过我一叙。

匆此，祝

好

洛峰

二月十八日

泉安*同志：

信收到好些天了，因事迟复，希谅。

首先，我要说我是希望不时看到老朋友的信，所以，你只要愿意什么时候写给我信，就什么时候写吧。来信即使我迟复甚至不复，我看只要你不见怪就行了。你要的书，准备即送你一本

《烈士诗钞》，不日可以寄出。

你爱人的事，处在目前大力压缩城市人口的情况下，看来一时颇难再至广州。既是陈东同志一时也帮不了忙，我看说服她在乡下多住二三年吧。乡下找点工作的事，倒是可以请求陈东同志他们为你设法的。你无妨去托托他看看。

提起学习，能入学校固好。但是，不入学校，也一样可以通过自修提高的。只要你下决心想提高，实事求是地制订一个自修计划，按部就班走去，就会不断得益的。我看你首先要提高的是写作能力。要能写，首先又要熟读精读一些篇章。究竟读些什么为宜，可能请教一下秦牧同志。唐棠也认识他，你请她介绍去求教吧。

专复，即祝

努力

黄洛峰

一九六二.九.二五

* 泉安：石泉安。——编注

思明同志：

一月廿日信，已悉。

关于三联书店的问题，我所能告诉你的是：

（一）关于三联书店是党领导下的书店一事，在一九四九年七月中央发出的《中共中央关于三联书店今后工作方针的指示》中：“（一）三联书店（生活、新知、读书出版社），过去在国民党统治区及香港起过巨大的革命出版事业主要负责者的作用，在党的领导之下，该书店向国民党统治区域及香港的读者，宣传了马列主义、毛泽东思想和党在各个时期的主张，这个书店的工作人员，如邹韬奋同志（已故）等，做了很宝贵的工作。（二）……”[（二）以下不抄了]

这个文件，当时曾否发到甘肃，我不知道，据我回忆，当时凡有三联书店的省市，是发了这个文件的。由于有了这个文件，所以四九年出版总署成立后，就没有必要再去明确三联书店的性质了。关于三联工作人员填写何时参加革命工作问题，前出版总署和旧文化部，有无再发过什么补充通知或解释之类，我回忆不起来了。

至于每个人对参加革命工作时间的填写法，各有不同，各地对各人的填写处理也各有不同。你来信说一九六二年旧文化部办公厅复朱语今同志信一事，我也回忆不起来了。

（二）就“读生”说，三九年（至迟四〇年春）南方局（当时对外一般称八路军办事处）曾拨给“读生”两万元资金，其后又拨过几次（生活、新知具体情况我不清楚）。四五年成立三联后，解放区各地拨款更多。

四九年我们曾要三联总管理处算过一笔账，截至当时，三联资金总额，公家约占百分之八十，私资约占百分之二十。三联在解放前，政治上是党领导的，经济上是公私合营的（私资是我们拉来的，解放前从未发过股息，也未分过一文红利；解放后也从未给私资定息，私资也都上交国家了）。这些事，在解放前是绝密的，所以我从未向社内的人透露过（即使对党员，也未透过，所以欧阳章当然也不知道）。现在，你问起这些事，我就简单告诉你一下。

（三）关于你参加革命工作时间这个问题，我的意思不要再去唠叨这件事了。正如前面说过的，在三联工作过的人，各人填法不一，各地处理也不一。目前出版工作任务紧迫，我们应努力做好工作，不要去纠缠这些小事。你作为五〇年参加革命工作，到现在不是也有廿四年工龄了吗。所以，我认为不要再给组织添加麻烦，去查阅各种档案材料，找人证等等了。此意，我也同陈国钧同志谈起过，要他劝你不要再去扯这事，不知以为如何？

（四）我之所以要把这些情况简告你，无非是为了使你知道，没有党的领导，没有党在各个时期拨给资金，三联特别是“读生”，是不可能支撑到解放的。

我身体、精神都还好，差堪告慰。专复，即致

敬礼

黄洛峰

一九七三.二.十六

范用同志：

廿日函收到。

标准字样，两者都是描出来的。照相版的虽瘦而嫌拙；信笺上的虽肥而有劲。劲，显得有力；粗肥，也易显眼。所以我认为采用信笺上的较为适宜。但红色不宜制版，制版模写时，千万要注意不要走样。匆复，即致

敬礼

黄洛峰

一九七八.十一.廿二

附件附还

范用、子明同志：

我来此已半个多月了，精神很畅快。

这个读书会是边读书、边休息的。我没有读了什么，大部分时间用在“还债”上面了。王丹一要我写的回忆录，谢云*同志要我写的《艾思奇与大众哲学》两文，都已写成草稿，各约五千多字（前者主要是写艾在上海一段，自然就涉及了一些“社史”）。等到八月中返京再加查对整理定稿后，即可分别交卷。便中望转告谢一声。

当然，你们要我写点东西的债还没有还，但是我相信只要精神如同近日这样旺盛，我是可以逐渐还债的。自然，那种“债务”，也是我多年的愿望啊！

我在这里忽然想起，你们编刊的《读书》月刊的那个“笔谈”的栏名，有点不合逻辑。试想，那本刊物除了笔谈以外，还有什么口讲么？它的所有文章，不都是各种各样的笔谈吗！自然，一九四一年茅盾先生曾在香港主编过《笔谈》，但那是刊名而非栏名啊。从而，我建议该栏是否可以改用“自由谈”“随感录”一类的名称？如何，请酌。

要麻烦为我办两件事：

其一，三八年第十版《大哲》。这次出新版既用了《著者第十版序》，想来，原书是不难找出的。请借我一用，到我返京后即能把三个本子加以查对。这次两个本子带在身边，翻翻检检，得益不少。

其二，记得马克思说过：哲学的最主要的任务，不仅在于说明世界，更重要是在于改造世界。这只是大意，自然，意思是不差的。但引用原文最为重要，请托人查查。把原话完整地抄给我，并说明这话的出处及在何书、何页，等等。

匆匆不一，即致

敬礼

洛峰

一九八〇.八.四

再：两文回京整理后，当先抄两份送请易里和你们阅提意见，再为定稿送出。

* 谢云：曾任中国出版工作者协会常务理事。——编注

黄蒙田

范用兄：

三月间收到大作《我爱穆源》，我没有及时给你回信。原因是在收到之后还来不及看，我心脏病突然发作，情况很危急，经过抢救，动了心脏手术，总算把生命挽回了。手术后身体极度衰弱，又有其他并发病，在医院住了一个多月，然后回家修养多时，现在已基本上复原了。

《穆源》是在病院疗养期间一口气看完的，后来回到家里又摘要看了一次。这是一本很得我心的奇书，我十分喜欢。不只是因为你的记忆力这样好，记得这样细致，同时又充满童真，洋溢着真挚的感情，重要的是它并非出自"儿童文学家"之手，而是一位老头子的手笔。书中提到的一些老师、同学、旧友都令我这个也是老头的读者深深感动。这些人当中我对蔡淑贞尤其感到兴趣。你最初好像是在1992年写的《恳亲会演话剧》一节提到她，但很简短，我当时就在心里埋怨你为什么不多写一些。稍后，你在同年写的《同学好友》中又提到蔡淑贞，这回是着墨较多了，然而结果是有点悲伤的，你们在汉口分手后就失去联系了。不过你透露在这之前曾写过一篇题名《姐姐》的文章。《穆源》我是顺次序看下去的，一看目录，果然有记姐姐的专篇，原来那是1939年写成的。蔡淑贞是一个可爱的女孩子。然而结尾还是一样令人悲伤，你怀念她，"不知道她还在不在人间"。我这个老头子也能体会到这种纯真的友情。看到后来，赫然见到你写于 1995 年的《又见姐姐》，心里一阵惊喜，以为你和蔡淑贞重逢了。文章是你写同窗张凤珠的，“我一直思念的姐姐——蔡淑贞又出现我的眼前”，然而令我这个读者大为失望也替你失望的是，你看见的只是张凤珠送给你，她和同学好友蔡淑贞、吴善蓉五十年前小学毕业时合影的旧照片。作为读者——相信别的读者也如此祝愿：这位姐姐尚在人间，只是一时没有联系上而已。

有两本小书，昨天寄出，大抵此信收到后三五天便可收到。这些作品连说请你指正也不好意思，无非是让你知道有这么一回事罢了。

近况如何，念念。祝好

黄蒙田 顿

1996.6.8

黄秋耘

范用同志：

蒙赐阅《为人道主义辩护》一书，十分感谢。读后写了一篇短文，发表在10月26日《羊城晚报》。见报后，有些大学生打电话问我，文章所说的“政治上的权威人物”是谁，“内幕情况”又是怎么一回事，前者我如实答复，后者我说无可奉告。估计香港的报纸还会就此事做文章的，这也没有什么了不起。

以后如有这一类书籍，尚希赐阅，此间是无法买到的。

如有便，也请送若水同志一阅，以表示我的敬意。

我下月6日抵京，参加作协理事会，住京西宾馆。

此致

敬礼

黄秋耘

86.10.29

黄　裳

范用同志：

秀玉同志转来您的信，提议集印我的一些文字，使我非常感谢。这两天考虑了一下，想把一些想法写出，请考虑。

一年来胡乱写了不少东西，本想选一下，印一本，前两天巴金给我看了《随想录》的样书，觉得印得很漂亮，非常喜欢，但我要印这样开本的书，就容纳不下。只有二法，分开印，仍用小开本；合起印，本子就要大一些。

如印合集，只能以时间为序（专收一年来所写），成为“杂文集”。

如分印，将有三册。

1.《书林一枝》(《读书》所载；加《书之归去来》,《大公园》载；“云烟过眼录”后所有的用文言，是否合适，请考虑，或将来只为一集，实在也还有许多未写出。)

2.《春夜随笔》(《大公园》所载，加内地所发表者，想精选一下。)

3. 游记三篇（《苏州的杂感》《湖上小记》《白下书简》都是《大公园》载，后者有两篇将在《收获》和《雨花》发，是三个地方的游记。书名未想好。)

以上是集印近作的初步设想。

旧作，我以为有点意思的还是解放前出的四本，如能重印，就极为感谢，其中《旧戏新谈》，已有许多人提议我重印，似不成问题；《关于美国兵》，我自己是很喜欢的，算是我记者本行唯一可以存留的东西。此书生不逢时，虽在1945—1946年曾引起注意，美国的*Life*还曾选载（我未见，只是听到过），但后来一直变为一种“罪状”，近来取出重阅，并看了“文革”中审查时给我加上的批注，颇是感慨。以今天的世界形势来看，三十多年前的旧作，可能还是中美关系发展史上的一点可以参考的痕迹。我颇想写一文谈谈这书。我又找到一本，即以寄赠，也请您看。

四本旧作之外，解放后实在很少值得存留的东西，但也有一些。又解放前曾写《印度小夜曲》等还有一些，未集印，还可以选一些。这些事工作量较大，拟放在后一步做。

关于重印旧作，我有一种考虑，即依原样重印，仅改错字，内容不动。对的错的，都由自己负责，请读者鉴定，这样较好，也算是一种道德的表现，不知以为然否？

香港翻印内地作者旧作者颇多，《锦帆集》和《锦帆集外》都有过翻印本，陈凡曾寄我各一册。这种事由自己来做，做得好些，也未始不是一件值得经营的事务。在我自己，除了不可救药的敝帚自珍而外，也实在喜欢把书印得精致一些，还是一种邻于奢侈的癖好，无法可想。巴金对他的小书就很满意，我们这样的大国，也实在应该拿出几本漂亮的书来。前时期只是用大块金砖式的画集、古董书之类给外国人看，当然也是有意义的工作，但到底效果有限，买得起的人也不多。

《读书》办得很好，很有生气，不过还需要随时有新花样出来才好，对作者的支持，更是满意，我是感到很愉快并感谢的。

匆此即致

敬礼！

黄裳

八〇年二月六日

范用同志：

过去曾从际坰处听说您喜欢我的一些旧作。《集外》没有找到。前两天取回抄去的书物，中有此书，谨以转赠，已经很旧了。还是“毛边本”，是当时特别留下的，没有切的几本。因为鲁迅曾自称“毛边党”。

此外，还有几册，不知您有否？如未搜得，也还有副本可以寄上。

际坰还提到，您好意提出，有机会可以在海外印几本书。我是非常感谢的。这些旧作，今天看来，自然已经过去了。也许在海外，还有暂时存在的余地。解放前我有四本书（主要的）。（一）《锦帆集》、（二）《锦帆集外》、（三）《关于美国兵》、（四）《旧戏新谈》。请您提些意见。我的初步想法，不作改动（错字很多，当然要改），因为今天来改三十年前的旧作，必然进退失据。必要时可以删。此外，还有一些可补，当时是因为编辑的意见而删去的一些有干时忌的文章，可以补入。《关于美国兵》一书，今天看来，很有趣。特别是看到“四人帮”余党在上面加的一些“朱批”，就更觉得它还有存在的余地了。在中美建交之际，此书也有些历史意义。《新谈》问题较少。

如能印，也许各写一篇新的题记。

以上完全是我的初步而且主观的臆想。一切全凭裁决。

即致

敬礼！

黄裳

二月七日

范用同志：

小董同志来，带来您的信，又以书三册见赠，谢谢。那些不成气候的旧作，您居然如此有兴趣，非常感愧。《美国兵》此次发还两本，本拟以一册奉赠。唯书皆曾经“批注”，且加红勒帛，不成样子了。也许还可以找到，当以一册寄呈也。

《芭蕉院随笔》确是我作，是在重庆写寄柯灵的。

《春夜随笔》等，您认为可结集印行，极感。此事不必急，有机会请为一说就好。今天遇到巴金，他的《随想录》也拟在写满三十篇交港三联印行，如能追随巴金之后印一本书，自然是高兴的。希望不致亏本。

您寄来的《艺林丛录》，其中有几篇是我写的。用笔名沈意之、施惟芹、一知、潘洁、朱慧深等。皆随手翻出的古人名也。不值一看，附告以博一笑。

《读书》办得不错，此间都说水平甚高，我已勉力投稿，但所谈系古书，很不容易写得有吸引力，请批评并指出如何写较好，非常盼望听到意见。

专此复谢，即问

夏安

黄裳

七月六日

范用同志：

得到十一月十五日来信，我在编的两本小书已近完成。除一本《榆下说书》外，另一本是《富春集》，是游记。我很同意您的意见，但此集已编成，不知能否稍加变通。两集的文字请审定。如有不合适的，可以抽去，在这一点上我完全依赖您的裁定。《说书》中尚有几篇，尚未在《读书》发表，暂缺。

明年如能印两本，那就太好了。《富春集》不知能否放在港版的那套小书内，可以印刷得漂亮些。还可以冒充旅游书，也许不会使书店赔本。如篇幅太多，后面的几篇可以抽掉，甚至《京华十日》也可抽下。一切请裁定（加△者如抽下可先抽去）。

另写了“后记”各一篇，附在稿末。如用作插图可采用。这两篇，也盼指正，不妥的话可以改的。

另外两本书，想照您的意见，慢慢编起来。

对您和书店的感情，我非常感谢。

看到夏公的集子和《唐弢书话》，觉得都印得好。毛边尤有趣。今天巴金也说起。“书话”印得很精，三联的这些书，在今天的出版界都是很有特色的。

秀玉同志信中说您有在三年之后“倦勤”之意，私意以为不可。我看您精力正盛，正是作出更多成绩的时候，也许适当地节劳，倒是重要的，不知以为然否？

匆复即致

敬礼！

黄裳上

十一月廿九日

蒋梦麟传（名《西潮》）已买到了，谢谢您一直放在心上。

范用同志：

信收到了。非常感谢您接收了这两本书，还考虑要给《珠还记幸》以特别的照顾。真是非常感谢。

《鲁迅书简》的胶版套印本是不坏的。但价钱恐不低，而似要用大册，这就使我感到有些惶恐，文章分量轻了些。最初起意写这一套文章时，就想到香港印刷纸张都好，即使不用彩色版也是漂亮的。这是重要动机之一。因此，我倒是倾向于第二种办法。此文尚有十余篇可写，本拟收入第二册集子。现在就等全稿写好，在内地出一全本。因《晚春》* 如内地有出版社肯印，其制版都极可怕，不能用也。（《晚春》出此一部分，似也可引起读者兴趣。）

以上只是我的一些想法，如何处理，请您作决定就好，我没有意见。

《银鱼集》的封面处理也同意，有点系列性，非常好。插图等稍闲暇一些拍照。

《榆下说书》校本在看，秦人路同志已与我直接联系了。

这次发还的书，全是劣本，且大半不是我的书，他们只找同名的东西还来就算交卷，而且还有些交不出卷来的，都藏在图书馆里。

巴老尚未回家，至少还得住一两个月。初七早晨他又摔了一跤，但毫无问题，他血压不高，护士长在房间里，大吃了一惊。

董桥书已催辛笛，《七十年代》并未给我，当一并取回寄上。

知道您最近极忙，也很高兴，黄宗江来信说在给他出《卖艺人家》，很好，新书名很难想，还不如仍用原名为好，我那篇小文章作"代跋"当然可以。

前些时陈凡来信说，《榆》书前插图效果不好，问题恐出在纸张上，厚了些，因此反不清楚了，不知有无道理。

匆祝

近安

黄裳

二月廿二日

* 即指《晚春的行旅》。——编注

范用同志：

您的信收到，知道《榆下说书》已发排，很高兴。关于封面问题，如无理想设计，即用《人镜阳秋》插图亦好。此图为一整幅，恰好用作全部封面封底，底色似以较淡为佳，亦雅致。另航邮寄上卷十七、十八一册，此图在第五、六页。请嘱制版同志稍加注意，因过去印刷所往往不重视旧书也。

潘耀明同志没有见到，您的信是他托人转寄给我的。他已回港，关于《富春集》的出版，不知尚有什么问题，我想一切都可由您处理，我上次说希望在港出，原意只是希望印成一本漂亮的书而已。当然也希望早日出版。总之，关于此书有什么应斟酌的，必要时即请见示，不必客气也。《说书》印时，请留三十本毛边的。今天毛边党声势又大起来了。一笑。

匆祝

刻安

黄裳上

四月十七日

范用同志：

信收到，谢谢您的安排，魏同贤同志想不久就会来的。收到后当再告。

巴老最近动作仍不能如常，只能在病房里自己走一小段路，他有些急躁，但别人也无法帮助。我最近在《大公报》写了一段“海内同知己”，想已看到，就是想用这方法试写一点，此文他满意，曹禺也没有不高兴。其实还有许多内容不好写。可见写这种东西也很不容易。他出院休息一些时预备出去旅行，我本拟抽空陪他一起去，顺便写此书，用新事引起旧事，顺便介绍他的一些思想，不知能如愿否？也不知此法能作得好否？一切无把握。

那本《七十年代》在我处，并未遗失，是我找回来的，董桥书辛笛还要留着看，如不急，他还来后一起寄上。

关于马恩回忆的小册已收到，谢谢。

《榆》已校好，寄给秦人路同志了。匆祝

编安

黄裳

三月十三日

范用同志：

收到十五日信，知道《说书》已付印，进度是快，出乎意料。封面……都承细心设计，极感。装订时，请留二十本毛边的，以便分赠毛边党。

《富春集》已解决，潘耀明同志曾来信商讨书名改定问题，决改为《山川·历史·人物》，此书名与师陀同志已出之一本书雷同，我已向师陀同志打了招呼。潘君告他们与广州的花城出版社有协作关系，此书可能去穗印内地版，不知如何？如印则内地版仍名“富春集”亦好，我已将此意告知，并寄去照片题签等，并请潘际坰同志就近解决一些细节问题，看来大致定局，知念谨告。

昨天，魏绍昌同志约谈，告江苏人民出版社拟重印《旧戏新谈》，我即告以此书与三联已有约，他说在京时曾见到您，您表示有一些书可以“下放”，我想您上次信中说每年印一本，先印《锦帆集》……再印《新谈》及其他论戏之作，排在八二年，如先由江苏单印一本《新谈》，而三联可印全的，包括近来的“人间说戏”不知可行否？这不过是临时想起来的办法，借以答谢他们的好意，一切当仍以您的意见为准，乞拨冗告知。又近来较忙，《锦帆》……尚未动手编，这一本何时交稿为好，亦盼告。旧稿零落，川中游系幸存之物，发表于《芳草》，您也注意到了，感愧感愧。

最近想写一文答姚雪垠同志，题《不是抬杠》拟寄《读书》看看，绀弩等文集尚未到，《一氓题跋》何时可出，颇有兴趣也，匆致

敬礼！

黄裳上

6.20

范用同志：

《榆下说书》样书已看到，甚为满意，印得相当讲究。年来您为此费心不少，极感。

刚才巴金托我写信便中告诉您，他的《随想录》第三本已完稿，题《真话集》，等最后一篇见报后即贴好将全稿寄上。他最近写了一篇谈出版事的文章（也是《随想录》一篇）在《解

放日报》发了一次，对内地出书之慢说了两句。问问他，知道是指人文印创作回忆录事。我说，港三联是快的，他说也得半年以上吧。

最近工作忙否？

匆此祝

近好！

黄裳上

六月十日

范用同志：

收到您的来信和秀玉同志的信，我觉得惶恐。我懂得您的意思，更深深感谢您的信任与鼓励。明知这事很难，也有试一下的野心。您举出那几种文学回忆录，真有珠玉在前使我望而却步之感。但不妨把我的一些考虑对您说说。

要写这样一本书，我的特点与弱点大致如下：

一、我还算不上巴金的学生，对他的早年的种种，知道得不多，我和他熟起来时，还很年轻，我见过他许多老朋友，并常常在一旁坐着听他们谈话、争论，但当时根本没有去听，更不用说记，这一部分，是许多人不知道也从未谈过的，不知道能否说服他谈这部分的内容，如能有所突破，那将是有价值的，也是有意思的。

二、我虽然在他的鼓舞帮助下译过几本书，但对他对世界文学……的修养与泛览，可以说所知极少。这一点都是巴金的极重要的特点，他看书极多，非常用功，记忆力强，学过许多种文字，他的藏书是非常多的（百分之七十是外文书），他收藏的法国大革命的史料文献据说在远东是第一或第二位（或仅次于日本)。现在他已着手陆续安排“后事”，分批把这些书捐出去了。也许这是一个好机会。但在我补这一课是不容易的。

以上是主要的，知识方面的困难。

此外，因为从来没有想到要做这事，所以平时虽然见面无话不谈，谈也极畅，但总是过往烟云，都随风而逝了。这是很可惜的。当然这还有办法想，但要用功。巴金是很坦率的人，第一次小董写信来提起此事，我就和他谈过，说困难，不好写，他说，不要接受吧。后来又得您的信，我又告诉他，这次他说，“由你自己决定吧”，接下去又扯到别的事了，并不因此而有任何拘束。他还说，想不到您把这事看得这样重，这一切都使我感动。所以决心努力试试，但能不能搞成，实在没有把握。而且时间也完全说不准。我还有个“心有余悸”的问题，主角是巴金，但也是由我执笔的，我可没有他的威望与读者的爱护，不能不慎重。怎样写，也值得考虑、斟酌。

前些时，我又接了一本书的任务，为外文出版社写一本戏曲故事集，译成三四种外文出版，这也不容易，还没有写好三分之一。

此外还有两件工作。(一)把过去的文字，《锦帆集》《锦帆集外》……还有不曾收集的散文一起编一本。非常希望由三联港店印成一本，像巴金创作回忆录那样大开本的书。

(二)把近三四年来所写的文字，除去《书林一枝》诸篇，也编成一集，想也编在“回忆与随想文丛”里。最近在香港《大公报》上连着发表的一些记师友手迹的文章也想附在后面。因为那边印刷条件好，可以把原件制版印进去。

这两本书，我不想给别的出版社，因为，一、最早是您提议印这书的，二、香港印得漂亮，也快一些。不过您在安排上有无困难？如可行，我想近期就抽空把这两本集子编出来。

《榆下说书》印得还是漂亮的。插图与文内字照应一点，一开始我也没有注意到。如这书幸而有再版机会，再加补救吧。

拉杂写了这些，是汇报，最后还是不能不感谢您对我的鼓励、信任。

匆祝

近好!

黄裳

六月廿五日

范用同志：

杂志看好了，请小杨取回，谢谢。

刘士明的小说稿粗粗翻了一下，文章是挺好的。这书给江苏人民出很合适，写了一笔！请考虑转寄“南京江苏人民出版社章品镇收”即可。原稿两面写，不知合乎排版要求否？又其中有些错漏字，如他们能用，则尚需小小润色一下。

李一老要给他的一部书题跋，不知您处有笔砚否？如无，我可找朋友处借用。题跋写好后，原书还请您转交。

还要住两天，名胜一处都未去，总要去一两处的。稍暇当走访，即颂

刻安

黄裳

十四日晨

我处尚有《中国时报》一叠，少缓奉

范用同志：

手书收到。同意您的意见，书太厚就分成两册，照所说办法划分，下半改名《翠墨集》。原来的后记，抽出一段，添加一点，成为“前记”，即可放在第二本的前面。原目录当然也要作适当的调整了。但这样一来，也会引起一些小矛盾。这次目录前面没有列入“书影”，不知上次所寄照片，是否用入？我是希望用的。如仍放在书前，就要分一分。

又，复印的跋，没有尾也，不知是否未印？

书签写了一个附上。

这样一改动，出版期可能又迟了，又一本变两本，于新华书店的预订……不知有无矛盾？

近来上海天大热，我家又在大修房子，中间还开了一个热闹空前的文代会，因好久没有写了，《读书》脱期两本，甚为焦虑，已遇到好几个人问起，打算这两天就动手写点什么。《读书》办得很好，《谈清诗》一文甚佳，每期的编后记都好，非大手笔不办也。三联最近新出好书甚多，想来你是大展鸿图了。盼寄两种来看，在书店看见，常是不敢买，怕重了，可笑。（又前寄董秀玉同志《〈晚春的行旅〉序》，不知她要用否？如不用，请寄给我，以便去别处抵挡一阵。）丁聪的画盼代索一册。时于朋友信中知北京文酒之事，极为健羡，可惜无法参加。

四川的那本，拖了很久，我自己还没有看到样书，北京却已见了，真是可气，编辑告错字不少，装订怕也不好看。因先后两次征订（第一次他们算错了定价），时间拖得久，涨价后预订数大跌。其实这书中“旧戏新谈”和后面的“人间说戏”是可以单行的。我想另印一下。又人文近刊我的一本《过去的足迹》，样书已见，印得不坏。赠书尚未到，故无由寄奉也。

《银鱼集》……如印，能争取去较好的印厂印，就好了。

匆此即问

秋安

黄裳

九月十七日

三联的许多同志都代候，我时时想起在你们食堂里吃饭的情形。

又：《榆下说书》，不知有再版可能否？年来常常遇到问此书之人，我每答以再版即奉送，开了无数空头支票。

范用兄：

寄来的港报都收到，谢谢你的关心。

此次去港，曾由博益图书公司的编辑主任关永圻陪同在电台“对谈”，他约我出两本书，已答应他。据说这是一家纯商业性的书店，与内地出版社也有联系。

《翠墨集》不知何时可印，估计近来书业危机，可能又要推迟。因此想在这本书里选两三篇编一新集交他。（他们出书都是十万字以内小册，但抽10%版税，较港三联好得多。）如《翠墨集》已定稿，不知能将校样给我一份否？也许先读一下，还可以发现一些错字的。

回沪以后一事不做，空闲度日，实在觉得可惜，但亦无可如何，近来风向偏“紧”，好像许多人都不想说话了，思之可慨。

有暇盼将出版界近状见示一二，闻明年国家将在经济上予以支持，不知确否？

夏公自传如已出，盼赐寄一册，以便先睹。

匆此即向

刻安

黄裳

十一月廿二日

秀玉同志会此

范用同志：

赐信收到。

非常感谢您的好意。关于出版界的情况我多少也知道一些，一切都在意料之中。散文集编好一定先寄上。我很感谢三联，是您第一次向我要书的。不像现在，居然也有四五家出版社来要了。但我总希望在三联出，这也是"大实话"。

《旧戏新谈》加上其他两本及未收之文，拟总编一本《黄裳论剧杂文》，给四川人民出版社。江苏也要出一本《金陵五记》。

我写的杂文，只能夹在散文里挤出，没有像夏、聂诸公那样的气势。而所写以近事为多，集去一起，就有点刺目了。也许过两年可以有条件编一本吧。

昨天寄上《山川·历史·人物》一册，请哂正，此书忽然印出，我也没有料到，校对也好，错字很少，此书之出，也要感谢您的支持。

《读书》改版亦佳，好像有点像过去的《人间世》了。一笑，但准风月谈也不定怎样“正经”，但看烹调手段如何。

匆祝

冬安

黄裳

十一月二十八日

人路同志*：

来示收悉，知《榆》书将再印，甚高兴。

即如尊意，用插图说明，现将改过的说明寄还。一切请您费神安排好了。

189页引文，取出原书重校，“樵”字原本如此，明人刻书，此种不严谨的地方很多。如可能，在“樵”字下加（当作“谯”）亦好。又校出一错字，同一段，“情来饮注”，“饮”请改“引”。

《西太后……》一文的意见我也看到了。我想这是引文，系孟森原文如此。可不改，或在下加一句说明。

［按，水银比重较高，未必能“泻入无迹”。此或是陶湘推测夸饰之词。］

又：范用同志近来沪，谈及此书将重印，拟印精装，不知您知道这事否？又插图初版不太清楚。友人说，制铜版的网线及所用纸张，大有出入，效果相差甚远。是否您便中过问一下，总希望印得好些也。

匆复即问

近安

黄裳

十二月一日

* 此为黄裳写给秦人路的信，由范用代转。——编注

范用同志

信收到，听您说旧事，感到非常温暖也很感谢。四六年那些东西居然还有嗜痂者剪存，这也真是一种不同寻常的鼓舞。上海也有这样一个朋友，剪了两本，“十年”中藏在洞庭山中老屋梁上，居然无恙，借了给我。这次编《金陵五记》就是据以转录的。《锦帆集外》已经拆了一本，说好用完仍还来，再订起来。将来如编集需要时，再请您复印吧。

《山川·历史·人物》印得不坏，错字不多，大为满意。实出意外也。我也发现两处错误。总之是不多。港店工作效率甚高，大可佩服，不过这在那边，只是“常规”，到了这面，即视为“奇迹”矣。

《旧戏新谈》这次想补两篇。还有几篇太无聊，不收了。有一文在《大公园》谈及此事，不知看到否？您所说真是内行话，无论如何，新印本总得改动改动。我是坚主不动者，但也无法一仍旧贯。这大概也是“版本学”兴起的一个原因。

叶圣老处已寄去一本。此外只送俞平老、钱锺书等几本。昨得钱默存信，照例大开玩笑，送我十六个字，并“更正”内容，文云：

“顷奉……昔之仅窥豹斑龙爪者，今乃获睹全身。情挟骚心，笔开生面，解颐娱目，荡气回肠，兼而有之。愚夫妇得挂姓名，如登金榜。不胜愧谢。惟弟发已半灰，山妇发未全白，弟面色黄而兄目为紫棠，是变水浒中之病关索为《金瓶梅》之王六儿矣。大著必传世，误尽千秋考据家。奈何奈何。呵呵。”

他的信几乎每封都是这样有趣的，可惜不能发表，这里抄给您看，当然不必为外人道，那些捧场话当然不可认真，但妙语如环，则应与知者共赏耳。

《秦似杂文集》已收到，请转告秀玉同志，谢谢她。

匆祝

近安

黄裳

十二月九日

范用兄：

赐寄《翠墨集》封面插图等俱收到。此书印数只三千余本，出版社之赔本必矣。真是抱歉，今后除自己有仓库，有发行网，则情况很难改善。丁聪的画风尖锐，不知新华书店诸公见之亦少有触动否？

书如付印，请留几本毛边的。校样附还，即请

刻安

黄裳

一月七日

范用同志：

接小董信，知道您最近忙得不可开交，甚念。但当此改革之初，一切当然有些乱哄哄，有些事也不如理想之顺遂，这也是常情，祝愿您工作顺利并取得令人高兴的成就。

《晚春的行旅》编好了。全稿附上。同时寄去二十四张手迹

（有些大幅略去了），也不一定全用，请选择。在港印，就是希望能将这些插图页印得好些，当然希望用几页彩色的，但如成本高，少用亦可。黑白的就是插在书中也可，不一定全放在书前的。一切请酌定。

书的内容及后记，请您审定，有不合适者可以抽去或改定的。

匆祝

近安

黄裳

一月三十日

插图后尚缺李一氓、邓之诚两幅，《大公报》尚未寄还，用时当补寄。

范用兄：

信及影印件都收到。谢谢。

几本书都因篇幅事先没有估计，引起这许多麻烦，真是抱歉。两本书月后即能刊行，大慰。特别是《银鱼》，我给不少人催得无语以对，上海南京东路新华书店的文史哲部两年前就编做了广告，看见他们都不好意思。

看情况，书店的工作已上轨道，甚高兴。祝你们事业有大发展。

《翠墨》封面承设计，定是好的。一切由你决定吧。

《关于巴金》，本来是给《读书》写的。但须先排出样子来给巴老看一下（最好是清样）再发，请告小董。

《胡适谈话》丢在巴金那里，等他回沪，我就取回寄上。

四月下旬我要去武汉，参加“黄鹤楼笔会”，顺道游川江，在重庆去西安，再到敦煌、嘉峪关一行，是一位老朋友约我同游，归途可能到京，又可见面谈谈了。

匆复即请

春安

黄裳

四月四日

范用同志：

前寄数信想已收到。

适接吴彬同志信，说您主张那本小书改名为《珠还记幸》，当遵命。

又索诸插图原件，忆这些原件曾寄给您拍彩色照，后始托古籍的魏同贤同志带还，这一情况也许吴彬同志不知道，如已拍，则不必寄了。时间迫促，一时找不全。在安徽旅行了十天始归，先复此一信。

《银鱼》及《翠墨》两集，何时可出，甚盼。拨冗见复如盼。

匆祝

秋安

黄裳

十月二十八日

范用同志：

近来忙碌否？

想告你一件事，我编了一本散文选集交人民文学出，已付排。前些时接编辑来信，说其中选有《关于美国兵》中一文，提到抗战中“中美并肩战斗”，恐不妥，建议修改，我同意了。但昨见赵总理在美国宴上讲话，提到抗日战争中，面对法西斯中美“并肩战斗”云云，正好用的是这两个字，非常有趣，因此联想，如此书在今后一段日子印出，也许是个机会（指《美国兵》）。

《珠还集》我已寄交小董，未得信，不知她的意见如何？我希望听到任何意见，不要客气。

一月号《读书》有一氓同志文，极好。得此老挂头牌，关于古籍一方面可以有所瞻依，也不再寂寞了。

京中有何新闻？此间耳目闭塞，不知天下事也。

《银鱼》何时可出？又港三联一本《晚春的行旅》，两月前来信说因稿挤，排在今年了。不知何时印？有便也望代催一下。反正都是麻烦你的事，想想也歉然。

匆此顺颂

春祺

黄裳

1月14日

范用兄：

航寄《翠墨集》样书两册收到，甚感，印得不错，用纸亦好。在出版业困难情况下能刊出此书，尤不能不感谢也。前参观傅雷遗书展时遇贵社小同志，说您已离休，现仍主持编委会，又在与人民紧张分家之中，久不得消息，甚念，出版界今年不知能有转机否？分家以后工作如何开展，俱在念中。德明来信说及您常参加文酒之宴，为之神往，惜不能追陪末座也。

又前寄下之《明报月刊》散页，早收到，在港曾托黄俊东寄一册给您转下，或已忘却，特大号或可一读，能见借一观否？

匆此即问

近安

黄裳

一月二十七日

范用同志：

秀玉同志带来书两本及影印件，甚感。已大致看了一下，胡适一本尤有趣，有许多事过去不知道，1947 年我把他的《过河卒子》诗在《文汇报》发表，引起极大反响，胡适死前不久仍念念不忘，说此诗写于抗战初，但他为什么 1947 年又抄给人呢？这一点就不说了。两书过两天寄还。巴金也想买一本《胡适（之先生）晚年谈话录》，此事见到老潘可托他一办，但寄至尊处转为便乎？闻近来心情不好，人消瘦，此大可不必，看这两年的发展情况，总之是渐入佳境的。当然麻烦也多，但不如此，又何来工作之快乐？所以还是希望以乐观态度处理一切，朋友们也都如此希望也，三联分出事，之后或有进展？我只盼一切较为顺利，两本书早些印出。但也急不得，在这里又用得着“徐大总统哲学”——顺其自然了。一笑。

匆此敬祝

春节安乐！

黄裳

二月十六日

范用同志：

《翠墨集》稿费2244元已收到。我还需要二十本书，不知发行部门已否办理（记得曾写信说起），如未办，请再给我二十本书，书款若干，请告，即汇上。

《明报月刊》一册，前挂号寄还，已收到否？

上次听你说，《旧戏新谈》最好用《论剧杂文》本作底本，而此书有不少错字，拟将一册细校后奉寄。《锦帆集》及《锦帆集外》《关于美国兵》，你处是否都已有？其中《锦帆集》错字亦多，亦有一册校本，可一并寄上。我只不过是提一下，安排在什么时候重印，悉听书店考虑。即印哪几种，也请随宜处理也。

你们分家事进行得如何了？颇念。时于友人处听说您仍忙于编书，忙于欢聚，颇以为慰也。

匆此即叩

近安

秀玉同志同此

黄裳

四月五日

范用兄：

信及《银鱼集》样书均收到，至谢。书印得不坏。上次忘记说了，大约你总留了几十本毛边的吧。书看起来小一点，但有毛边，则气派较大矣。

今天访巴金取回《胡适之先生晚年谈话录》，已与寅恪传一道挂号寄上了。

《明报月刊》今天也收到，这杂志颇有味道，不纯以内幕号召，可谓品格较高，如能在游客贩卖，外汇券也好。

我大约在二十五日离沪，先到武汉，参加黄鹤楼笔会，游三峡，然后到西安，玩十天。归途如有余勇可贾，当到北京转沪。

记巴金稿，抄好后寄我，让他看一遍，今天他说，只要不泄密就行，不知其中有无泄密之处，一笑。

前些时你说打算印我解放前的几本书。如可行了，拟重看一遍，增加一点未收之稿，四本书都很薄，如用一种版式（封面），每种换一颜色即可。即照朱自清、叶圣陶那种书的版式就很漂亮。《旧戏新谈》收入《论剧杂文》，他们说解放前书不付稿费，因此再印一次也可以。此书是有读者的，《美国兵》现在印大约也不会有大问题了，姑先提一下，一切由你决断。何时出，则可从容。

《银鱼集》我想一共要八十本（包括赠书，能有毛边最好）。请转告发行部一声。

匆祝

刻安

黄裳

四月十二日

范用同志：

昌文秀玉同志来，带来新书数册，拜收谢谢！

听到最近文化、出版界的一些情况，很高兴，三联分出，今后工作可能开展较易，自然也有困难。

我又问起我的几本书的情况，这是很抱歉的，只关心自己的事。听说《珠还集》因与《银鱼》性质相近，恐将推迟至明后年，想周期似过长些。一般看法今年下半年大约形势是好的，我想开放政策进一步实施后，可能又会出现这样那样的问题，那么可能又要“清理”一下，也许会在一年以后吧。能在这一期间印一些书，最好。《榆下》不知何时可重印，问讯者甚多，都无法回答。

又关于几本书的内容……如有需改正……的意见，也盼告知，当修正，过去是太客气了，以上种种，如有暇，盼见告一二。

胡靖同志好像曾见访一次，我在开会，未遇，不知他还来否？

匆祝

近安

黄裳

四月十六日

范用兄：

我于前日自兰州返沪，这次出去了三个星期，畅游一通。为年来少有之事。赐信回来后始得读。《记幸》及《银鱼集》样书都已收到了。书印得快，是使人高兴的。但书价确也高了一些。图印得好，大不容易。

您答应把《锦帆集》四本小书印出来，非常感谢。这是“少作”，但现在都已写不出来了。《锦帆》两集错字甚多，当将校定本寄上，另《旧戏新谈》也有校定本。《美国兵》（已在尊处）则无甚改动也。何时奉寄方不误事，盼希示。

三联独立之事进展如何，甚念。想来必有不少周折，甚佩您的工作精神。今日去书店，见三联新书不少，叶老散文集装帧甚佳，尚未得他见赠，想尚未出院，无暇及此也。《三松堂》一书确是有趣之书，《人民日报》有介绍，当是公论。但恐看来不顺眼者尚必有人。此次在汉口黄鹤楼笔会遇宗璞，谈及此书，她也没有多谈下去。我是在沪汉船上读了的。

匆此即候

近安

黄裳

五月廿二日

《明报月刊》收到，甚谢。

范用同志：

在京承热情招待、照顾，浪费了你许多精力时间，三联同志们又热情帮助，在在使我感谢、不安，这次短暂的停留是留下了难忘的印象的。

回沪后把《关于美国兵》重看了一遍，写了一篇重印前言，现寄上。此书是否宜于重印，希望你再审阅一下，如可能，“前言”就以“往事”为题算是给《读书》的投稿，请秀玉同志一看后决定。文后是否加注，说明是《关于美国兵》的前言，亦请酌。原书是借自友人的，很少了，用后盼仍还给我转给藏者。

关于《银鱼集》：

（一）“后记”发表时有些错字，现寄上改定本一册，请酌改。

（二）另抄了一份“后记”，用墨笔，作制版用。

（三）书前插图，除《南湖春雨图》外，我自己插了些。效果不太理想，现将底片及说明寄上。放大后不知能较好否？是否用，用多少，都没有关系。请按照片效果及实际情况酌定，不用书影，只留一张《春雨图》也未始不可。

（四）关于封面设计，请你考虑决定即好。寄上一本《河南出土空心砖拓片集》，其中第 82 图有三条鱼，颇古朴，可喜。是否可加以利用。或制一满版作衬底，或作为上下镶边，各安排一长条，或仅用一条。我没有经验，请决定。

如另有好的设计或纹样，不用这三条鱼也好。

（五）书名题字用墨水笔写了两个，请选用。

（六）《银鱼集》何时可发稿，尚有何须事先完成的工作，请告。

匆匆专此，即候

暑安

黄裳

七月六日

又余英时文剪报，暂留我处，明想写点什么谈谈《柳如是别传》。又及

范用兄：

许久不通信，甚念，从朋友口头听说你们正在改组新的三联领导班子，不知已有眉目否？颇想知道一点情况。

春天到西北去跑了一转，《读书》无稿已数期，每以为歉，日前寄《长安五日》一篇与小董，亦无信，不知如何？十月份我要去香港一行，为期十日，为此弄得心神不宁，不能安心写文，甚感苦恼，因想你们那里恐怕更要忙乱百倍，真是如何是好。

今天读《读书》八月份，柯灵说周报文，没有提到我在周报连载的《关于美国兵》，不知为你们删去的部分有否说及。其实此文对周报的销路也有不少影响也，顺便想到，前议旧作几种重

印事，今有变化否？总希望于改组之后有一决定也。

小书两本出后不知反响如何？定价之高使我担心，也许大家一起涨价后，挨骂也可少一点吧。《翠墨》何时可出，前得三联同志信说，即可出，又《榆下说书》亦已付再版，俱念。

今冬不知有去京开会机会否？很希望见面谈谈。俾可为你们的新计划新局面鼓掌。

匆祝

秋安

小董同此

黄裳

九月一日

范用兄：

拙作出版后，并未赠书给朋友，因为自己感到小册子没有什么道理，不值得拿来献丑。今寄上一册，已迟数日矣，憾憾。

寄下曹聚仁书已收到。谢谢。

近来作何生涯，甚为想念，仍不时到办公室坐坐否？三联近况如何，亦至念。大约在今年二月十七日，曾写信给沈昌文同志，附上《书跋偶存》一稿，至今未得复，稿亦未刊，便中请一问，稿子可能不合《读书》之用，请寄还，俾别做处理。我那封信是问《锦帆集》（两种合刊）和《关于美国兵》，以及《书林一枝》的续稿付印事的，看目前情况，困难必多，此类书皆小册，不知能安排付印否？请给我一个回音至为企盼。

又《榆下说书》已提名为散文杂文评选书，作协要我提供十册书，我哪里有，已函复请向三联一问。此书久说要再版，不知有望否？

一下子说了这么多，都是头痛事。实在抱歉得很。

匆祝

秋安

黄裳

十月七日

范用兄：

得惠赠新书一册，马上就读完了。听说附录大有趣，并无夸大之处，且附照片，可增读者兴趣。非无益也。

兄有兴趣为我搞书展，甚感，但所说三书是否能于年内出版，甚至能否付印，都不可必。其中有《河里子集》，天津百花文艺出版社，《一市秋茶》，广东旅游出版社，《书林一枝》，此为陆灏代编，我亦不知出版社名，三联闻已建新楼，不知坐落何处，唯他们最近似无何新书，不知为何？《读书》稿亦久不发，实因无话可说之故耳。

匆复即问

近安

黄裳

五月十八日

王世襄兄昨午见过，他近来为上海博物馆设计明代居室布置，兴致甚好。

范用兄：

前得惠赠《卖艺人家》一册甚谢，昨晤际坰，知三联近日颇陷艰困，不胜悬念。《读书》是否仍继续发刊，亦在念中，便中请代向出版社诸位致意。

际垌携来家勋兄一信嘱写小诗，因已忘却其住址，亦不知曾迁居否，附诗并一笺请转致为感。

匆叩

夏安

黄裳 顿首

五月卅一

范用同志：

承寄来海外藏书家著作四册及三联纪念册一册，深广见闻，并获新知，极感。几本书都是题赠给您的，当妥善保存，阅后仍归邺架也。

巴金同志七日（星期日）夜间在书房内跌了一跤，骨折，在大腿根部，非粉碎性，所以不必开刀，只用固定牵引疗法，要六星期不能动，他感到不能休息，痛苦而烦躁，但亦无可如何。身体各部均正常。医生努力使之不伤风，以免感染肺炎。他后悔未能早日去杭小住，不然可免此意外也，如此，人大会恐不能来京开会了。知您关心他的情况，简单奉告，祈释念。

匆致

敬礼！

黄裳

十一月十一日

范用兄：

今天在《文汇报》上得读大文并漫画像，甚妙，您大可写点散文，回忆录也可着笔了。《榆下杂说》封面当然欠佳，此社所出书封面皆俗滥，本来的一张大红大绿，被我反对掉了。换了这一张，尚不使人刺目也，以视兄所制装帧，何可比耶？毛边我仍有兴趣，也是考验受赠人的一法，不裁，就说明不曾读也。上海几年友人往来，较北京尤寂寞，罗孚上月来沪，倒见了两面，总算得归香岛，正如吴汉槎之生入榆关也。

巴老如昔，健康不好不坏。前两天他对我说，还想写一本小书，这是好消息，二叔那篇文章是他近两年来唯一的一篇，写了大约有一年吧。《读书》不转载文章，这规矩定得无理，“勇气”云云，不知何意，岂这两句话尚不敢说乎？《读书周报》办得不错，他们还要给我开一次“著作展”，请汪曾祺题了字。不由官方出面，当可接受。

匆此即请

近安

黄裳

二月七日

范用兄：

手教奉悉，谢谢你对书展的关怀。那天早上我去了一次，甚恐无人过问，因书店太偏僻，不料居然人满（房子也小），还签了名。读者中颇多年轻人，未见老者，此则出乎意料也。书展结束后，安迪已将书扎好送回，我没有开包，就放在那里，今后如有用，方便得很，并无什么说明，另外还有几张照片与手稿而已。

三联建新屋想是发了财，是否漫画卖得好？与上海古籍靠《四库全书》盖了新楼颇似。三联最近出了些什么也不知道，已久不送书，与十年前《读书》创刊时的热情相去远矣。

《猎人日记》是平明出版社初版的，不是“文生”的译文丛书，我在该丛书出书二册，一为《莫洛博士岛》（与先师李林合译），另一册即《一个平凡的故事》也，这一本我自己也没有了。这次书展除三四种缺书外，共计四十二册，摆了一书架。

罗孚忙甚，他有儿子在做生意，何不做老太爷，以闲时弄笔乎？宗英似仍在美，有小文在《新民晚报》发表。

匆复即问

近好！

黄裳

三月卅日

范用兄：

来信早收到，那本书不知放在哪里了，找了很久，昨始翻出，已挂号寄文先国君矣，请释念。

听陆灏说，尊寓也将拆迁，不禁为你的藏书担忧，如要搬场，真是一场大工程。

匆此即问

春安

黄裳

四月十九日

范用同志：

得来信，极高兴。今年以来大家心情都不舒畅，时时念及阁下，现在看来较为松动了。南游甚善，本来商务曾找我去海盐，因过去曾与张菊老相识，但要写论文，却无从下笔，久不提起了。这次如有机会，颇想一起走走。并与罗兄同游也，抵沪当谋良晤，但只留一天，恐不易安排。

秀玉同志病，昌文同志来信见告，颇念，不知已痊否？有些关于“谈书”的意见，已写在昌文信中了。

命作文，草成千字，请看看，能用否？钟叔河出周氏*书，大费周章，亦可同情。

早就听说小丁有此一画，得快睹，当珍藏之，闻当场曾复印，且有诸位登字，友人告我，颇以为忧也。

盼此信在行前能到

匆祝

酒安

黄裳

九月二十五日

《杂家》有记兄一文，已见否？似未尽情写出兄之风范也。

* 周氏：周作人。——编注

范用兄：

得手书，知喜迁新居，且与曾祺相近，这是好事。此公能饮，且善烹调，可以尝尝他的手艺。《读书周报》想已见到，我有一文系答《读书》上柯灵文者。甚出意外，《读书》发此文，亦不明何意，岂要与我断交乎？

您的旧藏书都付中国书店，真可惜事，如交文学馆，岂不可成一“范用文库”乎？上海大热，已近月，尚无凉意，巴老已装空调，我则未装，每日赤膊看闲书而已。

匆此即问

暑安

黄裳

七月四日

范用兄：

久不通讯，不知尊恙已告痊否？昨接际垌信，知曾共杯酒，想已康复，不胜欢愉。近来情况如何，三联出书情形甚令挂心。前曾写一信与小董，未得复。上海三联已开张，来索稿多次，弟虑只有《书林一枝》存稿约十万字，再加旧作读书记数万字，可成一册。前在京闻昌文兄说此书尊意仍愿出版，但不知能排得进计划否？或先给上海，以塞其请。不敢专擅，谨请示意。三联所印以新知识诸种为主，我的九本旧书，不知能安排否？亦念，并乞示意。春寒正厉，伏维

珍摄 即请

近安

黄裳

二月廿日

范用兄：

手书奉悉，《留梦集》亦收到，装帧清雅，在近时出版物中可以说是精品。您要写文章谈装帧，大是好事。适《文汇读书周报》编辑刘绪源同志见访，即以此事告之，请他即函请命笔，望能早日得读为佳。

近《旧戏新谈》重印，亦以一册奉呈，封面仍不脱俗艳，但较《春夜随笔》似较佳也。

三联老书久不重印,《榆下说书》早说重版（在十年前）至今未果。今借散文热之光欲重印九十种，此书不知在计划中否?

兄骨折何以延如此之久，二月中尚不能出门。

夏公业果逝去，深为痛惜，其《懒寻旧梦录》续篇不知已有多少存稿，不妨续排，连前书一起印之，亦好事也。

匆复即请

痊安

黄裳

二月十一日

范用兄：

前闻为自行车所伤，入院治疗，甚以为念，昨陆灏来谈，他在京曾奉访，已可扶杖而行，颇慰，尚希加意疗养，早日痊可为幸。

巴金近因背痛入院，系脊骨压损，闻将卧床两月。老人多为此事所扰，如何，如何。

陆灏为东北一教育出版社编一套书，拟将我的《锦帆集》《关于美国兵》收入，此大快事，此两书俱由您编入三联计划，然终遭退稿，今得出版，可告慰矣，想亦同为高兴也。

冬寒乞珍摄。

匆祝

痊安

黄裳

十一月二十二日

范用兄：

承远道存问，并赐佳茗，感荷之甚。月前去杭州小住，归来小感不适，又误服某新药，发高烧一日，旋即平复，致劳京友远念，不安之至。

近上海人民出版社欲为我出文集，因他们办东方书林俱乐部，读者难得我的书者甚多，而《榆下说书》等，十年不印，因想编一文集，我写信通知三联编辑部，告以此事，得回"信"，在一广告上用铅笔草草书二行，说四书存书久罄，亦不欲再版，寄来书目，请选购云云，不知所云。弟与三联，关系不可谓浅，今竟以此种态度相待，实令慨然，此事聊告兄一笑，不必过问也。

闻陆灏告兄近来不良于行，甚念，但望善珍摄，为祝。

匆复复谢，即请

冬安

黄裳

十二月十三日

永玉近来沪，四与欢宴，大不寂寞，他拟在此间作画，约二十日后仍返港，附闻。

范用兄：

贺年卡收到，谢谢。

《金陵五记》一册早收到，不知当寄何人，信中亦未说及，书暂存我处。

最近河南有友人，介绍三联郑州经销处，说他们拟重印久已绝版之解放前散文，拟以《锦帆集》等四种付之。不知能成事实否？如能再印，则大好事也。

匆此敬贺

年禧

黄裳

十二月二十八日

范用兄：

收到您的信，十分高兴。近来心绪甚劣，亟盼得朋友信札也。

我现在生活已入正轨，小女同住，照顾有人，一切都好，请释念。

十月出版社丁宁女士早约我写一本自述，一直未能下笔。也许明年可以起手。近来在整理抄写我的藏书跋语，尚未讫功，有一本书跋已交上海古籍了，明年可出。

曾祺弃世，在我们老朋友都感到十分可惜。他的文集给我一个编委名义，我当引为光宠。我前些时在《羊城晚报·花地》发了一篇《关于王昭君》，也是抄汪曾祺的一篇遗札，不知见到否？似可编入文集（指原信）。我曾复印他的遗札数通寄其女，这封信是后来抄到的。

知道您仍在编书，甚慰。有新书可读者，望赐寄一二，甚苦寂寞也。

三联近作纪念，您曾出席否？还多少管一些事否？

匆此即祝

冬安

黄裳

十一．十一

范用兄：

手示欣悉，承好意推荐旧作*重印，感甚。

一周前三联有电话来，同申此意。但不知姓名，无法回答。近来已作考虑，有五篇书初版后所作同一性质的文字，都有插图，可以补入。还拟增加“故人书简”钱锺书文，亦有数通。手札可做插图。此外就没有什么了。

插图珍重，不知您还管这闲事否？如有兴趣，拟将各件寄尊处，我也放心。

插图彩印，三联来电说将与《小莽苍苍斋》同一版式，但此书用纸印成彩色不太显著，不知可考虑用佳纸否？

《书简集》约年底出版，致兄信中有涉及三联及《读书》之微词，他们认为不妥，已删去。

又于他处知尊编数种，如郑超麟作（品），皆想一见，如可见赐，甚盼。

即问

冬安

黄裳

二〇〇三.十一.三十

* 黄裳《珠还记幸》。——编注

黄伟经

范用大长辈：

三月二十八日手示敬悉。

小许双文章，《文汇报》扩大版登出了，《随笔》自然亦登可也。一些好的作品，多几个报刊刊出也无妨。何况小许双的文章在《随笔》发表时，还有至善同志的读后感呢！

又，谢谢你不断寄赐我一些可读的书。

黄伟经 敬上

1991.4.3

范用师长：

你好！

刚签发完今年最后一期《随笔》，我即向组织上递交了辞呈，辞掉总编职务。今附上短文《告别〈随笔〉》，作为我离开《随笔》的一点交代吧。深深感激你多年来对我的信任和工作上的支持与帮助。即颂友情常在！并祝安康！

又，《随笔》第二把提琴手、原副主编郭丽鸿同道也一起离开《随笔》，今后不再接受续聘。顺及。

黄伟经

1992.9.9

范用师长：

赐来《我爱穆源》及夹在书内的信，已拜悉，谢谢。

这是一本好书，内容及编排、纸张、印刷都好，是你给我的好礼物，大可读半日了。

《随笔》只留下原来的谢日新同志，其他两名编辑都离开了。

日前曾给你一信，是谈《东方杂志》的创办与筹备创刊号，以及请求你为《南方日报·海风》文艺副刊题写刊头的，不知你收到否？如可以，请给予支持是祷。

我退下来后，较多些自由了，除了看书，继续译屠格涅夫作品，仍兼了好几个刊物和报纸副刊的特约编审、顾问之类，仍在充当“裁缝”，但自在自由多了。

即祝

吉安！

黄伟经 上

1993.6.2

范用师长：

您好！小弟告别《随笔》至今，许多原《随笔》作者，可尊敬的老一辈与同辈作家、学者友情常在，仍予我写信赐稿，令我退而未休，继续受到教益和鼓舞。告退以来，我常往住处附近公园晨运，每天功课不外是：读书，或译或写，看稿子，打电话，间中也听听音乐。应旧友老朋之邀，一直充当如下报刊所谓特约编辑或特约编审或特约审稿组稿人：

香港《大公报·文学》副刊（逢周三出版，刊散文、短篇小说、新诗等）；

《作品》月刊（广东省作协刊物，近年已有较大改进）；

《羊城晚报》中《晚会》《健与美》及《花地》副刊；

《南方日报·海风》副刊；

《同舟共进》月刊（广东省政协刊物，常有一些杂文、散文佳作发表）；

《东方文化》杂志（刚创办，可发表五千字以上文化、文学方面的专论和三两千字的散文、杂文）。

从今年初始，我还在《羊城晚报·晚会》副刊主持“晚晴漫笔”小专栏，每周发一篇，每篇八百字至多一千字（每篇以二百元付稿酬），敬请六十岁以上老作家、学者惠稿。

暂到此打住，望来信及惠赐新作。

即祝

安康！

黄伟经

1994.7.27

《迁帖》收悉。如可以，请为上述“晚晴漫笔”专栏写篇千字文。

范用师长：

一月二日信及大作《只有一年》，已拜读。此文我以为颇有意思。

我拟将它推荐给《东方文化》双月刊。《东》是新办刊物，格调较高，待他们审定采用与否后才报告。你原意想叫我交《随笔》，而《随笔》今已全是新人，我曾转给他们两篇稿，结果连原稿至今也还未找出来，所以我再不给他们转稿子了，顺此告知师长。可以说，我现在已与《随笔》无涉矣。

不知可否代我购一册贵三联出版的钱先生的诗词集？即祝

新年好！

黄伟经 敬复

1995.1.10

范用师长：

寄来尊作《一个人两个姓名的故事》，今天收到后即一口气读完，边读边“喷”笑了六七次！人如其文，文如其人，此文可谓难得佳篇。我正想请您将原稿复印一份，加上丁聪的两幅插图和辛之“十足饭桶”的闲章复印件，一起赐来，让我推荐给《东方文化》再刊出。可以吗？

听廖冰兄说，苗子佤俪将在三月十五号左右来广州举办画展，到时我将去拜见他们——我在《随笔》时曾多次向苗子约稿，均未能得到他惠稿，一直给他们寄去《随笔》杂志，但至今未见过他们。

祝您

更愉快，康健！

黄伟经 敬上

1995.2.25

范用师长：

新岁贺卡拜悉。

你写在贺卡上的“感言”，奇妙，是你为人的一个写照，可传世也。

《东方文化》双月刊，我当请他们以后给你赠阅，并补寄近两期给你。从今年起，我已辞谢了好几家刊物与报纸副刊的“特约编审”“顾问”之类的差事，不再为他们转稿组稿——我得真正下决心“脱身”了，不再以“人情难却”再给他们“瓜分”我的时间，以便我真正读点书，做点自己应做的事。

你一直对我很关心、爱护，这次在贺卡上又鼓励我今后“最好多写多译一些东西”。这点，还在1991年9月和兄拜见钱锺书、杨绛两老时，他们就也勉励过我。“伟经，”钱老当时就对我说，“你满六十岁就不要再去编《随笔》了。你自己写点东西吧！你有一双干净的手，你尽可以写！”杨绛先生也在一旁点头：“你到年龄就退下来，自己写点译点吧。”的确，我是应该卖力去写点译点的，尽管我自知自己的写作才能很有限。然者，我从《随笔》退下来这三年，实在比主持《随笔》时还忙：广东广州的八家刊物报纸副刊，再加上香港《大公报》的《文学》副刊，都来函或面邀我去当他们的“顾问”“特约编辑”“特约编审”“特约组稿人”，不答应吧，他们以为你摆架子或嫌他们给的车马费少（其实，有三家刊物与报纸副刊我一直是“义务劳动”），就一一应承下来了。这样，这三年来，我几乎天天忙于继续“为他人作嫁”，打电话、复信、看稿、转稿，几乎“挤”掉了我的时间。当然，我付出了时间、精力，也有收获：继续与一百多位原《随笔》的老作者、老作家保持较密切的联系，从他们那儿，继续得到教益，同时也使这些刊物、报纸副刊与这些老作家、老学者建立了联系。现在好了，该告一段了，今后除了香港《大公报·文学》副刊和《羊城晚报》副刊，我还可以继续为他们组点稿子以外，其他刊物都辞谢了。

过了元旦，我已踏入六十四岁。当然，在你这位师长面前，我不敢言老。但毕竟也入老人行列了。今年我要做的第一件事，就是将我十七年来（从编《随笔》至今）老作家给我的大批信件——总共有二三十包，认真整理一次。我认为，这大批老作家给我的信，都是有事有文而谈，有感有情而发，既反映了他们的写作与生活，也在某一点或某个小侧面反映了我们的时代。其中，仅钱锺书、杨绛两老十多年来给我的信（钱老前年入院动手术前还给我写信）就有一百四十余封。钱、杨两老的信，我特别珍惜，我得抽时间整理出来，当然，在他们俩百岁之前，我不会发表。一些已谢世的老作家如廖沫沙、田间、陈学昭、黄药眠、陶白（东方既白）、荒芜、秦兆阳、康濯、杨沫、邹荻帆等，都与我通信多年至十多年，都有不少给我的信，我都得先整理出来，加上必要的注释。

今年我打算做的另一件事，就是继续译屠格涅夫。他的主要作品——六部长篇小说、三部有代表性的中篇小说和成名作《猎人笔记》及散文诗集《爱之路》，我都已先后译出，今年将由江西百花洲文艺出版社再版或初版。我今年打算译他的书信集（以前译出发表过七八万字，总共约有四十万字），看用两年时间能否译完。还有就是，今年得好好读一些书，包括重读细读钱锺书、杨绛两老的学术著作及散文。

因为你是我可信任的长者，所以想到什么就写上什么，因为还想让你知道我的打算，便于给我指教。祝你新一年
安吉！

黄伟经 敬草

1996.1.7

范用师长：

一月十五日手教及《我爱穆源》，已收到。十分感谢！

此书内容好，封面（尤其是冰心老大姐的题词）好，版式、

印刷、纸张等也还可以；而你不取分文稿酬，更是你一贯为人品格的必然表现。我将好好读一遍（其中有些篇章是重读），并将长远珍藏它。

唐棠（我十七岁于1949年11月考入广州三联时才认识的）是个为人诚恳、正派、朴实，我一向尊敬的老大姐。她写的记述你车祸治伤的散文，我认为写得很好，帮她做了些文字上的修饰。我将把它推荐给合适的刊物。在此顺告你一声。

即祝新岁

安吉！

黄伟经 敬上

1996.1.26

范用师长：

八一三信敬悉。

致秋耘约稿信，我过几天去见他时将呈交，并鼓动他为你创设的这个很有意思的专栏写稿。而我是小字辈，就免啦，请宽恕。赐书寄到后，也将交去。请先释念。

秋耘的访谈录，我以为更多些史料价值的如秋耘为何从几乎要当上的“大右派”漏网、他与邵荃麟的友情及对邵的评价、他与韦君宜的友谊与交往、周扬最后一次来广州同他的交谈、他参与的一宗胡风案件等等，都待我在这一二个月内整理出来，再经秋耘审定后投合适的报刊。谨先向你——我尊敬的师长报告。

我的确想努力学写点东西，现在又多了你的鼓励，当更勤奋去做。

你的足伤全好了吗？

黄伟经 敬草

1999.8.18

黄药眠

范用同志：

记得1942—1949年间在桂林，以及1949—1957年间在北京，我曾不揣简陋，写了十多篇文艺论文。1957年后就开始停笔了。现在回想往事，想把过去写的这些东西，删去若干，出一本文集，未知可否？

其中有关我批评胡风的文章，但这些都是属于学术研讨的文字，不碍大体。至于1956年间反胡斗争时期，我当然也不敢不随声附和，称之为“反革命分子”，我曾想把它删掉，并曾为此请示过周扬同志（他当时还是宣传部常务副部长），他当时认为删去不妥，因为这是推卸责任。原文如此就是如此，应该保留，但应该在后面加注，说明自己当时认识有错误，应向胡风同志道歉云云。我觉得他这个说法亦是可取。

知道你们稿挤，如审查结果认为不可用，则盼退回。此致

敬礼

黄药眠

3.3日于广州

黄永玉

范兄：

木刻二幅，一赠兄，一请转穆之同志。黑蛮顺便来看看书，选一些带下。金石书法二巨册，我拟今晚饭后来府上取下，时间是否合适，请一示。

祝好！

玉弟

十二月十日

范用兄：

信收到，过了“七一”才给你回信。

小丁兄把帽子送给你，幸好现在是四十年后，在当年，你如何受得了？因此丢了它，是你的福，“二十（四十）余年如一梦，此身虽在堪惊”，陈与义之词思之毛孔大张。

现在是夏天，店里如卖冬帽，老板肯定神经病。这是一。那顶失帽不会是在香港买的，要不是巴黎便是德国或意大利（香港此类东西不讲究，大多日本帽；再不便是漫天要价）。这是二。帽子这玩意年年变样子，以后碰到什么样子也难料，反正是越来越不同就是。我根本记不得送过帽子给小丁兄，况乎样子。这是三。我七月十五去上海，八月初到北京，十月底回港，这一趟别指望有帽子了。

我因为喜欢且不怕戴帽子，不好的帽子我不买，喜欢的是经得起淘汰，有时旧得厉害我也戴在脑壳上，这次回京，至多只能量量你的“头寸”，记起来，以后留意就是。

祝好

永玉 上

七月六日晚

范用兄：

大札收到。日来弟酱在画展筹备中，几至魂梦颠倒如遇狐狸精，元神耗尽。兄所云上海某报刊登弟小札，寄件毫无下落，不知是否公安界抑或文艺界、邮务界爱好者所珍藏？

若可补救，望交葆华兄转弟，一定三数日得见，不可再寄厚望于其他也。

罗孚闻已抵港，正为新闻传媒围观，盛况如母狗发情、公狗奋发进攻中，以不凑近为妙，来日有望，无必着急。

写陆志庠兄一文，如要看可问葆华兄。

祝好。

弟 永玉

一月廿日

老范用兄：

书收到了，知道你看了高兴，自己不免也小有得意，朋友的欣赏而本人受用，是得到鼓励营养，与凡事谦虚做出的伪善反应不同。作者靠的就是这种情感灌溉。什么领导鼓励？领导懂得什么？即使自己佩服的老人成为领导，也因为原来的佩服基础有文化根源的原故。

既然说开了，我就不免告诉你，最近忙着出八册书，两本画集，其中之一是前些年画的水浒人物，一是近三四年新画的一些作品集。另六本，一本诗集，一本纪念几位老人的文集，沈从文、林风眠、李可染以及一些朋友文化活动中的文章，一本在某个报上写二年有多的一天一篇的小杂文集。再就是“后永玉三记”，一记是社会历史感受的记录，一记谈艺，一记是回忆六十年前的家乡风物的小札。这里弄来弄去，董家小妹一走，干脆自己花一千多元，填两张表，搞一个专出自己作品的出版社。一要高兴，二要有得意之笔，三要有点闲钱，马上就印他一本书，这比人家以为你靠那点版税买米下锅要解气得多。出版社也毋须张三李四批准，交钱出书，找个发行得很好的机构一交，连书有没有人买的心思也麻烦别人去承担了。“出版，至痛也！而永玉无意得之，不亦快哉？”

我明年居然虚岁七十了，真他妈的快！好像让哪个忘八蛋偷了似的。幸好，兴致仍然很高，流行之谓运用“余热”；老子满肚子火，岂止余热而已乎？是要老老实实读一些好书，用心画一些画，写一点好玩的文章。让好朋友高兴高兴即成。

这里过日子，如做和尚，一个月难得下几次山，买书、买颜料纸张，或与家人喝一次茶。大多在屋子里，倒是一直在工作、在想。跟外界基本上不应酬，百分之九十九不理会。浪费时间、浪费钱，在我都舍不得。

我想你们各位都时常去看看夏公的吧！要找一些好笑的事说给他听，让老头儿开心。他是位对笑话的反应十分敏感的人，可惜了他许多笑话没人帮记下来。

在佛罗伦斯（萨）住的那些日子十分之热，倒是在妮妮书柜里找到许多现代小说杂志，得到不少今天文学的教益。看到《收获》上徐迟和袁鹰的回忆文章，十分感动。要发动老辈和同辈的来写写二十、三十年代非“正史”的史，湮没了，太惨无人道！我那时太小，知道的已是后话，不配谈！谈，局面也小，冯亦代二老哥就能理直气壮地写一些事，写了，当然不够，要整本整本地写。

前几月我家跟苗子、郁风兄嫂去过一趟巴黎，后又到意大利，这一对老兄嫂实在是非常之可爱纯良的顽童。在威尼斯有一天早晨大家在临水的餐厅吃早餐，郁风和我同时想到三十年代初二十年代末的小歌剧《月明之夜》的一小段歌词，她说她想了一夜也没想出“……爱唱歌的鸟，爱说话的人，都一齐睡着了”，前头那句是什么呢？我们轻轻唱了又唱，毫无结果，她说她上街走了，我们继续喝茶。五分钟后，忽然她弯腰笑着回来，说走在半路想到了：“爱奏乐的虫！”说完，就又忙着匆匆走了。

想想看七十多岁的人，还这么疯，这么陶醉于文化之中，几十年来怎会不挨整？

因为这些小事，不免令人觉得十分温暖和伤感！

这些真正的文人。

祝好

弟 永玉

九一年九月十九日

黄宗江

范用同志：

蒙关怀，至感。年终会多，又在准备二月赴法为伊文思搞一剧本。迟复乞谅。

我想把《卖艺人家》和解放后所写散文，应均涉剧艺，合成一本，或名《剧人集》，文化艺术出版社及戏剧出版社均找过我，前者甚至说半年内即可出书。我想我的书在三联出还是合适的。待法国归来再写几篇一并纳入，如何？

宗英由西藏返上海，原说月底即来京，闻骨折轻伤，大概不能来了。我一月三日即赴上海开会，当面达尊意。

匆此，顺贺

新年

宗江

82.12.22

"育苗"日，我夫妇"众里寻他千百度"，居然未得见双拐范翁，甚憾。

得一文，奉知音：已呈尊前，并寄谢蔚明，发表他代编的在纽约出版的《中外论坛》，图片当可精印。

谢兄又婚，或已知，新妇才貌不亚于苏家小小，谢兄亦可称"地行健"矣。

你为我写的"墓志铭"，极称我心，然我只能向若珊传达出

“好丈夫”三字，请抄一份给我夫妇留念。

此文亦请留存。防原稿佚失。

丁仙同此不另

江、珊（老）

4.7 节次夕

范公：

拜年、拜年。

幼时元旦书红：“元旦开笔，大吉大利”。向你开笔了。

这是我今年的贺年卡，亦托福于阁下。

我春来将会去洛杉矶小女家小住半载，也享享老太爷之福，闭户于异邦也。

行前当再奉告。

仙姑同此拜揖了。

珊、江

九五.一.一

范公如晤：

别后，应21世纪太史公李辉邀为其主编的金蔷薇名家文集编写一篇自述，我开头就写道，范公说集名如作《你，可爱的……》，免去“艺术”二字便佳。《新晚》尚未见发，却见刘绪源君文《范用之可爱》，可见“可爱的”之可爱也。

昨日再去美总领馆领来了赴美签证，历经中美双方之折腾，足证“苦旅”也（《文学自由谈》今年第一期有斥余秋雨文，旺张中行文，可一阅）。

回家已黄昏。忽得文采阁通电。得与李锐、于光远、祖光、丁聪、牧惠、舒展、方成诸君子一叙。甚畅，唯缺阁下。

我小女月底自洛杉矶赴香港参加一国际性学术会议，顺便来北京接我夫妇去美，已订好4月9日机票。半年必返，金秋可再聚于京华。

我非常艳羡阁下的卡通代贺卡，乃想到劳您大驾，烦您找熟悉的印制机构，就以你此一题图，为我制一卡，无论节日非节日，中国或外国均可通用也。此图是否就置右侧如上*，左侧留白可写字，背后尚可贴照片，如何？望代我策划，我待能带出国去，在美国就可作为问候卡发出了。拜托拜托。

我又给你找到两个法国较特殊的酒瓶，容行前再图一聚。

仙姑宝姐同此不另

珊、江

96三八前夕近午

* 原信有影印报纸小文《以此卡通代替贺电》，内容见下。——编注

自述：拙笑难倩兮，弯目难盼兮，却真善美兮余所求。

范用：先天职业病，我见人总要歪脑袋琢磨：此人像本什么书？有人如《圣经》，如马列，如语录，有人如《厚黑学》，如《增广贤文》，如《笑林广记》，有人则如百科全书，笔记小说，英汉对照读物。

宗江算什么？多才多艺，能文能军，亦中亦西（能演口吐英语的娄阿鼠），台上是名优，台下是作家，在家是好丈夫，出国是民间文化使者。自称“三栖动物”，不，是“多元化灵兽”。

是珍本书、善本书、绝版书。

徐城北：电影、话剧、京剧一生走马“三栖”。人讥“不务正业”，他却回头一笑：“吾之正业，恰在不务正业之中。”

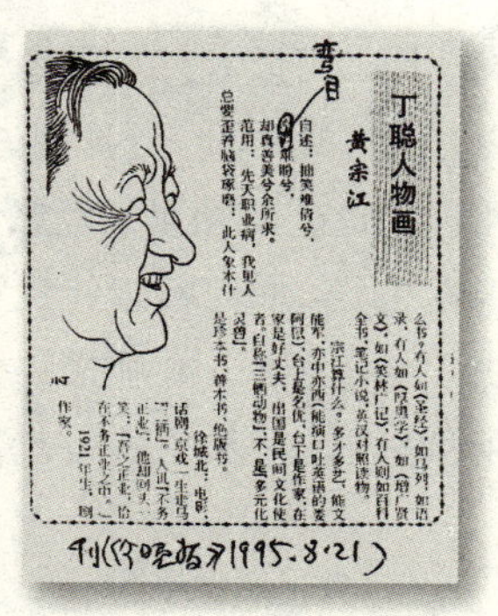

范用兄：

若珊因心梗于2001年农历我生日，十月初四10时40分平静地先我而去，享年八十，古称喜丧。她15岁参加革命，一生忠诚忠厚，了无可憾。遗有三女三婿二孙均忠孝忠诚。我们商定不举行仪式，依伊遗愿保存骨灰来日与我同归。别不多说了，她生前时常惦念大伙，祝愿好自生活。

宗江

2001年11月18日北京

黄宗英

中文：

本想给范用同志写信，可我们还没直接联系过，又懒得从头措词，故请转信。

《赵丹笔记》在积极筹备，以便在良沛来时，可看一些稿，已请五位朋友业余誊写，誊写者都说内容精彩。此刻，有两件事。

① 看来，为此事，必须有个助手，助我，也为良沛助脚。前次，上海文艺出版社就为我借个姑娘，人家本单位不放，此刻，我想借个小伙子。事实上，人家已为我跑了两个月了，这事，要三联出面借才好，我单位同志可以帮助联系。

借唐淳（26 岁，高中毕业，中文、英文，联系工作、誊写都顶事，团员）。工作单位，上海工艺品展销会，在西郊宾馆任团支书，正逢旅游淡季，可以借出，付工资的话，每月也才 48 元，这很好办，只借三联的名义也可。

② 我要拍摄洗印大量彩色正片、负片（把赵丹的一次拍完），若不用外汇券，价格太高，若寄香港友人，数量过多，检查又严，能否通过三联寄港？费用我出他垫都可以，阿佐老要给我寄钱，让他付冲洗照片，没问题（反转片 135、120 我都已备足）。盼速复。

宗英

83.2.8

范用同志：

迟复见谅，每天只是人来客往，俗务缠身，夜间工作，通宵达旦，一时也没办法躲了，也躲不起了。

助手事，今日我社已派同志去接洽，未知能否借到，再说吧，《笔记》已着朋友们誊抄了 1/3。良沛同志来，可以先看，也可以看原件，还可以先去查《天堂之路》之已发表的文章，我已与上海图书馆同志商量过，“代价”是我去朗诵一首诗，在纪念马克思的会上，惜我此刻作不出来诗……

洗照片事，算了吧，文集需用的，你们办，其他的，我自己印，香港有朋友为我印，只不过寄出时，有时很简便，有时要到邮电总局，还要填表，一张张登记。我准备一鼓作气把阿丹书画全部拍摄成正片、负片各一套，省得拎了大箱子去出小画辑，至今有一箱画，在北京，运不回来，太重了。等良沛同志来时，再联系。我想我们会很快熟起来，生活书店与我家有缘也。

宗英

83.2.24

另外，《笔记》中篇章，有朋友说，先发一部分，又有朋友说，一篇也别发出。我没主意，你说呢？

看到中文，说我不给他写稿了，明天人家一早来取稿，天！你忙，也不必复信，以后再说。

范用大哥：

正准备难为情地给你再写字，宗江好友也就是我的好友胡晓秋来，你也认识他，他向我约稿，也许因为陪他喝了小半杯酒，我说就把这不像样的字给你吧。配范用大哥和我的书信往来，摘句吧。天晓得会成为一篇什么玩意儿。人家挺有学问的《艺术界》双月刊，他当场就要，难以“立等可取”，他就飞了。

我找不到那标致的毛边的小花笺，为你开了阿丹的一卷宝纸，斗胆写了很蹩脚的字，我又拿平常偶然练字的纸写了一遍，仿佛觉得第二张好点点儿，就把第二张寄给晓秋了，连同你的信。两张都是你的。准备你再丢或再失窃，一张破字换一本新出版的好书，不要普鲁斯特也不要斯佳丽（*Gone with the Wind* 的续集），都有了，要薄的，格算哦？不过我不临帖恐怕就越写越没救了。

你若没把我给你的信也丢了，就立即航寄胡晓秋。

晚安！

宗英幺妹儿

站起来，越看那字越难看。不发了，不发了，还是得有些基本根底。大哥逼得好，但我没有信心，练得实在少。

范用同志：

在九百六十万平方公里的祖国，我踏遍五百万平方公里以上的国土，决心把余生献给二平方公里的蛇口半岛，因为我在这里看到现代化的希望。

我在这里停留了下来，全身心地投入工业区的建设，并准备当一个工厂的副经理。这并不妨碍我当作家，我从来觉得作家首先应执着地在生活里写，而后才在稿纸上写。

此外，我现在还在帮助开办一新书店。是这样的：

这里原有一家极小的书店，四十平米不到的铁皮房子，由旅游公司经管，由于赔钱，旅游书店不准备办下去了，我和工业区的几位党员朋友，觉得工业区不可无书店。思想、精神、知识的贫乏，不是社会主义工业区发展的方向。于是在工业区劳动服务公司的支持下，从香港购进一新式活动房屋（五十平米），此屋，不向未来的书店计成本，又包买下原有书籍，准备在圣诞节前重整旗鼓另开张。办此书店，不以营利为目的，当然也不能赔钱，因整个工业区是贷款在建设，为此，请求三联书店给我们这滨临珠江海口，面对香港新界的小小书店以大力的支持。至少先支持我开张吧。具体要求如下（能帮助多少就帮助多少）：

（1）希望在开张之前，先赠我们一些书，供开架翻阅。（本来的旅游书店是不开架的，是我坚持开架，我说不开架＝开烟纸店。我记忆犹深的，是童年在青岛，有一家小小的“荒岛书店”，我上学放学的时候，常去翻翻书，受益匪浅，后来知道是我地下党办的书店。）我希望书店成为工业区青年在业余时间流连忘返的地方。

（2）能否让我们经销一些书籍、杂志？

花城出版社在这里设经销点，邮费由出版社免费支持。书以批发价卖给我们，我们以零售价售出，可收手续费12%。售出后结算，照顾供应一些热门书，免得售不出，增加积压、退书和结算时的麻烦。

（3）关于经销杂志

蛇口工业区的邮局，离工业区职工上下班的地方很远（中心区只设一信箱）。除订阅杂志外，并不供应零售杂志，而杂志的需求还是很迫切的，原来的小书店只有《家庭》杂志一种，由广州杂志社每月给一百册，以二十四元进，三十元售出，月月售光。

因为我还没学会经营，以上所请，或很不合规则，还望你先大力支持些许，助我开张，以后当慢慢学会规矩！

急盼答复！急盼得书。

黄宗英

83.12.1

范用大哥：

我明朝又要去“搠笔巡街”，匆匆忙忙间用方便毛笔，写了我自己胡写的东西。这方便我此番一用方知它不能顿笔，没什么虚笔、粗细，只要一顿笔，就是个大黑点，只好如此了，怪丢人！

你说阿丹许多未题字画我真的怎么题呢？我连个平仄的规矩也闹不清。如我尚能健康地延续生命，这件事我早晚要做的。

我离你不远，四月里可能去北京，宿宗江家。祝

春天快活！

宗英

92.3.25

范用大哥：

你这不是逼我学成书法家吗？我揣着白山先生诗笺在塘沽、天津、宝坻转了一圈才回来，未解行囊，就找笔砚，想到前次用方便笔极不方便，乃很不方便地去搜寻不方便笔。阿丹给我留下一些笔，小笔不多，而且都是齐头秃秃的画笔，只笔杆上刻的字很有意思，不知有什么名堂？如：

名父道兄清赏　壬申五月许闻茂敬赠

圆转如意　上海七社

天球　垂露馆制

净纯小楷　吴兴石淙湖笔社

1号毫水摺笔　仓山湖笔社制

……

且研墨吧。不知用哪支可得灵气？

宗英

92.4.23上午

笔命不行，开了一管竹音（大楷笔）

范用大哥：

我忘了回答你什么叫“搠笔巡街”了。我是从一位本不相识的老者那里得到他赠我的两百多万字的成语字典，我无心去啃这大厚书，偶然翻到“搠”之条目，因“笔”得缘读之，仅抄录在小黄条上。（纸条背后有不干胶，可胡贴一气，扯几张给你，也许你不希罕。）

> 搠（音硕）笔巡街：插着毛笔在大街上走，谓贫穷的文人在街上卖诗文。元·无名氏《渔樵记》二折：“则问那映雪的书生安在，便是冻苏秦也怎生去搠笔巡街？”元·郑廷玉《看钱奴》二折：“我则道留下青山怕没柴，拼的个搠笔巡街。”

你看过我在4月21日《文汇报》上发的文章了吗？我写得挺费劲的，《中国作家》2月号上也有妹子一篇。

那不相识已相识的老人，也是印这种艺术信封的人，是在乡镇上搞了爿印刷厂，还写点方志类的文章。把自己累得吐血，你有 20 年代作家画像吗？随便问问。

宗英

92.4.23 又

你为什么要贴 5 角邮票又不挂号，使我怀疑是否邮费又涨价了。

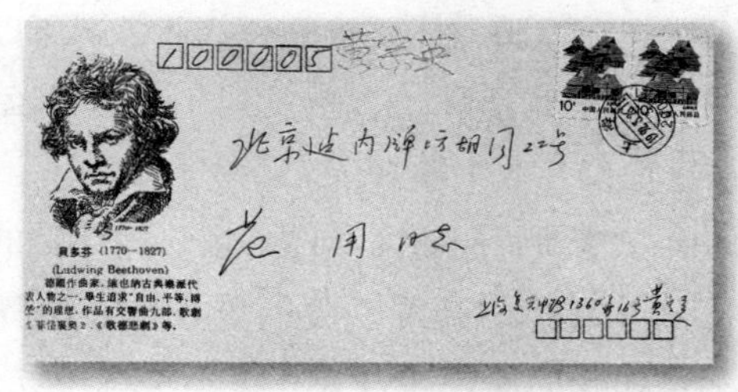

嵇钧生

范老：

您好！

转瞬又到年底，照例又是辞旧迎新，该寄贺年片的时候了。但是与其寄那些多年如一，没有文化特色，又充满商业味道的贺卡，倒不如综合谈谈一年的情况，再加上自制的一个贺年片更有意思吧！

今年是我退休的第二个年头，实际过了大约一年半的退休生活。但是由于我尚在返聘，还要接触一些业务，所以还没有与业务完全绝缘。但是毕竟退休了，也就谈不上有什么高标准的要求，也很少认真地读专业书籍和杂志。

我的退休恰好是和我们研究所的下坡路相伴随的。所里一年不如一年，已从几年前的高峰跌落到了谷底，经济形势十分严峻。这种状况是和我们原领导过去几年不重视市场，盲目自信，不注意开发新产品，也不很好地进行改革有直接的关系。现在难以看到复兴的前景。我以为，要有大的转变，非得动大手术不可。但我作为退休人员，也只有观望等待而已。

现在来谈谈我个人。

我今年的活动相对来说还是比较多的。四月间，蒙您相邀访问了母校，师生们的热烈欢迎，使我仿佛回到了童年时代。学校和镇江的变化给我留下了深刻的印象，确实是不虚此行。

扬州农村老家也有了很大的改变，特别是住房普遍比城里好；农民收入一般不比我们低；老老少少的衣着和城市无别；公共汽车直达村口。心目中的田园风光，无论是破衣烂衫、土墙草屋，还是小桥流水、蛙鸣鸭泳，均已踪迹全无。时代确实在进步，农民生活水平比我的童年时代不知高了多少倍，大款也大有人在，似乎从一个方面证明了“读书无用论”。高兴之余，也不免有些惆怅。

八月底，我有机会去西安，就便我们兄弟妯娌十人从各处到西安团聚了一次。这是我们十人的第一次聚会，除了弟弟明年年底退休外，其他九人都已退休了。大家在一起回想了苦难的童年，特别回忆了我们的母亲，也谈了我们和国家一样多事的人生，谈了我们的子女，不由感叹：

少小离别不相聚，鬓毛已衰会西京；
共忆慈母情深重，兄弟妯娌叹依稀。
岁月蹉跎浮云逝，赤子为国坦然心；
喜看后来青胜蓝，但祝鹏程与国飞。

西安回来后不久，九月底我被派往白俄罗斯出差，路经莫斯科，也去访问了我在苏联出生成长的堂兄和堂弟。此次去俄罗斯和白俄罗斯时间很短，对社会情况谈不上深入了解。但表面看，情况有改善，商品很丰富，但绝大多数是外国货，且价格偏高，从经济观点来说，我们几乎没有什么可以在那里买的。水果、蔬菜、肉类的价格约为北京的三到四倍。少数人生活富裕，一般人的生活仍不如前。社会的两极分化愈来愈大了，这种情况和中国差不多。社会秩序并不如传说的那么可怕，我认为是有改善的，也许俄罗斯真的从谷底回升了。不过照我看来，要在三年五载中达到解体前的水平恐怕仍非易事。我在退休后又到国外出差，多半是最后一次了。

从明斯克回北京后，十一月一日—七日我去张家界参加了一次全国学术会议。会议结束后，游览了张家界国家森林公园、黄龙洞（一座规模极大有地下暗河的溶洞）、天子山以及猛洞河风景区。独特的山林风光给人以深刻印象，尽管也有人说“百见不如一闻”，似不如一些宣传的那么美，但我以为还是值得一游的。至少去了不至于“后悔一辈子”，总算去报到过了。通过旅游也考验了一下身体，说明还是能够承受这样的旅行和劳累的。这种机会恐怕我也是最后一次了。

我的身体一般说还可以，但椎间盘突出引起的慢性腰痛很让人恼火。还（有）比较严重的缺钙。此外，眼睛也愈来愈成问题。看书写东西一点不能离开眼镜。去医院看，有的说有白内障，还比较严重，有的却说没多大问题。我现在只有不把它当回事，等以后再说。我是从不锻炼的，原来星期天骑车出去走走，天冷了，也懒得动了。同时由于晚上一般在十二点以后才睡，所以清晨就常睡懒觉，到七点才起。几次下决心早起散步，都成了空话，等开春再说吧。但是，我参加了研究室一些退休同志组成的唱歌小组，每周五晚上活动两小时，主要唱一些我们年轻时唱过的老歌，都是些老头子老太太，大家直着嗓子高歌一气，自得其乐，无所顾忌，倒也痛快。

工作之余，我仍不时地写点小文章。今年在《老年文摘》《党史信息报》《博览群书》《中华读书报》以及《江苏地方志》等都有一些长短不一的文章被刊用。另外，有两篇技术文章被《全国超精加工技术会议文集》和《第九届全国电子束、离子束、光子束学术会议文集》载用，恐怕以后我不会写这类文章了。

至于非技术性文章的写作，我原是为了过好退休生活。当然，当初也有一些自以为是的社会责任感。因为，我原意是想写一些社会现象评述之类的短文，但发现那是很难的事，最主要的是不善于掌握分寸，同时写这类文章的人很多，水平比我高得多，自己还得认真学习。

但是，当我和您认识后，更加加强了我的写作兴趣，但是毕竟我过去长期从事的是技术工作，主观上，看文史哲政治方面的书太少，知识不足，生活面也窄，更谈不上深入，常常不能得心应手地写。客观上，一些严肃报刊，园地有限，自己水平有限，很难被采用。常常是寄出去，一半以上如石沉大海，说明功力之不足。所以我现在的宗旨是，努力多耕耘，收获不计较。能发表是好事，增加了兴趣，也算是对社会的贡献（自我评价，写得还不是废话）。发表不了，也不懊恼。现在作为练笔，不管什么题材都试着写，争取做到“厚积薄发”。每年能发表五篇就满足了。但如果实在写不出来，那也听其自然，不勉强写。在这方面我还是希望能不断得到您的指教和帮助。

顺便我再说一点其他的事：

1.《〈镇江沦陷记〉及其作者的故事》一文发表后，一位中国书店的同志给我打电话说，他们在扬州征集到了张怿伯的手稿，他们曾查了北京、上海、南京、重庆、镇江等地的图书馆，都没有找到印出的书，也不知道张怿伯是什么人，所以他们原来不了解这本书是否出版过，看到我的文章后，他们不但了解了这本书的全过程，而且还知道了作者的历史，知道在镇江档案馆也有存书。他希望和我见面，详细谈谈，并且希望看一下这本书。我因为目前较忙，所以答应年后再联系。我想再借用一下您的那本书。

2. 关于《一个朝圣者的囚徒经历》一书的再版问题，我已和姚艮同志谈了，他说，一旦确定，他可以和群众出版社谈，也可以和公安部领导谈，所以版权不会成为问题。但是至今我仍未接到人民出版社的电话，不知是什么原因，或有什么变故？是否需要我主动一些，去找他们？

3. 关于您准备推荐给《人物》杂志的关于姚艮的文章，我已写好，并也已给姚艮看过。题目是《一个光临过北极圈劳动营的朝圣者——姚艮的传奇人生故事》，对姚艮作了全面介绍，比较长。可否请您先给《人物》编辑部，听听他们意见，如果可用而需修改，不管是内容的增删，还是字数的缩减（需缩减到多少字？），均请告诉我后，有了这个稿子，我可以很快地改好。

时届年底，手头有些工作要处理，天气也较冷，未能去看望你们，望见谅。等天气好些后，我一定去看望你们。

冬天，正是易于发哮喘病的时期，望多多保重。丁大姐也要注意身体。

长篇大论，洋洋三千字，未免啰嗦些，算是我今年的一个小结和汇报吧！

新年将至，祝您和您的一家在新的一年里
健康幸福，万事如意

钧生

1997.12.25

冀　勤

范用同志：

非常高兴，收到您可爱的外孙女的佳作，特别是经您的设计，精美至极。我十分珍爱。

恰巧我的儿子（我曾带他到府上拜访过您，不知是否记得）龙冬在拉萨要过26岁的生日，我无法寄给他什么礼物，就把《我的外公》作为珍存的礼品寄给他了，小作者没有想到她的作品要登上3500米的高原吧！从这篇作文里，我看到一个作家将来要在您的怀抱里诞生。

我最近因为忙于做一点译注的事，时间比较紧，待过一阵将去看您。

问候您的全家。祝

大安

冀勤

1.12.晚

范用同志：

收到您的信，非常高兴，特别是读到我不可能读到的好文章，尤其欣喜。

我很喜欢您文章的风格，这是一般作者很难追求到的，除了平实、流畅以外，我以为朴素、淡雅也是很难学到的。您的散文已经写了不少，大概又够编成集子了吧！

自从九十年代初，因为治牙而染上乙肝带毒，我就很少看望长辈和朋友，后来病好了，也习惯于囚禁于家中了。在这段时间我出版了《俗曲别裁》(选注)、《〈客斋随笔〉选评》、《午梦堂集》，都是古典文学方面的。目前还有《〈古今谭概〉选评》在排印中。都是普及读物。还给台湾麦田今译了两本古代文言短篇小说。大概还写了几篇关于干校的小文，发在湖北咸宁的小报上，都不付稿酬。现在还想写几篇，但不准备给咸宁了。我有点小气。

我还编了有关杜甫的资料，是从上千种古籍中搜集到的，仅有金、元、明三代的，唐、五代的早在“文革”前中华已出版了，是文学编辑室编的。这是一项骑虎难下的活计，弃之可惜，而我已无力完成清代部分了。奈何。

多时未见面，以上算是对您的汇报吧！实在说，我练习写散文，是受到了您很大的影响，私下里我一直以您为师的。希望拜读您的新作。

匆匆不恭。顺颂

大安

冀勤 敬上

2002.2.21

您的自制信封很好，市面上少有如此美观大方的精美信封。信封被邮局独霸印制权，真不该！

姜德明

范用同志：

接到书后兴奋之至，不能不写此信。

三联的书每本都很讲究，是有高度文化的反映。陈原同志送我一本他的小书，我也很喜欢。可惜我的书已交外地出版社，否则真要动念头了。真是羡慕之至！

我的一本《书叶集》(曹辛之设计，茅公题字)已交广东，一本散文集已交百花，名为《南亚风情》。此外还有一本谈书的《书边草》，请圣翁题字，钱君匋设计封面、黄裳序跋，将交浙江；一本散文集《清泉集》请丁聪设计封面，将交上海文艺出版社，明年或者都能印出来，届时当奉请指正。

关于作家谈书的那本小书，我仍心向往之，可惜时间太紧。我心目中还有一本别开生面、装帧精巧的书，即文艺作家的序跋集(一九一九——九四九)，可以编成一本很有意思的书。未知尊意以为然否？我很爱序跋，所以《书叶集》请唐弢写了一篇序，《清泉集》也拟找萧乾写一篇。

作为谈心，就此打住。祝

近安！

姜德明

十一．一

范用同志：

您好。

我想介绍一部书稿给您看看。作者是已故藏书大家伦哲如，整理者是现在琉璃厂的雷梦水。他整理过孙殿起的《贩书偶记》，近又出版了《续记》。这部《辛亥以来藏书纪事诗》，原送中华书局，他们不出。我借来看过，似可在港出版，因书内所收人物百五十余家，都是近代名人，诸如李慈铭、张之洞、梁鼎芬、吴昌绶、缪荃孙、刘鹗、罗振玉、傅增湘、余嘉锡、康有为、梁启超、章太炎、刘师培、王国维、赵万里、朱希祖、杨树达、姚茫父、陈垣、叶恭绰、钱基博（钱锺书父）、章士钊、张次溪、邓之诚、金梁、马叙伦、冼玉清等。这部书珍贵之处在于不是根据传说，而是作者长期生活在琉璃厂，与时人多有来往，乃记其事实也。诗后本有纪事，雷梦水君又加了不少注释，并附录了伦哲如有关谈书的三篇文章。这三篇文章我都看过，可读性很强。计为：《续书楼藏书记》《续修四库全书刍议》《拟印四库全书之管见》。

关于伦哲如，编者在去年的《随笔》上曾为文介绍。伦是文人，为了搜书，特别出资让《贩书偶记》的作者孙殿起在琉璃厂开了一家旧书店，因此得了不少好书。雷梦水是孙某的外甥，自小从他学徒，又好学，故能动笔。这套《辛亥（以来）藏书纪事诗》便是他从剪报和孙殁后所余丛残中录副，又广借其他私人抄本整理而成。我以为不印出来太可惜了。未知您意下如何？祝好！

姜德明

二．十

知您爱书，若有意，当将书稿奉上。又及

范用同志：

抱歉，现在才还上你的书，《庐山》*一书，后来作者送了我一本，我已看过。《斯大林》一书，昨天才看完，我家有一本《我曾是斯大林秘书》，新华出版社出的，我一直未看。小冯倒都看了。她说两本书一样，但后者删去了一些作者个人的经历，其他重要情节都保留。虽然如此，我还是想从头到尾看一遍，不想中途忙于写别的东西，搁置了好多天。此书的确如你所说，看后使人懂得很多事情，理想如此光明，实践内幕却如此令人震惊。

新年过得愉快吗？有时间再到府上来拜访。

姜德明

一月三日

* 即李锐《庐山会议纪实》。——编注

范用同志：

书收到，谢谢。袁鹰同志的一册亦已转交。他八月份起上班了。

《鼎堂归国实录》我未曾见过，可见书海茫茫，个人的眼力还是不行。今已粗粗翻过，特附还，请收查。

此书似可出版，因为实亦很好的一部散文。当然以夏公意见为是。

《邓拓散文》下次奉上，因我急于赴北戴河，半月可归。

《副刊漫忆》列入明年本社计划，如不能出，当再奉告。

三联书物装帧堪称国内第一！祝

好！

姜德明

八.十四

范用同志：

从北戴河归来，找出《邓拓散文》一册，奉上，请存。

我的第三本谈书的集子《书梦录》已编好交安徽，恐怕最快也要明年下半年了。开本可能与吴泰昌的《铁话》一样。

《作家与书》的集子未悉有人动手否？以三联印刷装帧之精，以及您主持共事人的明白和识见，甚望此书能早日编好问世。

致

礼！

姜德明

九.三

范用同志：

奉上《讽刺与幽默》两份，请收。

斯诺夫人一书无论从开本、编排到封面设计都别具一格，看后爱不释手。这样搞下去，三联一定会重享盛誉，亦开阔了青年读者的眼界。我家的小孩过去未看过三联的书，他们初以为是香港或外国印的书呢！

艾思奇的一本也好，但不如这本影响大。

顺问

安好

德明

二.九

范用兄：

杂谈及剪报附还，请收。按其中尚缺《香港的旧书市》一篇，未知见过否？我拟请香港友人去找。

三联分家后可能一时难以多发稿，我着手编的那本作家学人谈书的稿子，湖南让我马上交稿发排，我想交他们。可能以岳麓的名义印。西谛的最多，约十二篇，阿英的八篇，唐弢与黄裳的当在五六篇之内。其余巴金、郭沫若、施蛰存、朱湘、朱自清、周煦良等各一篇。赵万里、谢兴尧、周越然、傅惜华、陈乃乾的也兼收。叶灵凤、周作人的也收。陈原的拟收三至四篇。戴望舒的三篇全收。所收篇目都不是谈某一具体的书，而是谈藏书、禁书、访书、买书、卖书、书坊、书市、书价等等。

书名尚未想好，拟名《书市风景》，望吾兄多赐良示，提供篇目及编辑意见。湖南表示一定印得讲究些。

多年来，我有志编两本书，一是关于北京的，一是谈书的。此外，似乎也没有什么可以再引起我兴趣的选题了。唐弢、黄裳均有信来谈及这本书的一些想法。匆祝

近安！

德明

四.廿

范用同志：

奉上新印书一种，请收。

我爱看杂书，也寻得少量港版书，闻您所藏甚丰，艳羡不已，容后当来一开眼界。

看过去出的某些书，实在是浪费纸张，反不如多印点重版书。香港也受了影响，很少见到如《新绿集》《新雨集》《红豆

集》那样合集的书了。叶灵凤的书似乎也应整理出版，好像未结集的尚有不少。

祝

好

德明

六.廿四

范用同志：

我仍在家中病休，偶然翻检旧存资料，见到我保存的徐懋庸的若干篇杂文，都是在我报副刊发表的，或者于您有用，故检出奉上。

补正杂文丛书作者名单亦收到，很好。其实解放战争期间郑西谛办《民主》，写了不少杂文、政论，加上“五四”前后的足有一本了。

我建议袁鹰同志为三联义务登《战地》封底广告事，可能已通知您了吧？副刊改版，我不能上班，只好在家为之组织了一个小连载，即《伍豪之剑》，未知您以为如何？望您多提好建议，我甚至想组织一个小连载是武侠内容的。您同意吗？匆匆

致

礼

姜德明

一.七

又，当年此家出版社已为徐（懋庸）排出一本杂文清样，题为《打杂新集》，以区别于鲁迅为之作序的《打杂集》。这本清样，或者还可以找到。又及

范用同志：

奉上书一册，请收。

为赶时间印制得极差，连封面亦是。

黑龙江有关同志读了拙文《鲁迅与萧红》后颇有所动，我又鼓动他们印萧红作品。他们得到有关方面的支持马上动了起来，拟先出一本萧红资料集，出版社委托省文研所校。文研所的朋友即来京找我。我想如此重复出书也不好，索性交由地方出版更好，因是本省作家，他们有积极性，排字、印刷、纸张均不成问题也。想会得到你的支持。

《文摘》第二期亦好！我有一个未必正确的想法：何必印彩页？又费时又费钱，而读者未必有用！希酌。

祝

健康

德明

五．十五

范用同志：

看来《现代作家笔下的北平》很难如期完成计划，因为琐事太多，我想把这计划作为一个建议，转让贵社自行选编。当然，我可以把已摘记下的篇目全部奉献出来，一切由三联的年轻人来办，不署我名，也不要任何报酬。希酌。

听说港店又出《读书》杂志，由杜渐编，很想得到一本，望想办法。当然，如能订购则最妥（用港币亦可）。

江苏出版社人员有变化，拙稿《燕城杂记》尚未发稿，我已要回，说要调整目次，借机不给他们了。恰好山西多次索稿，我拟转给他们出版。知关心此书，顺告。

下次《万叶》有作家书简一组，已得巴金出函，其他尚有徐志摩、何其芳诸人信笺。匆匆，祝

近安！

德明

八.八

范用同志：

去天津几天，回来后，找出夏公《赛金花》的再版本。此本封面图案甚好，初版本则平平，只是三个字。未知贵处是否一定要初版本，如再版本亦可，当即呈上。

剧本是开明本，若要，当亦一并呈上。

匆匆，致

礼！

德明

二.二

又及，初版本吴泰昌同志处似有存，因其书中附有此书封面插图。

范用同志：

奉上增刊一册，请存。

我们正印《鲁迅书信新集》，收近两年新发现的书信数十封。

此信背面即书样，画是鲁迅所作。印出后当奉上。现已请茅盾同志题签。

祝

好

德明

四.廿

范用同志：

书目收到。

叶灵凤《北窗读书录》一书我已有藏。其实，他未编集的杂文和读书记尚多，不知为何没有收集？

我有这样一个印象，叶某谈外国文学书，比谈我古书还更有兴味；而他关于欧洲木刻的短札则更是别人从未涉及过的。难得他写得那么内行，那么有知识，有兴味。

增刊第二期的稿子大致已备齐，小样已排出。国庆以前，争取拼版。可惜老潘（际垌）已出去工作，不能再动笔。我已直接寄刊物给他了。

我正着手为我报出版社编一本回忆文集《难忘的记忆》，当然都是我们文艺部发表过的。忆作家的占了很大比例，争取年底印成。

祝

好

德明

9.9

范用同志：

奉上《知堂书话》目录一份，这是编者知我对此有兴趣而寄来的。知您一定也有兴趣，特奉上，估计下半年就要出书了。据云全书七十万字，分上下两册装。

陈白尘书已收到，光封面设计即令人爱不释手矣！

好！

德明

三．十二

范用同志：

书收到，十分感谢。我收藏的港版书中又多一种类。在这之前（指今年），我只得陈凡桂林行旅记，及王炳南前妻回忆录，以及刘海粟画册（两种）、明遗民画集等数种。此书（指杜渐著书）尚未听说过，可见刊行书目之重要。当然，还有每期的《美术家》，也是一本令人爱不释手的刊物，是编者黄茅送我的。

《文汇》《大公》的书刊广告，多登内地出版物消息，当地的却很少刊载，这是一大缺欠。我历来是爱读书刊消息的。

《战地》增刊本周当可出版，陈、罗二位，样书一出，马上寄奉。您的也如此。

闻《新华月报》作此改革，甚从众意。我们早就盼望有《文摘》之类的刊物出世；八亿人口的大国，早就应该有这样一个刊物。地方报刊上还是有不少好文章的，例如前些时候我看到《红旗谱》作者梁斌写了一篇回忆远千里同志（河北省委宣传部长）的文章，以为是难得的好散文，可惜不为人所知。有了《文摘》就好办了。我们举双手拥护这一正确及时的决定！

资料已转交钟洛同志各一份，其实有的段落可作出版史话公开发表的。这种形式的文章很少见，我只见“文革”前叶灵凤、曹聚仁在港报上写过若干篇，如谈开明书店、大江书铺、天马书店、兄弟图书出版公司、创造社出版部等。还有，恐怕就是我在“文革”前分别请赵家璧和钱君匋所写的《编辑忆旧》和《装帧琐谈》了。特别是前者专门回忆了良友出版公司的一些做法，很有意思的。

祝

好

德明

9.12

又，我忽然想到原来在《读书月报》工作过的顾家熙同志，他是编文摘的能手。也在本报文艺部工作过，现在新疆人民出版社。他同钟洛是地下党时的同事，夏衍、翰伯同志都认识他、了解他，原来我们也想调他回来的。不知可否借用他一下。

又及

范用同志：

得书大喜，非常感谢。

七月间翰伯同志去港，我同他同机飞穗，因我陪丹麦新闻代表团去访问。机场握别后，又在迎宾馆住在一起。第二天他便过深圳了。

杜渐其人不详，但他的文章我读了不少，因为黄茅兄每期寄我《海洋文艺》，他的文章我都读的。当然，译文读得不多。他有两本关于亚非拉文学杂谈之类的著作，我也请本报图书馆购得，并粗读了一遍，果然是一位很踏实严肃的作者。今天知道他还是个青年，更钦羡不止。但愿他办的《开卷》是个很吸引人的刊物。

凡是谈书的书册，我总要想办法找来一读。叶灵凤也是个爱书的人，他的几本书，我都托茅兄在港寻得。杜渐写的比他思想性高，趣味性或掌故的成分要少得多。我倒以为这两者是可以结合的，并不是不可解决的矛盾。

我爱跑旧书店，过去就爱读《读书与出版》(也藏有此刊物)，还请陈原同志为副刊写过《书林漫步》之类的专栏文章。书话也是我催唐弢同志重新执笔的，连《门外文谈》新注也是我鼓动他搞起来的。当然，在“文革”中也有人说我是专家路线，专门复旧。现在看来，还是要具体分析，过去未必就错。在我买的旧书刊中，连开明书店解放前的广告小册子也收集起来了。我以为这也是出版史料。又如良友出版公司的一张广告上，就珍贵地载有鲁迅的一篇集外佚文。现在已收入佚文集中，正在编集中。但，同在一张上的其他诸人的墨迹，还不被人注意，其实这也是集外的佚文呢！搞现代文学史的人太不重视搜集史料了，这是我们很不好的习惯。所以，我特别赞赏您的做法，这是非常有意义的一件工作。多年以前，我还鼓励顾家熙同志编写一部《中国报刊副刊史料集》，他约我一起做，可惜后来我们分开了。

信笔写来，十分拉杂，特附上影印广告一份，供参考。我这里有原件，也还有复印的。

很希望看到《开卷》这份刊物，以便开卷得益也。祝

好

德明

九．十六

范用同志：

苗子同志找我，把你的计划告知我了。我很赞赏这个计划，以为已经很完整了，而且具有资料性，不是炒冷饭，是从来没有人考虑到的一个好选题。

苗子同志还想放两篇达夫的杂文如《广州事件》等，我不太同意，已当面告诉他了，他接受了。

在《抱箭集》中，郭老还写有《达夫的来访》一文（一九三七年一月八日），似亦可收入，便时你可找来一读。又似乎写有再论一篇，记不清了，我再查查看，也许记混了。

关于墨迹，郁达夫论鲁迅的题诗，应收入。总之，我是完全同意你编定的篇目的。只是我的那篇劣作应放在胡愈老的后边。我认识胡愈老，拙作还未请教过他，拟改日奉他一阅，以便改正一些错误。不知此书是香港出还是国内出，什么时候交稿（因郁达夫日记辑录得由在富阳的郁的儿子进行）？便中盼示。

《开卷》如有多余，希送我一册；如无多余，我再写信给有关人士（大公诸友）。

你读了拙文以后有何意见，也盼告，以便修改。

若干年前我曾建议黄茅（《美术家》主编）可印郁达夫回忆鲁迅一书，还有萧红回忆鲁迅一书，最近已写完的《鲁迅与萧红》的尾巴上又提出建议印萧红的书，因为现在常见的仅一篇《回忆鲁迅先生》，其实萧红尚有《鲁迅先生记》一二两篇；《海外的悲悼》（载《文学》）；《民族魂》（载杨刚主编的《大公报·文艺》香港版）。如果再加上鲁迅为《生死场》写的序，茅盾为《呼兰河传》写的序，柳亚子的《记萧红》和许广平的《忆萧红》……这将是一本非常有分量的书，因为这既是研究鲁迅的书，也是纪念萧红的书，同时茅公、柳亚子、景宋等人的回忆都是优秀的散文，表现了对一个东北姑娘的真挚感情。这是我多年就有的欲望，尽管那时我还未动笔写《鲁迅与萧红》。

这次，我写了十五个小题目，已交香港《文汇报》了。

最近，我为写《鲁迅与钱玄同》去鲁迅博物馆看资料，其中有郁达夫给周作人的信若干封，有几件都谈到了鲁迅。我认为也可以摘印两封作为插图之页，以见他们友谊的重要。

太拉杂了，就此打住。祝

好

德明

十一．廿四

范用同志：

剪报已收到，多谢！

我还不及看，粗翻一下题目，觉得还有遗漏。我有的一份剪报，其中便无。但已够丰富的了。我不知道您那里是否已有人着手编辑了？ * 总之，完全可以选一本非常有分量的书。

其实可以编成几本专书：一、读书随笔；二、美术杂记；三、草木风物；四、香港随笔。我建议三联为他编一本读书随笔，其中可包括人物回忆。这与唐弢、黄裳、杨宪益的可以划为一类，国内能如此读书的，亦无非这几位大家。当然，还有曹聚仁和杜渐。

我从剪报中又拣得几十篇谈南京风物的，足可为江苏编一本《怀乡集》了。

江苏想到了叶（灵凤），亦是我向他们建议的。他们还想出版叶氏的译作，我也想代为介绍一下，您说如何？

匆匆，致礼

姜德明

十一. 四

* 指叶灵凤的文章。——编注

范用同志：

最近偶然读到介绍新知的大作，以为很好。特别您提到您在《文萃》事件后被捕，还是韩侍珩保释出来的，我还是初闻；还有协助印书的有正义感的商人某某，您能真实地写出，体现了我党优良作风，实在可感。因为这些年来，有人怕别人说右，真的有点“有意绕过”“过河拆桥”了。

今年还没有写东西，最近给羊城《花城》两篇早写的短文，谈丁聪和冰兄的封面画的。我很喜欢他们两位的封面画。至此，我已写过丰子恺、闻一多、钱君匋等五位的封面画了。叶灵凤的也写了。

准备再写十几位装帧家。匆匆，祝好！

姜德明

一. 十四

姜威

范老赐鉴：

日前在京仰瞻鹤度，此间友人都对晚辈表示羡慕。您老所嘱之事晚辈均已照办，忙乱中亦有不到之处，敬请海涵。

印明信片事，不知已与行公沟通否？届时如有用晚辈效力之处，请尽管吩咐，定尽力而为。

上月底台湾《中国时报》友人张自强君来深，赠以自制的信封、信笺（样板附上），晚辈感到颇别致，亦思效颦。听晓东女史说，范老与丁聪老先生有深交，故晚辈颇想通过范老代求丁老一幅漫画，更想得寸进尺地恳求范老一幅墨宝。晚辈深知这些要求颇为冒昧无礼，无奈素慕范老高风，亦钦丁老绝艺，以得您老人家墨宝为此生幸事，就不顾谫陋唐突，拜而求之。漫画与字都想制版用，以制我个人信笺、信封、藏书票及名片之用。此事理当进京面求，但以太忙，不知何时有机会北上，只好采用这种有欠礼貌的方式。如有机会，一定登门叩谢。此处只能恳望范老慨然惠赐，不胜感荷。

附上照片数帧，敬请留念。

专此驰禀，虔颂

崇祺！

晚学生 姜威 谨叩

一九九三年四月十日

晚十一时于深圳

范老先生道席：

兹奉寄明信片五百套，敬请哂纳，晚辈及此间一友人毕敏君都想求得您老一份签名的明信片，毕敏还想求一册《我爱穆源》的签名本，恳请您老惠赐为盼。此间如有用我等效力之处，敬请信示。肃此敬颂

大安！

晚辈 姜威 拜启

六月八日

菲林片亦附寄上，以备再印时用。又及

范老：

左面是晚辈胡诌的一首打油诗，想请您老书为墨宝，以使晚辈永久珍藏。

文章憎命达，驽骜不羡仙。

一身狂懒病，三字书酒烟。

宁吐十斤血，不存半分钱。

濯足万里流，振衣千仞山。

小姜 再拜

范老先生赐鉴：

惠寄丁老的画宝收到，真是非常感谢。我已致信丁老，请他老人家谅解我这个人难以克服的名人崇拜心理。

赵小东已见到，待她回京时，将菲林片转呈。肃此敬请

著安！

晚辈 姜威 再拜

七．十六

敬爱的范老先生台鉴：

电话中听靳飞兄说先生日前遭遇车灾，晚辈万分挂念，又听说住在十三陵附近一家医院，不知现在情况如何？种种原因，不能亲去拜望，心中憾恨不已，惟愿先生早日康复。

深圳现在已入凉爽季节，海滨气候尤其宜人休养，此信诚邀先生来深小住月余，或视具体情况住半月亦可，晚辈拟在距市区三十公里外的溪冲海滨度假村安排一套清静舒适的房间供您疗养，可带任何人同来小憩，往来费用晚辈一应承担。务希先生接受邀请，于健康有利。

专此敬颂

康复！

晚辈 姜威 顿首再拜

十月十日于深圳

敬爱的范老：

晚辈正月初九去西安，病在那里，昨天才回深圳，忙得没写信，请谅。

苗子先生所赐墨宝收到，真是大喜过望，非常感谢范老，晚辈这厢八拜再加八拜！

不知范老腿伤如何？甚是挂念，原一直想接您到南海之滨休养一段，不知能否成行？

如在深圳、香港有用晚辈效力之处，敬请吩咐，保证尽全力而为之。

肃此敬颂

大安！

晚 姜威 顿首再拜

二月二十二日细雨蒙蒙中

敬爱的范老夫子左右：

久未请安，不知身体恢复得怎么样了？念念。

近日晚辈受聘《深圳特区报》读书版（兼职），每周一期，拟办得有些影响，特写信恳求先生代为约一些名家书话、书评等文字，以造声势，稿酬每千字100—150元（先生所约之稿，定坚持在150元/千字标准）。

《深圳特区报》算是特区最有影响的报纸，在港澳台影响尤著，不少新闻（如邓小平南行）都是先发表于此然后北京才转载，晚辈接此版，亦是想为读书人提供一块自己的园地。先生身体尚未恢复彻底，本不应以冗事相扰，然此事如无先生出面，亦甚难得到佳构也，故八拜相求，乞先生拨冗相助，晚辈感激不尽。

近日深圳大热，人如在高压锅中；但经济却冷如初冬，大家都在等待，难以有大的动作。

专此敬颂

曼福不尽！

晚辈 姜威 顿首再拜

九五.六.廿三

敬爱的范老先生侍右：

最近腿伤怎么样了？甚念。

晚辈月前曾去一信，拜请先生代为本地报刊读书版约几篇大作，不知可曾收到。晚近写一篇关于先生的稿子，实是“夜读抄”一路。既因版面需要，又还道友文债，非敢借先生以自重也。“姓名概览”中原有“鸡巴小各”一篇掌故，主编大人认为欠雅驯，发表时删掉了，真是可惜。

春末曾去长沙拜谒钟叔河先生，钟先生说您自著一部菜谱（《我爱穆源》书中亦曾道及），晚辈愿出资把它印出来供热爱先生的道友共赏，不知先生能同意否？又，先生文章写得真好，不知可有兴趣编为一小册子，印出来以广传播，满足爱书人的需要？

肃此敬祝

早日康复

晚辈 姜威 顿首再拜

七月二十四日

敬爱的范老夫子尊前：

昨天下午收到夫子寄来的丁聪先生签名本《文人肖像漫画》，极其兴奋，感激莫名，晚辈这厢十六拜大礼致谢！

晚今年春节不顺利，初一晚汽车被偷走，一着急弄肿了脚脖子，整个年都没过好。现刚能下床走路。原定三月五日去北京与靳飞兄合办“老头儿会”，现在看来也不知能否按时成行。

给刘则智女士的信已送她手下的同事转呈，因刘女士在北京，待她回来就能见到。

深圳今年遇百年罕见之大寒，港澳有不少人冻死，今天刚开始回暖。北京想必温暖，夫子身体可好？请多多保重，向师母请安！

晚辈 姜威 顿首再拜

二月三十日

（此信前半未见）余秋雨先生正与台湾尔雅出版公司联系，先出海外版。余先生并为此书写了序言。

晚手头还有《中国第一比丘尼——隆莲法师集》、《张大千全传》(四卷百万字，另附大千年谱、大千论画等凡七卷本)、《博尔赫斯全集》(已授权，由广州出版社出版)、《复活的圣火》(俄罗斯文学大师解禁文学选)、《彼得堡》(别雷著)、《台湾作家书话文丛》(陈子善编)等，正在联系出版中，其中不少书稿的获得曾蒙长沙钟叔河先生支持关照。

深圳现正处于雨季，偶尔一停，即湿热难当。一直想请夫子来深小住，看来秋天季节好，那时再说吧。此间如有需要效力处，一定全力而为。

肃此敬请

大安!

晚 姜威 顿首拜祝

六月十七日

敬爱的范老先生钧鉴:

惠书收悉，因晚辈这段时间一直在香港奔忙贷款之事，非常疲惫，原拟十日进京到外经贸部办事，现在看来一时去不上了。因为贷款一批下来，随即有大量工作要做。只能待下月或更晚些才能去得上。

金庸书事，非常感谢先生帮忙，如有可能，祈能惠寄晚辈查收为盼，书款是汇寄府上或是哪里，请指示。

如有用晚辈效力之处，敬请信示，一定尽全力而为。

肃此敬请

大安!

晚辈 姜威 顿首八拜

八月二十二日

蒋和森

范用同志：

惠函暨赠书都已收到，非常感谢。由于最近事冗，未及早复，乞谅。

我写的那篇后记，其实浅陋之处甚多，承您许可，实感汗颜。今后惟当自勉，以酬厚意也。

那篇后记写时倒是有一种痛快感，这并不是因为其中有什么高明的见解，而是觉得它是从心里自然流露出来的，也许这一点尚能博您一阅吧？

《论稿》中的各篇（特别是薛宝钗论），这次增订时都作了一些修改和补充，可惜时间匆忙，未能作好，还望得到您的指教。临书匆匆，不尽所怀，容后再当面聆教。专此即请

近安

蒋和森 谨上

三月廿五日深夜

蒋　华

范老：

您好！

来信收到，最近一段时间频繁出差，所以一直未到北京去，出版社这月底下月初可能要搬家，只好等忙过这段时间再去看望您。

《中外散文选萃》一直承蒙您老的关心、支持，前一段，打算将《选萃》改为刊物，后刊号批下来，为《散文》海外版，和原来设想的不大一样，社里便组织另一班人马去编，我和老谢则准备把《选萃》继续编下去，还希望您能给予更多的关心和支持。

看了您寄来的散文，便还想再看几篇，因为新鲜和亲切。现在这种朴素的感情、朴素的语言已不多见，或许这才是真散文。

看了几篇您最近的文章，是不是现在开始回忆过去？

代老谢 * 问好！

祝健康愉快！

蒋华

1992.10.22

* 指谢大光。——编注

金冲及

范用同志：您好！

前几天听周雷同志来讲起，《新华月报》归人民出版社编辑后，您有个想法：增加一部分“文摘”性的内容，但这问题还有不同看法。

我也算是《新华月报》的忠实读者之一。从开国创刊号起，再到“文化大革命”后复刊起，保存着一份全套的，现在也继续订阅着。

但从复刊后，确实觉得有这么个缺陷：只收新华社和《人民日报》的文章，其他报刊的都不收（《光明日报》偶尔有一点）。过去，每期《新华月报》到，都很高兴，要看很久，因为有些其他报刊上的重要文章，本来漏读了，这时就可集中看一下；现在，每期上的文章都是读过的，所以收到后几乎不再看，只是存起来就是了，“读者”变成“收藏者”了。更重要的是：从保存资料来看，有些重要的文章、有影响的文章，《人民日报》未必转载，自己也不可能订那么多报刊，以后要查就十分不便。《新华月报》本来要起个小型资料室的作用，现在这作用就有很大的缺陷。自然，要收其他报刊的文章，不能太多太滥，还只能以重要的、有影响的为限。

这些，您一定都考虑到了，没有什么新的意思。写封信，只是作为一个读者，表示支持您的主张罢了。

祝好

金冲及

3.17

金海峰

范用先生：

近好！

您寄来的《哀仲民》一文10号即收到，拟安排在今年第6期的“师友情”栏中刊用。但《帛易说略》今天才收到，以致回信迟了，请谅！

《书与人》创刊以来，承您老热情关注和支持，不胜感激。按期寄给您的刊物谅已收到，还望多赐教。

明年，我们拟在坚持原定宗旨和品位的前提下，对内容作些微调，主要是加大信息量，增强可读性，并将开本改为特大三十二开（220mm×150mm），与香港的《中国书评》同。

盼您继续给本刊赐稿。

致以

敬礼！

金海峰

97.8.21

金 玲 陈 虹

范用同志：

新年好！

收到您寄来的《〈水〉之歌》，我和张兆和过去（“文革”前）在人民文学编辑部同一办公室工作了十多年，今天看到您写的《歌》感慨万分。

我因年老体衰，视力欠佳，生活寂寞，整天在家养老，足不出户，您是我们的恩人，白尘走后两年多来，你对我的关怀和协助，永远不忘，今天特从相片盒中，选出1993年的照片两张，请您留作纪念。我不会写诗，只会写下两行字：祝福您和你们全家人新年快乐！身体安康！吉祥如意！

金玲 拜贺

1996年12月25日

陈虹、陈晶同拜上。

范用同志：

您好！

由于您的热情关怀，《陈白尘文集》出版事，拖延了三年之久，最近才得到解决。昨天（5月7日）江苏文艺出版社的责任编辑张昌华送来合同，让我签字。“文集”将于98年10月前出书，印数1000套，稿酬贰万元。白尘离开我们三年多了，他身后的一件大事，终于得到落实，这归功于您和白尘生前的好友们，我和两个女儿感恩不尽！

《夏衍文集》编委会，听说您已参加，如何分工？何时出书？

三联书店因为搬家，我们一直未接来信，不知新的地址。昨天电话中您说待《对人世的告别》一书出版之日，将展出白尘生前的照片于三联书店大厅。此事我和两个女儿谈过，她们说95年5月中国现代文学馆曾借北图大厅开过陈白尘生平创作展览会，有几十张放大照片，仍保存在文学馆唐文一同志处，女儿陈晶已和唐文一通过电话，请他支持。将照片借给三联书店展览，没有问题。接此信后，可直接和唐文一同志联系。

唐文一家中电话白天如果没有人接，晚上他总会回家的。因我家只有小照片，寄来寄去，很不方便。向唐文一同志借放大照，决无问题。

再者，《对人世的告别》书出后，除了三联书店给我赠书20册外，我想另购20册，赠送友人，购书费请由稿酬内扣除。北京地区，我将要送十多位友人，您电话中教我可托书店代为转寄，赠书人的姓名地址，我可写信告知，只是不知如何签名？还望赐教。

大女儿陈虹将于下周出差去广州和桂林，要在六月初旬回南京，请三联书店责任编辑曾蔷同志有事直接和我通信、通电话。

近日天气冷暖多变，望多保重！祝福您和你们全家人康乐！

金玲

97.5.8

范用同志：

您好！《对人世的告别》能得到出版，是由于您热情支持，白尘在天有灵，定会感激您这份宝贵的友情。我最近翻阅88年4月19日你给白尘的信"……我的私愿，是我希望为老师出版一部类似夏公《懒寻旧梦录》那样一卷本回忆录，不论三联是否接受出版，我仍愿为此奋斗……”读后感动泪下。

今年5月28日是白尘三周年忌日，待我收到《对人世的告别》后，即祭奠于白尘的灵前，以告慰他在天之灵！范用同志，这三年来，您对白尘身后之事，关怀帮助，您是我们家的恩人，我和两个女儿不知如何感恩。

此书出版后，除赠书廿本外，我再自购廿本，书款请三联由稿酬内扣除。我要寄送十八位在北京的好友们，遵照您日前在电话中的赐教，我买来宣纸，剪好比书面略小一圈，写上收书人的名字（附上地址和邮编）共十八张，请责任编辑代我在北京寄出。谢谢。

陈虹因参加学会，南师大派她去广州和桂林等地，约在下月初旬回来，请您转告三联书店，赠书和汇款直接寄我为盼。

《陈白尘文集》经过我苦苦战斗了三个春秋，总算今年5月7日和江苏文艺出版社签订了合同，三百万字的全稿（早已编好）交给责任编辑张昌华。张对此工作，倒很认真，他说他过去对陈白尘不甚了解，如今对作者开始有了敬意，是受了范用先生的影响，他对您非常崇拜。我已年近八旬，体弱多病，两眼患白内障，看书、写字困难，但我如今的心愿，是想争取再活一二年，即在有生之年，能亲眼看到、亲手捧到《陈白尘文集》，祭奠于白尘灵右，白尘走得太匆忙，他没能看到他《文集》的出版。

今后还有许多麻烦您的事，望多多赐教。谨此敬祝您和你们全家人安康！吉祥！

金玲　拜上

1997年5月30日

范用同志：

昨日接奉6月7日大函，《对人世的告别》尚未收到。听说邮局寄书是慢件，从北京到南京，要走半个月，再等几天，总会收到的。怕您等我回音，先此奉复。

我给曾蔷同志送一本，附签名纸一张，和附信一件，请您转交。

陈虹日前从广州、桂林等地开会回来，我告她编后记您已寄给《文汇报·笔会》副刊。她感谢您对她的关心和帮助。从94—96年，两年多的时间，她写了一本《陈白尘评传》廿多万字，是重庆出版社约稿，大约在今年年底前可以出书。下月（即七月初旬）学校将放暑假，她准备着手写《陈白尘传》。她写这两本书很认真，下功夫，她熟读和研究白尘一生的著作；白尘生前的一言一行，都向我问个清楚，我可算是个不署名的顾问。因此，在编辑《陈白尘文集》过程中，陈虹该算是第一把手。

白尘的日记，我们遵照他生前留下的遗嘱，妥善保存。我死之后，交给陈虹和陈晶，待她们二人年老时，连同其他有纪念性的书籍和文物等，全赠送给中国现代文学馆收藏。您的教导和关怀，我们一定牢记在心。

我今年已虚岁八旬，体弱多病，好在生活尚可自理，所苦者是两眼患白内障，每天上午看书、写字，不能超过三四小时，两个女儿工作都忙，她们都有孩子，她们都利用业余时间在写作。她们常说，上有老，下有小，活得很累。为此，我只求不病倒。我每次生病，让她们操心，增加她们精神上的负担。我内心极不安宁。可喜之事，是《陈白尘文集》于5月7日已签好合同，明年出书，待《文集》出版之日，我可告慰白尘在天之灵，他一生唯一的心愿，才算落实。

为了争取《陈白尘文集》出版事，我们苦苦战斗了三个春秋，得来不易。江苏文艺出版社在签订合同之前，我们只提出两点要求：一是明年一定出书（合同上写明在1998年10月底前出版），二是保证质量，其他一切不敢也不愿计较。我们记住白尘生前讲过，他一生不为名、不为利，我们也就不为稿费二字计较了。《陈白尘文集》的责任编辑张昌华同志对您很崇拜，他说他过去对陈老不太了解，如今对陈老有了敬意，是受您的影响，他崇拜您一生几十年辛辛苦苦做编辑工作，一心为作家服务。他看了陈虹在《书与人》上赞美您的文章，他也想写文章来歌颂您，我介绍给他我手边有关的材料，估计他会直接和您通信的。《对人世的告别》的出版，直接影响《陈白尘文集》的出书。范用同志，我还是要再次地说，您是我们家的恩人、好友，我感激您！临书泪下，视力模糊，就此停笔。

此复即致

敬礼！

金玲　拜上

1997年6月12日

陈虹和陈晶附笔问好不另。

范用同志：

新年好！昨天收到您寄来的大作《泥土·脚印》，我一口气一天就读完（封面上的邮印是03.02.04，这书难道是去年就寄出的？不解）。文章非常生动，尤其是后半本怀念文章，更是感人！当我读完《一个小学生的怀念》，凄然泪下。白尘离开我已经十年了，我今年86岁，老则老矣！两腿行走不便，只能在家中活动，足不出户久矣！白天孩子们上班，我一人在家，请个保姆做饭，我上午看书、读报，午饭后午睡二小时，下午做点家务，再看一份晚报，晚上看电视，生活倒很习惯，只是内心思念白尘。前五年，我是每天都哭，两眼哭坏，患白内障做了手术，眼科大夫警告我说，再哭坏眼睛，就没办法了。如今每天我早起，仍是先泡一杯清茶，点上三支香，向他遗像祭奠，吐吐心中要说的话，这样好像他和我仍在一起。

我的听觉和视觉，以及全身其他的功能都在衰退，没办法，这是自然的规律。得过且过！

陈虹学校已经开学了，她去年评上教授，要带研究生，这几天在备课，每星期六日来看我。我是和小女儿陈晶住在一起，日子无忧无愁，待星期六陈虹来时，我再叫她给您复函，怕您惦念，我先复上此信。

你身体好否？望多保重！祝您健康！

金玲书于 2 月 12 日

范用叔叔：

两次来信均已收到。由于纪念集的二校校样已出来，只得与印刷厂反复商量，终于同意将您的文章放进去，特告知，请释念。修改之处已告诉校对的同志了，亦请放心。

《牛棚日记》的出版完全靠您的大力协助，不知该如何感激才好。其责编苑兴华已与我联系了。我也为该书写了一篇“后记”，特提到您的关心和协助，父亲在天之灵若有知当感激涕零的。

您一直在惦念着父亲的回忆录的出版，我也一直在思考中，具体设计我想在下月来京时与您面商——5 月 25 日现代文学馆为父亲举办展览，届时我与母亲同来，在邀请名单上我们写了您的名字，就不知您现在行动方便否。

我的大哥名陈晴，1937 年生，1956 年殇于莫斯科，顺告。祝您万福！

陈虹 敬上

4.15

范用叔叔：

北京一别又有数日，总也忘不了您对父亲的深情。前日写了一篇千余字的散文《一位老出版家的情怀——范用先生和〈牛棚日记〉》交江苏省的杂志《书与人》以求发表。今日他们已来电话，说非常喜欢，欲放在第 6 期（即 11 月出版）发表。原因是这是一期为出版家编辑的专号。他们还索要《牛棚日记》及您的照片。手上正好有一张那天开幕式上您与母亲握手的照片，估计他们要刊用的。目前唯一遗憾的是，该刊是双月刊，11 月才能刊登，实在太晚矣，却又无奈。

《告别人世》一书已将材料准备齐全，待有暇一一校看一遍。若有便人去京，将请之送到府上，以免邮寄中丢失或损坏。您近来身体可好？念念。敬颂

暑安！

陈虹

95.6.22

范用叔叔：

您好！前些日子给您一信谅已收到，《一位老出版家的情怀——范用先生与〈牛棚日记〉》已排入《书与人》第 6 期（11 月 1 日）出版，同时附上该书的封面照与您的照片。该杂志不

俗，听他们说也曾与您有过交往，对您是赞不绝口的。此稿被称作是“传神”，这实际上还是您的精神感动了人！

今来信有一事相托：在为《告别人世》编辑文章时，始发觉家中的《少年行》仅剩下唯一的一本，而《云梦断忆》也已无三联的版本，仅剩香港版了，拜托您问一下三联是否还有存书，能否帮我们再购数册，因现在除了《告别人世》外，父亲的文集也需要。

《牛棚日记》的稿费已收到，谢谢。敬颂

康健！

陈虹 敬上

7.5

范用叔叔：

天气炎热，不知近况可安，甚念。前些时日曾连发二信，不知收到否，甚挂念，万望保重。母亲亦嘱笔问候。

冒着酷暑将《告别人世》的稿子整理出并校对好寄上，其顺序请按我的编号；另写好一篇《后记》请斧正。您是老编辑了，对此书的编辑工作请提意见，如有不妥，再改正。

父亲走后，得到您的一再关心和帮助，不知当如何感激才好，您才是父亲的真正知己！敬颂

暑安！

陈虹 敬上

8.6

范用叔叔：

寄上《书与人》一册，内有拙文一篇，以之向您表示感谢。该文被编辑部删去若干文字，主要是借题而大骂出版界之小人

者，颇以为最得意之处，只得徒唤无奈！另外一张照片是在父亲的生平展览会上您与母亲的合影，亦被剪去一半，且被弃者已无处可寻，寄给您留作纪念吧。

《牛棚日记》在南京销售一空，而上海亦纷纷有人探问，这实是令人安慰之事，而对出版社来说，似可不需赔钱了，颇心安。

《对人世的告别》已由严文井为之作序，不日即定的。照片和手迹已托便人带至出版社，还未见回音。这两本书都靠您的大力相助。在此不知该如何感谢才好，母亲亦一再嘱笔向您表示感激。

今年终于将《陈白尘评传》完稿，交重庆出版社出版。这是他们的“现代作家评传丛书”中的一部。居然也是个不怕赔钱的出版社。该书由于重点放在“评”上，而将许多鲜为人知的历史忍痛删掉。其责编亦觉可惜。建议我重写一部《陈白尘传》交北京出版社出版——他们现在也正在出版“现代作家传略”的丛书。但我与北京出版社素不相识，不知您是否有熟人，能否帮忙推荐一下，母亲总说《陈白尘传》与其今后让别人写，不如现在由自己家人完成，内容可更真实更具体一些。又将此事麻烦于您，甚不过意，只能再次表示感谢。

寒冬已至，望您多加保重。尤其是住处万望保暖，不要留下病根。想念您。敬颂

冬安！

陈虹 敬上

12.8

另：您的《一个小学生的怀念》是发表在《文汇报》1995 年 5 月几日的报纸上？望告。以便为“评传”中的引文作注。

范用叔叔：

《告别》一书拿到手中时，真不知该向您说什么是好。父亲走后，您多方关心我们，尤其是为他出版了那么多的书——《牛棚日记》《对人世的告别》，还有《茶叶棒子》的再版，以及在《文集》出版时的关键性的一臂之力。张昌华讲，在陪您来我家之前，还并不了解陈白尘，是您让他下定决心一定要出版好父亲的文集。他还说准备写一篇有关您的文章，就像我在《书与人》上发的那篇一样，详细地谈一谈您对父亲《文集》出版工作起的重要作用。

李辉的文章寄上，内容多用我的那篇拙作，他是名人，他的文章所起的作用要远远超过我，故而也不去谈“抄袭”了。不知您是否认识他，我从未与他谋过面。

编辑的年龄估计不大，故校对方面错误很多，远不及苑兴华先生的水平，比如说 p. 645 最末处的日期的排列，是实不该出此笑话的。如今更正也来不及了，只好让它去了。只是《杂记》部分不知她为何要如此排列。既非依回忆中的顺序，亦非依写作顺序，费解。尤不该打乱回忆录的时间排列，这似是常规。（您信上讲《编后记》已交上海报纸发表，不知是否更正了错误，如 p. 834 倒 7 行“文章”→“父亲”；“把”→“他”；p. 835 11 行“一生的”→“一生以”；12 行“文章”→“父亲”……）

您来南京时未及与您见面，其时正忙儿子演戏，他在中文系内组织了一个南国剧社，演出《升官图》轰动了社会……

祝

暑安！

陈虹 敬上

6.17

金思明

范用、仙宝老友：

久未致函问候，甚为怀念。前几年你们连续多年寄来贺年卡及《穆源小学》、洛峰《诗词存稿》等均已收到，谢谢！未能及时回复，深表歉意。去年之初曾给你们一信寄往老的住址，不知收到了没有？后来陈国钧来信才知道你们已搬家。

看到59期《联谊通讯》你写的“编印三联照片集的一个补充说明”中有的老同事已（去）世了，影集不能漏掉他们，包括二三线机构。我还保存着一九四三年三月在桂林建业文具公司工作时刘耀新、杨和我们三人的照片，刘耀新同志是我一九四〇年参加重庆读生分店经理又是建业文具公司领导人，他于今年九月在重庆去世，杨和也于去年元月作古。为了怀念老领导和战友，我在相集中翻出了这张珍藏的照片，现随函寄去，如能利用，（可）作为我对老领导和战友的深切怀念。

欧阳去年十一月不慎在家跌倒造成左大腿骨折，住院半年多，现在基本痊愈，已能扶拐下楼上街。今年十一月七日他的老伴杜长萍不慎踩上香蕉皮跌倒，致使左大腿粉碎性骨折，住院月余，现在家疗养。

前几年你被车子撞倒受伤，不知痊愈否，甚为惦念。

我患有气管炎，冬季很少外出活动，其他季节经常在附近公园锻炼身体。欧阳老伴他们问候你们全家好。

祝你们新年愉快，健康长寿，合家幸福。

金思明

97.12.25

靳　飞

范老：

最近好吗？其实这不必问，必是好！漫画像的不干胶贴画又作了一回，仍是不理想，抱歉。底片璧还。您其他漫画像有照片否？如有，盼将底片寄我，或可较此枚效果更好。其实，制成明信片也好玩，在日本做质量优于国内，您如有兴趣，选好内容，我帮您印一千张。明年我和雪卿在经济上也会上一个新台阶，不会感到是负担。而且，我们差不多也是“我爱读书，我爱范用”一流，当然，我的情况，第一要爱吴祖光。那位老先生是今代的圣人。

啊，忘了一件事。郁达夫在新加坡写有谈他与京剧的文字，听说是最近发现的，您是否见到？如方便，能否给我一份？现在，我们两口子一起动手作论文，题目是《中国现代文学家和京剧》，您是方家，还望能多多赐教。

春节能否回家还说不定。刘间明年四月起要到北大作访问学者，可以在北京住十个月，她高兴得快跳起来了。我是羡慕不已。如今，我居然没有在北京住上半年的福分，真是早知今日，何必当初！这些话也不说了。

祝新年吉祥！

靳飞

97.12.10 拜上

范老：

我搬了一次家，但野泽的地址也还可以用，是我岳父岳母家。收到您的信的那日，我刚好在岳父家中，外面正下着特大暴雨，电视里播出洪水警报。您的信被雨打湿，小心地揭开信纸，看到的却是比雨、比洪水更令人不安的消息，丁伯母怎么会这样早就走了呢？她是非常善良的人。我还记得有一次我女儿在您家发现了一根木杖，一定要拿走。丁伯母为难了，她不愿意让孩子失望，但她又知道那木杖是您所爱的，这一老一小抢这根木杖，丁伯母为这事发愁，她小声告诉我，说："这是从黄山上带来的，范用特别心爱的。"她说这话的神情语气，我现在还记得起来。我和雪卿都为她落了泪。我们也想念她。

我一直在心里惦记着您，我搞不懂是什么道理，您在这些年所经受的打击太多了。我不敢说是十分了解您的人，可是总是知道您的不少事，我知道您虽然个子小，却是一位顶天立地的君子、男子汉！我感到世间缺乏公道。其实世间本来就没有公道，公道就像货币一样，其价值需要依靠人来维护。当今道德崩溃之时，公道之不存是必然的吧。怎样重建道德，我觉出渺茫。以往老先生们大多健康的时候，我躲在老先生的圈子里，远离中年青年，远离文坛，我那时已然知道我们是一座文化孤岛。我也眼看着有多少中青年人来这座孤岛寻宝，从中获取回肉来自己吃，这种事不做也罢，没什么意义。

我现在在东京大学教书，他们待我很好。我现在主要是做研究，一是京剧文化，二是香料文化，三是亚洲文化新传统，都是冷门，少有人来竞争。当然，写文章的习惯也难改了，不管写的如何，反正还要写一些。我正在写一本《人物奇谭》，待印出后送您。您能看《北京记忆》给我很大鼓励，也给我些批评吧！看来我们都需要坚强，坚强，再坚强。

生 靳飞 叩

十月十五日

阚　闳

范用同志：

神交已久，今天提笔写信便可省去一些客套话，就来个单刀直入了。

郑老说，自二号起，您不再上班了，这样，您一定有时间读我的信，并给我作复了，是么？

刚才，来了三个大学生，未进门便毕恭毕敬地鞠躬道：“公朴先生，我们来拜访您了！”其虔诚颇令人感动。许多读者买完书后盖销售章时，盖了一个还嫌少，又加盖一个，说：“这是为了纪念！”不少读者来问：“你们多阵搬迁了？”我问：“谁说的？”答：“《春城晚报》上有篇《北门遗风在》的文章说的。”我说：“你们很关心《春城晚报》，其影响很大，几乎走到哪里都听到类似的话。”又答：“不是关心《春城晚报》，而是关心北门书屋，晚报那么多文章，读了也记不住，但有北门的文章，一看就印象很深。”凡此种种，无不说明了“得道多助”这一真理。联想到您当年那么无私无畏地支持公朴先生，现在仍然坚定不移地支持北门，令人感动。公朴先生没有死，他还活着——他的忠实的朋友们，组成了八十年代的李公朴，我给您们写信时，仿佛在给公朴先生写信。

最近，得悉郑老病了一场的消息，我很难过，疑心是为北门奔走所致。因此，不得不向您写此信，出面召集个会议，总结一下前段的情况，拿出个切实可行的方案来。

诸公都老了，我不忍让你们去办琐碎的事情，力要使在刀刃上。我向诸公请教的主要是三个问题：

一、对北门书屋应持什么样的态度？

本书屋自复业以来，大小报刊发了不少文章，刚刚收到一封读者来信，说《全国新书目》第11期刊物上又有报道，在外头名声越来越大，而内部有少数同志却在下边讲泄气话，什么“北门资金太少，没多少干场”，等等。是的，北门五万元贷款，比起腰粗气壮的新华书店，确实只能等于“1”。然而，“1”是万物的开始，有“1”必有“2”；“万”难道不是由“1”而来的么？！您当了多年的领导干部，我相信您在用人问题上，肯定是喜欢那种跟随您出生入死、艰苦创业不惜肝脑涂地的人，而不喜欢那种躺在旁边睡大觉、等高楼大厦盖起来后争着要住房的人。云南最大的公司之一“宏达”是柒仟块钱起家的，难道北门人连几千块钱拿不出来么？有什么理由对北门丧失信心呢！当然，无论干什么事业都有同路人，北门永远敞开着，愿进、愿出皆可，不必勉其为难。

二、手中的烧饼应给谁？

一个孕妇，手中拿着一个烧饼，身旁的女儿哭诉道：“妈妈，我要烧饼，我饿呀！”母亲却说：“孩子，你忍一忍吧，这烧饼是留给你快要来到人间的小弟弟的！”边说边递给女孩一张纸，纸上画着一个饼：“你实在饿得发慌，就看看这画上的饼吧，它是属于你的！”

去年十一月，上海来了个姓丁的同志，找了云南一些老同志，酝酿重建三联书店云南分店之事，许多人都动了心。是啊，三联要是能重建，其腰粗气壮，可与新华书店媲美，相形之下，北门太可怜了，没啥干场！因此，自丁同志走后，有的人明显地冷淡北门，这不禁令人想起那个孕妇手中的烧饼……

然而，北门人既不畏强暴，更不惧风雪；强暴，陪衬出北门人的性格；风雪，锻炼出北门人的御寒能力。

我想起了鲁迅的话，要“横着身子战斗”！活了四十余年，从来没有像今天一样感到生命力之旺盛，因为北门这个阵地，提供了一个广阔的天地，让我们可以充分使用马克思主义的锐利武器，击败并将继续击败形形色色的多种腐朽势力！

“士为知己者死”，这是中国人的传统美德，如果诸公信得过我，那么，我愿为北门事业献出一切。

人们惊慕成功者手中的鲜花，然而，有谁知道成功者为之洒出了多少牺牲的心血？！

假若我是那个饿肚的小女孩，那么我就要借那张画着烧饼的画纸，写出最新最美的文字！

去年年底，盘点之后，我亲自参加清理半年来的工作，发现了些问题，立即采取了措施，订出“规章制度”（详见附件），组织学习整顿。目前，已走上正轨。这个“规章”正在试行，它是半年来实践的结晶，但肯定还存在不少问题，请诸公多多批评！

三、“假若我是公朴先生”

这是我给诸公出的题目，从内心说，你们就是活着的公朴先生（我正是这样看待你们的），故诚望以公朴先生的名义办理有关北门的一切事宜。

一位老者告诉我，当年，公朴先生处警报时，专门请一个人替他保护一只口袋，公朴自己也抱着一只口袋跑。公朴说：“人在，这口袋就要在，万万不可丢失！”原来，这两只口袋，一只装着文件，另一只是郑易斋先生送给北门的钱。在白色恐怖的昨天，还有个郑先生雪中送炭；在“莺歌燕舞”的今天，郑先生何在？呜呼，感叹之余，令人深感今日搞北门事业之不易！过去，公朴斗争的目标非常明确，而今天则显得那么大惑不解，这究竟为什么？！

诸公如何支持北门？请您召开个会，先听听大家的设想，先民主，后集中，统一一个方案。我想，有两方面的问题要解决：其一，集资问题，陈松茂同志在上海搞了个“生生”厂，共有十股，每股五千元，入股者为董事，实际是大家合营来办此厂，由于自己有投资，故不得不关心“生生”的命运。陈老给北门留了一股，我挂了名，钱也是我私人的。我觉得这个办法好，北门是否可以集资（不一定限定金额）以调动董事们的积极性？！国男同志及他们一家，如果能出面做些工作，效果会更好。其二，在北京、上海建北门分店，目前还不现实，即使真有此打算，也得分两步走。据方老说，鹿野同志有个设想：在北京搞个联络站，专为北门传递信息、进好书。联络站的具体工作，不能由老同志们来办了，可找一个有头脑、有能力、有气力的中青年来干。此人的报酬，由北门付，付多少？这得请诸公定夺了（或是发月薪，或是按所创效益提成）。

目前，最迫切的问题是设法进读者们需求量大的书。进书不能以面为主，而要抓住重点。如《情爱论》，由于信息不灵，不知云南其他书店进了多少，北京几时发货，所以最初不敢多进，直到最近才得知新华书店已在售此书。早知如此，二个月前，我们一气进它五千至一万册均可！可现在已经晚了。但仍有类似的书需要去争取，如《精神分析法引论》弗洛伊德著，商务印书馆出版；《男人的一半是女人》张贤亮著，中国文联出版公司出版，此书可能张光年同志更有办法。这两本书如能进得到，北门一次可以各进三千册以上。其次是工具书，商务印书馆的《新华字典》一次亦可进上千册。

至于一般的书，读者认为可买可不买的书，则属可进可不进之列。陈国钧同志说，红旗的书，可让北门代销，销不完者可以退书。如能这样，当然很好，但也要严格挑选一下，尽量少退或不退，凡事多为对方着想，不能光考虑自己方便。

请转告李洪林同志，他一定会有美好的前程。大凡写过被“批判”的作品者，大多被提拔重用了，白桦如此，那位写《假若我是真的》的作者，不亦如此么？！这是正常的。否则，一切都被颠倒了。对《理论风云》，北门人应看其主流，看大节，勿随他们说“讲了过头话”。连“神”都可以讲过头话，做过头事，为什么一个普普通通的凡人就不能讲几句过头话？

附上几件材料：①《北门书屋规章制度》。昨天下午方老来仔细看过，只提出一条意见：“迟到半小时就作旷工处，太严了。”于是改为“一小时”。当他看到“不能将两个上册或两个下册错售给读者”时，说：“我在温泉疗养时，就买过两个上册的书，后来也没工夫去调换。”我告诉他，这些条文是半年的实践中发现了问题后从正面提出来的，已经付出了代价。我过去没干过这些工作，要是没有交“学费”，这些条文是出不来的。②一份旁证材料。十二月以前，北门请王自达同志（曾当过镇雄县新华书店 30 年经理的退休同志）负责业务工作，黄坚及其老伴（当过 30 多年新华书店会计）指导业务及财会工作。十二月二日，王自达同志因事离开后，我组织清理前段时间的工作，发现发票有丢失现象，立即向有关部门写了报告，并通知王、黄等位，万一这些发票出了什么问题，他们才有个思想准备。这些发票的丢失，可谓昂贵的“学费”啊！过去我太放心了，认为有三位老同志在管业务与财会工作，我不必过多去过问，否则显得不相信人、太小器！现在看来，我有些失职，不应该那么放手。我应该检讨，虽然方老一点也不埋怨我，而认为那三位老同志有失他的期望。③一份协议书兼发票复印资料。去年 7 月 10 日以前，园区厅还有个北门书屋，卖百货兼一些书摊上常见的书报，他们认为："纪念公朴先生，人人有责；北门书屋的招牌个个都可以叫。"我多次找他们协商，以 150.00 元的代价取掉了他们所谓"北门书屋"的招牌。《致友人书》多提了方老几句，意在告诉这类人：北门书屋在云南，只有方仲伯是最适合的后继人，而非"个个都可以叫"。④《北门灯犹在》一文，请找个地方发表一下。

代向楚老、张光年、鹿野、倪子明、王健、陈国钧、黄单明等同志致意！

即候

近安！

阚闳

1986.1.9

方老前晚去电唐登岷同志，唐说，上海丁同志走后，由黄坚同志在作串连组织工作。方老说，黄的能力有限，他搞不成。

昨晚收陈松茂同志信，要到云南建分厂。我们已找好仓库，全都在落实中。据说，年利 20 万以上。

范老：

收到您的贺卡，感慨万千！您的贺卡，一年不同一年，贵在无价，贵在年年有新招！人老了，令人不时想到那个"暮"字，暮气沉沉；而您的贺卡，令人想到"童"字，返老还童，返璞归真。这是多么难能可贵啊！

寄来迟到的“贺信”及市政府的红头文件复印件，请阅。我想，将来的展销厅中，将开辟“名人名家名作”的展销专栏，您认识的名人很多，请您代为找名人们活动一下，向海内外的大富集资，支持我们盖北门书屋大厦。

待大厦建成后，拟恢复北门出版社并新成立北门旅行社，附设住宿、餐厅、购物中心等，主要面对国外旅游者。主要部门，是李公朴纪念室及“北门之友”陈列馆。

总之，请范老多为“北门”奔走！必要时，我到京专程聆听诸公的高见！即候

大安！

阚闵

1993.1.28

范老：

您寄来的书今日收到，谢谢！

在老一辈之中，您是颇有个性的一位，您每一个举动都不同凡响。希望您以《我爱穆源》为新的起点，继续写下去。

您赠方老的书，我定亲自送交。他住院一年多，这次病情较重（偏瘫），已起不了床。今年6月，方老把我叫到病床前，嘱咐了两件事：其一，今年6月24日（端午节）是他的生日，他想在这一天邀几位老朋友来叙叙，让大家见见他，也让他看看大家。这件事，已圆满完成。只请了本市的几位方老的老朋友，外地的请了也来不了，故未致函邀请。其二，方老写了四十多万字的回忆录，因两袖清风，只好让稿子在抽屉里躺了四年。近来，他不再沉默了，要求我向他战斗、生活过的单位求援，支持他把这本书出出来。我理解他的心思，他是想在生前了却此愿。他对

我说："我可能活不长了！"令人难受！

方老的回忆录，颇富传奇色彩，从他的父亲写起，追叙了他的一生；集资料性、文学性、艺术性、可读性于一身。先生与香港三联交往较多，能否与他们联系一下，支持方老把此书出版。

另，香港三联与山东齐鲁书社联合出版了崇祯本小说版《金瓶梅》，港币每套（上下册）280.00元。请先生与香港联系一下，能否给北门发500套？理由，请附上市政府的批文，支持北门集资，是名正言顺的事。付款问题，能否先付50%（人民币可否），待书收到后，再付50%？情况如何，烦告！

末了，请您考虑，是否可以组织一些老前辈写点关于方仲伯同志的文章？我们拟将这些文章与他的回忆录一道出版。《范用印象》《京城"范老板"》等文就很有价值，读起来十分亲切。

有劳先生了，盼早日收到先生的回信。即问

夏安！

阚闳

1993.6.26

范老：

新年前夕，给您寄了几本挂历，谅已收到！这是我们策划制作的。冯国语先生是知名度较高的书家，他的作品（条幅）往往为数千元一件。聊以此作为对远方老师们的问候！您留下的以外，请代我转送三联书店的几位主要负责人。顺附专版一份，以便他们了解"北门"。

元旦前几天，岳世华、黄坚等信都来了，还谈到岳老到您的"茶室"聊天之事，听了为之振奋，真为您高兴！

我也是“三联联谊会”的成员之一。据黄坚发表的文章说，三联在北京被国民党反动派查封之后，公朴先生便在昆明创建了北门书屋。这样看来，北门与三联是有血缘关系的。然而，更多的人并不了解这一点。因此，希望：其一，请《联谊通讯》组织这方面的稿件，使为人们所淡忘的东西又重放光彩；其二，希望范老为北门多说几句话，请三联给我们发书，特别是多发好书。

顺向范老汇报：北门近两年大踏步前进了好几步；有了汽车，有固定场所，营业面积和营业额都比两年前增加了壹拾倍。得道多助，许多家出版社都向北门伸出热情的双手：中国青年出版社最近一次就向北门发来四十多万码洋的书。因为他们相信北门的销售能力。三联的领导们若有疑问可以打个电话问问杜跃珊先生，他不久前才访问过北门。《全国千家出版发行单位名录》（中青社版），每年再版都有北门。

一年一次的首都冬季订货会即将来临，往年是我的女儿冬冬去，今年我一定亲自去。届时，我一定来拜访您老，同时也见见三联的人。

听说范老喜欢收藏酒瓶，不知给您老带点什么酒好？！若有机会，希望我能给您做几道滇菜！我还想给您带点鲜蔬菜，不知您喜欢什么？请告。

昆明为迎接“九九世博会”，借东风翻了下身，希望范老来昆明一游，可否？

北京的冬天寒风刺骨，虽然今年比较暖和，也请多多保重！
即候
大安！

阚闳

1998.1.1 于昆明

柯　灵

范用同志：

承惠《夏衍杂文随笔集》及《泪雨集》两套（一套已遵转傅敏），早经递到。因外出三月，倦游归来，近始得见，加以琐务山积，不遑清理，遂稽奉报，十分抱歉。

近正应约写访问阿根廷应景文字，走马看花，而又要搜索枯肠，真是一大苦事，无法摆脱，为之奈何。

拙作杂文集，正托人收集材料，颇费手脚，预计编就需时一二月。我拟请香港三联印行的《风尘集》（主要是纪念文艺界前辈和朋友的文字），则可较早编就，寄请裁夺。昨上海文艺出版有同志来，以出版此书为请，我答以已与三联有约，而我也极愿在港出书，以其印刷精良，出书周期也较快也。他们又要求在港出版后，在沪重印，此则权在三联，只好请你们考虑决定了。

《夏衍文集》版式、装帧、纸张都好，颇以为喜。

匆奉，即致

敬礼！

柯灵

12.24日

范用同志：

日前上一笺，想承鉴及。

拙作《风尘集》已编就，另邮挂号寄请审阅。全书分两辑，一辑是有关作家艺术家的怀念、访问、追悼性文字，是人物志一类东西；第二辑是序跋一类，选其可读性较强者。后附《沪西——魔鬼的天堂》，是“孤岛”时期的上海速写，表明其中很多文字是在这样的背景下产生的，像在剧本里的舞台设计图一样。此书拟请香港三联书店出版，作为“回忆与随想文丛”的一种。是否有当，请尊裁。

日前接香港中文大学函邀，于三月中旬赴港参加“四十年代的华东华南文艺”研讨会。但是否能去，现尚难决定。

盼见复。祝

春节愉快！

柯灵

1981.2.4

范用同志：

您好！

拙作《杂文集》，花了将近四个月的时间才编出来，质量不高，殊深汗颜。当否请审阅。

稿到后乞赐一笺。现在每做完一件事，就不觉喘一口气，似乎了了一笔心事。如可用，很盼望能早点付印。

此致

敬礼！

柯灵 上

1982.9.19

范用同志：

十月上旬手示，至今才得奉报，万歉。因受《读书》下嘱，赶写谈锺书同志创作一文，检阅材料，构思执笔，汗流浃背者将近一月，深恐以唐突高明为惧。日前稿已寄发，是否合用，不可知也。

《爱俪园梦影录》能结集成书，为上海近百年史留一资料，大是好事。内容有可斟酌处，悉听尊裁。唯作者已作古人，自以尽量存真为妥耳。兄以为然否?

拙作杂文集发排，以了一小事为慰。兹附《文明的验证》小文，系十二大笔谈，以此殿全书之后，为此历史性大事留一微痕。如承首肯，请补排为感。

此候

文祺

柯灵 拜

11.16

范用同志：

日前收到拙作《杂文集》样书，至为欣感。这套丛书，为时代风沙着一痕迹，当为一大功德，我得以附骥，喜愧交作。但我估计一般读者，未必配胃口。三联这一赔本生意，在出版界奔竞求利的潮流中，难能可贵，当为识者所共见。

昨得复旦大学分校中文系教师殷仪、黄乐琴信，她们是《周木斋研究资料》的编者，搜集木斋遗作，得杂文二百余篇，都二十万言。木斋为文谨严，人格卓荦，尤为庸流所难望，徒以早夭，不为世人所知，且因鲁迅先生谈“何家干”笔名时，有“王平陵告发于前，周木斋揭露于后”一语，深滋后生误解，视为“反动文人”同俦，更是旷世奇冤。在三十年代的杂文家中，木斋的成就，实不在有些徒拥虚名者以下。不知尊编杂文丛书中，可为木斋遗文留一席地否？鲁翁一言兴邦，受之者终身受用，津津乐道；而一言丧邦，往往使受之者沉冤莫白。鲁翁当然不尸其咎，而持平求实，责在后人，您以为然否？（殷、黄二位有《周木斋论》一文，刊《上海大学学报》，兹剪附备考。）

拙作《杂文集》定价为五元二角，于以见成本之高，但也深以读者负荷力为虑。我以前曾因索书者众，要求购书二百本，现在一算，不觉咋舌。我只好打退堂鼓，请通知发行部，购书数请减为一百本（连赠书在内，共一百本，如赠书为十五本，则八十五本足矣）。琐事奉烦，谢谢。

已成《〈周报〉沧桑录》一文，不日寄秀玉同志。此颂健康，节日愉快。

柯灵

1985.4.30

范用同志：

奉手书，至深欣慰。旅甘时宿疾频作，返沪后太平无事，承念心感。

《读书》无恙，为文化事业一庆，但愿它长命百岁，盖不仅读者之福。定价太贵，自是问题，但看来也没有办法。

知兄将偕罗孚南来，良觌在迩，不胜翘企。上影文学部宾馆已代订一室，来时命驾是处即可。如行前能通一话尤妥。

春间承约为“读书文丛”编一拙作，现方编成《墨磨人》一集，目下正为作序文所苦。承命为《读书》作千字文，心余力

拙，深愧无法应命，奉乞见谅。专复，即颂
清吉

柯灵
9.26
国容附候

秀玉同志致意，不另。

范用、秀玉同志：

在沪通话，知为哮喘所误，不克南下；又知秀玉同志因病住院治疗，殊以为念。迩来想均已痊可，谨为远祝。

我和国容于十日来深圳“创作之家”，将在此休养一阅月，预定十一月十日左右返沪。拙集《墨磨人》全稿，已于离沪前挂号寄呈，想达文几。兹补奉小序，并请审读。另附著作目录，盼能附刊书末。国容《幼儿与哲学》译稿，原拟在深圳寄奉，不谓临行匆忙，忘带三章，只得返沪后再寄。

匆报，千祈
珍摄

柯灵 上
10.15
国容附候

吉便盼惠一笺。

范用同志：

在京倾谈，并承惠假参考资料，得长识见，深以为谢。

嘱写笺，成一小诗奉赠，字因我写不好，诗也贻笑大方，博一粲可也。

另寄一新作，请编入《墨磨人》，列为末篇。又是还人情债的文字。《墨磨人》封面设计，我想书名最好用直行书写，因为横行书写，有误读为“人磨墨”的可能，你以为如何？出版事业现状大难，如能早日付梓，自所企盼。

匆奉，即颂

时绥

柯灵

1987.12.11

范用同志：

手书、题签、相片均已拜收，感愧千万，诸维心照。

出版事业困顿如此，令人扼腕。沈从老身后冷落，既在意外，亦在意中。但遗文足以千秋，此公生前，淡泊自安，当无所憾也。

昌文同志赴日，道经上海，未及一晤。他嘱子云转询关于拙文《乔峰老人》（收《墨磨人》集）可否发表，甚以为感。因此文杀青时，香港《八方》正来索稿，早已应约寄出，并同意不再在国内发刊，请转告昌文同志，并致歉意。匆报，即颂

大安

柯灵

5.28

国容附候

拟得一本四月号《读书》，遍购未得，如有余书，盼兄寄为感。

范用兄：

在《海上文坛》拜读大作，甚慰驰念。上海书店拟出一套“文史探索丛书”，兄浮沉书海数十年，建议兄作一回忆录，写此中沧桑变化，必有极大意义。书不求正史格局，轶闻琐事，均无不可。不知兄有此雅兴否？“丛书”我挂名主编，实际负责者是范泉。倘承首肯，当由范泉直接联系。此问

时绥

柯灵 上

92.8.14

国容附候

范用同志：

《万象》只允挂名顾问，不好翻悔了。刊物进行如何，我一无所知，也决计无暇及此。

近出《天意怜幽草》，已请人民日报出版社张亚平同志寄奉，已收到否？

彼此年高，寄语珍摄，即颂

夏安

柯灵、国容

1996.8.11

辛笛兄*：

你好！

我在华东医院住了将近三个月，最近已出院来京开政协会议，会后还要留一段时间，参加“民进”的会。

有一件事想奉托，问问香港三联书店的贵友。我想辑集旧

作，编一本小书，内容分两部分：一部分是写人物的（怀念、追悼、祝贺、杂感、访问之类），涉及的有关人物有鲁迅、郭沫若、许广平、夏衍、郁达夫、阿英、郑伯奇、傅雷、梅兰芳、蔡楚生，以及另外几个青年作家，等等。另一部分是我解放前所编一些刊物的发刊词、我已编绝版的文集的序跋之类。港三联有一种"回忆与随感"丛书，巴公的《随想录》即其中之一，我想追附骥尾，出那么一本，问问他们要不要。

天津百花出版社想要出我一本关于人物的散文集，但我想内容宽泛些，给香港三联。因此没有得三联回信以前，请暂保密（我还有个愿意在港出书的原因，是他们出得快。如要压积，也就算了）。

近来有何诗作？开会匆忙，回沪面谈吧。即叩

俪安

弟 柯灵

9月4日

* 此为柯灵写给王辛笛的信。——编注

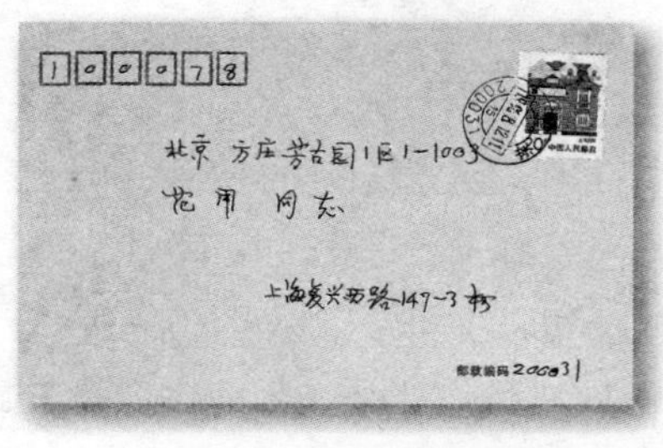

孔罗荪

用兄：

未通音讯已十有余年，最近唐弢、铁弦二兄先后来上海，从他们那里得知尊况，因不知通信地址，这次弦兄来信告知，特写数行，以为奉候。我的情况，想已由弦兄奉达，当不多赘了。

我现在上海师大中文系现代文学教研组，主要参加教材编写的修改工作，大体当可应付。

本来想去京看看老朋友，只是一时尚难成行，只好有待来年了。弦兄来信说你可能于十日间南行，十分高兴，如来，务希到舍间一行，以便畅叙。洛峰兄可常见到么？我也不知他在什么地方，倘见着乞代问候。老万是否仍在北京？

余容再谈，专此问

全家好！

罗荪

九月十五日

范用同志：

十、六手书祗悉，得老友信分外高兴。

七二年你曾来上海，当时我还在干校吧，这次听说你将有南方之行，总有机会相晤了。希望你来沪后，一定到舍下来。不知你在上海住在何处？我住处是在淮海中路高安路口，26号电车在高安路下车，就很近了。反正上海你是很熟的。

万国钧同志已去世，不知什么毛病，他的年纪似乎还不是那么高龄。这使我想起在重庆时的那一段生活。洛峰同志常见么？我们也是很久未通音讯了，不知他的通信处在哪里？你如见到他时，告诉他罗稷南已于几年前患癌症去世了。

听说适夷去杭州，是否过沪时晤面，因未见到他，或许他返京时会来上海的。宝权兄我一直想给他写信，一直未动手，这回一定要写个信给他，对这些老朋友，总是在心中惦念着，尽管未通音讯，而心是相通的。

沙汀、艾芜都在成都，情况还好。

等着在上海欢迎你，也可畅叙一番了。

专此致

敬礼！

罗荪

10.9

范用同志：

十二日手书祇悉，谢谢你的关心，及时把佳讯传来，这是亿万人民所关心、所欢欣鼓舞的好事，除掉四害，真是全党、全国人民的万幸，否则真要遭到极大的灾难。这伙人接过了林贼的衣钵，其狠毒有过之无不及。

这些黑秀才，十年来把文风搞得一团糟，当然，其罪恶还不在此，据这里传达的一点点，已够令人气愤的了，把整个端出来，真是千刀万剐也难解人民之恨。被颠倒的历史，总有一天要还他本来的面目，历史唯物主义是不可违背的。雍正的把戏，吕后、慈禧之辈的故伎，已成这伙鼠辈篡权的“恩师”了。

这个“复仇主义”的“吕后”，最后搬起石头砸烂自己的狗头而已！

知道你暂时不出来了，也好，把这段学习搞定，再出来走走也是心情舒畅。仍然期待着你的光临！

见到老朋友，乞代致意！

祝福

全家好！

罗荪

10.16

适夷兄闻已于上月自杭州回京了。又及

蓝棣之

关于编辑《"新文学选集"序言集》的设想

解放初期，开明书店出版过一套"新文学选集"丛书，由中央人民政府文化部新文学选集编辑委员会编辑，茅盾主编。这套丛书，选辑了"五四"以来"具有时代意义的作品"，可以使读者"对新文学的发展获得基本的认识"，其中包罗的二十四个作家是：鲁迅、郭沫若、瞿秋白、茅盾、郁达夫、叶圣陶、闻一多、丁玲、朱自清、田汉、许地山、巴金、蒋光慈、老舍、鲁彦、洪深、柔石、艾青、胡也频、张天翼、洪灵菲、曹禺、殷夫、赵树理。

这套丛书，每本选集前面都有序言，大体上都是自序，烈士的选集则请名家撰序。这些序言都写得相当认真，相当有功底，迄今为止，仍有极重要的参考价值。相当一个时期以来，好些问题都弄得面目不清了，而这套丛书的序言都写于批判《武训传》的运动之前，那时的文学界还没有受到我们今天所知道的一系列干扰，因此，那些序言还是相当真实的，更接近于本来面貌。今天，我们研究作家作品的方法和风气都在变化，但是无庸讳言，我们的一些研究实际上是在这些序言的基础上后退了，或者说，还根本没有达到这些序言的水平。我们的研究想要突破，也得知道曾经有过这些序言。因此，学术研究和高等学校教学的需要，这个需要本身提出了把这些序言集中起来出版的要求。好些青年教师和研究人员根本不知道有这套书，更不要说大学生了。

编辑出版这套书的序言，其情形类似于三联书店重版朱自清、唐弢、叶圣陶等过去的著作的单行本一样。

编辑出版这套书的序言，其情形类似于编辑《中国新文学大系导言集》一样。

尤其是现在有的研究、教学人员一味求新，盲目追求时髦，但不懂得历史，没有根底，在这种情况下，出版这本序言集就可能使创新与传统结合起来。

每篇序言后面附上当初选集的篇目。

在全部序言的前面，撰写前言，阐述编辑出版序言集的意义，并论述这些序言的价值和内容。

这本书将有极高的价值，将成为研究现代文学的重要而精萃的参考书。

撰写前言、编辑全书，以及复印工作等，可由我负责到底。

北师大中文系现代文学教研室 蓝棣之

1985.10.12

劳祖德

范用兄：

周来得读异书，快不可言。此翁书法古拙，风味雅如其文。窃以为颇如甜酱萝卜下茶泡饭，虽营养差一点，而隽永处所谓百读不厌也。“晚年手札”好像除一通外，已全部见于《周曹通信集》。“通信集”这个书名很不妥当，分类编排也没有道理，标题颇为荒诞。提要似的“分目”中的错字，好些不是排错，而是收信人没有认清信中字面，甚至错会了意（如一之㉕把《蒋畈六十年》当作拙文，一之㊴把鲁迅当作第一），而一辑中144页一信，在二辑268页重印一次。如在这里印出这样的书来，编辑非打屁股不可。有时虽也觉得目下的出版物粗糙，但拿此书来一比，殊不宜过自菲薄。从信中看来，老人自用印章，似乎盖了一部印谱寄给鲍耀明，不知亦曾在港印行否。这些印章，大都出自名家，甚可赏览，如此书中哑人作通事一印，附有说明，佳妙之至。曹君著作，亦有所得否？信中所说《鲁迅评传》，与书目（见22页）所列《鲁迅年谱》不知是一是二。信中又谈到《文坛五十年》《蒋畈六十年》，均不载于书目，像是曹君自传，大概亦颇可一看。

我看这些信，常常想起孙伏老来。伏老病废后，我一直一月去看望他一次，听他讲林语堂（向伏老）打听马克思何许人也等等逸事，娓娓动听。许广平情况，老人也专门有一封给伏老的信讲过，还附了一封许先生“以师礼”相待的信，以证实其言，看了很使人不快。觉得这位老人虽则称道倪元璐“一说便俗”的话，但到底不免是个俗人，读这些信件以后，也总使人觉得他不甘寂寞，至于其对鲁迅、郭沫若的那些话，则是“道不同不相为谋”，倒是不必深责的，只是其自信之深，则大可叹惜耳。

承惠佳笺，拜谢！只是飞鸦走蚓，大是糟蹋，奈何？

此颂俪安！

祖德

七月二十七日

范用同志：

今日起了一个早，一口气读完《一氓题跋》，觉得真要谢谢你。不仅因为你惠赠此书，特别要感谢的是你部署出版了那么一连串好书。此书后半本错字较多，兹为摘出录上，供重印时挖改参考。我对篆刻一窍不通，却又十分喜欢。此书封面有九印，《孙膑兵法》题诗上又有二印，其余书影中之印章已不能辨（封面中间一印亦为题字遮盖），猜想作者一定还有别的闲章（而且没有一枚白文？），如将插页中“作者手稿”改为作者的藏书印，似更为美妙。又，印文的读法，如 248 页 7 行“黄印端伯”，当是端黄伯印，按习惯应环读，仍作“黄端伯印”为是。琐读，顺致

敬礼！

祖德

廿七日

范用兄：

《鲁迅与北京风土》，我也买了一册，读了谢老的序后，就放下了。谢老学有专长，文不成体，应打红杠、吃横轧之处不止

一二。卞之琳说王统照太注意文字，我大概也颇有此失。你托子明带来此书，已促使我重新把卷，发愿在近日内读完它。因之想起包天笑的《钏影楼回忆录》与《续录》，不知你也收得否。我看了前集四十页，写苏州风土极是动人。你如无此书而有意翻翻的话，当托子明兄带上。解放初期旧书摊上常能见到两本书，一曰文载道的《风土小记》，一曰纪果庵的《两都集》，如今大概不易寻求了。文作平平，纪作则极有意致，可惜旧屋扫地以尽，不胜慨然。

原书仍带回，盛意极感！

祖德

二十日晚

范用同志：

收到《傅雷家书》，爱不忍释。此书版面设计得特别悦目。我拿《晦庵书话》比了一下，发现此书版框高下多出一厘米，而不觉天地头之窄，实在是好。《晦庵书话》用纸也较差，此后能否各书都用好纸印一部分充作内发？《榆下说书》《西谛题跋》都不知何时能出书，希望统能印成此书模样。

扉页书名右下角有一小长方形刻得很好看的图章，篆文似为"蚰庐"两字。但查《中华大字典》，又无蚰字，想是我认错了。书名既是集傅雷遗墨，此两字当是傅雷别署。不知究系何字，乞告子明同志转知为感。

三联出了那么多种好书，有裨于老道人心非浅，千秋万岁，都将感戴大德！我尽管人微言轻，但坚信所言不谬。

此祝俪安，并申新春之祝。

祖德 上

一月三十日

范用同志：

《榆下说书》狼吞虎咽读毕，实在辜负了这本好书。记得有一首咏“闲暇”的诗（似是华兹华斯之作）曾经随手录出，是三四十年前旧事，小纸片也无从翻检了。但朱光潜的一句话却是容易记住的，他说：“慢慢走，欣赏啊！”这也就是“低回”。岁岁年年始终是走马看花，大约只能看到些扑面柳絮和落英狼藉。黄裳旧作，我所存的似只剩下两种事，此公常有神来之笔，谈言微中，细细想去，实具卓识。如此书谈状元图像，忽然写道：在当时，大约没有谁相信状元是靠真才实学得来的，起作用乃是宿命因果。又如谈阿斗的乐不思蜀，是得乃父真传，而诸葛锦囊，实出于长期观察之结果。可说精彩绝伦。前些时曾从王栋处借阅《山川·历史·人物》，系香港三联版。读的当时就想：北京三联是否可以同时出版？现在便作为一个建议向你提出。

卷首插图，分别注明图一至二十一，但与正文不相对应。如图二，《晚明的版画》文中乃是最后提到的一幅。文中亦未注明“见图×”，似不如将图下之注删去。又《江湖》一文中谈到黄永玉所画封面，“要求编者发表”，似宜制版插入。此书错字不多，兹将见到的摘出，另纸录上，以供重印挖补时参考。又188页末行有《闲情女肆》一书，看不懂这个书名，不知会不会有错字。此外关于诗词的排印有一点可说的，即词作上下片应空一字，现在印刷物往往不空，此书198页《菩萨蛮》，332页两首《减兰》，333页《鹧鸪天》亦然，似仍应照空。律绝诗往往整整齐齐排成左右两行，报刊还每每两行分开，中间空出数字，我总觉得很难看，有时候还犯疑，拿不定第二句在右边还是下边。此书199页两首七绝，按照印刷格式看去，就变成一首，而在210页上，既有一首七绝，又有一首七律，却排成两种格式，如都按七律的排法，199 页上的毛病也就随着解决了。

顺便再说一件事。今年《读书》第三期（或二）封三有《六十年来中国与日本》的广告，仍称“全书八卷”，此第八卷究有下落否？我颇疑发广告稿误将旧稿发去，未尝改正也。

此候日佳。

劳祖德

六月十五日

用兄健好：

黄萍荪一书，读完已数日，未及时送还，殊歉。适间查对一下，子明交给我乃在三月二十日，我当时扣算以后，拟十天读毕，即每日看四十页光景，试了几天，大致进度便是如此。阅头两篇，不甚称意，觉得文格不高，内容亦少深致，但越读越被吸引，于是到附近几处卖书的地方周历一遭，明知白费劲，总觉得不跑一周问心有愧。试想，只印一千册，如果陈列在韬奋中心柜台上，一星期还不卖光吗？

我服膺袁枚的“借书说”少说也有十几个年头了。今年见到启功的一句诗：“读日无多慎购书”更不禁懔然。只是积习总不能改。大概还因为不脱市侩气，总认为百物之中，书最便宜，见到特价廉售，更想不失时机。等买了回来，放没处放，看也不想马上看，架上一搁，愈久愈不想去翻检了。这次抓紧读“黄”，再一次证明随园之说大有道理，又从旧藏中翻出《风雨茅庐外纪》、六辑《子曰》，以至达夫诗词、司徒雷登回忆录等等消磨了一阵。

此书错字很特别，譬如“蒙蒙”多处印作“闬闬”（这个字我不识，还查了词典）。司徒卖老，叫黄曰“老弟台”，书中在

“老弟”后加逗，“台”字属下读，我当下很为之迷糊了一时，又说舒湮的父亲冒鹤亭三次拜会袁随园，究竟不知是怎么一回事，我总以为黄萍荪断不至如此胡闹。全书最佳之处是让我们认识了一下黄萍荪自己，正所谓你在桥上看风景，看风景的人把你撳入背景里边去看了。

忍不住想说一句感谢的话，又觉得一谢就生分了，于是乱七八糟的杂说如上。刚拟打住，忽然想起一事，想拜托查一查大众文艺社的那套文化书系中，“友情”“爱情”“亲情”三谈中，有没有我的旧作？因为这三谈我都未见过，该社却汇了一笔稿费来（“读书”“恩师”“人生”三谈，以前已分两次汇过稿费），如查到，望示知，拟再去信该社邮购也。

弟 德 拜上

四月十日

范用兄：

奉到岁卡，喜赏之至！与子明商酌，同苦无可报谢。仿佛记得季市翁尝论《拟古的新打油诗》，谓先生的态度是严肃的，赤练蛇、猫头鹰、冰糖葫芦皆其夙昔爱好云云。但我不能无疑，以为先生善能设身处地，殆不以一己之爱好强施于人。但我并此数者而无，遂不克寄悃忱而致殷勤矣。来片论及“琴材”，不禁想起大难年月曾与刘子章、吴晓邦两君同拘于大庙。庭中有高树，每晨昏徘徊其下。一日，两君仰首谛审，忽然交哄，一谓梧桐，一谓贝树。我当时在旁，未参末议，但以为或作引凤之枝，或供写经之叶，皆惬意有益事也，吾兄以为然否？草草申谢，敬颂俪祺！

祖德 顿首

一九九一年十二月十五日

范用、仙宝两兄：

子明兄转来贺卡，敬拜领。记得这是连续第三年，于是想检出前两年的来，放在一起比对把玩。谁知昨天下午花了两个钟点，竟未找到，而花花绿绿各色柬帖却装了好几个信封。想是珍品秘藏，另缄固扃，只不忆搁置何所。殊可笑叹。闻兄将迁居，不觉有依恋之意。其实我自1989年不再上班后，极少出门，牌坊胡同不远，亦未登访几次，街巷面目大变，我也真怕找不到。据说地理与数学是两对头，我上学时，数学成绩甚好，特别擅长解四则题，果然地理成绩极差，上街则晕头转向。我倒是怀念忠厚里，其时在总布胡同上班，蜗居在大雅宝，忠厚里时在眼底，虽过门不入，亦略有剡溪放舟、雪夜访戴之意焉。忽然想起归子慕的一首五言古诗，录以寄意：

默然对客坐，竟坐无一语。
亦欲通殷勤，寻思了无取。
好言不关情，谅非君所与。
坦怀两相忘，何言我与汝！

敬颂岁禧！

祖德上言，毓琪附笔

1993.12.17

范用、丁球两兄：

球，据我的记忆似当作悰。但我的笔下，却从未写过任何一个。此刻是第一次，所以落笔时委决不下，先翻检《辞海》。此书注“球”字引《老子》“球球如玉”，而“忄”部无悰字，则作

“琭”似不误。然而我的记忆却偏向椂。这个“记忆”，累计已四十三年，其时初到北京，在东总布胡同十号的四合院南向靠东的一间屋子里。幼儿园送来一纸通知，送给范里的家长丁椂同志的。好像是星期六下午，办公室里缺席颇多，我不识丁椂，阎揆平向我作了说明。

这位阎揆平，一九七六年在花市书店任经理，这是他在电话里告诉我的。他到博物馆来看周总理的事迹展览，忽然给我挂了一个电话，那时候买书大难，他很殷勤地说，有什么买不到的书，可以找他。那时我到博物馆还不久，博物馆内曲曲弯弯的巷道还没摸清，从我的工作室走到展览厅去，我只会从挨着公安部的巷子出去，绕到广场前再进大门去找。这未免太费事，我于是告了歉，没有出去。后来想起，我好像打从一九五四以来迄未见过他，而他竟知道我换了岗位，打听到了我的电话！现在，他大约该也退休了。想起旧事，不免耿耿。

这些时来常想念你们。先是得到范兄骨折消息，牵记康复情况；以后则由于渐近改岁，摸估范兄犹能张罗别致的贺卡乎——今天盼来了，与妻儿传观，欢愉至极，乃亟修报书。庶范兄“笔健”嘉语为不虚也，并以奉贺岁釐！

劳祖德 上

九四年十二月廿九日

毓琪附笔寄声

范用兄：

向子明借看廿二日《文汇报》，读到黄苗子的《风雨归来鸿》所记王昆仑的打油诗，觉得诗中第五句颇费解，疑“闲”字是“闭”字之误。持放大镜细看缩印于文末的原件，果系“闭”字。

从黄先生的文章看来，似非报纸排印之错，而是黄先生没有细看之失。作“闭”字，则第三联便显得妙极趣极。“杜鲁”是象声词，杜鲁一声，门就闭紧了。“华来士”，当时第二字多加草头写作“莱”，王诗作“来”，作动词用，是说中华渡海避难的知识分子倒增多起来了。

您看，我的瞎说有当否？

因见您的斋壁，挂着大幅苗子先生的字画，故走笺奉达，便中见到黄先生，乞一叩究竟。顺颂

俪安！

祖德 上

96.3.24

范兄、丁姐：

离新年不足二十天了，电视台已在介绍春节晚会节目。我很自然地想起许双写她外公的文章来。我的外孙今年七岁半，是二年级生，住在爷爷家。我每周双休日让他妈妈带给他一封信，他有时写复信，爱自己邮寄，有时就不复。我鼓动他写日记，有时候老师布置的作业便是交一篇日记，他总是犯难：“写什么呀？”新年假期中如果他回我这边来，我准备让他读许双大姐姐的这篇文章，并给他两年半的时间准备，问他到十岁的时候，也能这个样子描叙一下他的姥爷不能？

首先述说上面那件事，因为正是从此开始，每年都收到范兄一枚珍致的贺卡（这个珍字，落笔后略有踌躇，也许当算杜撰，但尚可通，故不改）。我无以为报，只能拨一个电话道谢，甚难心安。这回姑且提先写信，略表礼敬之意。满打满算，祈望还能这个样子您来我往地交换二十次，长寿并保持头脑清醒，眼能

看，指臂犹能听令，白头同心，幸甚幸甚！

我生于己未，属羊，子明兄则属马，长我一岁。如按公元计算，则都出生于1919年，他在岁初，我在年末而已。我自去年做胃切除手术后，时有“天色凄凉”的一闪念，见他步履举止无殊往昔，每多歆羡。昨日傍晚他送《文汇报》给我，提示说：十日《笔会》，宗璞《人老燕园》一文大佳，久不见如此笔墨矣。我乃于今晨展读，犹记得文中“天色凄凉”四字，不觉顺笔写入此信，又从而追思子明兄称道此作时的声容，莫不有点儿“同老大院”的薄雾轻阴之意否？自然这也只是淡淡的一闪念而已。

《闲话周作人》犹只看得八十余页。正为交我此书时，大声道（他听觉不好，但大声原是宁波人本色）：“范用的书轻易不出借，主动借书给你，非同小可！”正为此语，很可以写一小文，但恐不免惹依托名人自作鼓吹之嫌（范兄在出版行中自是名家，无庸多让）耳。

专此敬颂双福，新岁大吉大利！

祖德 敬上

一九九六年十二月十三日

用兄安吉：

赐示《藏书家》两辑，感何可言。久不出门，闭塞日甚，不知有此刊也。只是十目一行，看得极慢，到昨天黄昏方看完一辑，拟先交给子明兄，或者他也会有兴趣翻一翻。此书定价不贵，又适见《读书周报》上载叶秀山谈到《中国书法》杂志五月号，想一并到邮局和韬奋中心走一遭，看看有存书可遇否。邮局已去过，不见。书店较远，犹未去，买书的急切情意已消解，实在因为屋子里确已无法位置，靠壁堆放的常怀倒下来的危机感，故今年三月份起只买过两期《新文学史料》，书则一本未添。唐弢在《我和书》一文中，写到末了，说“我对书的感情已经渐渐地淡下去，淡下去”，“不仅没有兴趣买书，而且没有兴趣读书”，结句是：“天！为什么我觉得那样的疲倦，我会觉得那样的疲倦呢？”想起来颇有点栗栗危惧，但自幸兴趣似尚未减，只是倦惫殆不免日增耳。草草不尽，再谢厚爱，并颂

双福

祖德

二〇〇〇年八月廿一日

用兄：

今天偶翻《书林新话》，见到自己以前抄在书里的一首《新话》作者的旧诗，竟一句也记不得了。我把它用小纸片重抄了一遍，放在案头，想读熟它（其实成诵也不难，只是记不牢，不久就又忘光了——没有记性，殊难成材）。老友见面少，通问亦少，或谓之相忘江湖吧。姑抄此诗奉呈，以当笺候：

迷茫夜色出长栏，白发慈亲相对看。
话绪开端环如茧，泪澜初溢急于汍。
抚肩小语问肥瘦，捻袖轻呼计暖寒。
长笛一声车去也，四百八秒历辛酸。

《文汇报·笔会》八年前刊出夏衍《怀曹聚仁》，我从子明借报看，得见此诗，夏文说此诗云：“诗题较长：‘戊戌仲秋。自京归沪，夜过下关车站，老母夜半相候历更次，相见八分钟即别

去，感赋一律。’戊戌是一九五八年，下关车站在南京，八分钟合四百八十秒。他为什么赶得这么急？主要不是为了‘归沪’，恐怕是为了返港，可能有些新闻工作以外的事要赶着回去办。这就难为了老母亲了。”文末有个括注，说“上海教育出版社为他新出版的《论杜诗及其它》作代序”。这本《论杜诗》我没有见过，现在渐渐觉得饥不择食那样子地乱翻书的大半生也是虚度。（此诗第四句把汍澜两字拆散了用，很别致。以前见到张伯驹《红毹纪梦诗注》也曾犹豫过。手边只有《辞源》《辞海》，查不清究竟。）

知堂常说他不懂诗，我自然摸不到“懂”的边了。但诗虽难懂，却易感。今天重读此诗，就像很被感动似的，也因此我很恨早年不肯下些苦功学一学。抒情之辞，文不如诗。知堂抗战初滞京不南下，胡适自美国寄他《纪梦》，我就极受感动，如今重读，此情依然不改，多年来常想写一节千字文说此意。终觉得不容易说明白而止。

子明相见，时闻近状，又于《书友》《读书周报》见兄文，亦慰悬悬。

盼望新年仍能接奉别出心裁的佳卡。

奉候起居，不尽一一。

祖德　拜上

二〇〇〇年十一月十日

用兄：

大众文艺出版社本年 5 月，出版《谈读书》上下册一书，下册 619 页收有兄作《买书结缘》，书末刊有“声明”：事前未取得联系的作者，见书后“请速与我们联系”，当“尽快向您支付稿酬”。我偶然去朝阳门的特价书店，以“每本十元”的特价买得此书，发现我自己有利可图，写了一封信去，请他们照他们的“向例”惠付稿酬和样书。果然不负所望，收到汇款八十七元和一部书，书按七折优待，已自稿酬中扣除价款（我又赔上三元多邮资，寄给广东的一位朋友了）。我发现止庵有《读书三题》在集内，适值去信，通知了他，果然他也属于事前未取得联系之列，也补上了。“声明”中虽说他们事前已与大部分作者联系过，而兄与《读书》、三联的关系又是较为周知的，我又懒散，遂未奉告，今天稍翻此书，觉得还是应该通风报讯，乃草此奉达，乞恕怠惰是幸！顺颂时绥。

祖德

2000.11.29

用兄如面：

儿童节前一日，收到转下徐重庆君来信，感谢这份厚礼！您批了个“看不懂”，不知道是看得匆忙了，抑或“事不干己，高高挂起”呢？——当然，即使挂，也不高，不是劳您还贴补了六毛邮资又在烈日底下把来件转寄给我了吗？

来信是说：福建人民出版社有一个规矩，凡是有人评介了他们的出版物，他们即对评介人支付一笔稿酬。（稿酬数额，与发表评介文字的报刊所付给作者的稿酬数同额，所以特别要求作者将报刊社支付稿费的通知单复印一份给他们。）

因之，评介该社出版物的作者，不必一稿两投，依旧可得到双份稿酬，一份由刊载评介文字的报刊社支给，另一份则由福建人民出版社支给。（他们是把这种评介当作对他们的出版物的关心和宣传来看待的。）

但我与《书友》的关系稍为特殊，说来话长，琐叙几句，聊当消暑吧。《书友》创刊后大约从第三期开始，十堰书店经理黄成勇忽然找上门来，要我给予“支持”。我是书店出身，不无旧情，当时听说是一种不发卖的内部刊物，就写了一篇《我的书店生活这样开始》寄去，并声明既是不卖钱的内刊，请不必支付稿酬。（这又是一种不定期刊，大体上每月出版一次，我也就每月写这么千把字，半年下来，连续写了五六篇我的“书店生活”。）黄也首肯我“内刊不计稿”的建议，在《书友》刊出。

过后，他们不知为何又突然改变主意，给我一次寄来三百或五百元。按照邮局新的规定，汇款退汇，不能无偿办理，必须再支付一笔汇费，于是我也就“既来之，则安之”，收下了。而这样又成了《书友》与我之间的新规矩，他们总是过一段时间汇来一个总数，我也就一直这样每月寄一则千字文去。

去年底，又出了件新鲜事，黄成勇带了一部《周俞书信集》来送我。此书售价两千，我自然坚辞不受。他说，他来京办事，无法带着这么件“累赘物”跑来跑去，暂先寄存，再来领回去吧，于是成为悬案。以后他又说明，他们只进了此书一部，在十堰实在无人问津，而该店员工“全体同意”把此书送给我。我说，那就由我买下吧，不卖原定价，按你们的进货折扣廉让；他们还是不同意。最后，我就重申前议：请把我看作“自己人”，我给《书友》写稿，按月一篇，一概不计酬，以前未结算的稿费也不再补付。

因此，要向徐重庆君复信，并按徐君来信再给福建人民出版社的祝女士去信，说明以上种种，未免过于累赘，我决定简单说《书友》发表来稿，概不给酬，但我很愿意得到一册《前辈风流》。（虽则我早已立志不再买书，不仅看不过来，实在也没有放书的“余地”。）因为还想再翻翻，例如黄萍荪怎么会把冒鹤亭当作曾经两次面谒随园的古人推敲一下，或者竟有脉络可寻。

徐君来信，先行退上，仍旧还要向您道一声谢。

并祝时绥。

祖德 上

2001.6.2

用兄百福：

惠假《重圆花烛歌》，扣存多日，前夕已全抄一份，昨复校读一遍，骙公长跋，情味深长，诚有一唱三叹之妙。平翁歌辞中“甄尘”之疑，刚主写本果作“甑尘”，乃平翁重写时致误，亦从此册得以解决。《附册》则谬误极多，不可指数，第一篇俞传所据系孙玉蓉编撰的“研究资料”，内称俞母许之仙是“松江知府许祐”的女儿，以陈从周题辞核对，则“祐”下脱一“身”字，则周颖南先生似对所征集的资料也未能善加利用。台湾作家高阳，亦杭州许氏，其《杂文》一书收录“祖谱世系表”，表中列出“辈分”排字为“水、木、火、土、金、学、乃、身、之、宝”，身字辈约当道光朝，据称同辈有七十人，举其“杰出”者十四人，内有许祐身，谓“娶翰林编修俞樾女，三女嫁内阁总理钱能训，六女嫁翰林编修俞陛云”云。

长卷影印本为无线装订，黏接不够坚实，弟抄录时不够经心，在展开处按揿了一下，致26—27那一页脱落了，不胜抱歉！

近日降温，不知依旧出门否，至望珍重，不一。

弟 祖德 拜谢上言

二〇〇一年十二月十一日

雷群明

范用同志：

别后多年，一直未能再见到您，但是您的亲切形象，时在念中。从一些同志那儿，知您退居二线之后仍忙于出版事业，甚为感佩。

收到柳肇瑞同志转来的您的明信片，对于您的鼓励，甚感高兴，同时又颇为惭愧。比起像您这样的前辈，我们还做得很差。当今之条件，出版社有不少难处，但我们决心学习韬奋先生精神，努力为人民做好出版工作。也盼望您以后多加支持和指点。您有何关于出版方面的大作，如不嫌弃，也欢迎赐下由我们出版。对于我社所出的书，如您需要，请告书目，在允许的范围内均可寄赠。

顺祝

新年愉快，身体健康！

雷群明 拜上

93.12.22

黎　丁

范用同志：

听说你从干校回来了？

我出差去上海，重访阔别了四十一年的淞沪，看到了不少桂渝旧友，还在方学武家吃过饭。再隔几天，我将去干校，为期半年。所以，近日不能来看您了。

兹介绍董麟的孩子邵济群同志来看您。他想了解一下桂林的出版物，不知您能忆起否？

匆匆，致

敬礼

黎丁

八月八日

范用同志：

我冬泳一日不断，返京去八一湖，回校在机井池里（不放温水，用前一天的冷水）。

谢谢，我已会到了陈凡。

我到上海四十三天，访问了阔别四十一年的淞沪，看到了不少熟人。还在方学武、朱芙英家作过客。回京以后，到五七干校，每两周返京一次，十九日返，恰收到你信。

你返京，我早从立波同志来信中得悉。后来范又也告诉我。

我们最小的女儿，叫黄新然，就在你们单位的左邻，北京市外贸局机械进出口公司办公室。有什么通知，比送到报社快，我不大去报社，这次，还是有人给我带来，否则失之交臂。陈原回中华了吗？粉碎“四人帮”，精神面貌大变了吗？碰到代问好，告诉他我去干校。

匆匆

黎丁

小汤山人民日报，五七干校传达

范用兄：

你可能会有《广角镜》，近期的，请借我一翻，当即奉还。据远方朋友来信和《北京文艺报》的同志说，其中有提到我的，不知胡说些什么。

我从不写诗，也不懂诗。曾胡诌了十六句，抄给你一笑，并请改改。是不发表的，大改无妨。我仍旧天天早泳。（龙潭）水温五度半，八一湖十八度，只能一周去一次八一湖，其中六天则在龙潭湖。

敬礼

问夫人好

黎丁

十一月二日

书怀十六句（一九七六年十月）

刀光鞭影梦十年，虎坊龙潭若等闲。黑线缠身打百结，红心助我斗千难。双头苍蝇逐腥臭，九尾狐狸放骚烟。喇叭狂吹新朝曲，脂粉厚抹老鬼颜。霹雳一声乾坤定，华叶耸峙壮人间。升天鸡犬呜呜掉，横行螃蟹狠狠煎。相逢劫后讶未死，共信前程笑更鲜。白发喜随东风舞，银河泅泳敢争先。

原是“冰江雪海泳争先”，改为“银河”，只能意会。虎坊桥是我办公地方，龙潭湖则是住家地方，此是巧合。“华叶耸峙”有朋友认为“应让一肩也”。

范用兄改改。

黎丁

范用兄：

听说你看了《寄广州》，要陈平地址。那是我被“挤”的，十几年没写东西，写得很生涩，请你提提意见。

拜

五月廿六日

陈平前些日子还来北京参观过，她到报社来看我。她现在是广州市教育局副局长。

范用兄：

三月八日信收到，谢谢你托阿垌兄带信，隔不了几天就收到杜渐寄的刊物了。因为忙乱，忘记告诉你。今天，人大政协结束，熟人走光了，静下来阅拆信札，又翻出你的短札，故写几个字给您。

似乎记得你借过一张郁达夫写给郭老一首诗的墨迹照片（很久的事了），你还记得吗？

匆匆！

敬礼

黎丁

四月十一日

范用兄：

梁披云（出《书谱》的）兄来京多时，检查身体，说改日来看您。

《开卷》大本第四期，关于《〈艾青诗选〉序言》一文，似不宜刊，其实旧账不好细想。您以为如何？听说《开卷》和我们很有关系，所以，写几句给您。

你一定很忙。

敬礼

黎丁

四月廿一日

范用兄：

一、《开卷》有李辉英的那一期，请你转交范又带下，我翻一翻，即退还。此公，抗战胜利前后曾有往还，那时他颇狼狈，曾寄我《太太们》等短篇。很想知道他的近况。

二、《传记文学》翻一翻，颇有趣。而且有的老熟人，竟还未死。上次李子诵来，告我毛一波尚在，写些考古文章，我尚不信，今果看到有文章。（但，那是一九七七年，不知后来的有没有。）

三、严秀有意兴办杂文刊物，我极赞成，但千万勿办来办去，又成了"一般化"的东西。特色没有了！

四、你问问曾彦修同志，能写点千字文？学张志新，很有可写的！

匆匆

敬礼

黎丁

六．十四

范用兄：

史稿收到，可还对方。谢谢。

《开卷》也还您，印得不错。我主要看李辉英访问记，此公抗日胜利时和我有段因缘，我手头尚有他的一封信。

梁龙光（披云）来信说他去年两次北上，不知我在北京，失之交臂。那天听你说还是你接待的。他说夏秋之间还要来。此次，也许可见到。

有朋友愿意出杂志，就是编后由他们的出版社负责出版发行（不收单位订户），我无此精神。你促促严秀或秦牧来编。（半同人杂志，一般刊物没特色没有人看。）

又，《开卷》说，《海洋文艺》发有李辉英一小说，方便的话，让范又借我一翻，不急。

匆匆。

黎丁

六.廿八

范用兄：

不怕倒胃口，我也不捂羞了。呈政！

孟超玉照，我托葛一虹兄找，他说有办法，待找到后再说。

补白伊谁，万勿外扬。七九—八一涂多了。言多必失。但嗜痂的人还是有的，所以停了一段，编者又挤，而纽约的《华侨日报》也不写，转载的转载，有好事者也猜出是何人，远迢迢从彼岸来问，我坚决否认。其实，这小专栏，长短不等，有好有坏，有的纯是游戏文章，有的则有点资料价值，田汉未平反时是最早为之呼喊的。叶恭绰、杨刚等的事，还是很有点玩艺的，只是未必适宜于国内读者。你说为《读书》补白，我怕难写。框框一多，自己已捆住了手脚。容后图之。

黎丁

四.九

范用兄：

给法师的信，请你看后发出。

第一次通信，就要东西，故不能不多写几句。今年春节，我看了八十以上老人好些个。还得了三联印的几本书。如《红楼人物》《文章病院》《花萼》等等。你们还是印得不错的。

又：你们的《读书》，从开办以来，赐赠一份，无功受禄，受之有愧，忽忽四五年了，我今退而不休，但再些时日便可完全摆脱，当有以报命。唯八四年一月号未曾收到。是不是停止赠送了。遇亦代，问到此事，他说可能放假没人寄发。便中代为一查，如果停了，就不用说了，倘漏寄则请补发。

我女儿黄新然，就在你们单位西边北京市（外贸局）机械进出口公司办公。故此信托她送去。

匆匆，致

敬礼

黎丁

二月八日

夫人不另

范用兄：

谢谢。

半个月假，一天三次海水浴，原拟看点闲书消遣结果摸也未曾摸。

回来之后倒翻一翻，颇有趣。今璧还包天笑的两册笔记。汪记始末，还想翻翻，下周奉还。匆匆，致

敬礼

黎丁

八月廿五日

范用、仙宝兄：

要给你们写信拜年，一俟再延，九八新年已过半月，再迟，怕虎年也就到了，赶快发，希春节降临前能收到。

祝合家安吉！身体健康，万事如意！

《最初的梦》捧读。你能写，应多写些。我们都是失学少年（你比我好些，我初小未毕业，就东奔西走了，1932 年也流浪沪浙），都是个人自学奋斗者，让现在有福的人了解了解那个时代也是蛮有味的。我就读了您二遍。

抄几首友人赐诗，供闲中一乐。

《呈黎丁先生请予指正》（钱小山），常州，1989 年 3 月

黎翁真健者，晨泳鳌头游。
曾不怕风浪，自如能拍浮。
好音来北国，佳话播南州。
有约重携手，休惊逝水流。

《寄黎丁兄》（田稼），1996 年春

烟波满眼如平镜，喜作人鱼跃水中。
俯仰蛙游得自乐，管它大雪与寒风。

《赠黎丁》(盛成)，1993年2月8日，时年九十四

风节蹁跹一艺人，污泥不染见真身。

沧桑阅尽如来是，了义修明证主因。

《寿黎老》二首(余湛邦)，1996年12月

廉颇八十能饭否？出水投潭状如虎。

人生七十古来稀，君虽夕阳干天舞。

光明丁老素尚文，健笔如飞我羡君。

生当盛世人康乐，清茶淡饭过饔飧。

与黎丁兄别有年矣。去岁重逢京都，喜其精神饱满，不减当年。近得来书云："春节将到，只是又少一岁。"因寄《蝶恋花》一阕调之，以博一粲。(黄贤俊)，1977年1月重庆

万水千山鸿雁渺，一笑相逢，羡汝精神好。打起乒乓还喊跳，坚持游泳天明早。　　人道神仙长不老，怪底书来，岁逐新春少。岂料彭铿除岁考，莫非又服蓬莱枣。

《小诗奉赠黎丁道兄并希正之》(许姬传)，1983年春，时年83岁

生涯笔墨报先春，无冕称王传驿新。

华发虽生人未老，严冬游泳乐心身。

《寄黎丁兼怀一波》(王余杞)，79.10.18冀南

沧桑屡更一番新，四十年来剩几人？

鸭店望洋思尹若，虎坊[*]闻教拜黎丁。

黎丁

九八.一.廿四午后

丁聪，亦代诸兄，夏公一去，也多年未晤，倘遇到，乞代问安。又及

* 虎坊指黎丁住处虎坊桥。——编注

黎　澍

范用同志：

《中国共产党的卅年》订正表三件收到，我们建议用乙表，并称“重要订正表”。乙表中有一部分用黑铅笔划去的取消，另把甲表中用黑铅笔加圈的一部分加进去，合为一表。此事请速办。特函复，即致

敬礼

黎澍

八．五

黎先耀

范用同志：

您好，赐复早悉。

不久前接洪遒同志自穗来信告知，蓝真同志即将来京开会。关于拙著科学小品选集《鱼游春水》由三联在港印行问题，不知您们商谈了没有，甚为惦念，结果如何，盼能赐告。

《鱼游春水》如能重排，我希望能改成三联常用的 787×960 的小三十二开本，封面我拟请曹辛之同志重绘，并加端木蕻良同志所写序言及郑公盾同志所撰书评。原插图我可重新提供照片制版，以便保证印刷质量。

因为四十年代末我曾在香港新闻文化界工作过，今年年底我还可能到香港举办“中国自然保护展览”，所以我很希望拙著能在港印行一些。

顺便奉上拙著散文选一册，请予指正。

钦颂

新春快乐

黎先耀

一九八三年一月二十一日

李纯青

范用同志：

十分感谢您的帮忙。《评〈新原道〉》一文我找了很长时间，连北京图书馆都只剩该文的半截。其他化名发表文章大部湮没，实感悲哀。

谢谢您帮我获得失物。

敬请

文安

李纯青

1984年3月10日

李　庚

范用同志：

来示悉，卢芷芬同志解放初在开明北京书店任职，开明与中青合并后，他调在教育出版社。他是在三年困难中，在北大荒病死的。爱人未死，已另结婚，卢错划“右派”问题已于去年改正，只是既未登报，也没给他开过追悼会。我和顾均正、唐锡光几位开明老人谈起，他们都觉得开明在海外有影响，台湾还有开明书店（朱达君在那边主持），卢的改正，后事当然能有个“表示”才更好。比如，是否可向戴白韬同志建议给他开会追悼，或由与他同学的周振甫同志写篇文章在《读书》或其他刊物发表，不知你以为如何？

关于《骗子》我写的那封信，《读书》发表合适吗？盼告！倒是真应该给《读书》和《人物》写点东西才是。

问好

李庚

二月十八日

李公朴

大用弟：

六月四日来信已于八日收到。闻社大可于十五日前后出书，甚慰。

书款已在尽力筹集，想可无问题，请放心，在本月内应可汇上，勿念。

再请特别注意，书一出后望用最快方法先用航空信寄我一本，以便先睹为快。至要。此外请从航空邮件寄一千本至昆，所询《时代评论》已托人代寻，一得到即寄，请放心。余另函达，兹颂
寿祈

公朴

六月十四日

大用弟如晤：

前上一函（用旅行社信封）谅已收到，迄今尚未见书（社大）寄下，甚念。款已由邮汇之，收到即函告。兹介绍楚泽清世兄来看你，楚兄之兄弟图南先生与洛峰及我都为至好，现泽清不拟返滇，有许多事要请你帮助他考虑，以及介绍必要关系，望尽力帮忙，详情由泽清兄面告。我有另函奉告。专此兹颂
寿祈

公朴

六月卅日

用兄：

昨曾函并附汇拾美元支票，并望至史先生处去取五美元，不足之数，请与仲秋元兄商借一下如何。广告尚未见及，请与秋元共商宣传办法，如各报消息等，并嘱三联从中国航空公司先寄五百本来，你们看是否可寄一点到上海去，余另之，兹颂

寿祈

李公朴

七月五日灯下

李　辉

范用先生：

您好！新年愉快！

萧乾先生来信转告了您对拙著《胡风集团冤案始末》的补充建议，非常感激。严秀同志的作品我读过，考虑到涉及健在的人已经太多，就略过了。这得怪我的拘谨。待修订本出版时一定予以补充。书下月即出，到时奉上一册请教。

不知您对拙著有哪些印象和建议，如果可能得到您的教诲，在我是十分荣幸的。我只是一位年轻的好奇者，闯入了历史之宫，远不会如你们这代人那样有深切的体验和认识。希望继续得到你的帮助。

前不久由姜德明同志处出版了拙著《人·地·书》，现奉上一册请赐教。

匆匆

祝

健康！

李辉

1.18

李济生

用兄：

大札奉悉。已问过巴兄及小林。百本特装本《随想录》请直寄武巴兄家，他们自会派车前往提取。这是阁下之杰作，得到时当仔细欣赏。令人高兴。专复，即颂

春祺

弟 济生

三.十八

范用同志：

前函谅早达览，麻烦了。临墨池时竟然忘记了另一本书，也是你社新书，乃梅志的《往事如烟》，一客不烦二主，就一并奉求设法了。梅志文章在《文化月刊》上连载，都读过，深受感动，梅志能写出这样的朴实、深厚的文章真要有最大的毅力与控制感情的力量，实在令人佩服。这样的书，能不保留在身边？要不限于居住条件及财力关系，你社的书我都要收藏起来，我非藏书家，只不过收书而已，没法，只得有所选择了。本来想清除一批，但没时间，更不能把别人赠书在外流传或毁之于炉，这就不好了。

话说着就扯远了。有扰清神，当祈鉴宥。专此，再谈。即颂

文安

李济生

八.廿七

用兄赐鉴：

首先请求谅恕迟复之罪。因刚自四川返回，料理了几件急需办的事。再要表示衷心的感谢。书过几天总会收到的，并于日前告诉了巴兄您有书相赠。

捧读来书感慨万端。“怎样把一本原稿印成书，让作家和读者都满意是我最大的乐趣。”这应该说是我们三十年代四十年代始从事新出版业的一些人的共同意愿，且不说前辈鲁迅、巴金所做出的榜样，特别是近年来出版界出现的种种奇怪现象，真令人不知说什么好，颇感愤然。对阁下主持三联出书在风雨累袭之中犹自有主张，屹然不动，出书计划的有远见，大露胆识，使弟佩服。还曾在病卧医院的巴兄语过。

由于您对文生社的关心与鼓励，我于前两年已编好文生社出版目录的初探，送请朗西和巴金审阅，因手边工作紧，尚待补充的材料还没来得及写出，有的书的出版时期还待订正，给拖延了下来。但无管怎样，还是要尽力把它完成，特此奉阅，以谢关怀。

我也早退休了，现尚受聘，盖手边尚有未了的工作。

十一月初起中央台将播放上海、四川联合拍摄的《家春秋》电视连续剧，弟被拉去任顾问，望届时收看并赐评语。

专复，即颂

文安

济生

十．十一

范用同志：

您好。想不到会收到我的信吧？俗话所云：无事不登三宝殿。盖有所求也。

三联出版的书，弟一向喜爱，且佩服在兄主持时期，不趋时俗，极具胆识，在出书中、在组稿中十分鲜明，曾亲对巴金语过。

近知新印有叶灵凤的三卷本《读书随笔》，很想收藏一部，此间难以购得，想来想去，只有求助于阁下，是否能设法代购一部，书价多少，请示知，立即汇奉。叨在相识多年，故敢渎求，也知早已离休退居二线，十分冒昧，嗜书者，其心情谅亦深知，专此奉恳，即颂

秋安

李济生 拜上

八月二十三日

范用兄：

前函谅早达览。惠寄之书于前日收到，转巴兄的四本昨天也去交他了。十分谢谢。《读书随笔》中的插图不错，其风格与王尔德的《快乐王子集》画相似，用得好。现在印书简直不注意这方面了。

与巴兄一起翻阅陈白尘和流沙河的散文集子，封面纸改用布纹纸效果好多了。比《雪泥集》好，原来这套书是阁下设计。弟之寡闻，方知“叶雨”乃兄之另名耳，不是巴兄语，我还在雾中。这套书，我颇喜爱，大方别致，几棵小草含意极深，不管什么开本，只要在版式与装帧设计方面多花脑筋，使之内容与形式相统一，必然惹人喜爱。现在能像老兄这样，一心扑在出版事业上的人，鲜矣哉！“钱”诱了人，一切向钱看，全民经商，能出好书，能提高文化吗？实在叫我想不通。匆匆数语，即颂

文安

弟济生

十．卅一

用兄：

顷又得惠赐之流沙河的散文集，巴兄的书也转去了。十分谢谢。

日前读方敬兄写何其芳兄文章（刊于《新文学史料》八八年一期上）提到在桂林办工作社旧忆，并讲阁下曾将收藏的一本其芳兄的《还乡记》* 寄赠与他，不禁勾引起去桂林相识之事，而方敬又是我们共同的朋友。方也是那年在桂林初识的，一次还同萧珊一道在他家吃便饭，似在一所中学里，相谈甚欢，又同为川人，因此成为好友。“文革”后他来上海必聚，我去重庆也曾两次赶北碚走访，后来过渝洲二次均限于时间未得前往。读到老友文章，忆及往事，不胜感叹令人珍惜。真有点儿往事不堪回首话当年了。匆匆祝健。

更望能写下你从事出版与作家之交往之宝贵经验，这是大家的财富啊。

弟 济生 上

十一.十七

* 应为《还乡杂记》。——编注

范用兄：

昨天下午去看了朗西兄，他也住在医院，因不久前在家跌了一跤，幸无碍，以天热医生劝住医院疗养，人倒还好，头脑仍清晰，就是行动不便，躺着的时候多，偶也起来坐坐。他患的病与巴金相同，也是帕金森氏综合症。他手抖得厉害，字也写得很小，因而影响题句，故只签了个名，要我代表歉意。我见实情，实难以勉强也。这点巴金似较他多强，手不那么抖。唯近来讲话不及笑，声音稍弱一些。

《西班牙的血》已找到，唯第二册《西班牙的黎明》没有了，很抱歉，因前一周他请假回家半天，试试想凉快一点就回家，住了半年有余，实在太腻，饮食不振，大大影响精神。

书包好，遵嘱仍交吉少甫同志托便人带京。这样可靠，珍本宝贵，不能随便损坏。正好《天翼文集》* 第七卷，送来样书二册，一册立即与沈承宽同志寄去一阅，另一册就先包入包内，送兄。等后批书通栈，还要些日子。

三联版《随想录》合订本（二册）内地将再版万册，香港、台湾都将再印，这是董秀玉同志致函巴金言及，此书内地早缺，而购书者仍不断到处打听。今年四月新华社郭珍春来沪去医院看望巴金，恰仰晨兄那天也去，提到此书，郭说“人文”应即再版，怕新华书店印数少，我们新华社有书刊销售处可订购万册，上海新华社的赵兰英也表示上海社书刊处也要千册，当然仰晨已离休，不事了，当先返京联系。倒是你们社走在前面了。虽注特阅，此书为兄设计。

匆匆，余留下次。顺颂

暑安

弟 济生

八.十一

* 指《张天翼文集》。——编注

用兄：

李辉捎来大札早得，画也见到，信也给巴兄看过了。近半个多月来一直忙，还去青浦参加了首届巴金学术讨论会，廿五日又赶回来出席图片展览，晚饭在巴兄家拜寿，幸巴兄近日精神较佳，生日前后访客拜寿者多不断，有的老朋友不是先去就是缓去，避免打扰。现在总算过去了。报上均有报道，想必见到。他很谢谢朋友们的关心与祝福。

丁聪画像冰心老人有题词，不少人签了名，有的八十岁时在高莽画上同样签有名，孔罗荪夫妇等等，今有阁下与德明兄还有吴祖光夫妇、王蒙。我去青浦开会时，青浦画院院长也画了一油画，不错，与会者全体签名祝贺。巴兄素重友情，而今朋友如此关怀，其心大安矣，永远温暖着他的心啊！

冬季寒气到了，尚望多多保重。三联印的译文十种，纪念本该快印出了。匆匆，祝全府康乐。

弟 济生

廿八日

用兄：

兹发出前信后不久，所盼之书都已拿到手，还写了一篇短文，本就打算提笔奉告一切，终以他故给拖延下来。而拙文迟至昨日方刊出，限于篇幅稍有删节，特补上部分及改错字，随函附上，以博一笑。

上海气温上月来猛高起来，真有燃老火，似乎北京还好一些。

巴兄人如常，住处并不风凉，多出汗，孩子们劝他去北方走走避避暑，他又不愿。楼上书房虽有空调，关在里边也不惬意，去年此时正在医院养伤，倒也过去了。必要时或许去宾馆（附近的）开个房间住两天，他生活不能自理，必须有人陪才行。

匆匆不一，祝

全府安乐

济生

七．十四

用兄：

春节里料必一定的愉快，会了老友，与家人外孙欢聚，其乐也当畅然。

顷得郑镒兄转来惠赐之许涤新老人的回忆录一册，从装帧上一看便知为一系列丛书之一，与夏公的《懒寻旧梦录》、巴金的《随想录》同一类型，乃兄之杰作，摩挲半日先翻阅前言、后记。晚上睡前又读了第一章，革命史实感人至深，几十年的风风雨雨，也有不少人变了，走了不同的路，也有人抱残守缺，自认为是真正的马克思主义者，而其所行仍是“老一套”“本本主义”，为人者更少有各先烈之抱负，处处想到的是“权”和“利”，人民之念、革命之真谛早置于脑后，不禁令人有今不如昔之感。

春节中我收到的最好礼物是三本书：（一）沈承宽寄赠湖南出版的《文学家艺术家摄影集》，沈有介绍文；（二）萧乾的杂文集《红毛长谈》，此书竟印了万册，想不到；（三）即为兄所赐之佳作，真是谢谢，更感知心之友谊。

巴兄如常，今年春节里比去年高兴，去年一月廿六日跌跤，年初四日即住进医院。今年安然，节日里我有三天下午均去他家共进晚饭，共饮过小半杯茅台，一家人都高高兴兴。知注特问。

专此即颂

春祺

济生

二.六

用兄：

前函谅早达，所说《随想录》特装本百册，至今尚无消息，是为不奈。盖巴兄引颈望得者三：（一）《译文选》董秀玉同志曾来过上海带来。三联香港版及台北东华版各一套，颇为精彩，说赠书业已寄出，唯已二月过去，仍杳无消息，怪哉！（二）人文全集已出到十三卷，而九卷以后赠书至今未到，催之亦无用也，仰晨兄亦引以为苦。（三）就是特装本了。我每次去，闲谈中，他总对我说就是等书到了，可望穿秋水，不见一书来啊！可见目前各方工作效率之低也。

特别《译文选》，他以为很快书就到，就可送朋友，人皆望得，而样书另一套已为一医生得去，故巴兄甚盼早到。书是他生平最关心喜爱之物，何况还精装之好者，前不久香港水木因编了一本他的文选小册，托人捎来十余册，我见到甚美，书很薄，三十六开本，却在装帧中显其特色，我曾写一短文赞之，尚未得发表，交了此间《文汇读书周报》。此书也是拖了三年之久才见书。

我啰里啰嗦写了这些话，有扰清神，能否代问问出版社书寄出否。阁下已退二线无权离位，茶也就凉了。令人叹息。甚怀念我们新书共品的老传统啊！

匆匆，祝

笔健及全府好

弟 济生 拜上

四．廿七

少甫[*]同志：

刚拜读大函后即得陈巧兹同志电话，当即赴出版局大楼三楼领取范用兄托带之书，请释锦注为感。

范用兄处当另专函奉稿。他是我们出版事业不可多得之人才，有远而具胆识，令我佩服。曾多次与巴金谈及，从寄来收藏之图书看，真是爱书成痴，细心之至，使我从心底敬之爱之。

阁下身体可好？炎炎高温尚希多加珍重为盼。专复即颂

暑安

李济生 拜上

七．廿六

* 此为李济生写给吉少甫的信。——编注

用兄：

久乏音候，忽奉来书，捧读悉之，感慨良深，形势发展到如此地步，谁不痛心？凡有良心的正直者，在所难免，特别追求多年的理想一旦幻灭、失望，真使人不知所措，其失落、悲哀之情必然不小，与兄相识多年，交往虽不多，但同在为出版

事业服务，愈来愈加深了解。读来函时，不禁使我想到“人文”的仰晨兄，彼此之间可以说是无话不谈，四月下旬还曾来过上海小住，回京后也曾数度来函。他在某些方面颇与阁下相似，所以我对兄心情之理解是大有基础的，都是投身于革命的新文学出版事业中。多年来孜孜不倦，就是为了实现社会主义的理想，为之贡献力量，可往往事与愿违，力难从心，这些年来越来越叫人无法适应，想不通，一切向钱看。革命文学不值一文，党的事业的一部分也追求利润，还必须上缴，以致黄色书刊泛滥，无论如何呼吁也没有用。好，这样写下去，又是发牢骚了、跳野马了。

首先拜谢惠赐之三书，都是我想要的，特别看到兄对藏书的爱护，精心细致令我佩服。《烽火》已签好名，画册二本亦然，唯丛书的前二种，因巴兄住医院，一时尚难以清出，他记得还有两本，但必须自己回家去查阅，恐得候些日子，如能为兄补上当无问题，此事，记牢了。

《死魂灵百图》及《柏林生活素描》二画册，因朗西兄去年搬了家（动迁关系），远去广延路工业大学宿舍女儿处，我尚未去过，等过几天，抽空前往，托别人语焉不详，不放心，我也想去看看他。

巴兄近日尚好，就是行动困难，正努力练步，但不练不行，这是一大难关，谢谢关心，我每隔一或二日必去医院看望。说说事，或伴他聊聊，否则太寂寞了。

最后从来信上看老兄硬笔字写得很好，显然很有基础。

兄醉心于读书，妙，这是最好办法，也最能安慰自己，会去书室中忘掉一切，希望能从各收藏的珍本中写下以往的回忆，将对后代大有益，阁下在出版事业中非一般，有自己的独见与理想，写下来是极为可贵的，相信世界是进步的，我们国家、社会也是有希望的，历史已经告诉了我们种种。中国人民在觉醒啊！祝健！

并候

全家康乐

弟 济生 手复

七.廿八

范用同志：

大札奉悉，赐赠三书亦得。其中一册且系毛边，十分谢谢。惜董秀玉同志未得识荆，大名倒早在巴金和黄裳口中听说过了。

我们初识于四四年春的桂林，后又聚于重庆，想不到八十年代再逢于沪上，数十年之别而今彼此两鬓皆霜矣。你主持三联，三中全会后在出书与选题方面，处处显出胆识与卓见。不愧为一老出版家，令人佩服。我亦曾向巴金语及去年还曾在一篇短文中讲到。

关于《葛莱齐拉》重印事，已详致秀玉同志信，恕不再赘，目录之编述，当尽力抓紧，争取早日奉上求教。

我亦办好退休，唯因工作关系尚须继续一段时间，两套文集也得负责到底，专复，尚祈春日保重。顺颂

文安

李济生

四.十七

董秀玉同志*：

留赠之书已收到，谢谢。阁下大名久闻，惜未得识荆，亦至

感断怅也。

巴老以病未去京开会，我已将大函给他看过，他很高兴。他还说《散文诗》刚校订好寄出，早知就不用寄多好。

关于《葛莱齐拉》一书重印事，这当然好，他同意。去年也曾有友人代介绍想印此书，我因他故未同意，三联又自不同。陆之家属有女儿叫陆莲英，在浙江，一问黄源同志（浙江省文联）便知其详细地址。巴老处的地址不知放于何处去了，我也忘了。家属方面当无啥问题，可直接与之联系。

至于编文生社目录事，由于我动手晚，加以工作较忙，杂事多，一直拖在那里。基本上已弄妥，尚缺几种（丛刊内的）必须查明补上。你们想用，当无问题，我亦与有荣焉，因为文生社之一员也。

当尽快弄好，抄上一份求正。

专复即颂

编安

李济生

四.十七

* 此为李济生写给董秀玉的信。——编注

用兄道席：

上次过沪时未得一叙，奉大札方知老友相逢酬酢甚忙，至感怅惘。日前寄去邮局年卡祝贺新岁之将至，今见郑鍠同志转来的别开生面的贺卡，妙哉！心至忭欣，当向兄学习，作一根小火柴，尽一点热光。谢谢鼓励。

白山兄我亦曾在桂林相识，他那时偶来东江路福隆园看望巴兄，小坐之时大家扯淡亦乐事也，萧珊常在座，四十年代的往事，自此仍未再见，仅昔日偶跟巴兄提起。转眼四十多年过去，大家都双鬓似雪了。便中烦代致意。有的人已作古矣。

七十年的革命苏联就此解体，令人难解，邓公说“实践是检验真理的唯一标准”，这真值得我们反思，引以为戒，革命的果实不能轻易去掉，但不是为了自己为了权，而是真真为了人民、为了百姓啊！

弟十二月初又去绵阳参加庆祝沙汀创作六十周年暨作品研讨会，中旬方回。去成都候机时去探望了沙老，他双眼失明无法再握管了，回到成都定居才一个多月，人倒长胖了些，别时拥抱颇为激动，他住在省委的老军部休养楼，有暖气，还不错，孩子又在身边，这下叫人放心了。

艾老比较好，也能手杵手杖走路，九月中旬初曾去医院探望过，今又再去家里，星期天回家一聚，平时仍住医院，看来老人家庭生活差，反不如在医院能得到安静。他仍未放下笔，这是可喜的事，巴兄不如他了，以身体的行动健康论，巴兄近来人还好，一切如常。

知注特闻，就此终笔，即颂

阖家欢快

弟 济生

廿七

用兄：

顷读刊于《文汇读书周报》上的大作《像赞墓志铭》，至感佩服。写得好。说明阁下之善于观察人，简约而有致的笔触，却生动地塑出人物的特性，妙极了。更说明阁下身心两旺，思路明，笔力敏。骨折料早复合，已全能行走乎？没什么后遗之症吧？至念至念！

弟一切如常，忙于琐事，目前总算安定下来，尚有一段适应阶段。处高楼大有离群孤寂之味。

另丁聪这本画册何时可印出？何家出版？盼便中示知，使届时不至于失之交臂也。

专此即颂

阖府康宁

弟 济生

六.五

范用兄：

顷得来书并贺卡，谢谢。竟不料兄上街时为他人撞倒，而厄右股粉碎性骨折之难。年纪大了，骨质疏松，经不起啊！望多多保重，善自珍摄，新方法不卧床引吊是大好事，可也得当心，安心在家静养，逐步锻炼。兄身经战斗有年，意志坚强，心胸广阔，望能恢复得好。

巴兄因去杭州小憩后精神大好，回沪过累而致脊椎骨压迫性骨碎，现仰卧医院中静养，已一月有余，还有四个星期之苦，才能起坐，目前尚无其他，前两天又患耳疾，中耳发炎。医生最担心的是怕支气管痰多，而引起旁的并发症，故严禁与外界接触。

目前先寄奉一贺年卡聊表思情，匆上数行。

祝

早日康复

济生

九四.十二.廿六

用兄：

大示早得，画册收到时即寄去二书并附一函想早达，故未立即作复，也想等文汇书展开幕时去看了后再答此询也。

来示一日写二日交邮，到弟手上在十日以后了，未见到抵沪时之邮戳，这是意外之迟误。画册到手次日即语巴兄，而他的又后几日才到，由此可见兄交邮最快，亦性格之所致也。

文汇书展于前日开幕，去看过了。

外文出版社出书未见到，有《丁聪漫画》（1—3）而独无《你说我画》，出版社不同，北京“人文”也有书，但甚少。此次书展新书有一些，但不及以往之种类多，参加单位少。

目前看来凡公营企事业多不在乎此，不看宣传与销售，确有“衙门”公事公办之味道，书店之经销体制不大加改革，销路难畅。买书难仍是个大问题。

弟已少去书店，精力不够在次，主在售书之书店日趋减少，著名的淮海中路原四家较大书店，现仅存一“三联”，大世界对面延安路口之最好市口的新华书店也于一年多前“改换门庭”了，可叹！要买书只好远去四马路，且亦仅二三家耳。南东（如京之王府井）的新华店也屈居楼上，今非昔比，且有撤走、而今免存之苦，该怎么讲？

巴兄人尚好，仍住医院，弟三天两头总要去探望，陪他聊聊（其实他听我讲耳）。此闻，匆祝

合府康宁

济生 拜上

三.十七

用兄：

大札及大作均早得。兄文笔简洁而又富于情，内容实在含意深，刊于《镇江日报》面太窄，应该另在他处文艺刊物重发，不仅成人读，更是青少年的好读品。日前又见到《文汇周报》上的《猜猜看》，兄这类游戏文章极妙，文情都别具一格，可见阁下之功底。三九年发表的仿丽尼散文诗，其情相近似。盖丽尼昔日有一小女伴是一外国女孩，与教会有关，故丽尼英文有此根底，其笔名亦来自纪念此小孩，情能生文，阁下虽然仿之，实亦有相近似之经历与生活也。一句话，望多写文章，回忆文定是好散文，有情有实，请勿吝笔。

《全集》作者赠书及订购的书，总是迟迟不到。仰晨身体差，退下来，虽编书，常不去单位，别人不买账，是常事。

《丁聪画册》出版时能为我弄几本，先此谢谢。如需书款请勿客气，老朋友了，又都退在下面，收入有限啊！

曾于六月初吧？寄奉（新址）一册拙著《记巴金及其他》未识收到否？匆匆。

祝

全府乐！

弟 济生

八.廿一

用兄赐鉴：

顷得郑镍兄转来年卡一张看后忍俊不住，乐中有意，阁下每年年终必有佳作，样式翻新，深获收益，谢谢。当永为保存，真是上等纪念品，耐人寻思。

前不久得家乡老友车辐君寄我，他去北京与好友宴于紫竹院东坡餐厅之照片，吾兄神采依旧，私衷窃喜，兄之乐观乃长寿之征也，笑于人之健康大有益。

《张天翼文集》为弟所寄赠，而八卷，印时以印数未及千册，新华书店订七百册，出版社印一些，书出时除留送的样书外，余均为书店要去，等索取赠作家之赠书时，才知无存，连承宽同志处也仅送去十二本，还是多方设法搜集起来的，真使我这位做负责编辑的难以答对作家，只有再三表示歉意。而我的好友及有关同事也都付之阙如，阁下亦陷此“劫”中矣，这也是现在出版行道之乱象。我辈老人无法适应，徒唤奈何，自叹未能跟上形势。

巴兄人尚好，特闻。而川中故人沙、艾二老相继去世，令人悲，更可哀者中年作家路遥之早逝，使人想起川中之周克芹、湘南之莫应丰，都是茅盾奖之获得者，多可惜啊！匆匆祝
合府长乐，新年愉快

弟 济生

十二．廿五

用兄：

节日一过即去单位，主要是想看看信函和其他。首先见到的是张兆和三姐信及阁下惠赐的人物画册，且有画家之签名，喜不能止，这是春日始之最高收获，谢谢。

节日里想必过得十分愉快，该多饮了几杯吧。与老友低斟浅酌，配上家常名肴，其乐无穷也，再看看电视《宰相刘罗锅》更为助兴。这样的“戏说”，妙！不是历史却处处有历史的影儿。文字狱不就是史事的重现吗！虽然荒唐可笑，但细思索，笑中不也见到泪水？十年浩劫不就是如此？无限上纲，回想起来，真是

噩梦一场。

兄散淡之人，心胸开朗，幽默内蕴，必活健旺，还望多写篇章，留给后代。

腿病该早已痊了吧。

祝

合府康宁

济生

六.廿八

用兄：

捧读华翰不胜惶惑。不值一提的小文，竟引起阁下之乡情。其实弟亦复兄是：往往一件小小土产或久不闻的乡语也会突然一阵子的“甜蜜的回忆”。

提到泸州瓦罐大曲的喷口香，记得弟五〇年结束文生社的重庆业务携眷来沪。巴兄曾嘱带上两大（十斤装的）罐泸州大曲，一以送人，一以留待好友，黄裳至今犹忆及在霞飞坊巴兄家所饮，真可谓留齿犹芬。盖解放前销路小，产量亦不多，工艺过程虽是老法，可精而不乱，现今供不应求，牌子已经做出，也就不那么认真，年限也就不那么足了，勾兑起了变化。解放前泸州大曲是以绿豆糟而闻名，不同于川西的绵竹大曲，色带淡绿，瓦罐装的真香而又醇。解放后改了，前期的还是不错的，改后瓶装就差些了。本分特曲、头曲、二曲三种，前些年又曾产绿色的绿豆大曲，但究不如解放前的那种了。话又扯远了。

兄对装帧设计很有研究，经验又丰。希望多写文章谈谈，小开本书现在很不受人重视，盖出版人自己就只知大而厚多赚钱呀！过去办书店出版社不是以赚钱为主，而今两样了，前天还同巴兄闲扯到此。

在《文汇报》副刊曾读到兄的大作，盼多写，并望示知以便拜读。因读时总引起一种非一般的感情。

专复即颂

夏安

济生

五.四

用兄：

捧读赠书欣喜难名，爱抚不已，童稚之心贵在纯朴真诚，感谢十分。古稀之年，赤心犹存，文情并茂，记忆还那么好，吾兄必然高寿也。更希能扩大写作范围，前些日子曾在《文汇报》的《笔会》上读到大文，与书结缘，从事几十年的新出版业工作，为革命文学做过不少贡献，交了不少出版文化界朋友，以你那真诚之笔必然会写出史书刊载的好回忆文章。弟甚盼此也，静候佳著陆续问世。大作不单充满了“真”，更充满了“爱”。我们不能只爱钱啊！

另二册已分别转去了。请释念。专复即颂

笔安

弟 济生

五.十九

用兄：

示悉，有书供诸同好老友，分内事，不敢言谢。

兄编胡愈之先生文集，这是件大工程，胡对出版事业之贡献很大，且往往不为人知，淡泊名利纯为事业，实在可敬，值得今人认真学习。

兄有闲时，多多执笔，乃大好事。有文发表能复印一份或示知出处，当去寻求拜读。

巴兄现在杭州休养，已去两月，目前其他尚可，唯感虚弱气不足，几无法出声，听者往往听不出一句完整话，都是揣其意而知。年纪大了，体力差，只求不发生意外。

匆匆，弟尚佳，专复，即颂

合府康乐

济生

八.五

用兄：

捧读大札，欣喜十分。

有书要巴兄签名，我已对他讲过了，并把来函给他看了，没问题，等宗禹兄来后当带去署上，老朋友了，这还有什么“适宜”不“适宜”的。他去冬至今春人还算好，精神也颇佳，昨天杨苡至（自）南京来，黄裳也去了，我们都坐在他客厅内闲聊，他语言不多（有阻碍），但也有时插上一句半句话，大家十分愉快。台湾印的译文集，兄也认为不错，其实早告诉一声，当可代向他要一套的，而今董秀玉君已赠，这就成了马后炮了。

印刷别致精装的书，彼此都有同好。何况阁下素对装帧设计大有研究。

我们这批“老东西”往往难以适应有的新形势，无法理解，十分感叹。信中指“书越出越大（开本）越出越厚，越出越贵（大多是七拼八凑的）”，弟亦有同感，所言正中。其实说穿了，全为了钱，要赚钱呀！巴兄曾对李致（曾任四川人民出版社负责人，我的侄儿）说，要做出版家，不要当“出版官、出版商”，可又有什么办法。出版社原为公家所办，必然要走上“官路”。而今就是“官”了，也要走上“商”路，为了上缴利润，为了赚钱谋福利，有什么办法？要坚持可不易啊！我曾一再向我社领导建议，不要一提开本，就是大三十二，其实小开本，只要内容结实，同样可下功夫，也曾为文提及，可少有用。采用了（不得已没核字数只好如此），又不肯下功夫，马马虎虎说是“珍本”，都往往不理想，且有错误。整个环节都差，做编辑的，搞美术的，都不在行，不说且不虚心、认真，往往自以为是，必然出错，体制及种种外因使然耳。连五十年代后期都不如。真令人有“今不如昔”之感。阁下在北京，弟处海上，真是聚见不易。前两年还常邀黄裳小酌，近两年已大不易了。条件在变，外因多，大家的精力也差多了，应该刹车了。

即问

近佳

济生

三．十九

用兄：

愿多写文章。

先后在《收获》和《新民晚报·副刊》上读到大作真高兴。李辉文章写得不错，惜乎“文革”和解放前的阁下几未涉及，想系老兄不愿多张扬自己，读《几件往事》倒也勾起一点回忆。文中一开始提到四二年在桂林，讲到去某教堂听唱片音乐会事。这事我虽不在场，但多少知道点情况。我是四四年初到桂林的，听巴金说起过，唱片音乐会是一位叫赖治恩的天主教神甫主办的。

每周末举行，颇受当时桂林一些文化人的支持与欣赏。巴金常去，但音乐会不是他主持的，这点我可以肯定。时间可能是在四三年的秋天，后来他因读到赖神甫的一篇文章，出于民族自尊心，他写了一篇反驳文章刊于《广西日报》副刊《漓水》上，引起了一场他与赖的小小“笔战”。因之他后来就不去参加音乐会了。我不放心查查《巴金全集》在第十八卷中收有他与赖讨论问题的四篇文章，两篇写于四三年十二月份，两篇写于四四年初。而在十九卷卷末他与李存光（巴金研究者）谈话中有如下的答话：赖治恩是广西桂林礼拜堂的神甫，从香港来的，英国人。他在礼拜堂放些唱片，搞些文化宣传活动，很多人捧他（笑）。我给他抬杠。——特此抄录供君一笑。

上月下旬曾去杭州看望他，小住了几天。天天在他旁边闹闷，以慰其寂寞。他说在此倒也清静，没有什么人来，少干扰，也少说话，费神。可也有点不好，我担心久不说话，怕二天更讲不出话来，不会讲话了。他因帕金森氏症，语言受阻碍，讲话不清楚，往往嘴不住动却发不出音。也许年纪大了，气短声弱也有点关系。前阵子精神欠佳。去时正逢吊针补充营养、增强一点体力。每天上午吊半天（约二小时半）针。从外表看人倒也显得还可以，要是早读到大文，一定要同他谈谈，引起他的回忆。

汪曾祺去世，可惜！从林斤澜文中他真不该去四川，太累，又不应该饮白酒，他太好饮了，这是个损失。

拉杂写了这些，聊表思情。匆匆即问

阖府安泰

弟 济生

八.十二

用兄：

信悉，足见阁下老了，记忆差了，竟按旧信老地址寄出，当然被退回，因为时距整整三年了。记得九四年春末赴京开会，曾相聚过，兄不久即迁新居。斯时正为藏书而发愁，弟也于当年岁末同样以批租动迁搬到偏南一点的地方，同样是高楼，不过兄在高一层上，而弟低处几层，二室一小厅，同未婚的二女同住足矣。所幸尚在市区内环线内，隔出版社反比过去桃源路近了。搭公共车三站而已，故还常去走动。去年秋初吧，曾寄去一册丽尼的诗文选——《鹰之歌》，想该早收到了，因为同时寄出的尚有德明兄，他收到后即来信，料不致被邮误投。

此书，是弟应主编人李子云之约编选的，一套十册，丽尼诗文是其中之一。

前些日子正等候兄之特具新意之年卡，后读到报上兄之短文，方知今年又自两样了，兄从他人而谈及自身，今年将有新文发表，甚受鼓励。《最初的梦》早在《收获》上读到并有李辉文章，似乎还写过信给老兄，梦虽未完全实现，但兄编之书即长留今世，读者绝不会忘记的！弟敢肯定。

正是江南人，必然难忘山清水秀的家乡，上海虽是洋场（过去）之地，但新文学的发祥，也是有过贡献的，出版史上亦大有其地位，兄能忘乎？还是参与事、献过力的人啊！看到三联的各地各类照片，更令你难忘往事。如烟如云，其有隔世之感，今后还要变，愿能变得更好、更美，出版更多更美的书。充分表现我们的新世界，不为金钱所迷。

文还悉，文化生活出版社，使弟惭甚，拟写的介绍文，写好一半，竟因他事而辍，搁了数年，一直未续，一拖再拖，今年想打散重写，未知能否写出像样的东西来，以不负朋友同道的关怀。

所介绍的书，尚未见到，当即托人寻觅，料想梁著小说总会有，会在书摊上瞄中发现。

仰晨兄来上海曾来舍间小酌，并留影，惜未得再，尚不畅也，近日连来数信，言及，挂念甚多。

《巴金译文全集》已由吴殿熙同志送上，这是我早知（会）他嘱仰晨兄留下二十部专赠北京朋友，由他先带来第一册陆续签名，寄还分赠。匆匆不一。祝
新年笔更健，体更佳，全家康乐

弟 济生

元月八日

用兄：

节日里一定过得十分愉快，新春伊始，谨祝身心双健，笔力旺盛。本想在节前早祝，终以俗冗繁杂，拖延至今，尚祈谅宥。得示后，即设法寻来《凝视九七》一书，总算弄到手，急急翻阅，正如兄言，论述颇为中的。

拜读了《送董竹君》一文，正思找其自述一读，我女儿有一册，她正读得津津有味，料想其中涉及的事与人，弟多少知之一二，感受定当不同。

巴兄从电视上看是不错的。九十五岁的老人病魔缠身多年，愈益衰弱，一年不如一年了，看来只好过着单调而平静的生活，方保无虞，否则稍累一点，必然血压起伏不定。医生一再提出警告，可是往往难以拒人于千里之外。匆匆，祝
全府康泰

弟 济生 拜上

二.三

李霁野

范用同志：

拜读手书，十分高兴，因为我们所译几本小书，竟还未被忘却。《四季随笔》已被人约去，等我写篇新序。《鸟与兽》，我们想稍迟补充若干篇，加一新序，但要多少时间难说，因为老伴（译者刘文贞）都已年老体弱，每日只能工作三至五小时了，还有别事要做。《忙里偷闲》我也想加译若干篇，加一新序，情形同上。

为不负你的雅意，我们手边有康拉德中篇二，《芙丽亚》（曾出版）我已重校过（刘文贞译）和《青春》（次子方仲译，待我校），我写过一篇《略论康拉德及其主要作品》。我们想将此作序，与二篇合印一书。现将序文寄上，请你们考虑示复。《青春》一月后可校，因我病尚要休息。附打字纸供你了解情况。

另次子方仲想译一书，我嘱他写一提要，请三联考虑是否想要此类书。他有点译书经验，所提译文，三联如想看看，我可寄几篇去。

此祝

近好！

李霁野

12.16

范用先生：

去年 12.3 信，曾于 16 日复，说明拟约之书《鸟与兽》等篇幅太少，另一书请考虑，此外附一拟译书提要。几月未得复，想系否定之意。现请将提纲寄还，因别人也颇费点时间也。此致

敬礼！

李霁野

4.25

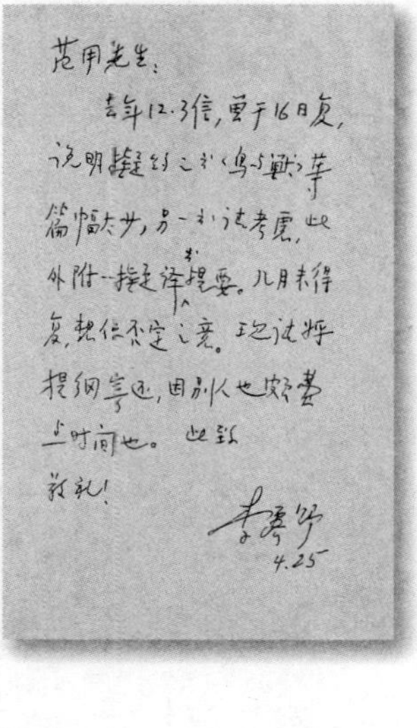

范用先生：

去年12.3信，曾于16日复，说明拟约之书《鸟与兽》等篇幅太少，另一书请考虑，此外附一拟译书提要。几月未得复，想系否定之意。现请将提纲寄还，因别人也颇费点时间也。此致

敬礼！

李霁野

4.25

李　侃

范用同志：

近来可好？黎澍同志前些日子找我一次。说希望我去该所，搞沙俄侵华史。我的处境，您所深知，离开之心，万分迫切。如果您和胡绳同志较熟，可否考虑请他有机会向出版局进一言，或者胡绳、子野同志那里，有什么办法，让我搞点资料性的工作也好，去政研室我不敢奢望，辅助单位也好，比如在学部编点刊物、整理材料之类。总之，尽快离开为好。此种心情当蒙谅解。

贸然相托，因为彼此均能了解，但也不必为难，您身体如（何）？希望保重。祝

近好

李侃

八月十一日

范用兄：

遂嘱奉上《陈垣学术论文集》两册，弟之小书亦同时呈上。此种浅薄文字得以出版，实取决于兄之鼓励。不值得一读，留作纪念罢。碌碌大半生，一无所求，而时逢盛世，又来日苦短。“六十之年，再无所求”，倘天假以年，当自勉以报知己。改日当邀您一叙。顺颂

大安

弟　李侃

一九八二年六月三日

范用同志：

你好，据说规划已写成初稿，这是一件大好事，弄好了对今后出版工作关系极大，大家寄予希望。

记得两年以前，我曾托您设法帮助，把我调离出版系统，后因情况骤变，“四害”横行，只得搁置不问。“四人帮”被粉碎以后，心情空前舒畅，彼此同心，无须多说。出版工作也必将出现新的面貌。此点，毫无疑问。

就我个人来说，本来早就想能做点研究性的工作或是资料性的工作，廿年来，蹉跎因循，特别是近十年来，日子基本上空过了。当然这主要怪我自己不肯动，缺乏毅力，但同时也是“四人帮”为害的结果。我再三考虑，还是想在今后的时间里，踏踏实实搞点近代史的研究工作，虽然自己根底很差，未必有什么成绩，但总不愿意混日子。所幸身体尚无大病，在华主席为首的党中央的伟大战略决策的指引下，我想还是可以做点对党有益的事情的。我现在提出调离，决不是出于什么别的原因，主要就是想集中精力，搞点研究性的工作。

可否请你便中向子野同志恳切商量一下，请他照顾我的情况。能同意，便中给我一个回音。

此致

敬礼

李侃

八月一日

李克岩

尊敬的范用同志：

您好。

生活·读书·新知三联书店走过了三十年战斗历程，请接受一个无名读者的衷心祝贺。

我的父亲江晴恩是三联的老朋友，他于1930年和王炳南等同志在德国支部工作，34年回国后，曾为《世界知识》写国际评论。解放后，被任为白求恩医学院教务长，不幸于建国前夕病逝，当时我仅三岁。最近，我经先辈指点，从浩瀚书海中查到他以“涛声”的笔名发表于1935年2月的《德国政局的暗礁》和4月的《德波日三角关系》两文，因无法买到40年前的杂志，只好将文章复印、珍藏起来，作为纪念。不知他还用过什么笔名，写过什么文章？我含着泪水翻阅了许多革命前辈在白色恐怖的日子里写的文章，对他们战斗在敌人心脏，坚持宣传革命、宣传真理、宣传进步的战斗精神无比钦佩；对为革命捐躯或被“四人帮”迫害而死的父亲的战友们无比怀念。我要永远记住邹韬奋、李公朴和金仲华、冯宾符、吴景淞这些令人尊敬的名字！

前几天，在父亲的老友刘思慕伯伯家看到《三联书店成立三十周年纪念文集》，许多父亲的战友的题辞和回忆录，深深地拨动了我的心弦。我彻夜不寐，思绪万千，心想倘若父亲在世，一定也会表示热烈祝贺的，可惜，现在只好由我代笔了。为了缅

怀先烈的业绩、学习三联的精神，特寄上人民币五元，希望能得到一本纪念，如蒙承允，将万分感谢！祝您

工作顺利，身体健康！

（江柘舟）李克岩

一九七九年五月廿一日

李岚清

范用同志：

您好！

来函及赠书均收悉，谢谢。晚年写一些东西不但可以抒发对往事的追思和情怀，对孩子们也一定会有所教益。可惜这所学校在日寇侵华的战火中被毁了，然而留下的这块碑是很有益的“教材”。我希望学校的老师都向孩子们讲讲这些历史。至于题词，因手续比较复杂，身不由己，请予谅解。

敬礼

李岚清

一九九七年六月十五日

李　黎

范先生：

很抱歉回来半个多月了才给您写信。主要是为了等幻灯片洗出来，然后又送去冲洗成照片。随信附上一式二张，是那天济济一堂的“盛况”，一张送您作纪念，一张请转交给罗荪先生。

我想特别谢谢您，要不是您的安排，我不会在北京、上海见到这么多位朋友和前辈们。我到福州时，“风声”已传到福州，于是在福州又讲了一次。特别高兴的是见到许多在福建的作家。由于我是“福建人的媳妇”，不免名正言顺的也得答应给《榕树》投稿。回来后发现已经稿债满肩，真不知如何偿还是好了。

您见到罗荪先生时，请一定要代我向他致意。我没有他的住址，所以没有给他写信，很失礼。我也要谢谢他给我那么美好的机会，见到那么多位大作家。还有董秀玉大姐，也谢谢她带我去见丁玲女士。

陈纪滢的《记罗荪》，我遵嘱托朋友代为收集，我要他尽量找到、尽快寄来。如果有了，我一定尽快寄上。

随信附上一篇短文，是陈映真最近被捕交保出来后的自述。我到香港才听说这个“十·三事件”，颇引起香港和海外的关怀与震动。

回来后我已把访巴金先生的记录整理出来，约二万字，交给《八方》发表。现在正在写一篇关于新疆的，用抒情散文的体裁，效果怎么样我还不能预料，因为久已不弹“抒情”调了，怕有点生涩了。这篇会投给《海洋文艺》——吴老和潘兄“预约”的。

还记得十一的前一天，您在我住的地方遇见香港的诗人韩牧吧？真是天有不测风云，那天他的妻子在港住院，以为没什么事，想不到是胰腺癌，我返港时见了她两面，返美后第四天她便去世了。韩牧遭此打击几乎痛不欲生，他来信说想写诗，可是痛未定还不能思痛，还不能写。但我相信他将来可以写出非常感人的诗篇。他是我最欣赏的香港诗人。

在报上看到文代会开会盛况的报道，可惜看得到的消息还不多、还不够。在海外，尤其不住在纽约或旧金山这些有大华埠的地方，怎觉得耳不聪目不明似的。

萧乾、毕朔望二位先生现在哈佛，本月底会来圣地亚哥，届时当可会面。

再谢谢您一次。希望明年可以再见面。需要什么书或资料（香港找不到的），有我可以尽力的地方请尽管提出。敬祝

安康

李黎　上

1979.11.13

又及：照片上有好多位的大名我记不得了，此纸背后我画个简图注上号码，您可否有空时告知我一下那几位的大名？

范先生：

谢谢您的来信。《上海文学》已经收到了。真没想到说转载就转载，那么快。台湾小说选集也出了，散文集也快出了……楼梯一响，人就下来，真是令人振奋的文艺界新气象。

如果您能争取到请大陆的出版社出我的短篇小说集，那将是我多年来最大的梦想——也是最不敢去想的梦想——的实现。我知道我的创作是初起步者稚拙的作品，可是我每一篇、每一个思想都是为了中国、为了中国的同胞而写的。我一直在心底有一个隐隐而深沉的遗憾之感，就是我在大陆和台湾的同胞——我最关心、最爱的人——看不见我为他们写的东西。如果我的集子可以在大陆出版，不论它多么稚拙，至少心意是真实的，至少我的同胞们可以看到一颗吹落到大陆以外的种子，是如何的生根、抽芽、生叶，以至开出一朵虽不美丽却也算茁壮的小花。我更希望他们以后还能看到更多花朵的开放。如果我得到足够的鼓励和帮助，我相信我可以做得到。

香港的“天地图书”已经准备替我出了；但我听到大陆出书的可能性时，我当即放弃在港出书的计划。我愿意尽我的力量争取在大陆出书。

您提到您那儿有九个短篇，我不是太肯定是哪几篇（是不是《谭教授的一天》《西江月》《大风吹》《喜宴》《天涯》《阿宽》《钱处长的一天》《夜树》《童年》九篇？如不是，请告以遗漏的）。不过现在随信附上的《离婚》和《治水记》大概不在那九篇之内吧？《离婚》在这里的报上连载，反应不错。《治水记》是在台湾《文季》（前《文学季刊》）上登的，“借古讽今”讽刺封建的父传子。《文季》总共只出了三期，批判了台湾的现代主义，再加上这样的小说，三期就“关门大吉”了。

我这几天正在构思一篇讲留学生保钓爱国运动的小说，短篇只能写一个横剖面，有个“大”计划是要写个长篇，但美式的生活之下作业余作家是很可怜的，每天上班、下班，兼任家庭保姆、司机、厨司（师）、花匠、账房、秘书等等之余，到晚上九十点以后才能坐下来写几页。所以举凡“大”构想都很难落实。想到这里，就十分羡慕职业作家。不过我怀疑自己如果真成了职业作家（像香港许多职业作家一样），是否还写得出东西来。

集子由哪位写序都成。老前辈们都很忙，哪位愿意替我写，我都会非常高兴而且感激。集子的名称我想用《西江月》：西者，我现在所在的地方也；江者，是我心中祖国的象征；而月，是照到整个大地、地球的每一个角落的，千古一月，是包容时空的永恒的象征。

您有没有看过在美华人办的《新土》杂志？寄上一本请您看看。基本立场是爱国的，比较着重具体的讨论华侨、华人的问题。右派说它“左”，我看它颇中立客观。

这几天国民党大肆逮捕台湾民主人士，王拓、杨青矗都被捕了。陈映真大概也是岌岌可危。

回来后已写了：访巴金记（约二万字）、新疆之行的散文上半篇（下半篇尚未写，总共大概会有二万字）、“素描”中国青年人的散文报道上半篇（连下半篇约会有三万字，下半篇写了一点）、与我先生合写的一个谈中国现代化问题的论文（约七千多字）、给香港《风光》杂志的图片与短文报道。发表后我一定寄给您和罗荪先生指教。要写的东西太多了，非常苦恼于时间不够，只好尽量减少这里的美中友协、华侨服务等等活动。但我又不想做个关在书斋里埋头写作的作家，所以很矛盾。

有一张贺年卡是给罗荪先生的，请麻烦您转交给他。上次见到他时记得他喉咙好像不大舒服，不知好了没有，请代问候一声。也希望他已从宾馆搬出来，有了安顿的家了。还有丁玲先生，我料想她已搬出友谊宾馆，但没有她的地址，前一阵开文代会也不敢打扰她，请您将随信附上的信和贺卡转交给她。谢谢您。这样麻烦您是情非得已，很抱歉。

回来后常常想到您们，真希望不久可以再回去，就在北京待上许多天，专和文艺界的前辈、同道们畅谈，那该会有多开心！在报上谈到文代会的盛况，真是高兴。看来“双百”不再只是纸上的口号了。

纸短话长，就此搁笔吧。您在百忙中若能不时来信，那将会是我在这异国的岁月中最感到高兴的事。敬祝

安好

李黎 上

1979.12.18

请代我向董秀玉大姐问好！祝她新年好。

范用先生：

您好！随信寄上一篇刚刚完成的短篇《天凉好个秋》的影印本。原本已经投给《收获》。这是回来后的第一篇小说，也是一个在我心中酝酿了很久的题材。我想听听您的意见和指教，也想请罗荪先生有空看一看。罗荪先生和他那一辈的文艺前辈，一直有我心仪的一种风范，长久以来我就想写他们。我知道那是很难的，我受年龄、时空的限制，很难写那一代人，但我试着去做，即使只素描一个侧影也好。

一月初我收到中青出版社张葆莘先生的信，略提到出我的集子的事，说不久责任编辑将与我联络。我回了一信，却始终不再见回音，也没有责任编辑的音讯。不知道有什么问题？如果还是要出的话，这篇《天凉好个秋》也希望收在里面。

可不可以请您便中问一下中青社的意向？我极希望年内能尽快出版，这也是我一大心愿。

没能来得及赶上“黄山大会”实在是非常可惜的事。我告诉白桦先生说：我大至（自）会上的发言稿，小至爬山用的胶底鞋，都准备俱全了，可惜都用不上了。我希望今年能有机会回去一趟，想见的人、想看的事太多了，想写的东西也太多了。不一年回去一次，就觉得心理上的“根”连得不够了。

《八方》第二期，小古应当已经寄给您了吧？《七十年代》您收到了吗？我有一篇讲中国青年的散文报道，那篇在海外反应很不错，但不知国内是怎样看待了。《海洋文艺》在连载我新疆之行的散文。下期《八方》会有我的另一个短篇小说和访艾青先生记。

对于国内文艺界的欣欣向荣我真是感到高兴。这一两年来，几乎每几个月就有一种突破，一个艺术上的里程碑。这一切也都在鼓舞着我。

请一定代我向罗荪先生致意。还有向董秀玉大姐问好。敬祝安好

李黎 上

1980.4.11

范用先生：

上星期曾寄给您一信和《天凉好个秋》的影印稿。信和稿子寄出后两天，读到香港一份报纸登的文章，谈丁玲女士的近况，其中提到她正在读我的稿子，准备写序。过两天又读到此间的《华侨日报》报道《红旗》杂志张葆莘先生的文章，提及出我的小说集的事。我想这下可以放心了，非常高兴出集子的事可成定局了。前一阵子一直不见中青社的消息，心里正有些担心呢。

我真谢谢丁玲先生在百忙中为我写序，一直想（给）她写封

信，但没有她的住址。现在这封信是非写不可的，只好麻烦您转给她，也麻烦您把《天凉好个秋》也给她看看。刚才收到聂华苓离美前写的信，提到丁玲因乳癌开刀。希望知道她的健康情况，我们都很关心。

麻烦您很多事情，也不多言谢了，只希望很快又能见到您，能有更多的时间畅谈。小古、老潘他们常向我津津乐道与您共攀泰山的“壮举”，但愿有一天我也能有此荣幸。敬祝

安好

李黎

1980.4.16

请代向罗荪先生问好、致意。

范用先生：

您的来信及罗荪先生的信和丁玲先生的序文都收到了。为了我出集子的事，您花了多少时间、心思，联系、接洽、找人，把大大小小的事想得周周到到……这样的关怀和提携，令我真不知道说什么才好。此刻我提笔犹疑许久，竟也有不知如何用笔来表达自己的时刻。我只能说：我要用更多的努力来报答您的鼓励。若您是伯乐，我便只是一匹跃跃欲奔驰的小驹，但我将努力成长为一匹千里马。

随信附上一份“后记”的影印，原本已直接寄去青年出版社。

你要的照片已遵嘱去冲洗，印好便寄上。

忘了问您：四月间曾托您转一慰问卡片及短简给丁老，未见提起，不知有否收到？

上海亲戚来信说听说《读书》有篇文章评介我的《啊！沙漠……》，如果有，可否寄下一阅？

香港之行如何？此值盛暑，香港之大热可以想见。想必辛苦。

我九月要去衣阿华一行，回国的事大概总在十月之后。不知那时可有什么文艺盛会我能赶上参加的？黄山笔会先说要邀后又不邀，前几天听说七月二日还是要开，却在七月二日晚上接到陈登科先生的电报邀我去安徽。时间这样紧迫，只有坐失参加盛会的机会了。

请代我向罗荪先生致意。他的信也给我很大的鼓励。

茅盾先生一直是我最崇拜的作家之一，愿他身体健康。我好希望下次回国能见到他——只是见一下也于愿足矣。敬祝

安康

李黎

1980.7.7

范用先生：

遵嘱随信寄上在北京的“大合照”一张、我们一家三口的近照一张。还有一张我的单人照，不太清楚，不过背景是我的“艺术作品”——大剪纸，也算“展览”一下我的另一种艺术创作形式。

丁老的序，我读时觉得有一处用词不太妥。日前给一位来自台湾的进步朋友看，他的反应比我更强烈。有一段说“……那些封建余孽而又沾满了资本主义颓废享乐的可怜虫”，紧接下去是“从这里我们看见了台湾人、台湾生活，和美国人、美国生活……”我们讨论了一下，觉得用“台湾人”这个词紧接在“封建余孽”“可怜虫”之后可能会引起不好的误会。绝大多数的在台湾的台湾人和其他省籍的人（全是中国人），是和在大陆的中国人一样的，善良而正直的中国老百姓。丁老下笔时可能快了

些，没有想到这样用词会造成“一杆子打落一船人”的误会，台湾同胞看了尤其会产生反感。其实我懂丁老的意思，她当然没有遍指所有的“台湾人”，“美国人”是我笔下的“反派”人物。只是因为连看上文，怕人一气读下来，不免造成这样的印象。我希望若有可能，最好稍稍改动一下，比如改成“在台湾的一些人的生活”之类的。不知您觉得怎样？至于说我“生长在海外”，这些小错关系不大，我在“后记”里也交代清楚了。只要没有“有心人”咬文嚼字说“台湾难道是海外”就好了。丁老抱病提笔，真难为她了。

香港之行，想必愉快。相信不久我就会收到潘耀明来信“报告”您的“港九行”了。

尚未收到《收获》。猜想他们是用海邮寄出的，大概还得一个多月才会收到。敬祝

安好

李黎

1980.7.14

范用先生：

茅公的手迹收到后，我立即配了镜框挂在客厅里。这真是非常宝贵的纪念。谢谢您这样周到地安排这件事。

梁锡华的文章已遵嘱寄上两篇，想已收到。这里有个朋友订《中国时报》，看完给我，所以正好我有。但是水邮，所以每回收到的都是两个月前甚至更久的“旧闻”。今后我将陆续收到六月底、七月份的报，一有梁某的文章，当即如数寄上。

另外，香港《广角镜》八月份和《中报月刊》（还是《中国人》，我忘了）八月（或九月期）各有一篇谈《巴黎之会》的，

前者作者是我的好友夏云，把梁某臭了一顿，后者作者是许芥昱。这两份杂志我手边都没有，您可向小古他们要，会早些收到。

据梁的朋友告诉我说，梁的《巴黎之会》一文出后，左派当然大骂，右派基于“酸葡萄”心理也骂，左右不逢源之余，他乃呼冤不已，说该文是遭《中国时报》副刊编辑高信疆乱改了，才成如此面目，他将亲撰一文为自己开脱，将登在香港报纸上云云。我将嘱梁的朋友代为留意这篇“以正视听”的大文何时出来。他的文章被改多少我无从得知，但肯定副标题如“出战孔罗荪”等一定是编者所加，否则过不了关也。

这里有位华裔女电影导演，看了我的《天凉好个秋》，表示很有兴趣拍把电影。只是怕无人投资，因这类电影恐怕会“曲高和寡”，但她有信心拍成一部有深度的好电影，她说因为主题和故事都好。（此信不全）

范用先生：

前天收到您托出版代表团在华盛顿投邮的信，不过附的文章显然寄错了——信封中只有您的信和一纸《读书》征文（“我爱读的书”）广告，没有李子云大姐的书评，想必是封信时放错了。如方便的话，还是很想赶快看到李大姐的文章。

上次跟您提到的《读书》上提及我的“沙漠”一文，后来弄清楚了不是专评，而是在一篇介绍美华作家的文章中提到的。

我非常乐意同《读书》杂志的读者们见面。公开讲座自然最好，我想谈得亲切一点，也许“同读者谈谈自己的创作道路”这个题目更好些，因为可以更多方面的发挥，由我个人比较特殊的背景和经历谈起，可以谈文学，也可以谈思想、谈生活。您觉得如何？

另外，我也希望有机会跟作家们座谈，可以谈些专门性的东西，比如批评分析作品、写作技巧的交流、介绍台湾和海外文学活动，等等，也可以安排。反正这回我回国是抱着“以文会友”的目的去的，能见愈多的朋友愈好。

《西江月》能在十月间出最好，再晚的话，就怕我去时赶不上。最好能听到同行们的批评。

我约在十二月初入境，可能先到上海，但最后行程的决定要视我爱人的行程而定。有了确定日期，一定尽快告知。

爱荷华之会甚精彩热闹，王蒙已写了报道，《七十年代》从十月起陆续有报道，另外此间的《新土》杂志也将会有。我将搜集了带给您看。我和艾老夫妇、王蒙都谈得非常好。艾老和我成了“忘年之交”。只可惜卞、冯二位先生赶不及去，哥伦比亚大学飞机票寄得太晚了。

寄上梁锡华访问一文。此人以《巴黎之会》大出“风头”后跑到台湾去会梁实秋，报上照片还有梁实秋几年前娶的过气电影明星夫人（娶的当时也颇“轰动”了一阵）。再谈。敬祝安好。

黎

1980.10.20

范用先生：

我和我爱人在国内的行程已安排好：十二月十三日由广州入境，径飞上海，十九日由上海飞北京，廿六日由北京飞重庆，重庆之后是游三峡，但我想参观葛洲坝工程（我的哥哥在工地，他是水利工程师），所以也许会在那里行程略有变更。我会年后才返港。

所以在上海有五天半的停留，北京有一周的停留。《读书》的讲演若能避开廿四、廿五两天最好，因为那两天可能另有节目。但如已安排，也不须更动，盖一切皆在未定数也。

我想，自己想见的作家们大概在京、沪都见得到。茅公、丁老我是要去拜见的，希望他们身体都好，可以见客。可否请代为打听一下。谢谢。

见面谈吧。请代向罗荪先生致意。敬祝

安好

黎

1980.12.2

范用先生：

您的帮助和鼓励，将不断促着我继续向上。谢谢您。

您对我的了解和夸奖，使我高兴——世间的知音其实并不难寻。

送您一对笔作纪念。希望您用它们写作的时候，会常常想到我。也希望您多用它们给我写信。

李黎

1980. 12.26　离开北京的前一刻

范用先生：

三峡之行极佳。风景美，心情也愉快。到底是自己的山、自己的水，欣赏起来自有一番感动。这便是我《西江月》的“江”了。

临行匆匆，未向冯亦代先生和秀玉姐道别，请代我向他们致歉及致意。

祝新年如意

李黎

1980 年最后一天，于武汉

范用先生：

回到家里四整天了，共计躺了一天（一回来就上吐下泻，把在路上该生的病回来补生了一场）、上班两天，还有一天是称病躲在家里赶抄一篇稿子（我与薛人望合写的），连箱子都还没空清理。

离开北京后，一路上都很愉快。三峡之行非常值得（收到我的明信片了吗？）。在宜昌看了葛洲坝工程，在武汉见到骆文先生和徐迟先生，相谈甚欢。回到上海又与李子云订了长期写作计划（她向您“汇报”了吧？您有什么意见，请多多跟我们提），真是不虚此行。在香港除了每回皆见的那批人马（如小古、老潘诸君子）之外，很高兴见到了三联的萧滋先生和新晚的罗承勋先生。可惜蓝真先生在澳门养病，没有见到。最巧的是在九龙公车站下车时，巧遇正要上车的艾老夫妇和王蒙。真是“人生何处不相逢”！

第一批照片已洗出，先寄上八张。很高兴您和茅公合照的两张都很好。茅公的单独照也非常好（他那天早上修脸刮胡子，果然容光焕发）！茅公的三张您有便请转给他。他眼睛不好，我便不写信给他了，以免伤他目力。但请您务必代我向他致意。还有祖光先生和凤霞大姐的两张也请转给他们。我真高兴您带我认识了他们。凤霞大姐好可爱。

谢谢您，带我认识了好多可敬可爱的人。

您要的书夹，我留了钱在香港托潘耀明买（因为我对香港不熟，不会上文具店），但回来后发现有个留学生月底就要回北京，我想就在这里买了托他带回去给您，您可以早些用，潘耀明四月要回国，您要什么托他带好了。

我签了那么多本书的名，竟然最重要的人——为我写序的丁老——没签。好在她大概还有一段时候才回北京，等我书到了再签了寄给她吧。

其他的照片洗出来后我会陆续寄上。我会给冯亦代先生写信的。您和他是最不给我“代沟”之感的长辈。薛人望要我代他向您问好。问秀玉姐好。我去，把她忙坏了。再谈，敬祝

安康

李黎

1981.1.14

范用先生：

托回国的朋友沈觉涟先生带上书夹和透明塑料夹，希望还合用。另一皮面垫本是送秀玉姐的，她常访问作家，正用得着。

并附上在北京照的照片。其他各位先生的，我没有地址，就麻烦您转给他们吧。谢谢！

回美之后杂事就没停过。正好碰上快过“中国年”了，美国人也凑热闹，找我讲演、上电视，谈些不外乎是过年习俗、十二生肖之类的事，其实我也不甚了了。“中国热”尚无退烧的趋势，我也就只好每年表演一番。此地又有一华人小学校，要我做校长，躲了半年多还是没躲掉，所以现在又多一事。一想到写作时间少得可怜就心里发急，可是要完全不理这些事，心里又过意不去。于是乎每天过日子都有点“兵荒马乱”之

感。记得有个北京读者对我演讲的反应是“写作生活没讲什么”。我要是详谈日常生活的话，“写作生活”少得可怜不说，再谈下去就要成了“诉苦大会”了。不过话说回来，这也算“体验生活”吧。

快过旧历年了，北京更冷了吧。很怀念那里。敬祝

新春愉快

李黎

1981.1.28

范用先生：

四月一日挂号寄出一篇新写好的文章，想您已收到。不知您觉得怎样。我的一位搞比较文学的朋友说这篇是我的一个突破，说了不少肯定的话，但我自己却不太确定国内读者是否习惯这样的写法，以及一些象征等等。也许对他们是嫌“新”了些。我也会寄一份影印件给子云姐，听听她的意见。

好久没有您的音讯，一定是忙得不可开交。书夹、照片都收到了吗？合用吗？

从报上得知茅公逝世的消息，心里很难过。虽然以他的年纪，这样的消息并不意外，但仍有巨星陨落之感。好几位朋友催我快写一篇纪念他的文章，因为我可能是最后少数几个见到他的“外人”之一。我却一时不知如何下笔。得等自己把感情整理一下才行。

近来想写的东西很多，作了不少构思的笔记。也想下笔写长篇。但有时情绪会很不好。人在这里，心总挂在海那边的国土上。隔了这么远，读到的、听到的许多事，往往令我心忧——

但愿我是过虑了。

两周后我将去欧洲两星期。希望回来后心情会轻松些。谨祝安好

黎

1981.4.17

请代向罗荪先生、亦代先生及秀玉姐致意。

范用先生：

今天是农历大年初一，恭祝您新春健康如意！

谢谢您在北京对我的照料。与您和您的朋友们在一起，是我在北京最愉快的回忆。随信寄上八张照片，那些愉快回忆的留影。我对我先生说："将来你若要长期在北京讲学，我一定赞成。我只要每天写写东西，跟那些可爱的老先生老太太们喝酒聊天，于愿足矣！"

为了减轻您的"负担"，其他诸位的照片我将寄给秀玉姐托她代转。苗子先生、夫人处我会另去信，因我答应他们寄去"野渡无人舟自横"的照片，昨天已将字裱好，只待自己配框，便可挂上拍照了。杨、戴二位处我也会另去信道谢，《熊猫丛书》一到，我便会开始写"读书报告"了。

到上海见到了巴老，我真高兴他答应见我。老先生精神看起来很好，使我放心不少。可是看他白发萧萧、拄着拐杖、那样善良可亲又那样老迈的模样，心中感觉十分酸楚。

在上海与子云谈得很好。她总是那样坚强乐观，我却有一份早来的忧心：她将来年老孤单时怎么办呢？她显得这样独立、好强，别人就会以为她不那么需要疼惜关照了。唉，这个以后再想吧。

在香港只有三天，来去匆匆。许以祺带我去找黄永玉聊了一下午天，正赶上他那三本“画、话”册和散文集出来，送了我一套，我一口气看完，觉得精彩极了。我很想写个评介。回来后已写完一篇旅游观感，现在在写一篇散文，想等这篇写完就写黄永玉。如果给《读书》，不知会不会嫌太晚?

我儿子非常喜欢您给他的那只小熊猫，他一向对玩具小动物没多大兴趣的，可是偏偏极爱那只熊猫，常常看电视、睡觉的时候抱住它。他回来后便到中文学校向小朋友用中文作一次“中国之行”报告；开学后又在他的小学用英文向全班报告、放幻灯片、展示纪念品，得意得不得了，连他老师都打电话来告诉我他的报告太精彩了。同学们学到很多东西。我想这次旅行对他是个很好的经验。我正在写的这篇散文就是写我的孩子旅游中国的种种观感，我觉得会很有趣。

对您，我还是同样的要求与劝告：不要太劳神，不要凡事都“事必躬亲”，不要过度消耗自己的“能源”。希望两年后能再来看您。敬祝

安康

李黎 上

1984.2.2

范用先生：

敬祝您和您的家人新年如意！

晚 李黎 拜贺

1985 年岁暮

连我自己也难以相信，竟在十月间回台湾了一趟，方才回美来不久（因为母亲在台急病住院开刀，匆匆赶回去）。十五

年来第一次回去，感情的激动，比起第一次回大陆性质不同而程度相同。现正在慢慢平复中，得沉淀了才能慢慢提起笔来。见到了几位我喜爱的作家。明年会回国一行，见面望能详谈。黎又及

范用先生：

很久没有向先生问候了。想必您还是与平常一样，每天精神抖擞地忙碌着吧。

我这两年大致也跟以前差不多，就是去年辞了职，因为工作时间太刻板，完全不可能照顾到家、孩子，更遑论写作。几经挣扎后终于决定不要工作了。现在时间自由些，每天早上有一两小时的文书工作，其他时间就是自己的了。另外下个学期要去一家学院代一门课——“现代中国”，钟点很少。所以可以有多点时间读书写作了。

去秋回了一趟台北，感触甚多。一趟下来，自然欠下一些稿债。几篇一写，居然要出书了。“洪范书店”下个月会出一本我的短篇小说集。速度确实够快的了。

这两年因为有个专栏，写写也积下了八九十篇杂/散文，应该可以挑选些结个集了，不知先生能不能替我想想，可以找哪家出版社？

随信寄上的这篇《大典》，记得您曾看过，那时觉得不适用，故未收入《西江月》集子。现在整理一下看看，自觉应该可以，一份寄去台湾，台北的《当代》杂志会用；寄一份给您再看看，如果您觉得哪家杂志会有兴趣，请麻烦代交；如果您觉得还是不合适，就搁下好了，不必麻烦寄回来。有劳您费心了。

两年半没回去了，心里常常惦着那里的许多地方、许多人。

去年去了欧洲、台湾，今年不可能再跑了（辞去工作就等于减少旅行费用；有工作又没时间旅行，真是两难）。希望明年可以成行。

子云和我的通信书评，在《美洲华侨日报》登了以后反应听说不错，我前些时去纽约也听说了。很想听听您的批评。子云身体一直不太好，十分令我挂念。离得这么远，许多关怀也不知从何说起。

盛暑季节，望您保重身体。还每天游泳吗？敬祝

安康

李黎 敬上

1986.7.30

请代向“亦代兄”致意，秀玉姐问好。

范用先生：

刚收到子云姐来信，说这次到京见您，您气喘得厉害，我心里非常惦念，远隔重洋，不知能做什么，只能用片纸聊表寸心，希望您早早康复。北京冬天空气不好，对呼吸系统影响不佳，您以后也许考虑到别处过冬吗？

我的好友陈鼓应教授现还在京，我已电告他在美的妻子，要她转告陈君代我去探望您。希望他不负所托。他一月底回来，但愿能带回来您康复的消息。

本来想十二月去深圳开港台文学会，后因丈夫也要出门，便决定不去了。一方面也是觉得这样太匆忙，在京也不会有多少停留时间。现在是计划明年回国。人望想夏末秋初到京讲学，我若无其他计划便与他同去，这样在京可逗留一两周之久。这回我想跟您好好把盏倾谈，好吗？

去秋回了一趟台北，感触不少，写了些东西。上个月《洪范》为我出的小说集出来了，陈映真写的序。很想请您看看，怕不好寄，也许托便人带上。现在还是不断地在写，但小说写得很慢，因为自己的要求严格点，常常写了一些就不敢一写下去，又换个方式再写，很辛苦，但很高兴。心里总是记着您对我的鼓励和关照，就不敢懒怠了。

二月下旬又要回台一趟，因父亲廿周年忌辰，要陪母亲回去祭拜。您如要什么书、文章、杂志，请吩咐。

一别三载，记得分手时是在北京火车站。隆冬夜晚，您前来相送，我至今仍感不安。在杨宪老家中的相聚，杯光人语，依稀在眼前。人生聚少离多，思之黯然。望先生保重身体，祝您和您的家人

新年快乐，健康如意！

李黎

1986.12.1

范用先生：

久未修书问候，却是常挂念着您。在这里常跟黄宗江先生见面聊天，总会谈到您，就格外会想念您；还有亦代兄，听说他身体不好，想到他心中会难过。

今夏本是想全家回国，后来薛人望改变计划，明年才上京，我则决定自行带大儿子回国一趟。他现在十一岁半，暑假后要上初中，我想趁这个暑假带他玩玩几处古迹。他想重游北京城，并去看西安秦皇墓和江南大运河。我本想反正自费旅游，不必打扰谁，一切自己安排便得。不料此间旅行社和黄宗江都严重警告我如想在中国自行活动（尤其暑假）肯定会有流落街头的危险。经

黄老晓以大义后，我只好服从现实，找人帮忙。我最想见的是您，最不想麻烦的人也是您，但权衡轻重，只好向您开口。您能不能帮我找人（譬如作协？找谁我也无分寸，所以还是问您妥当）代订旅馆（我可不必去住洋观光客的大饭店）及订飞机票（到西安、上海等）？我从前回国旅行都是别人办妥的，自己无知到不可理喻的地步，因此您若觉得有困难什么的，请尽管告诉我（也尽早告诉我），我另想方法（譬如住亲友家，但实在不想；又如哪儿也不去，等等）。

内地之行预计是七月中，玩两个星期，八月初到香港，停留三天，然后到台湾停留四星期，九月初回美，儿子开学。

很多人说我这时回去时候不对，我想只是“纯旅游”、陪儿子，看看我想念的想看的朋友，如此而已，也无所谓时候对不对了。

等您的回音。敬祝

安康

李黎 拜

1987.5.12

范公：

接到您的信真是高兴。想到再一个月便可见面畅谈，真是开心。

我已去信小董，告以行程及计划。现在一切已“简单化”：七月十五到京，住陈鼓应的北大宿舍（他回美，宿舍空着），然后去西安，留三天，然后飞上海，上海由子云安排，希望她可以陪我去苏州玩几天。七月三十日由上海飞香港（机票已购妥）。香港留四天便飞台北。大运河不去了。

要我带什么书籍资料，请吩咐。宗江（他要我叫他“黄老”，唉）已托我带20卷电影录像带，且看我到时如何过关。我仍在奇怪自己怎么尽喜欢跟老先生交成好朋友。

我现在酒量已大不如前，也不那么喜饮了。但与您一定要把盏畅谈。敬祝安好

李黎 拜

1987.6.18

范公：

子云交来您的信，看到您的字就高兴。

您给我两张纸要我写毛笔字的，封套里就有一张便条上书“中国古典文论推荐”及“王梦鸥评价”两行字，当时不明其用意，见手示方知是要我留意的书，当即照办。

同游石花洞那天是我在中国最快乐的一天。在您家中被书包围着的桌上对饮，又是我最快乐的一餐。这样快乐的事我们一定要努力让它们多发生几回。我很少用“快乐”这个形容词，因为太少又太珍贵了。一生中经历的次数不多，所以我将永远不会忘记。

见到子云很高兴，但同时也难受，为她所受的委屈。我总觉得她是个太精致太优雅的人儿，却错放在一个没有人能欣赏、了解这份精致优雅的地点和时间。这不仅是她的悲哀，也是好几个我所喜欢的人的悲哀，因此我觉得悲哀。

西安访古悲多于喜，虽然喜见古物，却也悲于它们被发掘得太早了些，竟在烟尘废气、汹涌人潮的鼻息和无知的漠视与摧残下很快地即将风化了。有时我竟想宁可它们静静地长眠地下。

太多感触了，以后沉淀下来会慢慢写出来的。

真想在北京住一个秋天，隔一天跟您小酌一番，每个周末出去拾红叶。已经开始非常想念您了。请保重。敬祝

安好

李黎

1987.7.29 深夜

秀玉姐*：

子云来，告知你住院开刀的消息，十分担忧。你一定要好好休养，绝对不能急着到香港去。一去，就绝无办法作任何休息了。一定要百分之百养好了才能去，千万千万！

本来在等加洗几份的照片冲印出来寄给你和范公，及一同拍照者，所以回美后未立刻写信。现在听说你生病，赶快问候，顺便寄上我们的“大合照”一张。另外两张我与范公的合照，有便请转交他。我等别的照片到了，再一并寄给他，并给他信。这里先问他好。祝

早日康复

李黎、人望

1987.9.9

* 此为请范用代转董秀玉的信。——编注

范用先生：

北京机场一别已近两个月了。其后种种，也略有所闻。看来我在的时候还是比较好的时候。

随信附上照片 9 张，有几点“说明”一下：① 6 人大合照那张，我已另寄小董、罗老总，所以请将多的一张转交小丁夫妇

（那位站我身后的女士是他夫人吧？希望我没记错。万一不是，我这里还有多的一张）。②与“王部长”合照的那张，请转寄给他。因为他虽留有地址给我，但写得龙飞凤舞铁划银钩，完全认不出是什么街。偏偏他这张照得非常英俊潇洒，不忍冒着遗失之险，只好请您转交，以策万全（这段话您也可以转达）。③咱们在卢沟桥合照的几张，已寄给他了，多的请交许师傅，并再谢他一次。④我们 4 人在“卢沟晓月”碑前照了一张，忘记加洗出，下次洗出再寄上。

到了台湾，去见了台静农老先生。台老仍然健旺得很，抽烟不断，也很健谈。我提出祖光和您要字的要求，他很爽快地答应了。他现在眼睛不好，很少写字，所以很难得的。我还特别“指定”您要的是“枯笔字”。他显得颇高兴——自己在北京竟那么有“字名”！他知道祖光，说早年就闻名了。我也把咱们的照片给他看，让他有点亲切感，下笔之际更佳。等写好了他会交给我的好友《联合文学》的编辑，以后会托人带给我的，请放心。

您嘱我写的辛弃疾词是哪一阕，我不能肯定了，请抄给我好吗？

您嘱我在台找找什么中国大典文论可用的，我与朋友谈谈，初步的构想是可以出几位老先生的选集，如王梦鸥的论文集（他写六朝的尤其好）、郑骞、台静农、徐复观（他的文学艺术论集）等。我要尉天骢给我写个详细出版社和书名目录，他答应了。他觉得此事有意义，但要好好精选。另外有些对科技文明、经济成长经验的反思的书，他的出版社（帕米尔书店）出的有好几本，可能金观涛他们会有兴趣。我觉得海峡两岸交流文化、学术和社会成长经验，是当前最有意义，也是我们最可做的事。这次去台湾与一些朋友们谈，大家亦有同感。香港三联可以做一个很好的中介，潘耀明很有兴趣。小董去了更是大有可为。

说到小董，子云来了说她紧急开刀，我已去信问候。希望她别逞强，一定要好好休养到完全恢复，才能去港“拼搏”。

子云几经波折总算来了。来后在陈若曦那儿大概受了点委屈（陈现在性格有些反常），后来到了我这儿就很愉快了，我们很乐了几天，还一同上街给您买礼物，我选了一条领带和同花的手帕，我俩决定好好“打扮”您！（因为看到您穿西装那么潇洒。）现在她已在纽约，於梨华那儿已去过讲过，大功告成，这个周末大概到吴强女儿家去玩，十月到中部去，正好赶上爱荷华20周年庆，会很热闹。她此行一定充实愉快，我很替她高兴。

这次跑得多见得多，感触也特别多，得慢慢“消化”。十月初要去瑞典，希望走前能写点东西出来。不然一年又要匆匆过去了。

诸位先生面前，望有便代我致意：“亦代兄”、祖光、苗子夫妇。对了，回来没跟宗江通了电话（他夫妇已在纽约），他们十月中旬回京，到时光是听他有说有唱这一年多的见闻就够热闹的了！许以祺十月亦会再去京，这两天我也许打个电话给他。他把小丁的“读书百期”漫画影印一份寄给我（郁风给他的影印件），还嘱我不要乱讲，笑死我了。

您如懒得写信，有事可托许以祺转达，反正他跑得勤，也喜欢常给我寄东西。不过还是希望您时不时来封信，给我一点“惊喜”。敬祝

安好

李黎 上

1987.9.16

范先生：

许久未致信问候，近来可安好？常跟子云通信，她好像常跑北京。小董也回来过两回是不是？

我七月下旬会到北京（7.26—8.1，从日本过去），此行乃“随夫”，做不得主也，来去匆匆。他去开一会，并接受北医大及科学院的荣誉教职。我只想见见您、鼓应、宗江几位老友。

今年在海峡两岸将各出两本书。无论再出多少本，最宝贝的还是第一本——您“替”我出的。敬祝

安康

李黎 敬上

1988.6.19

夫人前问好。

范用先生：

本来也没想到分别才一年就又见面了，有意外的高兴，因而见得匆匆之憾便不那么大了。

寄上欢聚时的照片，实在有意思，您看了大约也会发出会心微笑（尤其是李小姐教训刘所长那张）。最后四帧请转交小丁先生，您看他每帧都张大口笑呵呵如弥勒佛，一定长命百岁。

回来后跟刘先生通了电话（他 8 号由港返美，12 号去爱荷华，9 月去哈佛大学）。谈了很多。他跟陈映真谈得很好。还要在爱荷华长谈。

谢谢您的“歌信”。曲终人散，等下次再见。敬祝

安康

李黎 上

1988.8.13

范用先生：

怀民兄交给我一封您的短简，我看了又看，真开心，您这“一字千金”的人总算给我写信了！（好不容易收到信还要说这么酸溜溜的话，真不应该！）

从台湾回来一个星期了，开心得不得了。11.30到台北，12.1—12.4《中国时报》就登我一篇“抗日”文章，人心大快（很多人都想骂骂日本人，可是在台湾那个社会简直有无从骂起之感）。想您也已看到。

寄上的这张剪报您可能也看到了。麻烦您剪下“方鸿渐”那篇，连同贺年片代我转给钱、杨二先生，聊博一粲。谢谢。

另外一个好消息，您若看到《联合报》大约也知道了（我还没收到）：我的中篇小说得了奖（还没告诉子云，因想等收到报纸影印下来给她）。这下对我又是很大的“打气”，以后更要好好写了。

怀民喜欢您得不得了，他跟我一样，大陆跑了一大圈下来，最谈得来、最有共同语言的，竟还都是老一辈的先生！我和他谈了一个上午，无限唏嘘，得到的结论是我们都是属于那个已将消失的时代。见到他时他刚回台没几天，情绪激动尚未平复，跟我谈起来更是有说不完又不知如何说起之感。他说真想邀您到台湾玩玩，我惆怅地看看窗外污染得灰蒙蒙的天空、喧嚣嘈杂的市街，说：“来玩什么呢？看什么呢？”他便语塞。

这回没去看台静农老，听说他身体不太好。

三月份我还要回台去（领奖）。台北臃肿庸俗得令人伤心，我对她真是爱恶交并，矛盾之至。

北京的欢聚令人难忘，希望不太久以后能再见。敬祝
阖府新年平安如意

李黎 敬上

1989.1.5

范用先生：

今年一张贺年卡也不寄，但实在想念远在北京的您。“雪落在中国的土地上……”

孩子去后，好像大部分未来的岁月也与过去的岁月一样，已随他逝去。他和您在北京机场的合影仍然非常清晰，但什么也不能证明，过去的快乐模糊得好像从未发生过。

谢谢您十年来的关爱。望您和家人有个平平安安的新年。

李黎

1990.1.2

范用先生：

昨晚林怀民打电话来，惊喜地听到他说刚去了一趟大陆旅行回来，在京见到了您。

记得上回见怀民已是一年多前，八八年十二月，在台北，他与我兴奋地谈着他第一次大陆之行；谈到您时，我和他好像在分享一个极其美好的心灵中的秘密。我真高兴在台北可以跟一个人那样地谈着您——相信他也是。

我在极慢极慢地疗伤，说慢，回头想想开始的日子，竟也还是有差别的。到底还是好多了。这里春天来得早，长青桃树开花了，前天到孩子的墓园去看看，他坟前的一株桃树也开了花，但不多。

在酝酿一篇小说，主题是死亡与记忆。有许多纷杂的意象，但还没法决定怎么表达，怀民说您现在读不到我们写的东西了。

八八年的夏天很遥远了，八七年更遥远。北京更遥远，简直不能相信曾经跟心爱的人到过那里，留下许多足迹与笑声……

很想念那里的人。如见到宗江他们，请代致候，遥祝
安好

李黎

一九九〇年二月廿七日

范用先生：

又是一年即将过去，心中不时挂念着您和北京那几位我的“忘年之交”老先生们。宗江先生写信最勤，每有新作（尤其有他玉照附其上者）辄寄下，最近一“信”（文章影印件旁边的空白处上数语）上说：“我们隐居于莲花池畔，深居简出，唯偶与范用诸公用饭……”见他提及您，心中便感宽慰。

搬到北加州来心情较开朗，这里冬季较南加州略凉，但仍无雪。天寒岁暮，思念远人。不知何时才能携两块乳酪“起士”去京与您下酒吃。请保重身体，祝福！

李黎 拜上

1991.12

范用先生：

久未问候，常常想念。

我将于8月底到台北，为《联合文学》评审小说新人奖，然后9月6日由台北经香港赴上海，7日晚由上海飞北京，9月8、9、

10、11 四天都在北京，11 日晚由京乘夜车赴大同，13 日又乘夜车回京，所以 14 日还在北京一天，15 日才飞兰州，作丝路（敦煌）之旅。

这样我在京将有五整天，望能与您好好聚聚，还有黄宗江伉俪、冯亦代“兄”、罗老总等等老友，到时让我作个小东（可请许以祺代为安排？），您负责建议找谁、联系各方便是。好不好？

到台北我会与许以祺电传联系。请保重，见面再谈。敬祝

大安

李黎 上

1992.8.4

范用先生：

我回美之后便“循例”病倒，但出门一月，家中乱得横七竖八，必得躬亲料理，一星期下来总算大致恢复旧貌，我自己也大致恢复原状，可以开始动笔写东西了——希望如此。

寄上一些照片，除了与您合影的之外还有汪曾老、张洁和王蒙的，麻烦您转交了，他们的住址我全没有。那晚“大宴”的照片许以祺大概已经洗出来了，相信会分给众人的。那样的聚会在我真是难得的，也只有靠照片帮助珍藏记忆了。

回来后给钱锺老去了一信，世事真是难说，这么一“耽搁”也就十二年过去了，中年之后觉得时间一年年过得飞快，真是可怕。

《中国时报》的特约撰稿人、小说家平路临行前与我通电话，我建议她去找您，不知找到没有，不知您对她印象如何？她听我说您喜欢欧洲乳酪，还很诚意的要带，我劝她不必了，因为北京

不是第一站。（可惜了生生忘掉的“气死”！）我要她带去一本《联合文学》，但她手边没有，华盛顿一时也买不到，很可惜。如果许以祺经过我再交他带好了。

四年没有到北京，这次去了觉得还是很喜欢，主要是几位可爱的好人还在那里。人生常是“物是人非”，我倒觉得有时是“物非人是”——当然“人非”的情况也很多……总之还是个可爱的地方，还想再去。

我对率领我们作丝路之旅的中央美院薄松年教授印象也好极了，他的学识见解当然不在话下，但我觉得最难得可贵的是那种敬业、热忱、对人发自内心的关爱……一些极美好的品质，而在当今一般人中已少见了的——您当然可以猜得出，他也是一位较年长的人，再年轻些的就几乎看不到这种清纯，这是最可悲的一桩事。所以我常笑言怎么我回国交来交去都交“老”朋友，再想想真不好笑。（也许我自己亦属于该算老去的一代？）

我已把您的文章寄给郑树森看了。您一定要写一篇千字文的文坛话旧，不要令我们失望啊！敬祝

大安

李黎　上

1992.10.4

今日同时另件寄上半年前新出的小说，请指教。

范用先生：

子云来信说您跌伤了背，后来又哮喘发作。望您早日康复，继续健步如飞。又听说罗老即日将返港，为他高兴，只是以后进

京聚餐时少一人了——不过可以在港见他。您多保重，得闲时请寄下只字片语，以释远念。敬祝

阖府新春纳福

李黎 敬上

1993.1.6

范用先生：

先是收到转来的信，接着收到了书。《我爱穆源》是一本好可爱的书，读完之后给您写信，一称呼就觉得不对。对您的亲切感觉，完全不是“先生”两字的称呼，好像该学穆源的小学生叫声“范爷爷”，当然更不对——年龄不对。像对亦代，从一开头开玩笑地称他“亦代兄”，叫惯了就对了。唉，不管这些了。形式不重要。

真佩服您对小学生活记得那么清晰，而且细节详尽，我边读边想：要我还写不出这么完整的回忆呢，只有许许多多片断。即使不认得您的人，读这些篇章，一幅三〇年代江南小学生活的图像就出来了。又甜美又悲伤，您的娓娓叙述却是那么清淡，孩子读着一定很喜欢，却不知那些文字背后岁月的泪痕。

我也很喜欢那些照片，尤其旧照。您少年时是那么小、眼神那么柔和的一个男孩子，令人心疼得眼眶发热。但看到您孙女、外孙女的可爱笑容，又觉得生命生生不息，而她们已决不会有您那样的少年时代了。用外孙女的字放在封面是特别可爱的“创举”，可惜冰心女士的字有点“掠美”了，该移到封底或内扉页去的。（您登“联副”那篇文章树森寄给我看了，也很喜欢。）

不知您读到四月号《联合文学》没有，我把您“珍藏”钱锺老手书十二年的趣事讲给郑树森听，他要我写出来成一篇“文学因缘”，《联文》应已寄给钱锺老，我刚去信《联文》，嘱他们寄上一本给您。先谨声明决无冒犯不敬之意，亦不会有损您一向办事高效率的完美形象，请勿担心。

亦代兄进入人生“第二春”，真是替他高兴，下次我到北京，老友聚会当更加热闹了。您以后决不可以胆大妄为再跳墙摔伤什么的，到北京聚时您若不能出席岂不就完全没有意义了吗！敬祝平安健康

李黎 敬上

1993 年 7 月 15 日

范用先生：

您 11 月 6 号写、寄的来信，我今天（10 号）就收到了，明天寄出，看您哪天收到。说不定是创纪录的快速往返，可以打破我和钱锺老十二天之内信件往返的快速纪录。（对了，这是为了那封被您“积压”了十二年的信的事——那篇登在《联合文学》93 年 4 月号的“趣文”您读到了吧？）

话说回来。收到您的手书（而且长达整整两页，600 格子），真的是有“受宠若惊”之感。您一向不大给我写信的。

您伤腿的消息倒不是由戴诗人的专栏得知（他的专栏我这儿看不到），而是咱们的共同老友罗老总。他和夫人暑假到此地探望女儿，后来才闻知我三年前已迁到这一带，联络上时他已快回港，九月初他们启程前见了一面，告知您车祸入院的消息。我当即想询问详情，罗老说手边没有您的新址电话，我即想到咱们长驻北京的“富贵闲人”。一通传真过去，嘱他代为探望，他说医

院在郊区不方便等等，看来也非推诿之词。至少书已带到，知道您读了之后会替我衷心欢喜，间接亦能有助于您的心情开朗，所以才要许以祺带上那本杂志的。

家母两年前（那时她已整八十高龄）在后院照顾她心爱的玫瑰花时，被水管绊倒，摔在砖地上，右大腿骨折断，无法动弹，当时人望在芝加哥开会，还是请邻居先生抱她上车、送医院。住院一周，我得全日夜陪伴，因她不会英语，无法与医护人员沟通。骨科大夫是第一流的，老人家腿上被植入一块钢片、五枚钢钉（比您还厉害吧）。我还担心过如果她乘飞机，通过金属检测门时会不会警铃大响？（后来证明不会——所以您的三根“打毛衣针”更不会。）

刀开得好固然重要，我发现后来的复健工作更重要。先是出院后院方派人来家做弯腿及按摩复健，旋即命她到医院复健部门，每周二三次，我陪她去，按摩、伸屈、踩运动自行车（她老人家说：“我这辈子还没踩过自行车呢！”），先是“摇船”——前后踩，不久就能踩圈子了。半年后她完全不需拐杖，现在走路比许多同龄的没伤过腿的老人家还便捷呢。其实她是个不爱动的人，能恢复得这么快，是遵照复健医疗人员的指示，按部去做。我也为她买了一辆运动用的固定自行车，停止去复健中心之后，就“逼”她每天在家中踩。对她的复原，我们暗暗有些惊喜，本来真是怕她从此不良于行了。

写上这么一大段，主要是——不，不是怕您偷懒不努力做复健工作，而要举出年纪大您一大截的老太太的例子来激励您——不是啦，是怕您闷在家里，闲得发慌，信写得长一点可以好歹打发您一些时间去读。写得像流水账，更可以在晚间上床前看看，顺利入睡。对不对？

回到罗老。他的女儿住的离我不算太远，开车约半小时，他们已看好房子，等三两年之后，二老便要搬来与女儿同住。那时我们便常能见面了。前不久我被邀加入他们几人在《星晚》的一个专栏，一个多礼拜才轮到一篇，所以很轻松。他们几位全是年高德劭老先生，我忝列其中，编者传真来时统称“诸位前辈”，吓我一大跳。

意识乱流，现在谈我的小天晴。再过九天他就满周岁了。现已蹒跚走路，咿呀说话，好似醉汉。大概他自认为有粒可爱的酒窝，不可不露，因而见人便笑，从早上醒来便笑，很少有哭的时候，是个人缘很好、非常讨人喜欢的娃娃。我想是上天垂怜人望和我这对父母，虽然天天那么好的孩子永远无法补偿，但这个娃娃确实给予了我们好好活下去的信心和力量。我们还是幸运的，世上有太多的人，失落的永远无法追回，连一些类似的安慰也不见得就会有。至此我学会惜福与满足，此生再无野心和非分之想，只求与亲人好友平安愉快同度。

明年五月，人望会到北京开会，我想那时小晴已够大，现有一位很可靠的保姆，到时可托付给她，我便可同行。家母兴致很高，居然也想回上海一趟，要我先送她去了上海再北上，我想也好，这样也可见见子云。她的心脏问题我一直颇为担心。想到要去北京便很开心，到那时您一定已能健步如——嗳，如飞太夸张了，如常好了。我们再像上回一样，找一处吃自助餐的地方大伙聚一聚。许以祺出点子说到时一起飞去内蒙，我想内蒙有什么好玩的，不如在北京多跟您喝几回酒。对了，我们找钱锺老他们去。

夏天我的《袋鼠男人》在洛杉矶拍成电影，我跟在旁边“观摩”，有不少心得，回来后乘兴又写了一个电影剧本，不知命运如何。这阵子都在弄电影的事，刚把“袋”片摄制过程写的笔记整理好了，连同剧本（我写的，然后与导演一同重写）一并出一本书。刚弄完，可以构思小说了。还是写小说有意思——难度最高，写时最痛苦，但完成时的喜悦也最大。

槐树是北京最美的事物之一，我很高兴您旧居的槐树还在。我能约略体会您和夫人迁居后的心情。没有事物是长久的，然而好在我们有记忆。敬祝您和夫人平安健康

李黎 敬上

1994.11.10

附上另一篇有关“奇迹宝宝”的文章（8.14《联合报》副刊）。

范用先生：

新年好！我在年前回台北，为《袋鼠男人》上片赶去凑热闹，然后全家人到夏威夷玩了几天，回来看到您12.21的信，真高兴。您写信时还没收到我的贺年卡呢，您读到我的《双槐树》时一定也会高兴吧。

您赞美我的《浮世书简》，对我是极大的鼓励。我自己也非常喜欢这本书，不但因为对文字的讲究和要求，也因为写的时候正经历了初怀天晴的惊喜阶段，对我更具特殊的意义。您想把《悲怀书简》和这一本介绍给大陆读者，版权方面都没有问题，因为我签约时都保留了大陆出书权，前者只要有人肯出，我还可以附加最近那篇《感怀四简》进去。问题是《浮世书简》的照片太精美，印起来成本很高，不知哪家出版社肯这么做？（《联合文学》赔了钱没有我都不敢问，还好《袋鼠男人》卖得不错，可以“功过相抵”。）我知道国内现在出书不容易，子云找到一家（我忘了是哪家）要出《袋鼠男人》，交出去一两年了毫无下文，我也不好问子云，她做事极负责任，一定是对方在拖（甚至想反

悔）才对我没有交代，实在无可奈何。您要怎么办请尽管进行，只要不太劳您的神就好。

在台北书店里看到《槐聚诗存》，本想买下，转念想到北京时再买，可以请钱、杨二老签个名。没想到您已先获我心，代我买下并索签名，真是太好太好了，先在此谢过！托以祺带来也是好主意，我已去电传预先谢他，不怕他不带。

收到这封信时，已近旧历新年，祝您阖府

新春如意

李黎 敬上

1995.1.4

范用先生：

《槐聚诗存》平安无恙地到了我的手中，感谢感谢！我在台北书店里看到的是普通的印法（只是纸质精美些），并非如这部的线装版。太好了！但随即又感到难过：若是早个十年，或者杨老身体健朗，用她娟秀的毛笔小楷书写，岂不尽善尽美？又读到您信中说钱老住院已五个月，忽然感到时间的无情，如此美好宝贵的人、事、物，眼看着就要渐渐终有一天离去，而自己什么也不能做，不能挽回，只能眼睁睁地看着美丽的消逝……钱老与杨老是一对神仙，我常这样提醒自己，然而还是无奈。

不知您手边没有《袋鼠男人》，想必也没有另一本散文集，一并寄上。《袋》书也签了人望的名字，因为故事是他提供的。电影看不到请不必有憾，不是什么特别好的电影。到底这是旁人的艺术作品，不是我的。

昨天刚从巴黎回来，陪人望去开会，前后匆匆五天而已。两人一道离家，心中实在放不下，五月间的北京之行，我是否能随他成行，要再考虑考虑了。

董秀玉的话（您退休了跟没退休一样），也许意思不是说您仍“管事”（管三联之事）？而是成日价忙忙碌碌，人闲心不闲，并不输退休前。这么说给钱、杨二位听，也许只是顺口让他俩老人家听了放心些。我倒并非为小董辩护，而是觉得您（或任何人，我自己也是吧）一定要把一些人事想到负面去，不愉快的是自己——即使您有一百个好理由可以把那句话解释成负面的，还是不如朝我的解释那个方向去想。世上负面之事太多太多了，如果剩下一些可以让自己愉快的余地，我是会毫不犹豫地去“趋吉避凶”的。自从遭逢六年前的大变故以来，身心受创太深，便时时提醒自己要好好保护自己，不要再受无谓之创，因此有如上之说。

不过您说“人是很奇怪的动物”我是同意的。奇怪也者，各式各样，主要与我们习见的不一样。而您那一辈习见的风范长者，说老实话，也像“稀有动物”（大不敬之语）一般，渐渐少见甚至无存了。淘汰所余，适者生存，自是牙尖爪利者居多，不足为奇，更不必叹息也。

您还说我写得“厉害”，真令我脸红，我正在骂自己写得不够呢。一则贪玩，二则懒，三则淡泊，新的长篇构思了好久还未动笔，推诿借口一大堆。您该常常督责我才是。希望今年写得出来。

您要保重身体。若再与杨老通电话，请务必代为致意。去年年底我曾寄去一小猫月历（他俩皆爱猫之人），希望他俩健康长寿，我可以每年不断地寄。敬请

大安

李黎 敬上

1995.2.1

（正月初二开笔）

范用先生：

谢谢3.15的来信和关于钱老住院的剪报。这里也寄上两篇小文。我原是一周写一篇，因这两篇有关联性，编者将它们连着登了。

出书的事劳您费神了。《悲怀书简》如出，也许可加入后来写的这两篇《感怀四简》和《晴天笔记》，作一个充满新希望的结尾。您觉得怎样？

等着读您在《联文》的大作。树森早已不任编务，杂志风格也变了，但显然他们还是真喜欢您的文章。

告诉您一个好消息：我五月要来一趟北京！人望来开一个国际性的人口学术会议（大概是在友谊宾馆），时间很短：5.20（周六）晚上到，5.24（周三）早上走，所以只有日、一、二，三天在京停留。我伴随来去，时间实在很短，但家里放不下，没办法。主要只想见见您和几位老友、前辈。要我带什么书和东西，请告知。可托许以祺传话给我，有什么吩咐请随时告知。您如有方便的接收传真的号码，也请告诉我。

现在喜欢喝什么酒？我最近酒量又好些了（大概因为心情好了），到时可对饮畅谈。敬祝
大安

李黎 敬上

1995.4.4

《读书》6月号有我一篇小文，读到了吗？

范用先生：

寄上我们合照的一叠照片。在杨老家照的，本来我以为我的模样一定会很可怕，因为那样醉法。结果居然看起来还神清气

爽，倒是您，脸上还有点酒意呢！

再附上一张小晴的照片，是不久前带他去照相馆照的（第一次上照相馆照），有点“怯场”，所以没能展现他的酒窝，不过还不错了，寄上送您。

我对赵小姐印象很好，相当投缘，您举荐的人相信工作能力一定也不会差，给她出书我很放心。这两天就会把一切需要弄齐的弄好寄去给她。

回来后，我和人望先后生病，这样匆促旅行是太累人了，传到家中大小轮流感冒，现在已轮得差不多了，没事了。

上星期寄上的两本书和两篇影印件想已收到。生命中真的有些时刻是令人无言以对的，但无言也不成，我要说的话都写在《悲怀书简》里了……

悠悠苍天，世上事有些真是情何以堪，然而不堪又能如何。重新读自己在“悲怀”里经受的心情，也诧异竟然就那样承受过来了。希望您与您的家人也一样。

祝福

李黎 敬上

1995.6.3

范用先生：

您二月八日的信函我昨天收到，许以祺没有机会停经旧金山，便从别处邮寄给我，托您“托信”之福，他还附了一本以张士增的画作插页的笔记本送我。

《悲怀书简》出版的事您可别放在心上，这种事我倒是很有心理准备的。起码三年前了吧，子云把我的《袋鼠男人》交给安徽一家出版社，也是责任编辑跳了槽（而且好像是含恨而去，更糟），从此无下文。子云也是很不好意思（唉，您们都是这样的好人，别人做了不负责任的事一点没有不好意思，你们根本不必负责的却拼命地不好意思。难怪总是吃亏）。前些时她来信说遇到又一个什么出版社的人，对《袋》书有点兴趣（因听说拍了电影才略有兴趣），于是要我再寄一本书去看看……我真的不放在心上了，否则为之心里情绪起伏多划不来。忘了有否告诉您，去年秋天吧，我写一信给赵小姐问她出书的事（谓已过半年矣，进度如何等等），赵小姐竟然立即拨了个越洋电话过来，语气急切地说一切在进行中。可见她是很负责的，只怕人去人情去，出版社还买不买她账便未可知了。

我的下一本散文集给台北的"九歌"出，内容大概还蛮"好看"的，还有提到您的呢（"双槐树"），和钱老、杨老等的好几篇都收在里面。其实去年十一月便交稿了，拖到现在迟迟不出，台湾出书一向快而如此"反常"，全为了三月的"大选"，人心惶惶，这段日子谁也不敢轻举妄动做赔本生意。您看惨不惨，等书出来了一定寄上一本。

近年花很多时间带小孩，东西写得少，基本上是香港报刊的一周一篇。另外给台北两报偶尔长些的散文，您读得到《中国时报》人间副刊，就看得到我的一些"近作"了。会不会觉得"人间"愈来愈杂？有点叫人眼花缭乱。

谢谢您告知《中华文学选刊》转载《双城》，有别的国内刊物也转载过。您告诉我知道了，我就可以请子云去向他们讨稿费了，哈。说到子云，她近年也是身体不好，我和於梨华等三五好友想安排个邀请，让她今年出来一趟散心。

宪益老这样的照顾妻子，看了令人感动又心酸。我去年回美后给他写信并请教一些问题，他没回，不知是没时间或心情提笔，还是没空查书，还是仍然觉得我在他家醉酒很可笑？（说笑话的。）请代向他俩问候。不知苗子夫妇回来是短访还是长留？我家还挂着苗子的字，仍是全家最好的书法——又是托您之福讨到的。好想念北京的这些老人家们。也不知钱老近况怎样。我是如往年寄去一份猫咪月历，杨老喜欢的。

冬去春回，祝您和丁阿姨

新春吉祥如意

李黎 敬上

人望 同贺

除夕夜亲友来聚，要我“掸春”，并出题目要我写一对联嵌入我们一家四口的名字，于是我凑出这联：“黎明喜人望，雪霁庆天晴。”（“望”字如是“旺”便通。）不大通，勉强了。

信封上贴的邮票是美国财政局出的中国新年邮票。

范用先生、夫人：

新春如意。

《世界的回声》和《晴天笔记》可有收到？我也寄了一本《世》给杨绛先生，不知钱先生近日情况怎样，时在念中。

您们今年的“贺卡”很别致。去年罗孚先生过境时邀宴，席中见到张充和先生（会作曲的那位），谈了许多京中童年往事，令我不胜向往。

我和几位朋友由史丹福大学胡佛东亚研究中心出面邀李子云出来一趟，希望可以成行。

您的腿已复原得差不多了吧？家母伤腿后始终拒用拐杖，其实我觉得用杖较好。

李黎、人望 敬贺

1997 元旦

范用先生：

您托袁鹰先生带给我的信和文章，经潘际坰先生转来，非常高兴读到您的手书和新作。我都忘了画过“小丁”先生那幅漫画，看到才记起，那晚大概是在杨宪益先生家中饮酒吧，好愉快的回忆！如果美好的回忆都能永远历历如新，不会淡化褪色甚至完全遗忘，那该多好！我愈来愈觉得自己写作其实主要就是为了抗拒遗忘，写下来，发表了，有别人记取，哪天自己忘了也不怕了。您现在写许多忆旧之文，不也是类似的心意吗？

我出书的事请千万别耿耿于怀，世态本就如此，我并不感意外也不失望。子云也替我联系过几家出小说，有约都签了的，也像石沉大海。到了范用、李子云都出不动书的时候，也许我该“检讨”自己是不是该学学梁凤仪了！（一笑！）

董秀玉那儿，我想她亦有她业务上的想法，听其自然吧，千万也不要耿耿于怀。

见您文章中提到“伏星”二字，才猛然想起差点忘了您的生日！这一阵出国出门（去了趟西班牙），家中来客也不断，忙乱异常，生日贺卡寄迟了，非常抱歉！好在寿是可以补的，所以在此向您拜寿！

承勋先生六月底搬来了，离我家车程约半小时左右，不算远，际坰先生请了一桌客为他们夫妇俩洗尘，我也去了。罗公表示非常怀念京中老友和二锅头酒，老友当然是见面不易，不过二锅头此间也买得到了，所以相约过些时痛饮二锅头话旧。（到时如有合照一定寄上。）

许以祺告知我汪曾祺先生忽然过世的消息，几次与他见面的情景都清清楚楚地回来，还有他那些精彩的文字，心中的感觉是一样很美好的事情永远过去，不会再发生了。那样的感伤，不仅是对他一个人的，也有对文学的、对一个时代的。

听说今年京中大热，非常想念您们，请保重身体，来日方长，还有许多相聚机会。敬请

大安

李黎 敬上

1997.7.28

夫人请代问候。

范用先生：

潘先生即将动身赴京，您们老友又要欢聚，令我十分羡慕。作家出版社因出了《尘劫》而被罚停，我的三本即将出版的书便被无限期冷藏。林彪之害，竟可以在死后多年还让人“殃及池鱼”，不可不谓“历史的反讽”了。

于是，我的赴京日期也就在无限期的等待之中。想来是要等秋凉之后，这样也好。

又到了“伏星”的寿辰了，没能赶上给您拜寿，再见时补敬三杯。

今年无书可出，明年大概可以出一两本新书。《中国时报》的专栏，寄出已经发表的几篇请指教。

炎炎夏日，请保重身体。请代向夫人问候不另。敬请大安

李黎 上

1999.8.12

范用先生：

际垌先生从北京回来，捎来您的信和一些照片，使我的心又一次飞去北京。说了多少次今年要回去，怎奈诸事阴错阳差，结

果还是不能成行。希望我真要上路时不会已没有人相信我了——像那个三番两次喊“狼来了”的牧童一样：“李黎来了！”没人理睬。（一笑！）

是在报上读到乃迭夫人去世消息的，当即给宪益先生寄去一张唁卡。际垌先生也很难过，我们在电话上谈了一下。公认还是您身体健朗，对人对事还充满热情和爱心，像对家乡穆源小学的感情，真是那些孩子们的幸运。只是潘先生说您回乡还乘坐硬卧，实在太辛苦了，虽说您一向俭朴，这种旅行心情也高兴，却也不必“劳其筋骨”如此，万一上下之际有个闪失什么的，岂不是太令人不放心了吗？

前些时托潘先生在北京的大女儿寄来钱锺书先生悼念集，正好过世已近一年，便为专栏写了一篇文字，刚写出还未发，寄上您看看。世上人也无奇不有，会对您见过钱先生没有大作文章，实在稀奇。不过也可见您们二位都够有名了，否则谁会在乎谁见过谁没有，还要下笔付诸文字——真是一笑置之的事了！不过也许我也要负点责任，把“珍藏手书”的逸事写出，害别人误以为钱先生因此生您的气。不过那人一定没读过我的原文，连钱先生都觉得这桩好玩的“逸事”，何况给我的又不是十万火急的家国要事。钱先生那样旷达之人，写那些文章的人也未免太不了解他了。

昨夜终于接到作家出版社杨葵的传真，说我的“系列三书”总算出来了。这三本书听说是被之前的张宁的回忆录影响，拖了近一年才算出得来。我已去信请他寄一套给您。另外，河南人民出版社出我一本杂文集，删掉近一半的内容（我在香港《星岛晚报》的专栏都没用，也不知什么原因），只得薄薄一小本，全是旧作，也请他们寄上一本，虽不好，也是大部分未结集的，翻翻便是。陕西人民出版社也刚出一本我的旅行散文集，是新闻署的于青主编的，也是拖了一年多。居然全在“本世纪末”出来了，想想也好玩。

写专栏好辛苦，“有期徒刑”到明年五月，写完了再加上尚未结集的一些文字，大概可以凑成两本，然后就可以专心写小说了。写专栏太耗时间，又没写小说那么好玩。

见您信上讲喝酒，看来您现在只喝中国酒不喝洋酒了。际垌先生一定谈起我们这儿的“二锅头小聚”，二锅头真是价廉物美，可惜我每次得开车，不能多喝。偏偏上回在北京旅中疲累，竟然喝醉，在您和杨老面前失态，非常惭愧。

回京日子敲定后，一定第一个通知您，让您先“贮备”些您喜欢的好酒到时共饮。想象欢聚情景，心中止不住的高兴。见到黄老、丁老伉俪暨杨老、陈原老等等京中长辈请代问候，明年一定当面请安。敬祝

阖府新春如意

李黎 敬上

1999.12.17

范用先生：

收到您的信真高兴。这个夏天我简直玩疯了，从五月初结束了《中国时报》的专栏后就旅行不断，五月去法国，六月去台湾，七月有两个附近的小旅行，八月又去台湾，回美后两周再到葡萄牙……前天才回到家，该收收心了！

到台湾倒是“公事”，七月为出两本书回去“打书”，八月底为联合报和联合文学两项小说奖作评审。

本来六月是要到杭州的，因儿子小明要随同学去杭州一间中

学辅导中国学生英文，结果同学不能成行，他也就去不成了。他才十七不到，还有一年高中才毕业呢，怎会为“亲事”回去？我做婆婆还不知是多少年后的事。您大概把许以祺的儿子要讨媳妇的事弄混了。

旅行这么多，结果回大陆之事只好一延再延。本来潘际坰还跟我讲好在北京找大家一起聚，结果没想到他那么快就不告而别了。但潘老能这样走法，怎么说也是他的福气。我心中虽然难过，替他想想却也无憾。

我非常、非常想早日回来，到北京也不多跑，与您喝喝酒聊聊天于愿足矣。在台北见到吴兴文，他提到见您的事，真高兴在另一处地方听到有人用那样尊敬喜爱的语气谈到您。

《西江月》出书至今二十年了，其后每本书出来，心中始终感念着您。请保重，我会来跟您喝酒的。敬请大安

李黎 上

2000.9.27

范用先生：

北京相聚，愉快中有感慨。人事沧桑，世事无奈，而时间总是不够。现在回想那天我俩坐在出租车上绕了不少冤枉路，倒是非常好的谈话机会，就差一盅茶或者一杯酒了！

回来以后常想着聚时的点点滴滴，希望许以祺快把那晚照的照片洗出寄来。

您嘱寄的信将与这封信同时贴足邮资寄出，请勿念。

没想到《初雪》忘了寄给您。大部分是旧作，当作存念，序文倒是值得一读。个中心境，您当最能了解体会。

万里之外，时在念中。您多保重，希望明年再回来陪您喝二锅头。

祝福

李黎 敬上

2001.7.12

范先生：

这篇文章的剪报您一定已经有了，但多一份不嫌多。读了很感动，也很高兴。对了，您还记得不：我们一道唱过两次歌呢，一次是 1987 年 7 月，我们游石花洞、卢沟桥，在车上唱“我们总理，首倡革命，革命烈如花……”第二次是 1995 年 5 月在您家里，更过瘾了，捧着歌本唱！

我刚从捷克的布拉格回来，去写生画画，美极了。回到家收了心又要开始写了，许了台湾的“印刻”出版社（老朋友、原《联合文学》总编辑初安民出来办的）三本书，有的要写完，有的要整理。上海文艺的书 10 月应会出。我已订好 12 月 17 日抵上海，和人望大概 12 月 24、25 左右到北京。人望要在科学院作个报告，有了具体日期再禀告您。这回我们可以喝喝酒、唱唱歌，最好能录下来。

京中老友时在念中，见到时请代问候。12 月天气冷，只怕他们出门不方便，否则又可像前年那样大规模欢聚。您多保重，咱们 12 月见！敬请

大安

李黎 敬上

2003.9.25

李　莉

范先生：

您好！

冒昧给您写信，希望没有打扰您。生日时收到绪源大哥的贺卡，同时还有您读《冬夜小札》后的一封回信。感谢您对我的赞语，从心里说，我不敢领受您如此好的评价，好编辑应做到如您和像您一样有学识有成就的程度，而我还差之遥遥。我充其量仅是一个爱书、对书有感情的人，所以做了编辑。在编书的过程中，尝到一些酸甜苦辣，但一切都抵不了看着一本好书或一套好书从我的手中诞生。我尽管不满足于单纯“嫁衣匠”的角色，希望能以自己创造性的思维与劳动为书添彩，但一切还都做得不够，还称不上“是位好编辑”。我但愿自己能够做得更好。

寄您一套“书边草丛书”，这是我去年策划并完成的一个选题，出书后反响不错。但是，这种不搞“五色杂陈”，每本各集中了某一相对领域的编法，绪源曾提过一些意见，这我在给他《冬夜小札》的序中提及过。后来他看过书后说没想到这种编法也很不错，但我心知书中还是有缺憾的。首先，五本书从分量上说不够整齐，有的强些，有的弱些。当然，这与我当初确立这套读书随笔的宗旨有关。我不希望书出来都是杂色拼盘，不管什么样的文章都集于一处，我认为这样不突出特色，不说对读者不够负责任，就是对作者而言也不是一种好的张扬方式。所以，这套书不以“名”而取人，而以“读书·读人·悟世”为宗旨，重其多年积累，好看耐看。但是，尽管想法不错，求其多年积累、厚积薄发，也需有多年的关注，而限其眼界与视野，一是不可能是收尽所有好作者的好文章，二是在选择上因其严格的限定也缩小了选择的范围，最终第一辑只推出了五本，像有关艺术、有关科学、有关教育诸领域的读书随笔都尚在缺席状态。我不知我是否能够更上一层楼。

絮絮叨叨和您聊额外的话，特别是初次给您写信，显得不合情理。但是，您是前辈，也是我一直尊敬的一位老编辑家，我希望能得到您更多的教诲。这次，若不是绪源大哥给了我这样一个机会，我想，我是不敢轻易烦扰您的，虽然远远地心存一份关注与仰慕，心存一份祝福，但都是自己的事了。

真诚地谢谢您！

绪源给了我您的地址和电话，有机会去北京的时候我去看望您。不再赘笔。

祝您健康、安好！

李莉

97.11.3

另：想寄您一张名片，但名片已经旧了。我把电话直接写给您吧。

李　凌

范用兄、小丁：

知道你及小丁回到家乡玩，开展览后很高兴。

那歌叫《大家唱》，是舒模写的，在《中外名歌大全》中有，但手上没有这集子，我请代购，有机会能出版《中外名歌大全》吗？我来再编四集（一大集子一套）并认真注明各歌曲特点，肯定能赚钱，望你为我奔走一下，谢谢。

祝好

李凌

李　普

用老兄：

偶尔看报（已不天天读了），多次碰到大作，妙文也。我常想幽他一默，却学不到这一手，只有羡慕、羡慕！

“九一八”之际写了一篇短文——《令我大惊的小书》。兹剪奉一份，乞抽暇一阅。除了以文会友之意，还有两个动机：

一、请审定可否再烦你推荐给《新华文摘》？此文我颇得意。思之甚久，可谓煞费苦心。写的是个大问题，却叫人（包括日本官民）抓不到小辫子。这个问题太重要了，希望能引起更多的人注意。《新华文摘》分量重、读者广，故甚望他们利用。上次那篇《三封信》，有几位朋友打电话来，就是从该刊才看到的。这要谢谢你。

二、老友吴江兄看到此文（《令我大惊……》）后，来电话深表同感，并由此而想到我们应当成立一个“日本研究会”。他说：什么鸡毛蒜皮都有研究会，唯独不研究我国过去、现在、未来的这个大患。他希望成立此会以期：（一）认真研究，让我们自己（上上下下）清醒一点，特别是让年轻人清醒一点。（二）给日本上层一点震动，给其下层（也特别是年青一代）一点影响。当然，前者是主要的。但真要干，须有善于与乐于奔走运作之士来张罗，还要物色一两位或多位德高望重的人物登高一呼。说来说去，徒兴浩叹！你交游广，此事，不知高见以为如何？

吴老兄最近在港出了一本《十年的路——与胡耀邦相处的日

子》，我兄见到否？李锐兄有八字评语曰：“功德无量，干部必读。”或改曰“国人必读”。如未见，要不要我向吴兄要一本？

《续爱的教育》迄未能读，如再读不成，当即奉还。

匡互生先生之女介人老友告：海南建立了一个“立达学园”，有个经济实体，即名为“立达集团”。据说拟召开立达教育思想研讨会，以期提高知名度云云。这是生意经了，不过，若能继承立达精神真正办教育，总还是好事，对吗？

握手！即颂

文安！

李普

十二月十日，95 年

用老兄台：

两奉手教及邵氏两文，谢谢！尊著老版本已承惠赠，新版出来了吗？

拙作《婚礼》，除出版社送的，我买了三百本（七折），曾试图以七折小量试销（代销），书店谢绝，曰每卖出一本需交百分之十几的税云云。总之，买卖做不成，乃放弃此想。全部赠送，也送得差不多了。唯须查地址、邮编，殊以为劳耳。不过几乎天天有电话或信来，说收到了，造成了个小小的“热潮”。只要有人看，亦堪称乐事。——此亦自得其乐也。

你自己帮助推销，成绩如何？祝你好运。

握手！

李普

二月六日，96 年

沈容同此奉。

用老兄：

常想给你打电话；又想，不如写信；又想，应当去看你。想来想去，下决心，今天先写这封信。

这个冬天，常感倦怠。我这人本来就懒，至少不是个勤奋的人，近来更懒了。近几年常常散散步，数周来几天不下楼。有朋友警告我：这是老态！千万不可大意！越懒得动慢慢就变得根本不想动，结果就是不能动了！——等天气暖和些吧。

有朋友告一联曰："不好诣人贪客过，惯迟作答盼书来。"据说是清代某大诗人之句，大有自诩高雅之意。我却认为正好说中了我的大缺点、大病，尤以"不好诣人"为志。写信的事，近年来有新改进。唯不喜出门访友，既是老病难改，更加上毕竟年岁大起来，再加上交通的困难益增，不知如何是好！想来想去，不安之至！

新版《我爱穆源》收到，谢谢！童真不减，可喜可贺。田蔚夫妇是我们的老朋友。57年我被逐出中宣部到北京大学，幸得王匡把我推荐给陶铸，乃有今日在广东的一批朋友。《邂逅》中那位"居然成为理论家"的编辑，我也熟的，已是"马列主义老大人"了。你说"更重要的是需要思考，因为要真正在思想上走出噩梦，并不是一件容易的事"，对极，是极。黎澍出了一本《反思集》，我近年来所作短文，都是在反思，不过学力不足，识见甚浅罢了。

黎澍既是我的老友，也是我的老师。他的老同学张生力写了《黎澍之路》，传记，四万多字，加上李锐、唐振常等人的文章，约十万字左右。香港商务印书馆编辑接受了，愿意出版，但要经该馆编委会讨论拍板。你有熟人吗？能否帮助通过这最后一关？

拙作《三封信》，经《新华文摘》刊用后，《东方文化》高兴之余，加付我 200 元“特别稿费”，可见“中央级”报刊在地方上的威力。——此事要感谢你。

今日笔谈如上，我觉得心情轻松了些。握手！

李普 拜

四月一，96 年

沈容奉候

用老兄台：

常想去拜望。还要还书，《续爱的教育》；还文稿，《记尹宽》。懒得动，拖延至今，且歉且愧！附件请阅。

读到介绍你的文章，甚喜。似乎不止一篇，写得很有趣。你确是位很有风趣的人。

见到一些争论东西方文化的文章，要是有谁收集双方的文章出一本书，该多好。尊意如何？但是先要有出版社愿出。握手！

李普

中秋节，96 年

李　琦

范用同志：

《列宁杂文选》已收到。谢谢。今后如有此类书及其他内部书，均请代为购买。

你的身体如何？我现在较过去好多了。出院后，心绞痛一直没有发作，血压亦稳定，目前仍在继续休养，深感过去读书少，觉悟低，所以抓紧目前机会读点书。

这次书款，不给你送去了，将来一并奉上。否则，烦劳代购，又要付款，实在过意不去。专此致

敬礼

李琦

2.24

范用同志：

承赠斯诺作品，早已收到。前寄来的材料亦早收到。几次提笔，均未写成复信，因为我实在提不出什么意见。对你的意思只有感谢！

内部出版的苏修三部作品，均已先后买到，勿念。

我的病情大为稳定，从出院后，已经七个月没有发作心脏病了。现在读读书，散散步。近在红霞公寓内又调剂了一下房子，

搬回过去住的二单元，在叶籁士同志的上边。匆匆即祝
健康！

　　并问仙宝同志好

李琦

21

范用同志：

　　给你拜个晚年。前些时，你经白以坦同志转来的托派宣传品，对我们有用，已交给我处资料室。今后有些什么材料，仍请寄来。

　　敬礼

李琦

1.28

范用同志：

　　多日不见，意外地收到《我爱穆源》，很高兴。由于琐事，直到国庆节，才得以拜读，好书！你写的许多事，也引起我的童年的回忆。那些诗、那些歌，那些事，都是非常熟悉的。看了封面，使我联想起《寄小读者》，我们都老了，你74，我79（1918.3），但愿能看看香港、澳门回归。至于台湾，可能要费些事了。我已离休，每天仍看点稿子，不看也不习惯了。你学校那个新楼盖好了吗？计算起来今年校庆已91岁了。因为打不通电话，写写信吧。敬祝
健康，当太爷爷！

　　问题写出名的小朋友好。

李琦

1996.10.2

李庆西

范老：

您好。套用父母官们的一句行话：这里先拜个早年。今天是圣诞，杭州人似乎已经接受了这个洋节日，满城沸腾，大吃大喝、放鞭炮。

这里寄上与丁聪的合同。此件可以说是“征求意见稿”，也可说是正式文本，主要看丁聪那边是否认可。他若同意上边的所有条款，便可签名画押，即正式生效（我社的公章已盖好）。倘另有不同意见，可提出再作商议。合同共两份，他签署后请寄回一份。

合同上暂将书名定为《阿Q正传漫画》，倘要改名，不碍事。但我和育海仍倾向用这个书名，倒不是为招徕生意的意思，这书初版肯定没有盈利，我们是准备赔的。我们用“漫画”名称，主要是由于出版上的便利。浙江出版总社对下属各社专业分工比较严格。按说我社不准出版美术作品，但我社在搞《丰子恺文集》时曾请示过总社，如以后搞丰子恺为鲁迅小说所作的漫画是否可以，总社曾予认可（现在《丰子恺漫画鲁迅小说》正在印刷中）。援引此例，丁聪这书，如作为“阿Q”的漫画，是没有问题的，但如称“版画”或“木版画”，名称上就显得有些专业化，怕总社和浙江美术出版社提出异议。我们出丁聪这书，只能从现代文学这一角度提出，而书名上尽可能避免突出其美术上的特色。这其中的难处，希您能理解，并在丁聪面前多多解释。另外，我个人觉得，名称叫“漫画”，并不显得档次低一些。许多读者，包括我个人，对丁聪的尊重，正因为他是一个杰出的漫画家。

我和育海还有另外一个想法，以后再搞一本丁聪所作的现代小说漫画插图的“全编”（画集），不知丁聪自己是否同意（还有是否有版权上的麻烦）。当然这是后话，可稍从长计议。

对了，这里把丁聪的“重印后记”一并寄上，请他作些修改。您的装帧设计工作可早日着手，此事烦您操劳，十分感谢。开本就定为小二十四开（787×1092），搞纸面精装，您看怎么样？（此书不搞平装本）至于封面用纸，只限于国内目前有的品种（我对装帧用纸不熟悉，选择什么材料您看着办吧），费用上倒不在乎。

以后有关丁聪这书的事情，您可多与育海直接联系。因为此书文字上没有多少工作可做，主要是与出版部门打交道，他直接出面比我方便，而且有些事情也必须由他出面。他跟我一样，对您非常尊重乃至崇仰，凡您交代的事情，我们都会认真对待的。通过与您的合作（这也是一种合作吧），我们能学到很多东西。另外，您千万别误解，我这次不是推诿责任的意思，而是从效果上考虑。有些事情去跟育海联系同时，或可告诉我一下，以便在旁提醒他。匆此

致候！

庆西

12.25

范老：

新年请安。托叶芳带还您的两本书：丁聪《阿Q插画》旧版和麦绥莱勒的《城市》。

您去秋一信，叶芳近日才交给我。您老着长袍上街，重展前辈文士丰采，好潇洒！实为当代青年之楷模（有一首流行歌曲，曰《潇洒走一回》)。

我约二月十日左右去京，届时往府上打扰。

谨此

叩安！

庆西

元月廿九日

范老：

您好。收到信，知你腿骨已痊愈，很高兴。待明春天暖花开后，望你有机会再作杭州之游。浙江没有别的好处，但山清水秀，总有可去之处。

谢谢你读了我的文章。不过如此褒奖，令后生不敢当。我一直把您的鼓励记在心中，努力学习，把文章写好。我年轻时读书太少，现在人届中年，杂事又多，总觉吃力。您如今还每日捧读不倦，令人感奋。前辈风范，是后生榜样。

巴金《家书》已遵嘱寄上（挂号），你汇来二十五元已收到，其实不必如此，这钱暂留我处，您来杭时买酒喝吧。

也收到您的贺卡，谢谢。我今年未做贺卡，又不愿买那些花里胡哨的卡，就不给你寄了，请原谅。

望您身体保重，多多当心。您一向身体好，而不在意，可别“好了伤疤又忘了痛”。

祝您新年愉快，身体好！

庆西

十二月十九日

李淑贤

人民出版社

范用同志：

您好，周霆同志给我介绍了一下王庆祥和您出书的问题。我想周霆同志也和您谈过这件事了吧？（你们初步达成协议）

这关于溥仪的书，请您处不要出版，等我和社会科学院编辑部进行交涉后，待圆满解决之后再说。

此致

敬礼

溥仪的妻子 李淑贤

81.3.9

李希凡

范用同志：

十一月廿一日大札接读，谢谢你的热情鼓励。《评论集》已付印，印出后当寄奉一册，请指正，那也是一本毛病百出的书，《后记》是为了做一个历史的交代。《弦外集》多数是大学上学时写的文章，更没有修订的价值了。只有关于《阿Q正传》的几篇，如果要印在书里，那也是不能修改的。

《地亩账》，冷西同志已催问过一次，可能因为忙，江青同志没有答复，只好再等等。

王兴志同志来电话，说你需要一本《文史哲》，我这里恰好有“富裕”，寄上一本，请检收。

敬礼

李希凡

十一月廿四日

李　新

范用同志：

为纪念抗战胜利五十周年，写了几首诗，寄奉上，请指正！

1972年，你约我编民国史，经过廿余年的努力，可望于1997年完成，特告慰于故人，当不致责我太慢也。

乔木让我编的革命史长编*，从《伟大的开端》开始，共十二卷，前十一卷均已发稿，今年可见书，最后一卷也可于11月发稿，总算大功告成了。特附告。

专此。即致

敬礼！

李新

1995.8.23

* 为“中国新民主主义革命史长编”。——编注

范用同志：

接读来信，不胜欣喜。

吾辈老矣！能静观世变，亦人生乐事也。“道通天地有形外，思入风云变幻中。”经过多年的读书和思考，我自认为已经得“道”，现在的世变，虽不能说了如指掌，但大体上和我的预测差不了许多。有暇，我当去看你并详细谈一谈（我一直给你打电话，没有人接，原来你已迁新居了）。

我现在写回忆录，因是写真的，所以不能发表。已写了不少（至少有二十万字），兹寄上最近写的两份，请指教！谨复，即祝撰安！

李新

1996.6.1

李一氓

范用同志：

我那两本《水浒叶子》和《西湖十景》见到香港已有广告，但夹在许多书名之中颇不醒目，能否提请香港宣传一下？如尊处《读书》能写点小介绍以引人注意及之，尤所大愿。谨白，顺颂

著祺

李一氓

二月八日

范用同志：

寄上一短稿，望刊入明年《读书》。我拟有暇读些古今中外的书，写为短文，发点议论，这算第一篇。第二篇拟写今年伦敦出版的《苏联大战略》（*The Grand Strategy of the Soviet Union*, By Luttwak），写成后寄上。都在两千字左右。我想在题前用个"一氓读书"符号，而且都用"读什么"为题，至于原书名，照你们规矩，可放在文后。

请核，明年全年我想写六至八篇。

敬礼

一氓

十五日

范用同志：

《一氓谈书》原想写六到八篇，今年已发表四篇，现再寄上此稿，当然十一月份是来不及了，希望能放进十二期，这样也只写了五篇。至于明年还搞不搞这个名堂，我还二心不定，以后再说吧。请核阅。

敬礼

李一氓

十月六日

范用同志：

我为《潘汉年文集》写一叙，原送上《解放日报》，忽被《读书》编者在上海从中拿走，改刊《读书》。此并未征得我的同意，殊属不正之风，请即将原稿退我，不得对《读书》发稿。亦可从谁手里拿的，还是退回上海的同志。至盼！

李一氓

五月二十四日

范用同志：

抗战时期南方有个《东南日报》。是谁办的？地址在哪里？请代为一查告我，不胜感激！敬礼

李一氓

十月七日

《郭沫若文集》退上

范用同志：

序跋收到二十本，请另作价要二十本，以便应朋友们的需

索。你们的《读书》7（期），页一三一补白《黄侃的〈纗华词〉》一文，记述错误，评论过高，我写四页《关于黄侃的词》寄上，可作《读书》一点补白。撰安。

李一氓

八月九日

明去青岛，约两周后回京。附及

范用同志：

爬墙虎根送上。栽时横放在墙下，如——，不是|。

李

即（日）

范用同志：

你处在编《潘汉年纪念册》，兹录潘诗三首，供采择。

一氓

潘汉年诗三首（淮北《拂晓报》1943年8月发表）

（一）梦游玄武湖（1942年9月）

紫金山下着清秋，鼙鼓声中访莫愁。
断壁残垣增惆怅，丑奴未灭不堪游。

（二）步前韵（日上）

栖霞夜雨秣陵秋，旧日山河故国愁。
遥拜中山魂欲断，低头潜入白门游。

（三）探（徐）海东同志病（1943年春）

劲绿成荫曲径幽，门前一道小溪流。

沉疴不起经三载，髀肉重生已白头。

仲淹左右*：

书两卷奉缴，衡宇相望，如暇乞过我一谈？

知名不具

即（日）

* 李一氓戏称范用为“范仲淹”。——编注

仲淹左右：

出版资料送还。我想起的，孟寿椿是在大东书局，如存大东材料，乞借一阅。晨安

知名

即（日）

张书暂留下，又及

范用同志：

本日（十八日）午后六时请你到我宿舍便餐，有夏承焘、刘梦溪各位约四五人，如能请假，三时半以后随时皆可，他们也先来谈闲话一二小时也，至盼！

敬礼

李一氓

八月十八日星期四晨

李植中

范用同志：

春节前收到手书与大作，因忙于杂务冗事，迟复请谅为常。

大作《细说姓名》我全家五人看过，还给好多熟人传阅，几乎全都大笑不已，在笑后莫不深思，认为：你虽然以十分幽默的口吻出之，却道出了一个十分严肃的内容，即通过不同期的不同姓名，反映了一个共产党人革命的光辉历程，极其辛辣地谴责了那个滑古今中外之大稽的“文化大革命”。丁聪先生的漫画又加重了文章入木三分的批判力量。这篇文章绝对不是“开心一刻”的“游戏之论”！一位50年代曾任溧阳县委书记的老同志，近八十高龄的人竟拍案叫绝。我们文史办一位原编辑读后，高兴之下写了《谈谈“饭桶”和“马桶”》一文，特寄上博你一笑，亦聊合古人云：“奇文共欣赏”也！

给沙师母的信已送到。沙老师的妹妹，我也认识，名叫沙名夙，小名就不知道了。沙师母会写信相告的。

现寄上一本《嫘祖传人》，是镇江地区蚕丝史料。这本比较杂，收了一些不该收的东西，如什么《拥抱春天》《绿色林海》等。在编审中，我虽说了，但新人们没有听，所以此书瑕瑜互见是十分明显的。书印出来我又发现第一篇序言竟有文理不通之句。和上次寄上的第25辑一样，只能差强人意，小地方的东西，你不致见怪吧！

此致

安好！

附范广贵一文

弟 李植中 上

3 月20 日

（此信前半未见）沙老师长期供职杏坛，桃李甚多，著名者如中央乐团副团长杨秉孙、中央美术学院版画系教授伍必端等；且爱好文艺而笔耕甚勤，抗战前即从事话剧活动，与音乐家郑隐飞先生组织儿童剧社，宣传抗日救亡；同时主编《江苏省报》副刊《每周文艺》。抗战期间在大后方，以田禾为笔名在《新华月报》上发表文章多篇，并为《嘉陵江日报》主编副刊《每周文艺》。解放后，曾写过《七位小英雄》《药》和《教师的歌》等儿童剧（后二剧均刊于《雨花》，1958 年中国儿童福利会上海儿童剧院公演过《药》）。

沙老师一门九人均是教师，其妻许心珠是四十年教龄的小学教师，儿子沙振关夫妇是镇江冶校教师，沙宏国夫妇是昆明师大教师，沙振江支教是镇江师专教师，女儿沙玫是苏州大学教师，可谓俊彦一门，教师世家了！

沙老师一生清心自守，思想进步，无党无派。但“文革”狂飙骤起时，二中党支部以老教师为“革命对象”，大加挞伐，沙老师自不例外，他与六位老教师抱着中国当时知识分子特有的虔诚，日行七十里，徒步长征韶山“朝圣”，迢迢千里之后，那位以整人为乐的党支书（当时他已是校革委会头头）在“清队”

中，又说他们是“反革命串联”！真是呜呼哀哉！

您问我沙师事，不觉已竟五纸，暂且打住吧！祝

安好！

李植中 上

五月十二日

范用先生如晤：

欣喜地收到《沙老师》一文的改稿，病中拜读，足以解痛。今日又收到《香港文学》一书，两文对照着读，颇得文章之道。我对政协文史委诸同仁讲，大手笔如范先生是如此严肃的作者，堪称我们的楷模，同仁们均有同感。我考虑，我们政协文史已登了您的《为了读书才干这一行》一文，今年不可能再刊《沙》文，明年再刊又十分可惜。我即忍痛割爱给了《镇江市报》张国擎他们，并把您关于转载的意见亦转告了。

自您寄来《我爱穆源》一书来故乡，此间起了一阵“小小的”“范用热”，我写了《出版家范用》，徐舒写了《皓首童心话穆源》，另外还有两篇，一并寄上，请笑纳。估计十一月份《沙》文在市报全文刊出，为我们已故的沙师作奠礼，当更令人瞩目的。《沙》写了陈白尘先生，也实事求是，杨德时先生的遗孤不会有什么意见。沙师母等，我还未告诉她们，待我痛风一旦稍好，即寄去转告。

关于柴炭巷茶馆一事，我去问了过去开这茶馆的杨奇宏，得知不叫“万全楼”（万全楼在小街中段，是公寓而非茶馆），而叫“天升楼”，是谈大安之父谈全裕开的（谈大安今春已病故），当时全城内外共有八家茶馆，全是回族人开的，天升楼

是其中较大的一家，有八个茶房，上午卖茶、早点、面、干丝等；下午歇业，虽一度下午说书，但为时甚短。当时这一带因是镇江商业中心，故鱼巷口又有天园楼茶馆。镇屏街口有龙江茶馆，都生意兴隆，天升楼解放后直开到“五反”前歇业，后来连屋都拆掉了，知之者已甚少。至于小街中段的万全楼我记得当时是三层楼房子，系小街中独一无二的高房子，它的对门是一家回族菜馆，招牌名已忘记，还记得这家馆子在一九四六年开得十分火热，但出了一件事，闹得满城风雨。一天，有一回民叫了一桌私菜晚宴，但其送菜师傅因与老板龌龊受气，为泄愤，特意在外买了一包猪头肉塞进提盒里送去。主家一见大怒，邀集一批回民砸了此馆，从此它生意大落不振。小街中还出过徐静仁这一人物，一八八九年，此公才十八岁，即领导了正月初六，镇江数千愤怒市民火烧银山门的英租界，徐后来曾任国民党政府首任盐务总署署长（见拙作《镇江英租界始末》，载《镇江文史资料 17 辑》)。

又与您同班的穆源同学，现在北京市有杨奇亮，现名杨镒，是高级工程师，在穆源的石塔上有其名，不知您是否记得。另其弟杨奇宏当时也是穆源同学，和我四年级同班。

谈大可也是穆源学生，不过他老早毕业，现年已七十九岁，住在扬州，地址上次我已转告。这翁原是我们地下党同志，后来很倒霉，直到现在尚未对其“历史问题”作认真复查。最近得扬州友人来信云：他已得淋巴癌，且已晚期。镇江旧雨拟结伴前去看他。您如得便，请相告向锦江先生，去秋向先生来镇江参加省镇中校庆后，特意上扬州去看过他，过去他俩亲同手足，向先生也略知其事之一二。

您拟写《小街》，还需要什么资料，请相告，由我去找好了，不成问题，此类事也是老年之乐趣之一，写好后亦寄一份，以先睹为快。

此致

敬礼！

李植中 上

八月九日

另一事相托：看到一本三联书店出版的冯友兰先生的《三松堂自序》，匆匆地翻了一下，颇为喜爱，北京如能代买，则不胜感激！弟又及

范用兄如晤：

正想念你，回家即收到大札，欣喜之情，可以想见。你称我为“兄”，实不敢当，我比你小三岁。好吧，今后我们就称兄道弟，更显亲热。

五月中旬，市政协组织我们离休老同志到河北一游，可惜在北京擦丰台区而过，未能见到老兄，诚为憾也！

去年寄上拙作，《名字琐谈》，聊引一笑耳，不意省政协会刊全文转载了它，你又写信鼓励，于是我又胆大了起来，又聊了几段，现寄上复印件，望兄一笑。此也是遵兄上次晤面相嘱，“把自己知道的东西都写下来”。北方归来，我有感未能看新卢沟桥，且抗战六十周年即到，我写了一位我相识的西北军少将——《半生戎马话老兵》，抓住此公一生最显光处——爱国抗日写出来，以纪念抗战六十周年，待刊出后寄上。

又上次在镇江政协几位主席中，无余耀中，因他外出一年，不在镇江，你送他那本《鲁迅诗稿》，他很欣喜，嘱我范兄来镇，

务必介绍相识，可惜他未在，以后会有机会的。

我看了你，有感你比我老多了，且足不便，但精神甚好。明春再“悄悄来”，专门访旧畅叙，我又有现成的一套房子空在那里，好几位镇江朋友，如原火柴厂厂长袁当芳等都以未见到你为憾，望你趁精神尚佳再来故乡小住，吃点家乡菜和特色小吃。我的“家长”做菜手艺很好，虽是回族人，但荤素全来得，烧牛肉、酱鸭、炒芦笋、马郎头，等等，常为外地乡人所称道，你来，绝不会亏待你的！

我现在虽不在职了，但精力很好，除自己写作自娱外，近又为政协编辑《辛亥镇江将军录》一书，因辛亥革命以林述庆、李竟成等为首的镇军，在攻打南京、底定东南大局功劳甚大，但在当时复杂的环境下，他们又受了冤屈，甚至送了命。故有必要编一书让后人知晓。待付印后当奉上。专此顺颂

撰安！

弟 李植中

6月9日

李志国

范用同志：

你的两篇文章，我读了很有兴味，两文都好，我更喜欢写沙老师的那篇，通篇没有一个华丽的词语，短句多，语句都很平易，很像喝茶时的聊天，听的人入神却又轻松得很，而对沙老师的精神面貌，你对他的感情，却充分感染到了。这是一种读后的收获，也是一种享受。写田家英的一篇也很好，这样的文章，在报刊上不时可以读到，而文笔与忆沙老师一篇接近的我很少读到过，也许是我读得很少吧！

我读完两文以后的感受，这里表达不出来，我读沙老师一篇之后，晚上做梦也在念你的文章，醒来之后，才知是梦中模仿你文笔在做文章，真可笑。

我希望你多写你憎恶的人，如“文革”中的某些人，就可写，不过现在不好发表，将来可以发表。

谢谢你把文章给我读。

敬礼

李志国

十一月十七日

李子云

范用同志：

您好！虽未与您见过面，但从不少同志处已久闻大名。

谢谢您借给我的书，知您藏书甚多，又非常爱书，我对书也还仔细，保证璧还时清洁完整。除於梨华外，我对白先勇也很有兴趣，但仅有《谪仙记》与《台北人》两本，从评介文章看，他还有一本《纽约客》颇负盛名，不知您可有？或还有什么其他他的作品？今后也望一借。

另外，《收获》本期发美籍华人作品三篇，反映甚好，打算再发一组港台作家的作品，您所见多，能为我们提供一些篇目吗？一是内容可以，艺术上有特色；二是发表后不致给他们带来政治压力（在美者则不存在这问题）。我们想发王拓、陈映真、黄春明诸人的作品，不知是否合适？您寄来三毛的作品是否可发？望您帮我们参谋一下。

随信寄上《收获》第四、第五期各一册，请收，以后当每期寄上。

敬礼！

李子云

10.3

范用同志：

久未收到来信，得手书，十分高兴。

我们最近忙于学习，上月25日开始开市委工作会议，连续五天，混合编组，当然指责之声甚盛。五天后按系统编组，每天开半天。截至目前为止，两种意见互不相让。我倒觉得，这样摆明了争论一下倒有好处。这个会也不知将要开多久，市委已声言文艺界问题另行研究，半年解决不了，就一年。只是每天开会可真有些吃不消。

巴老已去法国参加国际笔会，他今年身体尚可，比去年倒有起色。

《读书》现仍维持这个局面已属不易，八月号题目虽平稳，但内容仍不错，上海反应都不错。

李黎最近没有信来，她最后一封信上说她打算明年二月份回来一次。她发在《七十年代》上的访茹志鹃母女文章引起这里不满，这大概也是她始所未能料及的事。

我最近因查出甲状腺亢进，除开会外就在家休息，倒是浏览了不少台湾小说，觉得很值得研究。今后，如写其他文章困难，倒可以专门研究台湾文学了。

祝好！

子云 上

9.18

於？于？这个姓要统一，不确定，梨华的《考验》与《白驹集》当寄来，拟寄董秀玉交您。又及

范用同志：

您寄来的《业务通讯》收到。李黎女士已于今晨飞榕。

按您长途电话后，即与钟望阳、吴强同志汇报，安排座谈会与见巴老事，并建议由吴强同志出面请她吃顿饭（告他北京是您

与罗荪同志出面请的）。一切都很顺利。她12日到，13日下午在作协开了一个廿多人的座谈会，由她介绍台湾文学情况。座谈会前我们先见了面。她谈得很好，介绍得脉络清楚，分析也很精当。可惜上海接触港台文学者太少，大概我与巴老女儿李小林算是看得最多的了，因而当场反应不强烈，她很注意交流，我只好有时帮一下腔。会后她也讲到听众似乎都不熟悉她所讲内容。14日下午她去看了巴老，据小林讲，谈得很好。14日晚由吴强出面请她便宴，茹志鹃、小林、卢新华与我作陪，又向她介绍了一些情况。此人善谈，有头脑，并为我们今后选载海外作家作品做了一些建议。《收获》下期（今年第六期）已决定选用她的《谭教授的一天》与《西江月》。我向她要了小传，但感到过于简单，又请她稍作一些补充。她很高兴，席间她谈到希望国内能出版她的短篇集，她的作品我看了大约有一半，除一篇《大风吹》国内不太合适外，其余从内容到艺术技巧，我看都可以，她的作品还是比较整齐的。您看北京有什么出版社可以考虑吗？上海则难，年初我曾建议过出於梨华的，宣传部洪泽部长倒很支持，但文艺出版社很怕，认为这是邪门歪道的事。

您寄来的《业务简报》中，萧乾同志提出专人研究中国港、台及美国作家及作品的建议，如将来有此考虑，我愿报名参加，您意如何？

三毛女士作品选未收到，未知寄出否？

文代会不知月底能否开得起来？到京后我来看您，可好？

祝好！

子云 上

10.15

罗荪同志处不另，您与他通电话时，请便中简告，算我汇报过了。

范用同志：

您好！前寄一函，谅达。

董秀玉同志代寄来三毛书两册，嘱阅后寄还，说您尚未看过。现寄来。

三毛书我看了，我觉得所以兴起“三毛热”还是有一定道理的，并非全部由于猎奇（她并非过分渲染撒哈拉的愚昧落后，当然也有所表现，但非全部）。当然，国内没有必要介绍。

另外，《海洋文艺》一位潘耀明寄给我三本书，不知是出于您的介绍，还是洪遒同志或罗承勋同志？我是否应寄杂志（如《上海文学》《收获》）？

李黎处，已直接寄了两本《收获》。

匆此

祝好！

李子云 上

元月14日

刚写好信，周明同志带来您的信，王种兰同志处当联系。中青收李黎作品不知篇目如何？

刚刚我问了一下，原来李黎作品是让《收获》编辑部拿去的。又及

范用同志：

董秀玉同志替您寄来琼瑶两本小说及复制於梨华的《三人行》（四）收到，谢谢，看好后当即璧奉。

李黎处，巴金同志近日给她寄过一信，论及她的《谭教授的一天》，我觉得很好，现请她就此写一封作家通讯，在《上海文学》三月号发表，并已约她为我们（《收获》）新写一篇小说。另外，安徽打算合着举办一次“黄山笔会”，也决定请李黎来参加，我已将她地址交安徽同志。

中青出李黎短篇集，把我们这里的李黎作品都拿去了。我这两天想着手写两篇介绍她的文章（一篇给罗承勋，一篇想给《读书》）。於梨华的篇帙浩繁，需多有一段完整时间写，我还是打算写的。李黎只有十篇较好办，我想先写她的作品，可好？但李黎文章都给了中青，我这里都无法写了。听白桦说，您和罗荪同志也有一份，能否借我一用，用后即还。如您没有，麻烦您晚上打个电话给罗荪同志，请他立即寄我一用。因他住的和平宾馆在修房子，他最近（23 日开始）又集中到向阳一所讨论《骗子》，不去《文艺报》，因此我无法写信寄他，只得麻烦您了。

另外，我不记得上次信中是否写了《海洋文艺》一位潘耀明同志寄给我三本小书，不知这位同志是何身份？我是否需要寄他一些书？这位同志如何知道我的？是出于您的介绍还是其他哪位同志介绍？匆此

祝好！

子云　上

元月22日

董秀玉同志：

来信及寄来《三人行》最后部分都收到，向范用同志所借各书，前次（约一个多月前）曾寄回三毛书两册，不知收到没有？便中请你问问。这两天将再寄回琼瑶的《几度夕阳红》及《菟丝

花》。其他各书，有关於梨华的，我想再留一下，等我写好文章再璧还，其他则陆续寄回。

上次给范用同志信，说到我想先为《读书》写一篇介绍李黎的短篇的文章（於梨华由于有些作品尚未看到，想再多写一些再寄，我觉得李黎作品很不错），不知你们意见如何？范用同志至今未复，你抽空告我一下。你们不需要也不要紧，别处也要。

另外，电台对台部一位同志写了一篇介绍我们人文出版的《台湾小说集》的评介文章，我们打算刊用，不知此书大概在什么时间可以出来（原来听说二月份可出，现看来不能如期出版），想配合出版发表此文，你如知道出版时间，亦请便中见告。

匆此

祝好

李子云
二月十一日

范用同志：

您好！这次去北京见到您健康情况恢复如前，真是非常高兴，回来后老想给您写信，但是我却弄不清您家里的地址（不知准确的寄法），今天灵机一动，想起请觉民同志转您，于是赶快提笔作书。

您最近情况可好？我们这些人（包括美国的李黎等，她每次来信都问到您），凡是得到过您的关心与帮助的人，都时时关心您的情况，您情绪不好我也很不放心，您情绪好了，我也觉得很高兴。有些事您也别过分认真，一是有些事也不是个人力量所能改变的，二是社会风气大变，有些人的为人处世原则也在变，您太认真就自己惹一肚子气，于事无补，因此凡事只得看开一些。我知道您视书如命，视三联、《读书》为命，但现在无法控制（我看从严格意义来说，谁也无法控制），有什么办法呢！

希望您多保重身体，我有机会来京，就一定来看您，不过今年大概机会不会多。

祝好！

子云　上

五月十二日

范用同志：

寄上一函，谅达。《新华文摘》已收到，信封已改用我名字了，谢谢！

今天我寄了一篇评李黎《西江月》的文章（题为《从谎言与欺罔中寻求真理》，这用的是她自己在《啊，沙漠》中的话）给《读书》董秀玉同志，并请她争取给您一看。我开始搞海外文学，主要是受到洪遒同志与您的鼓励，您的多，希望能帮我看看谈得是否合适？巴老女儿李小林说，李黎将于十一月来中国，她也有信给白桦，也说十一月间，主要听听国内对她《西江月》的反应。我想，如能在十一月份发篇评她的文章也好。

约半月前收到北京人民出版社寄来书六本、李黎《大典》复印本一篇，不知是否您寄来的？《大典》是否收《西江月》？我没谈这一篇。

九月份创作假，本来打算除写两篇文章外，把从您那里借来的书读完，但九月一日休假，二日就被抓回开了一回党组扩大会。八日才正式休假，先了掉两篇非常急的文债，《永远年轻的少年布尔什维克》（致王蒙），发《文学评论》十一月号第六期、《从一角到更广阔的天地》（致王安忆——茹志鹃女儿，最近发了约廿篇小说散文，很有特色），发《青春》十一月号女青年作者专号，再就写了这篇李黎。休假期已将满，我还想利用这最后几天把於（作为姓，於有它的写法，但是我字库找不到。请编辑注意）梨华有关小说及序言重新翻阅集中一下，准备写一篇《於梨华和“无根的一代”》，动笔则只能在休假结束之后再找时间了。这样，读完借您的书的打算看来这个月就完不成了。等上班后，我一定抓紧。因为台湾文学那一套我真觉得非看不可，因此舍不得不看就还。如果您有需要，请通知我，我当即寄上。

啰哩啰嗦，又打搅您半天时间。

我那几篇破文章，您如有暇，发表后望您翻翻，并给我提出意见。祝好！

李子云 上

9.27

上次托您转陈原同志一信，问他将《收获》寄到何处为好（家中还是办公室？详细地址为何？），至今未见复。《收获》现仍存我处，您看以后寄到什么地址为好？又及

范用同志并请转罗荪同志：

遵您二位之嘱，李黎由武汉来沪后，我接、送至陪了她两天，昨天下午三时半她由沪飞穗，大约今晨去香港。

她来后，兴高采烈地讲到北京各位前辈对她的接待，对范用同志派小董来接、陪她去见茅公，并亲自送她，甚为感动。她对冯亦代同志、吴祖光及新凤霞印象特好。总之，十分满意。

范用同志转来信件及听众反映等，均已交她。

有几件事向您们汇报并征求您们意见：

1. 她在《读书》举办的演讲会上的讲话，不知北京有刊物要发表吗？如北京不打算发表，我们想发，她也同意（她说北京没人向她提出发表的事）。请设法立即托人将录音带带下，我们加以整理。

2. 她在此用稿费购物，遇到一些问题。友谊书店不知中宣（80）14号文件，经与外办商量，说可以购买日用物品，首饰等物不能购买（开始时说用人民币必须要一种发给外国专家、留学生的优待卡，这种卡要由外交部、中联部发给）。她很有感慨，说我们的外汇券在国外成为笑柄，这等于自己不承认人民币。现发给稿费（本该发外币），又不能用，影响不好。这事我觉得应向有关与方面反映（如中国银行）定出相应规定及办法，今后这种事越来越多（夏天白先勇等人要来，也有稿费问题），不予解决影响不好。

3. 李黎这次来，向我提出一个请求，希望我与她合作介绍台湾文学，她"恭维"我最能理解台湾文学。她提出了一个提纲：ⓐ介绍历史转型期（即60年代至70年代初台湾由农村破产到工业发展时期）的台湾文学（主要介绍黄春明、王拓、王祯和杨青矗、陈映真）；ⓑ新生代的台湾文学（即最近几年的新作家群，如宋泽华、洪醒夫、吴念真、曾心仪等）；ⓒ卅年代大陆文学与台湾文学的比较——每个大题目之下，另有几篇小的（大的也不超过六千字）。您们认为这事是否可行？她的意见是搞一年，能弄一个十万字左右的专集，既有介绍，又有比较，可以发在《读书》上。这事望即予指示，因为我估计她回去后会有信来问我考虑结果。

上海大冷，而且连续半月，听说北京今年也奇寒。是吗？

先写到这里。

祝好！

子云

元月六日

范用同志：

顷接李黎来信，她说随信寄我她返美后写成的《近乡》影印件，原件已于月初寄您，交您全权处理。我尚未收到影印件，但我们想要这篇小说发表。近来我们刊物稿件颇为困难，读者反映也颇有意见，李黎作品一般都较有质量，也许能替我们增添一些光彩。您一向关心支持我们，您主持的几个刊物也不发表小说，与其给北京几家杂志，不如支持我们，如何？盼示。

祝好！

李子云

4.20

范公：

十九日手书，昨天才收到，不知为何如此之慢！

知道您一切都好，十分高兴。今年是个大凶年，但愿大家保平安，您还是少出门，多让人上门来聊天吧！

您在编胡愈之文集，我在编夏公七十年文选，编得甚苦。从北京回来，心脏又发过一次病，比上次厉害，医生嘱完全休息，倒是真休息了一个月，不出门，不写字，只乱七八糟看些消闲文字，这个月才开始出门并看些书，主要看夏公资料。另外，上次您建议的编一本记夏公的“读书文丛”的事也时在念中，回来后翻一翻，现已有约七万字，想再写两篇（各一万字）大概就差不多了，正好《收获》要一篇，《文汇报》将出版的赠刊也要。等集好后再给您（如您那方面有什么变化请及时见告）。（听说因《生活周刊》事被罚了款，是吗？）

李黎来京的事，我知道，她希望我到京一聚，可惜医生不许外出旅行（本来四月份有安徽之约，也临时退机票辞谢了），我想她在京可能会打电话给我，但上海18、19日大暴雨，我的电话的电缆遭水淹，坏了一周，她如打来也打不进！

丁聪先生要我写柯灵先生，理当从命，但我这个人奇笨，不会写潇洒文字，接约后十分惶恐，您能否将您及别人已写好的寄我几条，我学学看，好不好？（《文汇读书周报》尚未见刊出，还是您先寄我吧。）

夏公给您的信也快些寄我可好？我这次编的“文选”，收书信，急需急需！

祝好！

子云 上

5.29

范用同志：

读小董带来的您的信，我眼泪几乎掉下来，当时小董在，我感到难为情，不敢再读下去。她走后，重读一遍。

我知道您不爱写信，接到您这么长的信，让我感动。对您、对小董、对三联、对《读书》，我有一种特殊感情，有一种相互理解的知遇之感。我喜欢三联出的书，我喜欢《读书》的品格，我佩服您的眼光，我一直对人说您是真正的出版家。现在多的是出版商，而极少出版家。当然，在当今，这也有不合时宜之处，因为钱的规律起的作用越来越大，不计工时成本出好书有时不易做到。您目前遇到的苦恼大概主要原因在此。这是没办法的事，您得看开些。我希望您能写关于人的回忆录。将值得记录的人和事记录下来，今天不能出版也不要紧，会有一天变成宝贵的资料的。有时也只能做一些奉献给未来的事。

您对我的勉励我铭感在心，我是一个不够自信的人，我觉得前几年我在文学道路上徜徉了几步，是许多前辈和朋友勉励的结果，前几年我大部分文章发在《读书》，这是您和小董的支持，我第一本书也是您支持下出版的。这些事我不敢忘。尽管现在《读书》的年轻朋友不欢迎我的文章了，但对您和小董的支持我是永远不会忘的。您勉励我写文章，我自然要写下去。散文本来已辑成一集（13万字），但现有两篇文章不合时宜，一是评巴老散文的（题为《反封建的勇士》），一是《记周扬同志》，主要写他的悲剧在于他不能忍受与中央的不一致。因此暂时搁下，当然可以另换两篇出版，但我不愿，我想等着可以放入这两篇文章（特别是《记周扬同志》）时再出。最近还准备集“关于创作的通信”出版（也是12万字，我现都准备出成“读书文丛”那样的版［开］本）。如果您能做主，将来将我的文章再收一本入“读书文丛”，我当然高兴，等我积攒一些自己满意的文章而又有个统一主题的就编好先给您看看。您通过了，再请现在的责任编辑看看是否通得过。

李黎有信给我，说她将带儿子来上海，具体日期未说及。她亲生父母在上海，她是必定来的。

愿您多保重，在知识界大家都尊重您，希望您健康、愉快！

祝好！

子云　上

五月卅一日

范用同志：

手书拜悉。给李黎的信当天即转交她（连同信封，我看您在信封上添加的两句话是写给她的）。她也讲到在京相聚甚欢，她说小董也对她说这几天是您近来最开心的几天。我对李黎说为了让您开心，她也应多来几次——她说明年可能陪先生来讲学。

上海酷热，北京如何？天时不正，望多珍摄。我现得开始去美的演讲稿，这半个月，王渝（美洲《华语日报》）、陈若曦、李黎接踵来沪，一天未曾脱空，弄得什么事也做不成。现在得静下心来做准备了，我现决定九月四日动身，十月底回来。您有什么要我办的事？请告。

一切都望您想开。当然，想想也悲哀，如果无所作为，倒也不为人忌，倒也不一定亟亟于被隔离于自己所热爱、所习惯的岗位。只不过为了忤犯了某些人，于是不被见容——现到处都是这种情况。但总足以自慰的是有那么多作者尊敬您，而且今后仍然敬重您。

望您愉快！

祝好！

子云　上

七月卅一日

李黎昨晚八时半到港。又及

范用同志：

承赐寄《新华月报》，非常感谢，也非常需要，只是信封上写“上海文学编辑部”（交换），因此就寄到资料室了，所幸资料室魏绍昌同志细心，拣出给我，望以后信封上写我姓名。

听说您去香港一趟，有什么文学动态？我九月份打算请创作假，除写两篇评国内当前创作的以外，打算写两三篇评海外作家的，您借我的一些资料，这次用后当全部寄来。

匆此

祝好！

问觉民同志好！

李子云 上

8.25

致陈原同志一信，因不知他确切地址，望转，谢谢！另外，《收获》想再转载一些海外文学的中、长篇，您能推荐一些吗？如有新的则更好，老麻烦您，谢谢！又及

范用同志：

您好！回来之后听说您身体不好，本来打算来沪一行，因发了气喘没有来，十分挂念。写信问许觉民同志，他说您身体还好，就放心了。还打算来上海么？听说林安先生想和您一起来，那多好！我一定好好招呼您们两位，只希望您走路稍慢一些，不然我老得小跑。

听说小董走了，临走也没留封信给我，我好伤心，我在美国

还一直惦念她开刀情况，写了信问她情况，还告诉李黎，李黎也寄了卡片。她去升任，不理我们了。

李黎很惦念您，她说您们一起出游最开心。她问我带什么礼物给您好，我说“领带”。她买了一条领带和一条西装手帕，装在了一只大礼盒里，我考虑到她心急，连盒一起带回来了。我也给您带了一条十分庄重的领带（当然没她那条那么贵），下次来京时带来。

老沈最近表现还好吗？我老惦念这一点，希望您开心。天气转冷，你还得当心哮喘。

祝好！

子云 上

11.28

范公、林安先生：

我将给您们两位的信寄在一起了，我想您们每周会见面，就采取了这偷懒的办法。

回上海后我即为您们三月间来沪事做了些安排，现打算安排住在电影厂文学部招待所，有暖气、空调、室内浴室（只是可能不是每天供应洗澡热水，不供应时得到楼下提热水），是新盖的招待所，地点好，在复兴西路永福路（柯灵及巴老家附近），价钱又便宜，每间三十元左右。您们觉得如何？

为柯老做寿事已筹划好，去常熟（有车接送），一桌素斋，加“叫花鸡”、海参、甲鱼、鳝鱼（可惜我都不吃！）等都可以，愿当天来回也可，住一夜也可（常熟县委招待所，招待所有暖气），高兴的话，次日我们可再去苏州东山。这样安排如何？

我春节后暂不来京，因评奖时间推迟，要三月下旬或四月上旬才集中，五月份发奖。如四月上旬集中我则来不了，因我四月九日得去成都参加中美作家会谈。这样的话咱们得三月上旬在上海见（柯生日是三月十二日）。

另外我刚刚收到冯伟才一信，他说他三月十日来上海，您们如早两天来，可在上海与他碰面。

对我的筹划有何意见？望来信。

祝好！拜年！并向您们两位夫人拜年！

子云

二月十二日

范公：我现正在写评李黎将在大陆出版的第二本小说集的评论文章。《读书》如要，给《读书》，《读书》的小将们如无兴趣，即给别处，有两处都已来要。《读书》不要没关系，如何？望告。又及

刚要发信，接到北京长途电话，要我三月十日来京参加评委会（因初选篇目不理想，要评委加以调整），这样的话，给柯老做寿得迟两天，如我十二三日回来，得三月十五日才行。方才与柯夫人通了电话，她说要等我回来，缺我则无趣（？！）不过我想我是发起人，似乎“缺席”是有点不大好。那么您们可以迟两天来吗？我到京后即与您们通电话。如您们想早来，也不要紧，我先将招待所安排好。只是可能又碰不到冯伟才了，刚刚我又看了一遍他的信，他说他春节期间游江南，然后三月十日到上海，我寄信到香港则已来不及了。

十四日晨又及

范用同志：

春节好！我前几天发了一信给罗先生与您两位，想已收到。信寄出后，柯灵同志夫妇来电话，他们说现上海流行“肝炎”（也弄不清是什么怪病），外地朋友来此疫区，他们感到不放心，因此想将做寿日期延迟，等我寄信给您们二位和小董（因小董才有信来，说争取来上海），我再写信。做寿的事已与常熟联系好，反正只要提前通知就行，这事由您们二位考虑决定，如仍按期来，就照原计划，如推迟，那以后再定日期，我已寄信给小董。

另外，巴老又要他那廿四本书（精装四本，平装二十本），吴泰昌暂不来，要不然就先寄来如何？上海买不到，问他要书的人多，我初一去向他拜年，他又讲到此事。

您与罗先生伉俪何时来沪的事，请先商量一下，望即赐一回信，我好作安排（如您们也同意推迟，我则通知常熟）。

匆此

祝新春好！

子云

二月二十一日

范公：

18日手书刚刚才收到，您要我代转小董的信则是昨日收到的，我会保存到小董来时交她。

沪上为柯老祝寿的消息在我尚未返回上海时即在北京看到（还上了电视）。您交夏公的画，因夏公那几天一直腰疼，到我临走时还未签名，他说暂留他处，以后再交柯老，因此您得到他家去拿。去拿时还可向沈宁要回您借给罗孚的亦舒小说等（现在她处）。

柯灵同志于昨日（二十一）去京，他们常委大概提前报到，因此已无法请他到京后打电话给您。他们住何处，我也不清楚，可能得向政协去打听。

小董是否来沪？我又听说她不来了。她如不来，希望她能与我通一次电话。上海肝炎的流行状况已停止，现已撤销“疫区”的警报。春节以后，文教、机关部门已极少有新病人发现。高潮在一月底、二月初，现已过去，您可告她已经没有那么紧张了。她这次来，反正回去可报销，可以住得好一些的地方，不会有问题。

匆此

祝好！

子云 上

三月二十二日

范用同志：

我7日来京开作协理事会，一到北京我就想来看您，先见到许觉民同志，他说你喘得比较厉害，见客说话都会增加您的哮喘。后来又见到冯亦代同志，二人相约于10日或11日去看您，但他打电话到您家，您夫人也说不宜见客，正好吴祖光同志也来，三人商量一阵，觉得这次不来看您也好，吴祖光说他有一种药专治气喘，刁光覃等人吃了都极见效，他当场打电话给凤霞，要她找出给您带去。

我们大家都极惦念您，夏公也问起您，您得多保重，气喘冬天易发，您多保暖（您房间还那么冷吗？），并且要保持心境的平衡，您的心情我全能懂，世事就是那么不合理而无情。不就是您顶撞了有些人吗？！发了他们不喜欢的文章吗？！大家都记着您——您的作者、读者，您为这些理解您的人也多保重自己，尽快地好起来！

近期我也许来不了北京了，下次一来北京就来看望您，希望那时您心身俱健，又谈笑风生了。

祝好！祝早日痊愈！

问候您的夫人！

子云 上

11.17

范用同志：

在北京第二次开会前一天我就给您打电话，就打不通，当时是想向您汇报与董秀玉谈的结果，后来听说您不能来开会，我就更着急了（因我已买好机票决定开好会第二天返沪，主要是吃住太贵，不宜久留）。打过几十次电话，听得见您声音，但您听不见我声音（我还听到您在电话中有时说：请重打一次。我重打后，您又说，糟糕，电话坏了），真叫一点办法也没有。您那几天特别忙，是吗？我回来后马上去集中参加两年一度的上海中长篇评奖！前晚才回来，才能给您写信。本想打电话，又听说您家电话于三月卅一日换了号，是吗？如换了，请将新号告诉我。

董秀玉完全接受我们建议，现因文化部出的经费有些问题，提出要三联给一个详细预算（董原预算成本 45 万，校对费 3 万，第一期可先付 22 万，现还得造一个更详细的预算）。等批下来后，林缦会详细向您汇报。

希望将新的电话号码告我！

祝好！

李子云 上

四月十四日

范公：

今天收到您的两张贺卡，不知有多高兴！我真想念您！和李黎通信，我也屡次讲到这心情——因李黎对您的感情和我一样。她儿子天天去世，对她和她全家打击极大，她们全家的心情至今未恢复。

您的心情，我完全理解，我的心情何尝不是一样？！这半年多我什么事都不能做，什么文章也不想写。但尽管“寒凝大地”，但还应“夜梦春华”吧。不然怎么办呢？大家都慢慢调整心情吧。您要保护自己身体，还要看书嘛！千万别老生闷气，憋在心里。下次我来京（可能四月份有机会来，夏公要我帮他整理《懒寻旧梦录》的续篇，这件事是该做的，是吧？您不管三联的事，他这部回忆录给哪家还没定），您一定要见我，咱们要聚聚，我一直将您与夏公做父辈看待。您为夏公、巴老生日组织的画像签名让我感动。

柯灵文章拜读，极佩服。孙犁文章未读到，见您信中所引，也极感佩，几时有机会去天津，一定去拜望他老人家。

您读我《收获》上的专栏，我真高兴，可惜无法结集出版，因没有出版社接受。您和小董当年约我的那部稿子《记当代十作家》(收《记长者夏衍》《探病中周扬》《反封建的勇士巴金》《记冰心》《记柯灵》等十篇),现仍躺在沈昌文处,他们困难很大,也不知究竟还能问世与否,另一本《净化人的心灵》第二集,躺在上海三联,也不知何时问世。您不在位,一切都难了。

希望四月份见面,有很多话要和您说。

祝好!

谢谢您寄赠的画像,极传神!我当珍藏!

子云 上

二月六日

范用同志:

承您赏面子给《海上文坛》寄来文章,他们非常高兴,两篇都用,但您又来信嘱他们将您写如何进三联一篇转《读书周报》,他们舍不得,将文章和信都给我看了。我觉得文章两篇都好,如何进三联一篇尤好。就都给他们发吧,想来您不会坚决反对的。

从这篇文章我更坚信您该写回忆录。回忆录有各种写法,您可采用这篇的形式,以最精练的方式将一些不该湮没的事记下来,比如说你看毛的过路书,这有多精彩呀,这种机会可不多见。您将这类事记下来就太精彩了,将来浙江可用小品文集的形式出版,那多好呀!你既开了笔,一定接着写。

我一直想来北京一次,只是回来后杂事不断,加上生肺炎后常觉得累,很容易咳嗽,一咳嗽我就紧张——怕肺炎卷土重来,所以一直没来成,天又热了,就更犹疑了。如果六月中旬能来就来一次,不然就想等秋天了。

您一切还好吧？天时不正，望珍摄！
祝好！

子云 上

五月二十七日

我出书等我来时再当面奉上请指教，安徽于年底将出我一本评选香港文学的集子，有人给出就得快出，不然过了这村没那店了。又及

范用同志：

您看这两封信这样写是否可以？如不行，请您改后退下，我们再重抄后寄上。

您去年缺的《收获》是哪几期？我记不清了，请告，《收获》会补给您。

《叶圣老评“关汉卿”》文章寄给凤子了吗？如您难找，就麻烦您请叶至善寄一份给她。

一并多谢。

祝好！

子云 上

六月十七日

附上基金会信封二枚请代发，谢谢！

范用同志：

那天通过电话后，我找许练沙、江南二位，找了好几天才找到（他们大概也常不在家）。许说回来后将信交了江南，大概她忙没能转来。不过当晚就送来了。

吴冠中的态度倒出人意料之外，那天晚饭我还觉得大家蛮谈

得来呢！这事真叫您为难了，真从心里觉得对不起您，您何尝碰过这样的情况呢！反正您见到他，看他怎么说吧，这也是没办法的事。真没想到张楔他们做了拆烂污的事，竟连累到我们！反正最后有什么结果你再告诉我吧。

我们已拿到的画，已送到博物馆去挂（不裱了），经手的同志前两天随团去了美国，两周后回，将画拿回后立即拍成照片寄您。

许练沙同志在电话中说，三联书店去找了您，让你再帮他们调整与老作家的关系，不知确实否？如果属实，那您是否会来上海呢（据我知道，柯灵就没签他那本选集的合同）。希望、欢迎您来！！！

上海大水，龙卷风那天极恐怖。

祝好！

子云

8月9日

范用同志：

您好！

您先后几封信和稿子都收到。本来我将稿子给了《海上文坛》，接到最后一封信后，按您的嘱，由程德培将稿子交给了《新民晚报》文艺版记者林伟平。不知赠送报纸给您的是哪一位？您如知道，请告，我可和他打个招呼，告他您是为酬谢他们每年赠报而投稿。

您真该多写回忆录，特别是在地下时期因书而与各种文化人及政治家所发生的各种关系。这些材料被湮没就太可惜了。（后缺）

范用同志：

收到您的信，好高兴！

您说的许礼平先生于22日给我打了电话，因他们活动日程很紧，只好约在22日晚上他们宴会之后见面。我于晚十时到他下榻处，谈到十二时半。确如您所说，他为人诚恳、坦直，帮我出主意、提建议，我真是非常感谢。他意思可有两种做法，一是拿到香港卖，如这样做，不必都拿去（有些卖不出钱），拿一部分。二是办一次为基金会的义卖活动，那可将画多带些出来，同时请冰心、巴老、夏公、赵朴老等给写些字，以示基金会规格。不论哪种做法，他认为可卖钱的是：①吴冠中的画；②朱屺瞻的大幅山水（可我们有的是花卉）；③程十发的山水；④刘旦宅的人物（可他给我们的是马）；⑤陆俨少的大幅山水（不要梅花，因此还没请您和陆老的儿子讲一声别给梅花）；⑥黄永玉的荷花，中青年当中林曦明的外边要。还有北京有几位年轻画家贾又福、杨延文、聂鸥、邵飞的画外边也可卖，他说可以请他们捐一幅，另外各提供一套册页由他那里代售。所得价款，由作者与我们对分（以基金会名义卖可提高价钱，这样也就提高了他们身价）。但北京这几位年轻画家我们都不认识，不知您可知道这些人？

他还建议林风眠、黄宾虹、李可染的画在内地出售，因林、李的画禁止出口，黄的画出去要经过文物局盖印，极麻烦，我说柳苏估价30万，他说这价钱差不多。

他真是很帮忙，当然他这是由于您的原故，真得多谢您。

我们现已将画托好（许先生说根本不可托，可已来不及），准备拍照（因专拍画的照相机被人借走，等一还回来就拍），拍好后立即寄您一份。徐礼平那里我们另寄。

许礼平很看重吴冠中的画，不知他是否能回心转意，反正一切都拜托您了，道谢的话也不多说，等到京再面谢。这事也不急，等秋凉再说。

您不管三联的事，让人失望。我觉得有些人做得太过分，将来也不会有好结果，您看吧！

夏公口腔溃疡仍未好，所以情绪也不佳。

我 9 月 11 日去成都参加巴老研讨会，17 日返回。这两天开始准备发言稿。

祝好！

子云 上

8 月 27 日

《海上文坛》第三期他们早已寄出，不知为什么没收到。现他们又以信件寄出，请您注意查收。第四期也已出版，也已寄出。又及

范用同志：

寄来的书刚刚收到，真是可爱得令人惊叹，谁设计得这么好？不但封面装帧好，里面的文图安排也都好，到底是您的书，出得就是不凡。我也有点童心不泯，拆开之后先看图片，看得津津有味。我觉得您应该将回忆录（比如替领导人买书之类）写出来，那一定比给小朋友的信另有一番味道。

您的腰背还痛吗？急急！

那天在出版社门口遇到您，是为了“人文”和台湾郭枫要合办一个散文杂志，郭枫邀丹晨、芝翎和我等做编委，第一次

编委会要我们参加一次。我因夏公那几天腰疼得比较厉害，我想借此机会来看一下，就停留了两天（第一天开会，第二天看了一天夏公），第三天早上八时的飞机飞回了，所以什么地方都没去。

您江南之行何时成行？五月可别来，现在市民、机关的生活秩序已大乱，很多公车路线调整、停驶，机关的车按牌号最后一个数字的单双、隔日行驶，而且经常公布次日什么地方封路（什么车都不能开，有时连人也不许走），要折腾到五月底。开幕式三天机关都不上班，搞得怨声载道。希望您和柳苏诸位六月份来。

祝好！

子云

五月五日

范用同志：您好！

30 日信收到。

奉您所嘱，请柯灵、辛笛、小林、黄裳几位看了《薪传》，林怀民到沪后打电话给我，说还希望请音乐、文化方面人士参加首映，我又请了一些人（共十六位，为余秋雨、金复载等），还请了这方面记者。林那天忙，没有和老先生们见面。那天下雨，老先生们淋雨而来，我虽安排了车，但因时间无法控制（上海塞车厉害），老先生也吃了苦头。他们现手上都有事（柯灵为刘海粟在赶一个什么前言，然后他要准备去台湾的论文），让他们写有困难。我已请一位记者采访了林二个小时，准备文案，除发香港《文汇报》外，还在明年《海上文坛》一月号上发一篇特写，配封面及内页照片。27 日电话中已告林本人。

我本月 12 日去马来西亚，大约十天后回来。12 月 15 日去台湾（如批得下来的话，现文化部还要补充材料，不知命运如何）。回来休整一下，春节后即来北京看望夏公及诸友好。这次从台湾回来时会过香港，会去看望罗先生。

冬天即至，望您多保重。

祝好！

子云

11 月 4 日

梁鉴添

范公：

今春北游在北京和您多次会面畅谈，幸甚。回来后一切如常，只觉时间过得很快。今个学年结束在即，但今年度毕业生考试成绩不如往年的理想。自去年秋季以后，香港前途问题，世界经济不景气，一直困扰着港人的心情。不过这不能对学生成绩有多大的影响。想来，这是社会风气和学习风气的因素所导致的现象。大多数的学生只望获得毕业文凭，作为美好前途的最重要一块踏脚石，真正有志向学的学生只是少数。在香港，物质刺激与精神刺激实在太不平衡了，文化事业不易为。

潘际坰和黄永玉都是谈风很劲、甚有风趣的人。近来叙会几次，很愉快。

今年暑假，我们一家五口到欧洲探亲访友去，七月初动身，九月初回来，在欧洲时也要到意大利佛罗伦萨探望邓天诺一家去。

同信一并寄上在邓家拍的照片，烦你转交各位朋友，因为手头没有他们的地址。

顺颂

编安

梁鉴添 谨上

一九八三年六月卅日

梁　江

范用先生：

您好！

好几个月前收到冰兄老先生转给我的一本书，十分感谢！当时本想给您写信；一是不知道地址，二是很想先拜读您的这本新书。后来，一直想写点感想。《广州日报》恰好在六一之前把这篇短文刊出，现奉上请指教。

您是我十分尊敬的前辈，实实在在地说，如我这样的后辈学人，从您那里叨恩不浅，三联的书买过不少，《读书》《新华文摘》从甫问世到现在，我都是忠实读者。因此，短文中所写，也是“大实话”。不过由于了解不多，谈得难免表面些、肤浅些。

我曾在京参与《美术》的编辑三数年，又从王朝闻先生攻读美术史论专业。在广东则颇受冰兄为人行事方式影响，现在广东美协工作。在出版和学术界，我尚属初学者，谨望日后多有赐教。

从新近一期《随笔》，又拜读您的《邂逅》，也是颇令人感动的。

附上名片，俾便联系。余不一一。谨颂福绥。

梁江　拜沏

1994.5.31　广州

廖冰兄

范用同志：

您托林仰峥同志带来三十年代上海漫画刊物 71 本早就收到，这是一批非常宝贵的资料，您对我这个素昧平生的人如此信任，使我万分感激，自当认真保管，用后完璧奉还。

我借这批刊物，本来只打算从中翻出自己的旧作，复印下来，以备将来结集之用。但翻阅一过之后，便感到应该借助这批资料，研究我国三十年代漫画在当时文艺战线的斗争中的作用、它的政治倾向以及对人民大众的影响如何等等，给这种艺术做出比较准确的历史评价。长期以来，文艺界的同志大都认为三十年代的革命文艺阵线中，美术方面只有新兴木刻这支孤军，而漫画则是乌七八糟，或者是游离于革命之外，甚至（是）与革命对立的东西。解放后，在极左的、反历史的文艺观点影响之下，我们当年从事此业的同志也就产生了历史的自卑感。我和此间一些同行认为这些情况可以从对这批史料的分析研究中得到扭转。

现在，我们组织了三几个同道进行这项工作，并把其中一些较有价值的材料复印（好在广东美协已引进了一部复印机）。但是我们大都很忙，不能抽出一段完整的时间去搞，是以借用的时间要长一些。黄茅又再三关照我把它们留下来，他准备抽空来广州住几天，专门看这批资料。总之，我们对此非常重视，一定会好好保管（连同夹在里面的纸条），决不会作为“荆州”。于此，再三对您这位中国漫画的有心人致以谢意。闻您经常过穗，望能抽空约谈，我下月初赴日本访问，过京时定当趋候。

敬礼

廖冰兄

九月五日

范用同志：

您托潘同志带给我的信昨由苏晨同志转交给我，由于潘同志匆匆过境，未能谋面，是以没有把漫画杂志交给他，这批宝贵的材料究竟待潘同志下次来取还是由我托妥人送京，尚祈函示。

我作为漫画队伍里的老兵，万分感谢您对我国漫画事业的关怀。您搜集了大量史料，如今又有出版中国漫画选集的打算，真是功德无量。诞生于旧民主革命的中国漫画，数十年来，基本上是为人民的革命事业而奋斗的，理应受到重视，可是时至今日，仍未出版过一本足以反映我国漫画历程的大型选集，个人的作品选集亦寥寥无几。我虽不才，但50年来，也发表过数以千计的作品，却连一本小册子也出不成。至于有关中国漫画史的著述，更是连一本也没有。解放后出版过一本胡蛮所写的《中国美术史》，提到漫画的地方只有三几行而已。诚然，我国画史、画集的出版本来就少，但漫画与其他美术品种（如国画等）相较，更为可怜。是以得知三联有出版漫画选集的计划，十分欣慰，很希望能够出（早）日实现。清末民初以及大革命时期的漫画资料，在广州是容易找到的，我可以在这方面尽其绵力。倘若潘同志再来广州，能打个电话到广东美协约我谈谈就太好了。

您那批资料放在我处已有一年，我一直想抽空详看一遍，复印其中属于我的及别人的一些作品，但由于身兼省市的美术组织工作，终日繁忙，至今未果，同时黄蒙田又一再吩咐我留待他来

穗细看（他每次来穗都是匆匆过境），是以没有及早奉还，现在既然潘先生需用，也就不再等他了。祝

好

弟 冰兄

四月廿日

范用同志：

示悉。

遵嘱抄录《噩梦录》小序一份，随信寄上。我抄在宣纸上，并无要求制版刊出之意，只是顺便练习写毛笔字而已。

《噩梦录》共画了五幅，在广州曾两次展出。此次却有一幅被禁展，所以您看到的只是四幅而已。

那场“噩梦”，该录的事甚多，我只录了五幅，就因种种原因停下来。其中原因之一，乃是近年来有人认为事已过去，不该多提了，对此我是不以为然的。抗战八年，解放战争四年，已写入千百件文艺作品，谁也没说写得多、不该再提，何以这十年例外？何况领导同志不是说过上下五千年都可以写么？我以为：我们的胜利，光明面该写；我们的失误，阴暗面也该写，好使人既得到鼓舞，又受到教训，对这十年“史无前例”，并不是写得太多，而是写得不够和不深。不但要写这场浩劫的现象，更要写出其根源，要把造成这场浩劫而且至今仍在作怪的封建幽灵尽情暴露，这不但对我国人民有意义，对别一些国家的人民也有意义，如今亚洲某些不发达而又革过命的国家，亦陷于“浩劫”或面临“浩劫”，现象虽与我国不同，但究其根源，我看也有封建这一条。

来信问及我与您的合照，我也没有。那天在美术馆拍照的主

要有两人，一是《美术》月刊的，拍后底片已给我，近日又已放大，但没有这一张，另一拍照者是宣相权（过去也是画漫画的），底片没给我，也没印给我，我正要写信去要，要到之后，如有这一张，我一定加印给您。

这次您从四川访问回京，风尘未洗就光临我的展会，至深感激。我本有在离京之前造府拜访之意，可惜抽不出时间，6 月 3 日我就匆匆返广州了。

看《重庆日报》得知与您一起赴川的有陈舜瑶同志。1943 年春，我在重庆举办《猫图》展时与她相识，此后数十年不知她下落，我很想有机会和她谈谈旧事，未知您能将她的地址告我否。9 月份我可能还会去京。祝

好

冰兄

6 月 29 日

范用同志：

多年未见，时在念中，近况可好？我搞了五十多年漫画，从未出过集子，幸得岭南出版社垂青，终于在我古稀之年出版了，而且算是我国有史以来最大型的个人漫画选集，由此可见我国漫画家之可怜。如果我以这五十多年时间和精力去搞山水花鸟，岂止早已大本大本地出集，而且既富且贵了。这都是我们这些人热衷革命之过，怨不得谁。

这本集子的出版，您是给了很大的帮忙的。没有您主动把三十年代上海出版的漫画杂志借给我，就难以找到我当时的作品。现托人送上这本画集，聊表谢意，尚祈赐纳。您这样热爱漫画艺术的老同志，我看是很少有的，至少我不曾遇过。你可谓中

国漫画界的知己。我以为，一切搞漫画的朋友出版画集，都该送书给您才对。

我今年七十一岁了，仍在广东美协工作，脱不了身，终日陷于有关美术的社会活动之中，有如华威先生，只要嘴皮，几乎没有写文作画的时间。未知您已离休，安享晚福否？余不一一。敬祝　安康

廖冰兄

八六年五月七日

范老：

信收到后即动笔为你画漫像，只能依据我手头有的那幅照片来画，据随我去京的女儿陵儿说还可以，便如此交卷，不管好坏，只算是留个纪念吧。

像画好多天，却抽不出时间写信。数十年来，我赢得个“美术活动家”的衔头，我已从广东美协的岗位上退下来两年多了，我不再“活动”别人，而人却不住来“活动”我，寒舍位于交通最便之地，访客几乎摩肩接踵，读书、作画、写信都难。两年前，曾打算给你写封长信，但写了一半便停下来，当然没有寄出，现在连那一半也不知哪儿去了。

“冰兄之夜”的情况，如果你有最近出版的那期《漫画世界》便可知其情况，因为里面刊登一篇题为《热烈的冰兄之夜》的文章，晚会是挚友们依据我这个“怪物”的口味来策划、来搞的，效果绝好，好在实现了一场“革命”。

把那些官本位、排座次，一本正经、装腔作势这类散发封建气味的东西全都革掉。你看过陵儿的文章，当然会认为这样搞法对我来说确是“量体裁衣”，然耶？

陵儿的文章，甚获好评，还蒙《新华文摘》转载，确是怪事，她高中毕业后，下乡七年，回城当锁厂工人七年，后来竟然当上《南风窗》美术编辑（现在是省政协刊物《同舟共进》美编），但从未想过写文章。她之所以写，是《随笔》主编黄伟经迫出来的，黄先迫我写回忆录，我坚决不写，一则近年来我写文章比女人生孩子还难，二则没有什么值得写。看过夏公的《懒寻旧梦录》，更知自己没立传的资格，无可奈何，老黄便去迫陵儿，也是迫了一整年，终于迫出四万字来。大家叫她再写下去，可是她只能写她成长以后所知道的我，早期的我，即使由我讲她写，料必写不出这个水平。

我的“60年”活动，原定除搞个晚会、出一本别人致贺的书画册之外，还出一本从1938年至今别人评论我的文集，以及一本中英文对照向外发行的画集。现在，书画册出了，评论文集（书名为《我说冰兄》，由夏公题书名，夏公原愿写文章，但因病未果）行将付印，明年一月底便可面世，届时即寄奉。但出60年对外画集，要自酬十多万元，一时难以办到，此次朋友们为我酬得九万元，已用去六万，剩余三万而已。

本来，出对外画集之事，已与新上任的香港三联书店头头谈过，他们认为成本太贵，无甚销路而婉拒了。

我的作品以及行将出版那本评介我的文集，都是我从1937年抗日起便自觉为革命服务的明证，夏公、林林、华嘉等老朋友都为我争取离休待遇写了证明，广东美协、省委宣传部都认为是事实。然而直到今日，只算我在1950年从香港回到广州后才是干革命工作。共产党的指导思想为实事求是，但不顾事实来判断具体的人与事太多了，何止对我一人。

你所藏的上海30年代漫画杂志万分珍贵，在京见面时，本想与你谈谈如何使用这些宝贝，但在浅予展会场匆匆便散，后来我又赶着回广州，便谈不成。我有个想法，就是请人全部复印，倘若花数百万印一份，我愿出这些钱。小丁为首的全国美协艺委会也应印一些吧，未知老兄以为如何。

太啰嗦了，就此搁笔，祝

新年愉快，健康长寿，阖府安康

冰兄

1992.12.30

又：《新华文摘》转载陵儿文章，却没寄来，也没寄稿费，你可否代问一问。如寄的话，可寄我转。

廖陵儿

范用先生：

来信及迁帖收到。我和爸爸上京参加了 9 月 5 日的河北教育出版社邀请的《中国漫画书系》发布会。发布会上丁叔读了您的信。爸爸上京的一个目的就是想来看望您，发布会上大家都谈起您这位出版界的老前辈，说起您对出版事业的贡献肃然起敬，一齐约好了由出版社用一部车把我们所有朋友们（韩羽、詹同夫妇、我们父女、陈树斌［方唐］……及出版社的领导）拉去看您，可是从 5 号下午至 6 号上午一直无法打通您家的电话，无人接。后来见到严秀先生，说您可能办了入院手续，所以无人在家，结果联系不上，很遗憾。我给您带了《同舟共进》，只好回来再寄给您。爸爸说 1982 年您托人带给他看过一批很有价值的 30 年代的资料，有他的画和文章，有些文章他没署名或用笔名，只有他知道（甚至忘记了），可惜当时没有复印的条件，就交还给您了，而 1982 年我的孩子很小，才两三岁，所以我很少关心父亲的事情。自己身体又差，这批东西我就没看到，至 1989 年我发现父亲出现老态，也有身体毛病，才悟到应着手整理爸爸的资料。

人民政协报的一个青年记者纪红，是钱老、邵燕祥的“死党”，他因采访我爸，见到爸爸和我的家庭负担很重，主动义务帮助爸爸整理了十多万字，输入了电脑，爸爸想托纪红再借一次您的那批材料复印一套。

但愿您首先养好伤，不要太操心，最遗憾是在京无法见到您，我们是 8 号一早离开北京（4 号晚到），5 号、6 号都在拨您的电话，电话不通，7 号被其他朋友约去了，见了冯亦代夫妇、邵燕祥先生、牧惠先生，就可惜没见到您，大家都说要向您问好，望您早日康复，爸爸嘱笔问候。

祝

安康

廖陵儿

1994.9.13

等您身体恢复，再让纪红找您借材料。爸爸很喜爱这位小青年，说他是“二流堂”的孙辈，希望他写写黄苗子这个太可爱的国民党“高干子弟”。苗子伯 19 号回北京。

廖梦醒

人民出版社

范用同志：

我在翻我的旧信中，发现您在我病中给小女李湄之信，内有先母的“遗像”栏内，把先母的年龄写成“1877—1972”，这儿有点“年龄问题”需要向您解释澄清的。

先母本来生于1879年，去世时都说她95岁，实际上她只有93岁，这两年多余的年龄是在香港（1948年）时，出于政治上的需要，同志们请先母提前两年做70大寿，以便开会庆祝团结大多数民主人士。朱总司令的寿辰刚庆祝过，没有旁的口实再开会，所以想借为先母祝寿开这个大会。开始先母不肯，说“我才68岁，太早了”，同志们一定坚持，先母看在党的利益面上，只好从命。以后解放后都沿用1948年70大寿的算法，所以变成1877年了，但我想这事应当向您报告，您并不认识我，虽然我很冒昧，想必能蒙你恕宥的，1948年李湄才十多岁，不见得她会知道向您报告，她上班去了。

至于照片，我处还有两三张很古的，我四五岁或三四岁，和当时一起住在日本的人合照的（有两张），另一张承志还在母亲怀里抱着，我站在先父脚前，我五岁时的照片，不知发表过没有。

谨此奉知并致

敬礼

廖梦醒

78.8.16

又：此信写了忘记发出，已搁下半年有余，很是抱歉！先夫少石遗诗，正在抄写中，抄成即寄上，看您以为是否可用，谨此致歉并候

春安

范用同志：

《少石诗集》*的后记总算草就了。是否能用，还是一个问题。因为我的中文底子很差，而且没有修养，假如您认为不能用，就请不要勉强。希望您大刀阔斧地砍掉多余的东西，就是您完全重写一篇，我也更欢迎。

我抄了一首少石同志的诗寄上，是否可用亦任由您决定。我的字并不好看，只是因为我俩的关系，我试试看是否可用。

花费您很多工夫精神，谨先向您致谢！

并致

敬礼

廖梦醒

79.5.25

再者：本来早就应当写好送上，只因病了一场大的，连北京医院的医生都束手无策，叫我去看中医，果然服了三十多剂红人参、党参、黄芪、桂枝之类的大补剂才算好些了，迟迟未向您汇报，很抱歉，请千万恕罪！

* 指《少石遗诗》。——编注

范用同志：

日前嘱小女转上各物不知得达否？今我看少石同志在重庆时

期新诗一首，及致亚子函的手稿。不知是否还能用，本拟同此寄上，恐中途遗失，迟日付上（开完会后）如何？

天气日渐转热，望加意珍重。

谨此敬祝

康健快乐

梦醒 谨上

79.6.9

范用同志：

您好！

我这次会议未参加小组讨论，因久病初好一些（还有，因在楼上我断过三次的腿，上楼有困难），所以不敢多累，一累就牙痛耳痛，很讨厌。

现在送上的少石致柳先生信遗稿，有些地方须注释的：

1. 少石同志自署“诗”，是我们在柳家给少石同志的一个外号叫诗翁，故他自称“诗”。

2. 霏是我的名字“仙霏”（Cyrutia是在地下时期人皆称我的名字）之霏。又：“五洲四海……”是用废纸写的，重庆时期这种纸算好的了。

您派来的同志已到，心急得漏字连篇，请恕！

谨此致

敬礼

梦醒

79.6.23

范用同志：

来示敬悉，《少石遗诗》的校样已收到，不胜感谢！

有几处我曾改动过，须移前的，我把页数涂改了。还有一两个字，我涂了，改正了，我希望这样不至于增加您太多的麻烦。

最后一页，要紧跟上页，是否须移至右边？请您指正，谨此致谢，并致

敬礼

廖梦醒 谨上

10.22夜

又：正想把这个送上，又收到第二次校样，请按第一次校样排印，第二次所缺的我已补上了。又及

范用同志：

送来第一本《少石遗诗》已经收到，不胜感谢，书面及字样都很理想，蒙您费了不少的心，感铭肺腑。

我需要二三十本。很多同志早就听说及，老早就要求留一本给她或他。您处是否有人顺便给我送三十本来，来了我就付款，可以吗？

一切费神，谨致深谢，并致

敬礼

有空请来指教！

梦醒 谨上

80.1.30

范用同志：

昨日叶剑眉来访，始知您得病入了医院，想现在已痊愈出院了，未及赴院问候，很是抱歉。但愿您从此健康长寿，我当为您诚心祝祷。

近日因为开会，甚少执笔，懒极了。徐迟同志来信，据云最近不会来京，关于同写先母传记之约，无形中推迟了。

匆匆向您问好，并祝从此

健康长寿

廖梦醒 谨上

80.9.3

廖沫沙

范用、倪子明同志：

拙作《廖沫沙杂文集》由贵社出版，发排时间已很长久，至今还没有出版。目前我正编另一文集，急需与《杂文集》内容查对。我多次托人同贵社联系，请打稿样二份给我。七月十六日得贵社回答："《廖沫沙杂文集》已打成纸型，即将上机器印刷。"但印刷完毕又装订成册，恐已到明年了。是不是在装订以前，将印出的样本先寄我一份备用？

能不能这样：提前于八九月份给我样本（散张，不必装订），请你们用电话告我。

麻烦你们，特致

敬礼！

廖沫沙

1984.7.23

林　辰

范用同志：

蒙转寄的报纸两叶（页），已收到，谢谢！

兹奉上《台静农散文选》一册，请收存。台文淡雅自然，情感真纯，如《辅仁旧事》《有关西山逸士二三事》《记波外翁》《夜宴图与韩熙载》等文，皆我所爱读者。惜错字太多耳。

专此，即颂

冬安

林辰　敬上

九〇年十二月十四日

静农先生千古

老成凋谢，未名社又弱一个；

撰述宏富，建塔者永耀千秋！

林辰敬挽

先生兹有短篇集《建塔者》，但此处意指建新文学之塔，不限于《建塔者》一书。

林年同

范用先生：

您好。

最近几个月一直忙于筹建中心的成立及活动工作的开展，未能来信问候，深感不安。

四月一日中心正式对外公开，第一次活动是著名画家萧勤先生的个展。萧画受西洋当代书法派的影响，意韵却源自中日禅画一路，甚有兴味，对当前国际画坛的贡献无可估计，在当代中国艺术的探索中更具有先锋性的意义。用萧勤的画作为中心第一次探索廿世纪中国文化的开端，也许有人以为是一种误解，一定会引来社会上不少严厉的批评。画册正在排印中，廿八日出版，届时当即寄奉参考。

附奉中心出版会讯两期，谢谢您对中心工作一直的支持与关怀。

启功先生的书法展日期已定好，中心专职人员会有专函邀请，毋念。便中请向包遵信、沈昌文、董秀玉诸先生问好。

匆匆即祝

文安

年同 祝上

85.3.16

范公：

您好。

回港月余，未能即复致谕，祈请鉴谅。

蒙惠书，解悉。即请《中外影画》编辑薛先生寄奉二册，当可于日内读到。

今夏在京得游颐和园，甚欣谢。江南胜景，匆匆一瞥，未能细游，深以为憾。拙政园、网师园感人最深，神思不已。归港后重读陈从周氏《说园》诸篇，启发甚多。园林美学当以“游”为体用，“游美”之学，可用于当今影画之诸处亦复不少。

周前邮寄“素叶文学丛书”一束，计有西西近著四种、董桥新著一册，请查收。西西旧作《我城》（亦“素叶丛书”，第一种）已售光，搜之坊间不可得，作者亦无存书，若京沪诸友需用，当即影印寄来。

小古已回港，仍任教职。所告诸事均转知。

《读书》及《新华文摘》收到多时，谢甚。《读者》自创刊订阅，自京寄赠，今回函是第一次。

九月香港风季仍未过，连日阴霾，殊不爽也。

专此敬颂

编安

晚 年同 拜

九月十五日

又及：离京之日遇吴方先生，未能详谈电视文学，不以为怪是盼。并候京中诸友问。

刘白羽

范用同志：

《七十年代》一册收到，谢谢您。

寄我五种刊物高兴之至，我很喜欢看。昨天同田伟同志商议，我们觉得寄到我的军事机关不大合适。最好方法，集中你那里，请你发至我住处或电告，由我派人来取。不过这样就给你增加了麻烦，十分过意不去。不过，作为对读者服务，向您预致谢意吧！

敬礼！

刘白羽

七八．九．四

范用同志：

非常感谢你，为我弄到史沫特莱的《伟大的道路》。

我读了这部书，我认为书写得蛮好的，应该出版，对于写这方面著作及研究这方面问题，都有重要参考价值。

为了慎重，出书可说明一下，完全按照作者原样出版，有关我党重大历史事实，不要以此为据。

敬祝！

刘白羽

八月廿七日

刘景华

范用同志：

您好。年初我为山西人民出版社的《编创之友》写过一篇《漫记骆宾基》。他们希望我继续为该刊写点东西，并提到您的名字，嘱我写一篇关于您的“访问记”，当我在电话里向您说起，您谦虚地“封了门”。我想，如能借此勾起您对往事的一些回忆，为有关读者提供一些可资借鉴的出版史料和知识，这与您将来要写的东西也许毫无矛盾，所以我再次希望您能同意。如蒙允可，我将择合适的时间去拜访您，或先找一二位最了解您的友人谈一谈。

几年前，我作为素不相识的登门求教者，受到您的热情接待，对您不断给予的帮助和鼓励，我是十分感激的。只是我辜负了您与其他几位老同志的期望，私心深以为愧。

随信附上两本《解放军报》通讯连载的《韬奋主办报刊史话》，以后刊出陆续送上，最近一期《新时期》有我的一篇短文《邹韬奋与陈布雷》，一并请您批评指正。

此致

敬礼

刘景华

一九八一年十一月十日

范用同志：

您好，来信接悉。近几个月工作甚忙，鉴于本报缺少言论，我被抽出来搞言论，就一个人，从社论到短评无所不至，有时每天一篇，连写封家信的时间都没有，因此最近一直没有给您写信，失于问候，敬希鉴谅。

每期的《读书》都收到，香港三联书店寄来的《韬奋手迹》早已收到，印刷不错，谢谢。

楼志伟的调令已发出，档案亦已寄到深圳，此事基本解决。深圳的拖拉作风，有甚于内地。人事调动，倘无得力关系，往往被有关部门束之高阁。听说楼君现在又有点犹疑，主要是其爱人不太想来。人一旦永远离开故土，扎根异乡，难免想得多些，也是可以理解的。他倘若去北京，你见到可以敦促他先来深圳看看，作最后决定。目前深圳正进行“工资改革”，更兼住房有限，宜早不宜迟。

我的借调在今年九月就已满期，由于工作一时离不开，又盛情难却，一拖再拖至今。前几天本报社长转达主管宣传文教的一位市委常委意见，再次对我进行挽留。我归意已决，婉谢之，拟于十月中下旬北返。倘若审批手续顺利，回京前也可能去香港看看。

关于我回京后的工作去向仍是个未知数。我久已想调离北京市委，搞点业务性强的工作。近年来，北京有十余个单位来函或来人想动员我去。其中广播电视部电视剧艺术委员会最恳切，我也表示可以考虑。该部一二把手吴冷西、谢文清等同志都表示欢迎我去，并责成干部司多次向北京市委宣传部商调，一直不同意放。因我的一切关系都还在北京市委（这两年多的工资也一直由北京市委发），所以回京后首先仍得先向北京市委报到。我已经人到中年，碌碌半生，一无所成，实在不想再在党政机关里工作，对于官、职更淡如浮云。某些领导者不放我，也许是出于器重我的一番好心，却有悖于我的志趣。要命的是北京市委班子调整后，新提拔的三位稍年轻的书记都熟悉我，这样更增加了调离的难度。您一直是很关心我的，故将上述情况写出，望有以教我。

即颂

文祺

景华

一九八四年九月廿三日

刘梦溪

范用同志：

我出席马来亚国际汉学会议，经港时见到潘耀明兄，他带明月*和挂历给您，谨呈。谈田家英文好极，何时给《中国文化》写篇随便什么东西？顺此，祝

文安

梦溪 再拜

十二月十四日

范用同志文宗惠鉴：

《中国文化》第十期奉请晒正。从本期起，改由我们自己制作（经批准成立了杂志社），舛误不入规则之处必多，请随时示知以教愚晚。近日骤冷，不知身体可好，常在念中。余不备，即祝新年快乐。

祖芬同候。

晚 梦溪 拜上

九四年十二月十五日晚

* 指《明报月刊》。——编注

刘任涛

范用同志：

来信收阅，感谢您在百忙之中给我写回信！

解放前，我在上海对国民党陆、海、空三军进行策反中做了些具体工作；解放后，我写历史时从未提到我与你和静芷的关系（我虽秘密冒险为你们保存过几箱重要资料，但均属当时我应做的事情，如写入历史，又要麻烦你们写证明，所以我就不提了）。这次是洪遒想帮我将退休（我已退了十年）改正为离休，要我给你们写信，多一证明，有利给我改办离休。现在看了你寄来的文件，我不属三联书店的工作人员，你们给我写证明，效果不大，我不想再麻烦你们。

新的离休条件是：1949 年 10 月 1 日以前参加政府工作的可以离休。但有些细节对我不利：10 月 1 日以前必须是供给制；必须参加过党的外围组织。

我于 1937 年冬在浙江龙泉与邵荃麟发生工作关系（我在他的直线领导下为党工作。在上海时，他曾对我说："周公认为，刘医生在党外工作更有利……"我没有入党，直接为党工作，所以我没有必要再参加民主党派）。从 1937 到 1949 年，我从未向党伸手要过一文钱作工作费用。过去我以自由职业谋生和革命，不是"供给制"。现在我的朋友仍认为，如果限于以上两条理由认为我不能享受离休待遇，这不是实事求是的办法。现在我要求离休，不是向党伸手要钱，而是要求弄清历史的是非（洪遒也是这样看的）。

1949 年 9 月 1 日我参加上海第二劳工医院工作（眼科主任兼副院长），翌年调华东卫生部任医院管理科长兼宣教科长，当时我的工资二百多元，因为我业余拿到稿费，自动要求减薪五十元，以后评级照此标准定为文艺七级（一百六十元），卅年来级别未动，我也毫无意见（我对物质要求一向很低，只希望能为人民多做点事情）。

你问我退休后有无写作。我倒没有闲过，这十年来，写出报告文学《被遗忘的冤案》（在《花城》总七期发表了）；电影剧本《手术刀就是剑》（陶金想导演，制片厂不敢拍）和中篇医学小说《晚霞》（黄伊很欣赏，他曾找您帮忙过，但文艺出版社总编不通过）。上月上海文艺出版社接受了我的小说稿（十二万字），现派丁元昌为责任编辑，不知将来命运如何（如总编不通过，仍难出版）。《晚霞》为小说林中的新品种，问世太难了。

在许多不如意的事情中幸有一意想不到的快事：

1963 年我参加南海水产科研调查工作（在海上生活近年），翌年我写出电影剧本《在海洋上》。当年被否定了，理由是：没有突出政治科学挂帅，美化了知识分子。十八年后（去年冬）又颠倒过来了：南海水产研究所为《在海洋上》平反了，并要求国家拍摄，现农牧渔部长已将此剧本批交北京农业电影制片厂拍摄。出版一部作品和拍摄一部电影总不是一帆风顺的，对此我只能作为碰碰我的老运啊。啰嗦写了四页，又浪费你的时间和精力。匆复不尽欲言。祝好！

静芷兄统此不另。

任涛

11.1

范用兄：

上午匆匆将回信和《花城》五期寄出，午餐后我翻箱倒匣找到了一本《穗声》月刊，又多了一点材料。现将迟轲教授的序文剪下寄你，请参阅，对你写文章也许有些帮助。祝

健康！

任涛

11.15

范用同志：

谢谢你寄我有趣的贺卡！

最近我女婿黄君度为我做一浮雕像，我印一对赠你，作为贺卡。祝你全家幸福！！

旧作长篇医学小说《晚霞》现在排印中（花城出版社将它改名《光明使者》），今春可以出版。

洪遒身体比去年好，他今年也八十岁（他比我小一岁），可苦了他的夫人。

珠影去年生产了一部较好的故事片《心香》，导演为青年人孙周，真是可贵！专此。

祝健康！！

任涛

2.8

范用兄：

欣读来信，现将所询各事，先复于下：

解放前我的眼科诊所设在四川路底永安里一号，住家在山阴路花园里 11 号，你去香港时交给我保存的几只箱子（内为出版

社的资料），是藏在我的家里。

去年我寄给你刊物《穗声》杂志，刊有的医学小说《晚霞行千里》（并非“回忆录”）多集，你也不必再找了。这部约十七万字的小说现由花城出版社承印，年底可以出版（现更名为《光明使者》，主题为推行农村防盲治盲工作），等印好后即寄你不误。

黄维和黄维夫人均已先后去世。

我的浮雕为我女婿黄君度所做，他现在桂林忙着为台湾承造大型雕塑。你想要为你塑像，应无问题，你先将侧面照片（轮廓显明的）寄我即可。

我感激你一直没有忘记我。我一生平平，没有什么可值你写的材料。今年广东作协出版的《广东当代作家传略》中有我的小传。

我来广州卅年了，知我的友人秦牧去世了，现在只有李士非（记者、诗人、《花城》杂志总编），现他离休，为我的《光明使者》责任编辑；《花城》五期有他的长诗选载《逍遥游》，其中叙述了我的部分事迹，请参阅，如有可能，希望能在《新华文摘》杂志转载之。

解放后，人们乐于传说我为刘伯承元帅安装过义眼，但无人道我为胡风医好了眼病（只有梅志知道），写传难也。匆复。祝

健康！

任涛

11.15

现我手边没有什么可寄的资料，这篇无用的“后记”稿寄你，作为参考。我已八十一岁，记忆力衰退，无法再写东西。又及

范用兄：

贺卡收到，谢谢！

去年我家有喜有悲：出版了《光明使者》外，我还写了两篇小说《收藏家的故事》和《名医之死》（写耳鼻喉科教授的故事，属“姊妹篇”，约三万字）；小孙子桑田获得奖学金去纽约大学攻读物理博士；大儿子南生和大孙子刘韧均有作品参加美国第十一届国际艺术联展。不幸的是女婿黄君度于去年10月16日在桂林教育学院授美术课时猝死在讲台上（心肌梗塞），他与南生同年，还不满六十岁，死早了，真是可惜！幸好他的子女均学习雕塑，可以接班。

李士非为了写好这篇报告文学《历史的证人》，去夏与我同去上饶和广丰两地调查当年鼠疫情况，后来又去上海南京访问（查历史档案），由于天热，他伤风中暑，病倒在上海（他原有“心肌梗塞症”，幸好没有复发），八月中旬我陪他飞回上海，现已恢复了健康。

我也患“老人性白内障”，因属新萌，尚未影响行动，仍然看书写作，望勿为念。匆复。

祝新年快乐！！健康长寿！！全家幸福！

任涛

1.3

范用兄：

来信和梁宪一封旧函均已收阅。

春节时寄你一张雕塑照片非我女婿黄君度的作品（数年前寄你那浮雕照片为他的作品），乃是我外孙黄熙（君度之子，现年二十一岁，在广州美院雕塑系二年级学习）的习作。黄熙为该系的优秀生，我已将你过去寄我的侧面头像照片交给了他，他已答应要为你塑一侧面浮雕像。

我的大儿子南生于今年2月18至3月2日与美国油画家Jin在美国圣地亚哥市举行油画联展，颇为成功。中国驻洛杉矶副总领事前往参加开幕式，美国市长宣布2月18日为中美美术交流的“双喜日”。现南生在美旅游参观，定于本月中旬回肯尼亚（他有寄居该国二年的户口证），下月将访问台湾。（《台湾新闻报》出面邀请他去高雄参加文化院的美术活动。何日回来，他尚未决定。）

女婿黄君度在忙于为台湾承造大型雕塑，他也要即去台北访问。

李士非写了一首《逍遥游》长诗，其中谈到了我，现已出版，我可以寄你一本。

我本月即满八十三岁，春节前我写了两篇小说《宁“左”毋“右”》（一千字，已发表）和《眼睛》（一万多字），等发表后即寄你。匆此奉复，顺祝健康！

任涛

4.9

范用兄：

寄来贺卡收到，谢谢！

葛琴现住医院，心肾衰竭，生命垂危！她的大女邵济安（小琴）给我来信说，她妈妈可能过不了春节！葛琴已八十八岁，党龄七十年，真不容易！（济安在清华大学热能物理研究所工作）小鹰在美工作了十五年，最近赶回来为母亲送老；小鸥亦为科学家，在国内任教。

葛琴早已搬家。

你的浮雕像，为黄熙所作，现由黄樱娜（黄熙的姐姐；也是

学雕塑的，现在中央工艺美院环艺研究所工作）送来，请查收！希望今后你能多多指教我的外孙和外孙女。匆此。祝

健康！新年全家安乐！！

任涛

1.7

范用兄：

你的来信我早收阅，因忙拖到今天才复，至歉！

你给我外孙黄熙的信，寒假时我转到桂林，他因事提早离家返校，大函未能收阅，因此也未给你回信，殊感失礼，乞谅！

自去冬以来，我为《广东工商报》写了系列散文（近二十篇，已发表三分之一）；最近改好了两部短篇小说《收藏家的故事》和《名医之死》，等发表后即复印寄你。

我女儿的《忘却之美》新版在广州花城出版社仅印一千本；二版自印了五千本，至今仍未售完。我想，如再改好一些，由你的外孙女书写文字，在三联书店出第三版，可以在国内外发行。你看如何？

我为葛琴姐和夏公写了悼唁文章在《工商报》发表。老人们一个个走了，可慨！可悲！

沈静芷和陆梦生还健在吗？

黄熙最近为李士非塑造了一尊头像。

身体痊愈否？至念！

望多保重！！匆此，祝

春祺！！

任涛

4.15

范用兄：

久未见来信，近况如何？至念！

我已八十五了，患“老人性白内障”，两眼视力降至0.4，幸好尚未影响行动，但写字颇为困难（看书用放大镜，写字只能摸着写）。

寄上《电影剧本选集》不知收阅没有？今年为“文革”三十周年，此中同事力劝我将《手术刀就是剑》出版，我付出4680元在教育学院印刷厂印了二百册（无书号，不能出售），只能赠送亲友。《手术刀就是剑》当年洪遒虽说它为写“文革”最好的剧本，但不敢拍摄，离休后将它推荐给夏梦，夏因拍摄《投奔怒海》无力拍此剧本。寄你的这个剧本只有《南海渔歌》在《银幕》杂志发表（《山鹰电影队》和《手术刀就是剑》均未发表），我希望您向文艺杂志介绍发表，如何？（发表了影响面较大。）

外孙黄熙今夏毕业，长孙刘韧（《选集》中有他多幅插图），今夏也将毕业于杭州中国美术学院，将来想去美国深造（他爸爸在旧金山定居）。孩子们学习都很努力。

我的新作短篇小说《名医之死》（近两万字）将在《上海小说》发表，手边再无积稿。

《光明使者》初版一千册早已售完，何时再版未定。专此，祝

春安！

任涛

3.30

范用仁兄：

收到《我爱穆源》后，我连续阅读了两遍，非常喜欢！现在

我更加理解你了：你有如此热情充沛的精力，乃来源于你保存了如此真实可爱的童心！我为你高兴，祝贺你有如此美满的幸福家庭！（我远不如你）

寄上一本《忘却的美》，我想你的许双会喜欢的。蕾、蓓在读高中吧？

血花你在上海见到她时，她跟许双现在差不多大，现在她退休了。我女儿命苦，在北京林学院时还未满十八岁，不幸被打成“右派”，苦了廿多年，幸好生了两个儿女；她退休后比未退时更忙，最近为广东云浮市设计一大型公园，并要投身到建造工作中（该市出产大理石，有拟以一亿元资金造好这一公园来开始旅游事业）。我的医学小说还未出版。匆复。祝俪安！！

任涛

5.27

范用同志：

我曾寄你一本《手术刀就是剑》不知收阅否？《选集》中的第一个剧本《南海渔歌》珠影现准备集资拍摄，迎接明年的“海洋年”。

今年为“文革”三十周年。《上海小说》原准备刊出我的新作《名医之死》（已印出了小样），至今仍未见刊出。

我的视力降至 0.4（老人性白内障），目前还不能动手术（要等到降至 0.2）。看书要用放大镜，写字只好摸着写。不多写了，祝

俪安！！

任涛

7.1

范用兄：

今年四月我在桂林过完九十岁生日后，六月初我与同事去张家界旅游，游完准备回广州前在小店购物出来时跌了跤，不幸左大腿骨折，回广州住了半年医院，出院回家休养。由于骨折愈合欠佳，仍不能下地走路，现在只能坐轮椅活动，苦也。我的桂林外孙黄熙（血花的小儿子）在广州美院学习时曾给你做过浮雕像，你很欣赏；他毕业后回桂林旅游学院任教，最近开九运会，北京体育总局在全国征造运动员形象雕塑，他应征了，在二千多个作品中他创作的《在辉煌的背面，在背面的辉煌》被评为第一名，获得奖品和奖金一万元，这算是我的喜事啊。黄熙还为台湾诗人余光中做了头像（余今年去桂林旅游）。黄已开办了雕塑公司。

祝

好！

任涛

12.25

刘威立

范用同志：

您好！

送上《折腾在认错与认罪之间》一文，这是一篇介绍我父亲解放后的情况的文章，很希望得到包括您在内的一些老同志的批评指正。

这篇文章不得不涉及种种复杂问题，尤其是不得不正面评及党的认识和态度（对此我实在找不出回避或含糊其辞之道）。文中引用的材料虽未注明出处，但其中大部分的来源都可从我1997年为郑惠主编、河北人民出版社出版的《中共一大代表丛书》所撰的《刘仁静》卷中觅得。由于该书只着重讲他的前半生，现写此文讲他的后半生。我知道要想发表此文难度很大，我们能做的首先是多征求意见，努力使我眼中的刘仁静与您和其他老同志眼中的刘仁静尽量吻合。其次是多打听各期刊的个性特点，以便下一步投稿时能选对有望发表此文的期刊。如果您能抽空看看此文，并将对此文的看法（从遣词造句到基本观点）及对有关期刊的了解（从一般印象到具体建议）坦率提出，我感谢不尽，不多写，敬祝

健康长寿

刘威立

2002.5.12

刘文良

范公：您好！

由黄仕芬大姐处寄给我们的书，已如数收到。谢谢！托人带来的信也早已收到，释念！

今天我从邮局寄给您一包书，其中有一本是《中国近百年历史图集》，这书虽然较粗糙，但我们已付出了最大的努力，而在海外也很受欢迎，我很想能够利用《读书》宣传一下，比如说登个广告，写个简介，未知《读书》接不接受广告？（价钱又如何？）至于有关的宣传内容及形式，可以由您们提出。便中望能来信示知。包裹里还有几本三毛的书，三毛是谁？她的著作为什么很受海外读者注意及欢迎？近期《开卷》有文介绍，料您已读过。您的工作很忙，望能为国珍重。我们都是爱书之人，您要点什么书，尽管来信，其他问题无须考虑。

我写这信时，考虑很久，不知如何称呼您才能恰当，结果用"范公"，这次望您不要见怪。匆匆草此。致

编安！

请代向小董问好！

晚 刘文良 上

9.3

另：有关我们资料室要旧《新华月报》一事，承您们忙了一阵，谨代致谢！如果实在找不到，请不要勉强。《日本的黑雾》，下次还您！

范老：

您好！

前阵子从636寄去一包书，谅已收到，您的近况可好吧！寄给我的《新华月刊》及《读书》均收到，勿念！

这里有一件事情想托您走走，成效与否，问题不大。这事是：叶绍钧老先生有两本小书《古代英雄的石像》及《稻草人》，海外现在出售的均为翻版本，残旧不堪，印刷质量很差，我们现在想把它们重排出版。但未知叶先生的意见如何，有什么要求（我们可以给点报酬），可否请他在书前重新写几个字。您如果有空，请替我们联系一下，并来信示知！匆匆

谨致

编安！

晚 刘文良

2.7

范老：

您好，恭贺新禧！

这段日子来，工作比较忙，然还是经常在想念您们，我们每个月都收到《读书》及《月报》，可释远念。《读书》前期介绍了我们的《中国近百年历史图集》，在此再次致谢。上月，梅韬大姐曾来港，言及她将为《读书》撰稿，介绍《历史图集》。她现在广东中山大学，您可能已经跟她联系了。

今日给您寄去一包书，大部分都是我们的出版物，其中《美丽岛》合订本也是在港翻印的。另前次借的那本《日本的黑雾》也在里面，请查收。包里的《七十年代》月刊合订本及几本散的，请转刘再复同志。另外那本英文 *Comrade Chiang*

Ching 也请转刘同志，我已去信通知他，他会同您联系。谢谢！匆匆草此

　　此致

敬礼

晚 刘文良

2.25

刘绪源

范用先生：

您好！昨天听黄裳先生说起，您正拟写一关于书籍装帧大文，不胜雀跃。我现在《文汇读书周报》主持“书人茶话”版，刚到这里，十分缺稿，所以切盼您将大作早日写出寄我，寄文汇报社我收即可。另外，如能配几幅插图则更好，十分感谢您的支持！

匆致

撰安！

刘绪源

95.2.12

我以前在《文汇月刊》，后编“生活”版，曾发您孙女大作。又及

范用先生：

您好！大作及信都收到，十分好，很感激！关于装帧的文章亦盼写成赐我。另二信已转褚钰泉与小陆灏。

稿子我想放到5月20日或27日那一期，因前有黄裳、钱谷融的稿子，放在一起太可惜，一版上有一篇好稿，光芒已足够也！

望多保重身体，多支持在下。匆致

春祺！

刘绪源

5.3 敬上

范用先生：

《杨宪益诗集》我已替您取来。两本杂志及一本剪报先送还，另一本等蔚明先生看过后，与我的《解读周作人》及那份《镇江日报》一并寄您。《镇江日报》上的大作十分动人。

另外，请您寄一张较近的照片给我好么？用毕即归还。这样我就能写一篇短短的趣味文章了，也好让远远近近的朋友都知道您的消息。这也是我的工作，万望支持。——并且，看在老小同乡的面上也！

我周三一早离京。北京一晤甚欢悦，这将成为我永久的美好的记忆！

合订本回沪即寄，勿念。匆致

夏祺！并

早日康复

晚　绪源

九五年七月十日于“北办”

另有一信夹在书内，先退您。那份“征订单”我拿去用了。又及

范用先生：

您好！谢谢在北京的招待，当时因胃不太好，下次来一定开怀畅饮！

几封信都收到，沈建中照片尚未到。因最近要发大作，“专访”只好先放一放。——那一定会是篇很有趣的文章的，先发预告。

送上拙作，盼多批评。回沪后忙极，书寄迟了，望鉴谅。

匆致

全家好！

绪源

7.24

范用先生：

您好！寄上样报。如不够我可再寄。台湾也已寄去。

如广州未出在我们前面，稿酬我们还是应开的。望勿推辞。

请再赐这类好稿。——真正好稿也！

匆祝

冬安

绪源

11.13

范用先生：

您好！寄上样报及您的所缺之报。

大作在付印前，发现多出一行，版面显得很挤，我临时做主删去了一句。这一句我在读稿时，时觉刺眼。主要是在我们印象中，您是个老文化人，一强调政治身份，总不那么习惯似的。删去后，对全文有影响么？如删得不对，万望鉴谅！

您所寄的出版社标记，在本周的报纸上将补登一些。

另外，我想写您的那篇文章，近日拟动笔，题为《范用之可爱》，如有唐突处，亦望见谅也。

送上一本拙著，盼能指教一二。

匆致

全家好！

绪源

11.15 上海

范用先生：

新年好！

拙作《范用之可爱》终于写好了（真不好意思）。不过千余字的短文，却一拖至今！本拟在春节前发，现安排在节后的“新月版”头版上。到时望勿笑话我写得不好。

《我爱穆源》也拟在这期“新月版”上选登一些，到时看版面再定。

报社人员未大动，只小陆灏动了一下，萧关鸿与萧宜都仍在“笔会”。大家都很关心您的近况，嘱我转问好。所要报纸随信寄上，我们是从年初订起，不知北京邮局怎么弄的，合订本尚未搞好，到时定会寄您的。

新年里，盼将关于书籍装帧的大文写出赐我行么？我先在此致谢了！顺颂

全家快乐！

绪源

96.2.16 上海

范用先生：

您好！寄上的报纸（有拙文的）及一信，谅已收悉。写得不

对的地方，万望海涵。

另有一事要麻烦您。上海少儿出版社要将拙著《儿童文学的三大母题》送去评国家图书奖，虽评上的可能性极小，但出版社有此热心，总不好太泼冷水。现在要有人写推荐书，我想读过此书、而又对书较有发言权的，也只有您了。所以，将推荐单送上，请在推荐意见栏内写点意见，再署上您的大名，行么？大概本月下旬就要报送，所以希望能填毕即寄还我。谢谢！

马上又要“文汇书市”了，忙极。合订本大约不久即可弄完，我会记着寄您的。

匆祝

全家好！

绪源

3.13 上海

范用先生：

谢谢您将《旧文四篇》寄我，现已全部过录到我的书上了，原璧归赵，请收。

另外，少儿出版社为参加全国图书评奖事，催我甚急。上次一张表格未知收到否？便中盼早日填上几句寄我，如文字较长，写入另纸亦可。他们月底要报送上去，编辑希望20日表格可收回，我才知时间已不对了，只好再来催您。请原谅我的不礼貌。

匆祝

全家好！

刘绪源

3.22 上海

范用先生：

您好！那天打完电话，就接到了您的“评语”，赶紧转给了少儿出版社。十分感谢！

我因几天后即发现胃出血，幸好不严重。在家休息了两周，今已痊愈上班，请勿念。但因此未及时给您去信，甚不礼貌也！

《胡愈之文集》看完了么？等稍空，请再为“书人茶话”写些有趣的短文。

匆祝

全家好！

绪源

4.20

合订本收到了么？如未收到请信告。又及

范用先生：

您好！合订本已由褚钰泉亲自寄出。其实上一信也收到，当时即告此事，也许后来忘寄了。——这是送您的，千万别汇钱。

报纸从下月起停寄，因贴封一月发一次，已发下去了。顺告。

关于在“三联门市部”售报事，已在联系，也许最近会“上柜”的。

郑超麟处的信，我正在打听。如能在我们这儿发，真是太好了！

您最近写些什么吗？怀念汪曾祺的文章，如有，交“书人茶话”发行吗？顺颂

夏安！

绪源

5.26 上海

范用先生：

您好！稿子收到，甚谢，但想过一阵再用，望耐心等待。

匆致

夏祺

绪源

6.15

上一文反映甚佳！

范用先生：

您好！信收悉，能写《西方之歌》，实在令人高兴，写成请即寄我，最好仍配上插图。

稿酬大约再要一月余才能到您手，未知彼时尚有大闸蟹可买乎？

《读书人报》也曾向我约稿，如不办了，我正好可以偷懒不写，近日真是太忙了。但也许是迟办，大概不会一下子就收摊吧。

随信寄上所要的报纸，文章在“书人茶话”版内。

匆祝

冬安！

刘耀林

范用同志：

你好！

你给刘航同志的信，他给我看了。现将有关情况向你汇报一下。关于出版丰子恺、夏丏尊、叶圣陶三位的文集事宜，刘航及我社的王建中诸同志自京回杭后，即向我们传达了你和人民出版社愿将上述三位老作家的文集交由我社出版的意见，我们感到这是你们对我们工作的关怀与支持。经过讨论，我们一致同意将出版以上三位作家的文集工作列入计划，并且等候你来指教（关于如何出好文集的意见）。现在知道你并无来杭计划，是有关同志未将事情说清楚。所以我们除了希望能读到你关于出版三位文集的意见，还打算派两位编辑同志到北京看望你，恳请你当面指教。由于近来我们工作较忙，几个会议正在开，北京之行，要稍向后推。届时当先奉告。

叶圣老的著作，我们早就想请他交些与我社出版。我曾函请陈友琴同志向叶老约稿，未成。现在叶老自己也有出文集的愿望，这使我们感到很受鼓舞。我们的意见是，丰、夏、叶三位文集都列入我社最近三五年的出书计划之内，而《叶圣陶文集》最好最先出版，今年内如能集稿完毕，我们明年就能出书。究竟有无可能，如何安排为好，均请您考虑与具体指教。谢谢您对我社工作的深切关怀。有机会我一定来拜望你，请多予帮助为感。即颂编安！

刘耀林 上

1981.6.12

刘以鬯

范用先生：

手书敬悉。

大作《沙老师》已发字房，第103期（七月一日出版）可刊出，请通知上海《文汇报》在七月一日之后刊出此文。

张洁寄来的诗文，分三期刊用。

多谢您对本刊的支持与帮助。匆祝

著安

刘以鬯

五月二十日

流沙河

范用学长：

世事苍黄，光阴迅速。筵樽聚首，仿佛一梦。当日景象恐不可复睹矣。弟蒙青睐，三附三联骥尾，竟成平生最得意事，感激曷胜。正在作《庄子现代版》稿以遗余年。兄春秋已高，尚祈珍摄

后学 流沙河

一九八九年九月十七日

柳无非　柳无忌

范用同志：

有劳在百忙中抽暇来谈，不胜感谢。

家兄无忌最近来信说，“关于人民出版社印行父亲全集事，我很赞同，认为这是最好的出版地方。我意步骤如下：（1）由我们拟一全集计划书（如我上次拟过的，但可以更为正式一点），交人民出版社。（2）如出版社愿意的话，可订一合约。（3）同意后，我可以先在此把一切手头的材料整理出，编集起来，完成初步工作。（4）之后，我可以回国一次，从父亲存图书馆及博物馆的材料中增补我编集的稿子（尤其是诗词集、文集、白话文集），编出一部全集的二稿。到时我预备带一部复印机（也许太贵，买不起）把在各处的父亲原稿，复印出来，免得抄写。在国内期间，可与出版社几位商谈决定一切。（5）全部稿件集齐编出后，请出版社再复阅一次，不妥处重编重写，并作最后校对，以完成一部可以付印的定稿”。

以上意见，请酌，赐复。

此致

敬礼！

柳无非

1980.6.9

范用同志：

谢谢你的来信。知道先父全集印刷事情，已由你与上海出版局商妥，将来在上海出版，预计二三年内出书，很是高兴。

《南社纪略》已详细校读一次，数星期后当即寄奉。是否每册后都有附录，篇幅有无限制？将来可由编委员裁定。

钱昌老处，已去信打一个招呼。由他领导，及你大力协助，全集出版顺利，可预期也。即颂

年禧

柳无忌 上

1981 年除夕

范用同志：

顷自邮局返，已将《南社纪略》稿以航空邮件寄奉，收到后请赐复为感。

前谈之附录，决定加四篇，均不太长。连原来之二篇，共有附录六篇。"编后记"未悉可用否？

希望能从《南社丛刻》各集中，找几张雅集时社员合摄之照片，作为插图。

王晶垚同志之南社选集，何处出版，是否可于今年印出？请为查询，如"编后记"内有错误，请代为改正。

现在拟从事另一册全集之编校。可为自传与年谱，南明史料，或苏曼殊研究。尊处对此有何意见，请示知。

在国内有关先父全集之工作，如有进展，亦乐于知道。

即请

编安

柳无忌 上

1982.3.12

民革中央秘书处台鉴：

接奉5月25日来信，知道去秋在京时与人民出版社范用同志谈洽家父文集编辑出版事宜，现已订有具体计划，并拟由贵处组成“柳亚子文集编辑委员会”，主持该集编印工作，至为欣喜。甚盼能早日完成。

附函“出版计划”草稿，我十分赞同。兹就所列各项，略为补充一点意见如下：

（一）书信集，上海图书馆已有初稿，未知是否应于年内先行出版？如此，将来在编文集时，或可以此后所能搜得之书信，另编一补遗，或重新排过，作为全集最后一册出版。

（二）关于“保持原著面貌，不作改动”，此点极为重要。各集编辑时均可遵此原则。如有必要，在“抽出”或“删节”方面，希望编者慎重考虑，再作决定，或提交编委会决定。至于校订性质之改正，当在编者职责之范围内。

（三）“文集”不另写序言，由编委会“组织两三篇纪念文集印在文选（？）之前”，意见很好。另一办法，为由编委会摘录名家有关家父之文字，如毛主席之信（最近发表者），吴玉章追悼词，何香凝墓碑题识，以及郭沫若、沈雁冰、田汉诸人之评论，整理后，可请书法家缮写，或用大字排出，二页左右，放在第一集前页，或每集前页。

（四）（五）（六）均完全赞同。

关于我所担任之三集（《南社纪略》已交稿），其交稿时期，暂定如下：1.《南明史纲》，1982年12月。2. 自传、日记，1983年4月；3.《苏曼殊研究》，1983年12月。如能早日完成，当早日交稿。唯各集尚有一小部分原稿，存北京图书馆及历史博物馆，将来拟请丁志刚及董谦两位同志，多多帮忙。所需材料，当直接去信他们二位接洽。

最后，谨以极大诚意，对于民革中央、各位文集编辑委员、人民出版社（尤其范用同志），上海人民出版社诸位同志之热心赞助与支持，我在此表示感谢。

专此奉复，并致

敬礼

柳无忌 敬上

1982年6月18日

甘祠老秘书长处特此问候。又及

范用同志：

寄奉廖公题字及《南社纪略》清样。

清样扉页上“柳亚子文集编辑委员会主编”是否可移到“柳亚子文集”下面，以与版权页相同，请考虑。先父生于一八八七年，出版说明中说是一八八六年，已代改正。

无忌来信建议请叶圣陶先生为文集写序。日前去拜访叶老，他推辞不写，介绍顾廷龙先生，并说请顾先生写就用编委会名义亦好。

今天为题字事拜访廖公，他儿子廖晖同志提及万冈同志与他联系，请他父亲写序，说是六月交稿。我告以文集六月即将出版，请廖公提前写就。他没有推辞。

即问

近好！

柳无非

1983.3.6

题字有“先生”二字，如不需要，请去掉。又及

柳肇瑞

范用同志：

六月二日来信收到。《瞿秋白年谱》《郑振铎书信》[*] 两本是我所寄。我只是偶尔想到寄出两册样书，不足言谢。

您惠赠的《我爱穆源》，我日前已收到，蒙您一直记着我，十分铭感。我也是镇江人，读来倍感亲切。

我今年足龄 63 岁半，前几天局里决定我从学林总编岗位上退下来。我孩子在美国，本月下旬我去美国探亲。是否办离休手续待从美国回来再定。以后我来北京时一定到府上来拜望您。

顺颂

夏安！

柳肇瑞 上

93.6.10

又，欧阳文彬同志处，我已告诉她您请人转赠书给她的事，她谅必会写信给您的。

* 应为《郑振铎先生书信集》。——编注

范用同志：

您好！贺卡和大作《沙老师》今天收到。给雷群明同志的贺卡，已当即转交给他。欧阳文彬同志处则要改日送到她家里去。

前些时看到过她，近来她健康情况甚佳。

《沙老师》我已拜读一遍，以前您回忆穆源小学的书我也读了。您文笔清新朴实，娓娓道来，感到十分自然亲切。对我来说，或许还多一个因素，那就是，按祖籍说，我是镇江人。只是从我父亲一代起移居上海，我出生在上海，同镇江联系已不多。尽管如此，读到有关镇江的文字，总还有亲切感。

我也已经64岁了，今年赴美探望孩子前，班子调整，我的行政职务已解除，现在还帮学林看点稿子就是了。

祝

新年快乐！

肇瑞

93.12.20

范用同志：

您好！

七月十八日的信日前收到。我已嘱学林的同志寄上一册《儿时的弄堂》，日前已付邮，想不日即可收到。所夹寄的十元，我以邮票奉还。今后如遇您有兴趣的学林的书，请尽管来信告我，而且请不要再寄钱来。学林有使您感兴趣的书，我是觉得荣幸的。奉赠一册，是理应的。上海其他出版社出的书，如您有需要而北京又难以买到，也不妨告我。在学林工作了十多年，各兄弟出版社总有几个人认识，相对来说，总要方便一些。

我前年（1995年）办了离休手续，不过至今还在做一点工作，主要是帮上海人民出版社审一点稿。辞书出版社要出1999年版《辞海》，也拉我帮忙，情不可却，帮助审阅一些词条。都不上班，只在家里看稿。日子过得快，一晃我也将近实足 68 岁了。

今夏北京高温（好多天气温比上海高），望多多保重身体。

顺颂

安好！

肇瑞

1997.8.25

楼适夷

范用同志：

谢谢您，替我借来的《大学日本史》，虽然其观点不能说有什么马列主义，但已脱出了天皇正统说，以客观态度罗列史实与各种史论，不加分析与判断，这对于我以收集资料为目的是比较有用的。现正进行摘译，可能得稍迟归还，不知可否。麻烦您，想再找一本：井上清《日本史（国史批判）》。不知人民资料室有没有，如另有中译本，也请一起代借。如都没有，您代找一本类似的也好。我星期日下午二时后去您家，如能借到请放在家里好了。

再见

祝好

楼适夷

4.7

范用同志：

您来我恰巧出去了，很抱歉，《河上自传》已收到，正在看，劳您亲自送来，很感谢。我的长子楼瞻瞻已在内蒙大学工作，现出差来京，学校要他同出版社做些联系，我叫他来拜访您，请予接见。过几天，看完自传，我上你那儿去送还。

敬礼

楼适夷

8.5

范用同志：

我已给潘际坰同志寄去《鲁迅二次见陈赓》的稿，因写给上海，已近十月，而他们的丛刊还不出来，就让香港先发去吧！又抄了一篇关于胡风的现成的稿子，现在寄给你，想征求你的意见，这样内容是否适合在港发表，如认为可，就烦劳你转去，不然则请退回。（现有人写稿给胡风翻案，我们呈请了中宣部，没发。）

还有一事，此次与傅聪谈话，提到他父亲给他的信，对他在政治上艺术上作了恳切的教诲，使他在迷途之后，立下终有一天回归祖国的决心。这些信数量不少，经过整理编选，如能在港出版，亦有意义。三联不宜，可否介绍一商办书店印行。现在傅敏下月去英，决定去整理这些信，我要他将来复印一份寄来看看，你看在港出版行吗？

敬礼

楼适夷

5.16

范用同志：

示悉。因暂住郊外，不在家里，昨归始乃收读，迟答为罪。

傅聪在京时曾见一面。据说其父的信，正由他兄弟傅敏整理。傅敏是上次随兄去英进修的，去时也与我约过编选书信的事，但去英后课业甚忙。此次其兄单独来，没有带来，并说有的谈家人间事，得细细选择。可能他不愿先让他人代选。我这回又催了一次，叫他早日交稿。他后来去上海，住十余天，大概已回英国去了。今年还要再来。这位艺术家（艺术）气质很重，对某些世俗事有些模模糊糊。关于找五四年傅雷翻译工作书面发言的事，我也对他说过，到上海找找周煦良等，帮助寻找。六六年他家被抄走的东西，这次有归还的，是大件；书籍文件，恐无多少希望了。

我从您处借的两本选集，一是易君左（想找与达夫有关材料），另一本是吴伯箫。因与吴常见，他还未知此书之出版，本想拿去给他自己看看，后来他自己有了，未拿去。二书在我处好久，记得后来是还了的，请你再查一查。所缺是否易、吴二集，也许我记错未还，待我也找一找。

我那些小文全属被迫，胡写而已。现在居住条件好些，就想认真写几篇还债。

祝春节好

适夷

2.15

范用同志：

杨绛同志序文写得很好。其中九页十行“遵遁”恐系“遵循”之笔误。第十页倒二行“一九五二年在北京召开翻译工作会议”应作“一九五四年在北京召开文学翻译工作会议”。

书信的序文，待看了校样再定，谈美术音乐理念的问题我恐怕说不出什么意见，锺书同志能写就好了。

敬礼

楼适夷

11.29

前托社五四组同志转给你一封乔木同志信（打印件），想收到，不管有用没有，都留在你处好了。

范用同志：

《傅雷家书》校样，已陆续通读一遍，确实非常感动，但所读大都音乐方面的事，专门性很强，我是外行，读不懂，感到这序文很难写。可能他们两兄弟选辑事，关于政治性及生活方面的书信都删去了，其实照一般读者来说，倒更愿意读这方面的东西。我对他们说过，此序我很难写，是否请钱锺书同志执笔，傅聪说钱也不懂音乐，但他对傅雷了解很深（我还是浅薄的），艺术见解也高，我以为请他写比我合适。或者，由您来写，您那天对我提出几点，我看是恰当的评语，写成一文，是很好的序言。校样退奉，此事请加原宥，为歉。我近来身体还可，但头脑不行，写东西十分困难，这种情况，希望还能改变。

敬礼

楼适夷

2.11

范用同志：

《傅译传记》及《傅雷家书》，不知何日可出，甚念。我忽得安徽人民出版社一信，他们与傅雷家属订约出《傅雷译文全集》十六卷，寄下方案征求意见，其中第十二卷包括全部传记译本。——此集表明为傅雷家属编定（订），傅敏没有给我说过。集中大部分（百分之八九十）是人文出过的书。我不知版权法，问孙绳武他不知此事，昨见文井，大概孙已向他汇报，严说："我要有书稿，也不给人文出版"（此语我有同感），不另表态。因三联传记尚未出来，其中亦有冲突。我不知傅敏告诉过你否？恐你不知道，特告诉此事。

据我所知，在国外一本书，几种版本，几家出版，乃属常事，因版权固为作者所有，出版社所有的只是本版本之权。不知现在新草出版法是如何规定。照我个人意见，今日出书难，购书难，一本好书，数种版本，数处出版，对作者读者，都是有益的，你说是吗？

敬礼

楼适夷

4.15

范用同志：

信想收到，上办公室来看你，你总在忙，晚间去你家，又恐影响你的休息，想同你谈几件事。

1．夏熊来，说他单位里，领导支持他搞父亲的文集，三联目前是否可以即去函商，以便早日开始工作。

2．此次找到了湖畔诗社的诗刊，有《湖畔》（1922）、《春的歌集》（1924）、《支那二月》（1925），可否由三联影印或编集出版。如可考虑，我当担任编订工作。《我热爱中国》那样的版本很漂亮，使我想起自己几十年来留在记忆中的几篇小散文，除自己外，当久已被人忘记，如可能的话，我想也是这样的编印一本。

3．看目录三联也出了外国文学（曹靖华的《铁流》），我想起《天平之甍》，我重新据原文新版，照作者嘱托，又译了一次，但至今还无处出版。因我不愿交给人文，本与上海约定，但人文要出，上海即不大敢接受，而我又坚决不交人文，为此此稿已成僵局。作者可能今年还要来，深觉无可交代。三联如能接受出版，搞一个精装本，我就可以交代了。说所以改换出版社，因为可以出得好，出得快。你可以考虑吗？《读书》约稿，翰伯同志给我出了题目，我已写了《天平之甍重译记》，据说创刊号可以发表，你看了可以明白。

4. 我在人文无事可为，《新文学史料》第三辑起我已谢绝审稿，从此不顾不问，只能吃饭养老，心有未甘。三联如有计划多搞一些“五四”文学，或少数搞一点外国文学，我毛遂自荐，给你当当参谋助手，好不好？因为虽已年老，既然活着，一息尚存，总想愉快地做些有益的工作。我七十五岁要请求组织调动工作，闹人笑话，如果不妨，吃东家干西家也无不可吧。好在别人对我并无责望，想来这样干也不致违反纪律吧。（我当顾问，凡有建议，均不置答。）

5. 香港投稿，以后再讲也可。美术出版社与日本合作，编中国旅游画册，据说日本指名要我做选稿人之一，我已接受任务，春夏间预备出外跑跑，游山玩水，写些散文。这回社会科学院外文所世界名著编委会在上海开会，我是老编委，要我去参加。我是挂名，开不开没关系，但好久不出去，趁机去走走。二十三日去沪约半月回京。以上倾盆大雨，一堆问题，不必即答，待上海回来后，听你回音。唯夏熊事能办请早办。

又《文摘版》* 已在人民内部买到，以后可买，不必赠我了。此刊编得很好，刊物上好文章都集中了，不知能否广征订户，大量发行。

敬礼

楼适夷

2.21

* 指《新华月报》文摘版。——编注

范用同志：

您好！一丁来信，他又给任明寄来几本书，言明转我，我只要其中《直言集》一本，《中苏关系》一本，其他“鲁迅”两本，一本请转交鲁编室朱正同志，一本您如要请留下。又《论稿》一本，原来您的一本被上海一友人拿去，一时不能收回，即以此本作赔偿，《家书》及《自述》再版已出否，我各需购买五册，我消息不灵，怕再版又一出而光了。祝健

适夷

5.26

范用同志：

傅敏介绍庞薰琹家属送来庞薰琹生前所写回忆录，要求《新文学史料》予以发表。我通读了原稿，觉得质量很高，其中写在法国学画经历，回国后从事教学，特别抗战中深入边远地区，探索少数民族文艺美术部分，都有特色。庞是一个具有独自风格的美术家，他的探索的一生是值得宣扬的，但内容只限于美术，没有涉及文学方面。我与编辑部同志的意思，发表在《史料》上与体例不合，因此我想推荐给三联书店，不知可否考虑接受。原稿三册及年谱一册，庞的夫人袁韵宜两次给我的信及第二次送来的庞自已写的一篇传略，现在一并送上，请您和编辑部审阅处理。我已写信告诉袁韵宜同志，她的信后附有地址，由书店与她直接联系也行。

敬礼

适夷 上

8.7

范用同志：

随便散步，走到您家来了，想不到出去了。

我没事，想问这次寄来的书，共有几本，以便我写回信时说清。您处多余的，请暂存。其中：《中苏关系》一册，我要交人事处寄上海的，如有《双山回忆录》也要寄一本，由我交好了。

您电话中说李一氓同志气喘甚剧，是否也想请杨大夫看看，亦可去信约请。他的诊费，我是以每次一元，十元十元送他的。

还有最近有重要内部书请告知。

祝好

楼适夷

8.14

范用同志：

《话雨录》稿，整理好送上，请正。可能还有问题，如有为难之处，就退给我好了。

我推拿已五次，看似有些效果，准备完成十次，再看。你要试试，可同去，不过一二次也看不出明显效果。负离子发生器不知有所感觉否。光霄夫人说服用萝卜子有效，我未试过。总之方单甚多，至多起点缓和作用罢了。

敬礼

适夷

7.27

范用同志：

奉上两年多来所写散文杂文选《回忆与感想》初编目录，大部分是发表过的，选去了少数几篇，计廿四篇十一万字。你如同意，我现在就开始校订，争取月内交稿。对编目有意见，乞指出。

敬礼

楼适夷

8.14

范用同志：

谢谢您送我的书，黄裳《榆下说书》，晚间于床头读之，增知怡情，颇有兴会。我自己也读了不少书，但非常杂乱，又浮光掠影，兴趣甚广，而一无深入，过眼即逝，就没什么可记了。关于书，记得五十年代三联译印过一本俄罗斯出版家的自传，书名忘了，你给过我一本，现已无存，是否可以拿来重版。有这类的外国著作，我看在《读书》上连载也很需要。我们认真的出版家太少了，如果有计划地请人写写古今出版家的传记，我看也是很有意义的事。

你给我出的题目是很好的，我自己也想过，就是缺乏自信。经历应该是不少的，但平生大病，当事既不深入，过后又淡然忘怀，真要去抓些什么，也只零零碎碎，一鳞一爪，成不了片段，有的事只有轮框，失去细节，有的只有前情，没有后节，读不出始末。记忆既日益衰退，又不善搜索和运用文字资料，漫然轻诺，负约已多，现在就不敢拍下胸脯了。

再谢谢您把《话雨录》接受下来了，书在香港出，好像跑到租界里托庇外人了。要删去的地方，我考虑决定接受你的意见，依照你认为须删的数行删去，只要前后可以连接就行。

照片我送到照相馆去添印了，要一星期才可取，到那时当同手迹一起送来。

香港有一家叫“山边社”的书店，把我日译的《芥川十一篇》*，改头换面盗印出版，事先未得通知。后来通过夏衍同志送了一本书来，算是客气的了。我没说什么，看书印得漂亮，还加上插图，只叫他再给我几本书，怕港书不让进，叫寄到信箱。现在时候已经不少，大概连多给一本书也舍不得，那就只好让它去了。另外少垣如有书寄来，请交人文转下可也。

祝好

适夷

82.8.24

* 即《芥川龙之介小说十一篇》。——编注

范用同志：

您好！我于上月中到杭州参加鲁迅研究学术讨论会，下旬中又到上海住了几天，看看朋友。现在已于十一月三日到了鼓浪屿，打算在此休养几时，在上海时，有关同志问我可否找一本《毛泽东思想论稿》，我已没有此书，因此写信给我社人事处李智敏同志，托她向您告借此书，您要保存，我当去信香港，再寄您一本，大概能得您允许吧。

在此疗养，环境幽静，现在已无兴游山玩水，每天只是散散步算是活动了，准备认真读点书，写点东西。我想要一部内部发行的《三中全会以来》，可否请代购寄下一部（二册），钱我叫孩子送还。您很忙，我总是打扰您，很对不起。

《话雨录》已寄港付印否？约何时可出？港版之外，是否不

印大陆版了？我另编了一本《诗存》*，已在人文发排。这样，就可以有两本书了。

专此候候。向许觉民同志问好。

敬礼

适夷

82.11.5

* 应为《适夷诗存》。——编注

范用同志：

上月间我托人送上郑福和译稿样张，并附来信及原文，想已收到。因内容是传记性的，我不知三联可否考虑。现在译者又寄来内容说明，兹附上。

因为我已定 15 日去杭参加鲁迅纪念会，会后准备去厦门鼓浪屿休养度冬，须明年再回京。关于译稿的事，如能接收或转为介绍他处出版最好，决定后请回信即可。我有事再当于旅中给您写信。

送上《修人集》，想已收到。《话雨录》大概何时能出？

用手指力按脊椎骨第三节旁肺俞穴，治气喘立刻见效，但自己的手勾（够）不到，要请人按。

敬礼

适夷

82.11.10

范用同志：

我于十月中离京，曾给您一信，后来在上海及到厦门后都曾有信给您。烦渎您的事情：

（一）郑福和的译稿，不知已否审读，请给一回音。

（二）上海要借阅《思想论稿》*一书，我请我社人事处李智敏同志向您告借。借阅人已来信收到，阅后归还。他如不还，我当再托港友寄您一册。

（三）黄炜来信，她为儿子工作事找过您，承您允予留意，甚感。

一直未得来信，很念。您很忙吧。我给三联的稿子，不知何时可出。我到此与理想距离很远，气候虽较温和，但气压较低，亦不十分适应，气喘不甚剧，但从未停止，看来还是不容易的。最苦恼的是写作不顺利，不能勉强而为，遂成无事可为，非常闷损。但北京正在严冬，回来也不合适，只好呆着再讲而已。

专此即请

冬祺

适夷

82.12.12

* 指《鲁迅思想论稿》。——编注

范用同志：

现在搬远了，星期天随便散步找你聊天不可能了，有时也去社里，可您那五层楼我怕爬，见面机会少了。一桩事，很对不起的，那本小集子，累你们麻烦了，劳动倪子明同志，更对不起。编辑部后来来过一个电话，说已付排了，今年当然没法出了。去年交一本诗稿给人文，已一年多了，早听说已在装订所，也快一个多月了，看来还在睡觉，连本样书也不见。这半年身体不坏，颇有信心等其见面。

那位杨大夫后来您那里去了没有。我搬远了，决定停灸，现在只靠自我锻炼，散步，自我按摩，并每日用负离子发生器及电子针感治疗器治疗，效果是很显著的。极少用药，偶然用海珠片。如有痰堵塞不畅，则服鲜竹沥，极灵验。你事情忙，更需抓紧锻炼。目的在增强自卫力，防御外感，最为重要。

上海来问，郑超麟的回忆（录）出了没有，是否会停止出版？

我这儿环境居室都比旧居好了，今年可不怕过冬了。

祝健康

适夷

83.12.1

此书不必作复，回个电话即可。

听说你们有内部购书证，可否给我一张。内部书（新出的）有目录否，也想要。又及

范用同志：

我于六月中离京去厦门参加了一个会议，回来后一直住在上海，拟暂不回京，这情况我曾托吴彬同志向兄便中汇报，以便有事联系即托吴彬同志转达可也。

刚才给江秉祥同志一信，是上海一个新四军印刷工作纪念团体，为自印专刊，筹募资金，吁请有关报刊出版社以登载广告方式，给予资金支援，不知人民出版社或三联书店可否刊载一个广告。详情在给秉祥同志去信中，请他转告，希望得到回音，非常感谢。

我现在在这儿身心都比较安适，可以顺利从事写作，想尽其余年，勉自努力，在今年能写成一本《话雨二录》，不知可能否？

《话雨录》不知何日可见样书。承赠《读书》《新华文摘》，可否转请发行同志，直寄上海。

专此奉渎，即请

暑祺

楼适夷

84.7.23

范用小友：

电话转到，承蒙关注，谢谢！回来睡了一大觉，大概有点累，此行谋事顺利，一乐也。来了文沙翁，把我吵醒，此人刚去法国来，送来一包异果，还未尝尝。

忽然想到苗子、郁风都在悉尼，这种药你先向他们提一提，可否在那里直接买来，也许会便宜点。其次是我媳妇去港，港事工作的小医院，在我家设了家庭病房，医生每周来二次，送药送医很方便。如果打针，用自己买的药。你日常打针方便否？此药并未能治肺气病，脑活素只是把脑力提高，精神灵，以精力抵抗疾病，故我不是在养病，而是在斗病。你精力一直好（是不是有时糊里糊涂），是否同有需要也可先考虑一下。

适

9.18

又，请在你所藏《万象》代找一找：

（一）悼母之文（题目忘了，署名叶嶺秋）。

（二）《老妇》（短篇小说），署名忘了。

如果找到，请复印各三份即可，印费另奉。

适夷又托

范用同志：

拙书殊不足观，遵嘱书奉两笺，请择其一可也。即请

近佳

适夷

10.1

范用兄：

春节好！

超麟的文章，已在港发表的，在我处有些复件，您如要看，可写一个条子托三联周涛勇同志来取，因我直接托他，不大好意思。

郑以前写的一批回忆，《记尹宽》《罗亦农》《瞿秋白》《沈雁冰》《八七会议》等，有的是应上海党史部门要求写的，但都不能公开发表，后来朱正想出，编了一集，反自由化起来，出不来了。此稿当时与《玉尹残集》一起，由戴晴托董秀玉带港一谋出路。听说董秀玉只要了诗集，回忆录没有收，现不知此稿是否尚存戴晴处。我都看过（朱正是从我处拿去的），很有史料价值，因有的事实观点，与一般所说不同，是值得看的。你要看，可问问戴晴。

香港来信，知港三联已决定将《玉尹》退稿，因认为没有销路。其实从内容看，此集目前在内地亦可出版，问题只是作者的名字耳。现在连《托洛茨基评传》也公开出版了，你看看《玉尹》有法儿印出吗？

敬礼

适夷

2.22

范用同志：

示悉。黄炜而将南下出差，我已托她于去杭时将陈诗带回。你现在如急需，可向赵朴初询问，因此稿是赵协助张茜编选的，他必有。目前形势已好，当可设法出版，便中与严韦谈谈，可能他们也有存稿。

敬礼

适夷

11.17

范用兄：

昨天有好多话要同您说的，因已去了二处，天坛医院探李何老，又去看了君宜，讲话不少，嗓子有点疲劳了，时间也不早，就不讲了，反正有机会可再讲，有的信息你也会知道的。

我的同楼邻居周涛勇，在三联工作，每天上班，你有什么信物，可托他带给我。我不好意思烦劳他，但是你店的人，你们托他方便。

敬礼

适夷

2.12

范用同志：

我差不多已二月未执笔，现在试一试。

您来电话我正在床上，未及起听，很对不起。知道您又发了一场病，很快就恢复了，为慰。我的情况，黄炜在电话中已告诉您了，不死不活，日久日深，天天免不了一些折磨，亦无可告语了。

非常高兴读到您的文章，从亲身历程，见进步出版工作发展史迹，您一定还有很多可写，希望从此由一出版家改行作家，在此首先向你祝贺。

郑公的回忆篇*不知已完全编好否？何时可以出版？所收各文，是否您去沪时由郑公亲自交付？后来他另有一些新作及未发表数篇，不知都已收入在内否？

恐其中尚有缺漏，现在我收到一丁寄示一个目录，特抄录附上，其中有○的，我这儿有副本，您处如没有，可以送上。请您核对一下。示知。

康乐

适夷

10.28

关于龚自珍一文，已在《炎黄春秋》九月发表，当已见到。刊物发表已有删改，请照原稿编集。

* 指《郑超麟回忆录》。——编注

范用同志：

我现在连电话都不会打了，故写此一条：

《沙老师》很感动，望你今后不断地写。

对不起，《历史一刹那》那本书，病中不知放在哪里去了，反正在此斗室，我找东西就气喘，只好等它自己出现了。

身体好吗？何日迁居，请即电话告黄炜即可。

话太多，一时即此算了。邵燕祥编《散文与人》已出二期。《受难的一生》已在《随笔》一号刊出。

适夷

5.4

范用同志：

罗孚回港后写《北京十年》专篇连载某海外华文报，于春从加拿大得到一二份，复印寄来，恰巧谈“文史馆”吃饭，想不到近在咫尺，北京有此佳处，佳宾满堂，书城围绕，东坡肉更令人馋涎欲滴。这比萧乾当馆长时，当胜过十倍。

你的写作，大部分拜读，恰巧我几年旧稿中，有一篇与你同名的《我的小学》，本来不想发表，牛汉坚拒我意，下一期《史料》将见到。不是抄你的，请审正。你交游多，见闻广，请继续见新产品的丰收。

适

93.8.5

范用老弟：

恭逢乔迁之喜，至今未贺，实为抱歉。

我现在一天到晚，以枕上看天花板过日子，得来书甚喜，大作亦已奉读！本来在望你改行成作家，看了这稿，才知你早已成了一位老作家了，以后希望不断地读到新作。

人家说方庄是高级住宅区，你新居是否花园洋房？可以有地面活动，望望一角蓝天。你骨折何处，封了石膏还能写信？我前几月摔了一个跟斗，左手封了六星期，其苦实不胜言，而你能潇洒如故，可羡。住居离市中心较远，依然门庭若市吗？

散文选是出版社要开会祝寿，被我阻止，改一书纪念，可怜巴巴的。

适夷

2.28

范用好友：

一个电话，解决了我的大难题，你本领真大！

送上《谈自己》* 全稿，打字的同志，有些事看不懂处，没工夫问我，即可留空白。

附三篇复印稿，是拙作送你哂读的，别还了。

我差一位“少爷”可难！你那儿文化馆年轻人多，有可以给你跑腿的吗？有些东西可否直接送我处，那就方便了。

北京已失了多少可谈之友。我现在精力十足，在自编旧作，出《适夷自选集》，争取生前能见到！两手准备，也准备好“朝闻夕死”。

“生无可息，老有可为”，我的人生观是三观主义：客观（唯实）、达观（辩证法）、乐观（最高理想）。

此告

楼公

9.5

* 即《我谈我自己》。——编注

范用老弟：

上海作协的会，我连书面发言稿都不写（不知情况，无发言权），只给巴公写了一封私人信，因此编入简报。你在《新民晚报》一文很有力量，把达夫遗体问题提了出来，也是一件心事。我现在连写这样一信，也成了难事，人是不中用了。既然不死，就得找点事做做，有少数好友联系联系。我到了九十一岁还在修理牙齿，吃东西能咬咬才有点劲头，现在一切都是空的，不过吞点吃点，病不厌食，也算一点好兆。在香港，一丁死了，他奋斗了七十几年，从来不知休息，到现在，他可以永远休息了，他的革命已经完成了。我们大家有一个最高的理想，想它一定会胜利的，不过时间的问题，恐怕我们孙子的孙子，不知能不能看得见？

你多读多写，很重要，子春以后不会转材料了，失了我的信息来源。东方出版社能多出些书，我很希望。小文章多写些，可惜在北京没有上海《新民晚报》那样的报，无处投稿，我想你总会发明去路的。我有兴时，便写在小本本里。过去的本儿现在看看有四五十篇之多，但内容只是对宗派主义的，现在发表对新读者也无用了。

适夷

4.7

卢琼英

范用同志：

您好！我有一事想找您谈谈。前些时我读了《毛泽东和他的秘书田家英》以后，想到应当编一本关于陈翰伯解放后在出版界工作的书，不仅为了纪念他，还为了留下一些出版界的史料。我曾把这个想法和商务的高崧同志谈述，他很同意这个意见，我请他主持编辑这本书的事，他也答应，并说可以由商务出版。现在我们要向出版界的一些老同志，对翰伯比较了解的同志，请教如何组稿，如何编写的问题。因此希望您抽出一些时间和我谈谈。我差不多每天上午到灯市口妇联机关来（因为我可以搭乘班车，很方便），从妇联到三联，或到您家都很近，我可以去拜访您。您哪天有时间（上午），请打一个电话给我。

不多写，顺致

敬礼！

卢琼英 上

3 月24 日

范用同志：

您好！送上的《陈翰伯》一书想已收到。这就是高崧同志收集现有的文章编的一本。现在高崧同志患病，正在治疗，因此目前一个时期不能工作。一月中旬我去拜访了王子野、王益二同志，请他们考虑第二本书是否仍继续进行工作。他们二位都认为仍应进行。于是我提出请他们主持第二本书的工作，他们都表示同意，并商定这本书即由出版工作者协会负责编辑，仍由商务印书馆出版。王子野同志并决定请出版协会的张振启同志具体负责这项工作。以后您如有事，请和他联系。

王子野、王益同志让我们写信给您，了解一下您准备撰写的文稿是否已经开始进行。他们说，希望尽量早一点集稿。您估计什么时候写好？国庆节以前行吗？张振启同志已和出版署石峰同志联系好，将把有关档案借来，放在出版协会。您如要看档案，请告诉他。

不多写，祝您

健康、快乐！

卢琼英 上

1991.1.30

鲁少飞

范用老友惠鉴：

首先向你祝颂身心愉快福康！

兹有恳者，盖因哈尔滨有一家出版“当代天下名人传略”丛书编辑部来函，向我发组稿单让我填表格并欲我附去作品若干。故而我拟向君求援，在你珍贵收藏的《时代漫画》与《漫画界》全部中选择曾经刊载我作品数期，借来拍一下照片，当从速用毕与立即归还无误。此事万望予以支持和帮助，并赐我复信，感盼无已！

专此奉恳。此致

敬礼！

鲁少飞 拜上

十二月十一日

范用老友赐鉴：

前函拟恳，惠予允借《时代漫画》与《漫画界》拍摄资料一事，谅蒙收悉。兹因觉得为了当即还书方便起见，此事到时就请来拍摄工作的同志到叶浅予家，借他家做此工作，如此可以达到用毕就妥善归还之目的。专此驰函奉告，请予亮鉴是恳。敬颂

福安

鲁少飞 拜上

十二月十二日

范用老友赐鉴：

借件从速用毕，原件全数归还，决不耽误。

多蒙你允诺把旧《时代漫画》和《漫画界》全部资料出借来核对作品发表年份和若干说明文字。这样的帮助，是作用巨大的，真是歆感谢你的功德无量！来取者是我的小儿子鲁艺成，他在儿艺做录音录像工作的，请给予方便为盼！此致敬礼！

鲁少飞

十月十六日

范用老友惠鉴：

承蒙厚爱，嘱写两篇（估计要全面性、系统性的和有说服力的）介绍文章。因此我想需要参阅大量的有关资料（我就手头缺少此物），这都是我担心精力和能力所不及的。说来亦很惭愧，真是不才徒有虚名耳，无以应命万望恕谅恕谅。

现将所借的资料两厚捆，从速嘱小儿子拿去归还毋误！此次借用的，是得以将所拍摄的一些照片，补充一点说明文字，使原来隐喻的，现在可以看明白些。所以再一次得到你的帮助支持，是要很感谢的。

我看到各名家所绘的肖像画，都是刻画得惟妙惟肖，确是出于高手，弥足珍贵，我留下照片四张，很想试一试。专此谨颂

笔安

鲁少飞 叩上

十月廿一日

范用老友如晤：

应嘱绘就肖像二件，奉上请指教，兹以老朽眼花手颤，不能得心应手，徒自献拙，请予哂纳为幸。顺祝

笔安

鲁少飞 上

十一月

陆　璀

范用同志：

谢谢你送给我五本《一二九漫语》。另一本，我已遵嘱在第十页上写了几个字并签了名。再一次向你表示衷心的感谢！

同时附上我今年二月为纪念斯诺而写的《斯诺与一二·九》一文，可能你当时就已看到过，现送你一份（《人民日报》1982年2月12日第五版），请留作纪念。

专此，致以

敬礼！

陆璀

1982.6.6

范用同志：你好！

现寄上我们认为可以寄赠《斯诺在中国》一书的美国友好组织和个人的名单，供参考。

再一次感谢你送给我的书和《大众生活》！可惜我除了向你表示我衷心的谢意外，没有什么可以回赠你的。

请原谅我用这么一张破纸，因为现已下班，而我抽屉里只找到这么一张信纸。

祝你工作顺利！

陆璀

1982.7.15

陆 灏

范老板：

前后两信均已拜悉，勿念！

一、给梅朵的贺卡已转交；

二、嘱觅之书褚老板说他有，会寄送给你；

三、郑逸文写了一篇你的访问记，明年第一期刊出（漫画像全部附上）；

四、前几天上海下雪，积数日未化，坐十五楼窗前，望白色世界，虽无丝竹之声，XO之香，亦觉赏心悦目，很惬意。

五、返沪数月，非常想念北牌胡同的小院，昏暗的书房飘着咖啡磨出的香味。

不知何时再能来京？最好是下雪天，听着音乐，听先生闲谈文坛掌故。

这几天特忙，详情再叙。祝

新年快乐！

陆灏

十二月卅日

范老板：

接第一封信，不禁失声"晚矣！"旋即收到第二封，稍稍宽心。大概你也已看到了郑姑娘的那篇很现代派的散文似（式）专访。我又仔细地读了一遍，似乎没有被人笑话或需解释的文字，你担心的那些都没有，通篇是一位年轻女性对一位有酒有书的老头的感觉、印象。这样漂亮的文字出自一位漂亮姑娘的手，范老板该是很开心的吧！

信中提到你与出版界已一刀两断，其实也未必，又何必！你不还关心沈从文小说的单行本吗？一个人干了一辈子的事，无论如何是有很深感情的，岂是一刀能砍断的？你对出版的热爱也很使我们感动。写给杭州三联分销店的几句话我们都拜读了。也给褚老板看了，他希望征得你同意后，在合适的时间刊发在《周报》上行吗？

再上一次，你信中托我买《上海滑稽群星传》(？)，此书褚老板说他有，可以送你。可现在一时找不到，过几天吧。今天我们挂号寄上一本上海译文社新出的《乱世佳人》续集《斯佳丽》。相必你当年也是“乱世佳人”的热爱者，或许能让你重温往昔的鸳梦。

两封信我都给郑姑娘看了，反正文章已刊出，知者罪者，只好任之了。她说会跟你写信的。祝你
做一个好梦！

陆灏

元月八日

需要上海什么书，请告知。我会尽力去办的。

范老板：

手示奉悉，会意领情，至为感谢！且看《文艺报》如何评说。我们自然无所害怕，但报社头头恐怕又要担一次心。(为此事，市委有人专门把《文汇》总编叫去谈过一次。)

前年我到北京时曾去拜访过杨宪益先生(其时戴先生正生

病住院），回来后写过一篇专访，并为他画了一个头像。去年赴京，正好他去英国，没见着。现在老俩（两）口平安返回，则戴先生无甚麻烦可知也。一直希望杨先生能为《读书周报》写点东西，杨先生也答应有机会时写。如你见着他时，烦转达此意，多谢！

《笑星列传》过几天便可寄上。《斯佳丽》你想送谁都行。总不要“退货”，给个面子。即颂
时祺！

陆灏

元月廿日

呈上拙字一幅，抄的是前信引的诗，找不到原诗，不知全否？敬请赐教！

范老板：

日前寄上《笑星列传》想必已收到？

在看这一期《周报》大样，有一篇文章介绍岳麓即将出版《沈从文别集》，是一套袖珍本小册子（二十种），由沈老亲友编选。因想起去年在北京，先生曾提到这样一套书，后来给上海文艺拿去了。不知是不是同一套书？我买过一套花城版的《沈从文文集》，不太满意。如果这一套精彩的话，准备再买一套。

拜读先生在《笔会》的大作，很有趣。不如先生写一系列这样的文章，三联出了一本很精彩的《我与兰登书屋》，先生正可写一本《我与三联书店》。

书展刚结束，收尾事情不少，草草，颂安！

陆灏

4.1

范老板：

《尺牍》一书想必已收到。我的版面“书人茶话”也新设一“尺牍新抄”栏目，先生可否提供一些有意思的信，譬如黄永玉、黄苗子等在海外的学人，可借此透露一点信息。京城近日大概又在为《历史潮流》一书而热闹，可惜我不在京，否则又可发条消息闹闹。我今秋赴京，详情面叙。即颂
时祺！

陆灏
6.26

范老板：

大作已刊，因我这几天家里有点事，没来报社，所以样报也拖到今天才寄，乞谅。上次给你打电话，正是要问“徐步”的“步”字，看不清楚，不巧你不在，只好请校对人员辨认，于是错认为“王”字。另两处是校对错误，当然我也有责任，只好请你原谅了。

今天收到大札并黄永玉、郁风的信，黄的信极有趣，我舍不得删一字，你看用信中最后一句话“这些真正的文人”作标题呢，还是就用“黄永玉致范用”为题？郁风的信很有意思，但实在是长了些，我们再考虑一下，若实在太长的话，只能割爱给肖关鸿。下月初将再扩版试刊一次，黄永玉的信将在这期抛出。

你对增版的意见甚中肯，一张报纸，雅俗共赏，确实难做到，弄不好两头没着落，但具体专版可有针对性。如我编的“书人茶话”就爽兴让它“雅”下去，其他如书摘之类不妨考虑更多的读者群，不知先生认为可行否？

郑逸文现在情绪已有好转，我先代她谢谢你的关心。杭州三联的活动在什么时候，从上海去杭州很方便，我们也想为他们做点宣传，你去吗？

九二年的合订本要明年三月才出，九一年的另寄上。

十一月我将来北京，不知杨宪益夫妇可回来了？

匆复，即颂

时祺！

陆灏

十月十日

范老板：

传真稿收悉勿念，《黄永玉尺牍》的题目就依老板的意思定，附记也已补上。十一月初《周报》将再试增版，我想藏到那时刊，老板没意见吧？随信寄上几张荣宝斋印张大千制笺，如果方便的话，烦代向黄永玉、黄苗子略求墨宝一叶，如不方便就算了，屡扰清闲，实在不好意思，容当面谢！即颂

时祺！

陆灏　顿首

十月十四日

范老板：

前后几封手书均已奉悉，勿念！（给肖关鸿的已转交）《上海文史》今年公开发行，已出三期，今另寄上第一、第二期，待买到第三期再寄。

“作者更正”本周可刊出，《黄永玉尺牍》中的“董”字已改成“×”字。《北京乎》毛边本尚未收到，现在很少有人讲究

书籍装帧了。黄裳先生曾送我一本《过去的足迹》的毛边书，这次上海古籍给他出新书《榆下杂说》，我也要他们搞几本毛边的，现尚未出。三联班子更换，不知会有什么新招？匆复，颂安！

陆灏

十月廿一日

范老板：

连续数函均已奉悉，遵嘱一一改定，我怎么会觉得烦呢？相反，先生这种一丝不苟的写作态度，正是值得我们好好学习呢，如果我们的作者、编辑都能像先生这样认真的话，我们的出版物提高质量又何愁呢！毛边本《北京乎》拜接，爱不释手。跟您说两件有关毛边书的趣事。《北京乎》寄到后，在我们这里实习的一个大学生竟说这书怎么印刷质量如此差；上海古籍要出黄裳一本《榆下杂说》，我跟他们说要几本毛边的，想不到他们送来的居然是没有封面、扉页的赤膊书，跟校样一般。看来喜欢毛边本这种古风雅趣，快成绝响了，真让人感到无可奈何！匆复，即颂

时祺！

陆灏

十月廿六日

范老板：

春节好！

虽已是迟到的拜年，但老法说，正月十五以前都算新年，所

以还不算太晚，但压岁钱是不指望啰。

信收到好长时间了，因凤鸣书店刚开张，事情多得邪气，所以一直没有工夫静静地坐下写信。春节几天，也都泡在书店。我总感到，办书店是一种理想，不能完全说是生意。想先生当年，也是书店出身，这是很有趣的事情，的确又是很累的事情。我一有时间就去泡在书店，与各类读者交流，会有不少启发的。现在书店刚营业，又逢春节，订的许多书都来不及发，所以还不成气候。但我们几个主办人都希望把书店办成读书人雅集的地方（如赵丽雅在第一期《读书》上写的那则介绍所指出的方向）。

巴老的文章已刊，感谢先生的推荐。柯老的那篇《神奇的时间》已答应给我们转载，并说那是他比较满意的文章。又得谢谢先生！

所托的几种书还没打听出来，很抱歉。彩色复印据说大宾馆可能有，一般单位都没有，也没有对外服务的。这几件事一俟打听出，立即告诉你。

春节如何过的？腰板硬了些吗？

凤鸣书店准备举办一个“黄裳著作展”，已请汪曾祺题了字，再请黄宗江写个序。可惜三联版的几种书都没了，否则将更好。余再叙，颂安！

陆灏

正月初十

范老板：

手书奉悉多日，迟复为歉！

杨宪益先生签名的书已收到，多谢！《文饭小品》已取回，蛰公夹了一张纸条，写了几句话。若有便人去北京，我会托人带去的。前封信里曾问起陈从周的几种集子，《世缘集》近由同济出版，凤鸣已去联系，待书到后即给先生寄上一册。《读书周报》中缝登过两次凤鸣的邮购书目，先生对哪些有兴趣，可来信告知，凤鸣开办近三个月，已在上海读者中逐渐树立了自己的形象，举办“黄裳著作展”更扩大了影响。目前还是草创阶段，万事待兴，经济上也刚够不赔本，所以为此忙得焦头烂额，掉了几斤肉，又编报，又搞书店，没有经常写信问候，尚乞见谅！

天气转暖，先生可以出来活动活动了（但跳墙之类的事千万不要再做了）。如有机会来上海，非常欢迎来凤鸣参观，我搞书店一则是夙愿，再则也是受了先生文章的启发。可惜我不在北京，不能常来请教，颇感遗憾！

郑逸文近来身体不是太好，已几天没来上班了。

这几天又忙于文汇书展，叶芳来上海，很成功，凤鸣远不及杭州三联。

匆复，即颂。

时祺！

陆灏

3.25

又：刚要发信，又收到三月十九日手书，《传记文学》我处没有，当设法去找一本。多谢先生推荐，巴金、柯灵的两篇刊登后，反应很好。范嘉静在上月去美国探亲，总要一年半载才能回来，《周报》人手更紧张了。

九二合订本另寄上。

我搞了两种签名书票，寄上请先生指教，我想搞点签名书供应，作为凤鸣的特色经营之一，以后还准备代读者印藏书票、搞作品朗诵会等活动。

范老板：

今天收到手书。前几天我给你寄出一本陈从周的《世缘集》，并附一封短简。你前次信中建议我同叶芳联系，在杭州三联也举办一次“黄裳著作展”，我同裳公商量了，觉得裳公的书都没了，只展览没销售，效果不一定好。现在三联与三味书屋准备在北京举办，我自当尽力效劳。问题还是没有书可卖。

我筹备那次展览，正好上海古籍新出《榆下杂说》，这书只印二千五百册，我一下进了二百册，想不到零售邮购很快售完。再去出版社添，都已没了。我只好想方设法从其他书店转批了几十本，再加上出版社编辑室的样书全部要来，大概也仅有五六十本。齐鲁前几年出过两种：《前尘梦影新录》和《清代版刻一隅》，印数都极少。前书的责编把库存的五十本《前尘》给我寄来，后书出版社也没了，我又从其他书店搞来了仅有的十本。所以展览期间可供的就这三种（三联的一本没有，很遗憾）。其他，裳公贡献了几本他自己的样书，编号签名，略提几元书价。但是第一天就全部售完（包括涨价的签名本）。裳公那天也来书店为读者签名，所以这次活动搞得很成功，上海的报纸都作了报道。

展览的几十本书，我专门做了一个玻璃书橱陈列，以免翻坏。每本都标上一张卡片，注明出版社名、出版年代。汪曾祺的题字，黄宗江的序都可寄给你（宗江的序要另请人抄写）。另外还有一些裳公的照片、墨迹、手稿、著作年表。展览的书中包括裳公写了题跋的线装旧书一种。

我想在目前要举办，可有几个办法：一、在三联书库中挖掘出被遗忘的裳公著作，有多少都行；二、到王府井、琉璃厂去收罗上海古籍的那本《榆下杂说》；三、《读书》捐献几份裳公的手稿，标价出售或拍卖；四、把裳公请去，为读者手中的书签名留念。或许你们还有更好的点子。

据我所知，天津的百花文艺马上要出裳公的一本散文集《河里子集》，广州旅游社也要出一本，等两种书出了以后举办，效果可能更好些。我把这些情况奉告，并附上两张照片，供参考。

罗飞的信和五十本《我与胡风》都收到了。《读书周报》这期的每周一书推荐，我又在《新民晚报》上刊了一个小书讯（今日刊出），作为宣传促销，我会同出版社结书款的。十分感谢先生对我们的热情关心和大力支持！

办了三个多月的书店，有许多乐趣，也有许多苦衷。到目前为止，是赔了气力，分文不取，纯粹文化事业。丢失的肉恐怕再也找不回来了。其中的苦衷非三言两语说得清楚，先生大致是了解一二的。以后见面再诉苦请教。

三味书屋我每次去北京都去，去年跑去扑个空，在翻修。现在已面貌一新，真让人羡慕。凤鸣的规模气派远不能与杭州、三味相比，简直简陋得很。好在苦心经营，有几种特色的书（上海其他书店都没有），还能吸引几个真正爱书的人，颇感慰藉。经济上尚是捉襟见肘，在"死亡线"上挣扎。我想，功不唐捐，只要坚持不懈，多动脑子，多花力气，总有起色的一天。

寄报纸和书票，过一二天吧，今天下午连续看了四个版面的

样子，头胀得很，先致复，以免挂念。匆匆，即颂
时祺！

陆灏

4.28

字潦草，乞谅！

九二年合订本已出，也寄你一本。

范老板：

5.14手书奉悉，知先生即将乔迁，我不在北京，帮不上忙，很抱歉。搬家是很累且麻烦的事，还是多让年轻人操劳一些，先生尽量少干。我知道先生性子急，很担心累坏身体。其实多少看不顺眼的事情都会过去的，犯不着过于顶真，身体为重！

最近一段时间，事情很多，所以好几封信都没及时回复，乞谅！主要的事情：一、……二、年初，我提出调离《读书周报》，到《文汇报》其他部门工作。原因是多方面的，信中说不清楚，日后面告。经几个月折腾，同意我调离。但《文汇报》正在酝酿明年出“下午版”，可能调我去那里。而此事尚在筹划中，所以暂时还在《周报》工作。三、今年以来，凤鸣的情况很不好，一直蚀本，所以在考虑转让。我有兴趣，但实在没有更多的时间精力放在书店，又没有其他人协助，所以只能忍痛割爱让给别人。此事也在商谈中。

这些事情使我一直不能静下心来，想做的事情很多，都没付诸实施。

邓云乡《水流云在杂稿》已让他签了名寄到北牌坊，不知还能收到否？南京大学出了本《雍庐书话》（梁永著），仿三联前几

年书话系列的装帧风格，先生没有的话，我可寄上一本。余话再叙，匆复，顺颂时祺！

陆灏

5.23

《中华读书报》，感觉如何？

范老板：

手书奉悉，我月底去北京，详情面谈。

本报的一位女孩看了大作《我爱穆源》，非常喜欢。她在给“特刊”编少儿专版“星星岛”，想约你写篇文章，要我介绍，我想老板是不会让一个女孩失望的。即颂

时祺！

陆灏 敬上

本周《圆明园》有陈乐民先生《赤子范用》一文。

范公：

两封手书奉悉多日，迟复为歉！《夜读抄》设想极佳，相信一定会受到欢迎，至少会吸引相当部分《读书》的老读者。只是从目前情况看，我恐怕难以主其事。第一，我编一副刊还能勉强应付，要独立编杂志，功力尚不够；第二，如在上海编，北京排印，甚为不便，所以我的看法是，由先生在北京主持（三联如同意出，肯定能派一副手），我可在上海组点稿子。希望早日看到《夜读抄》。

施先生的七十年文选，我可送先生一本，因为我提供了几封信，出版社送我一册，施先生也送我一本。施先生现在住华东医

院治疗心脏病，待出院后，我去请他签了名给先生寄上。“火凤凰”三种均已出版，我同杨晓敏联系了，她说《郁达夫》已寄上，《大跃进》出版局不让发行，所以她没样书，但外面书店已有卖，我会买了寄去，余再叙，即颂
时祺！

陆灏 顿首

十月七日

范老板：

十月三十日手书奉悉，此前顾军也转来先生的信，迟复为歉！上个星期去看过施蛰存先生，老人国庆前住院例行体检，发现严重心脏病，心跳速度太慢，住院治疗了几星期。医生认为要装起搏器，但老人坚决反对。目前病情好转，在家休息，只是觉得做事没气力。我因为没把书带去，所以请老人在一张纸上题词签名，回家再贴在书上。老人让我转述他的近况，出院后写信都感到吃力。华师大在编老人的文集，目前已出了第一本《十年创作集》和第四本《唐诗百话》，另外二、三为散文，五、六为碑版，七为词学，八为杂著。编的进度很慢。

我除了文汇出版社的工作外，还为辽宁教育出版社编“新世纪万有文库”的“近世文化书系”，主要是重刊本世纪以来有价值的学术著作，目前已发稿近三十部书。年底开始陆续出版（书目已在《中华读书报》和十月号《读书》刊出，以后书出版后，先生有兴趣的，我可寄赠）。文汇出版社我准备编一套《叶灵凤散文别集》，类似湖南出的《沈从文别集》。上月叶的夫人赵克臻和女儿来上海，我与子善去拜访，商定版权事。这套别集有八

本，陈子善编，大约把叶的散文全部收入了。记得先生以前曾对我说过这样的设想，今天在《读书周报》拜读先生大作，很受启发。现在像先生这样真正爱书人的出版家已寥若晨星，我愿朝这一方向努力。但时下多的是炒作的出版商，我的向往显得不合时宜，所以有时颇沮丧。今年以来，几乎没写文章，只看书，前一阵子把张爱玲的文集重阅一遍，今天又买了张恨水的散文集，还是想多读些好文章。

先生以前出版过一本《为书籍的一生》，其实这句话完全适用于先生自己，所以我再次冒昧建议先生写回忆录。其实回忆录不一定像自传那样有序，可以如知堂回想录那样，分一小段一小段来写。先生若能写，我来给先生出版，如何？作为我们这几年交往友谊的纪念。

我后天去深圳参加全国书市，回来后再向先生介绍书市情况。即颂

时祺！

陆灏

11.4

老板：

顾军小姐去北京，托她带上“书趣文丛”第三辑十本。

“万有文库”的近世文化书系是我编的（定书目，找专家校勘等），已发稿二十多种，估计都要在明年初出版。我想出版社应该给我不止一套样书，到时一定给先生。外国部分我再给先生争取。

我正在为文汇出版社编《叶灵凤别集》，类似《沈从文别

集》，小 32 开，出八本。前不久叶夫人和女儿来上海，我与子善同去拜访，已谈定版权。

前几天去富阳参加“郁达夫诞辰百年纪念会”。

临近岁末，琐事颇多，余再叙。即颂

时祺！

陆灏

12.10

范老板：

三月二十二日手书奉悉。很抱歉这么久没给先生写信问候。春节前老家被拆，举家迁移至五角场再往北的中原小区，为这次搬家已经忙了二个多月，至今尚未完全停当，真是把人折磨掉半条命，此中琐碎，不说也罢。

文汇出版社最近出了几套书，“阁楼文丛”有董鼎山乐山兄弟、孙甘露、朱正琳、马振骋各一本集子；“二十世纪中国纪实文学文库”已出四本。这都不是我编的。如果先生想看，我可设法去弄。我目前在编的有董桥的《文字是肉做的》（是董桥近一年来在香港报上的专栏“英华沉浮录”结集的前三辑的合集，本来早就可出了，但需交上海出版局，再交出版署审阅，拖到今天没有回音）。另有周作人译的日本文学《如梦记》、谭其骧的日记等。这些书出来后，自然会寄请先生指教的（不是指内容，而是编排、版式、封面等，我对此道也极有兴趣）。

三联咖啡馆的香气已从先生的信中透出，更吸引人的是书店里的咖啡香。等房子问题解决后（争取在夏天之前搬进新居），找个机会去一次北京。

先生一切可好？甚念！匆复，即颂

时祺！

陆灏　顿首

四月十五日

范老板：

前后几封手书均已奉悉，迟复为歉！所托几种“万有文库”已请辽宁代寄，因托付之人去日本，前天才回来，所以拖了这么久，尚乞见谅！

日前已先寄上四本，出版社给我的样书极少，外国部分只有一套，所以不能整套奉赠。这几种不必汇款，辽教那里由我结账。

董桥《文字是肉做的》估计下月初可见书，一俟出版，即给先生寄上。感谢先生对我责编的两种书的肯定，希望经常得到先生的指点和帮助。

自制信笺很可爱，我也一直想印些私用信笺，至今尚未制成。余不一一，即颂

时祺！

陆灏

8.20

陆梦生

范用同志：

好久不见，您好！

前几天学武同志从北京回上海，捎来了三联书店革命出版工作五十年纪念册，非常感谢。

今天又接来函，三联书店为积累祖国文化将扩大出书范围，更感兴奋，的确这方面的工作是够出版工作者做的。文光书店过去在三联书店的影响下做了一点点工作，出版了书刊近200种，但在质量上是存在着一些缺点，虽然也有一些好的或比较好的，这一些都是在叶圣陶、宋云彬、傅彬然、茅盾、邵荃麟、金仲华、曹靖华等先生关心下推荐介绍出版的，因为文光没有专职的编辑。前些时三联出版的朱自清先生的《经典常谈》当时就是叶老介绍的。

其他如：朱自清先生的《标准与尺度》、吕叔湘先生的《笔记文选读》、曹朴著《国学常识》、宋云彬辑《鲁迅语录》。

此外叶圣陶先生的《西川集》是叶老抗战时在成都写作的，曾在重庆初版，抗战胜利后1946年初曾由生活书店在上海代印并总经售，茅盾先生的《第一阶段的故事》当时也是生活书店代印和总经售的。这是一本长篇小说，解放后曾印过几次，但当时文光限于资金无法多印，公私合营后新文艺出版社也未重印，这一些书似可重印。

此外文光曾出版过《陀思妥耶夫斯基选集》(《罪与罚》，韦从芜译；《被侮辱与被损害的》，荃麟译；《穷人》，韦从芜译；《西伯利亚的囚徒》，韦从芜译；《白痴》，高滔、胡仲持译；《赌徒》，韩侍桁译；《死屋手记》，王维镐译；《陀思妥耶夫斯基短篇小说集》，韦从芜译），这一选集不知是否尚有出版价值？

关于三联重印《花萼与三叶》是件好事，老兄征求意见实在太客气啦。请直接和叶至诚、叶至美、叶至善三位联系。

文光其他书籍过去偏重于苏联文学和时事，不适宜于目前出版。

我于去年完成《鲁迅全集》工作后，今年三月调来上海书店《申报》影印组为重（印）《申报》而工作，任务很重，只能尽力而为之。

《申报》目前正逐步投产，已有部分正在装订，估计十二月上旬可以开始出版。

我的健康如旧，蒙关注非常感谢。

顺问

近好！

陆梦生

11.15

陆万美

范用同志：

我很早以前就认识你的，但没机会交谈过。通过黄洛峰同志，你也可能对我会有些了解。

去年就想给你写信，因为听说你很关心张天虚同志，还想找到《铁轮》复制并重新印行。不知后来进行得怎样，究竟能印出哪几种作品？

我也是关心天虚的，在他的著述里曾几次提到我、怀念我。我也计划专门写一篇回忆录，但一直未得动笔。你若有空，想先和你谈谈，再得一些启发。

我近应全国文联之邀来北戴河，月底回北京，住三四天即返昆明。届时将和你电话联系，希望得见谈一次。祝

暑安！

陆万美

6月20日

罗大冈

范用同志：

我叫罗大冈，是最近上海出版的《论罗曼·罗兰》一书的作者。

昨接上海文艺出版社理论编辑室的同志来信，说您建议将《论罗曼·罗兰》的序言《向罗曼·罗兰告别》在《新华月报》上发表，问我是否同意。我完全同意，并且非常感谢您对这本新书的关注。如果能在发表这篇短序的同时，发表一篇对这本新书的简短评介，那就更好。

由于年老体衰（七十多一点），我平时总在家中读书著作，不大出门，因此见不到《新华月报》。如果发表我那篇序文（代序），将那一期《新华月报》寄一本给我，则感激不尽。

您给上海文艺出版社郑锽同志信中提到的四种罗曼·罗兰作品的中译本，都是我没有收入《附录》的。如果此书日后有机会再版，当将这几种译本收入，供读者参考。只是《孟德斯榜夫人》一书，我从未见过中译本，但曾听说过有这样一本中译本。我遍查罗曼·罗兰的著作目录，却都没有这本书。而且罗曼·罗兰一向对路易十四朝的历史不感兴趣，很难设想他会写一本孟德斯榜夫人（Madame de Montespan，路易十四宠幸的女人之一，她和路易十四生了八个孩子）的传记。因此我想请您将这个译本借我一阅。如果方便，请您将书交给人民文学出版社外编室的夏玟（珉）同志，她常来北大联系工作，可以顺便把书捎来。

罗大冈

79.7.12

范用同志：

手示谨悉。四本书也已收到。非常感谢你对我工作的支持。书用毕一定挂号寄还，不误。

拙著《论罗曼·罗兰》近日始在北京坊间发售。听说上海郑锽同志已经寄给你一册。你如需要，我还可以奉送一册，请便中告诉夏玟（珉）同志，她会转告我的。

自从林彪—四人帮大乱天下以来，文风浮夸，哗众取宠之辈往往名重一时；脚踏实地、埋头苦干者反不为世所知，在外国文学工作领域内亦复如是。拙著不能引起读者注意，亦意中事也。但只要对学术界多少能做出贡献，我将继续努力，决不计较一日之得失。因此，少数人对我的鼓励，是极其宝贵的。

敬礼

罗大冈

1979.7.25

范用同志：

九月十八日来示早已奉悉。

狄德罗的小说《宿命论者雅克及其主人》的中译本，我手头没有。日内我见到夏玟（她已改名夏珉，因为“玟”不通俗，常被人误为玫瑰之“玫”）同志，请她在人民文学出版社替您找一找。

来示听说香港《开卷》杂志评论《论罗曼·罗兰》的文章，我不可能见到。您说的“复印”品，至今没有收到。如已经复印完毕，可否赐寄一份？

又，以前所说《新华月刊》转载《论罗曼·罗兰》序言一事，不知已成事实否？也因为我见不到《新华月刊》，所以很希望能看一看。

关于我这本不高明的著作，迄今只见到一篇译介短文，刊于上月十七日的上海《文汇报》。专此敬请

大安

罗大冈

79.10.8

范用同志：

示悉。我同意重印特里沃莱（校注：“莱”今译雷）的《马雅可夫斯基小传》，不过我手头已无此书。前不久将最后的一本存书让北大的一位研究生拿去。现已写信给他，请他将书送回来。此外，我有一本特里沃莱选译的《马雅可夫斯基诗文选》，其中的一篇序言也许可以作为《小传》之补充。待我把书找出来仔细看一遍，再作决定。

专复并请

撰安，顺祝春节愉快，身体健康。

罗大冈

83.1.31

又：我最近在巴黎，获得一部珍藏在法国国家图书馆内的珍

贵手稿（复制品）：罗曼·罗兰的《弥莱传》及其英译本。此稿写于本世纪初，当时为伦敦一出版者约罗兰写的。此稿法文原作，从来不曾发表过，因此世人知者不多。我国在“五四”时期的刊物《骆驼》（由周作人等创办）上曾发表过张定璜的译稿，据说是从英文转译的，张氏不懂法语。我计划将它译成中文，配上弥莱（米勒）的画出版（Millet是十九世纪法国著名的田园画家），不知您可否给我介绍一家出版社？我自己本来有那一期《骆驼》，在“文革”时被抄家抄去，不知下落。

知您藏书甚丰富，不知有否此书，可以借我一阅？该期《骆驼》有徐祖正的小说《兰生弟的日记》。以及沈尹默的《秋明小词》等。如您自己没有此书，可否设法找到一本，借我参考十天？

冈 文上

范用先生：

承寄下关于Millet（米勒）的材料，至深感激。《世界美术》中的有关材料日内即托人去复制，约一个星期后即可奉还。

剪报《米勒论》（汪亚梭译，此稿不知何年何月发表于重庆何报，如可能，盼祈示知）用处不大，特先寄还。有劳清神，衷心感激，日后Millet从罗曼·罗兰手稿译成中文后，一定寄上请你指教。

按：《世界美术》《米勒的艺术》一稿，系从俄文转译，该刊编者按（p.7）说原作“以英文撰写”，纯属误解（也许是俄文译者的误解，以讹传讹）。罗曼·罗兰当时（上世纪末年）是用法文撰写此稿的，由英国人（一位女译者）译成英语。罗兰的法文原稿在法国从未发表过。现在我们有了条件根据罗兰手稿（复制品）直接译为中文，在我国实为创举。在世界上亦为创举，因为世界上除英译外，八十多年，还没有出现过根据罗兰手稿的翻译。专复，并颂

撰祺

罗大冈

83.2.19

又及：附上刚刚收到的政协文艺演出入场券两张，我因住在西郊，道远不能去看，转奉，希望你能利用。《仿唐乐舞》我在电视中已见到片段，很不错。顺便奉告：拙著《论罗曼·罗兰》已修订完毕，其中关键性的两章完全改写，稿已寄出版社。再版出书后，定当奉寄一册。

范用先生：

今天接到您十一月十九日来信，并今年三月间我寄给您的材料（关于拙作论文集《街与提琴》）至以为感。一直没有接到您回信，我多方打听，才知道您早已退休，我深悔不应该去信烦扰您。承您示复，更深愧恧。拙论文集手稿已由北京某出版社接受，言定明年（1989）出版。但是正如您来信所说，目前我国出版处于危机状态，情况混乱，出书困难，一时势必难以好转。拙稿“明年出版”之说，可靠性不大。

我今年七十九岁，明年五月底整整八旬，多次申请退休，未获批准。其实已经多年不上班，在家读书著文，或翻译，有生之年，所余无几。自己希望每年能写（或翻译）一本小书，做一点多年来自己心中真正想做的工作，表达一点心中真正要表达的思

想。而不是他人强加于我的所谓“任务”；至于拙稿能否出版，决不计较。古人云：“藏之名山，传于其人。”拙稿不值得小题大做，存在家中就是。他日如能供人参考，早晚总有机会问世。否则的话，出版也没有意义，没有必要。如此而已。专肃，并祝您晚年康乐。

罗大冈 上

1988.12.6

范用先生：

九月八日来示谨悉。谢谢。

拙译罗曼·罗兰《弥莱评传》已发表于今年第2期《世界文学》上，兹转寄呈一本（与此书同时付邮）请指正译文。

香港《大公报》副刊发表的《用一滴泪稀释的一滴血——读罗大冈诗集〈破盆中的玫瑰〉》一文，我一直没有见到，不知发表在该报何年何月何日的副刊《大公园》中，至希见示。先生存有该文的剪报，如能复印一份赐寄，或将剪报借我一用，一俟复印完毕，当即寄还，则更感激不尽矣。

陈占元同志一直住在北大，如给他寄信，可以寄北京大学民主楼西语系办公室转，陈天天到西语系去取他的邮件。

谢谢来函，并请

大安

罗大冈

89.9.11

与此信同时寄上拙作散文集《淡淡的一笔》一册，请指教。

范用先生：

前后来示，均已收悉，剪报及《世界文学》一本，亦已收到，多承照拂，至以为感，多谢厚谊。

五十多年前的一本笔记《沙滩异人志》，在我流离颠沛的大半生中，早已遗失，无影无踪。

《读书》杂志向来不欢迎拙稿。“文革”前我曾向该刊投寄一篇拙稿，该刊编辑部弃而不用，也没有回信，没有退稿，态度傲慢。1979 年拙著《论罗曼·罗兰》初版问世，《读书》发表署名文章指责谩骂，而且不止一次。所以我现在决不敢再向该刊投稿。望您鉴谅。

今年五月底，我整整八十岁。衰老多病，精力不济，不能再写长篇巨著。偶有所感，常常写两三千字短文自遣。手头颇有积稿，没有勇气公之于世。你如感兴趣，我可以选寄几篇，向您请教。专此致谢忱，并请

大安

罗大冈 上

89.9.18

范用先生：

久疏函候，唯以尊况佳胜为祷。

一年容易，又届岁尾。恭祝先生新年欢畅，健康长寿，阖府安吉。

近作拙稿《罗曼·罗兰这样说》，系罗兰思想警句摘要十二条，略加我个人体会，共四千字。兹特寄呈，请先生指教。如能介绍给《读书》或其他刊物发表，则感激不尽。如不能用，请费

神将拙稿掷还。因为我匆匆未留底稿。草稿在誊清时作了较大修改。所以如不能发表，亦希望能保存此稿。

专此奉达，并请

大安

八十岁老学生 罗大冈 上

89.12.28

范用先生：

承惠寄《读书》月刊初本，已收到，十分感激。近一个多月来，我患皮肤过敏（湿疹）去协和医院诊疗两次，尚未痊愈。虽非绝症，但夜眠不安，白天脑筋昏昏沉沉，颇以为苦，因此《读书》收到之后，未能及时奉复，有劳悬念，深以为歉。

今日忽又接到三联出版社直接寄来的《读书》一本（系六月五日寄发），亡羊补牢，想必系承先生代为催促之结果。

多承照拂，兹致以最诚恳之谢意。

此请

大安

罗大冈

90.6.7

罗孚

范兄：

李黎转来“贺年”文章，《最初的梦》，早已在《收获》上和李辉的文章一起奉读过了。因为并未拜，可以不说“拜读”。文章很有意思，读了才知道出版家之可以为出版家，由来久矣！从这“最初”开始，应该继续下去，写后来，写更后。一直写到退而不休，这样，一部回忆录不就写成了。我自己没有什么可以回忆的，不想写回忆录，也写不出什么回忆录，但我期待朋友们写，也期待于你。希望在这一写作上，你的虎年能迈出虎步！

我来美半年多了，已经安定下来，住在硅谷，颇有一些新知旧雨，不感寂寞。新认识的一位姚大姐，是叶圣陶老先生的儿媳，住在我们不远的胡石如老先生家，最近要回北京一趟，有这机会，特托她带上花旗参片两盒，一盒是你的，一盒请你转给八十多岁的小丁，聊表一点心意。姚大姐据说是和你熟识的，因此才请托她帮这个忙。

在这信上，向你和丁大姐拜一个“晚年”，实际上也未拜，但不说“拜年”，又说什么好呢。只有“拜年”了。也就是祝春禧！

承勋

98.2.4

用兄：

我此刻在香港。自美返港，已一月有余。回来是参加香港第三届文学节。十一月二十八日到港，文学节是十二月十日结束的。然后我进医院，“刮”掉了前列腺，现在等待康复，将于月底回美，但一年后，仍将返港定居。

在港时，天地相告：郑超麟的三卷文集不用付钱，天地愿意负责所有费用。据说，这是书出版前后反应甚佳，使他们改变了主意。我于是问他们：书的版税还付不付呢？他们说当初没有谈过。但如付版税，就要扣回买书的钱。郑晓芳那里取了一百五十套，如扣书钱，剩下的版税就不会有多少了。我说，这样我要和你商量，因当时不知是怎么样对她说的。

总之，出书的好名誉是被我占去了。人家都以为是我付了钱，现在却可以分文不出。说来不免有些惭愧！

你看这事怎么办才好？郑晓芳那里还应付她多少钱？天地付得如不多，不如由我这边补足为好。

关于绀弩的诗，侯井天一直在收集散佚之作，买出了不是正式出版的《聂绀弩旧体诗全编》。去年出的第四次应是最后定本，不知你看到了没有？这最后的定本是因香港的后人发现才完成的。绀弩生前和高旅通信，常常把近作写寄高旅，但高旅始终没有拿出来给朋友看。前年他去世，去年春天荃麟、葛琴的女婿王标诚应邀访问台湾，回程时他不知高旅已逝，登门造访，当然见不到高旅了，但高旅夫人熊笔年却把高旅藏的绀弩的诗和信给他看了，又发现绀弩的佚散之作六七十首之多，相信这是绀弩佚诗最后重大的发现。我因此把上海学林出版社的《聂绀弩诗全编》补充，成为一个完备的本子。书刚刚出，特寄一本给你。我这个本子笺注不及侯本，但编得较为谨严，印刷较好。

我也将寄一本给邵燕祥，但听说他搬了家。请你把他的通信处寄给我。

今年有何打算？祝

平安！并问老丁大姐安好！

罗孚

二〇〇〇．一．七

范兄：

这封信几个月以前就应该寄了。春节前后，收到蓝真、李蕙寄来的贺年片，上面写有这么一句，叙述他们去北京看到老朋友的近况，说“范用兄老伴去后”，乍见不敢相信，就准备写信向别的人打听消息，然后再给你写信，这一拖，就拖了几个月，一个多月前偶然知道“家长”处有传真，就向她了解了一下，以为初时蓝真写得不准确，谁知果然是老丁大姐“去”了。这才知道蓝真写的没有错。本来“家长”说可以传真给她们转你，但我想还是直接写信好，这一拖，就又从春拖到夏了。

老丁大姐的西去，是正常的，大家都是七老八十的人了，都是该到“去”的时候，只是想到你因此更寂寞，包围在一屋子的书中，形单影只，是不好受的吧。这两年，乃迭“去”了，老潘也“去”了。去年在香港有一天我打电话给你，是老丁大姐接的，当时就是想问你老潘的电话，想向病中的他致候，这个电话没有打成，他就“去”了。回美国后，就再也见不到这位朋友了。乃迭“去”后，宪益一再搬家，听说身体比以前好了，每天一瓶二锅头（是喝不起贵的酒）。他的新居在城里，你却是在城外？最近看到他一篇文章，是怀念钱锺书的，原来他还小于钱两岁。

又看到美国《侨报》上别人一篇文章，谈到你的文章，说周作人的文章你也爱看，但对他的为人就不敢恭维了（大意如此），不知道你这篇文章是在哪里写的，主要是写什么？

最近又看到一篇文章，谈到郑超麟和陈独秀，提到郑超麟在抗战当中机械地搬了列宁的理论，要把对国外的战争变为国内的战争。这仿佛以前从没有听说过，郑超麟真是这样主张的吗？

又记起来了，去年在香港给你写信，提到他的《史事与回忆》的版税问题，我把天地的意见转告你，想听你的意见。这事又隔了一年了，不知道有什么结果？你和他的侄孙女郑晓芳还有联系吗？

最近你有什么文章发表？记得去年在香港时看到你写的怀念戈宝权的文章，今年早几个月，我们去得克萨斯州第二个儿子处小住，一天到一个书店里看见一本旧的《新华文摘》，里面有你怀念童年旧侣的文章，似乎已经看过，又似乎还很新鲜，这本旧杂志只卖一块钱，就把它买了。

这些文章都很有意思，你应该多写。

祖光现在还写东西吗？听说他近年有些老年痴呆，说起话来不大正常，大约已经停笔了吧。

我应该把自己的近况告诉你。前年十二月我去了香港，参加文学节。原打算逗留一个月，没想到文学节的活动告一段落后，我就因前列腺发炎进了医院，动了手术，把前列腺挖掉。出医院后，不知怎样又患了严重贫血，经常头晕，于是又进医院输血。这以后，痔疮严重出血，又进医院，这样三进三出，其后又因心律不齐，要加诊治，这就又拖了几个月，直到去年九月，才回美国，前后在香港拖了十个多月。

今年秋冬之际，我们又打算回香港，就不再来美国了。美国加州是个好地方，天气好，冬暖夏凉，夏天只有午刻炎热，入晚就凉了，午夜就更有些冷。夏天从香港来这里，就像是来避暑。雨水不多，但花木繁茂，各种各样的花，真是万紫千红。住的地方树木不少，花草很多，就像住在乡下，使人感到已经消灭了城乡的差别。我们为什么又要回香港呢？因为这里出门就要坐车，没有车就等于没有"脚"，行不得也，不会开车，就寸步难行。其次是语言不通，生活上不方便，尤其是看医生，无法沟通。这些都不如香港，不如归去。

我已年届八十，你好像也差不多，互相保重吧！

祝好！

史林安*

2001.5.23

* 1982—1993年间，罗孚住在北京双榆树南里时使用的名字。——编注

范兄：

我们从美国回来已近一年，将在港长住，不回美国了。

我已领了回乡证，但还没有作回乡行。我的老伴吴秀登今年倒是两度北上旅游，去过北京、南京、上海、杭州、武汉、重庆，看到了"小康"景象，也看到了这景象后面的东西。

苗子不久前去澳洲，往返经港，劝我回去看看，我也多少有这个念头，但还未下决心。

我应邀为《明报》写了"三言堂"专栏，写了四个月，又应他们之请停写，原因为何，至今未明，料想或有人提过意见。报馆乃不得不停。

不时在《大公报》看到你的大作，很感兴趣。《大公》我每天都看，就因为副刊有你们如邵燕祥等人的文章。

我已年过八十，你也年近八旬了吧？随时可能走路，但仍要彼此保重！

祝圣诞快乐，新年进步，春节如意！

林安

02.12.20

范兄：

久未通信，你好！

年初收到黄宗江兄寄赠他的著作，《我的坦白书》，书中附有你的一篇短文《范用说书》，说你见人就想到书，就想此人是什么书。你说宗江是“珍本书、善本书、绝版书、读不完的书”，我就因此写了《黄宗江是善本奇书》发表在三月份的《明报月刊》上。同时还写了一篇较长的《三栖动物的万言情书》，直到最近才在五月号的《香港文学》上刊出，以致此刻才能一并寄给你，以博一粲。

估计你近来未必收得到《明报月刊》，为恐失落，所以只是复印两文给你看看。

朋友们都好吧？你近况如何？苗子、郁风据说都很健康，只是小丁不怎么好，但家长照料得好，也还不错，宪老需要轮椅代步，已不是新闻。现在有什么晚辈和你一起住？你我都是八十以上人，我已经八十有五，虽然精神还好，却不得不准备随时要归道山了。

即祝

珍重！

罗孚

二〇〇六.五.廿三

罗新璋

范用同志：

今天去所里，接获来函，甚谢。傅雷先生六三年那封信，如你们拟用，当可提供，不成问题，不过希望能印得好一点。随信先附上照片底片两张。这底片照着亮光看，字迹也是很清楚的，不知《读书》何以印得如此之糟。底片系用 limhoff 翻拍机拍的。七八年上海人民出版社出的《巴黎公社公告集》里，除法国国立图书馆拍的五张照片外，余均由同一人用同一架翻拍机，照图书杂志拍的，印出来都很好。原信于下星期二（二十五日）我去所里上班后，约十一点左右，如阁下在出版社，再专程送至尊处。

《傅译传记五种》不知怎么出法，是作为资料，还是当作范本？五七年我翻译有关罗曼·罗兰的文字，需引用《贝多芬传》译文，傅雷先生曾嘱告，解放前的旧译毛病甚多，文言白话驳杂不纯，请勿引用（仅凭记忆，原信已毁）。傅雷先生对译文文字要求甚严，看一遍改一遍，差不多已是众所周知的事，《高老头》《约翰·克里斯朵夫》解放后再版时，先生都改过一遍，成为重译本。五四年，为配合法国作家杜哈曼来华，用旧纸版赶印《文明》，傅雷先生对这本旧译未能校改表示遗憾——有关函件，可查人民文学出版社傅雷信卷专档。这些情况，或许说得不对，仅

供参考。有关译作，主要应尊重傅雷先生家属的意见。专此奉复。此颂

撰安

罗新璋 拜上

十一月二十一日晚

范用同志：

今晨打电话到贵社，说阁下在楼下，不易找到，故再函打扰。

傅雷先生的函件，望参照《读书》用法，请盖去旁书、又及和墨水印渍。《读书》原先拟当普通谈翻译的一封信发表，及至看校样时，题目冠以“论翻译书”，颇当严正，故建议就影印正文，去掉与论翻译无关的旁书等，冯亦代先生表示同意（即出来时，排印文字后面拖了条尾巴，可说是个小小的疏忽）。现在此信既以《论翻译书》问世，还是以突出正文为宜，但字迹请印得清楚些，四边的黑线请修掉，烦拍照，制版同志多多费心。如你们不怕麻烦，照片或打样出来时，请告我一下，即前来看一下版式。如觉多事，即作罢。

杨绛先生的“代序”，可为译作增色不少。钱先生在《围城》重印前记里说，看校样时，“顺手有节制地修改了一些字句”，倘钱先生和杨先生能拨冗通读《传记五种》，顺手改几个字，使译作流传得更久远，则译者甚幸，读者甚幸。他们都很忙，可能是奢望，但我这么希望着。匆匆此上。

罗新璋

十一月廿九日晚

骆宾基

范用同志：

来信敬悉。

只是我仅寄出了《初访神坛（第一夜）》，分为两期在《新文学史料》上发表共约三万字，《再访》与《三访》还未寄，归来后又害喉炎，虽已恢复，但精力还不及，因为手头还有两个为外省编的散文及《〈诗经〉十二篇新解》两个集子待编，《再访》恐怕要到秋后着笔了！承嘱，特告。

下周，每日午后三时—五时，一般都在家。廿八、廿九（星期二、三）如有便，当恭候驾临！专此祝

好

骆宾基

6月25日

吕 复

范用同志：

郭老去世后，在追悼会的前夕，上海《解放日报》约我写了篇《郭沫若同志和抗敌演剧队》，现寄上剪报一份，请指正。

上海出版方面要出悼念郭老的文集，想把我的这篇收进去。我还在考虑。

我想，人民出版社如果要出悼念郭老的文集，希望列入我这篇文章，题目与内容都可以改写，不知人民出版社有出这个集子的计划没有？如果有，会不会要我这一篇？便中请示之，此致

敬礼！

吕复

八月七日

为三联写的一篇纪念文章正在赶写之中。又及

范用同志：

接到七月廿七日来信，对你的建议和嘱托，诚挚接受，深表感激。

三十年前，郭老就提出希望，要我们各演剧队负责人写出队史，我们未曾重视，深为内疚，经历了“四人帮”的迫害，在揭批斗争中才感到实现郭老愿望十分重要，五个月前《人民戏剧》编辑部座谈会上，曾经有过此议，但未拟订计划，现在已成了郭老的遗愿了，更应该行动起来。承蒙督促，只为至感。并承列入出版计划，并嘱托我来组织写稿，这是义不容辞的。

目前我在上海市委党校学习，接近结业，比较忙碌，会趁周末归来先把祝贺生活·读书·新知三联书店成立三十周年的短文写就，匆忙赶出，不大理想，聊表一点心意，读斧正转去，只作祝贺之用，因不够发表水平，倘他们认为尚有可取之处，请大力删改，万勿介意，请不客气地修正润色。我非名家，不用毫无关系，因不成文，也未拟题。仅表祝贺之诚，请代转达。

组稿之事，我准备将你来信之意，复写寄给各队负责人，我从九十月间可能来北京，再邀各队负责人聚议。订出计划，拟订一下集稿时间，倘你有具体要求，也请将集稿限期，初定一下，交稿时间，以便催促。

洪遒那里久未通信，你的去函尚未转来。沈静芷同志和戴秀虹同志与你会谈后，直接来函，更使我得到督促，一定不辜负诸位的企望。请代为问好！

在接信的前一天，遇孔罗荪同志，他也转达了所嘱，接信后任务更为明确，再一次向你致以感激之情！特此奉复

岳母与苏江嘱笔问候！此致

敬礼！

吕复

八月七日

再者，最近我的几个演剧队原负责人，编了一个集子，暂名为《周总理与抗敌演剧队》，内中有夏衍、胡愈之的文章，附有郭老对演剧队上书的批语二百余字，还有伍必端、周令钊、冯法祀的插画，我介绍主编人系演剧七队*队长吴荻舟同志来拜访，他先用电话跟你联系，请约时间接见，为感。又及

* 实为剧宣七队——编注

吕敬人

范老：

您好！

年初由曹老转来的信及托蔡社长赠送给我的书均已收到。《我爱穆源》一书，我十分喜欢。虽然我未曾见过您，却可从书中了解了您的品性和严谨的治学精神，我想您一定是位十分平凡且又不平凡的好老头。非常感谢这份珍贵的礼品。

本想应该登门拜访，一是从未见过面，作为小辈总有一种怯意，二是月底要再次东渡，将在日本著名书籍装帧艺术家杉浦康平先生指导下学习研究日本及东方装帧艺术，目前仍有大量活要干完，故不能如愿，容东瀛归来后一定前往看望。实在失礼，请谅。

寄上一本《装饰》杂志，其中有一页刊登了几本拙作，恳请赐教。暂且搁笔

此致

大安

吕敬人

5.23

绿 原

范用同志：

近好！来信及附诗收读，迟复为歉。

实在无暇与陌生作者联系，还是请以你的名义复信为好。

关于诗，有如下几点意见，供复信时参考：

1）作者追求民歌风味，写得都还不错。

2）《爸爸真香甜》多层次地写对“爸爸”的怀念，在民歌中比较新鲜。

3）希望作者多读别人的诗，不要只限于一种抒情方式。

4）如有新作，读直接寄《诗刊》编辑部。（绿某作为《诗刊》编委，只是挂名，不参加该刊编务。）

匆匆，祝安！

绿原

1992.5.1

范用兄：

尊著《我爱穆源》收到后，一口气读完，连同许双的好文章。你永远是那么亲切、朴素而又别致，这就是艺术。

现在出书太难了，偶尔读到一本好书，分外愉快，谢谢你！

祝健！

绿原

1993.5.14

范用同志：

欣悉乔迁方庄，眼界开扩（阔），可穷千里之目，特驰函致贺。不过还望时常下楼接接地气，否则将更怀念北牌坊的老槐树。

拙文《金婚》原载拙集《离魂草》（前年花城版），似曾奉兄一册，如未，望即告，当补寄。《同舟共济》鉴于该书印得太少，愿分四期转载该文，盛意可感；唯限于篇幅，删去了一些抒情性“赘文”，显得有点平铺直叙。

可能由于“太空之吻”，北京热得可以，尚祈珍摄是幸。

绿原

1994.7.29

范用兄：

九五年即将过去。趁迎春钟声将响未响之际，提笔向你致贺——祝你在新的来年里身体健康，创作丰收，合家欢乐！感谢你的“心安理得度余年”的启示，明年将努力活得更自在些，也许比黄永玉画的“除却借书沽酒外更无一事扰公卿”更自在些。因为为了抵制假烟假酒，我早已戒吸戒饮了，而且近年由于不言而喻，渐渐练得不读书不看报也能过日子了。可惜离止水无波的胜境还远。偶翻歌德的《维特》，有云：“心情不佳是一种病？……是一种懒惰？……（不，可以肯定）是一种罪过。”愿以之与兄共勉：能做到笑口常开最好，否则要将恶劣情绪扑灭于萌芽状态：届时何妨一跃而起，到河边树下向鱼儿鸟儿哼半支久已不唱的旧曲……

绿原

1995.12.31 夜

通信人简介

H

韩侍桁（1908～1987）生于天津。作家、翻译家、教授。

韩羽（1931～）山东聊城人。漫画家。

何其芳（1912～1977）生于重庆万州。诗人、散文家、文学评论家。曾任中国社会科学院文学研究所所长。

河清（1905～2003）名黄源，字河清，浙江海盐人。编辑、翻译家。曾任浙江省文化局局长、浙江省文联主席。

贺友直（1922～2016）祖籍浙江宁波，生于上海。连环画画家。曾任中国美协连环画艺委会主任。

洪桥 南京师范大学教授。

洪遒（1913～1994）原名章鸿猷，笔名蔚夫。电影评论家。

胡道静（1913～2003）安徽泾县人，生于上海。古文献学家、科技史学家。

胡绳（1918～2000）原名项志逖，祖籍安徽。哲学家、近代史专家，曾任香港生活书店总编辑、人民出版社社长、《红旗》杂志社副总编辑、中共党史研究室主任、中国社会科学院院长、全国政协副主席。

胡序文 三联书店创办人之一胡愈之的侄子。

胡愈之（1896～1986）原名学愚，字子如，绍兴上虞人。记者、编辑、作家、语言学家、翻译家、出版家、社会活动家。三联书店创办人之一，曾任《光明日报》总编辑、新闻出版总署署长、全国人大副委员长。

华君武（1915～2010）江苏无锡人。漫画家。曾任《人民日报》文艺部主任、中国美协副主席。

华应申（1911～1981）原名遗曾，笔名革索，江苏无锡县人。曾任出版总署出版局副局长、新华书店总管理处副总经理等职务。三联书店创办人之一。

荒芜（1916～1995）安徽凤台人。作家、翻译家、诗人。

黄俊东（1934～）广东潮州人。曾任《明报》月刊编辑。

黄洛峰（1909～1980）1936 年与李公朴、艾思奇等创办读书出版社，任总经理。1948 年后，任生活·读书·新知三联书店管理委员会主席、中共中央宣传部出版委员会主任委员。

黄蒙田（1919～）作家，新中国成立后，历任新华通讯社福建分社代社长、《文艺报》编辑部副主任。

黄秋耘（1918～2001）祖籍广东顺德，生于香港。作家。

黄裳（1919～2012）原名容鼎昌，山东青州人。散文家、记者、藏书家。曾任《文汇报》主笔。

黄伟经（1932～）广东梅州人。记者、编辑、文学翻译家。曾任《随笔》杂志主编。

黄药眠（1903～1987）原名访荪、黄仿等。广东梅州人。诗人、文艺理论家、教育家、美学家和新闻工作者、政治活动家。

黄永玉（1924～）祖籍湖南凤凰，生于湖南常德。画家、作家。曾任中央美术学院教授、中国美协副主席。

黄宗江（1921～2010）浙江瑞安人。编剧、作家、演员。

黄宗英（1925～）浙江瑞安人。演员、作家。

J

嵇钧生 范用同乡。

冀勤（1934～）中国古典文学研究者。

姜德明（1929～）山东高唐人。编辑家、散文家、藏书家。曾任人民日报出版社社长。

姜威（1963～2011）曾任深圳报社编辑，因酷爱书，改行出版。

蒋和森（1928～）江苏海安人。作家、红学家、大学教授。

蒋华《中外散文选粹》编辑。

金冲及（1930～）上海人。中国近代史和中共党史研究专家。

金海峰 曾任《书与人》杂志副总编辑。

金玲、陈虹 金玲（1918～）原名金淑华，江西人。陈白尘夫人，曾任《人民文学》编辑。陈虹为其女。

金思明 读书生活出版社重庆分社员工。

靳飞（1961～）旅日作家，北京戏曲评论学会会长。

K

阚闳 昆明北门书屋董事长。

柯灵（1909～2000）原名高季琳，浙江人。电影理论家、剧作家、评论家。早年曾任《文汇报》《万象》《大众电影》等报章杂志主编。

孔罗荪（1912～1996）原名孔繁衍，上海人。编辑、作家。曾任《文艺报》主编。

L

蓝棣之（1940～）清华大学中文系教授、文学评论家，兼任《文学评论》编委、《中国现代文学研究丛刊》编委。

劳祖德（1919～2009）即谷林。生于浙江鄞县。作家。

雷群明（1940～）湖南耒阳人。学者，出版人。曾任学林出版社社长、韬奋纪念馆馆长。

黎丁（1918～2014）福建泉州人，光明日报社文艺部高级编辑。

黎澍（1912～1988）生于湖南醴陵，中国历史学家。曾任《中国社会科学》总编辑、中国现代史学会会长。

黎先耀（1926～2009）浙江杭州人。高级编辑，科普作家。

李纯青（1908~1990）台湾台北人，祖籍福建安溪。台盟领导人之一。

李庚（1917~1997）福建闽侯人。编辑家、出版人。

李公朴（1902~1946）江苏淮安人。中国民主同盟早期领导人，三联同仁、读书出版社创办人之一。

李辉（1956~）湖北随州人，《人民日报》文艺部编辑、作家。

李济生（1917~）巴金四弟，作家。

李霁野（1904~1997）安徽霍邱人。作家、翻译家。曾在多所大学任教，曾任天津市文化局局长、天津市文联主席。

李侃（1922~2010）中华书局原总编辑。

李克岩 原名江柘舟，革命家江涛声（江晴恩）之子。

李岚清（1932~）江苏镇江人。曾任中国共产党第十五届中央常委、国务院副总理。

李黎（1948~）原名鲍利黎，安徽合县人，生于南京。中国台湾作家，现居美国。

李莉 天津教育出版社编辑。

李凌（1913~2003）广东台山人。中国音乐评论家。

李普（1918~2010）出生于湖南湘乡，曾任新华社北京分社社长，新华社副社长。

李琦（1918~2001）中共中央文献研究室原主任。

李庆西（1951~）山东乳山人。作家、文学评论家。浙江文艺出版社编审。《书城》杂志执行编委。

李淑贤（1924~1997）出生于浙江杭州，是爱新觉罗·溥仪最后一任（第五任）妻子。

李希凡（1927~2018）生于北京，祖籍浙江绍兴。历任《人民日报》编辑、评论组长、副主任、常务副主任，1986年调中国艺术研究院任常务副院长、研究员。

李新（1918~2004）原名李忠慎。史学家。在中国革命史、中共党史和中华民国史等领域造诣尤深。

李一氓（1903~1990）四川人。1925年加入中国共产党，是老一辈革命家，又是文学家和书法家，还是一位谙熟版本目录学的学者。曾任国务院古籍整理规划小组组长。

李植中 镇江文史学者。

李志国 新知书店同人。

李子云（1930~2009）祖籍厦门，生于北京。文艺评论家。曾任《上海文学》杂志副主编。

梁鉴添（1932~2019）香港教育家、数学家。

梁江（1952~）广东罗定人。曾任中国艺术研究院美术研究所所长、中国美术馆副馆长。

廖冰兄（1915~2006）祖籍广西象州，生于广州。漫画家。

廖陵儿 廖冰兄女儿。

廖梦醒（1904～1988）广东归善人，廖仲恺、何香凝的长女，廖承志姐姐，李少石夫人。社会活动家。

廖沫沙（1907～1990）原名廖家权，湖南长沙人，作家、杂文家。

林辰（1912～2003）原名王诗农，贵州郎岱人。作家、编辑家、鲁迅研究专家。

林年同（1944～1990）生于广东，长于香港，电影人。

刘白羽（1916～2005）山东潍坊人，生于北京。作家。

刘景华 北京出版社副主编。

刘梦溪（1941～）生于辽宁。长期从事文史研究和思想文化研究，中国艺术研究院终身研究员，中国文化研究所所长，《中国文化》杂志创办人兼主编，博士生导师。

刘任涛（1912～2009）湖北黄梅人，电影编剧。

刘威立 刘仁静之子，人民出版社编辑。

刘文良 曾任香港天地图书公司营业经理。

刘绪源（1951～2018）浙江宁波人。历任《文汇读书周报》编辑、副主编，《文汇报》“新书摘”主编，《文汇报》“笔会”副刊主编。

刘耀林（1923～1989）笔名莫舍、遥临，浙江青田人，编辑出版家、作家。

刘以鬯（1918～2018）出生于上海，祖籍浙江镇海。主编过《国民公报》《香港时报》等报刊杂志。于1986年创办并主编《香港文学》月刊。

流沙河（1931～2019）原名余勋坦，四川金堂人。诗人。

柳无非（1911～2004）、**柳无忌**（1907～2002）柳亚子子女，编著《南社纪略》《苏曼殊研究》等。

柳肇瑞 学林出版社总编辑，著有《回忆与思考》等。

楼适夷（1905～2001）原名楼锡春，浙江余姚人。作家、翻译家、出版家。曾任人民文学出版社副社长、副总编辑。

卢琼英（1915～1995）陈翰伯夫人，编辑出版家，曾任英文版《中国妇女》杂志负责人。

鲁少飞（1903～1995）生于上海。漫画家、编辑家。1934年担任《时代漫画》的主编。

陆璀（1914～2015）浙江吴兴（今湖州）人。一二·九运动发起人之一。饶漱石夫人。

陆灏（1963～）作家。《文汇报》编辑。创办并编辑《万象》杂志、《东方早报》副刊《上海书评》。

陆梦生 文光书店创始人，出版文艺、音乐读物等。

陆万美（1910～1983）笔名陆绿曦、陆陆，云南昆明人，1927年后历任云南《民众日报》副刊特约撰稿员，北平左联常委、出版部长。

罗大冈（1909～1998）浙江绍兴人。法国文学专家，翻译家。

罗孚（1921～2014）香港报人、作家。曾任香港《新晚报》总编辑。

罗新璋（1936～）浙江上虞人。译审、作家。1963年起先后在外文局中国文学杂志社、中国社会科学院外国文学研究所工作。

骆宾基（1917～1994）作家。曾任中华全国文艺界抗敌协会桂林分会理事、东北文化协会常务理事兼秘书长等职，代表作品有《边陲线上》《幼年》。

吕复 抗敌演剧队二队队长。

吕敬人（1947～）书籍设计家。曾任教于清华大学美术学院。

绿原（1922～2009）原名刘仁甫，又名刘半九。湖北人。作家、诗人、翻译家、编辑家。曾任人民文学出版社副总编辑。

M - X

范用存牍

汪家明　编

生活·讀書·新知 三联书店　出版物作·史料

图书在版编目（CIP）数据

范用存牍／汪家明编. —北京：生活 · 读书 · 新知三联书店，2020.9（2021.2 重印）
ISBN 978－7－108－06896－5

Ⅰ. ①范…　Ⅱ. ①汪…　Ⅲ. ①书信集－中国－现代②书信集－中国－当代　Ⅳ. ①I266.5

中国版本图书馆 CIP 数据核字（2020）第 131575 号

范用先生：

久未通候，想一切安好。每期寄上的画报，谅均收阅。您是出版界的老行家，请多指教。

我来港忽又两年，係在忙忙乱乱中混过。最近始抽空把美国之游许多的稿整理了一下，以补充了一些新资料，全部计约十一二万字。附上篇目，不知三联愿为出版否？如蒙接受，在香港出版（周期会快些）或在北京出版，均无不可。

篇目仅提供内容一般概要。倘认为可以考虑，当将全稿寄来审核。倘认为一时难以考虑，亦盼示复，以便向其他出版社接洽，不胜感激。

另邮寄呈拙著《艺苑风情》一册，是前年在上海出版的，请指正。

专此，即祝

近安

马国亮 上

86.3.25

香港軒尼詩道409-415號新威中心2103室 電話：5-8936221

马国亮

范用同志：前由戈宝权兄转致雅意，因迁居诸事栗六，至今始能报命为歉。字太劣，聊博一笑耳。另两纸乞转交宝权兄为荷。此致

敬礼，并颂

新年愉快。

沈雁冰 元月六日。

茅盾

中国美术家协会
艺术委员会

范老：您好！

您老的像看起来好像很有特点，但画起来则很难用夸张的手法画成漫画像。前后共十数稿，最后还是不满意。我就是这个水平了。请多谅。特别是拖了这么长的时间，十分抱歉！

祝您健康，保重身体！

苗地
[illegible]日

苗地

范用同志：

你好！承你厚爱，替我出了一本杂文集，听说还将出一本妇女什么集，非常感谢！要不是你，象我这种作家，恐怕谁都不过问的。

现有一事求你，请你好好考虑一下：可不可以将我的孙子（外孙）方瞳收容到你社去工作？他十九或廿了，小时父无父母，无人管，东跑西跑，不读书，只取得个初中学历，但知识只在文字方面可能超过。他现在大百科做临时工，可以转正。会复制和切纸之类工作，卖力，将得。但原单位被直接领导用计把他的工作夺取给自己之子，反造了他的某些小谣言，现在又进来了一大批文化很低的工人，他觉得对他的影响很不好，想离社。

这事如可谈，请约时间，让我的老伴来和你谈一谈。

敬礼！

聂绀弩上 四月廿日

聂绀弩

云南省工商业联合会

范用同志：

您好！久疏通信，甚以为念！日前岳世华同志来访，面交了您托他转交给我的，您在《大公报》上发表的一篇"几件往事"的文章（复印件），已经收到了，谢谢！读后很受感动，使我回忆起当年在桂林時我们相聚在一起的情景。聂耳的日记本在日军沿湘桂西侵，兵荒马乱的時刻，您安全地完整地把它保存下来，并在后来交还给我。说明了您对聂耳的关心和爱护，这是我终生难忘的一件大事。您为我介绍洪遒同志撰写聂耳传记，据我所知，他已做过大量的收集资料的工作，终因珠江电影制片厂的工作太忙，時间安排不过来，未能最后完成。他曾向我说明原因，我是很理解的。我对他已经付出的辛勤劳动，表示衷心感谢！现悉洪遒同志已安息了！感到十分悲痛！我怀念他。您的近况如何，盼告。即致

健安！

聂叙伦 1997.8.25.

来信请寄：昆明市东华小区冬青里4号四单元付41号
邮编：650041 电话：3317853

0.5.6—91.10 第 页

聂叙伦

学林出版社

范用同志：

很久没有联系了，你好！

先谢谢你惠赠的《我爱穆源》。

这真是一本可爱的小书，翻开来就不忍释手。非但我是这样，就连我的小外孙女儿也是这样。她今年八岁，刚读完二年级，特别喜欢你写的《我的外公》，还拿来和她的外婆比较，认为有相同的地方也有不同的地方，不同主要是我不喝酒，也不收集酒瓶。其实不仅如此，我做事已从快变慢，和你不能比了。

我是去年搬的家，跟人家对调，两合一，让女儿、女婿、外孙女儿和我住在一起。家务由女儿操办，我可以干自己想干的事情。不过工作效率远不如前。在北京时你说我浑身是病，那时候我还浑然不觉。1988年离休后果然见了颜色，两次住院，两次骨折，不得不求救于气功，近两年居然康复过来，还能上街坊伴保。写过一本小书，另邮奉请教正。

现住(200002)上海江西中路170号801室，电话3232356。

祝

夏安！

欧阳文彬

7.8

欧阳文彬

范用同志：您好！

昨日蒙驾光访，值我去画院，先此致歉！

您给我办公室打了几次电话都没人接，晚上还要由传呼电话，不论早晚也不方便，故写此信。

关于路易·艾黎英译《李白诗选》作插图，我很乐于接受此一光荣任务，望将诗题及尺寸大小告知，以便安排时间（定稿时间）作画。

即致

敬礼！

潘絜兹 7.7。

潘絜兹

论书绝句一百首引言

此论书绝句一百首，前二十首为二十余岁时作；后八十首为五十岁后陆续所作。旧有简注，仅代标题。诗皆信手所拈，或因兴感。朋友传抄，以为谈助，徒增愧怍耳。

数年前，香港大公报艺林副刊分期登载，注欲加详，乃各为数百字。刊载既竣，复承香港商务印书馆印成专册，是可感也。

其中所论，有重複，有矛盾。二者思仿不禁，而兼以嘲嫉者。或以此病相告，乃自解嘲曰：重複者，为表叮咛，所以显其重要性也；矛盾者，以示周全，所以避免片面性也；嘲嫉者，为破岑寂，所以增其趣味性也。强词夺理，其为大雅读者所见谅乎？今遵北京三联书店之嘱，重加修订，附以小注。平生师友，幸垂明教！

一九八五年岁暮，启功自识于北京师范大学寓舍之浮光掠影楼，时年七十有三。

启功

范用同志：

桂林一别，又已多时。前此所承赠三联出版数书，均收读之。前托王仿子同志转上之《钱君匋作品集》一册，谅已收到，请指教之。在桂林嘱刻之印，今亦刻就，兹奉上（另用邮递），请正（挂号邮信内）。此石正由我请友人加之磨光，并在石顶刻一平钮，另用[illegible]，方为上乘，最好外面一丹缎一只锦匣，要用牙签锁住的，则更好了。我因[illegible]印，病，所以现在才好，勿念。专上，即致

年禧！

弟君匋 [illegible]

钱君匋

装　订　线

范用同志：

我六月去东北考察时，劳累太过病了一一场病，回来后又住北京医院治疗，迄未恢复下来。惠寄诗作，收到，谢谢！嘱写短文，无论为何是应该写的，但因心脏哮喘，医生禁止[illegible]工作，不能应命，抱歉！抱歉！

致敬礼！

钱俊瑞

9.30.

钱俊瑞

觉民同志：

我把祝三联三十周年纪念的贺函，只简单修改了点，请您帮忙认真看看。如有甚[illegible]可用，而[illegible]尚有不妥之处，烦请大笔一挥了，以资匡正！这是真心话，决非客套。[illegible]，更好。因为[illegible]脑子不够用了，对写文章似乎已经失[illegible]心。东西改好并[illegible]，还得送院领导审阅，方可寄发！至要，至要！致

敬礼

沙汀 九.廿四日

范用同志：最好发下。[illegible]

沙汀

范先生：

您好！

本想写信告诉您，文章已经发了，刊在第几版，想不到您已经先看见了。但报纸还是应当寄给您。从今年起，每周四的第11版都是"书坊"这个读书专版，"表面文章"这个有关装帧的栏目每双周刊出一次。1月1日，"第一期，能够"从您做起"，我觉得是一个很好的开始。谢谢您的帮助。

用您送的信纸给您写信，真是不好意思。但我没有更好的信纸了。这些小画让我想起中学时代，那时我迷恋丰子恺，您这套信纸里几乎每一张画，我都仔细地描画过。

上次给您的名片，忘了写上我家里的电话——6853.8152 万一您有什么事需要我效劳，总不能让您使用寻呼机。

提前道一声，春节好！

并颂

撰安！

尚晓岚

1998年1月7日

尚晓岚

范用先生：您好，

来信已悉，並附来漫画信笺二刀已收到，谢谢。先生所购之书在7月23日已从邮局寄出，想必已收到。承先生之介绍三联书店袁丽英同志汇款来邮购书籍，今日7月29日从邮局给伊寄去。

祝

万事如意

缘缘堂沈才毛谨上

79.7.29日

沈才毛

范用仁兄：

惠大著已收到，拜读，足下壹心不乱，高寿之徵也！

我从去年起，已迅速衰弱，不知还可支持几年，得过且过耳。

兄知道沈静芷一家情况否？他是我的表弟，久不来往，大约已故世了吧？

施蛰存
1996.1.10

華夏吟友

施蛰存

中国社会科学院

范用同志：你好！

三联书店出了一些读者很欢迎的书，想见吾兄贤劳，可喜可贺。

我由于体弱多病，近来很少外出，因而购书甚难，而病中也只有翻书消遣。三联最近出的有些书欲购无门，只得向您求援。除夏公《懒寻录》已有之外，近人可读著作，则为我代购每种一册，价值若干当邮寄上。拜托拜托。

书寄本市木樨地二十二号楼六门二号私收。

敬礼！

石西民
十月二十六日

石西民

上海市新闻出版局

范用同志：

你精心编印的《三联照相集》等纪念品早已收到，因为十几天持续高温迟迟没有给你写信表示感谢。

2001年第1期出版史料上看到你和大明写的关于读书社的创办，很满意，明白了不少鲜为人知的史实：读书问答附刊、半月刊社、出版社的脉络，半月刊社社长、出版社社长均为李公朴，读书社诸同人，郑氏家族和读书社……史料翔实，丰富、具体、生动。文中未有读书同人介绍，已出的生活史稿、新知回忆录却缺如，此正是此文一大特色，也是一大特色。以后成书时，不知人物是否单列？凡同人似均应介绍，现在廖庶谦、汪仑、夏征农均未介绍，汪介绍得不全。最近一期《大江南北》上（刊有夏征农自述，可参阅。）

我看到一个材料，可能是官方的档案材料，重庆出版社做。内收董必武同志发言部分会上介绍民主党派讲李公朴政治上很坏一句。其实从李遇害后被直接放定，不应再传播此类谣言。我曾怀疑读书社创建时为何没李参加，是否与此有关。

宋原放

第　页

范用同志：

多日未见，您好！

8月30日人民出版社的征稿也收到了。

三联书店，我是有好感的，过去真不知读了多少它发行的好书哪！但是要写纪念文字，却因年纪大了，思路窒涩，实在无能为力，觉得很对不起！

承附寄《寥寥集》一本，从内容到装制，精采而又美好，真是一本佳书。

最近人文重印了我的一本旧译，现在附上一册，即乞指正。

此上，即颂

秋安！

弟 孙用上

9.1

北京市电车公司印刷厂出品 七八·六

20×15=300 (1547)

孙用

兴吾同志：

多日不见。学部准备搞运动，听说出版口来了个指示，要求出版社暂勿向学部约稿（已订约的除外）。最近说来，确是这样。不过我因病请假在家，却反而多闲。前一批的那一本校样已拜读一过。我觉得这回的排样好，比上次要整齐多了，只有一点修改过的小意见，现在校样上，改不改即无损于书，仅供参考而已。你没有来取，我想或者是因为开头那个按语的缘故吧。其实我家居的时候，除了开个会议外，别的没有参加。倘使《门外文谈》校样没出，需要我看一遍的话，我也是有时间的，不必顾虑运动。前几天，叶圣老、胡愈老等已问我，还谈起此书呢？

校样现在送上。校两份，请代送范用同志，谢谢。范用同志开的关于鲁著的书单，那天因有《辽宁日报》的同志在座，我只有泛泛应付，未来把范用同志的意思说全了。他开的书目，其实只限于解放前的，就这方面而言，他所开的已十分齐全了（真令人感叹，他那么注意那些不像样的东西），只漏了一本。检旧箧，尚有余书，谨奉上一册，即请代交。书已不新，纸色都变了，内容只是一些时事（包括文化）短评，供范用同志一阅而已。《批判集》未找到，是天马书店版，我记得自己是留了一本的，下次找出，你来时，再带给范用同志看吧。书单附上。匆匆，即颂

撰祺

唐弢 79.10.29.

有一位老同志想要大字本《印度对华战争》，你了解，请代购一册即可，这些不好，不便代办了。最近没有新书吧？《第三帝国兴亡史》还没出吗？

北京大栅栏印刷厂出品

唐弢

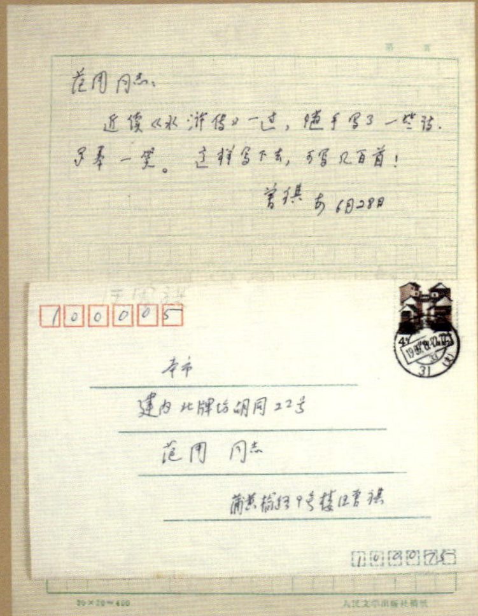

范用同志：

近读《水浒传》一过，随手写了一些诗。可奉一笑。这样写下去，可写几百首！

曾祺 六月28日

100005

本市

建内北牌坊胡同22号

范用 同志

蒲黄榆9号楼汪曾祺

100075

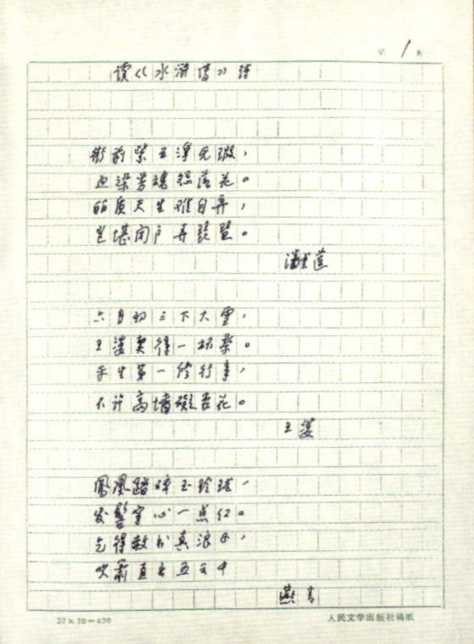

读《水浒传》诗

嫩颜紫玉净无瑕，
血染芳魂怨落花。
丽质天生难自弃，
岂堪闲户弄琵琶。

潘莲

六月初三下大雪，
王婆卖得一杯茶。
平生第一修行事，
不许高墙碍杏花。

王婆

凤凰踏碎玉玲珑，
安鬓簪心一点红。
乞得赦书真浪子，
吹箫直上五云中

燕青

汪曾祺

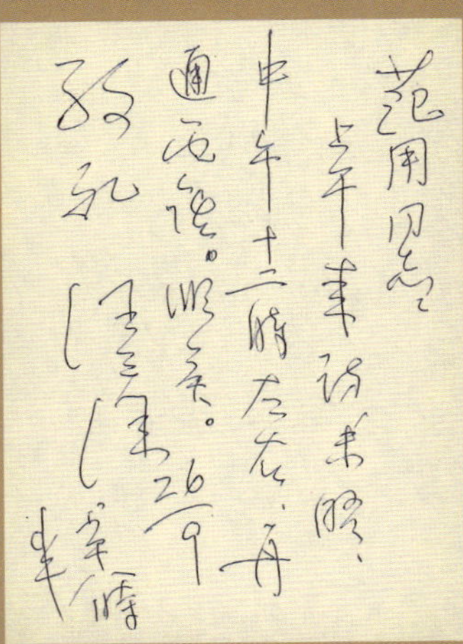

范用同志：

上午来访未晤，中午十二时左右，再通电话。顺致

敬礼

汪道涵 26日 [illegible]

汪道涵

王力

海曙同志：

承惠赠大著《朵楷吃吟》一册，非常感谢！我看看很有趣。我看了你用英文翻译的《诗经》，发现你的文才。前次我看了你在《新港》编委会上的讲话，已经很佩服你，这次看了你的《朵楷吃吟》，更佩服你了。

前两天，小女缉惠送香烟给你，听你姐姐说，你的病加重了。希望你多休息。在北京没法休息，你就到外地休息一个时期吧。祝你

健康。

王力

1981.10.25.

——摘自王力给……的信

王元化

范用先生

尊命试写了一篇给小孩看的东西七八十字。吹鼓手，古诗学不精。自己读总觉难堪，不行，只好撕掉，这是我献丑。笔名是我年青时写散文用的。

祝好

王元化

九月十四日

王元化 WANG YUAN HUA

人民文学出版社

范用同志：

收到你的"我爱穆源"，从头至尾看完了，真感激你，让我在我的童年里自由地游玩了一趟。你怎么想起这个主意来的！真好，使我也想没事的时候写写我的少年时代。

你社的退休老人还办个刊物也是刚听说。我社的退休人也不少，却没有人来办这个，好些身体尚好的退休干部都到别处去担任业余新职务去了，不如你们。

问好！

韦君宜

北京朝内大街166号　电报挂号2192

韦君宜

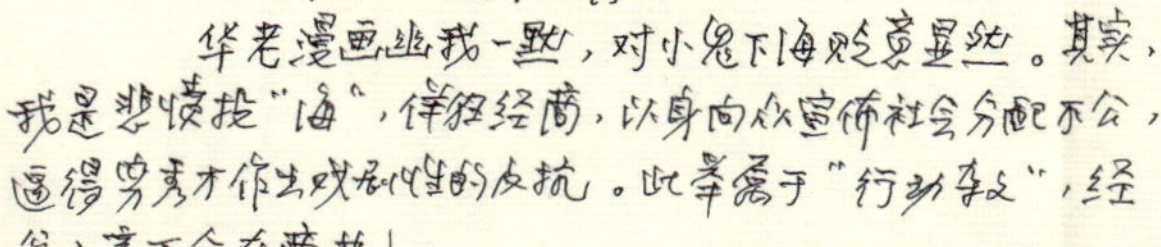

魏明倫文化經濟公司

WEI MING LUN CULTRUE ECNOMIC CORP.

Add: No. 36 Dongzhushi St. Chengdu China

萬隆 Wanlong

范老：

大札收存，回拜元宵。

华老漫画幽我一默，对小鬼下海贬意显然。其实，我是悲愤投"海"，佯狂经商，以身向众宣佈社会分配不公，逼得穷秀才作出戏剧性的反抗。此举属于"行动杂文"，经翁之意不全在商也。

然而歪打正着，生意半年没亏本，略有盈余。"点房"不仅冒气，且嚼之有肉，品之有味。赚得几文，于开门七件事有所补益。何况我只是业余玩它几下，坐镇小城，遥控成都，有人代我料理，大事拿令，小事自处。我主要精力仍是笔耕，几月来完成8集电视剧《飘尘上的白光》。"订户"系中央电视台和山西电影制片厂。近闻已考虑投拍，但要我降调，减少"麻辣烫"之类……。

我并未因玩商而改变我一贯的文学主张。呈上《巴山鬼话》自序，敬请诸公过目，可见在下寸衷。

顺告：《鬼话》不足10万字，全是旧作杂文的剪报复印件。深圳竞价，最高8万元，几乎1字1元，也算奇迹吧。但"冒尖"抱去，很难出版，盖因拙作多议大人物，既使出书，亦恐引起一场风波!!

专此 并问

华老、丁老、徐淦同志安

魏明伦

1994.2.于巴蜀[illegible]道辞

電話 Tel 66?935 629514
Fax (028)62?514
電掛 Cable 1676
郵編 Post Code 61001

魏明伦

中国作家协会上海分会

范用兄：

您好！来示敬悉。

前奉《[illegible]》一书，还望您快拍了寄我。因上海书店已向我催讨。《小老虎》一书，只能还了再借，否则我不好开口也，乞谅！

重印卅年代漫画，是您我共同的心愿，我只是个爱好者而已，当然愿意促成。河北教育所出一大套专人系列，张薇玉社长要我为"胡考"集提供资料，我也答应她了。我手头尚有华君武全套和别的一些漫画专集，我们两人凑一凑，也许可以成事。不过我过去保存的各种全套漫画刊物，几乎全在历次运动中丧失，但上海书店都有，上海作协资料室也有几种，必要时当可设法凑成。——我四月份有事来京，我会检出都带来，与您一起商议如何编选此书，面详最好。

另外，我趁此奉托一事，河北教育出版社除了出漫画系列，听说也要出《孙大雨诗文集》等书。我近两年内陆续写的一些小文，继《文心雕龙》后，可成册，附上目录，不知是否可为我问问该出版社否？（或别家也可）。当然，此乃不情之请，明在知己，姑妄求托，如有为难，千万不必勉强，置之作罢可也，我决不介意。

匆匆不一，专此 敬祝

健康！

绍昌上 3/24

魏绍昌

中国艺术研究院

范用同志：

转来的月刊收到，以前由我院一位进修生代交我的月刊也曾收到，亦係黄先生请您转的，於此一併致谢！

未晤面，但常听袁运甫同志谈及过您，待有机缘，当来领教。

敬祝

暑安

吴冠中 七月十五日

我家电话：781091

吴冠中

范用同志：

现送上拙著《画廊中的思考》一册，稿件一份（《打扰〈读书〉》），请查收。我近应"全国妇女工作中心"之邀，参加一次旅游（"长江行"）：本月二十四日晨乘飞机到重庆，稍事休息，即乘"旅游艇"沿江东下，沿途游山玩水，借以采风。约十一月中旬返京。行前来不及去辞行，亦无法参加二十五日的"读书服务日"与诸同志畅谈，为歉！

《现代主义小议》一文，系读袁可嘉同志谈"现代派"一文后有感而发。看后请参阅原稿。此文与《现实主义小议》同一格调，有感而发，"实有不能已于言者"。二十余年来，许多人动辄"批判"，却对于"批判对象"实一无所知，作者指出，就有人为之辩护曰："但因为立场正确呀！"我真不信信口胡说之徒能够有"立场正确"。可嘉之文，态度比较严肃，拙稿借该文发挥，对于有一位先生"左镜"（署名理她）有所指责。《读书》可谓广开言路，但过去也

此处可删节

似有不足：一为"怕得罪人"，二为"怕引起争论"（《读书》编辑不多门）。拙稿或仍有些问题，我另外建议："得罪人"由我负责；若有来稿"争论"，不妨转给《文艺报》，因为对于"现代主义"的"讨论"正在进行中。此信可请《读书》诸同志一阅，都是友好，直言无讳也。

又经曾被王式读及三联先后约出一文集（"西方绘画的再认识"），今积稿已三篇，字数达十余万（其中二篇将在期刊发表）。年内拟再写一篇长稿，或为全部交稿。恍"兹事体大"，容后面商。

匆此 即颂

大安！

吴甲丰 10.23

此次旅行同游者多为山水画师，郁风、苗子、永玉、曼中均因故未能应邀，未免美中不足。幸亏还有一个李津厚，可以"论道"。

20×25=500 中国艺术研究院稿纸

吴甲丰

ATP丸药系1975年给我的，时间太久，我担心它会变质，服之见效大为宽慰。我即是服已六丸，病便不犯，诚是好药也。可多买些。

范用兄：

谢谢你借给我的书报，均已看过，并当送还。夏志清至巴黎见到，他的文章写得不错。

我和凤霞将在北戴河住到九月五日左右，欢迎你来，可以住在我们这里，条件很好。

《回忆录》何时出版？念念。

祝

双安

祖光

凤霞

廿二日

苍蝇不多，蚊子不少，但不足为害，点一盘蚊香就行了。

吴祖光

范用同志：

猴头儿香豆儿

扎(注)参儿！

小吃吉林来的

便带去！

祝好！

凤

注：东北参儿。

（1478）

新凤霞

中国人民政治协商会议全国委员会

范用同志：

日前託陈原同志奉上拙作一册，谅已收到，乞赐指正。手头册数余赠，故请代买平装本十五本，精装本五本，拜托。顺致

敬礼

夏衍 3/11

夏衍

范用同志：

兹订于二月十五日（阴历正月十一日星期日）中午，在河南饭庄（地址：三里河 十三路公共汽车终点站附近路北大楼）略备菲酌，敬候

光临。（请于午前十一时到）

夏承焘 吴闻谨订

二月十一日

夏承焘

萧滋

三聯書店·中華書局·商務印書館 香港總管理處
JOINT PUBLISHING CO. CHUNG HWA BOOK CO., LTD. THE COMMERCIAL PRESS, LTD.
HONG KONG GENERAL ADMINISTRATION OFFICE

（　）字第　號　頁

所以至更加相信也是如此，看来我们的革命是[illegible]的。

至于香港回归后的社会甚变化，知识界最关心的新闻自由和政党政治问题的干预，当然中国领导人的不干预政策起了主导作用，但香港以及国际舆论的监督也是很重要。在此我国领导人的[illegible]如此清醒，[illegible]，[illegible]，[illegible]！

我已离开[illegible]，今后来信请寄[illegible]！

弟 萧滋
98/2/13

9TH FLOOR, 10, QUEEN VICTORIA ST., H.K. TEL. 5-215318 FAX: 5-8452519

中央文史研究馆

范用兄：谢谢白山诗信。您每年都有高雅别致、意义深刻的贺片，我们无以回报，甚为歉愧。您一生为人作嫁衣裳，述而不作。只希望您有天能大动起笔来。今则写些生活回忆，又写些文学回忆录，正在《新文学史料》上连载。十二月（第四章）号有[illegible]，不知您注意了否？匆问

近祺

萧乾上
91.12.22

洁若附候

萧乾

中国作家协会上海分会

88.5.8.

范用仁兄：

去年病了一年，近来通候，两蒙承厚意约稿，亦以心力不逮，难以应命，至深歉疚，所托拙文，莫逆于心，尚祈见谅。每有友好去来北京，藉悉起居佳胜，式符颂祝，抑即释然矣。

四小女圣思近年在华东师范大学任中文系讲师兼外国文学教研室副主任，尚能称职，上月已完成《九叶诗人作品选》一书，系《中国新文学社团、流派丛书》之一，（由钱谷融等主编，列入国家高教七五科研成果计划），兹附上其所作《前言》一文，敬乞指教，不识《读书》能采用否？

新加坡文化部今年五月举行的艺术节（每两年一次），其中有国际作家交流周一项，迭次函电邀约前往出席，弟因近月健康体力有所好转，已同意赴约，将于本月廿日飞往，六月初可归，届当续陈。即颂撰安

王辛笛

王辛笛

范用兄：

沙坐同志来，送徐铸成书并告以兄忙事，甚念。

子冈日前又第二次中风，送人民医院医疗，尚在观察中。估计不会出大危险。当年曾读及"桂林通讯"选出三四十篇，可编一本书，内容为一九四三、四四年的。后来就搁下了，日内再找找出看看，当然不会赶上徐铸成的文笔也。

……宝不得也。但……而非随笔。

报刊上关于"四化"的文章多了，对于老工商业者的评价文章也多了。今想从明年起（为子冈不愉）写点就文论人或就事论人的笔记按语，为读书作点工作。预告在先也怕是不行吧。谨致

敬礼

徐盈
十月廿九日

徐盈

我的宿舍是瑞金路廿八条六十三号、又及

范用同志：

有二件事麻烦你：

(一)九六五年间，我有一部论社会主义经济的稿子，送给人民出版社，请你查一查，如果还存在，是否可以退还给我。

(二)人民出版社现在是否还有稿纸(每页可写五百字的)，如果有，是否可以设法代我买五百张？

敬礼

许涤新

七月十六日

许涤新

中国作家协会

我的电话：524.7951

范用兄：

您好。

收到您寄我的《我爱穆源》，谢谢您，这是一本很好的书，从装帧到内容都叫人喜爱，不仅可读性很强，而且有珍藏价值，把这本书和今天某些"走红"的出版物摆在一起，那比较而雅俗也立见了。

去年大病时间很长，不能去看您，很感不安，您搬迁了，交通又不便，使我们少了见面机会，只望您和大嫂多多保重，您搬住了楼房，没了扫院子的事情，可多到户外散散步，不要总在房间里。

并致问安并祝春节好！

觉民

一月七日

许觉民

目　录

马国亮

范用同志：

大札并承惠赠《天下真小》《与傅聪谈音乐》，均拜收，十分感谢。

《良友》寄北京信箱贴条，亦已交办，以后当如遵命，请释念。寄来《读书》亦已得收。交换中不知是否包括《人物》及《文摘》二种，因对编辑部参考需要而言，该两刊似较重要耳。交换刊物，望径寄编辑部收为荷。

京中如亦代、丁聪、苗子诸友，和您谅朝夕相见，与我均相交数十年，虽常听他们提及，却到了香港始获识荆，不禁又感"天下真大"也。论交虽短，论谊应深，今后望多赐教。

惠书无以为报，另邮寄奉去年在沪出版的拙著一册，请赐正，祝时安。

马国亮 上

八五年二月

范用先生：

久未通候，想一切安顺。每期寄上的画报，谅均收览，您是出版界的老行家，望多指教。

我来港忽又两年，终日在忙忙乱乱中混过。最近才抽空把美国之游所写的稿整理了一下，也补充了一些新写的，全部计十一二万字。附上篇目，不知三联愿为出版否？如荷接受，在香港出版（周期会快些）或在北京出版，均无不可。

篇目仅提供内容一般概要。倘认为可以考虑，当将全稿寄奉审核。倘认为一时难以考虑，亦盼示复，以便向其他出版社接洽，不胜感之。

另邮寄呈拙著《艺苑风情》二册，是前年在上海出版的，请赐正。

专上，即祝

近安

马国亮 上

86.3.25

范用大兄：

多日未见，不知拐棍已束之高阁否？

承介绍吴延年大夫，已服他的药十余帖，虽未见显效，但夜尿频数的情况已有好转，看来我的是顽症，不会很快见效，现仍耐心向他求治中。

拜读大作《我爱穆源》引发了许多儿童时代的记忆，虽届耄耋之年，小学的情景还历历在目，与阁下类似的是，我当时也喜欢去学校的舞台中活动，而且至今也只是拥有仅有的一张小学毕业文凭，解放后填写履历表，却不许我写“中学肄业”，而写“大学程度”的。录此聊供一笑。

匆匆余不一一，即祝

近好

弟 马国亮

95.6.18

范用老兄：

抵美已一个多月，原想俟一切安排妥当后再给您写信，不料事与愿违，至今仍未租得合意房子，原来寄存在友人家中的各物，都未能逐一摊开取出，答应给您寄去的拙作及复印本等均未能及早办理，十分抱歉。至今亦未收到香港寄来的余稿，致存兄处所缺部分也未能迅速补全。

目前在此租房子的情况与前大不相同，数年前你看中了一个房子就可租用。近来不知何故，每一房出租，就有多人去看，结果是业主挑选房客，我们看了多处，都未被选上，徒唤奈何。人们不愿买房子，宁愿租用，可能和近年美国虽有复苏景象但人们还不存乐观有关。

在京数度欢叙，又承对拙作多所关切，至为欣感，一俟安居后定将各件迅即奉上，书不尽意，余容后叙，即祝

近安

弟 马国亮 上

95.11.20

范用老兄：

遵嘱寄奉半世纪前写的拙作《春天春天》，请指教，收函请回一示。

此间报载《读书》主编易人，不胜感慨。弟对《读书》情有独钟，年前来美定居，所存定期刊物均舍弃，独将《读书》由第一期至92年间全套装运来美，其后一时候因居无定所，收集全套的愿望无法完成。今闻易人，无限依依，但愿内容不致如《广陵散》同其命运也。

苗子自冬夏颠倒之地来美，说好与郁风回京度春节云。恨未能与兄等一同欢聚也。

匆祝好

弟 国亮

96.1.14

范用兄：

得信至感欣忭，“惊魂”与“相约”妙语连珠，读之延年益寿，两“歌”则使人想起私人办出版的快意与满足，年轻时爱读的《画梦录》，由于何其芳后来成为革命斗士，那时的作品让其湮没是可惜的，正如我们不能因时而废掉李杜一样。

在此之前，苗子也曾简单地告我，有日人传闻他已归天，还曾午夜向您求证，我回信给他，说他写遗嘱太多了，一再而三，以讹传讹，咎由自取，只是徐迟的轻生，实在使人难以接受，我曾一再函问亦代，至今未见复，您能见告一二否？

来示说，“书稿”都收到，是否包括《浮想纵横》和《女人的故事》？两书的错字不少，有似是而非，还有多余的字、多余的句。书在香港印刷，鞭长莫及，赐阅时请心领神会，心中有数是盼！承为我奔走在国内出版事，古道热肠，铭感不已，成功与否，同样感戴，上述两拙著曾分寄赠京中诸友，至今未见有来信说收到的，故有此问。

潘际坰（您大概认识他）经香港小住回来，携赠《陈寅恪的最后二十年》，诚如阁下大作所说，确是好书，读后不觉感慨万千！祝近好。

国亮

97.1.14

范用老兄：

久未奉候，近日有何上市佳作？

弟近又凡心大动，又想出书，原因请看附上的《告读者》。另附各辑样板各一篇，请审阅。以阁下老出版家的资格，如认为还有可取，当再将全稿寄呈审阅，全书十一二万字，附目录。

如认为可以出版，也无需到处求人，我打算自费出版，有一笔积存在上海的退休金，可以派派用场。阁下是老行家，北京有哪些专为自费出版办理印刷及代售的，印一二千册，有便给我打听一下价钱，看看能否应付。那当然等你审阅了以后再说。

罗孚已抵美，我们和他及潘际坰曾杯酒联欢数次。苗子、小丁久无消息，不知近日又流浪何方。小丁是风尘仆仆于画展的。

祝

近好

弟 国亮

97.7.12

范用先生：

潘兄转来印自照片的贺简，感谢之余，既喜且羡。睹物思物，弟髫年照片，先后于抗战及十年浩劫中荡然无存，千金犹可买马骨，此物万金不复也，阁下拥此，大是骄人。

往年柯灵兄寄来所作小品剪报一文，题为《别了，贺年片》，内容为言年老体衰，不再为贺年片疲于奔命，以此敬告诸亲友，弟则取法中庸，有来始有往、投桃报李，聊报君子厚爱，为此不免稽延。幸赐垂鉴。

屡传诸友在京雅集，尤以在府上居多，辄为神往，病足未能远游，惟有望洋兴叹，阿朗兄怀乡情深，谅仍乐不思美也。即祝

大好

弟 国亮

九九．二．四

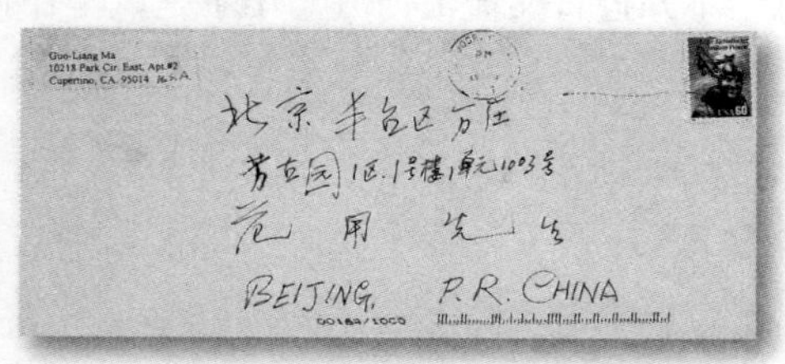

马　骏

范用同志：

接奉二月十五日惠赠贺节片及附札，承蒙褒勉，似有惶惶然之感。从五十年代初期起，就在出版界跑龙套，恢复工作后又在四川出版界混了十年，我一生创建了人民体育、四川科技、四川教育三家出版社。除去挂牌子以外，成绩平平。加上在四川人民出版社工作的总和，也不及三联书店之万一，我认为三联是真正学人的出版机构，我搞出版是纯粹的跑龙套，或曰摇旗呐喊。现在是旗已无可摇，只是偶尔还呐喊两声而已。

读《光明日报》，知你仍雄风不减当年，有宝刀不老之概。令人钦佩。

我离休后仍留四川人民出版社任编审，实际上在跑另一场龙套，为出版协会编审书稿，借以筹集奖励基金。我以为在当前出版界的繁荣景象下面，潜伏着一股暗流，那就是出书滥，质量越来越低，我们缺乏挽狂澜之力。只能弄点基金来奖励优秀图书的编辑，因为当前的时尚是经济杠杆可以起点作用。如此而已。

专此恭颂

撰安

马骏

88.4.15

范用同志：

惠书敬悉。经询问编室的崔昱昌同志，据称《龙》刊二期，因拖期已于五月中寄出，四期刚刚发出。为保证你能看到，四期重寄，惟二期需要搜罗一下，才能办到。阁下列入长期赠阅名单，第四季度似乎不必订。明年如何，我无把握，因为我从今年起已正式离休，估计他们还是要赠阅的。

《龙》刊现在不易办，每期印 4 万，仍不敷支出，质量高的稿子不易组到。编室的同志嘱我转恳阁下抽暇写点文章，为刊物增色，如蒙玉允感同身受。

五、六月间我去了上海、山东，所见所闻，感慨良多。归来因迁居跌伤头部，昏沉两阅月，现已逐渐康复。

文葆兄已数月未见来信，请通个电话代我问候。谢谢。

邮票已由编室寄还，今后购书，如数值不大，无需寄款，免得寄取麻烦。

专此恭颂

撰安

马骏

89.9.15

范用同志：

你好。

收到你的贺年片，正值我当晚要去重庆，同时收到邮局退回来的我寄去的贺年片，原来你已乔迁，我信息不灵，致遭退回。年来关于你的近况仅从熟人口中和报刊上偶尔得知，好像你还没有摆脱《读书》的事。

《龙门阵》又换了一批人，业务生疏，曾挽我担任主编，我因不愿介入人事纠纷，婉言谢绝。我离休之后，有条原则，绝不应聘，让事务拴住自己。我喜欢钓鱼，谈天，不受约束。近年来主要审编地方志（省志），偶尔写点“三命”文章。三命者，一曰奉命写作，二曰奉题作文，三曰文章短命。无前二“命”，概不执笔。一生为人作嫁，何曾求有传世之作。文葆兄说我晚年生活潇洒，可能正缘于此。

目前出版界不景气，我看不是书出得少了，而是出得多了，出得滥了。不知阁下是否同意我的观点。听说三联有位女总编很能干，走正道，未丢三联老传统，你们后继有人，可堪告慰。

春节将至，聊奉数语，拜个早年。专此恭颂

撰安

马骏

95.1.18

马子华

范用同志：

过去通过唐登岷同志的关系，我曾把手边保存四十年的天虚的《铁轮》借给你，并写了一篇传略奉上，迄今已历一年，始终未蒙回信。究竟如何处理，一无所知，兹特函询，请速示知，若还用毕，请即退寄，以免悬念。我本来写着一本《我的文艺生涯五十年》和《忆左联》，但因忙于云南大学教课，虽写一部分，尚难完成。我曾见到你们《近代中国文学史料》的刊物，也未见《天虚传》，我写的兴趣也索然了。

专此顺颂

著安

马子华

四．一

梅　朵

范用兄：

收到你的来信，很高兴。我应该谢谢你和你的小外孙女，这一页贺年片登出后，得到读者热烈赞赏！因为这里充满着一种生活的温暖，又为我们添增了一种生活的信念。不管路是多么艰难，但是只要听到孩子的笑声，就有了力量。

你的贺年卡，更有一种不屈不挠的精神，我想，不必管那些小丑们高兴不高兴了，去他们的吧！

《读书》我已收不到了，新的主编已经把我丢在一边了！我本来想写信给你，但一想不要麻烦你了。

谨致

敬礼

梅朵

五月十八日

梅　韬

范用同志：

昨天从陈琪兄处得到您的信，真是又感激，又惭愧，又钦佩。感激您这么忙的同志记得我一件件的要求，惭愧我的“任性”，什么都找“迅速”“认真”“热情”为读者服务的您处。钦佩您，多多地增添了像您一样的人，“四化”准会展开快得多，必须向您学习。陈琪兄，昨晚还特地邀来韦起应同志，今后，我一定去找他，他热情地答应了，给我帮助。

谢谢您处寄下的《新华文摘》和《读书》。《辞海》我将托韦起应同志，谢谢您，今后也尽可能托他，在广州解决。

“中国民族史地资料丛刊”请不用再为之费神费时间了，我喜欢民俗学，只是喜欢，看不到也就算了，不过，我想给《开卷》去个小投书，请他们以后别刊出这样的（文章），建议读者订购买不到的书，我是从《开卷》知道的。关于《苏军在日本登陆》，目前已由北京友人寄来，也已转给了《天地》，谢谢您，如已代寄港，他们会更高兴，如尚未寄出，就请不用再寄。昨天我才知道，我国刊物由邮局负责，不定期的又由新华负责，我不久即去北京（三个月后），到京后，再自己想办法。我还想，大陆出的台湾的小说、散文、诗歌，准备都去托韦起应同志，今后，买书事，实在不好意思再给您添麻烦了。我的稿费不知够不够付代垫书款？便中请见告，买书事不再烦您，但有另一件麻烦事要恳请您大力支持。

说来话长，我最初学日本文学翻译，72 年后，学译了一些文学以外的书，回国半年后，知道了一点国内情况（也是在最近作了“日本概况”讲座后），即纸张紧张。但是否可以出点外国文学的，特别是像日本的社会犯罪案的推理，如《人间证言》，我们连电影都进了口，书很快也将出，这本书，在上次译稿中也提到（《读书战争》作者），完全是用钱制造的“畅销书”，对今日我国四化，个人感到意义实不大，如果我们为“赚钱”，那么可以，但我们是社会主义国家。这样想，也许国内不能明白我的意思。我想，搞出版、翻译、文化工作的领导同志，不知怎样看这个问题。我不是为了想推荐我有的书，而是感到比之上述《人证》之类，仅仅从我个人去年接触到的几本日本畅销书，就有值得人民出版社考虑出的。香港是资本主义体制，出版不得不考虑成本、售价，这本书的中译本，这本书，作为了解日本经济，了解他们领导人意图有参考价值。简介，容日后整理出“概况”讲稿后，再寄上。

其他:《推动日本社会前进的个性人物》，作者，前文部大臣（教育部长）、朝日新闻社论委员。这书对我国目前扭转不重业务干部的情况也许有参考价值，推荐的六个人中，有两个是和中日友好有关的高崎达之助、松村谦三，然后是新干线的创始人十河信二，教育家安部矶雄，外交、国际问题专家币原喜重郎，角田柳作——在美国研究、介绍日本文学的人。约八万字。

还有：日立、松下专书介绍，上、下二册。

此外还有十本，镰田慧写的报告文学，他是从日本临时工、基层（承包、转包、再转的工人生活）斗争写起的。我觉得我国目前，特别是领导干部，该看看日本工人在什么样艰苦被剥削下发展日本经济的。不久前听说，《参考消息》介绍了丰田汽车公司，但丰田如何压榨剥削的一面，我国去日本参观、受丰田老板招待的领导们是不可能知道的。我对这事有意见，因为目前大学生、研究生普遍崇洋，问其原因，《访日回国报告》说的……

镰田及另外几个专写这一类报告文学的书，我有兴趣，要是我能不教日文，有房住，有固定收入，我愿意和几位同志尽可能全译出。目前，我希望七月末去京见着您时，“大喊大叫”这个问题，因为我已是“去日苦多”的年龄，而我的一点点知识，是祖国、是党给我的。请原谅我把话扯远了。再是关于日本的教育方面的书，日本的写出社会黑暗原因的优秀推理小说，都坐在我书架上，望我兴叹，我不想找人民文学出版社，也不想找《世界文学》，因为那里人才济济。我想试试天津百花文艺社，60年，他们出过我的《日本民间故事》。文学作品，我想推迟一点，想先推荐点经济的。另外还有一二本有关日本如何重视情报收集的，改天整理出“讲座”，原稿再奉上供您处参考。今天我就先写到这里，写得不对处，请原谅。草率不恭乞谅，专此道谢，敬致
敬礼

梅韬

4.30

范用先生：

在广州时曾给您写过一封较长的信，但未收到回信，不知您是否出国访问去了。我在6月末来到东京，现在到了日本南端的鹿儿岛，住了四天，明天下午回东京，已预订8月8日去北京的机票，到京后，能否住进华侨大厦，现还不知，因我想节约在日本托旅行社办手续所需费用，否则是没有困难的。

一向承您在各方面赐以协助和指导，这次去京时，至盼能有机会见到您和亦代兄，我在北京大概住一周或十日，然后经上海、苏州返广州。在中大还有两个月的课。

这次来日后，明显感到家家人人的节约，从书来说，去年980日元，即未满千日元的，都涨到1200日元，1200的涨到

1500左右，新书也不是太多，离日前准备再去两三家书店看看。

不久可以在北京见到您，今天就写到这里了。专此敬候

暑安

梅韬

7.28于鹿儿岛

范用同志：

上月中旬我到了北京，因与广州气候相差很多，患了一次感冒，没有早日奉告。听秦人路同志说，您对我工作、住处问题都在关心，实在感谢。

听人路同志说，原先您嘱译的日本报告文学，经人路同志建议，先译15000字看看，准备先在《读书》上试刊一下，再决定是否全译。但每篇都在二万多字，不得已，译了三分之二，已寄上，日前听说正在考虑，《读书》可能觉得太长。我也知道，这不是《读书》所需，看来是要给您们增添麻烦，难于处理。以我个人意见，如三联能出单行本，选三四章，约八万字，出单行本比挤《读书》篇幅好，《读书》文章，多短小精悍，不是刊这类译稿之处，不知您以为如何。对国内刊物，我必须努力学习、摸索，才能少给您处增加负担，关于这事，我也是十分感谢您热情、耐心地所赐的帮助。

在生活上，我目前还可以，因住房（北大招待所内）不用付费，只是伙食，国内伙食费用开支不大，我同时也在为香港翻译，谢谢您对我的关心。

天冷了，请您多多保重。专此敬致

敬礼，并贺新年

梅韬

12.24

范用同志、亦代兄：

谢谢您处在百忙中把宝贵的资料《孙秀玉同志国作品选译》赐下，我正在隔周作“日本概况”讲座，对我工作帮助极大，特此道谢。

前些时找到一本（实际是去社带回的）《读书战争》，其中有一二章谈岩波及目前日本青年读书情况的，本拟早日摘译寄上，奈开课后不久，可能是吃了未洗净会有农药的菠菜，腹泻数日，近日方愈，于是又得此借口，请求原谅，今日有友自东京来，住四五天回去，待她回去后，一定摘译该书寄上不误。

又，《读书》贵刊自去年九月号后，未曾收到，麻烦自去年十月号起代为补订，订费请先待垫，容秋天去京时奉还。一再以琐事相烦，至请见谅。又，听说北京春节前已出版单行本的《苏军在日本登陆：第三次世界大战·日本篇》，广州仅到样本，尚未有书售，北京是在书店出售的，因为香港天地图书约我摘译，第一册已交稿，后知北京出了第二册，日前天地来信，希望我在内地给他们代买一册《苏军在日本登陆》，只好又向您处求援。如有可能请费神代购一册寄下为感。

亦代兄前赐书，说三月间将去美，可能经穗，现已月末，不知已成行否？便中请见示，若赴美不经穗，回国时有无可能过广州呢？

谢谢您费神代联系铁柱事，春节时您正忙，现已得与他联系，特此道谢。专此道谢，并致

敬礼

梅韬

3.21

范用同志：

在京时承您百忙中为我介绍的《圣经》译稿事联系了有关方面，又为我那份没有什么用处的稿件特地请沈、秦两位同志来看我，还承一直赠给我许多书，真是感谢。我在8月7日安抵福州，工作是编译，仍有时间从事自己愿做的日本社会学——日本人——方面的工作。另外我知道的一点有关台湾的知识在此也有点用处，这一切使我非常高兴，生活上也没什么不方便处，只是交通不太方便，一切都很好，请您放心。

我现在准备在9月上旬去港转日本，在港停留不久，在日约一个月，还想去新加坡几天，11月上旬再返福州，现在我在福州社科所工作。

再，今春我从日本订购了五册图片很漂亮的有关宗教的游记，内容以宗教为主，我很喜欢这书的图片，但我没有时间去译，今特挂号寄上，赠送您处，以答谢您处所赐种种帮助。同时附上一页摘译自日本报纸对此书的介绍，不是做投稿用，不成为译稿，只是供您处参考用，请查收为荷。专此，道谢并致

敬礼

梅韬

9.2

范用同志：

久疏问候，至希见谅，去年9月去港、新加坡、日本近三个月，12月上旬返榕，又患重感冒两周，接着是新年、春节，一直没抓紧时间向您处道谢赠给我的许多对我极有用的书，实在太失礼，务请宽恕。

这次从外边回来，带来一些东南亚经济方面的书，有的已约

人译，但出版不易，因这类书，销路不会大。

工作已渐上轨道，福州供应较差，食物方面有水产、蔬菜，只是对外及本市交通都不方便。读书研究很好，要吸收知识，了解情况就要出外跑跑才行，3月中旬或下旬，我想去北京一次，届时当去拜访，专此道谢，并致

敬礼

梅韬

2.18

附给编辑部董玉秀（秀玉）同志一信，敬烦转交，谢谢。

范用先生、亦代兄：

首先请原谅信回迟了。范用先生8月14日寄港的信在亦代兄的信之后转来。知道几册拙译都收到了，译得差，至请多多指教。您处寄下的《读书》月刊一与二期收到了，以后的没收到，日本还没有出售的。从第三期后就没收到。真遗憾，这里有个友人（日本人）已通过内山向国内订了。

承您处向我约稿，真惭愧，写不好，勉强写了篇东京通讯，拉杂地写了些书与书店，如果不能用，就请做个资料吧。我因为准备10月初回国，杂事多，定不下心，这次回去，可能在中山大学教书，北京已批准我以探亲身份回去教书，中大或其他大学都可以，现中大已向教育部呈报，不知何时批下，我想10月中旬回广州，年内去北京一次，自己去向侨办和教育部请求早日批准。那时，一定趋前拜访，我不会写，只是看过一些日文小说，知道点情况，就像这通讯中写的，除《兔之眼》外，另外两本可以写书的介绍，如果您处认为这类书可用，回国后，再写了邮上。到京时许多问题都要请多多赐教，先此道谢。

《新华月报文摘》这里很难买，还没能给您处写稿就先提要求，实在不好意思，承来信问到，真感谢。如果能够，至乞将贵刊自第三期起，及《新华文摘》今年的，寄到广州我亲戚家中。

我因已改日籍，所以回国最多住十一个月，就应当再来日本一次，请我使馆再签发给我“探亲证”，今秋回去，明夏再来日本，这样也可以吸收点日本书的情况与知识。

再是社会科学院出的季刊，不知过去的还能通过您处代为买到吗？日本已买不到，我去广州前，将先去港一周，由香港进去，不知您处有什么需要我在港代买的书没有，我准备在《七十年代》找找其他刊物及《七十》已发表的有关日本文化、文学界出版的小资料带回去。

如要代买什么书，请告知，在我能力所及范围内，一定努力代买。专此敬复，并请

大安

梅韬

9.6

至请原谅没时间再抄清稿件，怕再拖下去，下不为例！

范用同志：

很久没有写信问候，想您工作一定繁忙，本不应以小事奉扰，但几年来多承您指教和赐助，使我在感谢的同时，在困难时，自然地想到您。我还要向《读书》全体同志致谢，每期都赠我，给了我极大帮助。

现在有一事相求，我想给黄裳先生一信，但我不认识他，特写这信请您赐助，代我转给黄裳先生。我想找他的原因，请看一

下我的信。一是有关我现学习研究的百日维新与明治维新的关系——我们为何没成为在工业化有成就的国家？这次《读书》4月号上，黄先生的《论掌故》一文中的文廷式，是我父亲的舅父。第二，是我想知道如何能得到黄先生的著作。6月初，我拟去穗，7月、8月去日本，如需在日本寻找或复印书刊，请不要客气地告诉我。专此奉恳，敬致

敬礼

梅韬

4.18

黄裳先生：

请原谅我拜托范用同志代转这信给您，您在《读书》上发表的每篇文章都使我受到很大益处，真是十分感谢。

写信给您，有两点敢请赐助。一是关于文廷式的小册子。文廷式是我舅公，我祖母的胞兄。我父亲受到他很大影响。我父亲是张之洞的得意门生（与叶公绰先生为莫逆之交），留学日本。我不知您能不能让我复印文廷式这本小册子，我想看这小册子，不是因为是我舅公，而是因为从您文章中知道了，我舅公那时候也知道了德国人对我国工业化的要害，谈得很对，而这一点又是我这三年来苦苦思索，希望能得到解答的一个谜语。在日时，读到黄遵宪的《日本国志》，就感到国内79—82年学日本，引外国技术不能不学日本明治如何维新，中、日两国，一个“明治”，一个“百日”是为什么。今年在日本书刊上也看到这样谈论我国应从日本明治维新学起的文章，现在读到您这篇大作，真是感谢又感谢您，您如能答应我到北京去复印这小册子，我9月初自日本回来后，即去北京拜访您，把这小册子复印下来。关于文廷

式，港《大公》主笔赵泽隆先生曾以龚念年笔名写过“珍妃的老师文廷式”，不知您看见过没有？我7月取道香港去日本，约八月中旬回来，您如在东京、香港要找什么书，请不用客气地见告，因我在日本有不必友人和学生，他们多在大学、图书馆、出版社工作，日本找书、复印书目录也容易查找。这是我应当做的，尽管我力量薄弱。

日本有不少人研究我（国）近代史，最近从鹿儿岛大学来了几位教授，其中的一位是研究林则徐思想的，他说，鹿儿岛的西乡隆盛受到了林则徐的影响。鹿儿岛收藏有林则徐的著作，已答应回去后，把书目寄来。最后，由于我出国二十年，不知国内抢购书的困难，常常落伍，又不能再找到。为此十分苦恼。我现在正托各地友人代为寻找您的大作、集子。如果您知道怎样可以设法购得您的大作，如集子，刊物上已出版和将出版的，谢谢您告诉我。我不敢说请您赠送我，因为有时作者手中常常也只有一本。

另外，简单地向您介绍一下我自己。我现在在福建社科院工作。1949年11月在外文局《人民中国》英文、日文版工作。1953年到61年在《世界文学》。1954年与同在《人民中国》工作的日本友人结婚。1961年同去日本。1970年离婚，1979年回来先在中大任日文老师一年。81年起即在这里工作（在编）。每年有三个月假期，去日本、香港。明年起准备学习研究黄遵宪《日本国志》，摸索中国与日本明治维新。我国在我父亲时代，留日者闻达二万人。

信冗长，占您时间，请谅，专此敬致

敬礼

梅韬

4.18

苗　地

范老：

您好！

您老的像看起来好像很有特点，但画起来则很难用夸张的手法画成漫画像。前后共十数稿，最后还是不满意，我就是这个水平了，请原谅，特别是拖了这么长的时间，十分抱歉！

祝你健康，保重身体！

苗地

十二月八日

穆　欣

范用同志：

来信并赐大作均已收到，谢谢。预祝新年好。

关于《朱元璋传》1965 年初重印前后的事，经过十年浩劫的折腾，有关资料已遭破坏，仅据尚可查考的片言只语和靠不住的记忆（我被林、江一伙关在狱中时被他们用兴奋剂毒害头脑，早年往事尚存脑际，近事则被“冲洗”掉了）奉复：大约在1964 年九、十月间，《光明日报》记者得知吴晗修改《朱传》将由三联重印的事，曾在《情况汇编》上有所反映。据说毛主席看到这些情况，很感兴趣，说要看看，还说“朱元璋还是好处多些吧！”。1964 年 11 月 26 日，康生曾打电话到报社来说，毛主席想看新版《朱传》，他打电话向吴晗要，吴晗告他尚未出版，希望我们与出版社联系，如果一时出不来，可先送两份清样。

当时曾打电话给阁下，正好不在编辑部，当请梁涛然同志转达此意，还打电话告诉了王子野同志。以后子野送来两份清样。据说毛主席看了（1965 年 2 月初传出来的），曾讲过《朱元璋传》还要它出版的话。那时意识形态领域斗争形势严峻，人人自危，传说范文澜同志都很担心会受批判。以后知道，江青当时就说出了要批判。至于“毛主席跟吴晗谈过对此书的意见”则未听到，估计当时已无可能。是否将 1948 年该书初版时毛主席致函吴晗的事误记？有关《简报》已无法找寻，毛主席看清样后讲过什么意见，当时也未听到。

还有一点资料另附，可能无大用处。即祝

撰安

穆欣

1997.12.3

范用同志：

收到六日手书，非常高兴。谢谢随信寄来的韬奋纪念邮卡。

我也离休已近十年，在家里读书，有时也学写点小文。因为偏居城郊，较少走动，许多同志久未联系。前年汇集几篇有关抗战时期新闻出版方面的旧文，交给重庆出版社印出。其中有几篇记述韬奋先生的短文。现寄上一册，请您指教。还曾写了一本《〈光明日报〉工作十年的回顾》，近期将由中共党史出版社出版，待印出后当再寄奉。

明年是韬奋百年华诞。我因近年参与编写战史，久未续对韬奋进行研究，难以再写新文。1981年湖北人民出版社所印作了修订的拙著《邹韬奋》，想曾见过。该书反映尚可，1986年由宋木文同志推荐，日本还出版了全译本。国内索书者不少，只是该书印数过少，早已售缺。该社因系地方性出版社，出书范围有所调整，又因出版界严肃书难销，从经济效益着眼，不再重印。年前商得同意，已收回其专有出版权。原拟略作修改，设法重印，以纪念韬奋百岁华诞。不意由于出版界热门多不在此，一直追索无门，令人慨叹。

顺颂

大安

穆欣

4月9日

倪海曙

范用同志：

最近我从上海回来。在上海汤季宏同志处抄到1975年10月18日我写给他的一首诗，现寄上，不知能否请陈允豪同志代我补进《杂格咙咚》最后一部分“冰花小集”中。这也是我在“四人帮”高压下的声音。《杂格咙咚》想来仍未发稿，此书只有资料价值，如出版困难，也可不出。我绝对不会有意见。

我在编一本文改的学术性刊物，叫《语文现代化》丛刊，暂为不定期刊，大概每两三个月出一本，大32开，320页，每期24万字，由中国（大）百科全书出版社上海分社用“知识出版社”的名义出版。由于分量大、印数少，定价不能不高，即使这样，出版社每期还要赔二三千元。因此我决定登些广告来弥补，并尽可能降低些定价。现在上海教育出版社支援了我们一个封底的广告，不知人民出版社和三联书店是否也能支援我们一二个。登出版广告不仅为了推销书，也有提供学术和出版情报的意义，同时也是出版社对自己工作的宣传。现在出版社偏向于一切为了利润，这不一定对头。文化工作不能完全生意眼。

你是少有的热心人，也是有远见的出版家，为此我才有勇气向你伸手。我做了四十多年文改工作，现在年老力衰，还要为它化缘募捐。我的心情有时是很悲哀的。

我这次去上海是去发第一期的稿子的。

寄上《语文现代化》丛刊的编辑计划、第一期目录、发刊辞、倡议书和广告收费标准各一份。

《海外文谈》作者不愿出面，你们要出，将来直接与《抖擞》联系吧。

即祝　编安

倪海曙

79.11.17

范用同志：

很久没有给你写信，因为知道你忙，所以很怕来打扰你，以免剥削你的时间，增加你的负担。

《语文现代化》丛刊第二辑想已收到。现再送上一本，因里面发表有我编入《杂格咙咚》内“冰花小集”的诗三首，如《杂格咙咚》工厂尚未付排，或还在校对，请把这三首作为定稿，或请编辑部同志看校样时根据这个定稿略加修改，只消改动少数几个字。

另外《杂格咙咚》内“拼音小集”中有一首《我们的农民学习拼音》，发稿时缺插图，现找到一张，请编辑同志补入。

《杂格咙咚》的出版是不是有什么困难？或社内有不同意见？你非常热心，要我编这个集子，我很感谢。但如有困难，不出也没有关系，可把稿子退还给我，千万不要为难。

如已排好，但在内地出版不合适，可否仍旧照你原先的计划，拿到香港去印一些就算了。

文改会在改组中，同时还在筹备恢复原来的文改出版社，扩大为“语文出版社”，由吕叔湘兼任社长，张志公兼管出版；高等院校的文改学会年内也要成立；因此我现在完全陷于事务中。现在做事，困难是大极了，花十分力气，要做好一分事情，也不容易。特

别是要改旧创新。你的工作魄力和精神是很值得大家学习的。

另外送上人民大学语言文字研究所给我油印的拉丁化运动史料一部，请留作纪念，你曾经是如此赞助和支持这个运动的人。

允豪同志均好。

倪海曙

80.7.24

范用同志：

9月8日来信和《杂格咙咚》校样都收到，非常高兴。前两天听说美国方面在搜集我的方言作品，又听说他们也委托北大在办这件事。原因大概是现在美国有两百多所大学开汉语课，除了学普通话外，还学上海话、广州话、闽南话、潮汕话、客家话等汉语方言，因此需要这类材料。也可能是吕叔湘先生不久前出版的一本谈语文的书中，引用我的方言作品，引起了人家注意。现在这本书总算排成了，对于外国的这类要求，也可以部分满足。

对于版式，我没有什么意见。三联在这方面是最讲究的，几乎本本书都有想象力，有创造性，有特色，一切由你们决定就是了。

校样第270、271、589、590、591、594各页，有几行待我略作改动，只改几个字，对版面无影响。另外“前言”中也改了几个字。请通知校对的同志。

封面设计也由你们决定，你批准就行了。封面上的汉语拼音，要连写（“ZAGELONGDONG”或“Zagelongdong”），最好斜着搁，字大一些。（附上《拉丁字母绘写手册》一本，96页的标红圈的字样可供参考。此书用毕还我。）

衷心感谢你和允豪同志提出这本书作为选题，并为此花很多心思。这是些不登大雅之堂的东西，过去是小书店和个人出的（《苏州话〈诗经〉》是任溶溶同志个人替我出的，他等于捐钱，我也不求任何报酬），现在要由大出版社来出了。

我也有一个小小的读者圈子，以爱好文艺的青年学生和解放军为主。他们都很热情。这几年有好几个人写信给我，要求重出过去的书，我都没有回复，也没有把他们的信挑出来保留。这里从旧信中随手找到一封，现附上。河南和浙江都流传有《唐诗的翻译》的手抄本，也是青年们搞的，前几年（“四人帮”时期）听到这个消息，我哭了。其实我不是搞文艺的，不过借以宣传文字改革罢了。

随信另附上我的签名，供制版用。

即祝　编安

倪海曙

1980.9.10

范用同志：

香港出的这部文学名著，能否代我买一部？如不便，也就算了。

倪海曙

1980.9.10

范用同志：香港出的这部文学名著，能否代我买一部？如不便，也就算了。

倪海曙

1980.9.10.

文藝書屋 鄭重推薦

查泰萊夫人的情人

D. H. 勞倫斯著
艾 芬譯

上、下兩册
五百頁
定價
港幣廿元

本書可能是D.H.勞倫斯的著作諸多中譯中最接近原著文字水平的，出版後不久即告磬，現應讀者要求，再版印行，印數有限，購閱請早。親至文藝書屋購買，可享受七折優待。

文藝書屋地址：
香港九龍漢口道四號六樓恒生銀行大廈內

范用同志：

谢谢你借给我看这部文学名著，我以前不知道这部书。有一次从一本文艺刊物的消息报道中，看到英国现在对这本书解禁，很奇怪。上次又看到你给老叶的香港刊物的剪报后面，有这本书新译本的广告，所以想买来看看。现在你借给我看了，也就不必买了。

听说你藏书很多，是有名的书籍爱好者，果然名不虚传。比起你来，我不但书少（“文化大革命”前有三千多本，“文化大革命”中大多已搞掉），而且对书的知识也少。不过此书国内知道的人恐不多的。

这书看来的确是部文学名著，宣传的是第二国际的社会民主主义思想，攻击资本主义工业化社会很强烈。书中提倡灵肉一致的恋爱观也无非反对传统思想，揭露资产阶级精神生活的空虚。书中对英国的贵族则嘲弄很厉害，难怪要成为禁书。

这书的译文糟透了，好些地方看不懂。

书送还。衷心感谢你。

《杂格咙咚》今年能出版吗？封面设计定稿以后，可否再给我看看？即祝

编安！

倪海曙

1980.11.1

范用同志：

春节中有老同志来谈，说你最近心境不怎么好，经常要喝点酒，但愿“眼前一尊（樽）长又满，心中万事如等闲”。尽管“人生半是愁”，也要善于解脱。

前些日子，陈允豪同志来，我不在家，说《杂格咙咚》那本集子，新华书店不订货，不能印。我回家听到，首先不是对这本书不能出感到遗憾，而是想起为此造成你店损失，使你处境将更困难，心里实在不安。一直要给你写信，又因病拖延。

我因高血压，去年11月3日和12月24日两次脑血管痉挛，左腿失灵，跌倒在地，第二次还是从楼梯上摔下来的。医生认为这是中风的前兆（此外还有左半身麻痹、躺下就流口水、血压长期不下降等征象），为此一直病休在家。写信拖延，因病之外，

也怕想起这件伤脑筋的事。

当然，详情我还不知。新华书店不订货，究竟什么理由？质量太差？方言太多，在北方销不出？内容有问题？

如因语言的关系，可否请新华书店上海发行所发行？或把纸型转让给上海文艺出版社，改请他们出版？上海文艺出版社有位顾伦同志（编辑室副主任），与允豪是老友，可否请允豪问问，帮个忙？

总之，这件事最好有个结局。

估计这本书在吴语方言区是不会没有销路的。

如果什么办法也没有，那只好搁起来，那可否：（一）给我装订一份清样，留作纪念？（二）把付排和制版用的那些书都还给我，因我自己只有孤本。

你心境不好，我还要来麻烦你，非常抱歉。

“灯火诗书如梦寐，麒麟图画属浮云”，“人心弯弯曲曲水，世事重重叠叠山”，请一切都看开些。

饮酒要适量，一杯不如半杯，微醺可矣。即祝

文安

倪海曙

1981.2.15

允豪不另

范用同志：

听说你这两天有接待外宾的任务，不知你是不是在北京。

我打过一个电话到你办公室，还是为了那件给你添了不少麻烦的事。就是两个多月前你来电话说，我的那本《杂格咙咚》还是要印的，而且就要印，不知是否已印或已开始印。

另外那些原书和《拉丁字母绘写手册》等资料可否还给我？书如已打纸型，这些东西你们都没有用了，而我都是仅存的东西（上次信上已请求过）。

我身体不好，有中风征兆，主要是左腿和左半身不灵，已跌了四跤，5月17日心脏又发病，接了半天氧气，似乎将步老叶后尘。但心情还是舒畅的，特别是每做好一件事的时候。工作的确成了我生活中最大的快乐，其他都在其次。我最近又搞了一个刊物，叫《Pinyin Bào》(《拼音报》)，8开8版，每期有两个附册，一个叫《ABC》，是给低幼看的纯拼音刊物，一个是每期报纸所用拼音词语的《词表》，7月初创刊。第一期连同附册都是我一个人搞的，昨天才发完全部稿子。今天休息，突然想起那本历史文物似的《杂格咙咚》来了，所以写这封信给你。

因为身体不好，想到生命无常，现在反而关心起《杂格咙咚》了，过去我几乎快淡忘了。

上次接你电话后，去了郑州开会，回来不久又去上海开会，从上海回来才一个月。朋友们问起《杂格咙咚》（过去见过广告），我无言以对。

有空请给我一个电话或一封信。祝

编安

倪海曙

1981.5.27

怕传达室耽搁，所以信封上写了要件。

范用同志：

2月1日来示敬悉。

你学习结束没有？在学习期中挨整了没有？实在惦念。

我二十四岁时，被敌伪列入黑名单，只好从上海亡命芜湖，躲在雨耕山上一个西班牙教会中学当高中教员，这山就在长江边上，窗下苦读，大江在望。因为是中国文学系出身，也经常酸溜溜的写些旧诗。记得有一首写长夜无眠的，末两句是“愿同夜涛共入梦，解我千回百转愁”。现在年逾花甲，离火葬场越来越近，不知怎的，又常有这种“千回百转”的愁绪了。

愿你十分平安。

编辑部同志来信，要看看我这里收到的关于《杂格咙咚》的一些反应。我白天客人多，今天起个早，翻检并剪贴了几封，送上请转编辑部同志。如你们要保存，请复印一下。如能复印两份，一份给我，那将非常感激。

来信说《长安集》如可能拟印单行本，我无意见，如能破格一点，每首加上汉语拼音，在大书店中，由你们带头，出本汉拼对照的书，那更有意义，可载入史册。而对我来说，当时译写的动机也的确在宣传文改。不过这样就不能用原纸型了，看来很难，反正你决定吧。

赵朴老见面和来电话，都提到这本书，说感兴趣。他本来似乎不同意把古诗译成现代口语的。

叶圣老在给我来信的四五天后，就眼睛看不见，进医院了，不知是否与用放大镜看这本书有关。

“文化大革命”时期浙、赣、闽三省流行的手抄本，你们编辑部那位青年女同志有三本，送了我一本，你见到过吗？

即祝

文安！

倪海曙

1982.2.5

倪墨炎

范用先生：

您好！

去年7月，上海市新闻出版局党委要我去当上海韬奋纪念馆馆长，仍主编《书城》杂志。我年已过六十，不能再当图书处处长了，但又不让我退休，就叫我去当馆长。去就去吧。

当了馆长以后，我就想在我主编的杂志上，好好宣传宣传三联的老同志。第一个我想到的是您。正好我在三联联谊会会刊上见到您写的《感念》。我立刻给您写信，希望同意发表此文。您来信说已在《文汇读书周报》上发表过。《读书周报》我有的，看过忘了。既在《读书周报》上发表过，又是在上海的，再登一次可能不很好。我想改登您在《我爱穆源》中写的《我这个人》，在文末注明是选自《我爱穆源》，并对此书作一简单的介绍。您看是否可以？

同时，还刊出一篇我写的《未曾谋面的范用先生》。我和您虽未见过面，但我从唐弢、赵家璧、姜德明等等先生那里听到关于您的很多口碑，写出来极有意思。因为杂志必须在5月10日印出交邮局，文章已来不及请您看了。请谅。

如果没有什么特殊情况，《我这个人》就刊登出来了。如有什么情况，请示下，或打电话。晚上有人。

谢谢您的扶植和支持！

敬礼！

倪墨炎 敬上

1994.4.9

范用先生：

大著收到。您寄了两次，对我们后辈如此真诚，实在过意不去。谢谢！谢谢！

这本比初版本更厚实，增加了不少精彩的内容。您用这种形式写回忆录，既能使小朋友读懂，也使我们这一辈了解当年很多情况，得益不浅。在文体的运用上，也给我不少启发。

您是一个童趣漾然的人。一个富于童趣的人，处世一定和畅，待人一定温舒，生命一定长盛不衰。我读您这本书，似乎在做人、养生上也得到很多启示。

我已在1998年从岗位上下来。下来前当了三年韬奋纪念馆馆长。该馆藏有不少生活版的书，也有不少读书、新知版的书。闲时翻翻这些书，约略了解点三四十年代的出版情况。以后我又回到了新闻出版局图书处，直到如今，每周去一二天。其余时间就写点小东西。生活已从过去的紧张，逐渐放松下来了。

过去经常到北京开会，现在很少机会了。如有机会，一定去拜访您。

祝您健康长寿，您一定会健康长寿的！

晚 倪墨炎 上

02.6.5

范用先生：

您好！

收到您寄赠的《战斗在白区》和《留真集影》，真是喜出望外。我很喜欢收集这类图书。《生活书店史稿》出版时，寄给纪念馆十册。一位编写者来信，说稿酬很少，希望我馆提供的照片和资料免收报酬，书多送几本。我们立即去信，书收到，谢谢，提供照片和资料，从来没有说过要报酬，当然免收一切费用。我1998年1月不当馆长，但仍在新闻出版局工作，您这次送我的两书没有见过，我经常去上海最大的书城，也不见这两书。我十分十分感谢您送我这两部书。

《留真集影》留下了那么多人的照片。真是蔚为大观。见到了好多老同志年轻时的尊容，如毕青先生，晚年他在上海书店当经理，因为要翻印旧书，我和他联系较多，不少书目、报告是我帮他起草的。袁信之是上海韬奋纪念馆馆长，我的前任。陈荡先生晚年和毕青在一起。诸度凝、方学武、丁裕、吉少甫都曾在上海出版局工作。读了这本影集，在长夜达旦中，确有这么一支浩浩荡荡的文化大军在为新中国的诞生而奋斗。过去反映他们好像还不够。

我很喜欢《战斗在白区》，正在一篇篇读下去。您鼓励我写些书评，谢谢，我愿意写一些。有成时当请您指教。

请多保重。

敬礼！

倪墨炎 敬上

02.7.10

倪羊扣

范先生：

你好！

今天，从陆灏手里接到你赠给我的作品，打心里说起，我该表达一些什么，才能了结曾在我心里留下的歉意呢？

九二年岁末，就想与你通信了，你对《读书周报》全体同志的厚爱、对我的关心，寄给我的新年岁语，今晚重复这张岁语卡里的话，使我感到一片温馨，感到无比亲切，时跨两年了，再不与你回谢这一份小辈之意，太不应该了，你把我从老年携手走进小字辈，我很高兴，就叫我小倪吧。

目前，我还能够这份资格，也让我与你分享这颗童稚心的乐趣，你不介意吧！有机会去北京我一定来看你，再此（次）感谢你对我的关心，因水平有限，不足之处，请多多批评指示。祝安康！

倪羊扣

93.5.12

聂绀弩

范用同志：

你好！承你厚爱，替我出了一本杂文集，听说还将出一本妇女什么集，非常感谢！要不是你，像我这种作家恐怕谁都不过问的。

敬礼！

聂绀弩 上

四月十日

范用同志好！

1. 旧诗三首，投你编的刊物。请改正采用。

2. 三联卅年纪念册有我一篇拙作，但此册不知被谁取去，故拙作亦不见了。您处想有此册，请将拙作《一个文字改革工作者的话》，复制一份见赐。

3. 您是个藏书家，如您处有关于语言文字问题，请将书刊和题目的名称见告为幸。

专此敬颂编安！

聂绀弩 上

十一月五日

范用同志：

今奉上照片一张，不知可用否？

关于手迹，常兄说要拿一张原稿来用钢笔抄一下，但他这几天未来。我想如太费事，笔迹可以不要，不知尊意如何。

此颂编安！

贱影一张附呈。

聂绀弩 上

一九八〇年十月十三日

范用同志：

久不见，您好！

您真是个大藏书家，前知您有全部《野草》，现又知您藏有《清明》，真有心人也。

既然如此，爽兴问您藏有以下书否？

1.《椰子集》汪馥泉编，二十年代上海出版，内有拙作《城下后》新诗一首。

2．一九三二至三三年上海《中华日报》上一种旬刊《十日文学》，有拙作新诗三首：《插上一根草标》《有一个乞丐》《床上的故事》。

3．四十年代（胜利前后）重庆出版的《文艺月刊》（后两字不确）新二期，有拙作《读〈在酒楼上〉的时候》一篇（此文似曾载《新华月报》附（副）刊《团结》上），署名失记。

如果您藏有这些东西，对我来说真是天大喜事！

前些时似有人提再版拙作杂文集，近来未听见说了。此书很多地方买不着，很多识与不识的人来函向我要，我赔了百多本！

匆此敬礼，并颂夏安！

聂绀弩

七月八日

聂叙伦

范用同志：

这次在昆明见面，十分高兴！见面后次日，我就参加了省政协农场的突击劳动，去了十多天，最近才回来。没有再次来看您，很是抱歉！

关于天虚同志遗作《铁轮》，不知找到没有？现通过一些熟人，了解到有一位朋友马子华同志还存有这本书。我曾经去访问过他，说明意图后，他表示愿意借出。马子华是天虚生前的友好。如果您还没有找到这书，请即由出版社径函马子华联系商借，他将直接交邮挂号寄出。

孙慎同志处烦代致意问好。暇便盼时赐教言。

即问

近好！

聂叙伦

1976.3.23

范用同志：

您好！久疏通信，甚以为念！日前岳世华同志来访，面交了您托他转交给我的、您在《大公报》上发表的一篇《几件往事》的文章（复印件），已经收到了。谢谢！读后很受感动，使我回忆起当年在桂林时我们相聚在一起的情景。聂耳的日记本在日军沿湘桂西侵，兵荒马乱的时刻，您安全地完整地把它保存下来，并在后来交还给我。说明了您对聂耳的关心和爱护，这是我终生难忘的一件大事。您为我介绍洪遒同志撰写聂耳传记，据我所知，他已做过大量的收集资料的工作，终因珠江电影制片厂的工作太忙，时间安排不过来，未能最后完成。他曾向我说明原因，我是很理解的。我对他已经付出的辛勤劳动，表示衷心感谢！现悉洪遒同志已安息了！感到十分悲痛！我怀念他。您的近况如何，盼告，即致

健安！

聂叙伦

1997.8.25

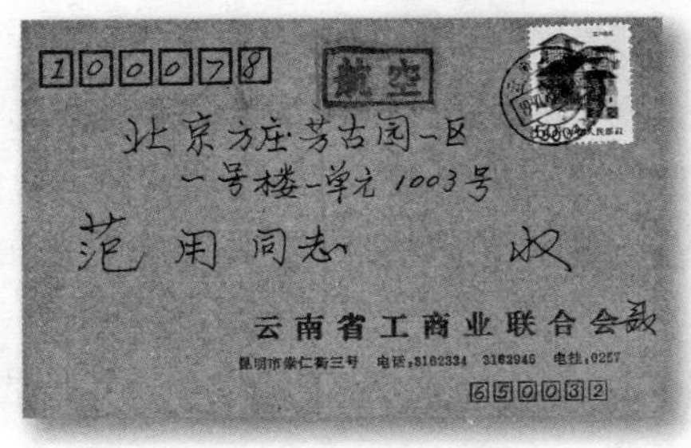

牛　汉

范用我兄如晤：

你写于10月18日的信及《鲤鱼打挺》，今天才读到，晚了一个多月。近几个月来，朝阳门内外修马路，挖得一塌糊涂，骑自行车非常危险；我的右眼只有0.2视力（左眼还管用），有一回差点出事。几年之前秦兆阳（在世时）就劝我不要再骑了，可我不服老，想骑到八十岁。

《星星岛》编得真好。北京城几家大报都没有为孩子们辟出一块芳草地，实在落后得令北京人难为情。

平常我的字写得十分潦草，看了老兄端正秀丽的字体，我多少年来头一回这么规规矩矩地把字填在格子里，以后将改邪归正，好好写字。

年轻时我也爱画画，但缺乏技艺，画着玩。刚才我试图画出一个“鲤鱼打挺”的样子，画了几次都不灵，形象过于“实”，没有情趣。只好请编者顾军先生另请画家插图。谁也没见过这个神奇的动态，难为人家了。

以后我如写出星星一般光亮的小文，一定向《星星岛》投稿。

匆此，祝

健康

弟　牛汉

1996.11.22 灯下

潘刚德

范老：

5月29日接你电话后，经与许温豪侄联系，昨接他寄来《文汇报》刊载你大作的原稿和通讯处，得以和你这位革命老前辈直接联系通讯，并能今后不断聆听到你的指教，感到十分荣幸。

拜读你的《迎接上海解放的日子》大作后，五十四年前在上海解放前夕白色恐怖下紧张战斗生活的情景，重现在我眼前，无比激动，感慨万千。你从1946年接受迎接解放上海的任务，历时三年，在漫长岁月中，冒着生命危险，出生入死，做了大量工作，为上海解放做出了巨大贡献，深为敬佩。我在上海解放前夕，做了一些有益于人民的事。和你相比，实不足挂齿。现在，领导我从事地下活动的王默磬和贺祥霞夫妇，均已先后作古，深切怀念。还健在的许信耿、许振球等同志和我，均年已高龄，当珍惜来之不易的幸福年代，安度晚年。

我叛离反动阵营，弃暗投明，走向光明。从半个多世纪实践中证明，这个选择是正确的，是随着历史和时代前进步伐而前进的光明大道。虽然在极左的侵袭下，风风雨雨，历尽坎坷艰辛，但对人生是一种磨炼，增强了意志和信心，战胜困难，终于迎来了明媚春天。在邓小平理论引导下，祖国日新月异，屹立于世界强国之林。其光辉前程更加灿烂，我当初救国强国的梦想，终于实现，此生足矣！

初次通信，言不尽意，望不吝赐教，时通音讯加深交流。余容告祝安康，并向你全家人问好。

刚德

6.10

信刚写就，接你寄来的《文汇报》，谢谢！又及。

潘国彦

尊敬的范老：

您好！久未拜候，时在念中！上次在送别辛之先生远行时，见到您拄双拐不利于行的样子，心中甚为戚戚，敬祈多多保重，早日康复！

承您热情关照，送我《我爱穆源》一册，已由师母带到，非常感谢！

当晚我即拜读一过，看得我有时哈哈大笑（笑您小时候的种种趣闻），时而掩卷静思，联想到目前小学乃至中学的教育状况，不免长叹！我总感到目前这种教法，使学生变成木头人，几乎抹杀了个性。尤其是看到电视里偶尔有小学生回答某项活动的感想时，一副大人腔调，令人悲哀，从小学“假大空”一套，大起来绝对是个废物，但我们又有什么办法？我已有一个七岁的小孙子，我的教育方法是，小学三年级以前，学生应以“玩”为主，兼学功课。这种“玩”，不是胡玩，而是在老师、家长带领下，去接触大自然，可能的话，还要接触一点社会，这样才能了解现实，开阔视野。现在我让小孙子看课外读物为主（他已能看懂美国新世纪彩图百科全书），考试时得个三四分已够好，不必去追求什么五分。从您的外孙女写的《我的外公》看，她的家庭教育环境也是很宽松的，贵在让她发挥自己的思路，真正用小孩子的眼光观察事物，说她心里想说的话，这一点我非常赞赏！

您的大作写得娓娓动听，我惊异于大作家也可以写这样有趣的文章！而且典型环境和典型人物写得栩栩如生，使人不由得也跟着神游一番。一些历史照片也很珍贵，能历尽劫难，保存至今，实在难得！

这本书版式也极为可爱，令人爱不忍释。我虽然读书、买书不多，但每次买书也十分注意“书品”，有些粗制滥造的书，虽然作者是名家，但书品不佳，我也决不买它。现在不少出版社出书好像做糕饼那样，翻一次模子就出炉一批，有些半生不熟甚至黑糊糊一片的东西也出笼了，令人倒胃。相反的，也有一些书是“金玉其外，败絮其中”，如有些古代艳情小说，装潢考究，内容实在不值一看。现在我已离开出版管理的岗位，仍不免对现状发点牢骚，但人微言轻，一点作用不起了。

您对出版工作的贡献有口皆碑！您工作的精细几乎已到了神经外科医生手术刀的水平！这在过去早有所闻，这次承蒙您赠书，其中还对个别误排的字一一改正，这种认真的精神，使我受到深深的教育！顺便说一下，尊著第114页第4行还有一个字似为误排，“砌茶”似应为“沏茶”，不知然否？

您府上一定杯中酒常满，谈笑有鸿儒，不敢当面去打扰，只得写信表示问候，并申谢忱！

敬颂

近祺！

学生 潘国彦 敬上

1995年9月16日

尊敬的范老：

您好！

承您锦注，在百忙中给我回信，实在不敢当。华翰我当珍藏，以时时重温您的教诲！

附寄两篇尊稿都已拜读，如果说《通信》* 记录了您不泯的童心，那么《只有一年》是您沉郁于心底六十年的生命的呼唤！开始时，我是当作一篇童年的回忆来读的，越读心里越颤抖，这不是普普通通的童心、童趣的追忆，而是心底淌血的回眸，这种刻骨铭心的忆念非亲历者不能写，非领悟者不愿写，非坦诚者不肯写。这里没有字面上的阶级仇、血泪恨，但“弟弟”的老爸“鼻子里哼了一声，没有再理我”，已写尽了一切！“弟弟”对您的挚爱，您对“弟弟”的纯真的爱怜和思念，都深深刻印在字里行间，有一种震撼灵魂的力量。但愿这位“弟弟”仍在人间，假如他有幸能读到您这篇《父亲》，一定能引起深深的共鸣！但愿上帝（这里只能祈求上帝了）能创造这样的奇迹！

去年十月间，我从西藏返京，由于高山反应引起心脏不适，在家休养。其间乱翻照相簿，忽然回忆起我十六岁进书店后不久的一段“初恋”的情景，后来我用小说笔法写成《涓涓流水》一文，投到湖北《爱情婚姻家庭》杂志，今年 3 月号已刊出。今呈上复印件，请赐教！顺便再呈上四篇短文，是应《戏剧电影报》之约写的，这张报是北京市文联主办，每周一期，4 开 16 个版面，公开发行。文中早已无甚高论，只是对当前文艺界的不正之风说点感想，供您老人家茶余一哂！（复印件不必退还）

尊稿二篇璧还。敬颂

舍安！

学生 潘国彦 敬上

1995.9.18 晚

* 指《我爱穆源》中与小学生的通信。——编注

潘际坰

用兄：

适接十九日大函。巴公《我的"仓库"》一文，在接信前十日亦即1.12已于报端刊出，甚歉。或者这样罢，你们最好约巴老再写一篇（巴老来信说，沉默使他苦恼，总是抱病写几百字，几百字，然后再改，再拿出来发表，供内部参考），而那一篇仍列入《随想录》，我们晚些时候再发表，如何？

遇到老杨，请代致祝贺之意。"已难再上陈情表，偷出宫门探老娘（代战公主同往）"句最妙。

近日为早期中国电影展，较忙乱，请谅。

春节愉快，多饮两杯！

际坰 上

1.23

用兄：

函拜查。报社无《晶报》合订本。即托同事向《晶报》联系，很快就取到全部影印件（是七〇年六月至九月），已当即交与三联，想已在邮寄途中（他们不肯收费，事实上为数有限，交道是双方经理打的，他们相熟）。

画册嘱咐交沈培兄处，已照办。连同信一通。培兄当晚来，我们俩正在斗室内小酌，他于是欣然参加，又喝了两三杯（小杯，五粮液），非常有趣。三人抢着说话，很好玩。

晤绍武兄，知离京前有致美楼之宴，好极。弟日昨函胡叔仁（石为）先生，提起我们去行的聚会，吊一吊他老人家胃口。

近托此间三联寄上拙作《京华》二十册，请以五册留存尊处，另十五册嘱家人来取。戈宝老处弟应当送一册（五册中之一册）请正，乞代致。谢谢。

你的信总是写得那么工整，字也苍劲有力，弟惭愧不如。匆复，并祝

编安！

弟 垌 拜上

三月八日

问候诸老友，《晚报》一张，乞代转老杨。

用兄：

费公旧文印件与尊函已由梁教授寄下，请释念。十分感谢。

想不到这工作如此艰巨，非阁下之力，是绝对无法完成的。费公重睹半世纪前作品，极高兴，他要我向你郑重致谢。

我倒想起，你为这次拍照所花的费用，务请示知，以便奉上。费用之外，我欠的人情，返京后当以小醉解决之。

弟近日已不生闷气，想开了一些。小专栏今日恢复写，十五日起可陪读见报。三月中旬，偶患腰痛，休息并治疗，旬日已愈。X光照肺部，有肺气肿（老毛病），现遵医嘱，已戒烟。三星期来，时以糖果为代用品，估计可以过此关，请释念。

非常非常想念你们，你信中提到的那些老友们。絜媖七月返

京，弟九月间可到。祝
撰安！

际垌　拜上
4.13

用兄：

接十六日大函，当即托医药版女编辑特求卢医生开一治疗肺气肿药方。他起初婉拒，后来总算讨来了，随函奉上。既有药方，我兄不妨一试。如稍见效，则十一月间南下时，再找他另开一副，想来也是可以办得到的。

《百花周刊》是《文汇报》的。《新晚》原有一个增刊叫《良夜》，已停出几年了。并闻。好在替我们几个报写医药文章的人总是那几位医生吧。

如遇戈宝老，请代弟特赠《京华小记》一册（舍下有书），并请他指正。
撰安！

絜媖附笔问候。

弟　垌　拜上
4.27

用兄：

十二日大函拜悉。《随想录》（五、六）全页（其中有一张为复制）昨日以平邮寄信箱636任明收，想不日可达。

巴公前曾自京来函，谈及与兄商谈事，他原有交“南国”出版之意，已放弃。今由三联出版，当然最好。弟前已欠巴公，此间出版《随想录》时，愿当义务校对，他也很高兴地接受了。想我兄为了出版好书，在出版界当“无名英雄”数十年，实在是给我很大鼓舞的。

黄裳兄来函，盛赞阁下之厚谊。我想，他那本集子如亦在三联出版，我也函愿拨冗再当一次校对。黄裳近日的《湖上小记》也大有可读之处，想兄有同感也。此人游记，写得真好，如此记者现已不可多得。

遇翰伯、陈原二位，乞代致拳拳之意。匆复，并祝

编安！

弟 际垌 上

7.27

用兄：

8.22 大函拜悉。为巴公《随想录》等作品出版以及特寄港版著作诸事，花费不少时间与心思，甚感。为黄裳兄辑集，亦蒙费神考虑，设想极周详，谢谢。

前接家书，以购《资治通鉴》，承百忙中赐予协助至深感荷。

《随想录》港版出书前，愿毛遂自荐充当校对，当竭力以赴，惟效果如何亦不敢说。原稿均存弟处，随时可取用。

如拟议中的那本刊物得以问世，亦佳书也。

匆复，并祝

撰安

弟 际垌 拜上

8.31

翰伯、陈原二位前乞代致拳拳之意。

用兄：

巴公已将《随想录》正文修改本一份（一——二十六），附总序、后记和目录。是九月一日收到的。不知此间三联已知排印之事否？日内拟与萧兄一谈。

随函寄上有关乡土文学资料一份（七页），请过目后，转交我的孩子潘援（可电告舍下来尊处一取），他在师院读中文系，最近在写这方面的一篇专题习作，很需要参考材料。

谢谢，即祝

撰安！

弟 垌 拜上

9.12

用兄：

今日邮箱寄赠《张国焘夫人回忆录》一册，请收。张本人的回忆录买不到。

巴金《随想录》第一册月底可看校样，争取十一月底出书。萧兄甚忙，弟与书店一位责任编辑谈过两三次，进展颇为顺利，承垂注谨闻。

承寄赠《新华月报》文摘版，甚谢，编得也很好。许多佳作，有此文摘，而广为流传，实在是造福读者了。

阁下健康如何？时在念中。偶过书肆，检奉一册，聊表微意。黄裳作品辑集事，想已与兄径商，不另。

匆此即请

撰安！

弟 际垌 上

10.17

问候翰伯与原兄。

用兄：

奉上照片三张，请哂纳。手拿布包的那一张，最为传神，不知阁下以为如何？

拙作《京华小记》又托三联寄十五本至尊处。便乞特致：亦代、小丁、绀弩、舒芜、陈原、翰伯、文葆、（周）汝昌八位各一册，余七册请电舍下，由小婿张家新来取（早、中、晚电为好），另赠友好。

致陈凡兄函，抵港后即转去，想已有复函致兄。

为叶灵凤选集事，日昨始得叶中敏函，今随奉。她病了一个时期，又值几天夜班，很难碰到。

此间三联友人告，唐大郎的《闲居集》，本月底可以出版，届时并拟寄三十本至兄处，请代存（我想除送夏公一二本外，全部转交上海唐夫人处，由辛笛代收）。此事拖延甚久，是费公资助出版，弟帮忙跑腿而已。

接北京家书，知免费的川剧票相赠，谢谢。

匆此即请

撰安！

弟 埛 拜上

10.27

用兄：

函拜悉，已转告中敏，她极为感谢。拙作蒙代转交，至感至感。

刘郎（唐大郎）《闲居集》原称十月底出版，现据告需延至十二月底，届时除寄赠阁下外，尚拟留存若干册，以便一次全部转与大郎夫人。

又张友鸾兄北京住址不详。他的旧作《国大现形记》（《大公报》原载），近年在南京出版后，此间友人（大光出版社）又改名在港发行。弟并为他争取意外的一笔稿费，已汇去（合肥）。昨日该出版社寄尊处《金陵粉墨图》五部（分上下册）请收妥便中一转。并请转告。如友鸾兄需要，仍可径函该出版社索取赠书五部。

祝撰安！

弟 坰 上

11.26

用兄：

十一月廿三日大函拜悉。

白杰明翻译《宝船》事，承兄与翰伯兄支持，甚感。又弟处有一信箱，必要时亦可使用，这样也不免麻烦陈鸣兄了。信箱已于九月份启用，一个月后，如仍无消息，当再函询。便乞代向吉少甫同志致意。

《随想录》清样弟已于十月底全部看完，以封面关系（风格难与“先生”一致），须延至十二月内出版，弟亦在不断联系中。照片来不及补了，关系并不大。承垂注，至感。延迟出版事，已径告巴公。他太忙，《随想录》现稿恐须俟待明年了。

又有一事奉大哥。楼公适夷配耳塞机之数据，弟一时遍觅不获，而他的亲戚特秉楼公来信，要把这个单子和稿费交他，（无）以应命，实在抱歉。可否劳驾重赐一张？办事粗疏，十二万分抱歉。

《新华月报》编辑室致我报资料室信（是兄的笔迹，我认识），当遵办。弟当亲自去找发行课（科）负责人（老同事）办理，请释念。

老罗返，知与诸公有聚会，好极。弟春节前返京，兄与翰伯兄有何需要，乞示知。

匆复，并祝

撰安！

弟 垌 拜上

11.30

用兄：

想已安返北京。

在港期间，虽得数座晤叙，可惜未能尽兴，尤其是知道你有一个星期天晚上在住处独酌时，我们非常不安，早知如此，我俩一定过海相陪的。

弟就此间三联寄二十册拙作《京华小记》至尊处，请代收存。因为考虑回京后，还有不少友人处应该补送的。一再麻烦，至谢谢！

兄上次来港，竟能将墨水笔橡皮管那样“文物”物色到并且拿下，探囊取物，手到擒来，盛情亦至为可感。

鉴添兄说，如他住处解决，今冬也许来北京过年的。届时或少遵医嘱，再破例开戒二次罢？一笑。

香港之行，你们相当辛苦，望返京后获得一小憩机会，但恐难以如愿耳。

巴公日昨有文章来（#122），谈香港之事，其中提到一个女青年“琴”，甚感人。沈董二位亦代致意。你们行前，我起得晚些，打电话知（致）九龙住处，无人接听，你们已经早走了。未能送行，并致歉意。祝

编安！

弟 垌 拜启

12.11

潘絜兹

范用同志：您好！

昨日尊驾见访，值我去医院，失迎为歉！

您很忙，往办公室打了几次电话都没人接。晚上近处的传呼电话下班早，也不方便，故写此信。

尊嘱为路易·艾黎英译《李白诗选》绘插图，我很乐于接受此一光荣任务，望将诗题及尺寸大小、交稿时间告知，以便安排时间作画。

即致

敬礼！

潘絜兹

7.7

彭少彭

范用同志：

久不通音讯。我已于前年离休，下半年七月迁来现址。这是一所新建的干休所，住来尚称适用舒适。去年春季曾随同老干部参观团到桂林、南昌、庐山、南京、苏、杭、上海等地一游，花去时间一个半月。回昆以后，即感身体不适，下半年先后住过两次医院，而病并未稍愈，到出院时，已形成一种行路不稳、摇摇幌幌（晃晃）、东倒西歪的眩晕症，医生称是脑动脉硬化、供血不足引起的，这类症老年人患的较多，不易治好。现决定到长沙找医院看看病，换换环境，是不是可以好一点。飞机票已买好，后天启程，预计到六月初，天气已入热季，势难耐受，就准备回来了。昨天你托宁君来看我，并承惠赠书籍食品，愧受之余，不胜感谢！宁君参加的那个交流会已经结束，卢寄萍兄也来昆参加，并曾见过一面。宁君大概不去西双版纳，就会去大理，西双版纳是傣族的泼水节，大理是著名的三月街，均盛会也。

去年在上海，住过半个月，探亲访友，忙碌不堪，但是连一个方学武（因他已来京出席民进的例会），也无缘见到，到临行的早晨，才找到岳中俊畅谈了两小时，总算了了末愿。年来故人先后云亡的不少，我也年过七四，去世之日已经不多了。此次北京盛会，因病未往参加，引为终身最大的憾事，老伴曾到京参加，已回昆有二十余天了。我有一个熟人，名叫袁浩，苏北人，南京林学院毕业，是搞林产化工的。“文革”中，北京林学院曾迁到云南，转移校址设备几乎丢尽，后来到昆明郊区温泉落户，办了几年，与昆明农林学院的林学系合并改称云南林学院，“三中”以后，又迁回北京，恢复北京林学院，现设在海淀区肖庄。袁浩老师是从昆明调回北京的，还肯钻研，现在是个讲师，他最近来信说他写了一本书，名为“应用界面化学”，托为设法找个出版处，想把它出版。我实在没有办法，无从帮忙，因此，想到你在北京，从事出版工作多年，可称是出版界的权威，拟转托你为他想想办法，能否介绍他此书给其他出版社出版。我已复信给他，请先就近去找你谈谈，请教如何解决这个出版问题。意外麻烦，务希见谅，如困难太多，无能为力，亦请不必过于勉强。匆匆草此，诸多不恭，顺颂

道祺！

彭少彭

4月18日下午

代问小丁同志好！

彭子冈

范用同志：

承您一再来信，勉强写了一点，不能用我也不在乎。21年不执笔，实在感到“开笔难”。请为填改。我都记不起来邹韬奋什么年代在编什么刊物了。

我都记不起来见过您没有了。

见到沙尘时请代问好，他已久不到我家来。祝好

彭子冈

9.11

范用同志：

信收到，很感谢你。沙尘已经来过了。他大约已告诉过你，我已很老迈龙钟，双腿不听使唤，实际上已做不了什么事了。《旅行家》并无消息恢复；即便出，我也无能为力。

那短稿忘了写题目，你瞧着办吧。

在适当的地方，请你添上一句：“邹先生在躲警报时也首先要抱着作者们的稿件。”

我如此草率地写了纪念他的文章，不知沈粹缜同志会不会不高兴？为什么沈兹九老师不写《妇女生活》的记叙文字，前些时我看她身体还好，虽已八十岁。

何时到西城来，请来坐坐。

青年出版社有一位笪中同志，50岁，也是59年加冕的。现

在“少百丛书”借他回来编辑，但未收回编制。他能编科技书，原是《中学生》杂志的编辑，叶至善（叶圣陶的长子）带出来的徒弟，有水平。有外语能力，英文为主。

你看如能举荐时，盼告我。沙尘知道他。

笪中原先是共产党员。

子冈

9.15

范用同志：

久未通信，不知你是否离京了？我见到胡兰畦，知道她的旧作在你手中，不知是否在港出版？

《三联书店纪念集》运到北京没有？我多年不写，还放不开。如果没用上，盼你不必介意。告我一声好了，借我一本看看就很感谢。

我倒也想过，选集一些我在不同时期的旧作出版，不过多已散失，已很难找到。只为自己作个总结，对青年人用处不大就是了。

祝好

子冈

11.25

范用同志：

来信收到。章元善老头处早已收到《三联书店纪念集》，你们大批运来自然要迟到。我那篇小文确很蹩脚，其实不用为好。

我说的那集子一时不易搜集，生活太乱，有一个小孙女在身边，两岁了还没报上户口，进不了托儿所，真是烦人。

大百科还要出一个杂志，我看杂志少一点好，从前有个洋人就说中国的知识分子太爱好办个杂志。

祝好

子冈

2.5

范用同志：

还从来未曾和你好好谈过，对你的好意却十分感谢和领会。我是写不出什么像样东西的人呀。

《旅行家》要复活，大约你已知道。我是三个顾问之一，另二位是李庚和叶至善。我们是赤手空拳，上哪里去抓稿子呢？明年一月出来，实甚遥远，但总是会到来的。需要和旅游局挂钩，是不是你过去认为可以印得精美些，贵一些，多用图，甚而在香港印，三联书店有这种意图吗？我还能赶上为它催生，实属意外，本来已觉得自己是烟飞灰灭，复燃不可能了。我下肢不好，摇摇晃晃的。

你是出版家，严肃认真，《读书》是样板。你若能代为约一些稿件，则幸甚。你手中有什么海外的旅游刊物或单行本可借来观摩吗？先得开茅塞。（！！！）

一切面谈吧！我们公用传呼电话不远，我可以去接。想安电话，你可以帮忙吗？徐盈政协而外兼高教局，两处均无办法。

敬礼

子冈

8.22

范用同志：

奉还四包“风光”，谢谢！

去开了两周多文代会，其实我们已无资格开此会，久与文艺无缘了。

改天找机会长谈。

子冈

11.23

范用同志：

《中国之旅》收到，谢谢。

我的腿无起色，下功夫到和平里去针灸，前年去过，不过一去就是半天。

很喜欢你书库一样的家，什么时候将约徐盈一起来拜访。他是书呆子。

子冈

2.26

启　功

范用同志赐鉴：

在杭奉到手教，获知拙稿插图所缺各件。在杭即托浙江美院的同志代拍，因其手边尚有不足者，遂未补全。

归来因腿受寒，不良于行，又迟许日，方将所缺补齐，唯二次所拍，底片大小不一，想制版放可，当无问题。

如有何处技术尚不足，请速示，当再补做。

今明二日为人民美术出版社召开“美术大全”会议，未克趋承教言。十号以后，当谋畅叙。

专此奉候，即致

敬礼！

启功　敬上

1987.5.8

范用同志：

前承命题电影场名，由邮寄呈，想早蒙察阅，不知合用否？

功匆促应命开兰亭书会，七日赴杭，九日赴绍兴，今已回杭，尚须参加鉴定书画二周，然后归京。

前电话中闻拙作《论书绝句》插图尚有短缺，不知是何图。如承责任编辑同志查出，请即寄示，因如待功回京后则又将隔近一月时间矣。此地有书法资料，亦有人可为拍照（上次所呈名片，校内俱留有底版，不记得是否已将底版并交尊处）。

希望便中赐一详示，因如待回京，则又需时日了。专此致敬！罗公恳望，代为致意！

弟 功 敬上

十二月

《外国漫画》（曾在尊社见其底本）未知已出否？

范用同志：

今午劳大驾上下高楼，不遑喘息，衷心悚愧！奈何奈何！

尚有有关拙稿中四字校订处，补行呈阅，望赐为补改：

拙作第九四首（无端石刻……）“徒逞断断之口，悻悻之心”，又“昔之断断然累牍连篇者”，二处共有四个“断”字，排印俱作“龂”。功思二字本通，遂未加改。继查，“断”可通“龂”，而“龂”似不能通“断”，是以仍以作“断”为宜，敢望便中赐为改校，是为至祷！

余容面叙，且必求一畅饮之聚也。

午与苗公通电话，亦以畅叙为盼焉。

专此，即颂

大安！气功务望不稍间断！！

弟 功 敬上

二日晚

信尚未发，今早通电话，得知尊体欠安，可知昨日上下楼太速，以致又喘，衷心歉疚，不知如何奉慰！千万保重！因不知尊寓之地，只好仍寄办公室也！又叩。三日

范老：

拙稿《论书绝句》第四八首 p.96 第二行“怕妇李老”四字用典有误，应改为“李靖诸碑”。请赐改正！

专签另纸写呈，附上。又致陈万雄先生一纸，求代转。

专签不知两地共用或分用，请赐选之。

敬礼！

弟 功 敬上

六日

《金禹民印存》，有拙序一篇求教。如有助于青年学艺者，拟自荐于《读书》，不知可用否，万勿客气！

范用同志：

手教敬悉，尊恙大痊，甚为欣慰！

拙著蒙亲自设计，实为厚幸，亦弥增惶悚！

所设计各端，悉遵硕划。《张猛龙碑》用作封面，实胜港本之零碎墨块。至于拙著手稿，原本已归港上友人。印本中者俱用照片（连底片俱已呈上）。其印片前曾以一份奉上，今既不存，今师大只存印片一份。容日将并《张碑》一同呈上。请选择用之。

又想到如只用数首，是否可由功另写作起草之样，字稍行草，略加修改，作假草稿，虽未免欺人，亦可避免雷同，而稍见别致，不悉高明以为如何？敬礼！

启功 谨上

廿五日

再陈者，经详查，拙书《论书绝句百首》小楷底片，与印片全份，昔俱呈上（并前补所缺诸页，俱已呈过），想尊处放置参差也。

今已托人将旧存一份印片重新翻拍，以备选用。其原稿早归香港马国权同志，如必依原迹拍照，只好向马索要照片矣。附此奉阅，并希惠示办法。又上

范老：

所求顾起潜先生题写新年贺帖上字，早已寄到，恐有遗失，未敢随便附邮。兹有发挂号信之便，即以挂号寄上，敬希查收为感！弟之肝炎怀疑已解除，不存在，附以奉阅。顺致敬礼！

弟 启功 上

三．廿三

范用同志：

命书之件，写出呈上。有不合式处，请赐示重写。勿客气！

《北京乎》只记得竖写，如需一横者，当补呈。

所欠图片，请示下，当速补。

敬礼！

弟 功 上

十七日

范老：

手教敬悉，“鞍山钻石城”亟写出求教！我公挚友，何敢以世俗手续奉干？只问合格否耳。《启功絮语》正在印刷中，上海《文汇报》当未见。全书即将出版，序言不忙着看。

王公畅安转来我公厚意，但拙作杂文不多，亦未专事收集。

今后谨当开始剪存，待够一册，先行求教！能否值得出版，殊不敢自信也！专此敬颂

撰安！

启功 敬上

十一月廿八日

范老：

承枉顾，诸多简慢！拙作《论词题画诸绝句》录文，敬以奉上。敢求赐教，并求便中转致。

又致李祖同志一书，由原编者黄君转致，一并呈览，览后亦求赐嘱通讯员代掷邮筒（如有不恰当处，请赐一电话，当再改写也）。

如承赐为附加一函，尤所感荷！如即此已足，则不附亦可，统求大酌。即致

敬礼！

启功 敬上

六.廿七

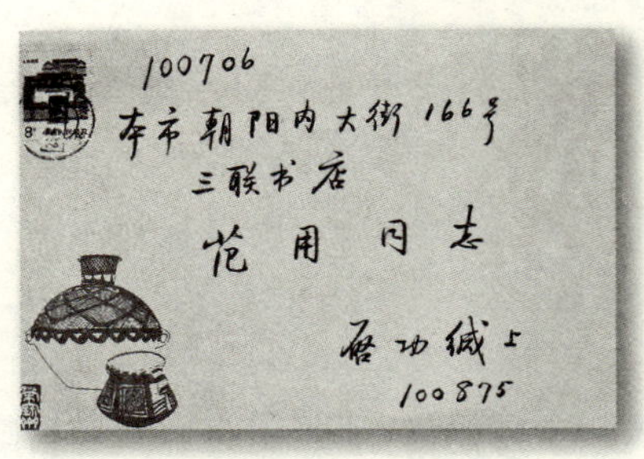

钱伯城

用兄如握：

年前得惠寄贺卡，并亲笔所写祝词，沉载厚谊，又为之高兴。高兴的原因有二：一是知尊体已全康复。九月份我去看你，观兄卧床之苦，而又无能相助。后且闻又住进医院，更时时在念。现在不仅出院，且已（痊）愈了，是可贺也。二是兄之意兴如恒，未因此次飞来之厄稍减，这是看了你亲笔所写祝词得到的印象。你两次提到“老”，但我觉得你是永不老的，始终保持着一颗童心壮心，是可贺二也。

我愧无你的艺术素养与艺术才能，不能自制贺卡，只能写几句大白话，以代祝词。春节将临，先给你拜一早年吧。

又，我想请你为我书一条幅，写你自撰的若干句话，未知能邀俞允否？

不尽欲言，即颂

道安

弟 钱伯城

95.1.14

用兄文几：

惠赠大著《我爱穆源》，拜收谢谢！此书装帧精致，文亦如之，使我爱不释手。与老伴泡一杯雨前新茗，展读大作，共赏妙文，人生一乐也。“扬之水”“洛瑛”是否赵丽雅化名？女士狡

猃，近在《瞭望》化名写史论专栏，直将与王船山、赵瓯北争一日短长也。匆匆不尽，即颂

道安

弟 钱伯城 拜

五月廿一日

范用兄：

六月十三日示悉，承指正小文误记，谢谢。又拟收入与姜德明兄合编集子，自极荣幸。因写一“补记”，连同该文剪报寄上，请二兄审正。原题“旧书摊”不误，因此等书摊见随处而设，称不上“店”也。去年曾写过一篇《成都觅书记》，载《深圳特区报》，原拟寄上一阅，惜无存根，只得作罢。

本月 18—19 号，北京王益、王仿子同志来沪开了一次老出版工作者审读会，我在会上谈了出版社应重视图书的广告宣传工作，并举吾兄当年所编《书籍广告》小册子为例。回首与兄初识畅谈情景，忽忽已十多年矣，而旧日传统已荡然无存，为之惘然！匆匆不尽，即颂

道安

弟 钱伯城 拜

96.6.22

钱君匋

范用同志：

六月十六日手教奉悉。

年初由辛之同志转言为唐弢同志的《晦庵书话》做封面，其时我正在广州做客，三月底返沪又病了一个多月，致迟迟未得报命为歉！今赶制就绪，亟行寄奉。请指正。我那本《艺术选》中所载的《君匋诗选》，原属子虚，今尊见以此为佳，即改作成现在的样子奉上。《君匋诗选》今后如出版，也不再用此设计了。黑稿上注明书名及作者名要缩小，出版社名要排字。另附小样，作制版时参考用。印刷时色样见另纸。收到请赐复为盼！专此即颂

近好！

弟 君匋 手书

六月十九日

范用同志：

昨日上下午连写两信，都忘记谢谢你的赠书，可见老态已经严重了！今天收到《泪雨集》等书六册，我急急翻开一读，不禁心酸欲泣！尤其巴金的一篇，我们特别熟，所以读来更加悲不可抑！这场浩劫，我也总算过来了，能过来就是幸福，就是胜利！谢谢你所赠这些好书！

《晦庵书话》日后印好，请多给我几张单页的封面，以便

订入我自己收集的封面册子，作为资料保存。先此谢谢！专上
即颂
近好！

弟 君匋 拜手书

六月廿日

范用同志：

承惠《聂绀弩杂文集》等三书，拜收谢谢！聂书印得很好，我很欢喜；其他二者，亦佳！

我的书画篆刻作品展览已在八月六日下午三时开幕，来者千数百人，盛况空前，堪以告慰！八日上午，日中友好团廿余人来参观，我又去招待一次。

现在我已应邀到了青岛，参加山东纪念鲁迅百周年学术讨论会，大约一个星期即回上海。专此。即颂
近好！

弟 钱君匋 上

八月十一日

范用同志：

手书奉悉。附下叶圣老的序言复印本及《西谛书话》目次，亦已及见。嘱作封面，今已赶成，兹挂号寄上，请指正！印刷制版及排字等规则均在黑稿上注明，请洽。日后出书，请惠我单页封面三张，以便收入我的作品集子中，拜托拜托。专此。即颂
夏祉！

弟 君匋 手书

七月十三日

上海文艺出版社

收到请赐复，以释远念！又及

范用同志：

大教奉悉。闻拙作书面已妥收为慰。承惠近刊、新书，至今日尚未收到，顺闻。一九八一年封面评比闻拙作亦选送，谢谢！

不知结果如何？任意已回到上海，昨已见面，未谈及此事。我的画展又在上海开幕，寄奉请柬存念。复有画页，亦奉上一份。我在“文革”中被抄查《金瓶梅词话》，出版社愿意买了还我，但人民文学出版社影印此书，托人代买，没有买到，托我公不知可能否？乞一试，见复为幸。即颂

近好！

弟 君匋 手书

八月一日

范用同志：

桂林一别，又已多时。前些时承惠三联出版数书，拜收谢谢！前托王仿子同志转上之《钱君匋作品集》一册，谅已收到，请指教！在桂林嘱刻之印，今亦刻就寄上（另用邮包），请正（拓本附信内）。此石已由我请友人加工磨光，并在石顶刻一平钮，如此，方为上乘，最好外面再做一只锦匣，要用牙签锁住的，则更好了。我回上海后即病，到现在才好，勿念。专上。即颂

年禧！

弟 君匋 匆上

十二月卅日

范用同志：

托董秀玉同志带下《西谛书话》四本及封面两张，另外书若干本，均谢领，谢谢！《西谛书话》封面印得很好，我很满

意。前在阳朔约定写稿，题目已忘，请示及，以便动笔如何？专此。即颂

近好！

弟 钱君匋 匆上

四月十五日

《西谛书话》精装出后，亦望见惠两册。又及

范用同志：

久不通问为念！

昨郭振华同志来看我，在闲谈中知我在阳朔听您对我说的话，没有完全弄清，以为只是要我为《读书》写文章，没有意识到要为我出一本书，经振华同志一提醒，我特地先奉一函，我有已经整理好的一部稿子名为《钱君匋谈艺录》，不久即可把全稿寄奉请斧正，希望能先出香港版，随后出内地版，香港版最好是精装的，因为其印刷、用纸、装订都好。

还有，我的书籍装帧，1963 年人美为我出过一本，仅收六十件作品，您也已见到过，我家中的资料有四百种左右，大可以编一本比较收得多一些全一些的集子，此事我也想请三联帮忙出一下，像我这样从事此项工作的人，存者已不多，及时为我出一下，不知值得否？还请高明考虑，倘荷同意，也是出二种版本，一是香港的，精装，二是内地的。印刷可以用电子分色版，每面可以多印几幅，使与人美所出的不同。开本也要改变一下，方的我认为不好看。

此次五届文代会，我想仍旧得到特邀代表的名义来京出席，

是否托您代为向有关方面说一说，俾得获致为托。我是第四届文代会特邀代表。专此。即颂

近好！

弟 君匋 手书

四月四日

范用同志：

十月廿三日手书奉悉，此次从艺七十年承电贺，非常感谢！兹乘友人来北京之便，送上《钱君匋的艺术世界》及《春梦痕》各一册，这是七十年会上所分发的，请收到提出意见。

香港商务所出的那本书，其印刷不在乎，没有以前所印的好，但该馆必须如此做，实在无法也。即颂。

近好！

钱君匋 手书

十月廿九日

范用先生：

十一月五日手书奉悉，迟二日《北京乎》上下册亦到，谢谢！此书之设计颇淳朴古雅，我非常喜欢！以前我在开明书店时（1928），曾见孙福熙有《北京乎》一书，其设计没有你所设计的好。不知你设计的还有什么书吗？我非常想看看，能得一册为荣。

前些日子，我托便人带奉《钱君匋的艺术世界》等书多本，据云你已不上班所以放在文学社的门房中，请去查一查，把它取来，这几本书的封面，都是别人画的。另外还有几本，现在还没

有书，有了书再送你。即颂
近好！

钱君匋 手书
十一月十五日

范用同志：

久不通信，非常挂念！顷奉到大著《我爱穆源》一册，非常高兴！此书内容甚佳，而印刷亦不一般，所以我很喜欢！近日因忙于去日本前桥举行画展，月之十九日动身，约八月初上回上海，届时当仔细一读。

最近舍间因上海将建筑成都路高架工程，而被拆迁，日期本在六七月之间，现因故推迟到九月份动员，我的新址闻将得到照顾，可能就在原地附近，但至今未有明文，不知究竟如何，颇费心思也。顺闻，即颂
近好！

钱君匋 上
1993.7.13 日

范用同志：

十月廿七日大教奉悉。寄赠样书两册及封面两张，拜收谢谢！希望能再得书一册，封面一页。封面上尊云加上出版社名及商标，无碍，倒是封底的统一书号及定价的印法，颇为别扭。系望于再版时改为一行，排在下边的粗线条之上。赭色似乎淡了一些，待再寄下的封面单页，当改好再寄奉作为再版时的参考。总

的说来，印得很好！非常感激！

我来北京时，当趋候起居！专此即颂

近好！

弟 君匋 上

十一月二日

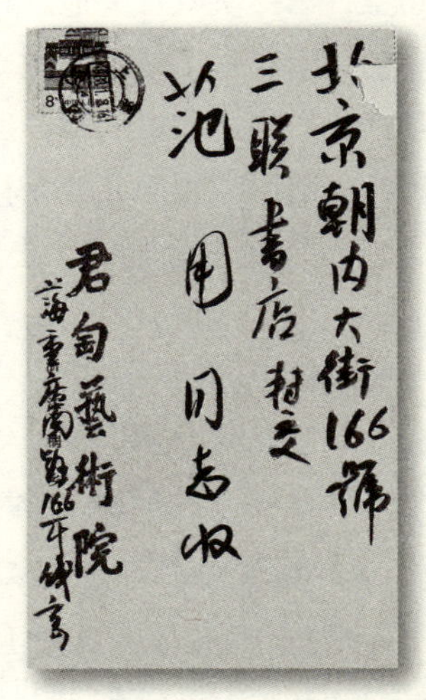

钱有珏

范用先生：

您好！首先自我介绍一下，我是钱君匋的侄女钱有珏。前几天替我伯父送石章时同你见过一面，并得到机会同你谈话，耽误了你不少宝贵的时间，在这里向你表示道歉。

由于我还年轻幼稚，第一次就冒失地闯到你的办公室来，这样做实在有些欠妥。伯父给我写了一封信主要是鼓励我业余学习书画篆刻。其中提到请我给你送印章的事，那天匆匆忙忙没有将那封信带上，实在失礼。请原谅我的莽撞无礼。

谈话中你提到无锡，使我十分吃惊。去无锡插队是66年高三毕业时清华附中的班主任老师付眉建议的。走的时候没能向我父亲告别，只有几个比较接近的同学知道，三年后我到了父亲所在的文化部静海干校，以后又到廊坊呆了三年。在大兴县文化部干校呆了二年，1979年2月以知识青年的名义考上了北京二外分院日语系。1983年3月分配到中国电影资料馆工作。（因为上大学前在中央美院图书馆工作过三个月，学校把我送回了文化部。）现在外国影片组搞日本电影。刚去的时候因为调我搞20—40年代中国电影回顾展的会务工作，有机会接触了一些电影界的人。但实际上我还只是一个打杂的小工。我很愿意结识一些朋友，至少是可以书信往来，但我的身份能被允许吗？我很担心。

随信附上照片二张，一张是赠给你留作纪念，一张是赠送给林年同先生的。并附上“中国电影回顾”影片故事简介一本，是送给你的。里面错误很多，只能作为参考，其中有二篇是我写的。

我没有写过什么东西，最初是写毕业论文《芥川龙之介和鲁迅》（日文），后来为“回顾展”的录像资料写过解说词。业余为报刊写过小豆腐块，有二块是介绍与张瑞芳有关的，一块是介绍日本导演森谷司郎，还介绍过日本电影《火红的第五乐章》中的音乐，其他还写过一些关于公映的日本电影的介绍材料、电影故事等。总之在电影口的阅历很浅，但可以接触到一些有关电影的东西。

刘间先生的文章我已细读过了，有些语法现象不能立即弄懂，但大意可以看懂，他对中国电影很热心，对上海的风土人情也很熟悉，只是这份杂志的中心好像不明确。倘若刘间先生对中国的哪些方面感兴趣的话，我可以尽自己的能力帮他找些材料，例如：对 1983 年电影情况的了解，等等。

那天我还提到日本的一个历史人物大原幽学（1795—1851），山本萨夫拍了一部关于他的传记电影，我很想知道日本国史对他是如何评价的。

伯父那里我已代你向他表示谢意。不知他是否已动身去广州。如果在上海，很快就会收到我的信的。这封信太长了，就此搁笔吧！再见！

祝好！

钱有珏 敬上

八四年一月十五日

秦柳方

范用同志：

在《联谊通讯》上，经常读到您的大作，很感动，也很受教益。

您在《联谊通讯》第32期末页信中提到的《中国农村》与新知谁先谁后的问题，是这样的：

《中国农村》是1934年10月10日创刊，新知出版合作社（新知成立时的名称）即新知书店1935年8月5日在沪召开成立会。

特函告。

祝

健康！

秦柳方

1993.6.20

秦　牧

范用同志：

你好，不见来年有多了。

你惠赠的《泪雨集》等书，和最近寄来的《马克思和世界文学》都收到了，谢谢。

在京时常常承你关怀，内心感激，你的好学和为人风格给我留下了深刻印象。

在京时你约我编的杂文集，因为忙忙碌碌（我一直担任《作品》主编），一直未交稿，很是抱歉。这书的分量需要多少，是从解放前编下来呢，还是单编解放后，便中请函告，以便得暇时着手编辑。

彦修同志寄我的《人物》杂志也收到，这杂志和《读书》一样颇有水平，适应面可能比后者还要大一些。

你如很忙，简单复我几个字就行了。

即候

健好

秦牧

6.30

并问彦修同志好！

范用同志：

你好！久违了。近来工作忙吗？

我答应编的杂文集，久久未能交稿，心中十分内疚，这个月起我排除一切干扰，全力以赴搞这件事，现在终于完全编好了，计一百五十篇，四十六七万字。今明日即可连同相片、手迹、序言一起以印刷品航挂寄上，特先告诉你一声（该件信封寄你收），收到后请简复或委托责任编辑复知。稿件航挂会比普通航信迟到几天以至一周。你们什么时候收到，就什么时候告知好了。

我没有想到编这样的书会费这么大的劲，（最困难的事情是搜集解放前的作品）承你们热情邀约，却拖了这么久，很对不起。十四份稿子，三几年内可以出齐吧？觉民同志伉俪想常见到，来日再到京奉，希望再观光你的书室。专此，并祝

康乐

秦牧

7.22

范用同志：

久未见面和通信，常以为念。你们一家都好吧？觉民同志一家都好吧？

我间接知道你仍经常上班，主要是打理三联书店的事，有个寄托很好，但可不要太劳累了。

我仍未离休，不过也不需天天上班，只是担任省文联和作协的副主席，偶尔参加开会而已，倒是社会活动就很多了。

我想请问你一件事：前年我交的部分《秦牧杂文集》的稿

子，现在出版，格于形势，自然比当年困难得多，不知已否付印和出版有期，得便时望简复数行。还有，照你看来，一二年内，出版的困难形势会改观否？

特此致意，并贺

春禧

秦牧

2.6

秦人路

范用同志：

您离休后，不再直接领导我工作，但我在《文汇读书周报》《三联人》……看到您写的短文，亟感亲切，能继续得到您的教诲鼓励，也亟高兴。上周在《读书周报》读了您写的《贺年》等文，联想起1990—1991年收到过您的两张贺卡（似是苑兴华同志转我的），一张印有许双《我的外公》，另张是辑录几位漫画家给您画的小像，都有您亲笔写的祝辞：“活得自在，自得其乐，永远乐观……”六七年来，我一直珍存。当时我没有回复您，原因很简单——寄不出堪与媲美的自制贺卡，由此未复，更不礼貌，歉疚至今……

今年年初，我突发脑溢血，现已恢复，但亦不再工作。我最后编定的书稿，是您十多年前设想的《傅雷文集》，书分三卷（四册），已排出校样，三四季度可由安徽文艺出版社出版，一俟出书即送呈样书（书中《世界美术名作二十讲》部分不附印各种插图，颇以为憾）。敬颂

大安！

秦人路

98.1.16

三联最近重印《与傅聪谈音乐》，封面印了“修订本”三个字，我翻看一过，觉得没有修订，更无修订说明，亦是怪事。又及

秦　似

范用同志：

北京会面，令我非常高兴。你对《野草》的关心与爱护，我想不仅我，即是夏公和绀弩，也会是感激不尽的。当天下午我到绀弩家，把你的两个决定告诉他，他虽卧病床中，也高兴得霍然而起，并答应立即着手编他自己的文集。他还说："要是你在北京，帮我编选那就更好了。"

离京前还见到杜埃，同他谈了一下，他也欣然答允把他的杂文、散文、游记编成一册，列入丛书。可惜我没时间找廖沫沙等人了，但我相信他们也一定支持的。

宋云彬、孟超的稿件如何收集和编辑，我准备分别写信与宋蕴庄、孟健联系。荃麟的也准备写信同小琴联系。

我自己的集子，估计在明年一二季度之间也可以编成来，主要困难是解放后一些稿子都得找人从报刊上抄，当时剪贴的已被抄家抄去了。

今后部署如何，请即赐复。必要时我可于明年春暖来京一行。

专此，谨祝

健安！

秦似

11.24

范用同志：

来示奉读。《野草》第一卷已复印了出来，我代表曾是这个刊物的爱好者和支持者向你表示衷心的感谢！可能的话，请早日赐寄一套给我，幸甚！

“杂文丛书”事，我觉得夏公意见很好，不必用个人名义主编了。至于第一批拟先印的六本，我认为很可行。我已去函绀弩，催促他尽快编集起来交你。我自己的正在收集之中，过去虽有所剪存，“文化大革命”中都给抄家抄去了，现在只好翻查报刊杂志，觅人代抄写，估计三月底可以完成寄给你。约三十万字。集名定为《汗漫集》，倘要刊预告的话，可以刊。

我相信“杂文丛书”一出来，会有一定影响，对于促进杂文的繁荣是会有其作用的。

专此，谨祝

健安！

秦似

12.28

范用同志：

承惠赐三联《三十周年纪念文集》，内容及形式均甚精美，谢谢。拙文亦承刊出，使我与三店之因缘，得以公诸旧日友好，更所感幸。

今后务恳继续联系，时赐教言。

专此，谨致

敬礼！

秦似

2.24

范用同志：

两函均妥收。你想得十分周到，把《野草》全部寄来，我得以补入一些文章。其中有些是过去找不到，未收入集子；有些则因受到极左路线的干扰，有所顾忌，不敢收。现在看来，应该收到文集来的还不少。这全仗着你的关心和帮助，首先表示我深心的谢意。

集子经过半年来的收集，请人抄写（因有些报刊不是自己的，不能剪），总算基本上编起来了。有几篇还未找到，已不关大局。具体事项须奉商及说明的，有如下几点：

（1）凡在《野草》（包括桂林、香港）上补收的，已另列一单，在总目录中亦加上注明，这部分需复制。

（2）开列了一个总目录，文章基本上按年月先后排列。请审核。

（3）文稿除须复制者外，共有《没羽集》一册、剪贴本三本、手抄本八本。各篇在何本，均于总目录中注明。凡有目录者，除需复制部分外，均已有正文。

（4）书名，当按尊意处理。但夏、聂二位的集子，不知是否亦冠以人名，倘他们的不贯（冠）以人名，则我就显得突出了，那是不适当的。如何乞予尊裁。

（5）有一篇《前言》，约于八月中寄来。

（6）书中《吻潮微语》《芒花小集》《半年小集》《晴窗随笔》《短笛》《雕虫小品》等，属于专栏文章，这些文章特别短，也算是小小的特色。尤以《短笛》篇数最多，那也是由当时的客观情况使然的，将在《前言》略加说明。这些专栏，均先排栏名，作为总题。并可以接排，不必每篇另页起，一方面节约纸张，另方面也与其他文章区别开来（其他文章仍另页起）。其格式有如《没羽集》。

以上，未审尊意如何？

我明天即因事去桂林，约半个月才回南宁。

《野草》合订本（一）至（六），以及香港出的零星的四本，同时于今天挂号璧还。

专此，谨祝

健安！

秦似

7.26

文集和书作一包寄上。

范用同志：

前天把拙稿并全部《野草》合为一包，挂号寄上，谅已收到了吧。

原以为昨天出发去桂林，后来延期了，便利用这两天的时间，作了一篇《前言》。请你审阅，认为还合适，便算了，不合适，可以再写。

重印《野草》之事，看来是颇有必要的。据搞现代文学史的人和搞文史资料的人都反映说，桂林文化城时期的资料非常缺乏。好些单位都派人到北京、上海等地，想找茅公、夏公他们写，但要他们详细写，恐怕也有困难。就拿我来说，很多事情已记不清楚，不好随便去写。这次承你惠寄《野草》来，许多当时的事，又历历在目了。因此，倘能复印出来，我想是一件好事。

余容续叙。谨颂

时绥！

秦似

7.28

奉上我的旧体诗词未定稿一册，乞教正！

范用同志：

来函奉悉，拙文集稿承蒙赐予发排，又嘱为新办杂文刊物写稿，均甚鼓舞。

我于明日即乘火车赴京，入中央党校高级班学习，为期五个月，对于校读校样及为新办刊物写点短文，都是个有利条件。来京之后，当面专诚拜访，详叙一切。

所需照片，现寄上二帧，请择取其一。写毛笔字的一张是上月在北流县勾漏洞中照的，尚清晰，已去函索取底片，可能找到。小的一帧则是“文化革命”前照的，显得年轻些。用哪一帧，悉由尊酌。

临行匆草，不恭。即颂

秋祺！

秦似

8.25 夜

范用同志：

寄上杂文一篇，给《生活》的，想已收到了吧？

昨日张子夔同志来，知道你已会见了他，甚感。他今日已离京去上海。

周而复同志也在党校学习。我同他谈及“杂文丛书”事，他很高兴，很赞成。他曾有《北望楼杂文》《新的开路》等文集，解放以来又写过一些杂文、短论，要他编一个集子，加入这套丛书，我想他会是愿意的。不知你的意见如何？请便中赐一复信。

我父亲*现在武汉参加全国语言学会成立大会，月底回京，十一月中下旬又将去香港讲学，知注并告。

拙集甚愿于我在京期间能看到校样，那就省得以后往返邮寄了。

匆此，谨祝

大安！

秦似

10.23

又，新华社的胡影同志已来拍过照片，谨告。

* 即语言学家王力。——编注

范用同志：

那天的巧遇，真叫我喜出望外！

高级党校已决定于一月廿四日结束，我于廿五日离京，因此，务乞嘱有关同志能赶一下工，于十五日以前将全部清样掷下，让我自己校一遍。知你事忙，故再赘陈，祈谅！

重印《野草》序言，约二千字，日间即可寄奉。另外，写了三则《芒花小集》，供《生活》备作补白之用。亦将一并寄上。

专此，谨祝

健安！

秦似

12.27

清样亦可分批送我，如流水作业，不一定等到全部搞好。乞派人（通信员）任交通之责，勿从邮局，以节省时间，且免（贻）误。

范用同志：

遵嘱为重印《野草》写了个前言，是否有当，乞酌定。其中第4页末行，提到香港复刊后共印十一期，可能有误，请核正。

《芒花小集》写了三则，备选作《生活》补白之用。

我已预定了火车票，27日回南宁，急盼能得到机会检校一过拙集，务乞能在15日以前将清样赐下，则幸甚焉。

彦修同志前，请代致问候之意。

专此，谨祝

年禧！

秦似

1.2

这篇《前言》最好能在《读书》上发表，起到广告的作用。倘同意，请即嘱人抄一份送去。请裁夺。

范用同志：

昨日挂号寄上《前言》及《芒花小集》，谅已收到。

昨夜分别见到了周扬、夏衍同志，他们都谈到目前文艺界及批评界一些情况与我在《芒花小集》的《议“物反必极”》那篇小文中的看法颇有同感。他们说，希望有人出来写点这方面的文章。

《前言》中有一个错字，即最后一段说到宋云彬“已于前年淹然长逝”，似应改为“溘然长逝”。请即代为改正。

专候文集校样，请于十五日前赐下为幸。

谨致

敬礼！

秦似

81.1.7

范用同志：

手札并寄赠样书均已收到，谢谢你的深心关怀！

书的印刷质量很好，纸张也好，你所选的木刻，我也感到满意。至于照片签名制版小了点，以及布面书脊颜色问题，你都注意到了，真做了无微不至的关心。但这都是很次要的问题，请勿介怀。也不要为此而耽误了装订工作，还是让它早点与读者见面的好。未审尊见如何？

宋云彬的集子，倘要我写个序文的话（他女儿从北京来信，说你和夏公有此设想），我也是义不容辞的。

亲友、文艺界以及师生关系的人，索书者甚多，因此，除出版社按规定送作者的若干册之外，我另买七十册，书款由版税内扣除，请通知邮购科，一待有书之后即寄来给我。我十月初旬要去成都参加中国语言学会首届年会，因此，可能的话，九月底寄来最好。实在赶不来，也可十月再寄来。

专此，谨祝

健安！

秦似

9.12

范用同志：

我五月初去桂林，昨天才回来，看到了你的来信。云彬文集，我须待见到小样才好写序文，不然只讲几句空话，就过于塞责了。

我近日即来京参加文联召开的全委会。六月十九日至二十五日是会议期间，到时希望能同你会见。

拙集出版后，收到不少读者来信，且已有好几个“秦似杂文研究小组”产生了。这都全赖你发现我这么个不成材的人。实在不得不感激于心。现在把刚由三联书店转来的一封上海一个工人的来信转给你，因他对重印《野草》抱有很大的热望，可代表一部分青年人的心情。从这里，是以证明你要重印《野草》的计划虽似乎奇特了一点，但却是有胆识和远见的。

余俟面谈，谨颂

时安！

秦似

6.9

范用同志：

我已代你把书送给我父亲了。他看来是答应给你写书的，请你在近日内找个时间直接到北京大学燕南园六十号同他面谈。我已说过你要来看他。

我今晚搭五次特快回南宁，匆匆未及面辞，云彬先生的书稿一有清样，请即赐下为幸。

专此，谨颂

健安！

秦似

82.6.28

范用伯伯：

您邮来的先父的书信、文稿已收到，实在感谢。因为来函将吴智棠写成吴智修，所以收到的时间较晚；又因忙于教学及我女儿坐月子等公私琐务，延搁至今方能奉复，恳请见谅。

看到父亲的手迹，感慨万千。一是回想到父亲奋斗的一生及其正直耿介的为人；一是深感父亲有像您这样的知友的可贵。您们在半个世纪中经历了种种磨练结成的深情厚谊，值得我们永远珍惜。在这里表达我们全家的心愿，衷心盼望伯伯健康长寿，为革命文化事业做出更多贡献！

我母亲现在广西，可能下月就会来广州和我们相聚。她现在每年都在广西、广东两头住住，还到外地走走，身体还可以，但老人的毛病难免。代她谢谢您的问候。

伯伯乔迁之喜谨此致贺！盼能将新的家庭住址知告我们，有机会的话去探望您。您如能南来一游，我们将无限欢迎！

敬祝

阖府康吉！

秦似女儿 王小莘

女婿 吴智棠

1994.8.20

秦兆基

范用老师：

您好！

素仰清名，无由奉谒，甚以为怅。

日前于《扬子晚报》上见到尊作《写信与写字》，觉得对当今的中学生乃至社会青年都是有益的。文章虽不长，但道理说得透，态度恳切，语言也很幽默，窥见出您老未泯的童心。

我很想在自己编的刊物——《全国中学优秀作文选》转载尊作，并请您赐照，并向读者说几句话（详见约稿信）。

我也是镇江人，长期在苏州教语文，现已退休。苏镇虽朝发朝至，但故里亲人已多不存，归去也是匆匆而过。柴炭巷已成闹市，恐您老重访，恐亦无法摭拾梦痕。他日赴京，当登府造谒。

即颂

秋祺

秦兆基

一九九六年十月廿五日

范用老师：

您好！

来信收到了，已转编辑部，刊出后，当将样刊奉上。《我爱穆源》一书已拜读了，非如前人所说“铅华落尽存真淳”，大约系心存本真，即所谓“不失其赤子之心”。

我和老师相比，年少十岁。读小学时，已是在镇江沦陷期间，但学校似无大变，您所言及的小学教育的内容，甚至所唱的《晚会歌》，郊游的地方也差不多，那时的小学教师似乎很有爱国心，并没有推行奴化教育。

我就读的也是一所私立小学（钟粟小学），在中华路上，离柴炭巷不远。往事如烟，我的记忆不如先生那样真切。

先生的住所离汪曾祺先生处不远，我一位朋友刘征（刘国正），人民教育出版社的，也住在方庄。他日到北京，当登府造访。

约稿信中还请您题字，不知注意了没有，请便中赐下。即颂时安

秦兆基

十一月八日

丘彦明

范老：

听说上回我寄您的书《浮生悠悠》竟有一页空白，真是抱歉。是我疏忽，应该翻看检查一遍的。如此，累得王亚民社长赴台访问时还得另购一册寄来荷兰让我签名，更是让我惭愧。

去年在《人民日报》海外版上，还读到几回有关您的报道，特别亲切。读时会想起您的客厅、书房以及您的笑谈。其实与您又数年不见，却丝毫不觉得分别了那么久，总感觉见面就是昨天的事似的。

一晃在荷兰已住了十一年。去年初终于买了一幢唐效与我心目中的房子，在一个只有两百户人家五百人的小村里，村里人很亲切，环境安静而优美。从家中的窗子既可见荷兰的第二大河马士河，而且可以毫无阻拦地一直远望到德国边境。

这几年去过上海，也与唐效回过成都，就是没在北京停留，下次若经北京，一定再到府上打扰。

今年过年李黎还特别从美国打电话来，两人聊了好一阵子，最大的变化是我们觉得彼此都还没变老，怎么她的孩子却已长大了。

这两年我为台湾《艺术家》杂志写了不少文章，对于各类艺术的兴趣更为浓厚，绘画也仍继续，如今与荷兰的朋友常有联展。

与信一起，附上去年秋《自由》副刊专辑“世界一天”的邀稿，我描写了我们家的窗景。

问候夫人好！

敬颂

大安！

彦明 敬上

二〇〇二年三月九日

沙　汀

觉民同志：

我把祝三联三十周年纪念的东西，只简单增改了点，请您帮忙认真看看。如有基本可用，而尚有不妥之处，则请大笔一挥，予以斧正！这是真心话，决非客套！如能争取荒煤看看，更好。因为深感脑子不够用了，对写文章似乎已经失掉信心。东西既然将在国外发表，还得送院领导审阅，方可寄发！至要至要！致

敬礼！

沙汀

九月廿四日

范用同志：

您好！《睢水十年》交您们审阅的时间，已经相当长了！也一再催问过，可是至今犹未出版，不少新旧友好，都希望我能赠送一册，实在难于应付。您已退居二线，这我知道，但我除了向您寻求支援，真也别无他法。我想，如果目前负责同志不愿出版拙著，那就干脆将原件退还我吧！匆致

敬礼。

沙汀

八六年十一月三十日

范用同志：

题词已写好近十天了，因为感觉内容、形式都欠火候，未敢寄陈左右。因念转瞬八八年即将过去，丑媳妇终归得见公婆，只好硬起头皮付邮。

这是交差，千乞为我藏拙，勿昭示人，实至所盼！预祝
新年快乐。

沙汀

八八年十二月十四日

尚晓岚

范先生：

您好！

本想写信告诉您，文章已经发了，刊在第几版，想不到您已经先看见了。但报纸还是应当寄给您。从今年起，每周四的第 11 版都是“书坊”这个读书专版，“表面文章”这个有关装帧的栏目每双周刊出一次。1 月 1 日，第一期，能够“从您做起”，我觉得是一个很好的开始。谢谢您的帮助。

用您送的信纸给您写信，真是不好意思，但我没有更好的信纸了。这些小画让我想起中学时代，那时我迷恋丰子恺，您这沓信纸里几乎每一张画，我都仔细地描画过。

上次给您留名片，忘了写上我家里的电话，万一您有什么事需要我效劳，总不能让您使用寻呼机。

提前道一声：春节好！并颂

撰安！

尚晓岚

1998 年 1 月 7 日

邵宏志

范用同志：

托加拿大朋友 Betty Spark 带去一包奶酪。记得您很喜欢吃，并说是下酒的好菜。我还买了圆盒的那种，只是带不走了。

您身体是否较前好些了？春天，北京天气变化无常，易犯老病，请注意保暖。

我在这儿仍然边打工，边读大学，很辛苦。但我能靠自己的努力，维持我的生活。我仍住在维多利亚橡树湾——中产阶级的居住区，住在一位外国人家里。

我的签证至 1990 年 6 月 30 日，到那时候，我就在加生活了三年了。

很想读三联的书，想要一本《傅雷家书》。不知最近出了哪些好书？漫画还在出吗？

在维多利亚读大学的一百多中国学生中，不少是三联的读者。有一次，我偶尔碰到从重庆来的一位医生，他说，“在这儿读不到《读书》了”。过去，无论情况如何变化，他总坚持订阅。他说：“学文科的写论文，都从我这儿提一包书回去，肯定没问题！”当丁伯伯的儿子小一对他说，“邵是三联的”，这位医生曾快步走过来，握住我的手说：“快想法搞点书来读！”

小一和刘蓉已迁至东部多伦多市，曾给我来过信。中国人，无论到哪儿都要艰苦奋斗的。

我对城中心的大图书馆真有些意见。那里的中文书大多是香港、台湾出的武侠小说、一些粗俗的杂志。我真想找他们谈谈，增加一些三联的书，说不定能成功，至少让他们买些。

有时间一定给您再写信。我曾剪下一些幽默画，目前不在手边，下次寄给您。

祝好！

邵宏志

1989.4.1

范用同志：

去年十一月下旬寄出的书，我是在今年三月上旬收到的。两年半以来，我搬动多处，原通讯地址早就过时了。一位至今不知姓名的好心人，四处打听我的去向，而终于听说我有时去一座大教堂的唱诗班，有时去那里的咖啡休息室。这是为什么这张提书单转到了教堂。实际上在圣诞节前我就停止了去教堂参加活动。因为我在十一月下旬被通知说，我申请永久居留的身体检查，报告我患有严重的肾病，我必须尽快去见我的家庭医生及作进一步的检查和治疗。为了快些搞清病情，经好心的朋友 Anne 介绍我到温哥华一家著名的专科医院去诊治。离开了协和医院就没有那么便当地看病、便当地拿药了。因为有制度可以不遵守，有熟人“有路子”就可以无法无天。当我在温哥华的医院学着做一个守规矩的病人时，教堂的朋友们正在苦于找不到我。而有的人听说我到城东的学校教过汉语，故又找到了那个区的教育部长，一位非常能干的女士。她知道，我在返回 Victoria 后即找到了一份工作——在海边一所漂亮的别墅里边养病，边等医院的床位，边照料一位八十四岁的德国老人——威理（他的家眷都到美国度假去了，并带去了那只叫娜塔莉的德国狼狗）。我的朋友——区教育部长玛丽托去教堂参加活动又住我家附近的一位太太送来了那张提货单，并在电话里告诉了我事情的全过程。我感到幸福，多少人付出了他们的爱心！我看着这张普通而不平凡的提货单，只见上面写着："地址待查，送疑难投递科保存。"但并未注明包裹是从哪里寄出的和谁寄的。（且听下回分解）

1990.5.15 于 Victoria

范用同志：

为了便于联系，请将你家地址邮政编码及太太的名字寄给我。等你来信后，我将给她寄去此信的正文。祝好，生日快乐。

范用：

五月一日的来信，包括美金支票和你的千叮咛万嘱咐我都收到了，并且期待着《读书》和《随想录》的到来。

能在离开祖国八年半以后故土重游倍感亲切。朋友们的情谊温暖着我的心。好几位友人纷纷向我讲述当年不能坦诚交谈的问题。我理解他们，也十分感激他们对我的信任。更使我惊奇的是，我有幸见到你并在我感冒发烧的时候，被盛情邀到家里去住。这在海外根本是不可能的。"请吃不请住"，这是众所周知的待客条例，尤其是在香港、台湾，和日本。然而，你抱着深厚的情谊，依然按照老三联的传统，热情地款待和照顾我。安排汽车，请了一位那么真诚的司机同志去送我上医院，又接我和行李到你家。这正是你，范用！你总是在别人被困扰的时候，想方设法去分担别人的忧愁和痛苦，被你照顾，做你的部下、你的朋友真幸福。我十分珍惜在北京度过的那几天。

寄上这几张我也留了一份的照片。我的加拿大朋友都很喜欢你的客厅。有人喜欢你的头像画，有人欣赏那幅鸿鹤飞翔的美术作品。更有多人赞叹你的丰富的酒瓶收集。并说，你孙女的那篇文章（我口译给他们听）很真实，也是一幅帮你收集酒瓶的“广告”。

请帮我转达对老苑、小坤等朋友的问候。叶藻夫妇对我一直很好，我十分感激你提供那个机会让我和他们见面。我需要他们的地址，望告。

记得总编室在六月份为你庆祝生日。附上一张喜欢听音乐、喝酒及看书的小老鼠生日卡。

小妹

五月十日

范用：

托刚认识的一位北京人，王超英，还是中学的校友，带回一批（不是少量）加拿大特产，分送给我尊敬和思念的长辈和朋友。超英很热情，愿意给送到各个朋友家。考虑到他离京数日，落下很多工作要赶，故请他把所有东西一次送到你家，再由你分送出去，正如我们在电话里讨论过的。

下面是名单和礼品分配：

董乐山：皮夹子（加拿大造）

范用：乳酪（瑞士）、枫叶蜜、咖啡巧克力豆（请转交羽先生资料）

李慎之：鱼、枫叶蜜（我给他单写信，今天来不及了）

吴祖光：枫叶蜜（祖光八十一岁生日，三月初一），（单写信给他）

王大鹏：类风湿软膏一盒、枫叶蜜

叶藻：枫叶蜜（另有信）

小妹 匆匆

4.4 温哥华

我圈掉叶藻和祖光、李慎之三处，小妹又及

范用：

自从上周我给在加拿大东部访问女儿的吕异方阿姨打了个电话，得知她将于十二月七日经温哥华返京，我就问自己：我要托她带什么给你？

鉴于上次你托吕阿姨带给我两本丁聪的画册，这次我想托她给带回三本加拿大作家的画册。不同的是，你把丁聪的画册拿到协和医院请他签了字给我，而我却不能拿这书到这位洋人住的医院请他签字——医生不准见。

我想你一定会喜欢这位画家兼作家的风格。如果能找到翻译出版的——如有价值的话，我倒愿意翻译其书信。

我爱丁聪的画集，那是他辛勤劳动的结晶。他的画法在中国是一绝。记得吴祖光伯伯曾写过小丁伯伯，说即使把丁聪的画混夹在一千张不同的美术作品中，他也能一眼就能认出哪张是小丁之作品。

读《我画你写——文化人肖像集》，我也是读着书舍不得放下——爱不释手了。无论是自述还是熟人对画内人物的评价，都会引我捧腹大笑，因为那多半是事实。如郁风说的："我平生最得意的一件事，就是比我丈夫高，而且还不是一点点。"读着这话，觉得郁风得意得像个爱跟人家比高矮的女孩子，天真稚气。当然，读这些短小的文字也会使我沉思，拖我回到（惨）无人道的"无产阶级文化大革命"中去，回到解放前文艺人、文化人创作难难、闯江湖的艰难岁月。谢谢你送给我这两本书。写到这里又禁不住笑起来，因为想起了丁伯伯给苗子画的遗嘱或者为自己写悼词的那张画，真是只有纯粹的人才会有这样的作品。我真热爱他们！按照这里的习惯要使劲拥抱小丁伯伯和苗子了！

以前多次见过苗子的字，真棒！两条巨幅挂在客厅里顿时使屋子生辉，那是因为浸在笔墨间其真纯的灵魂。

想起来你喜欢吃奶酪，而上次带给你的较高级的，你却不喜欢那味道。这次我去买了两包片制的白色的（挑的好牌子）。当我要付款时，想起你像小男孩，喜欢吃糖，遂决定带一盒巧克力，而改送一包奶酪。因为担心吕阿姨一手得拎着外孙女而另一手提行李，恐多为不便。

这还不算，音乐是你喜欢的。趁机带上三盘钢琴曲 CD。这些比起傅聪的演奏是无法比拟的，而只是放松式的音乐。可以边听边扫地。

说起扫地，想起你住的洋灰地板冬天会太冷。大胆建议你买块大地毯。一张放在客厅沙发前。另一张放你书房。所有地毯费用我愿为你付。这样对你的腿会有些保暖作用。另外客厅那扇通往凉台的门之缝子真是太大了。那天我坐在客厅里只见股股黄风卷着沙子往屋里灌。建材商店应有卖胶门条的。如买不到我可设法寄去。

送一张照片，是最近在我住处后边的公园照的。可见加国的枫叶是多么漂亮。

并请转交圣诞卡给资中筠。谢谢她让人给我寄的《美国研究》。问候她的腿伤痊愈否？

请转达我对李椒元的谢意。从美国出差回来收到今年前三期

《文摘》。牛皮纸包封四边都飞了。若不是那传统的、范用式的拦绳扎打结法，恐怕我只会收到一张牛皮纸信封。

最后，我最想的，是把我自己带回去。我在北京已经没有家了。但我会挤住在你家或董乐山家。我真想吃上次在你家翻到的那烧鸡，现在想想嘴巴里要流口水。还想吃你拌的四川式手撕鸡。记得在贾宝兰夫妇、迮卫夫妇的婚礼宴会上，你拌的鸡丝真是美味至极。坐我不远的老朱吃得津津有味，满脸红光。还有，我记得你请编辑部的同仁吃蒸河蟹。哎呀！真馋死人啦！好吧，就写到这儿吧。要不然，你会在吕异方阿姨带给你的包裹中发现我也蹲在里头呢。

想读《干校六记》《围城》那些老书。

想念三联的灵魂所吸引的一帮文化人。

想念你，我的做人的老师、书虫。

Shawen Shao 小妹

97.12.5 温哥华

邵燕祥

范用同志：

您转来徐重庆同志信，我没想到《诗刊》已至此！

过去用了海外作者稿，照例写信去征询，稿酬（少量人民币）代存我社，或寄诗人国内亲友，并寄样书，有过拖延的事，不意今已延宕经年，且如泥牛入海，置询问于不理！

我附信转给了《诗刊》鲍学超同志（他帮助牛汉搞《中国》的设计一段，现回《诗刊》，搞通联不久），请他给刘延陵老人和徐重庆老人（并刘老国内女儿）分寄样刊，稿酬可寄徐，或问清刘女地址后寄她代收。

由此一角，也可见我们“机器”运转失灵之一斑！

我四月六日去滇西“泼水节”。顺祝

近好

燕祥

四.三

范用同志：

您好！

廿二日信悉。各刊都要加价，读者是能理解的。我想比如在十一期“编后”略说此意即可，估计不会影响订数。

遵嘱呈上读书随笔一篇。因十月五日要去湖北等地半月，赶出请审。如不适用，请即电告，也许行前再弄一篇；如勉可补白，也就安心了。

匆祝

编安

燕祥

九月廿七日

秀玉手术如何为念。请便中代致意。因要外出不能去看望她了。

范用同志：您好！

上中旬到湖北神农架、武当山一游，归途由武汉乘船到南京。现将在江轮上新写短文一篇，奉上请阅。

如不适用，随手丢掉即可。如一期用了拙文，二三期中怕作者重复，改署别名亦无妨。无非偶然想到，不写下来，也就稍纵即逝了。

此颂

编安

燕祥 上

十月廿五日

范用同志：

日前多事，给几位中央领导人各写一短柬并附与友人书一通，现将复印件寄呈一阅。聊代晤谈，全家好！

燕祥

九一年十二月十日

范用先生：

我受托为筹办中的文学丛刊《散文新地》约稿，恳切地期望您惠予支持。

《散文新地》明年三月创刊，每季一辑；拟办出自己的特色，以补时下散文书刊之不足。名誉主编王蒙、郭枫（台湾散文家），由资深散文编辑范希文执行主编；天津新地文学基金会主办，在领到刊号前，先借书号出版。

丛刊将以相当篇幅发表杂文和学者散文（这一部分目前暂由我负责组稿）：

一、杂文，除时间性过强者不拟刊发外，不拘一格。尤其欢迎着重从文化心理层面分析、议论社会现象的文字。

二、学者散文，姑暂名之。凡学术随笔、学术小品、读书札记、学林漫语，皆所欢迎。或以您研究工作的成果，让读者尝鼎一脔，内行外行都能爱读并受益，或以您阅读、思考、采风、写作的边角余料，化为谈资，也算“提高指导下的普及”。

丛刊每期容量约十四万字，上述二者，与蓝翎兄负责组稿的散文评论和散文式文艺评论部分，合计可占近半篇幅。不过每篇不宜太长，以免版面沉闷。幸蒙赐稿，言所欲言，固不限于杂文、学术随笔之类，抒情叙事，量体裁衣，无须拘泥，但求文采斐然，读者共赏耳。

我于杂文界交游不广，于学术界更是槛外人；受人之托冒昧相请，还盼多加指点，并在友好间转告致意。

刊物初创，两手空空。亟望在今年十一月底至迟十二月中以前收到赐稿（创刊前要掌握两期稿件）。出版周期较长，稿酬亦难称丰厚，只是新辟一小小园地，全靠同好者耕耘，不周之处务

请谅宥。先此致谢，并祝

身笔两健

燕祥

九二年一月

范用同志：

在展览会上见到您，很高兴，一是您日渐康复，一是您对朋友事业的热情使您扶杖而来，“友谊第一”古道热肠。

我过去未见过世襄先生的法书，昨从长卷上拜诵题跋，惊喜佩服。作了一首打油诗想寄给他，但不知地址，现随函附上，放在您处，您何时同世襄先生联系时，敬烦一转，以博一粲耳。

近出一小册《杂文作坊》，容日内送上请正。

不赘，祝阖家安吉。

燕祥 上

九五年二月十二日

范用同志：

您好！《穆源》书已拜读。向锦江先生就在北京（现首都师范大学中文系），我81年曾与他同游河南，86年在琉璃厂邂逅，后来亦曾偶见，已见衰老，盖一直独身，乏人照顾也。不知近年您可会过？

我写了两篇短文，作为读后感，一题《小学生范用》，拟寄《羊城晚报》，或也给《大公园》，一题《又一本〈寄小读者〉》，则是应郑州《中学生阅读（高中版）》的荐书之命。复印奉阅，请看无不妥否？

戴天文璧还。

天寒盼珍摄。

敬候

双安！

燕祥 上

九五年十二月廿日

范用同志：您好！

拙书上，《说古论今》第二面上无脱字，我查对了原书。盖第一字（行）只有一字，随后句点，致生误会。

您《追记食事》一文，极有意趣。讲芙蓉鸡片一节，"猪肉"疑为"猪油"之误，这是谢文秀读出来的，不知是写时笔误，抑误排也。

匆匆保重！

阖家安好！

燕祥

九七年三月廿日

我去深圳几天，为《大公报》《光明日报》"迎回归诗词大赛"作评选（一等奖二名中，新诗是杜运燮的"七九老人庆九七"——他七十九岁了，去年被新华社评为"健康老人"）。见到曾敏之和刘以鬯二老人。又及

范用同志：

"田记茶馆"原在东内大街路北，俄使馆那条街路口；整顿市容时迁往东直门地铁（西北角站）后面。

刘岚山老人健康时，我们多在此茶馆闲叙。

九六年秋我曾有一诗题田记茶馆：

车尘汗雨觅瓜棚，
安得清风胁下生。（陆羽《茶经》讲，饮茶后，胁下生清风）
多谢一壶茶当酒，
西窗不觉夕阳红。

那位老掌柜田启隆八十有六矣，饱经沧桑，但精神不错。承于看电视后问及，敬陈如上。

匆祝

夏安

燕祥

二〇〇一年六月二日

沈才毛

范用先生，您好：

来信已悉，所问丰子恺先生画册、文集以及纪念品现告如下：

1.《丰子恺遗作》平装本，每本 100 元，内容包括子恺先生一身精华方方面面都有些，从早期黑白漫画到彩画，书法、散文、篆刻、封面设计等，最后有子恺先生年表。该书是北京华夏出版社出版，已无货可供，我处仅存不多了。

2.《护生画集》系佛教方面的，丰子恺先生为老师弘一大师（李叔同）所作每套 6 本共 450 幅画，每套价 50 元。内地第一次出版。（深圳海天出版社）

3.《乡土漫画》我馆为纪念丰子恺先生诞生 100 周年（1998 年）所出版。全书共 100 幅漫画。每幅画有说明。每本价 12 元。

4.《丰子恺文集》精装本，全套 7 本，价套 196 元。前三本是文学卷，后四本是艺术卷。该书早已脱销，今年浙江文艺出版社再版才有供应。

5.《丰子恺系列画卷》河北出版社出版，每本 55 元。

6.《缘缘堂随笔》是从文学卷中选出来的 103 篇散文，每本价 18.80 元。

7.《丰子恺自传》每本 15 元。丰子恺文章，由其大女儿丰陈宝先生编辑。南京出版社出版。

8.《丰子恺传》是杭州师范学院陈星同志编写的，写子恺先生一生。每本价 5 元。

9．弘一大师《天心月园》陈星同志写的，写弘一大师一生，每本价 9.60 元。

10．漫画信笺每刀 100 张价 6 元。漫画明信片 4 张一刀，每刀 1.50 元。漫画书签 4 张一刀，每刀 0.50 元，塑料的。漫画火花每刀 60 张，彩色的每刀 2 元。纪念章每枚 1 元，有头像，有缘缘堂。缘缘堂简介每张 2 元。漫画手帕，每袋 2 块手帕，纯棉织品，每袋 4 元。我处纪念品都有丰子恺先生漫画特色。

我馆代办邮寄，因邮购者较多。如需要可邮局汇款加邮寄费，我们采取多退少补办法。

祝

全家万事如意

丰子恺纪念馆

沈才毛 谨上

97.6.14

范用先生：

您好！

从邮局汇来人民币 30 元，已照收到。今从邮局寄上《丰子恺自传》一本 15.00 元。《天心月园》一本 9.60 元。漫画明信片 1 刀 1.50 元。漫画火花 1 刀 2.00 元。计货款 28.10 元，用印刷品挂号邮寄费 3.40 元。总共 31.50 元，超过 1.50 元，请不必寄来，以告清乞。

祝

健康长寿

沈才毛 谨上

97.7.24

范用先生：

您好！

来信已悉，并附来漫画信笺二刀已收到，谢谢。先生所购之书在 7 月 23 日已从邮局寄出，想必已收到。承先生之介绍三联书店夏丽英同志汇款来邮购书籍，今日 7 月 29 日从邮局给伊寄去。

祝

万事如意

缘缘堂沈才毛 谨上

97.7.29

沈承宽

范用同志：

您保存的《金鸭帝国》剪报天翼收到后，非常高兴，也非常感激。您几经劫难，仍把它保留下来，这是何等珍贵啊！他因病不能写信给您，特此嘱我向您深致谢意！

湖南人民出版社出版了《金鸭帝国》，但装帧设计太差，他们正在重新设计，准备再版，我准备等此书再版后，送您一本留作纪念。现已将湖南人民出版社出版的《张天翼童话选》一册送上（其中的《秃秃大王》解放后没有再版过，此本是四十几年来第一次再版），请您惠正。

再次向您致谢！即颂

大安

沈承宽

六月三日

沈　红

范用先生：

我家奶奶张兆和于 2003 年 2 月 16 日在北京病故，已于 2 月 20 日火化。享年 93 岁。全家照顾守护奶奶直到最后时刻，她走得宁静安详。

按照老人家意愿，尽量不惊动各方亲友，所以我们事后才正式告知，盼亲友们见谅。

感谢您对奶奶的关心问候和诚挚怀念。怀念如无数花朵，陪伴她迎着春天走去。

祝愿奶奶平安吉祥。

也祝福每一个爱她的人。

沈红

沈建中

范公：

您好。回沪后时在念中，托办的事已办妥，并让曹雷、道静先生给您回信，不知收否。曹雷老师无论如何不肯收您让我代买的录像带，我也没有办法，特告。今顺寄上您要的胡絜青先生的照片。您的漫像照片邮寄不便，下次来京带上。启功先生的照片再过几日托您转寄。感谢您对我此项工作的帮助，每次来京扰您静思著作深为不安，在此深谢。上海文艺出版社已有意为我出版这本摄影集，目前正为此努力，较忙。

正值盛夏，您笔耕之余尤其要注意休息，不可太累。前几日的一上午，我往您家打电话，没人接是否外出。小靳是否将罗大冈先生的书送来，甚念，并盼您给罗一信。匆匆专此

谨祝夏安并向师母问安

晚 沈建中 敬上

七月十四日于沪

范公吾师：

您好，寄呈上照片请教导。启功先生的照片请转交给他，因我没有他的通信地址。《文汇读书周报》刘绪源要的您的照片，我即制作寄去，回信说先要发配您漫像的，照片要等一等。不知近日北京热吗？非常想念您，秋天是否能来“南巡”，恳请提前吩咐，我定奉候左右。李子云先生近时来京，要来拜访您的。最

后我对您有一意见：以后我见您或您写信时千万不要再提及什么“礼”之类的话，我深为内疚，我只是表达我对您的感激之情，您的鼎力相助，我感念不已！曾经有人乘我之难而欺诈，您的无私帮助，我怎能不报恩？！祈恳请您海涵，随我吧！我深知您的见义勇为、高尚情操。

专此奉颂　时祺暑安

晚 沈建中 敬上

八月十六日上海

范公尊鉴：

前数日有一函呈您，收到吗？今函呈在京府上为公照相片请教正。近日在《文汇报》上拜读大作，甚欣喜，写得好极了！像咖啡——味道好极，苦中有甜。即颂福安

晚 沈建中 再拜敬上

十月三十日沪

沈絜云

范用先生：

承蒙参加唐弢学术讨论会，十分感谢，可惜那天时间太短，未能请您发言，太遗憾了。我本当参加此会，因老唐过世，我三叉神经疼发作厉害，每天服用大量镇静药和麻醉药，头昏脑晕。又恐遇见很多老友不能自持，故而未去，实属失礼。

文学所决定为唐弢出一本纪念册，早在筹备之中，我本以为发开会请柬时已将约稿信同时发出，昨天了解到，似乎并没有这样做，时过二个多月，只怪我前一段心似乱麻，未曾顾及。您与老唐相知较深，很希望在纪念册上有您的大作为之增光。在您的健康允许下，请答应我的要求为感。

问全家好并祝

夏安！

沈絜云

5.5

如蒙赐稿，请直接寄文学所现代室卓如同志。

范用先生：

谢谢您寄给这样精致的书，内容太吸引人了，尤其是我。我曾当过三年童子军，制服不离身，我们是住校的，您所写的生活真是太熟悉了，时间多么不留情啊。三十年代那些一听就能上口的激励人心的歌使人记忆犹新，对比眼前的流行歌曲，有时我都不知道是什么意思，大概是不合潮流了吧！

祝

阖府均安！

沈絜云

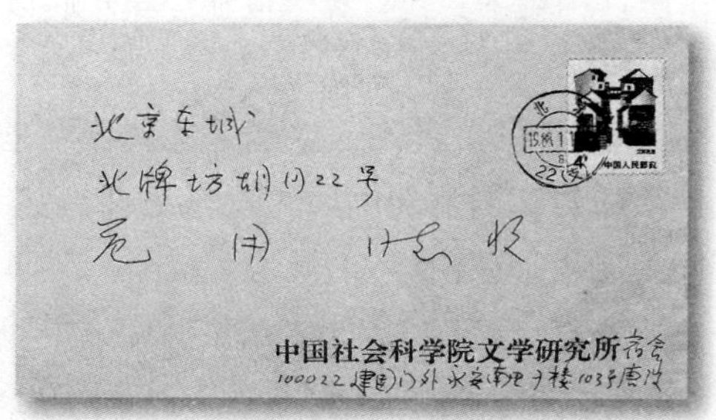

沈叔羊　沈　谅 沈　谱

范用同志：

您社赠给我的《寥寥集》一百本已经收到了，谢谢！已经开始在送或寄给亲友们了。

目前，我正在写另一个稿子，是回忆我父亲的革命事迹的性质，叙述得较详细，在今年年初开始动笔的，已经写成了九篇，全书预定为十二篇，写好后，估计共四万多字到五万字，不知您社是否需要出版这种稿子，我打算争取在今年年底以前写好这本小册子的稿子。

还有上次与沈宽同到府上拜访，看见您的藏书非常丰富，其中如有关于“救国会”的书刊例如《救国无罪》(有两种，书名同而内容不同)、《救国言论集》(似为“救国会”印行的)以及其他书刊，希望借给我看下，因为“目录”中第一和第三两篇还须要加以修改，但缺少资料。用好后就归还。小册子的书名尚未决定，以后再考虑吧！此致

敬礼

沈叔羊

1978年9月2日

附目录一页

沈钧儒老人的故事　沈叔羊著

目　录

1. 父亲的革命精神与爱国主义精神
2. 读《楼居七日记》
3. 为救国而入狱
4. 父亲与鲁迅先生
5. 父亲的诗
6. 父亲为什么喜欢石头
7. 父亲的健康是怎样得来的
8. 父亲爱护和帮助青年的故事
9. 读《家庭新论》
10. 父亲的两三逸事

此外，还要写两篇，但题目尚未定。小册子的名称是暂拟的，尚未决定。全书写好后，估计可有四万多字。

范用同志：

您好！

自《寥寥集》1978年出版后，数年未晤。在此后数年中，我们兄妹三人及亲朋好友对我父亲的诗时而在报纸或杂志上有新的发现，争相告诉我，例如：

1．去年有《七三自寿》诗传来；

2．光绪年间约二十五六年，老人家年轻时写在扇面上的诗作，等等。

为此使我们萌生了加厚重编《寥寥集》的念头，如蒙您的同意，我们当合作进行，同时把初版时的几处印错地方改正过来，有如下几处：

1．165 页上的日期

2．补印一首诗，在 109 页上漏印了《战儿篇》

3．在初版上漏印了致黄任老的一首诗

希望范用同志，即日复示为荷，寄沈叔羊处

此致

敬礼！

沈谅

谱

沈叔羊

一九八五年九月十八日

沈韦韬

范用同志：

您好！大函敬悉。

重印《中国的一日》当然是个好主意，这一本报告文学集很有特色，印出来会受欢迎的。您想把《回忆录》中的一节摘出，附在书中，我们没有意见。唯整个书的字数较多，将如何处理?

《被考问了〈中国的一日〉》已收在人文出版的《茅盾散文速写集》中，您手头如没有这书，小曼可以给您送去。

《回忆·书简·杂记》是译文，你要重印，我们当然没有意见。不过这些文章曾收入上海译文社出版的《茅盾译文选集》中，是否会觉得重复了，请您考虑。

《脱险杂记》内地社会科学出版社曾借用香港时代的版子印过一次，时代为了经济问题还闹过一些意见。即颂

大安！

韦韬

二月五日

施蛰存

范用同志：

惠书敬承，嘱为《读书》撰文，厚意至感，但我恐无以报命，一则不得闻，二则无书可论，我今年已谢绝一切命题作文，不作序，不题词，不为人集邮写首日封，不写字，不和诗，不审阅评定职称资料，总而言之，不做非自己的工作了，请原谅。

现在非抓紧时间，将自己的文稿编定几本书不可，今年编了三本，希望明年可出，今年有一本《唐诗百话》可能由上海古籍印行，待出版后当寄致。此书是我的重点著述，还希望《读书》吹嘘吹嘘。

年内还要补写这六篇回忆记，希望明年第一季度编成，请三联出版。

此外还有古典文学、外国文学、金石碑版方面的丛稿，还可以编四五本，这是1988年的工作，还不知能否完成。

把我的情况向您汇报，请恕方命之罪

匆此即请

撰安

施蛰存 叩

1987　中秋夕

秀玉同志均此

又：三联能否将戴望舒译的《比较文学论》重印一下，此书

原由商务出版，或者请你与商务联系，他们可否再版印行，以供需要，拜托。又及

范用仁兄：

久未函候，常在默念，听说董秀玉同志已去香港三联任总编，未知确否？承赐灵凤的《读书随笔》三册，今日收到，谢谢。这部书你送得迟了一些，因为我已托《文史知识》编辑华晓林用我的稿费买了一部，月初已收到看过，又《伊利亚随笔选》也已在上海买到，你不必送我了。（《欧洲小说的演化》，我也买了。）你们的书，装订有问题，这次你送我的《读书随笔》第一集缺少215—246页，我自己买的一部不缺，又张企罗送了我一本浦江清的日记，97—128页重复了，129—160页缺失，而你送我的一册不缺，这二部书大约是同一家装订厂装订的，应通知他们，不要屡次订错。

今年我已出了五本书，一本也没有呈教，衷心抱歉，《唐诗百话》最为紧俏，我自己买了一百五十册，上海关系户送了一百二十册，北京只寄了十册，现在手头已无样书，想等再版本送到后再给您和秀玉同志寄去，再版本可以改正一百多个错字。香港三联本我的选集，我只得到十册，也不送你了，天津已印出一个我的散文选集，等书到后一定寄呈一册。

暑假后，我想动手编几本杂文集，现在计划是先编一本《文艺百话》或《文艺百衲》，收古今中外文谈一百零八篇，可与《唐诗百话》为姊妹书；另外一本是回忆记，书名拟为《平生我自知》，但这一本今年还编不成，因为还要写十多篇，才能满意。

我想把《文艺百话》给你们出版，行不行？

冯亦代兄常见否？请为代候，他那边我也没有送一本书，其

实是为了打包付邮麻烦，无人帮我动手，你们如有人来，可到舍下来，我可以托便人带书去，但应当先期通知我，临时要书，拿不出来，因为我得爬上阁楼去取。

上海奇热，已有半个月，一事不能做，幸贱躯尚能支持，终日坐着吹风、饮水，而已。

手此即候

起居

施蛰存

7.20

范用同志：

我在四五月间，曾有一信给你，未得复书，不知足下健安否，甚以为念。董秀玉同志亦久无消息，不知在香港抑北京，有人说她已退休，亦不知确否？

近来看了几本三联新书，如《浦江清日记》《欧洲小说的演化》，觉得版式都很好。我的回忆杂文本想等写全了印一个单行本，故足下屡次催索，我都未能交稿，因为还有好些文章尚未写出。近日看出版形势，感到字数多的书，出版困难，定价高，销售也难，故我不能不改变原计划，想将已写的回忆性文章先编一本，印一本小书，不知你社能否在 1989 年为我印行？

我现在集中时间编辑许多旧稿都是古典文学及外国文学方面的，自己读书，已甚少时间。《读书》月刊承历年惠赐，我没有文章贡献，十分抱歉。从明年起，请不必再惠赐了，一则我不能通篇拜读，二则你们的赠书范围也该简缩，以节省物力。

今年我有一本《唐诗百话》，上海方面，关系户多送了 160 本，北京方面许多朋友没有送，你和秀玉、亦代，好像都失于寄赠，现在再版书已印出，待书送来后，我想奉赠各一册，如有人在上海，最好来取，寄一本要邮费七八角，连邮费都付不起了。

手此即颂

文安

施蛰存

10.16

亦代、秀玉均此，乞代致意

范用仁兄：

惠大著，已收到拜读，足下童心不泯，高寿之征也！

我从去年起，已逐渐衰弱，不知还可支持几年，得过且过耳。

兄知道沈静芷一家情况否？他是我的表弟，久不来往，大约已故世了吧？

施蛰存

1996.1.10

范用同志：

北海巧遇，大是有缘，可惜没有时间再晤，多聆教益，《巴黎的忧郁》一册今日已挂号寄奉，收到请惠邮片，这是我原有的一本，已是旧版，但内容与新版无异，手此，即候

暑安

施蛰存

7.28

石维坚

范用先生：

大作及《莎士比亚画册》均已收到，十分感谢！

大作尚未及拜读，但已感很亲切。我们是大同乡，您的穆源和我的童年梦都是被日寇炸毁的，虽然您在镇江，我在淮安的农村，您是长辈我为后生，但读您的大作一定会引起共鸣，受到启迪的，再次谢谢您！

那天我完全是被您的气质吸引了，忍不住拿起了相机，可惜我的相机镜头推不上去，靠得太近又怕太张扬，更怕打搅您，所以远远地拍了，这就给洗印带来困难。如果早知道您不方便，我就当时翻拍好给您了，这些天为这事常后悔，自责。

寄上几张剧照，请多指正。

祝您

安康！

石维坚

二〇〇二年七月二十二日

石西民

范用同志：

您好！

三联书店出了一些读者很欢迎的书，想见吾兄贤劳，可喜可贺。

我由于体弱多病，近来很少外出，因而购书甚难，而病中也只有翻书消遣。三联最近出的有些书欲购无门，只得向您求援。除夏公《懒寻》* 已有之外，近人可读著作，盼为我代购每种一册，价值若干当邮寄上。拜托。

敬礼！

石西民

十一月二十二日

* 指《懒寻旧梦录》。——编注

舒 罕

范用先生：

前天收到了秀州范大哥寄出的书，实在没想到在简讯上的一句话，一个愿望这么快就成了现实。这几天来高兴得不得了，书确是印得很可爱，充满童趣。比三联版的要好，尤其是图片的清晰度。我想，您这样一位“老书虫”是会想象到我这个“小书虫”的喜悦的。

对您的印象最初应该是在《文汇读书周报》上，您写的一篇墓志铭的文章，写汪曾祺，风趣幽默，独树一帜，但当时（上高中）还不知道您是“老板”级的人物，后来读大学，嫌老师讲课无趣，于是乎三天两头跑图书馆，狠借了一堆书来看（那一段时光我觉得实在是太美了），其中最喜欢的，甚至动了贪念想据为己有的就有您促成产生的《西谛书话》（精装一册，雅致可喜）、《晦庵书话》等，并由此纵横杂览开去，贪多大嚼，彻彻底底上瘾，“无可救药”，自己也买了不少，如叶氏《读书随笔》三册，“文化生活译丛”也有几本，只恨生得太晚，太多的好东西已失之交臂了。现在检视自己的几橱书，三联的竟约有三分之一，真得好好谢谢以您为代表的三联人了。不过目下三联似乎对经济热点、对全球化，更感兴趣了，那点文人气、学者气越来越少了。

零零碎碎扯了一遍，还是要回到正题来，对您的“赠书之恩”再次说声谢谢，并希望您身体康健，再多写点这样质朴可爱的文字，让众多无缘到您家书房神聊的人多一些接触您的机会。

别不多叙，敬颂

秋祺

舒军

2001.10.29 夜

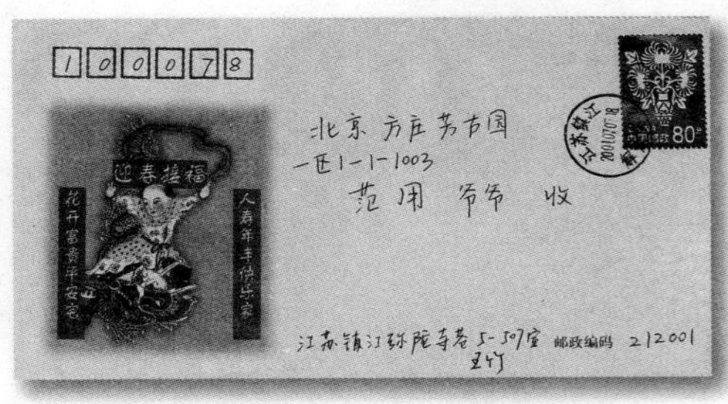

穆源小学来信

舒　芜

范用同志：

不倒翁拖了一年，仍然不倒，只好硬凑几句上去。恶诗丑字，或者竟会把他吓倒乎！至于污染名迹，则公所自取，我不任咎，不道歉也。

即颂

同祉！

舒芜　安

九月十日

舒　湮

范用表弟大鉴：

这是我们首次以“亲戚”的关系通信。恕我大不敬，竟在《艺术界》上“朱批”：“范公你好揭人之短，帮了倒忙。致元白足以气煞，从此搁笔。”得罪，得罪！

托罗公携下致胡袁二公之书，不知能便中请袁鹰来一取代为转交乎？此书无大陆书号，邮局未允邮寄，且内容似亦有不便，只得偏劳矣。

顷见中日合资制作的酱瓜，无镇江产之过咸，亦无扬州产之稍甜，觉得甚合口味，谨奉献两包一尝。如尚佳，到处副食店有售，何妨一试。

匆颂

道安

愚小兄 舒湮 再拜

九二年八月九日

范公：

宪益兄寄我近作《迁居四首》，嬉笑怒骂皆成文章，可喜。

弟为藏拙，久不作诗。今诵杨诗，忽一时兴起，偶成四绝句，纯系以打油对打油，乞正之。聊博一哂云尔。

苦热已久，昨夜一场大雨，今晨凉风习习如新秋，溽暑顿消，快哉！但时值伏中，尚有一番骄阳肆虐或涝灾可虞也。

匆颂

暑安

弟 舒湮

94.7.28

迁居四首

杨宪益

无端野鸟入金笼，终日栖栖斗室中。
只好闭门装隐士，何须下海耍英雄。
千年古国悉贫弱，一代新邦假大空。
老子犹堪绝荒漠，京城亦可化胡戎。

辞去肮脏百万庄，暂居宾馆觅清凉。
投林倦鸟随枝歇，漏网游鱼见穴藏。
岂敢择邻师孟母，只能拼命学三郎。
亲朋疏远音书隔，犹胜逃亡去异邦。

欲慰慈怀解寂寥，女儿携赠白狸猫。
只尝美国鲜虾粒，不顾燕京土蛋糕。
瓶倒箱翻常撒野，梦回饭饱更装娇。
工农虽说今专政，那及豪门宠物高？

假山假水假洋房，越学摩登越外行。
西式草坪常不剪，东瀛地毯垢能藏。
交通填塞行人苦，洗涤艰难无可忙。

莫道此间商品贵，公家只卖舶来糖。

贺杨公宪益乔迁
戏赠四绝句

舒湮（甲戌大暑戏笔）

庄名百万阮囊空，座上融融气若虹。
谈笑往来皆雅正，更无妇寺狗装熊。

去留依隐两彷徨，太座违和企复康。
应是莺迁欣喜庆，怅惘鸟事对芸窗？

勿怪门前辇马稀，只因溽暑路迢遥。
在朝大隐谁能似？宪益杨公令誉高。

孝女衷心慰寂寥，狸奴引进自顽刁。
休嗟咪咪娇脾气，一向西洋月皎昭。

宋惕冰

范用同志：

近来可好？《我爱穆源》已收到多日，因忙迟复，歉甚。您的文思如行云流水，恬淡自然，读后也引发我的少童时代的回忆。

瑞典人喜仁龙写的《北京的城门与城墙》，不记得过去送过您没有？

随函附寄画片四帧，又史家志送给夫人的朱顶红花籽。

盼示知家中电话。祝

俪安！

惕冰 上

1993.5.20

宋原放

范用同志：

你精心编印的《三联照相集》* 等纪念品早已收到，因为十几天持续高温迟迟没有给你写信表示感谢。

2001 年第 1 期《出版史料》上看到你和大明写的关于读生社的创办，很满意，明白了不少鲜为人知的史实：《读书问答》副刊、半月刊社、出版社的脉络，半月刊社社长、出版社社长均为李公朴，读生社诸同人、郑氏家族和读生社的资料翔实、丰富、具体、生动。文中夹有读生同人介绍，已出的生活史稿、新知回忆录却缺如，此正是此文一大特色。以后成书时，不知人物是否单列，凡同人似均应介绍，现在廖庶谦、汪仑、夏征农均未介绍，汪介绍得不全。最近一期《大江南北》上刊有夏征农自述，可参用。

我看到一个材料，可能是南方局的档案材料，重庆出版社版，内收董必武向延安干部会上介绍民主党派，讲李公朴政治上很坏一句。其实从李遇害应该盖棺论定，不应再传播此类谤言。我曾怀疑读生社创建时没写李参加，是否与此有关。

翻译作品最好写明原作者。读生社史一书望早日出书。

夏安

原放

8.3

* 指《留真集影》。——编注

宋振庭

范用同志：

宣教会期间，忙忙乱乱，未得畅叙，遗憾得很，好在今后机会还多。如可能，真望你来长春走走，可好好唠唠！

几个样本书太好了，你理解这个心情，咱们“这号人”，别无所好，就是想买书，陶潜说“平生只一恨，饮酒不得足”，我不会喝酒，又不会吸烟，只有一恨就是“读书不得足”。做了行政工作更糟，“一行入仕此事便废”，此为嵇中散之叹，可移到我们这些人的处境的描述。

寄上我们正写的一文大样，文已给《历史研究》，请指教。

周雷去京，可转告一切。

专此

撰安

宋振庭

六月八日

苏　晨

范用同志：

久疏问候，近好！

秀玉同志来穗公干，相见问起你来，知仍健朗如昔。深望善自珍摄，健康长寿。今年未出新著，去年九月出过一本《访韩纪事》，谨托秀玉同志带去一册，敬希教正。

我已离休，时在瞎忙，得便也动动笔。出书难，写作积极性也不高，积习难改而已。

夏安！

苏晨

五月二十九日

又问范又好！

范用兄：

1 月 9 日才收到你的贺年卡，是迟到者，但却是最美的。

我钤了个“积微小室珍藏”印，已划入收藏品之列。

《我爱穆源》当即草草翻一过，因要即刻复信，得知道个大概。稍后再细细读。我若写我的儿时，那就是个“小亡国奴”的生活了！

你是我极敬重的同行；从业绩到人品，都没有二话可说。

迄今不知道你的住址，这封信仍得请三联转。我也已离休 2 年，还不大闲，命中注定享不得清福吧。耽书，向你学。酒，不会喝，却有好酒，同住一城就好了。

我身体还行。最不自在的，是右手不能正常写字，害了“书写痉挛”病。见你还能写那么好的字，真羡慕。

愿仍如过去不吝赐教。老来更需要朋友的指点鼓励。深深地祝您
健康长寿！

弟 苏晨 上
1月9日

范用兄：

以仿韩国发笺雪芬妮纸印来代贺年卡的《〈水〉之歌》已拜读。收到去年贺卡，我曾当天作《范用的贺卡》一文，《岭南文化时报》副刊发头条，《南京日报》的《社会生活》版又发，此文我已收入去年出版的散文集之《窗外那么美》。读罢《〈水〉之歌》（因被家人误压，我3月5日才看到），已当天又作《细听〈水〉之歌》寄《南方日报》副刊《海风》，刊出后也许会赶上收入今年第三本散文集《有闲勤拿笔》。

去年第二本散文集名《心平好开卷》，两本都20万字稍过。今年第一本名《人生第一次》，第二本名《往事莫轻忘》，也各20万字稍过。可惜出书不容易，今年还不知能否再出一本！你的文章写得很好，经历又丰富多彩，应该多写些。我喜欢看你的文章。相信好多人都会喜欢。

我不愁写，愁找出书处，无权无势又无钱，这年头狗屁不如。

这段时间害肺炎拖了两个月，吊针吊了20多天。病刚好，又摔了一跤，跌得不轻！因这两天稍好，又把笔爬格子。3月1日接两位老朋友来信，忍不住写了《夕阳的步伐》寄《羊城晚

报·花地》。2日看电视又心血来潮写了《吐含山深处》。5日看到《〈水〉之歌》这就又写了《细听〈水〉之歌》。绝非粗制滥造，不写不能也！

我的右手仍不能写字，可怜！

祝健康长寿！

得便给你寄书去。

弟 苏晨 上

3月5日晚

范用兄：

去年新年贺卡来，我写了《范用的贺卡》。今年新年贺卡来，我写了这《细听〈水〉之歌》。

这是一则日记。《南方日报·海风·杂家》约稿，我就抄下给了他们。现寄上剪报一角，请教正。

文内有错字非我之过，如今无错不成书报，兄知之也。

前曾寄上《窗外那么美》与《心平好开卷》两书讨教，收到否？

近况如何？问范又好。

夏安！

弟 苏晨 上

5月28日

苏厚植

范用同志：

您好！来信收到。

上月我厂陈道树同志去京归来，得悉贵体康强、工作繁重，在百忙中，寄来《李自成》书，甚以为谢。

前陈函致候，顺笔问及出版消息。有些书原已备有，因友人借阅，年久多有缺失，加之小子长大，颇爱买书，您工作甚忙，今后当在武汉设法，常常打搅，确不应该，如这方面以后请你帮忙时，再向您求援。《三国演义》不忙买，既不急要，估计以后武汉买得到。《聊斋志异》最近报上登出书广告，系上海出版，我嫌部头太大，暂不想买。上次信中说的是"文化革命"前出版的《中国历代诗歌选》，六四年由人民文学出版社出版，由林庚（北京大学）、冯沅君主篇，计划要出上下篇。下篇一直到"五四"前，我当时已买上篇（计二册），据说下篇未及出版，"文革"开始了。此书如文学社继续出版，就想请代购下篇，以便成套，这种书有很大优点就是历代名家代表作品均有，篇幅简练，适合我这样的低水平阅读。

我不爱集邮或集火花，现行政事务颇多，更无这种兴趣，我厂近几年系用如北京火柴厂生产的纸盒，图案粗陋，很少精印，您现也未收集。通过火花建立的友谊，极望能得到保持，以后有机会去京，或阁下来武汉，能面聆教益，则甚感愉快！

顺致

敬礼

苏厚植 上

1978.7.19

范用同志：

惠书收到。岁月流逝，感慨系之。我们信函结交始于“文革”之前两年，转瞬二十七八个春秋。我六八年春因公务赴京，曾去朝内大街拜访，值班者曰，去干校了，未曾赐面。之后又过了七年，大约是七九年，我厂一姓陈的同志去京，捎函一封，他得到您热情接待，据说阁下荣任社长，因多年未通信，信中多系问候。当时《李自成》书刚开始出版，称姚老佳作，但很不易购，故在信中顺便说了托购之事，当时缺售，大约过了几个月，蒙寄来《李自成》一、二卷，随即将款汇奉，并在汇单上附言书收到。来信称托购《水浒》显系时间太久情节略有误记。八〇年我去京，也曾去出版社拜会，您因公事外出，也未会到。后又去京几次，都是时间匆匆，未曾拜访，八六年以后这几年未去京，此期间正是您已离休。

我一直在火柴厂，虽曾多次上级有意要调我去省、市局级机关，我却未去，后来多少有点后悔。去年参加市经委举办的厂长岗位培训学习，骑自行车在去学习途中，被另一青年骑自行车将我撞倒负伤骨折，卧床数月，现已好了，但考虑到年龄已五十八了，何必又去上班占据位置。已提出退二线申请，现厂里也搞得很乱，去搞没什么意思，我现在家休息，有时到朋友处走走。书报看得不多，一方面没您那样的饱学嗜书，另一方面说来惭愧，现虽比以前增加了几元书刊费，但买书刊比以前还少。以前报纸、杂志订了几种，现一种也未订，书也买得少，《李自成》之后，也未续购配套，书刊涨得太贵。但现在除政治书籍之外，其他各类书出版之多，是历史上未曾有过的。稍有价值的书，就是几十几百元，像我等那点收入，显然是难登文化大雅之堂。

我去京的机会比以前是少了，如去，空去看您。想是想将来退休之后，如有适合事搞点什么事做做，一来从时间上精神可充实一些，二来可略补囊中羞涩。到时看情形再说。

以前一直忙碌于事务，我未集邮集火花，现手边也无火花寄来。来信说早未收集火花了，我也就未去厂里找他们要几种。

拉拉杂杂，谈谈心而已，我很乐意结交您这位文士，如心情闲暇，请常来信。以您的博学，谈谈文化，谈谈见闻感想均好，以增教益，不胜企盼！

顺致

安好！

苏厚植 敬上

1991.11.12

如本信中所说，书早寄我了。如欲写信，仍寄我厂。

孙 用

范用同志：

多日未见，您好！

8 月 30 日人民出版社的征稿函收到了。

三联书店，我是有好感的，过去真不知读了多少它发行的好书哪！但是要写纪念文字，却因年纪大了，思路蹇涩，实在无能为力，觉得很对不起！

承附寄《寥寥集》一本，从内容到装制，精彩而又美好，真是一本佳书。

最近人文重印了我的一本旧译，现在附上一册，即乞指正。

此上。即颂

秋安！

弟 孙用 上

9.1

孙毓棠

范用同志：

李侃同志转来您的信和剪报一份，均已收到。童年试笔之作，承蒙在港同志们重印书又作介绍，实不敢当，至谢，至谢。亦望便中在潘耀明同志前代为致谢。

唐弢同志就住在我楼上。几次谈到您，惜未得面聆教诲。他日容当驱访。此致

敬礼

孙毓棠

4.14

来函及所转《宝马》四本均已接到。我完全想不到香港会重印这点东西，读来书后既惊且赧。这篇儿童时代的习作是我二十五岁时（1936）写着玩的，寄与当时上海《大公报》的一位朋友萧乾看看，他就给登了报。这是四十几年前的事，早已忘在脑后了。其后我很少写诗，最后三首小诗记得是1948年在朱光潜在上海办的《文学杂志》上登过，从此后我便放弃这种"玩票"，洗手不干了。1951年在清华大学批判资产阶级思想时，我第一条即自己主动批了"写新诗"，批后当晚我把自己留的最后一册《宝马》（巴金1937年春给我印过的"诗集"）和所有已发表未发表的乱诗稿，全部向我书房中大火炉里一丢，从此不仅自己再不写了，而且所有别人写的新诗我也一篇都不读了。这因缘

断得很干脆，单向转航，专读我本行历史书了。

今接来函后，感谢你的好意。顺便我向就住在我楼上的唐弢（文学所研究鲁迅的专家）同志请教，因为香港《大公报》和他有来往。他也赞成你的意见，叫我写一点情况。我也深深懂得领导上的深意。但我不知写什么好，因为我没有多少特别的经历。“文革”前后，再久些说，解放以来吧，除了57年我出了毛病，现在可能已过去以外，生活工作大抵算是平静的。66年到70年林彪、“四人帮”在学部闹得那么厉害，我却和所内其他老年人一样，得了点儿安闲，读了些宋人集子。此外，工军宣队审查了一下历史，然后下了五个月的干校。不知什么缘故，忽然在71年1月叫我和俞平伯等十一人又首批回京了。再以后，如你所知，就随各位专家之后，点起了《清史稿》。很惭愧，工作没有做好，便病了。一场严重的皮炎，接着是莫名其妙的“结肠气囊肿”，体重骤减25斤；接着今年夏是“慢性肺炎”，至今未痊，两星期后首都医院还叫去照第六次X光。年初我病很重，曾和家人说，我可能过不去78年，所以春天急着想把《大慈恩寺》校点完。如今居然已到年底，且有好转迹象，看样子还可以好好工作四五年。

以上这些情况是写给你的，而不是写了为叫香港的人知道的。我想可以向香港人叙述的也不多，因我经过“文化大革命”，波浪不算多。依尊嘱，下页写点可告与香港知道的吧。总的意思我想写几句：虽然我们经历了林彪、“四人帮”的浩劫，但经华主席党中央的拨乱反正，落实知识分子政策以来，我们一些老年人生活工作都是很好的。

抗日战争时期，我在昆明任清华大学兼西南联大历史系教授。抗战结束后，1945至1948年，我应邀在英国牛津大学任研究员（visiting fellow）两年，又同样在美国哈佛大学任研究员一年。1948 年秋回北平继续在清华任教。1949 年北平解放后，工作、生活均未大变，而且教学任务更繁忙。1952 年秋，我响应党的号召，转到当时新成立的中国科学院，任研究员。先在经济所从事中国近代经济史的研究，出版过两本书和一部有关中国近代工业史的资料。1959 年起，又在历史研究所从事中国古代经济史的研究，直到现在。两所收藏图书资料丰富，工作愉快、安定而顺利。“文化大革命”期间，林彪、“四人帮”阴谋篡党夺权，大事摧残科学文化事业。我个人研究工作也受了不少的干扰，但我白天不能做晚上做，不许读外文书我就读线装书，顶着这股妖风的压力足有四年。到了 1971 年，伟大领袖毛主席和敬爱的周总理亲自批示叫顾颉刚先生组织人力校点《二十四史》，我参加了这个人数不多的小集体。在“四人帮”疯狂扰乱出版事业时，这群妖魔始终未敢对我们的工作进行干预。我们一直遵循着周总理的指示，坚定地擎着毛主席革命路线的红旗，直到“四人帮”彻底垮台。如今校点本《二十四史》业已由中华书局胜利地出齐了。

英明领袖华主席和党中央一举粉碎了“四人帮”，全国大地春风回暖，春光荡漾，亿万人民欢天喜地，一面打扫着林彪、“四人帮”遗留下来的污泥浊水，一面迎着朝霞携起手大跨步走向四个现代化。我如今已两鬓斑白了，但内心里鼓荡着的难以表白的喜悦心情，使我重新拾起了四十余年前写《宝马》的年轻时候的精神，正和亿万同胞一样地投入建设社会主义祖国、爱护社会主义祖国、颂扬和保卫社会主义祖国的伟大人群中，贡献着我一点点微薄的力量。

《宝马》是我二十五岁时（1936 年）的一点习作，很拙笨、很幼稚。那时写这点东西，心情是沉重而复杂的。1936 年，国内是腐朽、昏聩、荒淫、暴政；国外则面对着一个军国主义恶魔的血口，大难即将来临；陕北一盏明灯，却在迢迢数千里外。我这个一心想读历史的小孩子，愁肠中结，思绪万千。缅怀古代两千余年前，我们是一个多么光荣、伟大而有志气的民族。匈奴的统治者一时蛮横，欺侮我们，我们就把它打退到漠北几千里外。西边的大宛国蔑视我们，我们去以礼相酬，通使馈赠，它却对我们倍加侮辱，那我们就要跨流沙、越葱岭，给它个教训。而当今，1936 年，国民党反动派对日本军国主义者却只会卑躬屈膝、节节后退，还谰言“攘外必先安内”。这是卖国罪犯，不是汉唐的后代，炎黄的子孙！那时看到这些，感到这些，我心里是悲愤而混乱的。但打开案头书，阅读两千余年前司马迁的《史记·大宛列传》，怀念我们祖先坚强勇猛、刚正果毅的精神和气魄，在我年轻的心中，热血是沸腾的。因此，我写了这篇《宝马》。写后，我只有一个信念：我们中华民族是一个伟大的民族，几千年屹立于东方这块坚如磐石的国土上，是不会永远向别人低头的！

《宝马》发表已四十三年了。今年中华人民共和国成立整三十年了。毛主席、周总理、华主席和党中央竭尽千辛万苦，给了我们社会主义幸福的今天。我感到极大的幸运。展望全国，展望世界，我童年时代的信念证实了：我们中华民族是一个伟大的民族，几千年屹立于东方这块坚如磐石的国土上，是永远再也不会向别人低头了。如果今天世间还有因做霸权主义的野梦而冲昏头脑的狂人，想再演一出大宛王毋寡的喜剧的话，那么就请他先读一读中国人民几千年光辉历史的教科书吧。

* * *

李侃同志：

以上三页半匆匆草成，写得乱七八糟，文理都不通顺，我不改，也不再抄了。这只是一点“素材”，向香港海洋文艺社负责同志交卷，并请代致谢，谢谢他们为我重印这本已忘掉了多年的书。这是“素材”，请千万不要用我的名字发表（因为写得太坏）；如果需要的话，可根据这点儿“素材”另写几句“介绍”好了。范用同志前亦请代致谢意。仓促不恭，顺问

安好。

毓棠

12.19

我右手残废，只能用三指写字，故字体歪歪扭扭，乞谅。

唐弢

范用同志：

我的不像话的旧作，承你剪贴了这许多，使我惊奇而又感激。我自己随写随弃，略不保存。《文汇报》编辑陈钦沅（也是《文艺春秋》副刊、《时与文·艺文志》的编辑）剪赠一部分给我，也因多次迁居，不知去向。据我回忆，登在《文汇报》上的，陈剪赠的远不如你保留的多，这份恐怕已可说是全璧。后面《俞平伯散文》以下几篇，是登在《时与文·艺文志》上的，尚有《新月派》《朱湘诗集四种》二篇，见该刊第20期。我写《书话》，最初始于为《万象》（第四年第七期）写稿，《万象》出后即被禁，登在《文艺春秋》副刊上的开头十一篇，实是转载《万象》的，编者用此方法，迫使我不得不续写下去。

此外，郑振铎编《文艺复兴》，解放前出了“中国文学研究号”上中两期，没有结束，解放后（1949年8月）续出下一册，当时因稿不齐，嘱我写了一篇《新文艺的脚印》，其实也是书话的凑合，不过专写已经逝世的几个作家，目另纸录上。解放后我先为《读书》半月刊写过几篇，后来就改向《人民日报》投稿了。北京出版社出单行本时，虽印有少数精装本（实不甚佳），但因外间少见，兹特检奉一册，以供一哂。

《文谈》注释，自愧草率。我只收到毛星同志意见一份，如出版社已有来信，请见示，当随时集中，考虑修改。目前听到的已有两种较大意见分歧，一种主张愈详愈好，一种认为单字单词

如“踌躇”乃至“耳边风”等，均可不注。我也很希望听听你和出版社的意见。匆匆，即问

近好！

唐弢

73.8.8

剪报及小书附奉。

新文艺的脚印——关于几位先行者的书话

自选集的由来（鲁迅）

瞿秋白（瞿秋白）

以身殉道（柔石）

丁玲的丈夫（胡也频）

梁遇春（梁遇春）

朱湘书信集（朱湘）

文人厄运（罗黑芷）

走向坚实（许地山）

朱自清的文体（朱自清）

革命者，革命者（闻一多）

《沉沦》和《茑萝》（郁达夫）

释《幻灭》（王以仁）

撕碎了的《旧梦》（刘大白）

半农杂文（刘半农）

诗人写剧（徐志摩）

女作家黄庐隐（庐隐）

文学家中的教育家（夏丏尊）

新闻学者（谢六逸）

乡土文学（鲁彦）

今庞统（彭家煌）

蒋光赤哀中国（蒋光慈）

“长安城中的少年”（王独清）

以上22篇见1949年8月5日出版《文艺复兴》“中国文学研究号”（下），不列卷。郑振铎编。

范用同志：

承惠赠《鲁迅旧诗笺注》《关于孔子诛少正卯问题》两书，铭感无涯，并望便中代向张向天同志致谢。我当仔细拜读。

贱躯病愈后，当趋谢。匆匆，即致

敬礼

唐弢

73.9.30

兴志同志：

多日不见。学部准备搞运动，听说出版口奉上级指示，要各出版社暂勿向学部约稿（已交稿的除外）。总的说来，确是这样。不过我因病请假在家，却反而多闲，石一歌的那一本校样已拜读一过。你没有来取，我想或者是因为开头那个指示的缘故吧。其实我家居的时候多，除必要的会议外，别的没有参加。倘使《门外文谈》校样改出，需要我看一遍的话，我也是有时间的，不至影响运动。前几天，叶圣老、胡愈老等见到我，还谈起此书呢？

校样现在送上。报两份，请代还范用同志，谢谢。范用同志开的关于拙著的书单，那天因有《辽宁日报》的同志在座，我没有详细琢磨，看来把范用同志的原意误会了。他开的书目，其实只限于解放前的，就这方面而言，他所开的已十分齐全了（真令人感激，他那么注意那些不像样的东西），只漏了一本。检旧箧，尚有余书，兹奉上一册，即请代赠。书已不新，纸色都变了，内容只是一些时事（包括文化）疑评，供范用同志一哂而已。《推背集》未找到，是天马书店版，我记得自己是留了一本的，下次找出，你来时，再带给范用同志看吧。书单附上。匆匆，即致
敬礼

唐弢

73.10.29

有一位老同志很羡慕大字本《印度对华战争》，倘可能，请代购一部，迟些不妨。不便就算了，最近没有新书吧？《第三帝国兴亡史》还没出吗？

范用同志：

辱承枉顾，简慢为歉！

《推背集》是我第一本集子，内容幼稚得很，实鲁迅所谓出屁股、衔手指的照片也。童稚无知，东撞西闯，得罪了不少人，邵冠华、路易士、林微音、邵洵美乃至张资平之流，我都挖苦过。那天你提起锡金。路（易士）、蒋（锡金）诸公，我还为他们写过速写，写法略如契诃夫的《奇闻八则》，可惜只写了两篇，没有再写，现在是连那两篇也不知去向了。

《推背集》分类排列，为什么要这样做，现在也记不起原因了，倘是编年，当要好些。此书错字比《海天集》少，《海天》每页几乎有两三个错字，甚至把别人的文章也当作我的排（周劭的文章，未低格）了，每次看到，浑身疙瘩。这两个小册子同样出版于36年，但《推背》所收较早，《海天集》里文章，大约是

35 年的为多。《推背集》最初由鲁迅先生介绍给生活书店，生活不要，黎烈文介绍给《良友》,《良友》也不要。后来由陈望道先生（他那时正编《太白》）介绍给天马书店，得稿费 90 元，叫花子发大财。那时天马的经理姓韩，实际负责的是郭挹清，陈望道的学生，后来去四明山打游击。解放后曾任浙江省教育厅厅长，不久因病去世。你提起的那位，不知是他的哥哥或弟弟，我却不认识。我认识楼适夷、叶以群，都是由他介绍的，那时他们刚从牢里出来，在天马书店见面，郭挹清本来还约适夷和我编个文艺刊物，因抗战起来，适夷不久也即离沪作罢。《海天集》则分文未到，老板出书后就卷逃了，记得天翼还约我要和他打官司。因为他的《洋泾浜奇侠》也被骗了。

上海的人大批往大后方去后，我因为在邮局当拣信生，没有离开，以后一面参加工人运动，一面在业余做点文艺工作，其时领导文艺工作（党内）的是王任叔，即到了所谓“孤岛”时期了。你那天谈起胡愈老办复社的事，任叔也出力不少。出面主持的是念老、振铎，还有一个张宗麟（我不知他去向），实际负责编辑工作的，倒是王任叔。记得译《西行漫记》时，他要找人，我把邮局里一个叫王厂青（原名蔡志清）的也推荐给他，参加了部分翻译。后来编《鲁迅全集》，也是由他主持，我们七八个人当校对，我在邮局是三班轮值，一下班，就赶往霞飞坊许广平同志寓所，在亭子间里赶校。老蒯也是其中之一。在三个月内赶出二十册书，错误舛谬实在不少。以后读到，真是汗流浃背。但此情此景，如在目前。几个上了年纪的人，如果把往事聊聊，互相对证，作为文化史，或者说得好听一点，作为文化斗争史，实在还有不少材料可说也。

《文章修养》我并不急，可以慢慢地看，慢慢地读。但此书实也是乱弹琴，不足道的。《推背集》已收到。

匆复，即致

敬礼

唐弢

73.11.27

范用同志：

您好！

许久不见，系念得很。时常于熟人处，得悉一二近况。昨遇戈宝权同志，谈到我于去年十月间拟订的三个有关鲁迅研究计划，本当早日送上，请您提意见的。但因主持印发的人疏忽，印得太少，以致未曾普发，只是拿到一些单位里去征求意见，反而将重要的个人漏发，实在抱歉得很。

现寄上三种各一份，请提宝贵意见。

匆匆，即致

敬礼

唐弢

76.1.2 夜

范用同志：

承惠大字本《论语新探》，感谢感谢。

我们关于鲁迅研究的规划，四卷本选集已决定暂缓，手册则由组里全体编写中，我不过顾问一下。本来，重点在《鲁迅传》，打算着手准备，但杂务太多，协助的人也并未配备。这个计划能否兑现，我现在反倒觉得悲观起来了，但无论如何，总当努力争取。

八宝山那天人多，我又久不出门，熟人一一招呼，颇感疲乏。因此竟未注意到还有许多老朋友也在场。顾此失彼，罪过罪过。失去和您晤谈机会，不胜扼腕。

周雷、胡文彬同志的文章及计划只草草一翻，尚容细读。他们的通信址，不知能见示否？文学研究所前一阵曾进人，但以在北京的为限，没有扩展到外地。至于鲁迅研究室，我已推荐过一个研究员、两个资料员，至今无下文。听说是因为回击右倾翻案风，一时顾不过来。我初步翻的是《鲁迅论历史》的计划设想，觉得很好，说心里话，如果文学研究所存在，而又可以向外地进人的话，我想吸收他到文学研究所来。不过借调到《红楼梦》整理小组的人，将来即使工作完成，恐怕也不大会再放的了，一大批刊物，都需要人。或鲁迅研究室，或文学研究所，到时再说。

您马上要出差，等您回京以后，当趋谈。我对北京地方不熟。最近才知道，您住的地方离学部不远，那就是说，离我的住处也不算远，是可以散步到达的，我想一定到您那里聊聊天。您回京，天气也暖和了。

听孙祥秀同志说，您身体尚好，每天上班，这和我前一阵听到的消息相比，闻之大为欣喜。齐速同志常见到否？我也多时未看到他，烦代致意。

匆复，即致

敬礼

唐弢

76.2.20

范用同志：

久未把晤，梦想为劳。本拟于今日走访，一抒积悃，忽患河鱼之疾，不克趋前。

文学所近代文学组编了一本《鲁迅手册》，主意是我出的，讲明我不过问，由年轻同志集体编写。校样出后，发现问题很多，不能旁观袖手，只得硬着头皮修改，但木已成舟，很难解决得好。现在试编本已出，奉上一册，请提意见，像对《门外文谈》那样给予一些协助，以便以后修订。

目前鲁迅研究问题很多，有的意见又很对立，本想趋前谈谈，听听您的意见，现在只好俟之以后了。

我过去不自量力，做了一个计划，想写本鲁迅传记，看来困难重重，但话已说出口，不做不行。目前正搜集材料中。院部根本无人管这些事，运动又搞不好，令人灰心丧气。我想找些港台材料，有的放矢，而文学研究所派性不小，许多人搞小动作，不仅不加支持，反而多方破坏，令人生气。我只得自己想法，现在设法通过私人采办，能否办到，尚不可知。例如包天笑《钏影楼回忆录》之类，听说有些关于清末文坛掌故史资，极想一读。记得过去您曾惠赠张向天的《鲁迅旧诗笺注》上下册，至今犹作寒斋珍本看待。不知您是用什么方法向香港弄到的？如可以用互相赠相当价格的书籍交换（即使寄出的稍贵一些也可，因为外汇无法偿还），那最方便。有此门路，万祈见示。自当不惜重价办理也。又港台书刊，弄到之后寄至北京，听说海关检查很严，尤其是寄给个人的，不知您又有什么善法，也望便中告知。琐琐上渎，尚乞见谅。

近来贵体如何？以前听说您健康不佳。我一直因心肌梗死，时有绞痛，抱病工作，老牛破车，残手垂落，无法可想。自己有些体会，极望别人能多珍摄，保持一个健康身体，有一个愉快的工作环境，那真神仙不啻了。

匆匆，即致

敬礼

唐弢

77.10.23

听说您已调出版局，不在人民出版社，确否？

范用同志：

您好！出版座谈会结束，想必忙得好一点了吧。前次将叶灵凤两本书及《海洋文艺》奉璧后，一直因忙忙碌碌，未能走访，为歉。

尚留我处的包天笑《钏影楼回忆录》及《续编》两册，我翻了一翻正编，原来是为写《鲁迅传》作参考，但现在看来，传记一时怕无暇动手，别的任务尚多，千头万绪。如果长期借下去，实在不合适。现特由小儿专程送奉，并表谢忱，此书陈凡已答应我代为购寄（他去后无消息来），万一不能购得，将来需要时再向您借吧。现在先璧还，请检收。

匆匆，即致

敬礼

唐弢

77.12.26 夜

范用兄：

上次由小儿若雷送回《钏影楼回忆录》正续两书时，承告已将庋藏之《晚晴杂记》一册，烦李新同志转下，当时因尚未收到，不及奉复；第四天，此书即由李新同志送来，又因在赶写一篇文章，未能函谢。兹特专函鸣谢。割爱珍笈（籍），感同绨袍。

我近来出席了几次会议，赶写了几篇文章，又感精神疲乏，而乌七八糟的纠纷之多，始信晋人拔出宝剑，追赶苍蝇之不为无由也。

匆匆，即颂

新年好！

唐弢

78.1.6

范用同志：

多时不见，梦想为劳。

我于一二日内即赶北戴河，此行系应中国青年出版社少儿组之约，一来休养，二来为他们写一本《鲁迅的故事》，一切都由他们负责安排，车票购到，即刻启行。

三联书店三十周年纪念，由兄下嘱执笔，我有义务写一点。虽承宽限到八月初交稿，考虑到那边无材料可查，携带又不方便，因此先在这里写了，临行匆匆，写得若不满意，请兄全权修改处理。我大致翻了一下《太白》，发现郭老也用“奋人”笔名写过文章。又：夏征农最近问题已解决，需要向外宣传一下（他已任复旦大学校长），所以文末提了他了。有不恰当的地方，烦斧正。

稿就烦孙祥秀同志带奉。

匆匆，即致

敬礼

唐弢

78.7.23

范用同志：

从北戴河回京后，一直生病。承惠《北窗读书录》，尚未言谢，实缘别人说起，您没有《新绿集》，而我有复本，欲奉赠以表微忱，再三翻找，未能寻到，反而将复信拖下来了。但此书我肯定有的，现在一本也找不到，必是塞在哪里了。稍暇当发动家人（目前因我的老伴到上海去了，家里无人）找得之，即奉赠。

前天宝权兄过寓，说起您曾对他谈起《书话》将由三联出版一节，记得我离京前，您确曾约我回京后谈谈此事，现在专函奉告。

一、前在电话中曾奉达：去年或今年初，郑锽来京，约将此书交上海文艺出版社，我口头上曾答应考虑，等另一书（《回忆·书简·杂记》收回忆鲁迅、郭老、许广平、郑振铎等文及其他散文笔记，已交上海）出后再说。现在此书虽已交稿，尚未付排（等插页照相），我和别人通信时，曾请其转告郑锽同志，《书话》三联范用同志要出，请其同意，未获回音。您曾说也打算和郑锽打个招呼，不知有下文否？

二、《书话》原由北京出版社出版，他们没有来联系此书。不久前见到北京出版社重新成立消息，但我和他们没有接触，仅见报载。不知此事是否要先和他们打招呼？乞告。

三、如改版，我打算用真名，而将书名改为《晦庵书话》，共分三部分：（一）《书话》原收文四十篇（我已改正）；（二）曾在香港《大公报》发表、内地未发表的《书城八记》八篇（也已搜集改正），谈版本、买书、校订等，每篇比《书话》略长；（三）解放前写的书话选录一部分（这是您上次谈及，我也想做的，尚未动手）。

四、《书话》原来每篇有插图，现在如何办法？是否加几张插页，不插入篇内？

我近来旧病时发时愈，中国少儿社约写鲁迅故事尚未完成，脑力衰退，精神也差，写作颇吃力。有时很想休息休息。又觉得时不我待，休息时倘做一些编订工作，或者侧、倒可调剂调剂也。向全家问好。匆匆，即致

敬礼

唐弢

78.12.24

范用同志：

《书话》稿奉上，请您审阅。当时随手写出，没有全面安排，有的重要作家未谈及，有的谈得多了一些。多的我已删去几篇（看来还多），少的却一时无法补上了。我将在《后记》说明。

目前计分：《书话》《读余书杂》《诗海一勺》《译书过眼录存》《书城八记》《附录》等部分，恰当否？是否分栏太多？

瞿秋白还是有好几处谈到，特别是《诗海一勺》里的《绝命诗》，妥否请酌。有的太短，《书话》部分，给《人民日报》发表时重写或整理过。解放前写的，其实是近于传统的题跋一类东西，这一点也将在《后记》中说明。

太短的篇什，如嫌多，可再删几篇。

书影插图，力求全有，但有几篇已无法可想，或者不必要（如原来《书话》里的《翻版书》），有几篇不照封面，我已做好标志，并通知冯统一同志。匆匆，即致

敬礼

唐弢

79.2.2 夜

范用同志：

前日吴、冯二同志来，对原稿看得极仔细，又带来许多准备插入的照片，出版社对《晦庵书话》如此重视，真是既高兴，又惭愧也。

大约一个月前，接三联通知，说可以代订香港刊物，计九种之多，后来又来通知撤回，暂缓订购。我读订单时，颇觉价格过贵，后来从友人处见到《美术家》合订本，大为满意，实在漂亮之至，颇思订阅。《七十年代》之类，翻阅一过，并无保存价值，但不知《书谱》与《开卷》如何？如其也像《美术家》那样有保存价值，这三种，颇愿订得，您能代为设法否？出港币无办法，用人民币订阅，虽稍贵也可勉力为之也。港版书如《钏影楼回忆录》等有些材料者，曾拜托陈凡同志，但至今未弄到续编，大约那面买亦不易也。

我仍忙于写故事，很想早日脱身，以后专门写些东西，如《书话》之类的较易动笔。匆匆，即致

敬礼

唐弢

79.3.21

范用同志：

拙著《海山论集》呈上，请指正。

《晦庵书话》多一篇、少一篇，关系不大；君实同志原来拟去的《玉灵》两篇，《朝花小集》一篇，我已坚持恢复过来，因为实在舍不得两书的封面插图（很难见到），至于内容不恰当的部分已改正。《毛边党与社会贤达》及《班敦马来由》，后一篇内容只讲马来民歌，前一篇这次未再重读，君实同志说不合目前潮

流，我想去掉就去掉吧。您主张恢复，不知内容有妨碍否？我已记不清了，请您仔细考虑一下决定即可，我是无可无不可的。

承惠《悼念郭老》一书，实在是近来少见的漂亮版式。天地之宽，每篇题目字体之美，行款之变化，可称卓绝。据称为出版科负责设计，据我所知，一般出版科只求省事，从未有肯花大力于讲究形式者，三联卓尔不群，令人佩服。《晦庵书话》必然将使读者一新耳目。

我今年出了几本书，无一当意者，《海山论集》算是差强人意的一本，然而题目所占行数之少，注释线上下忽宽忽窄，用纸之黑（与袁鹰《风帆》一比，可见），令人泄气，希望《晦庵书话》不至于此。此书不知已发排否？用什么办法？是否还看一次清样？便中示知。

影印刊物，如可能，我想择需要者订几种，听说奇贵，或许买不起，那就作罢。

匆匆，即致

敬礼

唐弢

79.10.25

范用同志：

久未通沩，至以为念。

我因今年任务较多（《鲁迅传》及纪念论文），而近来心绞痛频繁，经许觉民同志多方设法，介绍给阜外医院白大夫（昨日始知即沈昌文同志之夫人），于四月十日起住院检查，可惜除心脏外，其他部分检查较难，正由白大夫安排中。

前闻常君实同志言：《晦庵书话》早已发排，校样四五月间可出，我家里白天有时无人（晚上一定有人），如校样最近出来，请于晚间电话至舍，派人去取，或设法由白大夫带交，院居多闲，看校样不费力，故而想到奉告也。

如无大问题，本月下旬（或下月初）我拟去绍兴一行，6月起，至黑龙江省住二三月，准备专写论文，然后回京动笔写传，这是如意算盘，但健康许可的话，也非不能做到。因此，如《晦庵书话》清样一时尚难出来，请示大致时间，弟当有所安排也。此书烦劳吾兄之处甚多，但外间却颇注意。出版局、新华书店均有人对我谈起，兄之心力，或不花得冤枉耳。

匆匆，即致

敬礼

唐弢

80.4.15

范用同志：

白大夫带下《鲁迅日记书信诗稿札记》一册，感谢之至。我在香港没有熟人，购书困难，而彼地出版甚为繁荣，歆羡之至。我所需者为鲁迅及与鲁迅时代背景有联系之材料，供写传参考。听说最近尚出有伊罗生书一册，大概和鲁迅也不无关系。

看书后广告，张向天除《鲁迅旧诗笺注》外（已蒙惠赠），似尚有二书，想非三联出版，较难罗致。此公用力甚勤，有时也有以意为之之处，《札记》前记及《仲芝不是仲足》（p.12）一则，以符、芝关系，考证仲足应为仲芝，言之凿凿，无奈冯宾符确字仲足，彩印日记也是仲足，未免过于主观了。此是三联的书，得便可以转告他一下。

《落帆集》已有，大佳。您对拙著有嗜痂之癖。自当努力满足您的要求，特开列拙著目录一份，尚缺哪些，出院之后，当在寒斋查检一下，有当奉赠。

《推背集》《海天集》《投影集》《落帆集》《文章修养》《短长书（北社本）》《短长书（南国本）》《劳薪辑》《识小录》《鲁迅全集补遗》《鲁迅全集补遗续编》《可爱的时代》《上海新语》《学习与战斗》《繁弦集》《鲁迅杂文的艺术特征（薄本单行）》《莫斯科抒情及其它》《书话》《燕雏集》《创作漫谈》《海山论集》《鲁迅——文化新军的旗手》《回忆·书简·散记》《中国现代文学史（教材）》二册。

关于杂文，我当亲自编辑，略去蔓枝，较求全面。我因此又想起一事，我的《门外文谈》注释本，恐怕书店亏蚀不少，这与当时条件有关，甚为内疚。此书出版后，乔木同志极为注意，他亲自仔细校订一过，四届人大后，又找我谈了一次，他的主要意见是以文字改革为主，不要太凑合时尚（《人民日报》本多少有此倾向，如“出版说明”就是），这点我完全同意。具体意见中，也有很好的地方，个别的我不同意，仍想坚持己见。他修改本存我处，那时希望我修订重印，我一直没有时间。后来在《鲁迅全集》注释方案中，有一条说将来如有个人愿出详细注释本，仍可照出，大约也是为此。晚年全集注释本出版，我忽然想到《门外文谈》出它一个单独的注释本（即以乔木同志修订为主，由我重新整理一番），倒也颇有意思。但这必是亏本生意，人民出版社是否愿意，尚未可知。顺便向您说说，您以为如何？

匆匆，即此

敬礼

唐弢

80.4.22 病床

如出版，序文中可说明经乔木订正。

范用同志：

《书话》原来剪报太旧，抄写了一部分，仍不清晰，错字过多，看了一遍，供参考，还有许多不到之处，只得请校对科同志帮助。有几个问题，请您解决。

一、插页或用说明，或不用，似应采取一律办法（我现在都补上了，原来说明有的不对）。

二、冯统一同志照相、铸版时，旧《书话》除个别篇不用书影外，全部补上，现发现三篇《撕碎了的〈旧梦〉》《童心》《在外国出版的书》未用，《旧梦》《童心》《雪》三书已铸版，地位也可以，是否补上，或听之。

三、《诗海一勺》中之《德国诗选》按理应列入《译书过眼录》第一篇，大约因单双页码关系，现列"诗"（当然也是诗，但其他译诗均在《译书过眼录》）中，不知应否调整（看来调整得稍稍改动内容）？

以上三点，请您决定，不动也就这样过去了（看来问题较大的是第二个）。

我已出院，仍不甚好。可能去南方。

敬礼

唐弢

80.5.9 晨

范用同志：

君实同志来，正在开会。听说《晦庵书话》所缺书影即待铸版，下午找出，除第二部分注明"照相不清，要重拍"的《苦闷的象征》、《安徒生传》、《岭东恋歌》（又《岭东情歌》《客音情歌》二本）三种，《爱经》共六本，藏书票所欠二枚（在封内）外，第一部分“照相不清，可不用”的《旧梦》《童心》《雪》三种，我想反正要铸版，如时间不影响，铸版无困难，是否可改变一下办法：

一、《旧梦》原书影不用，改用“撕碎了”以后的开明重印本封面（附上《丁宁》《自造》两书，或合照，或只用一种），较有特色。

二、《童心》原书影不用，改用王统照写给我的诗（在封内），他的字很漂亮，这样较有变化，但红格纸不知能否铸版？

三、《雪》原书影不用。这一篇重点在谈外国出版，书影本该照版权页，突出美国地址，使有变化。

以上三条，以不影响出版时间，不发生铸版困难为前提，否则照您原议：可不用。

送上书共九本、藏书票二枚、王统照字一张（在信封内），请检收。如方便，晚上和我通个电话。

敬礼

唐弢

80.6.11

范用同志：

我从东北回京参加人代会，收到张向天、杜渐两先生赠书，并手书，谨悉一一。张向天先生处即去信致谢。杜渐先生《开卷》地址，不知如何写法，光写《开卷》，不知能收到否？

《晦庵书话》能留少数毛边本，实为感激。杂文集稍暇即当动手。匆匆，即致

敬礼

唐弢

80.8.26夜

范用兄：

听说你曾有电话来，询问柯灵地址，他住国务院第一招待所，我已告诉他您要找他，要他和您联系。另外，我已告诉他请其编一本杂文集，并将夏衍、聂绀弩、徐懋庸各有五十万字的情况告诉，供他参改。他即出国（去阿根廷），答应回来后着手，特此奉告。

前次函谢代转张向天、杜渐两兄赠书，谅已达览。我同时写了两信给张、杜两位，张已来复信，昨日寄去小书两本。杜我只写《开卷》，没有地址，未接回音，不敢寄书。兄能否将其原名及详细地址见告，谢谢。

《晦庵书话》不知印得如何？《读书》曾一再约稿，我手头无存稿，倘出版时间相差不远，序文可否给《读书》刊登，如书出得早，刊物迟于单行本，那就算了，以后另为《读书》写些短文吧。

匆匆，即致

敬礼

唐弢

80.9.13

范用同志：

前嘱、签名盖章之书话四册，已照办。

昨晚电话中谈及杂文随笔集仍以单行本为主，顺序排列，用序文区分，空一行，顿开茅塞。

弟虽极愿将旧文编集，所以略有犹豫者，实恐与人文之《唐弢杂文选》、时代之《散文杂文抄》重复，无以昭信于读者。现在这样，仍留单行本原来面目，保留的多，去掉的少，除极少数外，自可不至再与选本重复（不合适的自应去掉），编起来看看。

不过这样一来，需要复制的就多一些。解放后的书可以设法，解放前出的较为难得，只好复制。现在送上《推背集》《海天集》《劳薪辑》《识小录》等四本，复本难觅，只得复制。复制件可由弟与家人剪贴，稍加修改（文字）选择，与其他部分编成一集，然后送请常君实同志加工编定，如何?

匆匆，即致

敬礼

唐弢

80.11.12

范用同志：

孙祥秀同志转下《雉的心》收到，藏书能为人“解决了大问题”，也是一得，值得高兴。

《晦庵书话》我向新华书店添购了40本，连从出版社取（送与购）来的100本，均已送完。困难的是，现在要书的人有的要毛边本，我一开始没有通盘筹划，将先到手的毛边本随手送掉（其实有的人是可不必送毛边本的）了。最近香港有一个人（我不知道他姓名）托师陀来索取一本，有一个叫李国柱（笔名林真）的，通过散文家何为也来索取一本，师、何都是几十年的老朋友了，没有法，只能将自藏的两本毛边本应命。不知出版社尚留有毛边本否?如有，哪怕三本五本也好。我当托人带钱来购下应急。

一般人对此书印刷装帧都满意。巴金、黄裳、叶圣老、吴伯箫、臧克家都有信或口语表示这点。不过我自己倒发现了一些错误，将来倘有机会，想改正一下。匆复，即致

敬礼

唐弢

80.12.22

范用同志：

春节将届，谨祝愉快。

我连日因牙痛影响心脏，又不甚好。《杂文集》仍在进行，速度稍稍放缓。曹雷要《笔端》，想来也为编书之用。由己及人，十分同情，牙痛略愈，即为找出。唯此书风化已甚，用时纷纷掉落，最好复制后再用，并乞复制时代为注意，谢谢。

敬礼

弟 唐弢

81.1.29

范用同志：

久未联系，实因前一阵为人代看各种（电影、话剧、地方戏、芭莱舞）剧本，准备鲁迅诞百周纪念演出，要尽先定稿，以便排练拍摄，佳者极少，占去不少时间。

承惠《绀弩杂文集》，分量似不在夏衍同志的之下。此一套书如出齐，确亦大工程，可谓功德无量矣，专此肃谢。

敬礼

唐弢

81.5.31

范用同志：

《书话》由卢鸣同志于10时后送来。我原意以为再版本如已就绪，赶装几册，图像清晰，文字材料更正了，可以带去送人，既来不及，也就算了。不料烦劳您代找，实在抱歉。

任叔杂文应出，给克平信已发出。

书款14元奉上。

昨晚谈及《新文学史料》曾发我的《自由谈序文》，但这是初稿，后来改动较多。现送上清样一份，《文摘》如转载，请以此为底稿，“斐儿”已去掉。

匆匆，即颂

敬礼

唐弢

82.6.26晨

范用同志：

王佐良同志精通外国文学，文字流畅，逻辑严密，我很爱读他的文章。《读书》能打开局面，多发掘一些作家，实在是好事。我总觉得散文这个传统没有很好继承发扬，应该提倡多样风格，叙事抒情，各极其妙。

我原有一篇《剑桥游记》，于去年十月给《人民文学》，未有下文，以为不发表了，接电话后，即去信索取，预备给《读书》。近来太忙，省得执笔。谁知他们尚未看过，一看，又不肯退给我了，非要发表不可。我没有法，只得另外写。写了二千多字，想试试一种叙事写法，这类文章夏丏尊写得最好，现在也很少新人。不过我的这篇主题较严肃，不大容易写得平易自如，失败了。匆匆，即颂

编安！

唐弢

84.2.14

范用同志：

前奉芜函，另外挂号寄上稿子一包，为避免大小不一，我全部剪贴一过，只是有的直排，有的横排，未能统一。目录序文一

并附上，较为干净利落，省却拖泥带水。

听说彦火去了美国，想必有别人代接手，麻烦您代转，谢谢。

偶从中国书店购得影印复制《红旗周报》一份六册，价53.50元，虽然贵了一点（影印一般都贵），但作为《鲁迅传》的政治历史背景，却颇有用处。过去我要到过一本目录，没有《红旗周报》，但有《救国时报》《人民周刊》《北京大学学生周刊》及《民国日报》（汉口版）等刊，不知出版了没有？如已出版，我很想选购几种，便中乞示。

闻人民出版社将直属中央，三联不知怎样安排？匆匆，即候

近安！

唐弢

84.5.12

范用同志：

顷奉芜函，为拙书事，烦请一查。匆促之间，将书名《寄语——序跋录存》，误写作《以序寄意》（此是原来想好的名称，后因不如书名，改为《寄语》），怕函询时不能对号，特此补告。

琐琐上渎，实为不安。

即颂

近好！

唐弢

84.8.21午

范用同志：

前承惠赠赵家璧《编辑忆旧》一书，用纸的确不错，封面设

计大约是套用“晨光丛书”的，说实在话，并不怎样。

如拙书《唐弢杂文集》能用此纸，及早付印，虽已拖延些时，也值得的。盼能破格代为抓一抓。先此谢谢。

另邮挂号寄上《鲁迅的美学思想》一书，设计一般，忘记关照代留毛边本，临时将印剩部分中挑出一些装就，比光边的还差。知兄爱书，略供一笑而已。书已另行挂号寄出。

近日想忙，匆颂

编安！

唐弢

84.9.24

港书迄无消息，不知何故？

范用同志：

作协代表开会期间，听姜德明同志说，您曾来京西宾馆，我也住在那里，可惜未能晤谈。昨日冰夷同志转来《杂文集》封面，此书为丛书之一，封面大体相同，颜色花饰稍加区别，不看样也可以，出版社仔细，我想这样就行，谢谢。

这本书清样（二校）还是83年10月看的，原期年底可以出书。后来说还有些小问题，常君实同志有别的任务，到年底年初双方又对查了一下，据说84年2月可以出，以后失去联系。我知道三联、人民是一家，有些政治性任务要完成，别的书就得让路，兄对出版物极关心，我不好意思催，又觉得也没有必要催，因此听之。现在封面样子出来，大概就可以印刷装订了吧。

浙江文艺出版社因为我是浙江人，想出我的文集，主持其事的夏钦瀚同志，和我极熟（前寄毛边本《生命册上》，就是他经手的），他希望在自己离职前将这件事落实，一再相催，我始终压着。因为我的主要作品是杂文，杂文集不出，文集就无从谈起。我不大赞成目前那种你出你的我出我的重复现象，旧书重印要好些、合理些。（此信后缺）

范用同志：

承如期将拙著《唐弢杂文集》五本派人送下，前日已赠送英籍华裔刘陶陶博士等，她很高兴地接受了。此书除扉页错用米色道林，体例不一，较不好看外，别的还是可以的。终于能够问世，也是值得高兴的事。

改印白纸，一定很好，出书后，我想要一百本（出书后由我办奉，想可有个折扣，包括赠书在内的数字），以便送人。因为我是写杂文的，也算对自己这方面工作有个总结。专肃，即颂

编安！

唐弢

85.4.14

范用兄：

前承惠赐《宋云彬杂文选》，谨领，谢谢。

弟于上月下旬，突发偏左面脑血栓，症状尚轻，医生传入院治疗，正等候床位中。病中颇欲看些不动脑的轻松书籍，闻房龙的《宽容》已由三联出版，外间索购不得，不知尚有库存能赐寄一册否？此公著作，如《人类的故事》《圣经的故事》等，我年轻时每出必读，如听故事，令人心怡。

病中，也颇思将近来所写纪念师友文字，如已见报的夏丏尊、王统照、俞平伯，及未发表的郭绍虞、黎烈文等文字，辑一小集，书名《人物小记》（小本），交给三联，不知

能接受否？目前未能决定者，即已收《生命册上》的有关郭沫若、鲁迅、郑振铎等是否收入？如不收，则尚需再写几篇，合十二三万字。

此事稍愈即当动手编辑。匆达，即颂

文安！

弟 唐弢

86.7.2

人物形式太单调，我想用散文中各种体裁如悼念、回忆、记述、序文等写，多样化一些，但以记人物为中心内容。

范用同志：

久未把晤，至以为念。

承惠《中国学术思想史随笔》（曹聚仁）及《俞平伯序跋集》，前日由周健强同志转下，辱承厚赐，不胜感激。我也有一册《晦庵序跋》（杂文序已收《唐弢杂文集》，除外）交湖南人民出版社出，因系熟人朱正亲自约稿，推辞不得。最近问世，不仅错字连篇，竟连书脊上书名也印成《晦庵序跋观》，多了一个“观”字，不知何所见而云然？闻正在处理中，不知其如何处理，只能等处理后，再将“处理品”奉赠了。回想当初您因《唐弢杂文集》（虽不免有许多错字，但那因原稿一团糟，序跋多篇都是复制清晰的）的环衬白色纸误用米色纸，毅然提出重装，不可同日而语矣。

我于六月下旬出现脑血栓现象，连续三次，住院一月，出院后稍已稳定，不料十月二日又发一次，医生禁止读书作文，有些会议也谢绝参加，鲁迅逝世五十周年纪念，大约也只能作旁观者矣。近况如何，极为系念。

匆匆奉谢，即颂

近好！

唐弢

86.10.14

范用同志：

久未晤，电话中得悉近况，甚以为慰。

承约写书评，以短为主，极愿效劳。电话中指定集稿期为10月15日。我向政协报名参加访问湘西老区，预定10月5日离京。旅途中不便执笔，回来又在下旬，为时过迟。为表示“积极”起见，两日思索结果，先将短文奉上。

《读书》载有拙文一期的尚未见到，想离京前必能出版也。匆匆，稿附奉，即颂

文安！

唐弢

87.9.19

附稿题如不妥，请径改。

范用同志：

谢谢您的贺年片，俞平老作字，精彩别致，我买到的大都十分恶俗，不想寄发，值兹新年已临，春节将到之间，就在信中向您拜个不早不晚的年吧。

有一事老着面皮向您求索。巴金的《随想录》，每册出版，他总送我港版精平各一册（最后一册《无题集》似未见精装）；现从上海报上，得悉合订本由您亲自设计，并有新序，我不好意

思向巴公要，就向您索取一本（又：杨绛的《将饮茶》我在外边也买不到），实属汗颜，叨在知交，当能鉴谅也。匆匆，即祝

新年阖府欢乐！

唐弢

88.1.5

范用同志：

书已从周健强同志处取来，共计三本，谢谢。

我一生爱书，见好书如好友，阅之心醉。记得杂文丛书出版时，见者无不啧啧称赞（如刘再复和我的博士生等），当时就有人认为封皮不印上作者手迹作底衬，实为可惜。今于《随想录》合订本补足之，而用纸之精良，照片之丰富，更属难得，允称近今少见之好书。而大函云云，尤足见一个老出版人拳拳之心，可以昭告天下。我若重理旧业，再写书话，当摘录此中语言，记此一段佳话也。

“面书录”似颇活泼，可以坚持下去。

匆匆复谢，即颂

新年快乐！

唐弢

88.1.17 夜

范用同志：

我从日本回来后，因彼邦人士，雅好书道，嘱我写几幅字寄去。磨墨伸纸，忆及兄亦曾要我作字，因篆“仁者寿”三字，腕力渐弱，颇不惬意。写了两张，其实还是第一次写（竹笺）的好些，只是我毕竟不是书法家，不常写字，后添“戊辰”两字，破坏了布局，又另写一张，现在就一并寄上。我即随全国政协代表团去参观三峡工程，回来后当闭门写传记矣。

匆匆，即颂

近好！

唐弢

88.9.7

范用同志：

听说您曾两度电话到敝寓，我除开会外，一直住在外边，想多少写点传记。毕竟老了，不中用了，写了又撕，撕了又写，进程极慢，苦透了。现在写这几句，向您表示歉意。

写得顺手一些，当谋趋谒。

匆匆，即颂

文安！

唐弢

88.12.28

约稿信 *

范用先生：

我国著名的作家、文学理论家、鲁迅研究家和文学史家唐弢教授于1992年1月4日不幸逝世。唐弢先生在六十年的文学生活中辛勤耕耘，在杂文、散文、期刊编辑、中国现代文学和鲁迅研究及史料整理方面，都做出重要的贡献。为了全面总结和研究唐弢先生的文学道路和学术贡献，中国社会科学院文学研究所决定编辑出版一部关于唐弢先生生平与学术的文集，特邀请您就唐弢先生的某个生活阶段或某一方面的贡献撰写文章。文集中的部分文章将同时交由《新文学史料》《文学评论》等刊物发表。

如蒙允诺，请在92年3月底前将您的题目寄至中国社会科学院文学研究所现代室。文集将于 92 年 6 月底前截稿。希望您能大力支持，尽早交付论文，以便在截稿前安排在《新文学史料》等刊物先期发表。

谢谢您的合作！

中国社会科学院文学研究所

一九九二年元月八日

* 此为《唐弢纪念文集》的约稿信。——编注

唐　瑜

老范：

鬼子嚣张至极，暴行录至今仍无音信，那年我带到香港，编辑、印刷第三天已经遍布各报摊。是否电告山东，除给编辑一些费用外，不取稿费，让他们定价低一些，快点出版？是不是怕借不到钱！

那天我在三联咖啡座（室）给你留条说一批老家伙老死不相往来，忽得灵感。

30年代上海永安公司四楼有个大东茶室，一些报刊编辑写稿人每天下午4时都到这地方去“饮茶”，一壶茶，一碟点心，各人在此进行稿件交易或约稿或卖稿，完了各人付各人的账。也可请客，小洋两三毛而已。40年代，重庆二流堂，老夏（衍）约两三人到那里谈事，乔冠华约人到那里研究问题，于伶、宋之的等约人到那里聊天、喝茶，应云已约人打四圈麻将。

于是，我感到三联的咖啡室，正具备了文化的气息、环境，便利的交通，我们是否可以通过阁下的关系，在那里搞一个“联络站”呢？比如：我们约定每个星期五中午10—14时在那里，愿意来的可以来，来了碰不上可以留条子，咖啡室中有几种可以解决肚子问题，再为它设计几种小点心，就和大东茶室类似了。如果要到哪里撮一顿，就在这里商定。如何，如何？

我十日搬家，唐颂刚打来，告电话已接通。

《杂记》* 如能出版，有稿费，先扣除编辑费、60份书费及邮费（送作者及朋友），请作者、编者、绘画、摄影等撮一顿，其余送潘汉年希望小学助困基金（去年我们为它设立一基金，每年有八千元利息）。

天气酷热，希珍摄。祝

夏安

唐瑜
2001.6.5

* 指《二流堂纪事》。——编注

陶大镛

范用同志：

手书奉悉。您仍主持三联工作，甚慰。

萧滋同志处，已直接去函，并将《群言》简介（包括创刊号和第二期内容）寄去，请释念，以后尚希多予协助。

我主要岗位仍在北师大（带两名博士研究生），社会工作过多，穷于应付，深感力不从心。匆此即致

敬礼！

陶大镛

1985.3.12

田念萱

范用同志：

承寄《新华月报》文摘版两份及惠书，均已收到不误。

你的热情洋溢的信，我是流着眼泪读了一遍再读一遍的。虽然它引起了我的悲痛，但它却给我带来了不少的欣慰。说实在话，你这封信我接到手上时，感觉非常意外，想不出是谁给我的，拆开一看，才知道是你寄来的。来信充满了怀念白音的真挚感情，这是多么令我感到可珍可贵。我想，这封信虽然是你一个人写的，似乎可以代表当年和白音共同战斗过的好些人，白音虽死，是不会被人忘记的。所以，我说你这封信给我带来了不少欣慰。

白音在一九六二年初夏发表了《关于电影创新问题的独白》一文后，就没有过过好日子，到十年浩劫开始，被林彪、“四人帮”一伙横加迫害，受折磨达十余年之久。直到一九七九年一月才正式平反、落实政策。遗憾的是，他的许许多多的愿望，都还没有来得及实现，就与世长辞了。最近，我正在动脑筋，想建议某个电影刊物将《创新独白》一文重新发表一次。现在，你们已先行了一步，将它在《新华月报》文摘版发表，使这篇文章不致湮没，能够较长久地流传下去，这既表现了你们识见之高，也表现了你们对老友的关心和爱护。这件事我是没有料到的，想也没有想到过。现在，你们这样做了，我要向你表示由衷的感谢，同时，也使我感到十分振奋。

柯灵同志悼念白音的那篇《庄严的人生的完成》一文，我觉得很好很好，真不愧是老作家、大手笔，感情真挚，文字严谨；文章的核心是抓住了白音写《创新独白》这一斗争的前因后果，说明了白音一生的思想性格的特点，写得透彻，写得深刻。命题也很不一般。我看，较之峻青的《哭芦芒》，要高得多。不知你们以为如何！将来如果也能编入文摘版，我想是很有意义的。我的想法可能不尽符合你们的要求，谨供参考而已。

你想必是长驻首都，近来走动没有？和洪遒是否经常联系？我和他倒是书信来往不断的。以后你如来上海，仍望有晤叙的机会。

对你给予我的关心，再一次表示感谢。此致

敬礼！

田念萱

1980.2.2

汪曾祺

右呈范用兄：

忽忆童年春节，兼欲与友人述近况，权当拜年。

醒来惊觉纸窗明，雪后精神特地清。
瓦缶一枝天竹果，瓷瓶百沸去年冰。
似曾相识延宾客，无可奈何罢酒钟。
咬得春盘心里美，题诗作画不称翁。

汪曾祺 顿首

卅日

范用兄：

近作二首，录奉一笑：

辛未新正打油

宜入新春未是春，残留宿墨隔年人。
屠苏已禁浮三白，生菜犹能簇五辛。
望断梅花无信息，看他桃偶长精神。
老夫亦有闲筹算，吃饭天天吃半斤。

七十一岁

七十一岁弹指耳，苍苍来径已模糊。
深居未厌新感觉，老学闲抄旧读书。
百镒难求罪己诏，一钱不值升官图。
元宵节也休闲过，尚有风鸡酒一壶。

此二诗亦可与极熟人一看，相视抚掌，不宜扩散，尤不可令新入升官图的桃偶辈得知。不过你也没有官场朋友，可无虑。风鸡（我所自制）及加饭一坛，已提前与二闲汉报销了，今年生日（正月十五）只好吃奶油蛋糕矣。

稻香村亦有糟蛋，味道尚可，但较干，似是浙江所产，较叙府所产者差矣。叙府糟蛋是稀糊糊的，糟味亦较浓。

春暖，或当趋候。即颂元旦佳胜！

弟 曾祺 顿首

星期二

《岁交春》一首呈范夫子一笑

岁交春

不觉七旬过二矣，何期幸遇岁交春。
鸡豚早办须兼味，生菜偏宜簇五辛。
薄禄何如饼在手，浮名得似酒盈樽。
寻常一饱增惭愧，待看河沿柳色新。

汪曾祺

一九九二年一月十五日

范用同志：

近读《水浒传》一过，随手写了一些诗，承奉一笑。这样写下去，可写几百首！

曾祺 草

6月28日

读《水浒传》诗

街前紫石净无瑕，血染芳魂怨落花。
丽质天生难自弃，岂堪闭户弄琵琶。（潘金莲）

六月初三下大雪，王婆卖得一杯茶。
平生第一修行事，不许高墙碍杏花。（王　婆）

凤凰踏碎玉玲珑，发髻穿心一点红。
乞得赦书真浪子，吹箫直出五云中。（燕　青）

枉教人称豹子头，忍随俗吏打军州。
当年风雪山神庙，弹泪频磨丈八矛。（林　冲）

桃脸佳人一丈青，如何屈杀嫁王英！
宋江有意摧春色，异代千年怨不平。（扈三娘）

寿张县里静无哗，游戏何妨乔作衙。
非是是非凭我断，到来不吃一杯茶。（李　逵）

五台山上剃光头，一点胡髭也不留。
放火杀人难掐数，忽闻潮信即归休。（鲁智深）

汪道涵

忠本同志并范用同志：

久未问候，念甚念甚。

来京参加会议，原定月底结束，拟计划趋访，但又需于廿三日返去。日程缩短，不能如愿了，憾何如之。因托李彪同志趋前致意。

承寄各书，均先后收到，未及复告，感谢之余，尤为抱歉。

此次会议提出城市经济改革与进一步开放，对上海工作是一极大推动。市里正准备方案，我返去，也为积极投入。形势大好，任务艰巨。我提前离京，即为此故。

上海面对太平洋，我已组织上海各有关方面，以此为中心，将研究与实际、开放与改革结合起来，策动此工作。举凡经济、城市、科技、社会、教育、干部等都要进一步部署。

便中，如有有关新版读物，乞寄一二；有关资料，亦请绍介。

上海书店丁之翔同志说，拟与香港三联组织联营，想范用同志已悉其计划。此中或有困难，但为配合上述任务，出版工作宜有加强，亦形势所迫也。

专此布意，即致

敬礼

汪道涵

五月廿一日

范用同志：

几次电话，未通。趁会议之便，奉告。

近晤河北省化工局处长臧乃光同志。告以他与您的熟人的儿子小杨已见过两三次，将他所洽情况转达给小杨的母亲。未悉曾有以向您函述否？

此事如何具体进行？请考虑见告。据臧乃光同志告，窦曾在上海待过，认识华东包括我在内的一些人。如需我再促进，可以再托臧乃光转我的信给窦。

专致

敬礼

汪道涵

五月十二日

范用同志：

上午来访，未晤，中午十二时左右，再通电话。顺候。

敬礼

汪道涵

9.26 上午八时半

汪家明

范先生：

您好！

两次惠寄的有关老照片的剪报均已收到，十分感谢！老照片的展览，我们已搞过，首展即在三联韬奋图书中心，后又去成都展。看来还可以再搞一次，搞得更好些。最近《老照片》，社会来稿势头挺好，如台湾作者寄来有关蒋经国先生婚姻、家庭的照片一组，十分精彩；新华社记者寄来当年采访古巴英雄格瓦拉的照片，是我所见最精致的格瓦拉照片了。第5辑已开始设计，估计明年2月可出书。唯望您百忙中，不仅为我们收集剪报、给以指导，而且为我们写点稿（上次说您父亲的照片和往事），请百忙中为之！

《时代漫画》等三种漫画杂志之选本，就请按上次电话中所说的办法编选，但我想，若可能，还是多加一点说明、介绍文字，因这些漫画总是已过了五六十年，有些内容现代读者已难看懂，难以看出奥妙。不知您意如何？俟篇目、规模定下来，我即去京签订合同，可否？

另，上次电话中所言《范用与书》一书，真乃绝好题目，对我们后辈、再后辈编书人及天下读书人都会极有教益，从这个意义上讲，比您现在所编的漫画之类更为重要！还望您三思。我虽仅去拜访您两次，随便闲谈中已觉受益匪浅，何况写成专著？既通俗，又学术；既实用，又可欣赏……此乃您一生爱好、实践、学习所结之果，若不及时写出，那太可惜了。须知：时不我待。

当然，我来向您说“时不我待”，有点太可笑了吧。您一定比我体会得深。

切望保重！问丁老师好。

汪稼明 敬启

1997年12月18日晨

汪家熔

范老：

您好！

我叫汪家熔，商务印书馆的退休职工。今日读了上海《报刊文摘》转录的您在《文汇读书周报》上的文章，非常喜悦，极受鼓舞，虽然我已退休，有感而鼓，已无法再舞。从文中知道那位青年人想买到《陈寅恪文集》和王国维的集子。这是十多年前出版的，谅无处可买。我处有，拟送与这位爱读书人。但您文章中仅有该同志地址而无姓名。乞能便中拨冗赐告，如能告邮码更好。谢谢。知道您近年闭门撰述，打扰您，请原谅。顺颂

撰安

汪家熔 拜上

93.10.5

范用同志：

春节好！

蒙赠大作复印件，甚感。业已拜读。

春节前夕，陈原同志告诉我，《读书》订户今年增加一万份。这实在是一个令人激动的消息。在各种报刊今年订户平均降低20%的时候，像《读书》这样既不赶潮流，也不谈政治热点、领袖秘闻、明星婚变的文化刊物能增加订户，不仅感到不容易，更觉得这实在是个民族振兴的兆头。郑振铎在他的《访书记》中两

次谈到，1938年他在孤岛时，从陈乃乾处得到消息后以9000现大洋（不是他私款，是中英庚款，由内地汇，但先由何炳松等垫出）买到24册《脉望馆古本戏曲丛抄》时，他认为其价值等于收复一座城池。24册《丛抄》里保存有160多个湮没了的段子，他尚且给予这么高评价，那么我想，《读书》加一万份的意义或不亚于原子弹爆炸。有时精神的东西比物质要强一些。苏联有了原子弹、氢弹、卫星、空间站，最后社会主义泡汤，苏联解体，民族纷争不息。

我所住的青龙桥不是丁玲《到青龙桥去》的那个八达岭边上有詹天佑铜像的青龙桥，但两个青龙桥都有些民族自豪感。八达岭的青龙桥有詹天佑铜像而使人自豪，这儿颐和园边上的青龙桥则有程砚秋抗日时避居（地）而略沾点光。

大作中"出书要作者掏钱，书店无立身之地，图书馆经费短绌，绝非好兆头"一语确实"让人揪心"，但并不完全。因为一刀切，现在作者掏钱都无法出书——因为要整顿卖书号，连正经书自费出版都不可能了。其实卖书号贸利和买书号自费出书是极易分辨的。自从有雕版刻书以至解放，自费贴钱刻书，即所称"家刻本"是出书品种中的最大宗。我统计过明代刻书（现存有的为标准），"出版者"出3种书及3种以下的占极大比例，坊刻的比例极小。可以说真正增加社会信息量的，是家刻本。辛亥后出版社增多，印刷制版费用相对比雕版便宜，书价低，社会文化水准提高，"家刻本"（自费出版物）与坊刻比例变化了，但仍有大量自费出版物，用来馈赠亲友以纪念亲人的。

现在还有"出书编者掏钱"的——作者照拿稿费，编辑者掏印制费。这就是叶再生搞的《出版史研究》第一辑。兹另邮奉上一册，请批评、了解。出版工作者不研究自己的历史，古代以家刻本为主，无可非议，辛亥后出版成为一行业，直到1948年底才由永祥印书馆出了一本简史，这本书大陆上几乎没有人读过。台湾有复印本。1982年上海宋原放编了《出版史料》，这一块出版大国唯一的出版史园地，在它准备庆祝创刊十周年时被停刊了。叶再生主持署的党史资料征集工作，亦是出版史的一部分，做了6年，也算和上海停办《出版史料》同步，撤销了机构，他办了离休。大概不甘寂寞，他把原来党史办正在进行筹备的《出版史研究》办下去，有周文照兄（您一定认识）和我尽义务帮忙。去年11月底出书，印制费4500元，稿费3000余元，印1500，卖掉700，亏4000余元，当然还有一堆书。书号没有给钱。决心继续干下去，或能感动上帝，则是一生路，否则坚持到坚持不下去为止。一个出版大国总不能对自己的历史无所研究，无所记录，一无所知，更无总结。

《出版史研究》第二期正在集稿。王益同志、子明同志都已答应写稿，陈原同志亦已答应。我们亦想请您能挥动如椽大笔，为鄙刊增光，兼示提倡之意。内容、体裁、字数概无限制。写一个机构，写一个时期，写一个人，写一件事，写一本书，或书话，或感想，或对我们的批评都欢迎。文章长可以万字计；短，题词更所欢迎。希望得到您允诺的通知。知道您很忙，我们去录音，整理后再请您润色亦可。极盼能给佳音。余不及。

敬颂

春祺

汪家熔 拜上

94.2.23

王大海

范用兄：

收到你的贺卡，谢谢。你年年都有新发明，在贺卡上亦然，说明你的思维不但未老，更见活泼也。

我与你尚无识面之缘，但感觉中你和我是同年龄的（我1923年7月生），且是大同乡，你是镇江，我是苏州，镇江的肴肉、麻油面至今尚留存在我印象中。

你是新中国出版界元老级人物，我耳闻已久，心仪更早，只因我没有什么成就，所以也不敢造次去找你。有些话想对你说说，也无机会。

不久前在《新华文摘》上看到一篇吹捧现任作家出版社头头的文章，很觉气闷。

我自己的书，50年中仅出了两本而已。一本是52年中青社印的，因为出版不久作者便成右派，所以基本未发行。一本是89年出的《一年四季》，不久便卖完，因出版社关门（广州文化出版社），也说不到重印了。最近倒是有家自称“伯乐文学研究所”与我联系，说要出一套当代杂文家文库之类，一看条件：第一无稿费，第二要自己认购一千册，对此条件自然是难以接受的。

现在我想自编自印一册“自选集”，集中自以为还看得过去的小文，约可15万字，自己打印（我儿子是搞电脑的），只印几百册（二三百）作为纪念品，如你的《我爱穆源》然，开本大一点，编排和封面“称心”些，以自娱和赠朋友为目的，根本不上市发行，不知此事可行否？大概不至于触犯刑律吧？

因你是内行且权威，特向你咨询，可否行得通？望有意教我。

初次通信，说了一通牢骚，还发了一些谬想，希望原谅。另外，我正在编一册《古今谚谣》，把中国古代、近代、现代、当代的一些民谣集中一下。古谣如“君乘车，我戴笠，他日相逢下车揖”（越谣），“一尺布，尚可缝，一斗粟，尚可舂，兄弟二人不相容”（淮南民歌）。现代如国民党统治时期，又如“大跃进”《红旗歌谣》直至当代，自然更多而更丰富了。

现在市上有一册《顺口溜》，我觉得很不理想，因为我收集的精彩得更多。再者，如单独出版可能有所不便，把古代、现代、当代一起出，也许较为合算一些。

对此，也望老兄对我提一些指教性意见。

从今年始，听说对整个新闻出版有所加紧控制，又听说《方法》杂志已被停刊“整顿”，希望它仅仅是传闻而已。

我身患较严重的心脏病（陈旧性心肌梗塞），每天需药物维持。我想，你的健康状况一定比我强得多了。——这也是我的祝福！

王大海

3 月 31 日

范用老兄：

谢谢您寄来的美丽的贺卡。

很少给你写信，因为常常读到你的文章（凡见诸于目录及摘要者，均设法搜求读之），有亲近之感。在何时读到：你原来和我同年（1923 年生），你是镇江，我是苏州，则又是同乡。但你的道德文章比起我这个同龄同乡者是高多了，因此虽常有去信致候之意，而终少执笔也。

《新道德经》作者系此间（河南文联）同事，比较谈得来，他今年还不到60岁，57年时亦曾沦为右派。此君古典文词功底较厚。书出版后，我劝他寄兄一册，我说范兄是当今藏书家，你的书应送他一册。

昨日徐淦兄来短简提及兄询问我写杂文之事。我过去仅当编辑，离休后无事，本省有些报刊约我写点小文以点缀，只要有人约，我总答之以“可以的”，随即写一点。一般不向外边大报大刊投稿，因曾向《新民晚报》写过，竟如石沉大海，从此不再主动投稿。

此间有些报刊在向我约稿时，又要我向一些“写家”代为组稿，我有时也答以“可以的”。老兄如不嫌弃，请赐寄一二篇大作，以光河南报刊（有个《大河文化报》，副刊办得还可以，另有《新闻爱好者》月刊，也想发杂文、读书随笔一类，渴望写作）。

前承赐寄过《我爱穆源》，读之甚感亲切。不知兄最近有何出版新作，能否再寄一二册，以充实我的书架否？

匆草此颂

笔安！

王大海

1月23日

又：我亦曾在《人民日报》《文汇报（上海）》《南方周末》一类发过少量杂文。但均如上述系编者来约，始聊以应命耳！盖现在的报刊编辑，大都有一小圈圈，圈内人始特别照顾，相互吹捧也。

王福时

范用兄：

你好，最后一次见您，是在美术出版社东靠建国门的你家，已经四五年了，我后来较久在国外，所以未能再向你请教。国内朋友来信提到在《长征》纪实电视片中，有对你的访问。我向你补充一段史实：斯诺1936年10月从陕北回到北平后，在同年西安事变前后，我经常去他家，他和他夫人H.F.Snow支持我，于1937年3月—4月间，(我)秘密在北平出版了他带回和陆续发表的文章、谈话、资料，包括照片、地图、红军歌曲，以及37年3月1日史沫特莱与毛主席重要谈话，以及陈云以“廉臣”笔名发表的《随军西行见闻录》。在那个局势关系中国命运的时刻，以最快的速度，出版了这本三百页的《外国记者西北印象记》一书。此书早于英文原版*Red Star Over China*(英国Gollancz1937年10月)，上海复社于1938年1月《西行漫记》出版前，也是在七七抗战爆发前出版。斯诺在《大河彼岸》中称此书有动员成千上万青年人参加抗战、投入革命的作用。此书虽没有长征及毛主席传有关章节，但陈云的《随军西行见闻录》对长征的记述，却是在国内最早发表的。斯诺本人于西安事变后，1937年1月21日在北平的长篇演说，也是对当时局势及他陕北见闻的一篇重要讲话，书中的红军歌曲等也不见其他著作。我附一些有关剪报的复印件，可供你认证。

其实，关于此事，1979年三联的《读书》发表Hellen Foster

Snow 的信，已经说明原委，沈昌文兄是了解的。我有一文记述此事，见人民出版社一本纪念斯诺的书。

又，关于陈云用“廉臣”笔名发表的长征纪事，最早发表于何处，俄文版何时出版，在 SaLisbary 和“Long March，the unknown story”记叙中有不同说法，其参考附上的革命军博给我的信。

为什么在 1937 年那么短的时间由一个东北青年赶出那样一本书呢？回顾历史，在那民族危亡关键年月，像 1936 年 12 月 12 日发生西安事变一样，也不是偶然的。顺祝新年好。

王福时于美国加州

对郭达，即《西行漫记》序言中说的许达，是我介绍给 Snow 做秘书的，他于 1995 年病故长沙，原在 *China Daily* 工作。

王福时先生：

您好！您写给秦兴汉馆长的信，秦兴汉同志转给了我，并要我查后回复您。您所提问题，据我所知情况是这样的：

一、陈云同志的《随军西行见闻录》一文，最早于 1936 年发表在中国共产党主办的巴黎《全民月刊》（不是《救国时报》）。同年，在莫斯科出版单行本。当时为便于在国民党统治区域内流传，作者署名“廉臣”，并在文中假托为一名被红军俘虏的国民党军医。

二、据查，国内最早读到该文的是您 1937 年 3 月在北京编辑出版的《外国记者西北印象记》。但到目前为止，除了您曾经给我寄了一份该文的复印件外，尚未查到此书的原本。

三、国内最早出版的《随军西行见闻录》单行本，是 1938 年 3 月武汉生活新知书店出版。书名为《随军西行纪》。此书我手头有一本。

四、1938年2月上海复社出版的《西行漫记》(又名《红星照耀中国》)，是该书在国内的最早译本，但此书未收录《随军西行见闻录》一文。此书我馆没有，在天安门中国革命博物馆藏有，但由于过于残破，一般不外借。

情况大致如此，特告。即颂

大安

阎景堂

1988.5.9

范用兄：

谢谢你！12月28日来信和附的《水之歌》，其中提到《水》这份家庭刊物复刊，由一家人办一个内部刊物，还是少有的。其中提到沈从文是张家的女婿，我的同事符家钦来信，说“世纪风铃”丛书嘱托他编沈从文自叙本，你提到的《从文家书》我在此间图书馆未找到。

不知你认识符家钦否，他在给我的信里说，他今年要编写和翻译好几种书，已经是78岁，身残(只能坐轮椅)，但精力非常旺盛，是我在国际新闻局时的同事。

张学良将军住Hawaii，我今年是否去看他尚未决定。前些天和宁恩承谈，他也不知张公是否能去老家看看，本来他还有一个老帅移陵的问题，阎明复去年前曾(去)看他。

向你问候，祝你身体健康长寿。

王福时

2.20

(此信是内人带国内转发的)

范用同志：

你好！去年得和你会面，并承你借我录像带，十分感谢。我准备二三个月后离京去美国，因为我的妻子在那里一直盼我去与她相会，但我一再推迟。因为我想等张学良将军前来大陆省亲访旧，但迄今没有确切的消息。昨晚得他来信，却只有他给家严王卓然文集的题名。你要我送他的剪报，从而表达你对这位老人家的崇敬，也一直放在我处，使我不安，甚为抱歉。

我父亲王卓然不过是一个旧民主的爱国人士，于1968—1972年住秦城四年，当然也是莫须有的罪名。罹狱监外就医后于1975年病故。1979年国务院为他补办追悼会。他生前作为张学良的文职助手，与张关系很好。去年纽约张庆九十（岁）生日时，主持人之一江雨时给我来信，说张非常怀念这位故友。王卓然曾代张在北平任东北大学校长，并为他办《外交日报》和《东方快报》。抗战时期他是国民参政员，与邓大姐、周总理都较熟，但他从未像高崇民、阎宝航那些老一辈加入中国共产党（我也同样没有加入中国共产党）。但是，在我1950年回国后，第二年，即朝鲜战争期间，他就投奔祖国了。在日本期间，在日共被“整肃”时，野坂参三等曾到他的寓所，商量用他的住所作为一个避难的地方。

我写这封信的目的，是因为我知道你与夏衍公相熟。我的家乡“辽宁省抚顺县”的写作班子，一定要为家乡这位在国内不出名、却在家乡算个人才的人出文集。他们要请尚健在的几位老年朋友题词外，想请夏公也题几个字。为什么呢？因为夏公曾是中日友协会长，当年王追悼会时，除邓大姐，胡愈老、赤津益造、岛田政雄等送花圈外，夏公也送了花圈（见附照片）。这次他的文集，除端木蕻良、刘尊棋、骆宾基，以及刚收到的张汉公题字外，我想夏公如能挥毫写几个字，一定是我抚顺家乡写作班子最欢迎的。

附上照片、剪报，作为参考。阅后退回，如承你不弃，代向夏公说说，不胜感谢。

又：我和夏公并非无一面之缘，但那是往事，而我不过是一个新中国的普通公民，他当然不记得。一是我在武汉快沦陷后，我偕"游击队之母"赵老太太到广州，曾到《救亡日报》看他；一是在国新社和廖承志、刘思恭、金仲华、张明养在一起聚餐的时候；一是1950年我从美国经日本回来，带赤田幸子的信去上海一个大厦看他。

当然，夏公为人题词，也许不那么愿意，因此，我意你只提提，不要勉强。谢谢

此致

敬礼！

王福时

王观泉

范用先生：

刚要向你寄一复印件讲的是关于陈独秀的一个女儿的消息，接到你赠的大著《我爱穆源》，谢谢。我特喜欢看回忆录。

陈子美是独秀与高君曼所生，前些年一直以为死了，后来说是活着，并与她的弟弟鹤年（哲民）在香港有往来，后来又失踪，去年9月才知她困在纽约。鉴于某种原因，政府尚未为她“解困”。这个报导最详，并有二图作证。88岁，真能活！但看了，使人很是凄凉。

超麟先生现正为陈在彼岸的遭遇呼吁，据最近消息，似无头绪。但愿能好起来。

匆匆颂

撰安

观泉

2.4

范用先生：

近好！

近些日，一有空就读《我爱穆源》，结果连我也要说一句“我爱穆源”了。虽然我晚你整整一个小学流程，1937年七七事变后你孤身一人踏上汉口轮船，那年我刚读小学，2个月后在母亲带领下坐舢板逃到浦东乡下躲东洋鬼子。但你写的师生情谊、同学之间的情谊、远走，甚至所看的书，我大都看过，此书写出了我的记忆中的小学。你曾在浙江同乡会小学读过书，我则在上海宁波同乡会第七小学读过书……未知如今的小学生可有此“小学史”？

前些天，北京一友人把拙著推荐给了文献出版社，来长途说该社同意看看我的这部难产的书。我寄去了。当然前途未卜，但总算有一家出版（社）愿意看一看。我当然希望能成。为此，如若先生认识文献社中人，望能推荐一下，麻烦你了。

推荐拙著给文献社的友人施用勤先生，是位于东四八条的世文图书音像公司中人，他是俄文翻译，所译《托洛茨基自传》而所写的《译者的话》深受郑超麟老人的赞赏，亦是郑老将拙著推荐给他，希望他能协助觅个出处。

我交给文献社的是拙著 40 余万字的《陈传》足本，较台湾版要多 10 万字左右。

又，昨（2.12）我接到郑老侄孙女晓芳长途，说郑老在春节前被诊断为肝癌，因尚未发生剧痛，他本人不知。医生说因太老，无法化疗或手术。如确凿，真太惨了，因为节前他刚刚搬迁到郑老说“很理想”的新居。

此颂

安吉

观泉

2.13

范用先生：

近好，大前天（1.8）收到你寄来的信并大作《最初的梦》，谢谢。我虽然出生在没有板桥流水的上海，但却与先生相仿，我家附近有一小印刷厂，也有数台带有圆盘的印刷机，我每天放学回家都要站在那儿看印并听“嚓唧唧嚓唧唧”的声音，甚至忘情于被母亲捉牢，揪着耳朵回家……所以我很钟情《最初的梦》境。

去年去上海，探望郑超麟先生，他同我说起了你。临离开时，他握住我手说：“在临死前，我一定要用🔍看完你的《陈独秀》！”听他这么说，我都感到鼻子发酸，这次看到你的信，知道你不只偏爱《陈传》，而且还向三联推荐，使我不知如何感谢了。10月21日我去安徽开陈研讨会，此会开于合肥，结束于安庆陈墓前，会议如若说是学术研讨，不如说是情感投入的聚会来得更准确些。过去，出不了一本书，从领导到周边同志都会另眼相看，甚至视为“危险人物”。而今，我的书不能出，竟然会因此而多喝了好几顿“安慰酒”，实在感到时代确乎在变了。

其实，我是学美术的，被你看重的《鲁迅学刊》的封面就是我设计并画的，唐弢先生说有卅年代书的风格，使我好高兴了一阵（但第一册连我也没有了）。因此，写历史尤其是写棘手人物的传，非我所长，我是用良心在写书。比之陈独秀用血创造历史当然不成气候，但生于当世要还历史以略微的公正，也属不易，所以我也很是看重先生对拙著的关爱也。

现在，我的右眼（经在上海诊断）已无复明可能，只剩左眼尚有0.2的视力，是否能担纲《李大钊传》的既定计划，实在无底，况且《李传》也很难写。他之被东北王绞死，要说得清楚，恐怕其命运也会如我写的《陈传》相仿。如今已出版的《李传》，是把他当成“好好先生”写的，这应该，但却不够。

寄上拙著论文集《人，在历史漩涡中》，请指正。书中有拙著《陈传》的序言，未被收入台版。

照片两帧，是10月23日摄于安庆，据陈独秀的孙女陈长璞（她是松年的女儿）介绍，系陈的原物（当然桌上和床上物已不是了），陈列在陈墓侧畔的一个原林业处的办公楼改的“陈列室”中。

陈墓很孤零，但不寂寞。

此颂

大吉

半聋者 观泉
1.11

王佳楠

范用先生：

近不见，不知近日可好。

我们仍然是拆了东墙补西墙，活计永远也做不完。明晨起程去香港，三联书店展览终于成行，想能做成此事，也都是以您开始，想来已有二年有余了。

不知香港有事否，晚上打电话给您。

施本铭做一烛台给您，晚上可秉烛夜读。

祝好

王佳楠 施本铭

即日下午

王稼句

范用先生左右：

承蒙赐示《我爱穆源》甚感。此书前已从书店买得，读之，见记有张凤珠者，以为即《中国作家》之张凤珠女士，再看，当为另一人也。

先生所缺《苏州杂志》一九九二年第几期？大札中期数空缺，想必未及填写耳。请示，当为先生寻觅，以成全你。

苏州天气已“出梅”，火卒大张，待秋风起、菊花黄、蟹脚痒时，盼先生能作江南小游，如何？

余言后叙，并颂

暑安

弟 稼句 谨复

七月二十一日

王　健

范用同志：

多日未见，近来可好？

85年1月2日是沈老110周年寿辰，为了纪念他，我和沈谱有些想法，想找你谈谈，如果准备编印出版年表、纪念文集的话，马上就要抓起来了。我和愈老谈过，他也要我去找你研究研究。49年救国会结束时，成立了一个纪念小组，共九人，其中四人已去世（沈老、沙千里、沈志远、曹孟君），现在还有：史良、愈老、萨空了、千家驹和我。人越来越少，但纪念的任务是越来越多了。我认为应扩大一些人，定出个计划，利用民盟文史资料委员会的人力物力，有计划地搞出点东西来。当然，如果搞起来，你是不可缺少的人，你是老救国会的成员，而且一直是搞实际工作的。

听说你在整理愈老的历史资料，我曾整理了愈老在解放前的大事年表一万多字，是个初稿的初稿，如果你有用，可供给你参考。

何时有空，请电话示知。此致

秋安！

王健

10.6

王　力

海曙同志：*

承赠大著《杂格咙咚》一册，非常感谢！我看看很有趣。我看了你用苏白翻译的《诗经》，发现你的文才。前次我看了你在《辞海》编委会上的讲话，已经很佩服你，这次看了你的《杂格咙咚》，更佩服你了。

前两天，小女缉惠送香烟给你，听你姐姐说，你的病加重了。希望你多休息。在北京没法休息，你就到外地休息一个时期吧。祝你

健康

王力

1981.10.25

* 此系王力写给倪海曙之信，由范用转交。——编注

王 奇

范用同志：

惠书及大札拜悉，多承关注，至为铭感。关于昆老《红楼人物》一书，正与王金陵同志联系，看从哪个角度宣传介绍为好。为求迅速，可否请您社胡文彬同志撰写一篇，我报当安排早日见报，并祈卓裁。

小儿王焱，由你社招考入社，他在“文革”中耽误多年，仅上初中，根柢甚差。虽有寸进，当出诸前辈耳提面命之力，并致谢意。

敬候

编安

王奇

1984.2.11

王世家

范先生：

廿二日手书奉悉，接到来信时，尚未见到唐先生文集，今早去唐先生家，才见到。装帧尚可，校对不严，每卷中据说均有错讹，在这个国度里出书，无错，是不正常的。《书信卷》费了很大气力，仍不尽人意。早期书信有些人有存，征集时收藏人提出不少“条件”，我无法答应，只好放弃。唐先生有此文集以传世，欣慰之至。《月刊》仍在维持，无大起色，无可奈何。

盼多保重！

敬礼

王世家 上

二月廿六日

范先生：

信悉，书价之高，令人咋舌，但总有些书呆子节衣缩食去买高价书，他们对学问的执着，不能不让人钦佩，这也是中国知识分子的可爱之处罢。

身处鲁博这个弹丸之地，每天听到的、看到的是各“派”的斗争，可悲已极。凡事不能总“热”下去。周作人热亦然，其实周作人是应该下气力去研究的。

在夹缝中做点力所能及的事情，足矣。

敬礼

王世家 上

九月廿二日

王　韦

范用同志：

25日收到58期《联谊通讯》，我是从头往下细阅，今天看到你的一个倡议，使我很高兴，我马上翻照相本和一大堆照片，我选出三张寄给你。新知书店昆明分店，我39年秋在那里工作几个月后，调往重庆新知书店时，拍了一张照片寄给你；1950年春我从延安经过几次变动到达北京，分配在纺织工会全国委员会工作时拍的；第三张是今年元月份拍的。今年元月份因我96年6月30日被评为优秀党员又发我荣誉证书并荣获96年度十佳文明市民。因开会宣传要用特拍的，我就多印了几张送亲友。这三张照片不必再寄回来，能交给三联书店韬奋图书馆珍藏更好。

我的身体尚好，我最苦恼的是记忆力特差，丢三忘四常出笑话。多年来的室外活动是打门球。我厂为离休干部的活动修了一个规模很大的门球场，有几十名爱好者参加活动，附近兄弟厂的门球爱好者常来友谊比赛活动。我一下楼出门就进门球场，一天很多时间在球场，多见阳光，又活动身体。我虽年高但我走路很快，打一场比赛得半小时，在球场奔跑，我能坚持下来。由于我多见阳光和活动量适当，多年来连感冒的小病也未发生过，从不去医院看病。因我多年两眼白内障，每日服障眼明药，一次四粒，一日三次，点白内停滴眼液，因坚持服药和滴眼药水，控制了发展，为此我生活完全可以自理，尚能做点家务轻劳动。

我如来北京玩，一定前来看望你。收到照片给我回音我就放心了。

请代问你全家安好。祝你健康长寿。

王韦

97.10.30 下午

昆明分店照片上是谁，你可问诸宝楙同志，他可能记忆力好，能说的。

王西彦

范用同志：

接读上月二十六日手报并剪报《夜读散记》一册，既高兴，又感激。想不到我那些不成名堂的读书笔记，您竟把它保存到现在。您所剪贴的，的确有我想找而未能找到的，近请人代抄。抄完后，自当璧还。

今天接到出版社来信，说《书和生活》即将重版，并拟增加作者近照和手迹之类，封面也采用钱君匋同志为我绘制的。印出时，一定奉请指正留念。

关于塘田讲学院的总结文章，是由我执笔并以我的署名，由曹伯韩兄寄重庆读书生活出版社，发表在《读书生活》或《学习生活》上。我原来保存着剪报，后来散失了。我想，如《学习生活》未见，肯定是在《读书生活》上，绝不会错。文章发表的时间，当在一九三九年下半年或一九四〇年。我曾先后托人在重庆、上海旧书店和徐家汇藏书楼找过，都未到手。您还能在《读书生活》上给查一查吗？我多么希望能找到它呵！

伯韩兄在塘田时，我们相处颇密。当时他眼睛深度近视，患有严重气喘病，健康状况很不好，记得是因被关在国民党监狱中时，他装成不认字，敌人就强迫他当印刷工人，使他天天在阴暗的排字房里检字所致。其他的事情，却大都淡忘了。

《读书》编得好极了，我几乎每期必读，非常敬佩您和您同事们的努力。

最近有个出版社约写“创作生涯”，也就是您所提到的创作生活回忆录，我很想试一试，虽然自己过去的写作成绩很差。

盼经常赐教联系。

匆匆，即颂

编祺！

王西彦

十二月七日上海

范用同志：

先给您拜个晚年。

去冬去京参加作协理事会时，原定要去拜访您；但因会期延长，回上海的飞机票又已预定，无暇实现，深感惆怅。好在去京机会甚多，会晤极易。您如来上海，务请到我家做客。

从您借给我的剪报簿中，已托人抄下未收入《书和生活》的笔记六篇，都是抗战中期的旧作。经过一个时期的搜求，也许能编个续集。对您的感激之情，是无法在这信里表达的。现另邮将剪报簿挂号璧还，请检收。

随同剪报簿，附奉拙作《我所追求的标的》一文，是近编小说选集《悲凉的乡土》的自序，请您看看是否能在《读书》上刊登。过去一两年里，我把自己三四十年代所写短篇小说，收集编成三本选集：第一本题为《××× 小说选》，即将由人文社印出；第二本原拟取名为《车站旁边的人家》，自序等由《读书》发表，但湖南人民出版社为了配套，又改为《××× 小说选》；第三本交请花城出版社印制，取名为《悲凉的乡土》。这篇自序，可以说是第二本选集自序《把真相告诉人民》的续篇，谈了一些对创作的粗浅看法，也说了一点自己在创作上所追求的标的，篇幅也稍长；如不合用，请费神掷还。

暇中盼时赐教。

顺颂

编祺！

王西彦

八二年一月三十一日上海

范用同志：

这次富阳*相叙，极为愉快。现奉上我们在严子陵钓台前所拍的合照一张，请检收做个小小纪念。

我手头有两本稿子：一是我近两年来所写的散、杂文集，字数约十五万；二是上海作协资料室关于我的研究资料编辑组同志所搜编的我的《序跋集》，字数也约十五万。很希望三联能接受出版。我觉得三联所出此类书籍，堪称上乘。请您和秀玉同志等商量一下，给我一个回答。

见到浩飞、小丁夫妇时，请代致候。

专此，即颂

编祺！

王西彦

十月十六日上海

* 指1985年郁达夫富阳国际研讨会。——编注

范用同志：

谢谢你给我寄来“万事吉”的贺年片，但因写错了地址，先由邮局改送到作协，再由作协转到我家里，以致耽搁了一段时间。

去年十月间我写给你一信，附奉我们在严子陵钓台所拍合照一张，不知收到否？那信里说起我手头有两本稿子，一是新作散文集，二是上海作协资料室所编我的《序跋集》，字数都在十五万左右，不知三联能接受出版否？请你和秀玉同志考虑赐复。因未接你的回信，目前邮政又较紊乱，这里就再提一下。

见到浩飞、小丁夫妇时，代为致候。

最近有来上海的打算吗？如来时，希望给我打个电话。

匆匆，即祝

近好！

王西彦

一月十一日上海

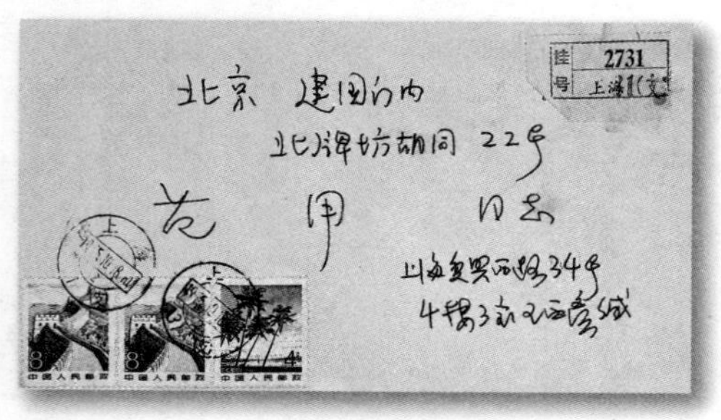

王晓兰

范用叔叔：

您好！

年初时，我曾答允将我母亲30年代的照片给你，但由于我老父春节起即病重，家中事务繁多，一直没顾得上去办，直到他十一月将气管插管拔除，才有空闲去翻拍。恐照相馆的人弄坏原片，是托熟人翻拍的，抱歉拖至今日才寄上。

我姐王晓吟（在广东省委宣传部文艺处工作）94年拿回一本《随笔》，我们看了其中您写的文章《邂逅》才知您认识我母亲的事。后来我又买了您的《我爱穆源》，看到这篇文章也收入在内。从您的文章中可感受到您是一个重感情念旧的人，我很理解您的感受，感谢您对我母亲的这份怀念之情。我窃想假如您当年确实参加了演剧队，甚至去了延安……你的小资情调一定会让您在历次运动中大吃苦头的，还是不去较为明智。

我是做图片经纪的自由职业者，所谓在家上班一族。

我们与陈茂仪叔叔的孩子陈小亭相熟，从他那里我也得知您的一些近况，有时我也会在《大公报》等报刊上看到您的近作。北京天气寒冷，望您多加保重！

就此打住，谨祝

健康长寿

王晓兰

2001.12.23

范用叔叔：

您好！

您一月七日及四月廿日的来信及书籍均收到，商务的日记本很有特色，我很喜欢。谢谢！

没想到你把我的信收录在《邂逅》的文章后面，要是在从前，这样的话又得被人抓辫子。我上次信中所指的“明智”是以我现在的心态而言，而非您当时一个十几岁的孩子的想法，请您不要介意。

我母亲的这张照片她本人在去世前，也十几年没见到了，一直以为是搬家弄丢了，其实是被我父亲“藏”起来了。

杨奇的书已转他，相信他已给您去信。广州还有个赵东垠，他说很久没有收到您的消息了。

我的名字是剑兰的“兰”，非杜蓝的“蓝”，主要是名字有误领挂号邮件费了一点周折。谢谢留意。

此信托陈茂仪伯伯的孩子陈小亭转交。

保重身体！

王晓兰

2002.5.30

王辛笛

范用同志：

沪上一叙，快胜平生，虽属初交，宛若旧雨。承嘱为香港《开卷》撰稿，情意殷切，殊不可却。无已，兹乘辛之兄返京之便，奉上拙作一篇，是否可用，仍乞尊酌。文中不妥之处，至希不吝予以改正，何幸如之。

余容再陈，匆草不一，即致

革命敬礼

王辛笛

78.12.27

范用同志：

年前在沪承教，不胜快慰。近接杜渐同志来函，拙文《狂胪文献耗中年》已安排在《开卷》第六期发表，此亦系兄之穿针引线之功，心感之至。

春初潘际坰（《大公报》）兄来沪，谈起兄之将有香港之行，不识何日启程？我今有一个建议，供你社考虑采用，不过，也许高明早经见及，如此办理有年矣。为了替国家节约大笔外汇，我建议领导上今后向国外订购古典文艺（包括音乐绘画）书籍，可尽量向旧书店联系，委托他们承办。例如日本的丸善书店，英国伦敦的“Foyles”（福艾尔）书店都有大量二手书籍进出。不仅过去已售缺的旧书可以在他们那里购到，即如当今畅销文艺小说也常有供应，因销数惊人，出版不久，即辗转到旧书店了。往往书价仅及新书之半，或且更少，殊堪我们注意及之。该两书店（德、法、美、意估计亦有类似的旧书店，但惜本人不了解）且每季编印旧书供应目录，免费或低廉供应，不妨去信订阅，以供有关学校、图书馆、出版社等单位采购时参考之用。

陈原同志主持商务印书馆，近闻与史枚同志主编《读书》杂志，不知日内已问世否？便中尚望赐寄一本，以开茅塞。陈、史两位在解放前上海亦均见过，只是多年以来，各忙于岗位工作，未再碰头，并请代为致意。此致

敬礼

辛笛

79.3.26

辛之、友兰兄嫂*：

承托带来巴尔扎克《神父》小说一本，已收到，谢谢。

范用同志原定奉公去港，不知已否成行，如尚未动身，即请费神拜托范兄到港后代为设法弄一部《现代中国诗选》（香港大学出版部），计上下两册，带回寄沪为感。

屡闻北方来人谈起兄之近来忙极，所托求者既多，而登门谒教者门限为穿，清兴遄飞，绝胜遥想。然尊体向来欠健，食少事繁，夜深难寐，叨在故交，殊以为念也。诸乞珍葆长寿。克家同志处常去否，晤见时亦盼代致保重之意，七十多（岁）人，总宜在起居方面多加注意为好。

《战地》今年第一期已承姜德明同志寄来，极感关注，唯此期封面虽经系出自钱君匋兄手笔，然平庸殊乏新意，深感不及兄

之前所设计者远甚，奈何！

《诗刊》组织的“诗歌学习访问团”在沪小留，印象极佳，因得与艾青、高瑛贤伉俪，吕剑、吴越、康志强（严文井夫人）诸同志共饮市楼，由林宏、方平、鲁兵、圣野和我，五人略尽东道之谊，快聚一室，欢畅可知。唯惜辛之和友兰嫂未能同去，斯为一憾耳。艾青同志出口无一句不是诗人的语言，真可佩也。匆此敬问书健。

辛笛

79.4.4

* 此系王辛迪写给曹辛之、赵友兰之信。——编注

范用同志：

客秋一别，瞬已经年，尊兄佳膳，常在念中。在京时承赏饭，深感《读书》征稿之殷切，而年来迄以杂冗栗六，未克及时了愿，辄深惶歉之中，但喜比日秋凉已来，当可执笔为文，以报雅命耳。

顷接柯灵兄信，有所奉求，即将原札附尘，尚祈尊酌后，就近与渠联系（其目前在京通讯处，请见信中）。倘公忙，不妨请秀玉同志代劳去看他一趟，并可借便代《读书》以及《人物》约稿，如何？此信用后仍乞寄掷，以便作复为感。

林放同志近亦在京开会，不过，听说住西山八大处，与巴金先生同寓。如果属实，则友好往来，甚感方便。为《读书》写稿，每一晤面，辄代催促，唯渠向来谦逊，总以近年读书不多，成文殊不满意，未肯贸然从事，绝非忘怀，并屡嘱转致谢

意云。

余容再叙，此致

敬礼

王辛笛

80.9.7

范用同志：

去年病了一年，迄未通信，而屡承厚意约稿，亦以心力不逮，难以作复，至深歉仄，叨在知交，莫逆于心，冀望见谅。每有友好南来北往，借悉起居佳胜，式符欣慰，抑即释然矣。

因小女圣思近年在华东师范大学任中文系讲师兼外国文学教研室副主任，尚能称职，上月已完成《九叶诗人作品选》一书，系“中国新文学社团、流派丛书”之一（由钱谷融等主编，列入国家高教七五科研成果计划），兹附上其所作《前言》一文，敬乞指教，不识《读书》能采用否？

新加坡文化部今年五月举行的艺术节（每两年一次），其中有国际作家交流周一项，迭次函电邀请前往出席，弟固近月健康体力有所好转，已同意赴约，将于本月廿日飞往，六月初可归，届当续陈。

即颂撰安

王辛笛

88.5.8

范用同志：

目前承惠书，对贱况多所关怀，叨在故旧，十分铭感。频年衰病，与日俱增，大有苟延残喘之势，但亦属自然规律使然，无多可识耳。《忆澄华与纪德》一文本早已于年初寄给《读书》，但或以稿挤，尚未见刊出，好在香港《明报月刊》已于六月号发表，但以邮路多阻，迄未寄到，兹从友人处复印一份，在此寄上请教，敬祈予以指正。此文近已略加改动，由《文汇读书周报》索去，或可在下月中付刊，并及。

关于《文汇报》特刊《儿童副刊》(《星星岛》)，编辑顾军数月前曾来信约稿，当以小女圣思突患乳腺癌，家人手忙脚乱，无暇他顾，迄未置复。乞承大手笔又加提示，实感汗颜，容俟秋凉，徐为图之，还希释注。该刊已发文友多篇，遍寻不得，如蒙便中函知顾同志复印寄我，俾可示范，不胜谢谢。

另寄上旧年拙作《手掌集》(96年浙江增订版)，乞指正。数年前仆与小女编成《20世纪中国新诗赏析辞典》，顷始出版，不日当可问世，唯书帙太厚（计1300面），邮寄不便，只有待便人带京为妥。其他如文汇复印《夜读书记》以及新编《琅嬛偶拾》，一待印成，定当邮去乞教。

袁鹰诗人和我本有姻亲（其姑母系我的婶母），日前寄来其父讣告，已复函致唁。际垌在美亦常有信来，在旧金山住处与马国亮相近，故时相往返。余再谈，祝安好。

范兄：老眼昏花，加以手颤，书不成字，请乞海谅。余不一一。敬请俪安。

辛笛

97.7.17

老伴及小女附候

王元化

范用先生：

久疏音问，时在念中。前得来信，承告所闻，感甚，感甚。此公固然令人可气，但其所为，乃执行已故之方针也。所谓另一文明，非如你我所想，为建设中国文化计，乃在加强控制耳。弟久不明此理，去年得见文献片，始悟道。

弟之近稿已汇编为《清园近思录》，日前已交人带京转中国社科，估计春节前可望出书。兄不必去买，弟当寄奉。嘱为儿童副刊撰稿，候暇时勉力一试，不知能否写成。多年来写理论，笔已涩，恐难符雅望。祝

大安

弟 化 上

范用先生：

遵命试写了一篇给小孩看的东西。七八十学吹鼓手，当然学不好。寄上请您孙女审定，不行，就请撕掉，免我献丑。笔名是我年轻时写散文用的。

祝好

王元化

九月十四日

范用同志：

贺卡收到。您的一笔漂亮钢笔字，使我和张可把玩良久，爱慕不已。荆公诗虽多拟句，但这首确是寄意远深。尤其是岁老阳骄一联，此时读来更有比兴之义。京中友人时在念中。秀玉同志曾寄卡附言，见到时请代致候。弟来珠海已近一月，三月间返沪。

匆匆

祝好

王元化

一月十日

用兄：

此次来京承邀老友聚饮，为一年来之一大快事。感甚，感甚。

所索丛刊尚存数册，检出奉上，并遵嘱题数字于扉页上。请查收，并望得书后即示之为盼。

另复制件三份，一份奉赠足下，另二份乞转小冯。

何时可来沪上一行？上海朋友翘首以待。

不尽一一。即颂

暑安

王元化

七月三日

尊夫人眼疾康复否？请致意。

韦君宜

范用同志：

八一年由我联系在“人民”出版的小书《一二·九漫语》，可否于今年“一二·九”五十周年时重版一次？

上次印很少，只九千，后来来要的我均无法应付。今年五十周年，将开大会做宣传，而原拟出版的《一二·九运动史要》由于送审需时，看来是来不及出书了。原有的北京出版（社）所出《一二·九运动史》又十分枯燥，难望为与运动无干的人所接受。这本小册子总还活泼一点，又简朴，若及时再版，加点小小宣传，应可应市。

请考虑，若能够再版，请告知我，挖改两个字。

韦君宜

范用同志：

收到你的《我爱穆源》，从头至尾看完了。真感激你，让我在我的童年里自由地游玩了一趟。你怎么想起这个主意来的！真好，使我也想没事的时候写写我的少年时代。

你社的退休老人还办个刊物也是刚听说。我社的退休人也不少，却没有人来干这个。好些身体尚好的退休干部都到别处去担任业余新职务去了。不如你们。

问好！

韦君宜

魏明伦

范用老师：

四月初寄上拙集《苦吟成戏》，未得回音，不知您收到没有？

《文汇月刊》五期载我散文《信不信由你，不由你不信》。这是我给小说集《盲马》所作序言。《文汇月刊》先发，另加标题，略有删节。我见《新华文摘》有《读书与出版》栏目，常载新书序言。我已将拙序奉寄给陈子伶，供该刊选用。范老若得便，请扶持促进。

我的近况平安，正在投入电视专题片《巴山秀才魏明伦》的拍摄，是四川省委最近定的题材。

《中流》一月发稿，三期刊出的一篇杂文，不点名地“批”我前年所写两篇短文。左霸蠢动，文字拙劣，逻辑错乱。除乱打棍子之外，毫无杂文艺术，哪是我的对手？其极左故伎重演，与江泽民五四讲话精神大相径庭。咱们还是和党中央保持高度一致吧。

四川省委依然表彰我在十年改革中对弘扬民族文化、振兴中国戏曲所做的重大贡献，电视专题照拍不误，《中流》左文无损我的“光辉形象”。

正因此，我应在首都刊物多露几面，以释读者之念。拙序如被《新华文摘》选用，则幸甚。

专此，并颂

大安！

魏明伦

1990.6.7 遥拜

盼复！

范老：

尊函早已收阅，迟复为歉。

郑隐飞先生，我童年依稀听闻，不明其详，不知所终。接大札后，我托人打听，亦无效。敝处小城，远隔省会，待赴蓉时再寻踪迹。

小许双习作一片童心，描外公栩栩如生。书香门第，后继有人矣。

不明徐淦老师信址，烦范老转交另笺。

三月中旬，我赴京出席全国政协会，又可面聆尊教。

明伦

1991.2.13 拜

转问丁聪先生安。小丁老人信址何处？亦悬念也。

范老：

大札收存，回拜元宵。

华老漫画幽我一默，对小鬼下海贬意显然。其实，我是悲愤投“海”，佯狂经商，以身向众宣布社会分配不公，逼得穷秀才做出戏剧性的反抗。此举属于“行动杂文”，经翁之意不全在商也。

然而歪打正着，生意半年没亏本，略有盈余。“蒸笼”不仅冒气，且嚼之有肉，品之有味，赚得几文，于开门七件事有所补益。何况我只是业余玩它几下，坐镇小城，遥控成都，有人代我料理，大事禀爷，小事自处。我主要精力仍是笔耕，几月来完成 8 集电视剧《罪恶上的阳光》，“订户”系中央电视台和山西电影制片厂。近闻已考虑投拍，但要我降调，减少“麻辣烫”云云……

我并未因玩商而改变我一贯的文学主张。呈上《巴山鬼话》自序，敬请诸公过目，可见在下寸衷。

顺告：《鬼话》不足 10 万字，全是旧作杂文散文剪报复印件。深圳竞价，昂至 8 万元，几乎 1 字 1 元，也算奇迹吧。但“买主”抱去，很难出版，盖因拙作多议大人物，即使出书，亦恐引发一场风波。

专此，并问

华老、丁老、徐淦同志安

魏明伦

1994.2 于巴蜀顿首遥拜

范老：

昨寄贺卡拜年，今天再呈近作求教。

我主攻剧作，兼而试试杂文。且孤身远居偏僻小城，离成都尚有高攀之感，何敢言首善之区？所以，名牌报刊《读书》《随笔》《读者》《南方周末》以及近几年的《新华文摘》都与我没有稿约来往关系。无人催生助产，我也就懒得作文，还是搞我的戏去。

承蒙范老器重，人生得一知己足矣。

《盖世金牛赋》《深山骏马碑》《华灯咏》是我的赋体文三重奏。前二文已由《文汇报》最近加按语一起刊载，后一文尚未公诸于世。范老如得便，可否将已发表的二文荐给《新华文摘》或《读者》？

未公布的《华灯咏》，又可否荐给《读书》杂志？我与该刊编者不熟，只记得董秀玉是您老部下。

《中华影星在倾斜的天平上》最近发于北京《戏剧电影报》，影响较大，同感者甚多。此文是替港台鸣不平，可否转荐给《明报》？但正因事关港台，港报转载，会不会给我带来太大的麻烦？我拿不定主意，请范老高人斟酌。

我的行踪：3 月 3 日赴京出席全国政协会，3 月 12 日出访新加坡。

到京再聆尊教。

敬礼

魏明伦

2.16 拜

范用先生：

元旦到，拜新年。

以文章代礼品，先生笑纳。另在《文汇读书周报》1997 年 11 月 3 日及 1998 年 1 月 3 日皆有我的日记体杂文，请过目指教。

《新华文摘》现由谁家掌火？我这几年杂文散文多被《读者》《杂文选刊》《党员文摘》选用，而《新华》只采用过一篇。即如拙作碑体文，能立碑示众，也未引起《新华》注目，远不及范老主持时慧眼识文矣！

魏明伦

98.1.4 拜

魏绍昌

范用同志：

您好！知您已从香港回来，想必又在大忙了。

鸳蝴作品部分，港方意下如何？望早告。史料部分至今未见样书，不知您在港已见及否？

夏公在沪治白内障，已开刀，结果不太理想，所以近日他不甚愉快，现尚住在华东医院中。天热老年病号特多，于伶、柯灵、赵丹、吴永刚、张乐平等均住院中。另外，唐大郎（刘郎）肝癌已在病危中。

附赠新出拙编吴趼人一本及郭老《再生缘》资料一本，请哂纳，对拙编请多批评。

匆匆不一，盼多联系多指教。

敬礼！

绍昌

7.19

范用同志：

您好！我给您去信不二天，就收到香港萧滋同志来信了，我本想再给您去信，又收到您上月廿六日的来信了。

关于《鸳鸯蝴蝶派研究资料》的作品部分，经过港店的认真考虑，正如您所说的由于石油危机引起的影响等原因，只好“割爱”了。他们的辞意恳切，态度诚挚，确实是不得不这样回复我的，我对他们十分感谢！（他在信中说送我《鸳蝴》五本，已径寄，但至今未收到。）

后来我同上海文艺丁景唐同志谈及，他说要他那里出，一二年内是排不上号的，因我与他关系较深，是无话不谈的，他说还是香港或外地出版社的好。看来上海无望，而我的想法，有些出版社我倒也有所不愿。如果港店不出主要是在成本方面的原因，我是可以不要稿酬的。这是劫后幸存之物，完全可以公诸于众，也因此物历灾十余年，居然不灭，我想让它早日问世之心，倒也十分迫切。特别我近年与各地大专院校有较多联系，见面都向我打听此书，也使我时感压力与不安。记得港店印史料部分，本拟向上海文艺借用原纸型，后因纸型霉烂只得重排，那么港店是否可以排印一次然后将纸型供国内翻印（这点上海文艺或可以做到，国内市场销路毕竟较大），从而回收一些利益呢？——我是外行，也许全部是胡思乱想，提出来仅供考虑，目的是想请求您再作一次努力，事在人为，多想些点子再试试看。

关于《中国现代作家研究资料集》，承您推荐，至为感激！这套资料搞出高水平来，是很有价值的。您已看到一些大学编印的东西，那些都是派急用，以大呼隆的方式赶出来，质量是很差的。现在有二十四个大学在分头编了一套"当代文学作家作品研究丛书"，有百来种，各大学自己已印了五十来种，将来统由社会科学、福建、江苏、四川四家出版社出版，从已见的一些中，良莠不齐，总的来说，都不太理想。他们也约我当编委顾问，去年在黄山开了一次会，今年十月再去武汉开会，主要是商量选目和审阅已编成的几种，名曰"当代"，实际上跨越"现代"，如茅盾、巴金、叶圣陶等等也都拉上了。另外，北京文学研究所去年计划编印（由上海文艺以后陆续出版）一套"现代文学史资料汇编"，乃是五四至建国，以阶段和社团为主的，共三十本，大都也是由各大学担任编辑的。今年决定再编一套“乙种”，也是现代作家作品资料选集，如何选目如何编法，准备九月在黄山开会讨论。这是陈荒煤主编的，我也参加编委，所以也要去开会的，而且经我提出，也邀了搞“当代”那套资料的几位主要工作者一起去参加。所以三联决定要编的话，是否等九月黄山开完会以后，我们再商量决定如何？

我不知这二十本是否已选定了哪些作家？我看，还是选已故世的为好，而鲁迅、郭沫若（过于庞大）又可以例外不予入选。总之，选定哪二十人作为第一批很重要，这点倒可以先考虑起来。

附赠两小册，这是南师早些时候印的。《随想录》是翻印港店的，我的一文作为附录，此文曾刊《大公报》，这里已作了删节。据巴金同志告我，此书简体版已由人民文学印行十万册了。另一本也刊有拙作，谈了点资料工作，也涉及这两套资料丛书。不知您已见过否？现奉呈请您指正。

恕我交浅言深，想说的都向您直说了。至于作品部分，是否请您便中再同港店研究一下，当然也不必过于勉强他们，重重拜托了。

专此

敬礼！

魏绍昌

1980.8.2

范用同志：

您好！

听说您贵体违和，香港回来后一直不大舒服，是吗？至为挂念。

我上次为出《鸳鸯蝴蝶派研究资料》作品部分事，麻烦您再向港店联系，八月二十二日萧滋同志已来信，同意考虑出版。为减轻成本计，他提出与上海文艺合作，由上海承担排校定型工作，费用由港方结付，版权亦归港店。我转告上海文艺，经他们讨论决定，已纳入1981年春季出版计划，港店可向他们租型、搭印、代销，一切均可从优办理，版权则归上海。这事我已去信向萧滋同志说明，希望得到他的同意和原谅！本来，是上海文艺考虑过多，未作决定，我便一再向您和港店要求，现在港店有意了，提出方案，反而促进上海的决定了，要争取版权所有了，对我来说，既感谢港店又很觉抱歉的。我已去信向萧滋同志表示心意，很过意不去，请您便中也代打招呼。而此事始末，又烦您费神关心，极为感激，向您再一次表谢！

前月香港吴子建君来沪访我，因当时上海文艺及港店均不拟印行，他表示可以由香港中文大学印行，并代为联系，我感谢他的好意，但我总觉得要么上海出要么三联出为妥。所以现在仍由上海出版，三联以后或搭印或代销，就最好了。关于吴君，善于篆刻书法，青年中有才华，但在作风方面我听到一些情况，如朱屺瞻（据说私印了他的齐白石印谱）、陈巨来两位老先生很有意见。但此乃听来之言，我亦未便轻信，我们对青年总是希望他向好的。知他来京曾拜访过您，故顺笔附告。

我明天转道杭州去黄山开会，讨论作家作品研究资料问题，约月底返沪。讨论情况，那时再向您汇报吧。

匆匆不一，专此祝

健康！

绍昌

9.8

范用同志：

您好！前奉两函，谅达，孔海珠想必也来看过您了。

今另有一事拜托，就是北京文学研究所抓编了两套大型现代文学资料丛书：一套史料，计三十一本，由上海文艺出版社出版；一套作家作品（即九月我去黄山开会的）百来本，由北京、天津人民、社会科学及中国戏剧、人民文学等出版社分别出版。现在还想搞一套丙编，这是现代文学的书目、期刊目录、报纸文艺副刊目录等汇编起来的，这倒是最基本的资料工程。他们知道人民（或三联）出过《东方杂志》《国闻周报》等总目，不知可以考虑承担出版否？现在我把北京文研所现代文学组的徐乃翔同志来信附上，请您们考虑一下，先给我一个简复。具体如何进行，由您决定，自此就近直接联系为好，但一时如不可能，那也毫无关系。

香港三联至今未见消息，也许有所变化了吧。

附赠资料二本，请收。

匆匆盼复，祝

健康！

魏绍昌

11.21

范用同志：

您好！

这次孔海珠同志回来，说您非常热情，助人为乐，也很忙。我虽然还未见到您，但神往久矣，我心目中的您正是如此。

上次我信中请三联考虑出版《现代文学书目》及《期刊目录》（北京文研所主编）的事，不知怎么样了？有可能吗？我认为这是一件基本工程，很有意思，希望得到您的大力支持。如考虑决定，希望告诉我一下。

至于为港方三联编作家研究资料的事，承您推荐，但至今他们从未来联系过，看来暂时不搞或别有打算了，那是毫无关系的，请您也不必操心了。

我编的鸳蝴派资料，上海文艺明年决定出版，史料与作品两本一起出，我都交稿了，史料集还增加了一批后来发掘的材料，图片也大大增加。以后（估计第三季度）出书一定奉呈求教。

您近来想必很忙，身体如何？均念念！望多保重。

匆匆盼复

敬礼！

魏绍昌

12.16

范用同志：

您好！前奉一函，附赠日本《清末小说》一本，谅达。

今寄上新出拙作《艺苑拾忆》，乞多多斧正。

奉告如下：

（一）我交稿时未想妥书名，（书名实在难取！）这书名是上海三联代取，取的是《艺苑拾遗》，我只改了一个字，“遗”换成“忆”。

（二）责编蒋安立（蒋君超与白璐所生女，现为白杨女）先看到样书，说装帧粗糙，未涂塑，先向我致歉。后我见到，要紧通读一过，有否错字，幸喜只提出一二错字、一二标点错误，我就满足了。封面设计马虎过去，涂塑我也不计较，可惜无书名（扉）页，连我赠书也少签名之处，未免遗憾也。

（三）这一本是我八十年代以来第四本文史随笔集，请您过目后多多指教。现在第五本《文心雕犬》也编成了（目录上函已附奉），因我八月或将去西德半年，所以急欲早些落实出版，上函也曾托了您，但难度较大，我是理解的，请您便中代劳，万勿勉强也。谢谢！

匆匆

敬礼！

魏绍昌

1.17

此书版权页上署1991.9出版，其实我在1992.1方见到，也方上市。此当今出版界通病也。后人搞资料便不准了。

又：顺贻《文心雕犬》一文，乞指正。

范用同志：

您好！春节前曾寄奉拙作《艺苑拾忆》，不知收到否？请过目后多提宝贵意见。我另赠上一本（日本）《清末小说》14期，内有评我《我看鸳蝴派》一书，我寄日本的稿子，无稿费，只送我多本书，我也乐于支持这位日本朋友的学术工作。我因有多，寄赠您一本，但又寄回来了，内无信条，是您又还给我的吧？那又何必。

今接徐淦同志信，知您要查三个资料，除了“救亡情况”（1936、1937）我没有（也许上图有，我可代查一下，希望提得具体些，我更好办），其他二个，谨复如下：

（一）我有过去全部《牛鼻子》，我早就想为此编一选集介绍，可是一直没有出版社答允，就这么拖下来了。这几天我正在写一篇文章，先介绍几幅出去也好。您既然有出版社可出，我当然乐意提供。另外卅年代的连环漫画，除《王先生与小陈》《三毛》外，《牛鼻子》很有影响，还有梁白波的《蜜蜂小姐》和高龙生的《阿斗正传》，这二种也是出色的、有质量的，只是数量不多，两者合一册，倒也可以。这二种我也有。

（二）张光宇的《民间情歌》，上图有，但竟列入禁书（因男女调情看作黄色也）。我过去有，现在没有。但不要紧，这些原来都在《时代漫画》上陆续连载过的，后来结集出书而已。现在《时代漫画》我处有，复印下来不是也有了吗？

张光宇还有一本讽刺画集（同时出了三本，另二本是陆志庠和叶浅予的，叶的我已送他本人）。张光宇和那陆志庠的二本，我尚在。如要，也可提供。

三十年代上海漫画大出人才，还有鲁少飞、胡考、汪子美、华君武、张英超等，都各有风格，各有特色，都值得介绍也。

匆复不一，另一函请您先过目，便中烦交徐淦同志，谢谢！

敬礼！

魏绍昌 上

3.16

范用兄：

五月一别，又快过年了，时在念中。

我九月去了辽阳，十月去了开封、洛阳、郑州，身体尚可。

听说小丁开刀良好，十一月本拟来沪参加《漫画世界》编委会议，因华君武住院，改过了年再来了。镇江画展之事想也不成了。

你未能来沪，令我盼念。希明春能与华、丁一起来沪，我万分欢迎，会效接待之力的。

寄上同乡自己印的小书一本，内有我写的家世，请过目哂正。

徐淦兄在津？在京？亦念念！匆匆盼复，祝

健康！

绍昌

11.29

范用兄：

您好！

久疏问候，乞谅！足疾谅已痊愈。

现将《甜甜》托小友沈建中奉上。《亭子间嫂嫂》尚在付印中，我手头无底本，容以后再奉。《牛鼻子》也没忘记。

沈建中是摄影家，作品集呈上，请指教。他拟为文化老人拍头像，特介绍他为老兄造像，请鼎助，还望大力帮助他完成“百老图”之举，亦成人之美也。

附上印件，供一哂。

今多多保重，我三月底再来京拜访，面详一切。如有所需，请即来信告知为盼！

请多保重。祝

双安！

魏绍昌

2.18

范用兄：

您好！来示敬悉。

前奉《甜甜》一书，还望尽快挂号寄我。因上海图书馆已向我催讨。《小老虎》一书，只能还了再借，否则我不好开口也，乞谅！

重印卅年代漫画，是您我共同的心愿，我只是个爱好者而已，当然愿意尽力促成。河北教育所出一大套专人系列，张敏玉就要我为胡考集提供资料，我也答允她了。我手头尚有《牛鼻子》全套和别的一些漫画专集，我们两人凑一凑，也许可以成事。不过我过去保存的各种全套漫画刊物，几乎全在历次运动中丧失，但上海图书馆都有，上海作协资料室也有几种，必要时当可设法凑成——我四月份有事来京，我会捡出都带来，与您一起商议如何编法，此事面详最好。

另外，我趁此奉托一事，河北教育出版社除了出漫画系列，听说也要出《孙大雨诗文集》等书。我近两年内陆续写的一些小文，继《文心雕犬》后又可成册，附上目录，不知兄可为我问问该出版社否？（或别家也可）当然，此乃不情之请，叨在知己，姑妄求托。如有为难，千万不必勉强，置之作罢可也，我决不介意。

匆匆不一，专此敬礼

健康！

绍昌 上

3.24

文 敏

范用先生：

您好！来信收到。《晚报副刊》现在越来越不好办，主要还是受“左”干扰，这不准那不行，弄得我们手足无措。但我想，既然我干了这一行，总要对得起读者，在我能力所及范围内让读者在副刊阅读中有所得有所获。多谢您为我组来北京许多著名作家的稿件，使这个副刊增色不少。但您说要写一组关于酒的闲文，不知何时能写好？搬家的事忙好了吗？新居在何处？

春天到了，有兴趣到杭州来走走吗？

祝

健康！

文敏

94.3.9

范用先生：

您好！久未联系，十分挂念，近来身体可好？

从叶芳那里取到了您的搬迁启事，得知您已迁至丰台区，不知新居还住得惯吗？可惜离市区远了点，出门办事怕没有以前那样方便了。

我前段时间刚译完了台湾一家出版社的英文书《梅纽因访谈录》，耗时约四个月，完成后真是高兴。现在在写一些古代围棋的小散文，希望完成这本书以后，围棋技艺能上一个档次。

我现在仍在编副刊，但稿源不多，且上头控制很严，无法实现编辑思想，心里时常感到苦恼。约10月中旬前后，我和李庆西可能会到北京来一次，到时再来拜望您。

您搬家前曾来信说要给我写一些酒文化的稿子，不知现在可有功夫动手？

祝

健康！

文敏

94.9.14

范用先生：

您好！自去年10月来京到您府上拜望以后，一直疏于音讯，疏于问候。不知您近来身体可好？腿伤有否痊愈？近来是否还写文章？李庆西这段时间写文章不是太多，但越写越好，过几天我可复印一些请您指正。

近来我们忙于“二战”的纪念活动，其中有一项是与三联书店合作搞“二战”书展；还有邀请美国“杜利特尔”机组人员来杭，我将充任翻译。

我翻译的《梅纽因访谈录》已出版，寄上一本敬请指正。今年9月我将来京参加“世界妇女大会”，届时希望能再到您府上拜望。

颂

大安！

文敏

95.3

范用先生：

您好！7月10日来信收悉。我已和陈力先生联系上，承他热心，似乎对稿子很有兴趣。

这段时间我们副刊在搞改版，想把报纸副刊办得更活跃、更高雅一些。但事实上，报纸工作是一本最最难念的经，束缚重重，压力挺大。我也是在职一日、尽职一日的想头，只想在尽可能的范围内对得起几十万读者。

这段时间我自己写稿较多，主要为报纸补白。空时在搞翻译，把李庆西的《禅外禅》译成英文。难度很大，颇具挑战性，但我乐此不疲。现寄上两篇请您指正。

原定要来北京采访"世界妇女大会"，但终因我不是党员而审查通不过。来北京的机会还是有的，恐怕要等开过了"世妇会"吧。

杭州这几天总算凉点下来了。秋天的杭州、浙江都很美丽，有没有兴致到南方一行呢？此致

敬礼！

文敏

95.8.28

范用先生：

您好！久未通讯，近来身体可好？腿伤该痊愈了吧？

我近几个月一直在忙于翻译李庆西的《禅外禅》，中文译成英文较为吃力，李庆西的文章风格时今时古较难把握，所以进程很慢。在翻译的同时我在看杨宪益、戴乃迭翻译的《红楼梦》，对我很有帮忙。

北方的冬天室外很冷，您最好少出门，多在家里休养，等明

年春天，希望能来杭州看看。

祝

健康快乐！

文敏

95.11.8

范用先生：

您好！久未通信，十分挂念，想来您清健如昔？

这次发表在报上的信是您写给李田桑的。我觉得很好，对孩子们（甚至对成年人，尤其是对我），很有教育意义，因此加了个标题就发表了。

上次寄过一些中译英的小文章给您，就是把李庆西的《禅外禅》译为英文，我现在还继续做这件事。我想于今秋来一次北京，买一批书回去，到时来看望您。

我现在空下来还弹弹古筝，发觉其中韵味无穷，不知可有机会为您弹一曲否？

余不多言！祝

健康！快乐！

文敏

96.5.25

文先国

尊敬的范用先生：

您知道，我捧着三位北京书人题签的书，心中的喜悦吧！七月九日晚上，一夜不能成眠，并非天气的燥热，而是感激那个远在京华的范用。接书后，像沙漠中的商人赶路，夜以继日，马不停蹄，在十几天的时间里，五十万字美文，朗读一过，其中的乐趣非我莫知。正欲提笔答谢先生之时，又接“待寄金克木先生题签著作”函告，再次大喜过望。迟复的原因，一是先读《我爱穆源》，以增谈资；一是寻机晋京，以登门答谢。看来时机暂不成熟，今日草草致函，话有啰苏，恳乞包涵。

先生七十我四十，整整大一辈。既然景仰先生道德学问，按理应以长辈敬称。但我认作为朋友，我以为朋友更亲切。我从不交酒肉朋友，我喜欢的是道德文章。中国如此之大，文人墨客多如牛毛，而我独独钟情于先生，这是为什么？我就是读文章，读先生的文章感到亲切，觉得范用就是我的朋友。

《我爱穆源》朗朗上口，读后让我叫绝，天底下的读书人心是如此这般的相印。当然我算不了读书人，但我二十多年来一直喜欢与书为缘。和先生一样，小学毕业碰上“文化大革命”，十多岁便挑起生活重担，扁担在少年的双肩上磨起了血泡，甚至饥不果腹，坐在偏僻农村的茅坑上解手，也要到粪坑里捡擦屁股的报刊看上半天，那是好奇抑或求知，真说不清。以后做工、参军，一直都读《毛泽东选集》，尤其部队五年，不知天高地厚，学起马列来了，还写了许多读书笔记，曾被评为所谓的学哲学标兵，说起来真脸红。一九八五年深秋，初识学问家史树青先生，教我读王勃《滕王阁序》，深感史树青先生博大精深，立志“只争朝夕，发愤读书”。后每有疑难请教树师，有信必复，真让人感动，受益不浅。但在一九九〇年之前，由于工作和生活的干扰，所学不多，只是近三年，有机钻入图书馆，发现先生所编各书，本本可读，篇篇精到，工作之余，如饥似渴，眼盯三联，由己及人，推荐给友人同好，无不夸赞。我的乐趣尽在其中。怪不得舒芜先生说文学可以结缘，所以我在去年十月贸然拜访先生，蒙先生不弃，记我姓名，托众书人题签送书，这叫我如何报答。天底下只有真正的读书人才有这份热情。我逢人便说，当今中国，我永远追随北京的范用和史树青。范用是我自己挑选的，史树青是我自己遇到的。将来我如果有点钱，不干别的，只是希望每年去一次北京，拜望可景仰的人。若此能为现实，跟从先生读书，诚望笑纳。

江西近来暴雨成灾，进贤也有损失。好在我地处还算方便，省城郊县，条件略好。进贤物产丰盛，全省有名，全国有影响的水产品进贤有：螃蟹、鳖、鳜鱼。这几样据说香港的大酒家还特别指名要进贤的，其他地方化学物质过多，唯独进贤接近自然。秋季是收获的旺季（十月至十一月为最）。先生若来南昌，告我，真能让我兴奋。汪曾祺《蒲桥集》谈到高邮的鳜鱼，如果汪先生吃了进贤的鳜鱼，我看可以补写一篇呢！进贤的鳜鱼真没法比，我这一点也不带家乡观念啊！范先生也和王世襄先生、汪先生一样，是烹调高手，秋季能来进贤领略一番，该多好啊！

暑期若不能晋京，就汇去书款。本想带去。

就此打住。顺请夏安。

后学 文先国 顿首百拜

一九九三年七月廿六日

范先生：

一月前托人带去老窖并信，说没有找到您，我不信。七月六日又去一信，被退回，才知您现在搬到了方庄。

六月前两次寄书六册都收到。托黄裳先生题签的《金陵五记》也收到。真不知如何感激先生，为我奉送一批又一批精神食粮。最近到杭州，我还专找您未退休前三联版书籍。我儿子小学刚毕业，我要他暑假反复读《我爱穆源》。我妻也读了几遍，说“写得真好”。徐铸成著《旧闻杂忆》真让我开眼界，您使我增加了对陈原先生的认识；《爱俪园梦影录》内页，先生作的题签，不细看还以为是印的，先生真有情，我在去年的报纸上看到柯灵说到此事。我到杭只找到《译余偶拾》《天桥史话》两册三联书。我还到上海黄裳先生宅，他送我《榆下杂说》《清代版刻一隅》。我工作之余，每日读六千到一万字左右的书。最近，我又寄钱到北京一书店，买张中行先生著作。敬爱的先生，北京写文章的，按年龄排列，张中行、汪曾祺、先生您、姜德明，我特别喜欢。我请雕刻友人，精刻几支工艺笔，准备秋末去拜访一遍，见一面都好。我每天被这些好文章感动，因为读书，我没有任何毛病。真正的书人，把话都说到我心坎里去了。这是我真正的朋友，真正的老师，我景慕无比。不管谁到我家，我都要给他们介绍我读的书，我喜欢的人，让他们一块分享我的喜悦。真想天天见到您，我盼早日北京拜访。

顺请夏安。此致敬礼!

小学生 文先国 顿首呈上

一九九四年七月廿九日

范先生:

我爱人荀平霞，到北京顺便看看您、丁先生。

工作之余，我读书写字翻报刊，和读书界、学术界朋友神交，乐此不疲，受益自知。先生编的许多书话集，更是百读不厌，只是九〇年前出的难搜寻，常常想着书名及作者破闷。

我县即动手建博物馆。我有一想法，敢向先生提出，若有便，恳望得到先生帮助。我对学者式作家十分钦佩，想收一些学者墨迹，明年竣工开馆，高悬前厅有雅趣，然后逐幅在樟木板上刻成条屏长期陈列。我想这些（名单见后）学人大都是先生朋友，如他们到先生府上，是否给我馆代求墨宝，年内能求到几幅以上的话，我就去京再跑一趟，逐家送二百元左右纪念品。事情有成，领导建馆的兴趣也会高些。我还想叫张中行先生求启功写个馆牌，如启先生肯写，建馆工作会顺利得多。

端木蕻良、王世襄、汪曾祺、黄苗子、郁风、黄宗英、冯亦代、黄永玉、黄宗江、冯其庸、陈原、吴祖光、吴泰昌、苏叔阳、管桦、先生自己，当然还有书画家没提到。我还请张先生、史先生介绍一些。上海黄裳、余秋雨等学者字都很好，也准备求求看，反正为公。如何?

问丁先生好，顺致敬礼。

小友 先国 顿首

一九九五年五月十二日

先生“我不与人争……”什么时候用条幅写给我，以便欣赏。张先生、史先生书写条幅我都有。

范先生：

日前拾得一张《钱江晚报》，有先生一篇《猜猜看》，看了几遍，很好玩。想起三月到京，张（中行）先生说的一句话“范老写得少，一写就精彩”。今天又收到先生寄来的《卖书买书》，写一封信，一并感谢。

先生送我《曹聚仁杂文集》，读了，觉得容易懂道理又说得清，于我辈基础差而好读书的小学生大受鼓舞。我边读边想着先生“曹聚仁杂文，和鲁迅各有特色”的话，似有同感。近来还读了季羡林、舒芜，林语堂的《中国人》；余秋雨散文读不厌。上海《文汇报》刘绪源文章也很不错，《解读周作人》能见他的学养。刘绪源也极力推崇张中行先生，说《古代散文选》编写得特好，我也在用力，只是因前些年营养不良、贫血造成记忆衰退过快，而加大了读书理解的难度。

《猜猜看》我的理解是，漫画作于九一年，此时文化出版事业受到精神污染，“老范”是出经典的，痛恨文化垃圾，赶快抱着他的经典免遭污染。而钤于“老范”左脚上方的“方成”□□印，是方成先生谦虚，把自己看得很小，并也不愿与流俗为伍，“老范”要远离文化垃圾，不妨带着我方成，用脚踢出来也好。方成先生若见到以上这段话，我想不会很反对吧。

江西水灾严重，进贤有十多万人颗粒无收，我们都尽力支援，到灾区会流泪。先生腿伤不知如何，问丁先生好。

敬颂大安。

小友 先国 拜上

一九九五年八月二日

范先生：

上半年碰巧读到《猜猜看》，觉得有趣，便给先生去一信。一晃半年过去，其间未通音问，又近岁尾，因此非常（想）念先生。我还知道，先生腿伤仍未完全康复，大概与年龄和生活节奏过快有关吧。

今年我参加上海“东方书林”买书，但多不如人意，报上说有卖的而常脱销。有小书店卖合意的书，寄钱去也碰到这类事。求《雍庐书话》寄二十块钱却无音信，此后又没留底，地址都忘了。而真正的读书人又太好，钱寄去书寄来还退钱。看来读书也真的要天时地利人和。读书人的心境常常一致，先生写的《感念》，谈到出版社的标记，引起同好的极大兴趣，三联的标记我也经常看得入神。我在上海《报刊文摘》剪得《范用、汪曾祺像赞》，知有一本《我画你写》，没见到何处做书刊广告。还有《回忆中华书局》《商务印书馆九十年》等文献性书籍，都买不到。若先生方便，或告我，或请人寄我，我当按地址寄书款及邮资。北京、上海、南京等文化昌盛之地，是读书人的福气，我真羡慕。

《我爱穆源》再版并加美文五篇，我想购十册分赠我的上级及下属。先打个招呼，设法明年拜谒先生时带回，如何？寄丑像一张，存念。“求鼎斋”史树青题，“扬范书屋”张中行题，工作之余，不参与任何活动，一心读书，写字在这二室。

江西钩织线鞋成风，我妻荀平霞为人钩了一些，选二双寄先生和丁先生，说室内可踏脚。寄上，恳请笑纳。

祝愿先生、丁先生愉快。

小友 先国 拜

一九九五年十二月十八日

范先生：

三联版《我爱穆源》及丁聪签名本《我画你写——文化人肖像集》，还有贺卡，我读了，欣赏了好多次，珍藏着。我让十四岁的儿子反复读先生美文，我问他读了《买书结缘》有什么感想，说明白我要他读该文的用意。我说真的明白就好。《我画你写》让我爱不释手，是长知识的好书，作跋语云“图文并茂，情景交融，斯册在手，其乐无穷”。邵燕祥先生写在读书报上的《小学生范用》一文有分量，尤其最后那句话，不知有几位教育长官读了并且懂了。

我请张中行先生求启功先生题写“进贤博物馆”已成，计划四月北上，届时又能见到先生。张先生还答应为我们撰一副长联，打算刻于花岗岩门柱上，与启先生匾牌相映，想好看。张先生著作我认为可以反复读，融文史哲为一体，写得深入浅出，编写的《古代散文选》教育效果也特别好，真是奇人。我还认为，柯灵文章极有积极意义，可是社会上真正读好书的不多，我生活的地方就是一块文化沙漠，实在不容易找到可以神交的朋友，因此只好天天到书刊报纸中去找。别人问我读书有什么用，真不知如何回答。

祝先生愉快，并问丁先生好。

小学生朋友 先国 再拜

一九九六年三月十日

范先生：

每年能到北京见先生一面，十分高兴。张中行先生为我县撰并书联一副，抄告先生：

进吾往也青史标名文信国

贤思齐焉碧湖遁迹戴叔伦

对联从《论语》取二短句，嵌入“进”“贤”二字，又把与我县有关的两个历史人物放进去，史树青先生极力夸赞“好极了！”回来后，我为建馆的事在奔忙，只是没什么进展，我想与地方读书风气不浓有关吧。

在北京中国书店（东单、京味书楼、琉璃厂门市），我购了三十册书，真是好极了。光香港三联版就有十多册，全部初版，降价。如柯灵、郁风、黄蒙田、老舍、凤子等，我都相当喜欢；只是一本《太阳下的风景》被另一读者抢去，遗憾。我就是两年不出门，也有书读。还买了《归有光散文》，《牛棚日记》我最近读了，也很有感触。《吴小如戏曲文录》也相当好，真有见识。读书也好玩，安徽一朋友还为我复印了姜德明先生的《书梦录》，并寄来三大本《西方美学家评传》，让我到上面找知音。我天天对别人谈到读书，谈可敬的学人，别人说我走火入魔，可我没有什么长进，有点遗憾。以上废话，先生原谅。匆匆问

夏安

先国　百拜敬上

一九九六年六月廿二日

范先生：

送书一套，感激之情，无以言表。

到《文汇报·笔会》找先生的文字，总觉得幽默得有味，如看丰子恺的漫画，不忍释手。我真盼望先生结集出版。

我工作之余，全力投身读书、练字，有感想时，也写稿，虽呕心沥血，却不怎么见效。寄两篇先生看看并乞教诲，如有可能介绍去某报献丑，只望换两本好书来读，别无他求。

中央开会抓精神文明，我县博物馆建设也要启动，明年春夏可能又有机（会）进京，我很快又可以见到先生，又可以到琉璃厂找书了。我期待着。特此敬颂

大安（问丁先生好）

小友 先国 再拜

一九九六年十一月廿五日

范先生：

舒芜、朱正的书收到，已读一过。以往读舒芜先生的文学评论，觉得他研究鲁迅与周作人的文字有趣。最近我还读了韩小蕙的《体验自卑》，很佩服这位中年女性作家。还有中央编译版几册中青年作家写的东西，我也认真读过。先生去年秋天送我的北京版《书话》八册，以前读过西谛、孙犁、黄裳一部分，这次全面过目，觉得有新趣味。如读郑振铎谈与书的感情，使我想起李清照的《金石录后序》，唐弢《在民族化的道路上》一篇文章的内容就让人十分受益，况且八位大家的文字都相当优美。因追慕先生等京华一批学人，我对文化的热爱日趋痴迷，每日不知疲倦地读书写字，确实算得上勤奋。只是我脑壳太木，去至今年也写过四十多篇稿件（90%以上是废稿），投中的好少。仅《中华读书报》一年内，我接连投了三十篇废稿，现在还不死心。有的编辑说用的也不见刊出。

去年底至今年初，我没有收到先生自己动手做的贺年卡，先生给我补一张。另外，先生什么时候动手设计藏书票，给我画一张好不？这有趣味、文雅。我不知如何感激先生，希望每年能见一次面就好。我又在设法进京。

问丁先生好并颂

大安

先国 顿首谨呈

一九九七年五月一日

翁仰刚

范用同志：

你好！

来信敬悉，你太客气了！我流出火花，是个分内工作，何况廿余年来，承各地老同志和广大爱好者的大力支持，我个人爱好兴趣，也是不减当年呀！其中你给了我帮助，也要表示感谢才好。

我有个想法。由于大量的火花爱好者收集它、熟悉它，而主产品火柴，反而几乎被这个火花影响淹没啰！为了避免引起“喧宾夺主”“柴花倒置”，我想请几位老同志，为主（火）柴产品，对人民的作用和对国家的贡献写写诗，你的字体，别具一格！想请你依下面内容，思构诗稿，写几张，主要突出火柴产品的作用。当然也可适当联系我们火花的优美和广大人民的喜爱等等方面，你写好后寄我，我再请人裱一下，希望你一定答应吧？等你来信，即寄上宣纸，时间依你为准。

南方气候转暖了，请到厂里来玩，南京亲家也在想念着。

书《水浒》120回有人文的，不知那里能要到吧？如果方便，请帮我要一套，有麻烦，即作罢。

便中请给回信，祝你

工作愉快！

翁仰刚

七七．二．廿六敬上

范用同志：

你好！

来信收到，十分高兴！年久不通信，一直牵记着！

我依然在厂，身体一直很好，谢谢关切。

过去，曾有过一段到处托人买书的历史，尤其感谢你的大力帮助，寄来了质量好的书，记得你不收我书款，真感到愧疚！这部120回《水浒》，是否我托的，已记不起了！也可能是我委托的，请你寄我就是，我的地点，已在信纸信封上了，也可以寄到火柴厂我收，不会丢失的。

我是研制火柴质量、降低成本、改革设备和生产火柴工艺的技职人员，虽然已连续干了五十二个年头了，但仍然有不少的事要做。在以后经济开放的大潮中，优胜劣汰下，会对社会进步，起到作用！国家正在朝这方向前进中。

火花，目前虽不在正点上，但我也将尽绵力，继续下去，以便有一个水落石出的结果！

目前火柴产品供应充足，物价平稳，这是火柴工业一大贡献！建国初期每小盒卖二分，目前仅不过卖五分，对工薪阶层有利无害，是全国最好的一种产品物价政策了！希望有更多的产品进入这个行列。

送你近来找到的几枚老花，望喜欢。祝你
康乐长寿！

翁仰刚

93.3.27

范用同志：

你好！

书早收到，因外出才归，回信来迟，望谅介！

付上书费24，请你一定要收下，否则，于心不安哪！

你在中央任人民出版社总编*多年，对事物了解比较全面，故而这么多高手，围着你转，十分羡慕！但不是人人都能做得到的。

我在基层，从十六岁进厂做火柴迄今，已52年了，虽经奋发努力工作，（但）成绩平平。平时依（以）火柴质量、成本为中心，约有1/3时间，与工人一样参加操作。所不同的是，要解决中心问题时，采取技术组织措施，促使实现，各种原料配料试验，改进设备画图，还要不断研究出适合市场好销的中高档火柴，因长期工作关系，尚算顺手。

火花活动，是属于业余爱好，是由中轻部长来江苏作报告开始的，以后，省委、市委都支持，转瞬也39年了！我经手办的二百余枚火花，全部是投入火柴生产的，正利用自编《柴花信流》，逐步整理后刊出，今将十期送你笑阅。

祝你

长寿！

老友 翁仰刚

93.5.8

* 范用曾任人民出版社副社长。——编注

范用同志：

你好！

来信收到，谢谢你的帮忙购书。不过我一时提不出书名了，因为我几乎半生中喜读小说，占去了很大一部分时间，这个习惯一直没有改变！但我另一个爱好是火花，这些占去了我全部的业余时间。书是要购的，但暂时缓一缓好吗？

我想有一事请你帮忙，不知行不？就是火花问题。因近年来，出不少的不生产火柴的火花，致火花活动大受影响，很多人暂停搜集。为此，想找一份有彩色报刊，刊出一些生产过火柴的火花，能为这个有益于心身健康的火花收集，再振雄风！我提供一些火花作图样，我无别的可酬谢给报刊朋友，存有一些老花相送。如果能刊出，也可不用我的名字，用记者的名字也行。总之，可以随报刊的朋友安排，不知这样可否行得通？我个人什么也不需要，仅是为火花打打鞭（边）鼓而已。

你如事忙，请介绍有此条件的朋友给我也行，总之，想仰仗你的大力了。

先送你 1947 年南京建立火柴厂首先使用的火柴商标中标、卷标、小标各一枚首都牌参考（原版），祝你

夏安！

翁仰刚

93.6.16

范用先生：

你好！

寄来由吴祖光先生和新凤霞女士合画送你的（画）做成贺年卡送我，令我眼目一亮！许多朋友送来的贺年卡中，你的最别具一格，我将十分珍惜地收藏好！深深表示感谢！

我除了做火柴之外，别无所长，近几年接受省厅调查省内老厂老花，跑遍省内各地。家乡各地建设，很不错！上了不少乡镇

工业，原先的农田上，建了很多农民住宅，每幢少则十万元，讲究一点的上几十万元哩，比城里人强多了！不过，仍有很多地方很落后，经济不发达！我看须要有很长的时间认真对待，才能变化脱贫哪！

我们火柴上所用的木料，在林学院的扶持下，在泗阳、沭阳、阜阳等县，开发种植了在盐碱上生长的意大利品种速生杨。自1973年到今天，每年已能生产十万立方米的木材，足够全省火柴产品三万立方米应用，改变了江苏历来无林产的历史，是个扶农措施之一。

今天无别的，一来向你问候，祝你健康长寿，二来送你几枚老花欣赏，望喜欢！感谢你三十多年的指点和鼓励，你在中央工作多年，仍不忘家乡建设和友情，尤其是你的字体风格独具，令人向往，祝你一切顺意

康乐！

翁仰刚

94.12.29

附《柴花信流》十一期，请指教。

吴步乃

范用先生：

因常读您的文章和听朋友的谈论，景仰您的为人，特写上这封信并附寄一份材料，请恕冒昧。

木刻家黄荣灿，应为三联书店同人，过去由于极左思潮的影响，把他划入敌人，当然也排除在三联门外了。

曹健飞的文章曾说是黄主动“提出”将他的新创造出版社与三联合作的，那么就证明黄荣灿有进步要求。至于后来曹氏向总管理处汇报了什么从而撤销分店，那是另一件事。总之，黄并没有辱没三联，而是为三联牺牲了，这是事实。材料请您拨冗看看。

不多奉扰，顺颂

大安！

吴步乃 上

1994.4.9

附：去台木刻家黄荣灿的牺牲经过及生平行迹（吴步乃）

一、黄荣灿的牺牲经过

黄荣灿是40年代知名的木刻家、木刻运动活动家。1945年冬到台湾，活跃在台北文化界，与当地知名作家、画家交往，为光复初期的大陆和台湾美术交流出过力，在创作、美术教育、图书出版、高山族艺术研究及介绍等方面做过一些有益的工作。约在50年代初突然消失，从此音讯杳然。

1993年6月12日，台北市郊六张犁公墓，一群50年代白色恐怖时期政治受难人及死难烈士的遗属，在当年殡葬工人（“土公仔”）的指引下，断续寻找并祭奠死难者的遗骨。此日，冷风湿雨，荒草迷离，更增凄凉。次日，台湾地区政治受难人互助会根据连日实地访查和相关记载（即1991年12月台北李敖出版社翻印的“安全局”机密资料《历年办理×案汇编》一书），在1993年6月13日的台北《中国时报》上公布了被枪决的政治犯161人名单。其中有黄荣灿，列在六张犁公墓第一现场，墓碑上的死亡日期为“41(1952）年11月14日”，距今恰为41周年。

承吕德润、陈炳基先生提供了以上两种重要线索和资料，使我们多年来寻找解答的黄荣灿疑案，终于透过沉黑的历史封锁重现于光天化日之下。

经过仔细查找，从上述“安全局”机密资料上册127—129页及133—134页所载案卷中知道，黄荣灿被牵扯进“吴乃光等叛乱案”和“匪谍张以淮等叛乱案”二案中。

据“案情摘要”透露：吴乃光承认1946年“衔华南分局命来台，与潜匪黄荣灿取得联系”，“阴谋策略与活动方式”是“用不具形式之活动，以影响青年人之思想，使在不知不觉中坠其术中”，“利用教学或个别接触机会，灌输青年学生对政府不满之思想”，等等。据称：吴乃光一案在40（1951）年12月1日由宪兵司令部在屏东侦破后“发现师大副教授黄荣灿涉嫌重大，经逮捕侦讯，供认与吴乃光为同党不讳”。经“国防部”41（1952）年11月27日核定，吴乃光、黄荣灿等4人被处死刑，同年12月6日执行（实际上黄荣灿在11月14日已先期遭枪杀）。台大学生张以淮等6人则在1953年6月9日被判处“感化”。显然，杀害黄荣灿是为了恫吓台大6学生，逼其招供（案由中亦有透露）。

明显加诸黄荣灿个人的“罪名”有5项：①“早于28（1939）年参加匪帮外围组织‘木刻协会’从事反动宣传”；②“34（1945）年冬潜来台，充任《人民导报》画刊《南虹》主编及新创造出版社社长与台湾省师范学院讲师等职，假文化工作为名而作反动宣传之实”；③“利用教学或个别接触机会，灌输青年学生对政府不满之思想……使参加合法社团活动，而从事幕后掌握运用”；④“以创造出版社为掩护，推销港沪贩来之反动书刊……作为文化宣传之据点”；⑤“以赴山地考察山胞艺术为名，调查山地同胞生活状况、人口风俗习惯及地形等，以供进行山地工作之参考”。

以上这5项，都是有益的文化活动，根本构不成犯罪，但是，当局为了扩大“整肃”成果，邀功讨赏，诬陷夸大，又制造了台大6学生案，并以此进一步证实黄荣灿等的罪名。

这一《机密资料》的公开，确定了黄荣灿是政治受难者的身份。以往许多无根据的传闻、流言、不实之词，现在都可得到完全澄清。

二、黄荣灿的生平行迹

大陆有关黄荣灿生平的记载见于《抗战八年木刻选集·作者简叙》《桂林抗战文艺辞典》《中国新兴版画50年·作者介绍》。但上引三本书中有关条目都很简略和有需要订正之处。现将截至目前所了解到的黄荣灿的生平行迹试拟如下文，敬请批评指正，并向所有提供资料和证言的海内外朋友致以谢意。（名讳敬略）

黄荣灿，笔名力军、黄原、黄牛等，1916年生，四川重庆人。抗日战争初期毕业于四川西南艺术职业学校，在校时就热心木运，组织木刻研究会，举办木刻壁报及习作展。约在1938年又在昆明的国立艺专学习，组织“木刻习作社”，会员60—70

人，投身抗日救亡宣传。大概在1938—41年，经广州到达广西柳州，任龙城中学美术教师。1939年参加中华全国木刻界抗敌协会。1942年，加入当时驻在柳州的剧宣5队（即三厅所属演剧5队），参加慰问湘桂铁路职工的活动。收入《抗战八年木刻选集》的《修铁道》即是根据此行印象而作。1942年春，长沙会战，黄荣灿赶往湘北前线写生，同年3月17日在柳州柳侯公园举行"前线写生画展"，当时的《柳州日报》曾为此出版专辑。1943年5月，黄荣灿被选为中国木刻研究会（总会在重庆）的桂区理事，柳州地区木研会负责人。1941—43年，兼任《柳州日报》副刊《草原》木艺版主编。黄荣灿在《草原》上发表的木刻作品有《高尔基》《开夜车》《时话：我等着你说的日子》《同志们，前进》《船夫》《劳工》《收获》《战争与和平》等，并开始使用"力军"这一笔名。发表的文章则有《木刻创作技巧》（连载）、《全国木刻展览会柳州区展出报告》《克拉甫琴柯——革命浪漫主义版画作家》等。先后参加全国木刻十年纪念展、1942年第一届双十全国木刻展、抗战画展，主办木研会与西南木艺合作社联合木刻展、街头木展，主编《木刻文献》。1943年5月，又发起成立"中国木刻用品合作工厂（总厂设在福建赤石）西南分厂"。柳州时期的戏剧、音乐界朋友至今仍对黄荣灿葆有良好印象，认为他热情、真诚、追求进步。

由于剧宣队是一演出团体，美术工作服务于舞台，可能因此原因离开5队，1944年到广西宜山柳庆师范任教，教授木刻、雕塑、工艺，还为宜山县政府竖立街头宣传栏，定期出版画报。1944年6月，日寇进攻湘桂，黄荣灿经贵州回重庆。

1945年双十节，在重庆与友人陈烟桥、梁永泰、陆田、王树艺、汪刃锋、王琦、丁正献、刘岘举行九人木刻联展，此展后又移到延安展出。

抗日战争结束后不久，黄荣灿即飞往上海。以上海广东路290号大刚报4楼为办公地点（见1945年上海《月刊》杂志）。黄荣灿曾向上海美术界作《抗战中的木刻运动》讲演，他首先谈到延安木刻家古元、彦涵、胡一川的作品，认为“他们生活在人民之间，忠诚地服务于人民大众”。曾举《减租》《哥哥的假期》《结婚登记》《当敌人搜山的时候》《破坏敌后交通》等作品加以说明。他的讲演全文及木刻《建设》《秋收》与用黄牛笔名发表的《走出伊甸园》均见于《月刊》。1945年冬，参加教育部举办的赴台教师招聘团考试录用，又参加一记者访问团由南京经香港（在港举行个展）到达台北。所以《抗战八年木刻选集·作者简叙》中才有“性好动，善适应环境，热心木运，富有组织力”这样的评语。

到台北后，即以“《大刚报》台湾特派员”身份广泛结交台湾和日侨中美术界、文学界的朋友。“每天去长官公署下设教育处上班”，“平日总在外面活动，在家时就画画、写文章”。黄荣灿有日本式平房住宅一处，是台湾警总、台北市立交响乐团中校军官（中共党员）李凌接收来的，原拟给马思聪全家住，“因黄荣灿说打算辞去教育处的差事自己做生意，要去了这所房子”（地点在原桦山北路北门町一带）。黄与雷石榆、曹健飞夫妇等合住。吴乃光、吴忠瀚、戴英浪、田汉、安娥夫妇来台北时都曾住在这里。台湾作家杨逵、吕赫若，大陆戏剧家欧阳予倩、方萤，木刻家朱鸣冈、汪刃锋、章西厓、刘仑、麦杆、黄永玉等到台时，都曾到此做客或住宿。黄被称为大陆画家与本地画家间交往的一座“桥”。先后接待了新中国艺术剧社、马思聪、中国演出公司等来台的大陆文艺团体，恪尽地主之谊。曾担任《人民导报》（宋斐如烈士主办）的《南虹》画刊主编。与《大明晚报》主编马锐筹（？—1952）同访日本诗人、在台日侨“创作版画会”创始人西川满，商谈中日版画交流事宜。

1946年3月，日侨撤离时，与马锐筹等人合股（共四股，每股100元）400元订下日本友人开设的“东都书籍株式会社台湾分社”铺面及2楼，改名“新创造出版社”，经营旧书，店址也在北门町一带，即今忠孝东路一段，中山南路口。以新创造出版社名义出版的有《中国歌曲集》《新木刻选集》《新创造》杂志及一本台北交响乐团团刊。《中国歌曲集》曾由广播电台播放。黄荣灿还与日本版画家、台大留用教师立石铁臣合作，制订宏大的出版计划，甚至准备出版“左联丛书”。还曾拟订举办“文化沙龙”计划，购进一批珂勒惠支版画铜锌版，打算印书。新创造出版社书店门市部店员有宫田之助、莫玉林及一本地青年（忘其名）。1946年7月，李凌离台返香港，与三联（生活·读书·新知）书店总管理处负责人黄洛峰（1908—1980）商量，促成二黄合作，将书店改为三联书店的台湾分店，仍用新创造出版社的牌子为掩护，经营沪港版进步新书刊。1947年1月总管理处派黄荣灿、曹健飞（化名曹泽云）同任经理（具体由曹健飞夫妇负责经营）。书店常受宪兵、特务注意，询问老板来历，并要老板去宪兵司令部谈话（未去），宪兵对出售胡风著作亦很注意。同年11月，总店突通知撤销分店，书店亏折20万元，黄荣灿负担10万元，无力偿还，只好卖去唯一值钱的保险柜顶账。

1947年二二八事件突然爆发后，“黄荣灿却骑一辆破自行车四处乱跑，说是来通知朋友们不要外出，因此怀疑黄负有监视左翼人士的特别任务”。当时新中国艺术剧社正好在台北，一度受到群众包围，黄荣灿去他们下榻的旅馆照料数天不归，更增加人们对他的怀疑。事变后不久，黄荣灿就悄悄地创作了木刻《恐怖的检查——台湾二二八事件》，并在 1947 年 3 月 13 日佩“警总”证章乘“台南号”轮往上海，在 1947 年 4 月 28 日的上海《文汇报·笔会》副刊上以“力军”笔名发表。黄荣灿去上海时恰与同船逃往上海的记者周青邂逅，周青因见黄佩戴“警备总部”徽章大为惊吓，认定黄为特务无疑（见《沉尸流亡二二八》144 页）。因此，黄荣灿既被认为与军方、特务往来，本人政治上也是不可靠的。所以，左翼朋友间的聚会从不邀黄荣灿参加。1948 年 8 月，当一批旅台木刻家（甚至包括某些没有什么色彩的画家）相继被中共地下党员通知撤离台湾时，黄荣灿未被通知撤离，遂留在台湾。

新创造出版社书店停业后，房子与住宅也都易了主。

1948 年，黄荣灿在台湾南部外岛——兰屿岛（即火烧岛）雅美族地区写生考察，大病而归。在台北是借住在幸町台大雷石榆的家中养病。后来又再次去兰屿，完成考察和搜集工作，是第一位去兰屿的美术拓荒者。当时，当局惧怕建立游击根据地，便有禁令：去山区和外岛需办理进山出海证。黄进出山地事遂又受到官方和左翼人士各从不同政治角度的怀疑。黄荣灿是台湾高山族美术最早的研究者和介绍者，他不仅向来访的刘仑推荐过高山族木雕，而且准备出版高山族木雕集，写有《台湾高山族的艺术》一文在 1948 年 8 期的天津《综艺》半月刊上发表，自己也刻过高山族题材的木刻（台湾画家王建柱藏）。据曾在蔡瑞月开办的舞蹈训练班习舞的田野说，黄荣灿就寄住在舞厅里，墙上挂满了他搜集的木雕，采自兰屿的兰花及所作写生、创作稿。又说台籍画家蓝荫鼎曾来看过，认为很好，曾建议展出。黄荣灿曾对学生秦松说，他到兰屿了解“土人”捉鸟扑鱼，在怒海惊涛中搏斗，认为他们是世上最美的，也是世上最苦的，并形成对艺术、人生的新思考，用火般炽热的色彩、情感，画一大队火把……

1946 年元旦，黄荣灿到台北后不久，就举行个人木刻展，以后在《新生报》等报刊上发表木刻方面的文章，还和朱鸣冈同办了一期木刻讲习班和展览会。由于当地艺术风气是重油画和日本画，轻视木刻，黄荣灿的创作也渐渐以水彩、油画为多，但都散失。目前见于著录的，只有一幅《拜拜图》（“拜拜”即祭祀活动），参加 1948 年的省展，另有一幅油画描写一青年受伤军人与女护士在抗日战场相逢。1948 年 9 月，经朱鸣冈转荐、校方同意后，黄荣灿担任台湾省师范学院艺术系讲师，教授水彩、木刻和素描，在台湾迎接中国的大变局。

黄荣灿在 1949 年以后的情况，目前所知尚少。

黄荣灿后迁往师大第 6 宿舍（苏雪林、孙多慈等也都住在这里），白色恐怖时期，与同系教师朱德群、林圣扬、马白水、赵春翔五人结为“联保连座”关系。黄荣灿用黄原笔名或本名在各报刊及《中央日报》副刊《中央周刊》上写美术专栏，系统介绍西方历代艺术。副刊停办后，1950 年乃在中山堂展出历年所搜集的世界艺术图片，尤其是现代诸流派的，受到美术界的欢迎。1950 年 12 月，在何铁华（即来大陆展出的“铁花禅”，已在美病故）创办的《新艺术》杂志上连续发表文章和讲话，主张“20 世纪新兴艺术”（即现代主义艺术）。1951 年 3 月，发起组织现代美术运动，与李仲生、朱德群、赵春翔、刘狮、林圣扬等联合举办“现代画展”，被认为是台湾早期现代绘画运动的先驱者之一。黄荣灿本人此时的画风介乎立体主义和表现主义之间。这也为黄荣灿后来被害种下祸根。当时，当局视现代主义美术为洪水猛兽，梁中铭就说：现代主义是异道，是唯物史观共产党的邪说，又说毕加索是共产党，步趋毕加索的就是共产党的同路人。黄荣灿后来又成为设在台北博爱路国货公司大楼上的“中国美术协会”常任理事（一说总干事），与胡伟克（曾任厅长、国民党军总政治部副主任、政工干校校长、空军官校校长，1950 年初蒋经国曾授命他派李次白到上海，试探和平条件）、刘狮等共同推动会务，曾筹办了“总动员美展”。开办“美术训练班”于开封街、衡阳路等处。黄荣灿热心教学，为人热诚，特许清寒学生可以工读（因学费每月 45 元，一般学生无法负担）、旁听，还教授蜡染等实用美术。此时，黄荣灿有一弟一妹在台北，并拟与女师一教员结婚。赵春翔曾撞见黄荣灿和妹妹在房内相对流泪，可能已预感到大祸临头。

1951 年 12 月，黄荣灿被宪兵司令部逮捕，1952 年 11 月 14 日以匪谍“叛乱”罪被杀害，遗骨埋在台北六张犁公墓（原名极乐公墓），终年 36 岁。

1991 年 2 月 28 日上午 8 时，台湾劳动党、台湾地区政治受难人互助会、台湾劳动人权协会、夏湖社、人间出版社等 13 单位联合在台北青年公园露天音乐台举行“二二八暨 50 年代白色恐怖牺牲者追思纪念会”。大会海报插图选用的正是黄荣灿的那幅著名木刻《二二八事件》。会上高唱《安息歌》。歌曰：“安息吧，死难的同志，别再为祖国担忧……冬天有凄凉的风，却是春天的摇篮，你流的血照亮的路，我们继续向前走！”

三、调查附记

① 有关三联书店在台湾的情况，请参看 1988 年第 6 期《新文化史料》。该文对黄荣灿很少涉笔，十分遗憾。

② 黄荣灿的木刻《二二八事件》，笔者曾持此画询问过所有与黄荣灿同在台湾甚至包括和黄荣灿同吃同住的朋友，都说不知道或见到黄荣灿曾创作过这样一幅木刻，有的说是“第一次看

到”，有的说“风格不像”。可见黄荣灿是在很隐秘的条件下悄悄创作和发表这幅作品的。1947年3月13日，援军已登陆台湾，镇压开始，社会上充满恐怖气氛。黄荣灿佩戴“警总”证章伪装出境，十分自然。而且在此时刻，在上海及时地发表这样一幅具有揭露和抗议精神的作品，既有突破新闻封锁的意义，也反映出作者道义上的勇气，此行也极富悲壮的传奇色彩。1980年，这幅木刻被收入《中国新兴版画50年》一书，并在“作者简介”中确认力军即黄荣灿，但知之者仍不多。直到1990年春，方由笔者在《思想起黄荣灿》一文中首次将这幅木刻介绍回台湾（见台湾《雄狮美术》1990年7月号），岛内曾多次引用，是唯一关于二二八的美术作品。因此可说，黄荣灿已用自己的行动否定了人们对他政治上的怀疑。

③ 对于黄荣灿政治人格的怀疑，还可参看雷石榆的《我的回忆》（载《新文学史料》1990年第3期），多为猜测之词，本文不加采录。

④ 传闻黄荣灿在狱中的情况及身后，可参看黄铁瑚的文章，载台湾《雄狮美术》1990年12期。本文亦未征引。

⑤ 日本人回忆黄荣灿的文章，请参看西川满：《日据时期台湾创作版画会的始末》一文，载《雄狮美术》1992年8期。立石铁臣《忆台湾诸画友》，只见篇名，未见全文（见《雄狮美术》1980年3期）。

1993年12月20日

（《美术家通讯》1994.3）

范用先生：

收到您经曹健飞先生转来的信并黄荣灿手拓版画，十分感谢！迟复乞谅。

台“安全局”编印的《历年办理 × 案汇编》，两巨册，涉及 4 万人，确为中国知识界的一场浩劫。而搜捕最力的谷正文，也是北大毕业生，曾加入过中共。从现在的情况看，黄荣灿并无组织关系，只是倾向左翼的进步分子，也可能是所谓的“民主个人主义者”“自由主义者”。所以，他行事并不求人知，但却成了左右不能逢源的夹缝人，令人同情。

谢谢您的理解和支持。但黄氏所拓版画在我手里也成了“包袱”，生怕因我而湮灭，那就可惜了。所以，我正在打听美术界是否也有类似“现代文学馆”之类的庋藏、研究组织，以便能妥善保藏。知请特告。

不多奉扰。专此奉复。顺颂

大安！

吴步乃 上

1994.4.27

吴大琨

范用同志：

收到了您们寄来的《寥寥集》和附信，非常感谢。

我因健康不好，去外地疗养了一个时期，回到北京后才看到您们七月份的来信，因信上说的征稿时期已过，我也就没有动手写什么。今天收到您们的来信，才知道还来得及。我译的《大众政治经济学》是1936年在新知出版的，这书对国内的经济界有些影响，后来，我还继续译过《新哲学概论》《莫斯科记》等书在生活出版，这都是四十多年前的事了。当时三个书店的领导人，都是“救亡运动”的领导人，和我都非常熟悉，所以我想写些“回忆录”之类的东西，但这样一来，就要变成是写文章了。我又不太了解香港的环境，不知道适合不适合写这类文字，还是仅仅用钢笔题几个字就可以？

接信请您最好就来一信说明情况和要求。

此致

敬礼！

吴大琨

1978.8.31

吴德铎

范用同志：

别来忽已数月，您到京后，赐寄的书籍都已收到，当时曾奉复，想早已上达。

蒙错爱和支持，港报发表的拙作汇编成册事，港分店已欣然接受，刻已在整理剪报中，因近来工作较多，进度较慢。分店编辑部黄香云同志一再来信催促，然以干扰较多，还需要一段时间，才能交稿，此事全赖您推荐和鼓吹，每念及此，感戴奚似！

文葆兄处，久未去信，深以为歉，见面时请代致意并将上述情况转告。

专此奉恳，并致

敬礼！

吴德铎

七月十七日

范用同志：

七月份曾来一信，当已上达。

职称事，中央已明令暂停。社科院、历史所两级领导，也将更新。这个问题，相信中央会有新规定，只有等新办法下来再说，诸多上烦，感甚！愧甚！

蒙您大力推荐，港三联已决定将我给《新晚报》写的知识性短文汇辑成书。剪报180幅，已于上月寄往（因多是印刷品，上海海关得以顺利通过）。与我联系的是黄香云同志（您是否熟悉？）。此事能成为事实，全靠您的支持，感谢！感谢！

《洪宪纪事诗三种》（上海古籍出版，我标点）日内即将有书，届时当寄呈（一氓同志为此书写了书名）。

近况如何？颇以为念，西风多厉，希珍摄。专此，并请

撰安！

吴德铎

十一月十五日

《读书》每期都收到，谢谢！还请代向有关同志致谢。又及

范用同志：

日前寄上一信，想已收到。

《洪宪纪事诗》已出，寄奉一册，乞哂收。如还有什么人要送，乞示，当补寄。

一氓同志处我已去信道谢，样书已径寄文葆、泰昌等同志处，均已另寄。

近况如何？极念。

《西方社会病》献词中有"提供一点服务的谒诚尝试"一语，不悉原文为何。"谒诚"不悉是否"虔诚"之误（常见语汇中似无"谒诚"之说）。这个意见不一定对，供有关同志参考。

如来上海盼能畅谈。

专此并祝

秋安！

弟 吴德铎

十一月廿日

范用同志：

很久没有通信，想您一切都好！

蒙您向港三联书店推荐的拙作，早已付排，估计开年可以出书。此事完全拜受尊赐，每念及此，实深感荷！

自阿敏来信，借悉本月下旬，阁下将偕阿敏往港举办“傅雷手迹展览”，实一大佳音！此展今后可在内地展出否？原香港《新晚报》社长高学达兄六十年代初，曾托弟代求傅雷手迹，高君珍藏至今。此乃傅雷生平不轻易为人写字！写件似较罕见。如展览有用处，可向高君借用，此事弟早已向高君提出，并曾通知港分店钟焯军君，如有此必要，高君当乐于奉借。

董桥先生来信，国庆曾应邀来京观礼，不悉曾晤及否？

前承面告贵店拟将弟撰写的书话结集成书，此一打算，不悉有无改变？倘仍能考虑，乞示知，当将拙作清理改定后寄奉。

戴文葆同志近况如何？便中乞代道念。希多指教联系。

敬礼！

弟 吴德铎

十一月七日

范用同志：

寄奉各件，想均收到，未荷示复，时以为念。

《花随人圣……》已重印出书，现寄呈一册，乞哂收。

由于您的大力推荐，港三联决定将港报上发表的拙作汇辑成册，今年或许可望出书。届时当奉请教正。

如再来上海，务乞赐知，俾图良晤。

小女现已抵澳，夫婿在堪培拉国立大学图书馆工作。如需该校出版物，当嘱小女通办。

《读书》诸同志，乞代问好。专此，并祝

阖府春节快乐！

吴德铎
一月廿六日

吴德发

范用同志：

唐登眠同志、马子华先生、聂叙伦先生介绍我和您通信，向您学习，向您请教。

我收集了张天虚作品25篇，已抄在稿纸上了。还有剧本《王老爷》及《两个俘虏》《运河的血流》《西线通讯》《玫瑰田畔》等未找到。最后一篇是在《云南民国日报》上，省图书馆残缺，云大图书馆未开馆（修理），其他的，云南的图书馆中未收藏。我已写信和北京图书馆文献参考部张玄浩先生、文化部徐光宵（戈茅）同志联系，请他们帮助查找。徐光宵同志和天虚一起在过□战团，并合写《西线通讯》。《两个俘虏》是一篇小说，二万五千余字，1938年上海杂志公开出版，茅盾在《文艺阵地》一卷8期（1938年8月出版）上写过书评介绍。《运河的血流》，字数不详，1939年桂林出版。我在马子华先生处抄了《铁轮外话》《第二次付排赘言》、郭沫若写的序言及墓志铭，全部共20万字左右。马子华先生收藏有一封信（1941.7.25，去世前半月写的），一些照片，准备翻拍复制。聂叙伦先生处亦有一些照片，准备翻拍复制。

听说您已收集了多年，且在京找到了一本较完整的《铁轮》，取得了很大的成绩，特来向您学习求教，请您支持。我先把目录抄来，待三四月份我能外出参加学术会议时，带着全部稿子来请

您审正。专此布达，即请

体安！

吴德发

1983年1月24日

张天虚作品目录

台儿庄通讯（18/5/1938于台儿庄） 血肉筑成的长城（27/4/1938于台儿庄）《流寇队长》观后（7/3/1939于昆明） 灰色大衣——记何丽生营长（6/3/1939昆明）《凤凰城》演出我见（21/4/1939昆明）《复活》的主题（13/6/1939昆明） 金山寺前风景线（11/6/1939晋宁） 关于《运河的血流》（27/6/1939昆明） 为争取彻底的解放而奋斗（7/7/1939昆明） 果戈理的《巡按》（7/8/1939昆明） 监狱与旅馆——留日断忆之一（10/8/1939昆明） 日本警察的巴掌——留日琐忆之一（21/8/1939昆明） 伪军在前线（28/9/1939昆明） 望寒衣（诗）（4/10/1939昆明） 从这群孩子身上看出中国的将来（23/10/1939昆明） 记叶紫（19/11/1939昆明） 恋战场（诗）（15/12/1939昆明） 忆蒲风（12/3/1939昆明） 雪山道中（《文艺阵地》一卷二期p.58） 火网里（鲁苏皖豫突围记之一，《文艺阵地》一卷七期p.214） 指挥所里（《文艺阵地》三卷一期p.829） 我们的小鬼邓超（《文艺阵地》四卷二期p.1274） 饿——血流之一（《文艺阵地》三卷五期p.963） 堤防（《文学丛报》诞生号，15/4/1936出版） 铁轮外话　第二次付排赘言　两个俘虏　运河的血流　玫瑰田畔共29篇。

吴德发

1983.1.24

吴恩裕

范用同志：

前次晤教，至以为快，乃以琐事奉渎，亦感歉然。兹奉上孔君《瓶湖懋斋记盛的故事》，请阅后掷还。《记盛》原稿下半部终不可得，为遗憾耳。匆匆问好。

弟 吴恩裕

二月一日

此册系陈敏竃同志借抄孔君原件时之录副本，乃以赠裕，故墨色日记云云。另附拙文一篇，其中涉及冠华同志处，发表时均删。因系新材料，附上一阅，请斧正为祷，容日当奉访晤教。又及即日。

恩裕

吴冠中

范用同志：

转来的月刊收到，以前由我院一位进修生代交我的月刊也曾收到，亦系黄先生请您转的，于此一并致谢！

未晤面，但曾听袁运甫同志偶然谈及过您，待有机缘，当来领教。

敬祝

暑安

吴冠中

七月十五日

吴恒武

范用兄：您好！

多时未通讯息，时念近况。据承琬同志来信说，您最近一段时间很少出门，但笔耕不辍，时有文章在《新民》《文汇》刊发，“煞是好看”，可惜我看不着，徒唤奈何。

《艺术百家》编务我已辞去，因年迈体衰，无力应付，现在家读读闲书，聊以消遣耳。前些时镇江友人来信称，丁聪先生可能要在镇开画展，兄亦将伴丁返乡，不知后来成行否？

最近上海人民艺术剧院一老友偕夫人专门到南京来看我，在舍间小住数日，晤谈甚快。我向他推荐你的《我爱穆源》，谁料他一翻开就不肯释卷，最后硬要把我藏有的两册分给他一册，只好从命。可是后来我发现，这两本书内容并不完全一样，他拿去的是增订本，其中有的文章是三联版所缺者，如《沙老师》，而这篇文章对我特别重要，除了沙是我的老友，上面还有当年民众剧社活动资料，弥足珍贵。兄如果家中还有多余的增订本，可否再赐我一册？

近读上海《文汇读书周报》刊出的新版图书广告，三联过去所出的绀弩同志杂文集已再版出书，我很久以来就想得到他的《散宜生诗选》及另一本旧体诗集，多方托人搜寻无着，你是局内人，如有该书再版消息，盼随时告我。

我患双肾结石，属多发性，曾于八十年代做过两次手术，今又出现新石头，且一侧积水严重，近期可能要住院再行手术，顺告。

暇时盼示近况。即颂

撰安

并向您和嫂夫人拜个早年！

吴恒武 敬上

96.12.25

吴甲丰

范用同志：

月前承约撰写关于印象派绘画的小册子，我早已动手。唯我笔下不快，恐须于今年底（十二月底）才能完稿。

谈绘画的书，一章插图都没有，恐怕不行，作此种小册子也不宜多置图版。我初步想法：可附一二幅彩色图版，并于文字页中插入一些单色图片，择其至关紧要者。此种图片仅供阅读参考，不供“欣赏”。

另外，我的文章中“附话”较多——这大概在编辑技术上没有什么困难。

今日奉访未遇，留此便函！以代面谈。即诵

撰祺

吴甲丰 写

十月四日

范用同志：

现送上拙著《画廊中的思考》一册，稿件（拟投《读书》）一份，请查收。

我近应“全国助学工作中心”之邀，参加一次旅游（“长江行”）；本月二十四日晨乘飞机到重庆，略事休息，即乘“旅游艇”溯江东下，沿途游山玩水，信可乐也。

约十一月中旬返京。行前未及来辞行，亦无法参加二十五日的“读书服务”而与诸同志晤谈，为歉！

《现代主义小议》一文，系读袁可嘉同志谈“现代派”一文后有触而发。看法请参阅原稿。此文与《现实主义小议》同一格调，有感而发。“实有不能已于言者”。二十余年来，许多人动辄“批判”，即对于“批判对象”实一无所知，你若指出，就有人为之辩护曰：“× 同志立场是正确的！”我真不信信口胡说之徒能做到“立场正确”。可嘉之文，态度比较严肃，拙稿借题发挥，对于有一位无名“左徒”（署名理迪）有所指责。《读书》可谓广开言路，但过去亦微有不足：一为“怕得罪人”，二为“怕引起争论”（《读书》篇幅不多，此自可谅解）。拙稿或仍有些问题，我冒昧建议：“得罪人”由我负责；若有来稿“争论”，不妨转给《文艺报》，因为对于“现代主义”的“讨论”是他们发起的。此信可请《读书》诸同志一阅，都是友好，直言无讳也。

以往曾非正式谈及三联允为我出一文集（《西方绘画的再认识》？），今积稿已三篇，字数达十余万（其中二篇将在期刊发表）。年内拟再写一篇长稿，或可全部交稿。唯“兹事体大”，容后面商。

匆此　即颂

大安！

吴甲丰

10.23

此次旅行同游者多为山水老画师，郁风、苗子、永玉、冠中均因故未能应邀，未免美中不足。幸亏还有一个李泽厚，可与“论道”。

范用同志：

贺年片已收到，并读旁附教言，虽三言两语而快如晤面，甚慰。

我自1985年秋迁入新居以来，起居安适，唯地点偏僻，与友好渐疏往来，大有“离群索居”之感，此事惜耳。

三联书店于1979—80年间出版之“文化知识丛书”（并无此名，指由吕叔湘等诸公撰写包括拙著的那五六册书），无疑很受读者（尤其是青年）欢迎，因其深入浅出，读之可获得许多文化知识。即以拙著《印象派的再认识》而论，亦甚得青年读者好评，甚至常有人来信致意。（外交部有一位女青年名李君者，担任翻译工作，数年前购得拙著，即为吸引而耽读。后出国访问，在巴黎饱看印象派绘画原作，与我书中所言一一“印证”，竟处处应合，甚感惊讶。去年由三联转来一信致意，我去信后即来拜访，畅谈她在国外对于艺术文物的观感，并放映幻灯。她本来以为我这个“大专家”常出国“考察”，及知我未出国门一步，则感喟不已。此种“轶事”，可入《聊斋》，亦出版界之“佳话”欤？）

这套丛书大概已近脱销——去年听董秀玉同志说，《印象派》已卖光。据此境况，三联是否能将这五六册书及时再版？若再版即做一点广告宣传，定加再次畅销。这一建议，请兄及三联诸君子加以考虑！

《文汇月刊》今年第二期，载刘再复、刘绪源所写一文，甚佳，其中斥姚雪垠一段，如同探春打老婆子（王善保家的）一个巴掌，尤为快意。前数日，美协春节联欢会上逢华君武，谈起此文，他对“斥姚”一段亦甚欣赏。

余不赘，专此即颂

近祺

吴甲丰

3.3

范用同志：

《二十一世纪》第十二期（今年八月号）一册，仍托冯统一、吴彬同志奉还。这期《二十一世纪》我终于收到了——共两册，是该社编辑部补寄的。据他们来信说，八月份本已寄我两册，但我都没有收到。这种“收不到”的情况，真是奇哉怪也，咎在海关？在邮局？都无从查究，正如流行歌曲所唱：“不知道！不知道！”

《二十一世纪》（十月号）最近一期倒也收到了，并且在《三边互动》栏中还有一点对拙文的回响，这对我是最大的安慰。

近数月来，经济大潮奔腾澎湃，见面说“发财”“创收”。大概中国要闯出一条路来，又非经过一次“大潮”不可，但这时期的“文化空气”也太稀薄了，令人闷闷。专此即颂

健安！

吴甲丰 寄

1992.11.1

范用同志：

昨晚来电话，匆匆未及详谈，为憾。

我在去年国庆节赴南京旅游，因过于劳累，竟得脑血栓之疾（不很严重），现几乎痊愈。但不料我从前得过神经官能症今又复发，神经官能症包括恐惧症、忧郁症、焦虑症。

我现在怕看电视剧中恐怖、残酷（如对人残杀）的镜头，怕看报刊上残酷的信息，甚至怕听与人谈话时听到的残酷的传言（如“文革”时期有些残杀人的事情）；听到就反应强烈，惶惶不可终日。此之谓“恐惧症”。我因年高体弱，对诸事不感兴趣，觉得人生短促，除了空忙与残杀外，都无多少好事，因此对人生感到空幻失望，此之谓“忧郁症”。遇事爱焦虑着急，此之谓“焦虑症”。

现在我三症并发，真是苦恼之极。其实，人人都常在电视中看到残酷的镜头，听到残酷的传闻，大多泰然置之，或虽起初稍觉难受，但过后亦不放在心上，只有我特别敏感而久久不能释然于怀，这不知究竟是什么原因呢？我现在也服药（大多是镇静药），主要还要靠心理调节。你倘有什么好方法（或友人中患过此病而竟得治愈），并请见告。

你的新改电话号，务请见告，我们在电话中亦可将上述情况交换些意见。我毕竟还抱着一线希望，盼上述病症得到治愈，重新做一个快快乐乐的人。不多谈了，专此即颂

大安

吴甲丰 寄

2月17日

吴钧陶

范用同志：

恕我冒昧地写信给你。我接到叶君健同志的信，说我的汉译英的诗稿向香港刊物投送的事可以直接和你联系，并说我以前寄给他的几篇译诗已经交给你了。因此，我想了解一下比较详细的情况。不知译稿送交了哪个刊物？他们是否继续需要？我译了鲁迅先生全部旧体诗四十多首，译了杜甫诗六十多首，并且仍在译下去，如果合乎要求，他们可否陆续刊载？出单行本是什么手续？我可否分批修改寄给你转去？

方重先生译陶渊明诗据知也请你转寄了，不知你可有信给他了？如要我转可以照办。

我在上海译文出版社第一编辑室工作，我们社领导方学武同志说认识你，另一位同事郑逸良同志也说和你同事过。我们社前身是上海人民出版社编译室，人员是从上海各出版社抽调来的，主要是原上海人文和上海人民的人，想来你认识我们中的一些人吧？

香港刊物还需要哪些稿子？*Eastern Horizon* 我已看到一本。*Monsoon* 不知是否文艺性质的？*Tour and Trade* 是怎样的刊物？中文的稿件，比如论李贺，是否也需要？

可能今后经常要麻烦你，在此谨致谢意！

敬礼！

吴钧陶 敬上

1978.9.13 夜

吴茂华

尊敬的范用先生：

先生文章，天下共识。文格人品，尽在其中，令我后辈，敬仰十分。

先生老一辈文化人，人生经历几与中国现当代复杂社会历史同步，曾经沧海后，当有许多人事化为笔底波澜。正如先生《细说姓名》一文，流水平白，款款而述，却谈言微中，内涵丰富，自别一般浅俗之作。《龙门阵》为文史民俗刊物，某些载文从事实层面同样可彰善贬恶。先生可否继续赐稿以辉本刊，我刊同仁企盼先生实文，有厚望焉！

谨颂

健康长寿　笔力永健

《龙门阵》杂志社 吴茂华 敬上

94.7.26

又：我家先生流沙河问候先生安好。

尊敬的范用先生：

意外地收到您寄来的《我爱穆源》一书。灯下捧读之时，时光流转，我同您一道回到您的母校与童年。先生历经世事，看够了多少云飞云卷，花开花落，居然心性不粗砺，童心一颗，且如此绵软，与您可爱的许双，老小相映。这真是人性之美善。自五十年代起，我们的青少年、儿童教育中，少有过和平、善良、美的教育熏陶，在阶级仇恨、斗争哲学中培养长大的人，是不容易产生那样纯美感情的。您的这本书，我留着给更年轻的一代读。

从报刊上常见到您的文章，从吕恩大姐处知您的腿痊愈。小许双文中说您走路快。请千万注意慢一点，不能再跌一跤了。“老生代”于文化界太重要了。

承您热情引荐，吕恩大姐的文章已多次刊载《龙》刊。她来过成都，我们都喜欢她。

如有兴趣和精力，请为《龙》刊写一些有意思的实文。谢谢。

谨颂

安康

吴茂华

96.2.1 日

又：奉上写沙河拙文一篇，仅供一哂。

吴孟明

范用、王世襄老伯尊前：

遵郑超老之嘱，现将葛康俞表姑父的遗稿《据几曾看》由快件专递寄上，乞查收。此次表姑父的遗稿得以顺利出版，多赖二老鼎力襄助，晚及孟曾、季曾表弟等均不胜感激。郑超老亦此深表谢意。据孟曾弟云及世襄老伯亦葛康俞表姑父在重庆时的旧友，如此则更增一层意义了。

康俞父一生清苦，抗战时为尤甚。舅祖陈仲甫公在入川及在江津时，对他一家甚关注，葛康俞对妻舅仲甫公，亦备极尊重，时往看望。盖葛康俞之父葛温仲及乃舅邓以蛰、邓仲纯均仲甫公早年及在日本时之旧友也。抗战军兴，我与祖母（仲甫公的大姊）同船入川，在江津时一大家口都住在一起，后去江津对岸（德感坝）国立九中读书，又与葛康俞同住一屋，二家为至亲，故此次遗稿，由我代寄，我已通知在北京工作的葛孟曾表弟，他当专程前来拜谒。

专此　即候

安康！

晚 吴孟明 拜上

6.6

吴其敏

范用先生：

您好，年前港中一晤，至今仍忆春风。不知何日始能再领教益也。弟退休家居已一年，毫无寸进，愧对故人。前承由三联特赐各刊物，皆经收到。近又直接寄来舍下，计已收到《新华文摘》第八、十两期，《读书》第九、十一两期。感激万分。借此研读两刊佳篇，良多受益。特此驰函道念，并申谢悃。草草即候

钧安

弟 其敏 敬上

十一月廿三日

仕芬大姐：

萧乾先生之稿已全文阅读。本以为必有好多章节，拟从后面选摘若干，独立发表，争在《人民日报》之前，以免被视为“转载”，而贻“炒冷饭”之讥。不料所寄之稿，全文只得十章，十章登完《人民日报》之日，我们第四期且未出版，何况（如何）要待到第五期呢？

目前《人民日报》在港发行港版，许多人已能在当日见报，而街头报贩，翌日也已到处有售，因此，即使不计转载，也殊无大必要了。

兹把《美国点滴》原稿璧还，恳转请范用先生另介绍其他萧君短稿。内地来稿，一般均患太长。数月前范老曾寄来赵紫宸先

生剧本《璇玑图》，当时外面正盛评《海洋》有“三多”之弊：其一长稿太多，其二古嘢太多，其三内地稿太多。《璇玑图》兼有“三多”之“弊”，故拟押后再说，记得曾去信范用先生，请示可否押后数月，用连载方式，分数期发表，迄未获裁答。现在积稿甚多，一时恐仍未及刊载，兹特随同萧稿一并奉上。请为查收，应如何处理，请与范用先生确定后，再交下执行。

匆此奉渎，即致敬礼。

蓝先生、黄公并此致候。

其敏 敬上

三月廿六日

吴绳武

范用兄：

来信收到，备悉一一。

大著收到后随即转致王鸿、郭铁松二同志，此前已向他们代申（再三）您向他们赠《水浒》所表示的谢意。这次送书我又将您的北京通讯地址留给了他们，相信他们也会写信向您道谢的。

一个月前我病了一场，经治疗休息已渐痊可，但体力仍觉衰惫。来信附十元钞一纸，说是偿还我寄书的费用（你在平信中夹寄钞票可谓大胆）。这简直是岂有此理，我再穷这点邮费还拿得出。原钞效法吾兄违章行为璧还，乞查收。专复，即颂

俪安，向二老拜年

吴绳武

96.2.8

吴世昌

范用同志座右：

前潘际坰兄出纸嘱写拙诗，写得极劣，又未能抄全。徒然糟蹋好纸，罪过罪过。

今将原诗十二首小纸录呈，以博一哂，眼花手涩，涂鸦如故，惭愧之至。

此致

敬礼

吴世昌 顿首

六月廿九日

十分清润忆前宵，一样飘零惜尔曹。风雨也如人好妒，埋杰冢底恨难消。（黛玉葬花）

山伯英台取次飞，轻罗小扇舞杨妃。惊心滴翠亭中语，嫁祸无人识暗机。（宝钗扑蝶）

一刻千金未算多，片时相看泪滂沱。年年纵许省亲去，日日深宫奈尔何！（元春省亲）

偶扶残醉到高唐，赢得遍身狼藉香。侬与好花同一梦，不须烧烛照红妆。（湘云眠石）

病里西施不胜秋，况教彻夜补金裘。为君拼命原无恨，独恨难防妒妇仇。（晴雯补裘）

画长人静寂无声，独坐抽丝百感生。绣到鸳鸯针线密，近来心事渐分明。（袭人刺绣）

忠厚传家世泽长，仁慈谁不颂萱堂？可怜偶触萱堂怒，井底娇娥枉断肠。（金钏投井）

河东吼起总无端，玉惨花愁不忍看。为感小郎情意切，更调脂粉照团圞。（平儿理妆）

海棠分艳到闺门，蕉下客传月下魂。从此闲吟谁最苦，潇湘竹子满啼痕。（探春结社）

迟迟春日暖花容，莫遣芳龄话色空。槛外若教无挂碍，不应寿帖到怡红。（妙玉参禅）

别有奇才运妙思，千金入手葬情痴。瑞儿死去蓉儿笑，那管鞶儿泪尽时。（凤姐设局）

丽质天生恰姓尤，无穷忧患起风流。那知料理风流债，却借霜锋断好逑。（三姐伏剑）

一九六三年五月，前文化部徐平羽副部长出所藏《红楼梦人物图》手卷嘱题，每幅图后留空白一纸，为作十二绝句。卷后留题有沈雁冰部长七律二首，俞平伯氏古风一首，卷首为郭沫若院长书端。今录拙诗呈范用同志两正。

吴世昌 挥汗书

一九七五年六月

范用同志：

久未通信，想近况安吉。

前在您处借阅各书，早拟奉还，因星期天总有些事，未能造访为憾，日内即当奉上，勿念。

随函附呈旧作若干，即拙著《编后记》中说到的遗漏的几篇，回国后从别的文件中找得者。另有仿民歌若干，一并呈请教正。

此致

敬礼

吴世昌 手上

1975.11.16

回国以后偶有所作，足下如有兴趣，当另纸录呈。又及

范用同志：

承惠《开卷》两册，收到，谢谢。

关于为此刊撰稿事，我有一些用文言写的图书跋文，不太长，一般为一二千字，不知《开卷》能用否？去年给了陈凡兄两篇。一为《桐桥倚棹录跋》，为顾颉刚先生题，此书顾老旧藏，现正由王湜华同志（王伯祥少子）校点付上海古籍出版社排印中。另一为题王湜华藏钞本《清真词跋》，我已函告潘际坰兄，如《大公·艺林》一时不用，请百庸转与李文健先生，如《艺林》要留作日后之用，当另为文或另找旧稿给李君。

如不适宜用文言写的，也请示知为幸。

此致

敬礼

吴世昌

1979.3.1

吴世文

范用同志：

这次到京，受到你的热情接待，我很感激！进到你的书斋，使我眼花缭烂（乱），真是琳琅满目。我好像刘姥姥进了大观园，看到什么都新奇。你不厌其烦地把心爱的书都拿出来给我看，让我开了眼界。可惜时间太短，不能饱偿眼福，真是一件遗憾的事情。从你那里抄了两本书给我解决了难题。我过去看王羲之的草书十七帖，有很多字不认识，现在有了释文我就方便多了。沈尹默对书法的论述讲的比较深刻，去年我就抄过一本《历代名家学书经验谈要释义》，这次又抄了《二王法书管窥》。过去我不知道有这本书，这次偶然发现，对我是很有用处的。我虽然喜欢看书，但是读书不多。这26年的戎马生活，使我大部分的时间和精力都消耗在飞行事业中了。干一行必须得专一行，这是形势所迫，又加上干我们这一行的人老是不够用，所以每个人分担的担子就重一些。真是眼睛一睁，忙到熄灯，哪有时间看啊。最近几年我的工作才比较轻松一些了，看书的机会就多一些了。从去年开始我对书法有了一点兴趣，在工作之余，就顺手写几笔，填补一下时间的空白。我已是鬓发增白、华年已过的人了，再从头学起也不会有什么作为了，只是心甘情愿地当个蛀书虫罢了。你是革命的前辈，又是学识很渊博的人，我很敬重你，要好好地向你学习。你是我的良师益友，以后还要请你多加指教。

你的眼睛又好些了吗？要尽量地保护眼睛少看些书，有些材料可让别人读给你听，以减少眼睛的疲劳。范又学习很刻苦，工作很努力，这是很可贵的，但要注意身体，保护好眼睛。年轻人往往不知道爱护身体的重要，到老来就吃苦头了，你要多提醒她才是。做脑力劳动的人，每天最好搞点体育活动。“自信人生二百年，会当水击三千里”，尽可能多活动一些才好。

向丁奶奶问好！

向蓓蓓问好！

吴世文

7 月 26 日

吴小如

范用先生：

顷奉惠书，深感热忱厚爱。影印本周书信集倘方便幸赐假一读，读后即璧还不误。如港地尚有售者，或将托人代觅也。

仆自九月下旬即患病，一度住院抢治，近虽出院，仍卧床未起，且甚痛苦，故不克走取惠借之书也。请谅，专复，顺致

敬礼！

吴小如 敬上

八一年十一月八日倚枕

范用先生：您好！

从您的藏书中，发现友人致您的信一封，谨璧还。那三本影印知堂书札已约略翻过，因与俞平老通信谈及您惠借此书给我，他很想看看，所以我托人带给他了。一俟他看完，当即由我奉还不误。只是多耽搁几天，很抱歉。

我从国庆前生病至今，虽能起坐，仍未工作。故暂时仍不能走访。对您的热忱关注，我一直是很感激，并且有些不安的。匆匆，敬候

冬安！

吴小如 敬上

十二月十日

范用同志：您好！

前托门人诸天寅同志便呈尊藏书三册，承接待，甚感。我自去年九月即因高烧引起前列腺炎，经久不愈。已于四月上旬住院手术，刚刚出院不久。目前大部时间仍卧床静养，无论外伤口及膀胱内部均感不适，化验小便亦未正常，故医嘱仍须服药。万务俱疲，徒唤奈何！

拙著在港出版，但北大出版社已决定在内地重印一次，唯内容略有所增删。近以体力未复，尚未交稿。故鄙意此书似无须在内地介绍，俟将来再说。而因港地出版社赠书不多，内地仅赠与有关的几位老先生，即俞平老和邓广铭、周一良三位。周一良同志确看过大部原稿，但他赴美讲学，无法联系。邓老对此书并无兴趣，只因其中有一篇札记与他的大作有关，故以一册赠之。即先生亦唯有俟来日在内地出版后再以一册呈教，以手头已无书矣。为此，就是约人吹嘘，亦不得合适之人。我看还是以韬晦藏拙为宜，尊意甚盛，容俟病愈当面谢也。乞谅察。专颂

著安！

吴小如 敬复

1982.5.7

又拜恳一事：拟求代买《彭德怀自述》一册，请便中一办。书款容即寄奉。至谢！又及

吴小铁

范用先生赐览：

五月十五日手书及《我爱穆源》一部收到。因我相隔一月才到乡镇企业大厦去领一次病假工资，所以时约廿五方获信息，晚上一口气读完了《我爱穆源》。为先生的童年情思所感，心向往之，即复此函。说来也巧，我也是在镇江度过童年和少年时代的。1960年，我三岁即随父母由常州老家搬到镇江，后入镇江师范学校附小读书，但从二年级开始，就是史无前例的“文化大革命”时期了。一直到1970年，全家下放到江宁县（时属镇江专区所辖）。我的小学五年，留给我的不是美好的记忆，而是“挖防空洞”“战备演习”，甚至因游戏玩耍不慎触犯“领袖”尊严而被迫检查，被撤销副排长职务（相当于现在班级副班长），使幼小的心灵遭受创伤。还有在“支农”劳动中，抱着收获的山芋从山坡上失足冲进池塘，险遭“灭顶”以致终生不学游泳等等。真是不堪回首。读着您写给小朋友的朴实无华的信，却让我泪涩衣襟。是啊，在那种黑白颠倒的日子里，即使是热爱教育事业、热爱学生的老师，也是难有作为的，可能还要为之付出很大代价。我读《我爱穆源》，总是忍不住记起我的学生生活，设想如果换上一个年代，恐怕就不是那么一种情景。我们就能好好地念点书，认真地掌握一些本领，或许还会跨进大学校门，听听那些又能写书、教书，又会做学问的大教授讲课。哦，一个破灭的梦。

这本书，使我对您有了一定的了解。集外的几篇文章，也获知了您的一些朋友的情况。不知上次给您的信中，是否提到了我在收集诗人手迹，拟编《当代诗词手迹选》（暂名）的事（除名家信札外，这是我收集的另一个重点），集外文章提到的端木蕻良、汪曾祺等，诗、书双美，我是很想得到他们的诗笺的，能否求您老代求？（当年沪上黄裳先生搜集名家诗笺，有叶圣陶先生帮忙，收得珍品数百帖，"文革"中尽数"抄没"，后发还一部分，载文《珠还记幸》。我步其后尘，所集以当代文人、学者、艺术大师为主，也集已故前辈学人、高士遗墨，前者不易，后者更难。若能得到如先生者的提携，功成有日，信不谬矣。）端木前辈的"曹雪芹"、汪先生的散文剧作久已倾心，得其诗作墨迹收藏，一快事尔。王世襄先生亦久闻大名，为京城著名"玩家"。（"玩"者，精于其道也，还玩出了许多专著，可惜金陵书肆中见不到，奇哉怪哉，北方出的许多书，南京多不见。另外，一些早几年出的书，更加找不到，如聂绀弩的《散宜生诗》，我已找了好多年。）只是我寡闻，不知王先生是否长于诗词、书法，倒是不好开口了！

您编的书中，《傅雷家书》对我的影响很大（也是我发轫收集名家书简拟编《当代书信手迹选》的一个起因），《红楼梦人物论》一直未买到。来信中说南京大学出版社出版的有关镇江文物古迹的书，已与出版社发行部门联系过，回答是，没有这本书，可能是"合作出版"（即买书号），不办发行。我已托镇江的朋友找寻，如有，当有消息的，请放心（如记得是何时的《镇江日报》，即请告知）。

承诺日后寄赠一批有价值的书简（复印件），先此拜谢了！（但更盼能赐原件）作为编集付梓，复件亦可；作为收藏，当然是原件有意义。谢谢寄书。余再禀。我不善饮，浮一大白，遥敬，先干了！（当然不是“人头马”。）

夏祺！

吴小铁 再奉

甲戌江南梅雨时书于追不及斋

范用先生台览：

您好！近去原单位领病假工资，欣喜地收到了您寄来的两包旧札，细细一翻，不禁乐得手舞足蹈起来。其中有些是我屡求不得的名家的手札，有些是已故学者的手笔，有些是曾给我回过信，但仅仅勉励而已。那一个个我早已熟悉又离得遥远的名字，在微黄的纸上向我招手，我似乎正在与他们交谈。戈宝权、萧乾、楼适夷、杨宪益、方重、臧克家、陈白尘、吴祖光、林淡秋、韦君宜、钱君匋、周巍峙、绿原等前辈函札，一下子都涌到了我的桌子上，我真不敢相信会有这样的好运气，同样我也不知道如何谢您。您对我的支持实在太大了，俗话说“大恩不言报”。虽衔环结草，能报万一乎？所送信札中，有姜德明先生三封书简。我也曾同姜先生通过信，但未能得到他的赠书及赠牍，也是一桩憾事。因为我的收藏书简是受到他的影响的，另外还有一个影响者是《文汇报》的黄裳先生，我收藏诗笺手迹的始作俑者。奇怪的是黄先生也未赠过我书籍和信函、诗笺。说到底，并不怪。既然是藏家，当然不肯把珍藏之物轻易送人的。我既入此道，也不会就送人，只有等将来老了，最终捐献给文史研究馆之类保存，为的是不让其散佚、湮没。

冰心先生喜用“秀才人情纸半张”句，在先生可能也会有这种感觉，只是些搬家找出废弃之物吧！但对我却意义非同小可。这竟是我收藏人生中的一次高潮，也是绝不多见的高潮。我曾经有过一次收藏高潮，那是得到南京博物院梁白泉先生的帮助，将往来信札转送给我，使我一下子得到许多文博界专家、学者的简牍（梁先生现继续帮我收集有关手札）。其他就只是零星的收获了。北京一位评论家、四川一位编辑曾分别答应送我王蒙和巴金先生的信札，北京一散文家也曾答允送几封老作家的书简，可惜迄未送我，拙编《当代书信手迹选》（或名《当代书简》）恐怕要十年磨一剑。

我现在南京地方志办公室编《南京年鉴》，先生若蒙赐复，请照名片地址，谢谢！今年热得早，先生保重，盼能赐寄亲笔题词的大著几部珍藏，另寄“十竹斋”笺数种，请查收。

合潭偕吉！

吴小铁 再拜

1994.5.10 书于追不及斋

范用先生台右：

接信惊骇不已，先生遭此无妄之灾，晚学远在南京，无法趋前侍奉，盼先生早日康复，又是一个活蹦活（乱）跳的范先生，方始心安。先生虽在伤中，犹不肯休息，还为晚学购书事操劳，并亲笔回信，真教晚学愧煞。说到此事，晚学在九月初曾汇款三联，欲邮购钱锺书先生的《槐聚诗存》，至今尚无音讯，不知是否早已售完。我直接汇款三联，本意就是不给先生添麻烦，恰先生也将前寄款托交三联，真巧极了，无非“书缘”而已。

晚学最近忙于琐事，未到原单位去，故收到先生的信已经是十一月中旬了，迟复为歉。写此为谢厚爱。

康安！

吴小铁 敬上

1994 年 11 月 17 日书于追不及斋

吴羊璧

范用先生：

承赐寄《读书》等刊物，代转许多稿件，甚为感谢。

《读书》办得好。有许多真正的突破，而且可读性高。在内地新出各刊物中，我较喜欢这一种。

由黄仕芬处转来各稿收到，谢谢。胡元亮先生的稿子，选题和写法都很好。只是目前，我们这里积存内地稿件太多，有时间性的稿件都得排队（萧军诗及荀慧生稿均在“队”中）。各稿件请曾敏之副老总过目并“排队”。希望尽早刊出。

去年八月在京过了愉快的一段时间，转眼是一年了。还记得在泰山的半山上，你扭起了秧歌，唱《兄妹开荒》，豪情不减当年。

专此敬颂

近好

吴羊璧 上

七月十日

范用先生：

得十月廿八日书。

《读书》的路子，我投赞成一票。《书林》已见到，我还是喜欢《读书》，也正是喜欢其评论，评论要有见解才是好评论，泛泛地表示一点态度，那算什么评论呢。但我自己也老是经手发着这样的评论，有质量的稿子诚不易求。

香港的物质条件好很多，不过“从书稿到见书，一星期就到了”，也有点言过其实。这要有二个条件，一是已先排好版（植字），二是配合上印刷厂的空档。若以由发稿给植字房算起，到见书之日，通常还得一个月以上的。不过，这指的是我们这些以业余时间办刊物的情况，若有一套专业人员，甚至自己有植字机，那就快得多了。

内地的印数大，在香港，就羡慕这个。如果像内地那样，动辄印十万过外，太好办了，成本也可以大大降低。若能有①内地的销场、印数②香港的效率③集中内地、香港、海外的稿件④香港的印刷（日本、西德、瑞典等自然更佳），办一份杂志，那才痛快。我们这里也受气，印数不够大，印刷厂总是马虎一点，有时给别的印刷品优先。《书谱》这一期就大为拖稿，今天尚未出书。

前信说到读《读书》有感，是关于禁区问题。近来精神太差，不然当时大概会凑一二千字寄上的，用不用得上不要紧，有时说了就痛快。下回有感再说吧。

香港通讯事，金兄曾嘱寄《香港书市》，我曾写了一篇，给他看过，但事后又想改改，就搁了下来。金兄当时意思，多强调香港书店给读者的方便。我写了，想想，有些地方不大踏实。香港是因竞争和资产阶级式民主自由，让书店经营者必须想法子吸引读者，但小店员收入欠佳，态度上却未必好。只写一面，强调一面，写成君子国了。如何才恰当，一时未想好，拖到现在（这半年来，我曾有个健康低潮，精神很差，至今未恢复）。

匆此，祝

好

羊璧 上

79.11.13

又：

① 姜牙子知道的事情甚多，非居香港者所能为也。我尤其孤陋寡闻。

②《书谱》专册二册，已同日另函寄上。此二册印刷及封面设计均不佳。

③《辞海》事，谢谢你代设法。如供应紧张，缓办可也。

④ 文摘版、《读书》等均不缺，谢谢。

范用先生：

离职之际，收拾杂物，窗外阴霾而溽暑困人。因检出刊物，顿念先生，谨问近好。

祝

夏安

吴羊璧

八九.八.十九

范公：

从潘兄处转来的信收到。

《读书》一直收到。这本杂志是害人的，每月给我一次好大的引诱，告诉我只要好好读书，可以钻入一个多么迷人的天地。但其实我又老是在挣扎着要离开这个天地。我要是发了财，就办一份杂志和它对着干，叫作《不读书》（其实这样的报刊，香港也多得是了）。

《书谱》没有正式宣布停刊，但看样子是歇业了。一直租的那个地方已经不租下去，招牌已拆下。存书已经清理，据知那部《中国书法大辞典》已让给了李昆祥（支联庄），现在我们熟朋友可以以180（港币）一套的特价买到。书谱社后期的许多人事纠纷，我不介入，也不太清楚。他们到底出了多少期，我也存不全。

倒是萧滋兄早几个月，曾经对我和曾荣光说，《书谱》看来停刊了，我们不如再办起来。为此倒是喝了两顿午茶，但没下文，欠个老板。现在再要搞，就应有新一套做法了，质量要更高，要结合市场，还不妨兼营书画生意。得有大本钱。萧兄还是会念念以前那种“从无到有，从小到大”的一套办法，那是行不通的了。四五十年代可以以一个理想，集汇一班人来干，七十年代我们搞《书谱》已可能是最后一堆傻子，现在哪能还找到这样的人。

谨问

近好

吴羊璧

91.5.11

年初曾得年卡，读令外孙女生动作文，大快。回信未知收到否？又及

范用先生：

五月底在北京，跟您通过一次电话，后来再也没有打通，没有人接听，结果没有去拜访您（我手上有方庄的地址，但以为又另有新址了，回来方弄清楚）。

我实在很想看看您的藏书。久居香港，对于“藏书”这回事太陌生了，香港的读书人藏不起书，手头如果有二三千本书已经发愁，不知放在哪里好。我住的这个地区，一千来尺（百平方米左右）的月租大约二万到三万元。如果用来存放一万本书，每本每月租金成本三元。去年在加拿大，见那里的朋友有宽大的书房，书都放在架

上，走过去就能看到拿到，十分羡慕。因此忽然有个念头，到处看看读书人的藏书环境，倒是很有意思的。不过这个计划并未开始。

北京的藏书家多，五月时如果见到您，会请您描述一下的。

五月时我还带了两张影印的包天笑小说原稿，想征求一下您的意见，我藏有这本小说《新白蛇传》的原稿，不知赠给香港的市政局好，还是拿到北京的什么馆好。包天笑老先生晚年在香港，但他主要的写作岁月到底在内地，而且《新白蛇传》内容也与香港无关，所以我拿不定主意，也不大确定这份原稿的价值。

我已经从《壹周刊》退休。累了，精神应付不来，不宜上班，只宜在家。休息一下，看看能做点什么。

祝

安好

吴羊璧

1995.8.20

范用先生：

收到二月十四日信。有意外的惊喜。拙作若干种，居然一直占有您书斋的空间，惭愧之至（拙作《聊斋》也有天津百花版）。如果三联乐意出《水浒》，自然是求之不得。不过当时写的文字啰唆，有好些套话，如果编者觉得可删，也可以删节一些。如可删节，还是请编者先生代劳，较能了解读者口味。

以前一谈到农民起义，就十分神圣，全部歌颂。其实历代农民起义有个致命弱点，就是不能提出新的理想，最早的只能以天命为号召，成功了仍是做皇帝；唐末黄巢开始提平均；太平天国接触到平等观念。但没有一个新的可行理想制度，只是换皇帝，“革命”还是革不出什么来。

这两年我在写《五千年大故事》，以故事方式叙述历史。一面写，一面深有此感。

关于香港居住问题的三幅漫画，写了一千多字，长了些，却似仍有未尽。请看可以用否？祝

春安

弟 吴羊璧 上

1998.3.2

便中乞代向董秀玉大姐问好。

致三联书店：

拙作《水浒新谈》《梁山与梁山英雄》，谨委托范用先生处理在内地出版事宜。包括版权，以及必要的删节（不改变原来观点）等文字上的处理，等等。

吴羊璧（双翼）

1998.3.2

范用先生：

前几天，上海图书馆副馆长王世伟先生来过舍下，已取去包天笑《新白蛇传》手稿，并颁发印刷精美之收藏证书一份，隆重摄影。这事办好了，甚乐，谢谢你。

又想求您一件事。

我在写一部《五千年大故事》，讲五千年历史，全用具体故事叙述下来（但会说明根据），必要时才用一点简单的概括文字作上下衔接。天津百花文艺有兴趣替我出书，现在正在讨论协议书。

我不能随时奔走京津，因此可能由舍弟做“代理人”（他长期在北京，已退休，以前在北京内燃机厂工作），但他完全不懂

出版的事。想到您这位大行家，可否提示一下，应该注意些什么事，我转嘱舍弟办。

附协议书初稿。里面提到若有争执，协商不成，请求双方同意的第三方仲裁。我想大概不会有这样的事发生，万一竟有，我恐怕只能又求您了。不知可以乎？

近来身体可好？十分挂念。祝

夏安

吴羊璧

1998.5.26

吴祖光　新凤霞

范用兄：

谢谢你借给我的书报，均已看过，兹为送还。夏志清在巴黎见到，他的文章写得不错。

我和凤霞将在北戴河住到九月五日左右，欢迎你来，可以住在我们这里，条件很好。

《回忆录》何时出版？念念。

祝

双安

祖光、凤霞

廿二日

苍蝇不多，蚊子不少，但不足为害，点一盘蚊香就行了。

ATP 丸药系 1975 年给我的，时间太久，我担心它会变质，服之显效，大为宽慰。我即是服过六丸，病便不犯，诚是好药也。可多买些。

范用兄：

一别三月余，甚为念念。

我在爱荷华两个月又二十天，现在已经开始美国国内旅行，先到华盛顿，再到纽约，现在波士顿，还要去四个地方，于本月二十七日去香港，一月二日返京。

凤霞来信和电话，说到你对她的关心照顾十分感谢。国内情况我们可经常从报纸上了解到。

在爱荷华我与潘耀明兄合住一套房，他很会烧菜做饭，所以我享福了。

此间连日下雨下雪，但还不太冷。听说北京已是零下九度，想必大冷了。

离开爱荷华之前我寄了两大包书至兄处，但我把你的信箱（任明）号数写错了。我怕你收不到，请和邮局打个招呼，以免误投，海运一般须要三个月左右方能收到，去关照一下当来得及。费神为感。

二十七日到港将由萧滋兄接待，有什么事要我做，请函萧滋兄转告，当为照办。即祝

年喜

祖光

十二月五日

记得曾给你写过一信，谅早收到。

范用同志：

《闯江湖》分场及演员表送上，请检收。这个剧本如在香港发表，希望是六月一日，《海洋文艺》是每月十日出刊，则五月号也可。《收获》第三期则是五月廿五日出版。

丁聪的插图用完请即送我。

带信来的是人民文学出版社的曹尔泗同志，他久欲识荆，借此机会，介绍他认识您。祝

安

吴祖光

十九日

北京中山公园于1993年12月3日热情邀请我们夫妇于本月24日在公园唐花坞举办书画展览会。热心的朋友们为此设计制作了精美的请帖、招贴和海报。但在15日忽然又通知画展取消了，理由是不久将有一个日本人的展览会亦将在此举办。唐花坞因此需要装修，我们的展览只有停办了。

这种说法值得思考：中国人的展览可以在没有装修的场所举办，外国人的展览就需要装修。何其轻中媚外？而且还是对曾经长期欺凌中国的日本人？

今年5月在北京燕莎商城画廊我们的展览会于开幕日横遭取消曾经哄传中外。为时半年，故事重演。任何人没有经历过的怪事竟一再发生在我的身上，真是不可思议。是什么力量迫使商城和公园背信弃义和编造理由的？难道不能公开宣布吗？

然而为了感谢朋友的关心，将这份漂亮的已经无用的请帖权当1994年的新春贺卡不是很好吗？顺祝

新年快乐，春节幸福

吴祖光 新凤霞

1993年12月除夕

吴紫风

范用同志：

您好！

请恕我冒昧给您寄信。我是秦牧同志的老伴，现有一件事请您协助解决。

去年十月十四日，秦牧不幸猝然逝世，许多事情都来不及交代。我听说他有一本书稿（散文集）交给三联书店出版，事隔多年，不知该书稿下落如何。我现在急需了解这事的实际处理情况。因为：①我和北京人民文学出版社订了合同，明年9月出版《秦牧全集》，我现要提供他的全部作品（已出版或未出版的）。②花城出版社要出秦牧最后一本书，我要了解该书稿的内容和目录，才好发稿，以免重复。③如三联不出版该集子，我就要求他们将书稿退回给我。如仍决定出版，则请将目录和清样寄给我。

这件事情很麻烦，悉请您于百忙中拨冗为我了解或交涉一下，或指出应该怎样进行和三联书店洽商，哪一位是主编或责任编辑。多劳之处，不胜感谢！谨致

敬礼

吴紫风

1993.7.4

石泉安同志嘱笔候好。

范用先生：

您好！

我昨日已接到三联书店挂号寄来《秦牧杂文集》的书稿。这件事情得以解决，都是由于先生和三联书店交涉、大力协助的结果。我衷心感谢！

我现仍为收集秦牧解放前后散失的稿件而努力。他有一部分作品刊载于香港时代的《野草》杂志，石泉安同志提供了我一本《野草》目录。内有他的旧作如《论死亡》《读默涵、绀弩的文章》等文章。我多方找寻（包括询问秦似的女儿）《野草》旧本，苦无结果。据小莘反映，先生曾保留《野草》杂志全部，不知确否？如果是真的话，我希望能把他的作品复印一份出来，收入《全集》的《集又集》中，但这一来又要麻烦先生，如此一而再地干扰，实在不好意思。但舍此外无其他办法，因此再汗颜函请。如有可能复印的话，所费之数，容日后奉上。如有不便，就作罢论。

专此并致

敬礼

吴紫风

1993.9.12

伍孟昌

范用兄：

日前我社转来惠函及附有高尔基照片12幅，读悉。谢谢！这些照片确是拙译《政论杂文集》的插图，如今只能珍存留念了。

我离休已多年，译事不辍，但由于年老弱视，进度缓慢，消磨时光而已。身体尚好，谢谢您的关怀。

我今年二月已迁住方庄小区，离友人们的住处远了，大家见面机会也少了。人到晚年，门前冷落车马稀乃是正常现象。蒋路身体不错，健步如飞，我与他每月尚能会晤一次，他住在八里铺一带，离此相当远。

您身体也好吧？常以为念。年老了，希望多加保重。

祝晚年幸福！

盼常赐教。

孟昌

1994.5.7

夏大明

范老：

您好！久未请安，实是不愿打扰范老喜好的安静。但目前有关家母的事情，又不能不来烦扰：

第一，前些年，上海有些反对家母的人，利用私有杂志（《上海滩》）和私有电视台（香港凤凰电视台）攻击家母，恶意散布“董竹君不是锦江饭店创始人”等。范老过去也可能有所风闻！

家母是中央早就认可了的对革命出过力的爱国民主人士，而通过不负责任的媒体，颠倒是非、混淆黑白、给家母脸上抹黑，既不顾政治大局，也是违背统战政策的政治错误。

李岚清副总理曾指示中央统战部刘延东部长，要将家母撰写的《我的一个世纪》一书译成英文，在国际上发行，以增进对中国革命的了解，可见该回忆录是无政治问题的（准备将纪念再版作为译文文本）。

上述恶劣行为发生后，我们未予以公开反击，只向中央有关方面汇报，由组织处理。2007 年 1 月 4 日夜，由上海电视台纪实频道播出对人物传记作家蒋丽萍女士的采访，实际上是对上述恶劣行为进行了反驳和澄清。

上海电视台是上海市委宣传部领导的。纪实频道是主张说实话的，均是有权威性的。（附寄上海电视台纪实频道节目复录，仅供参考，DVD 光碟。）

第二，今年十二月六日是家母逝世十周年，三联书店筹备出版《我的一个世纪》一书的纪念再版，我希望能不能将范老的《送董竹君远行》一文作为后记内容补入。在所有悼念家母的行文中，我认为范老的行文最好，一定能为该回忆录增辉。

未知范老意下如何？请示？（三联书店要我月底交去）

大明

二〇〇七年八月二十八日

又：若范老同意，能不能给我一份《送董竹君远行》一文的复印件。

夏　衍

范用同志：

陈原同志送给我一本《社会语言学》，先是因为视力不佳，挑读了几章，但一读就不能释卷。最近开会，但还是读完了，深觉受益不浅，这是一本近年来难得的好书。《读书》最好能组织几篇介绍文章，让广大读者都能看到这本好书。

听说《读书》成了挨批的目标？真否？匆匆问好！

夏衍

十．十七

范用同志：

退回清样，计：一、第三章《心随东棹》，二、第四章《左翼十年下》中短缺的共八页，三、上八页的重复者。我视力太差，可能还有误植，乞再校核。《自序》清样，仍盼能让我再核一下。

我不懂标点符号的用法，请您们改正。匆匆致

敬礼！

夏衍

五月七日

范用、秀玉同志：

承赠猫书，谢谢。

《懒寻》已校了一遍，可能还有一些误植，特别是有几个英

文字及标点，仍请校阅一遍。

关于《走险记》，我看还是不加上为好，如要用，那么应该排在前期《华商报》之后，这以后的页目都得改排了。如何，请酌定。

你们用过的校样，可不可以给我一份，因为最近编《大百科》等等都要来和我核对“年、月、日”（特别是电影部分），留一份校稿，要查就方便了。因为这本书不知什么时候能出版也，匆匆问好！

夏衍

六.十一

范用同志：

日前托陈原同志奉上拙作一册，谅已收到，乞赐指正。不少朋友索赠，故请代买平装本十五本、精装本五本，拜托。顺致

敬礼

夏衍

3.11

范用同志：

手札及赠书，均收到，谢谢。给罗孚出了书，是一件好事，在大转折大动荡时期，历史常常会捉弄人，有时甚至是很残酷的。我所认识的朋友中，这样蒙受过折磨人不少，对他们给以友情的慰藉，发挥他们的余热，应该说是“古道可风”，甚佩。罗孚回家后，可请他来舍一谈，当然我并不想了解这件事的底细。严寒已至，望多多珍摄。问好！

夏衍

八六.十二.十六

肖关鸿

范用先生：

您好！

接读《买书结缘》一文，甚好。“书林版”正需此类文字，谢谢您！

关于郭沫若先生的两则材料，我没有用，因为我又得到十几封郭老未发表过的书信，很有价值，我拟发一个版面。非常感谢您的热情支持。

冬天寒冷，还盼先生保重身体！

关鸿

12.10

范用先生：

您好！

遵嘱将《细说姓名》奉还。《书友田家英》一文发出后反映颇好，谢谢您对本报的支持，还盼先生经常赐稿。

天气渐冷，还盼先生保重身体！

关鸿

11.8

范用先生：

您好！

今天收到赠书，非常感谢。但是信中所说的文章《童年诗歌》我从未收到过。前些日子，孙建中带口信说您有文章寄我，我一直在等候。可能说的就是口述这一篇。不知何故，我没收到，是否寄丢？很是不安。

您寄的剪报早收到，很感谢您的美意。本来我早应寄还，但我发现少了一份，可能是我请人去复印时丢失的。我便请朋友（《中国时报》在上海有个公司）为我找一找，我想复印一份，才能完璧归赵。不想一拖又是这么久。该公司在上海的报纸也不全，已托人去台湾报社找这份报纸。所以，我今天寄还的剪报已残缺，待我日后补上。请先生见谅。这件事，我一直惴惴不安。

幸好的是，我今天看到上海文艺出版社一本校样，即司马新先生的《张爱玲在美国》一书，这篇长文是这本书的附录。此书8月可出书，届时我一定寄先生一本。如台湾朋友不能弥补这份剪报，最后弥补的办法就是这本书了。

司马新这本书非常值得一读，提供了张爱玲晚年的很多新材料。先生一定会有兴趣的。

《笔会》今年改版和扩版，面貌有所改变。还盼先生多多指点。我记得“北办”是向先生赠报的，您能及时看到《笔会》。希望能常为我写点东西，新版面以短文为主，长则也不超过二三千字。

顺致

夏安！

关鸿

6.4

范用先生：

您好！

久疏问候，时在念念中。

陆灏告我，您想要一本《张爱玲》，寄赠一册。这本书出后颇受欢迎。重印了四万册。

我在主编《笔会》，今年改版后几乎每天一版，忙得我连写信时间也没有。原想寄您报纸。后听说《文汇报》“北办”已赠您，便不寄了。还盼您多指教。更盼你多赐稿，希望您能写些书评书话之类，每则千字左右，多多益善。我可为您设个专栏。

盼多保重！

关鸿

3.20

萧　乾　文洁若

范用同志：

您好！

送上《点滴》十则。这是《人民日报》约我写的。本要我从美国分批寄回来。但写了那二千字的“启示”，就再也没时间了。回来一则由于到处（政协、军委总政、作协）找作报告，二则始终拿不准，所以一直未动笔。但他们一再催促，才勉强写了点（他们原要二十则）。送上一是请您看，里边有没有“崇美恐美”的东西，如有，务请您尽早告洁若，因为《老舍童年》刊完即要发表这个。二则，您曾嘱我为《海洋文艺》写点什么，要不带政治色彩的，我一直无以应命。如果您认为这个东西可以的话，即请便转吴其敏同志。因为一则香港一般人看不到《人民日报》，东南亚更不可能；二则有些读者可能不喜欢零敲碎打地看东西，宁愿一口气读它。如果不适用，即请掷还。我还有好几篇东西（如斯诺第一位夫人 Nym Wales 及一些美籍华人的侧影），可以另补寄奉。

写这东西我心情十分矛盾。保险是把美国痛骂一通，即只写黑暗面。三十年来一直如此，那无损于美国，但对我们本身的改进，毫无好处。要么就学叶君健，写点纯游记，写点洋山水。这我认为对读者不起。我采取了较冒险的写法，即借洋喻中，针对国内事写国外。但我不是“崇”他们，只是希望我们能改进。还不知这点苦心能否邀得读者的鉴谅。

我还答应文健为《开卷》写一篇《我与猫》。最近听说韩素英（音）的三本自传要译成中文，陈尧光兄来信问我关于我与猫那段怎么处理——他晓得那是捏造。国外也有人问及这一点。所以我打算近期写个短文来澄清，将来韩书中译本也可以摘引在脚注中。

一直想去看看您，能畅叙一下，但一直在大忙中，只好等待他时。匆问

著安

萧乾 上

80.3.10

范用同志：

您好！

我为李文健、潘耀明二位各要了一本《中国文学家辞典》（二），对他们的工作可能有些用处——潘来信要过。可否请您方便转给他们？是“试行本”，无法寄。托时代图书公司涂乃贤先生，他说不能带。

目前正在赶写访美文章。这篇斯诺第一夫人的访问记在两万字左右，已答应给《新观察》复刊号（七月一日出）了。其中有些可能有点史料价值，争取六月底以前结束这批东西，以便向香港三联交稿，因为他们已预约“上”半年出书了（回忆录）。

由于忙，一时还不能来看您。有许多想同您谈的。

即颂

著安

萧乾

4.28

范用同志：

感谢您这封充满了暖意的信，看来今年可以把旧东西（散文特写、小说、选集、回忆）整理完了。今后再写什么，一定不忘您那句“放开写”的话。捆了三十年，放开很不容易！

这回为回忆录复制了几张照片，现奉上1929年及1980年各一张，送您留念吧，并以感激您在南小街小胡同里当年对我的热情鼓励。即颂

暑安

萧乾 上

7.29

范用同志：

您好！奉上《梦之谷》拙作一册，请您指正。

广东人民出版社真敢冒险，一下子印了十四万多册！他们目前想大力重印一些三十年代的书，为了让新的一代了解一下过去，也为了继承五四传统。这个抱负很值得称许。他们又印了十本《文学丛刊》，而且准备要印下去。《读书》对这种企图可否给一些鼓励？另外，福建人民出版社在努力介绍港台作品，以配合台湾回归统一运动。这也值得由《读书》来表扬一下。他们出了香港及台湾的小说选、散文选，一些个人集子如於梨华的《又见棕榈》，出有一个刊物《海峡》，并寄来一个庞大的五年计划。

很想买到傅雷的《家书》及杨绛的《六记》，但跑了几次新华书店都没有。我因体力不行，只能去附近的小书店，洁若去大

书店也未买着。不知还再印不？

匆问

近安

萧乾

81.10.27

很关心李文健伉俪在《开卷》结束后的归宿。您有信吗？

范用同志：

你好！送上新加坡李炯才所写的《一个外交官的日记》，其中写了不少国际（新马、埃及、以色列、巴基斯坦、印尼）内幕状况，对于外交官及国际问题研究者均有些参考价值，不知三联可否考虑译出？当然可以删节。作者今年七月即出任驻日大使。他几乎每年均来京访问，受到王震等中央领导同志接见。

前天去看翰伯同志时，顺便谈起海伦·斯诺《我在中国的岁月》中译本问题。此书已由西安安危同志译出。我建议由三联出版。因内容需要删节（她在给我的信中已表示同意），而您社有沈昌文同志那样的斯诺专家。至于送海伦美元稿酬事，翰伯同志拟书面向中央提出。我不久还要去看他。不知您有何高见？

我们八月初又要出去——西德、挪威及英国，九月下旬可返京。十月十八日中美作家会见（第二次）在京举行，双方各八名代表，我将参加。十一月拟去深圳一行，明年一月可能又去新加坡，所以日子过得很热闹，但明年一定设法闭门译译书了。匆问

著安

洁若附候。

萧乾

6.15

《文汇月刊》即将刊出我的《负笈剑桥》。您出版了《重访剑

桥》，也许对我此文会感兴趣。

范用同志：

谢谢你鼓励我写写回忆录。你是我在写作上的知音，这里想向你透露点心意。这个问题我考虑多年了。58—61 年农场三年的劳动、“文革”，特别是干校，这些如果写起来，很容易有自我怜悯之感（诉苦），而我最不愿如此。另外，写过去总得对当前或以后有点积极意义，这一点我也还没搞通。46—48 年更非写不可。家庭悲剧、政治打击都发生在我一生事业的顶点上。但是要涉一些人——自然，也要自我检讨（我在《乐观主义者独白》中又做了一下）。目前，我就是采取这样零敲碎打的办法。《一本褪色相册》中的五篇回忆录，大多是用“代序”方式，我拟试用音乐上的“组曲”办法，一组组地写。

四川的选集至今还没送你。怪那位不负责的责任编辑，作者自购书至今无着落，说仓库已没有了。我正在交涉。好在三四卷还未印出呢。

我们八月四日飞西德，廿三日飞挪威，九月七日飞英，已定好九月廿六日回京的机票。

海伦回忆录事，翰伯同志已在与西安安危同志联系了，望昌文同志有便也同翰伯同志联系一下。即颂

著安

萧乾

7.14

范用同志：

四书已收到，正在阅读中。您对我们这次出行，给了很大支

持。这四本书，作协外委会（他们经常同台湾作家间接直接打交道）和《文艺报》的孔罗荪同志都争相借看。我们走后，可不可留给他们几天？由洁若负责收回奉还。上次《参考消息》上说我们（即说巴金）已答应把《桑青与桃红》在国内发表，我读后认为恐不相宜，作品写得太野太黄了。也许《失去的金铃子》还勉强。这些问题也是需要他们看完再作决定的。

那本《中国文学》我已交《当代》去评介，并告诉他们用毕转《读书》。

上次您好心地建议我把回忆的东西铺开来写，我回信告您得有个过程。最近才知道，陈学昭和我给《现代文学史料》写了那样的东西。颇有些烦言。已经通知陈，说她的回忆录写个人的太多了，要她改写（即把已寄来的稿子退还给她），听说她已表示不再写下去了——而香港《文汇报》闻已在转载。

关于回忆录（或传记），我们文艺界有几个概念需要打破：

（一）茅公可以写这种东西，巴金可以写，但有些人即不宜写——写回忆录需要一定的政治、社会地位。我早料及此，所以才写专题的。

（二）既然只有大人物才可以写，当然只有正面人物才可以写（这是说，传记）。写反面人物的传记（比如陈独秀、胡适）犯忌。然而，倘若把“四人帮”或康生的一生写出来，是多好的教材！

把路子打宽，确实还需要个过程，您说是不？

回来再向您汇报吧，即颂

著安

萧乾

8.25

范用兄：

非常感谢你惠赠的《让历史来审判》。四十年代，我看过几本谈斯大林的书，但都是戴了有色眼镜的西方人写的，可靠性难说。这还是第一次看到一个苏联中年人写的，难怪文风是那么拍案称绝。可惜这样的书只作（也只能作）内部书出，不然，对于反极“左”应是极好教材。

最近弟对双百方针接连写了点短文，您如有指正之处，盼电示。全国政协要我在纪念双百方针上发言，我有点想端出一个问题：马列主义并不脆弱娇嫩，要不要那么虎视眈眈地去“捍卫”。许多伤人之事正是在“捍卫”的名义下干出的。匆问近好

弟 萧乾 上

6.9

范用兄：

两次承光临催稿，弟今天勉强赶出一篇，不知合用否？便祈示知。如不合用，当再试写。但龙应台很值得介绍。《读书》本年二月号仅选登了她《评小说》中一文，她更大的企图还在社会批评方面。

如可用，大约明年一月何时可出，望告一下。因弟很想让港《文汇》也用一下。我甚至很想与这位女将联系上，她可敬可贵。匆问节日好。

弟 萧乾 上

10.2

《负笈》印得真好，已托人路兄代向三联致谢了。书后广告把两本《剑桥》并列，也甚赞赏。

《野火集》附上一阅，便中再交洁若带还可也。

范用兄：

感谢您对“家史”给以的鼓励。

现有一事相烦：李辉君在写关于我的传记（书名《浪迹天涯——萧乾传》，五月间文联出版公司可出，曾在《报告文学》上连载过）时，曾翻阅抗战前后的旧报刊，他发现不少我从未收集的旧作，其中包括《红毛长谈》。于是，他把它们复制了，由于是繁体，乃与他爱人应红（《文艺报》记者）及其姻弟灯下重抄，又送我逐字看了。他编了本《萧乾杂文选》，约 20 万字。当时由于三联已在印我的《负笈剑桥》，不便再占选题，我就建议他给湖北，因那里主持人和穆照是弟好友，又从未照顾过。

不想书稿（原已肯定）出了岔子：要他（李辉）把《红毛长谈》全部抽掉。他（李）不同意，我也更不同意。

《红毛》写于 1946—1949 年间，几篇东西均是拐弯抹角骂国民党的，刊出后，《大公报》每日不知接多少电话，我也从大批来信中选了几篇发表在《观察》上。但解放后，知道这种以反话为主的东西很可能被“梁效”之流曲解，所以从未拿出。每次填笔名时，也不敢亮出“塔塔木林”。即这样，57 年仍遭了殃。谁都知道当时正经人没一个肯加入国民党，所以他们才采取“集体入党”的强迫方式，文中写“二十年后的南京”排大队领申请表，明明是挖苦，在批判会上却成为“歌颂”。

再者，47 年尾有人问我北方办一《新路》，如肯参加，可以有房子住，筹备时我去了。返沪，复旦地下党及杨刚均劝我不可去。我立即退出。这是在刊物出版之前。该刊出版后，每期均在封面标明“吴景超主编”，政治编辑为钱端升，经济为刘大中，吴景超本人兼社会栏。郭沫若在香港当时咬定是我所主编（刊物出不多期即为国民党查禁。主要支持者为钱昌照）。但我因最初答应过，后来又退出，为了道义，曾写过数文。56年审干时，作协为我做了实事求是之结论：“《新路》为高级民主人士所办进步刊物，萧乾接受地下党劝告，后来并未参加。”

这次，李辉把我给《新路》所写的数文全收进去了。我也同意，因借此可让有心的读者看看我当时究竟立场如何。

这个集子不同于我所有的旧作，《人生采访》《珍珠米》均未收：

1. 全是“集外集”，从未收过，更不是炒冷饭。

2. 它具有为我昭雪之意。

因此，我不能同意把《红毛》抽掉——已经加了许多注，每文尾部又有写作发表年月，本不可能产生误会。

给您写此信就是问三联对这书稿有无兴趣？记得三联出过一系列杂文集的。我虽算不上杂文家，但那年月也喜讲些歪话。

如果三联有兴趣，我即请李辉将书稿送上。如有不便（因这是风声鹤唳的时候），我当然完全理解。

祝

春祺

弟 萧乾 上

4.26

范用兄：

你好！

偶然间发现几件兄可能愿看的剪报（其中有些是孤本了）。请①不要流传，②便中掷还。

洁若从五月起天天上班了。我们往来可便当多了。她仍坐在老地方。出去这趟，她一口气写了十篇东西，《奇遇》为其中之一。我正鼓励她编个集子。

匆问近好

弟 萧乾 上

87.5.3

范用兄：

你好！

送上有关弟那杂文选的两份材料，一为编者李辉之“序”（发《散文世界》），一为弟之“跋”（未发表），可略知弟之心态。倘三联能把它印出本，自为弟舒了一口气。然而一定不可冲破保险阀。按说，全是三四十年代的，怎么能找茬儿出来？

匆问近好

弟 乾 上

5.3

范用兄：

关于 Whyss 的出版者那文已译过，作者及文章内容都熟悉。刊物奉还。作者与出版者那样关系自然令人向往。二三十年代，我国也有过。沈从文典当为卞之琳出过《三秋草》。

送上李辉的《浪迹天涯》。别人写我的印得出来（闻已在再版中），我自己写的估计也不至找不到主。所以您不要太勉强。能在您的关怀下在三联出当然更好。但如人家实在不要，也不能勉强。匆问著安。

弟 乾 上

6.20

范用兄：

谢谢您的贺片。弟的贺片只为国际统战服务，国内友人就顾不及了。还是兄想得周到。今天高集、高宁父女来电，谈及一份刊物事。弟当表示：凡范用兄主持之刊物，我必通力支持。我认为兄的“豆花庄”可以扩大些了。

弟二月间又将有东南亚之行（全国政协）。广西漓江出版社约洁若写一本她所知道的萧乾一书，她很起劲。

匆问

近好

弟 乾 上

1.3

范用兄：你好！

托人带上弟文学回忆录之三（九月刊出）及之四（十二月刊出），望兄赐正。阅毕望交人民文学出版社古典部宋红同志转洁若为感，即颂

近安

弟 萧乾 上

91.7.3

范用同志：

手示奉悉。感谢您对我的鼓励。几年前您在那样黑暗的年月里，也不断给我以鼓励，这我是领情的。不过《人生采访》中确实错误不少。这次编集子，有几篇，如瑞士之行还是删掉了（当时那么写［包括《马来亚》］，是有所指的，影射蒋介石的法西斯连殖民地都不如。今天一读，就成了歌颂资产阶级民主、美

化殖民地了。是个时过境迁问题）。收进的东西，我也抹掉不少。书出后一定送上请您再指正。“朱宝山”是记错了（在大自鸣钟附近，是吧？），书稿中当改正。谢谢。铺开来写回忆录，在我还有个过程，目前只写专题的，还要写一篇关于青少年，作为《小说集》的代序。秋后再说了。在该文中，我想谈谈所谓教会学校的黑幕，北新书局及早期我参加的 C.Y. 等。

《新约》新译本，我也得到一本。听说《旧约》也译完了，在印刷中。我想秋后为《读书》写一文谈此书。先谈要了解欧洲文艺（文学作品、绘画、雕刻等），非读了此书不可（还有希腊罗马神话及伊索寓言），但主要就这个译本谈翻译问题（对比一下旧译），您觉得《读书》会要这样一篇文章吗？我还未着手搜集材料。记得戈宝权同志搞过一部《马恩全集中圣经的典故》，但未敢出版，此稿您一定清楚吧！如写该文，我拟向他借阅一下。

《开卷》李文健同志最近给我一信，也谈到亏了七万元问题，附上一阅。匆问

暑安

萧乾 上

7.10

《开卷》七期可否借我一阅？保证一周内奉还。

范用兄：

谢谢白山诗片。您年年都有高雅别致、意义深刻的贺片，我们无以回报，甚为歉憾。兄一生为人作嫁衣裳，述而不作，只希望有一天您也动起笔来。弟则写点生活回忆录，又写起文学回忆录，已在《新文学史料》上连载，十二月（第四章）号有些擦边

儿语，不知兄注意了否？匆问

著祺

弟 萧乾 上
91.12.22
洁若附候

弟与洁若咬牙要在明年拿下《尤利西斯》的译本，所以什么也顾不得了。只愿弟的健康（肾、心脏、气喘）状况能陪她到底，否则就坑她了。匆颂

年好

弟 萧乾 上
93.1.19

范用兄：

谢谢您寄赠《我爱穆源》，真是一本内容别致、印刷精美的好书。说来惭愧！北京 21 中（原名崇实）是弟的母校。1928 年冬弟因学运被那里开除，因而南走潮汕。他们近年来常想与弟接触。也许由于过去不愉快的回忆（《篱下集》及《栗子》中有些就是揭露 20 年代那个学校的），弟始终表示冷淡。兄对早年母校如此热情，令我感动，惭愧。

我们仍在与《尤利西斯》拼搏中，希望明年可竣工。南京译林及台湾中国时报出版社都说稿一到即优先付排。

上周弟为《新民晚报》写一篇《梦游永不忘乡》，实即“文革”纪念馆。至今他们仍举棋不定，怕刊了出乱子，只敢收入所编有关“文革”之书（巴金作序），奈何！

如来西城，望来一坐。几次给兄打电话均无人接，不知号码

是否有变？匆问

著安

弟 乾 上

93.6.8

洁若附候

范用兄：

您好！

全国文史馆拟分四辑出版 50—60 册“笔记丛书”。这是我们的试印本，不公开发售，送上请您指教。此书已与台、港定了合同。他们出选本。

祝

好

弟 萧乾 上

95.7.4

范用兄：

兄件璧还。

五七年阴魂仍在我们家徘徊。洁若怕惹事，弟只好咽下这口气。好在《瞭望》用时一字未动，弟的“二战”书（正在再版）也已照用。

谢谢兄的关心。

匆问

近好

弟 乾 上

96.1.16

范用兄：

这并不是最后的结果，我和洁若将继续翻箱倒柜地找。但至少截至此刻，所有地方都翻遍了，还未找到。我清楚地记得是放在一大牛皮纸口袋里。因此，我们把上百个家中存起的牛皮纸口袋全翻过，还是没有。我也怕自己急出病了，所以先写这个信，向原主人打个招呼。

东西是兄所珍藏，我也不至因人废物啊！归根结底是我这87岁的老翁，不顶事了。

我们当继续找。其实我原有一本《大公报》35年文艺合订本。可我送现代文学馆了。只怕他们不会同意我借回扯下那一页。

我已开始考虑万一找不到时的赔偿问题。

① 傅光明编了一本《大公报副刊文艺选》，今年可出。今知兄喜此刊，东西找不找到，弟都必送兄一册。

② 送您一本我手中的三十年代书。

③ 还有个不大高明的解决办法：请现代馆从我送的合订本把该文复制下来。顷同他们联系，说可以，只是篇幅小一半。您看如何？

总之，兄热情地给我看兄所珍藏的拙编刊物，而我把它丢了，真该打一顿屁股！

《文汇》上小文已寄来，很好。只是现在还有人为之坐牢。匆问近好。

正在打电话问近日来过我家的友人。

罪弟 萧乾

97.1.11

再者，书已在动手编。

今年“57”四十周年，弟拟在书前用对洁若“献词”（表示感谢）方式纪念一下。兄以为如何？至少可使人们不要忘记这一大事件，而且大都发生在人们的壮年，或者青年至中年，人生最好的一段时光。弟如没有洁若的坚贞不渝的支持，不但不会留下什么东西，很可能早已不在人间了。作为夫对妻感谢的“献词”，总该允许吧。

所以希望（如可能）97年内能印出，东西现成（79年后写了近200万字）。问题在选。

已泻了四天，还未止住。

范用兄：

谢谢您的来信。我们二人经历至少有一处相似：我十五六岁上，曾在中国最早（当时几乎是唯一的）新书店工作过——北新书局，我校对过《语丝》及鲁迅先生的《呐喊》、冰心的《寄小读者》以及刘半农等人的早期著作，给鲁迅、冰心送过稿费。但后来我当了新闻记者。

仍希望您动手，早日动手，写回忆录。弟希望活到它出版的那一天。

祝好

萧乾

97.1.17

范用兄：

谢谢您惠寄的新作《最初的梦》，读了很有味道。

兄一生出版了不知多少人的书，历经了出版界各个时代——包括“四人帮”时代，甜水苦水都很值得大家分尝一下。何不以《最初的梦》为契机写下去？从小时，从江南写起。写出一位出版家的快事和苦事，我相信许多读者都盼能读到。

弟仍在医院，很急着出去，但情况不允许，只好熬下去。匆问近好

弟 萧乾

98.1.23

范用同志：

大作发表在《收获》上的时候我已拜读，这次又重读一遍。希望您多写一些。

最近216房间的病友因偶然感冒，抢救无效而去世，我才知道萧乾“绝对不能感冒”是怎么回事。我不相信任何花钱雇来的人，只相信我自己。

说来当年他不该动“摘取结石”的手术。他不顾四个大夫的劝告，硬是于1980年12月动了手术。手术失败了，尿道不通，又不能马上再动大手术，就带了八个月的管子，以致交叉感染。1981年8月动了摘取肾的手术后，唯一的好肾也受了影响，现在肾功能只剩11.23%（正常人应为80%—120%）。我现在把主要精力用在保护他这点肾功能上。透析也不可取，因为他心脏也有毛病。幸而我身体健康，能应付，雇人就更乱了。大夫们也夸我护理得当。祝春节快乐。

洁若

1998.1.24

今年他过“米寿”（88），我相信只要不离开这间病房，我能让他活到100岁。冰心老人今年已入97，今年10月就满98了。

萧金鉴

范老：

您好！春节好！这个年拜得太迟了。

先生的《国民兄弟书》刊于即将印出的《书人》试三期上，下旬即可奉上样刊及稿酬。谢谢您对小刊的关注、支持。

今年的第一期拟上您的《只有一年》(凤凰版《泥土　脚印》上收入)。该丛书长沙一家民店仅到5套，我闻讯赶去时已销售一空；经与南京董宁文先生联系，请他寄个该篇文字的复印件及书的封面照片，亦未如愿；欲向钟叔河先生借用一下又担心损坏，故只能求助于您，请您将该文复印一份并寄我一张封面照片，以便编排制版。此事给您添麻烦了，望能原谅。若不便亦请告知，以便另想办法。

《书人》正申请内部刊号，办好后可望正当出版。顺告，谨致问候

金鉴

九四年二月十日长沙思不居

萧　宜

范用先生：

您好！

见到《新民晚报》上文章，知您仍借助双拐行走，不知何时能扔掉双拐康复如常。

上次与先生谈到办刊物一事，现在已没有问题，拟于7月创刊，大十六开，五个印张，每期需十五万字，容量不小。先生谈到写李一氓，我已报了题目，望先生于身体允许的情况下即可动手写。写成即请寄我，同时请寄李照数帧供同时刊用。也极希望先生写散文、随笔给我，报纸、刊物都需要用。祝早日康复。

萧宜 上

95.4.3

范用先生：

您好！

大作已经刊出，想早已看到，今再寄奉报纸一份。

先生的腿不知怎样了，想必已恢复如常了吧！今后务必多注意保重！

陆灏仍做夜班编辑，不常能见到，他还在电视台兼着一份工作，常见上海教育台“你我书人”一栏中有他的名字。

我 11 月可能有北京之行，到时会去看您。祝
好

萧宜

95.10.27

如有近作，望寄我。又及

萧 滋

范用同志：

方才电话里商量的事，我想写一下，或许可以把我的想法讲得更清楚一些。

“超短文”是我使用的一个词，它指这样一种文体，每篇不超过四百字，一般一二百字，短者只几十字，印在书上不超过一页。它的内容是用来指导自己行为的思想，带有格言和箴言性质。但它们还是文章，不是语录。文中要讲出一点道理。这样的文章1987年一下子写了几十篇，后来又陆续写了几十篇，1992年我从已写的短文中选出一百篇，请戈革教授为每篇配上篆刻，定名为《碎思录》，由广州岭南美术出版社出版。这书的印刷装帧的质量都比较精美。售完后准备第三次印刷。但是这本书价格较贵，每本五十元，一般学生、知识分子、干部嫌太贵，不适应于普及。我希望出一个“普及本”三十二开本、二百页左右，价格不超过十元，这个普及本的篇幅每篇文章占一页，一百篇就是一百页，加上新写的几十篇正文约一百五十页，每页空白处视当留空白大小或配原来的篆刻（原有大印章可以缩小。是否都套红由出版社编辑来考虑决定）。有的可在空白处只加上一些装饰品。也可以另外专门用若干页印若干篆刻和若干幅漫画（廖冰兄曾为我的超短文画过几幅），再加上原来的小引和出版普及本的序言、目录和必要的注释总共用二百页左右的篇幅就可以把全部内容收入在内。大体同尘元的《在语词的密林里》相仿。1991年三联出过这样的书，每本书的价格在五元左右，现在物价贵了，加上篆刻、漫画制版成本十元以下我想还可以做到吧！我希望出书时多做一点广告，争取多销一点，产生的影响大一些。销量越多，每本书上分担的成本会低。这样的书没有多少的时间性，如果再次印刷，成本就更低了。我想出这样的书，着眼于它的社会效益。因为它带有格言或箴言性质，我希望能影响一些读者接受其中若干思想，作为自己的行为准则。

我希望三联出这本书当然是着重它的名声，同时我看到三联出的类似书籍编辑得比较使人喜爱。这书虽然是个普及本，我还是希望能给读者以美的享受。一本空白比较多的书，没有各种装饰是不会好看的。

岭南美术出版社印刷此书是用繁体字，直排。普及本可改简体字横排。有的必须用繁体字的地方可以想些办法来处理，如有一篇文章的题目和文章内容中都有一个由四个繁体字的龙字构成的。那个汉字中笔画最多的字，有六十八笔或六十四笔，如用老五或新五去印，印出来的字的笔画很不容易看清楚。但可以用别的办法来解决。我也想了一种办法，供编者参考。

编辑工作中的问题在工作过程中提出来，我相信三联书店都会处理得（此信后缺）

范公：

元月九日函收到，附函之在《收获》发表的《最初的梦》也已拜读，你的回忆很感人，文章流畅，十分羡慕，此文完全可以收入中学语文教科书。

欣悉联谊会为三联成立五十周年出照片集，日前我在三联的新春聚会上见到蓝真和赵斌等，赵斌已请区锐林、李志坚等同事搜索照片，至于我自己，手头没有存照，唯有经常催请区、李等早日交上。

这次去英国，主要是为了儿孙，我和刘涛甚少外出，但也多少接触到英国的社会。总的印象是虽然是老牌帝国，但并无日薄西山之感。

至于香港回归后的确无甚变化，知识界最关心的是新闻自由和政党政治仍旧受干预。总之要长治好香港，应允许各种势力存在，不要害怕，如果不是如此，香港就不成其为香港，也就失去作用了，不知以为然否！

我已完全退下来，今后来信请寄下址。

祝春好

弟 萧滋

98.2.3

晓　新

范用先生：

您好！承您热诚关照，亲笔录田家英致您的书简数则及其书法。我已发稿，编入“艺术家书简”栏内。您的关怀，我深表感激！在您的鼓励下，我将更加努力地争取把刊物办好。

我今晚启程率中国安徽民间音乐艺术团出访奥地利和法国巴黎，下月上旬返回，恕我匆匆搁笔，即颂

大安

晓新

92.8.6

谢蔚明

范用兄：

上月卅一日手示奉悉。

施蛰老我无一面之缘，昨天《文汇》扩大版邀请部分作此雅集，请了蛰老，他因耳聋等症未能与会，我又失去识荆机缘为怅。编辑同志约他写稿，他说发牢骚的稿子要不要。

余不一，即祝

新春纳福！

蔚明

二.十

范用兄：

十三日惠示，昨天奉到，甚慰。

难为你到处访书，虽不可得，但故人盛意，甚为感慰。

老钦是十五日三时辞世的，次日外电即纷纷传播，延至今天，此间传播媒介才发出寥寥数语的报道。

望多多保重，顺颂

春安！

蔚明

四.十九

范用兄：

一别数年，音讯鲜通，然而我一直在想着您。在刘绪源兄处读到写三联的怀旧大作一份校样，小刘说已发排，内容和《文汇读书周报》有些不一样，我就转给《中外论坛》了。大约一两个月前，见到您赠给赵君的大著，附信有感谢他转载《周报》的大作，我倒觉得有些不好意思。其实是我一稿两投代您挣了点酒钱，一笑。

我非常怀念京华友好，原计划今年北上，只因杂事太多，未能如愿。如明年能得暇晋京，当奉访新居讨点酒喝并叙离衷。

我今年虚龄八十，身体粗安，聊可告慰故人也。即颂

双安！

弟 蔚明

立冬之日

谢　云

老范：

收到两篇文章的复印件，谢谢！

您的文章还是那样清新自然，娓娓道来，亲切动人。还是那句话，在精力许可情况下，希望多写点。我还非常钦佩您惊人的记忆力，我自己童年的事现在已很少印象，即使青少年以至中年甚至不久以前的事（有的还是比较重大的事），也竟然大多忘却，或者只记得有那么回事，细节全部荡然无存。不知是先天禀赋如此，还是其他原因所造成。总之已很难改变了。

甘惜分（《联合报》把“分”写成了“芬”）教授就住在我们院里，平日是很能相互谈点话的人。据他说，这篇文章是发表在《视点》杂志第二期上的，《联合报》是转载，不但做了删节，而且把文中的“中国”改成了“大陆”，给人以一种似乎是专给《联合报》撰写的印象。《视点》是中国新闻社新创办的一种对外发行的刊物。以上顺告。

我们都该多多保重，以使延年益寿，好看看这世界将怎样变化。

祝

快乐！

谢云

二月廿八日

老范：

打从春节前就感冒发烧，咳嗽多痰，后来又伴以胸痛。经过大量服药，烧退了，咳嗽也渐渐减少了，但胸痛依旧。女儿是医生，她比我还紧张。让我做了一些检查。虽然“发现”了不少病，但还没有要命的病。今天去协和，大夫又让拍了一个胸片（因为前次似乎胸腔有积水）。现在胸痛也渐好，大概随着气候转暖，又可以活过来了。

您的文章，早已拜读。实在钦羡之至。文笔清新自如，毫无做作，且不说，我特别佩服那些神来之笔，如“我心想，民主人士有何不好？总比党内不民主人士好吧！”。您文中虽少发议论，但实际上总是有论在其中，不过有显有隐而已。我总的感觉，您的这些文字，确是可以垂之久远的。所以，我希望您在适当时候结集出版。我想那时我也许能得到一册，置诸案头，经常翻阅了。

《告别万岁》也看完了，想不到这《同舟共进》竟发了这么多精彩的文章。谢谢您把这本书送给我。

姚洛同志这次病得很厉害，现已好转，但元气大伤，瘦了不少。

就此搁笔，敬祝

安康！

谢云

3月22日

范用同志：

尽管我的右眼因患“黄斑前膜”做了手术后，视力极差，基本已不读不写，但收到您的《我爱穆源》（三联版），还是大致读完了（主要内容以前读过）。再一次钦佩你的记忆力，再一次为你的童心所感动，再一次谢谢您把这本书送给我。

您给韦君宜同志的信中为现在的教育事业忧虑，我虽然对情况了解不多，但亦有同感。我很怀疑今天的小学生将来还能有像您那样的感情去回忆童年的学校生活、学校的老师……

书中243页提到李白的《致酒行》，“李白”似为“李贺”之误，我未查书，仅供参考。

5月中旬离退休人员将去郊区小住，您能去吗？我希望您能去，可以大家随便聊聊天，该是愉快的。我是打算去的。

写字很费劲，涂涂改改，不重抄了，请原谅！

祝

健康！快乐！

谢云

5月3日

老范：

我已按期到达美国，途中一切顺利。您托寄的书和信均已发出，唯张凤珠的那一封信封上只有街道名及号码，没有城市名，我女儿查问了一下，给添上了。昨日张凤珠来电话，说信已收到，非常高兴，她去年曾回国，可惜不知道您在北京。这样，我将把书再寄出。她说待收到书后，将给您去信。她现住她女儿家。她记得您，说您和她当时都是班级上较年小的同学，您学习很好，很爱读书，也会写作文。她明年可能还要回国，她的亲人主要在上海。

我们身体尚好，旅途无任何不适。

您的书我在国内时已看过，非常亲切，我不知道您还会做模型，记忆力又如此之好，真是难得。祝

体笔两健！

谢云

七月一日

徐开垒

范用同志：

惠文诵悉。《孟小妹》今春刚出版时我就寄过给您，因写错了您的姓（万），被退回来了，说“本社没有这个人”，弄得我啼笑皆非，等到第二批书到沪，几个月已过去了。真是抱歉：这本书送人原有点丢脸，不仅封三印字令人气馁，就文章质量讲也差劲，务祈读后包涵则个。明春人文出的一本散文集子，相对讲来，可能好一些，届时寄赠求正。

久闻阁下是博与专的统一体，盼以后多联系，有以教我。能为《笔会》写些什么更好。

敬礼

徐开垒

10.28

范用同志：

信收到。《文汇通讯》编得不如人意，勉强寄上，竟获错爱，今后自当鼓励我报有关同志加倍努力，把它编好。令爱在《光明日报》工作，自应按期寄奉求教。其他有关业务资料，亦当尊嘱送上。

《名人名言录》上海人民出版社出版，目前市上有售。

请多联系。并致

新年敬礼

徐开垒

12.28

在王西彦同志家中看到您的旧杂志，剪报汇订成册，十分钦佩您的收藏成绩，能写些短文否？

范用兄：

新年好！寄来新作《最初的梦》拜读，我很感兴趣，因为这引起我对自己童年的回忆。《新少年》，我也是它的读者。我至今仍保留了几本，里边还有我用“徐翊”“余羽”笔名写的“少年习作展览会”中的“习作”。我还应征过“小人物访问”征文，并获得第一名。想想真要感谢叶圣陶等四位编辑先生。《少年印刷工》给我印象也很深，但当时巴金的《能言树》更曾感动过我。还有丰子恺的《美术故事》和《音乐故事》，我读了也留下印象，直至今天都未忘掉。童年真美丽，我当时也在浙江宁波，抗战开始后才来上海。您的文章写到的故乡，好像也是在浙江，不知是否这样？

我定本月二十日去深圳女儿家过春节，节后即返沪。祝您春节全家生活幸福，身体健康，工作顺利，万事安吉！

弟 徐开垒

1.17

范用兄：

来信收读。您要的托尔斯泰《复活》封面，我已电请上海图书馆肖斌如同志照办，复印后即直接寄到尊府。请勿念。肖斌如在上图多年，情况极熟，以后你有事都可请她帮助。

《爱的教育》是我的第一本课外书，前年我曾以《第一本课外书》为题，写过文章在《解放日报》发表。您与我的情况相同，我很高兴。除了《少年笔耕》，还有一篇《六千里寻母》，至今记忆犹新。

我到今天才知您是我的同乡，那么我给你提个要求。这就是《宁波日报》从下月一日起，日出两大张，即现在所谓“扩版”，新出副刊《四明》，有个“名人特稿”专栏，要求在外地的宁波人为它写稿，编者是该报文艺部主任周行芬，她要我为她组稿，不知您能否抽暇写一篇千字文？直接寄她好了。先在这里致谢！

有机会来上海，我去看您。

敬礼

开垒

93.6.25

徐明祥

范用先生：

您好！

拜收您老赐寄的香港版《我爱穆源》，喜出望外。其印刷较之三联版更为精致。我的潜庐藏书中又多一珍本矣，谢谢您。

三联版的书，我买了不少，只是近来感到价格略显高点。曾经出过一些谈书的书，备受读书人喜欢，不知何故，后来又不出了。我只淘得《晦庵书话》、叶灵凤《读书随笔》、董桥的两本小册子。近两年学习写书话，即以唐弢为楷模。

先生多年从事出版工作，见多识广，不知是否有意写一部《范用书话》或《三联书话》？必为读书人所喜爱。可将史料、见闻、感受融为一体，用轻松的笔调来写，读者可以愉快地读。渴盼先生早动笔。

仰慕先生作为真正读书人的风采，可否请先生为我题写一句关于读书的座右铭？毛笔、钢笔均可。

即颂

健康、笔健！

晚辈 徐明祥

96.7.10 于潜庐

徐　盈

范用同志：

闻您通知萨老，张申府《所思》明年为之考虑出版，想着系事实。张申老闻之大快。

7月初，彭真已宴张、梁漱溟等叙旧，党中央亦送了鲜荔枝，足见为其恢复名誉了。

胡愈老有短讯一件，似可切下一块，登入《读书》，未知妥否，前附上，请一阅。敬礼

徐盈

8.15

弟去庐山一行，下月归来。

范用同志：

接到三联来信，我们对三联都有深厚感情，子冈要写点关于韬奋先生的回忆，因她身体不好，迄未写成。

我保存的一份一九四四年在重庆发的追念韬奋先生的资料，不知你们有没有？兹奉上，作为我对三联创办人之一——韬奋先生的悼念。

徐盈

八月七日

范用同志：

沙尘同志来，送徐铸成书并告以写稿事，甚感。

子冈日前又第二次中风，估计不会出大毛病，送人民医院医疗，尚在观察中。当年曾谈及《桂林通讯》，选出三四十篇，可编一本书，内容为一九四三、四四年事，后来就搁下了。日内待我找出看看，当然不会赶上徐铸成的文笔也。但当年事亦令人哭笑不得也。其内容还是通讯，而非随笔。

报刊上关于“四化”的文章多了。对于老工商业者的评价文章也多了。弟想从明年起（如子冈不垮）写点就文论事或就事论人的笔记投稿，为《读书》做点工作。预告在先，也怕兑不了现。谨致

敬礼

徐盈

十月九日

范用同志：

您的身体好些了吧。我自己也因小中风，休息了近一年。杂病丛生，真是老了、老了，无用了。

申府先生《所思》一书，听说还为读者欢迎，最近申老的女公子燕妮同志又为之续编了一册，也是罗素思想发挥的结集。美国的罗素学会有名学人几次来访问申老，并为之写传记（申府老人的老弟张岱年先生亦与之谈过），听说也将出版。国际哲坛，他是有地位的。

兹将燕妮同志新编的这本书的目录附上，供编辑部审阅。不

知有出版可能否，知道您在休养中，还来麻烦您，内心不安之至，谢谢。顺致

敬礼

徐盈 谨上

十月十日

徐有梅

范用同志：

十二月一期出版了，内容和版面都有很大的变化，是好是坏，请批评，请指教。

这一期，我不再麻烦黄仕芬，直接寄十本到人民出版社，十本到邮政信箱，看看是不是都收到，哪一个渠道比较快。换言之，这一期，我总共寄给你二十本，请转送陈原、经叔平和其他关心外文出版的同志们赐教。叶君健方面，我已另外寄他十本，如果不够用，可以将你手上多余的给他，如果你没有，可以请他直接写信给我索取。

《读者文摘》前十期收到没有？十一月和十二月我购买后再寄你。

刚接获消息，我们杂志可以在国内公开发售，你知道也替我们高兴吧。说实话，你对我们的帮忙和支持实在是对我们最大鼓舞、最佳鞭策。我们当尽力做好这本杂志以表示我们的谢意。

有什么需要我们帮忙，请提出来，我们当尽力而为。

祝好

徐有梅

79.12.5

范用同志：

我的上一封信，不知你收到没有？碰到李祖，他说你已答应替我们约费考（孝）通先生写有关中国青年问题一文，因很久没有接到你消息，故写信来问问，看看目前的进展如何？费先生是不是答应了？什么时候可以完成？能赶得上六月出版吗？（截止日期为五月十日）

另外，中国人口问题很严重，是不是可以约一些对这方面有研究的人士撰稿？

收到我们最新的一两期，觉得有没有进步？我们虽然已尽力，奈何人力、物力太缺乏，条件亦差，办出来的成绩很不理想。有什么好建议，请提出来参考。谢谢。

徐有梅

80.4.17

范用同志：

回到北京，一切好吗？希望你有机会再到香港。

和陈原老总两次商谈，得益不少，陈老总答应尽力支持我们办好《季候风》杂志，嘱不要兴关闭之念，我们感激之余，定当全力以赴，待年底再总结成败得失。

商谈的结果，我们先拟好今后数月的专题提纲，寄你和他各一份，你们则根据所提要求，在京或其他地方物色适合约稿和采访对象。如果认为专题有欠妥善或不能照办，即通知我们另拟专题。每月十日为截稿期。各个专题除了五届人大有时间限制外（不能迟于十月期出版），其他均无时间限制，即你们觉得哪个容易做，可以先做，哪个需要较长时间物色恰当人选，可以晚做。我们是希望在未来数月设法将杂志内容质量提高至一般国际水平，否则杂志是很难生存的。

谢谢帮忙和支持。

祝好

有梅

八月二日

范用同志：

经过详细的研究和慎重的考虑，我们决定暂停出版 *Monsoon*，促成我作出是项决定的主要原因是近期越来越感到写无可写，材料缺乏到了相当严重的地步，而海外经三月试销，反映亦不如理想，发行商要求充实内容，美化排版和印刷才允重新发行。我和蓝真他们详细研究后，觉得短期内实无法满足发行商和广大读者的要求。现在还有一定量的支持者，假如杂志质量再下降，便连仅有支持者也将失掉，三思后，便决定停刊。多谢你一直以来给我们的支持和鼓励，他日有机会重整旗鼓，定当再受教益，并请转告小董，和向她致谢。

什么时候再访香港，我再尽地主之谊。

祝好

有梅

80.12.23

徐重庆

范用同志：

近好！

冒昧致书。

去年九月在富阳郁达夫纪念会上，因不到会议结束，受黄源同志之约，陪铃木正夫先生去桐乡茅盾故居走了一圈，后即返回湖州，不及到见您，至今引以为憾。

香港三联书店所出黄萍荪先生的《风雨茅庐外纪》一书，我写的“读后记”及该店出版的六月号《读者良友》上，我写的《有关〈风雨茅庐外纪〉的两件事》，想您均能见到，乞不惜指正！

我仅只有在业余时间搞点小文章，不登大雅之堂，甚感羞愧！

今有一事想求您帮忙，即我于去年十二月九日挂号寄贵店《人物》编辑部一篇《陈英士先生二三事》，并附去照片，一直没有结果，曾在四五月先后给该编辑部写信询问，均无答复。我在贵店无任何熟人，只有求助于您，乞能便中代为一询此稿下落，不胜感激！

我与友人合撰有关陈英士一生的传记小说《沪军都督》，二十几万字，将由浙江文艺出版社出书，屈武老人题签，郑逸梅老人作序，接下去还又在合写《章太炎》。

如蒙赐简示，不胜企盼！

匆此，祝

健好！

徐重庆 拜上

1986.7.20

范用先生台鉴：

近好！

顷拜收到二十三日大札，甚为欣喜！

此次邹霆先生来湖（他妹妹在湖工作，与我同是民盟成员），非常匆忙，仅与他交谈了半小时左右。大家虽有不少话要讲，但我仍向他打听您的近况，今年后半年，我是很惦念您的。

映霞老人的书已收到，我也放心了，现刊《传记文学》上的《自传》，登毕后还要出单行本，大陆她老人家也在找出版单位。其文中提到的《郁达夫书简》，即天津版的《达夫书简》想行文明白而已。而天津版的修订本为好（收她十封书信的），您已有的不知就是此本？台湾远景出版事业公司出过一本《郁达夫情书》（“远景丛刊”308），也是天津版的翻版。香港《广角镜》出版社出的《郁达夫婚变前后》一书，收信与修订本一样，较全。

友谊出版社处，是我在马来西亚的一位朋友刘子政先生。他是该地著名的史学家，有一部《婆罗洲华族史》书稿，由我介绍，交该社审稿，事已近两年，没有复示，刘先生因此甚急。此次我拜托了邹霆先生就地代为一询，估计会有确切的答复的。

我日常工作繁忙，写作全靠晚上业余时间。故而只能零碎打杂。承蒙刘以鬯先生不弃，已用拙文多篇，我很感谢他，至今只与友人合搞了一本通俗传奇小说《沪军都督——陈英士传奇》，研究文章均未能结集出版，愧对师友。

南方有什么事要办，尽请随时来示吩咐，湖笔不知用完否？如需也可随时告我，即为您寄上，此间到笔厂去搞，是方便亦较便宜的，目前，笔厂亦不景气，外销几乎是“0”也！

如遇邹霆先生，乞代问候！

匆匆，顺颂

大安

小弟 徐重庆 拜

1989.11.27

刊九月号《香港文学》的谈诗人刘延陵的拙文，目前寄了复印件一份给《人物》的李京华同志，就不知能否用出了。又及

范用先生：新年好！

惠寄令外孙女许双小友作文之纪念片拜收到已多时，本当与前两年一样，春节时奉上一枚生属明信片，恭贺新禧，可是今年疏忽了几天，再找“羊”的明信片，竟已不可得，托了沪杭朋友亦搞不到，无奈，只有写上一信，祝您老新春阖家康乐，万事如意。

许双小友的作文拜读了几遍，不愧是“将门之子”，八岁的孩子能有如此写作程度，实在叹服。同时，也使我从作文中了解了您老！兹寄上日本“羊”邮小型张一枚，乞转送许双小友。

七紫三羊，想已用尽，俟我过了节稍空，即再奉寄上几枚。

匆匆，顺颂

健好！

晚 徐重庆 拜上

九一年二月十日

范用先生：

新春好！

惠赐漫画卡片拜收到，甚为欣喜。名家手笔，各其千秋，唯华君武先生之一幅，我看不懂先生两足所围是何物也！

知湖笔已收到，我也放心了，日后当可隔一段时候奉上几支，我与此间几家湖笔厂均熟。先生需要任何一种湖笔，都是可以办到的。

今有一事相恳，山东大学已故教授童书业先生，其夫人现靠抚恤金度日，颇清苦，童先生尚遗有几部书稿，有：《读艺随笔》、《瓷器史史料集》（附绘画史史料）、《史学理论论集》、《考证论集》等，甚想谋一出版生路。不知三联有否可能接纳一部？受人之托，厚颜相询，不情之处，千万原谅！

匆匆，顺颂

新春万事如意

晚 徐重庆 拜上

九三年元月廿六日

范用先生台鉴：

三月廿一日赐函早拜收到，顷又拜收到惠赠大作《我爱穆源》，真是说不尽的感谢！

大作印得极可爱，且有不少珍贵史料，我已粗略读了一遍，还将细细详读。几篇附录读后，使我更知先生的为人也！

想不到姜旭先生是先生的同学。他在湖州住过。曾到他府上拜访过一次，壁上挂有郭沫若给他的字幅，这已是十多年前的事了。

先生是镇江人（我读了大作后才知），我没到过镇江，据说有一座极有名的金山寺，就不知现在尚存否？友人处有一册包承善（一八六七——九〇二）字缵甫的《半日读斋日记》。我记得其中他记有为金山寺书写大殿额“慧日重光”与一副长联的记载。《日记》系手稿，没有印行过，此段记载如有兴趣，我当借来复印了寄上。匆匆　祝

健好！

晚 徐重庆 拜上

九三年六月十七日

许涤新

范用同志：

有二件事麻烦你：

（一）一九六五年间，我有一部论社会主义经济的稿子送给人民出版社，请你查一查，如果还存在，是否可以退还给我。

（二）人民出版社现在是否还有稿纸（每页可写五百字的），如果有，是否可以设法代我买五百张？

敬礼

许涤新

七月十六日

范用同志：

来信和《百年心声》样书都收到，谢谢你！

书的墨色和纸张的确不错，分上下两册，自有其好处；但若同时印出一部分不分上下的整册，也可能有人欢迎？总之，装订是不错的，除再套印上下二字之外，就正式装订发行，如何，请你和出版社有关同志决定。

对香港版，我希望能得到二十本精装本。此外，内地版我要定购一百五十部，书价在稿（费）内扣除。

《读书》要写什么，总得有一个参考的题目，现在，我是"两耳不闻窗外事，一心只为写讲稿"，还要奋斗二十多天才能有参观的时间，《读书》之事待我回京（九月二十前后）后再说吧。

顺便问一下，我的那本《论社会主义的生产、流通与分配》什么时候能看到样书？

敬礼

涤新

八月九日

范用同志：

周总理生前指示我们编写的《中国资本主义发展史》，其第一册已于两年前交人民出版社出版，但是，事隔两年渺无音讯，前几天晚上我受参加编写的同志们的要求，打电话给你，你说这部书是你负责的。那很好，请你把对该书的具体处理办法，用书面告诉我，如贵社对出版此书有困难，望将原稿退还给我。

此致

敬礼

许涤新

1985年8月18日

范用同志：

来信悉。《中国资本主义发展史》如能在年内出版，那很好。

至于我的传记，我的老伴替我写了三分之二（写到解放战争胜利），解放后部分尚未动笔，看老夏的《旧梦录》再说，祝好！

涤新

九月十三日

许觉民

范用兄：

您好。

收到您寄我的《我爱穆源》，谢谢您。这是一本难得的好书，从装帧到内容都叫人喜爱，不仅可读性很强，而且有珍藏价值，把这本书与当前某些“走红”的出版物摆在一起，那些东西就无地容身了。

去年大部时间闹病，不能去看你，很感不安。你搬远了，交通又不便，使我们少了见面机会，只望你和大嫂多多保重。你换住了楼房，没了扫院子的条件，可常到户外散散步，不要总在房间里。

亚文问候并祝春节好！

觉民

一月七日

许　静

老同事、老朋友：

你好！风风雨雨中，我们一起走过了几十年。在这几十年的工作、生活中，我们相互理解，互相支持，互相帮助。对此，我十分怀念，十分感谢。

几十年了，我们都老了。这次我生病期间，因为大家年事已高，就不愿惊动各位老朋友、老同事、老领导，谢绝了电话问候和来医院探视，但我仍能时时领受到你们的关切之情，让我和家人感动。

年纪大了，疾病不可避免地随之而来，对于一些小小的症候，一定要到医院内科做比较全面的检查，以查找病因，对症治疗，以免病情发展，延误治疗，切记。一定要吸取我的教训，千万不可大意。

在弥留之际，往事历历在目，更怀念你——老朋友、老同事、老领导，更不愿意再打扰你了。因此，在我走后将不举行遗体告别、追悼会等仪式，让我在这里向你告别吧。

最后道一声：多加珍重！

祝全家安康！

别了！

许静

2002.1.29

许礼平

范公：

托我回忆丁玲的文章，尚未办妥，请稍候。

小弟九月间拟创办《名家翰墨》月刊，类似《中国画》《艺苑掇英》《朵云》《书法丛刊》性质，书为大16开本，120页，雪铜纸彩印，黑白占一半。先生系老行尊，请指点。附呈宣纸一张，恳请我公赐题“名家翰墨”四字，如附影印件般，直行。先生若太忙，无暇撰稿，可否介绍好此道者供稿，附呈稿例，聊供参考。有什么好主意，希随时示知。

握手

许礼平　上

1989.7.4

范公：

来教诵悉。《名家翰墨》出版了十四期，颇感吃力——财力不是十分充裕，要卖画养书也。若没多大变动，继续出版百多期，也不算太困难。若中东战争拖一年半载，百业萧条，没人买画，则此刊物就会消失了。我们的写作队伍不够强大，要请我公关照。罗孚同志居京反而有空为我们撰稿，十四、十五两期均有他的大作，请留意。

握手

许礼平 上

1991.2.19

五月之后阁下可以无顾忌地赴台观光了，启先生也可能在夏天之后出动。又及

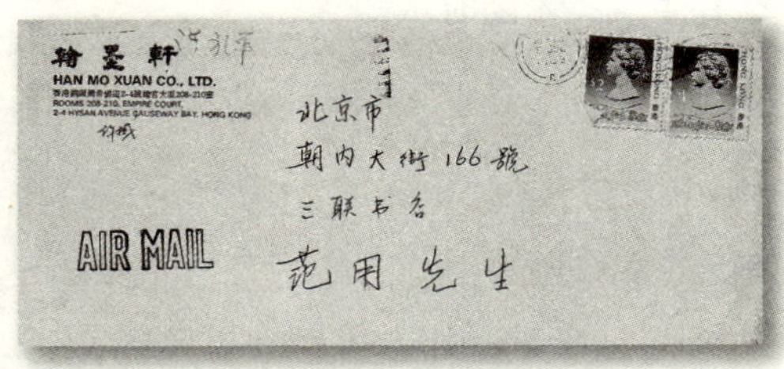

通信人简介

M

马国亮（1908～2001）广东顺德人。编辑、作家、编剧。曾任上海良友图书公司编辑、《良友画报》主编。

马骏（1923～2004）原名张希文，山东微山人。四川人民出版社副总编辑，《龙门阵》杂志主编。

马子华（1912～1996）云南洱源人。曾任《文学编辑》主编，云南大学中文系教授。

梅朵（1920～2011）原名许绥曾。《文汇报》高级编辑。

梅韬 江西人，曾先后任职于北京《人民中国》和《世界文学》杂志编辑部。后旅居日本。80年代回国后从事翻译工作。

苗地（1926～2017）山西河曲人，漫画家，中国美术家协会会员，中国美协漫画艺委会委员。

穆欣（1920～2010）原名杜蓬莱，河南扶沟人，历任光明日报社总编辑、党组书记，中国外文出版发行事业局副局长兼人民画报社社长兼总编辑。

N

倪海曙（1918～1988）原名倪伟良，上海人。文字改革活动家、语言学家。

倪墨炎（1933～2013）编辑，鲁迅研究专家，主要作品有《鲁迅旧诗探解》《现代文坛偶拾》《鲁迅后期思想研究》等。

倪羊扣《文汇读书周报》编辑。

聂绀弩（1903～1986）原名聂国棪，湖北人。诗人、作家、编辑家、古典文学研究家。在杂文和古体诗创作上成就很大。曾任人民文学出版社副总编辑兼古典部主任。

聂叙伦 聂耳的哥哥。

牛汉（1923～2013）本名史承汉，山西定襄人，蒙古族。诗人、作家。曾任《新文学史料》主编。

P

潘刚德 国民党陆军大学学生，曾为中国共产党提供军事情报。

潘国彦 新闻出版报社原副总编辑。

潘际坰（1919～2000）生于江苏淮安，笔名唐琼，编辑，作家。1943年浙江大学数学系毕业后即入上海《大公报》任记者、编辑，后任职于香港《大公报》。

潘絜兹（1915～2002）原名昌邦，浙江宣平人，当代著名工笔人物画家。

彭少彭（？～1993）抗日战争时期在重庆《新华日报》工作，1958年到云南工作，先后任教育厅副厅长、昆明农林学院院长等职。

彭子冈（1914～1988）原名彭雪珍，生于江苏苏州。曾任《大公报》记者、《人民日报》记者、《旅行家》杂志主编。

Q

启功（1912～2005）字元白，号苑北居士，满族，北京人。书画家、古典文献学者、文物鉴定专家。曾任北京师范大学教授、国家文物鉴定委员会主任委员、西泠印社社长、中国书法家协会主席。

钱伯城（1922～ ）原上海古籍出版社总编辑。

钱君匋（1906～1998）篆刻书画家。曾任西泠印社副社长、上海文艺出版社编审、上海市政协委员。

钱有珏 钱君匋侄女，著有《黑泽明与电影音乐》等文。

秦柳方（1906～2007）江苏无锡胡埭乡张舍人。1933年参加发起成立中国农村经济研究会，任理事。抗战胜利后，曾任《文汇报》社论委员兼经济版主编，《经济周报》编委。

秦牧（1919～1992）广东澄海人，生于香港。作家。曾任中华书局广州编辑主任、《羊城晚报》副总编辑、《作品》杂志主编、暨南大学中文系主任。

秦人路 三联书店编辑。

秦似（1917～1986）原名王缉和，广西博白人。作家、语言学家。

秦兆基（1932～ ）江苏镇江人，教师、作家。主攻文学评论，主要关注散文诗、报告文学和苏州地方文化。

丘彦明 台湾作家、报人、编辑，曾任《联合文学》杂志执行主编、总编辑。

S

沙汀（1904～1992）中国现代作家。原名杨朝熙，又名杨子青。代表作品为《在其香居茶馆里》《淘金记》等。

尚晓岚（1972～2019）笔名尚思伽，《北京青年报》资深记者、编辑，专栏作家，小说家。

邵宏志 人民出版社编辑。

邵燕祥（1933～2020）祖籍浙江萧山，生于北京。诗人、散文家、评论家。曾任《诗刊》副主编。

沈才毛 丰子恺故居石门镇缘缘堂工作人员。

沈承宽（1929～1994）笔名沈澄、苏婕，历任《文艺学习》《人民文学》等报刊编辑。作家张天翼夫人。

沈红 沈从文孙女，中国社科院学者。

沈建中（1960～ ）上海人。业余致力于对近现代文化、学术和文献文物及民国时期金融史料、民国时期漫画等的收集、整理、研究和编撰的工作。

沈絮云 唐弢夫人。

沈叔羊、沈谅、沈谱 沈叔羊（1909～1986），沈钧儒之子，名议。擅长中国画、美术理论。沈谅（1911～2011），沈钧儒之子。沈谱（1917～2013），沈钧儒之女。

沈韦韬（1923～2013）浙江桐乡人。原名沈霜，茅盾之子。

施蛰存（1905～2003）原名施青萍，

浙江杭州人。作家、文学翻译家、学者、大学教授。

石维坚（1935～　）中国话剧、影视演员，国家一级演员。

石西民（1912～1987）浙江浦江人。长期任职于《新华日报》社，曾为国家出版局局长。

舒罕 在重庆某校读书时，曾多次与秀州书局、范用先生通信。

舒芜（1922～2009）安徽桐城人，现代作家、文学评论家。

舒湮（1914～1999）原名冒效庸，江苏如皋人。现代剧作家。

宋惕冰（1927～　）北京文化耄旧，曾创办迄今关于老北京最重要的文化杂志《燕都》。

宋原放（1923～　）江苏扬州人。新中国成立后历任华东人民出版社副社长、总编辑，上海人民出版社社长、总编辑、上海出版局局长。

宋振庭（1921～1985）吉林延吉人，历任吉林省政论文化处处长、中共中央党校教授。

苏晨（1930～　）辽宁本溪人。花城出版社副社长、副总编辑，广东省出版局编审委员会主任。

苏厚植 曾任武汉火柴厂厂长。

孙用（1902～1983）原名卜成中，字用六，浙江杭州人。作家翻译家。曾任中国世界语协会理事、中国鲁迅研究会顾问、人民文学出版社编辑等职。

孙毓棠（1911～1985）江苏无锡人。“新月社”现代诗人，中国历史学家。

T

唐弢（1913～1992）原名唐端毅，浙江镇海人。作家、文学理论家、鲁迅研究专家和文学史家。

唐瑜（1912～2010）报人、作家。20世纪30年代曾主编《电影新地》《电影艺术周刊》等多种杂志。

陶大镛（1918～2010）经济学家、教育家、社会活动家、民盟中央原副主席。

田念萱（1910～1979）剧作家。电影评论家瞿白音的夫人。

W

汪曾祺（1920～1997）江苏高邮人。散文家、戏剧家、小说家。

汪道涵（1915～2005）曾任中共上海市委书记、海峡两岸关系协会会长。同盟会元老汪雨相之子。

汪家明（1953～　）山东青岛人，作家、编辑。曾任山东画报出版社总编辑、三联书店副总编辑、人民美术出版社社长。

汪家熔（1929～　）江苏苏州人，先后从事印刷、发行、出版工作，晚年从事晚清出版史史料发掘和研究。

王大海（1923～2002）江苏苏州人。历任新华社鲁南分社及《河南日报》记者、河南杂文学会会长。

王福时（1911～2011）翻译家，九三学社主要创始人王卓然之子。

王观泉（1932～　）上海人，擅长美术史论。曾任中国现代文学研究会理事，中国鲁迅学会理事、名誉理事。

王佳楠 画家，现旅居英国。

王稼句（1958～　）江苏苏州人。苏州市作家协会理事、苏州市杂文学会副会长。

王健 革命家，沈钧儒的秘书。

王力（1900～1986）广西博白人。中国语言学家、教育家、翻译家、散文家、诗人，中国现代语言学奠基人之一。

王奇《团结报》社长。

王世家（1941～2018）鲁迅博物馆研究员、《鲁迅研究月刊》副主编。

王韦 重庆新知书店老店员。

王西彦（1914～1999）浙江义乌人。作家、大学教授。曾任福建《现代文学》月刊主编。

王晓兰 原新华社香港分社社长王匡之女，自由职业者。

王辛笛（1912～2004）原名馨迪，祖籍江苏淮安，生于天津。诗人。

王元化（1920～2008）湖北江陵人，生于武昌。学者、思想家、文艺理论家。曾任华东师范大学教授、上海文艺出版社总编辑、中共上海市委宣传部部长。

韦君宜（1917～2002）原名魏蓁一，祖籍湖北建始，北京出生。作家、编辑出版家。曾任《中国青年》总编辑、《文艺学习》总编辑、作家出版社总编辑、人民文学出版社社长。

魏明伦（1941～　）四川自贡人。作家、编剧。

魏绍昌（1922～　）1922年生，浙江上虞驿亭人，红学家。

文敏 英美文学翻译，《钱江晚报》副刊编辑。

文先国（1954～　）江西进贤人，江西省进贤县文物管理所所长。

翁仰刚 浙江慈溪人，火花收藏家。

吴步乃（1929～　）湖北武汉人，历任中国美术家协会《美术》编辑部编辑、副主编、副编审。

吴大琨（1916～2007）江苏苏州人，经济学家、经济史学家，中国人民大学经济学院教授。

吴德铎（1925～1992）科学技术史、文史专家，上海社科院历史所研究员，中国科技史学会理事。

吴德发 收集张天虚作品。

吴恩裕（1909～1979）辽宁人。作家、《红楼梦》研究专家、北京大学政治学系教授。

吴冠中（1919～2010）江苏宜兴人，画家、美术教育家。

吴恒武 镇江人，曾任《艺术百家》编务。

吴甲丰（1916～1996）浙江海宁人，毕业于上海美专西画系，画家、编辑家。

吴钧陶（1927～　）安徽贵池人。编辑、翻译家、作家。

吴茂华（1948～　）生于四川成都，做过幼教、职教、文教干部、杂志编辑。

吴孟明 陈独秀甥孙。

吴其敏（1909～1999）编辑家。曾任香港《海洋文艺》主编。

吴绳武 戏曲评论家。

吴世昌（1908～1986）浙江海宁人，红学研究专家。

吴世文 曾任上海图书馆副馆长。

吴小如（1922～2014）原名吴同宝，安徽泾县人。历史学家，北京大学教授。

吴小铁 江苏南京地方志办公室专家。

吴羊璧（1929～ ）本名吴筠生，原籍广东澄海。香港编辑、作家。

吴祖光、新凤霞 吴祖光（1917～2003），江苏常州人。剧作家、导演、社会活动家。新凤霞（1927～1998），评剧演员。吴祖光夫人。

吴紫风（1919～2011）原名吴月娟，广东台山人。作家，秦牧的夫人。

伍孟昌（1911～2006）翻译家，人民文学出版社编审。

X

夏大明（1926～ ）董竹君之子。

夏衍（1900～1995）原名沈乃熙，字端先，浙江杭州人。作家、文艺评论家、翻译家、社会活动家。中国左翼电影运动的开拓者、组织者和领导者之一。曾任文化部副部长、中国文联副主席。

肖关鸿（1949～ ）曾任上海人民出版社编辑、《文汇月刊》副主编、文汇出版社总编辑。

萧乾、文洁若 萧乾（1910～1999）原名萧秉乾，北京八旗蒙古族人。中国现代记者、文学家、翻译家。曾任中央文史馆馆长。文洁若（1927～），翻译家。萧乾夫人。

萧金鉴（？～2012）藏书家。曾在《书人》杂志编辑工作。

萧宜（1936～ ）本名王福沅，《文汇报》编辑。

萧滋（1926～2019）香港出版人，香港三联书店原总编辑。

晓新《艺术家》杂志社编辑。

谢蔚明（1917～2008）原名谢未泯，安徽枞阳人。《文汇报》编辑。

谢云（1929～ ）浙江苍南人。原名谢盛培，中国书法家协会顾问，中国作家协会会员。

徐开垒（1922～2012）曾任上海《文汇报》记者、《笔会》主编、文艺部副主任。

徐明祥 山东省职业教育与成人教育研究所研究员。

徐盈（1912～1996）原名绪桓，山东德州人。作家、新闻记者、报刊主笔。

徐有梅 香港报人，《季候风》杂志创办人。

徐重庆（1945～2017）民国文人研究专家、湖州市地方史研究专家。

许涤新（1906～1988）曾用名许声闻，广东人。经济学家。曾任中国社会科学院副院长、经济研究所所长。

许觉民（1921～2006）本名洁泯，江苏苏州人。三联同人、文学评论家。曾任中国社科院文学研究所所长。

许静 新知书店同人。

许礼平（1952～ ）祖籍广东揭阳，出生于澳门。编辑家、出版人。

Y - Z

范用存牍

汪家明　编

生活·讀書·新知 三联书店　出版博物馆·史料

图书在版编目（CIP）数据

范用存牍／汪家明编．—北京：生活 · 读书 · 新知三联书店，2020.9 （2021.2 重印）
ISBN 978－7－108－06896－5

Ⅰ．①范…　Ⅱ．①汪…　Ⅲ．①书信集－中国－现代②书信集－中国－当代　Ⅳ．①I266.5

中国版本图书馆 CIP 数据核字（2020）第 131575 号

责任编辑　王　竞　崔　萌　赵庆丰
装帧设计　蔡立国
责任校对　曹忠苓　张国荣　曹秋月　张　睿
责任印制　张雅丽
出版发行　生活 · 讀書 · 新知　三联书店
（北京市东城区美术馆东街 22 号 100010）
网　　址　www.sdxjpc.com
经　　销　新华书店
印　　刷　北京隆昌伟业印刷有限公司
版　　次　2020 年 9 月北京第 1 版
2021 年 2 月北京第 2 次印刷
开　　本　850 毫米 × 1092 毫米　1/32　印张 54.125
字　　数　1200 千字　图 177 幅
印　　数　3,001－6,000 册
定　　价　268.00 元
（印装查询：01064002715；邮购查询：01084010542）

之汜用先生：

先生作品十分精彩，请继续赐稿以光篇幅。

两岸交流以来，联合报副刊刊载大陆文友作品甚多，不过还有不少重量级作家未能参与，引以为憾。先生交游广阔，盼望代为邀稿，如钱锺书、杨绛等作家，他们的作品，都是我深深盼望的。

戴天为我好友，去年在美国共度圣诞的。他十分推崇先生，希望我们经常连系，也能成为好朋友。敬请

文安

痖弦 上

1993.1.12.

联合副刊

作家专用稿纸

痖弦

杨苡

范用同志：

前信诗已收到，五十元想也早收到了。现再寄三十元。听好几个同志（包括社科）都说你书销出以一百本为限，再打七折或七五折。我因此再寄三十元，我想请你代买一百本。实在不够分的。

这里也有卖的了，但不是塑料封面，我只好先买二十册应付一下，我已赠出三十多本了。大家都说封面设计好，但也都认为在巴金信中刻[illegible]的大名最后没有少字。以后如再版能否修改？

我将于二十号以后赴沪，也是廿五号左右回。将听到他有什么意见。

天气凉了，望保重！祝好！

杨苡

11月8日

15×20=300　910837.846　南京大学中文系稿纸

CHINESE LITERATURE
Beijing (37), China

范用兄：史林安兄（罗孚）有信来说及上次未同来因觉"一动不如一静"，又赠诗一首，我未记下他的地址，无法回信，是否请代致意，如能将他地址抄给我更好。

我和乃迭九日去印度，可能要到月底回来再见了。

上次您帮我买到的罗[illegible]子[illegible]生器，我母亲也想要一个，不知东四还有此物否，如果方便，可否请再给我买一个，买到后我再还你钱，谢谢。祝

好

弟

宪益

二月二十九日

杨宪益

中国(海南)改革發展研究院

CHINA (HN) REFORM & DEVELOPMENT INSTITUTE

范用同志：带上书三册，除《文革中的我》外还有两本：和《[illegible]》同时发的还有一本《[illegible]》待出。《[illegible]》[illegible]

[illegible]

写这样的文字。我希望知道它的人多一点。

《[illegible]》一书[illegible]。我很赞成你所[illegible]的观点，[illegible]“[illegible]”，[illegible]——[illegible]。[illegible]

[illegible]这个问题还未[illegible]。

我也有一本反[illegible]的书，《[illegible]》，待出。

[illegible]

于光远 1996.6.21

地址：中国·海南·海口海甸岛白沙门

电话：(0898)6258793　6255143　　邮编：570208

电传：6258777

于光远

外文出版发行事业局便笺

范用同志：

这是《陶渊明诗选》英译者方重同志写的他的译文的"前言"（中英对照）以及最后同意出版这本英译的材料，已经全部齐了，可以付印排。上次罗念雄同志在京时所提出的要求也就完全达到了。此外方重同志还给了我一信，提出有关此书应注意之点，也一并在此附上，给商务罗同志的参考。罗同志说，他们拟在今年上半年出版此书。另外我还有一信给罗同志，也将你复印一份，即可存底。

关于三联出的周总理诗集英译，方重同志在给我的信中也提到过。看来他对译文有意见，只是措辞方面不太理想。

敬礼！

叶君健 二月十八日

叶君健

国家语言文字工作委员会便笺

范用同志：

老倪的信退还给你。因为我和机关的联络中断，倪信无法送去复印，但我已把有用的部分摘抄。文改会的通讯员贡彩经常来我处，据说因为车子坏了，相当长的一段时间里，没有人来。老倪的信写得真好，读之如见其人。我们已为他编了两个集子，在北京、上海各出一本。还要给他编写年谱，编入集中。

关于你的"后事安排"，我在电话里已向你提了个意见："骨灰交付家属收存"大可不必。这个东西留之作甚？三十多年前我的岳母去世，她的骨灰至今放在我家中，至今还没有想出一个合适的办法处置。近来读到柳亚子生前遗嘱，死后裸体火化，这个意见是完全合理的，但我估计他的女儿未必遵嘱办理。柳老先生也已经看不着了。我意还是捐供医用，不留骨灰为最佳方案。

老倪的信怕邮寄遗失，仍托殷国老9月4日带人民出版社面交你收。

望多保重！

籁士

89.8.31.

叶籁士

花月同志：

一九八九年元旦中午請了孔孫老人在我家午歺，有元方、孫途、少飞。特請孫夫人做小菜。丁聰有了，仍不能到。务請你出席。

葉淺予
十二月卅一日

叶浅予

叶圣陶

范用同志惠鉴：

承赠书七种，深谢厚意。拙著《语文教育论集》今日由至善送交秦人路同志，请转致尊处。带回《点心集》二册，俟大略翻阅后即当归still。《语文教育论集》用纸极差，发行不善，据云出版社尚存不少半数，而各地人皆说买不到。余不一，即请

大安。叶圣陶 十一月九日

开明出版社

范用同志：

中午十一时二十五分，我去到"孔乙己"，等到十二点十分还不见人来，只好要了四样菜一瓶酒，独自喝了起来。在酒店里独酌，回想起来还是头一回，也别有风趣，可惜心里总不踏实，大概是我记错了日，候约我星期天，我误作星期日了。应邀而不见面更有点儿荒唐，抱歉之至，好在以后有的是机会，不必放在心上。祝

健康愉快。

至善 4月28日（星期日）下午

叶至善

程云之鸣也

用兄：先抄诗二首，一看即知是写给谁的了。

过期未死见孙节，天下英雄唐使君；平生所学编出来，从此窝囊了此四年。虽教群鱼猫梦寐，老来孤蝶隔烟云。醉凭汾酒知君笑，纸钱汾场少活人。

摇头尚在领先缝，（声平）再译红楼梦更红；中酒老焦喝黄水，下场宝玉走番戎。一生不作牛衣泣，万事从头马耳风。（用放翁句。）此地无银三百两（根无三百两买屋），乘槎浮海叹终穷。（无钱日穷无道更穷）

当你来此洞来无事，每天吃肉不能不打油。

我们是应悉尼美术学院之邀前来讲学，而恰逢六月发生暴乱，二兄急订机票，不容分说，就于一夜之间来到澳洲。未及向诸友告别，（[illegible]）一个多月来无时不思念！此间每日只有星岛澳洲版可在越南亚洲食品小铺买到。大哥有时寄些他们看过的报刊，兄处原有报刊恐均停寄了吧？浅翁回京否？请告他的千岛湖游记已寄马国亮发表。

风 八月二日

郁风

祖光兄：周篤文同志來云，香港有人託其向我要《紅毹紀夢詩注》稿，我未付給。在未刊出前，如香港外間有底稿，對出書不無影響，仍以早日發刊為宜。又聯語如俟大公報登完再出書，亦如期太晚。並請《洪憲紀事》發刊情況，希向港方同志一詢，示知為感。即頌
日祺
弟張伯駒拜　三.廿八.

张伯驹

袁可嘉

中国社会科学院外国文学研究所

范用同志：

你好！

《西方现代派文学》一稿正在进行。由于所里新布置了一项今年上半年全所重点项目"百科全书外国文学卷条目撰写"，我个人负担近三十条之多，不能不影响现代派一稿的进度，我希望延至今年六月底交稿。此■非去年可能预料，事非得已，尚祈鉴谅。我估计上半年是■可以完成的。又全稿字数估计要超过25万，但不致超过30万。今年文艺界要讨论外国现代文学流派，这本小书的出版大概可以起点配合作用。

匆此　问

好

袁可嘉

一月二十日

中央美術學院

CENTRAL INSTITUTE OF FINE ARTS

BEIJING CHINA

范用老师：久没见面。从姚老师处得知您身体很好，新居很宽广敞，为您高兴。

本以为香港巴黎出版社早已给您寄去我的作品集，听姚老师说，您没收到，现随信寄去，请指正：

80年代初，为傅雷先生作像，得以认识您，那座像没有机会拍出较好的照片，没收入集中。颇多遗憾。

祝

夏安

张得蒂

96.5.16

张得蒂

中国工运学院

范老：

收到《我爱穆源》，真是高兴。

多么精致的一本小书，印得太好。读来好亲切，也像在对我们的读者娓娓道来。附录也好，是珍贵的史料。我们虽然只有一面之交，读完了书，"范老板"像个朋友、师长，栩栩如生站在眼前，拙朴和赤诚的比传闻中更让人敬佩。

想对您说："我也爱穆源"。

已打了无数次电话，551242 总是占线。从前几天开始，下晚回拨：没有这个电话。

只好写信。并寄上刚出的一本散文集，恭请教正。

祝健康、快乐！

抗抗

4.11.

张抗抗

全国人民代表大会法律委员会

范用同志：

承赠《党史研究》已收到，谢谢！

三联出版的书有没有准备再版的？有些书虽已过时，但作为历史研究的参考还是有用的。当然，销路可能不畅，要准备赔本。

敬礼！

友渔 2.17

张友渔

人民教育出版社

范用吾兄文侍：

知由山林返街市，故未往贺。前些日又发奇想，集含泪写深情之散文为一集，名《留梦集》，计五十余篇，二十万字，拟印为玲珑精致本，比香港所印装。开本、版式愿得 吾兄大手笔定之。开本定后求张守义先生设计封面。如蒙 吾兄俯允，俟剪贴完毕后，敬送兰台请 教。估计在本月底。如何，盼 示知。匆匆，顺颂

暑安。

张中行 拜 94.7.14

张中行

范用同志：

昨收到胡靖同志来信，言及三联准备出一套"纪实文丛"，将收入从文的《湘西》。此事前些时也听到谈过，不知与去年洽谈的出一套二十本单行本计划有无联系。去年出书计划目前是否已有改变？如未改变，单独抽出《湘西》另出是否合适？从文想知道你们的计划和想法，请便中复示为感。专此顺致

撰安

张兆和

十一月三日

从文问安

张兆和

文周先生：

收到您的〈最初的梦〉多美好的梦，梦已经成了现实，这就是世界的光！

我们的〈水〉也是在寻找青年、少年、中年的梦。

寄上我的〈曲谜〉，这是第六年，每年10个，〈谜〉很平安 祝

合家新年好！

黄人道呈贺麟夫人　　张允和

98-01-13

张允和

上海市出版工作者协会

小丁同志：

《良友画报》二十八卷已开工影印，内有早期大作四大幅，复印寄奉，聊作纪念。（仅印900套）

北京三联近况如何？范老板是否已离休不管事？我个人认为近九年来，出版工作上贡献最大的没有别人能超过他。我的回忆录续集也不知去找谁谈。出版工作已走入了死胡同矣！

即颂

著安

家璧 86.11.13

赵家璧

乾兄

前承兄推荐写一有关诗家生平的书，最近和数友各方商谈，觉得5-10万字难写，可否由我选一本"诗家诗集"（从三本诗集中选），然后附以一万字的长序，如何？这样较可胜任，请与三联商谈。如可行还要请三联帮我忙。

问候洁若

萝蕤
1987.5.16

赵萝蕤

范用同志：

近来好！

年前承惠诺约稿，议定以《沧海泛忆》中几篇有关个人回忆文章为基础，选编一自述性散文集子，稿我已于三月廿日挂号寄上，想早达览。可近今近半年，未见回音，不胜悬念！上海曾一度发现书店有售《沧海》港版本，但纸张印刷错误，删节等给一向我意赠此书，名法画卷，尤其文学研究方面，认为只能复印。为此有我于加以《母教》《富贵的明灯》，或可补阙的。如何之处，亟盼获悉您的意见。

专此顺颂

文安

赵清阁 八.廿

董秀玉同志代为致意，附笺为候。

赵清阁

范用兄：

早该写信给你了，拖到现在，实在抱歉，请原谅。

你上次来信及寄赠大作《我爱穆源》，早已收到，十分高兴！这本书印得非常漂亮，我特别喜欢，看了两遍，其中有不少叙述和描写引起了我浓厚的兴趣，比如关于童子军，因为我小时在家乡温州也当过童子军，而且还是个什么"长"。你这本书使我回忆起不少童年往事。你们穆源真是个可爱的学校。

我前天在文汇《读书周报》上读到大作《猜猜看》，好极了！充满机智和幽默，再配上方成的漫画，更有意思了。粗心的读者如不先看作者的名字，会以为你真的出了什么事了。这种是你顽皮的幽默感所在。不久前，你一定在《读书周报》上看到关于《红楼梦》中译本的讨论，引起了多方的重视，听说影响不小。现在译界的确存在着某些严重问题，乱译和抄译是很普遍的，何等可悲。很想听听你的意见。我那篇《西方的"红学"》，请多批评指正。

实盦的诗集《银翘集》你一定看到了，真好，印得特别漂亮。这本书问世，有些人看了一定会感到未免刺耳。不会讲真话，敢讲真话，也很不容易，这是巴金一再说过的。比如说，关于这次纪念抗战胜利50周年，有些说法，我们听到的就有不少议论。正如你大作同期发表（《读书周报》8月19日）的《要牢记日本人要不断地敲响警钟》一文所指出的"……为了眼前日本人的几个钱竟不敢提一下日本人在中国所犯下的滔天罪行。他认为这是一种犯罪，是一种人格和国格的丧失。"讲的多好！一针见血！不少人看到了很有同感。我们大家都是吃过日本帝国主义、法西斯侵略苦头的人（比如你那时在重庆，等等），记忆犹新，一辈子忘不了的。

不久前寄奉拙作《诗的随想录》一册，书末所附在《香港文学》上连载过的那些短诗（每首只有八行），请批评指正。这本小书跟实盦的一本一比，寒碜多了。不过，能和实盦同时出本诗集，很有意思。

再谈。

健康长寿！我爱穆源一样地天真烂漫！

瑞蕻

1995，8，25

赵瑞蕻

郑超麟

再赠

范用(?)

爱书须要刻书人

历代名家幸(?)得存

小可幸交毛子晋

山房扫叶[illegible][illegible]伦

1997，3，20

周建人

李[illegible]伯同志：你好。我早先学习共产主义宣言（参考国家都从最早单行本译共产党宣言。后出译本都照马恩列斯本译共产主义宣言）看到有些文句译文不合原文之处。我觉得这些译是关系极重要的，但始终没有发表过。不久前见你社所出一篇谈法兰西内战的商榷。我觉得此种讨论甚重要（需要），遂妄妄写了一段关于共产主义宣言开篇几处译文的意见，供作参考之用。如不适用，请退回，因我没有留稿底。千万不要客气。

再者，我已迁居新街口(?)护国寺街23号（电话号码已改，仍为667741号。）此致

敬礼

周建人启

一月十二日

岳麓书社

范用同志：

所寄两书，已由朱正同志分送到，十分感谢。

"三联"在我心目中是出版界的模范，现在不至于有什么麻烦罢？ 为了自己，确实可以不做事，因为不做事就不会出错；但为了历史和文化，又不忍不做事。苦恼怕就苦在这里。

我很想告别出版界，反正离休也可以的，也不至于再去引车卖浆。但我和朱正兄情形不同（的处境），他们要不让我继续做事，却又不让我走开，反正就这样耗着。

另封寄奉拙编"知堂序跋"一册，聊以为报。

敬礼

钟叔河

5.19

钟叔河

中华人民共和国文化部便笺

吉田、深町同志：

兹将洛峰同志于49年3月手拟的"出版工作计划"及陆定一同志向周总理的报告复印件各一件。此件是从我局出版署编印的《中华人民共和国出版史料》第一卷中录取的。这本史料有很多有关出版方面的文献纪录、文件，似都与洛峰同志有关。如中华编的洛峰传中，有关这方面的记述较少，可能是没有看到这些史料的缘故。

仲秋元

~~7.9~~

7.2

仲秋元

中国人民政治协商会议全国委员会

"上海的早晨"人民文学出版社已派人来谈重版，再将续集出版第三四部，希望明年出完，了此一件心愿。

近况如何，念念。

匆此奉复，

顺颂

而复 [illegible]

周而复

中国电影艺术研究中心便笺

范用同志：

我于去年十月三十日住进本市友谊医院，已两月多，来信今天才收到，而我的友和人没有会作之友人的所作为。我们应当让草开路，这使人为艺术作嫁，时至和[illegible]之一两句一下至轻松愉快；同此时也不得不报之，而大家在北京，不能经常见面！许多事要谈，我写过一篇文影谈话，所以亦大体如此。此信请人代书，多多不及之致意。

握手

钟惦棐

一月十三日

钟惦棐

第　页

（答应过的）

因为我还是想写些回忆文章（我把自己九死一生材料还带到香港，准备回到深圳后住几天集中时间写出一篇来（一是回忆读书出版社，一是回忆艾思奇同志的），结果在港很忙也没写出来。回来又膝痛又感冒，很难提力写。这几天再努力一下。所以这些材料暂不还您，不知可以否？专此敬祝

身体健康，阖家幸福！

周巍峙上

1999.11.25.

15×16=240

周巍峙

北京大学

范用同志：

冒昧陈词，尚希谅鉴。北大历史系田余庆教授的东晋门阀政治书稿，听说归你社出版，闻之为之高兴。此书从微观宏观两方面俱臻上乘。在邃密细致的考订基础之上，运用精辟辩证观点，分析东晋一百年间政治发展，新意迭出，多发前人未发之覆，为建国以来这一领域中实为罕见的佳作。极盼你社从繁荣学术出发，早日印出，以嘉惠士林，为史学界幸甚！余不一一，即致

敬礼！

周一良

一九八七、十二、九、

周一良

范用同志：

六月十六日手书奉悉。情况汤晓同志已经对我讲了，今又承来信，甚感盛意。谢谢！

附来台湾资料，极为有用。知己知彼、百战百胜。我们资料太少了，以后如有，请再寄下，可以把信送到南小街51号文改会，每天有人可带来沙滩。再次谢谢！

敬礼！

周有光
1981.6.18.

周有光

范用同志：承嘱为俞弦先生新集题签，予年来不用毛笔写字，近复眼花手颤，勉强写出实在难看，不如请葉老另题。即颂
时祺
弟朱光潜拜启
一九八二年九月

朱光潜

湖南出版社

范用同志：

您好！

李一氓、张申府两位的回忆录刚刚收到，我真是又感动又不安。李著已承赐精装本，因邮局丢失，劳您再赐一册。张著更是作者女公子所赠有纪念意义的一本，您也转送给我。我很后悔不该写信问您这本书。因我只听说有这样一本书，书名、出版者都不知道，心想也许是人民出版社的，故在信中打听一下。没想到您摔伤之后行动不便，只好将自己的珍藏本见赠了。这是我的不是。

现在我正在写陈独秀传，这两本

RA5.45—907

湖南出版社

书对这一项工作极为有用。我也只有用尽力写好这书来表示感谢了。

去年我写的那本讲反右派的书，香港天地图书公司已退稿。现在庄浦明同志介绍给另一家，已拿稿子去看，尚无回信，但愿能够成功。

六月份下半月我将赴京一趟，那时再趋前请益。

匆此致谢，顺颂

文安

朱正敬上

1994.5.3

RA5.45—907

朱正

外国文学研究所

范用先生：

三月十九日信悉，关心至谢！

新编遇此波折，原先也料到一些，所以有"吾其为王船山矣"的话。香港中华书局钟洁雄曾要求出第七册，现未见行动。我想迟早会有地方出的。人文编辑同志说待第二部东藏记写出，再合印南渡记。我因身体不好，搁笔久矣。对出版事务颇生疏，还望多多帮助。

即颂

时安

宗璞

九二年三月廿二日

电话 2566141

邮编 100871

宗璞

第　页

范用同志：

你寄来的《李凡一狱中诗稿》收到，我们几个编辑同志也读了。他们都真心赞美了诗。其中也有些比较好的诗。

很可惜，我们不能报导和评议。个别诗，（也有外国）我们还真想转载一下。（当然也不会注明出处）

並致谢忱

编安！

邹荻帆

6.15.

18×15=270　　诗刊社

邹荻帆

目　录

痖　弦

范用先生：

先生作品十分精彩，请继续赐稿以光篇幅。

两岸交流以来，《联合报》副刊刊载大陆文友作品甚多，不过还有不少重量级作家未能参与，引以为憾。先生交游广阔，盼望代为邀稿，如钱锺书、杨绛等作家，他们的作品，都是我深深盼望的。

戴天为我好友，当年在美国共过患难的。他十分推崇先生，希望我们经常联系，也能成为好朋友。

敬请

文安

痖弦 敬上

1993.1.12

范用先生：

由罗孚先生转来的四家文章及先生来信均收到，谢谢您代"联副"邀约名家作品。因各家稿子上均注明作者地址，各文处理方式我会直接与他们联络、请教。

两岸文坛交流后，大陆作家来稿甚多，我们也尽量刊载，最近此间文坛本土作家有些反弹，认为刊量太多，影响文学生态，不过我认为文学上的事是没有所谓的"保障名额"的，我们该做的，还是应该去做。

卞之琳先生的两篇，因比较专门，已转《联合文学》考虑，端木蕻良、张洁的散文，则交《幼狮文艺》发表。《幼狮》我担任总编辑多年，如今由一批年轻人接编，我每期仍为他们做些策划。

汪曾祺的《晚年》，适合“联副”目前的编辑旨趣，不过此文已在大陆发表，按《联合报》社方规定，不发表作家在大陆刊过的作品，所以我也把汪先生这三篇交给《幼狮》处理，另外写信给汪请他另外新写文章给“联副”。

台湾报业竞争激烈，大家都在邀约“难度高”（不易约到）的作家的作品。如经过先生引介，能得到钱锺书、杨绛夫妇的作品，那太好了。

“联副”近年走雅俗共赏大众化路子，请先生多赐这方面的文章，以光篇幅。

戴天是我好友，他对先生十分推崇，希望将来在北京或香港见面，一起喝一杯。

诺贝尔文学奖全集的出版社已倒闭。他们的书，闻也于数年前以最低价售给旧书商，现在不知能否买到你缺的廿四册，过两天我替你问一问，有结果再告。

敬请

文安

痖弦 敬上

1993.3.21

严晓星

范用先生：

您好！

我叫严晓星，江苏南通人，二十出头，高高瘦瘦的，在本地市委党史工委工作一年多了。我从小就是书迷，也很早就迷上了三联版图书。只是惭愧得很，知道您的名字还是不久前的事。这几天读了您的《我爱穆源》，非常喜欢。一时冲动，不避冒昧，给您写信，请您别见怪。

读着《我爱穆源》，我感受到的，不仅是您对穆源的爱，更是您对孩子们的爱，对童年的欢乐时光的爱，乃至对人类的热爱、生命的热爱。您那么轻柔，那么爱怜地给穆源的小朋友讲述着过去的故事，也是在重温自己的旧梦吧！也许，要过许多许多日子，今天的小朋友们也成大朋友了，再读您的书，才会真正体会到这“回忆时含泪的微笑”！

第五封信上，您写到一位“级任老师周老师”，您最爱上他的语文课。1954年，他还在海安给您写了封信。关于这位周坚如老师，您还有他更多的资料吗？海安是南通的属县，我也格外关心，很想为他写篇文章，刊在我们搞的《南通今古》杂志上。这样的好老师，应该让更多的人了解！

范先生，因为您，我们才读到了更多的好书，谢谢你！

祝您身体健康。

严晓星

96.11.23 下午

杨建民

范先生：

您好！

因爱《读书》及喜购三联版书，便常常可以见到有关先生的文字。那发表在《随笔》及《文汇读书周报》上的文章，至为精粹，小孙女写爷爷的小文，更见性情，非常喜爱，但不敢打扰。只心向往之。

先生每年制作贺年片赠友，我虽不算友，但渴望获得，难以释怀，更想读到先生著作，但不知何处可以购存。身处僻地，对于读书，竟也成一艰难事也。

我偶然亦写一点小文，对于文化人更注重人格品质。人于世生存，亿万之数，尽皆入官场、商场，岂不又全国山河一片官、商，人各有志不强勉，这就需有脊骨的文化人展示品格以昭示于人，显示文化的存在。

随便多说了些，十分想得到先生教益，不敢多叨扰。

匆此，祈颂

秋安

杨建民

1994.10.10

尊敬的范先生：

近好！《生活时报》上的拙稿，是先在网上读到，好几天后才接到样报的。正考虑着是否复印给先生（因怕给您添麻烦），便收到您的大札及三联版《我爱穆源》，喜不自胜。近几天大暑，常常躺在席上翻读《穆源》，很快又读了一遍，虽似乎轻松但收益却不少，我们最后留在生命记忆里的，不正是这些最纯粹、率直的东西吗？这也许正是它的价值，也许是人们复读《穆源》的自然冲动。再次致谢！

匆此，祈颂

暑祺

杨建民

2002.7.16

杨丽华

尊敬的范用同志：

您好！我来德国已逾半年，至今未接到你的来信，令我好生失望。七月份我从赵晓路同志那儿收到你辗转托人带来的茶叶、照片和短笺，不胜喜悦，短笺上言“另有一信”，于是我翘首盼望，满心期待，但是从夏天等到秋天，雁杳鱼沉，终不见这“另一信”，不知何故矣？想想，还是我给你写信吧，否则，恐怕既是“望穿秋水”也不得一信了。

首先呢，当然要感谢你送我的茶叶。《红楼梦》里宝钗有言“物离乡贵”，何况这茶叶是去国万里，几度转托带来，在我，更是觉得它无比珍贵了。龙井口味甚佳，可惜太少，遗憾。铁观音也好，我也舍不得送人，留下自己享用，每于周末假日，倚窗独坐，泡上一杯浓浓的铁观音，既清且香，细细品尝，稍慰我乡愁与离思也。此地饮料甚多，咖啡、可乐、各种果汁、矿泉水，可是说来奇怪，我现在只爱饮茶，觉得中国茶真是世界第一，什么样的饮料也比不上茶。我很想给你带一些咖啡或其他什么，可至今尚没有合适的人去北京。赵晓路同志原拟十月份归国的打算延期了。

我在此地的生活略有改变。我原来住在波恩郊区的小镇上，每天乘火车来回奔波，殊觉不方便，而且小镇上生活单调，更少友朋之乐。而且波恩的私人语言学校学费昂贵，教学质量甚低。我费了一番心思，总算进了科伦大学，并且在科伦市找到了住房。说起找房的困难，真是一言难尽。德国现在住房紧张，而且德人排外情绪浓厚，不愿意把房子租给外国人。现在，我的生活初步安定，居处环境优美、宁静，科伦大学条件也不错。最初的那段困难时期总算过去了。

西风沥沥，黄叶纷飞，此地的秋天，来得甚早。想北京也正是桂子飘香、菊花盛绽之时吧。你身体可好，起居如何？望多多保重。我见小赵给我信上，言你又为《读书》设计一封面，拟于某日重开“家宴”，可惜我无福参加，深以为怅。望能将“家宴”菜单寄一份与我，使我在异国他乡也分享一份快乐。

问李小坤好，她的儿子长得真可爱！谢谢她的照片。

请代问丁伯伯、罗公、冯老、倪子明同志好！

即叩

秋安！

杨丽华

11.1

范用同志：

您好！您的来信、照片和那本精美的书给了我极大的愉快，谢谢！照片中的您，身着一袭长袍，显得古板方正，这有点出乎我的意料。在我的记忆中，您总是那样敏捷、热情，懂得美、热爱美，充满生命的活力。相形之下，我更喜欢唐思东为您拍的“翠堤晨曦”那幅照片，因为它更准确地反映了您内在的生命之火，愿您的心永远年轻。

您的这本《往事的回忆》让我爱不释手，昨天一整天，我是一杯清茶在手，反复阅读和品味您的这本书，度过了我归国后最愉快的一天。您的文字，只有二字可以形容，“清秀”，所谓文如其人也！“集外”的几篇文章，虽然大致写得不错，但阅后总觉得缺了什么。其实，这些记者们对您的了解是肤浅的、表面的，所以并不能真心写出您那丰富的、深沉的内心世界。也许，有一天我会写一篇“范用素描”，大概要比这几篇“集外”文章翔实一点吧。

听说您要搬迁，我也感到若有所失的惆怅。在您那书美、咖啡美、酒美、茶美的“四美客厅”，我度过了多少美好的时光。窗外浓浓的绿荫构成了我往事回忆中最难忘的篇章。我真想很快到北京，再一次坐在您那个幽雅的客厅里，品茶，品酒，品咖啡（顺便说一句绝不是恭维的话，我去过德国许多城市的咖啡厅，去过巴黎、罗马、巴塞罗那的咖啡馆，喝过不同风味的咖啡，但觉得总是比不上“范厨”的咖啡之浓、之香），品书，然后是长长的、长长的“清谈”，当然，那鲜美的馄饨汤是不可不尝的。

您在信中问到我的去向，这也是一言难尽的问题。我此次中断学习和在教授手下的工作，放弃暑假在出版社的实习机会，匆匆返国，主要是为了我儿子的上学问题。时光易逝，我的儿子已到入学年龄。小学在一个人的成长过程中是十分重要的，孩子需要母亲，我也不能再忍受母子分离的生活。然而，我实在没有勇气把儿子接到德国，德意志民族真是一个奇怪的、不可思议的民族。她的文化是这样深厚、丰富、优秀，让我心向往之，但是她的心胸又是如此狭隘、世俗，近年来德国不断增长的排外、仇外情绪让我感到震惊。据一份问卷调查，60% 的青少年公开表示仇视外国人。我怎么能让我的儿子在这样的环境中度过他的少年时代？当然，最重要的是，我希望我的儿子在中国接受基础教育，他是中国人，首先应该把中文学好。我匆匆赶在小学报名之前回到扬州，为他联系小学，报名，我现在倾向于留在国内工作，也乐于重回出版界工作。我喜欢书，爱书，对我而言，这份工作不仅仅是职业，实在也是一种莫大的精神享受。我以为，精神生活的充实永远比物质生活的富有重要，一个人对物质生活的追求总是有限的，对精神生活的追求则是无限的。英国哲学家罗素有言，对知识的追求，对爱情的渴望，对人类的普遍同情心，这三种热情支配了他的一生。其实，这依然是真、善、美的老问题。在我内心深处，也永远洋溢着这样一份热情。

匆匆草此！问您全家好！

即颂

夏祺！

丽华

6.15

范用同志：

您好！陆续收到您的几封来信，甚喜。明信片颇精美，令我爱不释手。得知您寄给我若干书，终日盼望，但至今不见踪影，不知为何如此姗姗来迟也。我总担心被别人顺手拿去，在中国，“窃书”也不失为一件雅事的。一笑。

信中询问我扬州二中事，我向别人打听，均不知。据我记忆，扬州若干年来最有名的中学就是扬州中学，前外交部长乔冠华、现中共总书记江泽民，及胡乔木等，均为扬州中学校友，北京有一个扬州中学校友会，多达数百人，据说中央各部委都有扬州中学校友。当然，以前三联书店《读书》杂志也有一个扬州中学校友。

我在家已一个多月，每日在家课子读书、买菜、洗衣、做饭，仿佛又回到了遥远的过去。扬州城市变化很大，新建两条大街，颇有唐代遗风，据说要恢复“春风十里扬州路”的豪华。舞厅、卡拉OK极多，但我并无兴趣造访，只想找一处幽静、雅致、花木扶疏之地，和二三好友喝茶、聊天，回忆前尘影事。可遗憾，至今未能如愿，去了一趟“冶春”，极脏，点心也不好吃，茶更次，但价钱贵得吓人。看来，要喝好茶只有到您府上去了。

我记得以前从您处借过若干本董桥的散文、亦舒的散文，不知您现在手边还有否？如有，能否寄我一阅？董桥的散文，我只要看他留学英伦的那两本，亦舒也只有一本散文精选，另外三毛的散文以及温源宁的散文集《一知半解》，若能找到，一块寄我一阅。此情面谢。

所有寄给我的书，我阅后一定寄回，完璧归赵，勿虑。

我和方鸣联系好，回京后请他帮助我安排住处，我想在八月下旬回京，主要现在天气太热，实在不想出门。颇怀念莱茵河畔清凉，清凉的夏天，然梁园虽好，不是久恋之地，中国人，还是生活在自己的国土上感觉比较好！

北京是否很热？望您保重身体。想象中，您每天一定是在绿藤掩映的窗下，喝茶，看书，听音乐，或者，如您外孙女所写，快快地走路，快快地做事，慢慢地喝酒。

即祝

夏祺！

丽华

8.9

杨年科

范用（鹤镛）老学长你好：

我突（然）来信，冒昧得很，希谅之。

拜读大作《我爱穆源》之后，心潮澎湃，思绪万千，往事如烟，不堪回首。老学长是你把我失去童年的梦找回来了，是真中的梦，梦中的真，似梦似幻，是诉是泣，交织在一起。你的大作《我爱穆源》的一言一句、一草一木对极了，一点不假。毛主席名篇有“往事越千年，魏武挥鞭”。我们是往事六十年，弹指一挥间。

是你把我的记忆闸门打开了，我记得一进穆源学校大门，对面一面大镜子，我背着书包进校门，总是对着镜子照一照，看看自己的衣服是否整洁，有时看见黄校长站在校长室门口，那修长的身材，清癯的面庞，总是向我们微笑，黄校长你好，我们向他一鞠躬。老学长，你做的穆源学校模型（1935 年）一点不错，真像，像极了。我们背着书包一脚就跨进教学大楼，上了楼。老学长你们毕业以后，我就升入六年级了。你们五十一位同学毕业纪念，送给学校纪念塔，我亲眼看到建立起来的，大约还有四张长石凳，是中华路汤家石匠店做的，质量还不错，精工细作，长石凳我坐过，还用手把它摸一摸，滑滴滴的，天不冷的时候，坐在上面真爱人呢。还有你们演话剧，童子军到南京大露营、上街宣传抗日等等，这些事我都亲眼看到的，一点不错。我上六年级的时候，学校操场上，都挖了防空壕，我下去看了好几次呢！我六年级上了不多久日军进逼苏、锡、常地带了，我最后上了一堂英语课，学校就宣布解散了，我开始就失学了。不多久时间，日军飞机就轰炸镇江了，首先就把我的母校教学大楼炸毁了，我心情多么沉重，我失声痛哭了一场。随后战争更紧张了，我随家人和逃难的群众都逃到苏北乡下去了。真像蒋兆和的一幅《流民图》，我临走时，把谢冰心《寄小读者》、《叶绍钧文选》（现在叫叶圣陶）、《郭沫若文选》、《朱自清文选》和学校内的课本都一起带着走了。后来日军飞机又在苏北轰炸了，我们东逃西跑，可惜把我心爱的书都丢失了。那个战争的年代真残酷，不是人过的日子，在那艰苦的岁月里，我就学会了烧茶煮饭了，在苏北过了一年多，就和家人回到故土镇江了。我就在一个小店里当上了学徒工，从此就没有进过学校门上过学了。时过境迁，一晃六十年了，一个十二三岁的小孩子，如今已变成一个白发苍苍的老人了。唉！人生如梦，如梦人生。

老学长，过去我还记得一些老师，他们是：

班主任　丁宗仁老师（江苏如皋人）

美　术　蒋千里老师

体　育　李纯雍老师（东北人）

音　乐　林又殊老师（高年级音乐）

音　乐　林佩瑚老师（低年级音乐）

他们的音容笑貌，我还记得，我每每坐在昏黄的灯影下，他们的身影都浮在我的脑海里，我到现在还对他们无限的怀念。

时光的流逝，老同学们都星云流散，所剩无几，真是凤毛麟角了，大有“同学落落星云散，面对大江一悲怆”之感。写到此，怆然而涕下，老泪横流，如此人生，人生如此。

老学长，我心中还有许多话儿要和你说，因为我受文化的限制，写不出来了。就此搁笔。打扰你了，对不起。祝你

大安，并向

阁府问好

学弟 杨年科 敬上

1996.8.21

范用老学长，您好：

一月十日收到您的大作《最初的梦》，我反复看了好几遍，勾起了我七十年前的回忆，此情此景，人物、地理、风情，一点不错，全都是真实性的。我家本来住在沿河一条街上，前门对住小鱼巷口，后门对过河边。小鱼巷西边便是柴炭巷了，你我幼年时候，同是一个街坊的人了。那个时候沿河一条街上，够热闹的呢！两旁店铺一家靠一家，如水果行、蛋行、蒲苞行、竹器店、麻绳店、汉货店、藤子店、油号等……熙熙攘攘人流如潮，川流不息，南北客商如过江之鲫，景象相当繁华。昔日繁华，现已荡然无存了，要想找昔日的痕迹，只有在《最初的梦》里找了。缅怀往事，不堪回首。

老学长，近况如何？甚为念念，天气冷了，身体千万保重为要。戊寅年春节将要来临，我借此向您们全家拜个早年，谨祝您们全家

春节愉快，万事如意

学弟 杨年科 拜上

丁丑岁末

杨　奇

范用兄：

自港归来，得接惠赠《我爱穆源》一书，至感快慰。上周用了大半天时间，一口气把它读完，更觉高兴；只因近来感冒咳嗽，天气寒冷，延至今日才复。

你给小同学的16封信以及8篇少年纪事，写得真实、真情、真挚，勾起了我对童年“含泪的微笑”的回忆，使我久久沉浸在那净化心灵的境界之中。看来，你和我不仅是同时代人，而且可能是同年出生（有个地方你说1936年时14岁，而你那可爱的外孙女说你1991年时67岁，所以不敢肯定你是否1922年生）。但不管怎样，我的经历有不少地方同你近似，我童年失学，做过练习生、小店员、校对；你是1939年春在国统区入党，我则是1941年春在香港秘密宣誓，比你迟了两年；你一辈子从事出版工作，成为一名真正的出版家，我则干了52年新闻工作，成为穿梭粤港两地的“老报人”。时间过得真快，如今你我都垂垂老矣，对许多事都无能为力了，对新闻出版界的腐败现象（有偿新闻、出卖书号等等依然如故）更是无可奈何了，我近年终于想通：自己既然已退作平民，且又年老多病，就只好读书自娱，但求无愧于入党初衷，于愿足矣！

扯远了，还是回到《我爱穆源》来。首先，在出版不景气的环境中，能够出版这本既有童心又有童趣的书，实在“难能可贵”，而且不按征订的结果，初版就印五千，确实值得一赞，印刷还算可以，装订则不行，读了半天，最后一叠纸（p. 161 起）就脱线了。错字，没发现，可能我一口气读下去，不是用“校对的眼睛”看的。但有三个地方我不好理解：

① p. 101 第二行：“是绣的十字钱”；

② p. 186 第十二行：“从小外孙女端端谈了他对儿童教育的想法”；

③ p. 183 第一行：“我发了一个唁电，只有一句话……”既然是唁电，就不应“只有一句话”的。“吊唁”“吊唁”，对死者谓之吊，对生者谓之唁嘛！——对了，顺便一问，你在《邂逅》里说的是田蔚吗？

读这本小书时，好像还有较多感想的，但没有随手记下来，事隔十天，现在只能拉杂写这些了。总之，我很感激你，让我分享你回忆童年中的愉快。本来，我还将《我爱穆源》给外孙女宋紫筠读了，她一直跟父母陪我（两）老同住，她今年的年纪正好是许双写《我的外公》时那样。我问她读后感想如何？她只是说好，却说得不具体。也难怪她，这些天她正忙于温习应付期末考试。昨晚知道结果，语文 94 分，数学 95 分——如今做小学生的负担真的是太沉重呵！

由许双想到叶至善的《〈我的外公〉读后》，他在文章一开头说的“年前收到的贺年片，数范用同志的最别致”，我深有同感。返穗定居这几年，我收藏的年柬以你和老烈（苏烈）的最饶有兴味。你的老友张安山书录王安石赞颂《孤桐》的托物言志诗，不仅是荆公从少壮至老死一生的写照，而且确如兄言“涤我胸怀，砺我心志”也。启功先生的《新晴》老竹、新凤霞伉俪“花是老来红”诗画，以至黄永玉兄十年前赠你的嗜书好酒图，对你这位老兄都是顶贴切的！——光是以收到你的年柬来说，我是早就该修书感谢你的了，无奈健康状况不好，连年“百病丛生”（近年主要是心力衰竭和脑萎缩），遵医嘱“每日只复一信、读报三个小时”，以至信债累累，今年更是响应“环保”号召，节约纸张，连贺年柬也大大减少了，疏懒之处，尚乞原宥。

《读书》每期都能收到，看到是你亲笔写的地址标签，心里实在过意不去。你说“香港也有寄去”，是寄曾德成、马文通呢？还是寄资料室呢？我近年病多，已很少回《大公报》办事处去，所以有时《读书》也会被人“顺手牵羊”。如果能改寄广州市黄花岗先烈中路，那就更快捷妥当。不情之请，请斟酌办。《读书》每期必定选读多篇，医生劝我养病期间“不可不读书，不可多读书”，我则对他说：“不可不读书，不可不读《读书》。”但是说实话，按我个人兴趣来说，创刊初期那两年，每期可读、不可不读的文章比近年多。

似乎是半年前李普先生来信中告诉我，他听你说《爱的教育》一书决定重新出版。这是好事，一本难得的好书，一件难得的好事，不知是否已经出版？因为前几个月，我还见到广东省文联办的《粤海风》主编赖海晏在“旧书新读”栏目中介绍这本书，故此一问。如果已发行了，那在广州准是可以买到的。勿念。

我返穗定居以来，较少写文章，前年曾经为广东人民出版社主编了一本《英国撤退前的香港》，去年更换了一些新的统计数字，又再版发行，据说也是瞬即卖完（印的不多，只印了九千本）。今年，该社又叫我修订三版，我没精力搞了。

返穗以来，新闻界有些人曾经访问我，写过一些访谈录，在刊物上发表。有人曾建议我写点回忆录之类的东西。但我这个报海中的一粟，实在没有什么值得写的；而且，香港工作的十五年，许多问题很敏感，有些属工作秘密，或者是统战策略，现在都不好写，所以一一推却了。有一位女作家李春晓（原《羊城晚报》记者），执意要为我写一本文学性传记，并且她居然说服花城出版社愿意出书，于是，出版了《路漫漫兮求索》这本第一次记述广东新闻工作者经历的书。现另函寄上一本，请你在不妨碍休息、不影响健康的情况下看看。肯定有不少不妥之处，盼能来信指正。我知道作者也是乐于听取批评的。

衷心祝你健康长寿，合家幸福。

代我向小许双致意，祝她不断进步！

弟 杨奇

1996年1月31日

范用同志：

惠寄港版《我爱穆源》已于3月13日收到（北京邮戳是2月16日，而广州邮戳却已是3月12日）。我一口气把“集外”几篇文章读了，潘际垌兄的文章是我在港时已读过的，过于简短了，但既是“京华小记”，也就不能苛求的。申今、韩金英对你的评价，都很平实可信，决非“溢美之词”。事必躬亲，有主见，有胆识，敢于拍板，敢于承担责任，熟悉出版业务，热爱书籍甚于生命，等等，都是我从多个朋友口中得来对你的共识。“港事港办”，“港书港出”，增加此一“集外”，没有什么不好，我倒认为应该有一个较全面评介你的文章才对。

今天早上，又收到你3月4日投邮的两包《读书》，而且是直接改寄到我住处来的，太费你心了。但两本都是1996年2月，不知是否有一本应该是1996年1月的呢？（我没有收到今年第一期。也可能是你已按旧址寄到《大公报》广州办事处去了，而尚未到我手上吧。）

这期《读书》有好几篇令人感兴趣的文章，如张志忠的《抗拒遗忘》，甚为及时。“文革”三十周年纪念，估计报刊不会有多少论文和回忆录的了，所以更觉得珍贵。邵燕祥的《论丑闻》和陈四益的《兼学别样》（附带一说，目录上漏了这题），都切中时弊。丁聪和康笑宇的配画，都“恰到好处”。邵文指出：“没有丑闻的地方，未必没有丑事。掩盖丑事，则丑上加丑。”这是会刺痛某些人的。当然，《读书》的使命主要不在于登这些诗配画，但每期有一两则，是甚受读者欢迎的。

1月31日，我读完《我爱穆源》后，曾写过一信给你。2月1日，又挂号寄出《路漫漫兮求索》一书，不知是否收到？听唐棠说，你在2月间曾有信复我，但我至今未有收到。

我想起，可能是因我上次忘记将邮政编码告你，以致寄失了你的信。现补上我住处的邮码。

刚从医院看病归家，信就写到这里。请原谅。

衷心祝愿你身体健康，一切胜常，家庭幸福！

杨奇

1996年3月15日

杨武能

范用老师：

遵嘱奉上《里尔克抒情诗选》以及另外一本小书（另邮），但愿也能增加一点您享清福时的乐趣！

可惜前者装帧、印刷毛病太多，后者又为增加订数而不得已加了“野玫瑰”三字，在您这位老三联的大家眼里该是不可容忍的。书出版后师友们及读书界的“识货者”反应挺好。因印量小，新华书店买不着，来信索寄者不在少数。希望您在读后不惜时间和纸墨，对它们提出批评。《读书》赵丽雅无疑会给您篇幅，更重要的是不能影响您享清福！

见着昌文同志和小赵请代我问好。我给他们的第二篇《黑塞说书》不知是否收到，望小赵便中告诉我。顺请

夏安

杨武能

9.14

杨宪益

范用兄：

史林安兄（罗孚）有信来，说及上次未同来，因觉“一动不如一静”，又赠诗一首，我未记下他的地址无法回信，见面请代致意，如能将他地址抄给我更好。我和乃迭九日去印度，可能要到月底回来再见了。上次您帮我买到的负离子发生器，我母亲也想要一个，不知东四还有此物否？如果方便，可否请再给我买一个，买到后我再还你钱，谢谢。祝

好

弟 宪益

二月二十九日

范用兄：

春节期间断断续续勉强写了二千来字，因这两天上班，未见来取稿，就直接寄给你了。多年不写东西，实在写不好，请看看，如不能用就算了，不要为难。近来整天忙于吃酒写打油诗，一点正经事也没有做，恐怕此后也就这样下去了。改天请来玩，祝

好

弟 宪益

八日

范用兄：

昨天翻翻书架偶然找到解放初，五〇至五二年间，从苏联 *Uols* 杂志翻译下来的一些短文章，都是考古方面的普及性东西，还有两篇我当时写的文章，是关于赤眉和黄巾起义的，这些都是三十多年前写的东西，有些照抄苏联观点的教条主义，这是当时文风使然，也有些幼稚。当时还写过一些别的东西，如译过一本《基辅俄罗斯》，还写过一本小说《黄巾子弟》等，那些稿子后来我都丢掉了。这些残存下来的稿子，因当时有两位好意的朋友，给我抄得很工整，又装订了一下，因此舍不得丢掉，留下来了，请你抽空看看好不好？关于汉代还是奴隶社会的观点，我过去同苏联历史家们一样，现在也还没有变。此外有些提法也许需要修改一下了。这些东西恐怕不值得再发表，但还是希望有一位行家看一看，因此就麻烦你了，有空来玩。祝

好

弟 宪益

七月九日

苗子兄，范用电话要诗，先寄给你看吧：

家家户户送瘟神，节届重阳喜气增。
除旧布新魑魅尽，兴邦自有后来人。

纸船明烛照天烧，何物瘟君敢遁逃。
鬼蜮害人终自毙，含沙射影总徒劳。

穿墉谁谓鼠无牙，抹黑他人却自夸。
此日家家悬鬼脸，到头变个破南瓜。

诗不像诗，勉强遵命塞责而已。
范用兄一笑。

宪益
二日

范用兄一笑。有空来玩。

迁居四首

无端野鸟入金笼，终日栖栖斗室中。
只好闭门装隐士，何须下海耍英雄。
千年古国贫愚弱，一代新邦假大空。
老子犹堪绝荒漠，京城亦可化胡戎。

辞去肮脏百万庄，暂居宾馆觅清凉。
投林倦鸟随枝歇，漏网游鱼见穴藏。
岂敢择邻师孟母，只能拼命作三郎。
亲朋疏远音书隔，犹胜逃亡去异乡。

欲慰慈怀解寂寥，女儿携赠白狸猫。
只尝美国鲜虾粒，不顾燕京土蛋糕。
瓶倒箱翻常撒野，梦回饭饱更装娇。
工农虽说今专政，哪及豪门宠物高。

假山假水假洋房，越学摩登越外行。
西式草坪常不剪，东瀛地毡垢能藏。
交通填塞行人苦，洗涤艰难无事忙。
莫道此间商品贵，公家只卖舶来糖。

弟 宪益

二十四日

苗子兄示诗是打算给范用兄看的，谨步韵凑了两首供一笑。

修道猢狲总是妖，翻云覆雨犯天条。
凄凉老树无生意，折戟沉沙恨未消。

倒数今成第一名，无权难得傲公卿。
离群难比南飞雁，诸葛原来不孔明。

宪益

书谱观后戏题四绝句

一

参军一轴散出尔，元气淋漓四百行。
妙在毫端无穷意，高标卓荦谬初唐。
（真迹三五三行，合佚文百六十余字，以十六行计则得三六九行。）

二

云烟满纸跃蛇龙，俯仰多姿味最浓。
使转何由关妙谛，须从点画运中锋。

三

此物曾经御府藏，欲求真本叹亡羊。

化身尚有飘萧态，下笔风神逼二王。

（太宗谓过庭小子乱二王。）

四

潇洒天真掉臂行（孙承泽语），千钧腕力击轻盈。

功夫深到人难测，无愧书家百世名。

甲寅十月十一日初稿

杨　苡

范用同志：

您的信收到好些天了，看了之后十分激动，虽然我不知道姜德明同志怎么知道我珍惜着巴金先生的信，因为我并不认识他。

到今天才能回信，因为我拖拖拉拉，又要给巴金写信（一写总是十页左右！）。前天收到他的信，昨天复印了，寄你，你看完再寄还我吧。现在你可以放心了，我也可以放心大胆地开始这个极有意义的工作了！我当然最热望能在三联书店出书，我这没水平的人总还是永远向往有水平的出版社的！

您说您在退休以前还想多为作家服务，出几本好书，我倒要说我在死以前只要能在三联书店出齐您出于对杨宪益的信任而向我约好这几本书［《记我哥》（暂名）、《我赤裸裸地来》（罗丹传），以及这一本的确是珍贵的书信集］，这就了不起了！当然也许在我死之后会有人发现我有那么多抒情诗（假如老赵不悄悄地烧毁），也许会有人愿出，到那时也仍然只能有您这样的有魄力、有远见的出版者！

巴先生这信最后写得多好！

信一共有五十三封，从38年开始，这以前的没了（好像差不多，我和我哥总是在算术上数字上不大灵！）。有的会配上散文回忆（我写不好但至少是很有感情的），有的也只能三言两语，六十年代几乎没通什么信（由于种种客观原因！）。

去年夏天我和老赵去苏州讲学，讲完到上海去看巴先生，他特别给我看一个东西，是从旧书中找到的。原来是我在年轻时37或38年写给他的一首诗（已不全），纸全黄了、脆了，我当时还在四周画了图案呢。我提到他的鼓励，表示一定要勇敢前进，巴先生等我看完微笑着又收进原处了，我认为这倒可以复印。我那首《知识》（已收进《83年诗选》）和《坚强的探索者》也是可以考虑收进集子。但我不同意加上老赵的诗文，我们不比杨宪益和戴乃迭，他们能合作，我们一向各写各的，就是译诗，路子也不同。老赵自己也还有巴先生两封信，以后可以编进别的集子里，那都是一般的。

沈从文先生的信写得才好呢，可惜给我个人那一堆全毁了，只有这几年给我们两人的了。我们还有一些内容还是很有意思的，也不知沈先生这一年身体怎么样，听白尘师母说沈先生又住院了，我们十分惦记！我一直想写散文回忆我和沈先生38年秋同住在青云街院内的那一段时候（其内容当然是外人不大知道的），那时候杨振声是杨大哥，沈先生是二哥，萧乾是三哥。我确一直想写一组散文回忆沈先生怎样鼓励帮助我们那一批平津流亡学生，可一直没写。我的孙子生在80年江苏省文代会之时，这之后我就被老赵和他的儿子媳妇拖住了。这几年的成绩甚微，想回北京又走不掉。但编巴金这一批信的集子还是有信心的。一天写一篇，有长的、短的，加上整理抄清两个月就成功了。您放心吧，全部写完后即赴上海再请巴先生看一遍，然后就带给你，如果顺利的话，五一前是可以交卷的。

我的第一篇第二篇也要先寄你看看这么写行不，等巴先生复印的信一收到，我即动笔。

写我哥只能等我去北京了，好在我哥才七十岁，不比巴先生，他毕竟是八十岁老人了。

寄上巴先生大笑的照片，是我儿子赵苏抓拍的，我们全家在上海给巴先生祝寿，想你已听黄裳说过了。

匆祝撰安！

杨苡

元月廿三日

范用同志：

四月份就想寄给你我先整理出的四封巴金书简，可拖到今天才寄。寄给你看是想请你提提意见，这样加注行不行？黄裳来信说他要为人文社编个巴金散文集，要收进巴金给我的信十来封，我没意见，反正只要巴金同意了的，我都愿意做。后来，黄裳告诉我巴金自己还选了四封给姜德明编入什么丛刊，给了有三封也是我已选好的。所以那十四封早已注好，托人带到上海交巴金与黄裳了。我这四封（也是其中四封）另抄一份寄你，你毕竟是个有眼力有水平有胆略的大编辑，能否告诉我这样加注行不行？我那十四封给巴金后他也没来信。李瑞珏来信告诉我她四哥从北京回来后时感疲倦，我也不敢写信打扰他。

一共有六十封。（我但愿今后能多一些，这说明他的健康还可以，我总是不太放心！）四十年代与七十年代的最有意思！我的打算是这样（已告诉巴金了）。

① 前记（叙述我这个十七岁的读者如何与巴金通信）

② 书简（39—66 年）

③ 可怕的间隔（一篇短文，谈到浩劫如何隔断我们）

④ 书简（73—85 年）

⑤ 梦萧珊（散文，代跋）

我至迟十月去北京，全部可以带给你。如果你着急，如有便人，我也可以先带给你书简的复印件，我希望你能体谅我身体不大好，又想先去上海把全部给巴金过目一下。

《书简》已全部请老赵的研究生用稿纸抄了一遍（因复印件不清楚，原件在巴金那里，而且巴金的字有时候也只有我认得），我的注释也不太多，有的牵涉到尚存的“名人”（如萧乾）只能含蓄些，有的涉及死者，由于某种原因，也不想多说。有的信无保留地公开了以后就随便人们胡乱“考据”吧，一笑！

我的诗全是大白话的破诗，你提到《夜歌》，我倒很觉感动了！如我哥猜到的，我确实写过不少抒情诗（或称“无题”吧，老杜说我如将来出集子，就叫“无题集”），可是似乎不宜公开。M是郑敏，S是邵燕祥。最后一首提到的交响诗是Liszt的前奏曲，中央乐团前年春天演奏的。

傅雷墨迹收到。遗书使我鼻酸，我常想：巴金、我哥、黄裳和我……为什么在那个时候都没自杀（不是没想过，甚至还不止一次地想过），是不是由于还存在一种玩世不恭的思想，以至于有些麻木了（见给我哥的诗）。

《与傅聪谈音乐》我没有（你没给我）。你前年给我的《干校六记》，拿到天津被老同学要走了，又托白杰明找一本，又给小女儿拿去了，老赵在香港又买了一本。我喜欢三联书店的书。

寄上南京市作协印的内部交流的集子（我们没有自己的杂志，江苏省不给，说已有《青春》了），这首《拨浪鼓》的诗应该首先请你指正。当时我哥有三只拨浪鼓，你我各拿一只，留给他一只，你还记得吗？《年轮》有点讽刺味道，是讽刺一些该退出历史舞台却不服老的人。

另两封信是我好友林宁（新华社对外部头头）写的，描述了与巴金的通信与会见。看完还我。匆匆祝好！干扰太多，乞恕潦草！

杨苡

范用同志：

非常谢谢你寄来的书（当然那个新书预告对老赵有压力，我认为非常好！），这些书得慢慢地消化，因为我前几天收到黄裳先生的新书。

前几天四川人民出版社有个姓龚的同志来，说起要出《巴金书信集》的事。他说他是听巴老的家属讲起我有。我对于这种事只能问巴老本人，反正我今年秋天去京时要交给你全部的。

《我赤裸裸地来》只能明年再说，前年我曾译过压缩本，也没译完。因此总觉得在这个基础上译原书本来不难，而且在北京时已和我姐姐分了，我们本来以为一年就可完稿的。哪知我带孙子，她也添了孙子，结果搁浅了，我相信只要我能在北京呆半年，一切文债就都可还清了。

我孙子上星期日忽得急性阑尾，星期一开刀了，由于医院只许一周探视三次（且只在纱窗外看看，跟探监一样，开刀后也不能陪），所以我在家倒是时间多些，不过老是心神不定。

范用同志，请你看看这期《收获》中《散淡的人》，我觉得谌容这样写我哥，当然写得很真实，除了家世外，全是真人真话真事。反正现在报告文学掺假，小说中掺真，我只担心这小说对入党后的我哥不利。

匆祝好！

杨苡

6.29

范用同志：

黄裳兄在赴港前来过一信，告诉我你已把书信取走。这我就放心了，我月底或下月一二号必赴京，由于大女儿六号回来“探亲”，所以我才拖延未去。现在打算十四号赴沪看巴先生，取回原信，我抵北京后会打电话找你，你可以把所有原信研究一下用哪封制版最好。我只能自己带给你，怕寄丢！这曾是我拚着挨耳光而不肯交出的宝贵信件！

后记或前言还未写，当然要动笔也快得很，我已酝酿了半年，差不多了。夏天曾为《爱国报》匆匆写了一篇，一共花了不到二小时，写得很乱。当然不能用于前言，但有些话我还是想保留的。我的前言不会超过六百字。但有一篇《梦萧珊》（代跋）是用眼泪写成的散文，记述了我和她和巴先生的友情。我会给你看的，能不能用，以后再说。现只有草稿，且一时不知丢在哪里了。

书名早想过，却没想好，你想的“心曲”我坚决反对。那个“三十七年”也不合适，我同巴先生是从 1936 年通信的。直到现在，该是半个世纪了（断断续续的），怎么也不能说是 37 年。

曾敏之要信，我还未寄，这事是老赵宣扬出去的，我不喜欢“宣扬”我是杨宪益的妹妹、巴金的朋友（只是一个伟大作家与一个渺小读者的友谊！）。他要全部发表我不赞成，为什么在即将出版前发表一通呢？我不是向钱看的人，而且这个稿酬我也不要。虽然我的工资加上乱七八糟只有七八十元，可我决不能揩油。巴先生的意见非常好。这正是我所想的！

老赵催我给曾敏之寄几封信，可我还没空选出。我急于赴沪，然后赴京。家里的干扰也够可以，我在北京的大女儿被丈夫虐待了好多年。叫她反抗离婚，她又软弱无能，所以这事严重地影响了我的工作情绪！

附巴先生最近来信，给你是一共六十封，这信写得多好。我们市作协的内部通讯准备摘中间两段发表，我想可以的，为了文学馆！

匆祝撰安！

杨苡

10.10

又，我的诗《拨浪鼓》，二号、三号在南京诗歌朗诵会上朗诵，反映强烈，掌声雷动。我发言时提到三只拨浪鼓。

范用同志：

这篇“代跋”写得很糟，抄就了初稿，又不好意思寄你，想请巴金删改，他又远在上海。你先看看吧，你认为该怎么砍掉些废话？

这是我酝酿了一年的东西，这篇写完就算是老友灵前的一点祭奠了！我的笔越来越不听使唤，人老了！请你大笔一挥，然后我再重抄，好吗？如果你认为不可用，也没关系，要知道那些几十年前的回忆也够折磨人的！

写完之后，收到刘北汜寄来他为我复印的《四十年间》（文坛忆旧），我感到他写得细多了，真是各人回忆各人的！

等你的电话，别客气！这只是初稿！

匆祝撰安！

杨苡

十五日

又，沈从文在干校劳动时，给夫人张兆和的信十分精彩，我没见过，杜诗人说的，应出版。

① 附黄裳写的三个字，我认为如不写出诗的前半，似乎不

大明确。这个集子名为《雪泥集》行吗？究竟该怎么办，你跟黄裳直接研究如何？

② 能否给我一点稿纸？买也行，因为外面买不到。北京太特别了！

范用同志：

给你拜年可能迟了一些，我原以为总会在哥家碰到您的！哥说“路远故人疏”，确实是有点感慨，连我也怕上公共汽车了，因为真的老了，腿不利索了。

我女婿给您照的几张照片，真挺妙的，可是他还没时间加印，您与我哥的对跪照片将来可有纪念价值了！我在催他早日加印，他这几天在忙编他的什么艺术片。

有一件事跟您商议，《梦萧珊》巴金看过了，春节前他来了信，他说：“文章写得不错，使我想起许多事情。我没有什么意见，代跋当然可以用。不过我不想把它交给《收获》，倘使要发表，我希望不在上海的报刊上。我《怀念萧珊》的文章就交给一份远方的刊物，广州的《作品》刊出。我不愿意人们在我四周多说那些使我心酸的事……”

我认为巴先生的想法是可以理解的，我原来希望发表在《收获》是因为想发泄我的不平，因为“文革”初期人们说她是巴金派到《收获》的坐探。现在看来我没有像巴先生想的那么多。

现在那份稿子已存在巴先生处，我也不打算要回，因为他应该有一份。哥说请你给复印一份，我手中本来只有用复写纸抄的两份，一份交你，一份寄沪，现在只有请你给复印一下挂号寄我或交哥转也行，哥和邵燕祥都愿在北京给我介绍出去，您看如何？

另外，巴金提出两点时间错误，我因手中无稿，也无法改了，请你查一下，麻烦您给改改好吧！

① p. 11，第三行：三九年春天应是四〇年春天。

② p.29，末尾倒第三行：三八年年底应是三九年年底。

一切给您添麻烦了！复印如需付款，请告诉我，我应该付的。

我打算月底买车票，争取三月初回去，在这里由于种种原因，无法工作，因此归心似箭了。清样不可能早印出来，以后只能挂号寄了。

匆祝您春安！

杨苡

二月十八日

范用同志：

我离开北京时未能打电话向您辞行，实在太不礼貌了，我总觉得您是忙人，不该老是打扰，不像我这“无业游民”，终日无所事事。

我姐姐来信说您已寄去《童年》与《梦萧珊》复印稿，十分感谢！我倒真希望《梦萧珊》能有地方先发表一下，因为我哥认为可以。

回来后去医院看过陈白尘同志，他精神挺好，不过他那个病（靠近主动脉长一大瘤，不能开刀）是个隐患！他当时送了我们《童年》，并称赞您的设计真好。

在北京时我哥已陆续写了零星回忆使邹霆有所依据（青年出版社约他写哥传记），也给我更多启发，我想我只能写支离破碎的散文，但我也决心努力写出，今年总可以交稿的。但我确是没有把握能写得像个样子，反正到时请您不客气地指正，甚至不用，我也会乐于接受的。

我将于19日左右赴京，参加全国翻译会议，老赵也去。如果那时《雪泥集》清样已出来就太好了！我真希望这本书信集今年能出版，巴先生赴京开会，您见到未？

我的女婿傅靖生拍的那些照片不知寄您没有？他拖拉得很，我看到过，嘱他加印，您与我哥相对跪着的最精彩。

匆祝您一切顺利！

杨苡

4.1

范用同志：

我和老赵将于十七号赴京，二十号在八大处军区招待所报到，这次全国译协的会开六七天，我可以迟回南京几天，如果清样已出来的话。

巴老赴京开会，不知见到未？

开完会我将住我女儿赵蘅家（农业电影制片厂）。那里安静些，当然如约好在我哥家碰头还是可以的。

盼能见到你！

祝好！

杨苡

4.11

我哥写了不少零星回忆，对我真有帮助，对邹霆是提供他为青年出版社写传记的资料，对我则是唤醒记忆。

范用同志：

终于盼来了校样，不过第一张照片下面说明是大错特错，孩子是我的孙子，这要印出来可不得了！请务必改正！（巴老只有一个外孙女，一个孙女。）

已将“前言”与《梦萧珊》看过一遍，希望个别改动不太麻烦！

为了赶时间，先寄去附页、插页、前言及代跋。目录与书信和注释明天再寄（还未看完）。

封面就照你的设计，棒极了！

无论如何你这样精力充沛，又有水平的老同志也被“一刀切”是不大公正的！但以后也会空闲些，望多同我哥“神聊”。

匆祝好！

杨苡

8.13

范用同志：

本想寄校样后半部，因前两天发现了一个“错误”，我反复研究：根据内容第八封信应该是第十二封。不是排错，而是巴金当初标错了，我自己当时也记不清。现在忽然又清楚。所以想了两三天也没多大把握，已写信给李小林叫她查查，如果巴金 1944 年 4 月还在桂林（他是 5 月去贵阳结婚的），那么第八封信便该是 1944 年而不是 1943 年，应排到第十二封。因此我只等她回信，才好寄还你校样，请原谅！事关重要资料，所以必须重查，月底以前必能寄还。

祝好！

杨苡

8.15

范用同志：

不知《雪泥集》正式出版发行没有？巴老和我一直在惦记

着。怎么也没想到会拖这么久！那些照片如搞不好，不如干脆取消，这样处理是否还省事些？

如出版，望告诉我，除赠书外我尚需要若干本，准备寄款作为书费及邮费，请你代买（我这里买书极不方便，也不易买到）。可以吗？

我今年能不能去北京，还没法决定。十一月下旬将去上海看巴老并祝贺他八十三岁生日。但若一年旅行两三次，经济上吃不消！

七月下旬曾去青岛十天，劳民伤财，累得够呛！匆祝好！盼有望赐复！

杨苡

8.23

范用同志：

今天上午打一电报（因收到李国煣信，她问了巴金，证明我发现的那封信日期是错误的），现将校样寄上。

可能给你添麻烦了，可只能请原谅！这是珍贵资料，的确不能错。可惜我这个整理人也老了，这次重新有机会校过，不只是改了日期，也有两封改了寄信的地方。

不知这个小集子能否在十一月廿五日（巴老的寿辰）前印出来？

能否寄我一本《宽容》？我今天才知道是三联出的。

《雪泥集》稿酬全部以巴老名义赠文学馆，这是说定了的，我只希望以优惠价让我多买一些。我是个不大买得起书的人，在京临行时，我哥给我不少，我三月回家后用我一月工资（整整一百元零八分！）买了一只书橱，这才把我收集的文学创作书籍全部排列起来。真是开心极了！

黄裳的关于巴金的小集子写好未？我一直酝酿写我哥的幼年青少年时代，再不写都要忘光了！

祝撰安！

杨苡

8.26

范用同志：

前信谅已收到。我们最关心《雪泥集》何时正式出版。照片如无法补救，还不如干脆不要！黄裳题签那一页纸张不如用好一些的。

如已出，盼告我，我即寄书款，请代购（“优惠价”？），这里许多朋友要哩。

《罗丹集》已着手译。有赵瑞蕻硕士研究生两个（女）与我合译，共600 pages，五六十万字，因此我实在无力单枪匹马苦战了。反正最后由我校，保证质量，这样明春可以交稿，但希望不会出任何麻烦，这样我也可以腾出手来继续我的散文和诗的习作。不知您同意否？

本想今年赴京，还是决定不去了，明年交译稿时去心里也踏实些。

匆祝您健康愉快！

杨苡

9.15

范用同志：

其实黄裳题的《雪泥集》，那一页原该用好一点的纸的，且该放在目次之前。您认为呢？

大家都说封面设计好，整个装帧好，但翻开一看，都叫："三联书店的书怎么印成这样的照片！太糟了！"应该让印刷所承担经济损失！

谢谢您的鼓励，其实我始终认为我应该把记我哥的破文一篇篇写出。但这几年一直就是陷在巴金这个那个文债中了，令人哭笑不得的是中央新闻电影制片厂一位张建珍同志（老太太，是阿英弟妇），由于邹诗人推荐，又找上了我，叫我为她的巴金资料片写解说词，我推也推不掉，真是苦事！目前我正赶一阅，我还是"弄"到了几本的。

无论如何，我的"创作灵感"大受挫折。没救了！今年只好埋头译《罗丹传》。但该要创作的还是要搞的。

匆祝健康愉快！

杨苡

5.27

范用同志：

昨天收到《雪泥集》二册。相片取消太好了！

寄上五十元，麻烦您请你们书店邮购部同志给我寄《雪泥集》若干册（包括邮费）。我不知你们能赠送我多少，也不知像我这个作者（之一）购这书有无优惠价，反正我需要好多本送老朋友。这里买书较困难，连巴先生的《随想录》，我都是托人才买到三套。来书不多卖得快，我去那个最大的书店挺远，一年也不会去一次。

《我赤裸裸地来》（罗丹传）约五十万字以上，我已无精力译完，现与老赵的研究生商量好了。我和她们（两人）合译，我译三部分（1、2、6），她们译三部分（3、4、5），她们的水平（中英文、理解力）都相当好。我们合作可以在明年第二季度交稿，到时三联如不想要了，也没关系，反正这是一个心事，非完成不可。

关于我哥，我总要写的。经常想着怎么写法，目前却只能酝酿写沈从文的散文，这也是欠债，非还不可的。

现在天气好转，您的喘病想早已痊愈。望当心别受凉，您还每天上班么？常去看我哥么？

匆祝撰安！

杨苡

10.6

此书全部稿费寄文学馆，收据寄巴金。

范用同志：

书 28 册收到好几天了，谢谢！但住址门牌号码写成甲楼五号，幸亏邮递员同志认识我。

我以为你还会陆续寄来的，因此没及时写信谢你。寄来后即送朋友们几本，一下子分掉九本！我好好算一下，似乎得买 100 本才够。因为我的中学、大学、文艺界好友确实不少，平时欠信债也老是还不完的。

这 28 册连同上次二册是否“赠书”？天津百花谢大光来，谈起赠书与作者购书事，他说如作者购买，出版社应打折扣优惠的。我不知道上次寄五十元能买多少本（寄费也得算在内），如果我一共买 100 册，那该寄多少？或者说我该再寄多少？盼示！我决不想揩油。全部稿酬寄文学馆，收条寄巴老。麻烦你了！

不采用照片最好，巴老的信不宜改动。望再版就恢复！“注”中有三个姓刘的作家，一是左派，一是见机行事者，只有一个是执行了“第二种忠诚”的，你把他名字往后移，我也有保留看法的。

今年流年不利，希望今后好些，天冷了，望保重，别再发喘病。黄裳老早曾来信提过那年你生病时他去看你，连聊聊天也做不到。

《争鸣》九月份见到未？有篇艾芳生写的《风雨看文坛》内有一段“‘老神童’遭老朋友白眼”，影射了黄永玉和一位“出版家朋友”。你看过没？可惜我没法寄，但相信你已看到。

祝好！一切麻烦你了！（书最好用胶纸带，别用塑料绳捆得太紧！）

杨苡

10.27

范用同志：

前信谅已收到，五十元想也早收到了，现再寄三十元。听好几个同志（出版社的）都说作者购书以一百本为限，可打七折或七五折。我因此再寄三十元，我想托你代买一百本，实在不够分的。

这里也有卖的了，但不是塑料贴面，我只好先买二十册应付一下，我已赠出三十多本了。大家都说封面设计好。

我将于二十号以后赴沪，巴老廿五号生日，将听到他有什么意见。

天气冷了，望保重！祝好！

杨苡

11月8日

范用同志：

真遗憾！前后共寄上八十元至今未见书寄来！我这里买不到，原想寄给老朋友老同学当作圣诞节问候，似比寄 card 更好些，可如今已十二月七号了！

前些天去巴老家（二十三日、二十五日共去两次）碰到李济生，也说起想找一本三联出的《随想录》合订本也挺困难，说你们那里乱得很，编辑们也没法从仓库里取书。

总之，请您帮忙催一下，我寄书款是寄给您的。因为怕寄到邮购部反而会延误，希望速寄出来，据说七十元可购一百册，我多寄十元，因要扣邮费吧。

匆祝好！保重！

杨苡

范用同志：

您好！新年好！

多次想打电报给您，后来想想也不会起作用，您还是置之不理的。我想去年前后寄上的五十元及三十元如购一百本《雪泥集》连邮费也够了，我并非讨便宜，当然所有出版社都有明文规定作者可以优惠自购书 100 册的。只是由于实在南京买不到。先还听说最大的新华书店有，便跑去买，二十册。再去买早没了（本来到的也不多），上海也是只有淮海路有，黄裳说的，去买时也没了。我傻等到元旦，也没一点来自您的信息！巴金说《雪泥集》应由我签名送朋友，于是连辛笛也在等着我送书。真没想到贵书店邮寄书籍如此困难，我始终相信您是催了又催的！

反正为了老同学老朋友们等着这书，我也因此感到他们都责怪我了，还以为我骄傲了呢！赠书及这里买到的二十本全只送了宁沪二地的朋友，北京的只寄了几本，就不够了。真没想到向书店购书如此之难！（我补购一批《文学故事报》也是毫无下文，我不禁猜想北京邮政出毛病了！）

匆祝好，健康！保重！

杨苡

元月7日

范用同志：

你好！

真不知该怎样说才好，我急需《雪泥集》，前寄款八十元（先五十元后三十元）已有几个月了，不知为何你不能催书店快把自购书寄来？如没有优惠也没关系。

这里好容易买到二十本，脏脏的，也无塑料贴面。只好先寄老同学，为了等书，真把老同学们都得罪了。

我无法再买到了，希望你赶快嘱邮购部寄出来。谢谢！

杨苡

二月五日

范用同志：

我哥来信提到您这一冬天又发了哮喘病，甚为惦念！这个病目前应该有办法治好，什么理疗、气功疗、针灸，不妨试试。我去年十一月在上海，听黄裳说您那一阵身体还不错的，望保重！

《雪泥集》至今未见寄来，我都怀疑前后寄去八十元您是否有可能根本没收到？望您给查查催一下负责邮寄的同志，我希望要塑料贴面的，即或不能买100本，少一些也可以。今天我托人在书店找，只找到六本脏脏的，只好也买回来了，我已因此把老朋友、老同学也得罪了不少。

匆祝您健康愉快！

杨苡

3.3

《罗丹传》今年可完稿，不知还要不要，我与老赵两个女研究生合译的。

范用兄：

请原谅我很久很久没写信给你和别的老朋友，这几年过得不顺，健康也出了问题，如此而已，不过常常特别惦记你的喘病如何，我总是记得你迈着轻快的步子跳上了公共汽车，因此无法想象你也七老八十了！

听说你来过南京，我还是事后才知道的。我这人从来怕见名人，好像永远也不会有资格进入著名文人行列，也不想进也不会有人告诉我哪位来过。如今已八十二岁，也活够了！好像活下去的目的只为等待一个安乐死合法的时候！

我哥哥还好，这是我最在乎的。我的一生受我哥，还有巴先生影响最大。听说你去看了巴先生，出了病房想大哭一场。这十几年我也有过两次失态表现，第一次是在他第一次骨折，我那时正在苏州和老赵一起给学生讲《红与黑》与《呼啸山庄》，听瑞珏在电话里讲了，当即赶了过去（从苏州去是很方便的）。我第一次发现他那样衰老，出了病房就大哭，现在想想挺幼稚的。第二次是前几年，他还没住院，但大家心里也有数。我离开武康路时，九姐站在台阶上说："春天你一定要来啊，我等着你！"我和济生当即相拥大哭，那已是1995还是96年的事，那时瑞珏已去世，第三年九姐也走了，现在巴先生已躺了三年，这样拖下去而我们都还得对他讲些鼓励的乐观的话。其实正是巴先生对我说过的："长寿是个惩罚！"华东医院医疗小组要保证他活到一百岁，今年九十七岁（他们对外说是九十八岁），只能再拖！……

一切见面说！谢谢你给我书还有卞诗人那首名诗，想想卞诗人从前喜欢张四小姐的事真是往事如电影一样！

《我赤裸裸地来》前年早已出版，我让南京家里代我寄来，（因书太重）至今还未寄到。我只译了第一部分，余下五部分都是别人译的。我写了个译序而已。当年和你谈起时还有一点雄心壮志，一人把它译出，后来就没劲了。我哥的自传我也是一点点译，一点点发表，而别人译的（"漏船载酒——"）早已出了。虽然有些错误，这只能说我哥马马虎虎，他根本不在乎。邹霆的也即出版，更像传奇了。我在《收获》发表的全是事实，但我姐姐还反对我写家里我哥辞祖的事，所以写"名人"也不好写，一笑！

匆祝好！一切面谈！

杨苡

十二月7日

范用兄：

不知你近日健康情况如何，我和我哥我姐都时常惦记你！我来北京已一个半月以上还没机会见到你。反正我还要住到三四月，总要见面的，只要平平安安，不感冒就好！

我要送你两本书，一本书是《罗丹传》，这是你过去曾感兴趣的，是我写的译序，我只译了第一部分，后面五个部分全由我找朋友（新华社的）和赵瑞蕻的研究生翻译了，折腾了多年，已无精力译大书。只希望你看看我写的译序而已（书见面时给你）。

《呼啸山庄》也是新版本，反正这本书出版社也赚了，过去未订合同，后来订了也没版权，换了新社长之后才在给印数稿酬方面有所改进。

当年三联出的《雪泥集》全靠你的帮助，如今十五年过去了（也许算今年是十五年），既无合同，也没想到过这些。稿费是巴金嘱交文学馆，我反正自己不要，但文学馆也似乎并无下文，我也不问。今年打算重印《雪泥集》（包括后面五封，共65封）以及另一部分《青青者忆》（辛笛题签），是我发表过的和即将写出的一些散文随笔和诗，全是关于巴金的。在南京由于俗事缠身加上健康问题无法完稿。在北京可能工作效率好些。今年《钟山》第一期有我一篇请你指正，但我自己并没看到，我是打算根据几封信写下去的。

邹霆写的《杨宪益传》使我们兄妹三人哭笑不得。后面我说不准，前面已变成“戏说”“传奇”之类，我姐姐大怒。

特别是写错了我母亲的名字，又是什么唱堂会等等全是瞎扯。我是笑得看不下去，我哥自己没看一下就同意他写下去出版，后面出个“狄思浏”，我哥说：“哪里出来个狄思浏，我不认识！”我说：这就是邹霆。

真希望见到你！我今天打电话给你，又没人接，我估计你已完全康复出去访友了。

今天是我哥生日［阴历十一月（冬月）廿七日］，我和我姐去看我哥，兄妹话题必是邹霆的大作。

匆祝你安康！

杨苡

元月10日

范用兄：

你好！

不知有多少话要说，可是这两年我更像我哥不写信的毛病了！时常想起你步履矫健、轻轻松松的样子（在登上公共汽车时），非常感谢你的信、文章、当时的慰问等等，一切希望今冬见面细谈。我原以为你还会来的！我怕见名人，因此你或丁聪来宁时，叫我见一下也可，不见更没什么。黄裳来时见过了，总觉得那种场合挺尴尬。

让小董寄两本书，我原以为我的小女儿代我寄过了！罗丹那本总算出了，我早已精力不足，只是找研究生和老朋友（罗寄一）合搞出来的。

一切以后再说，此书信托小董即寄。

祝健康！

杨苡

4月10日

（此信前半未见）交湖南出版社的布莱克译稿的原序，这是双方都拖了几年的（从第一次清污开始，为了我坚持要原书的彩色插画，共五十四幅，现已让步，只印八幅，多惨！）。这个完了就搞解说词，完事我才能进入酝酿两三年的与我哥共度的童年世界！其实真下笔也快，只是家里条件一言难尽，不光是儿女，就是老夫子的种种麻烦所给我的干扰也真是一言难尽，这点我哥是了解的。

横着站始终是必要的，总要提防着点，但决不能轻易发怒或生闷气，我是最崇拜我哥的，他工作认真，对朋友热情，但有时不能不有点玩世不恭的表现，嘻嘻哈哈一阵就过去了。

匆祝健康！愉快！

书印成后望告诉我，我想多买一些。

杨苡

6.20

杨治明

范用兄：

四月十六日函敬悉。

叶圣陶先生的大作《〈苏州园林〉序》文迄未收到。早于三月间便见欧志培兄提及，未悉该稿交何人寄出？寄广州办事处转，抑直付港地？念甚！请代一询。并望见告。

另信已转潘兄，勿介。

关于人美与讲谈社合拍旅游一事，进行得如何？我已将要求向蓝兄详述，大概就此作了，憾事！！

《风光》改为《旅游画报》，甚受读者欢迎，电话询问旅游问题不绝。只是稿源甚缺。房兄（另一编辑）受聘赴法讲近代史，我店人手顿缺，物色新人不易，切望你们组稿支持。我们希望有昔日《旅行家》一类稿件，图片可用速写、水彩、彩片、图画等，但望以旅游文字为主，随笔、通讯均可。选题可以广泛些。

专此，祝

好！

杨治明

79.4.24

范用兄：

承惠名家字画及北京名胜古迹一书，感甚！谢谢您的心意！并请代谢石夫兄、竹涵兄二位，容日再面谢便是！

兹有所请，我刊《旅游画报》每期均附旅游图（城市图为主）配合介绍一地，以供索骥，唯限于地图资料不全，不免流于粗糙，错漏尤多，愧对读者。九月初应北京地图出版社洽谈合作出版事，得晤该社洪森泉、尹正寿二同志并得睹该社新编《中国分省图及城市交通图》一册，是我刊当前介绍各大旅游城市之最佳参考资料。因工作所需，曾面请赠阅，无奈洪同志只携出一册，仍需留作“跑样”（送各地有关发行单位参阅），未蒙惠赠。可否请您代为洽取一册寄赠，以供我社《中旅画报》今后各期绘图参考，决不翻印。盖此地图册已由双方洽定，来日交由我社出版发行，自当履约守信，恐对方有所顾虑，不便送出，特函想您出面。如有困难，作罢便了。

（有关我社与地图出版社合作出版发行一事，正候对方通知，十一月间我社负责人将返京度假，届时当可进一步签署合约事宜。）

匆匆祝好！

弟 杨治明

80.10.11

范用兄：

托三联潘兄带上一信，有关拙著《杂志、画报编辑技巧》出书问题，据潘兄透露，肖之兄仍认为，我的作品不够客观超脱，最好是泛谈略为渗些中国旅游经验便可。而我的偏见则认为“和尚念经不应丢掉铃”，何况《中国旅游画报》颇具知名度，在编辑技巧上水准不弱，值得谈介，舍自己的家珍不谈而谈其他，正是舍本逐末矣！但可以多举一些他人的长处作借鉴，而这，我已从善如流照办。肖之拟抽出附录旅游稿，我已同意，不知兄意如何？

有关发印制版、印刷一事，我已悉力进行，争取十月出书。如果三联不想以南粤出版社印行，可否请你另给名字，以便海外发行时免涉及红灰问题。此事，还得请你与潘兄面谈时决定。

余不一一，候复。此致

敬礼！

杨治明
八五．八．八

叶　芳

范伯伯：

您好！前后两封信均已收到。照片叶先生没寄给我，如他寄我的话我把照片还你。收到你的信总是十分地开心，读你的信如见其人。你在我心目中既是老师又是父辈，更像无拘无束的朋友。也许因年龄在逐年增加，我常常更喜欢与你这样的人在一块儿，你让我感到一种孩童的率直、真诚，在你那儿总有理想的温暖。

三联杭州分销店一事如能办成也算好事多磨，我个人把它作为一种理想和事业在憧憬。有时候，满腔的热情并不为许多人理解，那时我便想到了你，我可以想象到当年你办书店时的情景，这样我就有了信心。

最近此事可谓有了实质性进展，目前主要问题在于定下房子，所以一直忙忙碌碌东奔西跑，疏通关系，请人帮忙，尽忙些乱七八糟的事。我期望在不久之后书店能够开张营业，并得到你的赞许，更希望有一天在三联分销店接待你这位出版界的前辈。以后你在杭州有什么事需要我办的请吩咐便是。再如需要什么东西，最好也随时告诉我，就算这是你的一位小辈对你的一点孝意和敬意吧。

夏天时我还会再来北京，非常希望能常常见到你。望多保重，顺颂

夏安！

叶芳

91.5.29

范伯伯：

你好！托唐思东带来的书刊已收到，接到你的来信让我十分快乐。自从五月份三联书店正式决定在杭州办分销店以后，三联书店各个部门对筹办工作都予以积极配合，所以进展比较快。但随着各项工作进入最后阶段，我所需要考虑的事情也越来越多。我是把办好分销店，进而全面熟悉、了解和掌握出版销售现状作为我今后生活中一件值得做的大事。我很愿意把我以后的工作奉献给三联，因为三联对我来说是那么重要，它提供了我人生的另一种可能。而且三联有你这样一位让我敬爱的前辈，还有许多志趣相投的同志。尽管在筹备工作中，我遇到了许多困难，但我对前景一直充满了热情，我相信现在的努力，也许包含着将来更远大的意义。在忙碌的工作中，我时常想到你，并对别人谈到你，我觉得你像我的父亲一样关怀着我。假如以后因我的决策不当或粗心大意造成失败，我会愧对三联书店的，尤其是愧对你这样一位老师。

最近一个时期工作头绪很多，心里难得有平静的时候，所以在桐庐时认识的那些老前辈给我寄来照片和信以后一直也没及时回复；如你遇见他们请代转问候之意，我很喜欢和你们在一块儿，并且希望等我年老之后也能有一个值得记忆的青年时代。

这次请唐思东给你带上的鳗鱼干，是我在舟山的一个同学送给我的。怕你会咬不动。但我记忆中，你的牙齿还是好的，如不喜欢也可送人，但决不要过意不去，就算是我的一点心意。

我大概八月底或九月初会再来北京，那时再来看你，希望你健康长寿。

不多写了，祝

夏安！

叶芳

91.8.5

范伯伯：

您好！回杭州已有两三天了，杭育和书店同事说我比去北京时气色好些，我说是您把我养好了。这次在北京，把您的家当作了自己家，这是一个温暖可人的家。我时时记起您对我及书店全体同志的关怀和支持，更感责任重大。

最近一个时期，因书源接不上，营业额并不高，每天三四千左右。我除了催促各出版社尽早发书外，别无办法。为了进一步提高职工素质，我回来后在加强内部管理上又提出了一些新的要求，主要是要职工读书，并把读书当作一项本职工作来做，把职工素质的提高和奖金、转正、升级等联系起来考虑。

有时我常常感到忧虑重重，我既不能期望太高，也不能因此不对自己和职工提出更高的要求。我是在一个很受局限的大环境下做事，所有人都不可避免地受到这个环境的影响。所以有些原则，诸如正直无私，发挥每个人的积极性，使其各尽所能，各司其职，在做时又不是那么容易的。压力始终存在，这是好事，我深恐自己因局限太大而不能日臻完满。现在对您说这个话，不是在诉苦，而是觉得您是理解我的。您对我的支持对我的鼓励是很大的，如果没有这么多的理解与支持，我做这件事就没意义了。

过年在即，又是一个繁忙季节。当跨入一个新的年度时，我，以及我们所有职工都怀着真挚的感情祝您及丁阿姨健康、幸福。我的希望是，当春天你再来杭州时，可以看到书店的面貌又有改变。我们的店员会更成熟，更有修养。

您嘱咐要办的几件事我都已在办。请放心。李杭育、李庆西要我代为问候您。顺颂

冬安！

叶芳

91.12.18

范伯伯：

您好！来信均已收到。回到杭州后又是一阵忙，事情总做不完。主要是两方面：加强内部管理和开拓业务。书店才办，人马俱新，缺少经验，往往要花更多的力气。我手下一班人品质都不错，只是在文化素养、个人才干等方面都还有不足之处，所以我自己承担了大部分与外面联系业务的工作。此外，要考虑几件大事，要让书店站住脚，必须从长计议，既要培养人，又要做一些长期的准备工作。我打算在零售以外，在年内再发行几部书，如此才可能既养活这班人，又让书店有积累。这一想法打算好好与三联书店有关部门、领导谈一下，争取得到支持。

前一时期，因资源不足（[从]我前次来北京直到上个月底我们书店几乎没有得到过资源补充），营业额下降。直到前两天才到了几批书，量都不算大。春节在即，如果资源不足，恐怕营业额会大受影响。但估计在本月二十日前我们还会陆续收到一些出版社来的书，打算在宣传上配合一下，做一下促销工作。另外，我们在资源不足情况下，主要还是多联系单位购书，以弥补个人零售的减少。

五月份叶老、吴老的首发式一事我已与顾锡东联系过，但没能见着他。最后信还是请文联同志转交的，不过已与他通过电

话，他表示全力支持。此外，文艺出版社黄育海答应争取使丁聪先生的书在四月底出版，同时他们也有兴趣与人民出版社一起主办首发式。黄育海在最近几天会与浙江文艺出版社社长再详细讨论一下，如他们参加进来，各项费用他们也会承担一部分。我在本月内根据你原先的计划再搞一个具体方案，本月底再送交你及人民出版社审阅。具体事情我请陶芝华在办。叶老的学生也正在联系中，不会有问题的。再，已去信桐庐文联，让他们也同时在桐庐发叶老的书。

前些时候杭州下了一场罕见的大雪，交通中断，生意清淡，加上书源不足，12 月份销售情况平平。虽然 12 月也稍有盈利，但冲抵 11 月亏损（11 月打入二个月房租，费用增加），上年度亏损一千多元。

现在我们正在积极准备春节市场的销售工作。我今天即去湖南，然后到广东，如有可能想去桂林，要一些书，为春节后准备资源。

另外，我希望在零售外，年内还能发行几部书。单凭零售，因租金压力太大，至多是稍有盈利，企业的迅速发展、职工利益仍无保障。所以要迅速有积累，必须开辟一些新渠道。虽然有时我也感到力不从心，但只能努力做好，否则责任太大。自己办企业，也是一个全新认识人生的过程。我们现在是在一个社会环境多少有点丑恶的情况下工作，无论是道德、良心、责任都受到挑战。对我来说，从长看，书店的前途未卜，个人也有很大局限，现在是在拼命干，但愿皇天不负有心人。

书店的同志要我转告他们对你的敬意，谢谢你对我们的关心支持。

杭育问你好，我、庆西、杭育经常谈到你，所以信写得不

多，但时时在念叨你。祝

安康！

叶芳

92.1.9

范伯伯：

您好！收到信已有许多天了，迟复，请谅。

随信附上杭育文章和我最近有感而发写的一篇文章，请指正。另外，我已写好了给《联谊通讯》的文章，近日即寄出。

关于白峰，我了解也不多，他原是《山东文学》编辑，平时也写点文章，主要是散文、小说。我与他接触后发现他工作较少顾虑，有广泛的阅读兴趣，尊重前辈。我与山东的小说作者张炜较熟，白峰是张炜介绍给我的。最近没有听到他的消息，我怕他在办店过程中可能遇到了困难，只是他家中无电话，联系很困难，也帮不上忙了。

您要打听的杭纺目前杭州很少生产，原因是价值太低。我近日去市场寻访，如浅米色没有我就买浅灰色，您看行吗？买好后我给您邮去。

我暇时常常想起您，从书店开办至今，您一直无私地帮助我们，您推荐的许多书在我这儿都是很有销路的（如前些时候的《我与胡风》）。我想，恐怕没有人会比您更关心文化出版事业了，这使我深感钦佩，因此您推荐的图书我会认真对待的。

七月份《文汇读书周报》扩大版您看到没有？上面有我摘编的俱乐部读者来信，这些太让人感动了，这也是办书店的原动力了。

寄来的王蒙先生的题词已收到，请方便时代为致谢。我下次到北京一定登门拜访王蒙先生。

天气很热了，请千万注意身体，别累了，杭育说我的字太小，怕您看起来吃力，他也很惦记您，要我代为致候。另外也代向丁阿姨问好。祝

夏安！

叶芳

93.7.17

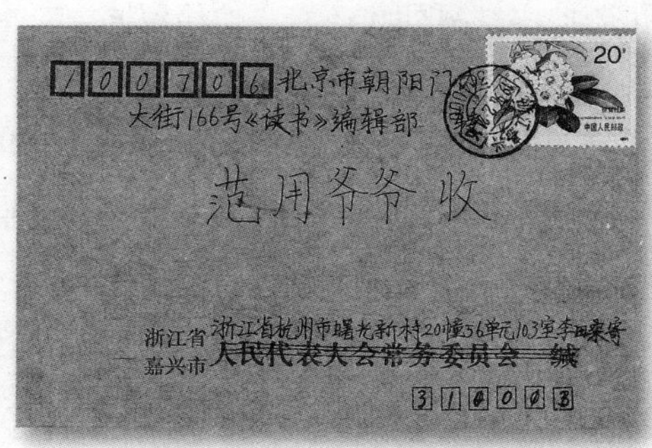

叶芳女儿寄范用信函

叶君健

范用同志：

这是《陶渊明诗选》英译者方重同志写的他的译文的“前言”（中英对照）以及最后目录。至此这本英译的材料已经全部齐了，可以付排。上次罗志雄同志在京时所提出的要求也算完全达到了。此外方重同志还给了我一信，提出有关此书应注意之点，也一并在此附上，供商务罗同志参考。罗同志说，他们拟在今年上半年出版此书。另外我还有一信给罗同志，也盼你费神一并转交为感。

关于三联出的周总理诗集英译，方重同志在给我的信中也提出过。看来他对译文没有意见，只觉得封面不太理想。

敬礼！

叶君健

二月十八日

叶籁士

范用同志：

信早收到。

你的意见很是，我们今年准备编印《文改通讯》，内容比你说的窄一些，比《光明日报》副刊要宽一些，主要是交流经验与情况，是内部刊物，现在正在争取教育部批准。一般语文问题，希望《中国语文》能恢复。

你这一走，影响不小，今后那些杂志就看不到了。据陈原说，如能租得一种信箱（免除邮检的），他有办法让人寄书刊来。但这种信箱到底是怎么回事，老陈也说不清楚。剩下一条路子：向广东省委二办请求协助订阅，那上面时有关于文改的文章，这样提不是没有理由。那样的杂志，对文教出版宣传系统的同志，可以多了解一些情况，看看还是有益的，当然不宜扩大阅读范围。

记得有位侨胞（妇女），写了一首长诗，记她回国探亲。此人原籍北京，家住西单，并非是什么著名“学人”，但感情真挚，写得好，感动人。由此可以了解海外侨胞的思想情况，读后觉得有益处。每期我也不过是翻翻，挑几篇读读。这首诗给我印象很深。

还有个感觉：太平洋战争时期，我在那里躲了半年，那时的状况可以说是一片荒原。三十多年过去，光从出版来看，情况已经大变，进步是很大的。办好一个杂志，不仅要有编辑，而且要有读者。从这里看出情况有很大变化。

他们的资料工作做得很好。例如图片，很多是我们未见到过的。好像还出了一本《中国近代史》(？)的图片集，未见，觉得很有意思。这种书，按说我们也应该出的。

你下去，注意身体，量力而为。下干校，安排得好很有意思。我也很想能够下去，但是教育部还没有干校。

就写那末一些。

老叶

2.24

范用同志：

老倪的信退还给你。因为我和机关的联络中断，倪信无法送去复印，但我已把有用的部分摘抄。文改会的通讯员原来经常来我处，据说因为车子坏了，相当长的一段时间里，没有人来。老倪的信写得真好，读之如见其人。我们已为他编了两个集子，在北京、上海各出一本。还为他编写了年谱，编入集中。

关于你的"后事安排"，我在电话里已向你提了个意见："取回骨灰交付家属收存"大可不必。这个东西留它作甚！三十多年前我的岳母去世，她的骨灰至今放在我家中，还没有想出一个合适的办法处置。近来读到柳亚子生前嘱咐死后裸体火化，这个意见是完全合理的，但我估计他的女儿未必遵嘱办理。柳老先生也已经看不着了。我意还是捐供医用，不留骨灰为最佳方案。

老倪的信怕邮寄遗失，仍托殷国老 9 月 4 日带人民出版社留交你收。

望多保重！

籁士

84.8.31

范用同志：

《读书》89.11遵嘱奉还。年底感冒高烧，最近才缓过来，因此时间拉长了。张爱玲曾注译《海上花》，闻所未闻，很引起我的兴趣。我有一本《海上花列传》，是近年重印的版本。我买来因它是用苏白写的，但书有一大本，没有耐性读下去。三十年代我把张爱玲列入礼拜六派，自然不去看她的作品。更想不到她是“海味”作家，而且据说现在上海有些作家在写“海味”作品——凡此种种，对我都是新闻，读后颇感兴趣。这是我读《读书》11（期）的一点感想。

叶籁士

1月23夜

叶浅予

范用同志：

我于五月三日由深圳到杭州。到三联分店打听，知你仍在北京，在杭期间收到吴承琬的信，当即复函，表达我对《回忆录》的出版意见，委托她找东方和三联的同志会商后，由她作出决定。今天在桐庐收到你推荐群言出版社的快信。看来在北京出版的条件比较好，我主观上同意你的推荐。不过，我既已委托吴承琬代我作出决定，希望你找她谈一谈，是否可以由你做主，代我和群言订立出版合同？

五月中可能到浙南龙泉、景宁两县访问民俗，月底前回桐庐。拟定于六月中返京。

叶浅予

五月七日

范用同志：

一九八九年元旦中午请了几位老人在我家午餐。有之方、徐淦、少飞。特请徐夫人做小菜，丁聪有事仍不能到，务请你出席。

叶浅予

十二月卅一日

叶圣陶

范用同志惠鉴：

《斯大林全集》已校读其序文及正文四十八面，先送上。有几点奉告，分述如下。

（一）凡纯粹关于校对方面之事，请校对同志逐一看过，或据以校正第三次校样，或记录下来，备平时查考。

（二）我对于校样之改动处，如改动一二字，或剔去一个标点符号，暂时不要照改，待编译局方面同意后再改，他们不同意就不改。好在我用的墨笔，极易辨别。

（三）校对同志看过后，此一份校样即请送编译局。

（四）此一份校样请尊处全部保存，以后我或许有用处。

叶圣陶 上

1953.5.21

范用同志：

今送上校样第四十九到一百页，请检收。灿然同志来说，编译局方面来催了，昨天送上的校样已送去否？颂

刻安

叶圣陶

1953.5.22

范用同志：

我又想起校样上关于注文格式的事，特写告，请与校对同志共注意之。

我记得有一面上有三条注文，每条写明“列宁：‘做什么？’第几页。”

好像另外有些页上不取此式，第二条注文只写：“同上，第几页。”我记性不好，是否有此情形，一时不能确定。如果有，那就是前后不一致了。我以为必须求其一致。

我想确定这样的格式：凡第二条与第一条同出一书，第二条就写：“同上，第几页。”这有两层理由：（一）与原书一致；（二）与括弧里注明中文本页数的格式一致。

如果您与校对同志都同意，即请照此格式改校样。此是校对方面版式方面的事，不必与编译局商量。

叶圣陶 上

1953.5.23

范用同志：

此刻您如果有暇，可否约同负责《斯大林全集》的那位校对同志，驾临我室一谈。

圣陶

1953.5.29

范用同志：

全册已看完，今日将未批校样送上。奉恳二事如下：

（一）我看过的一份校样务请收回保留。——以后关于此集排校方面之事，我愿参加共商。

（二）朱文叔先生有商榷稿数纸，请尊处顺便转致编译局。

叶圣陶

1953.6.1

范用同志：

嘱看《解释》一稿，我与至善共同商量，提出一些意见，写成八页呈上。此仅供贵社参考，如果要给山大同志看，不必说是谁提的意见。鄙意务望惠许。

贵社两种通讯，以后望继续惠赐。已经惠下的，一种到第七期止，《翻译专辑》到第二期止。

我欲与少甫通信，托他买书。他的通信（地）址请见告。

刻安

叶圣陶 上

廿二日上午

范用同志惠鉴：

三日来勉依尊嘱作文一篇，题为《谈编辑队伍》，副题为《出版界与两个反革命“估计”》，约千五百字，稿已誊清。应送交何处，抑由足下转致，敢请示知。缘不悉尊处电话，故作此书。即请

刻安

叶圣陶

一月十一日

范用同志：

《经典常谈》的序文已作成，今送上，请审阅。朱先生的

原序当然要照印，我的意思，宜乎把他的序文放在前面。您以为何如？

现在改用简体字排，要请校对同志特别注意，务期不出错误。

此书是否即可付排？预期何时可出？便中均盼示知。

即请

近安

叶圣陶

四月十一日

《经典常谈》一册奉还。

范用同志：

惠书并钱歌川先生著作三册昨接到。我的目力非常差，像钱著那样大的字，兼用两镜也难看清，因而只好不看。待家中几个人看几天，即当奉还。承您好意，嘱我出书，奉答如下：《语文教育书简》已收入我的《语文教育论集》，此书由教育科学研究所出版，据云下月初发排，共二册，约四十万字。至于《晴窗随笔》，到今只写了十二则。以后如身心尚可，自当陆续写。待写了五六十则，再考虑整理出版，您看好不好？匆匆奉复，即请

近安

叶圣陶

四月十三日上午

范用同志：

嘱书《常谈》封面字，勉力书就，请看适用否。

钱歌川先生书三册奉还。

即问

近安

叶圣陶

四月十九日

范用同志惠鉴：

承赠书七种，深谢厚意。拙著《语文教育论集》今日由至善送交秦人路同志，请转致尊处。带回《点心集》二册，俟大略翻阅后即当归赵。《语文教育论集》用纸极差，发行不善，据云出版社尚存小半数，而各地人皆说买不到。余不一一，即请

大安

叶圣陶

十一月九日

范用同志：

承代购内部读物两种，非常感谢。书价五元八角，今送上，乞检收。以后有他书，仍希代购为祷。何日得暇，盼驾临晤谈。即请

近安

叶圣陶 上

十二月廿五日

范用同志：

欧阳来，告我《闻集》先据开明版校印，并辑夏、宋二位先生之作出版，闻之皆欣感。足下处事敏捷有决断，深为钦佩。

我欲寄信与香港风光出版社杨治明同志，而遗忘其地址。猜想

足下必知其详址，因将写就之信寄上，乞填写其详址，代为投邮。

敬请

近安

叶圣陶

五月十四日

范用同志赐鉴：

惠信及转来复印原稿及校样收到。此篇校样上周已经由原经手的欧君交来，我仔细校过，仍托欧君寄还香港，因此不须再烦您代我转寄了。但是您特别关心我的嘱托，感激不尽。

即请

近安

叶圣陶

五月卅一日傍晚

范用同志惠鉴：

久未晤面，以至善、至诚与足下接谈，深佩治事之精勤。重印闻先生集，已蒙赐赠其第一册，印订皆好，得之深喜。今欲奉恳一事，请道其详。沈从文先生撰《中国古代服饰研究》为具有独创精神之著作，我久欲买一部而未知其何处出版。近得黄裳同志告知，系香港商务出版，其价合人民币一百二十元。因此欲奉托您请香港三联代购一部，有便人来京时带来，不须交邮寄递，书价则以人民币付还香港三联。并不亟亟，请得便时嘱托即可。敬候

刻安

叶圣陶

十一月廿四晨

范用同志惠鉴：

人路同志携来手书，敬诵悉。李祖泽君以《古代服饰研究》相赠，受之深为惭愧，只得修书敬谢，顷已写就待发。人路同志谈起重印此书之设想，鄙意以为甚好。加入新材料最为特点。我又想到请从文同志看最后校样为宜。国内排版用简体字，抑繁体字亦可考虑。排这类古东西，用繁体有方便处，但是全用繁体太麻烦，排版时间一定很长。能不能定个体例，哪一类字用繁体，此外全用简体。

承询辛亥前日记，已摘取辛亥壬子间（为时约一年光景）之日记载于《新文学史料》，以见辛亥革命时苏州一个青年之观感。我青年期之日记共有廿二册，为时约六年，多叙友朋交往，对于时局之观点皆极幼稚，不值得供人观看。您殷勤问及此，故答复如上。序跋集各篇，我已自己修润一遍，现交至善排列次序，不久即可送上。专此奉答，即请

近安

叶圣陶 启

一月十九日

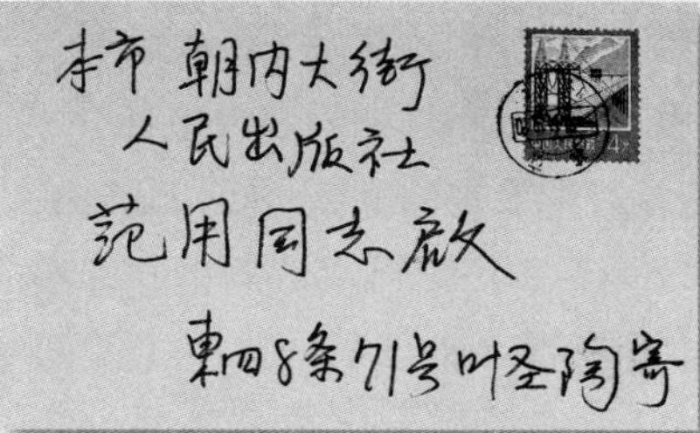

叶孝慎

范老师：

您好！

回上海多日，直到今天才给您来信，感谢在京受到您热情接待之意，实在抱歉得很。

受到您热情接待的情况已都向丁景唐老师汇报了，他请我向您转达他的敬意。

那份“胡乔木讲话”原准备回上海前还您的，不知怎么一来忘了，现在也不知塞在哪一个角落里，一时找不到，只能等找出还您了，实是不应该。

曹雷处我已联系过了，对于编辑一本她父亲的杂文集的计划，她很支持，只是有几个具体问题还想托我问您一下，希望您能尽快给一个解答：

1. 到底是只要杂文，还是也可以用其他散文，如各种解放后写的访问记，以及“文学杂佚”“文坛五十年”等等属于文学理论方面的文字。

2. 到底是用30—40年代期间在内地各种报刊上发表过的文字，还是解放后在香港发表的文字也可以入选？

3. 到底是选一本，还是可以选两本？一本的篇幅到底要控制在什么范围，能否寄一本已出的样本（譬如夏衍的那本给她看看）？

4. 关于编辑人，她想自己干，因为她自认为对其父亲的著作还是比较熟悉的，找外人也不太放心。自己干，只是时间紧一些，因为工作比较忙。因此，她希望如真的定下要出版，同意让她自己搞，那么就由三联书店出面跟她厂里打一个招呼，时间上相对就可以机动一些。

大致情况就是这样一些。此外，前一段时候，她曾给《新文学史料》寄了一篇稿子，题目是《父亲留给我的一本大书》，内容是有关《现代中国戏曲影艺集成》一书的，后来还寄去了四张照片。当时都寄给黄沫。黄现已调离《新文学史料》，因此她很怕稿子遗失，您是否能代她同牛汀同志联系一下，查一查。

最近她忙于拍片导演，行踪亦不固定。因此还是让我同您联系。您如来信，我一定会及时转告给她的。

就写这一些了，代曹雷同志问您好。

顺便问一声，《人物》是否需要访问丁玲以及其他有关她生平的稿子？

不多写了。祝您工作顺利，健康，愉快。

学生 叶孝慎

80.3.22

叶至善

范用同志：

贺年卡收到了二十来张，数您的别致，而且真个给了我快乐，包括我全家。小许双的文章实在写得好，好在写出了自己的真情实感；条理也分明，写了一桩再写一桩。这两个优点，希望她能永远保持。我所以这样祝愿，因为看到大学生的文章往往不如中学生的，中学生的又往往不如小学生的。年级越高，空话套话越多，思路就相应地越不清楚。我的小孙女十一岁，才上五年级，文章已经大不如前，看来还难以扭转。

因为看不惯那些以摘抄名人的话为能事的评论家，写了一篇短文来“拆穿”，又不想得罪人，所以写得很婉转。您看如果还可以，请代我转给《读书》的编辑。我不知道现在《读书》由谁负责了。祝

阖家新年快乐

至善

十二月三十日

范用同志：

父亲年轻时刻过一个闲章：“着意便不佳”。小许双这篇作文所以好，就在于她没有拿着架子做文章。我可不成，这篇“读后”不过千把字，竟花了三天工夫。最后一段括号中的话，主要给“污染”作注释，顺带捅一下复古风。前一封信并未用

“莞尔而笑”，有点儿不老实。如果还可以，就请转给《随笔》吧。祝

合家欢乐

至善

二月三日

范用同志：

想念之极。方才接到26日来函，急忙先读信，再读书面发言。复印件字太小，待晚上在灯下细读。现在先复信。

开座谈会的事，听《中国文化报》的记者谈起过。有关父亲的一切活动，我定下三条原则：一是不发起；二是别人发起，我不反对，因为不便反对；三是既然搞，希望搞得像个样，有点儿比较切实的内容。我就是这样答复那位记者的。其实邀请大家来座谈，等于命题作文，有点儿强人所难。您凡事认真，已经把发言稿写好。今天是二月底，还没有开会的消息，我看三月底也未必开得成。到时候您如果还不便于行，我一定请一位口齿清楚的人在会上宣读。

我去年实在太累，把身体搞垮了。入冬以后老提不起精神来，头发晕，只想睡觉，是大脑因供血不足而缺氧的征兆。又因为整天坐着，两条腿发木，几乎走不动路。春节前竟摔了一跤，幸亏在家里，只扭伤了筋。看来非调整一下不可了，把精神放松，随意看点儿书，听点儿音乐，多练习走路。过了夏天能恢复过来就好了。

希望有机会见面，想谈的似乎很多。很可能见了面什么也说不出来。不管怎样，还是希望有机会见面。祝

好

至善

2月28日

范用同志：

许久不见面，想念得很。

在抽屉里找到两本借给父亲的书。父亲大概没看，因为眼睛实在不管事了。我手头实在忙，没法下功夫看，还是早点归回为好。

我的视力也在衰退，闭上眼睛休息的时候，就哼哼唧唧，给旧诗词配上熟悉的西洋曲子。复印了两首呈上，求指正。记得许双的文章中说外公很喜欢唱歌。

祝早日完全康复。

至善

九日晚

范用同志：

接到您的信和稿子，知音难遇，高兴得流下了眼泪。我打算把您的稿子和我配的两首歌一同发表，还没找到主。可是正如来信所说，稿子中有一处说错了，得请您作较大的改动。那首《送别》是倚声填词，词是李叔同自己写的，并非古人的作品。但是给古人的诗词配上外国曲子，据我所知，他确是首创者。您欢喜唱，我就抄一首他配的供您消遣。后来似乎没有人这样做的，倚声填词的还有好几位，如今恐怕一位也找不到了。

《女人善变》的曲调本来豪放，在西方早有人填了新词，译过来，歌名是《夏日泛舟海上》，重复达三遍之多，如一般的译词一样，唱起来有点儿拗口。在现在的歌本上可以找到。当时有位张冥飞（可能记错），曾倚声填词，歌词是："天连水，莽苍苍；水连天，白茫茫。天低处，下夕阳；水平处，现帆樯；风乍起，阵阵凉；月初上，淡淡光。落又起，新潮涨；散又聚，白云忙。天空鸟倦飞，水面鱼吹浪。我独立苍茫，悠然遐想。”看来取的是《夏日泛舟海上》原文的大意，加以发挥和修饰而中国化了。大体过得去，“月初上，淡淡光”稍嫌勉强。我在中学时代并不知道这曲子是威尔第的《弄臣》中的，就因为声调豪放，很喜欢唱。至今词还没有忘记，歌名却记不得了。现在的歌本上是找不到了。

《荆轲》末句，遵示加上两个休止符号。“震”字根据《古诗源》，也许在晋代，“震”和“振”可以混用。我给范仲淹的《苏幕遮》配上了苏联歌曲《在遥远的地方》，颇合拍，《民主》的主编答应在九月号上发表，今寄上《赘言》的复印件，以博一笑。我已经配成了四十首，颇有几首出人意外，当然也有不满意的。想积到五十来首，选出五十首来编成一本小册子，您一定赞成。到时候希望您能给我写一篇小序，不要摆起架子来说话，就像你写的那篇短文就好。

啰嗦了半天，似乎意还未尽。祝早日完全康复，能行动自如。

至善

7月23日下午五时

范用同志：

星期四中午您打电话来，那个小保姆回说我已经睡了。我每天中午得睡两个多小时，所以逢到下午开会，我得提前在十一点半吃完饭就睡，否则很可能误点。本该晚上就给您打电话，却没找着号码，心里于是老惦记着，不知您要跟我说什么。昨天又开了一天的会，今儿才有空写信询问。

回过来再说星期三中午，我才放下电话，《文汇》剪报的复印件已经送到了。您办事还是这样利落，真叫我佩服。我忘了告诉您，那首“Over The Summer Sea”，在三十年代盗印的美国通俗歌本 *One Hundred and One Best Song* 中已经有了，可见年纪可能比我还大。《弄臣》中的《女人善变》，歌词固然是讽嘲风流娘儿们的，威尔第作曲的时候，大概为了整个剧情的需要，着意渲染了那个放荡的公爵的得意劲儿，因而旋律颇有点儿豪放。后人按曲调配歌，就不去管原来的歌词是怎么说的了。这情形正跟填《如梦令》不一定要写如梦境般的回忆一个样。您看我的说法可有点儿近情。

我的小歌本已经交给开明出版社了，真个是年纪越大越性急。本来打算加上序文和后记，后来一想，歌本就是让人唱的，编配得是好是坏，让人家唱过了自己去辨别好了，不必用文字先给他们施加影响，因而决定免了。歌本的版式设计和封面装帧，我都有一些特别的想法。总之从便于看着谱歌唱出发，从吸引爱唱的人来试唱一唱出发。信上说不清楚，等印出来后请您评判吧。开明答应在三个月内出书，也打算出录音带，甚至出“卡拉OK”录像带。民进有好几位会员是歌剧舞剧院的歌唱家，真要做是办得到的。可是我想，销路一定不会好。因为感到兴趣的，只有您和我这样年纪的人；年轻人中间是很难觅到知音了。

又寄上李商隐的两首七律，一首怅惘寂寞，一首悱恻缠绵，似乎跟所配的曲子的情调还吻合。请试唱一唱，看是否如我所说。祝

愉快

至善

26日夜

范用同志：

中午十一时二十五分，我去到“孔乙己”，等到十二点十分还不见人来，只好要了四样菜一瓶酒，独自喝了起来。在酒店里独酌，回想起来还是头一回，也别有风趣，可惜心里总不踏实，大概是我记错了日，你约我星期六，我误作星期日了。应邀而不见面，真有点儿荒唐，抱歉之至，好在以后有的是机会，不必放在心上。祝

健康愉快

至善

4月28日（星期日）下午

范用兄：

《喂蚕》一篇稍作改动，寄给顾军同志了。这一篇可能太长，带标点共850字左右。我数了数寄来的剪报，一篇不满400字，一篇不满500字。于是又从旧稿中整理出三篇400字左右的来，一并寄去供她选择。

您的热心感动了我，还给了我启发。我打算搞满50篇，包括新写的和从旧稿中整理出来的，编成一本集子，为小读者作最后的一次贡献。

实在忙，又怕走路。算起来年内不得空了，喝酒恐怕得安排在明春花开时节了。祝

兴致好，身体好

至善

12月3日

殷国秀

范用同志：

我的孙女是你的忠实读者，你那些写给小朋友的信，她常来索要并予保存。前些天她说要给你写信，但不给我看，说是“千万千万不要看”。我问为什么，她说这是“共产党的机密”。她写的信一律不准我看。不看就不看。让她个人自由去吧，虽然我知道她不可能有什么“共产党的机密”。这孩子九岁，今年读四年级，平时极爱动，又是跳台阶，又是蹦沙发，腿上常年带伤，除了跳，就爱看书，一看书，天塌下来也不管了，倒是看了不少书。

老叶最近还可以，你和丁仙宝都还好吧？祝

双安！

殷国秀 敬上

老叶嘱笔问好。

殷延凯

范用先生您好：

您寄来的信都收到了，非常感谢您对我校全体师生的关心，我们都十分想念您，全校师生向您问好！天冷了，您要多保重。

您寄来的朗诵诗《纪念碑的话》，我们在 11 月 25 日下午举行的“牢记校史，不忘国耻”校园被炸 60 周年纪念活动中，请 6（1）班的李丹同学朗诵，效果很好，全体学生受到深刻的教育。有线电视台并制作了“金山聚焦”专题片，这个活动搞得早，在全市造成了一定的影响，报纸、电台相继播出。

嵇钧生赠送给我们的编号为 18 的校徽，我们按照原样复制，将 18 号的复制校徽赠给他，赠两枚 36、71 号的给您，留作纪念。

省人大从 9 月至 11 月三次来校视察，我校被定为镇江市民族学校，穆源小学校名不变。祝

安康！

殷延凯

1997.12.10

范用先生您好：

今年 7 月 27 日下午，正下着大雨，局党委书记通知我到教育局，谈话中，得知将调往孔家巷小学，心中十分着急。孔家巷小学在市东郊，是一所规模较大的新建学校，教职工六十多人，学生一千人，条件与发展的空间很大。作为一般的校长是很乐意

去的，但我不同。穆源从二排平房到现代化大楼，从没有一件像样的教学设备到基本拥有现代化教育教学设备，学生数从二百多人发展到目前的四百人，这发展变化是同各级领导的关心、社会的支持、教师的竞争意识分不开的，但最重要的是您对穆源的关心支持，可以这样说，是您给了我与全体教师的强大的精神支柱，办好穆源，搞好教育。实话说，前几年中，我不是没有离开穆源的机遇，我从心里是舍不得离开这块园地，一砖一瓦我都十分熟悉，我觉得辜负了您的希望。今夏，朱红俊老师来北京，我要求她暂不要将我调动一事告诉您。

我虽然调离了穆源，离开了学习生活十分熟悉的岗位，但我永远忘不掉穆源，永远心系穆源，我会经常去看望师生，继续关心支持穆源的工作。

范先生，您记得90年代初，您来穆源，我是在简易的会议室里接待您，您看到两个小同学在抬一架风琴，您感到心里发酸。现在条件好了，160m^{2}的阶梯教室即将建成，你如再次来穆源又有了新的变化，您一定会更高兴。我和穆源的师生希望您来穆源。祝

安康

殷延凯

2001.10.20

尤玉淇

范用先生：

感谢你对我的青睐，但迟至今日始复，是有一定原因的，因为我人在医院，身不由己之故，一出医院，我就忙着给你复信了。

我因突然晕眩、血压骤增、呕吐不止而急症入院，原因为脑部缺氧，如缺氧时间过长，即不死亡，亦要变成“植物人”，总算抢救及时，幸免于难。其实是颈椎引起的，这是凡是从事文字、书画工作的知识分子的常见病，我年事已高，故而这危险性就大了，以上所谈，只是解释迟复之因。

你的大作《最初的梦》拜读了，清丽得很，是一篇不事华饰的心灵之作。童年往事，常常记忆犹新，然而我昨天做了什么，竟然会想不起来，你说：“……可是留在记忆中的，永远变不了，永远不会消失。”真的，的确如此。

我已届耄耋之年，但是活动的场所，局限于苏垣一隅，虽则先后出版过四册散文集，文章在《人民日报》上曾与冰心同版出现，但对京、沪两地的出版界，素无往来，因此至今未能打开外面局面，不知前辈有何见教否？

去年一年，在省市等电视台十登荧屏，亦无非谈画论文而已，今年又撰碑两块（一碑陈列于沧浪亭，一碑陈列于寒山寺枫桥之堍），只要活着，总是写写画画而已。

所堪告慰者，三大厚册的《苏州市志》里记载着我的艺术活动及出版的著作，留此雪泥鸿爪而已。

新出一册《蕉肥竹瘦轩小札》，如未见到，当即寄上指正。并颂

冬安

弟 尤玉淇

12.9

于光远

范用同志：

带上书三册，除《文革中的我》外还有两本。与《思维的年轮》同跨度的有一本《细雨闲花》待出。《年轮》编年，记录一年中间最关心的问题，长文改摘要或介绍。《细雨》收入的都是短文。《细雨》出书后当送上。《碎思录》阅后可否写点评论文字。我希望知道它的人多一点。

《穆源》一书很有趣。我很赞成你童年要多玩的观点。可以说是“英雄所见略同”，《新民晚报》的编者——根据你的介绍也是英雄。英雄颇多无奈这个问题远未能解决。

我也有一本记有自己童年的书，《二十岁前》，待出。

再见

于光远

1996.6.21

于　友

范用同志：

您给我看了那么多的佳作，使我大开眼界。我由此得到一个印象：范用是个好作家。

不论是《沙老师》《细说姓名》，还是《书香处处》，我都喜欢。它们都是很有风趣的散文，既有政治意义，又有趣味。您的文风既像鲁迅，又像老舍。您一定是他们的作品的忠实读者，还是他们的好学生。

读了《我爱穆源》，我对您有了较多的了解。您不是天生的才子，倒是党的文化工作使您成长的。当然您自己是够努力的。许双写得好，人们都睡觉了，您还在看书。我发现您读的书不仅多，而且杂，看了正面的，还看反面的，您的体会因此比较深。您信的不是教条，而是经过思辨的真理。

您也有懦弱之点，您自己也知道，可是您不想克服它们。您和胡愈老不太一样，胡老比您活得多，尽管胡老非常谦虚。

如果可能的话，我希望您把您的作品都给我拜读一遍。我更希望您出版您的文集，越早越好。我将收藏您的著作。再一次感谢您给我读了一批大作。

附带提一下：我准备写一本名记者刘尊棋的传记，希望您回忆一下读到过哪些有关他的材料，为我作点介绍。万分感谢。

祝万事如意。

于友

94.4.3

又：全部大作将在去民盟时带交尊夫人。

余　潜

范用、丁仙宝同志：

你们好。今天是虎年大年初一，特向你们拜年，祝你们健康长寿，吉祥如意，合家欢乐。你们寄来的《最初的梦》，我又一次读了。我好像是在《文汇读书周报》上读了这篇文章，并看见你的贺卡，看后我对老伴说，范用每年贺卡都有新招，很有趣味。我喜欢你的文章，算是一个忠实于你的读者，祝你今年大丰收。童年是美丽的，童年的日子是最可怀念的，可惜我的童年写不出像你那样美好的文章……有时也想写点什么的，总安静不下来，好好想想，总是锅碗盆缠身，有时拿起笔来，文字都同我生疏了，怎么写呀。我真羡慕你。那我只好等着读你的作品了。

我参加工作时，特别青年时的照片，硬是一张都找不出。今天上午我翻了半天，只找出几张解放后从重庆三联调长沙三联时的照片，随信寄上，不知有用否。

今年长沙特别冷，雨雪交加，冬天难熬。所幸的是我们还算健康，家人也平安，你们呢？盼你们多保重。

节日愉快，家庭幸福。

余潜

1998.1.28

老杨问好。赵乐山的夫人谭弦伟来信说：乐山去年十二月中旬已病逝。

郁　风　黄苗子

范用同志：

别后安抵广州，看了花市，过了春节年初三就到达从化，安安静静地写了些字和稿子，今天又写完了介绍李一氓同志的两本古版画的短文，现寄上。我因为没有带书，就到王贵忱（省图书馆副馆长，原一氓同志的警卫员）同志处借。在《十景》一书的后记中，一氓同志用毛笔在上面批："我原用雍正刻本，不知何故出版社改用了乾隆沈德潜刻本……"因此，我在文中提到第二组，就只有用了"清刻"字样，不提是哪一个刻本了。又因旅中没有参考书，所以比较草率。请您看后改正。如可用，则选一页水浒图及一页"十景"送给《人民日报》。

这里环境幽美清静，可惜碰上了大量港澳春节游客，几乎没地方住，第二天才搬进松园——河西区别墅式的房子。旁边是翠溪，曹靖华先生（八十三岁）在这里住了一年多，我们去拜访了他，精神极好，谈锋甚健。

过两天就走。我哥哥说蓝真同志屡问我的行期，并要接我，真不好意思。匆致

敬礼

苗子

二月廿三，从化温泉

郁风附候

范用同志：

听说港三联《阿英文集》已快出书。他们家属谈到，阿英的稿费决定不要（但几位写序的同志及吴泰昌同志的后记和书目请考虑酌给），他们希望书店能给点书。刚才算了一下，各方亲友（主要是文艺界的老朋友及新四军苏北战友）大约要送作纪念的有一百人以上，未知书店能给多少。可否请您征求一下书店的意见？

泰昌同志少量的编辑费，书店可能会给的。

这本书总算出来，主要又是您做了一件好事，匆先奉达，日内找机会来看您。此致

敬礼

苗子

六月廿八

董秀玉老总*：

前两天来的FAX本应即复。因郁风赶她在天地出的一本散文（叫“什么什么切片”），我在赶台湾《文物月刊》发表的《八大山人年表》，人又老，一不注意，便把事情忘干净。

关于黄仁宇的书再版事，请即电话（晚上他们都在）找郁风的妹妹郁晓民，请她即介绍她的哥哥（郁风的弟弟）郁兴民（Harvey）和你通电话。兴民是仁宇的多年好友，上次在中华出书的事是兴民托我代为介绍的。兴民这几天正好在北京，日内即返美，他可以详细和黄仁宇商量，由仁宇直接和你联系。仁宇是个耿直学者，很穷，只要能出，他当然愿意。万一兴民走了，我再把你的电传寄到美国转给仁宇本人。

又：仁宇英文很好，中文词不达意，中华那本《万历十五年》是我找沈玉成给他整理的，当时中华给了八百元稿费。他还有好几本新作，都受到国内外学者推崇，但不知台湾是否出了中文本。

谨复，并贺范用老头自己生了儿子（他一辈子给人“接生”——出书）。这是大喜事。请转知他该送一本。

苗子

5.15

我弟弟恰好应沈阳某厂邀请，此时一定已从沈阳回北京。他的行踪（可能住《人民日报》宿舍我二妹 Rene 家）除问四妹郁晓民外还可问我们的儿子黄大刚。黄仁宇，苗子并不直接认识，最好你们备好一份合同或公函，交我弟弟 Harvey Yu 带回美国转交给作者，签了字寄回（讲明条件）即妥，不会再找三联打官司了。祝你工作顺利，三联兴隆！

郁风

5 月 15 日

* 此为黄苗子、郁风写给董秀玉的信。——编注

范用同志：

搬了家住得远了，也没能去拜个年，就此祝春节好！

年前我因母亲病危去了上海，终于不治逝世。匆匆办理了后事，还有一桩未了的遗愿就是我手中正在编辑的诗稿，原拟自费刊印，有人建议何不公开出版。我想如今这类书很难为出版社接受，印数不多要赔钱（拟按沈钧儒诗集《寥寥集》开本，约

一百七十页），三联也不大可能吧？

附寄请柬，现有陕西河北民间艺术和全国漫画展，四川美院油画成绩不坏，有空请一观。

郁风

范用同志：

苗子已对我说过您的计划，我也当然是衷心拥护，只是打着鸭子上架实在难以胜任，直到昨天我陪同夏公参加《新华月报》的茶会遇到您也没机会谈话（因为我答应夏公的女儿我不能犯自由主义到处乱跑，而是要代替他的秘书奉陪到底）。我回来都还在想这问题不敢应承，理由有三：

① 我很痛憾自己记忆力丧失，的确我应该有许多可以写的“细小的事情”，能够多少刻画这样一位可敬可亲的文化斗士，只是……要想起那些生动的细节太困难了！

② 历史固然可贵，但晚年的处境和坚持不渝的精神更为重要，就譬如昨天在茶会桌上所谈又怎能公之于世呢？！而且他自己写的回忆录，还没写完。

③ 这比较起来当然是次要的了，就是我今年计划中把手头拖欠的文稿编书完成后就想画画了，还要去一次西北大旅行，您看，我还敢答应这么重大的任务吗？

再说我看到的别人描述夏公的文章很少，实际上这几年肯定也有不少，倒不如您自己编一本，找一位年轻同志帮着搜集材料选一选，再多约些老同志写一写，也许我也能凑一篇，还可帮着开名单，约稿……

附上苗子写的题目字。

一个老頭八十五創作生
涯五十五果然有紙稿紙，非銀紙也
万事足都道爲猫終身苦
你爱猫来猫爱你猫道主
義也可以不拘黑白拿耗子
人生樂事猫懷裏

狸奴祝嘏圖為
夏公壽
乙丑冬日君武畫苗子題

向您的开创新局面艰苦奋斗精神致敬！

郁风

一月廿四日

（不知你有否注意前天22日《人民日报》头条新闻中有个三原则？应是好事。）

范用同志：

听说你生病，一直很挂念。苗子那天去看你，我是在国画研究院住，即小丁家旁边，为了不受干扰地构思和练习画画，但昨天已搬回家住。苗子九日去了海南岛，加以保姆因母病回乡，家里空虚了。还有《美术》杂志等发稿的文章要写，只好暂停画画，虽然二月有个九人联展要我参加，想拿新作。

说起来我一直对你抱歉，即《郁达夫海外文集》的编后记未写，说忙也说不过去。这事早已应该做的，实在只因当时没有趁热打铁一气呵成（确实我在编选时是费了不少功夫的），后来事过境迁，脑子里被别的东西占据了，压盖了，就写不出来了。这已成为我的教训。但我终究是非写不可的。

这信除了向你问候道歉外，还为了补寄这几张照片，是我清理苗子的书桌发现一个信封，上面是我的字，写明“烦交范用同志”，而被苗子马大哈搁置了。

郁风

十二月十四日

范老板阁下：

接到际坰兄带下大札，十分欣慰。在港住梅卓琳家，知宪益夫妇不久来此讲学，当谋一畅叙也。四月初曾与永兄等自港赴日看樱花，归后纷忙如故，什么风雅事都不曾干。香港科技大学邀请去港讲学及展览，乃是董姑娘牵线的（寄上照片请转她）。在港首先遵嘱写《石辟澜》封面寄石泉安。雅珍女士之字，至最近才抽空写就寄上。乞查收。

史林公闻曾赴穗，想已返京。弟近在港三联出版了《无梦庵流水账》一本，当寄呈兄及史兄一册，托兄转。又北京中华出版弟之《吴道子事辑》，日内着小儿呈上。

小丁久无来信，听人说潘君正设法给他办赴港事，未知是否与浅予同来。叶老之展，未可乐观，老人家不怄气就好了。因今日出门（平日极少外出），匆匆以各件付邮，不多写了。即颂
酒安

弟 苗子 顿首

四月十八日

范公足下：

董姑娘携札已拜收，甚感。弟等于十七离岛而董于十六中午得机会见面，畅谈二小时，备悉种切。

① 牛肉火锅并猪排已香闻数万里，使弟等馋涎欲滴。此种佳味，首先由沈聪伉俪见告。今后北京家厨，除芳嘉园外，添一北牌坊，亦韵事也。

② 夏寿未先贺，亦未致札，甚憾。得兄冒签鄙名，为益愆不少，谢谢。

③《牛油》已托穗社寄京舍下 20 本，便乞电话冬冬，嘱其带奉公及临公、杨酒仙兄各一本并乞便转。

④ ……

⑤ 此间恰好由夏入秋，天气渐凉，但花草则四季如春，条

条街都是一二层房屋，每家有一花园。初来时好奇，常常拈花惹草，摘取路边家花野花而供之案头。现闻人云，此间人均守公德，偷花虽雅，难免是贼，所以已经洗手不干，改邪归正矣。

⑥余见致史公函，不赘，即颂

饭安

弟南面叩首

二月八日

闻董姑娘言，我那个小小树熊已上饭公衣襟，甚慰。我为澳洲大作广告，三月《良友》将有“图文并茂”之宣传文字。公可于丁聪处得阅。

收到沈昌文寄《读书》刊出三年前给的达夫佚文。谢谢。

郁某

范用兄：

九月廿四日，宪益、乃迭和王蒙下飞机的当天下午，我们就见面了。谈到你交宪益带来的信和北京其他朋友的问候亲情，如同和你们在一起。

这几天布里斯班真像过节似的。本来，一年一度的瓦兰那（Warana）节加上同时举行的全澳作家周就够热闹的，而今年又是以中国为中心，特别邀请了他们三位从中国来，加上从墨尔本来的诗人芒克和已在布里斯班落户的桑晔，安排了他们五位在一次作家周的大会上发言。

一连五天，我们每天见面，今天是卅日，宪益夫妇中午飞堪培拉，王蒙去悉尼，我不敢怠慢，遵嘱立即执笔给你写信，供《文汇读书周报》的“尺牍新抄”利用，报道这几天的活动吧。

乃迭（Gladys）的身体精神比我想象中要好，虽然较前瘦弱。原以为她和宪益会住我家，后来是 Hugh Dunn（原任澳驻华大使邓安佑教授）夫妇接待他们去住，那纯粹昆士兰式的木屋住宅，隐在一棵巨大的 Jacaranda 树下，第一晚我和苗子就被主人相邀和他们在那里共进晚餐。宽敞的客厅中有从中国带回的红木家具和艺术品，餐厅挂着一幅黄永玉的荷花，过道两边有几幅中国画，包括我在澳洲的一幅新作。我们谈着朋友的近况和北京的新变化，澳洲主人也同样关心中国改革开放的局势。

次日他们首先参加了在布里斯班河岸的文化中心大会堂举行的作家周开幕午宴，这儿的规矩是除少数应邀贵客，所有自愿参加的作家和读者都自付餐费 20 元。那天就有将近二百人。最逗的是一位格里菲斯（Griffith）大学的教师玛丽·法瓜女士一见到杨宪益就上前用中国话说：王蒙先生你好！王蒙在稍远处听见忙走过来说：I'm much younger，here I am。（我年轻多了，我在这里。）澳洲朋友心目中以为王蒙该是白发如宪益那样的老者，而这位前部长的坦率随便又使她大吃一惊。于是大家哈哈大笑，气氛立刻活跃起来。

周末宪益夫妇在我家过了最松弛的一天，坐在盛开的紫藤花架下喝茶聊天，春天的太阳暖洋洋。看了我们的工作室：周围一圈书架，墙上胡乱挂着二人没裱的字画。两张靠窗口的书桌上满是信件稿件，当中一个大画案，写字画画都是它。还看了我们今年五月才闭幕的香港科技大学二人书画展的照片、七月和王世襄在巴黎同游卢浮宫的照片、和永玉一家在翡冷翠的照片。当然，还吃了我烧的家常便饭和早已准备留给他们喝的 XO 酒。

星期日，特地从堪培拉来的我们大使馆文化参赞楼小燕和昆士兰州澳中理事会的朋友陪同王蒙去了黄金海岸。

如今北京的高级饭店酒席听说都要千元数千元甚至上万元！

这儿虽有中国城，但却没有到饭馆开酒席宴请的习惯。一位本地作家在他的小木屋里为他们宴请了二十多人，一半澳洲朋友，一半中国人。大盘菜的自助餐，一半买现成，一半自己烧。客人们自我介绍，自由谈话，自由喝酒。宪益居然没有喝醉，扶着Gladys早回去休息。王蒙却被人围着谈笑，回答问题，说他的《坚硬的稀粥》如何麻烦，说他被误认为是画家——元朝四大家之一的王蒙。

还有一次BBQ吃烧烤的宴会是在议会大厦的楼顶举行，凭栏眺望，布里斯班全城的灯火和高悬天际的新月相映在布里斯班河中。主人是昆士兰澳中理事会和格里菲斯大学，共有五六十人参加。

重头戏是最后一天，作家周的大会是在文化中心美术馆和图书馆中间的大礼堂举行，五六百人的座位竟然爆满。这一天的主持人是宙斯（Jose），他于二年前在北京澳使馆任文化参赞，说得一口中国话，他本身也是作家和诗人，译过不少中国当代文学作品。王蒙的讲题是“中国的先锋小说与新写实主义”，没想到他一上台拿起稿子竟用英文读起来，闲煞了翻译小姐。开始有点紧张，连Gladys都没听懂，很快调整了情绪和麦克风的距离，有腔有调地读完，获得长长的掌声。中间休息在走廊上喝咖啡时，他也用英语和澳洲朋友谈话，真不赖！他讲的内容倒是正经八百的文学评论，综述八十年代中国文学的新趋势，举出新涌现的年轻作者如王朔的小说成为争拍电影电视的热门，汪国真的诗的畅销，新潮派与新写实派乃各有千秋，等等。

接着桑晔通过翻译谈了他来澳大利亚数年来的作品，他首先感谢澳洲文化委员会从去年给予他的文学创作研究奖学金，使他得以安心写作。他早在五年前第一次应澳中理事会邀请来时，把一个月的旅行经费改为不住大旅馆、不坐飞机，而是买辆自行车经过中部沙漠，直到西北部达尔文等口岸，用了一年时间几乎走遍全澳。我和苗子、宪益和 Gladys、黄永玉和华君武等都曾被邀请用这个项目来澳访问一个月，可没有人能像桑晔那样年轻有为地独自跑遍全澳。两年前他和一位极温柔美丽的澳洲姑娘结了婚，定居在布里斯班。最近的写作是整理他访问过（的）中国留澳学生、商人、美术家三百余各色人等的记录，成为小说或报告文学。

芒克也由宙斯直接翻译，谈了他继七十年代在白洋淀插队后开始写诗和办了几次诗刊的经过，去年创刊的《现代诗》至今仍在出版。

最后才是咱们可爱的吊儿郎当的杨宪益教授上台。宙斯先介绍了一轮他和 Gladys 的著名业绩，翻译《红楼梦》，翻译鲁迅等现代文学，及介绍当代古华、张洁、谌容等的作品给西方世界。宙斯说他自称是 Playboy of the Eastern World，东方世界的顽童。宪益显然不像其他人那样准备了稿子，他直接用英语随便说了几句俏皮话，他上午去一个公园看了爱睡觉的树熊和跳跃的袋鼠，联系到今天报告会的总题是：中国的变化——固定的位置与定量的跳跃，就像树熊与袋鼠一样。

当晚的宴会是在中国城包了一家中国餐馆的楼上，十五桌人，当然除了两桌主人和中国客人之外都是自己掏钱的。中央靠墙布置了一排红椅子，前面是麦克风讲台，按请柬上通知是欢迎中国作家并由他们朗诵作品。可吃了好几道菜之后，台上仍不见动静。原来主人作家协会的主席请王蒙等中国贵宾先上台坐在那排灯光直射耀眼的红椅子上去，可请谁谁也不肯站起来。有人说这排红椅子好像是召开十四大，王蒙说这又不是选美，叫我们都去亮相！于是笑谈推让很久，最后决定罢免了那排椅子的作用，谁也不去坐，主人直接站在麦克风前介绍了每一个中国客人，王蒙、桑晔、芒克都读了一段他们的作品，由一位原北京外语学院来澳留学的宋小姐流利地读了译文，而芒克的诗却由译者宙斯自己读得音韵有致，引起双方赞赏的掌声。

又是最后，宪益上去了。Gladys要早休息，晚宴没有出席，也因此宪益失去管制，把这桌上有人特殊奉献的威士忌酒喝了个够。只见他摇摇晃晃走到麦克风前，手扶麦克风，那根长杆立即如比萨斜塔一般倾斜过来，与他的瘦直身体几乎成为一个人字，若开若闭已呈粉红色的眼皮和微笑的嘴，衬着双鬓白发显得如此妩媚，（他）用含糊不清的英语说着：对不起，我是喝醉了！全场人都激动地笑起来，竖起耳朵极感兴味地听他读完刚才即兴写的两首五言和七言旧诗，每读一句自己用英语翻译一句，真难为他啊，诗曰：

庙远神灵少，天高才士多。
有朋欢此夕，不醉更如何？

中秋才过又逢春，布里斯班气象新。
草长莺啼花似锦，不知身是异乡人。

此信由昨天写到今天，正好是国庆节，北京又是满街摆上红花了吧？请代向所有好友致意，用一句杨宪益过去写的诗：祝贺明朝更有钱！

郁风　上

一九九二年十月一日于布里斯班

董秀玉，向你拜节，遗憾那天来电没和你说上话。

郁风

范老板：

你越来越年轻了，看了你给小朋友们的回忆，真像大家都回到当小学生时的岁月了。我们八月中回到了澳洲，又要像鸵鸟一样把头埋进沙漠里了。以下是我的家书，报告两个月没写信的经过。

这信最主要的是向你报告。我已完成欠你的债——画了一幅江南小景，带到了香港参加了我们在香港艺苑的一次小型展览。现要等便人带回北京送到府上。这一期的《明报月刊》好像发表了此画，不知你是否能满意。不是我投稿，而是主编潘耀明不知从哪里弄去好多照片，配罗孚的文章——此人不声不响，经常拿朋友作题材赚稿费，应当抽税。

郁风

8月29日

很难得的机会，7月4日由香港出发到伦敦、瑞士和西非的加纳，8月4日回到香港，整一个月。由去年接受了主人的邀请，经过很麻烦的安排（办签证手续，凑好主人及别的客人的日程），终于成行了。

在伦敦，实际上是住在远离伦敦一小时火车的Winchester（旧时England的首府）小城，再开车走半小时的乡下农庄。说得夸张一点，那座隐藏在大树林和大片绿草地中的古老大房子，活像电影中常见的贵族之家。我们住在那里几天，犹如走进Bronte姐妹所写的*Jane Eyre*或*Wuthering Heights*小说里。据说一百年前原来的主人就是爱尔兰人，现在的香港主人是从第二家主人死后的年轻后代手里很便宜买下的，连同一切家具摆设、餐具，甚至原来的管家妇也留下继续服务。现在的香港主人只是在夏天和来自美国、欧洲各地的子女们以及朋友在此度假。这也反映大英帝国的没落，贵族之家竟卖给原殖民地的香港人。

我们这两个第一次到伦敦的“刘姥姥”总要看看伦敦，可出去一次，路上来回就四小时。最巧的运气是能在伦敦见到大儿子大雷，他由青岛跟随代表团去德国、伦敦公差，我们三人在市内Picadilly住了三天的旅馆，匆匆去过London Tower、Westminster大教堂，最重要的大英博物馆只看了中国部分和由一位汉学家韦陀（Whitfield）教授带领到库房看了敦煌出来的画卷和粉本，消磨了一整天。又去National Gallery和Tate Gallery看了十八世纪到现代的欧洲绘画。牛津剑桥虽然有熟人也没有时间去。总算拜访了预先通知的老友张倩英、费成武夫妇，已四十八年不见面，大家都老了，发胖了，但谈起来笑语声仍和半个世纪前一样。

瑞士是得天独厚的旅游胜地，雪山和树林，数以百计的湖。我们去过的一个湖，偶尔发现牌上写的Immensee，就是三十年代读过的中译本小说《茵梦湖》，德文See就是湖。最吸引我的就是那些乡村小镇的木屋，普通农家房子都漂亮极了，高大的倾斜屋顶，三四层甚至五层楼，最上面的尖顶上只有一个窗，下面依次两个、三个、四个，每个窗台都有鲜花和两扇装饰不同颜色的百叶窗。我们的朋友家住在Zurich附近的乡村，出门就是大片玉米田。瑞士朋友还带我去过另一个小村，和他相熟的一家农民兄弟俩，正在把收割的稻草装运通楼上仓库的绞车。自然，凡是有大片绿草坪，即使是很高的山上，也有牛群。瑞士的现代设施水电遍及山上的农牧户。公路上好，数以百计的穿山隧道遍及全国，我们走过最长的约17公里，开车半小时。全世界的不景气似乎在瑞士还不感觉到，全国 59% 的发电量来自山水湖泊，他们叫作“白煤”。去年生产四亿多大瓶矿泉水供应全欧。世界金融中心和手表精密仪器是尽人皆知的，得天独厚之外还加上没受战火。

从瑞士飞六小时到 Accra，西非的 Ghana 首都，可到了截然不同的另一世界了。大片土地都是荒草，没有整片绿地和树林，除首都和少数城市外，都是草棚，破旧小屋用铁皮木板拼搭，有些连窗子都没有。木棍支起布篷，几座售货亭，嘈杂色彩的人群，公共汽车顶上满是人和行李，这就是热闹的集市——这些亲切又凄凉的景象就像回到了数十年前的中国。即使现在边远地区也仍会有相同景象。

我们被邀请参观的是连成片的纺织印染厂，香港人企业。从棉花纺线织布，到印染大块鲜艳色彩图案的花布，现代化流水线厂房已有二十多年历史。数千工人全是黑人，有中国技师，工资和香港差不多，住房待遇比香港还好，成为加纳人最理想的职业。可惜这样的厂并不多。加纳 1957 年独立，一直和中国友好的恩克鲁玛总统，有一年在北京时，国内政变把他赶下台，虽然已换了十几届政府，如今恩克鲁玛仍然受到尊敬，我们在他儿子恩克鲁玛博士的陪同下参观了他父亲的陵园，还参加了中国大使馆的宴请。当然是作主人的陪客。

回澳后迁入新居，工作室堆满了一捆一捆的书，是儿子儿媳运来等我们回来整理的。两个礼拜之久，才略具眉目。老头老太太已经劳累不堪了，但我的书多而负担少，老太太能干，上上下下都管，而且至少写了几十封信，太“棒”了。罗老总已去法国探亲，在港欢聚了多次。

苗子

在兴奋和紧张的几个月聚会中，深深感到前辈和朋友的关心和情谊，这一可珍贵的聚会，将永远铭记在心。我们最近应广东省政协和省美协的邀请，即将南行。并顺道返澳小息数月，谨此暂时告别。并附上澳洲地址，请随时联系。匆此

再一次表示谢忱。

黄苗子 郁风

1995 年 2 月 28 日

鹤老道兄：

翻出旧箧，发现杨公酒仙手迹二件，被我干没有六七年，今日始得老实缴奉，惶恐之至，谨附呈珍藏。年节后当图畅叙。匆颂

逸安

苗子 拜上

一九九六年二月廿八日

鹤镛老人一笑苗子乞密：

江南访亚明兄，见案头所作刘罗锅骑驴图，予攫而有之，并题四绝。

一

骑驴得得似东坡，近水山庄近作窠；
自写风神疑太瘦，谁知此老是罗锅。

二

萧瑟江关策蹇驴，刘驼归去种红薯；
华筵箫鼓中宵闹，报道和珅娶二姑。

三

新主诛求旧主恩，一鞭驴背趁黄尘；
宝森自决希同罢，大案当年说殛珅。

四

忠奸万口说朝臣，电视荒唐莫认真；
合是罗锅当宰相，庙堂几个直腰人。

注：① 近水山庄，亚明新居斋名。

② 和珅宠姬曰长二姑，珅赐帛时，二姑有诗哭之。

③《殛珅志略》说嘉庆当时赐和珅死上谕，为传抄本。

一九九六年四月廿九日

华君武先生并转沈峻：

本人于1996年10月17晚12时厌世自杀，并已通过日本刘间君电话告知范用先生，以为从此幽冥异路，永难与京中友好相见了。但一念“悼文”尚未改好（见丁聪《画写》），无法向组织及白吃了八十三年米饭的广大人民交代；二念一个人独行，道路不熟，生怕要上天堂时，错走地狱，从此永劫不回；三念君武、黄胄、范用、宪益、小丁骂我不先打个招呼，鬼鬼祟祟地溜跑，不像男子汉大丈夫行为，所以现在还没死。此外，还因多位应写的对黄苗子挽联悼词，一个都没有交卷，生前看不见这些“荣哀”，死不瞑目。所以目前正在犹豫，是死是活，听候发落。

苗子 未绝笔

1996.10.18

范用同志：

前在电话中谈到谢无量先生家属打算将无量先生诗集整理出版一事，承兄自上海学林书店联系，甚感。兹附上统战部秘书长于刚同志的信，请一阅。

无量先生不但诗好，书法尤为擅长。如于书前附入手迹，尤受读者欢迎也。

开会地点与港澳同楼。罗孚兄嘱代致候。匆上即致

敬礼

苗子

12.11

弟明日返家。有事请寄函本市团结湖址即可。苗又上。

收到后乞赐电话告知。

新年好！牛年大吉！

《海外文集》20册赠书已赶在百年诞辰大会期间送到富阳，已收到来信表示感谢。现在我再向你们表示感谢！

不知健强同志给作者（编者）的样书（哪怕一本）是否寄出？如果航空，十天应该收到，但我至今未见那新封面什么样儿，健强对富阳大会的印象如何？盼复一传真。又，如你肯花五分钟时间把这牛年大吉的图复印二张转寄范用和吴彬，就算我们

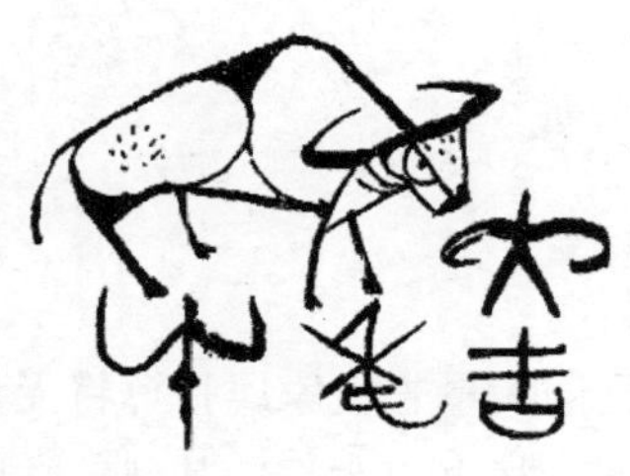

向他们拜年了。谢谢!

郁风

97.1.2

祝贺三联韬奋图书中心大展鸿（宏）图!

苗子

1997.3.1

听说新盖大楼够威风，回到北京一定去参观。

郁风

*上月收到乐窑春花碟四件未及时复电祝贺，十分抱歉！八大画鸭小碟摆上书架，朋友们看了喜爱不置。确极可爱。只是细看后青釉仍未达理想，也许搞成大件作品反有粗糙之趣。

今又接 FAX 迁了新居，又当祝贺！钻石公寓不知是否靠近王世襄的芳草地迪阳公寓？我曾看过团结湖伯爵公寓（建宏大厦）明年完工，三室二厅要 US35 万，楼上可览团结湖公园风景，极佳。不知你的公寓是租是买？是否也要此价？我们换房问题仍在进行，如有门儿我们就会回来，否则就不返京了。永玉春节前会在北京，约我们去，绪华是否也会来北京？见到宪益、乃迭请代致意，还有范用，很想念!

郁风　苗子

11 月 5 日，10 A.M.

* 此为致许以祺的信。——编注

袁可嘉

范用同志：

今天得到许觉民同志转来你八月廿二日给他的信和赠我的《语言与社会生活》一书，谢谢。我于八月廿日去烟台参加美国文学研究会，最近才回到北京，因此一直没有见到觉民同志。你提出的为你们写一欧美现代文学小册子的建议，我愿意考虑，但不知道你们希望我全面地谈欧美现代文学，还是主要谈现代派，因为这是两个不同的范畴，做起来很不一样的。《文学研究动态》上登出的文章主要是讲现代派的，除开头一段外，并未涉及现代欧美文学的全面情况。以我目前所掌握的资料而论，我想还是集中讲现代派为宜，因为它是当代最有现实意义的一个典型流派，恰恰又是我们读者最陌生的。我目前还有其他工作，这部稿子不能马上动手，估计总得在明上半年才能写成，字数不会超过六七万字。这个意见，请你们考虑后示复。此复，祝

编安

袁可嘉

九月廿日

范用同志：

你好！

《西方现代派文学》一稿正在进行。由于所里新布置了一项今年上半年全所重点项目：《百科全书·外国文学卷》条目撰写。

我个人负担近三十条之多，不能不影响《现代派》一稿的进度，我希望延至今年六月底交稿。此非去年所能预料，事非得已，尚祈鉴谅。我估计上半年是可以完成的。又全稿字数估计要超过7.5万，但不致超过十万字。今年文艺界要讨论外国现代文学流派，这本小书的出版也许可以起点配合作用。

匆此，问

日安

袁可嘉

一月二十七日

范用同志：

来信及两书均悉，谢谢。古苍梧和我有通讯联系，上次我已为《八方》组织了一个专辑，包括我的《九叶集》序和王辛笛等九位诗友的《九叶新芽》（诗选），已定在第三辑登出。

《西方现代派文学》一稿，写写停停，因为其他任务过多，估计六月底是完不成的了，目前主要还得写《大百科》的条目，希望能延至九月份交稿。一再拖延，也是出于无奈，希鉴谅。

顺此　问

编安

袁可嘉

四月廿五日

范用同志：

你好！

经过一年多来的准备，我解放前的诗论选集——现名《新诗现代化论集（1946—1948）》，原名《新诗旧论》——已经完成，今请怀厚同志带奉，请审阅并提出意见。下面有几点说明：

1. 这部书是你 1982 年向我建议出的，因此我在“后记”中提及你的名字，略表谢意，希望你能首肯。

2. 有六篇后来查到的文字（《诗与意义》《我们底难题》《论现代诗中的政治感伤性》《诗与晦涩》《批评与民主》《漫谈感伤》）有待抄清，我因视力不济，请你委托一位编辑同志帮忙找人抄一下，然后送我过目。

3. 有一篇文字《人的文学与人民的文学》上次没有抄全，这次已查到最后几段，请一并补抄为感。

4. 另外，蓝棣之同志提出关于编辑一本《〈新文学选集〉序言集》的设想，我个人是赞成的，现将该设想奉上，请你研究示复。

5.《西方现代派文学概论》一稿仍在进行中，由于篇幅扩大到三十万字，估计到 1987 年才能完成，此事一再稽延，甚感抱歉，恐念特告。匆此，颂

编安

袁可嘉

85.10.29

范用同志：

我五月十七日将赴英国考察六周，在返京途中拟到香港访问。香港方面朋友提出，拟由中华文化中心给我发邀请信，我因不了解该中心的政治背景，不敢贸然同意。我知道你很了解香港的情况，能否于近日函告我关于中华文化中心的背景和负责人情况，因为香港方面等我回信，务请尽速复我。为感。

我的论文集《新诗现代化论集》已于去年十月托周怀厚同志

面呈，看来是搁浅了。一月底我曾致函董秀玉同志询问，也未获复。另外，诗友唐湜来信也嘱我探听他的《意度集》的处理情况，便中请一并示知，谢谢。匆此，颂

日安

袁可嘉

86.3.28

袁绍发

范用先生：

您好！今来信如不速之客的来访，有所惊扰，先请鉴谅！

一些日子以来，我收集了并读了柯灵先生的不少文章，其中包括几十篇的序跋，觉得柯灵先生笔下的文采非大多数作家能比，他写的序跋内容颇为丰富，尤其值得钦敬的是，他撰文之认真，学风之谨严，也不是一般作家所具有的风格。巴老在他的《随想录》里也曾对柯灵写序跋之认真有过赞誉之词，所以我很想为柯灵先生编一本序跋集。这样的书，我看到近来出了不少。三联书店的有叶圣陶、朱自清、茅盾的；湖南有周扬、唐弢的；花城出版社有巴金、秦牧的；前些日子听陈伯吹说，河南和另一家出版社也将出他的两本序跋集。这其中，我也读了几本，相比之下，柯灵先生的序跋毫不逊色，甚至更为精彩，不知您对此有何看法，请赐教。

还有一事也想问问您，报上已有消息说，三联将出《性心理学》一书，不知何时上市，盼赐函告之，以便及时购得。因为到时候肯定不好买。倘能请您代为购置一本，则幸甚。如此举动，我自知冒昧之至，无奈于自己的求书之心，千万请先生谅恕。

去年三月份我来京时，您曾惠赠以《聂绀弩杂文集》一书，在此谨向您表示再一次的感谢！最近，中国文史出版社出了我所包子衍与我合编的《回忆雪峰》一书，不知您有无兴趣，若不嫌，我给您奉上。

此上，顺颂

大安

袁绍发
一九八七．一．八

袁信之

范用同志：

我于二月十六日到家，收阅大札二件，其一要谢谢的是新年贺信。托复印照片事，于十八日到纪念馆托办，给该馆专管文物照片的沈爱珠同志办理，嘱告按本信所需印十五张，印竣由她负责直接寄给您，我把来信已交给她。于二十日我与儿子袁仄通话时，嘱他电话顺便告知阁下照片事已照办不误。今日二十三日经电询该馆经办人，她告已经办好，即日可发出，特此奉告。

另拜读大作《最初的梦》一文，文笔细致、娓娓道来。得知吾兄之从事印刷、出版发行事业，均由于年幼时的际遇使然，以及漫画亦然，加上您的勤奋，始有今日之巨大成就。我读罢深感您的文章颇有感染力，以余所感，联想我幼时，也颇受陶行知先生的影响，记得早年陶行知的名字是“陶知行”，那时他发表在《生活周刊》上的一首短诗，对我印象极深，现在还记得，不妨记下：“吃自己的饭，做自己的事，自己的事自己干，靠人靠天靠祖先都不是好汉。”后来这首诗没有流传，我想大概其精神不外是崇扬了个人主义，与倡导的人人为我、我为人人相悖。连陶先生的名字也把它改为陶行知，这恐怕为的是先有行，然后有知，实质上涉及唯物与唯心观点之差异。所以后来陶先生均用了陶行知的名字，陶先生晚年，他说了二句话：“捧着一颗心来，不带半根草去。”也是极富于教育人当革命者的名言。陶先生的

教育影响对教育界是无可限量的。兴之所至，胡乱说说，请兄有以教之。祝

健康愉悦，盼多赐教！

田鸣、袁信之

2月23日

袁 鹰

范用兄：

手书奉悉。遵嘱送上廖沫沙同志文章清样，请阅正后退我。文中提到夏衍同志处都称夏公，这当然是我们大家多年通用的尊称，沫沙同志在文章开始处也特为注明了。但在报上却尚不多见（这同郭老之称“老”不同）。如一律改为某某同志，只在第一句括弧中说一下“我们习惯地称他为夏公，觉得只有这样称呼他才亲切些”，似乎好些。但那样就变成见报的和书上的不一样了。如何办为好，请酌。

即致

敬礼！

袁鹰

三月七日

袁勇麟

范老：

您好！

昨天收到三联寄来的《乡愁的理念》，我想是您办理的吧，谢谢！

回闽后立即叫家姐邮来《海滨感旧录》，她鉴于前段寄出国材料至国家教委，用邮政特快专递还丢失的缘故，便出了1.70元用信函挂号予我，我随即便挂号寄给您了。因担心邮差是否又会弄丢，便借向谢云老约稿的同时，向您打听一下，当获知您已收到书时，我便放宽心了。

返校后，在《文汇读书周报》上看到您的专访，又在《海上文坛》上看到您的寄语，备感亲切，再回头翻翻《随笔》上《我的外公》那篇充满童稚天真的妙文，心里不禁会心一笑，这是活脱脱的范老呵！近翻阅《随笔》第五期上黄裳先生与刘绪源的对话《书林漫话》，其中说道："我们大概是最后一代（藏书家）了。"不禁思之惘然。黄裳先生特别在文中提到"三联书店在范用主持下出过一系列书话集，搞得很有气势，我估计大多是赔本出书的。三联有文化眼光，是当今出版界的佼佼者，可惜近来不再出这种有趣的书了"。我想文化界对此颇有同感。

董桥的散文确实耐人寻味，不知您可告知他的通讯地址，并为我开列一张介绍便笺否？一直盼望着能再有机会到府上倾听您的教诲，抚摸那一本本珍贵的书刊！

谨祝文安！

袁勇麟

92.9.24

范老：

您好！

返闽后一直很怀念在您那儿品茶论书的滋味。谢谢您赠送我董桥先生的两本散文集（第二本至今未收到，估计可能是邮路延误），我曾在今年的《福建日报》上撰一短文简介（剪报附上），也承蒙董桥先生拨冗回函，只是我没能通读董先生的全部散文作品，否则当对他的散文作一全面的评论。但愿今后能有这个机会。

在北京查阅资料后，与导师姚春树教授编讫两本杂文选集：一是50万字的《外国杂文大观》，收入了世界33个国家115位作家的140篇杂文，从古希腊到当代；二是30多万字的《中国杂文七十年（1919—1989）》第二卷（1937—1949）。这两本均由天津百花出版社付排，范希文先生负责。届时出书后，当寄上供您指正。

有一件事想麻烦您，我现在正为福建海峡文艺出版社编选一本27万字的《美国散文精品》，此书需评介美国散文的源流、特点。我记得在您家见过思果的散文集《看花集》，书中第153至174页是《中英美散文比较》，能否帮我复印一份，感激不尽！家姐已于去年11月赴荷兰莱顿大学访学，她能为您服务而感到万分荣幸。

谨祝文祺！

袁勇麟

93.3.22

今年五月中旬，我到苏州大学参加博士生招试，现已（被）录取为中文系范伯群教授的博士研究生，虽然范教授主要从事近现代通俗文学研究，但我仍保持原有的研究方向——中国当代杂文研究，而且国家“八五”新科基金项目《二十世纪中国杂文史》已正着手写作，拟于明年夏天交付福建教育出版社出版。

在当前读书无用论一浪高过一浪的呼声中，我仍“背时”走在这条“黑道”上，真不知何处是尽头。当代杂文研究中的港台部分尤其缺欠资料，近见《文汇读书周报》上预告龙应台的《人在欧洲》已出版，可福州大小书店均觅不着此书，您能帮我打听一下书是否确实出来了，我将找人去买。

谨祝文祺！

袁勇麟

岳宁茀

范老：

收到周水玉同志转来的您的大作《我爱穆源》，从头到尾读了两遍，我好像又回到了童年。您的学校，您的老师，您唱的歌、做的游戏，都和我小时候的一样，读来倍感亲切。

您最喜欢唱的《踏雪寻梅》也是我最喜欢唱的歌，至今我还常常唱。唱起这支歌，我就会想起儿时在晴窗下、雪窗下，妈妈陪着我和弟弟们读书习字的时光，当时觉得是那样的枯燥、乏味而无可奈何，现在回忆起来却是那样的温馨、依恋而求之不得。我还喜欢唱一支歌《清流》："门前一道清流，夹岸两行垂柳，风景年年依旧，只有流水总是一去不回头，流水啊，请你莫把光阴带走。"不知您唱过这首歌否？

穆源降旗时唱的歌，使我想起了我小时候在寒假结业式上唱的歌："寒风呼呼雪花飞，好冷的天气，自从开学到现在又是一学期，诸位先生教导我，我们谢谢你。亲爱的同学来、来、来，行个分别礼。"对师长、学友的敬意爱意尽在其中了。从小学到中学，我唱过不计其数的歌，有欣赏良辰美景的歌，激昂励志的歌，抗日救亡的歌，旅行远足的歌……那时的歌，既浅显又好听又容易学，唱会了，就永远不忘。这些歌，在我一生中都起着良好的教育作用。至今，在我独处时，洗衣、做饭时，我还时时唱起。

您提到的鱼鳞纸，我也用过的，有大红色、鹅黄色、纯白色的。像现在的磨花玻璃，现在每当我用废挂历纸给外孙女包书皮时，我总会想起它，慨叹现在买不到那么好的包书纸了。树叶书签，也是我儿时常做的，还有在一张厚厚的白纸上，放上多种图案和恭贺新禧的字样，然后用牙刷蘸上颜料在苍蝇拍上刷，颜色透过铁纱，均匀地洒在白纸上，揭开图画和字，一张贺年片便成了。您大概也做过的吧？

滚铁环、跳房子、挤油渣……玩一身土，玩一身汗，比现在小孩玩电动玩具有趣多了。

传统教育固然有些糟粕和不科学的地方，但我始终觉得还是有很多优越性。那时受的教育，不管课内课外，读书、习字、做游戏、唱歌、画图画、做手工，都为了培养“真、善、美”的人性，为了培养严肃认真的做人做事的态度。不讲什么主义，没有空洞的口号，只在“做”字上下功夫。您在给韦君宜的复信中流露出为当今孩子们教育的忧心，也是我这个老教育工作者时时忧虑不能释怀的。

《我爱穆源》这本书，用特殊的方式生动活泼地对孩子们进行着传统教育，娓娓道来，不板起面孔，没有教条，格外亲切。我这个“老小朋友”也重温了童年的梦。真的，万分感谢您。

我读书少，读您的作品，这才是第二次。第一次是在《光明日报》上读到您为《水》复刊写的文章。张兆和的堂妹张平和是我的邻居、我的好友、教我画画的老师，通过她，我认识了张兆和姊妹。在《水》复刊时，她们给了我这张剪报，我读后将它贴在过期的旧杂志上保存，后来借给别人看，被弄丢了。我十分遗憾。如果您还有那篇文章，能否给我一份？您年事已高，天气又热，不好找，就算了。不情之请，乞谅。

许双小小年纪写的东西，颇有作家风格。不愧是您的外孙女。那么简练、节省的文字，粗线条地勾勒出人物的神情面貌、性格特征，不加渲染，朴实自然，真是大“家”的手笔。可佩！衷心希望她能成为作家！

天热，望珍摄。祝

暑安

岳宁苐 拜上

1999.8.5

范老：

收到您寄来的贺年片及给穆源小朋友的信，十分激动。衷心感谢您送给我“真、善、美”。

我想我应该向您做一个简单的自我介绍了。

我今年 71 岁了，依旧童心不泯，我的孙子叫我“老顽童”，因为我常常逗得他们笑不可仰。

我和您一样“做事快、说话快、走路快、吃饭快”，但不喝酒；我性子急，脾气不好，有时得罪人；我也有您一样的长处：“做事勤快、坦直。”正因为坦直，所以爱发脾气，往往还能得到谅解。

我也喜欢唱歌，也特别喜欢《踏雪寻梅》，常常唱。还有一首《清流》：“门前一道清流，夹岸两行垂柳，风景年年依旧，只有流水总是一去不回头，流水啊，请你莫把光阴带走。”歌词那么简单，却如诗如画，蕴含哲理。我非常喜欢。

我也喜欢丰子恺的散文和漫画，一本《缘缘堂随笔集》读了不计其数遍；我还喜欢他的《护生画集》，进行过临摹，画得不好。

我喜欢买书，买了新书，等不到到家，坐在车上就要看，或者边走边看。不看书，就难过，尤其喜欢拥衾夜读。

我喜欢写些随笔和散文，但从不想投稿。因为我有自知之明，我写的东西只能自娱。正如《约翰·克里斯朵夫》中鲁意莎对她儿子说的："小乖乖，你多丑，可是我好喜欢你。"

我喜欢岁暮随着雪花纷至沓来的贺年片。春节过完后，坐在客厅里独自欣赏书柜里琳琅满目的贺年卡，温习往事，怀念故人，好不开心。

您大概对我有点印象了吧！

年前，我到姨母家去拜早年，看到她书桌上有给您打电话的记录，一问之下，得知她和您夫人是同事。我的姨母刘淑芳是我母亲同父异母的姐妹。您是我书友周水玉的老友，又是我姨母的老友，现在又成了我未曾谋面的朋友（请恕我冒昧），真是有意思。拉拉杂杂写了一大堆，影响您的休息了，乞谅。

寄给您两张邵华的作品，一张是江南水乡风景，也许能慰您的乡思，一张，我觉得象征您的心态："宁静、旷达。"希望您喜欢。祝您永远快乐！永远健康！

岳宁苐　拜上

2000.2.17

代问夫人及许超同志一家好。

范老：

昨接您寄来的《〈水〉之歌》，十分高兴。

我与张兆和的堂妹张平和在崇文门住同一楼，由她引见认识沈从文先生及张兆和女士。1986年张充和、张元和回国探亲，在政协礼堂演出《牡丹亭》，我和张平和、张兆和同去观看。

张允和夫妇也曾在平和家见过多次。由于这种关系，《水》

复刊时，曾向平和索得复刊第一期，此后再没有过。现收到您寄来的《〈水〉之歌》，既看到了她们的一些原作又读到了您的评论，实在获益良多。幸甚，幸甚。

我也曾搞过家庭刊物，取名《蜗牛壳》。冰心曾将“家”比喻成蜗牛壳，因而以蜗牛壳题名家庭刊物。因儿孙们都忙，无闲常写，故而停刊。

余秋雨先生说：“我是个文化人，我生命的主干属于文化，我活在世上的一项重要使命是接受文化、传递文化。”我想张氏姐弟的《水》之复刊，也是在传递文化，为精神文明贡献力量。

日前，友人赠蝴蝶兰一盆，内有一株黄花，熟视之，酷似跳舞女郎，做俚诗一首赞之。今寄上花之照片，供请赏，打油诗请拨暇指正。匆复祝

秋安

岳宁苐 拜上

2002.10.12

臧克家

范用同志：

许久不见了，近好？

你赠我的巴金同志的《随想录》，早已收到了，谢谢。

前几日，李国强先生（不认识）寄来《广角镜》六本、《预科国文精要》一本（选我一诗）、《诗词选》一本（选闻一多、冯至、卞之琳诗各一首）。他力邀我写点文章，因不知该刊政治情况，对李国强先生的为人，也毫无所知，故未能应允，只虚说一声而已。

《广角镜》刊登了三联广告，也有《随感录》，而且列有我的名字。因此，想和你谈谈我的出书情况。

今年上半年，上海文艺出版社将出版我的《怀人集》。来年山东将出版我的长诗选（五本或六本合集），湖北将出版我的散文小说选。四川人民出版社预约了我的《回忆录》（《新文学史料》连载）及《甘苦寸心知》（谈自己的诗），也于明年出来。云南要出我与另外二位友人的旧体诗合集，题名《友声集》。

手头各种稿子，我约计了一下，现在只有五六万字（也许还不够此数），如果合于你编的《随感录》要求的话，再过一个时段，等上一些，可能凑足八万字，如巴金同志的那么多字数。

几时有空，欢迎你来谈谈。如果能来，先打个电话，当面谈谈情况好些。

好！

克家 上

4月14日

曾　卓

范用同志：

收到了寄来的贺年片，请也接受我衷心的祝愿：愉快，健康，并在工作中取得新的光彩！

有一事相托，读《读书》第一期上的“三联之页”，知潘光旦先生译的《性心理学》已再版，但“不能（在）书店广泛发售”，只能邮购，估计这是一本热门书，恐难买到，只有麻烦你了，现另邮汇上十元，请代购一册寄下。多余的钱可买《丹东传》《苏格拉底传》或其他的传记，这些书，此地坊间都未看到。——潘先生译的这本书，我原有一册的，是“文革”后幸存下来的少数我所喜爱的书之一，我借给了绿原，他一直未还我。

几十年来，你一直在出版界辛勤地工作，现已退下，是否可将所见所闻和亲身经历，写一本散记？那一定是一本很有益也很有趣的书。

下月，我或再写一点短文投寄《读书》。

曾卓　上

1.25

范用兄：

手示诵悉。读了你外孙女的作文，不禁失笑，文笔流利，外公的形象活跃于纸上。年方八岁，作文有此水平，“真乃可造之材也”。我前不久出了一本小书《给少年们的诗》，另挂号寄上，请转赠她，并转致对她的厚望。

两月前，牛汉兄与《新文学史料》的两位编辑来信，约我写回忆录。我虽经历过一场大风波，其实一生很平凡，不值得一写。我想到，你倒真是该写一写的，一生致力于出版事业，经验丰富，接触面广，近十年来，更是卓有建树。我读到不少作家的文章中都提到你，如你能写出来，一定会受到各方的重视，并可刺激刺激正日益下滑的当今出版界。

我乏善可陈，昨天绿原来信，谈到我们两人今年都进入七十岁了，回首往事，不胜感慨。唯一可告慰的是，心境还不是那样衰老，而是多少懂得了一点做人的道理。

祝你健康长寿！祝你全家在新的一年会万事如意！

曾卓

6.3

范用兄：

书、信、稿均已收到，书、稿已于一星期前交徐鲁，他或已和你联系上了，徐鲁现在湖北少儿出版社任编辑，他本人写作正勤，为人朴实，是可信任的，关于尊集的出版，他表示一定尽力。他还收集了几篇您的文章。

早几年就有友人劝我写点回忆录，后我动手写了几万字的草稿，因忙于别的事，就放下了。今秋或再继续写一点，然后一起整理一下。希望您的回忆录早日完稿。您的这一类文章朴实亲切，很可读。

我因头晕，又有点气管炎，医生让我住院。我是在病床前写这几句的。祝

时安！

曾卓

6.25

范用兄：

收到大礼，很高兴。

遵嘱寄上短文一篇，《恶之花》出版已久，还未见评介。这本书不大好读，又由于字数的限制，我只写了一点庸浅的印象，中心的意思是强调波特莱尔对艺术的真诚和对生活的激情，以供青年诗人们参考。可能谈得不准确或有错误，请审阅。不合用就退我，不必为难。

《读书》是办得有成绩的，很受读者重视，当然也不免受到一些挫折和阻碍，但总算闯过来了。如果今后能更活泼些，稍普及些，当更受读者欢迎，匆匆不一。祝

时安！

曾卓

10.11

范用兄：

春节想来过得热闹，愉快！

见到你寄来的贺年片的友人，都齐声称妙，说应该公之于众，乃送《武汉晚报》发表了。我则写了几句话说明了一下。现

剪寄一份。算是一个纪念。祝

寿而康！

曾卓 上

2.6

范用兄：

收到了那本外观很清新淡雅、内容很亲切动人的《我爱穆源》。我和你年岁相若，其中所写的小学生活引起我很大的兴趣，也引起很多回忆。我很想写一点读后感。今天上午和湖北少儿出版社的编辑徐鲁通电话，他拟将此书收入到一套丛书中。但这套丛书要经过社领导批准后才能定下来。

前几天又收到5月19日来信，查问抗战初期武汉的一些情况。当时我也在武汉，但有些记忆已不大确切了，又找了几个老朋友和市文化局的一位同志谈了谈，大致是这样：交通路在抗战初期是书店比较集中的地方，有生活书店、开明书店、正中书局、上海书店（？），你说会文堂也在这条街上，朋友们倒记不起来。有一位朋友说会文堂是在戏子街。交通路与江汉路平行，但很短，只五米左右。与交通路垂直的是中山大道，另一边是后花楼。江汉路上那家西餐馆名普海春，中山大道、六渡桥附近的游乐场不是叫“新世界”，而是叫“新世场”，原先叫“血花世界”，现名“民众乐园”。大智路那家有名的豆皮馆名“老通城”。火车站原在大智路，现已迁移，江汉路没有旧书店。旧书店比较集中的地方是保成路，武昌横街也有几家——三年前，《长江日报》曾发表过几篇文章，也约我写了一篇，建议将交通路改为文化一条街，得到不少人的响应，江汉区委也很同意，但店铺迁移、迁入，困难很多，现这一带地皮已出卖，更无从谈起了。

你是否在写回忆录？以上所写供你参考。如还需要什么资料可来信。

《我与胡风》一书能出来很不容易，还有谢韬、王元化、徐放等人没有写。已写得详略不一，如有机会再版，是还可充实一下的，作为史料来看，有其价值。

我上月到广东惠州参加一个国际华人诗会，与荻帆、绿原等相处了十天，后又顺便到广州、珠海、深圳小游。这次旅行很愉快，只是回来后颇感劳累。最近又经常头晕，当是由于脑供血不足。别的老年病也还有一些，只是尚无大碍。

望你也保重，年过七十，重要的是健康！

曾卓

5.28

范用兄：

收到“迁帖”，后夹进了一本书中，再也找不到了。今日终于翻出，赶快来写几句。

不知为何乔迁？住了几十年的故居，当然是有眷眷之情的，何况还有老朋友，还有老槐树。

不知为何室高仅两米五？现在一般至少在两米八以上。也不知楼高几层？有没有“高处不胜寒”的感受？

但“既来之，则安之”，到了我们这样的年纪，只有低吟“天凉好个秋”了。

首先还是要注意珍摄，健康第一，即祝你俪安！

曾卓 上

8.27

范用兄：

好久未联系，收到大札，十分欢喜。

“跋涉者文丛”我挂了一个主编的名义，除写一篇总序、几封介绍信以便出版社联系作者外，并没有做多少实事。主要的原因是这一年来我都在病中，第三辑不再编了。您要第二辑，蔚明兄已赠您签名本，我已告知绿原寄赠您一本签名本，另外五本（包括我的一本）我当寄赠。您要的武汉出版社的书目，我已请这套丛书的副主编（周翼南）去通知出版社，我并让他也为您寄。赠一本他的《顶天楼随笔》。

我于去年4月经医生诊断得了肺癌，6月做了X光刀（一种激光），并几乎未间断地打针吃药（中药、西药都吃），病情基本稳定。一月前，又一次住院复查，到现在还未出院。不过，我很不习惯医院的生活，每天都回家。我的自我感觉还不错，精神状态也很好，友人都说看不出我是一个病人。

老来“健康第一”，对这一点我已深有体会，我俩同庚，都是望八的人了，请多多保重！

弟 卓

2000.5.4

曾　自

范用同志：

我是田家英的女儿，上次和您通过一次电话。自从看了您写的忆父亲的那篇文章《书友田家英》，很想去拜访您，亲听您讲讲我的爸爸。夏日炎热，待秋冷一点我一定前去。

寄上吴冷西同志今年为父亲去世 30 周年祭而作的一篇文章（共十一节，现连载在《光明文献》，这是［上］1—5 节）。这篇文章，同您的那一篇都已收入再版的《毛泽东和他的秘书田家英》一书中了，此书 9 月中旬出版，届时寄您。

另附上父亲收藏品中他最为珍爱的林则徐的《观操守》中堂，内容是林的自作文，在他被革职后写给接任他的下属辛阶兄的，是林的心境修养的最好写照，父亲尊重林则徐的人品，以其诗句为自己的座右铭。这是大家都知道的。

今把藏品照片一张送您，可放在书桌的玻璃板下，做个小小的纪念。这幅作品收入《小莽苍斋藏清代学者书札》一书了。可参照其注。

您最近有本新书。我在《光明报》出版栏目中看到介绍，可惜当时没有剪板，忘记书名了。很想得到一本。

祝好！

晚辈　曾自

96.8.20

范老你好：

寄上新出版的《毛泽东和他的秘书田家英》一书。其中、冷西、林乎加、裴润、奚原、丁磐石和您的文章是新收入在书中，前四篇是新作。

您送我的《我爱穆源》非常好看，“回忆时含泪的微笑”，我虽没有到了尽情回忆的年龄，但也真切地体会到了这种“微笑”，而且我的确是含泪体会的。

范又是女附中的学生吗？我姐姐曾立看了照片，说可能是我的学校初三五班的，不知她记得准确否？我和姐姐都是师大女附中的学生。

问您及全家好，并代问小许双好。我很爱孩子，尤其是小女孩，祝她学习进步！祝秋安。

曾自

96.9.16

詹静尘

范老台鉴：

被迫离开《龙门阵》后，一直为生计奔忙。我只相信，“天生我材必有用”。现日下我与安知创办了一家“知青苑（成都）餐饮娱乐有限公司”，集餐饮、娱乐、文化一体，正拟开业。文人下海已不时髦，我等只为稻粱谋。为人作嫁仍不能讨好，不如另辟一个生存空间。范老以为如何？

曹健飞先生之《卖书结缘》稿已奉璧曹先生。释念。

范老是出版界泰斗，《龙》刊出现的咄咄怪事曾有过么？我真想不通。即颂

时绥！

愚生 詹静尘 顿首再拜
94.3.31 匆上

张阿泉

尊敬的范老：

您好！挂号信收读。关于谷林先生的小书正在排版中，出后即将切边本、毛边本奉上。

与您神交已久。您主持三联时，是一个难得的繁荣鼎盛时期，我与龚明德兄把它称为“范用时代”。想为您做一点事情，正在筹备和酝酿。关于您的一手资料，恳望寄我一些。

索求一册《我爱穆源》。呈上一册拙作并信笺纸。您是一位极可亲的人，很想做您的一个忘年小友也。

晚学 张阿泉

二〇〇三年六月十九日上

《清泉》读者遍及海内外，都是写书痴书一族。您若有需赠报的大雅，望列详细名址给我。

张白山

范用同志：

信及《出版史料》一册均收到，谢谢！前年底遵嘱在病中草拟了一份有关楚云的材料，原意是供你参考，没想到你竟拿去发表。写得不好——简陋得很，发表后影响一定不好。当然，现已发表，则由他去！我在文中提到楚云擅长书法，有注脚一云："1937年'8·13'后楚云主编《战线》五日刊，刊头就是他写的。"这条注极好，不知哪位同志补进的？是否默涵同志？当时我在上海都忘了这事。又楚云子女前些日子见访，据说楚云生于1907年，我误记为1909年，应更正。

今有一事奉商：我1948年逃亡在上海乡间，生活困难，应蔡楚生之约，把《一江春水向东流》这部电影改写成一部长篇小说，得些稿费为生。该书曾由作家书屋出过少数册子，事过三十六年，已找不到，各图书馆也找不到。我几经周折，从上海复制一本，约二十多万字。我住医院时涵然、荒煤等同志来探视我的病，说到这部小说，他们怂恿我写一前言，再行出版，销路必佳，因这部电影如今在国外国内仍受观众欢迎也。因此，我想在养病（心肌梗塞症）中再作一次修改，请你想办法找个出版社出版，如你主持的三联书店肯承旧，那再好不过，我没有什么条件，书能出版就好说。光阴荏苒，我已过七十岁了，很想整理旧作出版，另有一部小说散文集，也想找个地方出版。这种心情你大约是可以理解的。

听说你很忙，忙是好事，你大约刚过六十岁，还可以干它若干年。嫂夫人老丁，多年未见，请为问好！专此敬候回音并颂时绥！

张白山

三月二十八日

范用兄：

拙作昨才从出版社寄来，今特寄上一册请斧正，封面设计花俏，语言漏行又多，真无法可想，我喜欢的是你给三联设计小三十二开散文丛刊的装帧。

至于拙作是否也是中学生作文的水平（去年来信引汪曾祺先生话），自己不知道，所以只好请教你。

因身体太累，不能登门拜访，为歉。

专此不一，即请

痊安！

张白山

六.一京庐

记楚云文，不满意，故未收入此文集。又及

范用同志：

来信及附默涵信、三联《纪念册》均收到，谢谢！

关于陈楚云早年情况及后来情况，由于我们有往来，也是为朋友，平时无所不谈，所以知道得比较多些。现根据回忆，如实写出来，以供参考。记得王任叔生前找我曾谈过一次，可惜任叔同志被害致死，所以关于楚云之死，至今我还闹不清楚，我很希（望）胡愈之老人出来说话，把楚云问题搞清楚。因写在病中，无法再抄一份，只将草稿奉寄，乞谅！

我们在京工作，没有机会见面，但你的情况我知道了一点。嫂夫人是否还在搞财务工作？健康如何？万国钧同志二十年前见过，现在情况如何？均在念中。重庆读书出版社，当年对我在生活上给予不少帮助，至今难忘。

我在上海《读书与生活》杂志上发表一编评《苏联文学》一书，署名"白灵"，后在重庆《读书学习生活》楚云主编时我用"伏吾犬"笔名发表过《渔人的泪》一文，我到处找不到。今拟出一书，打算收集这两文章，希望你托哪位同志代找，并为复制或手抄各一份（当致薄酬），或借抄后还亦可。寄来为请。琐事相烦，容后致谢！

专此即致

革命敬礼！

张白山

十二月十二日

默涵信附还。又及

范用同志：

久未晤面，你处同志来谈，欣悉尊况极佳，为慰！

兹有恳者：我正在办离休，组织上要我补充一些历史情况材料。我想到1940年秋，我从鄂北到重庆，失业，应楚云之约，住到读书生活出版社《学习生活》杂志编辑部，协助他编辑该杂志，并为撰稿，住在鲁祖庙街楼上，吃饭则在冉家巷你与洛峰办公处，那时万国钧、云南老唐，还有你的夫人小丁，等等。到楚云去南洋，我由胡绳介绍到歌乐山"中国工业合作协会"工作，并把出版社的寇禹铭也一起带去。这段历史很重要，因1940年秋以前我是《全民抗战》的记者，应主编柳湜之约，写了不少文章，这样就可以衔接起来。在读书出版社这时期是楚云直接领导我工作，他已成故人，无法证明，只好请你证明，写个材料，以便解决参加革命工作的年份问题。我单位人事部门将会找你写材料，怕你记不清楚，所以不得不在这里提一下。

我患心肌梗塞症，一到冬天更不敢出门，无法去看你，只好写。老同志是会原谅我的吧！你领导三联的工作很出色，至为佩服！

专此并请

撰安！

张白山

十二月二十三日

范用同志：

你好！

遵嘱我写了一份材料，请你看看如何交给云南唐登岷同志，材料如嫌啰嗦可删节。我与唐也是四十七个年头未见，不知他记得起我否？这要请你帮他回忆，并建议他如何写，较有利于解决问题，你写的材料很有力量，你可以告诉他，不过再请他再证明一下，就能解决问题。我将把唐及其工作单位告诉我单位人事局，让他们发函外调。

又，马仲扬同志当时在出版社，不太熟，前几天我未想起唐登岷（即明）同志，就把马同志告诉给我人事局去外调，我又写信给他附去材料一份，至今没有回音。你与马的关系如何？能否请你跟他讲一讲，建议他写一写，哪怕简单一点也好。实在不愿写就算了，但不要帮倒忙才好。前几天我也把仙宝同志及其工作单位告诉我人事局，意思是说也可以进行了解。

本来很简单而易解决的事，有意弄得如此复杂，真是无法可想。我得心肌梗塞后，什么地方也不能去，看看朋友都不行，特别是冬天，一见冷空气就憋气，奈何？你的气管炎、肺气肿，据我所知，长期注射“核酪”可以控制得住。又，每晚睡前吃蒸山药一小碗，效果尤大，广西的蚧蛤也是特效药。

专此不一，即请

撰安！

张白山

1988年1月4日

嫂夫人均此未另！

当时在出版社工作，现仍在北京工作的同志而略知我些，也可通过你的关系写证明，那就不必找到老远的云南了。你觉得怎样？请一并考虑，如北京没有这样的同志。只好找老唐了。又及

范用同志：

你好！

年前给你一信，请你写几句话证明1940年我已有应楚云之约，帮他编《学习生活》杂志。我住在重庆鲁祖庙街编辑部楼上，吃饭是在冉家巷你住的地方，前信已说过。现在是1940年秋以前已有胡绳同志，之后也有张友渔同志写的证明（文学所党委告诉我），这半年，无论如何请写好，直接寄给文学所人事部门或党委会均可。想你会关心同志的政治生活，我因患心脏病，不能来看你。特函奉商，专此即颂

撰安！

张白山

二月十四日

范用兄：

前函久未见复，估计事情不大好办，今读大札，果然如此。拙作《苦涩的梦》一书早由海峡文艺出版社承印，寄来几本样书都给来访朋友取走，今函订购一批，候到达，当即奉寄求教。该出版社很客气，未叫作者出资，也未叫推销，但我知道他们亏损不少，故需为他们推销一些，如三味书屋可以代售，卖不出去可以退，当然也给一些手续费。初步想给100册左右，你如觉得还可以帮忙，就写一介绍信寄来，俾便派人与三味同志联系，如有困难就算。我在出版界的熟人朋友如今都已退下来，所以事情就不大好办，你来信说的都是实情，海峡的同志不活动，不会拉关系，如今春在京沪举办的书市，他们就不去联系，守株待兔，如何不亏损。

我订阅一批报刊，如上海《文汇读书周报》，我就常看到你与觉民同志写的文章，足见你们不仅健康，而且执笔极勤，这是好现象。

我老伴葛林主编翻译的《二十世纪世界文学》上下两部，想送你，却没有便人送上。如有人方便捎书就好，否则只好花钱挂号邮寄了（其实建外、建内很近）。

春寒料峭，注意健康，仙宝大嫂问好！专此

即请

痊安！

张白山

四月六日于京庐

你们那一带房屋要拆除，要准备搬迁，能争取迁到方庄最好，但也不需住高楼，因常断电断水，电梯停开，不少朋友为此叫苦不迭。又及

范用同志：

兄写贺年片一节文字极好。但仍可再简约些。如："先生"可改为"仁兄"；"以王临川诗相赠"似可改为"录荆公诗见赠"。又，"咏孤桐一诗托物永志，亦为公自我写照"一句可删，因读其诗即知其用意，用不着说明也。文末引用屈原句可删。如是则叙就简而好矣。又全文统一用"荆公"，短文中"王安石""王临川""王文公"三见，不好。鄙意不一定好，仅供参考耳。

新出（《随笔》）已看到，许双及至善文均好，丁聪所作兄长像尤佳。你能否代请丁聪同志给我画个头像，如能，我将照片寄上转去，（《随笔》）校对工作不细，拙文错字有二三处，如"一例"误排为"一倒"；"歌场"误排"歌湍"，不通之至。黄伟经同志尚未谋面，你能介绍其情况否？

近日琐事丛集，今天才抽空给你写信。记得二月末葛林面托周健强送上她编译《二十世纪西欧文论》一书，不知收到否？一直未见提及。该书下册即将出版，届时她仍将再送给一部。匆此，余不一一，即请

痊安！

张白山

1991.6.14

范用同志：

久未晤，念甚！月前遇见觉民兄，才知你伤骨，行动不便，想去看你，也以身体不好，路远，未能成行，而尊席电话号码我又记不起来，十分抱歉！

这里想请你商量一宗事情：这两年在病中抽空写了一个中篇小说，暂名"水层花谢边城情"，约三万六千余字，写的是我的老战友陈楚云历史上一段在闽浙边陲的战斗生涯，写他在民族矛盾

与阶级矛盾中的革命事迹。其间也有爱情的纠葛，我写时是用第一人称，事迹是楚云的，情节与时间有变化。其中还写到主人翁与地主与土匪与国民党部队以及日本鬼子的斗争，是一个悲剧。我有意用散文来写小说，反复修改过，因为在病中，无法出门，很想我朋友，现在想请你设法找个地方发表，因你在出版界文艺界交游极广，近年还读了你写的不少文章（我们有《文汇读书周报》），知你还是跟年轻时代一样活跃。自然你未看到拙稿，很难着手。我认为，拙作还是花过两年工夫，如你经考虑可以推荐发表，我就将文稿挂号寄上，请审阅以后裁夺。如觉得还不够发表的水平，即刻退回就行。我们是五十多年的老战友，可以不揣冒昧就写信求你帮助，想不会见怪。盼复是幸。仙宝同志代为问好。

专此即请

撰安！

张白山　上

1995.9.6

范用、仙宝大嫂：

承寄大作《最初的梦》收到，此文早见《收获》，后见《读书周报》。文情并茂实为难得佳作，希望再接再厉，可成一书出版，如何？不佞老多病，去岁住医院一年，经细心治疗至今回家，仍日以药为伍，奈何！时想走访一叙，然力不从心，今届岁暮只好写信祝贺新年快乐，记得王安石诗云“岁老根弥壮，阳骄叶更阴”，今抄此以相勉励，余不一一。即请

春安

张白山　顿首

丁丑腊月十九日

葛林附笔问好

张伯驹

范用兄：

香港中华书局存我《红毹纪梦诗注》(附照片准备再版)、《京剧音韵》、《续洪宪纪事诗补注》、《中国对联话》、《春游琐谈》五种，希兄致函港方同志能早日出版。因河南省图书馆同志来京相晤，见到我之文稿，为我是河南人，凡我之文稿，彼皆愿予以出版。但我仍希望港方出版如此五种。港方同志如不拟出版者，可退由河南省图书馆出版。又冯统一同志转到“红楼梦”工作我不甚同意，因出版为长期事业，《红楼梦》依我看不过数年即无话可说。我劝其仍回出版方面工作，彼已愿意，请兄裁夺。如仍需要，即致函统一，命其恢复工作。当然出版方面事务比较繁重，而青年正宜从繁重中锻炼也。本月三十一日去青岛，俟回京后再作良晤。

即颂

日祺

张伯驹 拜

七.廿六

祖光兄*：

周笃文同志来云，香港有人托其向我要《红毹纪梦诗注》稿，我未付给，在未刊出前，香港外面有底稿，对出书不无影响，仍以早日发刊为宜。又联语如俟《大公报》登完再出书，亦为期太晚。并《续洪宪纪事》发刊情况希向港方同志一询，示知为感。

即颂

日祺

弟 张伯驹 拜

三.廿八

* 此为张伯驹写给吴祖光的信。——编注

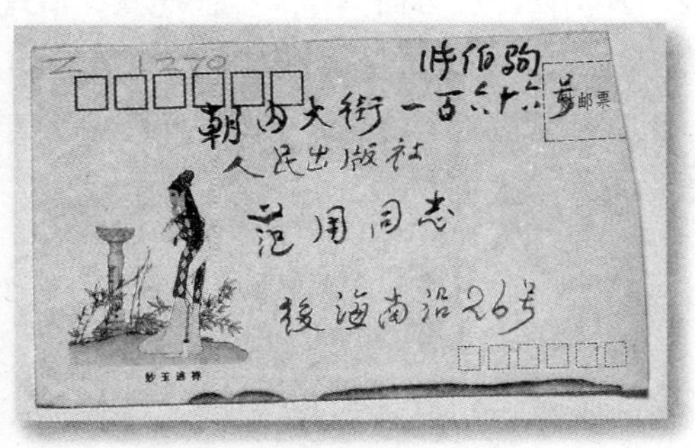

张昌华

范用先生：

久仰。我是苗子、郁风先生的《陌上花》一书的责任编辑，受二位老先生的委托，将他们的合集代邮给您，请查收。以书为缘，会师会友，得此良机结识您，深以为幸为荣。恳请先生对这本书多提宝贵意见，并望赐稿或推荐有价值的文稿，不胜感谢。

受人之托，忠人之事。苗子、郁风先生远在海外，我怕此书您万一收不到，有负二位老人家的重托，方便的话，请于收到后惠一短简以释念并好复二位老先生之命。谢谢。颂

秋祺

张昌华 叩

9.1

范用先生：

赐示拜读，十分感谢先生对晚生的鼓励，“双叶”丛书面世，受到各界读者的关注，特别是圈内人士的好评，这给我们的压力也很大，如何出好续集（辑），颇费周折。第一辑中的设计尚有欠科学的地方，尚待改进完善。

第二辑我们选了鲁迅、郁达夫、徐志摩和陈源四伉俪，其作品都是在全（文）集中选的，唯陈源辑内补入四十年代一篇佚文——他与萧乾先生访问福斯特的日记，颇有价值。一本书出版，总得要给读者一点新鲜东西，光在形式上做文章也显得浅薄

了一点。这四对夫妇我们想找点有新鲜感的照片，以弥补老面孔之缺憾，然实在困难。最近我二次赴沪，到文史馆、画院，想找一点陆小曼的照片资料，一无所获。她的亲戚一个也找不到。

先生您博闻，交游又广，关于寻觅徐、陆二先生的照片资料的线索，不知可否指示一二。另，海婴先生在京的住址、电话您知否，可否告之，因许广平先生著作的版权问题，还想请海婴先生认可、支持。

常在报端拜读先生大作，知先生喜欢藏书，以后只要您在书店见到敝社出版物且又有兴趣者，写信告我，晚生尽数寄奉。方便的话先生可否将府上电话号码赐我，日后进京定拜访您，向您讨教。您是出版界的前辈，令人尊敬的前辈，晚生殷盼得到先生的指正与帮助，力争做一个称职的编辑。颂
秋祺

张昌华

十一月七日 金陵

我编的冯骥才的《一百个人的十年》一书，先生有否？我可送您。又及

范用先生：

您好。最近在《书与人》杂志上，读到陈白尘先生亲笔写您的文章，十分感动，您的敬业精神，对作家的尊重确令我们晚生学习一辈子。现在编辑队伍的素质越来越成问题，原因是多方面，个人不自重、不自律，上梁不正，加之每况愈下的社会风气之影响，如不教育，实令人担忧。

前收先生两信，便深知先生之为人，说是编辑的楷模，一点也不夸大。

日前，陈小滢女士寄来陈源、凌叔华先生照片几张，弥足珍贵，有陈源先生与罗素、萧伯纳、李四光、竺可桢、常书鸿等合影，俟明年出书当寄奉。

陆小曼的照片奇缺。我到上海，辗转托人找到陈从周先生，他已是第四次中风，没有意识，植物人了。上次听先生说您藏有解放前陆氏著作，上有陆的书法（手迹），如方便的话，先生可否将其复印一件寄我，我想用上。否则都是大路货的照片，实没多大意思。

从报刊中获悉先生爱书如命，我送先生一本，请收。此书极少流入市场，全化纸浆了，我私留二册，送先生一册，留念。

春节听说苗子先生要返京，节后我拟进京，因我还没见过他二位，也顺道拜访一下您——尊敬的师长。

元旦将至，向您及全家拜个“早年”。颂

节日愉快！

晚 张昌华

12.22

范用先生：

今日收到先生寄来的两本书《我爱穆源》，这是第一次收到先生的赠书，但忘了签名，十分遗憾，但我一口气将全书翻完。请宽宥，我不是先诵读你的大作，而是由读许双的《我的外公》始，倒着读过来的。许双的文章，读了让我捧腹不已，我虽没有有缘面晤先生，但从许双的文章中已获知先生是一个酒仙，或是一个“怪人”。先生的文章写得真漂亮，追述童年往事，娓娓道来，倒真把我也带到孩提时代了……

第一次与你通信时，仅知您在三联供职，具体情况知之不多，我社前几年出了一本《新中国文学辞典》，我想查一查，竟然没有查到，没有收有关你的辞（词）条，这实在是个缺憾。文学辞典，仅收作家、作品，将“为人作嫁”的编辑们排斥在外，实在太不公平！今日读《我爱穆源》方知先生是镇江人，竟是我们的同乡，备觉亲切。他日先生若返归故里省亲或其他，途经南京，请到舍下做客，晚生当尽地主之谊。先生今年七十有四，足大我二轮，父执辈。有缘小酌，当敬酒三杯，聊表谢意——谢谢您给我寄来的《志摩日记》，提供了珍贵的陆小曼的手迹。因陆的资料太少，所以我拟选若干名人题在徐陆纪念册上的诗画，倒也别致。日后出书时，晚生当给先生开点资料费，好让先生沽二两老酒，因永玉先生为你的画中题词就是“除却借书沽酒外，更无一事扰公卿”。

关于《志摩日记》一书，俟日后我进京时当面璧还，勿念。致

礼

张昌华

2.3

先生嘱我将另一本《我爱穆源》转给他人，“内举不避亲”，我就将书转送给我的大儿子了（他在南大读现当代研究生）。又及

范用兄：

您好。兄托文联友人捎来的港版《我爱穆源》已收，谢谢兄的厚爱，在此之前兄还有一长信，亦拜读，兄与南京还是挺有缘的。有亦师亦友的陈白尘先生，还有新近结识颇为投机的我这位小老弟。不知兄何时得机南返，我当陪您到中山陵、灵谷寺、燕子矶、孝陵卫等故地重游，寻一寻青年时代的梦。那是件颇有意味的事。

兄前曾询过弟见到《世说新语》一书否，当时我仅记得敝社出版过《新世说》，寡闻也。然我一直将此事铭于心中，初五游居民点一小书店，偶见书堆中藏有一册《世说新语》（甘肃人民版），且有注，喜甚，购之，想必兄觅的可能是此物，奉上，请收。匆匆

握手

弟 昌华 稽首

三月五日

苗子先生返京了罢？

范用先生：

惠书收到。不知何故要夹寄六元大洋。晚为友人代办此类事甚多，多则20本书，亦从未有收费之说，故此例不能破。璧还。请收。匆致

好！

昌华

3.24

见到苗子先生请代致问候，因我不知他返京后居何处。

范用先生：

您好。

上次进京，与先生匆匆一面，虽只十余分钟，但给我留下的印象极深。特别是先生的敬业精神，令晚生感佩之至。先生虽已离岗，但为了结夙愿，为艾青先生出一本小丛书，其情之殷，令我辈脸红。返社后，我即向社长推荐此选题，社长觉得此选题甚佳，只是敝社没有经济实力，社里只处在温饱阶段，库存达千万之多，不胜负荷，故社长无法承诺。近日，出版局开会，有机会

见到本省其他社的有关同志，我手持您拟的艾老书目，向教育、少儿有关领导同志力荐。他们的反应，令我失望。识货的无钱，有钱的又不识货。世间就是如此，只好让您失望了，让九泉下的艾老不能瞑目。其他几家出版社或因超出书范围，或因经济周转不灵，不可能承接，我亦只好作罢了。璧还先生拟的目录，另求他途吧。

此行匆匆一面，实在遗憾，未及细叙，我想我们之前（间）一定会有许多共同感兴趣的话题的，晚生也极想得到先生的教诲。下次进京，我决定在您那儿住上一宿，开怀畅饮，再说一番酒话（我几乎滴酒不沾，先生是酒仙，也想受先生的熏陶，学着喝两盅）。

"成就展"我浏览一遍，好书很多，深感想出的书都让人出遍了，再想弄点名堂，是难于上青天了。纵观书展所谓"精品"，多为展览、评奖而出，能拥有多少读者很难说了。当然，太平盛世，搞点文化积累是必需的。现在的"奖"太多，而林林总总的获奖的书，往往倒不是读书人所喜的。许多该获奖的而获不上，不该获的却频频拔头筹，这恐怕不是一种正常现象。现在，有相当多的出版社专事揣摩能获奖的书，投中奖之口味，这也是可悲的。

应该向您致歉的是，我在您家照了若干张照片，回来冲洗，整卷胶卷一张没有——我使用的是个"傻瓜"相机，我是一个比"傻瓜"还要傻的瓜。我不会装卸胶卷，来时请社办公室替我装的，他老兄是个马大哈，根本没有把胶卷装上！真混账。《南京日报》蔡之湘先生拍了几张，不大好，但还是出了像，他许已寄您。日后再来时，我一定带一个好相机，与您多拍几张，弥补一下。

蒙先生指点，与作家交往应作日记，日后好写点小文章。我已注意这点。5 月 22 日，《文汇报》发了我写萧乾先生的《没齿不忘》，现寄一复印件，请先生指正。

为赶印“双叶”续辑，24 号我冒 37℃高温，到扬中印刷厂督印。无奈该厂设备太陈旧，技术力量又薄，加之天热，书赶印不出来，大约要到八月底才可出书，届时当寄先生。

问候师母大人。颂

文祺

张昌华

96.8.1

范用先生好：

您与小朋友的合影璧还，请收。《扬子晚报》已决定用那封信，勿念。届时，我请责任编辑直接与您联系。去年，我编《冯骥才名篇小文库》一书，忽发奇想，利用封面的边角料，请美编设计一套《藏书票》，寄上一套供先生把玩。

问候师母大人。颂

安好

晚 昌华 拜

十月八日

范用先生：

好。遵嘱奉上《沈》书，请笑纳，这是友谊，谈不上“书值”。更况我是向人索要的，借花献佛而已。

“双叶”，我想编赵元任、杨步伟夫妇，头头不大同意，认为“知名度不高”，我倒觉得在各艺术门类中知名度高的夫妇都可以收入“双叶”。因黄永玉先生在画界影响甚大，且书画界夫妇都

写散文者又不多，就显得较珍贵了。颂

文祺

晚 昌华

5.28 匆匆

范用先生：

好。“双叶”第二辑四本及《新世说》均陆续寄您，谅先生已收到。第三辑的两本今已到，仍寄上，请收。

有个小小的请求，“双叶”问世后，圈内人士好评，《人民》《光明》《文艺报》均报道、介绍，但尚没有一篇有名望的读书界朋友介绍它。我想恳请先生是否可拨冗写一篇中性的文字，来评介一下。关于本书的最初构想，在第一辑的“编后记”中已言明。后二辑中，因各种原因有点变化，略改初衷。只在形式上保留“双叶”，而“霜”的内涵不足了。作家没写，编者也无奈。第二辑四本是南大中文系一研究现当代文学教师选的。第三辑（台湾）是我选的。下面已约定胡风和老舍，再下一步考虑赵元任、庐隐。只是资料很难找。

中秋佳节，祝阖家快乐。颂

撰安

晚 昌华

9.26

不日奉上徐志摩照片资料费若干，给先生买杯老白干，勿见笑。

范用先生：

秋深了。钟山脚下的红枫灿烂如火，窗前梧桐枝梢的黄叶在随风飘零。老“牛”驮着夕阳渐渐远去，“虎”雏踏着满途的落叶已跃入了我们的眼帘——适兹辞旧迎新之际，昌华谨向你致以衷心的祝贺。恭祝您在新年里，体健如虎，事业虎虎有生气，合家祥和快乐！

过去的一年里，我策划、选编了《舒婷文集》三卷、《许广平文集》三卷，主持编辑了《陈白尘文集》八卷，均已陆续面世；以及“双叶”丛书老舍、胡絜青卷《热血东流》和胡风、梅志卷《长情赞》等。还干了一些压根儿不想干的事：为有头无脸者“作嫁”。因忙于琐屑，在过去的一年里疏于笺候，敬请宽宥。

这些年来，承蒙厚爱，得到过您的大力支持，昌华没齿不忘。大概是由于已过知天命之年，五十有四矣。也许是劳作过度，健康状况大不如前，整日左耳轰鸣不已，使人烦躁不安，无法静心干活。鉴于此，我于十一月十九日住院治疗，中药为主，症状稍有好转，勿念。拟本月底出院。因卧病在榻，不便一一给诸位前辈、同仁友好写信，故偷懒打印了。恕我不恭，万望见谅。颂

虎年大吉

晚 昌华 稽首

一九九七年十二月十日

范用先生：

您好。请接受一个晚辈同道对您的采访。倘若这些答问能组成文字见诸报端的话，当首先得到先生的认可，晚绝不会贸然行事。

三联是全国出版业的标杆，您是三联的老经理、老总编，因此我认为这个采访是极有意义的，是为您塑造形象，为三联人，也为我们芸芸的为人作嫁、碌碌终生的编辑同仁，为我们自己。我以为先生是三联人的杰出代表（非谀逢之辞），也是我们编辑的骄傲，先生的人品和文品以及敬业精神深深影响着下一代编辑同

行，尤其是我。在晚有幸结识先生的二三年中获益匪浅，因此窃以为很有必要也应该弘扬一下我们编辑队伍中卓有建树的前辈们。

且打住，恕我冒昧单刀直入。您可拣您有兴趣又方便回答的问题作答，繁简听便。

① 三联与中华书局、商务三家是我国出版业中的排头兵，享誉中外，这是不争之事实。作为三联的老领导，抑或作为一个普通的老三联人，您认为三联在出版上的追求是什么？顺便谈谈三联人的素质培养、敬业精神和崇高的集体荣誉感。

② 您为人作嫁一生，如今廉颇老矣。您亲手培养的作家们有的著述等身，有的功成名就，而您仍是您，尽管是位名编辑，大百科上有名，但仍是一个不为一般读者所知的编辑匠，由此而引起的反差，您的心境如何？您此生所编的得意之作是哪三部？可否择其精彩部分说一说？在您的半个世纪的编辑生涯中有没有什么遗憾？诸如遗珠之憾（好稿漏选，天灾人祸诸因引起），或与作家发生本不该发生的不愉快，等等。

③ 听说《西行漫记》一书出版与先生有关系，或是您明了其中出版过程？（我仅在电视节目一刹那间见先生在谈此书的出版，故不甚清楚其原委。）

④ 您与当今文坛前辈们私交甚厚，您与他们是编辑与作者，是朋友，是诤友，多重关系。可否谈谈您与某位文学前辈之间的趣事？特别是在相互之间理解、谅解和宽容上，确切些在做人的人品上所受的教益和启迪。

⑤ 请谈谈您与艾青先生关于首版《大堰河——我的保姆》一书的故事，和您与他的友谊。

⑥ 您已告老还家，除坐拥书城和喝酒以外（做书呆子与酒仙），还在忙些啥？还准备干点儿什么？

⑦ 如先生乐意的话，可否谈谈对目前出版界的看法。

⑧ 自选一两个您有兴趣的话题。1. 嗜酒。2. 爱书。3. 助人为乐……

晚 昌华

4.21 晨 8：30 匆匆

范用先生：

先生与丁聪、沈峻夫妇此行金陵，不才照应不周之处，请多包涵。问卷昨日去接您前半小时匆匆拟就，因手头事多，不重整理了，请先生拣感兴（趣）的回答。字迹草一点无妨，我能猜得出。另请您补谈三件事：一、您与酒；二、您与书；三、为人作嫁（介绍书稿出版之类）。我不急，你可零星写，写好赐我。叩谢范用先生。

晚 昌华

四月廿二日晨

范用先生：

好。

照片已冲洗出来，效果较好，现随信附上。有关戈先生的我拟亲自送往医院，勿念。丁先生的请转。其他几位均一一寄奉。

前信谅先生已收，不好意思，请拣您感兴趣，又便于作答的话题答吧。

问候师母大人。致

礼

张昌华

4.28

请将另信照片转丁、沈先生。又及

范用先生：

返宁后整理了一下手边的材料，又去拜访金玲先生一次，草拟了两篇小文《三多先生》和《一片冰心在玉壶》。我所写的均是我与先生的交往、经历或目睹的。耳闻者不足为凭。说实在的，我对先生的崇敬甚于对其他文学前辈，非谀词。这许是因我们是同道，更便于我向您学习作人与作文（编书）。“为人作嫁”，说起来容易，要毕生如一日实在不易，心中难以平衡。为人作红嫁衣，而自己往往连件短裤衩也没有穿，这是众多编辑同仁年老时感到的悲哀。有相当一部分编辑，自己也有一定的创作能力，一旦做了编辑，自己的创作全荒了。当然，编出本好书，能获读者好评，编辑其乐亦不亚于作者。所谓的荣辱与共吧。

两篇小文的文责自负。不对之处请指谬，不当之处请润正，不合你意有损形象之处亦只请包涵。因为这是“我”眼中的范用先生。

有若干处××（书名或出版年月或出版社）我不甚清楚，请您“填充”，还有艾老在您藏的那本《大堰河》上的题辞，请先生补写。今日刚打出小样，匆匆一阅，未及细校，先寄您一读，填完空退我后，再改。盼及早退我。祝

夏安

晚 昌华

5.28

范用先生：

丹桂飘香，仲秋将至，借此馨香以祝。昨晚接电话，今晨即与教育出版社同道联系，总算找到一册《曹禺访谈录》，随信奉上。近收《柯灵纪念集》，内收我致陈师母唁函，无地自容，因

我说我要写一篇缅怀柯老的文字，但我一直没写。良心逼我立即挥写。我读了柯老若干部著作，搜求一点资料。见《柯灵书信集》内收有他给您的一封信，谈为周木斋先生出杂文集一事。不知此书最后出版了没有？从柯老致周夫人赵素涓最后一封信看，此书还未出版。不知结果如何，便中盼告。晚誊抄先生的华翰即《璧还范用》，容我十月下旬再制作一份给您。十月初我要赴德国参加法兰克福书展，月底归。《近访》《人民日报》近期会用，已嘱责编给您寄报纸。颂

秋安

晚 昌华

二〇〇一.九.廿五　金陵

范用先生座右：

今日匆匆复制一份《璧还范用》，遗憾您后来的几通手札未及誊抄。且将就着，博三联的那位同道一笑吧。此类《璧还》，我已抄三十余部了。顾毓琇先生近两三年给我的信有百八十通之多。

您是指引我走上编辑之路的“尊师”，有点肉麻，但是事实。七八年来与先生过从，受益良多，铭之五内。近，我想将这两三年来所写随笔辑为一集，题为《走近大家》，“大家”双重意思，旨在通过拙笔让名家走近大众之意。凡五十篇，还有黄裳、亦代两篇正在撰写中，可配照片、手迹八十帧，似也有点样子。我很想觅一家品位高的出版社，但此书可能要赔，若发行宣传得好，也未必。为使此书增辉添色，恳请先生屈驾作序。理由有三：一、您是我尊敬的长辈、前贤；二、书中所写的人物都是您的老朋友，且您对晚也比较了解；三、想叨大驾之光，掠美。请勿辞

却。晚极崇尚三联，但文贱位卑，不敢高攀；但“贼心不死”。我想三联哪位同道来取《璧还范用》时，您是否可于便中将目录示之，看他有兴趣否？如觉得难以启齿，则作罢。此书稿我已全部录入磁盘，照片亦然。操作起来比较方便。当然，这只是一个梦而已。已有出版社与我联系，我未松口。无论如何，这部书的序是非先生莫属了。恕我无赖。

时已秋暮，请多保重。师母已去，冷暖虽有儿女照拂，但毕竟不如老伴贴心，自己更应珍摄了。余言不赘。颂

秋祺

晚 昌华 于辛巳重阳顿首

金陵

范用先生：

《戈宝权画册》和《美国漫画家画像》两本书已于日前寄至府上，请注意检收。体积大，分量重，恐很难投进邮箱。关于那本阿根廷漫画家的作品，我已寄到三联，如收不到，请示知，我再设法代觅。

蒙先生谬奖，说我《范用念旧》写得生动。那绝非我写得如何，而是先生本身就是一位十分重感情的人，特别是对前辈师长的尊敬与爱戴。我还记得当年您托我为艾青先生出诗选的事，一如对白尘先生的文集出版一样。您的风范，无形中为我们晚辈做了榜样。这次您去拜访陈师母，我信手拍下几帧照片，十分感人，真令人动情，尤其是您手扶眼镜的那张和在白尘先生遗像前鞠躬的一幅，其心香何止一瓣。白尘先生九泉有知，定会感到莫大的欣慰。拙文《念旧》已电传给《大公报》文通先生。今日，我亦将照片寄去，希望他能配文发表。

刻下，我在编若干不想编但又不得不编的书，去赚孩子们的钱，编不出好书来，简直是犯罪。奈何之，文学类书如此不景气，出版社为了生存，不得不干一些违心的事，我亦以此自慰，实在是出版人的堕落、悲哀。大概只有三联等几家出版社在维护自身的品位与形象，（其他）多已沦为“有钱就是爹”的无耻之辈了，即是三联亦有每况愈下之危。外国出版界一旦打入，还不知是何等样子！

谢您寄来《大公报》，如您不寄，我根本看不到无名氏先生对拙著《书香人和》的推介。我写《笑我贩书杂谭》那篇，他们至今也没寄报纸来。以后先生见《大公报》上有我的文字，便中请留下赐我。颂

夏安

昌华

二〇〇二年五月十日

范用先生：

季诺的无字连环漫画《男人与女人》遍觅不着。译林社样本室只有两册存档书。书店又不见有。迫于无奈，我找到该书责编洪佩奇先生。他书柜中也仅有一本。我说是您想看，他割爱了。现挂号寄上，请检收。先生手边如有《我爱穆源》是否可回赠一册给他（如便，请签名）。

昨日游先锋书店，见到您的老亲家许觉民先生新著《风雨故旧录》，买了一册，晚上回家一夜“翻”完。详读之后，感受颇多，许先生文笔简洁老到，为众多的文学前贤画像十分生动、深刻。我辈只能望其项背。下次进京，方便的话，您要带我去拜访他。近半年来，为了对得起三十张饭票（工薪），赶编教辅读物，

晨出而作，日入而不息。全不靠什么“性”工作，也谈不上“敬业”，良心使之而已。八月份可画一句号，下半年想把《书香人和》续篇《走近大家》整理出来。这本书的“序”就恳请先生作了。有话则长，无话则短。是“捧场”文章，我借大名，但望讲点好话，更要说不足。四六开、五五开均悉听尊便。《书香人和》社会反响尚可，我还收到五封陌生读者来信，给我不少鼓励。据上海的朋友说，上海教育台还做了一周的“专题介绍”。先生若赏脸，肯为不才作序，日后我当列出目录，其实大部分文章您都见过。这一本的版式、封面我仍然自己设计，自己请人录入，自己校对。那样或许能不至于弄得太俗。

董秀玉女士日前介绍一位英国剑桥出版社崔玉洁女士来找我了解大陆出版情况。您认识此人否？

余言后叙。颂

夏祺

昌华

六月廿日

张得蒂

范用老师：

久没见面，从姚老师处得知您身体很好，新居很宽敞，为您高兴。

本以为香港三联书店早已给您寄去我的作品集，听姚老师说，您没收到，现随信寄去。请指正。

80年代初，为傅雷先生作像，得以认识您，那座像没有机会拍出较好的照片，没收入集中。愿多多保重。祝

夏安

张得蒂

96.5.16

张凤珠

范用同学：您好！

非常惊喜也很高兴接到您的来信，迄今未曾回复，非常抱歉，因为一方面要与谢云先生联络，一方面要将仅有的一张小学照片去翻印，所以迟迟至今才能回信。回忆在穆源小学的时候，您是一位品学兼优的好学生，还有许多同学的名字，我也能数出一些，例如，男：王遐椿、童本喜、张大德、杨奇亮、刘宝玉、沈文发、赵承荫、贡定邦、孙自强、乔国臣等。女生有吴善蓉、吴善琴、蔡淑贞、杨惠和、马桂英、金凤宝、魏兰英、刁银凤、龚善文、龚善英等。好在（多）我也记不清是否同一班，只记得刘宝玉是一个坏学生，调皮、捣蛋、造谣、生事，他是主角。穆源小学的的确确是一所很好的学校，从俞校长到黄校长，所有的老师都是最优良的，沙名鹿老师创办了“儿童剧社”，后来又带着我们组成抗日宣传队，到江北、高桥一带去（甚）至农村一些乡间去演话剧。记得我们在校常演出，例如《天鹅》歌舞剧、《洋白糖》、《我们来自绥东》、《父母子女》等。赵承荫是有演讲天才的同学，他和我都代表学校去参加演讲比赛，而得到奖的是他，小学琐事太多，无暇细叙，容后补述，今附上照片两张，请查收，也顺便请您多提供同学消息，也许在报纸上刊登召集“穆源小学”同学会比较有效。如有消息，也盼赐下地址以便联系，

我的现住地址，您是从何处知道？希告知。求神祝福您
阖府平安健康

学妹 张凤珠 谨上

1993.7.12

凤珠同学*：

上周收到您的来信心情十分激动。几十年来，半个多世纪我一直怀念故乡，怀念母校，怀念我亲爱的老师和同学，每次路过镇江，我总要下车勾留一日两日，寻访旧迹，寻找我失去的童年。穆源我是一定去的，看望小朋友们和年轻的教师。民国春街也是要去的，七二年还看到令尊大人，后来只见到您的兄弟和他们的子女。最近一次去，门面经过改建，已非昔日模样。我要了您的通信地址，几次寄信，还附了照片，均无回音，可能地址变更，投递不到。这次如不是由敝同事谢云先生来美国探亲，为我打听您所在的城市，还未必能联系上。您的亲笔信，给我全家带来欢乐，他们难以理解小学的同学能有如此深厚的感情。

令我十分高兴的另一件事。也是上个月，我的另一位五十几年未见的同学好友杨奇亮，也联系上了，他就在北京，可是彼此不知道，还是家乡的一位朋友来信告诉我，才找到他。他从小就有数学天才，现在是高级工程师，也退休了，今后可以常见面。

到目前为止，穆源同学除了您和奇亮，只知道吴善蓉仍在镇江，吴善琴在天津。善蓉姐我见过两面，最近她中风瘫痪在床。

从照片看，您比我想象的要年轻，风度很好，穿着朴素大方，没有洋化。毕业时的照片，又把我带回到五十多年前。当年您是一位美丽活泼的小姑娘，学习用功（现在您的字还是写得一笔不苟、端端正正），待人和善，喜欢唱歌跳舞，国语说得比我

好，会演戏、讲演。蔡淑贞、吴善蓉就像两位大姐姐，总是笑眯眯的。我特别怀念蔡淑贞，三七年我一个人出外逃难，我们搭的同一条船，到汉口分手以后，再也不知她的下落，我常在心中为她祈祷。

抗日战争期间，我一直在大后方重庆、汉口、桂林等地工作，和沦陷区一样，生活也很艰苦，而且常常在轰炸之下，不过精神上稍稍比较自由。胜利以后，我于一九四六年调到上海，一九四九年上海解放，又调来北京，一住就是四十几年，现在退休养老。

老伴是十七岁就认识的同事，在镇江师范读过书。儿子儿媳是工程师，女儿是记者编辑，女婿是机关职员。他们都自立门户，不住在一起，常常来看看我们。加上他们的下一代，全家九口人，都在北京。

一九五〇年，我把外婆、母亲接到北京来，算是尽了一点孝心，在此以前，我一人在外，生活不定，无力供养两位老人，只是她们也都早已去世。镇江一个亲人也没有，老家在三七年烧得一干二净，我没有想到三七年离开家，就再也不能回镇江。

沙名鹿先生，最后一位老师也于今年二月去世，我写了一篇悼念文章，发表在香港的一本文学杂志，已请友人从香港寄您一本。《镇江日报》来信，要转载这篇文章。

回想我们年轻时，不，打童年起，就有一颗爱国心，渴望打倒帝国主义，建立一个独立的幸福的国家，过上太平日子。我们一起从事抗日救亡活动，朝气蓬勃。那时国民党腐败，民不聊生，后来我参加了共产党。现在我已年老，不再过问政治。但愿国民党、共产党化除成见，再度合作，共同振兴中华，真正为人民谋福利。这一两年，海峡两岸关系日趋改善，深得人心，值得庆欣。

我的身体还可以，除了患有气管炎老年病，还算健康。每天除了和朋友来往（我的朋友很多，是一大幸福），唯一的嗜好是读书，再就是听音乐，古典的、流行的我都听。有时还要唱唱歌，多是几十年前的那些老歌。有些歌，我记不起歌词，只能哼哼，像《木兰辞》《燕双飞》，还有《寒衣曲》（就是有“母亲心里，母亲心里”那几句的），“母亲的光辉，好像灿烂的阳光”……我最爱唱的《总理纪念歌》，大陆早已无人唱，我托台湾的朋友抄了寄来，每回唱，我就回忆起在穆源礼堂做周会时唱这首歌的情景，就忍不住流下眼泪。孙中山先生是我们的国父，是我最崇敬的真正的伟人，他的操行人格，非后来的那些政治家可比。

等您明年来北京，我要同您一起唱唱童年唱过的歌曲。

寄上穆源当年校园的模型照片，不知您能（否）在上面看出我们在哪座房屋哪间教室上过课，在哪些场所做过游戏上过体操课。

盼您来信告诉我生活情况、您的幸福家庭、您的健康情况。

祝福您的全家！

范用

1993.9.1

* 此为范用的回信。——编注

鹤镛学长：

您好！

1995 年 12 月 24 日您从北京寄出的信都早已收到，那时适逢阳历年，再加上我准备 1996 年 5 月回国探亲，心想等机票订好，再写信通知亲友，谁知有重要事必须留下来，现在改为今年下半年八九月间返国，也顺便度过我的生日假期。因暑假天气炎热，出门很不方便，去年八九月间本已确定回来，后来因家姐夫心脏病突发住院，挂长途电话叫我改变行程，一改再改，我已写信通知他们，1994 年 8 月我写了一封信（内附照片）后来给退回，也不知何故？今将这张照片再附信内，请查收。从去年 6 月底的确是已迁到儿子家居住，偶然也会回到女儿家看看，这次您的来信，因听女儿在电话里告诉我是加州来信，迟迟未去取，是因没有车去拿（因儿、媳都很忙），直至昨日才拿到信，今天便赶着回信，祈原谅。黄先生处我一定会打电话去致谢意。我们都已是老年人，要自求多福，保重身体，多运动，注意饮食，我已信“主”25 年，感谢神，有了宗教信仰，身心有寄托就有喜乐。教会很多老人互相勉励，大家有爱心，每星期日做主日崇拜，虽然我们都是平凡人，但活得很快乐，即使有一天离开人世，但也是归回天家，得到永生。我已 72 岁，身体还不错，喜欢到处跑，我看到很多八九十岁的都很健康。希望您以后不要再说老了，回国一定会来北京看您。此祝平安喜乐，阖府健康。

我为杨奇亮同学哀祷。

学妹 张凤珠 谨上

1996.5.2

张国擎

范老：

您好！

向您拜个晚年了。

新年中收到人民出版社第二编辑室刘丽华同志寄来的卢森贝的《资本论·注释》二三卷，非常感谢。我给她去了一信，告收到。这里也告诉您。

写您的文章，已完全按照您的要求作改动，待报纸的版面安排见报了。

节前完成了一部10多万字的中篇，就是说的破产和抵制上面乱指挥的，已交给北京的大型刊物。

节中、后在看《资本论》和一些其他的书籍，现在重读马列的书，又有许多新的感觉，感到我们有许多的东西落在人家后面一大截，尤其是意识形态上的。

刘丽华主持过一些好书，我很喜欢看的那一套哥伦布学术文库，还有前面的一些短小睿智的杂文式的散文随笔，可见编者是相当有眼力和水准的。若非这类书的进入市场，全民的文化水准又怎么能够真正地提高呢？一个民族的文化老是在历史的夹缝里靠萎缩自己来求得生存空间的宽裕，最终的结果除了挨打、被吞噬外，没有别的出路。范老是过来之人，目睹中华民族的一段耻史，比我更有切肤之痛啊！

写信问候过丁聪先生，因我去年整整半年给公安部群众出版社拉夫去为江苏公安厅写一部50万字的长卷，到处奔波，几乎没有顾得上与别人联系，直到电视上说丁聪生病才想起此事，我真有些不好意思。请便中向他问好。

近来有何新作，盼一说。

进入老境，当以休息为上，这也是我们对您的一片真诚希望。

祝好！

国擎

97年元月初八

张　洁

范老：

久未晤面，十分想念。

我已搬家，望便中来坐。虽无酒无烟，咖啡一杯或清茶一杯也无不可。

我近日即去取物，谢谢！祝

好！

张洁

87.11.27

香港《明报》一文《张洁巧遇李昂》可否给我一阅？

范用同志：

你好，接信后恍然大悟，那日终因未见到你而众人怅怅，兴致不高，但后会有期。

谢谢转来之剪报，一笑。

若水之材料今日本应老孙带上，但他也如你一样，放在书架上扬长而去，忘了！不日再促他带进城去。他有“事”进城方便，我现在无法进城了，面向一隅，自有无穷乐趣。祝

龙年安康，拜年、拜年！

张洁

88.2.13

又：读《读书》87年12期金克木先生一文，捧腹不已。佩服之至。

范用同志：

大札读罢，诚惶诚恐。

我是《读书》一位忠实的读者。当祖宗的家当几乎被典卖光了的时候，居然还有这样一份刊物存在，不是有点“魔幻现实主义”么？

我白白地享受着《读书》每期的馈赠，却毫无贡献，这样的心情前二年已对你说过，不如自己订阅更心安理得一些。因为向《读书》投稿真得有点“学问”才行，散文、小说怕是不行的吧？

另处，老孙因心脏不适今日又住进医院，我有空就得往医院跑，写作，离我越来越远，越来越生疏了。

《读书》仍往我旧家寄，故丢失了第二期，我已写信给编辑部，寄了新地址，似乎未为留意，今日再寄一份，恳望转发行处，谢谢。

您身体如何？望多保重！

我大约快有电话了，届时定告。

致

礼

张洁

88.3.2

范用学长：

您好，寄上给潘耀明的电传稿，万望帮助发出，他那里压了我三篇稿子，而我认为比他发的那些散文不差，可是他也不说发也不说不发，当初他要稿子的时候说的倒是很急。

现在能在痖弦那里发，我是很高兴的。

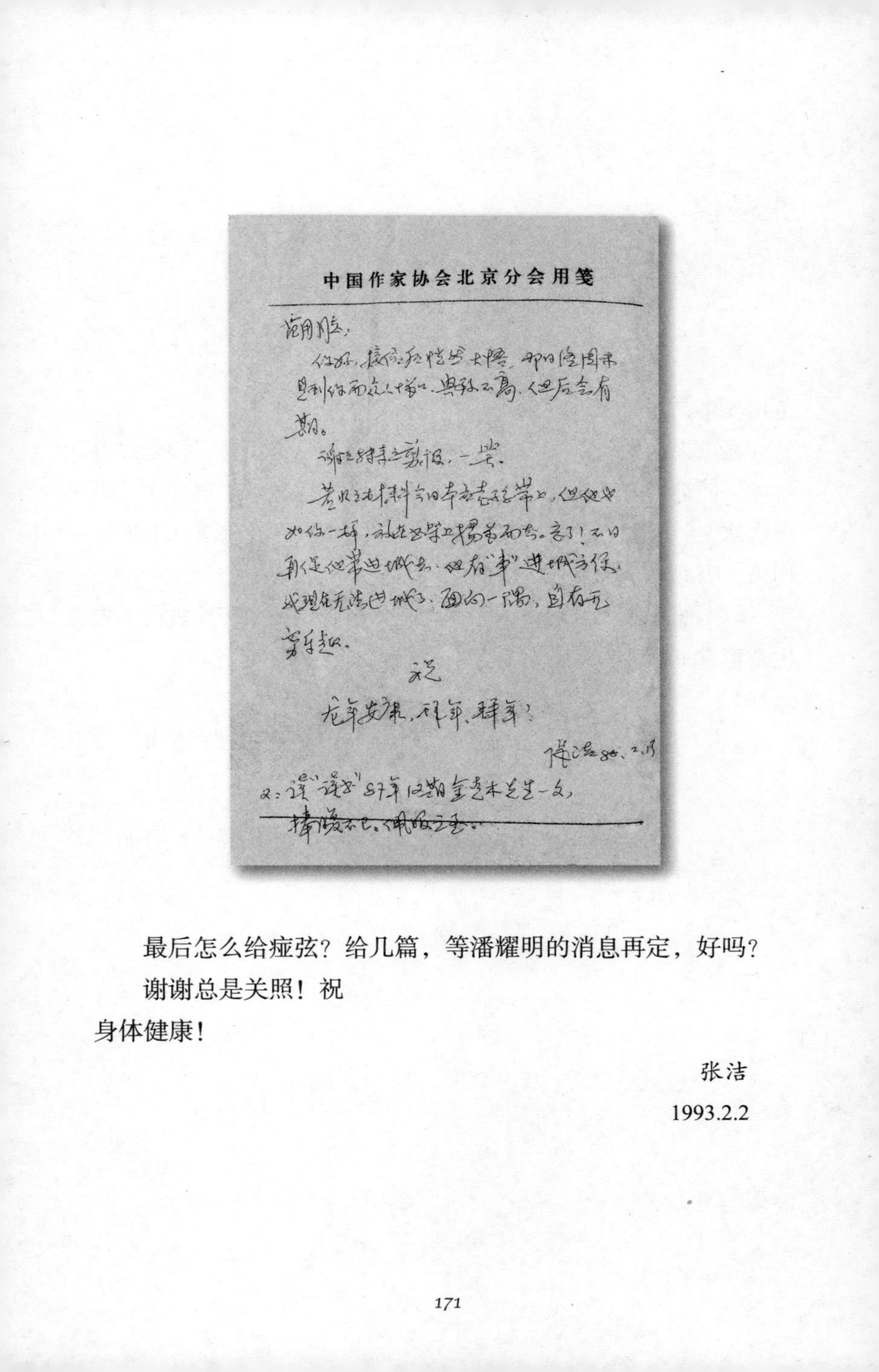

中国作家协会北京分会用笺

最后怎么给症弦？给几篇，等潘耀明的消息再定，好吗？

谢谢总是关照！祝

身体健康！

张洁

1993.2.2

张曼仪

范用先生：

在京来去匆匆，未及登门拜候，却承您盛筵招待，很是过意不去。回港后替《读者良友》第二期赶出了评介卞之琳先生《山山水水》（小说片断）的小文章，接着便举家出外旅游，上周才回来，因此迟至现在才写信向您道谢。

附上照片四张，两张请您存念，另两张烦便中转致黄苗子先生及董秀玉女士。有空请不吝来信赐教。匆匆即问

近好

张曼仪 敬上

八月三日

张天明

范公：

冒昧打扰，钟叔河先生日前约我谈少儿书的文化味问题，并建议我们在这方面拓开思路，从当代题材与作者扩展到经过历史淘洗的“旧书”，择定一些有永恒诗性的主题和形式，我当即请钟先生领衔策划，他给我提到您于童趣书深有琢磨与体悟，嘱我登门求教，只是近期无暇上京，先奉上一书，并附数言；几日后钟先生又告他有一初步框架，属旧书新印、旧书新识的路子，第一批入选的有《李雅的谐趣诗》（诗配画，已约您的朋友徐淦公掌管译事）、《童年与故乡》（挪威作家的作品。50年代初吴朗西先生译，丰子恺先生书写，文化生活社出版）、《周作人：儿童杂事诗抄》（文化艺术出版社出了竖排精印本，此次改横排普及本），这些书大多十来万字，并为图文并茂形式，既好读，又清新，孩子大人都能读，有文化纵深感，耐咀嚼，但辑为一套，尚不足数，您是出版界宿老，请您再（为）我们添几种如何？

盼复

张天明

3.20

张伟君

范用同志：

您好，谢谢您对荀先生的关怀。今送来昨天追悼会上用过的挽联、字、画（一部分）。其中有荀先生外孙女一张篆字《深切怀念我的外公》。她的篆字也于今年三月作为中、日儿童交换礼物送给日本小朋友，并在日本报纸上刊登过。这些字画请您用完后用电话通知我一下，可派人取回。

字共八张：李若禅（一张）、张伯驹（一张）、黄胄（一张）、萧军（一张）、顿群（一张）、黄苗子（一张）、王个簃（一张）、崔云（一张）。

画二张：刘继卣（一张）、石夫（郭连明，一张）。郭连明是青年百花画会的会员，是一位比较好的青年画家。此致

敬礼！

张伟君

79.5.29

范用同志：

您好。

慧生的追悼会，承蒙您的大力协助，谨向您表示衷心的感谢。

此次追悼会，各方面的反映均较为强烈。党和国家的许多领导同志都送了花圈；各界的许多知名人士均亲自前来参加，而且很多都是七旬以上的老人，很是难得。那日，我请了多名

摄影人员，拍下了一幅幅珍贵的、不可多得的镜头，以为永久纪念；全国各地以单位或个人的名义发来的唁电、唁函，如雪片一般纷纷飞来，其情可感。为此，我准备出一纪念册，以为珍贵纪念。其内容包括悼词、追悼会纪实，各界所送挽联、挽诗（选录）、唁电、唁函（选录），各界知名人士、慧生的弟子及其他一些剧种的知名演员的悼念文章、荀慧生小传等。以上为文字部分。照片部分包括慧生的便装照、剧照及追悼会上的部分照片。目前我已着手做准备工作。我想争取由出版部门出版，若达不到，就由我个人印制、出版。这样做的好处，是国内的读者可以看到。倘若实在不行，我打算请您协助，以求在香港出版。究竟可否，愿听您的意见。因几次给您去电话均未打通，故草草去函征求您的意见。

您寄来的香港报刊已收到，谢谢。此致

敬礼

张伟君

七九.六.廿

范用同志如晤：

您好。很久未见甚为惦念，尤其在荀先生追悼会时您为力很大，在此再致以谢意。

您的工作一定是很忙的，但我还是有一件事请您代办：令莱少时即受其父真传，一招一式、一腔一调地教授了她很多荀派名剧，但“四人帮”时，慧生遭迫害，女儿令莱当然也受株连，浪费了艺术青春十多年。如今百花争艳，在党的关怀下，她又返回了北京京剧院，在庆祝三十年大庆的前夕她就要在北京出演荀派名剧《金玉奴》了，所以她写了一篇《艺苑留香怀亲人》的文章。一是怀念其父，二是向阔别多年的观众谈一谈她在回到文艺战线后的工作及感想，请您阅看后，望在香港报纸上予以发表，请您一定多多帮助为荷。

附信寄上此文请阅。即祝

您全家愉快！

张伟君

1979.9.18

范用同志：

你好，久未通信，甚以为念。北京京剧院二团已正式成立。令莱已赶排荀派艺术名剧《勘玉钏》，她录制的《谈荀派红楼二尤两段唱腔》将于二月四、六、八、十日下午18：30在北京广播电台第一套节目中放送，请至时收听，赐教指正。令莱将于二月十日正式出演，至时请您观看。我乃忙于整理荀生前日记之注解工作。

荀先生弟子徐凌云现协助我搞荀先生生前遗作。他帮同搞“四大名旦书画展览”（颐和园），并应约写了《各有千秋的四大名旦》一文，发香港刊登，请予支持。今附寄《广播报》及《北京日报》一月廿七日发表《六五花洞》一文，请一阅指正。我写之《欧阳予倩与荀慧生》一文亦在《艺术世界》发表了。

祝您

春祺！

张伟君

80.1.31

范用同志：

您好。今请连仲给您带上萧军老所写之《菊海云烟录》（即荀慧生先生之小传）。这种写法是否可以？既是整体又可分开。内容既有趣味，又有悲欢，而又是荀先生一生的缩影，如这种形式好，我将继续写下去，因这总是第一手材料吧！萧军老因写作太忙，已委托我全权处之，请您看看是否可陆续发表于港报（连载），或其他刊物，请您大力支持帮忙。这个《云烟录》当从其幼年写至其晚年以至追悼会的召开，也为今后编写荀先生的自传电影剧本打下基础，您看行吗？请您过目裁处。

即颂

春祺

张伟君

1980.4.11

张　炜

范用同志：

子明同志转来您的赠书，谢谢！这本小书，装帧印制得十分精美，也很别致，让人爱不释手；内容又是图文并茂，情文并茂，堪称出版的精品。一口气读完，加深了对您的了解，从而增强了对您的崇敬之情。我很同意洪桥同志的意见，建议您比较完整和系统的写一本回忆录，它将是一份非常生动丰富的出版史料。据说，洛峰同志生前拟编写新民主主义革命时期的出版史，可惜他去世较早，未能如愿。我曾想，您掌握的出版史料极为丰富，又一生从事出版工作，似可完成洛峰同志的遗愿。如何？您可以考虑一下。

您给《联谊通讯》的信，健飞同志已转我，将在下期上刊出。关于《从办杂志起家》一文中“自我捧场”“互相标榜”二词，您寄来的剪报上用笔改了，但旁边又以大字写明“自我捧场”“互相标榜”。我即查了原稿的复印件，也是“互相标榜，自我捧场”，我估计可能仍保持原样，不改了（这两句不改也通，但改过来好些）。文末的小注，因“纪念三联书店成立六十周年”的提法不确切（应为生活·读书·新知革命出版工作六十年），且已过时，被我擅自删掉了，今后如再遇到类似情况，当征求您的意见，请谅。

根据健飞同志的意见，您在《文汇报》“笔会”上发表的《买书结缘》一文，将在《联谊通讯》上转载，健飞同志可能已和您打了招呼了。《我爱穆源》封底的照片很美，可谓“夕阳无限好”。

祝您健康，请代问嫂夫人和小双好。

张炜 93.5.12

张向天

范用先生：

昨日得此间三联书店萧滋副经理寄下尊所托赠之《鲁迅思想研究资料》两厚册，远道蒙您惠赐书籍，如此盛情，实令人万分感激！萧经理函中称：您已有拙著《鲁迅旧诗笺注》及《鲁迅日记书信诗稿札记》两种，并蒙您奖励有加，闻悉之下，极感鼓舞！唯望先生时赐教言，对研读鲁迅著作予以指导，则不胜感激矣！

有关鲁迅的学习之作，仍有《鲁迅作品学习札论》（一九七五年出版）及《鲁迅诗文生活杂谈》（书内页有题签，一九七七年出版）两种，内容疏陋，水平不高，今奉上两种四本，并请分神转致唐弢先生，仍请予以指正，使后学得有进益！专此敬颂

著祺。请代问唐弢先生好。

张向天

七月十三日

张逸生

范用先生：

收到您代发的《对人世的告别》，无比欣喜，盼望已久的白尘绝笔终于到手了。白尘九泉有灵亦必庆幸的。

我知道他的《牛棚日记》能在他生平展览会上面世，功全在你，这最后巨册，仍是经你全力支持得以出版，而且还亲为分发。这天厚的情谊、地深的功绩，令人何等感佩啊！

我与白尘，既是师生，又是战友，情同手足，和金玲及其虹、晶二女，亲如家人，故对先生感激之情也是深厚的。

在目前市场经济狂潮冲击之中，出书之难，我深有体会。曾为国立剧专校友会编一本《剧专十四年》。集稿集资，历五年之时，由曹禺题书名、写序言，交戏剧出版社八千元赞助，出版一千册。真的知出书之难，再有书稿，也不敢再望出书了，先生能在万难中将白尘的怒书连续出版，何等不易啊！亦由此可知先生对故友白尘之情真意切也！

匆此以示对先生钦敬之意。谨颂

夏祺！

张逸生

九七.六.廿二

张友渔

范用同志：

承赠《党史研究》已收到，谢谢！

三联出版的书有没有准备再版的？有些书虽已过时，但作为研究历史的参考还是有用的。当然，销路可能不畅，要准备赔本。

敬礼！

友渔

2.14

张允和

范老：

昨天（1966.4.23）得到您的大札，十分感动！

我们的《水》是我们张家姐弟和小朋友办起来的；我们的《水》只接收十家姐弟的捐款；我们的《水》学我们爸爸张翼牖（吉友）办乐益女中不收捐款的作风；我们的《水》只能是赠送知己朋友的小小刊物。因此，您寄来拾伍元，原璧归赵。否则，我将受姐弟们的谴责。可是我非常感谢您善良的赐予！是鼓励我们继续办下去。办一期我就寄上一期，请您不吝赐教！

"本世纪一大奇迹"，您太夸奖了我们，我们受之有愧。我受了有光的影响，儿子又送了我们第二个电脑。我打电脑是当它玩具来玩。

我很失敬，您是范文正公的后代。我最佩服的司马迁，第二个佩服的就是范文正公了，他的"先天下之忧而忧，后天下之乐而乐"是真正大政治家的名言。小时候到天平山，一定到范祠磕头。

您的来信我很感兴趣。信里称呼我为"允和先生"，信封上称呼"充和先生"，为什么为我加一顶帽子，这世界扣帽子可危险！幸亏加了帽子还是自家人，我的四妹"张充和"。

还有我家住在"后"拐棒，不是"前"拐捧。您"前后"不分还不要紧，如果左右不分就要成问题了。

您可能信封、信是两次写的；一次“酒醉”，一次“酒醒”。哈哈！

“十足糊涂虫，‘前后’拎勿清。”可是你很歉（谦）虚，“一事未曾夸耀过，祖宗原是范希文”。

祝

您“一本正经”“十足糊涂”

张允和

1996.4.24

范老：

我说您“十足糊涂”，可我也糊涂。

我给您的信上，错了两个地方：

（1）1966 应为 1996；

（2）歉虚应为谦虚。

我这个糊涂虫，可能比您还高一筹！哈哈！

请您多多提意见。祝

您好

张允和

1996.5.9

范老：

得 96.07.18 来信。附有《光明日报》两份及《范用买水》漫画。三妹已去北戴河避暑，我则守着一滴《水》，三至五个月不下楼。丁午何许人也，莫非丁聪之子？

寄上复印《〈水〉之歌》一份，我大胆删去了最后一句，加上您的末句。这几句话我认为既点题又幽默。

有光说，您的《〈水〉之歌》写得太好了，比我们的《水》好！您呀，把《水》捧得太高了些。还有小叶*闯了两个大祸：一是把《水》捅了出去。我当初只是因为小叶的文笔跟我很相似，都是写实，所以给了她一份；二是她在《新民晚报》上说，她爱《水》，要把她的稿费给《水》。您也这样说。

我很对不起您二位，我们《水》不能接受他人的稿费。

我没有工夫写周有光，有光更没有工夫写我！

韦布是我后母的弟弟，是我们的舅舅。他是电影《十五贯》的导演，已在本月（七月）三日去世。祝

夏日少喝酒！

允和

1996.7.24

《范用买水》，将在三号《水》上登载，也不给丁午先生稿费。

* 即叶稚珊。——编注

范老弟：

前日寄还稿费想已收到。

小叶前日来我家，送来《紫荆》杂志一本，是一九九六年八月（总第七十一期）。其中载有小叶的捧《水》的文章。现在复印寄上。

另外寄出小叶的《关于〈水〉的回信》。请看最后的话。要是亲友们都把他或她捧《水》的稿费寄给我们，我们有一天要犯法——知识产权问题。

三妹说，人家太夸奖我们的《水》，我们的《水》是“鸡毛蒜皮”的家庭小刊物。一个人编，错误很多。

我的侄女张以韵说得对，我们的《水》只是一个“真”字。祝双安！

允和

1996.9.18

老弟：

俞平伯在1956年《一出戏救活了一个剧种》后，组织了“北京昆曲研习社”，俞是第一任主委。1964年停办，1979年恢复，我是第二任主委。88年后我退任，第三任主委是楼宇烈同志，他是北大（北京大学）东方哲学系系主任。

那天来的陈颖女士是现在曲社的副主任之一，秘书是王湜华（王伯祥的13儿子，我叫他十三太保），朱家溍（故宫研究院教授）也是副主任。

来的另一位女士蔡瑶铣是北方昆曲剧院头号旦角。

《与众曲谱》是王季烈编辑，商务印书馆出版，共八本，是曲友们最主要的曲本。何年出版不明，只在编辑首页有壬戌年字样，当为1923年？

那天唱的曲子，可能都是汤显祖的《牡丹亭》。我也记不清了。祝

新春快乐！

允和

1997.2.10

文周先生：

奉上“曲谜”十五，供您欣赏。祝您虎年生活工作虎虎有生气！

文周先生：

收到您的《最初的梦》，多美好的梦，梦已经成了现实。这就是世界的光！

我们的《水》也是在寻找童年、少年、中年的梦。

寄上我的“曲谜”，这是第六年，每年10个，“谜”报平安，祝

合家新年好！

张允和

98.1.13

张允和曲谜

（1）新婚之夜	（剧目）	花烛
（2）离骚	（曲词）	怎禁她临去 秋波那一转
（3）莲花落	（曲牌）	风吹荷叶煞
（4）寻寻、觅觅、冷冷、 清清、凄凄、惨惨、切切	（曲牌2）	字字双 叠字令
（5）写检讨书	（曲词）	你纸笔只供招详用
（6）相如抚弦，引逗文君	（剧目）	琴挑
（7）小苗条吃的是夫人杖	（剧目）	拷红
（8）景阳冈上，武二逞强 路头巷尾，武大卖饼	（剧目2）	打虎 游街
（9）淡妆浓抹总不宜	（曲词）	一生儿爱好是天然
（10）烹羊宰牛且为乐 会须一饮三百杯	（剧目）	豪宴

黄人道*曲友曲谜

（以下曲谜的谜底全是曲牌）

（11）步迟迟倩宫娥搀入绣帏间　　醉扶归

（12）原来姹紫嫣红开遍　　园林好

（13）出新词、泪未收；转行宫、痛难忘　　哭相思

（14）脚不许把花园路踏　　端正好

（15）风调雨顺万民好　　普天乐

张允和

1998.1.10

* 黄人道是贺麟夫人。——编注

张兆和

范用同志：

昨收到胡靖同志来信，言及三联准备出一套“纪实文丛”，将收入从文的《湘西》。此事前此未听到谈过，不知与去年洽谈的出一套二十本单行本计划有无联系。去年出书计划目前是否已有改变？如未改变，单独抽出《湘西》另出是否合适？从文想知道你们的计划和想法，请便中复示为感。专此顺颂

撰安

张兆和

十一月五日

从文问安。

张中行

范用先生：

丽雅兄双轮送来贺年佳片，上有小丫头许双绝妙文章，谨举双手拜谢。所以不一还一报者，盖无此高才之外女孙，欲报而不能也。然此亦佳，盖如有之，则以童稚之目从旁窥之，笑料当多于阁下千百倍也。佳文由皮及骨，谑而又虐，昔人以《汉书》佐酒，得此则可弃班史，浮两大白，岂不快哉。如喜吹毛求疵，文亦有小遗漏，拾遗，似可加“他很精细，有时也马虎，如有一次发贺年片，就把王蒙爷爷的装在张中行爷爷的封皮里”。谨此拜年。

张中行 合十

90.12.19

范老尊兄文侍：

知由山林迁街市，故未往贺。弟近日又发奇想，集含泪写深情之散文为一集，名《留梦集》，计五十余篇，二十万字，拟印为玲珑精致本，一比香港所印装。开本、版式愿得尊兄大手笔定之。开本定后求张守义先生设计封面。如蒙尊兄俯允，俟剪贴完毕后，躬送兰堂请教。估计在本月底。如何，盼示知。匆匆，顺颂
暑安

张中行 拜

94.7.14

张仲实

范用同志：

您好！

承寄的《马恩论翻译》和张锡荣、楼适夷、程浩飞、陈敏志所写的回忆，都收到了。除《论翻译》外，其他四份回忆，我都仔细地看过了。他们写得都好：具体、生动、亲切！因年龄关系，好多事情我都忘记了。所以，我写得太空了，实在不能算“回忆”。

从张锡荣同志的回忆看出，他做了许多有益的工作，令人敬佩！我一直不知道，在1957年整风反右运动中他曾经受了处分。这次我在离开上海的前两三天，才听到袁信之同志提到此事。在我离开上海的前一天，锡荣同志正好到上海，他到我处闲谈了一下。他的身体很好，心情也很开朗。他正在提出要求重新审查他的问题。现在我看了他的回忆，觉得他很会写东西，文字流畅明白。他应当出来，再为党、为人民做些贡献。我鼓励了他。你如同他通信，亦可给以鼓励。在组织复查过程中，如他有什么困难，我们都应该帮助他一下。我想，他最好到北京一趟，直接找中组部，请其解决。这样进行，可能快些。如在常州，恐怕要拖得很久。

顺便提一下，就是锡荣同志的“回忆”第四页第六、七行说：“《世界知识》（半月刊，先胡愈之，后金仲华主编）”的云云。大概他记错了，与事实稍有不符。《世界知识》于1934年

9月创刊，先由胡愈之主编（公开的发行人兼主编人是毕云程），这是对的。从1935年2月起，经胡愈老介绍，我进生活书店，具体工作就是编辑《世界知识》（公开的发行人兼主编人仍是毕云程），直到1936年1月。此后，我任书店总编辑，经我推荐，《世界知识》由钱亦石编辑，直至“八一三”抗战爆发。依我的记忆，在韬奋于1935年8月底回国后，决定从开明书店把他调来任生活书店总编辑。1936年2月韬奋被迫去香港，把他拉去办《生活日报》。生活书店为了接替《大众生活》，1936年2月以后，出过《永生》，好像从1936年2月到4月，系由金仲华主编过。关于这些事，如要搞得确实，还可问问徐伯昕、黄宝珣同志。

昨接袁信之同志的来信，为了纪念韬奋85生辰（1895年11月5日）和逝世三十五周年（1979年7月24日），韬奋纪念馆拟编一部《回忆邹韬奋》的书，现发出征稿信。您收到了没有？

匆此作复，顺祝

近好！

张仲实

78.8.6于青疗

最近我的身体很好，请勿念。

张子斋

范用同志：

我于十月上旬，曾参加全国人大常委组织的到山东省视察教育工作，历时二十多天，获益良多。回京开会期间，很想看望你，但电话联系不上，会毕就匆匆回昆了。

在京时见到孙幼礼同志，她给了我一本《出版工作》，内有胡绳同志等纪念洛峰同志的文章，颇有意义，但我感到不够，洛峰同志一生为党的出版事业历尽艰险、鞠躬尽瘁。况且他不仅单纯从事出版工作，而以出版工作为掩护，做了大量的党在其他方面的工作。我觉得把他的战斗历程系统地写一写，有多方面的意义，起码对于医治目前出版界某些不健康现象，将大有益处。此外，我感到我们的报刊对于作家的报道和表扬做得较多（这当然是对的），而对于编辑工作者、出版工作者这些默默工作的“无名英雄”们的艰辛劳动，则似乎没有引起足够的重视。大概因为他们的劳动，有如在诗所谓“润物细无声”，容易被忽略，但正因如此，弥觉可贵，写写这样的人物和事迹，很有必要。不知以为如何？

三八年武汉陷落前夕，我在汉口送洛峰同志赴蜀，曾写了一首七律送他，现已四十多年了，缅怀往事，感慨不已，特摘抄出来，寄上一阅。

如出版好的书籍，请给杨进同志酌量购寄。此外，前天零星地看了一些关于《金瓶梅》的文章，议论纷纭，莫衷一是，如有这方面的新的论著，亦望购寄。

希望你明年来昆。

敬礼

张子斋
廿二日

送洛峰入蜀（张子斋）

神州到处起烽烟，烟雨飘零后会艰。
万种穷愁磨瘦骨，敢挑书卷压双肩。
流离不定情何限，憎爱分明路未偏。
火不燎原心不死，敢攀蜀道上青天。

章道非

范用同志：

您好！

上月广东美协“美术中心”送来新波同志画集《春华长艳》共十九本（十本平装，九本精装）已收到了，听说这是您吩咐香港三联书店将剩下来的画集寄回给您转送我们家人保存留念的，接受之下，真是万分感谢之至。记得几年前广州新华书店在文化公园展销书籍（包括香港三联书店出版的），当时我见到有《春华长艳》出售，结果购回四本，作为永久保存，因乃是绝本画册，不单是以后难逢到，且应作为文史画册，供后人研究、参考、学习，甚有价值的，再次向您谢谢。

我84年底已退休了，现在家中整理新波遗书、遗画、遗物、遗信，同时抓紧拓印麻胶版画（因麻胶版画有些已开始裂损了，要抢印），这些事一定要做好。

您是否已离休返京？身体可好否？希常保重保重，为盼。专此，谨致

敬礼，并祝阖家身体健康！

章道非

1986.8.6 下午

章念驰

范用总经理左右：

久闻足下大名，只恨无缘相识，此次遵曹聚仁先生夫人邓珂云之嘱，校读《国学十二讲》，得悉此著将由贵店出版，并闻此事全蒙足下鼎力赞助，不禁倍感敬意。佳传足下于港购得《十二讲》多册，分赠编辑，谓此书不能不读；我暗想足下必是饱读诗书，已有耄耋之年，方知此书之贵，才有此等气魄出版此著。前晚曹夫人与女曹雷来鄙舍，方悉足下仅逾“天命”之年，却能主持偌大出版机构，壮哉有为，使我惊讶不已。昨去邹韬奋先生夫人沈粹缜寓，又听到邹夫人对足下许多推崇之词，使我自惭见拙。

这次受命校读《国学十二讲》，给我带来了愉快的劳动。早在五年前的港书沪展中，初见此书，一连三日，伫立书前，爱不释手。后曾向上海古籍出版社推荐出版，他们亦以为是本好书，但以“无翻印海外著作先例”为辞。去年五月，曹夫人带来贵店点阅本，嘱我再校点一遍，我因为忙，一直没有动手；去秋，曹夫人才隐隐暗示于我，贵店准备今年出版此著，我才知道耽误了事情，赶紧放下手边事搞了起来。

曹先生此著，文字虽浅近，说理也平实，内容却是出经入史，涉及诸子百家，综合了二千多年来的学术问题，介绍了近百年来著名近现代学者的成果，这在国内还是很罕见的工作。所以搞的时候要非常认真，若有不慎将贻误读者。由于我才疏学浅，搞起来颇花力气和时间，加上三育版错误实在太多，幸好贵店校读本大部分是很有用的，但我还是亲加校读，重斟标点。由于我的研究任务不能完全中断，社会活动又多，使我还没有完全完工。现在存在的问题是：我在将《国学十二讲》与《晶报》当年连载的《听涛室随笔》相校时发现：（一）漏了许多段文字，都是有用的内容，必不是曹先生自删的，我已一一补上了。（二）《听涛室随笔》比《国学十二讲》至少多了十七篇，内容大多是讲文学。我以为应当一并加以辑录，这样新版文史俱全，内容丰富，将大大优裕于旧版（旧版，台湾、日本均已翻印，日本版我已见）并有利于后人更全面研究曹先生的学术思想，也颇合足下将书名改为《中国学术思想随笔》或《中国学术思想读书札记》之意，则更名副其实了。不知尊意如何。目下我这里剪报残缺不全，希望设法搜寻一下，将《听涛室随笔》全部复印（除了《国学十二讲》第一讲九一第十二讲，共六十篇不必再复印），使先人遗墨无一遗珠。足下如同意这样做，书的编次我想就以《听涛室随笔》时间为秩，既可窥见作者思想脉路，又可删去“一讲、二讲……”这种体例。如果足下同意增加篇幅和重加编次的话，似乎应该写个出版说明，写前言则大不敢当，后记则曹先生已自撰，盼示真知灼见。

曹先生早年记录我先祖父的国学演说，成《国学概论》，为他第一本作品，半个多世纪中，印行三十多版，成为海内外大中学校国文辅助读本。曹先生晚年成《国学十二讲》，成为他最末一本著作，既发挥了师说，又自成一家之言，其说实可与《国学概论》“相辅而行”（曹《题定本〈国学概论〉》）。曹先生一生与我章门结下深缘，想不到我还有幸继作续篇。三代之谊，三世之交，诚足下以全。我正在从事先祖父全集整理出版工作，并勉强搞点历史研究，故对曹先生与我先祖父关系殊感兴趣，曹先生笔录的《国学概论》，我已收入我正在编的《章太炎演讲集》中，已完成七十余万字，付印后将寄请教正。所以我想在完成《国学十二讲》整理工作后，写一篇书评，介绍一下此书的特点，以及曹先生的学术渊源和特点。由于我水平低，能力差，年纪轻，盼望足下和曹夫人不吝多多教导。即此专问

吉安

章念驰 敬书

一九八四年二月十六日

此信交曹夫人代邮。

范用先生左右：

在京有幸一见，引为庆幸。足下卓识过人，盛名不虚，令人敬仰。可惜匆匆一晤，讨教无多，不胜遗憾。

回沪后立即参加市政协和人代大会。会议需至月底闭幕。昨于午休期间去看望了邓珂云夫人。她非常感激您的努力。

曹先生《国学十二讲》余下部分中间所缺六月卅日、八月二十四日，我处有备，不必补了。若能将第一讲的第一篇《从一件小事说起》至第七讲《邹人之子》作一复印，共七篇，时间在一九七〇年十二月——一九七一年一月之间，这样全书原刊稿全矣，心中亦更踏实了。这工作我力争下月完成后即寄上。

先生什么时候来沪，务请告之，我当往谒，一聆教诲。沈妈妈和加立处，过几天我将去。即此匆匆书告，不尽所欲。祝

春祺

章念驰 敬书

一九八四年三月廿六日 沪寓灯下

赵冬垠

范用兄：

昨晚收到你的挂号信，非常高兴。从四月中旬起，我就病在医院里。医生告诉我，说有糖尿病。而测试结果，尿中无糖。我只得按医生吩咐，少吃碳水化合物，多吃奶、蛋肉、禽，在我很不习惯。大概再住一星期，即可出院。

谢谢你和你夫人的关怀，我现在生活有人照顾，和以前一样。

胡绳在一九三八、一九三九、一九四〇年都极大地帮助过我。我是很感激他，并且铭记在心的。你如见到他时，可以把我感激之情告诉他。我有一篇文章在他那里，题目《无产阶级专政的理论概念和历史实际》，是我一九八四年亲手交给他的。你看情况如何代我要回这篇文章，就存放你那里，请你过目并加以指教。

我为研究苏联情况，读了大量中、英文资料，已经告一段落，结论是苏联建设的道路和方法导致苏联的垮台。前年已开始写，后由妻子病重逝世而停下来。现在又打算写，但估计我先前不可能公诸于世。但作为一个马克思主义的信奉者，道义上的责任，或者说共产主义的良心，要求我这样做。

专此，即颂

大安

赵冬垠

五月十六日

范用兄大鉴：

今天（八月四日）上午收到你的信非常高兴。丁仙宝去世我知道，我的妻子已于一九九八年十一月去世。

我原来是在上海共青团工作，一九三四年被捕，一九三七年国共第二次合作，抗战爆发出狱。什么问题也没有，但因历史无人证明，没有恢复党籍。三八年一年做些救亡工作，三九年到重庆，靠写文章生活。胡绳曾送我一诗，诗是：江湖七载空流浪，人间心酸独自尝。暂将热情寄文墨，终见雄才展四方。此诗未收入他的诗集，不知何故。

一九四〇年我到延安，经中央组织部审查历史，做了好的结论，恢复党籍、党龄，调组织部门工作，后来在东北工作，在延安，在东北，我始终未做文字工作，一九八八年离休。现在身体还好。

每天读德文，读康德的《纯粹理性批判》，也写文章。很多在今天上午的电话中谈了，这里不重复。专此

顺颂

大安

赵冬垠

八月四日上午

赵家璧

范用同志：

这次在北京能见到你，又蒙你们盛情厚待，感何如之。你对我在编辑史料写作方面的关怀和鼓励，使我更要加快步伐，早日完成这件有意义的工作，就怕质量不高；希望对最近期间发表的几篇拙作，多加批评，以便修订。

在长沙理事会上提出的呼吁，实在出于万不得已。如许大作家的手迹，这样下落不明，每个有心人都将为我鸣不平，而且是文化遗产的一大损失。宋木文同志临别时，要我把报告早日寄京以便讨论处理，你身在首都，又经常和中央出版局领导同志接触，务请鼎力协助，使这批宝贵的出版文物能重见天日。

《处理情况》原文一件挂号寄奉，请代为复印三份，印出后，请速同原件一并挂号寄沪，以便附在申诉书后，作为附件，寄给“出协”主席团处理。上海复印困难，你在长沙时曾面允协助，我就不客气了。此文送你先阅，你也可以看出前后矛盾，漏洞百出，推卸责任；说是烧掉，实不可信，马飞海同志对此事过去曾几次在党员干部大会上提出过严厉要求，昨天又为了此事亲来舍间向我了解情况，并表示决心，要找个水落石出，京沪领导上都重视此事，我看前途也许是可以乐观的。

今天是八十年代的第一个元旦日，我写给你的第一封信，除了向你表示感谢外，祝你在新的一年里，身体健康，工作顺利！

赵家璧

1980.1.1

范用同志：

深深感谢你不断地对我的关怀和鼓励！这两年，我能够写出几篇出版工作方面的回忆史料，与您、亦代和其他几位同志朋友的督促分不开的。我对已发表的几篇并不满意，所以还没有想到要编集出书的事，你的来信使我有些手足无措之感。我这几天忙于自己细细考虑一个写作计划，好供你参考；也向几位朋友讨教商量（我早已有信给亦代），也还有些其他的想法。此信迟复，请鉴谅。

我今天把我的写作计划送你审阅，这里 1/3 已发表或将发表，2/3 还是一个主观愿望，一张蓝图。我今年七十有三，如果身体没有什么特殊变化，希望能在生前完成它，但其中写到健在的朋友，当然要放在最后。我是不会写文章的，主要提供一些我所知道和想到的史实而已。是否值得出书，还得请你们郑重考虑。

三联出版的书，不但有内容，印刷、编排、封面装帧都带有生活书店的优良传统，你想把一些有关书和作家的集子组成一套，我是非常欣赏；如果把拙作列入，我更感到是一种光荣，你答应在书前加印些插图，那正中下怀，封面设计如授权给作者，我当去找个专家帮忙，但有时专家不一定弄出令人满意的作品，这是后话，以后再商量。有关图片，我早已在陆续收集了，请释念。

你审阅我的写作计划后，请你先给我提些意见，以便修订。然后请你考虑我的文章，大别为三类，每类可写十篇左右，第四类仅是附录。按照我这一两年的经验，写成一篇调查研究，核对材料需要很长时间，所以如果要先出一册，请先作出决定。明年是鲁迅诞生百周年大纪念，我已发表过三篇长的，已有三万数千字，最近有些刊物来约稿，我准备再写五六篇，可有四万余字。这方面材料大部分已在手头。如果准备明年九月出版，最迟交稿期是哪一天？我希望在明年三月底前交，你们办得到吗？这样十篇文章，实际上把鲁迅给我五十多封信的内容都包括进去了，你看这样一本书是否值得出？书名可用《编辑忆旧——忆鲁迅先生》，或用《编辑忆鲁迅先生》。

另一个出法是把一、二、三类的最前五篇合出一册，那么已和将发表的有十篇，约九万余字，再写五篇，约四五万字，加一二篇附录，合成十五万字，明年年底前出书，书名用《编辑忆旧》，加“之一”也可以。如同意这个办法，那么，也请告诉我最迟交稿期，还请你看看，应当先再写哪几个题材？至于“之二”，等将来再说。但是为配合鲁迅纪念的文章，我还是要花工夫写的，因为这是带有些时间性的。因此“之一”交稿之期要更长一些了。总之，明年只能一本。

我很坦率地把我的想法都讲了，问题是现在印刷周期长，有的社要一二年，我相信你一定有办法把我的交稿期延长些，同时我将配合，争取尽量提早，如何？请即赐复，以作安排。

前天开会，遇见方学武同志，我把你的来信给他看了，他要我赶快答复，并早日完成，我对你们两位老三联同志对我的督促和爱护，表示衷心的感谢！

承询书信下落，至今无声无息，我也只能徒唤奈何而已。假如找到，我倒可以写十本回忆录了。

即颂

编安

赵家璧

9.11

范用同志：

九月十五日复示拜读。

我前信讲过，我这两年虽然试写了几篇出版史话，但自己还没有什么思想准备要把它出书。经你几次催促，我也动了心。但在考虑先出一本什么时，确实有人劝我先出忆鲁迅的。这主要是为了明年的鲁迅诞辰一百周年纪念。但从我内心讲，我认为由我写一本忆鲁迅的书，不很配。因为我出鲁迅自己的著作和他介绍的作品仅是我作为编辑者工作的一个部分——当然是主要的部分，但要像许广平、冯雪峰、许寿裳这些前辈作家那样出版关于鲁迅的回忆录，我是顾虑重重的。因为亦代兄来信说，还是说出几种选择由你来做最后决定，我就提了两个办法，同时我还把完全不成熟的写作计划也大胆向你摊牌了。结果，你赞成第二种，这说明你是非常了解我的。我今天写信告诉你，我接受你的建议。

既出《编辑忆旧》(你对此书名觉得如何？我认为这既说明了我的身份，也标出了时间；过去似乎也无类似的书，而且是《人民日报》上用过的，我想听听你的高见)，那么时间对我就比较宽一点，不一定赶国庆出书，但我还是会争取早日交稿的。看来，你们的出书周期是九个月，我希望给我半年（特殊优待！），我就非常感激了。因为一篇文章有时要写一二十封信去求教、核实、充实内容，而我的笔既钝又慢，多给我些时间，我就不要太紧张，不要感到有压力，虽然一定的压力还是必不可少的。

我最欣赏三联能给我一些高级纸张加印插图，我现在已发表的几篇，有的已经附图，有的已准备了更多的图而没有用上。将来作者像（有和我合影的）、作者手迹、书影、封面等，我都将遵嘱准备。我编的书，《良友画报》和《文季月刊》上都刊有大幅书影广告，将来可以由我设法翻拍，我对你最后所提“乃至广告等等”一语颇感兴趣。三十年代，《生活》《良友》对刊登广告，都花了脑筋的。这次《文汇增刊》上拙文中就附了一幅广告。如果你对这方面给我支持，我准备选用二三幅广告作插图，而其中就有书影之类，这是后话，将来再说。但从这些小事上，说明我们之间是有许多共同的想法的。

对于已发表的拙作，还希望多提意见（包括听到别人说的），以便修订。最后，还要感谢你的支持和鼓励，你前信所说寄我的书（陈原的已有），如已出，请寄我学习，祝

康健

赵家璧

9.21

范用同志：

前蒙赠我新书三册，无任感谢。我于去年接到你九月十五日复信后，又曾写过两封信给你，你大约事忙，未见赐复。我信中提出关于出版拙作的具体事务，可否指定一位负责编辑与我联系，省得经常麻烦你。今天有些新想法，只好再来征求你的同意。

我上次写给你一份《编辑忆旧》的写作提纲，内容大约分三个部分：关于我所编的丛书十篇；关于鲁迅的十篇；关于重要作家的十篇；将来加些零星文章，可能写成三十万字。但这是我的

一个奋斗目标，年老多病（最近又患头晕），是否能完成，自己也无把握。但有一条我是由你的“劝进”而感到的，我不能等写完了再出书，可以分几本出，将来再合成一卷。因此我前函同意你的意见，各类选五篇，共十五篇，先出上册。但经过这几个月的实践，再加形势的变化，我考虑再三，想改动原来的打算，分出三册，今年先出一册忆鲁迅的。具体原因，申述如下：

1. 我回忆鲁迅部分，原来发表的已有四篇，都在万字以上，这几个月，因京沪各刊，为配合今秋鲁迅百年诞辰纪念，纷纷向我约稿，我已寄出了三篇，还可以写三篇。这方面材料我已准备好，争取四月底前写毕。因为报刊催逼，对我也是一股动力，因此第二部分忆鲁迅十篇可以提前完成。

2. 今年鲁迅百年诞辰是我国文化界的一个盛大活动，听说日本、法、美、印度、意大利、中国香港都要开纪念会。上海市委宣传部已成立纪念筹委会，前星期开第一次会，推夏征农为主任，巴金、陈沂为副主任，会上他们鼓励我多写一点。此外人文鲁编室除出版全集外，也要出一套回忆录，除重印旧作外，将有黄源、戈宝权等的新书，他们也有意约我编写一本，我因早已答应三联，没有同意。而上海人美，为了配合纪念，将出版十种新书新画册。因此我想起这样一件大事，三联为什么也不做些配合，出几本有关鲁迅的书呢？我的一部分是否可以单独先出一本呢？文字七八万，加鲁迅给我书信，有特殊纪念价值的可选制插图，画册封面、当年出书广告等，估计可加十页插图。书名可用《忆鲁迅——编辑忆旧之一》或《鲁迅——一个编辑对他的回忆》或其他。据鲁编室一位在沪工作的同志告诉我，新写的回忆录只有黄源同志的一种，他鼓励我值得单独出。冯亦代同志原来也有意劝我这样做，我自感不配单独出这样一本书，所以同意你提出的先出上册的计划。现在情况既有变化，我倒也有这个意愿了。

3．我原来计划列入上册里几篇有关丛书和重要作家的文章，上半年因材料、时间不够，来不及写。所以如照原来出上册的计划，今年来不及出书。如果把忆鲁迅部分先出，那么明年初，可集成十多篇，有十多万字，准可出第二册。第三册就放到1983年去。现在年纪老了，只有能先出就先出，也是合情合理的，不知尊意如何？

年节在即，你一定很忙，希早日赐复，以做准备。顺颂

春节好

赵家璧

1.30

亦代兄：

你回国后尚未得信，仅从董秀玉同志两次来信中提到你在京忙于外事活动，又说春节后可能来沪，但迄未见大驾光临，甚以为念。

去年八月二十八日得范用同志来信，蒙他不弃，约我把回忆史料合集交三联出版，我曾先向你请教。你于九月七日复信中，建议我先出《忆鲁迅先生》作为《编辑忆旧之一》。以后我复信给范用同志，并附了我的一个写作设想，提了两种出法：一种就是你的意见；另外一种是把各类文章凑半数，先出一个上册。当时我也倾向于后者，因为关于鲁迅的，我只写了四篇，而且单独出一本忆鲁迅的书，自己感到有些不够格。范用同志九月十五日复信，说："我比较倾向于第二方案，即先出一本，以后再出续集，而不单独印一本忆鲁迅。"我就同意了。此后我又去信二封，请教些出版方面的问题，并要他指定一位负责编辑同我联系，免

得经常麻烦范用同志，可惜未蒙赐复，他一定很忙。

此后，人民文学出版社鲁编室王仰晨同志曾来信约我编一本回忆鲁迅的集子，作为配合鲁迅诞生百年纪念时用（他们将同时重印和新印几本回忆文集）;《新文学史料》牛汀同志来沪时，据说要编印一套史料丛书，也约我把已发表的为他们编一本，我都因三联有约在先，婉言谢绝了。

今春，我又考虑了一下，也有关心我写作的朋友们的劝说，鉴于我为了应京沪各刊物为纪念鲁迅百年诞辰而约我写的回忆鲁迅的史料，寄出的已有三篇，约定四月底前可交稿的还有三篇，那么，我计划中有关鲁迅的十篇已能提前完成，约共七八万字，可以像你最早提议的那样，先出一本“之一，忆鲁迅”了。所以我于今年一月三十日发了一封挂号信给范用同志，改变了主意，要求三联答应先给我出一本关于鲁迅的。我初步拟的书名是《鲁迅——一个编辑的回忆》或《忆鲁迅——编辑忆旧之一》，并谈了关于插图之类的设想，因时间紧迫，信中要求他早日答复，俾做准备，但迄至今日，未得复音。不得已，今天把经过情况告诉你，请你帮我去看望范用同志，请问他可否同意？如有不当之处，也请明白告诉我。我想到自己年老多病，能做的事，争取早日完成。如果能于四月底前写完鲁迅的，即可继续写其他的，明年也可凑成十数篇，再出一册。

你近况如何？去美讲学，一定大有收获，但未见你写出这方面游记感想之类的文章，急盼早日读到。香港中文大学要搞一个“四十年代现代中国文学”讲座，上海方面请了柯灵、丁景唐、王辛笛三位去港，不知北京有哪些专家去出席？

昨天我和马国亮合宴外文局伍福强同志于玉佛寺，他是《良友》创办人伍联德的公子，全家四人，批准迁港，将于今天飞广州。国亮兄嫂也已被批准去美国旅游，吾兄来沪之说，是否可行？上海等待着你的来访。

安娜身体好吗？请代问安。

候复！即颂

春安

家璧

2.15

范用同志：

蒙你同意把拙作《忆鲁迅》部分，先让给人民文学出版社编入纪念鲁迅诞生一百周年的那套丛书中出版，极为铭感！上月中旬，王仰晨同志来沪后，我一方面赶写最后的两篇，他在另一方面向上海文艺出版社联系争取在沪发排，以便我就近校读。经过努力，我已把全稿十篇约十万字于三月底交清，外加插图十六页（这是你鼓励我而得到仰晨同意的）。上海文艺也已接受代发沪厂排校，将来纸型运京印刷。书名《一个编辑忆鲁迅》，封面用统一规格，不另搞设计，据说今年九月可出书，书店方面也已去征求印数了。现在事情已顺利地告一段落，今天写这封信，向一直关心这类拙作的您，作一汇报，并表示谢意。

接下去，我将续写郑振铎、茅盾、老舍、徐志摩等等回忆史料，希望明春能凑足十数篇，把《编辑忆旧》上册早日交给三联，不辜负您的一番好意。我认为那时把鲁迅的选入几篇也无不可吧！

亦代同志等来沪，我都见到，再次向你表示谢意，即颂

编安

赵家璧

4.4

范用同志：

前天收到一个挂号邮件，包上写的字，一看是你的笔迹；打开包，是最近出版的《聂绀弩杂文集》。装帧印刷如此讲究，目前只有三联的书，才保持着这样高的水平。书中虽未见附言，但你对我的关怀，我是一直铭感五衷的。

由于你的慷慨协助，关于鲁迅的十篇回忆史料，终于在三月底写成，共十万字，书名定为“编辑生涯忆鲁迅”，交给王仰晨同志后，发给上海中华厂排，五月底已看了清样，在上海付型后，将来在北京印刷。据说可赶在鲁迅百年诞辰纪念日前出书。书前加十六面插图，除照片、木刻画、书影、手迹外，根据你的启发，还包括当时的几幅广告，共有四十多幅图片，可称别开生面。书出版后，当首先奉赠一册，一方面请你批评指教，另外也向你表示感谢。

此书完成后，我将继续把原计划中的另外两个部分，继续加紧写，希望明年能凑足十万字左右，送请三联审阅，实践我的诺言。顺祝

康健

赵家璧

6.14

范用同志：

前月去京，又蒙厚待，无任感谢。这次见到你的藏书，对《良友》与《晨光》版的出版物如此关怀，把当时的许多广告插页，都搜集珍藏，得到您这样一位出版界的有心人做朋友，给了我莫大的鼓励和安慰。

我这次能在鲁迅百年诞辰出版一本回忆录，最早促使我编书

的是您，以后又慷慨地让出给人文的也是您，在此向你致谢！我正在赶写第二集，争取 82 年内能交给三联。

在京时蒙你大力协助，借我《还乡记》《徐志摩英文书信集》各一册,《良友》广告散页六张，现在另包挂号奉还，谢谢！志摩英文信，我利用原文重译了几封，与拙作《徐志摩与泰戈尔》等纪念文章一起发表在新出的《文汇月刊》十一月号上，寄赠一册，请批评指正，并表谢忱。

常君实同志已在北京见面，我们已开始通信，谢谢你为我们做了介绍，其实重庆时期我们已相识了。

敬祝健康

赵家璧

81.12.2

范用同志：

久不通信，时在念中，我在“四人帮”下台后开始写的有关编辑出版方面的回忆史料，很早蒙你关怀，约我结集后交三联出版，盛情厚意，感何如之。《编辑生涯忆鲁迅》一书，也是在你的安排和照顾下，先交“人文”出版的。今年上半年，我因病住院半年，下半年也应报刊之约，写了较多的短文。这两个月，已在按原计划，把应写的几篇回忆史料，赶紧完成它，以便把答应给你们列入那套“书话”的丛书中的第二册回忆录早日交给你们，编入出书计划。

前一阵，得常君实同志来信向我催稿，并为我拟了一个暂定的书名，叫《良友书话》，非常感谢。我前几天曾复他一信，提了几个问题，并托他向你转达。但考虑到此事一直由你我直接联系，虽然常同志也是由你介绍给我去年在京相识的，但我还不知他是否将担任拙著的责任编辑，因此我应当直接向你去信，听听你的意见。

我迄今为止，将发表和已发表的而未收集的有十余篇（刊于《新文字史料》《读书》《文汇月刊》和《书林》《解放日报》等），近十万字。三四个月内还可以写成四五篇，约四万字左右。如用“良友书话”为名，可否把有关鲁迅的三篇约三万字重新列为附录？我希望于明年第四季度出书，最后的交稿期可否告诉我？因为有了一个出书的日期，我就得自己鞭策自己。最近看到老朋友们中间，有的忽而摔跤病倒，有的一下子就跑了（如巴金、李健吾），我也要提高警惕，能做的事得赶快做！因此决心写信问问你。现在出版周期慢，更要想到在印刷厂内需要耽搁的日子。

从学武、毕青同志处获悉你将于月内来沪一行，先写这封信向你表示欢迎。你到沪后，请与我通一电话，再约你来舍谈谈。北京冬令各处都有取暖设备，上海天气较冷，希望带足寒衣，如能先赐一函，更是我盼望的。

谢谢你经常送我名贵出版物！祝

冬安

赵家璧

82.12.5

我的关于版权页上写明初版出处的建议，蒙三联书店赞同，特致谢意。又及

范用同志：

此次来京，又蒙盛情招待，感何如之。

那天去亦代家午休谈心，我把第二集回忆录的二十篇目录给他看了，他表示可以。但他有两点建议：①书名不用“书话”二

字；他说，这样的书名太多了。他认为可用《我与良友》，良友二字有双重意义，一则代表我工作的书店，二则也指书中涉及的作家都是我的良师益友。不知尊意如何？②他主张拙作还是列入原来那套较大开本的书话丛书中去较为合适。

我考虑后，觉得亦代的意见很好，今天先把这个意见告诉你，因为你是最关心我这本小书的。你们经常见面，是否再替我考虑一下？

我还在涿县，借此幽静而温暖的环境，在为施蛰存主编的“百花洲”丛书修订一本旧译作，月底返沪。春节后，赶写几篇新的长文，准备把香港版先编成送审，争取六月前交出；还不知体力与时间能容许我做得到否？顺颂

冬安

赵家璧

83.1.24 河北涿县

范用同志：

去冬到京开会，又蒙你盛情招待；返沪后本应去信问候，一直忙乱，未及执笔，你的信倒来了。你是最早约我写编辑回忆录的，但至今没有交稿，甚以为歉。

关于我的第二本集子（暂名《良友书话》），最近又写成两篇后，尚缺三四篇。我想既然出书，总得像个样子，不能草率从事，而且我能写的日子看来不会很多，与其出了后悔，不如事先搞完整些。因此我决定不争取八三年内出，你就把它延入八四年出书计划吧，但是我决不把应当赶写的文章因此拖下来。此书既称《良友书话》，就得把《良友》出的几部大书都包括进去。如老天给我寿命，我再写一本关于《晨光》的，那可以把

老舍、巴金、钱锺书等都写进去。这次你们把我的书冠以“良友”二字，非常好；我就有了一个范围了。给香港三联的，势必也要迟些交。

我三十年代在《良友》编好，后被胡适抢走交商务王云五的《徐志摩全集》，最近商务港馆李祖泽先生来信告我，他们将按原纸型翻为胶版，在香港出版，并约我为此书写序，我已同意。五十年前编成未及问世的一套书，居然还有重见天日的机会，这是我晚年生活中一件意料不到的喜事，那比《短篇佳作集》更有意义。《佳作集》精装本至今尚未出版，我曾要求花城完全按原样印。如果他们送我多，一定转赠一册请指教；但自己未到手，不知会落空否？

《高尔基政论杂文集》精装本收到，谢谢！要出质量高、装帧精美的书，还得有个爱书的明白人当领导，你在这方面是屈指可数的一位，向你致敬！并希望你今后有更多的建树！

《出版史料》创刊后，反映不坏。这主要是曹予庭同志之功，他近日在京，希多指导。如能在《读书》上组织一篇评介文章，将是我们所期望的。

毕青同志继影印《申报》大计后，又有雄心壮志，拟翻印二十余年的全部《良友画报》，我正在帮助他们实现这个伟大工程，你一定乐于知道的。祝你万事顺利。

赵家璧

83.5.5

范用同志：

久未通信，想必一切如意。

我在 79 年开始写回忆文章后，最早便得到您的鼓励，并来信约我为三联编一本文集。81 年应人文王仰晨同志之约，蒙您同意把有关鲁迅部分，让给他先出。盛情厚意，铭感五衷。

这两年我又新写了二十多篇出版史话，长的达三万字，短的仅二三千字，先后都已（或即将）在报刊发表。我又从三、四、五十年代旧作中，选了四五篇，其中有一份复印件，就是你这位有心人送给我的。经过加工编选，已选编成约三十篇二十五万字的一个集子，内有四篇选自《忆鲁迅》。这本集子，记叙的都是三十年代我在《良友》工作时期编辑出版的书和文艺界的良师益友。书名经过几番考虑，并与老朋友（包括亦代兄）商量，拟定为“编辑生涯忆良友”；不知尊意如何？

我明天飞桂林阳朔，参加全国出版研究会议，可能你不去，所以先写这封信，请教几个问题：

1．拙作你已同意，分出香港版和北京版两种，我的原稿是否要同时准备两份？香港版中可否把《忆鲁迅》部分多选入一些？发香港的原稿，应注意哪些事？内容方面是否要有些删节？

2．拙作将遵嘱书前多加些插图。《忆鲁迅》中用过的照片，港版可以用一些；北京版是否尽量不重复？你大致准备印几页？请赐告，照片是否都要作者把它放大到 7 寸？画样是否由我请上海人美老同事帮忙搞？香港版是否仅供照片即可？

3．如果我在今年 12 月底前交稿，可否列入 1984 年出书计划？在出书周期较慢的目前情况下，拙作可否得到照顾，在 84 年秋出书？（信写到此，收到香港商务寄我《徐志摩全集》五大卷。我为他们写了万字长序。海外的出书多么快啊！我们的印刷工作何时才能改进呢？一叹！）

4．今后关于稿件方面的具体交道，你工作忙，不便多打扰，常君实同志过去曾来信告诉我，香港三联的发稿事宜，都由你交他办，不知是否属实？如果这样，你正式通知我后，由我和他直接联系。否则，请你指定一位责任编辑也一样。总之我对目前的有些手续和要求都不熟悉，已成了一个十足的外行。而《忆鲁迅》那本书是王仰晨同志来沪后委托上海印刷厂付排，近在一地，事情就进行得顺利方便了。

5．拙作在你处出版，是否列入那套包括《晦庵书话》《书海夜航》的丛书中？版面字数是否也一样？封面设计由我找人搞，还是由你社统一处理？港版封面如何？

以上啰啰唆唆写了五项，请便中赐复。你如不去桂林，希望我从桂林回来，能看到你的复信，谢谢你的关怀与协助。即颂

编安

赵家璧

83.11.10

范用同志：

从桂林返沪后，一直想写封信给你，但一直忙着把《编辑忆旧》编起来，争取做到一切“清、全、定”。因为又补写了两篇文章，加上后记，共文字29篇（后记在外），计257000字；照片50幅。忙了一阵，今天上午已挂号付邮。现在写这封信给你，第一要向你表示感谢，是你最早盛情约我；这次在桂林，又当面谈了许多具体问题。我在三中全会精神鼓舞下，近三年里，能写出这许多回忆史料，实在出于我自己意料之外，我今天坐下来写信，心情特别高兴。在编辑出版工作上，你是我真正的同志！今后，如果身体健康，我还可以再写一本，那么，我离开这个世界的时候，我就会感到没有虚度此生了。

关于文稿的编排制版等要求，以及香港版需要的插图等，已

另纸说明，现在提几点要求：

1．据说，现在人文与新华厂订有合约，可把印刷出书周期缩短到120天，希望拙作能在今年秋季出版，不知有望否？

2．香港版希望你像给我当面约定的那样，代为复印一全份早日寄去。文字内容如能保持原貌最好。你寄出后，请通知我，并希望指定一位港店负责这一工作的先生，由我和他直接联系。

3．你收到拙稿后，希望翻阅一下，特别是后记和《费正清的一封来信》，请你提些意见，图片我不想另编几页放在书前，而分别插入有关篇章，你看这样是否好？如果这样编排，将来选用正文用纸时，盼加以照顾，用优质的新闻纸，并盼委托一位负责编辑与我直接联系，今后可不再麻烦你了。

稿到后，盼赐我一信，免我悬念。顺颂

编安

赵家璧

84.1.14

范用同志：

来信收到，谢谢你对拙作的关怀和照顾，在一般出版周期还是牛步化的今天，能在国庆前后出书，这确实是一个奇迹。

香港版原稿复印件，从来信中看，已由你处直接寄去，不知内容照旧，还是删去了几篇？港方迄未来信，我不知应当写信给哪位同志联系？为港版备用的几页插图，不知适用否？此事还希望你费神做一次引路人。等候回音。

郭振华同志在阳朔初交，我看他是一位后起之秀。蒙你同意请他为拙作装帧设计，非常感谢。他曾来信要我为扉页写一幅手稿，一并附上。责任编辑周健强同志也已来信，要我补寄里封题签，也附寄给你，请转交。我的字，写得实在蹩脚，切勿用作封面；谊在知交，当能体谅。

从五十幅照片中抽出一部分印在书前，用高级纸印，效果肯定较好，编排内容也好，就是第八面用《拜拜诺娃》木刻画，似乎与全书内容不甚贴切，意义不大。可否改用郑振铎编《中国版画史》的全页广告？请斟酌。因有些图片，《忆鲁迅》中已用作插页，用多了，也怕给读者以“炒冷饭”的印象，不知尊意如何？

来信没有提及你和编辑部同志对我那三十篇文章的意见，是否需要有什么删改？《后记》可用否？郭振华同志来信要我按你“选定用的‘序言’写”，他大概是指那篇“后记”吧。我很想听听你们的评语，因为这本书，你们是第一批读者，有疏漏缺点，还来得及改。

美国费正清的一封来信，我把它作为附录已编入文集。此信与亦代兄有关，我寄去了一份复本。他复信说，费信中有两节，他认为不要删去。给他一提，我也同意，所以补上两段文字，附在此信内，请交周健强同志，另一份请转寄香港。

此书虽作急件处理，将来最后清样会让我看一下的吧！保证加速退，不大改！封面设计希寄我一阅。

最后，你提麦绥莱勒作木刻连环图画故事，《良友》出版四种，《晨光》印过白报纸本（一千册），解放后，我在上海人美时，又把《一个人的受难》和《我的忏悔》各印白报纸本四千册。这次上海人美印了《城市》，我认为很好。但正碰上“清污”风，画册内容，确有几幅较露，我也劝他们暂缓大量发行，现在情况不明。你如有兴趣，出它一大套十数种，我举双手赞同。

今后有关拙作的具体事务，就由我与周健强和郭振华两位联系，不再来打扰你这位忙人了，好吗？

我读了韩素音的第一册自传小说，第二册《伤残的树》尚有存书否？上海市上无货，能赠我一册否？谢谢。即颂

编安

赵家璧

84.2.27

郭振华、周健强两同志均此，不另。

范用同志：

昨晚发出一信，今晨蔡元培先生的后辈蔡建国同志送来当年蔡先生为《中国新文学大系》所著总序的原稿手迹复印件两片，我也是最近得知，今天第一次见到（当时为样本写过一段总序节要手迹，我已寄上照片，这是总序正文的题签和第一页手稿，当时交我付排的是别人誊写的），赶紧寄奉。可放在前面八页插图中，抽去另一份手迹，或者放在第八面，替代《拜拜诺娃》也可。

昨发信，过重欠资，今天一并寄京。即颂

编安

赵家璧

84.2.27 晨

范用同志：

昨天刚把封面设计的画样投邮，今晚又收到八页插图的贴样。你亲自为我选稿画样，无任感谢。我完全同意这个贴样。最后一幅换个说明就好了，我相信全书的文字插图，你们一定为我做了巧安排；我等着一二个月后，给我看一次末校或二校清样，希望国庆节正能出书，那真可称为奇迹了。

萧滋先生将于月内到京，那是太好了，我也希望港版能如京版一样地顺利。如蒙采纳，我在阳朔向你谈过的事，不知能照顾办到否？

附寄来的一份内刊，见到你用红笔画线的几句话，既感又愧，同志们对我的鼓励，我只有把未写的回忆史料早日完成，以表谢意。

上海《书林》已同意把《费信》一稿退回，请释念，即颂

编安

赵家璧

84.3.17

范用同志：

前信谅已收到，王璧如老先生落实政策事，董秀玉同志离沪前留给我的信迟了，近周才由出版社转来。我向吉少甫同志了解过，出版局曾派人去联系过，秀玉同志告我，已约他的女儿来看我，迄今没有消息，如果见面，我当尽力而为；虽然住房问题目前是最困难的。

王仿子同志要我五月二十日前去兰州，参加美术装帧进修班的结业会，然后同去敦煌一行；回途我可能在西安留几天（听说郭振华同志也去兰州）。因此，翻阅你寄我的合同规定日期，我很担心给作者看的唯一一次初校样，我是否可在离沪前数天收到？否则我要到六月初才能返沪，来不及了。我已有信问过周健强同志，迄未得复，只好再来打扰您。听说萧滋同志已由京返港，我的港版出书时间，已否确定？甚念！

上海纪念邹韬奋先生的大会，将由上海市政协主办，五月五日举行。北京的纪念活动大约要秋天才能开始吧。王仿子同志五

月四日将来上海，你是否也有来沪参加的可能呢？

久未得你们的来信，很想知道拙著排校的进程。盼复，即颂

编安

赵家璧

84.4.30

范用同志：

最近受中国版协委托，去杭州参加浙江版协的成立大会，乘便在西子湖畔休息游览了几天，回来才看到你的信。

《为书籍的一生》值得我国同行学习参考。初版本印数极少，我是深受此书的影响，才开始了写《编辑忆旧》这类文章的。你把它重印一万册，说明我你所见略同。插图印刷质量不差，但封面的黑墨色比较粗糙，因此想到你替我设计的《忆旧》封面，封面封底也是全黑色底版，希望将来在用纸用墨上，从中吸取经验，提高一步！《为书籍的一生》所用封面纸质量似乎不及《西谛书话》，此事拜托了！

《忆旧》改送二校给作者校也好，按我记在案头日历上的进程日期（我抄下的），六月十日是送二校期，不知我何日才能收到？除文字外，我也希望书内的几十幅插图能在二校样上同时看到。这半年，我为亡友郑伯奇编文集，看了百万字原作，编成《郑伯奇文集》三卷。为此事，纠缠了三四年之久。最后我自愿为亡友完成此事，现已杀青。出版此书的陕西人民出版社有意约我于月内去西安一行，所以我希望日内能收到二校。

有一件事我不敢向你提，记得前年上海庆祝三联书店纪念会时，你和萧滋同志都来了，我托你向香港三联联系出版一个香港版，列入他们那个已出了许多种的《回忆与随想文集》。蒙你答

应，后来你曾来信告我，萧滋先生已从港复信给你，同意这件事，因此在阳朔期间，你就要我不必编两部原稿，由我编一份寄北京，由你们复印全份寄去。以后，你们告诉我，早把复印本寄往香港，前一阵你来信中还说萧滋先生将返京，见面当询问，这些都说明你对我的关怀照顾，但萧滋先生已在香港主持“上海书展”。不知拙作是否有可能列入他们的文集出一个香港版？如嫌文字较多，可由港方重新选一本。我很喜欢香港的本子，纸张、印刷、开本都逗人喜爱。现在国内版国庆节前定可问世，请你便中再去信催促港方，因为稿子早在那里了。

王璧如老先生落实住房问题，我也向市政协常务秘书长范征夫当面谈了。又与马飞海同志交换过意见，他也向老范反映了，据王惟华女士前星期来电话，说闸北区政府已有信给王老先生（这是第一次），说他的申请已转闸北区房管局处理。这是一个重大的发展！但还需要各方努力，马飞海同志前天在电话中说，他将设法向闸北区负责同志口头再打个招呼。我昨天见到范征夫同志，告以区政府已表态支持，希望市政协再促进一下，他答应了。困难的是区一级领导班子，老干部都后退了。马飞海对此事非常热心，我当从旁催向，虽然上海房源确是十分紧张的。

我未去兰州，是马飞海同志去了。我曾有信给郭振华同志，问他兰州开会情况。如见到小郭，代我问好。

周健强同志五月廿八日来信收到，她问我《忆旧》出书后寄书办法事，我要求全部寄沪，因赠书都要作者签署的。我不另写信，请便中转告，费神，谢谢。即颂

编安

赵家璧

84.6.10

范用同志：

昨得大函，附专家译文，你的紧抓时间的高效率工作作风，值得钦佩。环顾四方，今天在岗位上的出版系统领导层中，实不多见。但就是这样的一位值得称为出版家的领导同志，听说一段时间，日子不好过，所以要出好书，快出书，好好出书，还得有人做出榜样来。你这几年的成绩，内行人是有目共睹的。我早已退居三线，但愿意和你携手共勉，为新中国的出版事业继续做出贡献。

要向你表示感谢的事，实在不胜枚举。如果我这本书受到什么好评的话，先得归功于你这位出版家，同时又是真正的责任编辑。上海市上犹未露面，先睹为快的上海朋友，一见外形，就同声赞好。我仅希望初版本能早日售罄，再版时，订些精装的。关于封面布的事，丁景唐同志说已直接去信答复你了，关于王璧如老先生房屋事，我当找马飞海同志一谈，看是否还能促进一下。这样一位有功于地下党的老朋友，实在应当另眼相看的，代向董秀玉同志问好。即颂

编安

赵家璧

84.10.18

范用同志：

香港之行，收获一定很大吧！我有三件事想和你笔谈：

《编辑忆旧》最初交稿后，蒙你答应介绍给港店同时出一港版，我还曾另编了些图片给香港，你这次去香港面谈后，不知结果如何？我曾建议可以抽去一些，另加些新的文章，港方之意怎样？

这部回忆录出版后，各方反映尚好，上海各报刊已先后发表了几篇评论介绍文章，《人民日报》袁鹰、姜德明两同志同意组织一篇短评。老袁在沪晤面时，曾主动提出请兄执笔，我曾向你转达；你去港前，老姜来信支持此议，我也认为由你写一二千字最为合适。你对此书的优缺点最为了解，作为同行，希望你能抽出时间说几句。

董秀玉同志答应在《读书》上组织一篇评论，不知是否已落实？我答应为《读书》写的一篇访日收获，尚缺一篇资料，日方已提供了许多线索，冰心同志也已给我复信，争取年内能交稿。

上海《出版史料》收到我的老同事汪仑同志写的一篇有关读书出版社的回忆文章，今天先送你一阅，请你提些意见，因为你对这个出版社的经过是最为熟悉、最有发言权的，阅后请即掷还，以便下期发排。

《忆旧》上海市上早已售罄，不知北京还有存书否？希便中赐复，即颂

编安

赵家璧

84.12.12

秀玉同志*：

今天旧历除夕前一日，家人正忙着做糖糕过春节，我在此写信向你拜个年。祝你春节愉快，一年如意！

有三件好事告诉你：

1. 十四日得罗竹风同志来信，同意了我的请求，信中说：“我想充分利用春节的三天假期，把《编辑忆旧》的读后感写成比较有系统的文章，寄到《读书》杂志去。《读书》出版以

来，多蒙编辑同志偏爱，每期都及时寄来；但我一篇文章也没有写，深感愧对！就从《编辑忆旧》作为开端，偿还这笔'文债'。”这是意外的收获！我和你在去年衡山饭店宴席上就曾这样打算过，但罗老是个大忙人，这次居然答应，你会和我一样高兴的！把这个信息先泄给你，请先做安排。如春节后几天尚未收到，可去信催催。前信你说将组织舒芜等老同志写书评，如已约定，可否与姜德明同志联系，代替原约范用同志的那篇，改交《人民日报》发表？如尚未定局，请即复示，由我再与老姜通信，盼复！

2. 今日得杜渐先生自港来信，他将为三联书店编一套“读者良友文库”，约我写一本。据说，“回忆与随想文丛”原来萧经理已同意范用同志的建议，把拙作收入，现因老的丛刊停办，文稿转给杜渐。他正在感到《忆旧》篇幅大，京版已出半年，港地早已出售，而新文库规定字数仅 15 万。我因范用同志对港版事久无信来，自港返京，身体欠佳，不敢再去打扰他。前星期吉少甫同志自京返沪，我把此事求教于他，他同意我直接去信香港问问。我向三联提出，最近又有一批新写的文章，可自《忆旧》中抽出几篇，另编一本，取一新名。杜渐先生表示同意。所以这件事就这样顺利解决了。此后我将与他直接联系，请转告范用同志；感谢他为我做了这个大媒。

3. 我为日本讲谈社的一个刊物《本——读书人的杂志》写的一篇《怀念仓石武四郎》(根据他们提出二千字的要求)，请杜宣同志审阅后，于本月二日航寄东京日中文化交流协会佐藤祥子，请她转交讲谈社。九日即得复信，说稿已收到，讲谈社会长服部敏幸“非常高兴，非常感谢！”。寄日本的那篇就是根据寄《读书》那篇浓缩的，题目相同。我寄给你们的那篇，不知可以录用否？如尚可，请早日发排。

三件事说完了，还有一件小事，我挂号寄老范的一篇别人写的有关读书生活出版社的出版史料，是仅有的一篇原稿，作者在安徽，也是左联老同志，请老范抽空找出寄回，切勿丢了。他健康情况如何？请代问好，并向他祝贺春节好！他寄我的黄永玉牛年贺年片，我放在玻璃台板下，同时还有一幅我们三人合影，所以我和你们两位是朝夕相见的。亦代久无信来，代问好。

家璧

85.2.18

* 此为赵家璧写给董秀玉的信。——编注

范用同志：

春节将临，先在信上向您拜个年！

我再过一年，将是八旬老翁，因此对计划中写的回忆史料颇有紧迫感，胡愈老的逝世，我感慨更深，为《新民晚报》写了一篇悼念文章，其中也谈到三联原计划出愈老回忆录事，现在附寄剪报一份，请批评指教。

从周健强同志来信中知道您即将离休，我甚感惊异。以你的年龄和健康情况而论，还好（能）为我国出版事业做出更大贡献。我最近向你托购的二三十种三联新书，每种书都渗透了你的心血。从作者阵营到各书内容到封面装帧，本本是我欣赏的，也都具有三联特色的（这三批书发票至今未来，请代催问，以便汇款）。我听到你要离休，心头真不是滋味！近十年做出了如许成绩，年龄并未十分衰老，就要下令退出第一线，我作为一个党外出版工作者，总感到这样一刀切，对党对人民都不利。上海几个出版社强调年轻化的一阵风吹过之后，有不少人发现实际效果并不十分符合理想，上海另设三联之说，近来听说有新发展，你是否能来上海当三联一把手呢？我热切地盼望着！上海三联你来带头，我全心拥护。

我在京时和你谈起的那本杜渐先生向我约稿、编入“读者良友文库”的又一本回忆录，书名《书比人长寿》，上月萧滋先生自港来沪，我已通过刘培康同志托萧带往香港，昨得杜渐先生来信，稿已收到，文26篇约16万字，附图66幅，据告，二月份可发排。此书得以在港出版，先要向你感谢，此外去年下半年，我又写成《老舍与我》五万字，《追怀〈良友〉创办人伍联德》二万字，今年计划再写关于茅盾、阿英、谢冰莹、靳以等作家回忆，很想能再编一部《编辑忆旧续集》，先送请你这位老友指教。但听说你要离休，我的心又冷下来了。

中国版协大会，李志国来信说二月底三月初开；不知能否如期举行？如能来京，当再面谈。

毕青同志告我夏衍回忆录仅印五千册，早已售罄，不知可靠否？上海《文学报》最近发表一篇访问记，一并附上，请指正。

即颂

春节愉快

赵家璧

86.2.1

小丁同志*：

《良友画报》二十八卷已开工影印。内有早期大作四大幅，复印寄奉，聊作纪念（仅印900套）。

北京三联近况如何？范老板是否已离休不管事？我个人认为

近几年来，出版工作上贡献最大的没有别人能超过他，我的回忆录续集也不知去找谁谈。出版工作已走入了死胡同矣！即颂
著安

家璧

86.11.13

* 此为赵家璧写给丁聪的信。——编注

范用同志：

听说北京三联内部有些变动，《人民日报》上也有文章说到三联处境困难，仍在夹缝中求生存；还据友人告诉我，你虽离休，但还是管一些事。像三联这样出好书的单位都在叫苦；像你这样一位真正爱书的出版家，年富力强，还在大有可为之年也被一刀切下，我这个党外人士实在想不通！

"四人帮"被粉碎后，我开始写些有关编辑出版的史料文章，是您第一个把它看上了眼，虽从未相识，就辗转托沪友约稿。我过去是一直约人写稿的编辑，现在换了个位置，也有人来约稿，真是受宠若惊，就在你的鼓励下，我开始大胆地写。以后，人文要我先编一本有关鲁迅的书给他们编入一套丛书，以资纪念鲁迅诞辰一百周年，又蒙您同意，这样才于1981年出了我的第一本回忆录——《编辑生涯忆鲁迅》。

关于《编辑忆旧》，更是你一手把它促成的。印得既快又好，并且正好赶在我赴日访问的前夕出书，得到彼邦书业同行对该书印制质量的一致好评！这本书在社会上受到好评，这和你对我的大力鼓励和协助是分不开的。上海举行三联纪念时，你又把我介绍给萧滋，准备照样出个香港版，以后这件事就拖了下来，我还

记得你曾向我几次问起这件事。

85年初，我大胆地去信萧滋先生。2月15日得杜渐自港来信，信中说："您给萧滋先生的信，今天转到我的手中，立即复信给你……去年年底范用兄曾同萧滋经理谈过，希望三联为《编辑忆旧》出港版，当时我没有参加这次会，据张志和兄告诉我，萧经理是答应了范用兄的。今年我们出版社有某些变化，原来文学组负责的'回忆与随想文丛'暂停出版，所以先生的书交给我处理。我在三联主编《读者良友》月刊，今年计划出版一套'读者良友文库'，所以就把先生的书交我放在'文库'中出版。"

他接着告诉我"文库"三十二开本，每本十五万字，这是整套书的规格；而《编辑忆旧》国内版，已在港推售。他从我的信中知道还在写一批关于老舍和"晨光"版书的回忆，因此，他说：

"我就有一个想法，不如先生把这批新稿，再加上从《编辑忆旧》中选出一些有关作家的文章，组成一本新书，放在'文库'中，十五万字，书名另定。"

同时，他说"此书也可以请范用兄收入'读书文丛'，只要不外销就行了，这点和范用兄及董秀玉同志都有协议的"。

此后，我就按杜渐先生的意见，另编了一本，分两类，一类名《编辑与作家》，收文20篇；一类名《国际文化交流》，收文6篇，共文26篇，16万字。其中新写和未收过文集的14篇，内有4篇是在香港报刊发表的。从《编辑忆旧》中选入的仅4篇。另外8篇是《忆鲁迅》出书后，发现了新材料而重新改写的。插图照片40幅，书名取《书比人长寿》，全稿托人带往香港。杜渐先生1986年4月30日来信告我，早已发排，但迄今未见清样来。屡次去信催促，迄无复音，看来列入这套文库的书，一本也未出。董鼎山、唐弢、萧乾的书目，杜渐早已告诉我，但每期收到的港版《读者良友》上，也一字没提过，可能海外三联也碰到“出书难”的问题了，但我对香港三联是信得过的。特别是杜渐先生的为人，我虽未和他见过面，但从他一封文字写得端端正正的热情诚恳的信，我认为他是我们的同道，具有共同的理想的严肃的出版工作者。

我上面啰啰嗦嗦地写了这么多废话，浪费了你宝贵的时间，我究竟要向你说什么呢？昨天刚寄出了山西替我出的一本杂文集，内托你分送秀玉、昌文、文葆、丁聪、健强、振华各一册外，又赠你由我介绍交山西出的柯灵、君匋新著各一册，尚有罗竹风的《杂家与编辑》即可出版，再行补奉。希望如有可能，在《读书》新书目内宣传一下。同时也表示对你前月赠我两本“骆驼”丛书的感谢！

我今年已近八十，《编辑忆旧》还想在去见上帝以前，再出一本续集。今年我又写了十余万字；明年，还想写茅盾、阿英、章靳以、谢冰莹、凌叔华、沈从文、张天翼等。现在碰到一个难题，杜渐先生在决定出版《书比人长寿》后，附来了两张出版合约（这类合约过去都有，现在国内已不行这一套），其中有一条：

“乙方不得将本书之全部或部分用于妨害甲方应有权益之行为。”

这一条按例是完全必要的。但港版书究竟有所不同，我去信杜渐先生，我无意把《书比人长寿》原封不动地给北京三联再出一本内地版；但其中有十多篇写巴金、叶圣老、郁达夫等老作家的，我一定要收入续集中。杜渐先生也深知我这个老人的心情，所以他于 1986 年 4 月 30 日来信说：

“上次你信中说合同的事，你看哪条不合你就删改。补充签了字请寄回，反正内地版由北京三联范公出，是绝对没有问题的，你可以把合同条文改一改，反正这是三联的‘公式’。”

但是我未征求北京三联同意接受我的续集出版之前，我不能自说自话地在合同上写上什么字，因此我写了这封长信，就是希望继续得到你们的支持。

值此“出书难”“卖书难”的今天，不知你们对我那些不像样的东西，是否尚感兴趣？书名经考虑，遵照你那天对我建议的，不再用“编辑”二字，改用“文坛”二字，或类似的书名，谋取更多的读者。如蒙采纳，我还要做几个月的准备，争取今年底或明年出版。到那时，出版业也许已经回升，那就不致出亏本书了。

你近来身体情况如何？还每晚进酒否？我去年去成都，患过一次小中风，幸脑力未受影响，所以想到这件事，坦率地向你说了上述这些话，谅谊在老友，当蒙鉴谅，有便请赐我一信。

董秀玉、沈昌文同志等均此不另，即颂

编安

赵家璧

86.11.23

振华同志*：

读到你在北京万炮齐鸣的春节之夜写给我的一封热情洋溢、文思奔放、毛笔字又写得那么漂亮（我最怕拿毛笔叫我签到）的信，真使我这个快入八十的老人，受到你对我写的那几本破书的关怀鼓励，内心说不尽的感动。我你相差要半个世纪吧！但由于北京三联出版了我的《编辑忆旧》的关系，一老一少交上了朋友。至今我没有忘记《忆旧》出版过程中，你在范用同志领导下，争取当该书美术装帧的事；你、周健强和范用来信，我封封保存，一封不丢，你在一封信上，还告我范用同志拿了我的手稿给年轻编辑们讲课，当时我也很受感动。其实这仅仅说明范用同志是建国以来我所接触到的真正把出版事业当自己第二生命的出版家。最近从新出的1985年《出版年鉴》（第462页）上看到对该书过高的评价，我自己受之有愧。从这几年的出版界情况来分析，一本书能否出版，而且在用纸、装帧设计上出得好，关键还在出版社的负责同志是否真爱书、真懂行、真负责。所以这次拿到山西版的杂文集，比较之下，相去天壤，因此我更加怀念三联，怀念已离休的“范老板”。最近12月12日，得到过周健强同志来信，信末问我最近在写些什么文章，有适合给三联的书稿否时，我也不便直接如实地答复她、询问她。因为我知道老范情绪不佳，又生了一场病。但上海老三联的朋友，告诉我，他虽退居二线，还参加一些出主意的高级会议。我想你虽在人民，对三联近况比较熟悉，对我也比较了解。《编辑忆旧》是84年所出，最近三年我又写了近廿余篇。记得当年，范用、董秀玉同志等，鼓励我再写下去，隔几年，续出一册（书名可改一个比较使读者面广一些的），但时代不同了，三联出书重点有所改变，而目前发行还在低潮，我这类史料性书，肯定是赔钱货。我却有一个信念，如果要出续篇，第一个先要请教三联。好在我计划中要写的几篇，也得一二年后才能完成，那时书销情况会有所好转的。我是生来性急，所以很想听听三联新领导班子的意见，也可使我在最后的晚年，安安静静、平平稳稳、按部就班地编写出最后一本文集，也算把自己当了六十年的编辑生涯，完成一个历史的总结。因为你是三联外人，又是我的一位知心的青年朋友，在这封复信上，说了一番心里话。你暂勿和三联领导谈，但可同周健强同志私下商量一下，看看是否可行。健强的信不另复了，她托姚锡佩带来的贺年片收到，谢谢。你要我写一篇关于书籍装帧（的）文章，我不会写，但《回顾与展望》中有一篇有关旧作可

供你选用，该文剪报是范用替我保存了二十年给我的，他真是一位有心人，是我的同道人。如何请赐我一信，拜托了！最后祝

工作顺利，身体健康。

赵家璧

87.2.10

此信附复印件请送周健强同志，她是该书责任编辑，一定会感兴趣的。又及

前信写完后，我还想向你提一件事。因上海文艺、人民文学及湖南、山西等都曾约我写稿，但我第一个想到的是先听听北京三联的。原因除上面已说的那种深厚的感情外，还有一个具体因素，前年北京出《忆旧》时，范用同志曾向香港三联萧滋先生介绍，可同时出一香港版，以后香港出版计划有变动，那套小开本回忆随想丛书停刊了。85 年 2 月 12 日《读者良友》编辑杜渐先生来信说，香港三联将另出一套“读者良友文库”，直排加插图，每册十五万字，约我另编一本新的回忆录给他，除新作外，可从《忆旧》中选一些有关作家的旧稿。我就按他的要求，从《忆旧》中仅选四篇，其他十四篇是新写的，另外补充增订的八篇，共廿六篇，加插图六十四幅，书名《书比人长寿》。86 年 1 月 24 日杜渐复信“来稿很精彩，我不会作什么改动，一切依你编排”。86 年 4 月 30 日复信说“书已发排，希望能早时排出来”。迄今半年多，尚未见清样。但这套文库目录，据杜渐告我有董鼎山、唐弢、萧乾等近十种，至今一种也未见出版，现在出版周期长，香港也患了同样的毛病，这倒也无所谓，但香港寄来两份合同，第一条就说，不能把文稿转交第三者编集出内地版（北京三联除外）。所以我要把其中的新稿与此外几年来写的新稿，合编第二

本续集，非北京三联出不可，这样我就非常被动了。所以我急于要听听北京三联的意见，如认为一二年内或二三年内可以接受，我相信我的健康情况还可等得及。否则，我就得另想别法，与香港三联谈清楚。这些思想，近来困扰着我，令我夜不安眠，但又不便向老范谈，请你和周健强同志商量一下，看有何两全之法？然后由我正式向北京领导写信。

* 此为赵家璧写给郭振华的信。——编注

范用同志：

我于四月去京参加韬奋奖评委会，乘便去看望你，蒙你热情招待，并同意我的请求，把我续写的《编辑忆旧》文章编集后，仍由贵店出版，无任感谢。

返沪后，就把港三联寄我的两份合同，在版权条目下加了“北京三联除外”六个字，寄给杜渐先生，不久港方表示同意，盖章后把其中一份退我保留。这样，你就帮助我解决了港版的版权问题，非常感激。我的第一部回忆录完全是在你亲自鼓励关怀下，赶在我赴日访问前夕出书，日本方面接受该书作为我馈赠的礼物时，对该书装帧、印刷、用纸、装订质量，大为赞赏，因为接待我们的都是日本第一流的出版家。当我受到表扬时，我第一个想到的就是您。1985 年，《出版年鉴》上对该书的好评，我也认为一半是你这位出版家的大功！所以我这次参加评选韬奋出版奖时，我的内心独白是：“应当仅奖一人，那就是范用！”但我国的发奖都是平均主义一套，实在没啥意义。

关于续集的具体问题，我于见你次日在三联会客室和董秀玉详细地谈妥了。返沪后，我又去信老董，并把沈昌文同志要的美国费正清博士有关“美国文学”丛书的复信复印一份给他。我在京时曾去看望老友冯亦代两次，我和他听到三联修订重印全套“美国文学”丛书，极为兴奋。考虑到当时在抗战时期末期，译者无闲对译作多加研究修饰，译文质量势不甚高，现由中年学者加以校订，我看对加强中美文化交流是有意义的！

今后关于续集的具体问题，我将与老董直接联系，封面装帧她已来信同意我在上海找陶雪华女士负责。但我还未和陶谈过，陶和郭振华同志很熟，我已函恳振华了。此外，七月六日至十二日第三届出版研究年会将于贵阳举行，我将由我女儿陪同去参加。振华来信说，他也将去宣读论文。不知这次你是否也去参加？回忆二届年会在桂林阳朔召开时，你我朝夕相见，接触频繁。很希望这次也能在贵阳见到你。我身体尚健，现在就想争取多写几篇，明年早日交卷，你近来身体如何？希多保重！祝好

赵家壁

87.6.22

那本厚厚的《巴金书简》，对巴金研究者是一份非常难得的珍贵史料，其中几十年经历，我是非常熟悉的。最近我在写一篇纪念靳以的史料文章，此书对我也有帮助。又及

小丁同志*：

今天翻查旧信，忽然发现你86年11月25日复我的大函，重读了一遍，倒引起我的怀念老友之情，时间真快，已近一年前的事了。出版周期越来越长，但无论如何，太阳下去了一定又会上来，书虽然出得慢吞吞，但结果总是要印出来的！例如你的《古趣百图》，好像已由北京三联出版，如有多余，希赠我一册，以资纪念。

另外告诉你，我计划中的《编辑忆旧续集》已于今年4月间去北京参加中国版协的韬奋出版奖评审委员会会议时（与范用讨论过了），范用同志约我去他家便餐，伴同进餐的还有沈昌文、董秀玉等。我希望我的第二本编辑回忆录仍交北京三联出，因为我认为，在全国范围内，北京三联是唯一的严肃的、高水平的出版社，特别对范用同志的工作作风和工作态度，我是无限钦佩而怀有深厚感情的，我以能印上三联标记在我的版权页上，是我个人的莫大光荣。那天一席谈，我去年请你“吹吹风”的一本书，终于得到了圆满的结果，这是值得向你这位老友、三联成员汇报的。只是对书名，范用建议把续集作副题，另用一个比较吸引读者的书名。我拟用“文坛故旧录”作书名加一副题。封面设计拟请上海陶雪华女士协助搞，范、董两位均表同意，因续集内容写到的有鲁迅、茅盾、老舍、巴金、叶圣陶、郁达夫、阿英、章靳以等，所以封面上，我拟以这许多老作家的各种画像剪影速写等拼成一个封面画，这是我这外行人的初步设想，请教你这位人像速写权威人士，盼赐教！上海书店影印旧《良友画报》，二十八卷中已印出五卷，预计明年印齐。上海书店胆小仅印九百套，现在台湾书业可进口这套画报，都要订购，拿去台湾公开出售，这就出现了求过于供的现象，我看可有二三千套的前途。我的续集约明年上半年交稿，约三十万字，希望明年冬能出版，亦代兄常有信来，据说董秀玉患病，如见到，请代问好。顺颂

秋安

赵家璧

87.10.29

* 此为赵家璧写给丁聪的信。——编注

范用同志：

正在想念着你（最近得亦代和小丁来信，都谈到你），你寄来了你亲手推出的巴金《随想录》（合订本），这本编排装帧都出自叶雨之手的特精豪华本，已使我感激万分；加上你在书前亲笔题写的几句话，我觉得这本书的纪念价值，远远超过作者的签名本。解放后，特别是“拨乱反正”后，我与国内出版编辑同行的接触中，找到了一位知己，我们对事业有同样的爱好，遭遇有相类似之处；我感到我在编辑工作方面可能还能尽一分余热，但“四人帮”把我从五七干校赶回老家，幸而我还能写些回忆录，又得到了你的同情和支持，生命之火，才未熄灭。而你是把北京三联培养成长为国内第一家专出好书、扬名海内外的有功之人。后继当然有人，但是否能“居上”，还得等着看。巴金是我的老友，可惜“文革”期间，因故对我发生了误会。现在出了新著，还是互相签赠，来往已经很少，这是我六十年编辑生涯中最大的遗憾。可能你还不知道这件事，你说这可能是他的封笔之作，但他对北京三联和对你这位出版家的深厚友情，我是能够体会而且非常羡慕的。我默默地祝祷他健康长寿，再为北京三联出本文集。

听说董秀玉回去已调往香港，杜渐来信说我那本由你介绍去的《书比人长寿》已签字付印，十二月内准可出书。周健强同志来信说，我的续集，你们决定仍交她担任责任编辑，我复信提了几点具体问题，迄未得复，也许有些事她还要请示你。我诚恳地感谢你同意出版我的续集，还希望你多加关心。这本书也可能是我的封笔之作，精力渐衰，材料也所存无几了。你近来健康情况如何？盼你多加保重，你比我年轻得多，还是可以量力而为的。你的字写得真好，我的字写得像个小学生，今

天算和你谈谈心，有空多多赐教。祝你
精神愉快，身体健康

赵家璧

87.12.3

范用同志：

港版《书比人长寿》已于最近出版，样书和自购的书都已陆续收到。此书插图五六十幅，用纸洁白，印刷精美，封面装帧朴素大方，我感到这些条件，我们内地一般出版社还无法做到。能在八十岁时出这样一本像纪念册般的好书，也是由你首先替我介绍给港方的。因国内邮寄易于损坏书角，所以乘（趁）我在河北涿州工作的小儿子修礼春节由沪返京之便，交他亲自面呈。书共三册，包括赠冯亦代、沈昌文的。修礼去年曾陪我去府上吃饭，以后又陪我同到三联书店与董秀玉共同商量在贵店出版续集《文坛故旧录》的具体办法等，有些事由他代我向你面谈。我在收到你签名赐赠的巴金作《随感录》精装本后，我曾写过一封信给您，未蒙赐复，不知你身体健康否？拙作听说你店领导上已委托老责编周健强负责，她已来信和我联系，但有些原则问题和重大问题，还希望你多加协助，亟盼能在今年内可以出书。在出书真难的今天，要让你们出一本明知赔本的书，我的心情也是很复杂的，此点你我相交多年，谅你一定会谅解并同情的。得闲，盼赐我一信。即颂
著安

赵家璧

88.2.25

范用同志：

我前一阵健康欠佳，我小儿子去看望你蒙你热情招待，非常

感谢。此后，我病了一阵，不得不把整理文稿工作拖下来了。其间曾去信亦代兄代我向你转告，今天才得到他的复信，他说他已和你通了电话。你们认为健康第一，文稿早已说定，迟几天交也无关系。目前出版业遭遇大难，纸张大涨价，印数萎缩，但我想还是应当按约早日交给出版社，先做好编审等准备工作。为了减低成本，港版能用大量插图的做法，今天国内不具备这种优越条件了；所以我拟在书前加印8—12页粉纸插图，正文28篇内都不用插图了，不知你认为可行否？

文字28篇，港版内抽用19篇，约十万字；另加新发表未编集的9篇，约十二万字。合共28篇，约廿二万字，我已整理完。按《编辑忆旧》规律，篇末都加一脚注，向读者交代文章发表过程，谅你可同意。另外，其中有几篇作附录，排目录时，按《忆旧》前例，缩进一格。此书有一附记，待看清样后再补奉，大约千把字。

插图部分，待日内编就后交邮局挂号寄奉。老友卢鸣谷这次经沪返京，文稿托他送奉，收到请来一复信。邮局效力近来甚差，怕有失误，故托鸣谷同志面呈。即颂

编安

赵家璧

88.5.27

向沈昌文、周健强同志问好，不另。

范用同志：

昨得老伴通知，蒙你赐长途电话来舍，告我拙稿文字部分廿八篇已由卢鸣谷同志代带到北京，并已送到你的手中，电话中嘱我放心勿念，无任铭感。我因春末夏初，即患头晕脚软，精神欠佳。六月一日到华东医院诊治，医生劝我住院检查，以便彻底治疗。所以来电时我已住院数日，为了不打扰亲友，仅说外出

去了。但对你，我必须据实奉告。经过验血、拍片、CT、心电图等检查，心脏肝肺肾部都正常，就是血凝度较高，因平时用脑过度，造成头晕等现象，现用吊丹参针、推拿、进药、休息等方法，旬日以来，已有好转，预期一月左右即可出院。此间条件在上海尚称第一流，但值此酷暑，医院生活实不易过。

出版正派书，在京沪两地都显萎缩现象。京三联仍能接受拙著，先要向您、沈昌文、董秀玉等老友致以衷心感谢。港版本出书后，我又请教丁景唐、毕青、徐承烈等从头至尾校阅一遍，改正了许多地方；又为了等《新文学史料》新刊的出书，所以未能早日如约交稿，除健康原因外，上述各点，也是要向你说明的。我生平并无什么像样的作品，《编辑忆旧》完全是在你鼓励关怀下，才获得与读者见面机会的。现在你虽退居二线，恳切希望你仍能抽空多多关怀续集的出版事宜。有一事还想听听你的个人意见。如文字部分审阅通过，关于插图部分，为了减低成本，书内不加插图（怕弄不到高级纸），仅在书前加印 8—16 页插图。这些照片我都已编好，请你给我来一信，我已放在家中，拿来医院看一遍即可补寄。但不知你认为 16 面可行否？另外，《编辑忆旧》已无库存，据上海新华发行所经理钟达轩（开明老友）说，京三联可与《文坛故旧录》（《编辑忆旧》续集）同时发出征订。他愿为此作出努力，不知你们可考虑否？至于封面设计者，你如主张找陶雪华，我可去找她。独居病院，甚感寂寞，久未得你手书，希抽空写几行给我，以慰悬念。祝你
健康、顺利

赵家璧

88.6.12

信仍寄家中。

家璧先生：

范用同志交下尊稿《文坛故旧录》，已收到，勿念。

出版业大难，此间尤甚。盖三联二年以还，自标清高，虽然声誉尚佳，经济却拮据异常。此中苦楚，先生想必了解，兹不赘言。

先生之稿，自当勉力设法问世，唯时间不能很急，极希鉴谅。此间印刷厂近于怠工状态，接短版活要用长版活搭配。而三联之书滞销，何来五十万、一百万册之长版活。偶有一较大印数，立即配以小印数的书，因此短版书往往延搁极久。凡此种种，都是出版界新事，谅必先生也是不知道的。可以忧虑的是，这种情况正在日见加剧而未见其改善也。

专此，极请

文安

沈昌文

88.6.18

范用同志：

很久不接来信了，时在念中。前天收到你寄我贺年片，还写了两句祝辞，看到你的签名，就像读到你的一封长信一样高兴。北京三联每年赠送的年卡，年年有特色，设计巧，含义深，看来都是叶雨同志精心设计的。我回赠的是市上的一般印刷品，而且时间也迟了，希望得到你的鉴谅。

《文坛故旧录》全部原稿都已交上。在您的支持关怀下，沈昌文同志早已来信表示新年后可发排；责任编辑周健强同志来信和我联系了两次，我也感到和健强同志再度合作是符合我的要求的。封面装帧已在沪与陶雪华同志谈妥，她任务虽重，还是接受了我的邀请，她答应一月内给我看初稿。我把你们这套丛书的一般要求都已根据健强来信指示的几点告诉了她，我还提出希望她能把庞薰琹先生在四十年代利用唐代砖刻设计的《晨光》标志——“鸡鸣报晓图”融合进去，衷心盼望她的设计能符合三方面的要求。

我和庞先生交谊不深，记得仅在解放前夕，为求他设计，去他家看望了一次；以后分居京沪两地，我又不懂美术，所以极少往来。昨天收到他夫人袁韵宜挂号寄赠的庞著《就是这样走过来的》遗作一部，立即择要抽读了后期的几章，那都是我过去所一无所知的。我国有特殊专长的知识分子阶层，遭遇是多么的不幸，又是多么的值得同情啊！只有像你这样一位有目光、有魄力的出版家，才愿意并敢于出版这类有生命力的读物，印数虽仅三千，但肯定将列入保留书目中，虽然不会在畅销书目中。今天的文艺社科类图书，印数简直不及三十年代，如此世道，言之痛心。

我年已八十，健康情况不及年前，医生说我用脑过度，因此时患头晕脚软，所以去年没有写过一篇长文章。北京三联今年能给我出一本续集，对我将是一种鼓励和鞭策。“拨乱反正”后十余年来能写成几部文学编辑回忆录，最重要的推动力首推吾兄，值此新年开始，祝你

身体健康，万事如意

赵家璧

89.1.8

范用同志：

来信收到多日，但作者应得的样书，到本月10日才收到一

本；虽然印刷质量正如吾兄指出远不及香港版的那一本，但值此出版界大滑坡的今天，三联印出 2500 册，我已是满心欢喜了。此书得以问世，饮水思源，还应道谢你最早的支持和帮助。我退休二十年，包括本书在内，共计五种回忆录均已先后问世，这也算是我这个八十老人的最后贡献了。你希望我若干年内再出一本的祝愿，恐怕要落空的了。

来信中对封面设计的意见，我认为充分表示了一位内行人的目光，比比《编辑忆旧》的封面设计，那就不可同日而语了。我看现在三联的印刷问题，联系到周健强同志同时赠我的《聂绀弩还活着》一书的质量而言，用纸质量大有今非昔比之感，不知兄意如何？

拙著文字内容，也请你批评指正。作者签名赠送本，待大量样书寄到后，当挂号寄奉北京府上。即颂

编安

赵家璧

91.8.13

范用同志：

承蒙赐赠姜德明同志编选的《北京乎》上下两卷，拜读之余，就知道在你设计下才出版的，且不谈内容的可读性，外容上高雅别致，也富有范用的特色。这种法国式的毛边本，市上已极少见，无怪昨天被誉为“钱封面”的书籍装帧专家钱君匋兄来舍见到，赞不绝口。我个人对解放后的出版工作，最为倾佩的首推北京三联。

我退休已二十年，读书是我唯一消磨时间的方法。而北京三

联版的出版物值得一读再读！

再一次向你致谢。顺颂

近好

赵家璧

92.10.29

范用同志：

谢谢你的来信。我为三联书店写的两本回忆录有再版的可能真是喜出望外。你对《文坛故旧录》封面新设计的意见我完全同意。只要版权页上不写她的名字就不必征求她的意见。

感谢你对我的关怀和支持。顺颂

著安

赵家璧

94.3

赵家欣

珂云同志*：

2 月 8 日信收到，事冗稽复为歉。

春节已过，补贺个年，祝你和孩子们愉快安康！

《万》*书已付印，出版后定能风行一时，为聚仁先生多留一遗泽，也是对逝者的很好纪念。

拙作《风》*书出版后，福建报刊多有评介，现寄《厦门日报》的一篇请收阅。此书印数少，很多读者买不到，纷纷建议出版社重版，但因新书积稿多，重印有困难。有的朋友说，书中人物，颇多为海外读者所熟悉的文学界、新闻界前辈，建议加进新写的几篇回忆文章，作为增订本，在香港印行。这一意见是否可行，我无把握，和香港出版界也从无联系，你熟悉港澳出版界情况，是否可行，有无接受出版的单位，望提提看法，来信告知。

你如得便，可为《福州晚报》写点短文。他们是很欢迎的。任嘉尧同志寄我的《世界经济导报》断续收到，见面时请代致谢，问好。

致

礼！

赵家欣

83.3.4

* 此为赵家欣写给曹聚仁夫人邓珂云的信。《万》指曹聚仁作品《万里行记》。《风》指《风雨故人情》。——编注

赵萝蕤

乾兄*：

来信收到，梦家的回忆我不能写，因为自1936年以后他全部精力用于考古，一天工作10—12小时，影子都看不到他。而我对考古一窍不通，无法评价。而且他在这方面的成就较大，已有了不少的评传，我写不过他们，因此，兄的善意我只好辞谢了。

关于包柏漪事我不介意，盼兄和三联也不要介意。如果说有什么不周之处，应由我负责。我原不该只承这一重任，如果有什么，也应怪我自己。但这是小事一桩，我还没这工夫来怪自己，更不会怪任何人，包括包柏漪在内。

祝双安。

萝蕤

1987.4.18

乾兄：

前承兄推荐写一有关梦家生平的书，最近和亲友多方商谈，觉得5-10万字难写，可否由我选一本“梦家诗集”（从三本诗集中选），然后附以一万字的长序，如何？这样较可胜任。请与三联商谈。如可行还要请三联帮我忙。

问候洁若。

萝蕤

1987.5.16

* 此二信为萧乾转范用。——编注

赵清阁

范用同志：

昨于出版协会上邂逅友人赵家璧同志，得悉三联纪念会时您曾来沪主持，惜乎未蒙惠邀，失去见面机会，不胜遗憾，估计您或已返京。特报此函，可否将贵店书目惠寄一份，以资有所了解，我与三联也算有过合作之谊，故甚关注也！

拙作《沧海泛忆》不知明年第一季度能否问世？耀明同志曾告以国内版本可能交花城出，我已同意。

新年在即，专此顺颂

工作顺利！

赵清阁

十二.廿八

范用同志：

近来好！

年前承惠访约稿，议定以《沧海泛忆》中几篇有关个人回忆文章为基础，选编一自述性散文集子，辑成后已于三月卅日挂号寄上，想早达览，而迄今近半年，未见回音，不胜惦念！上海曾一度发现书店有售《沧海》港版本，但很快即告销罄，朋辈纷纷向我索赠此书，无法应答，尤其文学研究方面就只能复印。为此有感于如《母亲》集子能问世，或可弥补阙如。如何之处，亟愿获悉您的意见。

专此顺颂

文安

赵清阁

八.廿一

董秀玉同志代为致意，附笺乞转。

秀玉同志*：

大函收悉。《苍兰不凋》原已给《文汇》，后接你信，误以为《读书》需稿，因《文汇》发稿要到今年，便索回改寄了你，而忘却与“书”无关。现承愿转他刊，就给《散文》为宜，但希能在三月号刊出，以便作为纪念宋庆龄同志逝世二周年。如《散文》不需，则请早日退还，以便另有所用。渎神，感谢！“主编絮语”即当执笔，争取月底前寄上不误。

惠赠《花朵》谢谢！我也很想了解一下韩素音的经历（好像已在香港三联出版）。这类书对读者认识社会有好处。有人劝我也写传，我打算今年开始（七十自述，不亦晚乎），希望早日写完，争取活着能看到它问世。但也可能只是虚话！匆此

祝贺

新年工作顺利

赵清阁

八三.一.二

我的散文集《沧海泛忆》在港三联出版，俟寄到当送你一本。又及

* 此为赵清阁写给董秀玉的信。——编注

范用同志：

信悉。兹航挂寄上拙作《行云散记》稿一部，请收到赐复。

本来我想放在国内出算了，已函告耀明同志，既然你处有人赴港带去，较为妥便，则即仍交三联出，以免耀明怪我出尔反尔。

照片已先此寄港，不知收到否。

此集虽非孤本，编来也颇不易，几篇旧作均悉向图书馆搜索复制、抄录而得，故敝帚自珍，深恐寄送或携带有失，请贵同事千万当心为感！

匆此，顺颂

编祺

赵清阁

一．十九

范用同志：

向您拜个晚年！

记得去年此时，您和秀玉同志莅沪过我，曾关注我的住处问题，现已获解决，并已迁居，较前宽敞。下次莅沪，欢迎光临茶叙。

去岁，寄奉拙作《母亲》集，忽忽年余，未见惠书，十分惦念。如何处之？盼示一二。出版界情况略有所闻，但相信不景气的现象只是暂时的，三联出版有方，必能繁荣发展，为祖国文学事业做出新贡献。专此顺颂

春祺

赵清阁

八七．二．十四

致意董秀玉同志。

范用同志：

近来好！

作协会后返沪，匆匆两月余。春节患感冒住院多日，虽已痊可，恢复甚慢。老牛破车，为用不久矣！

离京前曾电询拙作《沧海》内地重印事，承告以编辑部拟讨论，不知下文如何？闻三联之“随想文丛”不再出版，然则我想将《沧海》中散文抽出连同新作另成一集；而记念之作，也另辑一集（书名《忆故人》）。倘三联愿出甚好，不要，我即交别处印行。盼示尊意，以便定夺。专此顺颂

春吉

赵清阁

三. 廿三

赵瑞蕻

范用兄：

久疏问候为歉！年前曾接到你寄来的贺年片及题词，我和杨苡都感到激动，非常感谢！前曾听宪益来信说起你身体稍有不适，不知近况，已康复否？甚为想念！

《雪泥集》谅仍未问世，杨苡做梦都梦到了，何处寻觅？看来只得等着了吧。此间文艺出版社所印行的一种新杂志——《东方纪事》（其中亦有巴老致杨苡的信十几封，都是多少有关“文革”的）。

我最近在我校学报（1987年第1期）上发表了一篇关于巴金《随想录》与卢梭《忏悔录》的论文，是去年11月25日写好的，正是巴老过生日的那天。现特寄上拙作抽印本两份，请你指正。在这时候，送你这么一篇东西，我感到是有点意思的。另外，我想这个题目，其中所论述的一些东西是比较新鲜的。同时，也愿意为我国中西比较文学研究的发展出点力量，因此我想来个“自荐”，希望这篇文章能收进《新华月报》里去，当然，这只是一个主观愿望而已，一切得听你们那里的负责同志审阅决定吧。

承蒙一再催促我赶快把拙作《西诗小札》弄好交卷，非常感谢！

我因工作太忙（去年夏五个研究生才毕业，接着又招了三个；再加上不少杂事，出外开会等），心里也急得很。我现在决心利用暑期把这本书最后编好、修改好，请允许我今秋交稿吧。

匆忙中写这封信，首先是向你表示歉意。潦草得很，请原谅。祝

健康！

瑞蕻

1983.1.15

杨苡附笔问候。

范用同志：

新年好！杨苡写封信给你，我顺便把新近出版的拙作《梅雨潭的新绿》一册赠送你，请你多多指正。你是内行专家，恳请你对这本小书，从内容到形式都提意见吧，先此感谢！

我准备向你所领导的出版社投稿，这就是那天晚上在宪益家时跟你提过的《西诗小札》，一边是译西方诗（英、德、法等名篇，以浪漫派为主）；一边是我自己的一些解说。大约会有15万至20万字。我还在修订、补译几首诗中（如玛拉美［Mallarme］的《牧神的下午》）。我今年3月中旬将有印度之行，待回来后再写信与你商量吧。宪益夫妇也将赴印。我大约3月初到北京，盼见面畅叙。祝

健康，愉快！

赵瑞蕻

1984年元月5日

p.s. 请你多鼓励杨苡把杨宪益传写好。我感到太需要、值得写了。

范用同志：

先后收到大札与几册好书，真高兴，非常感谢！你们的书都是印得那么耐读，那么漂亮，爱不舍手的。我和杨苡时常说今生如能有本书承你印出，实在是幸福了。

前蒙接受拙著《西诗小札》一书，一直铭感在心。我还未交稿，没想到已登出广告了，诚感惶恐。不过，这对我倒是一种最激烈的鞭策了。只是最近一个时期，我忙于写篇较长的论文——《试论卢梭的〈忏悔录〉与巴金的〈随想录〉》，是准备今年八月底到香港去参加中文大学召开的比较文学讨论会（有大陆、香港、台湾与美国四方有关的学者数十人参加）用的，所以别的东西只得暂时搁起来了。拙作《西诗小札》除已发表过的外，还要补写几篇；已发表过的也还要修改一下。不过也不多，这一本拟只选收西方诗二十首和解说，所谓"小札"是也。我考虑现在只能等我从香港回来（估计是九月中旬）后再赶着把这本小书弄好寄上求教了。但愿我身体尚佳，能尽快交稿。我平时工作很忙乱，杂事又多，最近江苏译协成立，我被选为会长，又多件事了。承多次督促鼓励，未能及时如约，殊感歉仄。

书名我想改为《金果小枝》。"金"，西方也；亦即珍贵美好之意。"金果"（Golden Fruits），从西方结实累累的诗歌树上随手摘下几只自以为香甜美丽的果子，连枝带露，以呈献给读者，共同品赏。另外，三年前我就已恳请沈从文先生写好题笺了。那时沈先生未得病，精神挺好，大笔一挥，一口气便为我写了好几张，其中一张叫"诗歌与浪漫主义"。现复印奉上，先请你看看。有这样的题笺，或可为拙作小书增添几许光彩吧。

另附济慈诗五首译文，乞教。这是这次在江苏译协成立大会上所作学术报告《诗的翻译与朗诵》所用的材料，也就是难产中的《金果小枝》一书所要选入的东西。现作为样本，请过目，这样行不行？

余再谈。再次感谢真诚的鼓舞！祝

身体好，工作顺利愉快！附杨苡信。

赵瑞蕻

1985年6月30日

范用兄：

收到信及大作散文一篇，我和杨苡都仔细地拜读了。首先应该感谢你对我们的问候和关怀。我们十分惦记你的近况，想来骨折好些了？希望静心耐心休养，不久当可康复，出门走路了。

大作太好了，我们非常欣赏。你说得太客气，相反的，你的散文是上品，很有真情实感，很有味道，决不是白开水。你在文化出版界工作多年，可以说是呕心沥血了一辈子，可写应写的人和事一定多得很。回忆往日，感慨之至，你尽可多多写下来。这种回忆录性质的文章极可贵，读者也是十分爱读的。

我实在抱歉，早应该送书给你了，杨苡还怪我呢。我接信后，就打电话给南大出版社要书，待送到后就寄上，切请勿托人买。

拙作《八十放歌》请多提意见，以便修订。

我好久没有写这样长的诗了，这可以说是我的"天鹅之歌"了。

现附上藏书票2张，并加以说明，请你和你的朋友指正。另附上我以前的研究生范东兴写的一篇散文（也就是抒情回忆文章），请看看，指正。小范现仍在巴黎攻读博士学位，勤奋得很，也很艰苦，不时打工。

宪益夫妇搬进友谊宾馆后，不方便，朋友少了，有时感到不免寂寞。不过宪益身体精神仍好，烟酒照常，偶尔仍写些“打油诗”（他谦称，其实是真诗，好诗）。他的“自传”（英文稿）由杨苡慢慢译出，第一章“儿时回忆”已发表在广东出版的《东方文化》（去年冬季号上），很受人重视。前天宪益来信，完全赞同杨苡陆续译出寄《东方文化》刊登。乃迭身体仍不大好，多种老年病。最近好些了。

余再谈。不妨碍你休息时能写写信也是件乐事，但切切不要急于回信。多多保重！

健康长寿，全家好！

杨苡附候。

瑞蕻

1995.2.22

范用兄：

好多天以前，当我接到你的信，并附来几篇大作复印件，还有要我签名的拙制“藏书票”一张后，我就想立刻写封回信。藏书票也已签好名，大作也已好好地拜读了。没想到忽然接到我校西语系主任许钧打来的电话，约我与他对谈关于《红与黑》几种中译本的问题。我同意了，第二天他和一位年轻的教师（她带来录音机）就来了，谈了一下午。过了两天，记录稿整理出来，又送来要我看一下。我又在稿子上做了些修改。后来就将初稿发表在这里的《扬子晚报》上了。而修订稿（包括许钧的补充部分）又寄到上海《文汇读书周报》去了。接着，我又忙着修改一篇旧作《西方的“红学”》，因为想寄到另外一个地方去。就这样，这些天我就忙着。对了，还有一点，必须特别告诉你，就是为了纪念陈白尘先生逝世一周年，我重读了陈老晚年的杰作《云梦断忆》，在怀念激动中，写了一篇五千多字的散文，叫作“重读《云梦断忆》”，因为纪念陈先生的集子就要编好付印了。

回信迟了，十分对不起！昨天又接到你寄还的拙作《诗歌与浪漫主义》一书，你太客气了，很感谢！我拜读了你先后寄赠（的）大作复印本（前后有九篇了），很有感受。不要用那种老套“获益匪浅”之类的话头，我可真正地接触到了一颗赤诚的心！也正由于我写了纪念陈老的文章，更加认识到这个老人与你亲密的关系，你与他的交往，他对你的关怀和帮助……昨晚，我与陈师母金玲通了次电话，谈到你，更多了解情况。她说你一直称陈老为“老师”，很感动人。又谈到陈老的《牛棚日记》，由于你大力支持，不久由三联出版了。这些真太好了！我在纪念文章里，就提到《牛棚日记》和《听梯楼随笔》，认为这两本东西，连同《云梦断忆》将在后代人的心上掀起巨浪！……

我读了你的《一封感人的来信》，才知道你是浙江永康人，那么我们是同乡了（我是温州人），我经过永康好几次。你这篇东西中抨击目前某些庸俗腐败的世风，对极了！“魔鬼归魔鬼，凯撒归凯撒”——一切就是这样，古今中外，历来如此。

再谈。附几篇复印件，算是投桃报李。其中也有一封信，是严文井兄写来的，展开了另一种境界。祝

健康，愉快！

赵瑞蕻

1995.3.25

杨苡附笔问候

我期待着拜读大作《我爱穆源》。又及

范用兄：

早该写信给你了，拖到现在，实在歉仄，请原谅。

你上次来信及寄赠大作《我爱穆源》，早已收到，十分感谢！这本书印得非常漂亮，我特别喜欢，看了两遍，其中有不少叙述和描写引起我浓厚的兴趣，比如关于童子军，因为我小时在家乡温州也当过童子军，而且还是个什么“长”。你这书使我回忆起不少童年往事。你的穆源真是个可爱的学校。

我前天在《文汇读书周报》上读到大作《猜猜看》，好极了！充满机智和幽默，再配上方成等的漫画，更有意思了。粗心的读者如不先看作者的名字，会以为你真的出了什么事了，这就是你深沉的幽默感所在。不久前，你一定在《读书周报》上看到关于《红与黑》中译本的讨论，引起了多方的重视，听说影响不小。现在译界的确存在着某些严重问题，乱译和抄译是很恶劣，不可容忍的，很想听听你的意见。我那篇《西方的“红学”》，请多批评指正。

宪益的诗集《银翘集》你一定看到了，真好，印得特别漂亮。这本书问世，有些人看了一定会感到头痛刺耳。如今讲真话，敢讲真话，也很不容易，这是巴老一再说过的。比如说，关于这次纪念抗战胜利50周年，有些说法，有些做法，我所听到的就有不少议论。正如与你大作同期发表（8月19日《读书周报》）在头版上《人类需要不断地敲响警钟》一文最后所指出的：“更有些国人……为了眼前日本人的几个钱竟不敢提以前日本人在中国犯下的滔天罪行。他认为这是一种犯罪，是一种人格和国格的丧失。”讲得多棒！一针见血！不少人看到了很有同感。我们大家都是吃过日本帝国主义、法西斯侵略暴行的多少苦的人（比如你那时在重庆，等等），记忆犹新，一辈子忘不了的。

不久奉赠拙作《诗的随想录》一册，就是以前在《香港文学》上连载过的那些短诗（每首只有八行），请批评指正。这本小书跟宪益的一本一比，寒碜多了。不过，我和宪益同时出本诗集，很有点意思。再谈。

健康长寿！我爱穆源——永远天真烂漫！

瑞蕻

1995.8.25

范用兄：

刚刚收到信，随即将附来所有的资料都一一仔细看了。实在很敬佩译者金先生——其实应称为校友，或者学长——的聪明才智、气魄和毅力；我早就知道他了，并且看过他的巨译弥尔顿《失乐园》（收在湖南出版社“诗苑译林”中），又在拙译弥尔顿《欢乐颂》与《沉思颂》的译序里提到他的大名和《失乐园》中译本一书；特别可喜可珍念的是我们都是燕卜荪先生的学生。我以前发表过的长篇怀念 Empson 先生的散文你大概早已看到了。所以说，这都是因缘。附来已故杨周翰和王佐良两位学长的信也都因此引起我回忆六十年前我们在西南联大读书时的情景来。

还有，你的的确确是一位热心真挚的朋友，千方百计帮助人，介绍出版好书，有意义有价值的著作和译品。只要看看你排除一切干扰和困难，出版了陈白尘先生的《牛棚日记》等，就使大家知道这是多么了不起的事，令人多么感动啊！现在你叫我把金先生的这部译稿推荐给这边的译林出版社，这又是一件好事，我当然愿意，也应聊尽微薄的力量。遵嘱先跟该社现任总编章祖德先生（南大外文系毕业，与我、杨苡都很熟，而且厚道热诚，能力强，办事周到）说说，明天就托我一个以前的研究生把有关材料送给他，再附我给他的一封信。正如你所说的，译林是有眼光和魄力，我相信他们会认真考虑的。接受与否当会有回音，到一定时候，我再催促一下。

我和杨苡就要到北京探亲了，她还要参加天津中西女校校友会，大约在京要住一个月左右。到京后，一定拜访你，欢聚畅叙请教。身体好吧，切切保重！匆复顺祝

健康长寿！

瑞蕻

1997.8.28

杨苡附候

请代为问候金发桑学长。附我和杨苡近作纪念吴宓先生文两篇，请指正。又及

（以下为杨苡附文）你在《钟山》上看到拙作，即我正在整理修订的一部回忆抒情散文集《烽火弦歌忆旧游》（约20多万字）中的一篇。怀念吴宓师的两篇（另一篇不久在《收获》上刊出）亦包括在内。请指正。又及

我在北京，住在宪益家里，又又及

赵修义

范用先生：

来信收到，郑勇先生也已有信告知，家父的两本回忆录已经在着手修订重印了。对于你和三联同仁的关照，我们全家都很感激。

家父生前十分珍视同三联的情谊。记得当年范先生亲自主持这两本书的出版的种种情景，家父都一一将细节告诉家人，对范先生怀有崇敬之心。此次，又承蒙先生关照、督促，家父在天之灵一定会感到十分宽慰。

家父生前，对这两本书的重印，一直十分关心。家父身后，他所在的上海文艺出版社曾提出，是否可由他们出书。我们考虑到家父生前与三联和先生的情谊，以及他的意愿，没有接受此项提议。此外，鲁迅纪念馆准备在明年家父90诞辰之际，举办一次纪念活动。届时，这两本书若能与读者见面，是一个合适的时机。因此，我见到田士章先生时，托他转达了我们的意愿，给先生添了麻烦，想必先生能理解我们的心情。即颂

大安

赵修义

11.22

郑超麟

范用同志：

我好久以前就知道中国有个范用，是出版界的宿将，只恨无缘同您联系，不意今日先得您的信，快何如之。我是做过出版工作的，有个时期曾担任中共中央的出版局主任，可以谬托同行了。

拙译《诸神复活》一书，几年前得到沈昌文同志来信，说三联打算重版。我以为是适夷同志推荐的，原来是您推荐。这是十九世纪西方文学的一部名著，可惜初版时正在抗日战争期间，销售不多。如今再版，我希望这部提倡科学反对宗教迷信的著作会在青年中更广泛流行。如此，则不仅我个人应当感谢您了。

罗先生惠赠《明报月刊》，尚未收到，可是他的大文早已有人复印给我了。我和几个朋友长久猜想这个"程雪野"究竟是什么人？从文中看出他知道我的许多事情，当是一个熟人，但文中究竟弄错一些事实，例如以楼国华为楼适夷，则又不像一个熟人。现在知道"程雪野"原来是香港记者罗先生的笔名，请代达我的谢意。《玉尹残集》出版后，我当亲笔签名奉上一本。

我当然也要亲笔签名奉上一本给您。可是，最近得朱正信，说因新华书店订数太少，书不出版了。朱正正在设法挽救，不知能否生效。

《诸神复活》出版，当是事实，不能置疑。可是，我这里毫无消息，连样书也看不到一本。五月十七日我写了一信问沈昌文同志，亦未得回答。不知为什么原故？您能就便代问一下么？

您和朱正都是中国出版界难得的人才，现在都不能展其所长。我为中国文化叹息。

此祝

健康愉快！

郑超麟

1989.6.1

范用同志：

四天前写来的信，收悉。前日，我也收到了三联寄来的一部样书，印刷、纸张、装帧，都比抗战时出的原版漂亮得多，只可惜删去了插图，不如原版。今日得信，才知道此样书，是您嘱三联寄的。

天有不测风云，书的出版也是如此。我的《回忆录》，排排停停，排好还不能开印，一直拖了五年，至一九八六年才印出来。如果再拖半年，恐怕还印不出来呢！我知道，这中有认识的和不认识的朋友从中帮助。今日得信，才知道您也是这样的朋友，您看过原稿，并经手出版此书的。

书中删去若干段落，并不可惜。那些段落是可有可无的。但是一整章“恋爱与政治”也不能不删去，则很可惜。有些读者以为删去的一章原稿保存在我手上，纷纷向我索阅。其实，我写此章并非为了记述桃色事件，而是从一个侧面来说明当时的党内斗争，不仅是由于政见不同，而且有私人生活方面的原因。如果能够找到这删去的一章的稿子，我却是愿意保存在身边的。

朱正辛辛苦苦帮我出版二本书:《玉尹残集》和《法国革命史》,不幸都流产了,我不忍再写信去问朱正。我还在为他个人的安危担心呢。

我仍希望终有一天能够在铅印的《玉尹残集》上亲笔签字送给程雪野先生教正。他送给我的一本《明报月刊》至今没有寄到,想必在邮递途中可以理解地遗失了。幸而我有他的文章的复印本。

《小说界》今年第二期的小说,早已看到了。作者我不认识。他找到了一些罕见的史料,其中事实也有错误之处,但立意是很好的。您看过今年第三期《文汇月刊》么?王若望也以回忆录形式画了一幅很好的形象。这二幅形象是苏联一九八八年大平反的产物。历史终于恢复真相。中国新文学,我所读不多,其中反映的我们的形象都不好。我读过老友的《子夜》。据说,杨沫的《青春之歌》内还画了更不好的形象。今年出现的二幅光辉的形象足以补偿而有余了。此后还能有此形象出现么?

此祝

安好!

郑超麟

1989.6.24

范用同志:

六月二十九日来信,敬悉。《明月》,原来是您忘记寄出。楼公看后会寄给我的。

经您一提,我才明确那本《回忆录》写好了搁置四十年才得出版。能够出版,出于我的意外;当初写此书,也非出于自己的意图。抗战后期,一九四四年中华书局已不收书稿了,生活没有着落，一位朋友愿意维持我半年的生活，但提出一个条件，即此半年内我必须写好回忆录。我不愿写，也只好写。我决定借我为线索，写我所经历的那个时代，写我所认识的在此时代活动的人物，而少写我自己。现在，我仍没有兴趣写自己，而时代更复杂了，活动的人物我更少认识了，即使要写也写不好。近年白内障严重，看书需用放大镜，写字像刻蜡纸，更不敢订出较大的写作计划。度过九十岁生日，并清除了白内障以后，那时如果没有更重要的东西待写，或可考虑续写问题也。

久未得朱正信，不知他近况何如。您那里有消息么？像您和朱正那样的优秀出版家竟无用武之地，深可浩叹。

顺祝

健康愉快！

郑超麟

1989.7.6

范用同志：

八月九日大札，奉悉。拙著出版，全赖朱正同志——你我二人有同感。我八月三日致朱正同志信，把他比作古代的侠客，一诺千金，答应要做的事情，无论遭遇如何困难，一定要做成功。他回信却说：他为这本书，其实费力不多。这话，也是古人“成不居功”的遗意。据他的信说，这几日他在北京出差，月底始能回湘。想你们能在北京见面也。

白内障严重，但又未成熟至能够手术摘除的程度，据说即使能够摘除，效果也不一定好。我想，若能维持现在这种靠放大镜看书的视力，就可希望生前避免一刀之苦。

拙著《回忆录》只删去一章：“恋爱与政治”。据我所知，原稿抄成简体字后，便交还公安部了，排字房是拿简体字抄本去排字的。简体字抄本可能未抄“恋爱与政治”一章，但在决定出版以前曾油印少数几本发给研究党史的人作参考，定名为《郑超麟一九四五年回忆录》，党史文章中常有人征引此油印本。我想，此油印本决不会删去此章。此外，我的回忆录的责任编辑名蒋曙晨，你想必认识；他可能知道删去的那一章原稿的下落。

此致

敬礼！

郑超麟

1989.8.14

范用先生：

三月二十七日惠书，敬悉，你也看到拙作《回忆录》未发表的一章了，此章本写一个严肃的主题，可惜落入不严肃的香港出版界手中，被当作“桃色文章”来处理，加上一些小标题，见之令人不快，失去了当初写此章的用意。

我自然希望大陆能重印拙作，补入此章，而且根据原稿，删去港刊的小标题，使之恢复严肃的面目。可是在这个“乍暖还寒”的气候下，是无法实现此希望的。

先生是屈指可数的出版界高才，心仪已久。可是在此气候下，即使先生尚未退休，谅也无能为力。

我近来多病，双目又近于失明，无力续写《回忆录》，不过偶尔口述片段旧事，请人笔录而已。祝

春安！

郑超麟

1991.4.3

范用同志：

昨日下午收到你本月六日从北京寄来的信。京沪两地，为什么需要八日邮程呢？故我今日先简单回答你一信，说明收到你的信，并告诉你；我正在备办你信所需各物，备齐后立即寄到你家中。

准备寄给你的有如下各件：

（一）《再版后记》（尚未动笔）。

（二）补入的一章的底稿。——按我知道，出版社藏有此章的复印件，不需要另外供应底稿。请你打电话问问看。如有原稿的复印件，最好。香港发表文章系根据五年后的抄本，恐字句有出入。

（三）封面上的毛笔字书名。——我自己的汉字写得太不好。幸而《回忆录》德文本封面上有汉字，我准备复印下来寄给你。同时，你也可以请楼公用毛笔字写这个书名。

此外，我去年写了一篇《九十自述》，今附此信内寄给你看看，是否可以附在此次重版的《回忆录》内？

以上是回答你本月六日来信的。

你本月一日有一信写给小芳，小芳也交给我了，要我自己回答你，我这几日正在备办你信上所需要的照片、目录等等，以致稽迟了回答，今答复如下：

[1] 目录已抄好，可以寄上，我估计全书出版不容易，故不寄原稿给你。

[2] 照片，在德文版中用的，共五张照片，我都准备好了，其中有一张太大不便邮寄，当另外设法。今寄照片目录的说明给你，你此次来信未提照片事，大概重版的《回忆录》不需要照片吧。我还是要将那五张照片寄给你的。第二号照片太大不好邮寄，革命博物馆中你如有熟人，可以向他讨一张（少年共产党一九二三年二月大会的全体照），我的《记尹宽》一书也附有此

照片。此书，人民出版社有二份原稿，一份是我交给张子敏的，一份是朱正交给张子敏的（湖南人民出版［社］本想出版此书，后因知道人民出版社要出，就将原稿给张子敏了）。

说到朱正，他此时正在北京，希望你能同他见面。我的《玉尹残集》早已售完，那里不会再印。你有办法从那里拿出来，去别的出版社重印否？我还可以补入最近几年所作的诗词。

你看，我给你添加多少麻烦！

此颂

健康！

郑超麟

1991.12.15

范用同志：

三日前，十五日，曾上一信，谅早收到。你需要各件，今日备齐，兹挂号寄上。计有如下诸件：

（一）封面上的书名。——字太大，但出版社有办法缩小。可以直排，也可以横排。

（二）《重印后记》。

（三）删去的一章的复印稿。——这不是原稿（我没有原稿），是根据香港所藏副本用铅字打印的。我知道出版社藏有正本的原稿，肯定有的，应当用出版社所藏原稿，怕副本字句有出入。为了预防意外，我把仅有的铅字打印稿寄给你。请你先复印一份寄还我。

（四）照片两张。——照片的说明，见三日前的信。德文译本用了五张，但其中一张太大，不便邮寄。确实需要时，再想办法。

（五）《祯祥集》的目录和《论陈独秀》的目录——《论陈独秀》书稿，现存安庆，正在同安徽人民出版社交涉出版事。

似乎我前信答应寄给你的东西，都齐全了。

收到此信后，请赐复一信。

顺祝

新年快乐！

郑超麟

1991.12.18

范用同志：

十六日来示，收悉，附寄的复印件也寄到了。

《九十自述》一文，我的德文译本虽收入作为附录，但附于原本之后颇不相宜。正想写信给你，说明此意，今不用正好，补入的第七章，听说原稿其复印稿尚存在出版社：如能照原稿排最好，因为两稿有小出入。

我的《论陈独秀》书稿，前信说已交给安徽人民出版社，今应说清楚：此稿尚在安庆张君同志处，她曾请安徽人民出版社派人来安庆审查，来人审查后认为很好，但去年不能出版，准备今年呈请上级许可出版，故此书稿尚在安庆张君同志处，安徽人民出版社知道此事而已。

《祯祥集》全部出版，当然不可能，如能从中选几篇结成一集出版，也是好的。请你拟一个目录，然后我设法请人抄录文章寄上。

春安！

郑超麟

1992.1.30

范用先生：

遵嘱再将拙稿《论陈独秀》送至你处。

我所作与陈独秀有关的单篇论文，本来是分编于不同的集子内的，某年听说安徽人民出版社要出专论陈独秀的书，便将各集论文拼凑起来成这样一本稿子，并将一九四二年所作悼词也编入其中送交安庆，无出版消息后又去讨回。

现在是否值得出版这本稿子呢？因为其中已有八篇文章发表于《怀旧集》了，又有二篇文章编入《鳞爪集》，还有一篇《陈独秀与托派》本是《郑超麟回忆录》一书的附录，未发表的文章自然不少。

为了“求全”（将我写出了的与陈独秀相关的文章集合于一本书内）则不妨重复发表，而且将《鳞爪集》中新作的文章也收进去；否则已经发表的文章就再不发表，或者只在目录中保存，这一切都由出版社去决定。

此稿的目录中，凡以一个星点（*）为记的，都已发表于《怀旧集》中，以二个星点（**）为记的，都已编入（尚未发表）《鳞爪集》中，《陈独秀与托派》一文早已发表于《回忆录》。

此祝

健康！

郑超麟

1992.2.4

范用先生：

又有一件事情麻烦你，即请你介绍出版一本评论古代书画的书稿，书名《据几曾看》，意为他一生所看过的有名书画，而加以评论。

作者名葛康俞，安庆人，曾任前中央大学艺术系教授，与清代有名的金石家邓石如有渊源，又系陈独秀的亲戚，陈独秀在江津坟墓的第一块墓碑就是他写的。

他的造诣甚高，虽不如其他书画家那样驰名，但在艺术界中是有知音的，书稿中有宗白华和启功所作两跋可佐证。

原稿共九万多字，现在寄上的只是书的一小部分，其余部分存在我的朋友吴孟明先生处，如果有出版的希望，吴孟明先生立即可以寄。

我是外行，不懂得书画艺术，但由宗白华和启功两跋的推崇，此书是有价值的。出版以后，可能不会畅销，但若能为艺术方面增加几许知识，对于出版此书机构说来也是光荣的事情。

小胡将赠送你一本香港出版的诗词集，作者是我的朋友谢山，最近《明报》上发表了七篇罗孚先生对此书的评论，想你已经看见。

此祝

春安！

郑超麟

1992.4

范用同志：

昨日收到四月十七日写的大函。原来您写错了地址，将“六村”误写为“二村”了，所以迟到。

读了大函，我怀疑您以前也有信给我，而我未收到。自从我寄一批材料给你后就未收到您的信，以致昨日读信，我竟不理解：哪里跑出来《回忆录第二集》？如果说这就是我的《祯祥集·回忆篇》，那么这部分文章，即使单独出版，也不能名为《回忆录第二集》，而且也不能全部出版，只能选择几篇回忆个人和事件的文章出版，书名暂定为《怀旧集》。

我最关心的还是《郑超麟回忆录》第三次印刷的事情。有人索阅此书时，我总是说：不久就要出第三版了。大函未提此书，不知第三版是否在印刷中？望复一信，如果确能出版我那几篇回忆文章，我当会挑选并复而寄上。

顺祝

健康愉快！

郑超麟

1992.5.8

范用同志：

久未通问，甚念。你虽退休，工作仍旧很忙，我不愿以琐事烦劳你。

上次，你打算去安徽人民出版社调阅拙稿《论陈独秀》，我曾告诉你，此稿尚在安庆。二月间安庆开了第二届陈独秀研讨会时，安徽人民出版（社）已决定不用此稿了。我已从安庆索回此稿，并加入去年新写的一篇《论所谓陈独秀的二次革命论》。

此稿所收各篇文题，上次已写了一张目录寄给你。恐已遗失，今随信再寄上一张目录，全书估计超过二十万字。

此稿，现在是否能够出版？你如需要，我可以挂号寄上。

此祝

安康！

郑超麟

1992.7.15

恕我视力衰退，字写不清楚！

范用同志：

七月十五日曾致一函，谅达。函内说的是：我的《论陈独秀》

的书稿已从安庆收回，是否可以寄给你？此稿约有二十万字以上。

顷悉，你编好的我的书稿已定书名为《回忆篇》，很好，此书名适合于书的内容，但不知其中包含哪几篇回忆文章？

我近年所写的几篇回忆文章，不知收入否？例如，《颠倒的照片必须颠倒过来》《记何资深》《重游龙华警备司令部》，如未收入，我可以复印寄上。又书中如已收入《我所知道的瞿秋白》一文，那么出版以前应改正一处错误。如何改正，见附寄的说明。

不知《郑超麟回忆录》的第三次印刷尚在进行吗？

祝健康！

郑超麟

1992年10月23日

范用同志：

首先感谢你为拙作出版事多方奔走。其次请你勿因事未完成而有所介意，此事本来是不容易完成的。拙作出版，本有客观上的困难。《回忆录》和《诸神复活》能够问世，全靠您推荐，《回忆录》也只能以内部发行的方式出版。这已经是万幸了。

我想，今后仍要借重大力，求得《回忆录》第三次印出，此书已经出版，重印一次，阻力比较少些。《九十自述》当然不必附录。“恋爱与政治”一章，如有困难，也不必补入。

至于《回忆篇》和《论陈独秀》二稿，则我估计目前尚不能出版。如有便人，我将托他带上《论陈独秀》一稿给你。此稿系从安徽人民出版社索回，我也留了副本，而且篇幅较少，不妨拿去试探也。

小芳近日生产一个女孩，刚满月，正在产假期中，明年春节后才能去上海书店上班，附告。

我的身体还可以，唯有视力日渐衰退，恐将完全失明，因此一切写作计划都无法进行。开刀摘除白内障是一个办法，只恐潜在的心脏病不能胜任这一刀。

敬祝

健康，愉快！

郑超麟

1992.11.17

范用同志：

十一月十七日曾奉答一信，谅已达览。

今日写信给你，不是为了我自己的书稿，而是为了向你推荐一部译稿。

有一部世界名著，简称《先知三部曲》，共三大卷，每卷约三十万字。第一卷名为《武装的先知》，第二卷名为《被解除武装的先知》，第三卷名为《被抛弃的先知》。著者多依彻（Isaac Deutcher），波兰人，后逃亡英国，入英国籍。原文为英文，牛津大学出版社出版，有德文、法文、日文及其他文字的译本，销路很广。此书材料丰富，文笔优美。

中文至今没有译本出版，因为这是一部托洛茨基的传。对于托洛茨基，过去是无人敢碰的，或者当作反面教材翻译他的著作。但自从一九八八年苏联最高法院平反了三十年代三次托派冤案以后，中国对于托洛茨基就应当有与前不同的看法了。去年和今年中国也曾出版了几本托洛茨基的著作，如《肖像集》和《文学与革命》，作为正面教材出版的。

我有几个老朋友，几年前就着手翻译这部百万字的名著，今年已经译完了，正在互校之中。他们看见近年改革开放，形势已有变化，国内已公开出版托洛茨基本人的著作，多依彻所写《斯大林政治传记》一书前几年也曾出版，故委托我设法替他们这部译本找寻出版的单位。我想到你，所以今天写信给你，请你介绍此译本给人民出版社。译者们把这三大卷的“序”的译文抄一份给我。现在我把这三篇译文转寄给你，由此可以窥见本书的内容。

改革开放以来，出版社也曾翻译和出版了不少的外文著作，关于现实问题和历史问题的。此事做得很好，使国内读者了解一点国外的思想状况。我想，这些负责选题的专家学者一定熟知多依彻这部名著的。

我的朋友认为：人民出版社如果能接受这部译稿去出版，则欢迎出版社的专家根据原著核对译文，使之更臻完善，他们随时都可以将译稿连同英文原著寄去。

今日是一九九二年除夕，明日就是一九九三年元旦了，我以老病之躯敬祝你健康长寿！

郑超麟

1992.12.31

范用同志：

昨日收到十日来信。获悉你关注《先知三部曲》，并已写信给出版社推荐出版此书，十分欣慰。出版社如想出版，我当通知二老友将译稿设法送京审查。你的别致的贺年片，我也收到了，感谢。

大约七八年以前，中国曾出版《斯大林政治传记》一书，就是多依彻写的，忘记了是哪个出版社出版的，我想，你不难查出。他先写斯大林的传记，再写托洛茨基的传记，还想写列宁的传记，不幸写好《先知三部曲》就死了，我国熟悉国际文献的人都知道多依彻。你大概是由《斯大林政治传记》而知道这个作者的。

大概一个月以后，有熟人进京，我将托他带二部书稿给您：《回忆录》和《论陈独秀》。此事，以后再通信给你，请你告诉我你家的电话号码，我家也装了电话。平时我们还是写信联系，十分必要时也可以打长途电话。

小芳母女均安，谢谢你的关心，她一百零五日产假过后就去上班，那时春节刚过。

拙著《回忆录》的第三次印刷，不知开始进行否？补入的一章如有困难，能照原样重印也是好的，我梦想有一日此书能公开发行；不仅补入删去的一章，而且插入五幅照片，如同前年交德国法兰克福出版的译本一样。

此祝

春节快乐！

郑超麟

1993.1.14

范用同志：

今介绍胡胜校同志去看你，他就是小芳的爱人，在审计署任职。此次来沪探亲，假满回京，我托他带来拙稿二部，直接交给你。一部是《回忆篇》，一部是《论陈独秀》。

我托他带此二稿给你，首先自然为了节省邮费。以前，书稿可以当作印刷品邮寄的，现在则需当作信函邮寄了。这一笔寄费，我出不起，但除此以外，我还要他同您经常联系，处理此二稿事宜。出版社编辑部审查后，如果接受要出版，自无问题，如果不用（或部分不用），我必须收回此稿，因为其中有多篇是孤本也。

拙著《回忆录》不知能第三次印刷否?

此颂

安康!

郑超麟

1993.1.29

范用同志:

今日收到九日来信，感谢你对拙书出版的关心。《回忆录》和《诸神复活》二书能够出版，全仗你的力量。

在市场经济之下，出版事业自然要讲经济效益，但为了文化，为了革命，有时也不能照顾经济效益。这事，我懂。我也曾主持过出版工作。这个矛盾，不难解决。

拙作《记尹宽》，篇幅较大，本拟单行出版，故未编入《回忆篇》内，但其性质是与《回忆篇》各文一样的，自然可以合并。《回忆篇》是个论文集，其中各文供出版社挑选而已，不一定全部发表。连书名也可以改变。我想可用“怀旧集”，避免与《回忆录》相混；或用其他更合适的书名，由出版社最后决定。我自然希望出版社能接受此稿。

最近几日，常州瞿秋白纪念馆出版了一本《瞿秋白研究》第五期。其中有我的一篇长文章，七年前所写，今日才能发表。纪念馆只给我二本，都送人了，不能寄一本给你。我已汇钱去纪念馆多买几本，收到后再寄一本给你。好在马连儒同志此时定会收到此书，你如有兴趣可以向他先借来看。

此长文，我编在《议论篇》内，如今能发表，我很高兴。我希望《议论篇》所收各文，今后也能择要发表。

我的“小酒友”来信，告诉我你也是一个“酒客”，很好。

我想起了《儿女英雄传》中的邓九公，他多么喜欢酒客，安老爷就是由此同他结成好朋友的。我年轻时一个人能喝下二斤半黄酒；几个绍兴同志常带我去光顾福州路的言茂源、豫丰泰，南京的王宝和、善文泰。那时年少气盛，常常喝到大吐方休。如今老了不行了，说好听些，就是自己晓得克制了。每次喝酒，不愿超出三杯至五杯。你知道那个“小酒友”，绍兴人，比我现在酒量更大几倍么？出狱后，别的嗜好可以戒掉，唯独喝酒戒不掉！老朋友都劝我戒酒，以免加重心脏病，但我完不成这个劝告。

此致

春天快乐！

郑超麟

1993.3.13

范用先生：

拙作《怀旧集》出版了，今日收到出版社寄来的第二批书，特将其中一本，题了字，盖了章，另件寄给先生，请先生教正。

此书能够出版，全凭先生鼎力帮助，我拿在手中，借助放大镜看了几篇，很少发现错字，足见出版社校对的质量远非其他的出版社可比，我很满意。我特别满意的是，其中曾在期刊发表的几篇横遭期刊编者删节而在书中是没有删节的，使读者看得到拙文的真面目。

请先生有便时，代向出版社的责任编辑表示我的谢意。

拙文《记尹宽》终于没有补入此集中，可惜。据说是由于文内有一部分所叙事实与《记少年共产党》一文有重复之处，其实，重复的部分并不多，我很重视《记尹宽》一文，此文比较详细写了我们当时在法国的活动，现在党史将我们在法国的活动划入建党时期，同国内活动一样，可是国内活动记载的人甚多，而法国的活动很少人记载也，我是有意借尹宽为线索，将当时各方面的建党活动合进来，不知此文原稿能否收回，恕我另想办法发表？

秋风多傲，想北京比上海冷，先生已是老人队伍之一员，多多保重。

不一，专奉

撰安！

郑超麟

1995.12.11

范用同志：

你接连写给晓方的二封信，晓方都拿给我看了，我衷心感谢你对我的关心，没有你帮助，我的《怀旧集》便不能出版。听说此书销售颇多，读者反应也颇好。

此次你劝我将旧文再编一本书作为“火凤凰文库”出版，此事我未曾想过，看了你的信后，我想这“文库”所收的书，作者都是有名的文人，我怎能侧身其间呢？但我倒认真去考虑再编一本论文集的问题。

我出狱后十几年所作文章都有存稿，分为“议论篇”“回忆篇”“争辩篇”三类，“回忆篇”蒙你帮助改为《怀旧集》出版了。“议论篇”和“争辩篇”的文章，过去是不敢期望发表的，但《怀旧集》出我意外出版之后，我觉得形势变化，其余两类文章却有一部分可望发表，总之，纯粹谈理论的文章，仍是不能出版的，但其中以人事为主附带谈些理论的文章，似乎可以通过。

我这二日编了一本论文集，共十五篇，今将目录抄录一份寄给你看看。

书名为《画楼犹恋夕阳红》，也是“怀旧”之意，此书名出于我的一首词中的二句：“旧友尽随流水逝，画楼犹恋夕阳红。”冒炘（写瞿秋白电视剧的人）曾在《人民日报》某期上（1991.5.11）发表一篇访问我的记事，就用此句为文题。

目录已经写出了，但文章尚未收集齐全。

此致

敬礼！

郑超麟

1996.7.20

此信请人抄的，今日重看，意犹未尽，再导几句：

我终晓得，这本集子编入“火凤凰文库”事，一来不够格，二来编者不敢接受。姑送去试试看。

如果退稿，我想将全稿寄去北京给你，请你代送人民出版社，看看能不能用。如能用，比纳入“火凤凰文库”更好。《记尹宽》上次不用，说是因为同另一篇《记少年共产党》内容重复了，此书是另一本图书，不是重复。真不用时，我还可以另选几篇补入。

7.22

范用同志：

一想到范用，我就要感激他对我的好意，说实在话，没有他，我的《回忆录》和《怀旧集》都不会出版。

不久之后，我就要寄一部文稿给你，这是继《怀旧集》后的第二本文集，我名为《鳞爪集》，共三十五篇文章，比《怀旧集》略多一些。

我编这本文集，还是你给我一封信引起的，我自己绝未想到要给“火凤凰文库”编一本书。你来信提此建议，我才认真考虑问题，考虑结果，认为我的文章没有这个“文库”内所收著作那种文学技巧，侧身其间，相形见绌，但由此我想起：何不再编一本文集给东方出版社内部发行？于是费了不少时间编成这本《鳞爪集》。

我并非没有旧文章可编，过去因为“政治意见”不同不敢拿出来发表。但近年形势有了变化，例如，我的《怀旧集》居然可以出版了（虽然作为“内部发行”），我的《回忆录》也可以用东方出版社名义发表了，其他的出版物也有过去不能发表，而现在居然能够出版，而且无须标明“内部发行”的。这就鼓起了我的勇气，将这部《鳞爪集》寄给你，请你转交人民出版社编辑部审查。

审查后，如果同意出版，那么我的旧文还可以再编一本集子。

我的文集不能交给“火凤凰文库”审查，除了前面说的缺乏那种“文学技巧”之外，还有一种原因，即“政治意见”问题，在这个问题上，能否通融，人民出版社编辑部是有权决定的，“火凤凰文库”的编者则无权决定。

谨祝

健康和愉快！

郑超麟

1996.9.6

范用同志：

国庆节那日你写给晓方的信，晓方拿给我看了，我非常感谢你对我的关心，那么一部二十多万字的书稿，你竟有耐心仔细审阅，而且另写编目，将全书分为二集，即将有问题的几篇分编一集，这中间不知花费你多少精力和时间！

我想，《探索集》目前不必出版，因此就将你认为可以发表的《鳞爪集》送给出版社审查，就足够了（《龚自珍二百年祭》也不妨编入）。

我最近又作了一文，名《王若飞轶事》，已托胡胜校带回北京交你，可以编入《鳞爪集》。

此祝

健康！

郑超麟

1996.10.8

范用先生：

收到了十月十六日来信，信内处处关心我，很感激。今日再寄上新作的文，亦请转交党校出版社，这类文章仍会写下去，除非眼睛完全看不见了。

你以前有过亚东图书馆出版的《托洛茨基自传》（节本），是我翻译的，不是刘仁静翻译的。那是托氏自己删节给法国工人看的，我今保留了一本，本要设法重印，现在可以不必了。

想不到你会欣赏《玉尹残集》。今遵命作好一首《虞美人》（赠范用）已请人誊清，今寄上，你看看就好了，不必请书法家写成条幅。

人民出版社，以东方出版社名义，说好要给我一笔稿费，当至今未见寄款。小芳打电话去问时，都说已经寄出了，反问我们是否收到，这就怎么一回事呢？先生有办法打电话去问么？

此祝

健康！

弟 郑超麟

1996.10.22

虞美人·赠范用

大权独掌新书出，卅载风云急。万千学子润心田，华夏文明从此得绵延。

功成身退归林下，阅尽沧桑也。八流非假孔俱真，羡汝心胸酷似六朝人。

1996.10.21

范用先生：

收到了你十月二十九日的复信，你居然看得懂我的“手书”，真难得。以前，我致你的信，总要请人抄写，我来签字，此次找不到人抄写只好原信寄出了。我以为你总有多处看不懂的，谁知，从复信看来，你全部看懂。因此，我此次写信，也不必请人抄写了。

拙词“八流”二字并不难解，“八流”者，合儒家便为“九流”，此句之意只是说：独尊儒家之后，其余“八流”亦不应罢黜，龚定庵有诗：兰台序九流，儒家但居一。诸师自有真，未肯附儒术。

我羡你胸襟阔大，交游遍天下，拙词作出后，恰值朱正来上海开了鲁迅纪念会，来敝寓会晤。将拙词拿出来请教。他说：你是他的好朋友，以前，我就知道，你在港台也有好多好朋友，非你胸襟阔大，决交不到这么多的朋友。

今日再寄一篇拙作给你，当（年）给刘少奇作百岁冥寿的人从北京托人要我写的，此文和《傅大庆》文亦请转交出版社。

《托自传》，中国在“二战”中、末期曾有三个译本同时出版，你得见的神州国光社版正是刘仁静翻译的。“刘镜园”就是刘仁静的笔名。刘仁静曾是我的好朋友，后来被捕到变节，十分可鄙。我深悔当年交此朋友。他竟将去探望托洛茨基一事，同他后来帮助中统办反共刊物一事，相提并论，同称为“反革命”。

你此信解决了我一个问题。我记得是抗战开始时在刊物上看到傅大庆翻译《战争论》出版广告的，但有人说抗战前，傅大庆尚未出狱，不会译此书，于是我怀疑记错了时间，也许是在抗战胜利后才看到广告的。你说，你在抗战中已经读到此译本，可见我原来的记忆中并没有错。

此祝

健康和愉快！

郑超麟

1996.11.5

范用同志：

昨日，我托人邮我的一本新出版的书——《髫龄杂忆》给你，此信到时，书大概尚未寄到，但几日后总会寄到的。请你教正，因为这本书是不值得看的，你留着作为你的朋友赠送的纪念物就好。

不久之前，我写的《赠范用》一首词如果尚未请人写出，那么我就想修改一句，即第四句原文是“华夏文明从此得绵延”，我想改为“从此炎黄文化得绵延”。如果已经请人写出，就算了，两句意思是一样的，不改也可以。在格律上普遍是2+7的形式，去掉句二与后剩下的仍是完整的七字句，我的原句即是4+5的形式，虽也有人用，毕竟不普遍，改后就普遍了。

《鳞爪集》不能出版，在我意中，反之，《怀旧集》能够出版，那出于意外。我猜其原因，认为人民出版社接近中央，有什么问题，随时可以请示，其他出版社就无此便利。当初，《怀旧集》如果寄给其他出版社去，恐怕也不会出版，我这个看法，你以为何如？总之，我想，你审查后的《鳞爪集》，值得再送给人民出版社明年审查。

此祝

春节快乐！

郑超麟

1997.1.22

再赠范用

爱书须爱刻书人，历代名家功德存。

小可幸交毛子晋，山房扫叶压群伦。

1997.3.27

范用先生：

得小胡信，知道他回京后已去看了你，谈了拙稿的书名和另作前词问题。我已回答他信了，完全同意。诗词，则我经历使然，所作都带“火气”，所谓“穷而后工”是也。我想试作无“火气”的诗词，给小胡的信，寄出不久，我作了一首七绝，今另纸写出呈正文。

出乎意外，拙作《怀旧集》比《回忆录》买的人更多，影响也更大，希望同类拙稿《鳞爪集》也能（出）版。

朱正先生看了拙作《髫龄杂忆》后，认为此书值得公开出版，他已写信给李辉先生，请他设法出版，但暂无回音。不知你认识李辉先生否？

此祝

健安！

郑超麟

1997.3.28

范用同志：

您收到此信时，谅已收到了吴孟明先生快件寄上的《据几曾看》原稿（手抄二本）。

那日我接到小胡电话，说三联书店同意出版此书了，当即通知吴孟明先生，他立即电话通知南京的葛康俞家属，嘱寄全稿。昨日已收到全稿，今日送来我家，我们商定由吴孟明直接寄给您，由我写信。

吴孟明先生是我的朋友，他是陈独秀胞姐的孙子，是本书作者葛康俞内弟，抗战时在江津与葛康俞相处，亲见葛康俞写陈独秀墓碑。他交大毕业后在上海从事教育，曾任七一中学校长多年，现已退休。

我和他二人都感谢您此次的大力帮助，使这一本极有价值的好书能见天日。

感谢之余，他请我转告您如下几项愿望：

（一）书虽出版，家属仍要保存原稿，希望影印时小心，勿损坏原稿，并于出版时如数收回。

（二）作者葛康俞有三个儿子，书稿原保存在南京他的次子处。他的长子名葛孟曾现居北京，在北京航空学院附中工作，吴孟明即将通知他去拜访您，您可以同他洽谈版权问题。

（三）原书夹板上本有作者木刻书名“据几曾看”四个大字。今不寄二块夹板，但将四个阴文字印寄，希能用于封面或扉页。

其余事情可同在京之葛孟曾商量。

以上是吴孟明的意愿。

诸多事情麻烦您，我心不安，统祈恕罪！

此致

敬礼！

弟 郑超麟

1997.6.8

范先生：

您好！

寄上爷爷签名纸条一张，供选择。

最近找他拍电视的单位不少，大都是作为资料收藏，从法国一直讲到托派，估计有好几盘录像带。

祝

大安！

郑晓方

97.7.4

范用先生：

小芳前几日寄给你一份复印件，内有曾彦修和沈寂二篇文章，谅已收到。当时不过为了表示：现在议论托派和陈独秀的人胆子更大了。

沈寂，我认识；曾彦修，我不认识——他既然曾任人民出版社社长，你当然认识。

我特别欣赏曾先生的文章。以前，人家谈陈独秀就不谈托派；谈托派时，也不谈“肃托案”，曾先生都谈了。我的朋友，习惯于旧议材料。请人读了其中陈独秀的四封信，结合自己少时的见闻，写了这篇文章。

不知你是否知道此稿要出版的消息？希望知道你对于拙文的意见。

此致

近好！

郑超麟

1997.7.23

范用先生：

寄上拙文一篇，请指正。

今年第一季度北京图书馆出版二本档案集，公布了共产国际、苏共和早期中共中央来往的文件。据研究党史的人说，过去认为“大革命”失败是陈独秀“机会主义”的过错，现新公布的档案则表示陈独秀是反对当时国际政策的。他一面反对，一面不能不执行，有人就这些档案发表了对于陈独秀的评价，对于“大革命”的历史，就应当改写。

我视力不好，无法读近时议论，很怀疑他的大胆结论，也许不适用于我们的。我特作一小文说明：这个大胆结论也应适用于我们的一九五一年案的。今寄你看我这篇《自叙》。

我希望“十五大”后，人们的胆子还会更大些。

此祝

健康！

郑超麟

1997.8.13

范用同志：

为我的事情，浪费了你的精力和时间，我不知道怎样感谢你才好。

关于那个大工程，我已当面同小胡说了，他回京后可以向你转达。此信内只谈一件新的事情。

自从罗曼·罗兰的《旅苏日记》封存五十年之后于去年（或前年）出版时，中国也出了两个译本，也在中国出版界掀起了一阵小波澜，而且有些杂志发表了文章、议论，牵连到以后纪德的旅苏事。纪德回法国后，不是封存日记，而是写了一本书，名为《从苏联归来》，直接攻击苏联流行的对斯大林的个人崇拜，因此引起世界各国倾向于苏联的人的恶毒攻击。经过六十多年之后，今天，国内出版的刊物，有人写文章比较这两本书，为六十多年前纪德受人攻击的事鸣不平，想找当时出版的纪德的《从苏联归来》对照一下。据说，已有出版社找到了此书译本，印出来了。

亚东图书馆译书本是我翻译的，当时重印了好多次，起了一定的政治作用。

现在朋友们劝我重新出版此译本，而且找到了当时的原本。他们建议：我此次新出版时可以不用当时的假名，而用我的真名，而且新作一篇译者序。这些建议，我都接受了。

现在，我将六十多年前的亚东版原本，连同我新作的序寄给你。你能找到一个出版社尽快出版这本书么？

有一个敦煌出版社，你有熟人么？有一位牧惠先生，《求是》杂志社的编辑，也复印了此书原本给我，并告诉我：他曾建议敦煌出版社出版此书，敦煌出版社愿意出版，但又怕版权纠纷。你如果有熟人也可以以我名义告诉敦煌出版社，此书就是我译的，不会有版权纠纷的。我希望敦煌出版社能够出版它。

此祝

健康快乐！

郑超麟

一九九八.三.廿六

郑　镗

范用同志：

新年好。贺年片已收到，谢谢。这是我今年收到的设计得最好的一种，体现了深厚而新雅的文化素养。我特意将它介绍给我社年轻的新领导同志，做了一番小小的赏析。我想它的出现，与你的风格不会没有关系。

我们拿不出像样的贺片，现寄上《作家日记》一册（另邮），聊作年禧之贺。它在内容安排与设计上，未经精心审决，只能说差强人意。

祝健康愉快！

郑镗

一九八八年一月九日

范用同志：

喜得贺卡，抒怀述志，堪启后辈，且醒来者。

张白山同志，我也熟识，曾有交往；久不谙音讯，近读《光明日报·东风》，载有他的大作，颇为怀想，今得睹他条幅，清秀字迹，犹如面晤。便中请代我致意，敬祝他阖家安康。

《评弹艺术家评传录》，今从邮另函挂号奉上。此书曾在22日举行首发式，同时有怀念已逝老艺术家的十一档流派节目演出。

给李济生同志的贺卡已转致。

沈、艾两套书，社里选题论证委员会已讨论，从多种角度考虑，未获通过。有关资料并“大雁”出的两本书，过些日子，专函奉还。祝健康并贺

年禧！

郑镍 上

1991.12.26

郑 惠

范用同志：

听说您对《百年潮》的出版表示关注，我们编辑部的同志都很高兴。您是我们十分尊敬的文化出版界的老前辈，现送上刊物一本，请多多指教并望赐稿。顺致

敬礼

郑惠

97年3月4日

随信附寄《百年潮》第一期一本。

范用同志：

由于我们发行工作中的疏忽，原定给您寄送的《百年潮》一直未能寄出，十分抱歉。现将第2期至第4期刊物三本随信补寄，请多多指教。

我于5月底随胡绳同志去苏北几个城市走了一趟，到6月下旬才回京。胡绳同志做化疗后有一段休息时间，他借此外出看看。他的身体较前衰弱，但一般起居饮食都还正常，精神也好，知您关注，特为奉闻。

北京天气酷热，为五十余年来所未有，尚祈珍摄。

致礼

郑惠

7月16日

范用同志：

收到您的信和寄回的两期杂志，再一次谢谢您对《百年潮》的关心和鼓励。杂志办了四期，总算站住了脚，但遇到不少困难，不为“左”派人士所容。庆幸的是得到许多识与不识的同道的支持，我们活动的天地还是很广阔的。

您谈到黎澍同志和他在五十年代中宣部办的《党史资料》，这对我们的编辑取材是个很好的提醒。那份内部刊物确有许多珍贵的资料，当时由于发行范围小，看到的人很有限，现在应当充分地利用起来。我当时在中宣部参加《宣传通讯》的编辑工作，从黎澍同志那里经常得到教诲，受益良多。他的道德、学问、文章是令人非常敬佩的。后来我到中央政治研究室，在他直接领导的历史组工作，更是如沐春风。后来虽不在一个单位，也还时相过从。他是我人生道路上给予影响最深的师长之一。我曾与徐宗勉同志相约，想在下一期杂志上发表一篇纪念文章，如您写有这种文字，希望能及时惠寄，为感。匆匆不尽，问

暑安 郑惠

8月3日

郑逸文

范老板：

自“小绍兴”别后，已有数月，不知一切可好。前天陆灏把你的信的意思给我说了，我了解，也明白你的心思。其实这一类的文章只是随感型的，我不会吹捧人，说上别人一大叠（沓）好话很别扭，但只是说说心里的感觉有时却欲罢不能。你和你的家、你的茶、你的酒和你的书给我的印象太深，那种极淡却又情趣极趣（具）的生活方式是京城特有的，南方不多见，于是我想把它们写出来。我不想告诉人们什么，我只想对自己的感觉有个交代，但也希望对您也有个交代，这不是“曝光”，不是“吹捧”，只是告诉你我心里对你和你的一切的感觉，可以吗？

这会儿你也许已见到报纸了。心里很害怕，怕你说我把事情搞糟了。因为版面有限，那几张极有趣的漫画不能一一列开来排，是个遗憾。很希望你能告诉我见了报后的感觉，好吗？

现在要轮到我失眠了，我把考卷交出了，会及格吗？

你那院里的芭蕉冻坏了没有？上海下了一场大雪，从没见过的大雪，几乎让我回不了家。

不多写了，再谈！

郑逸文

1992.1.11

范老板：

您好！

年前寄来的信收到，无论如何我是相信年轻时的范老板是潇洒的，那张酒柜玻璃门上的照片给我留下很深的印象。那篇稿子说的人很多，有说可这么写的，也有说不可这么写的，可是您给我的印象是很深的，我就照了我的感觉这么写了，但愿老板读后喜多怒少。

前一段时间还写了一篇丁聪先生的印象记，不知范老板看了没有，那便是那日夏衍生日遇到丁聪先生的感觉。上次去京因时间太紧，所以没去丁聪家，只能写印象记了。很希望听到范老板的指点。

很难忘记您家的咖啡和酒，真希望今年能有机会北上，再去您家坐坐。

不多写，再谈！

郑逸文

1992.5.14

范老板：

你好！

回沪前没时间去你那儿告辞，望谅！

回沪后颇忙了一阵子，因为出来的时间太长了些，积下许多杂事，现在终于都可理干净了，在干净的桌上看你送的《开卷》，真是非常的谢你，这套书对我来说太好了，从中可以看到许多办读书栏目的点子和思路。

《历史的潮流》一书现在正在打官司，中级人民法院还没有正式受理（到今天为止），我想作些关于这本书的客观报道。昨天和今天和吴祖光、姜德明通了电话，让他们介绍了几个关键人物，这几天只能用长途和他们保持联系了。

上海这几天老下雨，天气极凉，不知北京是不是还那样热？

不多写了，再聊！祝

康乐！

代向王蒙问好！

郑逸文

1992.6.26

范老板：

您好！

《大公报》我和陆灏都看了，启发很大，谢谢，待我看完后再还你，好吗？

我现在一切都还可以，除了一个人独处常常感到有些孤独，常常连个说话的人都没有时，有些怅然。但毕竟每天都很忙，忙于编稿、排版、写稿，所以也不致太影响情绪。现在似乎有好多事要做，这常让我感到充实。我现在很怕停下来，只要一停下，许多的噩梦便会袭来，我知这样很不好，我相信会过去的。

您身体好吗？您那样喜欢我们这张报纸真让我们高兴，今天下午我们还说起您呢！

不多写了，再谈！

郑逸文

1992.11.9

范公：

好吗？

寄来的小书收到了，还有我的那篇不是东西的东西也放在里面了，范公说喜欢这篇小文并把它列入这么漂亮的小书中，心中真是极高兴。

好久没有和您通消息了，我们老板不让我们部下挂长途，所以只好写信，可写信又似乎说不出想对着你说的话，也就搁笔了。好在书到了，就像见到你一样了。对了，你那张穿长衫的照片我们都很喜欢，我甚至想如果我能生活在那个年代就好了。

最近写了一些散文类的东西，那篇《难忘毛姆有个拉里》只是署名为“毛毛”，不知是否看过。我这里寄一张给你，有空说说你的感觉。好了，不说了，希望能有机会进京去喝你的茶……

郑逸文

1993.5.8

郑隐飞

范用同志：

你好！寄来的信和两次资料都收到了，谢谢！我一定把你给我的资料好好学习。

至于底片，如果你需要放大的放大了，就请你寄来，因为照相的人他们想洗几张作为纪念。

成都一直到现在最高温度还在30度以内，我的身体最恼火的就是气管炎。最近别人给我介绍买的一种草药“灵芝草”，现在我准备炖肉吃，试试看效果如何。

我身体一不好，就睡在床上想起几十年的往事，尤其这次会（想）到你，而且你又那样热情地对我，更加使我想到儿童剧社。尤其读了过去一些材料，更增加了我对以前住在穆源小学和孩子们唱歌、排练的回忆。真是一转眼，我已是七十多岁的老人了。

我想说的话很多，但我现在已经开始喘气了，只好下次再谈。祝

身体健康！

郑隐飞

1983.6.14

郑隐飞曾在镇江工作的情况

1931年7月在江苏省会救济院开办盲童班并兼音乐教员。后经盲童班一位盲教师介绍认识相公岩，此人是回教（徒），在

镇江办有民族剧社、穆源小学、五卅图书馆、九一八阅览室等。认识后就借穆源小学办业余“枫叶音乐研究会”，后因参加“九一八”演讲比赛，所讲题目是“主战者的一分子”，原文是生活周刊上邹韬奋写的，并谱曲在会上散发教唱，因此“枫叶音乐研究会”被停止活动。

三育大学到镇江招生（该院校在桥头镇，离镇江60华里），考取后到学院声乐系学声乐。

1933年春回到镇江，一面跟马立德学唱，一面同穆源小学教师沙鸣鹿筹办“儿童剧社”。他当导演，我教唱歌，并为本社自己编写的《我们来自绥东》一剧写插曲。

同年在镇江省立民教馆任特约音乐指导，同时在镇江中学教音乐。因民教馆除一架风琴外都是些国乐，风琴我是专学过的，当时国乐我只会吹笛子，因工作需要，暑期搞国乐的周绍梅老师到镇江，就跟他学了一段时间的琵琶、三弦、二胡等，同时又跟本馆“京剧社”的人学唱京戏和拉胡琴。从此开始学会一些国乐和民歌，并与周绍梅老师一起在镇江、扬州、常州等地开过几次音乐会。

1934年春又回到三育大学继续学习。此次是半工半读，一面读书，一面教中学唱歌和课外口琴队。

1935年又回到镇江，与五卅图书馆管理员完常白合作办业余“大同口琴会”，地点设在图书馆内（抗战时改为大同音乐会），当时京沪一带口琴很流行，一开始就办有初、中、高三班，学员很多，第一次结业在镇江开过一次“口琴音乐演奏会”。

1936年江苏广播电台征聘搞音乐的人员，经演奏后，受聘任电台广播剧团特约指导，兼南华学校、镇江中学教音乐。1937年“七七”卢沟桥事变，日本法西斯强盗对我国发起大规模侵略战争，我为易君左的《巍巍乎我中华》（又名《战歌》）和《神鹰曲》两首歌词谱曲。“大同口琴会”改为“大同抗日流动宣传队”，并被选为负责人、队长。到 11 月 24 日，日寇迫进镇江，“大同抗日流动宣传队”离开镇江，一面流亡，一面用艺术为民众作抗日宣传。

在镇江学习与工作前后 6 年。

1991 年 5 月 7 日整理

钟惦棐

范用同志：

我于去年十月三十日住进中日友好医院，已两月多，来信前数日见到，而我正在和人谈《生活》在今日之所必需。我们在为改革开路，遂使人如芒在背，能否和彦修兄商量一下，重整旗鼓？河北能出《杂文报》，而大家在北京，反沉默如此！

珍本奉还，我写过一篇《歌词情》，所忆亦大体如此。此信须请人代发，匆匆不尽致意。

握手

钟惦棐

一月十三日

范用同志：

您的影印歌曲已寄回，妥收未？

附去一信，是素描画家裘沙夫人写给我的。出版他的鲁迅小说组画，是我上月向他提出的。八三年冬在香港，曾和三联的同志见过几次面，但没有直接联系过什么事。黎澍同志亦在此住院，才知道三联的事你曾总管。照我想，裘沙的画如能在香港印，费事不会大，而他大病初愈，有点收入，亦极需要。他曾主动地在困难情况下为冯雪峰同志找中医，并照料许多事情，同时在江丰困难时期，常去他家，我便是在江丰家认识他的。

您看此事如能办，望直接和他的妻子王伟君联系，他俩似曾说过已将全部彩画拍成彩色胶片（正片）。至于写跋之类，当然最好是黄永玉同志。我曾写过《裘沙和他的〈阿Q正传一百图〉》，载八一年九月十六日《光明日报》，这次收入我的第二本文集《起搏书》中。

专此敬颂

春祺

钟惦棐

农历元旦在医院

钟叔河

范用同志：

久疏问候，原因是乏善可陈，于老前辈前，徒增惭悚。今因拙编《知堂书话》印成，特另附检寄上下各一册，请收。还有一册《知堂序跋》，实际上是三册合为一部，周氏读书之文，已尽于此。忆及三年前朱正同志曾转达尊意，令我选编周氏散文，愧无以报，就此作为一个不像样的答复吧！周氏散文我仍有意选编一本，专取其美文，而尽量不收人所共知的那些篇目，不知前辈有何见教。匆匆 即请

大安

钟叔河

6.29

范用同志：

拙编《知堂书话》，纸墨俱劣，实不足呈览。但此书诞生，却是由于您的一句话。这还是大前年，朱正同志从北京回来，说："范用同志想约人编一本周作人散文选，不知您愿干否？"我说："我倒是想干这件事，但条件不够，周作人的三十多部集子，我所有的不过二十部，先得把书找齐再说。"去年才把书找齐，朱正又说："三联已约舒芜编了。"但兴趣已经煽起，便不甘寂寞，于是决定改编《书话》。原来是连序跋一起编的，后来觉得序跋文主观色彩、感情分子更多，便决定另成一辑。现在《书

话》已出,《序跋》也付排了(大约今冬明春可印出)。《文选》我也还是想编它一本，专从文章之美来着眼，书名(此信后缺)

范用同志:

收到了您的信。您说您已经“脱离”三联，闻之不禁痛心。中国究竟有几个人把一生心血都放在出版事业上?出版事业究竟还需不需要有人尽心尽力地耕种扶持?

李老一信，邮寄恐难直达，烦将在您去看他时面交或念给他听。我因不喜谒见尊长，至今未能和他多谈上几句话，但对他不能不有知己之感。此老一病，晨星寥落，中国文化更不堪问矣。一叹!

知堂书只要能印，一定寄看。

董秀玉在港搞得怎样?我曾建议她出一个知堂49年以后所作文的精选本，由我选15万字左右，她尚未回信。

匆请

著安

钟叔河 上

8.2

范用同志:

购寄的书，已由朱正同志领到，十分感谢。

“三联”在我心目中是出版界的旗帜，现在不至于有什么麻烦罢?为了自己，确实可以不做事，因为不做事就不会生气;但为了历史和文化，又不忍不做事，苦恐怕就苦在这里。

我很想告别出版界，反正离休是可以的，也不至于再去引车卖浆。但我的处境和朱正又稍有不同，他们虽不准我放手做事，却又不准我走开，反正就这样夹着。

另封寄看拙编《知堂序跋》一册，聊以为报。
敬礼！

钟叔河

5.19

范用同志：

手示收到。

寄下的“书信”，没有前半截（p.216 及其以前的），只有 p.221 的一个尾巴，便中请仍补寄全文一份，此间两个月后还看不到杂志的。

广告登在《光明日报》今年 1 月 3 日。

老沈、小董事太忙，几乎没有给我写过信。书我也不敢要，因知三联经营亦煞费苦心也。既承厚爱，只想要点关于人类文化学或文化史的译本，于愿已足。

周氏书后中宣部已同意岳麓“有选择地印行”，以后当陆续寄奉新书的。因为旧本颇有多错字者，而新刊各本我都会手校一过的。

京中有何大事，仍盼示知，李老前请代为问候。他很关心我，而我却碌碌无为，实在愧对先辈了。

匆匆即请

暑安

钟叔河

6.1

范用同志：

在《文汇报》上读到您怀念田家英的文章，我想告诉您，这是我所读到的最好的文章之一。您不以文名，而能飨世人以如此好文章，足可不朽矣。

我仍在编周书，写此信并无别事，就只想告诉您这一点。

敬礼

钟叔河

10.28

范用同志：

祝贺乔迁。十楼（这是我从门号推定的）之上，是会看得更远的。看到了什么新景致，盼能告诉我一声，我想新景致总会出现的。

祝

双安

钟叔河（是“河”非“和”）

8.4

范用同志：

收到你移居通知好久了，因为一直忙着编周作人文类编，有十卷600多万字，一半是集外文和未刊稿，须校对所引多种中外书籍，十分吃力，所以竟没有给您写信。

现在忽发奇想，加之湖南少儿出版社的社长来找我“出点子”，就给徐淦先生写了一封信，不记得他的通讯处了，只好托您转给他。我这很想你帮忙多推荐几本自己作画兼作文（诗）的外国书，印出来大家看看。咱们至今还在强调“教育意义”“灌输”“宣传群众”……我无权无勇表示不赞成，但想点办法印几本“没有意义的”“荒唐书”“无稽诗”，也算是我这个顺民的一点表态吧。匆匆，祝好，能够给我出点好主意么？

钟叔河

11.25

徐淦先生[*]：

您好！

近读吕叔湘先生《未晚斋杂览》，才知道您88年就介绍过李尔的《谐趣诗画》。我最早是从知堂文中知道“利亚”的“荒唐书”的，这种“没有意思的”作品在咱们这行一贯强调文艺的“教化”职能的大国里，确实是太有意思了。我很想多事一番（我是从不多事的），建议湖南少儿出版社来出版这部“荒唐书”或“无稽诗”，不知您有这一份兴趣和时间否？

我还记得在“解放”前后，上海（？）出版过一部北欧某画家的自画传，原来的文字是画家本人写在图画中间的，好像中文本是由丰子恺译文并用钢笔书写的。当时我以中学生参加革命，偶然在长沙书店里得见此本，欲购而无钞，但站在街边看了一个多钟头，留下了至今不忘的印象。[**] 您是老出版、老编辑、老“小人书”作者，谅必知道这件事。如能找到此书，也可以建议出版社把它印出来，用武侠小说的笔法，就可以称得上是“双剑合璧”了。

因不记得您的通讯处了（我极善忘，前年寄书把您寄到绍兴去了，可笑），此信托范用同志转寄，他也是老小孩、老青年，谅必也会支持我这一番“多事”的吧。吕叔湘先生早在“走向世界”丛书出版时曾经关心过我的工作，可是因为怕打扰老前辈，一直没有给他写过信，其实我已同他一同在京西宾馆开过古籍小

组会呢。匆匆，盼复，即颂佳吉

钟叔河

11.25

* 此为钟叔河写给徐淦的信。——编注

** 指挪威漫画家古尔布兰生的《童年与故乡》，吴朗西翻译，丰子恺手写文字并设计，文化生活出版社出版。——编注

范用同志：

昨天姜威来，我才知道您去年跌伤，幸吉人天相，居然康复。迟到的慰问，实在惭恧，但还是不能不写此信也。

我这些年，和外间的联系，越来越少。周作人十卷本的搜集校订，费了不少力，书已排校制版，但又说要等“抗日五十周年”过去后再开印，亦无可如何。

姜威说，您的精神很好，但体力似已逊从前。我恳请您多加珍摄。您的文章写得太少，我切盼能多读到一些，所撰“食谱”也极望能够读到，虽然我于此道一窍不通，但夷门屠狗卖浆，也可和圣贤发愤所为作一例看也。

我今年也六十四岁了，如果和朋友们谈国事天下事，谈社会文化事，也和您一样不免愤激，转念一想，这又何必。怕麻烦的人，正在盼着我们的肉体早些消灭，那么岂不是正应该平心养气，把青山好好蓄着，等着看大轴压轴戏乎？

原以为今年可将周集送您，不想又搁浅了。

匆颂

著祺

钟叔河

5.25

范用同志：

很高兴收到了您的信，虽然“久未通问”，但心中一直是记念着您的。

读中国古文，有节奏感，有音乐性，您这是知味之言，可能与汉语有四声（平仄）不无关系。但现在的“写家”们用电脑“写作”，一天高产几千上万字，头脑里充塞着的又多是匹克威克（用胡适还是梅光迪诗中语）。其实他们自己也未必真懂，不过总可以在报刊上频频露脸，就顾不上这些了。

老实说《读书》的文风也正在“后现代化”，虽然承他们仍在赐寄，我却已经很少拜读了。

《学其短》这类事情，写家们是不屑于做的，而如今的编辑亦大多在追“名写家”，未必看得起这类小玩意，故出书之事暂时恐无希望，我亦不惯主动兜售也。《广角》编者老刘是我的老同学，他叫我搞才搞的。即候著祺（我从89年起即未入岳麓书社之门了）。

钟叔河

三月廿七日

胡适、林语堂的西学总比今之的博士们好，而文风却并不西化，大有意思也。

范用同志：

在京以不得畅谈为恨。明年李普同志答应借房子给我，住京看半年书（到图书馆），因为我老婆想到美国去看女儿和外孙，故正好利用这个机会，但愿还有促膝长谈的时候。

《李一氓回忆录》看完了。此老经历丰富，“经验”也丰富，故于上海特科，叶、项矛盾诸事俱简略言之，读来颇不过瘾，但总之是一本写作态度诚恳的书，没有别的大老那样矫情或者违心，前言中所举“三原则”大有深意也。

罗孚现在香港的通讯处，请您快点告诉我，因为我要找他，请他把周作人佚稿拍几张黑白照片给我，作为文集的插页。佚稿复印件我已从陈子善处得到，也有彩色照片，但彩照不合制黑白版的要求。如他已来北京（估计不会再来的吧），则请先为我打个电话，并把他的电话号码和现在的通讯处告知。谢谢您了。

专门为这件事写这封信，因为我现在全部心力都专注在这件事上面了。匆匆即请

夏安，并请代问徐淦同志好

钟叔河 上

7.5

范用同志：

很高兴收到了你的信。骂止庵的“文章”虽未见到，却在意中。今天骂止庵的，也就是十多年前骂钟叔河的。随着人性的复苏和文学观的取正，周作人的历史价值和现实意义日益显现，此辈靠教条在“学界”混生活者之气急败坏，我看正是一种好现象，盖说明其亦自知命不久长了也。

知堂单行本，我 1984 年至 1989 年在岳麓印过二十来种，（后来）湖南“三种人”（查泰莱夫人的情人、丑陋的中国人、周作人）遭殃，遂告中断。幸得止庵之力，卒告全部问世，此私心极为快慰之事。其中《木片集》一种，原本即我们提供，《老虎桥杂诗》谷林抄本，原本亦是从我处拿去的也。新书由周氏儿媳寄了我一套，止庵当然也是同意相赠的。

我正在把《学其短》加上一点自己的私货，用“念楼学短”

为名，拟印成一本，不久即可奉寄。去年 3 月间你曾来信，对此谬加赞许，这也是印书的动力之一（先寄校样一页呈教）。

南京董宁文约我编一小集，加入“开卷文丛”，听说你也有一本参加，故望能成为事实。

我 11 月初将赴美国小女家住半年，所以“开卷文丛”必须在八九月间结集交稿，因为回来当在明年 5 月以后了。

我辈仍须善自珍重，俾能克享遐龄，好看世界。匆匆即颂佳吉。和止庵通问时乞代致问候。虾蟆噪人，却咬不死人呢。

钟叔河

8.6

范用同志：

还记得去年三月你写来一信，叫我将《学其短》辑印成书。现在这书已经印成，特寄上一本，作为奉复。希望你能看看，并提出批评。

《出版广角》今年曾发表一教师文章，批评《学其短》不“信”，也就是没有完全“忠实”于原文。其实我是以我们现代人为本位来“读”和“曰”的，并没有打算当老师讲译文规范，和他正是“两股道上跑的车”，不搭界也。

我 25 日动身赴美，须明年始回长沙，请不必回信。明年再见。

下月或再下月，湖南《书屋》和辽宁《万象》上将刊有拙作小文，一写李锐，一写长沙小西门，感望赐览。

钟叔河

10.20

钟志福

范伯伯：

您好！祝您春节快乐，身心健康！

还记得我吗？南国广州的一位少年。自从一九九六年初收到你的回信，我很高兴，谢谢您在百忙之中抽出时间回信。由于当时正读六年级，而后又升初中，几次想回信都因时间紧迫而搁笔，真如您的书上所说的“学生功课负担太重……活着真累”这段话，不过我不会因此而放弃，毕竟人生是美好的。

自从你回信以后，我一直照着您所说的去做，课外多练笔，在最近的一次思想政治小论文比赛中我还获得了三等奖。谢谢您的鼓励和教育。

最近我搜集学习资料时，在《羊城晚报》上发现了您的一篇文章，名叫《但愿书长久》，文章中您的童年真是太纯洁、太美好了。真羡慕你有一个多彩的童年，希望你能多为我们中小学生写一些回忆童年的文章。

范伯伯，在你书中登了您与韦君宜婆婆（请允许我这样称呼她）的信，我知道她最近写了一本《思痛录》，很受人推崇，但我却读得不大明白，只觉得很苦涩，您读过吗？您的看法呢？我与您一样，期望着早点读到她的童年回忆，请代我向她问候。

对了，请问能把您的住址告诉我吗？

写到这里，望望时钟，又得去上课了，就此搁笔吧。

祝

身体健康，合家幸福！

南国朋友 钟志福

一九九九年二月二十八日

仲宝麟

范用同志：

数年前在上海《文汇报》上欣读你的文章，知我们是同乡，且年龄相仿，仰慕已久，苦于无法就近联系。近在《新民晚报》“夜光杯”栏目中李辉先生有篇《怀旧》短文，始知镇江穆源小学是你的母校，读来倍感亲切。你桑梓情深，为母校写了一本书，可惜我尚未发现此书，至今未能拜读。

抗战前我家住镇江山巷，我读润商，小弟在穆源读低年级，他带我去穆源参观过，李文开头所述校园情景历历在目，记得礼堂上一架未上锁的钢琴是当年中央大学校长罗家伦所赠，六十年过去了，如今对这两座知名度较高的学校，即是文教界人，知之者已为数不多。

抗战发生后我们流转他乡，先在兴化继续读书，一直未再返故乡定居，五十年代中期由沪调浙江，现定居杭州，近年每到清明前后常回故乡一走，然年过古稀，往年知交半已零落。多谢李辉，他在短文中介绍了你近况，使我能冒昧给你写信，如能收到，盼即赐复，希望今后不断联系交流，以慰乡情。再谈，专此

即颂

阖家近安！

仲宝麟

97.5.29

范用先生：

14日欣接大函，我们同乡（也许同龄），深感相知恨晚。你能及时赐复，走出了相互直接联系的关键一步，今后尚祈时常不吝赐教。

今年清明前后我也去镇江，如能早和你相知相约，我不会失之交臂，多么希望在故乡旧地同游，静静地回味那逝去的岁月。37年初冬，镇江沦陷，我们迁住苏北兴化避难。翌年家父病故，我即在兴化继续求学。江苏省府亦迁于此，教育厅长徐公美。当年易君左的一本《闲话扬州》，引起了扬州人的闲话。徐公是扬州人，这本闲话纠纷是他妥善调停的。徐的次女，当年也就读于兴化县中，多年辗转早已失去联系。同辈中有不少已离开人世，知交零落，和你神交虽晚，友情将更珍贵。

我祖籍在镇江东乡姚家桥，祖父一代起住新河街陈宅（号称九十九间半），35年住在山巷，沦陷后遭到窃焚，胜利后再也没有回城定居。你们抗战后也没有再返镇江居住。日寇占领后你们去过大后方吗？或上海、苏北？冷遹、陆小波二老和我祖辈是世交，抗战胜利后他（们）即返镇，我拜谒两次，陆老热心公益如故，直到解放后也是如此。润商、普济轮渡都是人们较为熟悉的，镇江的建设和教育质量的提高都是近几年的事，但饮食文化尚未恢复到战前。36年镇江小学举行全县演说、图书比赛，想必你还记得。1960年陈白尘先生在《人民文学》发表鲁迅传剧本，我都看完，但未能拍成电影，赵丹也为此遗憾。

仲宝麟

6月23日

（本想收到你惠寄的大作后再给你写信，距今已十余天，是否邮局有误？迫于想和你沟通，故先草草便函。湖滨三联，当在月内去访晤。你治印有方，字书不俗，附画笺一页，请在便中赐墨加印。）顺颂近祺！

范用兄：

本月12日惠寄大作已于25日收到。封皮上杭州未盖落地戳，无法知道哪个环节上有所延误。我订有三份报纸，邮箱每天都要开启数次，如邮递员不投错附近信箱，一般都能及时妥收，中国邮政历来不乱，令人满意。

24日上午趁便到六公园三联访晤叶芳，她多在环城西路71号批发部，她让我先睹你书，随便翻翻也很愉悦。第二天你书就到，装帧素雅，有冰心老人的题诗，贴切增辉。你外孙女题写的书名，初看像你的字体，超凡脱俗，使我爱不释手，谢谢。附来你烟花三月故乡之行的一篇文章，恍若与你同行，旧地重游，稍慰思乡之情。文中一些细节，也是我想知道的事情，这就节省了你不少笔墨。

穆源我就进去过一次，印象颇佳。当年放在讲台上的钢琴，观摩之时，有一位身穿背带毛蓝裤的青年人上来启琴弹奏，他也许就是你的恩师沙鸣鹿先生。你还记得他当年穿过这种类似工装裤吗？六十年沧桑，他已不幸早逝了。我的二叔毕业于镇江师范（鼓楼岗），和他同班同学陈宗群，在音乐界知名，还有一位花义顺住篾篮巷，胜利后他分派在我们家乡姚家桥邮局，他是回民，他们和丁聪同龄。丁年轻时就很有名气，我以为他仍住上海，这次能到镇江办画展，不容易。原在丹徒党史办的钱凯（南京师大毕业）数年前调镇江市政协文史办主任，今春你们到镇江市，和他们接触否？画展设在何处，谁主办？钱凯早年被请去京协编桥梁专家——茅以升（茅是镇江人），吃了不少苦，公交车上被窃

数十元，改用自行车上班，手冻裂。再谈。祝

近安

仲宝麟

6.28

90年冬上海财经大学镇江校友分会成立，应邀前往，会后就地游览两天。旧游山水依然碧，附上当时照片一张，底片他们集存，先附上复印以留纪念。

仲秋元

范用、子明同志：

送去洛峰同志于49年3月草拟的“出版工作计划书”及陆定一向周总理的请示复印件一件。此件是从新闻出版署编印的《中华人民共和国出版史料》第一卷中看到的。这本史料有许多关于出版委员会的会议记录、文件，似都与洛峰同志有关。马仲扬编的《洛峰传》中，有关这方面的记述较少，可能是没有看到这些史料的缘故。

仲秋元

7.2

附：陆定一关于出版局工作方针等问题致周恩来的请示信及周恩来的批示（1949年3月17日）

副主席：

今晚与洛峰同志到你处，你在开会，未遇。洛峰离平已12日，原约好半月回去，急想动身。故将商量经过写出，请给以指示，俾早点回去。

（一）出版局工作方针，对于教科书，党内教材（12本书，《初级党校读本》《党员须知》《党员识字课本》等）、毛主席主要著作、时事及政策书籍，充分供给。对于除此以外的书籍杂志，作有限度的供给，种数多而份数少。

（二）纸张主要用途，是用于充分供给的书。其中教科书一项，东北是4万中学生，一百余万小学生，每年用纸900吨。我新占9省后，关内中学生将达40万人，小学生1000万人（约略估计），其中除一部分小学生可用土纸解决课本外，均须用报纸。故教科书用纸，约为东北之10倍或9倍，即8千至9千吨。教科书以外的各种书籍杂志，所须用纸，须再加一倍（这是东北书店的比例），即共1.6万至1.8万吨（附带说一句，北平现在三个报，每月需纸100吨，每年1200吨。沪、宁、武汉、平、津等大中城市，估计共每年用纸1200吨，此数在外）。

周而复

范用同志：

大札和适夷同志等打印稿已收悉。因最近化疗，白血球低至四千，又发低烧，迟复祈谅。

《文史资料选辑》十月复刊；过去所出各辑，拟于明年审定重版，但尚须看印刷条件如何而定。

《上海的早晨》人民文学出版社已派人来谈重版，并拟继续出版第三、四部，希望明年出完，了此一件心愿。

近况如何，念念。

匆此并颂

编安

而复

八月六日

周建人

翰伯同志[*]

你好。

我早先学习《共产主义宣言》(多数国家都从最早单行本译《共产党宣言》，波兰译本却照马恩订正本译《共产主义宣言》)看到有数处译文不合原文之处。我觉得这误译是关系极重要的，但始终没有发表过。不久前见你社印发过一篇法兰西内战的商榷。我觉得此种讨论甚重要(需要)，遂匆匆写了一段关于《共产主义宣言》开篇几处译文的意见，供作补白来用。如不适用，请退回，因我没有留稿底。千万不要客气。

此致

敬礼

周建人 启

一月十二日

* 此为周建人写给陈翰伯的信。——编注

学习《共产主义宣言》一点体会

索理

首先说一说"共产党宣言"这一名称。我的意见似应依照马克思和恩格斯的意见改为"共产主义宣言"。1850 年以前出的单行本曾称过"共产党宣言"。马、恩都不署名。到 1872 年出版修订本时，把这个名称改为“共产主义宣言”。序文下面署了马、恩的姓名。马、恩二人经过二十多年的思考，把书名改过，以后，一直到二人去世，不再改换。我觉得其中必有深远的意义存在。是否可以这样设想：共产党是一个党派对外的、表面的名称。一个共产党可以有多数派和少数派。也可以这一方面或那一方面发生修正，等等。马、恩称自己的党为共产主义者联盟。共产主义则不然，主义是指一个党派的实质，内容不管共产党，或不称共产党，而称劳动党或其他，只要它的革命行动的目的，是搞共产主义的，“共产主义宣言”便是它的纲领。关于改名称，马、恩可能更有深远的意义，仅照我的浅薄的见解，共产主义宣言，更具有概括与实际的意义。马、恩既把名称改了，应遵照他们的意见，改称改过的名称。

正文引言第一句：“Eine Geapenst gehr um in Europa。”意思应是“有妖怪出没于欧罗巴”，“妖怪”是借用敌人指共产主义者语。敌人对共产主义者恐惧和惊异，故看作妖怪。借用敌人言语并不足奇。只要拿法兰西内战里国际工人阶级协会总委员会关于一八七一年法兰西内战宣言第三段开端说“(巴黎)公社这个使资产阶级的头脑里怎么也猜不透的怪物(Sphinx)”对比一下便可了解。这里“怪物”一语也是借用敌人的思想说的。(后文里所说)“神圣同盟”一语，可以类推。

其次，“...geht um in Europa”意思是“出没于欧罗巴”。指共产主义者忽然出来，过一忽儿又不见了，使敌人惊奇。“徘徊”一语用在这里似不大适合。常见的文章里有“徘徊歧路”等句，有无目的地往来行走之意。与共产主义者的紧张有目的地往来工作，意义似不一致。

再次，共产主义宣言第一章第一节末句：“einem Kampg,

dev jedeamal mit eines sevolutionäién Umgestal tung oles gangen Gesell Achagt endete ades mit dem gemeivsameu Untesgang cles kämpgeudeu Klasseuo。”阶级社会总是由对立、斗争的阶级构成的，斗争的结局，哪一个阶级社会消灭，构成那一社会的阶级也消灭。不可能哪个阶级社会消灭了，而构成那个阶级社会的阶级还存在（或哪些阶级消灭了，而构成那个阶级社会还存在）。这是不可想象的。例如阶级社会之后，继续的还是一个阶级社会。封建社会之后继续了资本主义社会时，封建社会消灭，封建主与奴隶阶级也消灭。新产生资产阶级与工人阶级，构成资本主义社会。如果这一阶级社会是最后的一个阶级社会，那么这社会消灭后（完全消灭），无产阶级也消灭，成为无阶级社会，不可能哪个社会消灭了，构成那个社会的阶级依然存在，或阶级消灭了，而由那些阶级构成的社会还存在。这是自明的道理，无需解释的。

如果会产生这种误解，大概由于把德文的 oder 这字误解了。这字固然常常作或者的“或”字解（依照近代文字学说的），但在这里却作“亦”或“也”字解释。所以意思是那个社会消灭了，对立斗争的阶级也自消灭了。

草草说这一些粗浅的意见，如有不妥之处，请读者指正。

余从略。

周 雷

范用同志：

京中一别，瞬经月余，尊况如何时在念中。富丽已于十日分娩，又是弄瓦，母女平安，勿念。宋振庭同志回省后，即进入省委常委班子，出任省委宣传部长，看来还得在吉林干几年。今天下午原东北文史研究所副所长石静山同志来鹿场看我，转达振庭同志的意思，希望我留在省里的研究所工作，并嘱我草拟一部研究所的三年/八年及二十三年的规划。顷因蛰居山村，消息闭塞，不知中央关于社会科学研究工作有何新精神，您能否将有关材料借我一阅或择告一二以开茅塞。我将于月末赴长，然后返京，所用材料届时面还。匆此即颂

台安

周雷

一九七七年十月二十日

周　青

范用同志：

二十七日收到您寄来的《光复前台湾文学全集》之四，非常高兴，由衷地感谢您的支持和帮助。这个集子里有我最亲密的朋友朱点人的八篇短篇，还有亲友王锦江的五篇，林越峰的三篇。王、林尚在，朱却于49年或50年被国民党逮去枪杀了。他是我党的地下党员。书中介绍朱殁于47年，那是错的，48年我回台工作时还见过两次面。

前次我从您那里出来之后即奔文研所找到许洁泯同志，他送了我《文学研究动态》1—9期，第九期是萧乾同志《谈台湾文学》，我阅后发现他的谈话内容有些问题，我便写了一篇《也谈台湾文学》的材料寄给洁泯同志供文研所参考。书用毕立即送还，再次感谢您的帮助。谨致

文安！

周青

80年7月1日

周　实

范用先生：

您好。

您八月二十八日来信收到。

谢谢您的夸奖和鼓励。

我将您的信和您打算写立波先生和他的书的事，转告编辑部的同志们，大家都很高兴，很兴奋。您年纪大了，请一定注意身体，慢慢写就是了。您答应给《书屋》写，就是对我们最大的支持。我们会耐心地等待您的新作的。

有很多事情是值得令人回想的。而立波先生对我们而言，便更是别有一番心情和意味。

致礼！

周实

九五.九.五

周巍峙

范用同志：

总想为读书出版社写点东西，所以把刊物留着，没马上还给您。可是，由于总没时间好好想想，二是您已写了很好的文章，我想不出更多的内容了，所以老没有动笔。

现在先把这批最珍贵的刊物送还给您，这些刊物我一直锁在箱子里，除了开始时复印了几份资料外，一直没动。决不会有什么丢失的。请再点点。

将来有可能还想写点回忆，再说吧。现在实在太忙太忙了。时间都被分割了，集中不了精神认真写点东西，可恼也可悲。

给您打电话，老没有人接。

周巍峙

97.5.26 晨

范用同志：

很抱歉，以前送给我看的两篇稿子今天才找出送还。另复印了各一份，附上，请收阅。

《读书生活》等刊物是非常宝贵的珍藏书，保存了大量史料，我把它专门放在一只小箱子里。不看时决不打开，更不许任何人借阅。请放心，不会有什么丢失的。

因为我（答应过的）还是想写些回忆文章（我把自己札记的一点材料还带到香港，准备回到深圳后住几天集中时间写出一篇来），一是回忆读书出版社，一是回忆艾思奇同志的，结果忙得什么也没写出来。回来又腰病及感冒没精力写。这几天再努力一下，所以这些刊物暂不还您，不知可以否？专上

祝身体健康，阖家安福！

周巍峙 上

1999.11.25

周一良

范用同志：

冒昧陈词，尚希谅鉴！北大历史系田余庆教授的《东晋门阀政治》书稿听说归你社出版，闻之甚为高兴。此书从微观宏观两方面看，俱臻上乘。在邃密细致的考订基础之上，运用唯物辩证观点，分析东晋一百年间政治发展，新意迭出，多发前人未发之覆，为建国以来这一领域中实为罕见的佳作。极盼你社从繁荣学术出发，早日印出，以嘉惠士林，则史学界幸甚！余不一一，即致

敬礼！

周一良

一九八七年十二月九日

周有光

范用同志：

六月十六日手书奉悉。情况海曙同志已经对我讲了，今又承来信，甚感盛意。谢谢！

附来台湾资料，极为有用。知己知彼，百战百胜。我们资料太少了，以后如有，请再交下，可以把信送到南小街文改会，每天有人可带来沙滩。再次谢谢！

敬礼！

周有光

1981.6.18

范用同志：

很久没有跟您联系了。想来您的身体健康，精神愉快！为祝，为颂！

昨天国庆节，我想到您府上拜访。可是到人民出版社传达室打听您府上的地址，没有得到明确的结果；打电话，又说号码已经更改了。因此没有成行。甚以为憾！

从70年代后期以来，我在香港和上海的几种刊物上，写过许多有关语文的“小品”，分别刊登在“海外文谈”“语文杂谈”“语文闲谈”等专栏中。直至最近，我还在给上海的畅销刊物《汉语拼音小报》写“语文闲谈”。最近我把这些“小品”重新整理修改一番，编辑成为一本书稿，名为《语文闲谈》，共得

800 条，分为 16 卷，每卷 50 条（总共 190 页）。

记得我的那些“小品”曾经得到你的垂青（您以为是倪海曙同志写的），并且说，等到出版事业不景气有所改善，为我设法出版。不知道现在出版事业是否已经好转？如果您能为我介绍一处愿意出版的地方，使这本书稿能跟读者见面，那将非常感谢！

这里附上《语文闲谈·简介》和《语文闲谈·前言》，请您指教。从这里也可以约略知道一点书稿的内容。我的书稿全部用电子打字机输入“软盘”，出版社只要有激光排印设备，不必用手工排字，就可以直接变成可供印刷的书版。

专此拜托，倘承惠赐复音，不胜感激！敬祝
国庆节快乐！

周有光

1992.10.2

范用同志：

谢谢您寄来的贺年片！这张贺年片有特色、有情趣，反映了您的艺术意境和旷达人生。非常钦佩！

由于您的大力帮助，我的稿子得以有出版社接受。我要再次向您表示感谢！

不久前《群言》杂志说要开辟一个“我与我”专栏，向我征稿。我写了一篇开玩笑的短稿，这里附上，请您一看，博取一笑！祝您新年和春节身体健康，精神快乐！

周有光

1993.1.2

范用同志：

接到您的明信片，知道您乔迁大喜，可贺、可庆！

这里附上两篇关于“古书今译”的文章，立论相反，何去何从，请您指点。

敬祝

健康、愉快！

周有光

1994.8.1

范用同志：

找到了《北京日报》上您的文章，读了觉得非常有趣。方成的两幅漫画增添了文章的趣味。从文章来看，您的健康很好，您的精神和情趣更好。我为您的幸福祝贺！

附上我一篇谈吃的文章，给您看看，或许可以使您莞尔一笑。另附上语委最近给我祝寿的座谈会报道。

祝您

越来越年轻！

周有光

1995.7.25

朱光潜

范用同志：

承嘱为佩弦先生新集题签，多年来不用毛笔写字，近复眼花手颤，勉强写出，实在难看。是否请叶老另题？匆颂

时祺

弟 朱光潜 拜启

一九八二年九月

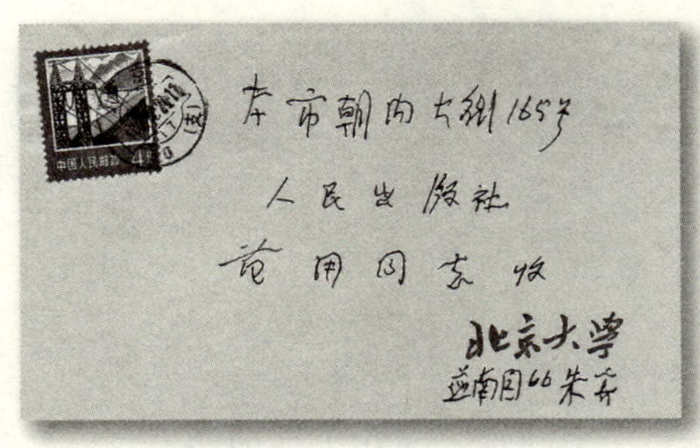

朱 衡

范用先生：

久仰先生苏州同乡，又是编务前辈，恨无缘识荆是憾。顷从吕恩女士短文中得悉，敝刊《苏州杂志》曾邀青睐，不胜荣幸之至。敝刊惨淡经营以来，不觉八载，明年第一期即将满总第50期。别无庆祝，只想拜聆各方（暂仅限作者和读者）教言，讨些秀才人情，以便改进。先生既曾赐阅，特敢冒昧以求，惠赐三五百言，于愿已足。

先生是吾行业中众望所归的模范，有以教我，必当使敝刊增辉，亦算是助我一臂之力吧！

专此敬请

冬安

朱衡 拜上

1996.11.20

范用先生：

冒昧问安，恕罪是幸。

去岁，吕恩女士即曾嘱向先生求助鼎力，以光敝刊；今又得舒湮老人嘱咐，必欲求得先生话说三吴佳篇为快。故敢恳请赐笔，以飨吾苏广大读者。

其实，先生早已是敝刊的有力支持者，舆论上嘉惠于吾者伙矣。早应感谢，且闻亦曾联系。今之专函奉请，已经迟了。

此函本该编辑部公章签发，转念仍请吕恩女士转达，私人出面，较为亲切。谨此祝

文安

朱衡 拜上

1997.7.23

朱人玉

范老先生：

非常喜欢您的《我爱穆源》，就总是想写这封信。

一个周末，洪桥老为我上四年级的女儿送来一本书。因为我们一家正要出门应约，洪老未肯停留，匆忙中他对孩子说："好好读读书后面的这篇文章，前面的你不一定都看。"

晚间回到家里，听见女儿大声朗读《我的外公》，觉得很好。便要过书，先从后面翻看起来，哪知道这一"翻"，竟从后面一口气"翻"到了最前面。不仅从小许双那里知道了她的外公是个有趣的"怪老头"，从叶至善的文章里知道了这个"怪老头"的特殊本领，还从这"怪老头"自己写的许多篇文章里知道了"怪老头"从前也是个普通的小孩子，不过他从小时候起，一直到现在，心里深深地爱着他的许多老师、许多同学，深深地爱着他的外婆、他的黄大哥；还有他的穆源小学，他的编辑"大学"……而且他永远永远忘不了，他要把这些美好的人和事告诉现在的穆源小学的孩子们。

第二天一早，我便要我的爱人看，要我上小学的女儿往书的前面看。我们一家都喜欢上了《我爱穆源》。

我又想到了我教室里的许多初中学生。我选其中的文章读给他们听，我在班会上读，在语文课上读，在星期天的作文班里读。我要让他们更加实实在在地感知：一个有爱心的人，爱学习、爱工作、爱生活，他就会在平平常常的经历中比别人更多地发现许多美，他只要将这些美丽的发现和感受用平平常常的语言像和朋友谈心一样，用笔“谈”出来，就是一篇一篇触动人心的好文章。我的教室里的许多孩子也喜欢上了《我爱穆源》，并且学着留意起身边的人和事，写起同学和老师来。洪桥老借给我女儿的这本书，直让洪老来索要了三回才拿去。

范老先生，感谢您和您的《我爱穆源》，帮助我和我的女儿、我的学生更加理解了生活，更加懂得了应该怎样珍惜生活中的美丽和怎样向别人表达心中的美丽。

祝

健康、快乐！

南京市青岛路中学语文组 朱人玉

九六年五月十一日

朱　正

范用同志：

承赐巴老《随想录》合订本，十分感谢。此书内容自不待说，而其装帧、印刷、纸张无一不佳，可见您所倾注的心血。询可作出版行业之范本。我正在重读，颇想写一介绍文章，以附骥尾。

又，关于杨绛同志两本书的事，回来和发行科结账，他们说：

① 幽州书屋开了三张发票，已结清了两张（即 008974 号，各 20 册，金额 15.90 元，008978 号，各 100 册，金额 79.50 元，两张共计 95.40 元），还有一张未结（即 008977 号，各 100 册，金额 79.50 元），是否可请经办同志一问？

② 中国新闻发展公司改开发票事，只等收到未售完之退书后，即可改开寄去。

一再麻烦，殊觉不安！

匆此致谢，顺颂

时绥！

朱正　敬上

12 月 7 日

老板：

谢谢惠赐大著！

我也爱穆源。读完大著，我觉得好像我也是穆源的学生了。当然，我没有这样幸运，我是在抗日战争的烽火中念完小学的。

四处逃难，上过的学校也就有好几个了，此刻我甚至说不清上过的小学的校名。学校大约也不存在了。

孟夫子说，大人者不失其赤子之心。读着这十六封信，我想，这就是赤子之心！我曾经对人说，适夷是个老顽童。现在，我觉得您是个老孩子（在我的感觉中，您没有他那么顽皮。我同他久未通信了，但愿他平安）。

不知道可不可以要三联出一个内地版，很希望内地的小读者（以及大读者）能读到这本书。

现在我也在为此时和以后的大读者写一本书：《两家争鸣》，副题是“反右派斗争本末”，现已完成十一章初稿，十八九万字，大约还写几章即完。我也不管写完了找不找得到出版社，该怎样写就怎样写。七月初我到北京开民进的会，拟把已写成者带上，研究出版的可能性。如您有兴趣，那时当趋前请教。

匆此致谢，顺颂

文安

问全家好！

朱正 敬上

1993.6.11

范用同志：

您上月 19 日信今天才收到，因为您在信封上写的是“省出版局”就送到河东去了，今天才转来。下次赐示，请写：

410006

长沙　河西（不必写溁银南路 67 号）湖南出版社

朱正收

大著能在湖北少儿社出一内地版，最好，可以有更多的读者。作为少儿读物，港版的字也似乎小了一点。所加记者文字，当然以抽出为是。书名其实最好不改，他们想用“童心小品”之类，是征订的生意经，以为如此可增加印数。我看，与其用“童心小品”这种其实很一般化的名字，还不如用“给小同学的信”之类，征订效果未必更差些。——以上不过信口瞎说，请勿当真。

《人物》杂志，现在他们每期都送我，其实我久未投稿，贡献毫无，真是受之有愧，纪念沙先生大文刊出时，自当细细拜读。

一氓同志回忆录极愿拜读，我还不知道已出版了，不知何社出版，何处可以购得，甚望见示。

我正在写一本书，书名暂定为《两家争鸣》，副题为“1957年的故事”，写反右派斗争始末，不写自己，专讲别人，不讲道理，只摆事实。现已写出大约三分之二，即近20万字，争取年内写完。写时不回避禁区，我知道多少说多少，估计出版时阻力不会小。我也不管它。现在有一刊物表示愿意连载。但尚未看稿，看稿之后，或者会放弃这个念头也未可知。

匆此布复，顺颂

暑安

朱正 敬上

1993年8月3日

范用同志：

我一口气读完了《人物》六期上的《沙老师》，很羡慕你在少年时代遇到这样一位老师。你愿真主升高他的品级，我说，不用了，因为他的品级已经够高够高了。人的品级都是自己定下来的，与他人评定的级别无关，你说对吗？

大文只有一处小疏忽：沙老师发在《每周文艺》上的文章，是纪念高尔基逝世一周年的。你说“那时高尔基刚去世”是记错了一年。

上次您来信，要找一氓同志一文，因为我书柜很乱，一时未能找到，因循未复。日前于无意中遇到，因此一并寄上，不知时间还赶得上否？

我将于 15 日（即一星期后）赴京，在京拟停留三四个星期。到京后我会来看您，此信就不必赐复了。

匆此布达，顺颂

冬安

朱正 敬上

1993.12.8

范用同志：

先拜个迟年。

1 月 2 日去友谊医院看望适夷同志，遇胡校胜君（郑超麟先生侄孙婿），他说同您通过电话，您因足疾行动不便，不能开门，我也就未敢造府拜候了。现在想已康复了吧。

附上拙文一篇请教。此文曾寄《读书》，吴彬女子有意采用，沈昌文君决定退稿，这是在广东省政协刊物《同舟共进》去年 12 月号刊出的。因适夷同志在病中，为了不妨碍他养病，就没有寄给他请教了。

拙作《两家争鸣》（即反右始末）由戴文葆兄介绍给香港天地图书公司，迄今两月尚无确实回信，不知您是否可以去信给贵友催问一下。此册作序者是燕祥兄，他们应该是知道的。

承赐李一氓回忆录，至今尚未收到，不知是否可以托人持邮局挂号收据前往原收寄局查询，或有万一之追回希望。又听说不久前张申府出了一部文集，书名及出版社皆不知道，您如果知道，乞见示，倘能在京代购一册，则尤为感激。

我离休后不再去社中，邮件常有丢失，今后赐示，乞寄朱晴收转。朱晴是我女儿，她每天上班。

匆此布达，顺颂

文安

朱正 敬上

1994.2.25

范用同志：

您好！

李一氓、张申府两位的回忆录刚刚收到，我真是又感动又不安。李著已承赐精装本，因邮局寄失，劳您再赐一册。张著更是作者女公子所赠有纪念意义的一本，您也转送给我。我很后悔不该写信问您这本书，因我只听说有这样一本书，书名、出版者都不知道，心想也许是人民出版社的，故在信中打听一下。没想到您摔伤之后行动不便，只好将自己的珍藏本见寄了。这是我的不是。

现在我正在写陈独秀传，这两本书对这一项工作极为有用。我也只有用尽力写好这书来表示感谢了。

去年我写的那本讲反右派的书，香港天地图书公司已退稿。现在庄浦明同志介绍给另一家，已拿稿子去看，尚无回信，但愿能够成功。

6 月下半月我将赴京一趟，那时再趋前请益。

匆此致谢，顺颂

文安

朱正 敬上

1994.5.3

朱子奇

范用同志：

你好！

送上最近出版的一本小诗集《爱的世界》，请指正。这是应约为献给国际和平年编的，没有想到有一万多订者，还有不少外国读者订，可见和平友谊主题的作用还有不少关心的人，只是我写得不好。

你曾寄赠陆璀“一二·九”的珍贵资料，她经常提到，很感谢你，促使她写了几篇应约的回忆稿。

三联书店的事业很有发展，这与你的长期努力分不开。向你致贺！

新年健康安好！

朱子奇

一九八八年十二月廿日

宗　璞

范用先生：

三月十九日信悉，关心至谢！

新编遇此波折，原先也料到一些，所以有“吾其为王船山矣”的话。香港中华书局钟洁雄曾要求出第七册，现未见行动。

我想迟早会有地方出的。人文编辑同志说待第二部《东藏记》写出，再重印《南渡记》。我因身体不好搁笔久矣，对出版事务颇生疏，还望多多帮助。即颂

时安

宗璞

九二年三月廿二日

邹荻帆

范用同志：

你寄来的《春风——狱中诗专辑》收到，我们几个编辑同志也读了。他们的勇气确实可佩，其中也有些比较好的诗。

很可惜，我们不能报道和评议。个别诗（也有外国），我们还真想转载一下（当然也不会注明出处）。

并致谢颂

编安！

邹荻帆

6.15

通信人简介

Y

痖弦（1932～）本名王庆麟，河南南阳人。台湾诗人、编辑。曾任台湾《联合报》副刊主编。

严晓星 南通《江海晚报》编辑，著有《近世古琴逸话》等。

杨建民 任职于陕西汉中地委党校。

杨丽华 曾任《读书》杂志编辑，《上海文景》杂志执行主编。

杨年科 范用的穆源中学学弟。

杨奇（1922～）新闻记者，报人，曾任新华社香港分社宣传部部长、《大公报》社长、羊城晚报社长。

杨武能（1938～）重庆人，德语翻译家，主攻歌德研究。

杨宪益（1915～2009）江苏淮安人。翻译家、作家、外国文学研究专家。

杨苡（1919～）文学翻译家。《呼啸山庄》是其代表译作。作家赵瑞蕻之妻。

杨治明《中国旅游画报》编辑。

叶芳 曾任杭州三联书店分销店总经理、三联书店发行部主任。

叶君健（1914～1999）湖北黄安人，《中国文学》副主编，中国作家协会书记处书记、中外文学交流委员会主任。

叶籁士（1911～1994）原名包叔元，江苏吴县人。文字改革专家和活动家、世界语学者。曾任人民出版社副社长、副总编辑，中国科学院语言研究所副所长。

叶浅予（1907～1995）原名叶纶绮，浙江桐庐人，从事国画教育，以舞蹈、戏剧人物为主的国画创作，中国漫画和生活速写的奠基人。

叶圣陶（1894～1988）原名叶绍钧，字圣陶，江苏苏州人。作家、教育家、出版家和社会活动家。曾任教育部副部长、人民教育出版社社长兼总编辑、中央文史馆馆长、全国政协副主席。

叶孝慎（1949～）上海人。杂志编辑、作家、电视艺术工作者。

叶至善（1918～2006）江苏苏州人。编辑家。自幼随父亲叶圣陶学习写作和编辑。曾任开明书店编辑、中国少年儿童出版社社长兼总编辑、《中学生》杂志主编。

殷国秀 老三联人，人民出版社资深编审。

殷延凯 曾任穆源学校校长。

尤玉淇（1918～）苏州人，画家、作家。

于光远（1915～2013）上海人，著名经济学家，中国社会科学院研究员。

于友（1916～2017）记者，新闻人，退休前为《群言》杂志社主编。

余潜 老一辈读书出版社同人。

郁风、黄苗子 黄苗子（1913～2012）原名黄祖耀，广东中山人。画家、书法家、作家。郁风（1916～2007）原籍浙江，生于北京。画家、散文家。作家郁达夫的侄女。

袁可嘉（1921～2008）浙江慈溪人，民盟成员。外文出版社翻译，中国社会科学院教授、博士生导师。

袁绍发 上海社会科学研究院文学所研究员。

袁信之 老三联人，原韬奋纪念馆馆长。

袁鹰（1924～）原名田钟洛，江苏淮安人。作家、诗人、儿童文学家，原人民日报社文艺部主任。

袁勇麟（1967～）福建柘荣人，福建师范大学文学院教授。

岳宁苇 北京退休中学教师，曾出版作品集《晨昏漫笔》。

Z

臧克家（1905～2004）山东潍坊人，诗人。曾任《诗刊》主编、中国诗歌学会会长。

曾卓（1922～2002）原名曾庆冠，湖北黄陂人，生于武汉。诗人。

曾自 田家英之女。

詹静尘 曾任《龙门阵》编辑部主任。

张阿泉 作家，内蒙古广播电视台记者、纪录片导演。

张白山（1912～1999）福建福安人。《文学》杂志主编，大学教授。

张伯驹（1898～1982）字家骐，号丛碧，河南项城人。生于官宦世家，是集鉴赏家、收藏家、书画家、诗词学家、京剧艺术研究家于一身的文化人。

张昌华（1944～）作家，江苏文艺出版社副总编辑。

张得蒂（1932～）山东菏泽人。雕塑家，教授。

张凤珠 范用在穆源小学的同学。

张国擎（1950～）浙江人。作家。

张洁（1937～）祖籍辽宁抚顺，生于北京，作家。

张曼仪 香港学者，曾任教于香港大学。卞之琳研究专家。

张天明（1955～）出版人，编审。

张伟君 京剧名家荀慧生夫人。

张炜 三联书店同人，曾在济南光华书店工作。

张向天（1913～1986）香港作家，香港《文汇报》特约记者，原名张秉新。

张逸生（1913～2014）中国青年艺术剧院导演。

张友渔（1898～1992）山西灵石人，法学家、政治学家、新闻学家。

张允和（1909～2002）安徽合肥人。作家、昆曲专家。周有光夫人。曾为高中历史老师、出版社编辑，1952 年后离职，自称“家庭妇女”。

张兆和（1910～2003）安徽合肥人。现代作家。沈从文夫人。

张中行（1909~2006）原名张璇，天津人。学者、散文家，主要从事语文、古典文学及思想史的研究。

张仲实（1903~1987）原名张安人，陕西陇县人。马列著作翻译家、编辑出版家。曾任生活书店总编辑。

张子斋 (1912~1989) 白族。云南剑川人。1935 年参与《云南日报》创刊，1940 年调重庆《新华日报》工作。建国后，曾任云南省委统战部副部长，云南省第六届人大常委会副主任。

章道非 木刻家黄新波的夫人。

章念驰（1942~）上海人，上海东亚研究所所长，上海市台湾研究所副所长。章太炎之孙。

赵冬垠（1914~2009）读书出版社同仁。作家、翻译家。

赵家璧（1908~1997）上海人。编辑出版家、作家、翻译家。曾任良友出版公司经理兼总编辑、晨光出版公司经理兼总编辑，上海人民美术出版社、上海文艺出版社副总编辑。

赵家欣（1915~2014）福建厦门人。曾任《福建时报》《新闽日报》总编辑。

赵萝蕤（1912~1998）浙江德清人。翻译家、文学家。陈梦家夫人。

赵清阁（1914~1999）河南信阳人。著名女作家、编辑家、画家。

赵瑞蕻（1915~1999）浙江温州人。作家、翻译家。

赵修义 赵家璧之子。

郑超麟（1901~1998）福建省漳平县人。革命者、政治家，同时也是作家、翻译家。中国“托派”领导人之一。

郑锽 上海文艺出版社副总编辑。

郑惠（1928~2003）湖南武冈人。中共中央党史研究室副主任，曾主持《百年潮》杂志。

郑逸文（1963~）浙江嵊州人，时任《文汇报》编辑。

郑隐飞 盲人音乐家。曾与穆源小学教员沙鸣鹿创办“儿童剧社”，教过范用和同学唱歌。

钟惦棐（1919~1987）四川江津人，中国电影评论家。

钟叔河（1931~）湖南平江人。编辑家、学者、散文作家。曾任岳麓书社总编辑。

钟志福 广州一名学生。

仲宝麟 范用镇江同乡。

仲秋元（1920~）江苏苏州人。1945 年后任重庆生活·读书·新知三联书店经理。新中国成立后，历任出版总署发行事业管理局计划科科长兼新华书店总店计划处处长、文化部副部长。

周而复（1914~2004）祖籍安徽旌德，生于南京。作家、书法家。

周建人（1888~1984）浙江绍兴人，鲁迅三弟。社会活动家、生物学家、鲁迅研究专家。

周雷（1938~2019）浙江诸暨人，《红楼梦学刊》编委，中国红楼梦学会学术委员会委员。

周青（1920~2010）原名周传枝，笔名周描。台湾台北人，中共党员。因参加“二二八”运动，逃到上海，后历任台湾旅沪同乡会干事、中国社科院台湾研究所研究员。

周实（1954～）湖南长沙人，《书屋》杂志主编。

周巍峙（1916～2014）江苏东台人，音乐家。曾担任文化部代部长、中国文联主席。

周一良（1913～2001）安徽东至人，历史学家。

周有光（1906～2017）原名周耀平，江苏常州人。经济学家、语言文字学家，是汉语拼音方案的主要制订者。曾任中国文字改革委员会和国家语言文字工作委员会第一研究室主任。

朱光潜（1897～1986）安徽桐城人，中国美学家、文艺理论家、教育家、翻译家。

朱衡 苏州人，《苏州杂志》编辑。

朱人玉 南京市中学语文老师。

朱正（1931～）湖南人民出版社编审。

朱子奇（1920～2008）湖南汝城人。诗人、评论家。

宗璞（1928～）原名冯钟璞，祖籍河南唐河，生于北京。作家。哲学家冯友兰之女。

邹荻帆（1917～1995）湖北天门人。诗人。